Das Buch

Schatten über den Weiden

Im Mittelpunkt steht die sechsundzwanzigjährige Kelsey Byden, die mit der Trennung von ihrem Mann einen Strich unter ihr bisheriges Leben zieht. Als sie der Brief ihrer totgesagten Mutter erreicht, gerät auch der Rest ihres Welt- und Lebensbildes ins Wanken: Zusammen mit ihrer aus dem Gefängnis entlassenen Mutter beginnt sie ein neues Leben. Doch als Kelsey anfängt, sich mit der Vergangenheit ihrer Familie zu beschäftigen, vor allem mit den Geschehnissen um den mysteriösen Mord, der ihrer Mutter zur Last gelegt wurde, macht sie eine grauenvolle Entdeckung. Sie muss feststellen, dass sich die Ereignisse von damals zu wiederholen scheinen...

Verborgene Gefühle

Ein höchst brisantes Dokument, das den Schlüssel zum geheimen Versteck eines Schatzes enthält, wird dem charmanten Meisterdetektiv Douglas Lord fast zum Verhängnis. Seine aufregende Flucht vor Gangstern führt ihn schließlich zu der schönen Whitney, die über die Mittel verfügt, um die Flugtickets nach Madagaskar zu bezahlen, wo der Schatz vergraben liegt. In einer Atmosphäre knisternder erotischer Spannung kämpfen sich die beiden an das Ziel ihrer abenteuerlichen Schatzsuche heran und werden nicht nur von unvorhergesehenen Gefahren und Strapazen bedrängt, sondern auch von den Gangstern bedroht.

Die Autorin

Nora Roberts zählt zu den erfolgreichsten Autorinnen Amerikas. Seit 1981 hat sie über 100 Romane veröffentlicht, die in knapp 30 Sprachen übersetzt wurden. Für ihre internationalen Bestseller erhielt sie nicht nur zahlreiche Auszeichnungen, sondern auch die Ehre, als erste Frau in die Ruhmeshalle der Romance Writers of America aufgenommen zu werden. Nora Roberts lebt in Maryland.

Im Wilhelm Heyne Verlag sind unter anderem erschienen: *Tödliche Liebe* (01/13289), *Rückkehr nach River´s End* (01/13288), *Verlorene Seelen* (01/13363), *Träume wie Gold* (01/13220), *Insel der Sehnsucht* (01/13019) und *Tief im Herzen* (01/10968).

NORA ROBERTS

Schatten über den Weiden
Verborgene Gefühle

Zwei spannende Frauenromane

WILHELM HEYNE VERLAG
MÜNCHEN

HEYNE TIPP DES MONATS
Nr. 23/0191

Umwelthinweis:
Dieses Buch wurde auf
chlor- und säurefreiem Papier gedruckt.

2. Auflage

Taschenbuchausgabe 07/2002

Printed in Germany 2002
Quellennachweis: s. Anhang
Umschlagillustration: The Image Bank/Pete Turner
und IFA-Bilderteam/Barret
Umschlaggestaltung: Nele Schütz Design, München
Druck und Bindung: Elsnerdruck, Berlin

ISBN: 3-453-21395-5

http://www.heyne.de

Schatten über den Weiden

Für Phyllis Grann und Leslie Gelbman

1

Als Kelsey den Brief aus ihrem Briefkasten nahm, konnte sie nicht ahnen, daß er von einer Toten stammte. Das cremefarbene Briefpapier, die ordentlich von Hand geschriebene Adresse und der Poststempel des Staates Virginia erschienen ihr so alltäglich, daß die den Brief einfach mitsamt der restlichen Post auf den alten Teetisch unter ihrem Wohnzimmerfenster legte, während sie aus ihren Schuhen schlüpfte

Dann ging sie in die Küche und schenkte sich ein Glas Wein ein. Das wollte sie in aller Ruhe genießen, ehe sie ihre Post öffnete. Nicht daß sie den Drink gebraucht hätte, um sich für das Lesen der Post in dem schmalen Umschlag, die Reklamesendungen, die Rechnungen oder die bunte Postkarte, die ihr eine Freundin von einer Urlaubsreise in die Karibik geschickt hatte, zu wappnen.

Das kleine Päckchen, das den Absender ihres Rechtsanwaltes trug, hatte sie aus dem Gleichgewicht gebracht. Es konnte nur ihre Scheidungsunterlagen enthalten; die offizielle Urkunde, die Kelsey Monroe wieder in Kelsey Byden, eine verheiratete Frau, in eine alleinstehende, geschiedene Frau verwandelte.

Sie wußte, daß es töricht war, so zu denken. Schließlich war sie die letzten zwei Jahre mit Wade nur auf dem Papier verheiratet gewesen, fast ebensolange wie ihre Ehe gedauert hatte.

Doch das Dokument besiegelte das Scheitern ihrer Verbindung mit einer lähmenden Endgültigkeit; viel mehr, als dies die tränenreichen Auseinandersetzungen, die Trennung, die Anwaltsgebühren und die juristischen Formalitäten vermocht hatten

Bis daß der Tod uns scheidet, dachte sie erbittert und nippte an ihrem Wein. Was für ein Unsinn! Wenn dem so wäre, hätte sie im Alter von sechsundzwanzig Jahren dahinscheiden müssen. Statt dessen war sie ausgesprochen lebendig und munter, bei guter Gesundheit und für den Markt der Singles wieder verfügbar.

Allein der Gedanke ließ sie schaudern.

Vermutlich war Wade ausgegangen und feierte zusammen mit seiner hübschen, stets nach der neuesten Mode gekleideten Kollegin Lari aus der Werbeagentur das Ende seiner Ehe. Mit derselben Kollegin, mit der er eine Affäre gehabt hatte; eine Affäre, die, wie er seiner überraschten und vor Wut kochenden Frau erklärte, nichts mit ihr oder ihrer Ehe zu tun hatte.

Seltsamerweise hatte Kelsey die Dinge anders gesehen. Zwar dachte sie weder selbst das Zeitliche zu segnen noch Wade ins Jenseits zu befördern, um eine Trennung zu ermöglichen, doch hatte sie ihr Ehegelübde sehr ernstgenommen. Und Treue stand dabei an erster Stelle.

Nein, nach Kelseys Meinung hatte die lebhafte, zierliche Lari mit dem aerobicgestylten Körper und dem süßen Lächeln sogar ziemlich viel mit ihr zu tun.

Eine zweite Chance hatte es für Wade nicht gegeben. Sein Ausrutscher, wie er es zu formulieren beliebte, sollte sich nicht wiederholen. Kelsey war auf der Stelle aus dem schönen Stadthaus in Georgetown ausgezogen und hatte alles, was sie im Laufe ihrer Ehe zusammen angeschafft hatten, zurückgelassen.

Zwar empfand sie es als demütigend, in das Haus ihres Vaters und ihrer Stiefmutter zurückkehren zu müssen, doch auch ihrem Stolz waren Grenzen gesetzt. Genau wie ihrer Liebe. Und diese Liebe war in dem Moment erloschen, in dem sie Wade und Lari in einer Hotelsuite in Atlanta überrascht hatte.

Eine nette Überraschung, dachte Kelsey höhnisch. Nun, alle drei Beteiligten waren unangenehm berührt gewesen, als sie mit einer Reisetasche und der lächerlich romantischen Vorstellung, das Wochenende mit Wade zu verbringen und ihm so seine Geschäftsreise zu versüßen, in die Suite hereingeschneit war.

Vielleicht war sie ja wirklich streng, unnachgiebig und

hartherzig – alles Eigenschaften, derer Wade sie beschuldigt hatte, als sie sich weigerte, die Scheidungsklage zurückzuziehen. Aber dennoch war sie im Recht gewesen, wie Kelsey sich selbst bestärkte.

Sie leerte ihr Glas und ging in das makellos aufgeräumte Wohnzimmer zurück. Nicht ein einziger Stuhl, nicht eine einzige Kerze in dem sonnendurchfluteten Raum stammte aus dem Haus in Georgetown. Eine klare, saubere Trennung. Das hatte sie gewollt, und das hatte sie auch bekommen. Die kühlen Farben hatte sie gewählt, und die Kunstdrucke, von denen sie nun umgeben war, gehörten ausschließlich ihr allein.

Um Zeit zu gewinnen, schaltete sie die Stereoanlage ein und legte eine CD auf. Beethovens Pathétique erfüllte den Raum. Ihr Vater hatte ihre Liebe zur klassischen Musik geweckt; eine ihrer zahlreichen gemeinsamen Interessen. Gemeinsam war ihnen beiden vor allem ein unstillbarer Wissensdurst, und Kelsey wußte, daß sie auf dem besten Wege gewesen war, zur ewigen Studentin zu werden, bis sie ihre erste feste Stelle bei Monroe Associates angetreten hatte.

Sogar während dieser Zeit konnte sie der Versuchung nicht widerstehen, eine Vielzahl von Kursen, angefangen bei Anthropologie bis hin zur Zoologie, zu belegen. Wade hatte sie ausgelacht, offenbar fasziniert und belustigt zugleich über ihre ruhelose Sprunghaftigkeit, die sie von Kurs zu Kurs, von Job zu Job trieb.

Nach der Hochzeit hatte sie bei Monroe gekündigt. Ihr Treuhandvermögen und Wades Einkommen machten einen festen Job überflüssig. Lieber widmete sie sich voll und ganz dem Umbau und der Renovierung ihres neu erworbenen Hauses. Sie hatte Farbe abgekratzt, Fußböden poliert, in staubigen Antiquitätenläden herumgestöbert, um das passende Möbelstück für eine bestimmte Stelle zu finden – und jede Stunde genossen. Den kleinen Hof in einen typischen englischen Garten zu verwandeln bereitete ihr das reinste Vergnügen. Binnen eines Jahres hatte sie das Haus in ein Schmuckstück verwandelt; Zeugnis ihres Geschmacks, ihrer Anstrengungen und ihrer Geduld.

Nun war es nichts weiter als ein Vermögenswert, der zwischen ihr und Wade aufgeteilt werden mußte.

Kelsey ging zurück an die Universität, jenen akademischen Hafen, wo es ihr möglich war, den Alltag für einige Stunden zu vergessen. Nun arbeitete sie dank ihrer kunstgeschichtlichen Kenntnisse halbtags in der National Gallery.

Dabei hatte sie es nicht nötig, ihren Lebensunterhalt zu verdienen. Der Treuhandfonds ihres Großvaters väterlicherseits ermöglichte ihr ein sorgenfreies Leben, so daß es ihr freistand, ihren ständig wechselnden Interessen nachzugehen.

Jetzt war sie also eine unabhängige Frau. Jung, dachte Kelsey, und, mit einem Blick auf den Stapel Post, alleinstehend, mit vielfältigen Kenntnissen, aber ohne fundierte Ausbildung. Wofür sie ihrer Meinung nach die besten Voraussetzungen mitbrachte, nämlich für eine gute Ehe, hatte sich als völliger Fehlschlag erwiesen.

Kelsey atmete vernehmlich aus, ging langsam zu dem Tischchen und tippte mit den Fingerspitzen auf das amtlich aussehende Päckchen. Sie hatte lange, schlanke Finger; Finger, die Klavier spielen und zeichnen konnten. Finger, die gelernt hatten, eine Schreibmaschine zu bedienen, köstliche Mahlzeiten zuzubereiten und einen Computer zu programmieren, und an einem dieser Finger hatte einst ein Ehering gefunkelt.

Kelsey überging den dicken Umschlag und ignorierte die kleine Stimme in ihrem Kopf, die ihr das Wort *Feigling* zuzischelte. Statt dessen griff sie nach einem Brief, dessen Umschlag eine ihrer eigenen verblüffend ähnliche Handschrift trug, kühn geschwungen und gut leserlich. Ohne übergroße Neugier riß sie ihn auf.

Liebe Kelsey, du bist bestimmt überrascht, von mir zu hören.

Als sie weiterlas, verwandelte sich ihr flüchtiges Interesse in Schrecken, der Schrecken in Ungläubigkeit und die

Ungläubigkeit in eine Empfindung, die Angst am nächsten kam.

Sie hielt die Einladung von einer Toten in der Hand. Und diese Tote war ihre Mutter.

Solange Kelsey zurückdenken konnte, hatte sie sich in Krisenzeiten stets an ihren Vater gewandt. Die Liebe und das Vertrauen, das die ihm entgegenbrachte, waren das einzig Beständige an ihrer sonst so unbeständigen Natur. Er war immer für sie da, weniger als ein rettender Hafen im Sturm, sondern eher als jemand, bei dem sie Halt fand, bis der Sturm abebbte.

Ihre frühesten Kindheitserinnerungen galten ihm, seinem angenehmen, ernsten Gesicht, seinen sanften Händen, seiner ruhigen, geduldigen Stimme. Er hatte Schleifen in ihr langes, glattes Haar geflochten oder die hellblonden Strähnen ausgekämmt, während Musik von Bach oder Mozart aus der Stereoanlage klang. Er war es gewesen, der Pflaster auf ihre aufgeschürften Knie klebte, der ihr Lesen und Fahrradfahren beibrachte, der ihre Tränen trocknete.

Kelsey betete ihren Vater an und war ungeheuer stolz auf ihn, als er zum Dekan der Englischen Fakultät der Georgetown University ernannt wurde.

Als er wieder heiratete, verspürte sie keinerlei Eifersucht. Damals war sie achtzehn und froh, daß er jemanden gefunden hatte, den er liebte und mit dem er sein Leben teilen wollte. So räumte sie Candace einen Platz in ihrem Heim und ihrem Herzen ein, heimlich stolz auf ihre Reife und ihr Verständnis. Wer hätte schon so ohne weiteres eine Stiefmutter und einen Stiefbruder im Teenageralter akzeptiert?

Wahrscheinlich hatte sie tief in ihrem Inneren immer gewußt, daß nichts und niemand das Band zwischen ihr und ihrem Vater zerreißen konnte.

Nichts und niemand, dachte sie nun, außer ihrer Mutter, die sie für tot gehalten hatte.

Sie kämpfte sich durch den dichten Berufsverkehr zu dem palastähnlichen Landsitz in Potomac, Maryland. In ihr stritt der Schock über den Betrug ihres Vaters mit einer kalten, nagenden Wut. Sie war ohne Mantel aus ihrem Apartment gestürzt und hatte nicht einmal die Heizung in ihrem Spitfire aufgedreht, doch sie spürte die Kälte des Februarabends kaum. Die innere Erregung hatte ihr Farbe ins Gesicht getrieben und ihre porzellanbleichen Wangen rosig überhaucht.

Kelsey trommelte mit den Fingern auf das Lenkrad, während sie an einer Ampel wartete und ihre ganze Willenskraft darauf konzentrierte, das rote Licht zum Umspringen zu bewegen. Ihre von Natur aus vollen Lippen waren schmal und weiß vor Zorn.

Es brachte nichts, sich mit quälenden Gedanken zu zermürben. Besser, sie dachte gar nicht daran, daß ihre totgeglaubte Mutter am Leben war und nur eine knappe Stunde von ihr entfernt in Virginia lebte. Wenn sie jetzt darüber nachgrübelte, müßte sie wahrscheinlich laut schreien.

Aber als sie die von majestätischen Bäumen gesäumte Straße, in der sie ihre Kindheit verbracht hatte, entlangfuhr und in die Einfahrt des dreistöckigen, im Kolonialstil erbauten Hauses, in dem sie aufgewachsen war, einbog, zitterten ihre Hände.

Das Haus strahlte die Ruhe und den Frieden einer Kirche aus, die Fenster blinkten, die Fassade leuchtete in makellosem Weiß. Kleine, gekräuselte Rauchwolken, die von einem abendlichen Kaminfeuer zeugten, stiegen aus dem Schornstein empor, und die ersten Krokusse kamen zaghaft neben der alten Ulme in vorderen Hof aus dem Boden hervor.

Ein perfektes Haus, inmitten einer perfekten Nachbarschaft, hatte sie stets gedacht. Eine Oase des guten Geschmacks, geschützt und unantastbar, nur wenige Autominuten von Washington, D.C., mit seinem reichhaltigen Angebot an Kultur und Zerstreuungsmöglichkeiten, entfernt. Und mit dem sorgfältig gepflegten Image respektablen Wohlstands.

Kelsey sprang aus dem Wagen, lief zur Vordertür und stieß sie auf. In diesem Haus brauchte sie nicht vorher zu läuten. Als sie durch die in Weiß gehaltene Halle stürmte, kam Candace aus einem Zimmer.

Wie üblich war sie untadelig gekleidet. In ihrem konservativen blauen Wollkleid bot sie das perfekte Bild einer Akademikergattin. Das hellbraune Haar trug sie aus der Stirn gekämmt, und in den Ohrläppchen schimmerten schlichte Perlenohrringe.

»Kelsey, war für eine nette Überraschung! Ich hoffe, du bleibst zum Essen. Wir erwarten Gäste, einige Kollegen von der Universität, und ich kann immer Hilfe . . .«

»Wo ist er?« unterbrach Kelsey sie schroff.

Verblüfft über den barschen Tonfall zuckte Candace zusammen. Kelsey hatte offenbar wieder eine ihrer Launen. In einer Stunde würde sie das Haus voller Gäste haben, und das letzte, was sie jetzt gebrauchen konnte, war einer der berüchtigten Wutausbrüche ihrer Stieftochter. Unwillkürlich wich sie ein Stück zurück.

»Stimmt etwas nicht?«

»Wo ist Dad?«

»Du bist ja ganz außer dir. Wieder Probleme mit Wade?« Candace winkte ab. »Eine Scheidung ist zwar unerfreulich, Kelsey, aber noch lange kein Weltuntergang. Komm setz dich erst mal.«

»Ich will mich nicht setzen, Candace. Ich will mit meinem Vater reden.« Ihre Hände verkrampften sich. »Also sagst du mir jetzt, wo er ist, oder muß ich ihn suchen?«

»Hi, Schwesterchen!« Channing schlenderte die Treppe herunter. Sein Äußeres war ebenso wie das seiner Mutter, doch seine Abenteuerlust hatte er nach Meinung seiner Mutter nicht von ihr. Obwohl er bereits vierzehn war, als Candace Philip Byden heiratete, hatten seine Gutmütigkeit und sein Sinn für Humor die Situation sehr erleichtert. »Was ist los?« fragte er.

Kelsey zwang sich, tief durchzuatmen, um nicht loszubrüllen. »Wo ist Dad, Channing?«

»Der Prof. hat sich mit dem Vortrag, an dem er gerade feilt, in seinem Arbeitszimmer vergraben.«

Channing hob die Augenbrauen. Auch ihm entgingen

die Anzeichen aufkeimender Wut nicht – die blitzenden Augen, die glühenden Wangen seiner Stiefschwester. Manchmal versuchte er in solchen Fällen die Wogen zu glätten, manchmal goß er sogar noch Öl ins Feuer.

»Hey, Kel, du willst doch wohl nicht den ganzen Abend bei diesen Bücherwürmern rumhängen, oder? Wie wär's, wenn wir einen Zug durch ein paar Kneipen machen würden?«

Kelsey schüttelte nur den Kopf und marschierte durch die Halle auf das Arbeitszimmer ihres Vaters zu.

»Kelsey!« rief Candace scharf und verärgert. »Mußt du deine schlechte Laune so deutlich zeigen?«

O ja, dachte Kelsey, als sie die Tür zum Heiligtum ihres Vaters aufriß. *Und ob!*

Ohne einen Ton zu sagen schlug sie die Tür hinter sich zu. In ihrem Inneren brodelte es, böse, bittere Worte der Anklage würgten ihre Kehle. Philip saß an seinem geliebten Eichenholzschreibtisch, hinter aufgestapelten Büchern und Akten nahezu verborgen, und hielt einen Stift in seiner knochigen Hand. Von jeher vertrat er die Ansicht, daß man nur dann etwas Sinnvolles produzieren konnte, wenn man den Bezug zum Handschriftlichen nicht verlor, und er weigerte sich daher beharrlich, einen Computer zu benutzen.

Seine Augen hinter der silbergerahmten Brille zeigten jenen eulenhaften Ausdruck, den sie immer annahmen, wenn er der Welt vollkommen entrückt war. Das Licht der Schreibtischlampe glänzte auf seinem kurzgeschnittenen silbergrauen Haar.

»Da ist ja mein Mädchen. Du kommst rechtzeitig, um den Entwurf meiner Abhandlung über Yeats Korrektur zu lesen. Ich fürchte, er ist ein wenig weitschweifig ausgefallen.«

Wie normal, wie alltäglich er wirkt, dachte Kelsey. Als ob nichts wäre, so saß er da, umgeben von seinen Werken der Dichtkunst, in seinem Tweedjacket und der ordentlich gebundenen Krawatte.

Ihre Welt dagegen, deren Mittelpunkt er bildete, war in tausend Stücke zersprungen.

»Sie ist am Leben«, sprudelte es aus Kelsey hervor. »Sie ist am Leben, und du hast mich die ganze Zeit belogen.«

Er wurde sehr blaß und wandte den Blick von ihr ab. Doch für einen Augenblick, Bruchteile von Sekunden nur, hatte Kelsey Furcht und Entsetzen in seinen Augen gesehen.

»Wovon redest du eigentlich, Kelsey?« sagte er, aber er wußte es bereits, wußte es nur zu gut, und er mußte all seine Selbstbeherrschung aufbieten, um den bitteren Tonfall aus seiner Stimme zu verbannen.

»Lüg mich jetzt nicht an!« schrie sie und stürzte auf seinen Schreibtisch zu. »Lüg mich nicht an! Meine Mutter lebt, und du wußtest es! Du wußtest es die ganze Zeit, während du mir weisgemacht hast, sie sei tot.«

Panik durchfuhr Philip. »Wer hat dich denn auf die Idee gebracht?«

»Sie selbst«. Kelsey griff in die Tasche und zog den Brief heraus. »Meine Mutter. Wirst du mir jetzt die Wahrheit sagen?«

»Darf ich mal sehen?«

Kelsey starrte ihn an mit einem Blick, der bis in sein Innerstes zu dringen schien. »Ist meine Mutter tot?«

»Nein. Darf ich den Brief mal sehen?«

»Mehr hast du dazu nicht zu sagen?« Die Tränen, die sie mühsam zurückgehalten hatte, drohten ihr jetzt in die Augen zu steigen. »Nichts weiter als nein? Nach all den Jahren, all den Lügen?«

Nur eine einzige Lüge, dachte er, und bei weitem nicht genug Jahre. »Ich werde mein Möglichstes tun, um dir alles zu erklären, Kelsey. Aber laß mich zuerst den Brief lesen.«

Wortlos reichte sie ihrem Vater den Brief, und da sie es nicht ertragen konnte, ihn zu beobachten, drehte sie sich um und sah durch das schmale Fenster, wie die hereinbrechende Nacht die Dämmerung vertrieb.

Philips Hand zitterte so stark, daß er den Brief auf den Schreibtisch legen mußte. Die Handschrift war unverkennbar. Furchteinflößend. Sorgfältig, Wort für Wort las er das Schreiben.

Liebe Kelsey,
Du bist bestimmt überrascht, von mir zu hören. Aber es schien mir unklug, oder zumindest unfair, schon früher Kontakt mit Dir aufzunehmen. Obwohl ein Anruf persönlicher gewesen wäre, wollte ich Dir Zeit geben. Ein Brief gibt Dir mehr Zeit, Dir über Deine Absichten klarzuwerden.
Als du noch sehr klein warst, hat man Dir erzählt, ich sei gestorben. In gewisser Hinsicht traf das zu, und ich erklärte mich einverstanden, um Dich zu schonen. Doch nun sind zwanzig Jahre vergangen, und Du bist kein Kind mehr. Ich denke, Du hast ein Recht zu erfahren, daß Deine Mutter am Leben ist. Vielleicht wird Dir diese Neuigkeit nicht gefallen. Wie dem auch sein, ich habe mich entschlossen, Kontakt mit Dir aufzunehmen, und ich bereue diese Entscheidung nicht.
Wenn Du mich sehen willst oder einfach nur Fragen hast, die der Klärung bedürfen, dann bist Du herzlich willkommen. Ich lebe auf der Three-Willows-Farm, etwas außerhalb von Bluemont, Virginia. Diese Einladung gilt unbegrenzt, und wenn Du Dich entschließen solltest, ihr zu folgen, würde ich mich freuen, Dich bei mir zu haben, so lange Du willst. Wenn ich nichts von Dir höre, entnehme ich daraus, daß Du keinen Kontakt mit mir wünschst. Ich hoffe aber, daß die Neugier, die Dich schon als Kind angetrieben hat, dazu bringt, mit mir zu sprechen.
Deine
Naomi Chadwick

Naomi. Philip schloß die Augen. Großer Gott, Naomi.

Beinahe dreiundzwanzig Jahre war es her, seit er sie das letzte Mal gesehen hatte, doch er konnte sich mit schmerzhafter Deutlichkeit an sie erinnern. An das Parfüm, das sie benutzt hatte und das ihn immer an dunkles Moos und Gräser denken ließ, an ihr helles, ansteckendes Lachen, das seine Wirkung auf andere Menschen nie verfehlte, an ihr silbrigblondes Haar, das ihr wie ein Wasserfall den Rücken hinunterfloß, an die dunklen Augen und den schlanken Körper.

Die Erinnerung war so lebhaft, daß Philip meinte, sie leibhaftig vor sich zu sehen, als er die Augen wieder öffnete. Sein Magen zog sich zusammen, teils vor Furcht, teils vor lang unterdrücktem Verlangen.

Aber es war Kelsey, die hochaufgerichtet vor ihm stand und ihm den Rücken zukehrte.

Wie war es nur möglich, daß er Naomi vergessen hatte, fragte er sich, wo er doch nur ihre Tochter ansehen mußte, um ihr Ebenbild vor sich zu haben.

Philip erhob sich und schenkte sich aus einer Kristallkaraffe einen Whisky ein, der eigentlich nur für Besucher gedacht war. Er selbst rührte kaum etwas Stärkeres an als ein kleines Glas Brombeerwein. Doch jetzt brauchte er einen Whisky, um seine zitternden Hände zu beruhigen.

»Was hast du nun vor?« wollte er von seiner Tochter wissen.

»Ich habe mich noch nicht entschieden.« Sie wandte ihm weiterhin den Rücken zu. »Das hängt zum großen Teil davon ab, was du mir erzählst.«

Philip wünschte, er könnte zu ihr gehen und sie in den Arm nehmen. Aber im Moment würde sie diese Geste nicht zulassen. Er wünschte, er könnte in seinen Stuhl sinken und das Gesicht in den Händen vergraben, doch das wäre nutzlos und zudem ein Zeichen von Schwäche.

Am meisten jedoch wünschte er, er könnte die Zeit um dreiundzwanzig Jahre zurückdrehen und etwas, irgend etwas tun, um den unaufhaltsamen Lauf des Schicksals, das jetzt sein Leben zerstörte, abzuwenden.

Doch auch das war unmöglich.

»Es ist nicht einfach, Kelsey.«

»Lügengewebe sind meistens kompliziert.«

Kelsey drehte sich um, und Philips Finger schlossen sich unwillkürlich fester um das Kristallglas. Sie sah Naomi so ähnlich mit ihrem nachlässig gebundenem hellen Haar, den dunklen Augen, der vor Erregung geröteten

Haut ihres zarten Gesichts. Manche Frauen sahen dann am besten aus, wenn sie ihr Temperament kaum noch zügeln konnten.

Naomi hatte zu diesen Frauen gehört. Genau wie ihre Tochter.

»In all den Jahren hast du mich angelogen, nicht wahr, Vater?« fuhr Kelsey fort. »Du hast gelogen, Großmutter hat gelogen, sie hat gelogen.« Sie deutete auf den Brief auf dem Schreibtisch. »Und wenn dieser Brief nicht gekommen wäre, dann hättest du mich auch weiterhin angelogen.«

»Das ist richtig. Solange ich es für das beste für dich gehalten hätte.«

»Das beste für mich? Wie könnte es das beste für mich sein, meine Mutter für tot zu halten? Wie kann überhaupt eine Lüge das beste für jemanden sein?«

»Du warst dir schon immer so sicher, was richtig und was falsch ist, Kelsey. Eine bemerkenswerte Eigenschaft.« Er hielt inne und trank einen Schluck. »Und eine sehr erschreckende. Schon als Kind hattest du fest umrissene Moralvorstellungen. Für gewöhnliche Sterbliche ist es schwierig, da mitzuhalten.«

In Kelseys Augen loderte es. Das ähnelte stark dem, was ihr auch Wade immer vorgeworfen hatte. »Also ist es meine Schuld?«

»Nein, nein.« Er schloß die Augen und rieb sich geistesabwesend die Stirn. »Nichts davon ist deine Schuld, aber du warst der Anlaß für alles.«

»Philip!« Nach kurzem Klopfen öffnete Candace die Tür zum Arbeitszimmer. »Die Dorsets sind da.«

Er zwang sich zu einem gequälten Lächeln: »Kümmere du dich um sie, Liebes. Ich habe noch etwas mit Kelsey zu besprechen.«

Candace warf ihrer Stieftochter einen Blick zu, in dem sowohl Mißbilligung als auch Resignation lag. »Na gut, aber bitte nicht so lange. Um sieben Uhr ist das Essen fertig. Kelsey, soll ich noch ein Gedeck auflegen?«

»Nein, danke, Candace. Ich bleibe nicht.«

»Gut, aber halte bitte deinen Vater nicht so lange auf.« Sachte zog sie die Tür hinter sich zu.

Kelsey holte tief Atem und straffte sich. »Weiß sie Bescheid?«

»Ja. Ich mußte es ihr sagen, ehe wir heirateten.«

»Du mußtest es ihr sagen«, wiederholte Kelsey, »mir aber nicht.«

»Die Entscheidung ist mir nicht leichtgefallen. Keinem von uns ist sie leichtgefallen. Aber sowohl Naomi als auch deine Großmutter und ich wollten das Beste für dich. Du warst erst drei Jahre alt, Kelsey. Fast noch ein Baby.«

»Ich bin schon seit einiger Zeit erwachsen, Dad. Ich war inzwischen verheiratet und bin geschieden.«

»Du ahnst ja gar nicht, wie schnell die Zeit vergeht.« Philip setzte sich wieder und drehte das Glas in seiner Hand. Er hatte gehofft, daß dieser Augenblick niemals kommen würde. Sein Leben verlief in ruhigen Bahnen, und er wollte sich nicht wieder einem Wechselbad der Gefühle aussetzen. Doch er erinnerte sich gut, daß Naomi nicht viel für ein geregeltes Leben übriggehabt hatte.

Genausowenig wie Kelsey. Und nun war die Stunde der Wahrheit gekommen.

»Ich habe dir ja schon erzählt, daß deine Mutter zu meinen Studenten gehörte. Sie war jung, bildhübsch und sprühte vor Leben. Ich habe nie so richtig begriffen, was sie eigentlich an mir fand. Alles ging sehr schnell. Sechs Monate nachdem wir uns kennengelernt hatten, heirateten wir. Keiner von uns beiden konnte in dieser kurzen Zeit feststellen, wie grundverschieden wir waren. Wir lebten in Georgetown. Beide kamen wir, wie man so schön sagt, aus gutem Hause, aber in ihr brannte ein Freiheitsdrang, der mir fremd war. Eine Art ungebändigter Lebensgier, ein Hunger nach Menschen, Dingen, Orten. Und dann gab es da natürlich ihre Pferde.«

Um die schmerzliche Erinnerung zu lindern, trank er einen weiteren Schluck. »Ich glaube, es waren in erster Linie die Pferde, die zwischen uns standen, uns entfremdeten. Nach deiner Geburt wollte sie um jeden Preis zurück auf die Farm in Virginia. Sie wollte, daß du dort aufwächst. Meine Wünsche und Hoffnungen für die Zukunft lagen hier. Ich schrieb damals an meiner Doktorarbeit und hatte bereits den Dekansposten der Englischen Fakultät im Auge. So schlossen wir einen Kompromiß, und ich fuhr eine Zeitlang jedes freie Wochenende nach Virginia, doch das war zuwenig. Man könnte sagen, wir lebten uns auseinander.«

Vorsichtig umschrieben, dachte er, und starrte in sein Glas, mit Sicherheit eine weniger schmerzhafte Formulierung. »Wir beschlossen, uns scheiden zu lassen. Sie wollte dich bei sich in Virginia haben. Ich aber fand, du gehörtest nach Georgetown, zu mir. Ich verstand weder die Leute, mit denen sie verkehrte, die Pferdenarren und die Jockeys, noch interessierten sie mich. Wir fochten einen erbitterten Kampf aus und schalteten schließlich Anwälte ein.«

»Ein Sorgerechtsprozeß?« Überrascht schaute Kelsey ihren Vater an. »Ihr habt um das Sorgerecht gestritten?«

»Eine häßliche Geschichte, viel schmutzige Wäsche wurde dabei gewaschen. Daß zwei Menschen, die sich einmal geliebt und ein Kind miteinander haben, zu Todfeinden werden können, spricht nicht gerade für den menschlichen Charakter.« Wieder schaute er hoch und blickte ihr schließlich voll ins Gesicht. »Nicht daß ich auf mein Handeln stolz bin, Kelsey, doch ich fühlte mit Bestimmtheit, daß du bei mir besser aufgehoben warst als bei ihr. Sie traf sich bereits mit anderen Männern, und man erzählte, daß einer von ihnen Verbindungen zum organisierten Verbrechen habe.. Eine Frau wie Naomi zog Männer unwiderstehlich an. Es kam mir so vor, als ob sie mit ihren Galanen angeben wollte, mit den Partys, mit ihrer Lebensweise, um mich und den Rest der Welt herauszufordern. Man sollte ruhig schlecht von ihr denken, sie tat jedenfalls, was sie wollte.«

»Du hast also gewonnen«, entgegnete Kelsey ruhig. »Du hast den Prozeß gewonnen, mich dazu, und dann hast du dich entschlossen, mir zu sagen, sie sei tot.« Wieder wandte sie sich ab und blickte in das dunkle Fenster, in dem sie den Geist ihrer selbst erkennen konnte. »In den siebziger Jahren haben sich noch mehr Menschen scheiden lassen. Kinder sind damit fertig geworden. Es gibt so etwas sie Besuchsrecht. Man hätte mir erlauben müssen, sie zu sehen.«

»Sie wollte das nicht. Ich ebensowenig.«

»Warum? Weil sie mit einem ihrer Kerle durchgegangen ist?«

»Nein.» Philip setzte vorsichtig sein Glas auf einem dünnen Silbertablett ab. »Weil sie einen von ihnen umgebracht hat, und weil sie wegen Mordes zu zehn Jahren Gefängnis verurteilt worden ist.«

Ganz langsam drehte Kelsey sich um. »Mord? Du willst mir erzählen, daß meine Mutter eine Mörderin ist?«

»Ich hatte gehofft, daß ich das nie tun müßte.« Er stand auf, überzeugt, daß in der plötzlichen Stille das Knacken seiner Knochen zu hören war. »Du warst bei mir. Gott sei Dank warst du in der Nacht, in der es passierte, bei mir und nicht auf der Farm. Sie erschoß ihren Liebhaber, einen Mann namens Alec Bradley. In ihrem Schlafzimmer kam es zu einer Auseinandersetzung, da nahm sie eine Pistole aus ihrer Nachttischschublade und tötete ihn. Damals war sie sechsundzwanzig, so alt wie du jetzt. Sie wurde des Totschlags für schuldig befunden. Das letzte Mal sah ich sie im Gefängnis. Sie sagte, es sei ihr lieber, du würdest sie für tot halten, und wenn ich mich damit einverstanden erklärte, würde sie nie wieder Kontakt zu dir suchen. Bis heute hat sie ihr Wort gehalten.«

»Ich verstehe das alles nicht.« Kelsey wurde schwindlig, und sie preßte die Hände gegen die Augen.

»Ich hätte dir das gern erspart.« Liebevoll faßte Philip ihre Handgelenke und drückte ihre Hände nach unten, damit er ihr ins Gesicht sehen konnte. »Wenn es falsch war, dich beschützen zu wollen, gut, dann war ich vielleicht im Unrecht, aber ich werde mich nicht dafür entschuldigen. Ich liebte dich, Kelsey. Dafür kannst du mich doch nicht hassen.«

»Nein, ich hasse dich ja nicht.« Aus alter Gewohnheit

lehnte sie den Kopf an seine Schulter und blieb so stehen, während sich die Gedanken in ihrem Kopf überschlugen. »Ich muß nachdenken. Es erscheint mir alles so unwirklich. Ich kann mich noch nicht einmal an sie erinnern, Dad.«

»Du warst noch zu klein«, murmelte er erleichtert. »Aber glaub mir, du siehst ihr unwahrscheinlich ähnlich. Es ist beinahe gespenstisch. Deine Mutter war eine lebenssprühende, faszinierende Frau, trotz all ihrer Fehler.«

Wozu unter anderem ein Gewaltverbrechen gehörte, dachte Kelsey. »Ich habe noch so viele Fragen. Ich kann einfach keinen klaren Gedanken fassen.«

»Bleib doch über Nacht hier. Sobald ich mich loseisen kann, reden wir weiter.«

Der Gedanke war verlockend, sich in die Geborgenheit ihres alten Zimmers zurückzuziehen und sich von ihrem Vater den Kummer und die Sorgen vertreiben zu lassen, so, wie er es von jeher getan hatte.

»Nein, ich will nach Hause«, sagte sie und wandte sich ab, um nicht doch noch schwach zu werden. »Ich muß eine Weile allein sein. Candace ist schon nicht gut auf mich zu sprechen, weil ich dich von euren Gästen fernhalte.«

»Sie wird das verstehen.«

»Natürlich. Du kümmerst dich jetzt besser um deine Gäste. Ich gehe lieber hinten raus, ich möchte keinem in die Arme laufen.«

Die hitzige Röte ihrer Wangen war verblaßt, und ihr Gesicht wirkte jetzt bleich und abgespannt. »Kelsey, ich wünschte, du würdest hierbleiben«, sagte ihr Vater.

»Es geht mir gut, wirklich. Ich muß das alles nur erst verarbeiten. Wir reden später darüber. Schau du jetzt nach deinen Gästen.« Als Zeichen der Vergebung gab sie ihrem Vater einen Kuß. Als sie allein im Zimmer war, ging sie zum Schreibtisch und schaute nachdenklich auf den Brief, faltete ihn dann zusammen und steckte ihn wieder in ihre Tasche.

Welch ein Tag, dachte sie. Sie hatte einen Ehemann verloren und eine Mutter gewonnen.

2

Manchmal war es am besten, einem Impuls zu folgen. Nun, vielleicht nicht gerade am besten, korrigierte sich Kelsey, als sie die Route 7, die durch die Berge Virginias führte, westwärts fuhr – aber äußerst befriedigend.

Wahrscheinlich wäre es klüger gewesen, noch einmal mit ihrem Vater zu reden, alles noch einmal gründlich zu überdenken. Doch Kelsey hatte sich entschieden, einfach ins Auto zu steigen und zur Three-Willows-Farm zu fahren, um die Frau zur Rede zu stellen, die sich zwei Jahrzehnte lang totgestellt hatte.

Meine Mutter, dachte Kelsey, die Mörderin.

Um das häßliche Bild zu verscheuchen, drehte sie das Radio auf; Rachmaninoff erklang. Es war ein herrlicher Tag für eine Autofahrt, hatte sie sich immer wieder eingeredet, seit sie am Morgen eilig ihr einsames Apartment verlassen hatte. Und auch als sie die Karte studierte, um den schnellsten Weg nach Bluemont zu finden, hatte sie sich das Ziel ihrer Fahrt nicht eingestanden.

Niemand wußte, daß sie kam. Niemand wußte, wo sie hingefahren war.

Das war Freiheit! Sie trat das Gaspedal durch, genoß die Geschwindigkeit, den kühlen Windzug, der durch die Fenster wehte, und die kraftvolle Musik. Sie konnte tun, was sie wollte, mußte niemandem Rede und Antwort stehen. Jetzt war es an ihr, Fragen zu stellen.

Allerdings hatte sich sich entschieden sorgfältiger gekleidet, als es ein Ausflug aufs Land erforderte. Der pfirsichfarbene Seidenblazer mit dazu passender Hose schmeichelte ihrem Teint, und der schmale Schnitt unterstrich ihre schlanke Figur.

Schließlich wollte sie, wenn sie ihre Mutter traf, gut aussehen. Sie hatte ihr Haar zu einem komplizierten Zopf geflochten und mehr Zeit als sonst auf ihr Make-up verwandt.

All diese Vorbereitungen hatten ihr geholfen, sich etwas zu beruhigen. Doch je näher sie Bluemont kan, desto nervöser wurde sie.

Noch konnte sie ihre Meinung ändern, sagte sich Kelsey, als sie vor einem kleinen Laden anhielt. Nach dem Weg nach Three Willows zu fragen hieß noch lange nicht, daß sie auch dorthin fahren mußte. Wenn sie wollte, brauchte sie nur zu wenden, um nach Maryland zurückzukehren.

Oder sie konnte einfach weiterfahren, Virginia durchqueren und sich in westlicher Richtung halten. Oder vielleicht östlich, zur Küste. Sie mochte es, aus einer Laune heraus ins Auto zu springen und loszufahren, immer der Nase nach. So hatte sie einmal kurz entschlossen ein Wochenende in einer kleinen Pension an der Ostküste verbracht, nachdem sie Wade verlassen hatte.

Dort könnte sie wieder hinfahren, überlegte sie. Ein Anruf bei ihrem Arbeitgeber, ein Stopp an einem Einkaufszentrum, um sich ein paar Kleider zu besorgen, das genügte schon.

Schließlich lief sie ja vor nichts davon, sie brauchte einen Tapetenwechsel.

Aber warum kam es ihr dann so vor, als würde sie davonlaufen?

Der kleine Laden war mit Regalen, Milchkannen und Werkzeugen, die an der Wand hingen, derart vollgestopft, daß drei Kunden kaum Platz gehabt hätten. Hinter der Theke stand ein alter Mann, kahl wie eine Billardkugel, mit einer qualmenen Zigarette im Mundwinkel. Durch eine Rauchwolke schielte er zu Kelsey.

»Können Sie mir sagen, wie ich zur Three-Willows-Farm komme?«

Mit vom Rauch geröteten Augen musterte er sie einen Augenblick lang fragend: »Woll 'n Sie zu Miß Naomi?«

Kelsey schaute ihn mit einem Blick an, den ihre Großmutter immer angewandt hatte, wenn sie den Fragesteller in seine Schranken weisen wollte, und wiederholte: »Ich suche die Three-Willows-Farm. Sie muß hier in der Nähe liegen.«

»Allerdings.« Der Mann grinste sie an, wobei seine Zigarette im Mundwinkel kleben blieb, und sagte: »Sie fahren diese Straße ein Stück weiter, sagen wir mal, zwei Meilen. Da steht 'n weißer Zaun, wo Sie links abbiegen müssen, auf die Chadwick Road. Dann fahr'n Sie noch mal fünf Meilen oder so, an Longshot vorbei. Könn' Sie gar nicht verfehlen, hat so 'n großes Eisentor, wo der Name draufsteht. An der nächsten Abzweigung steh'n zwei Steinpfosten mit sich aufbäumenden Pferden drauf. Das ist Three Willows.«

»Vielen Dank.«

Er sog den Rauch tief ein und stieß ihn dann wieder aus. »Sie heißen nicht zufällig Chadwick, oder?«

»Zufällig nicht.« Kelsey verließ den Laden und ließ die Tür hinter sich zufallen. Sie spürte förmlich die Blicke des Alten in ihrem Rücken und war erleichtert, als sie wieder im Auto saß.

Verständlich, dachte sie. In einer kleinen Stadt wurden Fremde immer neugierig betrachtet. Trotzdem hatte ihr die Art, wie der Mann sie angestarrt hatte, nicht gefallen.

An dem weißen Zaun bog sie links ab und fuhr aus der Stadt heraus. Die Gegend wurde ländlicher, die Häuser standen weiter voneinander entfernt, und auf den Hügeln hatte sich bereits das erste Grün des Frühlings gegen den Winter behauptet. Pferde mit im Wind wehenden Mähnen grasten auf der Weide, Stuten mit dickem Winterfell knabberten genüßlich an den Halmen, während ihre Fohlen auf spindeldürren Beinen um sie herumtobten. Hier und da waren bereits Felder für die Frühsaat umgepflügt; braune Flecken inmitten der grünen Landschaft.

Bei Longshot verlangsamte sie ihre Fahrt. Longshot war keine Straße, wie sie vermutet hatte, sondern eine Farm. Der Name an dem geschwungenen Eisentor stach einem förmlich ins Auge. Dahinter führte ein langgezogener Schotterweg zu einem aus Zedernholz und Stein erbauten Haus, das mitten auf einem Hügel stand. Es war ein schönes Haus, das das Gebiet beherrschte, in dem es stand, und von den Terrassen mußte man einen atemberaubenden Blick über das Land haben.

Den Weg säumten Ulmen, die sicher älter waren als das Haus, das, geradezu anmaßend modern, seine Umgebung zu beherrschen schien.

Kelsey blieb eine Weile still im Auto sitzen. Nicht weil sie die reizvolle Architektur oder die schöne Landschaft bewundern wollte, sondern weil sie wußte, daß es kein Zurück mehr geben würde, wenn sie dieser Straße weiter folgte.

Longshot war also eine Art Grenzpunkt. Eine angemessene Bezeichnung, fand Kelsey, schloß die Augen und zwang sich zur Ruhe. Sie mußte sich vernünftig verhalten. Es würde kein Zusammentreffen geben, bei dem sie sich ihrer totgeglaubten Mutter weinend in die Arme warf.

Sie waren Fremde, die Zeit brauchten, um zu entscheiden, ob sich das ändern sollte. Nein, berichtigte Kelsey sich, *sie* würde diese Entscheidung treffen. Sie wollte keine Zuneigung, sie wollte noch nicht einmal Entschuldigungen hören. Sie war nur hier, um Antworten auf brennende Fragen zu bekommen.

Und die bekäme sie nicht, ermahnte sich Kelsey selbst, wenn sie nicht weiterfuhr.

Feigheit war noch nie eine ihrer Charaktereigenschaften gewesen, sagte sich Kelsey, als sie den Wagen startete. Dennoch waren ihre Hände eiskalt, als sie das Steuer umklammerte und den Wagen zwischen den steinernen Pfosten hindurch die Auffahrt entlang zum Haus ihrer Mutter lenkte.

Im Sommer schirmten die drei hohen Weiden, nach denen die Farm benannt worden war, das Haus ab. Jetzt zeigte sich ein erstes zaghaftes Grün, Bote des nahen Frühlings, auf den gebogenen Zweigen. Dahinter sah Kelsey weiße dorische Säulen, Dachträger einer großen Veranda, die sich vor dem dreistöckigen Gebäude im alten Plantagenstil befand. Sehr feminin, dachte Kelsey, fast einer Königin würdig und bezaubernd wie die Epoche, in deren Stil das Anwesen gebaut war.

In einigen Wochen würde der Garten in einem Farbenmeer explodieren. Kelsey sah das Bild vor sich, hörte das

Summen der Bienen und das Zwitschern der Vögel und roch sogar fast den Duft von Flieder und Glyzinien.

Unwillkürlich richtete sie den Blick auf die Fenster des oberen Stockwerks. Welcher Raum ist es, fragte sie sich, in dem der Mord begangen worden war.

Ein Schauer lief ihr über den Rücken, als sie den Motor abstellte. Ursprünglich hatte sie direkt zur Vordertür gehen und energisch anklopfen wollen, doch statt dessen ging sie langsam zu einer Seite des Hauses, von dem hohe Glastüren in einen gepflasterten Hof führten.

Von hier aus konnte sie einige Nebengebäude sehen; gepflegte Stallungen und eine Scheune, die beinahe so stattlich wie das Haus wirkte. In der Ferne, wo sich die Berge über das Land erhoben, erkannte sie grasende Pferde und das schwache Glitzern von Wasser in der Sonne.

Auf einmal schob sich eine andere Szene über dieses Bild. Bienen summten, Vögel sangen, die Sonne brannte, und der süße, intensive Duft von Rosen hing in der Luft. Jemand schwang sie lachend hoch und immer höher, bis sie den starken, sicheren Rücken eines Pferdes unter sich spürte.

Kelsey preßte eine Hand vor den Mund, um einen leisen Schreckenslaut zu unterdrücken. Sie erinnerte sich nicht an diesen Ort, konnte sich gar nicht daran erinnern. Ihre Fantasie ging mit ihr durch, das war alles. Fantasie gepaart mit Nervosität.

Dennoch hätte sie schwören können, ein Lachen gehört zu haben, ein wildes, freies Lachen.

Wärmesuchend schlang sie die Arme um ihren Körper und trat einen Schritt zurück. Sie sollte ihren Mantel anziehen, sagte sie sich. Sie mußte lediglich ihren Mantel aus dem Auto holen. Doch in diesem Moment kamen ein Mann und eine Frau um die Ecke, Arm in Arm.

Die beiden in Sonnenlicht getauchten Gestalten wirkten so überirdisch schön, daß Kelsey einen Augenblick lang meinte, sie seien gleichfalls ein Produkt ihrer Fantasie.

Der Mann war hochgewachsen und bewegte sich mit jener geschmeidigen Anmut, die manchen Männern eigen war. Sein dunkles windzerzaustes Haar kräuselte sich ungebärdig über dem Kragen eines ausgeblichenen Flanellhemdes. Seine dunkelblauen Augen in dem kantigen Gesicht weiteten sich kurz in einem Anflug leiser Überraschung.

»Naomi«, seine Stimme klang tief und leicht gedehnt, »du hast Besuch.«

Die Beschreibungen ihres Vaters hatten sie in keiner Weise auf das vorbereitet, was sie nun sah. Ihr war, als blickte sie in einen Spiegel und sähe ihr gealtertes Ebenbild. Einen Augenblick lang glaubte sie, ohnmächtig zu werden.

Naomis Hand schloß sich fest um den Arm ihres Begleiters; eine automatische Reaktion, derer sie sich nicht bewußt war. »Ich dachte nicht, daß ich so schnell von dir hören würde, geschweige denn, daß ich dich leibhaftig vor mir sehen würde.« Die Jahre hatten sie gelehrt, wie nutzlos Tränen sein konnten, und so blieben ihre Augen trokken, als sie ihre Tochter ansah. »Wir wollten gerade Tee trinken. Laß uns hineingehen.«

»Ich komme später noch einmal wieder«, sagte Naomis Begleiter, Gabriel Slater, doch Naomi klammerte sich an ihm fest, als sei er ihr Schutzschild.

»Das ist nicht nötig.« Wie aus weiter Ferne hörte Kelsey ihre eigene Stimme, »ich kann nicht lange bleiben.«

»Dann komm wenigstens rein. Wir wollen deine Zeit nicht verschwenden.«

Naomi führte sie durch die Terrassentüren in ein Wohnzimmer, das genauso hübsch und gepflegt war wie seine Bewohnerin. Ein kleines Feuer flackerte im Kamin, um die winterliche Kälte zu vertreiben.

»Setz dich doch, mach's dir gemütlich. Ich kümmere mich gleich um den Tee«, sagte Namoi, warf Gabe einen raschen Blick zu und verließ schnell den Raum.

Der Mann hatte offenbar gelernt, schwierige Situationen zu beherrschen. Er setzte sich, zog eine Zigarre hervor und schenkte Kelsey ein charmantes Lächeln. »Naomi ist ein bißchen verwirrt.«

Kelsey hob eine Braue. Die Frau war ihr eher kühl und gefaßt vorgekommen. »Ist sie das?«

»Nur zu verständlich, würde ich sagen. Sie haben ihr einen Schock versetzt. Ich selbst dachte, mich trifft der Schlag.« Er zündete sich die Zigarre an und fragte sich, ob sich Kelsey trotz der angespannten Nervosität, die er in ihren Augen las, hinsetzen würde. »Ich bin Gabe Slater, ein Nachbar. Und Sie sind Kelsey.«

»Woher wollen Sie das wissen?«

Wie eine Königin, die mit einem Untertan spricht, dachte er. Ein Tonfall, der normalerweise jeden Mann reizen mußte, besonders einen wie Gabriel Slater. Doch er ließ es ihr durchgehen.

»Ich weiß, daß Naomi eine Tochter namens Kelsey hat, die sie schon eine ganze Zeit lang nicht mehr gesehen hat. Und für ihre Zwillingsschwester sind Sie ein bißchen zu jung.« Er streckte die Beine in den Reitstiefeln aus und legte die Füße übereinander. Beide wußten, daß er langsam den Blick von ihr abwenden sollte. Und er wußte, daß er es nicht tun würde.

»Sie könnten die Hoheitsvolle noch viel wirkungsvoller spielen, wenn sie sich setzen und ganz entspannen würden.«

»Ich stehe lieber.« Kelsey ging zum Feuer, in der Hoffnung, es würde sie ein wenig wärmen.

Gabe zuckte nur mit den Achseln und lehnte sich zurück. Schließlich ging ihn das Ganze nichts an. Es sei denn, sie würde Naomi verletzen. Aber im allgemeinen konnte sich Naomi ganz gut selbst helfen. Noch nie hatte er eine so tatkräftige, unverwüstliche Frau kennengelernt. Dennoch hatte er sie zu gern, um zuzulassen, daß irgend jemand, und sei es ihre eigene Tochter, ihr weh tat.

Auch interessierte es ihn wenig, daß Kelsey offenbar entschlossen war, seine Anwesenheit zu ignorieren. Lässig zog er an seiner Zigarre und genoß ihren Anblick. Die abweisende Haltung verdarb den angenehmen Gesamteindruck keinesfalls, er fand, daß sie sogar einen reizvollen Gegensatz zu den langen, schlanken Beinen und dem herrlichen Haar bildeten. Gabe fragte sich, wie leicht sie wohl aus dem Gleichgewicht zu bringen sei und ob sie lange genug bliebe, damit er sie auf die Probe stellen konnte.

»Der Tee kommt gleich.« Etwas gelassener kam Naomi wieder ins Zimmer. Ihr Blick ruhte auf ihrer Tochter, und ihr Lächeln wirkte aufgesetzt. »Das alles muß furchtbar unangenehm für dich sein, Kelsey.«

»Nicht jeden Tag steht die Mutter von den Toten auf. War es wirklich notwendig, mich in dem Glauben zu lassen, du seiest tot?«

»Damals schien es mir so. Ich befand mich in einer Situation, in der mein eigenes Überleben Vorrang hatte.« Naomi nahm Platz. In ihrem maßgeschneiderten, sandfarbenen Reitkostüm wirkte sie kühl und gefaßt. »Ich wollte nicht, daß du mich im Gefängnis besuchst. Außerdem hätte dein Vater das nie zugelassen. Also mußte ich mich damit abfinden, zehn oder fünfzehn Jahre von deinem Leben ausgeschlossen zu sein.«

Ihr Lächeln wirkte plötzlich spröde. »Wie hätten denn die Eltern deiner Freunde reagiert, wenn du ihnen erzählt hättest, daß deine Mutter wegen Mordes im Gefängnis sitzt? Ich glaube nicht, daß du sehr beliebt gewesen wärst. Oder sehr glücklich.«

Naomi hörte auf zu sprechen und blickte zur Tür, durch die eine Frau mittleren Alters in einer grauen Uniform mit weißer Schürze einen Teewagen hereinschob. »Da ist ja Gertie. Du erinnerst dich doch noch an Kelsey, Gertie?«

»Sicher, Ma'am.« Die Augen der Frau füllte sich mit Tränen. »Das letzte Mal waren Sie fast noch ein Baby. Sie bettelten immer um Plätzchen.«

Kelsey schwieg. Was sollte sie der Fremden mit den feuchten Augen auch erwidern? Naomi legte eine Hand über die Gerties und drückte sie liebevoll. »Wenn Kelsey das nächste Mal kommt, mußt du welche backen. Danke, Gertie, ich schenke selbst ein.«

»Ja, Ma'am.« Schniefend wandte sich Gertie ab, doch dann drehte sie sich noch einmal um. »Sie sieht aus wie Sie, Miß Naomi. Ganz genauso.«

»Ja«, bestätigte Naomi weich und blickte zu ihrer Tochter. »Das tut sie.«

»Ich erinnere mich nicht an sie.« Kelseys Stimme klang feindselig, als sie zwei Schritte auf ihre Mutter zutrat. »Und an dich auch nicht.«

»Damit habe ich auch nicht gerechnet. Möchtest du Zucker? Zitrone?«

»Soll das eine Filmszene werden?« fauchte Kelsey, »Mutter und Tochter versöhnen sich beim Tee. Erwartest du von mir, daß ich einfach hier sitze und mit dir Assamtee schlürfe?«

»Es ist Earl Grey, glaube ich. Und um die Wahrheit zu sagen, Kelsey, ich weiß nicht, was ich erwarte. Wut vermutlich. Du hast ein Recht, wütend zu sein. Anschuldigungen, Forderungen, Schuldzuweisungen.« Mit überraschend ruhigen Händen reichte Naomi Gabe eine Tasse. »Ehrlich gesagt, glaube ich, daß alles, was du sagst oder tust, gerechtfertigt ist.«

»Warum hast du mir geschrieben?«

Um ihre Gedanken ordnen zu können, füllte Naomi eine weitere Tasse. »Das hatte viele Gründe, einige davon sind egoistisch, andere nicht. Ich hoffte, du wärst neugierig genug, mich sehen zu wollen, du warst schon als Kind neugierig, und außerdem wußte ich, daß du gerade eine schwierige Zeit durchmachst.«

»Wie kannst du irgend etwas über mein Leben wissen?«

Naomis Blick war ebenso unergründlich wie der Rauch, der vom Kaminfeuer aufstieg. »Du hast mich für tot gehalten, Kelsey, ich dagegen wußte, daß du quicklebendig warst. Also habe ich dein Leben verfolgt. Das war mir sogar vom Gefängnis aus möglich.«

In Kelsey stieg nackte Wut hoch, und sie mußte den Drang niederkämpfen, den Teewagen mit dem zarten Porzellan durch den Raum zu stoßen. Welche Wonne ihr das bereiten würde! Aber gleichzeitig würde sie sich zum Narren machen, und nur dieser Gedanke hielt sie davon ab, einen Tobsuchtsanfall zu bekommen.

Gabe nippte an seinem Tee und schaute zu, wie sie um

Selbstbeherrschung rang. Reizbar, entschied er, leidenschaftlich, aber klug genug, sich zurückzuhalten. Vielleicht war sie ihrer Mutter ähnlicher, als beide ahnten.

»Du hast mir nachspioniert.« Kelsey schleuderte ihr die Worte förmlich entgegen. »Wen hast du dazu angeheuert? Einen Privatdetektiv?«

»Es war bei weitem nicht so melodramatisch. Mein Vater hat dein Leben verfolgt, solange er konnte.«

»Dein Vater.« Kelsey ließ sich niedersinken. »Mein Großvater.«

»Ja. Vor fünf Jahren ist er gestorben. Deine Großmutter starb ein Jahr nach deiner Geburt, und ich war ein Einzelkind. Somit sind dir Tanten, Onkel und Neffen erspart geblieben. Nun weiter. Was für Fragen du auch hast, ich werde sie dir beantworten, aber bitte laß uns beiden noch ein wenig Zeit, ehe du dir ein Urteil über mich bildest.«

Kelsey konnte nur an eine einzige Frage denken, die ständig in ihrem Kopf hämmerte. »Hast du diesen Mann getötet? Hast du Alec Bradley umgebracht?«

Naomi schwieg einen Moment, dann hob sie die Tasse an die Lippen. Über den Rand hinweg sah sie Kelsey fest an, ehe sie die Tasse lautlos wieder absetzte.

»Ja«, antwortete sie schlicht, »ich habe ihn umgebracht.«

»Entschuldige Gabe.« Naomi stand am Fenster und sah ihrer davonfahrenden Tochter nach. »Es war wirklich unentschuldbar, dir das zuzumuten..«

»Ich habe deine Tochter kennengelernt, weiter nichts.«

Müde lächelnd kniff Naomi die Augen zusammen. »Du warst schon immer ein Meister der Untertreibung, Gabe.« Sie drehte sich um, so daß sie im vollen Sonnenlicht stand. Daß es die feinen Linien um ihre Augen deutlich hervorhob, erste Anzeichen des Alters, kümmerte sie wenig. Zu lange hatte sie das Tageslicht entbehren müssen. »Ich hatte Angst, und als ich sie sah, wurde ich wieder an vieles erinnert. Einiges habe ich mir vorstellen können, anderes nicht. Alleine wäre ich mit der Situation nicht fertiggeworden.«

Gab erhob sich, ging zu ihr und legte beruhigend die

Hand auf ihre verkrampften Schultern. »Wenn ein Mann einer schönen Frau nicht mehr gern behilflich ist, dann ist er so gut wie tot.«

»Du bist ein guter Freund.« Sie ergriff seine Hand und drückte sie. »Einer der wenigen, auf die ich mich voll und ganz verlassen kann.« Ihre Lippen verzogen sich leicht. »Vielleicht kommt das daher, daß wir beide eine Zeitlang im Gefängnis gesessen haben.«

Seine Mundwinkel zuckten belustigt. »Nichts verbindet so sehr wie das Knastleben.«

»Knastleben, soso. Obwohl ein Streit in Jugendjahren bei einer Pokerrunde harmlos ist gegenüber Totschlag.«

»Da hast du's. Du hast mich schon wieder übertroffen.«

Naomi lachte. »Wir Chadwicks sind schrecklich ehrgeizig.« Sie wandte sich von ihm ab und rückte eine Vase mit Narzissen auf dem Tisch zurecht. »Was hältst du von ihr, Gabe?«

»Sie ist bildhübsch. Dein Ebenbild.«

»Ich dachte, ich wäre darauf vorbereitet. Mein Vater beschrieb sie mir, ich sah die Fotos. Trotzdem hat es mich aus der Fassung gebracht, sie anzuschauen und mich selbst zu sehen. Ich kann mich an sie als Kind so gut erinnern, und sie nun als Erwachsene zu sehen . . .« Über sich selbst verärgert schüttelte Naomi den Kopf. Die Jahre vergingen, keiner wußte das besser als sie. »Aber davon mal abgesehen.« Flüchtig blickte sie über die Schulter. »Was hältst du von ihr?«

Er war nicht sicher, ob er ihr seine Gedanken erläutern konnte – oder wollte. Kelsey hatte ihn aus der Fassung gebracht, und er war wirklich kein Mann, den man leicht beeindrucken konnte. In seinem Leben hatte er Scharen schöner Frauen gekannt, er hatte sie bewundert, sie begehrt und mit ihnen gespielt. Doch als er Kelsey Byden das erste Mal sah, hatte ihm der Atem gestockt.

Später würde er sich mit diesem interessanten Phänomen eingehender auseinandersetzen, aber jetzt wartete Naomi auf eine Antwort. Und er wußte, daß seine Antwort von Bedeutung war.

»Sie war nervös, konnte ihr Temperament kaum zügeln. Sie hat nicht soviel Selbstbeherrschung wie du.«

»Ich hoffe, die wird sie auch nie brauchen«, murmelte Naomi.

»Sie war aufgebracht, aber klug – und neugierig – genug, sich zurückzuhalten, bis sie das Terrain sondiert hatte. Wäre sie ein Pferd, würde ich sagen, ich muß ihre Gangarten sehen, um zu beurteilen, ob sie über Mut, Ausdauer und Anmut verfügt. Aber die Blutsverwandtschaft ist unverkennbar, Naomi. Deine Tochter hat Stil.«

»Sie hat mich geliebt.« Naomi bemerkte das Zittern in ihrer Stimme kaum, ebensowenig wie die ersten Tränen, die ihr aus den Augen quollen und über die Wangen rannen. »Wie soll man jemandem, der selbst keine Kinder hat, diese reine, kompromißlose Liebe, die ein Kind seinen Eltern entgegenbringen kann, begreiflich machen? Kelsey empfand so für mich – und für ihren Vater. Philip und ich haben versagt. Unsere Liebe reichte nicht aus, um diese Einheit zusammenzuhalten. Und so habe ich meine Tochter verloren.«

Naomi tupfte eine Träne mit der Fingerspitze ab und betrachtete sie wie etwas Exotisches. Seit dem Tode ihres Vaters hatte sie nicht mehr geweint. Nichts hatte sie seitdem so stark berührt.

»Niemand wird mich je wieder so lieben.« Sie schnippte die Träne fort und vergaß sie. »Ich glaube, bis zum heutigen Tag habe ich das nie richtig begriffen.«

»Überstürz die Dinge nicht, Naomi. Das sieht dir gar nicht ähnlich. Du hast sie gerade einmal eine Viertelstunde gesehen.«

»Hast du ihren Gesichtsausdruck gesehen, als ich ihr sagte, ich hätte Alec umgebracht?« Ein Lächeln lag auf ihren Lippen, als sie sich zu Gabe umdrehte; doch es war ein hartes, sprödes Lächeln. »Diesen Ausdruck habe ich bei Dutzenden von anderen Menschen beobachtet. Eine Art beherrschter Abscheu – anständige Menschen töten nicht.«

»Die Menschen, ob nun anständig oder nicht, tun das,

was sie tun müssen, um zu überleben.« Diese Erfahrung hatte er am eigenen Leibe gemacht.

»Sie denkt da anders. Vom Äußeren her mag sie ja mir ähneln, aber sie hat dieselben heren Grundsätze wie ihr Vater. Und der Himmel weiß, es gibt keinen anständigeren Menschen als Dr. Philip Byden.«

»Oder keinen größeren Narren. Schließlich hat er dich gehen lassen.«

Ihr Lachen klang befreit, als sie ihn fest auf den Mund küßte. »Wo warst du bloß vor fünfundzwanzig Jahren?« Dann schüttelte sie seufzend den Kopf. »Da hast du wohl noch mit deinen Buntstiften gespielt.«

»Ich kann mich nicht erinnern, jemals damit gespielt zu haben. Eher habe ich sie verwettet. Da wir gerade vom Wetten sprechen: Ich wette 100 Dollar, daß mein Pferd deins garantiert beim Mai-Derby um Längen schlägt.»

Sie hob die Brauen. »Wie stehen denn die Chancen?«

»Sie haben die gleichen Chancen.«

»Die Wette gilt. Wie wär's, wenn du jetzt mitkommst und dir meine preisgekrönte Jährlingsstute ansiehst? In einigen Jahren läßt sie jeden Gegner hinter sich.«

»Wie hast du sie genannt?«

Ihre Augen glitzerten, als sie die Terrassentür öffnete. »Naomi's Honor.«

Sie war so gefaßt gewesen, dachte Kelsey, als sie die Tür zu ihrem Appartement aufschloß, so gelassen. Naomi hatte den Mord so zugegeben, wie eine andere Frau eingestehen würde, daß sie sich das Haar färbt.

Was für eine Frau war ihre Mutter nur?

Wie konnte sie es fertigbringen, Tee zu servieren und Konversation zu betreiben? So höflich, so beherrscht, so furchtbar distanziert. Kelsey lehnte sich gegen die Tür und rieb sich die schmerzenden Schläfen. Alles kam ihr wie ein böser Traum vor, das prächtige, große Haus, die geschmackvolle Einrichtung, die Frau, die ihre, Kelseys, Gesichtszüge trug, der Mann der so viel Kraft ausstrahlte.

Naomis neuester Liebhaber? Schliefen sie in demselben

Raum, in dem ein anderer Mann gestorben war? Er sah aus, als wäre er dazu imstande, dachte sie. Er sah aus, als wäre er zu allem imstande.

Erschauernd stieß Kelsey sich von der Tür ab und begann, im Zimmer auf und ab zu gehen.

Warum nur hatte Naomi diesen Brief geschrieben, grübelte sie. Weder hatte es große Gefühle gegeben, noch ein besonderes Willkommen für die verlorene Tochter. Noch nicht einmal verzweifelte Entschuldigungen für all die verlorenen Jahre – nur eine höfliche Einladung zum Tee. Und ein Schuldgeständnis, das ruhig und ohne Zögern abgegeben worden war.

Als das Telefon klingelte, sah sie das Lämpchen ihres Anrufbeantworters blinken. Kelsey ignorierte beides und wandte sich ab. In zwei Stunden begann ihr Dienst im Museum, und sie wollte vorher mit niemandem sprechen.

Jetzt mußte sie sich nur davon überzeugen, daß ihre Mutter, die so unverhofft wieder in ihr Leben getreten war, dies nicht auch noch verändern würde. Sie konnte genauso weitermachen wie bisher – mit ihrem Job, ihren Kursen, ihren Freunden.

Kelsey ließ sich auf das Sofa sinken. Wem wollte sie eigentlich etwas vormachen? Ihr Job war nicht mehr als ein Hobby, die Kurse besuchte sie eher aus Langeweile, und ihre Freunde ... Die meisten stammten noch aus ihrer Zeit mit Wade und hatten daher, wie es bei vielen Scheidungen der Fall war, entweder Partei ergriffen oder sich vorsichtig zurückgezogen. Ihr Leben war ein einziges Chaos. Als es an der Tür klopfte, reagierte sie nicht.

»Kelsey.« Ein weiteres ungeduldiges Klopfen folgte. »Machst du jetzt auf, oder muß ich den Hausmeister holen, damit er mir die Tür öffnet?«

Resigniert erhob sich Kelsey und öffnete die Tür. Draußen stand ihre Großmuter.

In Erwartung des üblichen Kusses hielt Milicent Byden ihrer Enkelin die Wange hin. Wie stets war sie makellos gekleidet und frisiert. Ihr kastanienbraun gefärbtes Haar war aus dem Gesicht gekämmt, und bei flüchtiger Betrachtung hatte man sie auf sechzig statt achtzig Jahre geschätzt. Der Figur merkte man strenge Diät und tägliche Gymnastik an. Unter ihrem Nerzmantel trug sie ein hellblaues Chanelkostüm mit den passenden Handschuhen, die sie auf ein Tischchen fallen ließ, ehe sie den Nerz über einen Stuhl legte.

»Du enttäuschtst mich. Schließt dich in deinem Zimmer ein und schmollst wie ein Kind.« Mit ihren mandelfarbenen Augen betrachtete sie ihre Enkelin, als sie sich setzte und die Beine übereinanderschlug. »Dein Vater macht sich furchtbare Sorgen um dich. Sowohl er als auch ich haben heute mindestens ein halbes Dutzend Mal bei dir angerufen.«

»Ich war unterwegs. Und Dad hat gar keinen Grund, sich Sorgen zu machen.«

»Ach nein?« Milicent tippte mit einem ihrer lackierten Fingernägel gegen die Armlehne des Stuhls. »Erst hast du ihn gestern nacht mit der Nachricht überfallen, daß sich diese Frau bei dir gemeldet hat, und dann verschwindest du einfach und gehst nicht einmal ans Telefon.«

»Diese Frau, wie du es ausdrückst, ist meine Mutter, und du wie auch Vater habt gewußt, daß sie noch lebt. Dies führte zu einer heftigen Auseinandersetzung, die du vielleicht als geschmacklos werten würdest; ich allerdings hielt sie für gerechtfertigt.«

»Sprich nicht in diesem Ton mit mir!« Milicent beugte sich vor. »Dein Vater hat alles getan, um dich zu beschützen, dir eine anständige Erziehung und stabile Familienverhältnisse zu bieten. Und zum Dank dafür machst du ihm Vorwürfe.«

»Vorwürfe?« Kelsey schlug die Hände über dem Kopf zusammen, wohl wissend, daß dieser Ausbruch ihr Minuspunkte eintragen würde. »Ich habe ihn zur Rede gestellt, habe Antworten verlangt und wollte die Wahrheit wissen.«

»Und nun, da du sie erfahren hast, bist du nun zufrieden?« Milicent neigte leicht den Kopf. »Für dich, nein, für uns alle wäre es besser gewesen, wenn du deine Mutter weiterhin für tot gehalten hättest. Aber diese Person war schon immer egoistisch, dachte nur an sich.«

Aus Gründen, die sie niemals hätte erklären können, nahm Kelsey den Fehdehandschuh auf. »Hast du sie schon immer so gehaßt?«

»Ich habe mich nie täuschen lassen. Philip war von ihrem Äußeren, von dem, was er für Lebensfreude und Schwung hielt, geblendet. Und er hat für seinen Fehler teuer bezahlt.«

»Und ich sehe aus wie sie«, meinte Kelsey sanft, »was auch erklärt, warum du mich immer so angeschaut hast, als könnte ich jeden Augenblick ein furchtbares Verbrechen begehen – oder zumindest einen unverzeihlichen Bruch der Etikette.«

Seufzend lehnte Milicent sich zurück. Sie würde dies nicht abstreiten, denn dafür gab es keinen Grund. »Natürlich habe ich mir Gedanken darüber gemacht, wieviel du wohl von ihr geerbt hast. Du bist eine Byden, Kelsey, und die meiste Zeit hast du der Familie Ehre gemacht. Aber jeder Fehler, den du machtest, trug ihren Stempel.«

»Ich ziehe es vor, meine ganz persönlichen Fehler zu machen.«

»So wie diese Scheidung«, erwiderte Milicent scharf. »Wade stammt aus einer guten Familie. Sein Großvater mütterlicherseits ist Senator, und seinem Vater gehört eine der größten und angesehensten Werbeagenturen des Ostens.«

»Und Wade ist ein Ehebrecher.«

Ungeduldig hob Milicent die Hand, an der ihr diamantenbesetzter Ehering wie Eis glitzerte. »Du gibst natürlich ihm die Schuld, und nicht dir oder der Frau, die ihn verführt hat.«

Beinahe belustigt lächelte Kelsey. »Das ist richtig. Ich gebe ihm die Schuld. Die Scheidung ist endgültig und abgeschlossen, Großmutter. In diesem Punkt verschwendest du deine Zeit.«

»Und dir gebührt die zweifelhafte Ehre, in der Familiengeschichte der Bydens die zweite zu sein, die sich scheiden läßt. Im Falle deines Vaters ließ es sich nicht vermeiden. Du dagegen hast das getan, was dir schon zur zweiten Natur geworden ist. Du hast überreagiert. Aber das steht auf einem anderen Blatt. Jetzt will ich wissen, was du hinsichtlich des Briefes zu unternehmen gedenkst.«

»Meinst du nicht, daß das nur mich und meine Mutter etwas angeht?«

»Dies ist eine Familienangelegenheit, Kelsey. Dein Vater und ich sind deine Familie.« Wieder tippte sie mit dem Finger gegen die Lehne, bemüht, ihre Worte sorgfältig zu wählen. »Philip ist mein einziges Kind. Sein Glück und Wohlergehen standen für mich immer an erster Stelle. Und du bist sein einziges Kind.« Mit echter Zuneigung griff sie nach Kelseys Hand. »Ich will doch nur dein Bestes.«

Was sollte die darauf antworten? Sosehr die starren Verhaltensregeln ihrer Großmutter an ihren Nerven zerrten, wußte Kelsey doch, daß sie sie trotz allem liebte. »Das weiß ich, und ich will mich auch nicht mir dir streiten, Großmutter.«

»Und ich mich nicht mit dir.« Zufrieden streichelte Milicent Kelseys Hand. »Du warst immer ein gutes Kind, Kelsey. Keiner, der dich und Philip kennt, könnte an der Zuneigung zwischen euch zweifeln. Ich weiß, daß du nichts tun würdest, was ihn verletzt. Daher halte ich es für das Sinnvollste, wenn du mir diesen Brief gibst und mich diese Angelegenheit für dich regeln läßt. Es ist absolut nicht nötig, daß du dich mit ihr in Verbindung setzt oder dich in diesen Strudel der Gefühle hineinziehen läßt.«

»Ich habe mich bereits mit Mutter in Verbindung gesetzt. Ich habe sie heute morgen besucht.«

»Du hast . . .« Milicents Hand zuckte hoch. »Du hast sie besucht? Du bist zu ihr gefahren, ohne das vorher mit uns zu besprechen?«

»Ich bin sechsundzwanzig Jahre alt, Großmutter. Naomi Chadwick ist meine Mutter, und ich brauche niemanden um Erlaubnis zu fragen, wenn ich sie besuchen will. Entschuldige, wenn ich dich aufgeregt haben sollte, aber ich habe getan, was ich tun mußte.«

»Was du tun wolltest«, berichtigte sie Milicent, ohne dabei einen Gedanken an die Konsequenzen zu verschwenden.«

»Nenn es, wie du willst, doch die Konsequenzen muß schließlich ich tragen. Ich hatte angenommen, Dad und du, ihr würdet meine Handlungsweise verstehen. Daß es nicht leicht für euch ist, leuchtet mir ein, aber warum wirst du so wütend?«

»Ich bin nicht wütend.« Das war sie aber, sie kochte sogar vor Wut. »Ich mache mir Sorgen, weil ich nicht möchte, daß du dich von irgendwelchen dummen Gefühlen beeinflussen läßt. Du kennst sie nicht, Kelsey. Du hast keine Ahnung, wie gerissen und rachsüchtig sie ist.«

»Ich weiß, daß sie das Sorgerecht für mich beantragt hatte.«

»Damit wollte sie deinen Vater verletzen, weil er sie durchschaut hatte. Du warst nur das Werkzeug. Sie trank, sie hatte andere Männer, und sie machte aus all ihren Schwächen nie einen Hehl, so sicher war sie, daß sie am Ende gewinnen würde. Und wie endete das alles? Sie hat einen Mann getötet.« Milicent holte tief Atem. Allein der Gedanke an Naomi brachte sie in Rage. »Vermutlich wollte sie dir einreden, daß sie in Notwehr gehandelt hat, um ihre Ehre zu verteidigen. Ihre *Ehre*.«

Milicent konnte nicht länger stillsitzen und sprang erregt auf. »Oh, sie war schlau, und sie war schön. Wenn die Beweislast gegen sie nicht so erdrückend gewesen wäre, hätte sie die Geschworenen vielleicht sogar zu einem Freispruch bewegen können. Aber wenn eine Frau einen Mann nachts in ihrem Schlafzimmer empfängt, und nur mit einem dünnen Morgenmantel bekleidet, dann ist es sehr unglaubwürdig, hinterher von Vergewaltigung zu reden.«

»Vergewaltigung?« wiederholte Kelsey schockiert, doch sie brachte nur ein Flüstern zustande, und Milicent verstand es nicht.

»Einige glaubten ihr natürlich, denn es gibt immer Leute, die dieser Art Frau Glauben schenken.« Milicent nahm ihre Handschuhe vom Tisch und schlug sie nervös gegen ihre Hand. »Aber letztendlich wurde sie schuldig gesprochen und verurteilt. Sie verschwand aus Philips und deinem Leben – bis jetzt. Kannst du wirklich so störrisch und egoistisch sein und ihr wieder einen Platz in deinem Leben einräumen? Deinem Vater diesen Kummer bereiten?«

»Es ist doch aber nicht so, als ob ich zwischen ihr und Vater wählen müßte, Großmutter.«

»Doch, genau darauf läuft es hinaus.«

»Für dich, nicht für mich. Ich will dir eins sagen: Bevor du kamst, war ich mir nicht sicher, ob ich sie wiedersehen wollte. Jetzt weiß ich, daß ich das tun werde. Und willst du auch wissen, warum? Weil sie sich mir gegenüber nicht verteidigt hat. Sie forderte mich nicht auf zu wählen. Ich werde sie noch einmal treffen und dann meine Entscheidung fällen.«

»Egal, wen du damit verletzt?«

»Soweit ich das beurteilen kann, bin ich hier die einzige, die ein Risiko eingeht.«

»Du irrst dich, Kelsey, und begehst einen schweren Fehler. Sie ist schlecht und hinterhältig.« Milicent strich ihre Handschuhe Finger für Finger glatt. »Wenn du darauf bestehst, diese Verbindung aufrechtzuerhalten, dann wird sie alles tun, was in ihrer Macht steht, um dich und deinen Vater zu entzweien.«

»Das würde keinem gelingen!«

Milicent blickte sie an, und ihre Augen waren dabei kalt wie Eis. »Du kennst Naomi Chadwick nicht.«

3

Es stimmte, Kelsey kannte Naomi Chadwick nicht, aber sie beabsichtigte, sie kennenzulernen.

Ihre Hochschuljahre waren keine Zeitverschwendung gewesen. Wenn es etwas gab, das sie beherrschte, war es das Sammeln von Hintergrundinformationen. Egal zu welchem Thema. Und auch Naomi bildete da keine Ausnahme.

Die nächsten zwei Wochen verbrachte Kelsey größtenteils in der öffentlichen Bibliothek und in Zeitungsarchiven, wo sie eifrig Mikrofilme studierte. Zuerst fand sie in der Gesellschaftsspalte die Verlobungsanzeige von Naomi Anne Chadwick, einundzwanzig, Tochter von Matthew und Louise Chadwick, wohnhaft Three-Willows-Farm in Bluemont, Virginia, und Professor Philip James Byden, vierunddreißig, Sohn von Andrew und Milicent Byden aus Georgetown. Die Hochzeit sollte im Juni stattfinden.

Dann entdeckte Kelsey die Heiratsanzeige mit einem Foto. Es versetzte ihr einen regelrechten Schock, ihren Vater so jung, sorglos und glücklich zu sehen, eine Rosenknospe im Knopfloch und Hand in Hand mit Naomi. Sie fragte sich, ob die Rose wohl weiß oder vielleicht sonnengelb gewesen war.

Neben Philip stand eine strahlende Naomi. Sogar das unscharfe Zeitungsfoto vermittelte den Glanz, den sie ausstrahlte. Ihr Gesicht wirkte unwahrscheinlich jung und schön, und ihre Augen blitzten, als würde sie jeden Moment in ein Lachen ausbrechen.

Die beiden sahen aus, als könnten sie es mit der ganzen Welt aufnehmen.

Der Anblick schmerzte Kelsey, und sie ermahnte sich, daß es unsinnig sei, sich über eine Scheidung zu grämen, die ohne ihr Wissen erfolgt war. Doch diese beiden jungen lebensfrohen Menschen waren ihre Eltern, und nun war der eine für den anderen nicht mehr als eine schmerzliche Erinnerung.

Kelsey fotokopierte die wichtigsten Dinge und machte sich zusätzlich Notizen wie für einen Bericht. Als sie ihre eigene Geburtsanzeige fand, schwankte sie zwischen Belustigung und Verwirrung.

Danach kam nicht mehr viel, hier und da eine kurze Meldung über einen Ballbesuch oder die Teilnahme an einer Wohltätigkeitsveranstaltung. Offenbar hatten ihre Eltern während ihrer kurzen Ehe ein zurückgezogenes Leben geführt.

Dann folgte der Sorgerechtsstreit; ein knapper Artikel, der sein Erscheinen in der *Washington Post* vermutlich Kelseys Großvater väterlicherseits, einem hohen Beamten des Finanzministeriums, verdankte. Mit gemischten Gefühlen las sie die Namen – ihren eigenen, den von Naomi und den ihres Vaters. Die *Post* hatte diesen familiären Zwistigkeiten keine allzu große Aufmerksamkeit gewidmet.

Ab und zu war ein Artikel über Three Willows und Galopprennen erschienen. Einer davon berichtete über den tragischen Unfall eines vielversprechenden Hengstes, der während eines Rennens zusammengebrochen war und erschossen werden mußte. Ein Foto zeigte Naomis schönes, mit Tränen überströmtes Gesicht.

Doch dann kamen Berichte über den Mord.

Solchen Ereignissen wurde mehr Platz eingeräumt, zumindest waren sie immer gut für fette Schlagzeilen.

STREIT EINES LIEBESPAARES ENDETE IN EINER TRAGÖDIE
BRUTALER MORD IM IDYLLISCHEN VIRGINIA

Ihre Mutter wurde beschrieben als eine von ihrem Mann, einem in Georgetown ansässigen Professor für Englisch, getrennt lebende Frau und Tochter eines bekannten Züchters von Vollblutpferden, das Opfer wurde als ein Playboy mit Verbindungen zur Rennsportszene bezeichnet.

Die Ereignisse sprachen für sich. Alec Bradley wurde in

einem Schlafzimmer auf der Three-Willows-Farm erschossen. Die Tatwaffe gehörte Naomi Chadwick Byden, die die Polizei benachrichtigt hatte. Zur Zeit des Mordes hatte sie sich mit Bradley allein im Haus befunden. Die Polizei hatte die Ermittlungen aufgenommen.

Die in Virginia erschienenen Zeitungen lieferten genauere Informationen. Naomi hatte nie bestritten, den tödlichen Schuß abgegeben zu haben, und ließ durch ihren Anwalt erklären, Bradley habe sie angegriffen, und sie habe in Notwehr zur Waffe gegriffen.

Der Artikel ging noch auf die freundschaftliche Beziehung zwischen Naomi und Bradley ein, die seit Wochen häufig zusammen gesehen worden waren, und natürlich auf die Tatsache, daß Naomi zur selben Zeit einen erbitterten Rechtsstreit um das Sorgerecht für ihre dreijährige Tochter ausfocht.

Eine Woche nach dem Mord gab es neue Schlagzeilen.

NAOMI CHADWICK UNTER MORDVERDACHT FESTGENOMMEN
Neue Beweise lassen Zweifel an Notwehr aufkommen

Und diese Beweise waren erdrückend. Kelsey gefror das Blut in den Adern, als sie von einem Foto las, das ein von den Anwälten ihres Vaters beauftragter Detektiv aufgenommen hatte. Der Detektiv, der Beweise für Naomis angeblich lockeren Lebenswandel sammeln sollte, war dabei Zeuge des Verbrechens geworden. Davon hatte er ein Foto gemacht.

Der Detektiv hatte auch bei dem Prozeß ausgesagt. Kelsey zwang sich zum Weiterlesen. Zeugen hatten unter Eid zu Protokoll gegeben, daß Naomi und Bradley in der Öffentlichkeit sehr vertraut miteinander umgegangen seien. Daß Naomi eine ausgezeichnete Schützin sei; daß sie Partys, Champagner und die Aufmerksamkeit der Männer liebte; daß sie und Bradley am Abend des Mordes eine heftige Auseinandersetzung gehabt hätten wegen seines Flirts mit einer anderen Frau.

Dann wurde Charles Rooney, ein im Staat Virginia zugelassener Privatdetektiv, in den Zeugenstand gerufen. Er hatte dutzendweise Fotos von Naomi geschossen; auf der Rennbahn, auf der Farm, bei zahlreichen gesellschaftlichen Anlässen, und seine Berichte über die Beschattung waren minutiös dokumentiert.

Es entstand das Bild einer rücksichtslosen, leichtfertigen Frau, die nur ihr Vergnügen suchte und es kaum erwarten konnte, die Fesseln ihrer Ehe mit einem älteren Mann abzuschütteln. Sie hatte das Opfer in der Mordnacht zu sich eingeladen. Sie war allein im Haus und nur mit einem Negligé bekleidet gewesen.

Rooney konnte zwar nicht beschwören, was die beiden miteinander gesprochen hatten, doch die Fotos und seine Beobachtungen sprachen Bände. Demnach hatte das Paar sich zunächst umarmt, es war Brandy geflossen, und bald waren die beiden in Streit geraten. Naomi war nach oben gestürmt und Bradley ihr gefolgt

Pflichteifrig war Rooney auf den nächsten Baum geklettert, um sein Teleobjektiv auf das Schlafzimmerfenster zu richten. Dort wurde der Streit heftiger, Naomi schlug Bradley ins Gesicht, und als sich dieser zum Gehen wandte, zog sie eine Pistole aus ihrer Nachttischschublade. Die Kamera hatte das Entsetzen auf seinem und die Wut auf Naomis Gesicht genau eingefangen.

Kelsey starrte das Foto und die Schlagzeile, die SCHULDIG! schrie, lange an. Dann fotokopierte sie die Seiten, ordnete ihre Notizen, ging zum Telefon und wählte eine Nummer, ehe ihr Verstand Oberhand über ihre Gefühle gewinnen konnte.

»Three Willows.«

»Naomi Chadwick bitte.«

»Wer spricht denn dort?«

»Kelsey Byden.«

Am anderen Ende hörte sie kurz einen überraschten Laut. »Miß Naomi ist bei den Ställen unten. Ich sage ihr Bescheid.«

Einige Sekunden später wurde ein anderer Hörer abgehoben, und Kelsey hörte Naomis kühle, beherrschte Stimme. »Hallo, Kelsey, schön, dich zu hören.«

»Ich möchte noch einmal mit dir sprechen.«

»Sicher. Wann immer du willst.«

»Jetzt. Ich bin ein einer Stunde da, und es wäre mir lieber, diesmal mit dir allein zu sein.«

»Gut. Ich warte auf dich.«

Naomi legte auf und wischte die feuchten Hände an ihren Jeans ab. »Meine Tochter kommt, Moses.«

»Das dachte ich mir.« Moses Whitetree, Naomis Trainer, Vertrauter und langjähriger Liebhaber, las weiter in seinen Zuchtberichten. Er war halb Jude, halb Choctaw-Indianer und hatte diese Mischung nie als selbstverständlich hingenommen. Das Haar hing ihm in einem grau werdenden Zopf den Rücken hinunter, und auf seiner Brust glitzerte ein silberner Davidstern.

Es gab nichts, was er nicht über Pferde wußte. Und bis auf wenige Ausnahmen zog er sie den Menschen vor.

»Sie wird Fragen stellen.«

»Ja.«

»Was soll ich ihr antworten?«

Moses mußte Naomi nicht erst anschauen, um ihre Stimmung beurteilen zu können. Er kannte sie in- und auswendig. »Versuch's mal mit der Wahrheit.«

»Was hat mir die Wahrheit schon gebracht?«

»Sie ist dein Fleisch und Blut.«

Für Moses war alles so einfach, dachte Naomi ungeduldig. »Sie ist eine erwachsene Frau, und ich hoffe, sie hat ihre eigene Meinung. Sie wird mich nicht einfach akzeptieren, nur weil wir blutsverwandt sind, Moses. Ich wäre auch sehr enttäuscht, wenn sie das täte.«

Moses legte seine Papiere beiseite und erhob sich. Er war ein kleiner Mann, nur ein paar Pfund zu schwer und ein paar Zentimeter zu groß, um als Jockey arbeiten zu können – einst sein heimlicher Traum. »Du willst, daß sie dich liebt, aber so wie du dir das vorstellst. Du hast schon immer zuviel verlangt, Naomi.«

Liebevoll streichelte sie seine Wange, die vom Wetter

gegerbt war. Sie konnte ihm nie ernsthaft böse sein; er war der Mann, der auf sie gewartet hatte, der keine Fragen stellte und der sie immer geliebt hatte.

»Das hast du mir schon oft vorgeworfen. Aber bis zu dem Zeitpunkt, als ich sie wiedersah, wußte ich nicht, wie sehr ich sie brauchte, Moses. Ich wußte nicht, daß sie mir so viel bedeuten würde.«

»Und nun wünschst du, daß es nicht so wäre.«

»O ja.«

Das konnte er gut verstehen. Fast sein ganzes Leben lang hatte er sich gwünscht, er würde Naomi nicht lieben. »In meinem Volk gibt es ein Sprichwort.«

»In welchem Volk?«

Er mußte lächeln. Beide wußten sie, daß er die Hälfte der Sprichwörter, die er als Kommentare abgab, erfand und die andere Hälfte so auslegte, daß sie zu seinen Absichten paßte. »Nur Narren verschwenden ihre Wünsche. Gib dich so, wie du bist, das wird genügen.«

»Moses.« Ein Pferdepfleger schaute ins Büro und tippte an seinem Hut, als er Naomi sah. »Miß. Mir gefällt es nicht, wie Serenity ihr rechtes Vorderbein schont. Leicht geschwollen ist es auch.«

»Heute morgen ist sie gut gelaufen.« Moses zog die Brauen zusammen. Er war seit dem Morgengrauen auf den Beinen, um das Training zu beobachten. »Dann schauen wir doch mal.«

Moses' Büro befand sich neben den vorderen Ställen. Es war ein kleiner, vollgestopfter, unangenehm nach Pferdeurin stinkender Raum, den er aber dem luftigen Zimmer in dem weißgetünchten Gebäude bei der westlichen Weide, das sein Vorgänger benutzt hatte, vorzog.

Seine ständige Redensart lautete, der kräftige Geruch nach Pferden sei ihm angenehmer als jedes französische Parfüm, und er wolle an Ort und Stelle des Geschehens sein.

Die Ställe funkelten fast so wie die Halle eines Luxushotels, nur ging es hier lebhafter zu. Die betonierte Gasse zwischen den Stallreihen war makellos sauber geschrubbt, und an jeder Box waren Emailleschilder angeschraubt, die in goldenen Lettern den Namen des Pferdes trugen, das dort stand. Naomis Vater hatte dies eingeführt, und als Naomi die Leitung der Farm von ihrem Vater übernahm, hatte sie es beibehalten.

Es roch nach Pferden, Heu, Getreide und Leder – eine Mischung, die Naomi während der Jahre im Gefängnis schmerzlich vermißt hatte und deshalb heute um so mehr zu schätzen wußte.

Für sie war es der Geruch von Freiheit.

Als Moses vorbeiging, steckten einige Pferde die Köpfe aus ihren Ställen. Auch er verbreitete einen Geruch, den sie kannten. Und egal wie schnell er die betonierte Gasse zwischen den Ställen entlangging, er hatte immer Zeit für eine kurze Liebkosung, ein gemurmeltes Wort für die Tiere.

Die Stallburschen arbeiteten weiter wie gewohnt, nur daß Striegel und Heugabeln vielleicht etwas eifriger geschwungen wurden, wenn Moses in Sicht war.

»Ich wollte sie gerade auf die Koppel führen, als ich merkte, daß sie vorsichtig auftritt.« Der Pfleger blieb bei Serenitys Stallbox stehen. »Dann hab' ich die Schwellung gesehen und dachte, du solltest selbst mal einen Blick darauf werfen.«

Moses gab ein unverständliches Grunzen von sich und strich mit der Hand über das schimmernde kastanienfarbene Fell. Er sah der jungen Stute in die Augen, schnupperte an ihrem Maul und sprach beruhigend auf sie ein, während er ihr Bein abtastete.

Genau über der Fessel war das Bein geschwollen und fühlte sich heiß an. Als Moses vorsichtig auf die Stelle drückte, zuckte die Stute zurück und ließ ein warnendes Schnauben hören. »Sieht aus, als hätte sie sich böse gestoßen.«

»Reno hat sie heute morgen geritten.« Naomi erinnerte sich, daß der Jockey extra wegen des Trainings zur Farm gekommen war. »Sieh nach, ob er noch da ist.«

»Ja, Ma'am.« Der Pfleger eilte davon.

»Sie ist heute morgen gut gelaufen.« Naomi bückte sich neben Moses und untersuchte selbst das lahme Bein. Sanft bewegte sie es hin und her, um zu prüfen, ob die Schulter in Mitleidenschaft gezogen war. »Sieht nach einer Prellung aus«, murmelte sie. Das Bein hatte sich verfärbt, Zeichen eines Blutgerinnsels unter der Haut. Vermutlich ist der Knochen verletzt, dachte sie. Mit etwas Glück aber nicht gebrochen. »Sie sollte nächste Woche in Saragota an den Start gehen.«

»Vielleicht schafft sie's noch.« Doch Moses zweifelte daran. Nicht mit diesem Bein. »Wir können die Schwellung lindern, sollten aber trotzdem den Arzt rufen. Eine Röntgenaufnahme kann nicht schaden.«

»Ich kümmere mich darum und werde mit Reno sprechen.« Naomi richtete sich auf und legte der Stute den Arm um den Hals. Die Pferde waren zwar Kapitalanlage, ein Geschäft, doch das tat ihrer Liebe zu ihnen keinen Abbruch. »Sie hat das Herz eines Siegers, Moses. Ich will nicht hören, daß sie nie wieder Rennen laufen kann.«

Eine knappe Stunde später beobachtete Naomi grimmig, wie die verletzte Stute behandelt wurde. Die Wunde war bereits mit Wasser gekühlt worden, und nun massierte Moses selbst das Bein mit einer Mixtur aus Essig und kaltem Wasser. Der Tierarzt stand im Stall und zog eine Spritze auf.

»Wann kann sie das Training wiederaufnehmen, Matt?«

»In einem Monat, sechs Wochen Pause wären noch besser.« Matt Gunner blickte zu Naomi. Er hatte ein angenehmes, längliches Gesicht und freundliche Augen. »Der Knochen und das Gewebe sind verletzt, Naomi, aber zum Glück ist nichts gebrochen. Haltet sie im Stall, massiert sie, macht leichte Bewegungsübungen mit ihr, dann kommt sie wieder in Ordnung.«

»Wir sind scharf geritten«, warf Reno ein, der vor der Box stand und zusah. Er hatte seine Arbeitskleidung gegen einen seiner gutgeschnittenen Anzüge, die er mit Vorliebe trug, vertauscht. Die Rennbahn war sein Lebensinhalt, und für ihn wie auch für seine Kollegen gab es nichts Wichtigeres als die empfindlichen Beine eines Vollbluts. »Ich habe keinen Tempowechsel bemerkt.«

»Ich auch nicht«, bestätigte Naomi. »Reno sagt, sie ist nicht gestolpert. Ich habe das Rennen heute morgen gesehen, und mir wäre so etwas aufgefallen. Diese Stute hat ein ausgeglichenes Temperament, die gehört nicht zu den Pferden, die im Stall ausschlagen.«

»Jedenfalls hat sie einen ziemlich heftigen Schlag oder Stoß abgekriegt«, meinte Matt. »Und wenn dein Pfleger nicht so aufmerksam gewesen wäre, dann hätte es viel schlimmer enden können. So, das hier wird die Schmerzen lindern. Na komm, mein Mädchen, ganz ruhig.« Er drückte Serenity direkt über der Wunde die Nadel ins Fleisch. Die Stute rollte die Augen und schnaubte, hielt aber still. »Sie ist gesund und kräftig«, sagte Matt. »Sie wird wieder an Rennen teilnehmen können. Moses, ich kann dir nichts zur Weiterbehandlung sagen, was du nicht schon wüßtest. Ruf mich an, wenn sie Fieber bekommt. Sonst . . .« Er brach ab und starrte über Naomis Schulter.

»Entschuldigung.« Kelsey war gekommen, ihre Handtasche und einen Schnellhefter fest in der Hand. »Ich wollte nicht stören. Im Haus hat man mir gesagt, daß ich dich hier finden würde.«

»Oh«, zerstreut fuhr sich Naomi mit der Hand durchs Haar. »Ich habe die Zeit vollkommen vergessen. Wir haben hier ein kleines Problem. Matt, das ist meine Tochter Kelsey. Kelsey Byden, Matt Gunner, unser Tierarzt.«

Matt streckte die Hand aus, merkte, daß er noch immer die Spritze festhielt, und zog sie errötend zurück. »Tut mir leid. Hallo«

Trotz ihrer Nervosität mußte Kelsey lächeln. »Nett, Sie kennenzulernen.«

»Und das ist Moses Whitetree«, fuhr Naomi fort, »unser Trainer.«

Moses massierte weiterhin das Bein der Stute und nickte nur knapp.

»Reno Sanchez, einer der besten Jockeys im Umkreis.«

»Der beste«, meinte Reno augenzwinkernd. »Sehr erfreut.«

»Gleichfalls«, erwiderte Kelsey automatisch. »Ihr habt zu tun. Ich kann warten.«

»Nein, ich kann hier nichts mehr tun. Danke, daß du so schnell gekommen bist, Matt. Tut mir leid, daß ich dir den Feierabend verdorben habe, Reno.«

»Kein Problem. Bis zum nächsten Start hab' ich noch viel Zeit.« Mit unverhohlener Bewunderung blickte er wieder zu Kelsey. »Sie müssen mal zur Rennbahn kommen und mir beim Reiten zusehen.«

»Das würde ich gern tun.«

»Moses, ich komme später noch mal wieder und sehe nach ihr. Laß uns ins Haus gehen, Kelsey.« Sorgsam jegliche Berührung vermeidend, wies Naomi ihr den Weg zum Hinterausgang.

»Ist das Pferd krank?«

»Verletzt, leider. Wir müssen sie von den Rennen der nächsten Wochen abmelden.«

»So ein Jammer.«

Kelsey blickte zu einer Koppel hinüber, wo ein Jährling an der Longe die Gangarten durchexerzierte. Ein anderes Tier, diesmal mit Reiter, wurde von einem Betreuer gerade zum Übungsplatz geführt. Ein Pferdepfleger wusch einen schimmernden Braunen, während andere ihre Pferde einfach nur im Kreis herumführten.

»Ganz schöner Betrieb hier«, murmelte Kelsey, die sich bewußt war, daß viele Augen auf sie gerichtet waren.

»Ja, die Hauptarbeit ist morgens, aber am Nachmittag, wenn die Rennbahn schließt, wird's hier wieder lebhaft.«

»Habt ihr heute ein Rennen?«

»Irgendein Rennen findet immer statt«, erwiderte Naomi abwesend. »Aber im Augenblick haben wir noch einige trächtige Stuten, so daß auch noch Arbeit in der Nacht anfällt.« Sie lächelte leise. »Fohlen kommen offenbar am liebsten mitten in der Nacht.«

»Mir war gar nicht klar, daß du so ein Riesengestüt hast.«

»Innerhalb der letzten zehn Jahre sind wir zu einem der führenden Vollblutgestüte hier im Staat aufgestiegen. Eines unserer Pferde ist sogar bei den letzten drei Derbys gestartet. Hat in St. Leger und Belmont gewonnen. Seit zwei Jahren halten wir den Breeder's Cup, und bei den letzten Olympischen Spielen holte eine unserer Stuten Gold.« Lachend brach Naomi ab. »Wenn ich erst anfange ... Ich bin schlimmer als eine Großmutter mit einer Brieftasche voller Schnappschüsse.«

»Ist schon in Ordnung, es interessiert mich wirklich.« Mehr, dachte Kelsey, als sie geahnt hatte. »Als Kind hatte ich Reitstunden. Ich glaube, die meisten Mädchen machen diese pferdenärrische Phase durch. Dad war entschieden dagegen, aber ...« Sie schwieg einen Augenblick, da ihr plötzlich klar wurde, warum ihr Vater über diese schon fast traditionelle Mädchenschwärmerei so unglücklich gewesen war.

»Natürlich«, lächelte Naomi dünn. »Das ist nur zu verständlich. Aber du hattest trotzdem Reitstunden?«

»Ja, ich habe sie ihm abgebettelt.« Kelsey blieb stehen und sah ihrer Mutter direkt in die Augen. Ihr fielen nun die ersten leichten Anzeichen des Alterns auf, die sie bei ihrem ersten Treffen vor lauter Nervosität nicht bemerkt hatte. Feine Linien umgaben die Augen, andere, Sorgenfalten vielleicht, zeigten sich auf der hohen Stirn. »Es muß schwer für ihn gewesen sein, mich Tag für Tag zu sehen«, sagte Kelsey.

»Das glaube ich nicht. Was auch immer Philip von mir hielt, dich hat er vergöttert.« Naomi wandte den Blick ab. Es war leichter, auf die Berge zu schauen. Ein helles, freudiges Wiehern ertönte, für Naomi der schönste Ton der Welt. »Ich habe dich noch gar nicht nach ihm gefragt. Wie geht es ihm?«

»Es geht ihm gut. Er ist jetzt Dekan der Englischen Fakultät an der Universität von Georgetown. Seit sieben Jahren schon.«

»Er hat einen glänzenden Kopf. Außerdem ist er ein guter Mann.«

»Aber nicht gut genug für dich.«

Naomi hob eine Augenbraue. »Liebe Kelsey, ich war nie gut genug für ihn. Da kannst du fragen, wen du willst.« Sie warf ihr Haar zurück und ging weiter. »Wie ich höre, hat er wieder geheiratet.«

»Ja, als ich achtzehn war. Sie sind sehr glücklich miteinander. Ich habe auch noch einen Stiefbruder, er heißt Channing.«

»Und du magst deine Familie?«

»Sehr.«

Wie bei ihrem ersten Besuch öffnete Naomi ihr die Terrassentür. »Was kann ich dir anbieten? Kaffee, Tee? Oder vielleicht ein Glas Wein?«

»Danke, das ist nicht nötig.«

»Ich hoffe, du machst Gertie die Freude. Als sie hörte, daß du kommst, hat sie bergeweise Plätzchen gebacken. Ich weiß, daß du dich nicht mehr an sie erinnerst, aber du hast ihr viel bedeutet.«

Gefangen in der Falle aus Höflichkeit und Mitgefühl, sagte Kelsey: »Also gut, dann Tee und Plätzchen, bitte.«

»Ich werde es ihr sagen. Setz dich doch.«

Kelsey blieb stehen. Sie hielt es für gerechtfertigt, sich die Umgebung, in der ihre Mutter lebte, genauer anzusehen. Auf den ersten Blick wirkte der Raum unauffällig elegant. Ein kleines Feuer im Kamin brannte, und die rosafarbenen Vorgänge waren zurückgezogen, um die Sonne ins Zimmer zu lassen. Ihre Strahlen fielen auf ein gutes Dutzend wunderschöner Kristallpferde, die wie Edelsteine im hellen Licht funkelten. Auf dem glänzenden Parkettboden lag ein farblich auf die Vorhänge und das cremefarbene Sofa abgestimmter orientalischer Läufer.

Nichts wirkte protzig oder übertrieben. Die Wände waren mit Waschseide bespannt, die im selben Elfenbeinton wie die Polstermöbel schimmerte. Doch die riesigen abstrakten Gemälde an der Wand, in leuchtenden Farben gehalten, schienen vor Kelseys Augen förmlich zu explodieren. Es waren kraftvolle, von Leidenschaft und Zorn bestimmte Arbeiten, und ein Zucken ging durch ihren

Körper, als sie bemerkte, daß alle Gemälde mit einem blutroten N. C. signiert waren.

Naomis Werke? Niemand hatte je erwähnt daß ihre Mutter malte. Und diese Bilder stammten beileibe nicht von einem Stümper, sondern von jemandem, der über großes Talent verfügte.

In diese Umgebung hätten die Gemälde eigentlich einen Mißton bringen müssen. Statt dessen belebten sie den Raum.

Kelsey entdeckte noch weitere Objekte in diesem Zimmer. Eine Frauenstatue, deren alabasterfarbenes Gesicht unvorstellbaren Schmerz ausdrückte, ein blaßgrünes Glasherz mit einem gezackten Sprung in der Mitte, ein kleines, mit bunten Steinen gefülltes Glas.

»Die haben Ihnen gehört.«

Schuldbewußt ließ Kelsey einen Stein ins Glas zurückfallen und drehte sich um. Gertie hatte den Teewagen hereingeschoben und blieb neben ihr stehen. »Wie bitte?«

»Sie haben schon immer gern schöne Steine gesammelt. Ich habe sie für Sie aufgehoben, als Sie . . .« Ihre Stimme schwankte. »Als Sie fortgingen.«

»Oh.« Was sollte sie darauf sagen? »Dann arbeitest du schon lange hier?«

»Ich kam schon als junges Mädchen nach Three Willows. Meine Mutter hat für Mr. Chadwick den Haushalt geführt, und als sie sich zur Ruhe setzte, habe ich ihren Platz eingenommen. Hier sind Schokoladenplätzchen, die mochten Sie immer am liebsten.«

Die Frau verschlang Kelsey nahezu mit den Blicken, und die Freude, die in ihren Augen leuchtete, war Kelsey fast unangenehm. »Ich esse sie auch heute noch gerne«, brachte sie mühsam hervor.

»Setzen Sie sich und greifen Sie zu. Miß Naomi telefoniert, aber sie kommt sofort.« Vor Freude summend, goß Gertie Tee ein und ordnete die Plätzchen auf einer Platte. »Ich wußte, daß Sie zurückkommen. Immer hab' ich's gewußt. Miß Naomi, die glaubte nicht daran, zermürbte sich immer mehr. Aber ich hab' zu ihr gesagt: ›Sie ist Ihre Tochter, und sie kommt zurück zu ihrer Mama.‹ Und recht hatte ich! Jetzt sind Sie hier.«

»Ja.« Kelsey zwang sich, sich hinzusetzen und eine Tasse Tee zu nehmen – »jetzt bin ich hier.«

»Und so erwachsen!« Unfähig, sich zurückzuhalten, strich Gertie kurz über Kelseys Haar, »Sie sind eine erwachsene Frau.« Sie schien den Tränen nahe. Schnell ließ sie wieder die Hand fallen, wandte sich rasch ab und eilte aus dem Zimmer.

»Entschuldige bitte«, sagte Naomi, die nur kurz danach hereinkam. »Gertie reagiert sehr emotional. Es muß peinlich für dich sein.«

»Schon gut.« Kelsey nippte an ihrem Tee. Assam diesmal, konstatierte sie, leicht lächelnd. Naomi mußte lachen.

»Das ist mein hintergründiger Sinn für Humor.« Sie schenkte sich selbst ein und nahm Platz. »Ich war mir nicht sicher, ob du wiederkommst.«

»Ich mir auch nicht. Vielleicht wäre ich nicht gekommen, zumindest nicht so schnell, wenn Großmutter es mir nicht strikt verboten hätte.«

»Ach ja, Milicent.« Bemüht, sich zu entspannen, streckte Naomi ihre langen Beine aus. »Sie hat mich von Anfang an verabscheut. Nun ja«, fügte sie achselzuckend hinzu, »das beruhte auf Gegenseitigkeit. Sag mir, hast du es geschafft, ihren hohen Ansprüchen zu genügen?«

»Nicht ganz.« Kelsey lächelte unsicher. Es erschien ihr nicht richtig, an diesem Ort über ihre Großmutter zu sprechen.

»Familienehre«, nickte Naomi verständnisvoll. »Du hast vollkommen recht. Ich sollte dich nicht zu indirekter Kritik an Milicent bewegen. Außerdem sollte nicht ich es sein, die hier die Fragen stellt.«

»Wie kannst du dich bloß so gelassen geben?« Kelsey setzte ihre Tasse mit einem vernehmlichen Klirren ab. »Wie kannst du bloß so ruhig dasitzen?«

»Ich habe im Gefängnis vieles gelernt, unter anderem, das Leben so zu nehmen, wie es kommt. Jetzt bist du am Zuge, Kelsey. Ich hatte viel Zeit, über alles nachzudenken, und bevor ich mich mit dir in Verbindung setzte, hatte ich mir geschworen, alles zu akzeptieren, was auch geschehen mag.«

»Warum hast du so lange gewartet? Du bist doch schon vor einiger Zeit aus dem Gefängnis entlassen worden.«

»Vor zwölf Jahren, acht Monaten und zehn Tagen. Ehemalige Häftlinge sind da noch genauer als ehemalige Raucher, und ich bin beides.« Wieder lächelte sie. »Doch das ist keine Antwort auf deine Frage. Schon am Tag meiner Entlassung dachte ich daran, mich bei dir zu melden. Ich bin sogar zu deiner Schule gefahren. Eine Woche lang saß ich jeden Tag im Auto und beobachtete dich von dort auf dem Schulhof. Sah, wie du mit den anderen Kindern spieltest. Einmal bin ich sogar ausgestiegen und wollte über die Straße gehen. Und da habe ich mich gefragt, ob man mir wohl anmerkt, daß ich aus dem Gefängnis komme. Ich dachte, jeder müsse es sehen, so, als trüge ich ein Kainsmal auf der Stirn.«

Naomi hob die Schultern und nahm sich ein Plätzchen. »Also stieg ich wieder in mein Auto und fuhr davon. Du warst glücklich, du wurdest behütet, und du hattest keine Ahnung, daß es mich gibt. Dann wurde mein Vater krank. Die Jahre vergingen, Kelsey. Jedesmal, wenn ich daran dachte, zum Telefon zu greifen oder dir zu schreiben, schien es mir der falsche Zeitpunkt zu sein.«

»Und warum gerade jetzt?«

»Ich hielt die Zeit für gekommen. Jetzt bist du nicht so glücklich, nicht so behütet, und ich dachte, es sei an der Zeit, daß du von meiner Existenz erfährst. Deine Ehe ist gescheitert, und du stehst an einem Scheideweg. Vielleicht denkst du, ich kann nicht nachempfinden, wie du dich fühlst, aber glaub mir, ich kann es.«

»Du weißt über Wade Bescheid?«

»Ja. Und über deinen Job und dein Studium. Du hattest Glück, daß du die Intelligenz deines Vaters geerbt hast. Ich war immer eine miserable Studentin. Wenn du die Plätzchen nicht ißt, steck wenigstens ein paar ein, ja? Gertie merkt es bestimmt nicht.«

Seufzend nahm sich Kelsey eines und biß hinein. »Ich weiß nicht, was ich von all dem halten soll. Und ich weiß nicht, was ich von dir halten soll.«

»Die Realität ist selten so, wie es einem die Seifenopern im Fernsehen weismachen wollen«, meinte Naomi lakonisch. »Tränenreiche Wiedervereinigung von Mutter und Tochter. Alles vergeben und vergessen. Ich verlange ja gar nicht, daß alles vergeben und vergessen sein soll, Kelsey. Ich hoffe nur, daß du mir eine Chance gibst.«

Kelsey nahm den Schnellhefter, den sie neben sich auf das Sofa gelegt hatte. »Ich habe einige Nachforschungen angestellt.«

Das muß die Hölle gewesen sein, dachte Naomi und griff nach einem weiteren Plätzchen. »Das habe ich mir schon gedacht. Zeitungsberichte über den Prozeß?«

»Unter anderem.«

»Ich kann dir eine Abschrift des Protokolls besorgen.«

Kelseys Finger schlossen sich um den Schnellhefter. »Ein Protokoll?«

»Wäre ich an deiner Stelle, wollte ich es sehen. Die Verhandlung war öffentlich, Kelsey. Selbst wenn ich etwas geheimhalten wollte, wäre es mir nicht möglich.«

»Als ich das letzte Mal hier war, fragte ich dich, ob du schuldig bist, und du sagtest ja.«

»Du fragtest, ob ich Alec getötet habe, und ich bejahte das.«

»Warum hast du mir nicht gesagt, daß du in Notwehr gehandelt hast?«

»Was macht das für einen Unterschied? Ich wurde verurteilt, habe meine Strafe abgesessen und bin, wie man so schön sagt, rehabilitiert.«

»Also war es eine Lüge? War es nur eine Ausrede, als du ausgesagt hast, daß du ihn erschießen mußtest, weil er dich vergewaltigen wollte?«

»Die Geschworenen waren dieser Ansicht.«

»Ich frage aber *dich*«, schoß Kelsey zurück. »Ich will ein einfaches Ja oder Nein.«

»Jemanden zu töten ist niemals einfach, egal unter welchen Umständen.«

»Und welche Umstände waren das? Du hast ihn ins Haus, in dein Schlafzimmer gelassen.«

»Ich ließ ihn ins Haus«, berichtigte Naomi. »Er kam in mein Schlafzimmer.«

»Er war dein Liebhaber.«

»Das war er nicht.« Mit eiskalten Händen schenkte Naomi Tee nach. »Vielleicht wäre er es irgendwann einmal geworden, aber damals habe ich nicht mit ihm geschlafen.« Ihr Blick heftete sich auf ihre Tochter. »Auch das haben die Geschworenen nicht geglaubt. Ich fand ihn anziehend und hielt ihn für einen charmanten, harmlosen Dummkopf.«

»Du hast dich wegen einer anderen Frau mit ihm gestritten.«

»Ich bin sehr besitzergreifend«, entgegnete Naomi nüchtern. »Er sollte bis über beide Ohren in mich verliebt sein, und das hieß, daß ich mit anderen flirten durfte, er aber nicht. Und da er begann, mich zu langweilen und mir lästig zu werden, beschloß ich, die Beziehung zu beenden. Alec war damit keineswegs einverstanden. Wir hatten einen Streit, in aller Öffentlichkeit. Später, als wir allein waren, stritten wir weiter. Er gebärdete sich wie rasend, beschimpfte mich auf übelste Weise und versuchte dann, durch Grobheit sein Ziel zu erreichen. Ich sagte, er solle verschwinden.«

Trotz aller Bemühungen, die Ruhe zu bewahren, zitterte ihre Stimme, als sie an diese Nacht zurückdachte. »Statt dessen folgte er mir nach oben, nannte mich Gott weiß was und wurde gewalttätig. Vermutlich wollte er mir zeigen, was ich verpaßt hatte, als er mich mit Gewalt ins Bett zerren wollte. Ich war wütend und hatte Angst. Als mir klar wurde, daß er genau das tun würde, was er mir angedroht hatte, wehrte ich mich, riß mich los, griff nach meiner Pistole und erschoß ihn.«

Wortlos schlug Kelsey den Schnellhefter auf und nahm die Kopie des Zeitungsfotos heraus. Als Naomi es sah, verriet nur ein Zucken im Mundwinkel ihre Gefühle.

»Nicht sehr schmeichelhaft, weder für ihn noch für mich, nicht wahr? Allerdings wußten wir damals nicht, daß wir Zuschauer haben.«

»Er berührt dich gar nicht. Er hat die Hände erhoben.«

»Vermutlich hätte man selbst an Ort und Stelle sein müssen, um die Situation richtig beurteilen zu können.« Naomi reichte ihrer Tochter das Foto zurück. »Ich verlange ja nicht, daß du mir glaubst, Kelsey. Warum solltest du auch? Wie auch immer die Umstände gewesen sein mochten, ich bin nicht ohne Schuld. Doch ich habe dafür bezahlt, und die Gesellschaft hat mir noch eine Chance gegeben. Und mehr verlange ich auch nicht von dir.«

»Warum hast du mich in dem Glauben gelassen, du seist tot? Warum hast du das zugelassen?«

»Weil es in gewisser Weise zutraf. Ein Teil von mir war tot. Und egal welches Verbrechen ich auch begangen habe, dich habe ich geliebt. Ich wollte nicht, daß du in dem Wissen aufwächst, daß ich in einem Käfig sitze. Ansonsten hätte ich diese zehn Jahre nicht überstanden. Und ich mußte überleben.«

Dutzende von Fragen schwirrten Kelsey im Kopf umher, doch sie wußte nicht, ob sie die Antworten ertragen konnte. »Ich kenne dich nicht«, sagte sie schließlich. »Ich weiß nicht, ob ich jemals etwas für dich empfinden werde.«

»Dein Vater hat dir doch sicher Sinn für Gerechtigkeit beigebracht. Und wenn nicht er, dann Milicent. Ich will an diesen Gerechtigkeitssinn appellieren und dich bitten, hierherzukommen und ein paar Wochen zu bleiben. Einen Monat vielleicht.«

Für einen Augenblick verschlug es Kelsey die Sprache. »Ich soll hier leben?« stieß sie schließlich hervor.

»Nennen wir es einen ausgedehnten Besuch, Kelsey. Ein paar Wochen deines Lebens gegen die Zeit, die ich verloren habe.«

Sie wollte nicht betteln. O Gott, sie wollte nicht betteln, doch sie würde es tun, wenn es sein mußte. »Es mag ja egoistisch und unfair sein, aber ich will diese Chance.«

»Das ist zu viel verlangt.«

»Das ist es wohl. Aber ich verlange es trotzdem. Ich bin deine Mutter, das kannst du nicht leugnen. Du kannst mir zwar aus dem Weg gehen, wenn du das willst, aber ich bin und bleibe deine Mutter. Wir werden in Ruhe herausfinden können, wie wir zueinander stehen. Wenn sich gar kein Gefühl zwischen uns entwickelt, kannst du gehen. Aber ich wette, du bleibst.« Naomi beugte sich vor. »Aus welchem Holz bist du geschnitzt, Kelsey? Hast du genug Chadwick-Blut in den Adern, um eine Herausforderung anzunehmen?«

Kelsey rieb sich ihr Kinn. Es war eine Herausforderung, aber darauf war sie eher bereit einzugehen als auf eine Bitte. »Einen ganzen Monat kann ich dir nicht versprechen, aber ich werde kommen.« Überrascht bemerkte sie, daß Naomis Lippen leicht zitterten, ehe sie sich zu ihrem üblichen kühlen Lächeln verzogen.

»Ausgezeichnet. Wenn ich dich schon nicht unterhalten kann, Three Willows kann's bestimmt. Dann werden wir sehen, wieviel du in deinen Reitstunden gelernt hast.«

»Ich lasse mich nicht leicht abwerfen.«

»Ich auch nicht.«

4

Das Dinner im Familienkreis war von jeher eine äußerst zivilisierte Angelegenheit. Stilvoll wurde dabei ausgezeichnetes Essen serviert – wie eine Henkersmahlzeit, dachte Kelsey, als sie ihre Lauchsuppe löffelte. Sie wollte den Abend im Hause ihre Vaters weder als Verpflichtung noch, was schlimmer war, als Verhör betrachten. Doch sie wußte, daß beides zutraf.

Philip betrieb beiläufig Konversation, doch sein Lächeln wirkte aufgesetzt. Seit Kelsey ihm von ihrem bevorstehenden Besuch auf Three Willows erzählt hatte, ließ ihn die Vergangenheit nicht mehr los. Obwohl er es Candace gegenüber als illoyal empfand, konnte er kaum an etwas anderes denken als an seine erste Frau. Nachts wälzte er sich schlaflos von einer Seite auf die andere, da ihn seine Erinnerungen peinigten. Obwohl er sich selbst sagte, daß er sich wie ein Narr verhielt, quälte ihn der Gedanke, er könne das Kind verlieren, um das er so erbittert gekämpft hatte.

Doch dieses Kind war inzwischen zur Frau gereift. Er brauchte sie nur anzusehen, um sich dessen bewußt zu werden. Und doch, wenn er die Augen schloß, sah er das Kind vor sich. Und fühlte sich schuldig.

Milicent wartete, bis das gegrillte Hähnchen serviert wurde. Normalerweise vermied sie es, während der Mahlzeit unerfreuliche Themen anzuschneiden, doch diesmal würde ihr wohl keine andere Wahl bleiben.

»Du fährst morgen fort, wie ich hörte?«

»Ja.« Kelsey nahm einen Schluck aus ihrem Wasserglas und sah zu, wie die dünne Zitronenscheibe darin auf und ab tanzte. »Gleich morgen früh.«

»Und dein Job?«

»Ich habe gekündigt.« Herausfordernd hob Kelsey eine Augenbraue. »Es war sowieso nicht viel mehr als eine ehrenamtliche Tätigkeit. Wenn ich zurückkomme, kann ich mich ja immer noch bei der Smithsonian Institution bewerben.«

»Für jemanden, der kommt und geht, wie es ihm beliebt, dürfte es schwierig sein, eine Stelle zu finden.«

»Mag sein.«

»Die Gesellschaft für Geschichte kann immer Hilfe gebrauchen«, warf Candace ein. »Vielleicht kann ich ein gutes Wort für dich einlegen.«

»Danke, Candace.« Der reinste Friedensengel, dachte Kelsey. »Ich werde es mir überlegen.«

»Vielleicht befällt dich ja auch das Rennfieber.« Channing zwinkerte seiner Stiefschwester zu. »Dann legst du dir einen feurigen Hengst zu und reist von Rennen zu Rennen.«

»Das wäre sowohl unpassend als auch unklug.« Milicent betupfte die Lippen mit ihrer Serviette. »Für jemanden deines Alters mag das ja romantisch und aufregend klingen, aber Kelsey ist alt genug, um es besser zu wissen.«

»Ich stell mir das toll vor. Sich in den Ställen herumzutreiben, hier und da eine kleine Wette zu riskieren ... Ich hätte nichts dagegen, ein paar Wochen auf dem Land zu verbringen.«

»Du könntest mich besuchen kommen. Ich würde mich freuen.«

»Ist das alles, woran du denken kannst?« Aufgebracht legte Milicent ihre Gabel beiseite. »An dein persönliches Vergnügen? Hast du eigentlich eine Ahnung, was du deinem Vater antust?«

»Mutter ...«

Doch Milicent wischte Philips Einwand mit einer ungeduldigen Handbewegung beiseite. »Nach all dem Kummer, den uns diese Person bereitet hat, muß sie jetzt nur mit den Fingern schnippen, und Kelsey kommt angerannt. Es ist unfaßbar.«

»Sie hat keineswegs einfach nur mit den Fingern geschnippt.« Unter dem Tisch ballte Kelsey die Fäuste. Fahr nicht aus der Haut, ermahnte sie sich. »Sie bat mich um einen Besuch, und ich war einverstanden. Es tut mir leid, wenn du dich verletzt fühlst, Dad.«

»Es ist eher so, daß ich mir Sorgen um dich mache, Kelsey.«

»Ich frage mich . . .« In der Hoffnung, Milicent zu beschwichtigen und wenigstens den Rest des Abends zu retten, meldete Candace sich zu Wort. »Mußt du denn wirklich dort wohnen, Kelsey? Schließlich liegt die Farm nur eine Stunde von hier. Du könntest es langsamer angehen lassen und ab und zu über's Wochenende hinfahren.« Sie blickte zu Philip, um seine Reaktion zu sehen, dann lächelte sie Kelsey bittend an. »Das erscheint mir wesentlich vernünftiger.«

»Wenn sie nur einen Funken Verstand hätte, wäre sie nie dorthin gefahren.«

Kelsey verbiß sich ein Seufzen und lehnte sich zurück. »Es ist ja nicht so, als ob ich einen Vertrag unterschrieben hätte. Ich kann jederzeit wieder gehen. Aber ich will hinfahren.« Das galt ihrem Vater. »Ich will herausfinden, wer sie wirklich ist.«

»Kann ich verstehen«, stimmte Channing mit vollem Mund zu. »Wenn ich erfahren hätte, daß meine totgeglaubte Mutter noch am Leben ist und 'ne Zeitlang gesessen hat, würde ich auch so handeln. Hast du sie gefragt, wie's im Bau so ist? Ich liebe diese Filme, die von Frauen im Knast handeln.«

»Channing!« flüsterte Candace entsetzt. »Du bist geschmacklos!«

»Ich bin bloß neugierig.« Er spießte eine goldgelbe Frühkartoffel auf die Gabel. »Ich wette, der Fraß im Gefängnis ist ätzend.«

Kelsey lachte laut auf. »Ich verspreche dir, sie danach zu fragen. Sagt mal, sind Channing und ich hier die einzigen, denen das Ganze nicht wie eine Szene aus einem Rührstück vorkommt? Seid doch froh, daß ich meinen Schock nicht auf der Couch eines Psychiaters verarbeite oder in Alkohol ertränke. Ich bin schließlich diejenige, die

die neue Situation am stärksten belastet, aber ich tue mein Bestes, um damit fertig zu werden.«

»Du denkst nur an dich«, zischte Milicent mit zusammengekniffenen Lippen.

»Ganz recht. Ich denke an mich.« Was zuviel war, war zuviel, entschied Kelsey und stand vom Tisch auf. »Vielleicht interessiert es dich ja, daß sie kein einziges böses Wort über dich verloren hat«, sagte sie zu ihrem Vater. »Es gibt keine hinterhältige Verschwörung, die mich gegen dich aufwiegeln soll. Das wäre auch gar nicht möglich.« Sie beugte sich zu ihrem Vater und küßte ihn auf die Wange. »Danke für das Essen, Candace. Ich muß jetzt wirklich nach Hause und packen. Channing, ruf mich an, wenn du ein freies Wochenende hast. Gute Nacht, Großmutter.«

Sie eilte hinaus. Als die Tür hinter ihr zufiel, holte sie tief Luft. Der Geruch der Freiheit, dachte sie, und sie würde sie genießen.

Als Kelsey am nächsten Morgen in Three Willows ankam, öffnete Gertie die Tür. »Da sind Sie ja!« Sie nahm Kelsey den Koffer aus der Hand, ehe sie protestieren konnte. »Miß Naomi ist bei den Ställen. Wir wußten nicht genau, wann Sie kommen, aber ich soll ihr sagen, wenn Sie da sind.«

»Nein, laß nur. Sie ist sicher beschäftigt. Ich nehme dir den Koffer ab, er ist schwer.«

»Ach wo, ich bin kräftig wie ein Pferd.« Gertie hob den Koffer an. »Ich zeige Ihnen jetzt Ihr Zimmer.«

So klein und dünn sie auch war, mühelos stieg Gertie die Stufen empor, munter weiterschwatzend. »Alles ist vorbereitet. Es tut gut, wieder etwas zu tun zu haben. Miß Naomi kümmert sich wenig ums Haus. Braucht mich eigentlich gar nicht.«

»Das kann ich nicht glauben.«

»Oh, als Gesellschafterin schon. Aber sie ißt wie ein Spatz und macht fast alles selbst, ehe ich es ihr abnehmen kann.« Gertie führte den Gast durch eine geräumige Diele, die mit einem rosengemusterten Teppich ausgelegt war. »Manchmal hat sie Leute da, aber es ist nicht mehr so wie früher. Damals hatten wir ständig Gäste.«

Sie öffnete eine Tür, trat ins Zimmer und legte den Koffer auf ein elegantes Himmelbett.

Durch die hohen, schmalen Fenster, die zum Garten hinausgingen, fiel helles Sonnenlicht in das Zimmer. Die kräftigen Farben und die geschmackvoll arrangierten Blumen verliehen dem Raum eine elegante, beinahe europäische Note.

»Wie hübsch!« Kelsey trat zu einer Frisierkommode aus Kirschholz, auf der eine Kristallvase mit frischen Tulpen stand. »Als ob man in einem Garten schliefe.«

»Früher war das Ihr Zimmer. 'türlich anders eingerichtet, ganz in Weiß und Rosa. – wie ein Bonbonladen.« Gertie biß sich auf die Lippen, als sie Kelseys überraschten Blick auffing. »Miß Naomi sagte, wenn Ihnen das Zimmer nicht gefällt, können Sie auch den Raum gegenüber nehmen.«

»Nein, es gefällt mir gut.« Kelsey verharrte einen Augenblick, wartete darauf, jeden Moment von Erinnerungen überflutet zu werden. Doch sie empfand lediglich Neugier.

»Ihr Badezimmer ist hier.« Dienstbeflissen öffnete Gertie eine Tür. »Wenn Sie noch Handtücher brauchen, sagen Sie's nur. Oder wenn Sie sonst noch etwas wünschen. Ich gehe und hole Miß Naomi.«

»Nein.« Kurz entschlossen drehte Kelsey sich um. »Ich gehe sie selbst suchen. Auspacken kann ich ja später.«

»Ich mach' das schon für Sie. Sie sehen sich um und genießen Ihren Besuch. Bald gibt's Lunch. Knöpfen Sie Ihre Jacke zu, es ist kühl draußen.«

Kelsey verkniff sich ein Grinsen. »Okay. Zum Lunch bin ich wieder da.«

»Bringen Sie Ihre Mama mit. Sie muß etwas essen.«

»Ich werd's ihr ausrichten«, sagte Kelsey und ließ Gertie mit dem Koffer allein.

Die Verlockung, sich das Haus genauer anzusehen, den

Kopf in jeden Raum zu stecken und den letzten Winkel zu erforschen, war groß. Doch das hatte Zeit. Ein Hauch von Winter lag zwar noch in der Luft, doch schien die Sonne strahlend hell vom Himmel. Ein gutes Omen, hoffte Kelsey, als sie das Haus verließ.

Sie wollte nicht gleich zu Beginn ihres Besuches den Schatten der Vergangenheit nachjagen. Auf lange Sicht war das natürlich unvermeidlich. Doch es konnte nicht schaden, einen unbeschwerten Tag auf dem Lande zu verbringen, den Duft der ersten Frühlingsblumen und des jungen Grases zu genießen und die Berge, Pferde und den blauen Himmel zu bewundern. Zumindest vorerst konnte sie ihren Aufenthalt hier als Kurzurlaub betrachten. Erst als sie ihren Koffer gepackt hatte, war ihr bewußt geworden, wie dringend sie es nötig hatte, dem Alltagstrott zu entfliehen. Bloß weg aus ihrem leeren Apartment, weg von dem Job und der nervenzermürbenden Aufgabe, sich an das Singleleben zu gewöhnen.

Außerdem, dachte sie, als ihr der Geruch nach Pferden in die Nase stieg, konnte sie auch hier noch etwas lernen. Sie verstand überhaupt nichts vom Pferderennsport, kannte sich in dieser Welt überhaupt nicht aus und hatte nur wenig Ahnung von Pferden.

Also würde sie sich jetzt bemühen, soviel wie möglich darüber herauszufinden. Sie hatte das Gefühl, daß der Schlüssel zum Wesen ihrer Mutter in dem Umfeld lag, in dem sie lebte.

Wie schon bei ihrem letzten Besuch herrschte bei den Ställen reges Treiben. Pferde wurden herumgeführt oder gestriegelt, Männer wie Frauen schleppten Futtersäcke heran oder schoben Schubkarren mit Mist fort. Kelsey ignorierte die neugierigen Blicke und ging hinein.

In der ersten Box bandagierte ein Pfleger einer Stute das Bein. Kelsey zögerte, als er zu ihr aufschaute. Unter seinen Augen lagen tiefe Schatten. Sein Gesicht erschien ihr steinalt und seine Haut erinnerte an von der Sonne ausgedörrtes Leder.

»Entschuldigung. Ich suche Miß Chadwick.«

»Groß geworden, nich' wahr?« Der Mann schob einen Priem Kautabak in den Mund. »Hab' schon gehört, daß Sie kommen. So, Süße, das wär's.«

Kelsey brauchte einen Moment, um zu begreifen, daß diese Bemerkung nicht ihr, sondern der Stute galt. »Fehlt ihr etwas?« wollte sie wissen.

»Nur 'ne leichte Verstauchung. Alt ist sie, aber das Rennen hat sie noch nicht verlernt. Du erinnerst dich noch an die alten Zeiten, was, mein Mädchen? Hat ihr erstes und ihr letztes Rennen gewonnen, und 'ne ganze Reihe dazwischen. Fünfundzwanzig ist sie jetzt. War 'n munteres Fohlen, als Sie sie das letzte Mal gesehen haben.« Er schenkte ihr ein zahnloses Grinsen. »Nehm' an, Sie erinnern sich weder an sie noch an mich. Boggs heiß' ich. Hab' Sie auf Ihr erstes Pony gesetzt, aber vermutlich ham' Sie vergessen, wie das geht.«

»Nein, ich kann reiten.« Kelsey streckte vorsichtig die Hand aus, um die alte Stute zu streicheln. »Wie heißt sie denn?«

»Queen Vanity Fair. Ich nenn' sie einfach Queenie.«

Die Stute schnaubte leise, und ihre sanften braunen Augen richteten sich auf Kelsey. »Sie ist zu alt, um noch beim Rennen zu starten«, murmelte Kelsey.

»Und auch zum Fohlen, Queenie ist im Ruhestand. Aber manchmal denkt sie, sie wär noch 'n junges Ding, so tobt sie 'rum. Wenn ich 'n Sattel mitbringen täte, was meinen Sie, wie sie dann die Ohren spitzen würde«.

»Man kann sie also noch reiten?«

»Wenn's der richtige Reiter ist. Ihre Ma' ist hinten im Schuppen, auf der linken Seite. Große Dinge geh'n heute hier vor.«

»Oh. Vielen Dank auch, äh, . . .«

»Boggs. Willkommen zu Hause.« Der Mann drehte sich um und strich mit seiner knorrigen, verarbeiteten Hand zart über das Bein der Stute. »Besser, Sie zieh'n beim nächsten Mal Stiefel an.«

»Ja«, Kelsey sah auf ihre weichen italienischen Pumps hinab. »Da haben Sie recht.«

Sie durchquerte die Ställe und blieb, nach einem prüfenden Blick über ihre Schulter, bei Serenitys Box stehen. Die Stute belohnte sie mit einem freundschaftlichen Schnauben und knabberte dann an ihrer Hand.

Draußen, bei dem Gebäude zu ihrer Linken, herrschte hektischer Betrieb. Sie erkannte Gabe und fragte sich einen Moment lang hingerissen, wer wohl prachtvoller aussah, er oder der sich aufbäumende braune Hengst, den er zu bändigen versuchte. Er hielt das Tier am kurzen Zügel und stemmte mit aller Kraft die Beine in den Boden, während der Hengst am ganzen Leibe zitterte und laut wieherte.

Gabe, dessen Haar vom Wind zerzaust wurde, warf lachend den Kopf zurück. Du hast Angst, was? Kann ich verstehen. Nichts bringt das Blut so sehr in Wallung, wie eine schöne, liebesbereite Stute. Hallo, Kelsey.« Ohne sich umzudrehen hielt er weiterhin den Hengst im Zaum. Er hatte ihre Anwesenheit gespürt, fast meinte er, ihren Duft wahrgenommen zu haben, so wie der Hengst die Stute roch. »Da sind Sie gerade rechtzeitig zum großen Ereignis gekommen. Sie sind doch nicht empfindlich, oder?«

»Nein, bin ich nicht.«

»Wunderbar. Naomi wartet drinnen mit der Stute. Longshot und Three Willows sind im Begriff, gemeinsam einen Champion hervorzubringen.«

Kelseys Blick wanderte über das Pferd. Mehrere Helfer standen bereit, Gabe im Notfall zur Hand zu gehen. Das Tier bot einen herrlichen Anblick, sein Fell glänzte bereits vor Schweiß, die Muskeln spielten unter der Haut, und seine Augen glühten.

»Den wollen Sie auf eine arme, nichtsahnende Stute loslassen?«

Gabe grinste. »Glauben Sie mir, sie wird mir dankbar sein.«

»Furchtbare Angst wird sie haben«, widersprach Kelsey und betrat den Stall. Ihre Mutter und Moses beruhigten die Stute, die offenbar genauso aufgeregt war wie der Hengst. Auch sie war braun und sah prächtig aus wie der ihr zugeteilte Partner. Man hatte ihr Fußfesseln angelegt und ihren Nacken mit einem dicken Ledertuch geschützt.

»Kelsey«, Naomi wischte sich über das schweißbedeckte, schmutzverschmierte Gesicht, »Gertie sollte mir doch Bescheid geben.«

»Ich hab' ihr gesagt, sie soll sich nicht bemühen. Bin ich im Weg?«

»Nein ...« Zweifelnd blickte Naomi zu Moses hinüber. »Aber hier wird es gleich ziemlich wüst zugehen.«

»Ich bin schon ein wenig aufgeklärt«, meinte Kelsey trocken.

»Bleiben Sie hier«, fügte Moses hinzu, »dann lernen Sie noch was dazu.« Und zu einem seiner Männer sagte er: »Sie ist soweit.«

»Bleib außer Reichweite«, warnte Naomi ihre Tochter. »Das wird kein gemütliches Schäferstündchen.«

Sex lag in der Luft. Als Gabe und seine Helfer den Hengst hereinführten, verstärkte sich der beißende Geruch noch. Die Stute wieherte, ob aus Protest oder Zustimmung, konnte Kelsey nicht entscheiden, und der Hengst antwortete mit einem Laut, der ihr durch und durch ging.

Es wurden rasche Befehle gegeben, als der Hengst mit einem einzigen kraftvollen Satz die Stute bestieg. Mit weit aufgerissenen Augen sah Kelsey zu, wie Moses bei der Paarung technische Hilfestellung leistete. Dann sah sie, warum die Stute den ledernen Nackenschutz trug, und ihr stockte der Atem. Wahrscheinlich hätte der Hengst ihr sonst seine Zähne bis auf die Knochen ins Fleisch gegraben. In seiner Raserei wirkte er beinahe menschlich.

Ohne daß es ihr bewußt wurde, kam Kelsey näher, fasziniert von diesem leidenschaftlichen Deckakt. Ihr Herz schlug wild vor Erregung, ihr Blut schien in den Adern zu kochen.

Unwillkürlich blickte sie Gabe an. Schweiß lief ihm über das Gesicht, die Muskeln spannten sich unterm T-Shirt. Er schaute ihr voll ins Gesicht. Zu ihrem Entsetzen sah sie an ihm ihre eigene Reaktion; die kurze Vorstellung, genauso wild und kraftvoll genommen zu werden wie die Stute.

Gabe lächelte, arrogant und anziehend zugleich. Er lächelte, durchfuhr es Kelsey, als ob er ihre Gedanken lesen konnte.

»Unglaublich, nicht wahr?« Ihre Mutter kam zu ihr. Die Braune war schon die dritte Stute, die an diesem Morgen gedeckt wurde, und Naomis ganzer Körper schmerzte vor Anstrengung.

»Tut ihr das ...« Kelsey räusperte sich. »Tut ihr das weh?«

»Ich glaube, sie würde Schmerzen kaum bemerken.« Naomi zog ein blaues Tuch aus der Gesäßtasche und wischte sich damit den Schweiß ab. »Manche Hengste decken sehr vorsichtig, fast so wie ein scheuer Liebhaber.« Grinsend deutete sie auf die keuchenden Pferde. »Der da ist alles andere als sanft. Ein richtiger Draufgänger. Und welche Frau hätte nicht ab und zu mal gern einen Draufgänger.« Bei diesen Worten schielte sie zu Moses.

Ich muß mich beruhigen, dachte Kelsey, denn ihr Puls raste immer noch. Besser, und sicherlich klüger wäre es, sich auf den wissenschaftlichen Aspekt der Sache zu konzentrieren. »Nach welchen Kriterien sucht ihr denn den passenden Hengst für eine Stute aus?« fragte sie.

»Das kann vom Stammbaum, von den Erbanlagen, den Qualitäten, ja sogar von der Farbe abhängen. Wir erstellen eine Art genetisches Diagramm, und dann können wir nur noch die Daumen drücken. Herrjeh, ich weiß, daß ich in Klischees rede, aber ich könnte eine Zigarette vertragen. Laß uns an die Luft gehen. Hier gibt's kaum noch etwas zu tun.«

Naomi kramte einen Streifen Kaugummi aus ihrer Hosentasche. »Möchtest du auch eins?«

»Nein, danke.«

»Ein armseliger Ersatz für Tabak.« Seufzend schob sie sich den Kaugummi in den Mund. »Aber jeder Ersatz ist irgendwie armselig.« Mit geneigtem Kopf musterte sie ihre Tochter. »Du siehst müde aus, Kelsey. Hast du schlecht geschlafen?«

»Das auch.«

Naomi seufzte erneut. Früher hatte ihre Tochter ihr alles anvertraut, was sie auf dem Herzen hatte, doch diese Zeiten waren vorbei – wie so vieles andere. »Wenn du mir nicht antworten willst, dann sag es, aber ich wüßte trotzdem gern, ob Philip gegen deinen Besuch hier ist.«

»Ich würde es so ausdrücken: Ihn hat meine Entscheidung, deiner Einladung Folge zu leisten, tief getroffen.«

»Verstehe.« Naomi blickte nachdenklich zu Boden, dann nickte sie. »Ich würde ja vorschlagen, mit ihm zu reden, um ihn zu beruhigen, aber ich fürchte, das würde die Sache nur noch schlimmer machen.«

»Das glaube ich allerdings auch.«

»Na gut. Dann wird er sich eben ein paar Wochen lang nicht wohl in seiner Haut fühlen.« Als sie wieder hochblickte, waren ihre Augen hart. Verdammt, sie hatte es verdient – einen kurzen Monat Zusammensein nach so vielen Jahren. »Aber er wird es überleben. Ich kann mich ja nicht totstellen, nur weil es einigen Leuten lieber wäre.« Sie sah zu Gabe hinüber, der gerade den schweißtriefenden Hengst aus dem Schuppen führte, und ihr Gesicht wurde weicher. »Meinst du, es hat geklappt?«

»Wenn nicht, liegt es jedenfalls nicht am mangelnden Einsatz.« Er klopfte dem Hengst auf den Hals, ehe er einem Stallburschen die Zügel übergab. »Das erste Fohlen von vielen, hoffe ich. Nun, Kelsey, für Sie war das eine interessante Einführung in das Leben auf einer Pferdefarm. Wenn Sie bis ungefähr Januar nächsten Jahres hierbleiben, können Sie das Ergebnis des heutigen Ereignisses laufen sehen.«

»Ereignis, das ist wohl eine ziemliche Untertreibung für das, was da drinnen vor sich gegangen ist. Die Stute schien dabei ja keine Wahl zu haben.«

»Er aber auch nicht.« Grinsend nahm sich Gabe eine Zigarre. »Bei so einem Urereignis hat keiner eine Wahl. Moses wird mir Bescheid geben, falls die Vorstellung wiederholt werden muß«, wandte er sich an Naomi, »aber ich hab' so ein Gefühl, daß es nicht nötig sein wird.«

»Ich würde ja eine Wette darauf abschließen, aber diesmal vertraue ich deinem Gefühl. Entschuldigt mich eine Minute, ich muß kurz nach der Stute schauen.«

Kelsey blickte zu dem Hengst, der gerade trockengerieben wurde. »Sollten Sie nicht mit ihm ein Männergespräch unter vier Augen führen? Ihn vielleicht einmal an Ihrer Zigarre ziehen lassen?«

»Gespräche dieser Art habe ich schon in der High-School vermieden. Mache ich Sie nervös, Kelsey, oder liegt das nur an der Atmosphäre?«

»Weder noch.« Doch in Wahrheit übte er einen ganz besonderen Reiz auf sie aus. Aber das war ihr Problem. »Ihnen gehört also die Nachbarfarm, Longshot?«

»Richtig.«

»Ich habe Ihr Haus von der Straße aus bewundert. Es fällt in der Umgebung etwas aus dem Rahmen.«

»Genau wie ich. Der altehrwürdige Prachtbau, der auf dem Hügel stand, als ich die Farm übernahm, hat mir nicht gefallen. Also ließ ich ihn abreißen.« Er stieß eine Rauchwolke aus. »Sie müssen mal rüberkommen und das Haus besichtigen.«

»Gern, aber zuerst will ich Three Willows erkunden.«

»Sie finden an der ganzen Ostküste keinen besseren Betrieb als meinen.« Hinter ihm war ein Schnaufen zu hören. Gabe drehte sich um und sah Moses. »Natürlich hätte ich das beste Gestüt im ganzen Land, wenn ich Naomi Whitetree abspenstig machen könnte. Ich biete das Doppelte von dem, was sie dir zahlt, Moses.«

»Behalte dein Geld, mein Junge. Kauf dir lieber einen schicken Anzug.« Moses übergab die Stute einem Pfleger. »Besitzer wie du sind Eintagsfliegen.«

»Das hast du vor fünf Jahren auch schon gesagt, Moses.«

»Und das sage ich auch heute noch. Gib mir eine Zigarre.«

»Du bist eine harte Nuß, Whitetree.«

»So ist es.« Moses steckte sich die Zigarre für später in die Tasche. »Dein Pferdepfleger, der mit der gebrochenen Nase, roch nach Gin.«

Gabes vergnügtes Lächeln verschwand sofort, seine Augen wurden schmal, und er sagte: »Ich kümmere mich darum.«

»Sag doch deinem Trainer, er soll sich darum kümmern«, gab Moses zurück. »Das ist doch sein Job.«

»Aber es sind meine Pferde«, korrigierte ihn Gabe. »Entschuldigt mich.« Er drehte sich auf dem Absatz um und ging zu dem Transporter, in den der Hengst gerade verladen wurde.

»Der wird's nie lernen«, brummte Moses.

»Bei Gabe gibt es keine Hierarchie«, kopfschüttelnd beobachtete Naomi, wie Gabe den Mann zur Rede stellte. »Du hättest seinen Trainer informieren sollen, Moses.«

»Und Jamison sollte sich nicht an mich wenden müssen, um ihn darauf zu stoßen, was unter seiner Nase vorgeht.«

»Moment mal.« Kelsey hob eine Hand. »Würde wohl jemand so liebenswürdig sein, mir zu erklären, worüber hier eigentlich geredet wird«.

»Gabe feuert einen seiner Männer«, antwortete Naomi.

»Einfach so?«

»Bei der Arbeit wird nicht getrunken«, zischte Moses durch die Zähne, als die wütende Stimme des Pferdepflegers zu ihnen herüberscholl. »Rennstallbesitzer sollten sich aus dem Betrieb raushalten.«

»Warum?« wollte Kelsey wissen.

»Weil sie die Besitzer sind.« Mit einem unwilligen Kopfschütteln drehte sich Moses um und lief zu den Ställen.

»Hier gibt's keine Minute Langeweile.« Naomi berührte Kelsey am Arm. »So, und jetzt . . . Mist!«

»Wie bitte?« Kelsey schaute sich gerade noch rechtzeitig um und sah, daß der Mann ausholte und nach Gabe schlug. Er wich aber geschickt aus.

Mit Mühe hielt sich Gabe zurück, den Kerl fertigzumachen. Der Mann ist ja nur ein jämmerlicher Wicht, dachte er, und er war nur halb so groß wie er selbst. Das Schlimmste war eigentlich, von Moses zu erfahren, daß ein Trinker sein Pferd betreute.

»Hau ab und pack deine Sachen, Lipsky«, wiederholte

Gabe mit eisiger Ruhe, während der Mann mit geballten Fäusten vor ihm stand. »Du bist für Longshot erledigt.«

»Was glauben Sie eigentlich, wer Sie sind?« Lipsky fuhr sich mit der Hand über den Mund. Noch war er nicht völlig betrunken, er hatte nur genügend Gin intus, um sich stark zu fühlen. »Ich weiß mehr über Pferde, als Sie je lernen werden. Sie sind doch nur durch Glück und Betrug was geworden, Slater. Jeder weiß das, und genauso weiß jeder, daß Ihr Alter ein elender Säufer ist.«

Die Wut, die jetzt in Gabes Augen aufblitzte, ließ die Männer ein wenig zurückgehen, und in schweigender Übereinkunft bildeten sie einen Ring. Gleich würde es hier etwas zu sehen geben.

»Du kennst meinen Vater, was, Lipsky? Wundert mich gar nicht. Tu dich doch mit ihm zusammen und sauf dich zu Tode. Aber erst packst du deine Sachen und holst dir deinen noch ausstehenden Lohn ab. Du bist gefeuert.«

»Jamison hat mich eingestellt. Ich bin seit zehn Jahren auf der Cunningham Farm, und ich werd' auch noch hiersein, wenn Sie schon längst wieder an Ihrem Roulettetisch sitzen.«

Über Lipskys Kopf hinweg bemerkte Gabe, daß zwei seiner Männer vielsagende Blicke tauschten. Wenn er jetzt einen Rückzieher machte, war sein Ansehen dahin.

»Es gibt die Cunningham Farm nicht mehr. Für dich ist kein Platz mehr auf Longshot. Jamison mag dich ja eingestellt haben, aber ich unterschreibe deine Lohnschecks. Und ich bezahle keine Säufer. Wenn du noch einmal in die Nähe meiner Pferde kommst, dann kriegst du's mit mir zu tun.«

Gabe drehte sich um, und sein Blick fiel auf Kelsey, die mit seinen Leuten dastand und das Geschehen verfolgte. Einen Moment lang war sie froh, daß die Abscheu in Gabes Augen nicht ihr galt. Dann sah sie das Aufblinken von Stahl in der Sonne.

Sie wollte einen warnenden Laut ausstoßen, doch da wandte sich Gabe schon wieder seinem Gegner zu, und das Messer ritzte nur leicht seinen Arm, anstatt ihn in den

Rücken zu treffen. Beim Anblick des Blutes wandelte sich das gespannte Interesse der Zuschauer in Aufregung.

»Zurückbleiben«, befahl Gabe, ohne den Schmerz in seinem Arm zu beachten, und verfluchte seine eigene Dummheit. Er hatte nicht damit gerechnet, daß sein betrunkener Gegner so weit gehen würde. »Jetzt willst du's aber wissen, was, Lipsky?« Jeder Muskel seines Körpers war gespannt. Er war bereit, denn wenn man einem Kampf nicht mehr ausweichen konnte, mußte man sich so gut wie möglich behaupten. »Das Messer wirst du brauchen. Na los, komm schon.«

Das Messer in Lipskys Hand zitterte. Einen Augenblick lang konnte er sich nicht mehr daran erinnern, wie es dorthin gelangt war. Doch nun war Blut geflossen. Sein Stolz, der durch den Gin noch verstärkt wurde, ließ es nicht zu, jetzt dem Kampf aus dem Wege zu gehen.

Er duckte sich, täuschte ab und umkreiste seinen Gegner.

»Wir müssen etwas unternehmen!« schrie Kelsey mit vor Entsetzen zugeschnürter Kehle. »Ruf die Polizei.«

»Nein, keine Polizei.« Naomi, leichenblaß im Gesicht, sagte nur: »Keine Polizei.«

»Dann tu etwas! Um Gottes willen tu etwas!« Die glänzende Klinge stieß vor, und Lipsky verfehlte Gabe nur um Millimeter. Außer den beiden Kämpfenden rührte sich niemand, nur der Hengst begann, in seinem Hänger wild auszuschlagen. Das Tier spürte die unheilvolle Stimmung.

Ohne nachzudenken packte Kelsey eine an die Scheunenwand gelehnte Heugabel, hob sie hoch und rannte damit los, blieb aber wie angewurzelt stehen, als sie die Klinge wieder aufblitzen sah. In hohem Bogen flog das Messer durch die Luft, und Lipsky ging zu Boden.

Gabe schien sich kaum bewegt zu haben und stand nun breitbeinig über seinem Gegner, das Gesicht so unbeweglich, als sei es aus Stein, und musterte ihn kalt.

»Laß Jamison wissen, wo du hingehst. Er schickt dir dann deine Sachen und dein Geld.« Mühelos riß er Lipsky am Kragen auf die Füße. Der Gestank nach Gin und Blut traf ihn wie ein Schlag in die Magengrube, und unangenehme Erinnerungen stiegen in ihm auf. »Laß dich hier ja nie wieder sehen, ansonsten könnte ich mich dazu hinreißen lassen, dich zu Brei zu schlagen.«

Er stieß den taumelnden Pferdepfleger wieder zu Boden und wandte sich an seine Leute. »Nehmt ihn mit und werft ihn irgendwo an der Straße raus. Er kann dann auf Schusters Rappen verschwinden.«

»Ja, Sir, Mr. Slater.« Beeindruckt wie Buben von einer Schulhofrauferei gingen die Männer auseinander. Einige von ihnen halfen Lipsky hoch und führten ihn fort.

»Tut mit leid, Naomi.« Nachlässig strich sich Gabe das Haar aus dem Gesicht. »Ich hätte warten sollen, bis wir wieder auf Longshot sind, um ihn da zu feuern.«

Naomi zitterte am ganzen Leib. »Dann hätte ich ja die Vorstellung versäumt.« Gezwungen lächelnd kam sie näher und bemerkte das Blut, das von seinem Arm tropfte. »Komm mit ins Haus. Wir müssen die Wunde verbinden.«

»Wie lautet die übliche Floskel? Es ist ja nur ein Kratzer.« Er blickte auf seinen Arm, dankbar dafür, daß es wirklich nur eine kleine Wunde war, auch wenn sie höllisch schmerzte. Mit den Worten: »Aber ich lasse mich gern von schönen Frauen verarzten«, schaute er Kelsey an.

Sie hielt noch immer die Heugabel so fest umklammert, daß ihre Knöchel weiß hervortraten. Rote Flecken zeigten sich auf ihren Wangen, und in ihren Augen stand der Schock.

»Ich glaube, die brauchen Sie jetzt nicht mehr.« Sachte nahm Gabe ihr die Heugabel, mit der sie ihn hatte verteidigen wollen, aus der Hand. »Aber ich weiß den Hilfsversuch zu schätzen.«

Ihre Knie begannen zu zittern. »Sie lassen ihn einfach so gehen?«

»Was denn sonst?«

»Wegen versuchten Mordes werden Leute gewöhnlich

festgenommen.« Sie drehte sich nach ihrer Mutter um und sah deren bitter zusammengepreßte Lippen. »Werden die Dinge hier anders geregelt?«

»Da mußt du Moses fragen«, gab Naomi zurück. »Auf Three Willows ist er für Entlassungen zuständig.« Sie zog ihr kleines Halstuch aus der Tasche und tupfte damit Gabe das Blut ab. »Schade, daß ich keinen Unterrock habe, den ich zerreißen kann.«

»Das wäre noch besser.«

»Halt fest und drück das Tuch auf die Wunde«, wies Naomi ihn an. »Und jetzt gehen wir ins Haus und legen dir einen Verband an.«

Gabe verlangsamte seinen Schritt, bis Kelsey ihn eingeholt hatte. Grinsend wandte er ihr das Gesicht zu. »Willkommen zu Hause, Kelsey.«

5

Kelsey überließ ihrer Mutter und der geschäftig herumwuselnden Gertie die Erste Hilfe. Sie hätte ja vorgeschlagen, in die Notaufnahme eines Krankenhauses zu fahren, aber niemand schien an ihrer Meinung sonderlich interessiert zu sein.

Offenbar wurden Stichwunden hier mit solcher Ruhe hingenommen und selbst verarztet.

Sobald Gabes Arm gesäubert und verbunden war, wurde Hühnersuppe mit heißem Toast aufgetischt. Das Gespräch drehte sich ausschließlich um Pferde, Stammbäume, Rennen und Bestzeiten, für Kelsey Bücher mit sieben Siegeln. So beschränkte sie sich auf die Rolle der Zuhörerin und hing ihren eigenen Gedanken nach.

Aus Naomis Beziehung zu Gabriel Slater wurde sie immer noch nicht schlau, aber sie schienen sehr vertraut miteinander zu sein. So stand zum Beispiel er auf und schenkte Kaffee nach, nicht seine Gastgeberin. Und dann berührten sie sich ständig wie unabsichtlich, strichen mit den Fingerspitzen über den Arm des anderen, legten die Hände ineinander.

Das ging sie nun wirklich nichts an, mahnte sich Kelsey. Ihre Mutter und ihr Vater waren seit über zwanzig Jahren geschieden, also stand es Naomi frei, eine andere Beziehung einzugehen.

Seltsamerweise störte sie aber gerade diese Beziehung gewaltig.

Auf jeden Fall paßten die beiden gut zusammen. Es verband sie einerseits ihre Liebe zu Pferden, andererseits zeigten ihre Charaktere eine Art unterdrückter Gewalttätigkeit, die, wie sie von ihrer Mutter wußte und bei Gabe selbst gesehen hatte, durchaus tödlich sein konnte, wenn sie außer Kontrolle geriet.

»Vielleicht hat Kelsey Lust, morgens einmal mit zur

Rennbahn zu kommen und beim Training zuzuschauen«, schlug Gabe vor, der sich seinen Kaffee schmecken ließ und Kelseys Anblick genoß. Er glaubte zu sehen, wie sich ihre Gedanken überschlugen.

»Auf die Rennbahn?« Aus ihren Grübeleien gerissen blickte Kelsey interessiert hoch. »Ich dachte, die Pferde würden hier trainiert.«

»Wir machen beides«, erklärte Naomi. »Aber das Training auf der Rennbahn soll den Pferden ein Gefühl für die Strecke vermitteln.«

»Und es gibt den Wettern die Chance, die Pferde zu beobachten, einzuschätzen und danach ihren Einsatz zu richten«, warf Gabe ein. »Auf der Rennbahn findet sich immer ein buntes Völkchen ein, gerade am frühen Morgen, lange vor dem eigentlichen Start.«

»Und früher Morgen ist keine Übertreibung.« Naomi lächelte ihre Tochter an. »Vielleicht möchtest du deinen Tag nicht so früh beginnen?«

»Doch, ich würde gern sehen, wie das alles so abläuft.«

»Wie wär's mit morgen?« Gabe zog herausfordernd die Brauen hoch.

»Abgemacht.«

»Wir treffen uns auf der Rennbahn.« Naomi schaute auf die Uhr. »Ich muß noch mal zu den Ställen, der Hufschmied kommt gleich.« Beim Aufstehen legte sie Gabe die Hand auf die Schulter. »Trink in Ruhe deinen Kaffee aus. Kelsey leistet dir Gesellschaft, ja? Erzähl ihr, was sie morgen erwartet.« Sie schnappte sich eine Jeansjacke und eilte hinaus.

»Lange kann sie nicht stillsitzen«, murmelte Kelsey.

»Zu Jahresbeginn fällt aber auch immer die meiste Arbeit an.« Gabe hatte die Kaffeetasse noch in der Hand und lehnte sich zurück. »So, soll ich Ihnen erzählen, was Sie zu sehen bekommen?«

»Ich lasse mich lieber überraschen.«

»Dann verraten Sie mir: Hätten Sie von der Heugabel Gebrauch gemacht?«

Kelsey überlegte kurz. »Ich glaube, keiner von uns beiden kann darauf eine Antwort geben.«

»Ich wette, Sie hätten's getan. Ein tolles Bild haben sie jedenfalls abgegeben, meine Liebe. Dieser Anblick war mehr als einen Kratzer am Arm wert.«

»Sie werden eine Narbe zurückbehalten, Slater. Freuen Sie sich, daß er nur Ihren Arm und nicht Ihr hübsches Gesicht getroffen hat.«

»Er hat auf meinen Rücken gezielt«, erinnerte Gabe sie.

»Ich habe Sie doch gar nicht gewarnt.«

»O doch. Ihr Gesichtsausdruck kam einem Schrei gleich.« Er langte in die Tasche, holte ein abgegriffenes Kartenspiel heraus und begann, die Karten lässig zu mischen. »Spielen Sie Poker?«

Verwirrt runzelte sie die Stirn. »Ich kenne das Spiel, aber ich beherrsche die Regeln nicht.«

»Wenn Sie's mal probieren sollten, versuchen Sie bloß nicht zu bluffen, sonst verlieren Sie Ihr letztes Hemd.«

»Sprechen Sie da aus Erfahrung?«

»Ich stand schon öfter kurz davor. Aber nach einer Weile riskiert man nicht mehr, als man sich leisten kann – wenn man klug ist.«

»Sind Sie eigentlich mehr an den Pferden oder den Wetten interessiert?«

»Sagen wir mal so: Ich habe sehr vielseitige Interessen.«

»Dazu gehört auch Naomi?«

»Dazu gehört auch Naomi.« Er nahm ihre Hand und stellte amüsiert fest, daß ihre Finger sich verkrampften. Ohne den Blick von ihr abzuwenden zog er die Hand an seine Lippen. »Wegen Lipsky schulde ich Ihnen noch etwas. Die Art und Weise der Zahlung können Sie sich aussuchen.«

Lange vergessen geglaubte Gefühle wurden in Kelsey wach. Da sie sie nicht unterdrücken konnte, mußte sie damit fertig werden. »Es spricht nicht gerade für Ihre Manieren, mir in der Küche Avancen zu machen.«

Wie er ihre mit heiserer Stimme hervorgebrachten Gemeinplätze liebte. »Schätzchen, das war noch gar nichts.« Er hielt ihre Hand fest und drehte die Handfläche nach oben. »Die Hände einer Lady«, murmelte er, »wie geschaffen, um eine Teetasse zu halten. Ich hatte schon immer eine Schwäche für schmale, weiche Hände.«

Er drückte seine Lippen in ihre Handfläche und streichelte gleichzeitig ihr Handgelenk. Unter seinem Daumen konnte er ihren hämmernden Puls fühlen. Über ihre Finger streichend sagte er: »So sehen Avancen aus. Sie gefallen mir. Vielleicht denken Sie mal darüber nach.«

Er gab ihre Hand frei, schob die Karten wieder zusammen und erhob sich. »Ich sehe Sie dann morgen früh. Träumen Sie schön von mir.«

Würde, dachte Kelsey, ist genauso wichtig wie Stolz. »Wenn ich träume, Slater, dann bestimmt nicht von Ihnen.«

»Tun Sie doch.« Er beugte sich zu ihr hinunter, bis sich ihre Gesichter beinahe berührten: »Ich habe Sie gewarnt. Bluffen Sie nicht, Kelsey, Sie verlieren.«

Er ließ sie vor ihrem kalt gewordenen Kaffee sitzen. Es war doch wirklich jammerschade, dachte er mit Bedauern, daß er sich nicht seinen Tagträumen hingeben konnte. Aber auf ihn wartete noch viel Arbeit.

Sowie Gabe nach Longshot zurückgekehrt war, machte er sich auf die Suche nach Jamison. Der Trainer hatte schon für Cunningham gearbeitet, und als Gabe die Farm übernahm, kostete es ihn nicht allzuviel Überredung, Jamison zum Bleiben zu bewegen, denn dessen Loyalität galt ohnehin mehr den Pferden als ihrem Besitzer.

Jamisons stattlicher Bauch zeigte, daß er ein Mann war, der Essen und Trinken zu schätzen wußte. Er hatte Generationen von Pferden ausgebildet, die ihren Besitzern reichlich Geld einbrachten. Trotzdem war er lange nicht so gut wie Moses Whitetree.

Als Kleinkind war er mit seinen Eltern aus der Grafschaft Kerry in Irland in die Vereinigten Staaten gekommen, und seine früheste Kindheitserinnerung war mit dem Geruch der Pferde verbunden, die sein Vater betreut hatte.

Jamison hatte sein bisheriges Leben mit Vollblütern verbracht. Jetzt war er zweiundsechzig und träumte manchmal davon, eine eigene kleine Farm und ein erstklassiges Pferd zu besitzen, das ihm genug einbrachte, um einen sorgenfreien Lebensabend zu verleben.

»Nun, Gabe.« Er schob einige Unterlagen zur Seite und stand auf, als Gabe eintrat. »Ich habe Honest Abe nach Santa Anita und Reliance nach Pimlico geschickt. Hab' das erste Rennen verpaßt.« Er lächelte matt. »Aber wie ich hörte, hattest du Probleme, und da dachte ich, du wolltest noch mit mir reden, ehe ich zur Rennbahn fahre.«

»Wie oft hast du Lipsky erwischt, daß er bei der Arbeit trinkt?«

Bei Leuten wie Gabriel Slater halfen weder Ausflüchte noch beschönigende Worte, dachte Jamison. Da kannte er den Jungen nun seit zwanzig Jahren und verstand ihn immer noch nicht ganz. »Zweimal. Ich habe ihn verwarnt und ihm gesagt, daß er fliegt, wenn das noch mal vorkommt. Er ist ein guter Mann. Zugegeben, er guckt gern ins Glas, aber er arbeitet seit einem Jahrzehnt auf dieser Farm.« Seufzend blickte er auf den Verband an Gabes Arm. »Ich schwöre beim Leben meiner Mutter, ich hätte nie gedacht, daß er auf dich losgeht.«

»Trinker sind unzuverlässig, Jamie. Du weißt, wie ich darüber denke.«

»Allerdings.« Jamison faltete die Hände über dem Bauch. Anstatt hier seinen Brötchengeber zu besänftigen, sollte er eigentlich schon längst auf der Rennbahn sein. »Und vielleicht verstehe ich besser, als du ahnst, warum du für diese spezielle Schwäche kein Verständnis aufbringst. Aber für die Jungs bin ich zuständig, und es war meine Entscheidung, Lipsky einzustellen.«

»Deine Entscheidung war falsch.«

»Weiß ich.«

»Wenn ich einen von meinen Leuten, von dir bis zum kleinsten Stallburschen, noch mal während der Arbeit beim Trinken erwische, dann fliegt er. Ohne Ausnahme.«

Verärgerung blitzte zwar in Jamisons Augen auf, doch er nickte: »Du bist der Boß, Gabe.«

Zufrieden nahm Gabe einen Aktenordner vom Tisch und blätterte darin. »Ich werde von nun an mehr Zeit auf der Koppel und bei den Ställen verbringen«, kündigte er an, »ich möchte nicht, daß du denkst, ich wollte dir auf die Finger schauen.«

»Es sind deine Ställe«, erwiderte Jamie steif. »Das Gestüt gehört dir.«

»Allerdings. Und heute morgen wurde mir deutlich vor Augen geführt, daß mich meine Leute nicht ganz ernst nehmen. Sicher mein Fehler.« Er legte den Ordner wieder weg. »Die ersten Jahre, nachdem ich die Farm übernommen hatte, war ich viel zu sehr mit dem Bau des Hauses beschäftigt. Und damit, meine Aufnahme in den erlesenen Klub der Rennstallbesitzer durchzusetzen. Daher habe ich die praktische Seite des Betriebs dir überlassen, aber das wird sich ab sofort ändern. Du bist der Trainer, Jamie, und in allem, was die Pferde betrifft, werde ich deine Ratschläge befolgen. Aber ich mische jetzt wieder mit.«

Diese Phase wird vorübergehen, dachte Jamison bei sich. Nur selten machte sich ein Rennstallbesitzer die Hände mit Arbeit schmutzig, sondern er legte eher Wert darauf, im Rampenlicht zu stehen und achtete darauf, daß der Rubel rollte. »Du mußt tun, was du für richtig hältst«, sagte er.

»Es ist lange her, seit ich das letzte Mal eine Heugabel zur Hand genommen habe.« Gabe erinnerte sich lächelnd daran, wie Kelsey aussah, als sie dieses Gerät wie einen Speer wurfbereit hochgehalten hatte. Dann schaute er auf die große Uhr, die in Jamisons Büro hing. »Wir können bis drei in Pimlico sein. Wen hast du mitgeschickt?«

»Carstairs. Torky reitet, und Lynette soll ihm zur Hand gehen.«

»Dann gehen wir und schauen mal, was für ein Team sie abgeben.«

Sich selbst überlassen, vertauschte Kelsey ihre Schuhe mit einem Paar fester Stiefel und verließ das Haus. Sie wollte nicht zu den Ställen zurückgehen, wo sie doch nur im Weg stand oder wie ein Wundertier bestaunt wurde. Statt dessen wanderte sie zu den Hügeln hinüber, wo die Pferde friedlich grasten.

Die Ruhe, die über dieser Szenerie lag, bildete einen willkommenen Gegensatz zu der Hektik am Morgen. Und trotzdem mußte sie eine innere Unrast bekämpfen, die sie dazu trieb, weiterzugehen, immer weiter, um zu sehen, was hinter der nächsten Biegung lag.

Wie war es möglich, daß sie sich nicht mehr an diesen Ort erinnerte? Kelsey empfand es als seltsam, daß die ersten drei Jahre ihres Lebens vollkommen aus ihrem Gedächtnis getilgt waren. Gerade in diesen frühen Jahren waren die Weichen für ihr Schicksal gestellt worden, und sie wollte diese Zeit zurückhaben, wollte selbst entscheiden können, was richtig und was falsch war.

An einem weißgestrichenen Zaun blieb sie stehen und sah drei Stuten zu, die wie auf Kommando losgaloppierten, ihre Fohlen immer hinterdrein. Eine vierte Stute stand geduldig grasend da, während ihr Fohlen trank.

Kelsey fand den Anblick sehr idyllisch. Ähnlich einem Postkartenbild, das mit der Realität wenig gemeinsam hatte. Und doch lächelte sie unwillkürlich, als sie zu dem Fohlen hinüberschaute. Sie bewunderte die langen grazilen Beine und den schön geformten Kopf. Wie das Tier wohl reagieren würde, wenn sie über den Zaun kletterte und versuchte, es zu streicheln?

»Sind sie nicht großartig?« Naomi war plötzlich bei ihr. Der Wind fuhr durch ihr kinnlanges Haar; ein Schnitt, den sie weniger aus modischen als aus praktischen Gründen trug. »Es wird mir nie langweilig, ihnen zuzusehen, jeden Frühling, Jahr für Jahr. In diesem sich ewig wiederholenden Ablauf liegt etwas Beruhigendes.«

»Sie sind wunderschön, so unbeschwert. Ich kann mir kaum vorstellen, daß sie einmal über eine Rennbahn jagen werden.«

»Diese athletische Rasse ist auf Geschwindigkeit gezüchtet, was du morgen mit eigenen Augen sehen wirst.« Naomi warf ihr Haar zurück und zog dann eine weiche

Kappe aus der Jackentasche und setzte sie auf ihre widerspenstige Mähne. »Siehst du den Kleinen dort, der gerade trinkt? Er ist fünf Tage alt.«

»Fünf?« Überrascht drehte Kelsey sich um und nahm Mutter und Kind genauer unter die Lupe. Das kräftige, gutgebaute Fohlen schien sich auf der Weide schon ausgesprochen heimisch zu fühlen. »Kaum zu glauben«.

»Sie wachsen sehr schnell. Mit drei Jahren sind sie auf dem Höhepunkt ihrer Leistungsfähigkeit. Was hier, oder besser gesagt, im Deckschuppen beginnt, endet einmal in der Startbox. Dann ist dieser kleine Kerl zum Beispiel ungefähr zwölfhundert Pfund schwer und dreht mit einem Jockey auf dem Rücken seine Runden. Ein herrlicher Anblick.«

»Aber der Weg dorthin ist nicht einfach«, meinte Kelsey nachdenklich. »Es ist sicher nicht leicht, aus so einem zierlichen Geschöpf ein konkurrenzfähiges Rennpferd zu machen.«

»Nein.« Naomi lächelte. Ihre Tochter begann bereits zu begreifen. Das mußte ihr wohl im Blut liegen. »Es ist mit viel Arbeit verbunden und endet häufig mit einer Enttäuschung. Aber es ist die Mühe wert. Jedesmal.« Sie rückte ihre Kappe zurecht, so daß der Schirm ihr Gesicht beschattete. »Tut mir leid, daß ich dich so lange warten lassen mußte, aber der Hufschmied redet ohne Punkt und Komma. Er hat schon für meinen Vater gearbeitet und beschlägt die Pferde am liebsten hier.«

»Schon gut. Ich erwarte ja gar nicht, daß du mir dauernd Gesellschaft leistest.«

»Was erwartest du denn?«

»Nichts. Noch nichts.«

Naomi musterte die säugende Stute und wünschte sich, so leicht auch ein Band zu ihrem Kind zu knüpfen. »Bist du wegen heute morgen noch böse?«

»Böse ist nicht das richtige Wort.« Kelsey riß sich vom Anblick der Pferde los und sah ihre Mutter ernst an. »Erstaunt trifft die Sache besser. Alle standen bloß herum, und keiner unternahm etwas.«

»Außer dir.« Grinsend schüttelte Naomi den Kopf. »Ich dachte, du würdest diese Schnapsdrossel einfach aufspießen. Ich beneide dich, Kelsey, weil du zu impulsiven Handlungen fähig bist und keine Angst hast. Oder du hast ein ausgeprägtes Ehrgefühl. Ich war wie erstarrt. Ich fürchte, ich habe zuviel Angst und längst nicht mehr genug Ehrgefühl. Vor langer Zeit hätte ich auch so gehandelt.«

Sie schlang die Arme um den Körper und sah ihrer Tochter voll ins Gesicht. »Du wunderst dich, warum niemand die Polizei gerufen hat. Gabe hat das mir zuliebe nicht getan. Vielleicht – aber da bin ich mir nicht sicher – hätte er auf seinem Grund und Boden anders gehandelt. Aber hier . . . er weiß, daß ich es nur äußerst ungern noch einmal mit der Polizei zu tun bekommen möchte. Am liebsten nie wieder.«

»Das geht mich nichts an.«

Naomi schloß die Augen. Es war an der Zeit, daß sie beide sich an eines gewöhnten: Alles, was sie anging, ging nun auch Kelsey etwas an. »Als sie kamen, um mich festzunehmen, da hatte ich noch keine Angst. Ich war mir so sicher, daß sie am Ende wie Narren dastehen würden – und ich als die große Heldin. Ich hatte auch keine Angst, als ich im Verhörzimmer saß, einem tristen grauen Raum mit harten Stühlen, auf denen man nicht richtig sitzen konnte. So wollen sie dich weichklopfen.« Sie schlug die Augen wieder auf. »Sie kriegten mich nicht klein. Am Anfang noch nicht, denn ich war schließlich eine Chadwick. Aber dann kriecht die Angst langsam in dir hoch, immer höher. Du kannst sie unterdrücken, aber nicht ausschalten. Und noch ehe ich diesen schrecklichen grauen Raum verließ, hatte ich auch Angst.«

Naomi atmete tief durch und wurde sich bewußt, daß all das hinter ihr lag – bis auf die Erinnerungen. »Ich hatte während der gesamten Verhandlung Angst, aber ich wollte es nicht zeigen, denn die Vorstellung, jeder könne mir meine Angst ansehen, war mir zuwider. Und dann mußt du aufstehen, damit der Richter das Urteil verkünden kann. Deine Verurteilung. In diesem Moment kannst du die Angst nicht mehr unterdrücken. Sie schnürt dir die Kehle zu, daß du glaubst, nicht mehr atmen zu können. Du stehst da und gibst dich so gelassen und zuversichtlich wie möglich, denn du weißt, daß alle Blicke auf dir ruhen. Doch deine Knie werden weich wie Butter, und wenn du dann das Wort ›Schuldig‹ hörst, fühlst du plötzlich nur noch eine große Leere in dir.«

Wieder holte sie tief Atem. »Jetzt kannst du sicher verstehen, daß ich es nie wieder mit der Polizei zu tun haben möchte.« Einen Moment lang schwieg sie, erwartete aber keine Antwort. Dann fuhr sie fort: »Weißt du, daß du als Kind immer hierhergekommen bist? Ich hab' dich auf den Zaun gehoben, damit du die Fohlen besser beobachten konntest.«

»Es tut mir leid.« Plötzlich überkam Kelsey eine tiefe Trauer. »Ich kann mich nicht erinnern.«

»Macht ja nichts. Siehst du das Hengstfohlen da, das in der Sonne liegt, das kleine schwarze? Es ist ein Champion, das wußte ich schon bei seiner Geburt. Vielleicht wird das Pferd mal eines der besten aus der Three-Willows-Zucht.«

Kelsey nahm das Fohlen genauer in Augenschein. Ein schönes Tier, gewiß, aber sie konnte keinen Unterschied zu den anderen herumtollenden Fohlen erkennen. »Woran siehst du das?«

»An seinen Augen. Wir wissen es beide.«

Naomi lehnte sich an den Zaun und blickte Seite an Seite mit ihrer Tochter über die Weiden. Und für einen Moment fühlte sie sich beinahe glücklich.

Spätnachts, als das Haus in tiefer Stille lag und nur der Wind leise durch die Läden pfiff, kuschelte sich Naomi enger an Moses. Es war ihr am liebsten, wenn er zu ihr kam, irgendwie verlieh es ihr ein Gefühl von Sicherheit und Beständigkeit.

Nicht daß sie ihn ungern in seinem Zimmer über den Ställen besuchte. Das erste Mal – ihr erstes Mal – war sie einfach zu ihm gegangen und hatte ihn dabei überrascht, wie er in der Unterhose bei einem Bier saß und einige Papiere durchging.

Ihn zu verführen war nicht ganz leicht gewesen, erinnerte sie sich lächelnd, als sie mit der Hand über seinen muskulösen Brustkorb strich. Doch seine Augen hatten ihn verraten. Er begehrte sie, wie er sie seit je begehrt hatte, während sie sechzehn Jahre gebraucht hatte, um zu erkennen, daß sie ihn genauso wollte.

»Ich liebe dich, Moses.«

Wenn sie das sagte, versetzte es ihm jedesmal einen kleinen Schlag. Daran würde sich wohl auch nie etwas ändern. Er legte eine Hand auf ihre: »Ich liebe dich auch, Naomi. Sonst hättest du mich wohl kaum dazu überreden können, zu dir zu kommen, wo deine Tochter ein paar Zimmer weiter schläft.«

Lachend küßte sie seinen Hals. »Kelsey ist erwachsen. Ich bezweifle, daß sie einen Schock fürs Leben bekommt, wenn sie erfährt, daß ich mit dir ins Bett gehe.«

»Wie soll ich mit dir streiten, wenn sich alle meine Gedanken auf einen einzigen Körperteil konzentrieren?« Wie er es oft zu tun pflegte, strich er mit den Händen über ihren schlanken Körper. »Du wirst von Tag zu Tag schöner, Naomi, jedes Jahr.«

»Das kommt dir so vor, weil deine Augen älter werden.«

»Nicht wenn sie dich ansehen.«

Sie schmolz fast dahin. »Verdammt noch mal, wenn du sentimental wirst, nimmst du mir immer den Wind aus den Segeln. Ich brauche doch nur Kelsey anzusehen, um zu merken, wie sehr ich mich verändert habe. Trotzdem bin ich eitel genug, um dauernd in den Spiegel zu schauen – und jede gottverdammte Falte zu zählen.«

»Ich bin verrückt nach jeder einzelnen gottverdammten Falte.«

»Früher war mir mein Aussehen so wichtig. Schön zu sein schien mir fast eine Mission – eine heilige Verpflichtung. Dann bedeutete es mir jahrelang gar nichts, bis du kamst.«

Lächelnd beugte sie sich zu ihm und berührte leicht mit ihren Lippen seine. »Und jetzt erzählst du mir, daß du Falten magst.«

Moses schob eine Hand unter ihren Kopf und zog sie enger an sich, und sie küßten sich leidenschaftlich. Sie hob ihm die Hüften entgegen, und als er tief in sie eindrang, begann sie heiser zu stöhnen.

Von der Diele aus hörte Kelsey die gedämpften Laute des Liebesspiels, das Quietschen des alten Bettes, das Keuchen und die gemurmelten Laute. Wie angewurzelt blieb sie stehen, eine Tasse Tee in der einen, ein Buch in der anderen Hand.

Nie hatte sie ihren Vater und Candace nachts gehört. Vermutlich waren beide zu höflich und wohlerzogen, um laute Geräusche zu machen. Was jetzt hinter der verschlossenen Tür am Ende der Diele zu hören war, klang alles andere als zurückhaltend.

Allerdings, sagte sie sich, war es auch nicht gerade höflich, zu lauschen. Sie drückte die Türklinke so hastig nieder, daß sie etwas Tee verschüttete.

Das waren vermutlich ihre Mutter und Gabe Slater. Die Gefühle, die seine Anwesenheit hinter dieser Tür bei ihr auslösten, wollte sie lieber nicht analysieren.

Als sie die Zimmertür hinter sich geschlossen hatte, lehnte sich Kelsey tief durchatmend dagegen. Fast war ihr zum Lachen. Eine erwachsene Frau, die schockiert war, weil eine andere erwachsene Frau – zufällig ihre Mutter – noch ein aktives Sexualleben hatte.

Doch im Augenblick fand sie weder die Situation noch ihre eigene Reaktion darauf sehr erheiternd. Sie stellte Teetasse und Buch ab und ging zum Fenster. Der stille Garten, der unter ihr lag, war in silbernes Mondlicht getaucht. Romantisch, dachte sie, die Stirn gegen die Scheibe gepreßt. Geheimnisvoll. Wie vieles an Three Willows.

Sie wollte weder Romantik noch Geheimnisse. Sie war einzig und allein hier, um den Elternteil kennenzulernen, den man ihr so lange vorenthalten hatte.

Kelsey wandte sich ab und ging zu Bett. Doch sie konnte lange nicht einschlafen, erst als sie hörte, wie die Tür am Ende der Diele geöffnet und wieder geschlossen wurde und jemand leise an ihrer Zimmertür vorbei zur Treppe schlich, fiel sie in einen unruhigen Schlummer.

6

Die Rennbahn in der Morgendämmerung entsprach ganz und gar nicht Kelseys Erwartungen. Zur Welt des Pferderennsports gehörten ihrer Meinung nach Buchmacher und Wettende, dicke Zigarren und schlechtsitzende Anzüge, der Geruch nach schalem Bier und dem Schweiß der Verlierer.

Der betrunkene Pferdepfleger, den Gabe am Tag zuvor gefeuert hatte, paßte genau in ihr Bild von dieser Welt. Die Realität jedoch sah anders aus.

Die Rennbahn lag in dichtem Nebel, als sie mit Naomi dort ankam. Die Pferde waren schon früher eingetroffen, damit sie in Ruhe ausgeladen, gesattelt und auf die Trainingsläufe vorbereitet werden konnten. Es herrschte eine ruhige, beinahe heitere Atmosphäre; die Stimmen klangen gedämpft durch den Nebel, und die hier und da aufgetauchten Gestalten wirkten wie Geister. Am Geländer rund um die Bahn lehnten Männer und nippten an dampfenden Pappbechern.

»Das sind Zeitnehmer«, erklärte Naomi. »Sie bleiben stundenlang hier, messen die Zeiten, beurteilen das Gewichtshandicap der Pferde.« Sie lächelte. »Sie jagen sozusagen der Zeit hinterher. Irgendwie tun wir das alle. Wolltest du dir nicht zuerst einmal einen Überblick verschaffen?«

»Es ist alles . . . nun, ich finde es schön. Die Bäume im Nebel, die leeren Tribünen. Ich hatte es mir ganz anders vorgestellt«, sie wandte sich ihrer Mutter zu, »ganz anders.«

»Die meisten Menschen sehen nur die eine Seite der Medaille. Zwei Minuten um die Runde, und alles ist vorbei. Das ist sicher spannend. Manchmal geradezu gewaltig, und es kann mit einem Triumph oder einer Tragödie enden. Weißt du, oft werden Menschen nur nach ihrem äußeren Verhalten beurteilt, und man macht sich nicht die Mühe, den Hintergrund kennenzulernen.« In ihrer Stimme lag keine Bitterkeit, sondern sie drückte die schlichte Akzeptanz dieser Tatsache aus. »Jetzt werfen wir mal einen Blick hinter die Kulissen. Da spielt sich nämlich das Wesentliche ab.«

Und dort entdeckte Kelsey die andere, den Zuschauern verborgene Seite des Pferderennsports. Alternde Jockeys, die mit ihrer Karriere kein Glück gehabt oder zu viel Gewicht angesetzt hatten, absolvierten mit den Pferden Trainingsrunden, um sich so vierzig Dollar pro Ritt zu verdienen. Andere, halbe Kinder noch, drängten sich in der Hoffnung, selbst einmal eine Chance zu bekommen, dazwischen. Man diskutierte über die Vorzüge der einzelnen Pferde und entwarf Strategien. Ein Pferdepfleger mit einem Tweedhut führte ein lahmendes Pferd in der Runde herum, auf das er dabei beruhigend einsprach.

Kein Hauch jener vibrierenden Spannung, die Kelsey sich ausgemalt hatte, war zu spüren. Nur Routine. Sie begriff, daß sich all dies Tag für Tag wiederholte. Währenddessen schliefen die meisten Menschen noch oder tranken ihren Frühstückskaffee.

Ihr Blick fiel auf einen Mann im hellblauen Anzug mit blankgewienerten Stiefeln, der in ein ernsthaftes Gespräch mit einem anderen Mann in schäbiger Strickjacke verwickelt zu sein schien. Ab und zu verlieh der Mann im Anzug seinen Worten mit heftigen Gesten Nachdruck. Ein protziger Diamantring in Form eines Hufeisens blitzte bei jeder Bewegung auf.

»Bill Cunningham«, erklärte Naomi, der Kelseys Interesse aufgefallen war.

»Cunningham?« Kelsey durchforstete stirnrunzelnd ihr Gedächtnis. »Hat nicht der Mann, den Gabe gestern gefeuert hat, diesen Namen erwähnt?«

»Longshot hieß früher einmal Cunningham Farm. Bill hat sie geerbt, vor fünfundzwanzig Jahren, schätze ich.« Ein verächtlicher Unterton schwang in ihrer Stimme mit. »Er war auf dem besten Wege, sie herunterzuwirtschaften, ehe er sie an Gabe verlor. Jetzt ist er an einigen Pferden beteiligt und besitzt ein oder zwei mittelmäßige Galopper. Er lebt in Maryland. Er redet gerade mit seinem Trainer, Carmine, der für Bill und noch einige andere Pferdebesitzer arbeitet. Im Moment lauscht er ergeben Bills Anweisungen und erklärt sich mit allem einverstanden. Hinterher macht er doch, was er für richtig hält, denn er weiß, daß Bill ein Mistkerl ist. Oje.« Naomi stöhnte, »er hat uns entdeckt. Ich entschuldige mich schon mal im voraus.«

»Naomi.« Flotten Schrittes kam Cunningham auf sie zumarschiert. Seine Augen glänzten, als er Naomis Hände ergriff. »Welch ein schöner Anblick an diesem düsteren Morgen.«

»Bill.« Mit den Jahren hatte Naomi gelernt, sich im Umgang mit Dummköpfen in Geduld zu fassen, so hielt sie ihm nur ihre Wange hin. »Man sieht dich nicht oft bei den Trainingsläufen.«

»Hab' mir 'n neues Pferd zugelegt, von 'nem Versteigerungsrennen in Hialeah. Bin gerade dabei, Carmine zu erklären, wie er sie reiten soll. Bloß nicht zu sehr schonen.«

»Natürlich nicht«, lächelte Naomi süß. »Bill, das ist meine Tochter Kelsey.«

»Tochter?« Bill zeigte sich überrascht und blähte die Wangen auf. Wie jeder andere in der Umgebung auch, hatte er natürlich bereits von Kelsey erfahren. »Du meinst wohl Schwester. Nett, dich kennenzulernen, Häschen.« Er packte Kelseys Hand und schüttelte sie wild. »Willst wohl in die Fußstapfen deiner Ma treten, was?«

»Ich bin nur Zuschauerin.«

»Nun, hier gibt's 'ne Menge zu sehen. Bei Sonnenuntergang zappelt sie am Haken«, fügte er, Naomi zuzwinkernd, hinzu. »Wenn du wetten willst, dann wende dich an mich, Kleine. Ich geb' dir ein paar Tips.«

»Danke.«

»Für Naomis kleines Mädchen tu' ich alles. Ich könnte ja schließlich dein Papa sein, wenn ich nicht kurz vorher gekniffen hätte.«

»Wovon träumt der bloß nachts?« brummte Naomi leise, als Bill ging, um seinem Trainer weiter auf die Nerven zu gehen. »Tut so, als wären wir ein Pärchen gewesen, dabei hat er's nur einmal knapp geschafft, mir einen feuchten Kuß zu verpassen.«

»Einen so schlechten Geschmack hätte ich dir auch nicht zugetraut. Was zum Teufel hat er denn da von seinem Pferd erzählt?«

»Ach, das.« Naomi fing an zu lachen. »Bill spuckt immer große Töne. Denkt, er kann den Leuten weismachen, daß er Ahnung hat. Im Klartext: Die Stute hat ein Versteigerungsrennen gewonnen, Bill hat das Höchstgebot – viel zuviel vermutlich – abgegeben und will das Tier jetzt drillen. Das heißt, er will, daß sie schon im Training ihr Äußerstes gibt.« Sie schnitt hinter Bills Rücken eine Grimasse. »Er ist der Typ, der seinem Jockey für jeden Schlag mit der Gerte einen Bonus zahlt. Wenn ein Pferd nicht ins Ziel geprügelt wird, fehlt ihm etwas.«

»Ich habe mich nur gewundert, daß du so höflich zu ihm warst.«

»Das kostet mich ja nichts.« Sie zuckte die Achseln. »Und ich weiß, wie man sich als Außenseiter fühlt. Komm, Moses dürfte schon einen Reiter im Sattel haben.«

Sie kamen an einem Platz vorbei, wo die Pferde für die Trainingsritte vorbereitet wurden. Ladjockeys, so werden die Jungen genannt, die die Pferde pflegen und sie auch im Training reiten dürfen, wurden in den Sattel gehoben, der, wie Kelsey staunend bemerkte, aus kaum mehr als einem schmalen Lederstreifen bestand. Die Jungs stellten sich in den Steigbügeln auf, und die Trainer ritten neben oder hinter ihnen her zur Bahn.

»Das ist eins von unseren Pferden.« Naomi wies auf einen vorbeitrottenden Rotbraunen. »Er heißt Virginia's Pride. Wenn dich heute das Wettfieber packt, solltest du ein paar Dollar auf ihn setzen. Er ist in Topform, und diese Bahn liegt ihm.«

»Wettest du auch?«

»Mmmh.« Naomis Blick ruhte auf Moses, der eine halbe

Länge hinter dem Rotbraunen herritt. »Ich kann nur schwer widerstehen. Komm, wir wollen sehen, wie er läuft.«

Andere Pferde befanden sich bereits auf der Bahn. Der Nebel lichtete sich, und die Tiere rasten vorbei. Kelsey stockte der Atem. Die mächtigen Pferde mit den sich dukkenden schmächtigen Reitern donnerten mit vorgestrecktem Hals über die Bahn, daß der Staub nur so aufwirbelte.

»Da!« Vor Aufregung versagte ihr beinahe die Stimme. »Da ist dein Pferd!«

»Ja, das ist es. Die Bahn ist heute schnell, aber ich nehme an, Moses hat den Jungen angewiesen, Pride knapp unter zwei Minuten zu halten.«

»Wie kann der Reiter das wissen?«

»Er hat sozusagen ein Uhrwerk im Kopf«, ertönte hinter ihr Gabes Stimme. Obwohl Kelsey zusammenschrak, wandte sie den Blick nicht von dem dahinjagenden Pferd. »Er macht einen guten Eindruck, Naomi.«

»Beim Derby wird er einen noch besseren machen.« Ihre Augen wurden schmal. »Der da gehört dir, nicht wahr?«

»Das ist Double or Nothing.« Gabe lehnte sich über das Pferd. »Er wird im Mai noch besser aussehen.«

Kelsey konnte sich nicht vorstellen, was die Pferde noch besser machen sollten. Sie schienen förmlich über die Bahn hinzufliegen, die Hufe wirbelnd und die Mähnen flatternd.

Stundenlang hätte sie hier stehenbleiben und den Tieren zusehen können, Runde für Runde. Zwar dauerte es nur eine oder zwei Minuten, und die Trainer standen mit ihren Stoppuhren an der Zielgeraden, doch für sie stand die Zeit still.

»Haben Sie schon einen Favoriten ausgeguckt?« wollte Gabe wissen.

»Nein.« Sie blickte ihn nicht an. Weder er noch die Erinnerung an die Geräusche, die sie in der Nacht gehört hatte, sollten ihr die Stimmung verderben. »Ich bin kein Spielertyp.«

»Dannn wollen Sie vermutlich auch nicht mit mir wetten, daß Sie am Wettschalter stehen, noch ehe der Nachmittag vorbei ist?«

Sie zuckte die Achseln, doch dann konnte sie der Versuchung nicht widerstehen. »Bill Cunningham hat sich erboten, mir ein paar Tips zu geben.«

»Cunningham?« Gabe lachte dröhnend. »Dann kann ich nur hoffen, daß Sie ein gefülltes Portemonnaie haben, meine Liebe.« Er lehnte sich gegen den Zaun und überlegte, ober er sich eine Zigarre anzünden sollte, entschied sich aber dagegen. Lieber genoß er Kelseys angenehmen Duft, diesen Duft, der einem Mann die Sinne verwirren konnte, und der auch dann noch in der Luft hing, wenn sie schon längst verschwunden war.

»Morgens ist noch die beste Zeit«, murmelte Naomi, die eine Hand über die Augen legte, denn die Sonne, die langsam die Frühnebel auflöste, blendete sie. »Da macht man reinen Tisch.«

Später gingen sie wieder zu den Stallungen zurück. Vor Anstrengung dampfende Pferde wurden abgesattelt und herumgeführt, die Beine sorgfältig nach Verletzungen untersucht. Ein Pfleger ölte seinem Schützling die Hufe ein, während ein Hufschmied mit langer Lederschürze und verbeultem Werkzeugkasten auf einem Hufeisen herumhämmerte.

»Wirkt wie gemalt, nicht wahr?« sagte Gabe, als habe er Kelseys Gedanken gelesen.

»Ja, wirklich.«

Gabe nickte in die andere Richtung, wo ein Mann mit einer Reitkappe Moses hinterherlief und auf ihn einredete.

»Wer ist das?«

»Ein Jockeyagent. Der hastet von Stall zu Stall und versucht, jeden davon zu überzeugen, daß er den nächsten Sieger vertritt.« Beiläufig strich er Naomi das Haar aus dem Gesicht. »Soll ich euch einen Kaffee besorgen?«

»Für mich gerne.«

»Was ist mit dir, Kelsey?«

»Ich mag auch einen. Darf ich mir dein Pferd genauer ansehen, während es herumgeführt wird?«

»Selbstverständlich, geh nur.«

Naomi setzte sich auf einen umgedrehten Eimer. Die morgendliche Arbeit war fast getan, jetzt hieß es warten. Darin hatte sie mittlerweile einige Übung. Außerdem bereitete es ihr Freude, ihrer Tochter zuzuschauen, die mit dem Pfleger die Runden drehte und ihm vermutlich Löcher in den Bauch fragte. Das Kind hatte schon immer voller Fragen gesteckt, so zurückhaltend wie heute war sie früher allerdings nicht gewesen.

Heute morgen, als sie zusammen im Nebel standen und den ersten Pferden bei ihren Trainingsrunden zusahen, hatte sie einen Moment lang gedacht, die Spannung zwischen ihnen würde sich lockern. Doch dann war die Reserviertheit wieder da, zwar unterschwellig, aber nicht zu leugnen.

Kelsey lachte. Es war das erste Mal, daß Naomi sie von Herzen lachen hörte.

»Sie amüsiert sich«, bemerkte Gabe, als er Naomi einen Kaffeebecher reichte.

»Es tut gut, das zu sehen. Weißt du, ich sitze hier und rede mir ein, daß unser Verhältnis bald nicht mehr so unpersönlich sein wird.« Sie trank einen Schluck vom heißen Kaffee, um ihre trockene Kehle zu beruhigen. »Ich möchte sie so gern berühren, sie nur einmal in den Arm nehmen. Aber ich kann nicht. Vielleicht würde sie es sogar zulassen, aber das wäre schlimmer als eine Zurückweisung.«

»Sie ist doch hergekommen.« Sanft strich Gabe über Naomis Haar und ihre Schulter. »Sie scheint mir nicht der Typ zu sein, der etwas tut, was er nicht will.«

»Ich erwarte ja gar nicht, daß sie mich liebt. Aber ich wünsche mir so, daß sie sich lieben läßt.« Naomi ergriff die Hand, die auf ihrer Schulter ruhte.

Kelsey, die gerade auf sie zukam, bemühte sich, die Intimität dieser Geste zu übersehen. Das ist nicht meine Angelegenheit, ermahnte sie sich. Gezwungen lächelnd nahm sie den Kaffee entgegen, den Gabe ihr reichte.

»Danke. Man hat mir gerade den Sieger jedes Rennens genannt. Wenn ich wollte, könnte ich heute von hier mit einer dicken Brieftasche fortgehen.«

»Jimmy hat immer Tips auf Lager«, meinte Naomi. »Und sie sind ebensooft richtig wie falsch.«

»O nein, da kann gar nichts schiefgehen.« Verschmitzt grinsend hob Kelsey ihren Becher. »Er hat geschworen, daß er Miß Naomis Tochter nur todsichere Tips gibt. Ich soll im ersten Rennen auf Necromancer setzen, weil das Feld langsam ist und er um Längen gewinnt.« Sie hob die Brauen. »Habe ich mich richtig ausgedrückt?«

»Niemand würde auf den Gedanken kommen, daß Sie heute zum erstenmal hier sind«, entgegnete Gabe trocken.

»Ich lerne schnell.« Kelsey blickte sich um und stellte fest, daß die Hektik merklich nachgelassen hatte. »Was passiert nun?«

»Jetzt warten wir.« Naomi stand auf und reckte sich. »Komm mit. Ich hole uns ein paar Doughnuts zum Kaffee.«

Der Renntag schien hauptsächlich aus Warten zu bestehen. Für die nicht für ein Rennen gemeldeten Pferde war der Arbeitstag um zehn zu Ende. Transporter kamen an und fuhren wieder weg. Die Rennbahn wurde aufbereitet.

Gegen Mittag begannen sich die Tribünen zu füllen, und in den Aussichtsrestaurants dahinter konnte man sich servieren lassen und das Rennen fern vom Lärm und Gestank der Menschenmassen genießen.

Die Pferde wurden in ihren Boxen erneut bereitgemacht. Geschwollene Beine wurden mit Eis gekühlt, und je nach der persönlichen Strategie ließ man die Tiere entweder in Ruhe oder hätschelte sie wie Babys.

Jetzt lag auch, ganz anders als am Morgen, Spannung in der Luft. Die Pferde, begierig, endlich loszugaloppieren, tänzelten hin und her. Einige beruhigten sich, sobald ihr Jockey in den Sattel gehoben wurde, andere scharrten weiter unruhig mit den Hufen.

Dann wurden sie in einer Reihe zum Vorführring geführt.

Jetzt belebten sich auch die Tribünen. Neulinge gesellten sich zu alten Hasen, aber alle hofften sie, heute möge ihr Glückstag sein. Die Rituale des Pferderennsports begannen mit der Vorstellung der Konkurrenten, die vor dem Publikum ihre Runden drehten. Wer wetten wollte, begutachtete Pferde und Jockeys und vertiefte sich in sein Programm. Jeder hoffte natürlich, seinen Einsatz für einen Sieger zu machen.

Wenn ein Pferd schwitzte, konnte das ein Zeichen von Nervosität sein. War das ein Vor- oder ein Nachteil? Da waren die Ansichten geteilt. Bedeutete ein bandagiertes Vorderbein Schwierigkeiten? Dort zerrte ein Pferd am Zaumzeug, es könnte heute schlecht unter Kontrolle zu halten sein – oder besonders schnell laufen. Ein anderes wieder *sah aus*, als könnte es siegen.

Kelsey spürte die Hoffnungen und Träume der Zuschauer und Jockeys, als sie am Geländer stand. Und plötzlich verstand sie, wie mächtig der Wunsch werden konnte, zu siegen.

»Ich glaube, ich gebe mal meinen ersten Tip ab.«

Naomi lachte, denn sie hatte es nicht anders erwartet. »Gehst du mit, Gabe? Niemand sollte beim ersten Mal allein am Wettschalter stehen.«

»Ich komme auch allein zurecht«, wehrte Kelsey ab, als Gabe ihre Hand nahm.

»Das denken alle.« Er bahnte sich einen Weg durch die Menge nach innen, wo sich vor den Wettschaltern bereits lange Schlangen gebildet hatten. »Lassen Sie mich kurz erklären, wie man auf Pferde wettet. Haben Sie sich schon überlegt, wieviel Einsatz Sie riskieren wollen?«

Verärgert runzelte Kelsey die Stirn. »Hundert ungefähr.«

»Verdoppeln Sie's. Wieviel Sie auch immer setzen wollen, verdoppeln Sie's, und dann schreiben Sie's ab. Haben Sie ihr Programm?«

»Ja.« Sie verstand zwar nicht, was dort stand, aber sie hatte es dabei.

»Normalerweise müßten Sie sich für mehrere Stunden

an ein ruhiges Plätzchen zurückziehen, um das Programm gründlich zu studieren, Leistungsprofile zu vergleichen, sich mit Plazierungen, Starts und so weiter zu beschäftigen. Man beschränkt sich am Ende am besten auf zwei oder drei Kandidaten. Haben Sie ein Fernglas dabei?«

»Nein, ich dachte nicht ...«

»Macht nichts, ich leihe Ihnen meins.« Er schob sie in eine Reihe, den Arm freundschaftlich um ihre Schulter gelegt, und verkniff sich ein Lächeln. Sie hörte ihm mit der Aufmerksamkeit, mit der ein eifriger Student den Ausführungen seines Professors lauscht, zu. »Wollen Sie auf Sieg setzen?«

»Natürlich will ich das.«

»So ist es richtig – das bringt auch was. Alles andere ist für Weichlinge.« Es gab ihm eine gewisse Befriedigung, den Mann in der Schlange neben ihm zusammenzucken und die Schultern hochziehen zu sehen. »Haben Sie sich einen Überblick über die Quoten verschafft?«

»Nein«, antwortete Kelsey, die sich mittlerweile ziemlich dumm vorkam.

»Für Ihr Pferd steht es vier zu eins. Das ist in Ordnung. Nur Feiglinge setzen auf die Favoriten. Zu schade, daß Sie erzählt haben, Sie wären kein Spielertyp. Sonst hätte ich nicht zugelassen, daß Sie etwas essen oder trinken, ehe Sie Ihre Wette plazieren.«

»Wie bitte?«

»Niemals etwas essen oder trinken, bevor Sie wetten.«

Ihre Augen verengten sich. »Wollen Sie mich auf den Arm nehmen?«

»Nein. Das ist eine eiserne Regel.« Jetzt mußte er grinsen, »und alles ganz großer Quatsch. Es ist ein Glücksspiel. Schließen Sie die Augen und tippen Sie auf eine Nummer. Pferde sind Hochleistungssportler und keine Maschinen. Sie sind unberechenbar.«

»Vielen Dank.« Belustigt trat sie an den Schalter. »Zehn Dollar auf Necromancer.« Sie warf Gabe einen Blick zu. »Auf Sieg.«

Den Arm immer noch um ihre Schulter gelegt, angelte

Gabe nach seiner Brieftasche. »Fünfzig auf Nummer drei, Sieg.«

Kelsey hielt stirnrunzelnd ihren Wettschein fest. »Wer ist denn Nummer drei?«

»Keine Ahnung.« Er steckte den Schein in die Tasche.

»Sie haben einfach so auf eine Nummer gesetzt?«

»War so eine Eingebung. Kleine Wette am Rande, daß mein Pferd als erstes durchs Ziel geht?«

»Noch mal zehn«, antwortete Kelsey prompt.

»Und Sie behaupten allen Ernstes, kein Spielertyp zu sein.«

Er führte sie zur Bahn zurück; gerade rechtzeitig, denn die Pferde wurden in diesem Moment in die Startboxen gebracht. So verrückt es auch sein mochte, das Herz schlug ihr bis zum Hals, und ihre Handflächen wurden feucht. Als das Startsignal ertönte, beugte sie sich vor, ganz benommen von dem Farbenspiel.

»Nummer drei schafft es,« flüsterte Gabe ihr ins Ohr.

Kelsey schüttelte ihn ab. »Sie sind doch gerade erst gestartet.«

Sie hörte, wie die Jockeys Anfeuerungen oder Drohungen brüllten und dabei die Gerten knallen ließen. Als die Pferde in die Zielgerade einliefen, hatte Kelsey ihre Wette vollkommen vergessen. Die Spannung lag im Rennen selbst, im Rausch der Geschwindigkeit. Ein Pferd fing an das Feld aufzubrechen. Ohne daß es ihr bewußt wurde, drückte sie ihm innerlich die Daumen, beeindruckt von seinem Willen zu siegen.

Es schob sich schließlich an dem bislang führenden Pferd vorbei und gewann mit einer halben Länge Vorsprung.

»Haben Sie das gesehen?« Lachend warf Kelsey den Kopf in den Nacken. »Er war großartig.«

Gabe hatte nicht auf das Finish, sondern auf sie geachtet. Die Maske der Beherrschung war von ihr abgefallen und enthüllte die leidenschaftliche Energie, die sich dahinter verbarg. Er wollte diese Frau mehr, als er je einen Sieg gewollt hatte.

Naomi verzog leicht die Lippen, als sie Gabes leuchtende Augen bemerkte. Das war etwas, worüber sie nachdenken mußte. »Dein Pferd ist Fünfter geworden«, sagte sie zu Kelsey.

»Das macht nichts.« Kelsey holte tief Atem. »Das war mir die Sache wert. Hast du gesehen, wie er quasi aus dem Nichts aufgetaucht ist?«

»Nummer drei«, sagte Gabe und wartete, bis sich ihre Aufmerksamkeit auf ihn richtete. »Meine Eingebung hat sich ausgezahlt.«

»Das war Nummer drei?« Sie drehte sich nach dem siegreichen Pferd um und schwankte zwischen dem Ärger, gegen Gabe verloren zu haben, und der Freude beim Anblick des Pferdes. »Heute ist wohl Ihr Glückstag?«

»Da könnten Sie recht haben.«

»Soso.« Kelsey schaute ihn an und lächelte dann. »Auf wen würden Sie denn im nächsten Rennen setzen?«

Am Nachmittag verschlang sie einen Hotdog und trank eine wäßrige Limonade dazu. Überraschenderweise war sie unbeschreiblich stolz, als Virginia's Pride das Feld behauptete. Sogar für ihr ungeschultes Auge war es deutlich, daß sich keiner seiner Konkurrenten mit ihm messen konnte.

Sie hatte ein nicht so leicht zu analysierendes Gefühl, als Gabes Pferd als Erster durchs Ziel ging.

Bei Einbruch der Dämmerung waren die Tribünen mit alten Wettscheinen und Zigarettenkippen übersät, stumme Zeugen zerbrochener Träume.

»Kann ich die beiden Damen mit einer Einladung zum Essen locken?«

»Wie?« Zerstreut knöpfte Naomi ihre Jacke zu. Sie hielt bereits nach Moses Ausschau. »Ich habe noch mindestens eine Stunde hier zu tun. Geh doch mit Kelsey.«

Instinktiv wich Kelsey zur Seite. »Mir macht es nichts aus, auf dich zu warten.«

»Nein, geh nur und amüsier dich. Ich seh dich dann in ein paar Stunden zu Hause.«

»Wirklich ...« Doch Naomi eilte bereits davon. »Danke für die Einladung, Gabe, aber ...«

»Sie sind zu gut erzogen, um abzulehnen.« Er nahm sie beim Arm.

»Keineswegs.«

»Dann sind Sie zu hungrig. Ein einziger Hotdog kann Ihnen unmöglich diese ganze Energie liefern. Außerdem kann ich Ihnen helfen, Ihren Gewinn zu zählen.«

»Ich glaube kaum, daß dazu besondere mathematische Kenntnisse erforderlich. sind.« Sie hatte tatsächlich einen Bärenhunger, also ließ sie sich von Gabe über den Parkplatz zu einem flaschengrünen Jaguar führen. »Ein schönes Auto«, sagte sie.

»Und schnell.«

Das war nicht zu leugnen. Kelsey lehnte sich zurück und genoß die Fahrt durch die Abenddämmerung. Seit jeher liebte sie es, schnell zu fahren, und dabei das Radio voll aufzudrehen. Wade hatte ihr zahllose Vorträge über zulässige Höchstgeschwindigkeiten gehalten. Wie vernünftig und verantwortungsbewußt er doch gewesen war, dachte sie.

Er hatte nie verstanden, daß sie ab und zu mal über die Stränge schlagen, ihre Grenzen spüren mußte. Ständig hatte er ihr gepredigt, Maß zu halten, und sie hatte das auch getan – doch manchmal hielt sie das nicht aus. Ein impulsiver Einkaufsbummel, Strafzettel für zu schnelles Fahren oder ein Kurztrip auf die Bahamas waren dann das Ergebnis – und Ursache der meisten Streitereien zwischen ihnen gewesen.

Spießer hatte sie ihn in solchen Fällen genannt. Heute begriff sie, daß sie im Unrecht gewesen war. Was hatte ihr zum Beispiel der impulsive Besuch in Atlanta eingebracht?

Freiheit, sagte sie sich und zog energisch einen Schlußstrich unter das leidige Kapitel.

Als sie ihre Umgebung wieder wahrzunehmen begann, stellte sie fest, daß sie schon beinahe in Bluemont waren. »Ich dachte, wir gehen essen?«

»Das tun wir auch. Mögen Sie Fisch?«

»Gern. Gibt es hier ein Fischrestaurant?«

»Eins oder zwei. Aber wir essen bei mir. Ich habe vorhin zu Hause angerufen. Was halten Sie von gegrilltem Schwertfisch?«

»Hört sich gut an. Woher wußten Sie denn, daß ich zum Essen mitkomme?«

»Ich hatte eine Eingebung.« Er bog in die Einfahrt. »Sie können sich ja vor dem Essen das Haus ansehen.«

Sein Gärtner hatte allerhand geleistet. Die Beete waren frisch gejätet, und wenige Narzissen hatten schon ihre gelben Köpfchen aus der Erde gestreckt.

Komisch, Kelsey hätte Gabe nie für einen Blumenfreund gehalten.

Um die Eingangstür herum zogen sich zu geometrischen Mustern angeordnete Glaspaneelen, die im Licht wie Diamanten funkelten. Ihr fiel wieder ein, daß seine Stallfarben sie gleichfalls an Diamanten erinnert hatten – ein auffallendes, leuchtendes Rot und Weiß.

»Wie sind Sie eigentlich auf Ihre Stallfarben gekommen?«

»Durch einen Straight Flush in Karo.« Gabe öffnete die Tür. »Das ist ein Kartenspiel. Jeder wird Ihnen erzählen, daß ich auf diese Weise auch an mein Haus gekommen bin, daß ich es beim Kartenspiel gewonnen habe.«

»Und? Stimmt das?«

»Ja und nein.«

Kelsey trat in eine riesige Eingangshalle mit schwindelerregend hohen Decken und bogenförmigen Fenstern. Überall hingen große Terrakottatöpfe, in denen üppige Grünpflanzen wucherten.

»Die Größe ist ja überwältigend!« sagte sie beeindruckt.

»Ich hasse es, mich eingeengt zu fühlen. Jetzt hole ich Ihnen erst einmal einen Drink.«

»Gern.« Sie folgte ihm durch einen hohen Türbogen, der zum Wohnbereich führte. In dem gemauerten Kamin prasselte ein Feuer, davor stand ein gedeckter Tisch. Für zwei, wie Kelsey bemerkte. Mit einem weißen Tischtuch, Kerzen und eisgekühltem Champagner.

»Hatten Sie auch eine Eingebung, daß Naomi nicht mitkommen würde?«

»Nach einem Tag auf der Rennbahn hat sie normalerweise noch lange Besprechungen mit Moses.« Geschickt entkorkte Gabe die Flasche. »Wollen Sie erst das Haus besichtigen oder lieber erst essen?«

»Wenn ich schon mal hier bin, würde ich mir gern das Haus ansehen.« Sie nahm ihr Glas und stellte erstaunt fest, daß neben dem zweiten Gedeck kein Glas stand. »Wollen Sie nicht mit mir anstoßen?«

»Nein, ich trinke nicht. Wie wär's, wenn wir oben anfangen?«

Er führte sie eine geschwungene Treppe hinauf. Kelsey zählte nicht weniger als vier Gästeschlafzimmer, ehe sie über eine weitere kleine Treppe in den Hauptraum gelangten, ein kombiniertes Wohn- und Schlafzimmer mit einem steinernen Kamin, einem übergroßen französischen Bett und einem Dachfenster darüber, durch das man nachts in den Sternenhimmel schauen konnte.

Genau wie in den anderen Räumen des Hauses fand sich hier Antikes und Modernes in harmonischem Einklang. Auf einem Chippendale-Tisch stand eine abstrakte Skulptur aus Bronze und Kupfer, auf dem Boden lag ein schimmernder persischer Läufer unter einem kleinen Tisch aus poliertem Teakholz.

Eines der Gemälde erregte Kelseys Aufmerksamkeit. Sogar aus der Entfernung erkannte sie, daß es eine Arbeit des Künstlers war, der auch die Bilder im Haus ihrer Mutter gemalt hatte.

Dieses Übermaß an Leidenschaft, dachte sie, als sie den kraftvollen Pinselstrich und das grelle Nebeneinander der Farben betrachtete. »Ein ziemlich unruhiges Werk für ein Schlafzimmer.«

»Ich finde, es paßt gut hierher.«

»N. C.«, murmelte Kelsey. »Hat das Naomi gemalt?«

»Ja. Wußten Sie nicht, daß sie malt?«

»Nein, niemand hat mir etwas davon gesagt. Sie hat Talent. Ich kenne einige Kunsthändler, die sich um ihre Gemälde reißen würden.«

»Damit würden Sie ihr keinen Gefallen tun. Ihre Malerei ist sehr persönlich.«

»Das ist Malerei eigentlich immer.« Kelsey wandte sich ab. »Malt sie schon lange?«

»Nein. Sie sollten sie am besten selbst fragen. Sie wird Ihnen alles sagen, was Sie wissen wollen.«

»Erst einmal muß ich mir darüber klarwerden, was das ist.« An ihrem Champagner nippend schlenderte sie durch den Raum. »Ich weiß ja nicht, wie der altehrwürdige Prachtbau ausgesehen hat, aber ich bezweifle, daß er sich mit diesem Haus messen konnte.« Ihre innere Anspannung ließ merklich nach. »Haben Sie die Nachbarschaft schockiert, als Sie ihn abreißen ließen?«

»Ich hab' so ziemlich alle im Umkreis von zwanzig Meilen gegen mich aufgebracht.«

»Und jede Minute genossen.«

»Verdammt richtig. Man muß schließlich seinem Ruf gerecht werden.«

»Und was für einen Ruf haben Sie?«

»Einen sehr zweifelhaften, meine Liebe. Jeder wird Ihnen bestätigen, daß es den ersten Schritt zur ewigen Verdammnis bedeutet, mit mir allein in mein Schlafzimmer zu gehen.«

»Vom ersten Schritt bis zum Sündenfall ist es aber ein langer Weg.«

»Nicht so lang, wie Sie vielleicht denken.«

Achselzuckend leerte Kelsey ihr Glas. »Erzählen Sie mir von besagtem Kartenspiel?«

»Beim Essen.« Er reichte ihr die Hand. »Das ist die richtige Atmosphäre dazu.«

Kelseys Neugier war geweckt, sie nahm seine Hand und sagte: »Das klingt aber keineswegs anrüchig, Slater.«

»Ich fange ja auch gerade erst an.«

Unten füllte er ihr Glas nach. Ein unsichtbarer dienstbarer Geist hatte bereits zwei mit Silberhauben abgedeckte

Platten aufgetragen, die Kerzen entzündet und Musik angestellt. Zu den Klängen von Gershwin setzten sie sich zu Tisch.

»Das Kartenspiel?«

»Na gut. Was verstehen Sie von Poker?«

»Ich weiß, welche Karte welche schlägt. Glaube ich jedenfalls.‹« Sie probierte den köstlich zubereiteten Fisch und schloß die Augen. »Dies übertrifft die kulinarischen Genüsse auf der Rennbahn bei weitem.«

»Ich werde es dem Koch ausrichten. Also weiter im Text. Vor fünf Jahren spielte ich um das große Geld. Es war ein echter Pokermarathon, mit enorm hohen Einsätzen.«

»Hier in der Gegend?«

»Nein, hier in diesem altehrwürdigen Prachtbau.«

Kelseys Augen wurden schmal. »Ist Glücksspiel in diesem Staat nicht gesetzlich verboten?«

»Sie können's ja noch der Polizei melden. Wollen Sie nun die Geschichte hören oder nicht?«

»Will ich. Sie nahmen also an einem illegalen Pokerspiel teil. Und dann?«

»Cunningham hatte eine Pechsträhne. Nicht nur in diesem Spiel, sondern schon seit Monaten. Seine Pferde liefen schlecht, seit einem Jahr hatte er keine Preisgelder mehr geholt. Seine Schulden wuchsen ihm über den Kopf, und wie viele in dieser Situation dachte er, er müsse nur einmal einen großen Treffer landen.«

»Deshalb die Pokerrunde.«

»Genau. Ich war an einem Pferd beteiligt, das ausgesprochen gut lief. Also war ich . . .«, er lächelte, ». . . flüssig. Ich hatte mir schon immer eine Farm wie diese gewünscht. Na ja, und da dachte ich, mit etwas Glück könnte ich genug gewinnen, um in ein zweites Pferd zu investieren. Mich sozusagen hocharbeiten.«

»Klingt vernünftig, je nachdem, wie man es betrachtet.« Rücksichtslos traf eher zu, dachte sie. Aber auch Rücksichtslosigkeit konnte man bewundern. »Offenbar haben Sie mehr gewonnen als nur ein Pferd.«

»Ich konnte gar nicht verlieren. Ich hatte eine Glückssträhne, in der mir alles gelang. Hatte er einen Drilling, hatte ich ein Full House, hatte er einen Straight Flush, hatte ich einen Royal Flush. Seine eigentlichen Probleme fingen erst an, als er nicht aufhören konnte. Er stand schon so mit sechzig, fünfundsechzig in der Kreide.«

»Hundertern?«

Von ihrer Naivität bezaubert nahm er ihre Hand und küßte sie leicht. »Tausendern, Schätzchen. Und er hatte das Geld nicht, bar jedenfalls nicht. Also erhöhte er den Einsatz und wollte kein Nein gelten lassen.«

»Und Sie taten natürlich Ihr Bestes, um ihn zur Vernunft zu bringen.«

»Ich sagte ihm, daß er einen Fehler macht, aber er wollte nicht hören.« Gabe zuckte mit den Achseln. »Sollte ich mich mit ihm streiten? Zu diesem Zeitpunkt waren wir nur noch vier Spieler, und wir saßen seit fünfzehn Stunden am Tisch. Das sollte die letzte Runde werden. Sie wurde mit fünftausend eröffnet, und nach oben gab es kein Limit.«

»Das waren zwanzigtausend auf dem Tisch des Hauses, ehe Sie richtig angefangen haben.«

»Und mehr als hundertfünfzigtausend, als alle außer Cunningham und mir ausgestiegen waren.«

Kelsey führte gerade die Gabel zum Mund: »Hundertfünfzigtausend?«

»Er dachte, er hätte alle Trümpfe in der Hand, und so wollte er den Einsatz hochtreiben. Ich legte noch fünfzig drauf, weil ich dachte, er würde endlich aussteigen, aber er hielt mit.«

Kelsey hob ihr Glas und trank in kleinen Schlucken. Sie sah die Szene so deutlich vor sich, als sei sie dabeigewesen. Ein kleines Vermögen, das an ein paar Karten hing.

»Das wäre dann eine Viertelmillion Dollar.«

Er grinste. »Gut gerechnet. Er tat mir zwar leid, aber ich kann nicht sagen, daß ich den Moment bedauerte, wo ich meinen Straight Flush auf den Tisch legte. Er hatte nur drei Könige und kein Geld.« Gabe schenkte ihr Champagner nach. »Gerade mal die Vermögenswerte. Also machten wir ein Geschäft. Cunningham hat buchstäblich Haus und Hof verspielt.«

»Sie haben ihn an die Luft gesetzt?«

Gabe musterte sie mit geneigtem Kopf. »Was hätten Sie denn getan?«

»Ich weiß es nicht«, erwiderte sie nach einem Augenblick. »Aber ich glaube nicht, daß ich einen Mann aus seinem eigenen Haus vertreiben könnte.«

»Auch nicht, wenn er Geld verspielt, das er nicht hat?«

»Auch dann nicht.«

»Sie haben eben ein weiches Herz. Wir schlossen einen Handel ab«, wiederholte Gabe, »der uns beide zufriedenstellte. Und da ich auf Risiko gesetzt hatte, habe ich etwas gewonnen, was ich mir mein ganzes Leben lang gewünscht habe.«

»Das ist ja eine abenteuerliche Story. Vermutlich haben Sie den Unglücksraben Bill Cunningham auf der Rennbahn kennengelernt.«

»Nein. Ich habe einmal für ihn gearbeitet.«

»Hier?« Sie legte ihre Gabel nieder. »Sie haben hier gearbeitet?«

»Pferde gestriegelt, ausgemistet, Futter geschleppt. Drei Jahre lang war ich einer von Cunninghams Stallburschen. Damals ging es ihm ganz gut. Die Pferde haben ihn überhaupt nicht interessiert, sie sollten ihm nur Geld bringen, sie waren sein Kapital. Die Leute, die seine Tiere betreuten, interessierten ihn noch weniger. Unsere Unterkünfte ähnelten Gefängniszellen, so eng und schäbig waren sie. Aber Cunningham dachte nicht daran, sein Geld in Verbesserungen zu investieren.«

»Und deswegen hat es Sie auch nicht weiter berührt, ihn aus seinem Haus zu jagen.«

»Es hat mir jedenfalls keine schlaflosen Nächte bereitet. Als ich von hier fortging, arbeitete ich eine Zeitlang auf Three Willows. Das ist eine Farm! Der alte Chadwick hatte ein Händchen für Pferde, genau wie Ihre Mutter. Als ich diese Gegend dann endgültig verließ – damals war ich ungefähr siebzehn –, träumte ich davon, eines Tages zurückzukehren, die Taschen voller Geld, und mir selbst ein Gestüt aufzubauen.«

»Das haben Sie ja auch getan.«

»So kann man's nennen.«

»Und was haben Sie in der Zwischenzeit gemacht?«

»Das ist eine andere Geschichte.«

»Ich hab' schon verstanden.« Essen und Wein hatten ihre Stimmung gehoben. Sie stützte ihr Kinn auf die Hand. »Ich wette, Sie haben alles gehaßt an dem altehrwürdigen Prachtbau.«

»Jeden verdammten Stein des Gebäudes.«

Lachend lehnte sich Kelsey zurück und nahm ihr Glas. »Ich fange an, Sie zu mögen. Sie haben mir das doch nicht alles vorgelogen?«

»Weshalb hätte ich das tun sollen? Möchten Sie einen Nachtisch?«

»Ich bin eigentlich satt.« Stöhnend stand Kelsey auf und ging im Zimmer umher. »Wissen Sie, als ich dieses Haus zum erstenmal sah, wirkte es auf mich herrisch, und ich hatte recht.« Einen Moment lang schloß sie die Augen. »Mein Grenzpunkt.«

»Wie bitte?«

»Nichts. Sie trat ans Fenster. »Wie fühlt man sich eigentlich, wenn man aus dem Fenster schaut und über sein eigenes Land blickt?«

»Wieso? Was sehen Sie denn von Ihrem Fenster?«

»Ein Restaurant, ein kleines Einkaufszentrum mit einer häßlichen Boutique und einer himmlischen Bäckerei. Die U-Bahn-Station liegt praktisch nebenan. Ich dachte immer, daß ich städtischen Komfort brauche.«

Gabe legte ihr die Hände auf die Schultern und drehte sie zu sich um. »Den brauchen Sie aber nicht.«

»Nein.« Zu ihrer Überraschung begann sie zu zittern, als er mit der Hand über ihren Hals strich.

»Was denn dann?«

»Ich weiß es noch nicht.«

Er nahm ihr Gesicht in beide Hände und fuhr mit seinen Fingern durch ihr Haar. »Aber ich weiß es.«

Er senkte seinen Mund auf ihren herab, zögernd zuerst, kaum mehr als der Hauch einer Berührung, so daß beide jederzeit wieder zurückweichen konnten.

Doch Kelsey warf sich an seine Brust, schlang die Arme um seinen Hals und suchte seine Lippen.

Sie hatte beinahe vergessen, was für ein Gefühl das war. Oder sie hatte es vielleicht niemals gekannt. In dieser Umarmung lag nichts Zaghaftes oder Zurückhaltendes, sondern sie war fordernd und wild. Dieses Verhalten wollte so gar nicht zu dem gedämpften Kerzenlicht und der sanften Musik passen.

Gabe konnte nur noch an sie denken. Für ihn gab es nichts anderes mehr auf der Welt. Das Gefühl ihres Körpers, der sich gegen seinen preßte, das Verlangen nach ihr ließ ihn alles vergessen. Er war jetzt nur noch ein Mann, der eine Frau begehrte.

Es mußte sie berühren. Seine Hände glitten mit verzweifeltem Hunger über ihren Körper, und er spürte, wie sie ihm entgegenkam, ihn ermutigte. Nur nicht nachdenken, nur nicht zur Besinnung kommen.

Dann strich er ihr mit einer Hand das Haar aus dem Gesicht, und blitzartig hatte sie das Bild vor Augen, wie er nur einige Stunden vorher mit der gleichen lässigen Geste durch das Haar ihrer Mutter gefahren war.

Schrecken und Scham überkamen sie. Sie schob Gabe fort, versuchte, sich loszureißen, sich Luft zu verschaffen. »Nein!« Als er nach ihr griff, wich sie zurück. »Fassen Sie mich nicht an!« Fast meinte sie, seine Lippen noch auf den ihren zu spüren, und ihr Verlangen nach ihm hatte nicht nachgelassen. »Wie konnten Sie das tun? Wie konnte ich das nur zulassen?«

»Ich will dich.« Gabe mußte sich mit aller Kraft beherrschen, um sich nicht mit Gewalt zu nehmen, was sie ihm beinahe freiwillig gegeben hätte. »Und du willst mich auch.«

Das konnte sie nicht leugnen. Voller Scham über sich selbst wehrte sich Kelsey. »Ich bin keine Stute, die man festbindet. Und ganz bestimmt bin ich heute abend nicht hierhergekommen, damit Sie Mutter und Tochter vergleichen können!«

Mühsam bremste sich Gabe. »Würdest du mir das bitte genauer erklären?«

»Ich will keine fadenscheinigen Entschuldigungen für mein Verhalten suchen, aber ich habe doch noch so viel Anstand, nicht bis zum Äußersten zu gehen. Doch Sie – Sie haben keinen Funken Anstand im Leib.« Kelsey strich über ihre zerzausten Haare. Wut, hervorgerufen durch ein stechendes Schuldgefühl, gab ihrer Stimme eine ungewohnte Schärfe. »Ist das für Sie vielleicht ein neues Spiel, Slater? Die Tochter zum Essen einladen, versuchen, sie ins Bett zu kriegen, nur um festzustellen, ob sie so gut ist wie die Mutter? Haben Sie etwa insgeheim eine kleine Wette abgeschlossen?«

Gabe antwortete nicht gleich. Weder sein Gesicht noch seine Stimme verrieten seinen Zorn. »Denkst du, daß ich mit Naomi schlafe?«

»Ich weiß es.«

»Da fühle ich mich aber geschmeichelt.«

»Sie – was für ein Mensch sind Sie eigentlich?«

»Du hast keine Ahnung, Kelsey. Überhaupt keine. Ich bezweifle stark, daß dir in deiner geordneten kleinen Welt schon Leute wie ich über den Weg gelaufen sind.« Er trat auf sie zu und packte sie im Nacken, wohl wissend, daß dies ein kleinlicher, gemeiner Racheakt war. Doch er fühlte sich klein – und schmutzig.

Obwohl sich Kelsey um Haltung bemühte, zitterte sie doch am ganzen Leib. »Nehmen Sie Ihre Hände weg!«

»Du magst, wenn ich dich berühre«, sagte er sanft. »Im Augenblick hast du zwar Angst und weißt nicht, was du tun sollst, wenn ich dich nach oben bringe. Aber warum sollte ich mir die Mühe machen? Der Boden hier tut's auch.« Seine Stimme klang kühl und beherrscht, doch in seinen Augen loderte ein gefährliches Feuer. »Was würdest du denn tun, Kelsey, wenn ich jetzt hier mit dir schlafen würde?«

Angst schnürte ihr die Kehle zu, so daß ihre Stimme gepreßt klang: »Ich sagte, Sie sollen Ihre Hände wegnehmen.«

Die Panik, die sich auf ihrem Gesicht zeichnete, traf ihn. Sie blieb auch, als er sie freigab und einen Schritt zurücktrat. Er fühlte Abscheu vor sich selbst.

»Ich entschuldige mich dafür. Aber nur dafür.« Er musterte sie einige Sekunden lang. Langsam kehrte die Farbe in ihr Gesicht zurück. »Du urteilst vorschnell, Kelsey. Aber da du dich bereits festgelegt hast, wollen wir unsere Zeit nicht damit verschwenden, dieses Thema weiterzuverfolgen. Ich bringe dich jetzt nach Hause.«

7

Naomi zog gerade den Gürtel ihres Morgenmantels enger zu, als sie hörte, wie die Vordertür schlug. Der heftige Knall erschreckte sie, aber sie zögerte einen Moment, ehe sie in die Diele ging. War es richtig, überlegte sie, Kelsey nach den Erlebnissen des Abends zu fragen? Sie wußte es nicht. Wenn sie Kelseys Teenagerjahre miterlebt hätte, die Zeit der nächtlichen Gespräche und Diskussionen, der Probleme, Tragödien der Pubertät, dann wüßte sie, was zu tun wäre.

Aber sie hatte keine Erfahrung damit und konnte sich nur auf ihren Instinkt verlassen. Sie hörte Kelsey die Treppe hinaufstürmen und öffnete ihre Zimmertür. Sie würde möglichst unpersönlich sein, nicht fragen und sich nur auf ein flüchtiges »Na, wie war der Abend?« beschränken. Doch als sie das Gesicht ihrer Tochter sah, änderte sie ihre Absicht.

»Was ist passiert?« Ohne nachzudenken faßte sie Kelseys Arm. »Ist alles in Ordnung?«

Kelsey, deren Temperament bei dieser Frage wieder mit ihr durchging, ging augenblicklich zum Angriff über. »Wie kannst du dich nur mit ihm abgeben, und erst recht ... O Gott, du hast mir auch noch zugeredet, den Abend mit ihm zu verbringen!«

»Gabe?« Naomis Finger schlossen sich um den Arm ihrer Tochter. Sie vertraute Gabe ohne Vorbehalt, doch nun beschlich sie ein Gefühl der Angst. »Was hat er getan?«

»Er hat mich geküßt«, fauchte Kelsey, die bei dieser lächerlichen Untertreibung hochrot anlief.

»Dich geküßt«, wiederholte Naomi erleichtert und belustigt zugleich. »Und das ist alles?«

»Interessiert dich das nicht?« Erbost riß Kelsey sich los. »Ich sagte, er hat mich geküßt. Ich habe seinen Kuß erwidert, und wenn ich mich nicht erinnert hätte, wäre noch viel mehr daraus geworden.«

Naomi seufzte. Wenn sie schon nicht wie Mutter und Tochter miteinander reden konnten, dann vielleicht von Frau zu Frau – für den Anfang. »Komm herein und setz dich.«

»Ich will mich nicht setzen.« Trotzdem folgte Kelsey Naomi ins Schlafzimmer.

»Ich schon.« Naomi bemühte sich, klar und logisch zu denken, als sie sich vor ihre Frisierkommode setzte. »Kelsey, ich weiß, daß du noch unter deiner Scheidung leidest. Aber du bist nun einmal geschieden und damit frei, eine neue Beziehung einzugehen.«

Kelsey hielt in ihrem rastlosen Aufundabgehen inne und schnappte hörbar nach Luft. »*Ich* bin frei? Hier geht es nicht um mich. Es geht um dich!«

»Um mich?«

»Verstehst du denn gar nichts?« Jetzt mischte sich ihre Wut noch mit Empörung darüber, daß diese Frau, in deren Adern ihr Blut floß, dermaßen oberflächlich sein konnte. »Hast du denn überhaupt keinen Stolz?«

»Tatsächlich«, entgegnete Naomi langsam, »hat man mir schon oft gesagt, ich hätte zuviel davon. Aber ich verstehe nicht ganz, worum es hier geht.«

»Ich versuche dir mitzuteilen, daß dein Liebhaber mit mir ins Bett gehen wollte.«

Um Naomis Mundwinkel zuckte es, als ihr langsam klar wurde, was Kelsey meinte. »Mein Liebhaber?«

»Daß du dich so täuschen läßt«, tobte Kelsey weiter. »Du kennst ihn schon seit Jahren und müßtest mittlerweile wissen, wie er ist. O ja, er ist attraktiv und charmant – nach außen. Aber er kennt weder Skrupel noch Ehrgefühl, noch Loyalität.«

Naomis Augen blitzten, und ihr Kinn spannte sich. »Von wem redest du eigentlich?«

»Von Slater.« Fast hätte Kelsey losgebrüllt. »Gabriel Slater. Wie viele Liebhaber hast du denn?«

»Nur einen.« Naomi faltete die Hände und atmete tief

durch. »Und du glaubst, das ist Gabe?« Sie dachte einen Moment nach, fing an zu lächeln und lachte schließlich zu Kelseys Verblüffung schallend los. »Es tut mir leid, es tut mir wirklich leid. Ich bin sicher, du findest das gar nicht komisch.« Hilflos hielt sie sich den Bauch. »Aber das ist ja großartig, ehrlich. Ich fühle mich sehr geschmeichelt.«

»Das hat er auch gesagt«, zischte Kelsey durch die Zähne.

»Hat er das?« Kichernd wischte sich Naomi eine Träne aus dem Augenwinkel. »Du meinst, du hast ihn tatsächlich gefragt, ob er mit mir schläft? Du lieber Himmel, Kelsey, er ist um die Dreißig. Ich bin fast fünfzig.«

»Was macht das schon für einen Unterschied?«

Sie konnte nicht an sich halten. Naomi grinste breit. »Jetzt fühle ich mich aber wirklich geschmeichelt. Glaubst du im Ernst, so ein toller Mann – und er ist ja wirklich hinreißend – wie Gabe könnte ein romantisches Interesse an mir haben?«

Kelsey musterte Naomi so unbeteiligt, wie es ihr in ihrer Aufregung möglich war; die klassischen Gesichtszüge, den schlanken, feingliedrigen Körper in dem schlichten weißen Morgenmantel. »Von einer Romanze habe ich nicht gesprochen«, sagte sie tonlos.

»Ach so.« Naomi nickte verständnisvoll. »Nun denn. Du nimmst also an, daß Gabe und ich in eine, na, sagen wir mal, wilde sexuelle Affäre verstrickt sind?« Ihre Lippen verzogen sich. »Ich fühle mich von Minute zu Minute jünger.«

»Ehe du dich bemühst, alles abzustreiten, will ich dir zwei Dinge sagen.« Hocherhobenen Hauptes blickte Kelsey ihre Mutter an. »Erstens geht es mich nichts an, mit wem du schläfst – von mir aus kannst du dir zwanzig Liebhaber halten –, zweitens habe ich dich letzte Nacht gehört. Hier im Zimmer, mit ihm.«

»Oh.« Naomi sog die Luft ein. »Das ist mir aber peinlich.«

»Peinlich?« Das Wort klang wie eine Explosion. »Es ist dir *peinlich*?«

Naomi, der klar wurde, daß sie sich etwas deutlicher ausdrücken mußte, hob eine Hand. »Nun mal der Reihe nach. Erstens habe ich im Gegensatz zu allem, was du denken oder gehört haben magst, nicht mit den Männern geschlafen, die man mir andichtet. Du wirst es nicht glauben, aber dein Vater war mein erster Mann. Und danach gab es niemanden mehr, erst zwei Jahre, nachdem ich aus dem Gefängnis entlassen worden war, fand ich wieder einen Mann, und er ist bis heute mein einziger.« Sie erhob sich, so daß sie ihrer Tochter in die Augen sehen konnte.

»Wenn das stimmt, ist es um so schlimmer. Stört es dich gar nicht, daß er dich so hintergeht?«

»Kein Mann betrügt mich mehr als einmal«, sagte Naomi so bestimmt, daß Kelsey ihr nicht nur glaubte, sondern sie auch verstehen konnte. »Es war nicht Gabe, den du letzte Nacht hier gehört hast, es war Moses.«

Kelsey verschlug es die Sprache, und sie ließ sich in einen Sessel sinken. »Moses, dein Trainer.«

»Ja, Moses, mein Trainer, mein Freund und mein Liebhaber.«

»Aber Gabe – er berührt dich doch ständig.«

»Auf das Risiko hin, daß ich mich jetzt eines Klischees bediene – wir sind sehr gute Freunde. Neben Moses ist Gabe mein bester Freund. Es tut mir leid, daß du das so mißverstanden hast.«

»Ach du lieber Gott!« Kelsey schloß die Augen und fühlte sich gedemütigt, als ihr alles, was sie Gabe an den Kopf geworfen hatte, wieder zu Bewußtsein kam. »Kein Wunder, daß er so wütend war. Was ich ihm alles gesagt habe!«

Gefaßt darauf, zurückgewiesen zu werden, strich Naomi Kelsey übers Haar. »Vermutlich hast du dir nicht die Mühe gemacht, ihn einfach danach zu fragen.«

»Nein.« Ihre Worte schienen wie ein Bumerang auf sie zu prallen. »Nein, ich war mir so sicher, und dann habe ich mich furchtbar geschämt, daß er mich dazu gebracht hatte, mich derart zu vergessen, und sei es auch nur für eine Minute. Ich habe noch nie ... mit Wade war es immer

... ist ja auch egal«, unterbrach sie sich rasch. »Jedenfalls fuhr ich aus der Haut und sagte ihm einige sehr häßliche Dinge.«

»Du warst ja auch in einem Zwiespalt. Ich werde ihn anrufen und ihm alles erklären.«

»Nein, ich gehe morgen früh zu ihm und entschuldige mich von Angesicht zu Angesicht.«

»Es ist schrecklich, sich entschuldigen zu müssen, nicht wahr?«

»Fast so schlimm wie wenn man im Irrtum ist.« Seit je fiel es Kelsey schwer, ihren Stolz zu überwinden. »Es tut mir leid.«

»Was mich betrifft, braucht es dir nicht leid zu tun. Du bist hier in eine fremde Welt geraten, Kelsey, und hast deinem Instinkt vertraut. Deine Moralvorstellungen und dein Sinn dafür, was richtig und was falsch ist, sind für deine Handlungsweise verantwortlich.«

»Suchst du nach Entschuldigungen für mich?«

»Ich bin deine Mutter«, erwiderte Naomi ruhig. »Vielleicht werden wir beide uns bald daran gewöhnen. Jetzt versuch zu schlafen. Und wenn du morgen nicht allein in die Höhle des Löwen gehen willst, werde ich dich begleiten.«

Doch Kelsey ging allein, schon aus Selbstachtung. Zuerst hatte sie erwogen, mit dem Auto zu fahren, aber sie wollte Zeit gewinnen. Obwohl sie fast die ganze Nacht wachgelegen und gegrübelt hatte, wußte sie noch nicht genau, was sie sagen und wie sie es sagen sollte.

So entschied sie sich, ein Pferd zu nehmen und zur Farm hinüberzureiten, um sich zu beruhigen und einen klaren Kopf zu bekommen.

Sie traf Moses im Stall, wo er gerade den Hals eines Wallachs mit Salbe einrieb. Sie zögerte, wie sollte sie sich ihm gegenüber verhalten, nun, da sie wußte, daß er Naomis Liebhaber war?

Einen Augenblick blieb sie still stehen uns sah ihm zu. Seine Hände waren sanft, dunkel gebräunt und kräftig.

Am Handgelenk trug er einen Armreif aus gehämmertem Kupfer. In seinem Zopf zeigten sich bereits ebenso viele graue wie schwarze Haare. Niemand hätte ihn als gut aussehend bezeichnet, doch sein Gesicht mit der Adlernase und der wettergegerbten Haut wirkte einnehmend.

Zwar war sein Körper durchtrainiert und drahtig, doch nicht zu vergleichen mit Gabes muskulöser Erscheinung.

»Schwer vorstellbar, nicht?« In Moses' Stimme klang eine unterschwellige Belustigung mit. Er mußte sich nicht erst zu Kelsey umdrehen, um ihre Gedanken lesen zu können. »Eine so schöne Frau wie sie, reich, gebildet und dann so ein häßlicher Gnom wie ich.« Er stellte die Salbe beiseite und griff nach einem Topf mit wäßrigem Haferschleim. »Ich kann es Ihnen nicht verdenken, daß Sie überrascht sind. Das bin ich auch, bis heute. Werd's wohl nie begreifen.«

»Wie bitte?«

»Naomi hat mir erzählt, daß Sie über uns Bescheid wissen.«

Kelsey zuckte zusammen und rieb sich über ihr Gesicht. Blieb ihr denn keine Demütigung erspart? »Mr. Whitetree . . .«

»Moses«, unterbrach er sie in Anbetracht der Situation einfach, »Moses. Na komm schon, mein Junge.« Sanft auf ihn einredend, versuchte er den Wallach dazu zu bewegen, von dem Haferschleim zu fressen. »Versuch's doch mal. Nur ein bißchen. Ich habe mich auf den ersten Blick in sie verliebt, als ich hier anfing, als Pferdepfleger zu arbeiten. Sie muß damals ungefähr achtzehn gewesen sein. Eine Frau wie sie hatte ich noch nie zuvor gesehen. Ich habe nicht erwartet, daß sie mich beachtet. Warum sollte sie auch?«

Kelsey beobachtete, wie liebevoll er mit dem kranken Pferd umging, es sanft und behutsam fütterte. Sie betrat die Box und stellte sich neben ihn. »Was fehlt ihm denn?«

»Unser King Cole ist erkältet.«

»Erkältet? Pferde können sich erkälten? Woran erkennt man das denn?«

»Sehen Sie, hier?« Moses nahm ihre Hand und führte sie über den Hals des Tieres. »Fühlen Sie die Schwellung?«

»Ja. Du Armer.« Sie redete beruhigend auf das Pferd ein, während sie ihm sacht den Hals streichelte. »Ist es etwas Ernstes?«

»Kann man noch nicht sagen. Wenn sich die Luftröhre schließt, kann er ersticken.«

»Sie meinen, er stirbt daran?« Entsetzt drückte sie sich an den Wallach. »Es ist doch bloß eine Halsentzündung.«

»Das gilt für Menschen. Bei ihm ist es schlimmer. Aber es wird schon wieder, was, Kumpel? Richtig fressen kann er noch nicht, er bekommt nur Haferschleim und Leinsamentee.«

Tee für ein Pferd, dachte Kelsey. »Sollte der Tierarzt ihn nicht untersuchen?«

»Nur, wenn es schlimmer wird. Wir halten ihn warm, lassen ihn Eukalyptusdämpfe inhalieren und reiben ihm drei- bis viermal täglich Kampfer auf die Zunge. Er hustet nicht mehr, und das ist ein gutes Zeichen.«

»Behandeln Sie die Tiere immer selbst?«

»Matt wird nur gerufen, wenn wir nicht weiterwissen.«

»Ich dachte, ein Trainer bildet die Pferde nur aus.«

»Der Trainer ist für alles zuständig. Manchmal beanspruchen die Pferde ihn am wenigsten. Begleiten Sie mich mal einen Tag, dann verstehen Sie, was ich meine.«

»Gern.«

Er hatte das einfach nur so dahingesagt und nicht erwartet, daß sie sofort darauf einging. Nachdenklich musterte er sie. »Ich fange im Morgengrauen an.«

»Das weiß ich. Wahrscheinlich bin ich Ihnen nur lästig. Aber ich habe schon überlegt, ob ich nicht irgend etwas tun kann, während ich hier bin. Ställe ausmisten oder Heu schaufeln. Ich erwarte ja gar nicht, daß man mir Pferde anvertraut, aber ich hasse Nichtstun.«

Sie ist die Tochter ihrer Mutter, dachte Moses. »Hier gibt es immer was zu tun. Wann wollen Sie anfangen?«

»Heute nachmittag, vielleicht besser morgen, jetzt muß ich noch etwas erledigen.« Beim Gedanken daran sank ihre Stimmung. »Ich würde lieber Mist karren, aber es läßt sich nicht vermeiden.«

»Dann kommen Sie, sobald Sie können, okay?«

»Vielen Dank. Ich habe aber noch eine Bitte: Kannn ich mir für heute morgen ein Reitpferd ausleihen? Reiten kann ich.«

»Sie sind Naomis Tochter, und das bedeutet, sie müssen reiten und brauchen nicht um Erlaubnis fragen, wenn Sie ein Pferd möchten.«

»Ich frage aber lieber.«

»Dann satteln wir Justice«, entschied Moses. »Er wird Ihnen gefallen.«

Der Wallach liebte es loszugaloppieren. Obwohl er seit drei Jahren nicht mehr aktiv an Rennen teilnahm, merkte man immer noch, daß er kein reines Reitpferd war.

Wie Moses Kelsey erklärte, war Justice auf der Rennbahn nie absolute Spitze gewesen, aber doch besser als der Durchschnitt, und er hatte während seiner Zeit als Galopper regelmäßig Preisgelder eingebracht.

Doch Kelsey war das egal, auch wenn er jedes Rennen verloren hätte, als er mit ihr auf dem Rücken geradezu über die Hügel flog.

Das Tier reagierte bereitwillig auf den leistesten Schenkeldruck und fiel gehorsam in flüssigen Galopp, als sei es ebenso glücklich wie seine Reiterin, den Morgen im Freien auf den Hügeln und Feldern verbringen zu dürfen.

Jetzt erst wurde Kelsey bewußt, was für ein Vergnügen sie sich seit Jahren versagt hatte. Von jetzt ab würde sie regelmäßig reiten, auch wenn sie einen furchtbaren Muskelkater bekäme. Und wenn sie nicht mehr auf Three Willows war, würde sie versuchen, diesen Sport weiterhin zu betreiben.

Vielleicht würde sie ja auch ihr Apartment aufgeben und aus der Stadt wegziehen. Es gab keinen Grund, warum sie sich nicht ein Häuschen im Grünen und ein Reitpferd zulegen sollte. Selbst wenn sie es in einem Reitstall unterstellen müßte, so etwas konnte man gut arrangieren. Wenn Moses ihr genug beibrächte, könnte sie sogar in einem Stall arbeiten.

Im Moment aber berauschte sie sich an der klaren, frischen Luft, dem Duft des Grases und der ersten Blumen. Was um alles in der Welt hatte sie nur bewegt, sich den ganzen Tag in einem Büro oder einer Galerie zu vergraben, wenn sie im Freien sein und etwas tun konnte, was ihr Spaß machte?

Lachend warf sie ihr Haar zurück, als sie über einen schmalen Bach hinwegflogen und die nächste Anhöhe hinaufrasten.

Dann sah sie die Gebäude von Longshot vor sich und zügelte Justice.

Kelsey beugte sich vor, tätschelte den Hals des Wallachs und sah sich um. Der Ritt hatte ihr zwar gutgetan, das eigentliche Problem aber nicht gelöst. Sie wußte nach wie vor nicht, wie sie mit Gabe ins reine kommen sollte.

»Improvisation ist alles«, murmelte sie in die Mähne des Pferdes und schnalzte mit der Zunge, um Justice in einem gemäßigtem Trab zu bringen.

Gabe sah Kelsey den Hügel herunterkommen, doch er blieb, wo er war, und beobachtete einen Jährling an der Longe. Er war jetzt weder ruhiger als am Abend vorher, noch hatte sein Verlangen nach ihr nachgelassen. Ihre schlanke Gestalt auf dem majestätischen Vollblüter wirkte ausgesprochen verführerisch.

Er zog noch einmal an seiner Zigarre, stieß lässig den Rauch aus – und wartete ab.

Kelsey hatte sich in ihrem Leben bestimmt schon unbehaglicher gefühlt, als sie abstieg und mit dem Wallach am Zügel auf Gabe zuging. Aber gelöste Probleme erschienen im Rückblick nie so unlösbar wie die, die man noch vor sich hatte.

»Du reitest gut«, bemerkte Gabe. »Ein alter Krieger wie der benötigt eine feste Hand.«

»Normalerweise habe ich die. Wenn du ein paar Minuten Zeit für mich hast, würde ich gern mit dir reden.«

»Schieß los.«

Warum sollte er es ihr auch leichtmachen, dachte sie und unterdrückte ihren Stolz. »Allein, wenn es geht.«

»Gut.« Er nahm ihr die Zügel aus der Hand und winkte einen Pfleger heran. »Reib ihn ab, Kip.«

»Ja, Sir.«

Gabe marschierte in Richtung Haus los, und Kelsey hatte Mühe, mit ihm Schritt zu halten. »Ein schöner Betrieb, er erinnert mich an Three Willows.«

»Willst du Süßholz raspeln?«

»Nein.« Sie verwarf die Idee, höfliche Konversation zu machen wieder. »Wie ich sehe, bist du beschäftigt. Ich werde nicht viel von deiner kostbaren Zeit beanspruchen.« Dann schwieg sie, bis sie das Haus erreicht hatten und er eine Glastür an der Rückseite aufschob.

Sie fühlte sich in einen tropischen Garten versetzt. Wo sie auch hinsah, überall wucherten üppig blühende Pflanzen in Ampeln oder Körben. Durch das Glasdach fiel Sonnenlicht auf einen in der Mitte angelegten Swimmingpool, der verlockend tiefblau schimmerte.

»Wie schön!« Kelsey strich über eine leuchtendrote Hibiskusblüte. »So weit sind wir gesten abend gar nicht gekommen.«

»Ich fand es nicht angebracht, die Führung fortzusetzen.« Er ließ sich auf einem gestreiften Gartenstuhl nieder und streckte die Beine aus. »Jetzt sind wir unter uns.«

Kelsey schaute dem Rauch nach, der von seiner Zigarre aufstieg und von den sanft rotierenden Deckenventilatoren aufgelöst wurde. »Ich bin gekommen, um mich zu entschuldigen.« Die verhaßten Worte blieben ihr fast in der Kehle stecken.

Er hob lediglich eine Augenbraue. »Wofür?«

»Für mein Benehmen gestern abend.«

Gabe drückte seine Zigarre in einem mit Sand gefüllten silbernen Eimer aus und tat so, als ob er überlegte. »Gestern abend ist einiges passiert. Könntest du dich etwas präziser ausdrücken?«

Hilflos ging sie ihm in die Falle. »Du bist ein Ekel, Slater, ein arrogantes, überhebliches Ekel.«

»Das ist ja eine großartige Entschuldigung, Kelsey.«

»Ich habe mich entschuldigt. Es ist mir zwar verdammt schwer gefallen, aber ich habe mich entschuldigt. Und du hast noch nicht einmal den Anstand, diese Entschuldigung zu akzeptieren.«

»Wie du gestern sehr deutlich gemacht hast, fehlt es mir in jeder Hinsicht an Anstand.« Lässig schlug er die Beine übereinander. »Ich entnehme deinem plötzlichen Sinneswandel, daß du Naomi zur Rede gestellt hast und sie die Sache geklärt hat.«

Sie konnte zu ihrer Verteidigung nur das Kinn vorstrekken. »Du hättest es ja abstreiten können.«

»Hättest du mir denn geglaubt?«

»Nein.« Schon wieder vor Wut schäumend wandte sie sich von ihm ab. »Aber du hättest es doch abstreiten können. Du wußtest, wie mir zumute war! Zu glauben, daß du und Naomi . . . wo ich mich beinahe . . .«

»Beinahe was?«

»Dir an den Hals geworfen hätte!« Kelsey warf ihm die Worte förmlich hin. »Ich gebe es ja zu, du hättest ein leichtes Spiel mit mir gehabt. Ich konnte nicht mehr klar denken. Stolz bin ich zwar nicht darauf, aber ich hatte nicht das Gefühl, daß es mir allein so ging. Auch ich habe Bedürfnisse, und – verdammt noch mal, ich bin nicht aus Stein!«

Er war sich nicht sicher, was ihn mehr verblüffte, die Heftigkeit ihrer letzten Bemerkung oder die Tränen, die in ihren Augen glänzten. »Ich bin der letzte, den du davon überzeugen mußt. Warum steigerst du dich in etwas hinein, das es gar nicht gibt?«

Kelsey kämpfte mit den Tränen. »Das ist nicht der Punkt«, sagte sie. »Ich habe einen großen Fehler gemacht, das ist es. Ich habe dir Dinge gesagt, die du nicht verdient hast und die ich bedaure.« Sie fuhr sich mit beiden Händen durchs Haar, dann ließ sie sie sinken. »Gabe, ich habe geglaubt, du wärst die Nacht davor in ihrem Zimmer gewesen. Ich hörte . . .«

»Moses«, führte er den Satz zu Ende.

Seufzend schloß sie die Augen. »Der Narr erfährt es immer als letzter. Ich dachte, du wärst bei ihr gewesen. Und die Vorstellung, daß du von ihr zu mir – daß ich beinahe zugelassen hätte . . .« Wieder brach sie ab. »Es tut mir leid.«

Sie sah so bezaubernd aus. Ihr Haar schimmerte golden in der Sonne, und ihre Augen waren dunkel vor Kummer. Fast hätte er selbst geseufzt. »Weißt du, daß ich am liebsten weiter stinksauer auf dich sein würde? Ich dachte, das würde alles erleichtern, auf jeden Fall wäre es sicherer.« Er stand auf und sagte: »Du siehst müde aus, Kelsey.«

»Ich hatte eine schlechte Nacht.«

»Nicht nur du.« Er streckte die Hand aus, um ihre Wange zu berühren, doch sie wich zurück.

»Nicht, bitte. Ich komme mir zwar wie ein Idiot vor, es zuzugeben, aber so ist es nun mal. Ich bin im Moment ziemlich leicht zu verletzen, und du hast offenbar die Macht dazu.«

Gabe unterdrückte einen Seufzer. »Warum soll es dir besser gehen als mir? Mit diesem Wissen kann ich ruhiger schlafen. ›Faß mich nicht an, Gabe, ich könnte mich dir sonst an den Hals werfen.‹«

Kelsey mußte lächeln. »So ist es ungefähr. Wie wär's, wenn wir noch mal von vorn anfangen würden?« Sie streckte ihm die Hand hin: »Freunde?«

Er schaute auf ihre Hand, dann in ihre Augen. »Ich glaube nicht.« Ohne sie aus den Augen zu lassen kam er vorsichtig näher.

»Hör zu . . .« Sie spürte schon die Erregung, die in ihr hochstieg. »Ich will mich nicht voreilig auf etwas einlassen, denn jetzt ist für mich ein ganz schlechter Zeitpunkt.« Immer noch auf der Hut trat sie einen weiteren Schritt zurück.

»Zu schade. Ich finde den Zeitpunkt ausgesprochen günstig.«

»Ich sage dir doch . . .« Ihr nächster Schritt nach hinten ging ins Leere. Sekunden, ehe das Wasser über ihr zusammenschlug, sah sie noch sein grinsendes Gesicht. Zwar war das Wasser angenehm kühl, doch sie erschrak trotzdem fürchterlich. Als sie wieder auftauchte und sich das nasse Haar aus dem Gesicht strich, blitzten ihre Augen. »Du Mistkerl!«

»Ich habe dich nicht gestoßen, aber kurz dran gedacht.« Hilfsbereit bot er ihr eine Hand, um sie herauszuziehen.

Kelsey griff danach und versuchte, sich daran hochzuziehen.

»Nicht bluffen, Kelsey.« Da ließ er einfach ihre Hand los, und sie tauchte wieder unter. Diesmal nahm sie es gelassen, kletterte allein über den Rand und setzte sich. »Ein schöner Pool.«

»Mir gefällt er auch.« Er setzte sich im Schneidersitz neben sie. »Komm doch irgendwann mal her und schwimm richtig – aber im Badeanzug.«

»Das werde ich tun.«

»Im Winter ist es am besten, richtig gemütlich, wenn draußen der Schnee fällt.«

Langsam drückte sie ihr Haar aus, und spritzte ihm Wasser ins Gesicht. »Erwischt!«

Er packte einfach nur ihre Hand, preßte die nasse Handfläche gegen seine Lippen und sah ihr tief in die Augen. »Erwischt«, wiederholte er.

Mit wild klopfendem Herzen stand Kelsey auf. »Ich muß zurück.«

»Du bist ja ganz naß.«

»Draußen ist es warm genug.« Kelsey widerstand der Versuchung, zurück ins Wasser zu springen, als er aufstand. »Ein Frühlingstag wie aus dem Bilderbuch.«

Er fragte sich, ob sie ahnte, wie begehrenswert sie in diesem Augenblick wirkte. »Ich fahre dich zurück.«

»Nein, wirklich nicht nötig. Ich möchte lieber reiten. Ich hatte schon fast vergessen, wieviel Spaß das macht, und deshalb will ich es ausnutzen, solange ich hier bin, und . . .« Sie preßte eine Hand auf ihren nervösen Magen. »Ich muß mich von dir fernhalten.«

»Keine Chance.« Er hakte einen Finger in den Bund

ihrer Jeans und zog sie näher zu sich. »Ich will dich, Kelsey«, flüsterte er, »Und früher oder später bekomme ich dich auch.«

Kelsey zwang sich, tief durchzuatmen. »Vielleicht.«

Er grinste: »Darauf kannst du wetten«, und gab sie frei. »Ich hole dir aus den Ställen eine Jacke.«

Kelsey verließ schnell das Haus, und zehn Minuten später galoppierte sie in Richtung Three Willows davon. Gabe blickte ihr nach, bis sie hinter dem ersten Hügel verschwand, dann wandte er sich ab.

»Nettes Mädchen, die Kleine.«

Die Stimme traf ihn wie ein Dolchstoß, wie ein Angriff aus dem Hinterhalt. Doch so leicht ließ er sich nicht aus dem Gleichgewicht bringen. Gabes Gesicht blieb unbewegt, als er sah, daß es sein Vater war.

Keine augenfälligen Veränderungen, stellte er fest. Rich Slater hatte immer noch Stil. Zwar ähnelte sein Auftreten dem eines aufdringlichen Handelsvertreters, aber auch das war eine Art Stil. Er war groß und breitschultrig, sein eleganter Gabardineanzug spannte zwar ein wenig um den Brustkorb, aber die polierten Schuhe funkelten, und auf dem schwarzen, kurzgeschnittenen Haar saß ein modischer grauer Filzhut.

Der Mann war ein Blender, der sein gutes Aussehen – die schönen blauen Augen und das anziehende Lächeln – bewußt einsetzte. Fast sechs Jahre waren vergangen, seit Gabe seinen Vater das letztemal gesehen hatte, doch er wußte, auf welche Anzeichen er achten mußte.

Die tiefen Furchen im Gesicht, die keine noch so sorgfältige Pflege vertuschen konnte, die geplatzten Äderchen, die unnatürlich glänzenden Augen. Rich Slater war, wie schon vor sechs Jahren und wie die meiste Zeit seines Lebens, betrunken.

»Was zum Teufel willst du hier?«

»Ist das eine Art, seinen Alten Herrn zu begrüßen?« Rich lachte herzlich und umarmte, so als ob Gabe froh wäre, ihn zu sehen, seinen Sohn. Sein Atem roch nach Pfefferminz, doch darunter lag der unverkennbare Geruch von Whisky. Eine Kombination, die Gabe seit je den Magen umdrehte.

»Ich habe dich gefragt, was du willst.«

»Bin nur vorbeigekommen, um zu sehen, wie's dir geht, Sohn.« Er klopfte Gabe auf den Rücken, ehe dieser ausweichen konnte. Rich Slater schwankte nicht, und auch seiner Stimme war nichts anzumerken. Er konnte, ›einen ziemlichen Stiefel‹ vertragen, wie er zu sagen pflegte.

Bis zur zweiten Flasche, und die gab es immer.

»Diesmal hast du's geschafft, Gabe, das große Los gezogen. Steckst nicht mehr bis zum Hals in Schwierigkeiten, was, Sohn?«

Gabe packte Rich am Arm und zog ihn beiseite. »Wieviel?«

Obwohl seine Augen funkelten, spielte Rich den Beleidigten. »Nun, Gabe, kann denn ein Vater nicht einmal seinem eigenen Fleisch und Blut ohne Hintergedanken einen Besuch abstatten, ohne daß du denkst, er wäre auf ein Almosen aus? Mir geht es glänzend, das kannst du glauben. Hab' ein hübsches Sümmchen gewonnen beim Spiel – wie du.« Wieder lachte er auf, während er insgeheim schon kalkulierte, wieviel alles hier wert sein mochte. »Aber ich würd' nicht seßhaft werden wie du. Du kennst mich, Junge. Ich muß frei und ungebunden sein.«

Er nahm sich eine Zigarre und ließ ein vergoldetes Feuerzeug mit seinem Monogramm darauf aufschnappen. »So, und wer war das blonde Häschen? Ganz schön sexy. Aber du hattest es ja schon immer mit den Weibern.« Er zwinkerte lustig. »Und sie mit dir. Ganz wie dein Alter Herr.«

Gabe verlor fast die Geduld: »Wieviel willst du diesmal?«

»Ich sagte dir doch, keinen Cent.« Keinen Cent, dachte Rich, der zur nahe gelegenen Koppel blickte, wo der Jährling noch immer abgerichtet wurde. Mit ein paar Pferden wie diesem konnte ein Mann einen Haufen Geld machen, einen Haufen Geld. Er wollte keinen Cent, nein er wollte sehr viel mehr.

»Ein schönes Tier ist das. Ich weiß noch, wie du früher den Pferden auf der Bahn mehr Aufmerksamkeit geschenkt hast als dem Wetter.«

Und jedesmal hatte ihn dann sein Vater verprügelt, erinnerte sich Gabe. »Ich habe keine Zeit, um mit dir über meine Pferde zu diskutieren, ich muß nämlich arbeiten.«

»Wenn sich ein Mann so ins gemachte Nest gesetzt hat wie du hier, dann muß er nicht arbeiten.« Oder um sein Leben fürchten, dachte Rich bitter, oder mit kleinen Beträgen zufrieden sein. »Aber ich will dich wirklich nicht aufhalten. Tatsache ist, daß ich ein Weilchen in der Gegend bleiben will, um alte Freunde zu besuchen.« Lächelnd blies er Rauch in die Luft. »Und da ich nun schon einmal hier bin, hätte ich nichts dagegen, ein paar Tage in deinem schicken Haus zu Besuch zu sein.«

»Ich will dich weder in meinem Haus noch auf meinem Grundstück haben.«

Richs Lächeln verlor sich. »Ich bin dir wohl nicht mehr gut genug, was? Meinst, du wärst 'n feiner Herr und willst nicht mehr dran erinnert werden, wo du herkommst. Ein Streuner, das bist du, Gabe.« Er bohrte seinem Sohn den Zeigefinger in die Brust. »Und das wirst du immer bleiben, auch wenn du jetzt in einem feinen Haus wohnst und feine Frauen vögelst. Du Strolch! Hast wohl vergessen, wer dir ein Dach über dem Kopf und Essen im Bauch besorgt hat?«

»Ich habe nicht vergessen, daß ich auf der Straße geschlafen und gehungert habe, weil du jeden Penny versoffen hast, den Mutter verdient hatte.« Er haßte diese Erinnerungen. »Ich habe auch nicht vergessen, daß wir mitten in der Nacht aus irgendeiner stinkenden kleinen Bude hinausgeworfen wurden, weil kein Geld für die Miete da war. Ich habe vieles nicht vergessen, und daß Mutter im Armenhaus starb, sich die Lunge aus dem Leib spuckte, das habe ich bestimmt nicht vergessen.«

»Ich habe immer mein Bestes getan!«

»Dein Bestes, daß ich nicht lache! Also, wieviel wird es mich kosten, wenn du hier verschwindest?«

»Ich muß irgendwo unterkriechen.« Richs Nerven begannen ihn im Stich zu lassen, und seine Stimme klang weinerlich. Dann verlor er die Beherrschung und zog seinen Flachmann aus der Tasche. »Nur für ein paar Tage.«

»Hier nicht. Für dich ist in diesem Haus kein Platz!«

»Um Himmels willen!« Rich nahm gierig einen Schluck, dann noch einen. »Ich sag's, wie es ist, ich bin in Schwierigkeiten. Kleines Mißverständnis bei einem Spiel in Chicago. Ich hab' mit 'nem Typen zusammengearbeitet, und der hat Mist gebaut.«

»Du bist also beim Falschspielen erwischt worden, und jetzt sind sie hinter dir her und wollen dir das Hirn wegpusten.«

»Du bist ein eiskalter Hurensohn«, sagte Rich und nahm einen großen Schluck aus seinem Flachmann. »Du schuldest mir noch was, daß du's nur nicht vergißt. Ich muß ein paar Wochen untertauchen, bis Gras über die Sache gewachsen ist.«

»Aber nicht bei mir.«

»Du wirfst mich raus? Läßt zu, daß man deinen Vater umbringt?«

»Nun übertreib nicht. Kalt lächelnd musterte Gabe seinen Vater. »Aber ich gebe dir eine reelle Chance. Ich denke, daß Fünftausend genügen.«

Rich sah sich um, registrierte die in Ordnung gehaltenen Gebäude, die gepflegten Pferde. Er war nie zu betrunken, um nicht einen Vorteil für sich herauszuschinden. »Das reicht nicht.«

»Es muß reichen. Halt dich vom Haus und meinen Pferden fern. Ich schreibe dir einen Scheck aus.«

Als Gabe sich entfernte, setzte Rich erneut den Flachman an. Das reicht bei weitem nicht, dachte er, und der Whisky schmeckte ihm bitter. Der Junge hatte sein Glück gemacht, und er wollte auch seinen Anteil abhaben.

Und den würde er auch bekommen, schwor sich Rich. Er hatte den Jungen zu sanft angefaßt. Jetzt würde er die Spielregeln diktieren.

8

Er wußte, daß er sich wie ein Narr benahm. Dennoch schaute Philip ständig auf die Uhr, während er seinen Weißwein trank. Kelsey war nicht zu spät dran, er war zu früh.

Es war verrückt zu glauben, sie könne sich in den zwei Wochen, die sie nun schon fort war, irgendwie verändert haben. Ihn jetzt mit anderen Augen betrachten. Oder ihn für einen Schwächling halten – ein Vorwurf, den er sich selbst machte, seit er tatenlos zugeschaut hatte, wie man die Frau, die er einmal geliebt hatte, ins Gefängnis steckte.

Aber er hatte nichts dagegen unternehmen können. Doch sooft er sich das auch einredete, es half ihm nicht. Das seit Jahren an ihm nagende Schuldgefühl konnte er nur dadurch etwas mildern, daß er seiner Tochter besonders viel Liebe gab.

Sogar heute noch, nach zwei Jahrzehnten, sah er Naomis Gesicht klar und deutlich vor sich; so, wie sie ausgesehen hatte, als er sie zum letztenmal besuchte.

Von Washington nach Alderson in West-Virginia zu gelangen hieß, eine sechsstündige Autofahrt in Kauf zu nehmen. Sechs Stunden Fahrt trennten die geordnete, zivilisierte Welt der Universität von der trostlosen, grauen Realität einer staatlichen Vollzugsanstalt. Beides eine in sich geschlossene Welt, doch die eine wurde von Hoffnung und Zuversicht bestimmt, die andere von Zorn und Verzweiflung.

Obwohl er meinte, auf alles gefaßt zu sein, traf es ihn wie ein Schlag, Naomi, seine lebenssprühende, vitale Naomi hinter der Trennscheibe zu sehen. Die vergangenen Monate hatten ihren Tribut gefordert. Ihr Körper hatte die frauliche Weichheit verloren, und sie wirkte in der formlosen Gefängniskleidung hager und eckig. Alles an ihr schien grau – ihre Kleider, ihre Augen, ihr Gesicht.

Es hatte ihn seine ganze Kraft gekostet, ihrem ruhigen, unbewegten Blick nicht auszuweichen.

»Naomi.« In Anzug und Krawatte, mit dem gestärkten weißen Kragen kam er sich fehl am Platze vor. »Ich war überrascht, daß du mich sehen wolltest.«

»Ich mußte dich sprechen. Wünsche zählen hier nichts, das gehört zu den ersten Dingen, die man im Gefängnis lernt.« Sie hatte erst drei Wochen von ihrer Strafe abgesessen und bereits aufgehört, die Tage abzuhaken – um nicht den Verstand zu verlieren. »Ich danke dir für deinen Besuch, Philip. Mir ist klar, daß du im Moment mit einigen Problemen zu kämpfen hast, aber ich hoffe, deine Position an der Universität ist nicht gefährdet.«

»Nein.« Seine Stimme klang flach. »Vermutlich werden deine Anwälte Berufung einlegen.«

»Ich habe nicht allzuviel Hoffnung.« Naomi verschränkte ihre unruhigen Hände ineinander. Hoffnung war die größte Bedrohung für ihren Geisteszustand, so hatte sie sich angewöhnt, nur noch mit dem Schlimmsten zu rechnen. »Ich habe dich hierhergebeten, Philip, um mit dir über Kelsey zu reden.«

Er entgegnete nichts darauf. Die Angst, sie könne ihn bitten, Kelsey einen Besuch zu ermöglichen, ihn bitten, sein Kind an diesen Ort mitzubringen, lastete wie ein Alpdruck auf ihm.

Es war ihr gutes Recht. Tief in seinem Inneren wußte er, daß sie ein Recht darauf hatte, ihr Kind zu sehen. Aber er wußte auch, daß er bis zum letzten Atemzug darum kämpfen würde, Kelsey diese traumatische Erfahrung zu ersparen.

»Wie geht es ihr?«

»Gut. Sie verbringt ein paar Tage bei meiner Mutter, damit ich diese . . . diese Reise machen konnte.«

»Ich bin sicher, Milicent ist entzückt, sie bei sich zu haben.« Sarkasmus schlich sich in Naomis Stimme, obwohl der Kummer sie zu überwältigen drohte. Entschlossen, das zu Ende zu führen, was sie begonnen hatte, fuhr sie fort: »Ich nehme an, du hast ihr noch nicht erklärt, wo ich bin?«

»Nein, ich dachte . . . nein. Sie glaubt, daß du jemanden besuchst, der sehr weit entfernt lebt.«

»Nun ja.« Der Abglanz eines Lächelns zeigte sich auf ihrem Gesicht. »Ich bin ja auch sehr weit weg, nicht wahr?«

»Naomi, sie ist doch noch ein Kind.« Zugegeben, es war unfair, doch er würde ihre Liebe zu Kelsey ausnutzen. »Ich wußte nicht, wie ich es ihr sagen sollte. Ich hoffe, daß ich nach einiger Zeit . . .«

»Ich mache dir keinen Vorwurf«, unterbrach Naomi und beugte sich vor. Dunkle Schatten lagen unter ihren Augen. »Ich mache dir keinen Vorwurf«, wiederholte sie. »Nichts von alldem ist deine Schuld. Was ist nur mit uns geschehen, Philip? Ich weiß nicht, wo alles angefangen hat. Ich dachte, wenn ich einen bestimmten Zeitpunkt, ein bestimmtes Ereignis zugrunde legen könnte, fiele es mir leichter, die Folgen zu akzeptieren. Aber das kann ich nicht.« Gequält schloß sie die Augen und wartete, bis sie sich so weit gefaßt hatte, um normal weitersprechen zu können. »Ich weiß nicht, was ich alles falsch gemacht habe, aber ich weiß, was richtig war. Besonders was Kelsey betrifft. Ich muß ständig an sie denken.«

Ein tiefes Mitleid mit ihr überkam ihn und stimmte ihn milde. »Sie fragt dauernd nach dir.«

Naomis Blick wanderte durch das Besuchszimmer. Ganz in der Nähe hörte sie jemanden verzweifelt schluchzen. Aber Tränen waren an diesem Ort nichts Besonderes. Sie starrte auf die Wände, die Wächter, die Schlösser. Besonders auf die Schlösser.

»Ich möchte nicht, daß sie erfährt, wo ich bin.«

Das hätte er zu allerletzt von ihr erwartet. Vollkommen aus dem Konzept geraten wußte er nicht, ob er dankbar sein oder protestieren sollte. »Naomi . . .«

»Ich habe sehr lange darüber nachgedacht, Philip. Zeit genug dazu hatte ich ja. Ich will nicht, daß sie erfährt, daß man mir alles genommen und mich in einen Käfig gesperrt hat.« Sie holte tief Atem. »Der Skandal wird bald abebben. Schließlich habe ich mich seit fast einem Jahr nicht mehr in deinen Kreisen bewegt. Das Gedächtnis der Leute ist kurz.

Ich zweifle daran, daß mehr als ein vages Gerücht, wenn überhaupt, im Umlauf sein wird, wenn Kelsey zur Schule kommt. Und Virginia ist weit weg.«

»Das mag ja alles zutreffen, aber das löst nicht das augenblickliche Problem. Wie soll ich ihr erklären, daß du nicht mehr zurückkommst? Sie wird meine Ausreden nicht mehr lange hinnehmen, Naomi. Sie liebt dich.«

»Sag ihr, ich sei tot.«

»Um Gottes willen, Naomi, das kann ich nicht tun!«

»Du kannst.« Beschwörend preßte sie eine Hand gegen die Trennscheibe. »Um Kelseys willen mußt du es. Hör mir zu. Willst du, daß sie ihre Mutter an einem Ort wie diesem sieht? Wegen Mordes verurteilt?«

»Natürlich nicht. In ihrem Alter kann sie das noch gar nicht verstehen, geschweige denn verarbeiten. Aber . . .«

»Genau: Aber«, stimmte Naomi zu. Ihre Augen waren wieder zum Leben erwacht und glühten vor leidenschaftlicher Willenskraft. »In einigen Jahren wird sie es verstehen – und damit leben müssen. Wenn ich etwas für sie tun kann, Philip, dann kann ich ihr das ersparen. Denk doch mal nach«, beharrte sie. »Denk nach. Wenn ich hier herauskomme, ist sie ungefähr achtzehn. Die ganzen Jahre würde sie die Vorstellung begleiten, daß ihre Mutter eingesperrt ist. Vielleicht würde sie sich verpflichtet fühlen, mich zu besuchen. Ich will sie hier nicht haben!« Der mühsam aufrechterhaltene Panzer der Selbstbeherrschung fiel von ihr ab, und Tränen stiegen ihr in die Augen. »Ich kann den Gedanken nicht ertragen, daß sie mich so sieht. Welche Auswirkungen würde das auf sie haben? Welchen Schaden könnte sie nehmen? Ich werde es nicht zulassen, hörst du? Ich will sie davor bewahren, Philip. Es ist das letzte, was ich noch für sie tun kann.«

Unwillkürlich streckte er die Hand aus, so daß sich ihre Fingerspitzen an der Scheibe trafen. »Ich kann es nicht ertragen, dich hier zu sehen.«

»Könnte einer von uns es verantworten, sie an deinem Platz sitzen zu sehen, mir gegenüber?«

Nein. Er konnte es jedenfalls nicht. »Aber ihr zu sagen,

du seist tot. Wir können nicht vorhersehen, wie sie das verkraftet. Wie sollen wir mit einer solchen Lüge leben?«

»So falsch ist diese Behauptung gar nicht.« Naomi zog ihre Finger zurück. Die Tränen waren versiegt. »Ein Teil von mir ist tot. Der Rest kämpft um jeden Preis ums Überleben. Ich könnte nicht überleben, wenn ich wüßte, daß Kelsey die Wahrheit kennt. Sie wird leiden, Philip. Sie wird trauern, aber du bist ja für sie da. In ein paar Jahren wird sie sich kaum noch an mich erinnern, und schließlich wird sie mich vergessen.«

»Und damit kannst du leben?«

»Ich muß. Ich werde weder Kontakt zu ihr aufnehmen noch irgendein Lebenszeichen vor mir geben. Ich werde dich auch nicht um einen weiteren Besuch bitten, und wenn du doch kommst, will ich dich nicht sehen. Für euch beide werde ich von nun an tot sein.« Naomi richtete sich auf. Die Besuchszeit war beinahe um. »Ich weiß, wie sehr du sie liebst und was für ein Mensch du bist. Du wirst für sie sorgen, ihr ein glückliches Leben ermöglichen. Schade ihr nicht, indem du sie mit der Wahrheit konfrontierst. Bitte, versprich es mir!«

»Und wenn du entlassen wirst?«

»Dann sehen wir weiter. Zehn bis fünfzehn Jahre sind eine lange Zeit, Philip.«

»Ja.« Der Gedanke daran lag ihm wie ein Stein im Magen. Er mußte sein Kind schützen. »Gut, Naomi, wir machen es so, um Kelseys willen.«

»Danke.« Sie erhob sich und kämpfte mit einer Übelkeit. »Auf Wiedersehen, Philip.«

»Naomi . . .«

Sie ging schnurstracks auf den Wärter zu und verschwand durch die Tür. Sie drehte sich nicht mehr um.

»Dad?« Kelsey legte ihrem Vater eine Hand auf die Schulter und schüttelte ihn sanft. »In welchem Jahrhundert bist du gerade versunken?«

Verwirrt sprang er auf. »Kelsey. Ich habe dich gar nicht kommen sehen.«

»Du hättest nicht einmal bemerkt, wenn ein Elefant hereingestapft wäre.« Sie gab ihm einen Kuß und küßte ihn lachend. »Es tut gut, dich zu sehen.«

»Laß dich anschauen.« Wirkte sie glücklicher, fragte er sich. Mehr im Einklang mit sich selbst als früher? Der Gedanke versetzte ihm einen bösen kleinen Stich ins Herz.

»Ich kann mich in zwei Wochen doch nicht sehr verändert haben.«

»Fühlst du dich so gut, wie du aussiehst?«

»Ich fühle mich großartig.« Sie ließ sich auf einen Stuhl sinken und wartete, bis er ihr gegenüber Platz genommen hatte. »Liegt vermutlich an der Landluft, der guten Küche und der körperlichen Arbeit.«

»Arbeit? Du arbeitest auf der Farm?«

»Na ja, ein bißchen.« Sie lächelte die Kellnerin an. »Ein Glas Sekt, bitte.«

»Für mich nichts mehr, danke.« Philip blickte wieder seine Tochter an. »Gibt es etwas zu feiern?«

»Pride hat heute Santa Anita gewonnen.« Kelsey sprudelte vor Freude über den Sieg immer noch über. »Wenn er auf Three Willows ist, bin ich für das Ausmisten seiner Box verantwortlich, also in gewisser Weise auch für seinen Sieg. Im Mai gewinnt Virginia's Pride das Derby.« Sie zwinkerte ihm zu. »Todsicher.«

Philip nippte an seinem Wein. Seine Kehle war wie zugeschnürt. »Ich hätte nie gedacht, daß du dich so für die Pferde begeistern würdest.«

»Sie sind großartig.« Kelsey hob das Glas, das die Kellnerin hingestellt hatte, und prostete ihrem Vater zu. »Auf Pride, das hinreißendste männliche Wesen, das ich je gesehen habe. Auf vier Beinen, versteht sich.« Sie ließ die Flüssigkeit auf der Zunge prickeln. »Jetzt erzähl du mal. Wie geht es allen? Ich dachte, Candace würde mitkommen.«

»Sie hat Verständnis dafür, daß ich dich ein paar Stunden allein haben will. Aber sie läßt dich grüßen, Channing auch. Er hat übrigens eine neue Freundin.«

»Das überrascht mich nicht. Was ist aus der Philosophiestudentin geworden?«

»Er behauptet, sie hätte ihn noch in Grund und Boden geredet. Seine neue Flamme hat er auf einer Party kennengelernt. Sie entwirft Schmuck und trägt nur schwarze Pullover. Vegetarierin ist sie auch.«

»Das hält er doch nur fünf Minuten aus, dann braucht Channing einen Hamburger.«

»Candace baut darauf. Sie findet, daß Victoria – so heißt die junge Dame – überhaupt nicht zu ihm paßt.«

»Na ja.« Kelsey öffnete die Speisekarte und überflog sie. »Ihrer Meinung nach ist niemand gut genug für Channing. Er ist und bleibt ihr kleiner Junge.«

»Für Eltern ist es immer furchtbar schwer, die Kinder loszulassen. Deswegen wollen so viele auch nicht wahrhaben, wenn die Kinder flügge werden.« Er legte eine Hand über ihre. »Ich habe dich vermißt.«

»Ich bin doch nicht für immer fortgegangen. Wirklich, ich wünschte, du würdest dir nicht immer solche Sorgen machen.«

»Eine alte Gewohnheit, Kelsey . . .« Er verstärkte den Griff um ihre Hand. »Ich habe dich aus mehreren Gründen gebeten, mit mir zu essen. Einmal weil ich dachte, daß du einige Neuigkeiten von mir erfahren solltest.«

Kelsey erstarrte. »Du hast gesagt, es sei alles in Ordnung.«

»Stimmt ja auch. Es geht um Wade. Er hat sich verlobt.« Philip fühlte, wie Kelseys Hand kalt wurde. »Die Hochzeit soll offenbar im kleinen Kreis stattfinden, in ein oder zwei Monaten.«

»Verstehe.« Seltsam, dachte sie, daß diese Neuigkeit sie noch berührte. »Das ging ja schnell.« Scharf stieß sie den Atem aus und ärgerte sich über ihren scharfen Tonfall. »Dumm von mir, auch nur einen Gedanken daran zu verschwenden.«

»Nur menschlich, würde ich sagen. Die Scheidung ist gerade erst rechtskräftig geworden, egal wie lange ihr schon getrennt lebt.«

»Das Scheidungsurteil ist bloß ein Stück Papier. Die Ehe endete vor über zwei Jahren in Atlanta.« Kelsey hob ihr

Glas und betrachtete nachdenklich die tanzenden Bläschen. »Ich hatte ja vor, mich als guter Verlierer zu zeigen und ihm Glück zu wünschen. Das kommt jetzt nicht mehr in Frage.« Sie nahm einen tiefen Schluck. »Ich hoffe, sie macht ihm das Leben zur Hölle. Aber jetzt bestelle ich mir erst einmal das Pfeffersteak, ich brauche etwas Herzhaftes.«

»Alles in Ordnung?«

»Mir geht es blendend.« Sie klappte die Speisekarte zu, gab ihre Bestellung auf und lächelte ihren Vater an. »Hattest du Angst, ich würde einen hysterischen Anfall kriegen?«

»Ich dachte, du brauchtest vielleicht eine Schulter zum Ausweinen.«

»Ich bin dir für deine Tröstungen immer dankbar, Dad, aber warum sollte ich wegen einer längst abgeschlossenen Sache Tränen vergießen? Vielleicht ändert sich meine Weltanschauung, wenn ich für meinen Lebensunterhalt einmal richtig arbeiten muß.«

»Kelsey, du arbeitest doch schon seit Jahren. Seitdem du die High-School abgeschlossen hast.«

»Ich habe einen Job nach dem anderen angenommen, und keiner hat mich richtig ausgefüllt.«

»Und das, was du jetzt machst? Ist Ställe ausmisten für dich die Erfüllung?«

Die Kälte in seiner Stimme warnte sie, und sie wählte ihre nächsten Worte sehr vorsichtig. »Ich fühle, daß ich dazugehöre. Es geht ja nicht nur um ein Rennen oder ein Pferd, sondern um das Ganze. Auf einem Gestüt hängt alles zusammen, jeder hat seinen festen Platz, jeder ist ein Rädchen im Getriebe. Manches ist langweilig, manches hektisch, und alles wiederholt sich ständig. Doch für mich ist es jeden Morgen neu. Ich kann es dir nicht erklären.«

Und er würde es nie verstehen. Im Moment wußte er nur, daß sie redete wie Naomi. »Es ist sicher aufregend für dich. Mal etwas anderes.«

»Ja, aber auch irgendwie beruhigend. Und ich fühle mich gefordert.« Bring's hinter dich, dachte sie und fuhr rasch fort: »Ich denke daran, mein Apartment aufzugeben.«

»Aufgeben? Und dann? Willst du für immer nach Three Willows ziehen?«

»Nicht unbedingt.« Warum kränkte ihn diese Vorstellung bloß, fragte sie sich, dann seufzte sie. Genausogut konnte sie sich fragen, warum sie die Nachricht von Wades Wiederverheiratung gekränkt hatte. »Darüber ist noch nicht gesprochen worden, aber ich habe darüber nachgedacht, aufs Land zu ziehen. Ich sehe von meinem Fenster aus lieber Bäume und Felder statt eine Betonwüste, Dad. Und das, was ich im Augenblick tu', macht mir Spaß. Ich möchte dabeibleiben, sehen, ob ich etwas leisten kann.«

»Naomis Einfluß. Kelsey, laß dich nicht von ihr dazu verleiten, von einem Extrem ins andere zu fallen. Nach so kurzer Zeit kannst du gar nicht beurteilen, in was für eine Welt du hineingeraten bist.«

»Ich verstehe diese Welt ja auch noch nicht voll und ganz. Aber ich möchte es lernen.« Sie schwieg, da ihr Salat serviert wurde. »Und ich will lernen, sie zu verstehen. Du kannst nicht von mir verlangen, daß ich vorher fortgehe.«

»Ich verlange nicht von dir, daß du fortgehst, sondern ich bitte dich nur, dich nicht Hals über Kopf in etwas zu stürzen, was du noch nicht überblicken kannst. Diese Welt bedeutet nicht nur Ausritte im Morgengrauen oder Endspurt über die Zielgerade, sondern auch Rücksichtslosigkeit und Grausamkeit. Und Gewalt.«

»Und all das macht die eine Hälfte meiner Person aus, genau wie der Geruch von Büchern in der Universitätsbibliothek die andere.«

»Wen haben wir denn da? Naomis hübsches Töchterchen!« Bill Cunningham schlenderte auf sie zu, einen Drink in der Hand, an der anderen blitzte das diamantene Hufeisen. »Dieses Gesicht kann man nicht übersehen.«

Perfektes Timing, fluchte Kelsey im stillen und setzte ein gezwungenes Lächeln auf. »Hallo, Bill. Dad, das ist Bill Cunningham, ein Bekannter von Naomi. Bill, mein Vater Philip Byden.«

»Da soll mich doch der Teufel holen! Wieviel Jahre ist das jetzt her?« Bill streckte eine Hand aus. »Schätze, ich hab' Sie seit dem Tag, an dem Sie mir Naomi unter der Nase weggeschnappt hatten, nicht mehr zu Gesicht gekriegt. Lehrer waren Sie doch oder so was Ähnliches.«

»Richtig.« Philip nickte ihm mit der Herablassung zu, mit der er normalerweise Studenten behandelte, wenn sie schlechte Leistungen brachten. »Professor an der Universität von Georgetown.«

»Hört, hört.« Grinsend legte Bill Kelsey eine Hand auf die Schulter und drückte sie vertraulich. »'ne richtige kleine Schönheit haben Sie da, Phil. Die reinste Augenweide auf der Rennbahn. Hab' mir sagen lassen, daß der Dreijährige Ihrer Ma heute in Santa Anita alle anderen abgehängt hat.«

»Stimmt. Wir sind sehr zufrieden.«

»In Kentucky wird die Sache anders aussehen. Lassen Sie sich ja nicht von ihr überreden, Ihren Gehaltsscheck auf den Gaul von Three Willows zu setzen, Phil. Ich stelle nämlich den Sieger. Geben Sie Ihrer Mama einen Kuß von mir, Süße. Ich muß zurück an die Bar, bin verabredet.«

Als Bill gegangen war, nahm Kelsey ihre Gabel und begann, ihren Salat zu essen.

»Und mit dieser Art von Leuten willst du Umgang haben?«

»Dad, jetzt klingst du genau wie Großmutter, ›Kelsey, diese Menschen sind unter deinem Niveau.‹« Aber Philip lächelte nicht. »Dad, der Mann ist ein Idiot. Erinnert mich an die aufgeblasenen Angeber, die mir an der Universität, in der Werbeagentur und in der Galerie über den Weg gelaufen sind. Es gibt sie überall.«

»Ich erinnere mich an ihn«, erwiderte Philip steif. »Es gab Gerüchte, daß er Jockeys bestochen haben soll, damit sie verlieren oder absichtlich ein anderes Pferd abdrängen.«

Stirnrunzelnd schob Kelsey den Salat beiseite. »Also ist er nicht nur ein aufgeblasener Angeber, sondern auch noch ein Möchtegernganove. Trotzdem ist und bleibt er ein Idiot, und ich beabsichtige nicht, mich mit ihm mehr abzugeben als unbedingt nötig.«

»Er bewegt sich in den selben Kreisen wie deine Mutter.«

»Vielleicht, wenn du die Rennbahn meinst. Ich weiß zwar noch nicht viel über sie und vertraue ihr auch noch nicht blindlings, aber eines weiß ich, daß Three Willows für sie mehr ist als nur eine Farm und die Pferde nicht nur eine Kapitalanlage. Es ist ihr Leben.«

»Das war schon immer so.«

»Entschuldige.« In einer hilflosen Geste nahm Kelsey die Hand ihres Vaters. »Es tut mir leid, daß sie dich verletzt hat, und es tut mir auch leid, daß jetzt durch mich alles wieder aufgewühlt wird. Ich kann dich nur bitten, mir zu vertrauen. Ich muß meine eigenen Entscheidungen treffen. Dad, ich brauche ein Ziel im Leben, und vielleicht habe ich es jetzt gefunden.«

Genau das war auch seine Befürchtung. Und vielleicht würde er sie, wenn sie ihr Ziel erreicht hatte, nicht mehr wiedererkennen. »Versprich mir, daß du nichts überstürzt, Kelsey. Nimm dir viel Zeit, bevor du grundlegende Entscheidungen triffst.«

»Ich nehme mir deinen Rat zu Herzen.« Und zögernd sagte sie: »Du hast noch nicht nach ihr gefragt.«

»Ich wollte mich langsam herantasten«, gestand Philip. »Ich möchte eigentlich deine Eindrücke hören.«

»Sie wirkt unwahrscheinlich jung und strotzt vor Energie. Ich habe gesehen, wie sie im Morgengrauen aufsteht und bis spät in die Nacht auf den Beinen ist.«

»Naomi war schon immer eine Gesellschaftslöwin.«

»Ich rede von Arbeit«, korrigierte Kelsey. »Sie hat keinerlei gesellschaftliche Verpflichtungen wahrgenommen, zumindest nicht, seitdem ich da bin. Ehrlich gesagt kann ich mir nicht vorstellen, wie man nach dieser täglichen Knochenarbeit noch Lust haben könnte, auf eine Party zu gehen. Normalerweise ist sie vor zehn im Bett.« Wohlweislich verschwieg sie, daß Naomi nicht immer allein schlief. »Sie ist sehr beherrscht und zurückhaltend.«

»Naomi beherrscht? Zurückhaltend?«

»Ja.« Kelsey brach ab und wartete, bis die Vorspeisen serviert wurden. »Ich nehme an, sie war nicht immer so, aber ich kann es nicht anders beschreiben.«

»Wie stehst du zu ihr?«

»Das kann ich nicht sagen. Ich bin dankbar, daß sie nichts erzwingen will.«

»Das klingt gar nicht nach Naomi. Geduld war nie ihre Stärke.«

»Ich denke, Menschen können sich ändern, Dad. Ich verstehe sie zwar nicht, aber ich bewundere sie. Sie weiß, was sie will, und sie arbeitet dafür.«

»Und was will sie?«

»Da bin ich mir nicht sicher«, bekannte Kelsey. »Aber *sie* weiß es.«

Cunningham saß an der schummrigen Bar und beobachtete Kelsey und ihren Vater aus sicherer Entfernung. Hübsches Bild, dachte er. Das Mädchen hatte Klasse. Er ließ die Eiswürfel in seinem Bourbon leise klirren.

»Gutaussehendes Mädchen«, tönte Rich Slater neben ihm. »Kommt mir irgendwie bekannt vor.« Lachend nahm er seinen Drink. »Vermutlich sehen für einen Mann ab einem gewissen Alter alle hübschen jungen Mädchen gleich aus.«

»Das ist Naomis Chadwicks Tochter. Ihr gottverdammtes Ebenbild.«

»Naomi Chadwick.« In Richs Augen leuchtete boshafte Freude, vermischt mit bitteren Erinnerungen. Er war nicht zuletzt hier, um mit seinen Erinnerungen aufzuräumen, aber auch von ihnen zu profitieren. »So ein tolles Mädchen vergißt man nicht. Ist jetzt Nachbarin meines Sohnes. Die Welt ist klein.« Genüßlich schlüfte er seinen Whisky. Erste Qualität – und Cunningham bezahlte ihn. »Du, Bill, ich meine, ich hätte die Kleine vor einigen Wochen auf der Farm meines Jungen gesehen. Der war scharf auf sie, wie ich Gabe kenne.«

»Er hat mit der Mutter rumgeturtelt. Vermutlich will er

jetzt die Tochter ausprobieren.« Und Cunningham dachte, daß Gabe Slater nie die Gelegenheit bekommen hätte, auch nur mit einer von beiden anzubändeln, wenn er nicht solches Glück beim Kartenspiel gehabt hätte. Dann sähen die Dinge jetzt anders aus.

Doch die Dinge würden bald wieder ganz anders aussehen.

»Wenn er seine Trümpfe richtig ausspielt«, fuhr Cunningham fort, »dann gibt's bald keine Grenze mehr zwischen den beiden Farmen.«

Rich beobachtete Kelsey mit wachsendem Interesse. Also hatte sein Sohn ein Auge auf die Tochter dieser eiskalten Chadwick-Hexe geworfen. Das könnte ihm vielleicht sogar noch nützlich sein. »Wär ja 'n tolles Ding. Das wäre dann das beste Gestüt in der Umgebung, so wie ich das sehe.«

»Könnte sein.« Cunningham bedeutete der Kellnerin, eine weitere Runde zu bringen. »Wär vielleicht nicht schlecht, wenn da einer zwischenfunken würde.« Er langte nach den Nüssen, die vor ihm standen, und stopfte sich eine Handvoll in den Mund. Vorsichtig mahnte er sich, halt dich zurück. Es war besser, wenn Rich Slater nicht erfuhr, wie sehr er auf diesen Deal zählte. »Jetzt zum Geschäft. Wie kann man die Sache angehen?«

Rich, der bereits berechnete, was er herausschinden konnte, bewunderte nebenbei den Diamantring an Cunninghams Finger. »Wie steht's: Wäre dir dieser zusätzliche Pluspunkt denn eine angemessene Prämie wert?«

»Allerdings.«

»Mal sehen, was sich da machen läßt.« Wieder warf er Kelsey einen Blick zu. »Mal sehen, was sich machen läßt. Aber ich werde einen Spesenvorschuß brauchen, Billy.«

Cunningham holte aus der Innentasche seiner Jacke einen Umschlag und ließ ihn unter der Bar in Richs gierig zupackenden Hände gleiten. Der Gedanke an eine ähnliche Situation, die er früher erlebt hatte, veranlaßte ihn, mißtrauisch über die Schulter zu schauen. »Du kannst später nachzählen.«

»Nicht doch, nicht doch. Wir sind alte Freunde, Billy. Ich vertrau dir.« Sowie der Umschlag sicher verstaut war, hob Rich erneut sein Glas. »Wenn ich es so ausdrücken darf: Es ist eine Freude, wieder mit dir Geschäfte zu machen. Auf die alten Zeiten!«

Gegen Mittag des nächsten Tages konzentrierte sich Kelsey auf ihre Unterrichtsstunde mit der Longe. Die fünfjährige Stute war ein geduldiges Tier, das von dieser Prozedur bedeutend mehr verstand als Kelsey.

Es war ja auch nicht das Pferd, das ausgebildet werden sollte.

»Antraben lassen, Richtung ändern«, befahl Moses. Aus dem Mädchen könnte was werden, dachte er bei sich. Sie wollte etwas lernen, und darum würde sie auch lernen. »Sie wird tun, was du willst. Wenn du einen Jährling an der Longe hast, wird's ungemütlich.«

»Dann gib' mir doch einen Jährling«, rief sie zurück und ließ die Peitsche knallen. »Ich werde schon mit ihm fertig.«

»Oder er mit dir. Träum weiter.« Doch vielleicht würde er ihr in einigen Wochen einen zuteilen. Wenn sie dann noch da war. Sie hat gute Hände, dachte er, schnelle Reflexe und die richtige Stimme.

»Wie lange ist sie schon dabei?« fragte Naomi.

»Ungefähr eine halbe Stunde.«

Naomi stützte einen Fuß auf die unterste Zaunlatte. »Kelsey und die Stute sehen aber noch ganz munter aus.«

»Sie haben beide ein ziemliches Durchhaltevermögen.«

»Ich bin dir wirklich dankbar, daß du dir die Zeit nimmst, sie zu unterrichten, Moses.«

»Keine Ursache. Ich fürchte nur, sie hat ein Auge auf meinen Job geworfen.«

Erst lachte sie, dann sah sie, daß er nicht nur im Spaß gesprochen hatte. »Glaubst du wirklich, sie bleibt bei der Stange?«

»Jedesmal, wenn ich ihr eine Stunde gegeben habe, komme ich mir anschließend völlig ausgelaugt wor. Das Mädchen stellt Fragen über Fragen. Vor ein paar Tagen habe ich einen großen Fehler gemacht und ihr ein Buch über Pferdezucht gegeben. Danach hat sie mit mir ein regelrechtes Quiz veranstaltet. Quetschte mich aus über Vererbungslehre, Gene und so weiter.«

»Und? Hast du bestanden?«

»Gerade so eben. Früher warst du auch so.« Grinsend zupfte er an seinem Ohrläppchen. »Die Fantasie. Ein Mann ohne Fantasie hat keine Seele. Und du hast meine Fantasie schon immer beflügelt.«

»Das kann ich auch heute noch. Ich werde es dir später beweisen. Da kommt Matt.«

»Ich wußte nicht, daß du den Tierarzt gerufen hast.«

»Habe ich auch nicht.« Naomi fuhr sich mit der Zunge über die Zähne. »Er sagte, er sei sowieso in der Gegend gewesen und könnte sich daher genausogut mal schnell die Stute mit der Beinwunde ansehen.«

Moses schaute zu Kelsey hinüber. Ja, ja, die Träume, dachte er. »Ach so. Alles klar.«

Naomi begrüßte den Tierarzt und verbiß sich mühsam das Lachen. »Nun, Matt, wie lautet der Befund?«

»Heilt gut. Keine Komplikationen.«

»Nett, daß du Zeit gefunden hast, vorbeizukommen«, meinte Moses.

»Ich war drüben in Longshot. Eines der Pferde hat sich verletzt.«

»Was Ernstes?« wollte Naomi wissen.

»Könnte sein. Eine Wunde, ziemlich klein und leicht zu übersehen, die eine böse Entzündung verursacht hat.« Beim Sprechen ruhte sein Blick bewundernd auf Kelsey. »Ich mußte schneiden, ziemlich unangenehm. Jamison sagte, daß das Tier eigentlich morgen in Hialeah an den Start gehen sollte.«

»Three Aces?« Mitfühlend legte Naomi eine Hand auf Matts Arm. »Gabe wollte mitfahren. Dieses Pferd ist in absoluter Hochform.«

»Und jetzt werden beide zu Hause bleiben müssen.«

»Ich werde Gabe nachher anrufen und ihn aufzumuntern versuchen.«

»Er kann's bestimmt gebrauchen.« Matt wandte seine Aufmerksamkeit wieder Kelsey zu. »Ansonsten sieht mir hier jeder sehr gesund aus.« Als Kelsey ihn sah und ihm zunickte, grinste er erfreut. »Sie sieht aus, als würde sie das schon ihr ganzes Leben lang machen.«

Moses erbarmte sich endlich und gab Kelsey ein Zeichen, mit der Übung aufzuhören. Das Pferd an der Longe kam sie zum Zaun. »Sie ist ein Goldstück.« Liebevoll rieb sie ihre Wange am Hals der Stute. »Ich wünschte, du würdest mir ein temperamentvolleres Tier geben, Moses. Dann hätte ich das Gefühl, etwas zu leisten.«

»Jede Reise beginnt langsam, Schritt für Schritt. Wir werden sehen, wie schnell es weitergeht.«

»Er ist doch immer bemüht, mein Selbstvertrauen zu stärken.« Kelsey schob ihre Kappe nach hinten. »Hallo, Matt. Bist du aus beruflichen oder privaten Gründen hier?«

»Beides. Ich war in Longshot.«

»Oh.« Kelsey setzte ein betont unverfängliches Gesicht auf und ließ die Stute auf die Weide. »Gibt's Probleme?«

»Eine Verletzung.« Matt wiederholte seine Geschichte.

»Aber als ich Three Aces das letztemal beim Rennen gesehen habe, machte er einen großartigen Eindruck. Wann ist das denn passiert?«

»So wie es aussieht, vor drei oder vier Tagen.«

»Vor drei Tagen ist er in Charles Town gestartet. Hat mit einer Länge Vorsprung gewonnen.« Stirnrunzelnd streichelte sie die Stute. »Was für eine Verletzung?«

»Nur eine ganz kleine Wunde. Sitzt direkt über dem Gelenk.«

»Wie ist das denn passiert?«

»Vielleicht hat er sich beim Transport an irgendeiner scharfen Kante verletzt. Falls man ihm die Wunde nicht absichtlich zugefügt hat.«

»Sie meinen, jemand könnte Three Aces absichtlich verletzt haben, damit er nicht starten kann?«

»Eher unwahrscheinlich«, meinte Matt. »So schlimm war es wieder nicht.«

»Wie behandeln Sie derartige Wunden?«

Kelsey hörte aufmerksam zu, als Matt ihr ausführlich die Behandlungsmethoden schilderte.

»Nun siehst du selbst, was ich meine«, flüsterte Moses Naomi zu. »Als nächstes wird sie die Fachliteratur über Veterinärmedizin verschlingen.« Als er zu den Ställen hinüberblickte, wurden seine Augen schmal. »Erwartest du jemanden?«

»Nein.« Naomi schob die Unterlippe vor und beobachtete den jungen Mann, der auf sie zukam, eingehend. Schlank, schmale Schultern, hübsches Gesicht. Trug Levi's und ein Sweatshirt. Nichts Ungewöhnliches, überlegte sie, bis auf die Stiefel. Die mußten mindestens dreihundert Dollar gekostet haben.

»Kennt einer den Cowboy?«

»Hm?« Neugierig drehte Kelsey sich um, dann stieß sie einen Freudenschrei aus: »Channing!« Sie rannte auf ihn zu und warf ihm die Arme um den Hals, was Matt mit einem wehen Gefühl im Herzen zur Kenntnis nahm. »Was machst du denn hier?«

»Dachte, ich schau mich hier mal um, ehe ich nach Lauderdale abdampfe. Es sind Semesterferien.«

»Bist du Lauderdale nicht langsam leid?«

»Wie kann man von Bikinischönheiten je genug bekommen? Jetzt guck sich mal einer mein Schwesterchen an. Wie eine wandelnde Reklame fürs Landleben.« Er legte ihr einen Arm um die Schulter und musterte das Trio am Zaun. »Sag bloß, das ist deine Mutter!«

»Das ist Naomi. Komm, ich mache euch bekannt.« Den Arm um seine Taille geschlungen führte sie ihn zur Gruppe. »Channing, das ist Naomi Chadwick; Moses Whitetree und Matt Gunner. – Mein Stiefbruder Channing Osborne.«

»Willkommen auf Three Willows.« Naomi lächelte, als Channing ihre Hand an die Lippen zog. »Kelsey hat mir schon von Ihnen erzählt.«

»Nur Gutes, hoffe ich. Tolle Farm ist das hier.«

»Danke. Wir werden Ihnen alles zeigen. Ich hoffe, Sie können eine Weile bleiben?«

»Ich bin frei wie ein Vogel.« Channing konnte nicht widerstehen, über den Zaun zu langen und die weiche Nase der Stute zu streicheln. »Wollte für eine Woche nach Florida runter.«

»Um praktische Erfahrungen zu sammeln – was die weibliche Anatomie betrifft«, fügte Kelsey hinzu. »Channing studiert nämlich Medizin.«

Channing grinste und kraulte die Stute hinter den Ohren. »Jugend ist vergänglich, wie jeder weiß. Störe ich?«

»Nicht im geringsten«, versicherte Naomi. »Sie kommen gerade rechtzeitig zum Lunch. Matt, du bleibst doch auch, oder?«

»Kann ich leider nicht. Ich muß noch zur Bartlett-Farm, eines der Fohlen hat Koliken.«

»Hey, Sie sind Tierarzt?« Channing horchte auf. »Stell ich mir cool vor, Tiere zu verarzten. Die jammern nicht so viel wie Menschen«, fügte er rasch hinzu, als er Kelseys überraschten Blick auffing.

»Das nicht. Dafür pflegen menschliche Patienten für gewöhnlich nicht zu beißen oder auszuschlagen. Naomi, ich komme auf deine Einladung zurück. Kelsey, es war nett, Sie wiederzusehen. Bis später dann.«

»Ich bringe dich zum Auto. Kelsey, kümmerst du dich um Channing?«

»Wie ich dich kenne, hast du Hunger.« Kelsey zwinkerte ihrem Stiefbruder zu. »Willst du dir nach dem Essen die Farm ansehen?«

»Mit Vergnügen.«

»Ich wußte ja gar nicht, daß du dich für Tiermedizin interessierst?«

Verlegen zuckte Channing die Achseln. »Alter Kindertraum.«

Langsam gingen sie zum Haus zurück. »Jetzt fällt mir auch wieder ein, wie du immer die Vögel behandeln wolltest, die gegen das große Panoramafenster geflogen sind. Und dann hast du einmal diesen alten verflohten Straßenköter angeschleppt, der auch noch hinkte.«

»Ja.« Er lächelte, aber seine Augen erreichte das Lächeln

nicht. »Ich hatte die Rechnung bloß ohne den Wirt, sprich, ohne Mom gemacht. Sie wurde fuchsteufelswild.«

»Das hatte ich ganz vergessen.« Kelsey lehnte ihren Kopf an seine Schulter. »Sie hat befürchtet, er würde ihr den Garten umwühlen.«

»Außerdem war er kein Rassehund.« Channing zuckte die Achseln. »Wie dem auch sei, mit ihrer Allergie hätte sie kein Tier im Haus geduldet. Außerdem sagte ich ja schon, daß Tierarzt ein Kindertraum war.«

Wie kam es, daß ihr der resignierte Ton seiner Stimme nie zuvor aufgefallen war, fragte sich Kelsey. Vielleicht hatte sie nie aufmerksam genug zugehört. »Willst du wirklich Arzt werden, Channing?«

»Familientradition«, erwiderte er obenhin. »Ich hab' nie daran gedacht, etwas anderes zu machen. Ach doch, mit sechs wollte ich unbedingt Astronaut werden. Aber alle männlichen Osbornes sind Chirurgen. Das war's dann.«

»Candace würde dich nie zu etwas zwingen, was du nicht willst.«

Mit einem trockenen Auflachen blieb Channing stehen und sah sie an. »Kel, als die beiden geheiratet haben, warst du schon achtzehn und fast dein eigener Herr. Mom hat im Haus die Hosen an. Der Prof. und ich tun meistens, was uns gesagt wird.«

»Klingt, als hättest du Krach mit ihr. Was ist los?«

»Mann, sie hat gedroht, mir meinen Zuschuß zu streichen, weil ich die Frechheit hatte, für die Sommersemesterferien einen unstandesgemäßen Job anzunehmen. Weißt du, ich will arbeiten, mal das wirkliche Leben kennenlernen. Hab' da was an 'ner Baustelle laufen. Da könnte ich einen dieser Schutzhelme tragen und mittags den Sekretärinnen hinterherpfeifen. Ich würde gern mal ein paar Monate ohne Bücher verbringen.«

»Das kann ich verstehen. Vielleicht sollte ich mal mit ihr reden . . .«

»Das laß mal lieber sein. Auf dich ist sie im Moment auch nicht sehr gut zu sprechen. Das hier«, er blickte sich vielsagend um, »sie hält deinen Aufenthalt auf der Farm für eine Zumutung für den Prof. Und die allmächtige Milicent unterstützt sie darin noch.«

Kelsey atmete tief ein: »Da sitzen wir also im selben Boot. Sag mal, hängt dein ganzes Herz denn an Lauderdale und Bikinis?«

»Wenn du damit sagen willst, ich soll nach Hause fahren und meiner Mutter in den . . .«

»Nein, ich wollte dir vorschlagen, deine Ferien hier zu verbringen. Naomi hat sicher nichts dagegen.«

»Spielst du die große Schwester?«

»Genau. Hast du Probleme damit?«

»Nein.« Er beugte sich vor und küßte sie auf die Stirn. »Danke, Kel.«

9

Der Pferdepfleger hieß Mick. In Virginia geboren und aufgewachsen, prahlte er gern damit, mehr über Pferde vergessen zu haben als die meisten je lernten. Und damit lag er gar nicht so falsch. In seinen fünfzig Berufsjahren hatte er sich von der Pike auf hochgearbeitet, war zuerst Stallbursche gewesen, und dann Jockey. Gern erzählte er, daß er während Mr. Cunninghams Glanzzeit für ihn im Sattel gesessen hatte.

Bis zum Alter von zwanzig Jahren war er klein und leicht genug gewesen, um als Jockey zu arbeiten, obwohl er nie beim eigentlichen Rennen reiten durfte. Aber er hatte die Stallfarben getragen, und das ließ er immer wieder durchblicken.

Für kurze Zeit hatte er auf einer kleinen Farm in Florida einen Trainerposten übernommen und sogar ein Jahr lang selbst einen Wallach gehabt – oder zumindest fünfzehn Prozent davon. Zwar hatte sich das Tier als Niete erwiesen, schnell im Training und langsam im Rennen, aber Mick hatte sich zu den Pferdebesitzern zählen dürfen.

Er war auf die Cunningham Farm zurückgekehrt, als er hörte, daß sie den Besitzer gewechselt hatte. Seine Arbeit als Pferdepfleger gefiel ihm, besonders da Gabriel Slater ein Siegertyp war. Schon immer gewesen war, wenn Mick sich recht erinnerte.

Er genoß es, daß die jüngeren Gehilfen zu ihm aufblickten und sich seinen Wünschen unterordneten, auch wenn sie ihn seiner leuchtendblauen Kappe und seines prahlerischen Gebarens wegen den ›Pfau‹ nannten. Aber es war ein liebevoller Spitzname.

Sein schmales, zerfurchtes Gesicht war auf jeder Rennbahn zwischen Santa Anita und Pimlico bekannt – auch das genoß er.

»Die Bahn ist langsam«, kommentierte Boggs, der sich hingebungsvoll eine Zigarette drehte.

Mick nickte. Die kräftigen Regengüsse des Morgens hatten nachgelassen, und nun nieselte es nur noch leicht, aber unaufhörlich. Das war nicht schlimm, denn Slaters Double or Nothing brillierte auf feuchtem Boden.

Jetzt war die ruhige Zeit zwischen Training und Rennen. Mick saß unter einem überhängenden Dach, blickte in den Regen hinaus und dachte an die zehn Dollar, die ihm ein Loch in die Tasche brannten. Vielleicht sollte er sie auf Doubles Nase setzen und sie so vermehren.

Er kramte eine zerknüllte Packung Zigaretten aus der Tasche, um auch eine zu rauchen.

Alles war still. Die Jockeys waren in ihren Aufenthaltsräumen oder in der Sauna, um vor dem Start noch schnell ein Pfund abzuschwitzen, die Trainer brüteten vermutlich über ihren Büchern, und die Besitzer diskutierten bei einer Tasse Kaffee über ihre Pferde. Bald würde es wieder hektisch sein.

»Komisch, Miß Naomis Tochter hier zu sehen«, eröffnete Mick das Gespräch. »Vor ein paar Wochen kam sie nach Longshot rübergeritten. Als sie wieder weg ist, war sie klatschnaß.«

Boggs nickte und stieß eine Rauchwolke aus. »Hab's gehört.«

»Saß auf eurem großen Wallach. Ist gut mit ihm fertig geworden.«

»Reitet wie ihre Ma. Ein schönes Bild.«

Die zwei Veteranen, Freunde, solange sie denken konnten, saßen schweigend da und rauchten.

Ganze fünf Minuten verstrichen, ehe Mick wieder das Wort ergriff. »An dem Tag kam noch einer vorbei.«

»So?« Boggs fragte nicht, wer das war. Mick würde schon noch darauf zu sprechen kommen.

»Hab' ihn zwar lange nicht gesehen, aber trotzdem erkannt.« Mick schnippte seinen Zigarettenstummel in eine Pfütze, wo er zischend erlosch. »Hab' die gar nicht mehr in Verbindung gebracht, erst wie ich sie zusammen seh, fällt bei mir der Groschen. Ich erinnere mich noch daran, wie Mr. Slater als Stallbursche für Mr. Cunningham gearbeitet hat.«

»Hm! Muß fünfzehn Jahre her sein. Er kam dann nach Three Willows und blieb 'ne Weile.«

»'n Jahr oder zwei. Arbeiten konnte der. Hat nie was gesagt, außer wenn er gefragt wurde. War 'n Einzelgänger.« Er kicherte leise. »Hätt' nie gedacht, daß ich mal für ihn arbeiten würde.«

»Hat's zu was gebracht.«

»Das hat er. Kaum einer wollt's glauben, so wie er dauernd hier rumgehangen ist oder 'n Spielchen laufen hatte. Bloß 'ne kleine Rennbahnratte, haben sie gesagt. Aber ich wußte es besser.«

»Konnt' den Jungen schon immer gut leiden.« Boggs rieb sich eine schmerzende Stelle am Oberarm, wo ihn ein Jährling gebissen hatte. »Der hatte so was an sich. Hat er auch heute noch.«

»Stimmt. Ich war dabei, als Lipsky auf ihn losgegangen ist. Hat nicht viel Federlesens mit ihm gemacht, unser Mr. Slater.«

Boggs spuckte aus, um deutlich zu machen, was er von Lipsky hielt. »'n Mann sollt' sich nicht besaufen, wenn er sich um 'n Pferd kümmern muß.«

»Meine Rede.« Mick verfiel wieder in Schweigen und überlegte flüchtig, ob er sich noch eine Zigarette anstekken sollte. »Was unser Mr. Slater ist, der kann Säufer nicht brauchen. Hab' ganz vergessen, wie sein Vater sich dauernd einen zur Brust genommen hat, bis ich den Alten an dem Tag bei den Ställen gesehen hab'.«

»Rich Slater?« Boggs' Interesse war geweckt. »Der ist nach Longshot gekommen?«

»Sag ich doch. An dem Tag, als Miß Naomis Tochter pudelnaß abgezogen ist. Aufgeputzt wie 'n Bibelverkäufer, das war er.« Mick steckte sich doch noch eine Zigarette an. »Sie haben sich eine Weile unterhalten. Konnte nicht verstehen, was Mr. Slater sagte. Der Junge hat 'n Pokerface, das hat er. Man sieht nie, was der denkt.« Mick inhalierte tief und stieß dann genüßlich den Rauch aus. Die Aufmerksamkeit seines alten Freundes war ihm sicher. »Du hättest den Alten mal hören sollen, hat sich aufgespielt wie sonst noch einer, wie dick er's hätte und daß er nur vorbeigekommen wäre, um zu sehen, wie's seinem Sohn so geht.«

»Ausnehmen wollte er ihn, oder?«

»Schätze auch. Mir gefiel die Art nicht, wie er sich umgeschaut hat, als würde er schon zusammenrechnen, was alles wert ist. Polly hatte 'nen Jährling an der Longe, Inside Straight, so hat Mr. Slater ihn genannt. Die Polly, die kommt gut zurecht mit den Pferden, das tut sie.«

»Finde ich auch«, stimmte Boggs zu, der an Micks weitschweifiger Erzählung nichts außergewöhnlich finden konnte, und nickte grüßend zu einem der Angestellten der Rennbahn hinüber. »Gute Betreuerin für Jährlinge. Kann sein, daß Moses Miß Kelsey für denselben Job auf Three Willows ausbildet. Der alte Chip redet schon wieder vom Ruhestand.«

»Tut er doch immer. Nichts wie heiße Luft. Also ...« Mick griff das Thema wieder auf. »Mr. Slater geht zum Haus. Der Alte treibt sich draußen rum, vergnügt sich mit seinem Flachmann. Aus Silber, richtig nobel. Dann macht er Jamison an und quasselt auf ihn ein. Wie Mr. Slater wiederkommt, gibt er seinem Vater 'nen Scheck und schmeißt ihn raus. Hat keinen Krach angefangen, das nicht, aber der Alte war ganz schnell weg.«

»Hatte noch nie viel für Rich Slater übrig.«

»Ich auch nicht. Heißt ja, der Apfel fällt nicht weit vom Stamm. Aber bei den beiden – nee. Unser Mr. Slater hat Klasse, jawohl. Und er hört zu, wenn man ihm was sagt. Fragte mich 'nen Tag später, was ich von Three Aces' Bein halte.«

»Ist 'n gutes Pferd.«

»Das ist er. Ich sag also Mr. Slater, daß mir das nicht nach 'm Unfall aussieht. Er guckt nur, und dann bedankt er sich ganz höflich.« Micks Knochen krachten, als er aufstand. »Ich werd' mal nach Double sehen.«

»Denke, ich hol mir jetzt 'n Kaffee.«

Sie trennten sich, und Mick verschwand in den düsteren Ställen. Der Regen trommelte auf das Dach und übertönte das Scharren der Pferde in ihren Boxen. Ein Pfleger legte seinem Schützling eine Decke über. Mick blieb stehen, um das Tier genauer in Augenschein zu nehmen.

Keine Konkurrenz für Double, entschied er und schlenderte weiter zu dessen Box. Vor dem Rennen pflegte er Double immer ein bißchen aufzumuntern. Und er schaute ihm in die Augen, um festzustellen, ob er ein paar Dollar auf ihn riskieren konnte.

»Siehst du, mein Junge, wir haben den Regen extra für dich bestellt.« Mick öffnete die Tür zur Box. Sein Gesicht wurde finster. »Was zum Teufel hast du hier verloren, Lipsky? Du hast bei Mr. Slaters Pferden nichts zu suchen.«

Lipsky verblieb in seiner gebückten Stellung und musterte Mick mißtrauisch, während er mit der Hand über Doubles Bein fuhr. »Wollte ihn mir nur mal ansehen. Dachte, ich könnte ein paar Dollar auf ihn setzen.«

»Tu' das, aber mach, daß du hier rauskommst.«

»Ich gehe. Ich geh ja schon.« Lipsky wollte verschwinden, doch Micks scharfen Augen entging so leicht nichts.

»Was wolltest du damit?« Mit einer raschen Bewegung schloß sich Micks Hand fest um Lipskys Arm. Die dünne, scharfe Klinge des Messers glänzte im schummrigen Licht. »Du Scheißkerl. Wolltest ihm das Bein zerschneiden, was?«

»Ich wollte ihm nichts tun.« Ängstlich schielte Lipsky zur Tür. Viel Zeit blieb ihm nicht mehr. »Nur dafür sorgen, daß er heute nicht starten kann.« Oder überhaupt mal wieder, dachte er. Mit zerschnittenen Sehnen auf keinen Fall. »Slater hat sich das selbst zuzuschreiben.«

»Du hast gekriegt, was du verdient hast«, korrigierte ihn Mick. »Keiner pfuscht mir an meinen Pferden herum. Und du Stück Dreck hast auch Three Aces auf dem Gewissen!«

»Weiß gar nicht, wovon du redest. Ich geb' zu, das war 'ne blöde Idee. Aber es ist ja nichts passiert. Du siehst doch selbst, daß ich ihm nichts getan hab'.«

»Ich werd's mir ansehen, später. Jetzt wollen wir erst mal sehen, was Mr. Slater dazu sagt.«

Lipsky fuhr zurück, wütend darüber, daß der knorrige alte Mann einen derart eisernen Griff hatte. »Mach keinen Unsinn.«

»Nicht doch. Ich übergebe dich Mr. Slater, und wenn der dir den Hals umdreht, dann tanze ich auf deinem Grab.«

»Ich hab' den beschissenen Gaul nicht angerührt!« Verzweifelt holte Lipsky aus und stach nach Mick. Es entstand ein Handgemenge, und Double begann nervös zu tänzeln.

Die Klinge fuhr durch die Luft, verfehlte Micks Oberarm und ritzte die Flanke des Pferdes. Wild vor Schreck und Schmerz bäumte Double sich auf. Fluchend holte Mick tief Atem, um loszubrüllen, aber er kam nicht mehr dazu. Die Klinge traf ihn genau über der Gürtellinie.

»O Gott!« Genauso verblüfft wie sein Gegner riß Lipsky das Messer zurück und starrte auf die blutende Wunde. »Um Himmels willen, Mick! Ich wollte dich doch nicht verletzen.«

»Scheißkerl«, brachte Mick noch hervor und stolperte nach vorn. Im selben Moment stieg der vom Blutgeruch erregte Hengst vorne hoch und traf Mick mit einem Huf am Kopf. Nach einem kurzen brennenden Schmerz spürte dieser nichts mehr, kippte nach vorne und wurde von den Hufen des Pferdes zertrampelt.

Beinahe wäre Lipsky voller Panik aus der Box gerannt, doch er besann sich noch rechtzeitig und duckte sich in eine Ecke. Es war nicht seine Schuld, sagte er sich immer wieder. Verdammt, er war schließlich kein Mörder! Er wäre niemals mit dem Messer auf Mick losgegangen, schon gar nicht jetzt, wo er doch stocknüchtern war. Wenn Mick ihm bloß zugehört hätte, wäre das alles nicht passiert. Lipsky wischte sich über den Mund, kroch zur Tür und ließ das blutige Messer in seinem Stiefel verschwinden, ehe er leise aus der Box schlüpfte und sich davonmachte.

Er brauchte dringend einen Drink.

»Ist ja super!« Channing stand auf der nassen Tribüne und verschlang einen Hot dog. »Ich meine«, nuschelte er mit vollem Mund, »wer hätte gedacht, daß hier so viel los ist? Kommt mir vor wie die Probe für eine Broadway-Show.«

Naomi lächelte. Der Junge gefiel ihr. Wenn sie sich einen Bruder für ihre Tochter aussuchen könnte, dann wäre ihre Wahl mit Sicherheit auf Channing Osborne gefallen. »Es tut mir nur leid, daß wir nicht mit besserem Wetter dienen können.«

»Das verleiht dem Drama erst Atmosphäre. Pferde, die durch den Regen jagen, aufspritzender Schlamm und so weiter.« Grinsend spülte er seinen Hot dog mit einer Cola hinunter. »Ich kann's kaum erwarten.«

»Jetzt dauert es nicht mehr lange«, versicherte Kelsey ihm. »Im Augenblick müßten eigentlich gerade die Pferde für die Parade fertiggemacht werden. Willst du's dir ansehen?«

»Gern. Es ist wirklich nett von dir, daß du mich mitgenommen hast, Naomi.«

»Ich bin froh, daß du uns den Vorzug vor Sonne, Strand und Bikinis gegeben hast.«

»Das hier ist viel besser.« Mit einer Ritterlichkeit, die sie rührend fand, bot er ihr den Arm. »Wenn ich nächste Woche zurückfahre, kann ich vor meinen sonnengebräunten, verkaterten Freunden damit angeben, daß ich mit zwei tollen Frauen zusammen war.«

»Was ist mit der Vegetarierin?« erkundigte sich Kelsey.

»Wer, Victoria?« Er lächelte verschmitzt. »Sie hat mir den Laufpaß gegeben, als sie merkte, daß ich ein unverbesserlicher Fleischfresser bin.«

»Sehr kurzsichtig von ihr«, bemerkte Naomi.

»Das sag ich ja auch. Ich finde, ich bin ein echter Hauptgewinn, was sagst du, Kel?« Er blickte auf seine Stiefschwester und stellte fest, daß ihre Aufmerksamkeit jemand anders galt. So, so, dachte er und musterte Gabe. Diesen Ausdruck hatte er in Kelseys Augen schon lange nicht mehr gesehen. »Kennst du den?«

»Was? Wen?« Zerstreut zog sie ihre Kappe tiefer in die Stirn. »Das ist nur ein Nachbar.«

Gabe unterbrach sein Gespräch mit Jamison und drehte sich um, als die zwei sich näherten. Himmel, sah Kelsey gut aus! Dann wanderte sein Blick zu dem Mann, der seinen Arm um ihre Schulter gelegt hatte.

Zu jung, um ein ernsthafter Konkurrent zu sein, stellte er fest. Doch in seiner Geste lag etwas Vertrauliches, und seine Augen blickten neugierig und abweisend zugleich.

Ihr Stiefbruder, folgerte Gabe und trat auf die beiden zu.

»Immer noch nicht trocken?« sagte er zu Kelsey, deren Gesicht sich ärgerlich verzog.

»Heute ist ein anderer Tag, Slater. Das ist Channing Osborne, Gabriel Slater.«

»Nett, daß Sie Ihre Schwester besuchen.«

»Finde ich auch.«

Amüsiert registrierte Gabe, daß Channing ihm betont männlich die Hand schüttelte. »Wie geht's der Stute, Naomi? Ich wollte sowieso vorbeikommen und sie mir anschauen.«

»Sie ist wirklich trächtig. Und gesund. Gestern kam Matt vorbei und erzähle mir von Three Aces. Heilt sein Bein gut?«

Gabes Blick verdüsterte sich, aber er blieb freundlich: »Ja. In ein paar Wochen ist er wieder in Topform.«

»Du hast für heute Double or Nothing angemeldet, stimmt's?«

Gabe blickte wieder zu Kelsey. Da er sie berühren wollte, um sie durcheinanderzubringen, strich er ihr über die Wange. »Harte Konkurrenz, was?«

»Wie man's nimmt. Dein Pferd läuft neben unserem.«

»Noch eine Wette am Rande? Einen Zehner schuldest du mir noch.«

»Angenommen. ich verdopple den Einsatz.«

»Gut. Willst du einen Blick auf den Sieger werfen?«

»Ich habe Virginia's Pride schon gesehen, besten Dank.«

Er grinste und nahm ihre Hand. »Komm mit.«

Stirnrunzelnd verfolgte Channing das Geplänkel zwischen den beiden. »Geht das schon lange so?«

»Langsam fällt es mir auch auf.« Naomi sah den beiden nach und rieb sich die Nase. »Machst du dir Sorgen?«

»Die Scheidung hat ihr schwer zu schaffen gemacht. Ich möchte nicht, daß jemand das ausnutzt. Was weißt du über ihn?«

»Eine ganze Menge.« Naomi seufzte. »Ich erzähl's dir später. Jetzt schlage ich vor, daß wir hinterhergehen, damit du dir keine Sorgen mehr machen mußt.«

»Gute Idee.« Er blickte sie nachdenklich an, als sie zu den Ställen gingen. »Du bist in Ordnung, Naomi«, sagte er.

Erfreut nahm sie seine Hand. »Du auch, Channing.«

»Weißt du, obwohl ich dich am liebsten mit der Peitsche über die Rennbahn jagen würde, tut es mir doch um Three Aces leid. Vermutlich kann ich sowieso nichts tun, aber . . .«

»Sie haben's dir angetan, nicht wahr?«

Kelsey schob ihre Kappe höher, um ihn besser ansehen zu können. »Wer?«

»Die Pferde.«

Achselzuckend ging Kelsey auf die Ställe zu. »Und wenn schon.«

»Steht dir gut, dieser weiche Zug.« Absichtlich verlangsamte Gabe den Schritt. Er wollte sie noch eine Weile für sich haben, ehe sie den Stall erreichten. »Wann kommst du wieder?«

Sie wich der Frage aus. »Ich war sehr beschäftigt, und Moses nimmt uns ganz schön ran.«

»Wäre es dir lieber, wenn ich zu dir komme?«

»Nein.« Argwöhnisch schaute sie über die Schulter nach hinten. Naomi und Channing waren nur wenige Schritte hinter ihnen. »Nein«, wiederholte sie, »dies ist auch nicht der geeignete Zeitpunkt für eine Diskussion.«

»Meinst du, dein Bruder würde mir an die Kehle springen, wenn ich dich direkt hier küssen würde?«

»Er sicher nicht. Aber ich.«

»Führ mich nicht in Versuchung, Kelsey.« Doch er beschränkte sich darauf, ihre Hand an seine Lippen zu führen. »Heute abend«, murmelte er, »ich möchte dich heute abend sehen.«

»Ich habe Besuch, Gabe, Channing ist da.«

»Heute abend«, beharrte Gabe. »Entweder du kommst zu mir oder ich zu dir. Du entscheidest.« Ohne ihre Hand freizugeben blieb er an einer Box stehen. »Hallo, mein Junge. Na, bist du bereit zu . . .« Er brach ab, als er die frische rote Blutspur sah. »O verdammt!«

Er stieß die Tür auf und hatte die Box noch nicht ganz betreten, als er den zusammengekrümmten Körper im Stroh bemerkte.

»Bleib draußen!« Ohne sich umzublicken hielt er Kelsey mit einem Arm zurück.

»Was ist passiert? Der arme Kerl blutet ja!« Die Augen nur auf das Pferd gerichtet ging sie vorwärts. Als Gabe das Tier am Halfter packen mußte, um es am Hochsteigen zu hindern, erhaschte sie einen Blick auf das formlose Bündel im blutigen Stroh. »O mein Gott, Gabe!«

»Halt ihn fest!« befahl Gabe und drückte Kelseys starre Finger um das Halfter.

»Was ist hier los?« Von Kelseys unnatürlich fahler Gesichtsfarbe alarmiert, drängte sich Naomi hinein. Schwer holte sie Atem. »Ich rufe den Notarzt.« Sie nahm Kelseys Hand. »Kommst du zurecht?«

Kelsey zwinkerte, nickte und räusperte sich. »Ja. Ja, ich bin in Ordnung.« Aber sie drehte doch dem, das hinter ihr im Stroh lag, den Rücken zu.

»O Mann!« Channing schluckte hart, dann schob er sich zwischen Kelsey und Gabe, der sich über den Körper beugte. »Ich studiere zwar noch«, sagte er ruhig und hockte sich neben ihn, »aber vielleicht . . .«

Er benötigte nur einen Blick, um zu wissen, daß er hier nicht mehr helfen konnte, selbst wenn er ein so fähiger und erfahrener Chirurg wie sein Vater gewesen wäre.

Alles war voller Blut. Eine ursprünglich leuchtendblaue, nun rotgesprenkelte Kappe lag halb darunter verborgen.

»Das Pferd muß durchgedreht sein«, schimpfte Channing grimmig. »Kelsey, geh raus, geh weg von ihm.«

»Nein, ich hab' ihn fest im Griff.« Tief durchatmend streichelte sie Doubles Hals. »Er zittert ja. Er hat Angst.«

»Verdammt, er hat gerade den Typ da umgebracht!«

»Nein, das hat er nicht.« Gabes Stimme klang hart und entschieden. Er hatte Mick vorsichtig umgedreht, sein Hemd hochgezogen und eine häßliche Stichwunde im Unterleib freigelegt. »Jemand anders hat es getan.«

Später stand Kelsey fröstelnd im Nieselregen und versuchte, so zu tun, als würde sie den Kaffee trinken, den Channing ihr aufgenötigt hatte.

»Du solltest hier verschwinden«, wiederholte er drängend. »Ich bringe dich nach Hause oder wenigstens ins Klubhaus.«

»Nein, ich bin okay. Ich muß warten. Der arme Kerl.« Kelsey sah sich um. Die Rennbahn wirkte nicht mehr eindrucksvoll, sondern einfach nur noch schmutzig. Einzelne Gruppen von Menschen standen herum, hatten die Ställe im Auge und warteten. »Gabe ist schon lange bei den Polizeibeamten drin.«

»Der kommt gut allein klar.« Channing blickte zu Naomi hinüber, die auf einem Faß unter dem Dach saß. »Vielleicht solltest du dich um deine Mutter kümmern. Sie sieht aus wie ihr eigener Geist.«

Kelsey starrte auf die Stalltür. Am liebsten wäre sie jetzt drin gewesen, hätte zugehört und entschieden, was als nächstes zu tun war. »Gabe und ich haben ihn gefunden«, murmelte sie. »Ich fühle mich irgendwie verpflichtet zu helfen.«

»Dann geh und hilf Naomi.«

Kelsey seufzte tief. »Gut. Du hast recht.« Aber es fiel ihr schwer, zu Naomi zu gehen, die ausdruckslos vor sich hin starrte. »Hier.« Sie hielt ihr den Kaffee hin, »Brandy wäre sicher besser, aber ich habe zufällig keinen dabei.«

»Danke.« Naomi nahm den Becher und zwang sich, daran zu nippen. All das hatte nichts mit ihr zu tun, redete sie sich ein. Die Polizei würde diesmal nicht kommen, um sie mitzunehmen. »Armer Mick.«

»Hast du ihn gut gekannt?«

»Er ist schon lange im Geschäft.« Wieder trank sie einen Schluck. Der Kaffee hatte zwar nicht die gleiche beruhigende Wirkung, wie ein Brandy gehabt hätte, doch er half ihr. »Er hat einmal die Woche mit Boggs Gin-Rommé gespielt, und die beiden haben getratscht wie die alten Weiber. Ich glaube, Mick wußte genausoviel über meine Pferde wie über die von Gabe. Aber er war loyal.« Sie atmete kräftig durch. »Und er war harmlos. Ich weiß nicht, wer dazu fähig sein sollte, ihm dies anzutun.«

»Das wird die Polizei herausfinden.« Nach kurzem Zögern legte Kelsey eine Hand auf Naomis Schulter. »Soll ich dich nach Hause bringen?«

»Nein.« Naomi faßte nach der Hand ihrer Tochter. Beiden wurde bewußt, daß dies die erste von Herzen kommende Berührung zwischen ihnen war. »Es tut mir leid, Kelsey. Das ist eine schreckliche Erfahrung für dich.«

»Für uns alle.«

»Ich hätte dir das gern erspart.« Naomi sah hoch, ihrer Tochter in die Augen. »Unter diesen Umständen bin ich keine große Hilfe.«

»Dann übernehme ich das für dich.« Kelsey bewegte vorsichtig ihre Hand. Naomis Finger waren starr vor Kälte. »Du fährst nach Hause«, ordnete sie an. »Die Polizei wird noch mit mir sprechen wollen, also bringt Channing dich zurück.«

»Ich will dich hier nicht allein lassen.«

»Ich bin doch nicht allein. Gabe ist hier und Moses auch. Und Boggs.« Sie blickte zu dem alten Mann, der einsam im Regen stand. »Es bringt keinem was, wenn du hierbleibst, so aufgeregt, wie du bist. Geh nach Hause, nimm ein heißes Bad und leg dich hin. Ich komme noch hoch zu dir, sobald ich zurück bin.« Sie lehnte sich enger an ihre Mutter. »Außerdem will ich Channing nicht hier haben.

Er wird sich sehr männlich vorkommen, wenn er dich nach Hause bringt.«

Obwohl sie sich für ihre Schwäche verachtete, stand Naomi auf. »In Ordnung, ich gehe. Wenn man mich am Schauplatz eines Verbrechens sieht, gibt das sowieso nur Anlaß zu Spekulationen. Aber bitte, bleib nicht länger als unbedingt notwendig.«

»Mach ich. Keine Angst.«

Als sie allein war, ließ sich Kelsey auf das frei gewordene Faß sinken und wartete geduldig.

Es dauerte nicht lange, bis ein uniformierter Beamter sich suchend umblickte und sie dann ansprach: »Miß Byden? Kelsey Byden?«

»Ja.«

»Der Lieutenant möchte drinnen mit Ihnen sprechen.«

»Ich komme.« Sie ignorierte die neugierigen Blicke und stand auf.

Drinnen ging alles seinen routinemäßigen Gang. Der Polizeifotograf hatte seine Arbeit erledigt, und im hinteren Teil des Stalles lief ein Tonband.

Gabes Augen blitzten bei ihrem Anblick wütend auf. »Ich habe Ihnen doch gesagt, es besteht kein Grund, sie da hineinzuziehen!«

»Sie beide haben die Leiche gefunden, Mr. Slater.« Leutenant Rossi kletterte über das Tonbandgerät und nickte Kelsey zu. Er war ein alter Hase in seinem Beruf, hatte schon über zwanzig Dienstjahre hinter sich. Er hatte ein angenehmes Gesicht, scharfe, wissende Augen und dichtes, dunkles Haar, in dem sich nur wenig Grau zeigte. Seinen Körper behandelte er wie ein Heiligtum, aß Vitamine und trank Gesundheitssäfte, hielt strikte Diät und trieb soviel Sport wie möglich.

Er saß die meiste Zeit hinter dem Schreibtisch, das Telefon am Ohr, aber für ihn war das noch lange kein Grund, dick zu werden.

Er liebte seine Arbeit und hatte viel Erfolg in seinem Beruf. Mord haßte er.

»Miß Byden, danke, daß Sie gewartet haben.«

»Ich will Ihnen behilflich sein, so gut ich kann.«

»Sehr gut. Sie könnten damit anfangen, mir ganz genau zu erzählen, was heute morgen passiert ist.«

»Ich will es versuchen.« Sie erzählte ihm den gesamten Ablauf, vom Ausladen der Pferde bis zum Training. »Wir blieben eine Zeitlang an der Bahn. Mein Stiefbruder war zum erstenmal hier, und wir dachten, er würde gern zuschauen, wenn die Pferde auf das Vorführen vorbereitet werden.«

»Und das war ungefähr wann?«

»Gegen Mittag. Zwischen zehn Uhr und Mittag ist nicht viel los. Von der Bahn sind wir hierhergegangen und haben zufällig Gabe getroffen. Er sprach gerade mit seinem Trainer.«

Über Rossis Schulter hinweg hielt sie nach ihm Ausschau und sah zu ihrem Entsetzen den glänzenden Plastiksack, der gerade auf eine Bahre gelegt wurde.

Verhalten fluchend beugte Gabe sich über das Tonbandgerät und versperrte ihr die Sicht. »Das muß doch wohl nicht jetzt sein. Und mit Sicherheit nicht hier.«

»Nein, ist schon gut.« Kelsey kämpfte mit einer Übelkeit. »Ich möchte es lieber hinter mich bringen.«

»Das ist sehr gut. Also, Sie haben Mr. Slater draußen getroffen.«

»Ja. Wir haben uns ein paar Minuten unterhalten, über Pferde hauptsächlich, weil zwei unserer Tiere im selben Rennen starten. Ich bin mit Gabe in den Stall gegangen, um nach Double or Nothing zu sehen. Meine Mutter und mein Stiefbruder waren kurz hinter uns.«

»Ihre Mutter?«

»Ja. Es ist eigentlich ihr Pferd, das gegen das von Gabe antritt. Ihr gehört Three Willows, sie heißt Naomi Chadwick.«

»Chadwick?« In Rossis Kopf schlug eine kleine Glocke an. Er kritzelte den Namen nieder. »Also kamen Sie vier zusammen hier rein.«

»Nein, die beiden kamen kurz nach uns. Sie erreichten die Box erst, nachdem wir . . . wir schon alles gesehen hat ten. Ich glaube, Gabe und ich bemerkten die Wunde an der linken Flanke des Pferdes gleichzeitig. Er ging hinein, blieb stehen und versperrte mir den Weg. Aber ich machte mir Sorgen um Double, also ging ich ihm nach. Dann sah ich das Blut und den Körper in der Ecke. Ich hielt das Pferd am Halfter fest, weil es unruhig wurde, dann kamen Channing und Naomi dazu. Sie lief sofort los, um den Notarzt zu verständigen, und Channing kam in die Box, weil er dachte, er könne vielleicht helfen. Ich glaubte – vermutlich glaubten wir das alle –, daß das Pferd ihn verletzt hatte. Bis Gabe den Leichnam umdrehte, und da sahen wir …« Sie würde nie vergessen, was sie gesehen hatte. »Wir sahen, daß das nicht stimmte. Gabe sagte dann zu Channing, er solle die Polizei rufen.«

»Als Sie und Mr. Slater den Stall betraten, war niemand sonst dort?«

»Nein, ich habe niemanden gesehen. Ein paar Pfleger hielten sich vermutlich dort auf. Aber es war noch ein bißchen früh, um die Pferde fertigzumachen.«

»War Ihnen der Verstorbene bekannt, Miß Byden?«

»Nein. Aber ich bin erst seit ein paar Wochen auf Three Willows.«

»Sie leben nicht dort?«

»Nein, ich wohne in Maryland. Ich verbringe nur etwa einen Monat auf der Farm.«

»Dann brauche ich Ihre ständige Adresse für das Protokoll.« Sie nannte sie ihm, und er steckte seinen Notizblock wieder in die Tasche. »Danke, daß Sie sich Zeit für uns genommen haben, Miß Byden. Ich möchte dann jetzt mit Ihrer Mutter und Ihrem Stiefbruder sprechen.«

»Ich habe Channing gesagt, er soll sie nach Hause bringen. Sie hat sich furchtbar aufgeregt.« Unwillkürlich straffte Kelsey sich und stemmte die Füße in den Boden. »Auf jeden Fall waren die beiden den ganzen Morgen mit mir zusammen. Keiner kann etwas anderes gesehen haben als ich.«

»Sie würden sich wundern, was manchen Leuten noch alles auffällt. Danke, das ist alles.« Er entließ sie, indem er sich wieder an Gabe wandte. »Meinen Informationen zufolge hat ein Mann namens Boggs wahrscheinlich als letzter das Opfer lebend gesehen. Arbeitet er auch für Sie?«

»Er arbeitet auf Three Willows.«

»Er ist draußen«, informierte Kelsey Rossi. »Ich werde ihn holen.« Sie eilte hinaus, froh, den monotonen Fragen und den so scharf beobachtenden Augen zu entkommen. Boggs stand noch da, wo sie ihn zuletzt gesehen hatte, mitten im Regen. »Ein Lieutenant Rossi möchte mit Ihnen sprechen.« Sie nahm die Hand des alten Mannes und versuchte vergebens, sie zu wärmen. »Es tut mir so leid, Boggs.«

»Wir haben doch nur geredet, nur dagesessen und geredete. Heute abend wollten wir Karten spielen.« Tränen strömten ihm über das Gesicht und mischten sich mit dem Regen. »Wer hat ihm das angetan, Miß Kelsey? Wer hat dem alten Mick das angetan?«

»Ich weiß es nicht, Boggs. Kommen Sie, ich werde Sie begleiten.« Sie legte den Arm um ihn und führte ihn zum Stall.

»Er hat keine Familie nich', Miß Kelsey? 'ne Schwester, aber die hat er seit zwanzig Jahren nicht mehr gesehen. Ich muß mich um alles kümmern. Er soll 'n schönes Begräbnis kriegen.«

»Ich sorge dafür, Boggs.« Gabe kam nach draußen und fing sie ab. »Sie sagen mir, wie Sie's haben wollen, und ich arrangiere das.«

Boggs nickte. Das hatte seine Richtigkeit. »Er hat viel von Ihnen gehalten, Mr. Slater.«

»Und ich von ihm. Kommen Sie zu mir, sobald Sie dazu in der Lage sind. Wir regeln dann alles.«

»Das hätt' ihm gefallen.« Mit gesenktem Kopf schlurfte Boggs davon.

»Der Lieutenant sagt, du kannst jetzt gehen.« Gabe nahm Kelseys Arm und zog sie fort. »Ich bringe dich nach Hause.«

»Ich werde auf Boggs warten. Er sollte jetzt nicht allein sein.«

»Moses kümmert sich um ihn. Ich will dich hier wegbringen, Kelsey.«

»Ich kann nicht. Das Ganze betrifft mich genauso wie dich.«

»Da irrst du dich.« Er zerrte sie fast über den schlammigen Boden. »Die Box gehört mir, das Pferd gehört mir, und verdammt noch mal, Mick ist einer meiner Leute.«

»Jetzt mal langsam.« Kelsey packte ihn an der Jacke. Obwohl er sich im Stall kühl und gelassen gegeben hatte, stand er jetzt kurz vor der Explosion. Kein Pokerface mehr, dachte sie. Seine Augen glühten vor Wut.

»Du hältst dich da raus und machst, daß du wegkommst!«

Sie hätte sich auf eine hitzige Debatte einlassen und seinen eisernen Griff abschütteln können, aber sie wartete, bis sie sein Auto erreicht hatten.

Dann drehte sie sich einfach um und schlang die Arme um ihn. »Tu' dir das nicht an«, murmelte sie.

Er machte sich steif und wollte sie ins Auto drängen. »Was soll ich mir nicht antun?« fragte er.

»Dir Vorwürfe machen, Gabe.«

»Wem denn sonst?« Sein Körper entspannte sich, er drückte sie an sich und vergrub sein Gesicht in ihrem Haar. »Wem soll ich denn sonst Vorwürfe machen, Kelsey? Er hat versucht, mein Pferd zu beschützen.«

»Das kannst du gar nicht wissen.«

»Ich fühle es.« Er schob sie von sich. Zwar blickten seine Augen nun ruhiger, aber das, was sich hinter diesem kühlen, tiefen Blau verbarg, ließ Kelsey erschauern. »Und ich werde herausfinden, wer dafür verantwortlich ist, koste es, was es wolle.«

»Die Polizei . . .«

». . . hat ihre Methoden. Ich habe meine.«

10

Selbst der Tod konnte die tägliche Routine auf einem Gestüt nicht erschüttern, egal, ob es der Tod eines Pferdes oder eines Menschen war. Morgendämmerung hieß Beginn des Trainings, die Pferde mußten versorgt, die Ställe gesäubert werden. Obwohl man sich auf den Koppeln und in den Ställen über den grausamen Tod des alten Mick unterhielt, blieb der Tagesrhythmus wie immer.

Man mußte sich um ein Fohlen mit einem bösen Ekzem kümmern, ein Jährling duldete immer noch keinen Reiter im Sattel, und eine hoffnungsvolle Jungstute sollte erstmals bei einem Rennen starten. So trauerte man um Mick und tauschte seine Vermutungen aus, während Futterkrippen aufgefüllt und Pferde warm gemacht wurden.

»Möchten Sie Pride nicht lieber selbst die Stallbandagen umlegen? Die Beine hab' ich ihm schon abgespritzt.« Boggs' Gesicht war ausdruckslos, und unter seinen Augen lagen tiefe Ringe, doch er ging wie jeden Tag seinen Pflichten nach. Er hielt Kelsey die Zügel hin. »Es scheint ihm lieber zu sein, wenn Sie das tun.«

»Gut, Boggs.« Ihre weiche Hand legte sich über seine, die voller Schwielen war. »Kann ich irgend etwas für Sie tun?«

Seine Augen hefteten sich auf einen Punkt im Nichts, irgendwo hinter ihr. »Kann man nichts machen, Miß Kelsey. Ist nur nicht richtig, find ich. Ist einfach nicht richtig.«

Was sollte sie darauf entgegnen? Keinesfalls wollte sie den alten Mann mit seinem Kummer allein lassen. »Würde es Ihnen etwas ausmachen, mich zu begleiten? Ich bin immer noch ein wenig nervös, wenn ich den nächsten Derbysieger betreuen muß.«

Beide wußten, daß dies eine fadenscheinige Ausrede war, doch Boggs nickte und trottete bereitwillig neben ihr her. Es hatte wieder angefangen zu regnen, derselbe unaufhörliche feine Nieselregen, der schon den vorhergegangenen Nachmittag verdorben hatte. Obwohl es schon auf zehn Uhr zuging, hing der Nebel noch dick über der Landschaft. Drinnen waren die Stallburschen eifrig dabei, die Boxen auszumisten, und die Luft roch nach Mist, Heu und Schlamm.

An Queenies Box blieb Kelsey stehen und drückte Boggs die Zügel in die Hand. »Dauert nur eine Minute.«

Sie zog eine Möhre aus der Gesäßtasche und hielt sie der Stute hin, während sie ihr die weichen Ohren kraulte. »Na, altes Mädchen? Hast wohl gedacht, ich hätte dich vergessen, was?« Die Stute knabberte die Möhre und dann an Kelseys Schulter, wobei sie behaglich schnaubte. Obwohl ihr Boggs' Interesse nicht entgangen war, schloß sie das tägliche Ritual mit einem Kuß auf Queenies Kopf ab.

»Ich weiß, ich weiß. Man hat mich schon oft mit der typisch weiblichen Pferdevernarrtheit aufgezogen.« Nach einem letzten Klaps wandte sich Kelsey wieder zu Boggs und Pride um. »Vielleicht übertreibe ich ja ein bißchen, aber ich habe schon mehr als einen der Männer hier auch dabei erwischt, wie sie ein Pferd verhätschelten.«

»Ihr Großvater hat diese Stute heiß und innig geliebt.« Boggs führte Pride in seine Box, die Kelsey bereits ausgemistet und mit frischem Stroh für den Tag ausgelegt hatte. »Jeden Nachmittag hat er ihr Zuckerstückchen zugesteckt. Wir haben alle so getan, als ob wir nichts sehen.«

»Wie war er, Boggs?«

»Er war ein guter Mann. Gerecht, aber leicht aufbrausend, konnte hochgehen wie 'ne Bombe.« Beim Sprechen schweifte sein Blick durch Prides Box, und befriedigt nahm er zur Kenntnis, daß Kelsey den Hengst auch mit frischem Wasser und Futter versorgt hatte. »Faulheit hat er nicht geduldet, no, Sir. Aber wer seine Arbeit erledigte, bekam pünktlich sein gutes Geld. Hab' mit eigenen Augen gesehen, wie er die ganze Nacht bei einem kranken Pferd saß – und wie er 'nen Mann, ohne mit der Wimper zu zucken, gefeuert hat, weil er das ihm zugeteilte Pferd vernachlässigte.«

Kelsey bückte sich und ließ ihre Hände über Prides Beine gleiten, um ihn auf Verletzungen oder Schwellungen hin zu untersuchen. Boggs hatte die Bandagen schon ausgewaschen und mit den Wäscheklammern, die er stets am Hosenbein mit sich trug, aufgehängt.

»Klingt, als ob es schwer war, für ihn zu arbeiten.« Zufrieden rieb sie den regenfeuchten Hengst mit Stroh ab.

»Nicht, wenn man getan hat, wofür man bezahlt wurde.« Er sah zu, wie sie Prides Striegel aus dem Kasten nahm. »Sie haben das richtige Händchen, Miß Kelsey«, sagte er nach einer Weile.

»Ich komme mir vor, als hätte ich mein Leben lang nichts anderes getan.« Sie redete beruhigend auf das nervös tänzelnde Tier ein und streichelte es. Wie alle Aristokraten hatte Pride ein reizbares Temperament. »Er ist heute morgen ein bißchen unruhig.«

»Er kann's kaum noch erwarten, das ist es. Im Geist ist er schon in der Startbox.«

Kelsey fuhr fort, Sattel und Zaumzeug vom Schlamm zu befreien. »Wie ich gehört habe, ist er gestern gut gelaufen.« Sie legte den Striegel beiseite und griff nach einem Hufkratzer. »Es kommt mir ziemlich kaltherzig vor, nach dem gestrigen Tag an Rennen und Zeiten zu denken.«

»Das ist nun mal so.«

»Sie waren schon lange mit ihm befreundet?«

»Fast vierzig Jahre.« Boggs nahm eine Tabakdose aus der Tasche und bediente sich. »Als ich hierherkam, war er schon ein alter Hase.«

»Ich habe noch nie jemanden verloren, der mir nahestand.« Flüchtig dachte sie an Naomi, aber sie konnte sich beim besten Willen nicht mehr an die Trauer erinnern, die sie mit drei Jahren empfunden hatte. »Ich will ja nicht behaupten, daß ich weiß, wie Ihnen zumute ist, aber ich weiß, daß Naomi Ihnen freigeben würde, wenn Sie ein paar Tage Zeit brauchen.«

»Ich wüßte nicht, wo ich jetzt lieber wäre als hier. Dieser Polizeibeamte scheint zu wissen, was er tut. Er wird herausfinden, wer Mick das angetan hat.«

Kelsey weichte einen Schwamm ein und säuberte behutsam Prides Augen, in den Winkeln angefangen. Die Art, wie er sie ansah, während sie ihn versorgte, gefiel ihr. Langsam baute sich ein Vertrauensverhältnis zwischen ihnen auf. »Den Lieutenant Rossi mag ich nicht, aber warum, kann ich selbst nicht sagen.«

»Ist 'n reservierter Typ. Aber das heißt, daß er nachdenkt und Schritt für Schritt vorgeht, bis er die Wahrheit kennt.«

Kelsey warf den Schwamm in den Eimer zurück und wählte eine weiche Bürste für die Fellpflege. Ihr fiel das Glitzern in Gabes Augen wieder ein. Rachedurst, dachte sie. Dieses Gefühl konnte sie nur zu gut verstehen.

»Ist es gut so, Boggs?«

»Es muß reichen.«

»Da bist du ja.« Channing lehnte sich gegen die Tür der Box, um ihr zuzusehen. Ihre Hände waren ruhig und sicher, und sie wirkte wie ein Profi. »Sieht aus, als ob du genau weißt, was du tust.«

»Glaub mir, ich weiß auch genau, was ich tue.« Darüber freute sie sich jeden Tag von neuem. »Ich hab' dich beim Frühstück vermißt.«

»Ich habe verschlafen.« Er grinste verlegen. »Meine innere Uhr ist nicht auf Nahrungsaufnahme um fünf Uhr morgens eingestellt. Hör mal, Matt ist vorbeigekommen. Ich werde ihn bei ein paar Hausbesuchen begleiten. Oder bei Stallbesuchen, wie auch immer.«

»Viel Spaß.«

Er zögerte. »Du bist doch okay, oder?«

»Klar bin ich okay.«

»Ich bin in ein paar Stunden zurück. Ach ja, und Moses sagte, wenn ich dich finde, soll ich dir ausrichten, du sollst zurückkommen in die Longe.«

»Sklaventreiber«, knurrte Kelsey. »Ich gehe, sobald ich hier fertig bin.«

Ihr blieb keine Zeit zum Grübeln. Ein erfahrener Pfleger brauchte eine Stunde, um ein Pferd an der Longe alle

Gangarten durchexerzieren zu lassen, und bei Kelsey dauerte es noch eine Viertelstunde länger. Dann war es Zeit für die Mittagsfütterung, wo Getreide, Nüsse und Kleie gemischt, abgemessen und nachgewogen werden mußten. Für Pride gab sie noch einen Eßlöffel Salz und Elektrolyte dazu, und da er mit seinem Futter heikel war, süßte sie ihm die Mischung mit ein wenig Melasse.

Später würde sie ihm einen Apfel vorbeibringen. Nicht nur, um ihn zu verwöhnen, denn Moses hatte ihr erklärt, daß Pferde zusätzlich zu ihrem Futter auch Vitamine in Form von Obst oder Gemüse benötigten. Und Pride zog Äpfel den Möhren vor. Besonders die saftigen Granny Smith fraß er mit Begeisterung.

»So, das wär's«, murmelte sie, als er sich seinem Mittagessen widmete. »Und du frißt alles auf, klar?«

Er beäugte sie kauend.

»Von dir hängt eine Menge ab, mein Freund. Und ich glaube, du hättest auch nichts dagegen, als Sieger umjubelt zu werden.«

Pride schnaubte, was Kelsey wie ein Achselzucken wertete. Kichernd liebkoste sie ihn. »Du kannst mich nicht täuschen, Bursche. Du willst das genauso sehr wie wir.«

Die von der Arbeit schmerzenden Schultern rollend, verließ sie den Stall, um den Rest der täglichen Arbeit zu erledigen.

Vermutlich hegte Moses keinerlei sadistische Absichten, wenn er sie so gnadenlos antrieb, doch das änderte nichts daran, daß ihr alle Muskeln ihres Körpers weh taten, sie von Kopf bis Fuß mit Schlamm verschmiert war und ihr Magen sie knurrend ermahnte, endlich etwas zu essen.

Nachdem sie sich gründlich die Stiefel abgeputzt hatte, betrat sie die Küche und stürzte sich auf den Kühlschrank. Mit einem Freudenschrei entdeckte sie dort eine Platte mit kaltem Huhn, über das sie sich sofort hermachte.

Sie biß gerade in eine Keule, als Gertie hereinkam. »Miß Kelsey!« Entsetzt, ihr kleines Mädchen in schmuddeligen Jeans an der Spüle lehnen zu sehen und mit den Händen zu essen, kramte sie in einem Schrank herum und suchte einen Teller. »Was sind denn das für Manieren!«

»Ich habe Hunger. Und das ist das beste Hühnchen, das ich je gegessen habe.« Kelsey schluckte. »Das ist schon meine zweite Keule.«

»Setzen Sie sich an den Tisch. Ich richte Ihnen rasch was her.«

»Nein, das ist wirklich nicht nötig.« Ab und zu waren gute Manieren nur lästig. Kelsey biß wieder in ihre Hühnerkeule. »Ich bin zu schmutzig, um mich irgendwo hinzusetzen und viel zu hungrig, um mich erst zu waschen. Ich habe drei Kochkurse absolviert und könnte trotzdem niemals so ein Huhn zubereiten.«

Vor Freude errötend, winkte Gertie ab. »Natürlich könnten Sie das. Ein Rezept meiner Mama. Ich zeig' Ihnen irgendwann mal, wie's gemacht wird.«

»Weißt du, Gertie, ich könnte dieser Hühnerkeule fast ein Gedicht widmen.«

»Ach, übertreiben Sie nicht.« Gertie lief puterrot an und beeilte sich, Kelsey ein Glas Milch einzugießen. »Sie wollen mich auf den Arm nehmen, genau wie Ihr Bruder. Man könnte meinen, der Junge hat noch nie in seinem Leben eine anständige Mahlzeit bekommen.«

»Er hat dich also um den kleinen Finger gewickelt.«

»Ich mag es gern, wenn ein junger Mensch einen herzhaften Appetit hat.«

»Den hat er wirklich.« Und ich auch, dachte Kelsey, die mit sich kämpfte, ob sie noch ein Stückchen essen sollte oder nicht. »Ist Naomi da?« fragte sie Gertie.

»Sie mußte weg.«

»Hm!« Also waren sie beide allein. Vielleicht sollte sie die Gelegenheit nutzen, um Gertie ein wenig auszuhorchen. »Gertie, ich habe oft über jene Nacht nachgedacht. Und über Alex Bradley.«

Gerties Gesicht wurde ausdruckslos. »Das ist erledigt und vorbei.«

»Du warst nicht zu Hause«, hakte Kelsey vorsichtig nach.

»Nein.« Gertie griff nach einem Geschirrtuch und fing an, die ohnehin schon blinkende Spüle zu polieren. »Und das werde ich mir nie verzeihen. Meine Mama und ich, wir waren im Kino und haben anschließend Pizza gegessen, während Miß Naomi mit diesem Mann allein war.«

»Du mochtest ihn nicht?«

Schniefend schlug Gertie ihr Geschirrtuch auf die Spüle. »Ein aalglatter Kerl. Der wäre einem aus dem Händen geflitscht, wenn man ihn zu fest angefaßt hätte. Miß Naomi hatte mit solchen Typen nichts zu schaffen.«

»Und warum ist sie dann mit ihm . . . ausgegangen?«

»Hatte wohl ihre Gründe, nehm ich an. Manchmal kann Miß Naomi ziemlich störrisch sein, ja, das kann sie. Und ich denke, sie war noch durcheinander wegen Ihres Daddy. Dann bedrückte sie der Verlust eines Pferdes, das auf der Rennbahn gestürzt ist und erschossen werden mußte. Hat sie schwer getroffen. Das muß so um die Zeit gewesen sein, als sie sich mit diesem Mann traf.«

Gerties Abneigung war offensichtlich. Sie weigerte sich, wie sie sich von Anfang an geweigert hatte, Alex Bradleys Namen in den Mund zu nehmen.

»Er sah gut aus. Aber von einem schönen Teller kann man nicht essen, sag ich immer. Ich werd' Ihnen mal sagen, was das eigentliche Verbrechen war, Miß Kelsey. Es war ein Verbrechen, dieses junge Ding ins Gefängnis zu stecken, nur weil sie getan hat, was sie tun mußte.«

»Sie hat sich selbst verteidigt.«

»Sie sagte, sie mußte so handeln, also war es auch so«, erwiderte Gertie bestimmt. »Miß Naomi lügt nicht. Wenn ich in dieser Nacht zu Hause gewesen wäre oder ihr Daddy, dann wäre das alles nie passiert. Dieser Mann hätte nie Hand an sie gelegt. Und sie hätte die Pistole nie gebraucht.«

Seufzend ließ Gertie Wasser laufen und wusch das Tuch aus. »Hat mich immer nervös gemacht zu wissen, daß sie eine Waffe im Nachttisch hat. Aber ich bin froh, daß sie sich in dieser Nacht wehren konnte. Ein Mann hat kein Recht, eine Frau mit Gewalt zu nehmen. Kein Recht!«

»Nein«, stimmte Kelsey zu. »Dazu hat er kein Recht.«

»Die Waffe hat sie heute noch.«

»Wie bitte?« Unbehaglich legte Kelsey die fast abgenagte Keule zurück. »Naomi hat die Pistole immer noch oben?«

»Vermutlich ist es nicht dieselbe. Aber so eine ähnliche. Die erste gehörte ihrem Daddy. Das Gesetz verbietet ihr, eine Waffe zu besitzen, aber sie tut's trotzdem. Sie sagt, nur zur Erinnerung. Ich frag, warum sie sich an so was erinnern will, und sie sagt, manche Dinge sollte man niemals vergessen.«

»Ich schätze, da hat sie recht«, meinte Kelsey. Aber ob sie nun, wo sie von der Existenz der Waffe wußte, ruhiger schlafen würde?

»Es steht mir wohl nicht zu, das zu sagen, aber ich sag's trotzdem«, schniefte Gertie und nahm sich ein Taschentuch, um sich zu schneuzen. »Sie waren ihr ein und alles, Miß Kelsey. Daß Sie jetzt wieder da sind, bedeutet sehr viel. Was geschehen ist, kann man nicht ändern, man kann die Zeit nicht zurückdrehen. Aber Wunden können heilen, und das tun Sie.«

So? Kelsey war sich ihrer Gefühle selbst noch nicht sicher. »Sie hat Glück, daß sie dich hat, Gertie«, flüsterte sie. »Glücklich, jemanden zu haben, der treu zu ihr steht.« Um Gertie aufzuheitern, der immer noch die Tränen in den Augen standen, fügte sie noch hinzu: »Und sehr glücklich, jemanden zu haben, der so gut kochen kann.«

»Ach wo.« Gertie wischte sich über die Augen. »Hausmannskost ist das, mehr nicht. Und Sie haben Ihr Huhn noch nicht aufgegessen. Sie brauchen mehr Fleisch auf den Rippen.«

Kelsey schüttelte abwehrend den Kopf. In diesem Moment schellte es an der Tür. »Nein, Gertie, ich gehe schon. Sonst esse ich alles ratzekahl auf und die Platte auch noch.«

Sie nahm ihr Milchglas mit und trank beim Gehen. Als sie an einem Spiegel vorbeikam, verdrehte sie die Augen. Ihre Wangen wiesen deutliche Schmutzstreifen auf, und ihre Haare waren vollkommen durcheinander. Mit dem Ärmel ihres fleckigen T-Shirts wischte sie sich über das Gesicht. Hoffentlich war der Besucher an Pferdenarren gewöhnt.

Weit gefehlt!

»Großmutter!« Kelseys Schreck mischte sich mit diebischer Freude, als sie bemerkte, wie Milicent bei ihrem Anblick zusammenzuckte. »Das ist aber eine Überraschung.«

»Was in Gottes Namen hast du denn getrieben?«

»Gearbeitet.« Kelsey schaute auf den fleckenlos sauberen Lincoln vor der Tür. Der Fahrer saß mit steinerner Miene hinterm Steuer. »Kleine Spazierfahrt gemacht?«

»Ich bin gekommen, weil ich mit dir sprechen muß.« Hocherhobenen Hauptes schritt Milicent über die Schwelle. Mit derselben unbeugsamen Würde mußten einst die französischen Aristokraten die Guillotine bestiegen haben. »Was ich dir zu sagen habe, ist zu wichtig, um es am Telefon zu besprechen. Glaube mir, es hat mich große Überwindung gekostet, dieses Haus zu betreten.«

»Das glaube ich dir gern. Komm herein und setz dich.« Gott sei Dank war Naomi irgendwo unterwegs, dafür konnte Kelsey dem Schicksal nicht genug danken. »Was darf ich dir anbieten? Kaffee? Tee?«

»Nichts, was aus diesem Haus stammt.« Milicent setzte sich. Da sie sich nicht die Blöße geben wollte, bürgerliche Neugier zu zeigen, schaute sie sich nicht im Zimmer um, sondern heftete ihren Blick fest auf ihre Enkelin. »Verbringst du so deine Zeit? Du bist so schmutzig wie eine Feldarbeiterin.«

»Ich bin gerade erst reingekommen. Vielleicht hast du gar nicht bemerkt, daß es regnet.«

»Sprich nicht in diesem Ton mit mir. Es ist unentschuldbar, Kelsey, daß du deine Gaben und deine Erziehung derart verschwendest. Noch schlimmer ist allerdings, daß du durch dein Verhalten deine Familie ins Unglück stürzt.«

»Großmutter, das haben wir doch alles schon einmal durchgekaut.« Kelsey stellte ihr Milchglas ab und ging zum Kamin, um das Feuer stärker zu schüren. Ob es nun am Regen lag oder der Besucherin, sie fröstelte plötzlich. »Ich kenne deine Ansichten und deine Gefühle, was das betrifft. Und ich glaube kaum, daß du den langen Weg gemacht hast, nur um das alles zu wiederholen.«

»Wir beide haben nicht viel Rücksicht auf die Wünsche des anderen genommen, Kelsey.«

»Nein.« Nachdenklich hängte Kelsey den Feuerhaken an seinen Platz und wandte sich um. »Das haben wir wohl nicht.«

»Aber ich kann nicht glauben, daß du in dieser Angelegenheit gegen meine Wünsche handelst. Heute morgen stand dein Name in allen Zeitungen. Dein Name im Zusammenhang mit einem Mord auf der Rennbahn!«

Neuigkeiten verbreiten sich schnell, dachte Kelsey zynisch. Sie war schon im Stall bei der Arbeit gewesen, lange ehe die Morgenzeitungen erschienen. »Das konnte ich nicht wissen. Wenn ich das gelesen hätte, dann hätte ich Dad sofort angerufen, um ihn zu beruhigen. Ich war hier, Großmutter. Der Mann, der umgebracht wurde, arbeitete auf der Nachbarfarm. Ich bin nur zufällig in die Sache hineingeraten.«

»Der springende Punkt ist doch, daß du überhaupt dort warst. Auf einer Rennbahn, zusammen mit der Art von Leuten, die an einem derartigen Ort zusammenkommen.«

Kelsey neigte den Kopf. »Mich zieht sie auch an.«

»Werde bitte nicht kindisch.« Milicent preßte die Lippen zusammen. »Ich erwarte mehr von dir. Ich erwarte, daß du an die Familie denkst.«

»Was hat denn der arme Mann, der gestern getötet wurde, mit der Familie zu tun?«

»Dein Name wurde mit dem von Naomi in Verbindung gebracht. Und ihr Name in Verbindung mit einem Mord wühlt alte Skandale wieder auf. Einer Frau von deiner Intelligenz sollte ich das alles eigentlich nicht mehr auseinandersetzen müssen. Kelsey, möchtest du, daß dein Vater deswegen leidet?«

»Natürlich nicht. Und warum sollte er leiden? Großmutter, ein alter Mann ist brutal ermordet worden. Es war reiner Zufall, daß ich ihn gefunden habe. Selbstverständlich mußte ich eine offizielle Aussage machen, aber das war schon alles. Ich habe ihn noch nicht einmal gekannt. Und was Dad betrifft, ihn geht die ganze Sache überhaupt nichts an.«

»Ein Makel bleibt immer zurück. Kelsey, diese Welt ist nicht die unsere. Man hat dich gewarnt, was du zu erwarten hast, mit welcher Art von Leuten du zusammentreffen wirst. Nun haben sich unsere schlimmsten Befürchtungen bewahrheitet. Und da dein Vater zu weichherzig ist, um dir die Leviten zu lesen, muß ich das tun. Ich bestehe darauf, daß du deine Sachen packst und mit mir nach Hause kommst.«

»Es wiederholt sich doch alles im Leben.« Naomi stand in der Tür, aschfahl im Gesicht. Ihr taubengraues Kostüm unterstrich noch die Zerbrechlichkeit ihrer Gestalt. Doch die Zerbrechlichkeit täuschte. Als sie ins Zimmer trat, wirkte sie so elegant und kraftvoll wie eines ihrer preisgekrönten Stutfohlen. »Wenn ich mich recht entsinne, habe ich dich einmal etwas ganz Ähnliches zu Philip sagen hören.«

Milicents Miene wurde eisig. »Ich bin hier, um mit meiner Enkelin zu sprechen. Ich habe nicht das geringste Interesse, mit dir auch nur ein Wort zu wechseln.«

»Du befindest dich in meinem Heim, Milicent.« Naomi legte ihre Handtasche ab und ließ sich in einen Sessel fallen. »Es steht dir selbstverständlich frei, zu Kelsey zu sagen, was du willst, aber du wirst aufhören, mich zu beleidigen. Die Zeiten sind vorbei.«

»Wie ich sehe, hast du im Gefängnis nichts dazugelernt.«

»Wenn ich dir aufzählen würde, was ich dort alles gelernt habe, würde ich nicht vor heute abend fertig.« Zu ihrer Genugtuung stellte Naomi fest, daß sie Milicent mittlerweile gefaßt gegenübertreten konnte. Sie war sich nicht sicher gewesen, wie sie auf ein Wiedersehen mit ihrer ehemaligen Schwiegermutter reagieren würde.

»Du bist noch dieselbe Schlange wie früher! Kalt, berechnend und egoistisch. Und jetzt benutzt du auch noch Philips Tochter für deine Zwecke.«

»Kelsey ist ihr eigener Herr. Du scheinst sie nicht besonders gut zu kennen, wenn du glaubst, sie ließe sich benutzen.«

»Nein, das lasse ich mich auch nicht.« Kelsey schob sich zwischen die beiden Frauen, um ihnen besser die Meinung sagen zu können. »Und hört bitte auf, über mich zu reden, als sei ich gar nicht anwesend. Ich bin keine Marionette, die ihr nach Belieben bewegen könnt. Ich bin aus freien Stücken hierhergekommen und werde bleiben, solange ich es für richtig halte. Du kannst mich nicht wie ein Kind oder einen Dienstboten herumkommandieren, Großmutter.«

Hochrote Flecken zeigten sich auf Milicents Wangen. »Ich kann darauf bestehen, daß du im Sinne der Familie handelst.«

»Du kannst mich höchstens bitten, mir gut zu überlegen, was ich tue. Die Bitte würde ich dir gewähren.«

»Du hast sie beeinflußt.« Milicent durchbohrte Naomi mit einem anklagenden Blick. »Hast ihr weiches Herz ausgenutzt, um sie auf deine Seite zu ziehen. Hast du ihr denn auch von deinen Männern erzählt, Naomi? Von der Trinkerei? Daß du deine Ehe, dein Kind und deinen Mann vernachlässigt hast? Hast du ihr gesagt, daß du meinen Sohn in den Ruin treiben, ihn zerstören wolltest, aber am Ende nur dich selbst vernichtet hast?«

»Das reicht jetzt!« Kelsey trat einen Schritt zurück, ohne zu bemerken, daß sie sich mit dieser Geste fast schützend an Naomis Seite stellte. »Welche Fragen ich stelle und was für Antworten ich bekomme, geht dich nichts an. Ich handele nach eigenem Ermessen, Großmutter.«

Milicent kämpfte um Selbstbeherrschung. Ihr Herz klopfte wie wild. Nun gut, auch sie würde nach eigenem Ermessen handeln. »Wenn du hierbleibst, zwingst du mich, zu drastischeren Maßnahmen zu greifen. Dann bleibt mir keine andere Wahl, als mein Testament zu ändern und meinen Einfluß zu nutzen, um den Treuhandfond deines Großvaters zu sperren.«

Kelsey verspürte eher Mitleid als Schrecken. »Ach, Großmutter, glaubst du wirklich, daß mir Geld so viel bedeutet? Denkst du so schlecht von mir?«

»Bedenke die Konsequenzen, Kelsey.« Milicent griff nach ihrer Tasche. Sie war sicher, daß ihre Drohung das Mädchen zur Vernunft bringen würde.

»Hey, Kel, rate mal, was ich . . .« Channing blieb wie angewurzelt stehen, als er Milicent sah. »Großmutter!«

Vor Wut schäumend fuhr diese auf Naomi los. »Also hast du ihn auch in deine Fänge bekommen! Erst Philips Tochter, und dann den Jungen, den er liebt wie einen eigenen Sohn!«

»Großmutter, ich bin lediglich . . .«

»Halt den Mund!« fauchte Milicent ihn an. »Du hast schon einmal teuer bezahlt, Naomi. Und ich schwöre dir bei Gott, du wirst wieder bezahlen.«

Nachdem sie zur Tür hinausgerauscht war, hob Channing die Schultern. »Bin ich im falschen Film?«

»Du hast gerade den donnernden Schlußapplaus verpaßt.« Erschöpft rieb sich Kelsey mit beiden Händen das Gesicht. »Channing, du hast doch Candace angerufen und ihr gesagt, daß du hier bist?«

»Angerufen hab' ich sie.« Channing schob die Hände in die Hosentaschen. »Ich hab' ihr nur gesagt, daß es mir gutgeht und daß ich gut untergekommen bin. Allerdings habe ich nicht erwähnt, wo. Dachte, ich vermeide lieber Komplikationen.« Da Kelsey ihn unverwandt anstarrte, atmete er tief durch. »Schätze, ich rücke lieber mit der Wahrheit raus, ehe die Sache noch unangenehmer wird.«

Kopfschüttelnd sah Kelsey ihm nach, als er die Treppe hinaufstieg. »Channing ist ein Meister darin, wesentliches für sich zu behalten.« Sie blickte wieder zu ihrer Mutter. »Möchtest du einen Drink?«

Naomi rang sich ein Lächeln ab und kuschelte sich in die Kissen. »Warum nicht? Ein kleiner Whisky spült vielleicht den schlechten Nachgeschmack von dieser Szene hinunter.«

»Versuchen wir's.« Kelsey ging zur Bar und schenkte zwei Gläser voll. »Es tut mir leid.«

»Mir auch, Kelsey. Geld mag dir ja nicht viel bedeuten, aber es ist dein Erbe. Ich möchte nicht dafür verantwortlich sein, daß du es nicht bekommst.«

Geistesabwesend fuhr Kelsey mit der Fingerspitze über eines von Naomis Kristallpferden. »Ich habe keine Ahnung, ob sie das Geld sperren lassen kann. Und selbst wenn, ich habe noch genug auf der hohen Kante.« Achselzuckend reichte sie Naomi ein Glas. »Ich möchte das Geld zwar nicht unbedingt verlieren, aber ich will verdammt sein, wenn ich mich von ihr mit Dollarscheinen ködern lasse. Cheers!« Sie stieß mit ihrer Mutter an.

»Cheers.« Naomi mußte lachen. Sie schloß die Augen und zwang sich dazu, zu entspannen. »Herrjeh, was für ein Tag!«

Die letzten zwei Stunden hatte Naomi bei ihren Anwälten verbracht, um sich zu erkundigen, wie sie die Verfügungen ihres Vaters am besten mit ihren eigenen Wünschen in Einklang bringen konnte. Sollte Milicent allerdings ihre Drohung, Kelsey zu enterben, wahrmachen, mußte sie sich weitere Schritte überlegen.

Naomi schlug die Augen wieder auf und nahm einen Schluck. »Ich war unheimlich stolz auf dich, wie du ihr entgegengetreten bist!«

»Mir ging es ebenso, als du plötzlich in der Tür standest, kamst du mir vor wie der leibhaftige Racheengel.«

»Gespräche mit Milicent haben mich immer derartig aufgeregt. Obwohl sie in einigen Punkten nicht ganz unrecht hat. Ich habe Fehler gemacht, Kelsey, schwerwiegende Fehler.«

Kelsey drehte das Glas in ihrer Hand. »Hast du Dad geliebt, als du ihn geheiratet hast?«

»O ja, sehr.« Einen Moment lang wurden Naomis Augen weich. »Er war so klug und schüchtern. Und so sexy.«

Kelsey kicherte unwillkürlich. »Dad? Sexy?«

»Dieser verträumte Dichterblick, diese ruhige, geduldige Stimme. Die Liebenswürdigkeit. Und seine Tweedjacketts. Ich habe ihn angebetet.«

»Und wann hat das aufgehört?«

»So einfach war das nicht.« Naomi stellte ihr zur Hälfte geleertes Glas ab. »Ich war nicht so geduldig wie er und auch nicht so liebenswürdig. Unsere Träume waren grundverschieden. Als die Schwierigkeiten begannen, war ich dumm genug, keinerlei Zugeständnisse zu machen, mal nachzugeben. Einer meiner Fehler war, daß ich dachte, ich könnte ihn halten, wenn ich ihm beweise, daß ich ihn nicht brauche. Also rannte ich ihm fort. Und ich verlor. Ich verlor Philip, dich und meine Freiheit. Ein sehr hoher Preis für falschen Stolz.«

Als es erneut klingelte, zog sie eine Grimasse. »Sieht aus, als ginge das jetzt so weiter.«

»Ich gehe.« Zum zweitenmal an diesem Nachmittag stand ein unwillkommener Besucher vor der Tür: Lieutenant Rossi.

»Es tut mir leid, daß ich Sie störe, Miß Byden, aber ich muß Ihnen und Ihrer Mutter noch ein paar Fragen stellen.«

»Wir sind im Wohnzimmer. Gibt es neue Ergebnisse?« erkundigte sich Kelsey, als sie vorausging.

»Die Ermittlungen laufen.«

Mit kundigem Blick überflog Rossi den gemütlichen Raum, registrierte die beiden halbleeren Whiskygläser sowie das Milchglas. Naomi erhob sich, als er eintrat. Als Mann bewunderte er ihre Anmut, als Polizist ihre Haltung.

»Lieutenant Rossi.« Obwohl ihre Haut eiskalt geworden war, reichte sie Rossi die Hand. »Setzen Sie sich doch. Möchten Sie eine Tasse Kaffee?«

»Danke, aber für heute ist mein Bedarf gedeckt, Miß Chadwick. Ich habe noch einige Fragen.«

»Natürlich.« Sie hatten immer noch einige Fragen. Naomi nahm wieder Platz und hielt sich so gerade wie möglich. »Wie kann ich Ihnen helfen?«

»Sie waren mit dem Opfer gut bekannt?«

»Ich kannte Mick.« Faß dich kurz, mahnte Naomi sich. Sag nicht mehr als unbedingt notwendig.

»Die letzten fünf Jahre hat er auf Longshot gearbeitet, ist das richtig?«

»Das dürfte stimmen.«

»Er hat auch für den früheren Besitzer, Cunningham, gearbeitet?«

»Eine Zeitlang.«

»Bis er gefeuert wurde«, fuhr Rossi fort, »das war vor ungefähr sieben Jahren.«

»Bill Cunningham ließ Mick gehen, weil er ihn, wenn ich mich recht entsinne, für zu alt hielt. Daraufhin bot mein Trainer Mick einen Job hier auf der Farm an, aber Mick entschloß sich, die Gegend zu verlassen.«

»Meinen Informationen zufolge hat er während dieser zwei Jahre auf den Rennbahnen in Florida gearbeitet.«

»Gut möglich.«

»Hatte er irgendwelche Feinde?«

»Mick?« Einen Augenblick lang war sie nicht auf der Hut. Die Frage erschien ihr zu absurd. »Jeder mochte den alten Mick. Er war eine Art Institution hier, konnte hart arbeiten, hatte ein großes Herz und war ein zäher Bursche. Er hatte keine Feinde.«

»Und doch hat ihn jemand umgebracht.« Rossi hielt inne, fasziniert von Naomis Selbstbeherrschung. »Ein Pferd, dem Mick Gordon als Pfleger zugeteilt war, wurde verletzt. In meinem Bericht steht, daß das Tier eine lange, tiefe Schnittwunde an der linken Flanke aufwies. Ungefähr zwölf Zoll lang.« Er blätterte in seinem Notizbuch, als würde er die Angaben überprüfen. »Die ersten Untersuchungen haben ergeben, daß die Wunde von demselben Messer stammt, mit dem Mick Gordon getötet wurde.«

»Anscheinend hat jemand versucht, das Pferd zu verwunden, und Mick wollte ihn davon abhalten«, warf Kelsey ein. »Moses sagte mir, daß gerade dieses Pferd sehr ruhig und verträglich ist. Es hätte nie nach Mick getreten, wenn es nicht verletzt oder erschreckt worden wäre.«

»Das kann schon sein.« Rossi mußte den Befund der

Autopsie abwarten. Erst dann konnte man mit Sicherheit sagen, ob Mick Gordon an der Stichwunde oder den Hufschlägen gestorben war. Er wollte den Fall unbedingt abschließen, egal ob es sich um Mord oder Mordversuch handelte. »Mr. Slaters Pferd trat an diesem Tag gegen Ihres an, Miß Chadwick?«

»Ja, das wäre es, wenn es nicht jemand verhindert hätte.«

»Und Ihr Pferd gewann, nicht wahr?«

Naomi hielt seinem Blick stand. »Um eine Halslänge, wie wir sagen. Die Quoten standen drei zu fünf.«

»Sie und Mr. Slater sind alte Konkurrenten. Wie ich hörte, lieferten sich im letzten Jahr besonders diese beiden Pferde erbitterte Rennen. Und Mr. Slater hat Sie mehrere Male von der Spitze verdrängt.«

»Double or Nothing ist ein ausgezeichnetes Pferd. Ein Champion, genau wie mein Virginia's Pride. Sie sind sich sozusagen ebenbürtig.«

»Ich selbst verstehe nicht viel von Pferderennen.« Rossi lächelte selbstgefällig. »Aber auch vom Standpunkt eines Laien erscheint es mir logisch, daß es für Sie von Vorteil gewesen wäre . . .«, er wedelte mit der Hand durch die Luft, ». . . dem Glück etwas nachzuhelfen.«

»Das ist eine böswillige Unterstellung, Lieutenant.« Kelsey legte ihrer Mutter beschwichtigend die Hand auf die Schulter. »Vollkommen aus der Luft gegriffen!«

»Das ist keineswegs eine Unterstellung, Miß Byden, nur eine Beobachtung. Manchmal werden Rennpferde absichtlich verwundet, unter Drogen gesetzt oder sogar getötet, um einem Konkurrenten den Weg zu ebnen, ist es nicht so, Miß Chadwick?«

»Skrupellosigkeit und Kriminalität finden sich in allen Lebensbereichen.« Naomi unterdrückte ein Schaudern. Die Augen eines Polizisten registrierten wie ein Sensor sogar die leisesten Anzeichen von Furcht. »Diejenigen, die etwas vom Pferderennsport verstehen, wissen allerdings, daß die meisten Manipulationen bei den Versteigerungen vorkommen.«

»Three Willows hat es nicht nötig, auf solche Methoden zurückzugreifen«, giftete Kelsey. »Und ich habe Ihnen bereits gesagt, daß meine Mutter den ganzen Morgen mit mir zusammen war. Dafür gibt es Dutzende von Zeugen.«

»Vielleicht«, sagte Rossi. »Miß Chadwick, würden Sie als Veteranin des Pferderennsports mir nicht beipflichten, daß ein Besitzer oder Trainer, der die Chancen seines Pferdes verbessern will, vermutlich eher jemanden anheuert, der für ihn die Drecksarbeit macht, als selbst ein Pferd zu verletzen?«

»Vermutlich.«

»Derartige Fragen mußt du nicht beantworten.« Die Unverschämtheit dieses Mannes brachte Kelsey auf die Palme.

»Ich bin sicher, Ihre Mutter kennt ihre Rechte«, meinte Rossi kühl, »und, sie ist mit den Ermittlungen in einem Mordfall wohlvertraut.«

»Beides trifft zu, Lieutenant. Aber ich bin mir auch darüber im klaren, daß die Rechtsprechung nicht immer die Unschuldigen schützt.« Naomis Lippen verzogen sich zu einem kalten Lächeln. »Ich könnte Sie jetzt darauf hinweisen, daß mein Pferd nicht der einzige Konkurrent von Double war und daß Three Willows während der fünfzig Jahre seines Bestehens noch nie wegen einer Regelwidrigkeit belangt werden mußte. Aber ich bin sicher, Sie wissen das bereits. Genau wie ich weiß, daß ein ehemaliger Sträfling immer als erster den Verdächtigungen ausgesetzt ist. Kann ich Ihnen sonst noch irgendwie behilflich sein?«

»Das ist im Augenblick alles.« Was für eine Frau, dachte Rossi und steckte sein Notizbuch weg. Er mußte sich die Zeit nehmen, ihre Akte einmal gründlich zu studieren. »Eins noch, Miß Byden. Sie haben ausgesagt, daß Sie Mr. Slater gestern außerhalb des Stalles trafen und mit ihm zusammen hineingingen, um nach dem Pferd zu sehen.«

»Ja. Er sprach gerade mit seinem Trainer.«

»Danke. Ich finde selbst hinaus.«

»Das ist ja empörend!« Kelsey explodierte im selben Moment, in dem sich die Tür hinter Rossi schloß. »Wie konntest du nur einfach dasitzen und alles schlucken? Er hat dich ja indirekt der Anstiftung zum Mord bezichtigt!«

»Ich hatte es nicht anders erwartet. Und er wird nicht der einzige sein, der diese Möglichkeit in Betracht zieht. Schließlich habe ich mir schon einmal etwas zuschulden kommen lassen.«

»Sei doch nicht so verdammt gelassen!«

»Das bin ich ja gar nicht, aber diese Maske ist alles, was ich habe.« Erschöpft erhob sich Naomi. Was sie jetzt brauchte, war ein ruhiges Zimmer, ein paar Aspirin und die Flucht in den Schlaf. Doch erst einmal blieb sie noch stehen und nahm Kelseys Gesicht in ihre Hände. »Du ziehst die Möglichkeit, daß ich meine Hand im Spiel haben könnte, noch nicht einmal in Erwägung, nicht wahr?«

»Nein.« Die Antwort kam ohne Zögern.

»Dann liege ich falsch«, murmelte Naomi. »Offenbar habe ich doch entschieden mehr als nur meine Maske. Geh zum Reiten, Kelsey, das ist die beste Art, sich abzureagieren.«

Kelsey befolgte diesen Rat, aber der Zorn nagte weiter an ihr. Nach kurzer Überlegung lenkte sie ihr Pferd Richtung Longshot. Dort angekommen, übergab sie Justice' Zügel einem Pfleger und ging zum Haus.

Sie war viel zu aufgewühlt, um daran zu denken, an die Vordertür zu klopfen. So lief sie am Innenpool vorbei und eine kleine Treppe hinauf, die in ein großes Zimmer führte, das angenehm warm war.

Jetzt erst wurde ihr bewußt, daß sie gar nicht wußte, wo sie eigentlich war, und daß sie ihre Befugnisse weit überschritten hatte. Also ging sie nach links, die Diele entlang. Sie würde die Eingangstür suchen, hinausgehen und dann anklopfen. Es sei denn, sie traf vorher auf Gabe.

Zuerst hörte sie die Stimme von Boggs. Weinerliche Töne drangen aus einer angelehnten Tür.

»Er würd' kein großes Brimborium wollen, Mr. Slater. Nichts mit Blumen und Orgelmusik. Wie wir mal zusammensaßen, hat er gesagt, er wollt' eingeäschert werden, und dann soll seine Asche auf der Trainingsbahn verstreut werden, damit er dort bleibt, wo er hingehört. Klingt komisch, find' ich.«

»Wenn er es so wollte, dann machen wir es auch so.«

»Das ist gut. Ich hab' ein bißchen was gespart. Weiß zwar nicht, was so was kostet, aber . . .«

»Die Kosten übernehme ich, Boggs«, unterbrach Gabe. »Ich weiß nicht, ob ich heute hiersein würde, wenn Mick nicht gewesen wäre. Wenigstens das möchte ich noch für ihn tun.«

»Ich weiß, daß es nicht wegen Geld ist, Mr. Slater. Vielleicht steht's mir nicht zu, das zu sagen, aber richtig stolz war er auf Sie, der alte Mick. Sagte immer, er hätt' sofort erkannt, was in Ihnen steckt. Ich werd' ihn schwer vermissen.«

»Ich auch, Boggs.«

»Tja, ich werd' dann mal gehen.« Boggs verließ den Raum und errötete leicht, als er Kelsey bemerkte. »Miß«, brummte er, tippte an seine Kappe und eilte hinaus.

Beschämt, ein so offensichtlich privates Gespräch belauscht zu haben, trat Kelsey ein und setzte zu einer Entschuldigung an.

Gabe saß an einem prachtvollen alten Schreibtisch. Durch das hohe, bogenförmige Fenster hinter ihm fiel fahles Sonnenlicht ins Zimmer. Die über zwei Etagen reichende Bibliothek war voller Bücher.

Der Mann, dem sie gehörte, hatte den Kopf in den Händen vergraben.

Kelseys Verlegenheit wurde zu Mitleid, sie flüsterte seinen Namen und ging auf ihn zu. Noch ehe er den Kopf hob, schlang sie die Arme um ihn. »Ich wußte nicht, daß ihr euch so nahestandet. Es tut mir so leid.«

Seit Jahren hatte Gabe keine Trauer mehr empfunden, eigentlich seit dem Tod seiner Mutter nicht mehr. Daher verblüffte ihn die Heftigkeit dieses Schmerzes. »Er war gut zu mir. Ich muß ungefähr vierzehn gewesen sein, als er mich am Kragen packte und aus der Misere zog. Aus irgendeinem Grund interessierte er sich für mich, und so brachte er Jamison dazu, mich einzustellen. Und er sorgte dafür, daß ich auch etwas lernte. Verdammt, Kelsey, er war siebzig. Er hätte friedlich im Bett sterben sollen.«

»Ich weiß.« Sie machte sich los. »Gabe, Rossi war eben da.«

»Ein vielbeschäftigter Mann.« Gabe fuhr sich mit der Hand durchs Haar. »Vor ungefähr einer Stunde ist er noch hier gewesen.«

»Er verdächtigt Naomi, in die Sache verwickelt zu sein.« Als Gabe nichts erwiderte, drängte Kelsey ihn nervös: »Ich muß wissen, ob du das auch glaubst.«

Etwas ruhiger musterte er sie. »Nein. Und du glaubst es auch nicht, wie ich sehe. Rossi hat so seine Ideen. Eine davon ist, daß ich das Ganze arrangiert habe, denn Double or Nothing ist hoch versichert.«

»Eher würdest du dir selbst etwas antun als dein Pferd verletzen.« Kelsey seufzte. »Das ist der andere Grund, warum ich hier bin. Als Rossi mich ausfragte, habe ich gemerkt, daß er auch diese Möglichkeit erwägt. Ich glaube, ich wollte dich warnen.«

»Ich weiß das zu schätzen.« Gabe bewegte seine Schultern, um die verspannte Muskulatur zu lockern. Kelsey, die in ihrer verschmutzten Arbeitskluft dastand und ihn mitleidig betrachtete, trug allerdings schon viel zu seiner Entspannung bei. »Du siehst gut aus.«

»Ja, Schlamm steht mir.«

»Aber nur dir.« Er nahm ihre Hand und spielte mit den Fingern. »Setz dich doch eine Weile auf meinen Schoß.«

Belustigt antwortete sie: »Ist das nun der Start- oder der Zielpfosten, Slater?«

Als Antwort zog er sie nur an sich und hielt sie fest, als sie stolperte. Dann vergrub er sein Gesicht in ihrem Haar, das nach Regen und Frühling duftete. »Das brauche ich jetzt. Du mußt aber still sitzen, Kelsey.«

»Ich bin kein gemütliches Schoßhündchen.«

»Dann mußt du es lernen.« Er knabberte an ihrem Ohrläppchen und freute sich, als er merkte, wie sie erschauerte. »Bist du nur gekommen, um mich vor Rossi zu warnen?«

»Ja.«

Diesmal holte er tief Atem. »Na gut. Aber ich will dich bald hier haben. Ich fange nämlich an zu leiden.«

»Ich habe gedacht, du wärst zäher.« Kelsey legte ihren Kopf an seine Schulter. Sehr angenehm, fand sie, und sehr verlockend. »Ich mache keine Spielchen.«

»Zu schade. Normalerweise gewinne ich nämlich.«

11

»Und du willst ganz bestimmt keine Augenbinde?« Kelsey legte einen Arm um Channing, »oder eine letzte Zigarette?«

Channing nahm seine rotgerahmte Sonnenbrille ab. »Manchmal nervst du ziemlich, Kel.«

»Also wirklich, ich komme mir vor, als ob ich dich ohne seelischen Beistand zu deiner Hinrichtung schicke.«

»Mit Mom werde ich vertig«, er nahm seinen Helm vom Rücksitz der Harley, »und der Prof. ist kein Problem.«

»Und Großmutter?«

Channing schnitt eine Grimasse und stülpte den Helm auf. »An mir prallen sämtliche Giftpfeile seit Jahren ab. Und solange mein brillanter Verstand mich unter den zehn besten meiner Jahrgangsstufe hält, habe ich nichts zu befürchten.«

»Der Schutzschild der Höchstpunktzahl, verstehe.« Darauf hatte sie sich selbst auch immer verlassen. »Was ist mit den Sommerferien?«

»Mom wird sich daran gewöhnen müssen, daß ich nicht immer nur über Büchern hocken kann.«

»Mein Bruder, der Dickkopf.« Grinsend tippte sie mit den Fingern gegen seinen Helm.

»Naomi hat mir für den Sommer einen Job auf Three Willows angeboten.«

»Hier?«

»Channing Osborne, Stallbursche. Hört sich doch gut an. Außerdem mag ich sie.« Channing schwang sich auf sein Motorrad. »Weißt du, eigentlich bin ich nur vorbeigekommen, um zu sehen, ob alles in Ordnung ist. Mir schwebte da so das Bild einer Schlampe vor, mit hartem Gesicht und wüstem Lebenswandel; einen Drink in der einen und eine Fünfundvierziger in der anderen Hand.«

»Gezeichnet von der allmächtigen Milicent«, bemerkte Kelsey trocken.

»Selbst Mom versucht neuerdings, Zwietracht zu säen. Jetzt bildet die ganze Familie eine geschlossene Front gegen dich. Sie sind genauso entschieden gegen deinen Aufenthalt hier, wie sie für deine Heirat mit Wade waren.«

Er drehte sich noch einmal um und warf einen letzten Blick auf das Haus. Mit den grünenden Weiden und dem bunten Farbengemisch der ersten Narzissen und Hyazinthen bot es ein entzückendes Bild.

»Sie ist ganz anders, als man sie darstellt, stimmt's?«

»Das glaube ich auch«, murmelte Kelsey. »Ich bin froh, daß du gekommen bist, Channing, und sie kennengelernt hast.«

»Mann, das waren die tollsten Ferien überhaupt.« Channing beugte sich vor, um seiner Stiefschwester einen Abschiedskuß zu geben. »Ich komme wieder. Wir sehen uns dann in ein paar Monaten.«

»Ich . . .« Sie wollte ihm noch sagen, daß sie dann vielleicht nicht mehr hier sein würde, doch der Motor der Maschine lief bereits. Winkend brauste er die Auffahrt hinunter.

Gedankenverloren ging Kelsey zum Haus zurück. Hatte sie sich innerlich bereits zum Bleiben entschieden? Der Monat, den sie mit Naomi locker abgemacht hatte, war nahezu um. Trotzdem hatte keine von ihnen über die Möglichkeit einer Abreise gesprochen.

Und was erwartete sie zu Hause in Maryland, in ihrem gepflegten Apartment? Vorstellungsgespräche, um einen neuen Job zu finden, einsame Mahlzeiten und ab und zu ein gemeinsamer Lunch mit einer Freundin, die sich mitfühlend über ihre Scheidung zeigte, um dann beiläufig zu erwähnen, daß ein Bekannter von ihr auch gerade solo war. Wenn sie wollte . . .

Der Gedanke war schon mehr als deprimierend.

Hier hatte sie ihre Arbeit, ein Umfeld, das sie bereits zu lieben begann, führte ein Leben, das ihr zusagte, und kam mit Menschen zusammen, die sie akzeptierten.

Und dann war da noch Gabe.

Sie würde lügen, wollte sie behaupten, daß er sie nicht faszinierte. Seine Stimmungen, die man nie genau einschätzen konnte, reizten sie. Sie mochte seinen Sinn für Humor, seinen Charme und sogar manchmal seine Arroganz.

Seine Persönlichkeit beschäftigte sie. Zum Beispiel seine Trauer um Mick. Allein und verlassen hatte er in der Dämmerung gestanden, während Boggs langsam die Trainingsbahn abgeritten war und die Asche des alten Mannes verstreut hatte. Sie erinnerte sich, daß er wortlos ihre Hand gehalten hatte, voller Vertrauen, daß sie dies Ritual verstand.

Diese Art von Loyalität und Liebe konnte man nicht lernen.

Und doch war er hart und rücksichtslos gewesen, als es galt, beim Pokern ein kleines Vermögen zu gewinnen. Sogar dieser Zug gefiel ihr; die unbekümmerte Leichtigkeit, mit der er das Haus eines anderen Mannes niedergerissen hatte, um sein eigenes dorthin zu bauen.

Dazu kam die körperliche Anziehungskraft, die er auf sie ausübte und die sie bei keinem anderen Mann je zuvor empfunden hatte. Noch nicht einmal bei ihrem Ehemann.

»Kelsey?« Naomi blieb am Treppenabsatz stehen, denn das Mädchen schien ihr so versunken. »Du vermißt Channing wohl schon?«

»Nein, ich dachte gerade an . . .« Sie brach mitten im Satz ab und blies sich eine Haarsträhne aus dem Gesicht. »Ach, nichts.« Sie löste sich von diesen Gedanken und schaute Naomi an. Schmal, stark und selbstbeherrscht. »Es war nett von dir, ihm einen Job anzubieten.«

»Na, so ganz uneigennützig war das nicht. Er ist fleißig und wißbegierig, und ich habe ihn gern um mich. Mein Haus steht schon viel zu lange leer.«

»Ich glaube, er möchte gern Tierarzt werden.«

»Das hat er mir erzählt.«

»Das hat er dir erzählt?« Verblüfft sagte Kelsey: »Mir gegenüber hat er diese Pläne nie erwähnt. Nicht ein einziges Mal. Ich dachte immer, er wollte unbedingt Chirurg werden wie sein Vater.«

»Es ist oft leichter, seine geheimen Sehnsüchte einem Außenstehenden anzuvertrauen. Er liebt und bewundert dich sehr, vielleicht hat er Angst, du wärst von ihm enttäuscht.«

»Er könnte mich gar nicht enttäuschen«, sie wurde ungeduldig. »Candace redet seit Jahren davon, daß er die Osborne-Tradition fortführen soll. Ich dachte immer, daß das auch sein Wunsch ist. Warum müssen Eltern ihre Kinder bloß immer in solche Schablonen pressen?«

»Familienehre. Diese vorbestimmten Verpflichtungen finde ich schrecklich.«

Kelsey öffnete kurz den Mund. War das nicht auch der Grund gewesen, weswegen sie Wade geheiratet hatte? Wie oft hatte man ihr versichert, daß er der perfekte Mann für sie sei, solange, bis sie es selbst geglaubt hatte. Gute Familie, hervorragende Zukunftsaussichten, gesellschaftlich hochangesehen. Schließlich war es ihre Pflicht, eine gute Partie zu machen und nicht unter ihrem Stand zu heiraten.

Hatte sie Wade eigentlich jemals geliebt?

»Und wenn man diesen Verpflichtungen nicht nachkommt«, fuhr Kelsey langsam fort, »dann gilt man als Versager. Das wünsche ich Channing wirklich nicht.«

»Er wird tun, was er will. Wie du.«

»Schließlich und endlich.«

»Über schließlich und endlich kannst du urteilen, wenn du in meinem Alter bist. Kelsey . . .« Sie war sich nicht sicher, wie sie beginnen sollte. Ganz beiläufig, sagte sie: »Ich fahre nach Hialeah zum Rennen. Nach allem, was geschehen ist, möchte ich Virginia's Pride nicht aus den Augen lassen.«

»Oh.« Also war nichts mit ihrer letzten gemeinsamen Woche. »Das kann ich verstehen. Wann willst du fahren?«

»Morgen früh. Willst du nicht mitkommen?«

»Nach Florida?«

»Das Schauspiel ist wirklich sehenswert.«

Ebenso vorsichtig wie Naomi nickte Kelsey. »Ich würde gern mitkommen.«

»Wunderbar. Wie wär's, wenn wir uns den Rest des Tages freinehmen?«

Kelsey machte große Augen. In den letzten drei Wochen hatte sie nicht einmal erlebt, daß Naomi sich mehr als eine Stunde freinahm. »Wofür?«

»Wofür wohl?« Naomi lachte. »Zum Einkaufen natürlich. Zu einer Reise gehört vorher ein ausgedehnter Einkaufsbummel.«

Kelseys Augen leuchteten. »Ich hole meine Handtasche.«

In einem schäbigen Hotelzimmer abseits der Route 15 saß Lipsky und stürzte lauwarmen Gin hinunter. Die Eismaschine auf dem Flur hatte ihren Geist aufgegeben. Nicht daß ihn das sonderlich störte. Ob warm oder eisgekühlt, Hauptsache, es handelte sich um Schnaps.

»Glaub mir, früher oder später kommen die auf mich.«

»Da könntest du recht haben. Du wirst nachlässig, alter Freund.« Rich Slater zupfte seine modische Krawatte zurecht. »Ein gepflegtes Äußeres ist schon die halbe Miete, mein Junge.«

»Ich wollt' mich doch bloß um das Pferd kümmern«, jammerte Lipsky und nahm mit der freien Hand seine Zigarette, die in einem angeschlagenen, bis zum Rand mit Kippen gefüllten Glasaschenbecher vor sich hin qualmte. »Wollt' nur dafür sorgen, daß er nicht starten kann, mehr nicht.«

»Allerdings war das nicht dein Auftrag«, erinnerte ihn Rich mit einem Grinsen. »Du solltest nur Augen und Ohren offenhalten, bis du weitere Anweisungen von mir erhältst, weiter nichts.«

»Als ich seinen anderen Gaul in die Mangel genommen habe, hast du nicht so 'n Geschiß gemacht.« Lipskys rotgeränderte Augen funkelten aufsässig. »Da hast du mir noch 'n Hunderter extra draufgelegt.«

»Das hast du ja auch ganz ordentlich gemacht, Fred. Aber ich habe dir damals schon gesagt, du sollst kein Risiko eingehen. Aber . . .«, er machte eine wegwerfende

Handbewegung, »das liegt ja nun hinter uns. Und Gabes Lieblingspferd wird bestimmt noch eine Woche lang nicht einsatzfähig sein.« Alles fügte sich nahtlos in seinen eigentlichen Plan, die verletzten Pferde und sogar der Mord. Derartige Vorfälle waren Nahrung für die Gerüchteküche und beschäftigten die Behörden. Rich war in großzügiger Stimmung. Er griff in die Tasche. Seinen Glücksbringer, einen silbernen Geldclip in Form eines überdimensionalen Dollarzeichens, trug er ständig bei sich. Am liebsten war es ihm, wenn der Clip vor Geldscheinen nur so strotzte.

Gewöhnlich pflegte er Eindollarnoten zusammenzustecken und einen Fünfziger, und wenn ihm das Glück hold war, legte er sogar einen Hunderter darüber. Da er im Moment geradezu im Geld schwamm, war der Clip mit Hundertern prall gefüllt. Er zupfte einen Schein heraus und legte ihn auf den Tisch.

Lipsky starrte das Geld mit einer Mischung aus Gier und Schuldbewußtsein an. »Ich hätt' doch dem Pfau nie was getan. Keiner hätt' mich je dafür bezahlen können, den alten Mick umzulegen.«

»Ein unglücklicher Unfall.« Rich klopfte ihm beruhigend auf die Schulter.

Lipsky kippte einen weiteren Gin. »Hab' noch nie einen umgebracht. Vielleicht mal 'n paar Leuten 'ne Lektion erteilt, wenn sie's verdient hatten. Aber nie einen kaltgemacht.« Er sah Micks angst- und schmerzverzerrtes Gesicht noch vor sich, die hervorquellenden Augen und dann das Pferd, das sich aufbäumte.

Und er sah das in Strömen fließende Blut, von dem sich die blaue Kappe, Micks Markenzeichen, langsam rot färbte.

Er packte die Flasche und goß sich das Glas randvoll. »Er hätt' eben seine Nase nicht in alles reinstecken sollen.«

»Ausgezeichnet formuliert.« Rich bediente sich gleichfalls. Er haßte es, einen Mann allein trinken zu sehen, sogar wenn es sich um eine so abstoßende Kreatur wie Lipsky handelte. Doch die Zigaretten und das gravierte

Feuerzeug hielt er lieber unter Verschluß. »Es ist an der Zeit, den nächsten Schritt in Angriff zu nehmen.«

»Die Polizei wird mir auf die Schliche kommen. An dem Tag haben mich jede Menge Leute auf der Bahn und bei den Ställen gesehen.«

»Du hast dir die Rennen angesehen«, beschwichtigte Rich. »Vollkommen legal. Du bist auf der Bahn bekannt, Fred. Sonst hätten dich die Wachtposten wohl kaum in den Stall gelassen.«

»Ja, ja, und früher oder später wird sich einer dran erinnern, daß ich nicht mehr zurückgekommen bin.« Er drückte seine Zigarette aus, und die Asche verteilte sich über den schmierigen Tisch. »Dann wer'n sie sich dran erinnern, daß ich 'n Messer dabei hatte.«

»Deine Schlußfolgerungen sind bewundernswert. Ich gebe dir den guten Rat, schleunigst das Weite zu suchen. Hau ab, nach Florida, Kalifornien oder Kentucky. Vielleicht nach Mexiko. Da gibt's auch Rennbahnen.«

»Ich denk' ja gar nicht dran, im Ausland zu leben. Ich bin Amerikaner.«

»Ja, ja, der Patriotismus.« Rich prostete ihm zu. »Du bist doch nicht auf den Kopf gefallen, Fred. Sonst hätte ich dich nie auf meine Lohnliste gesetzt. Aber jetzt fürchte ich, daß wir unter diesen Umständen unsere Geschäftsbeziehung beenden müssen.«

»Das kostet aber mehr als 'n Hunderter!«

Richs Lächeln blieb unbewegt, doch seine Augen wurden eiskalt. »Nun, Fred, du willst mir doch wohl nicht die Pistole auf die Brust setzen?«

Die Verzweiflung trieb Lipsky den kalten Schweiß aus allen Poren. »Ich laß' mir nicht den Schwarzen Peter zuschieben. Wenn ich abhauen soll, brauche ich Geld. Scheiße, Rich, ich hab' schließlich für dich gearbeitet. Du hängst da genauso mit drin.«

»So siehst du das also?«

»Ich weiß, daß ich zehntausend Mäuse brauche, um unterzutauchen und die Schnauze zu halten, falls die Polizei mich kriegt. Das ist ja wohl nicht zuviel verlangt, Rich.«

Rich seufzte. So etwas hatte er kommen sehen. »Ich verstehe dich ja, Fred. Ehrlich. Hör zu, ich telefoniere jetzt erst mal und sehe, was sich machen läßt.« Er unterstrich sein aufmunterndes Lächeln durch einen weiteren Klaps auf Lipskys Schulter. »Laß mich mal fünf Minuten allein, ja?«

»Okay. Ich muß sowieso pinkeln.« Lipsky stand auf und torkelte ins Bad.

Rich griff nicht zum Telefon, sondern zog statt dessen eine kleine Ampulle aus seiner Manteltasche. Es war wirklich eine Schande, daß er es sich nicht leisten konnte, auf Lipskys Forderungen einzugehen. Aber selbst wenn er zahlte, würde der Mann singen wie ein Kanarienvogel, sobald die Polizei ihn festnagelte. Das war so sicher wie das Amen in der Kirche, dachte Rich bedauernd, als er die Flüssigkeit in Lipskys Glas schüttete.

»Komm, Fred. Alles geregelt.« Er setzte ein strahlendes Lächeln auf, als Lipsky zurück ins Zimmer schwankte. »Morgen kriegst du dein Geld.«

Erleichtert ließ Lipsky sich auf seinen Stuhl fallen. »Ohne Scheiß, Rich?«

»Sind wir alte Kumpel oder nicht? Typen wie wir halten zusammen.« Er erhob sein Glas. »Auf die alte Freundschaft.«

»Ja.« Vor Dankbarkeit den Tränen nahe hob Lipsky sein Glas an die Lippen. »Ich wußte, daß ich mich auf dich verlassen kann.«

»Hm!« Richs Lächeln wurde böse, als er zusah, wie Lipsky sich buchstäblich zu Tode trank. »Du kannst dich immer auf mich verlassen, Fred.«

Palmen und gestreifte Markisen, strahlender Sonnenschein und üppig blühende Bougainvillea. Männer in weißen Anzügen und Frauen in knappen Sommerkleidern. Das war der perfekte Hintergrund für das große Rennen, das war Hialeah, wo das Rennen stattfand.

In den nahe dem Golfstrom gelegenen Ställen standen die Pferde in ihren Boxen, schnaubten und sogen die Luft ein; Athleten, bereit, sich im Wettkampf zu messen.

Die Atmosphäre war ähnlich wie in Charles Town; Verkäufer riefen die *Daily Racing Form* aus, Buchmacher boten ihre Dienste an, Trainer diskutierten aufgeregt über die Zeiten der Probeläufe. Doch durch das herrliche Wetter hatte diese Veranstaltung eine ganz andere Atmosphäre als die in West-Virginia mit kühler Frühlingsluft.

Kelsey beobachtete amüsiert eine Frau, die auf hohen Pfennigabsätzen einherstakste, und eine junge Stute am Zügel führte. Ihre schulterlangen Straßohrringe glitzerten in der Sonne.

»Wer das sieht, nennt kein Pferd mehr dumm.«

Kelsey blickte zu Gabe auf. »Bitte?«

»Was siehst du, wenn du sie anschaust?«

»Die Stute oder die Frau?«

»Die Stute.«

Gehorsam musterte Kelsey das Pferd, das mit gesenktem Kopf hinter der Frau hertrottete. »Verlegenheit.«

»Korrekt. Das ist Cunninghams Neuerwerbung.«

»Pferd oder Frau?«

»Beide.«

Kelsey lachte schallend. Sie war so froh, daß sie mitgekommen war. Vielleicht lag das an dem schönen Wetter, vielleicht aber auch an dem guten Gefühl, Mitglied einer verschworenen Gesellschaft zu sein.

»Ich hab' schon gehört, daß du auch hier bist, aber ich habe dich beim Training nicht gesehen.«

»Bin erst vor einer Stunde gekommen«, erklärte ihr Gabe. »Wie gefällt dir Miami?«

»Tja, einige der Pfleger haben sich heute morgen beschwert, daß sie nicht schlafen konnten – ein paar Idioten haben offenbar in der Gegend herumgeballert –, und als ich gestern am Strand war, ist mir schmerzlich zu Bewußtsein gekommen, daß ich wohl langsam alt werde, denn ich hatte nicht die geringste Lust, Rollerblades auszuprobieren. Davon mal abgesehen ...«, sie holte tief Luft, »... gefällt es mir hier. Eine wunderschöne Anlage.«

»Echte Insider hegen nicht das geringste Interesse für die Welt außerhalb von Hialeah Park.«

»Ich schon.«

»Du bist ja auch kein Insider«, er blickte auf sie hinunter, »jedenfalls noch nicht.«

Kelsey verzog das Gesicht. Sollte sie die Bemerkung als Kompliment oder als Beleidigung auffassen? Sie entschied sich, das Thema nicht weiter zu verfolgen, und konzentrierte sich auf die Verlierer des ersten Rennens, die gerade zu den Ställen geführt wurden. Die Sieger, das wußte sie, kamen zuerst zum »Spucknapf«, wo ihnen Urin- und Speichelproben entnommen und auf Dopingmittel untersucht wurden.

Kelseys Herz blutete, als sie die Verlierer sah, die schwitzend und schlammbespritzt in ihre Boxen gebracht wurden. Wenn sich ein Pferd schon schämen konnte, von einer aufgetakelten Barbiepuppe geführt zu werden, wie sehr mußte es dann erst darunter leiden, wenn es versagte.

»Traurig, nicht wahr?« murmelte sie. »Wie Soldaten, die von der Front zurückkehren. Dieser ganze Aufwand, und in ein paar Minuten ist alles vorbei.«

»Aber die Minuten haben's in sich. Schade, daß du das Florida-Derby verpaßt hast. Da war vielleicht was los! Eine Supershow mit Akrobaten und einem Kamelrennen.«

»Kamele? Wirklich?«

»Wette bloß nie auf ein Kamel.«

Langsam schlenderten sie an den Sattelkammern vorbei. Das zweite Rennen würde gleich beginnen, und Pride war für das dritte gemeldet. Sie wollte Reno noch erwischen, ehe Moses ihn aufs Pferd hob, da sie es sich – beinahe abergläubisch – zur Gewohnheit gemacht hatte, ihm noch Glück zu wünschen, bevor er sein Pferd zur Startbox brachte.

»Gehst du heute nicht zum Wettschalter?« erkundigte sich Gabe.

»Nee. Ich hab' meine Favoriten schon ausgeguckt, Pride im dritten und Three Aces im fünften.« Sie blieb stehen, um bei einem alten Schwarzen eine lauwarme

Pepsi zu kaufen. »Ich habe mein eigenes System entwickelt.«

Gabe nahm ihr die Dose aus der Hand, trank einen Schluck und gab sie ihr zurück. »Und wie sieht das aus?«

»Ich verlasse mich auf mein Gefühl.«

»Dabei kannst du aber arm werden.«

Kelsey zuckte die Achseln. »Das Risiko ist es ja gerade, das mich reizt.«

»Verdammt richtig. Komm her.« Sie waren fast am Sattelplatz, wo der Betrieb schon in vollem Gange war.

»Am besten, du denkst gar nicht drüber nach, Slater.« Doch er hatte sie bereits am Pferdeschwanz, der unter ihrer Kappe hervorlugte, erwischt.

»Ich will dich ja nur küssen. Das Risiko ist auf beiden Seiten.«

Ehe die Welt um sie herum versank, meinte Kelsey noch, einige der Pfleger dröhnend lachen zu hören. Sie hatte sich insgeheim schon gefragt, ob jener erste und einzige Kuß nur ein Zufall gewesen war, eine einmalige Erfahrung.

Jetzt wurde sie eines Besseren belehrt.

Sein Mund war unwiderstehlich. Bereitwillig reagierte sie auf seinen Kuß, drückte sich an ihn, wollte mit ihm verschmelzen. Leise stöhnend griff sie in sein dichtes Haar und hielt ihn fest, bis alles um sie wie in einem Nebel verschwamm.

Ich will, war alles, was er denken konnte. Die meiste Zeit seines Lebens hatte er irgend etwas gewollt – eine anständige Mahlzeit, ein sauberes Bett, ein Leben ohne Furcht. Seine Wünsche waren im Lauf der Zeit gewachsen. Später dann wollte er Frauen und Macht – und das Geld, mit dem er sich beides leisten konnte.

Doch noch nie hatte er sich so verzweifelt nach etwas gesehnt, wie er es jetzt nach Kelsey tat. Eine Frau. Eine Nacht. Er würde für eine Nacht mit ihr alles, was er besaß, aufs Spiel setzen.

»Wie lange soll ich noch warten?« flüsterte er an ihren Lippen.

»Ich weiß es nicht«, Kelsey rang nach Atem. »Ich kenne dich doch gar nicht.«

»Doch, das tust du.«

»Vor einigen Monaten wußte ich noch gar nicht, daß es dich überhaupt gibt.« Sie löste sich von ihm und wunderte sich, daß ihre Beine nicht nachgaben. »Ich bin nicht . . .« Als sie mit zitternden Händen ihre Kappe zurechtrückte, hörte sie, wie hinter ihnen Beifall geklatscht wurde. »Wir reden später darüber. Ohne Publikum.«

»Gut.« Er fuhr mit den Fingerspitzen über ihre Wange. »Ein bißchen habe ich ja schon erreicht. Man erzählt sich nämlich, daß du unnahbar bist.«

»Daß ich . . .« Kelsey knirschte mit den Zähnen. »Also deswegen! Du wolltest damit deinem Ego schmeicheln!«

»Nein. Das war ganz persönlich, Kelsey. Aber es hat funktioniert.«

Wütend trat sie gegen die Dose, die sie bei seinem Kuß fallen gelassen hatte. »Idiot«, murmelte sie, drehte sich auf dem Absatz um und prallte beinahe mit Naomi zusammen.

»Das ist schon sehr komisch«, sagte sie, während Kelsey noch nach Worten rang, »wenn man das beobachtet. Der Vergleich ist vielleicht schlecht gewählt, aber genauso empfinde ich oft, wenn eines meiner Pferde zur Bahn geführt wird. Als ob man sein Kind in den Schulbus steigen sieht. Plötzlich wird dir bewußt, daß es jetzt nicht mehr dein Kind ist und daß man eigentlich kaum etwas von ihm weiß.«

»Das hat er nur getan, um mich zu ärgern.«

Naomi lächelte wissend: »Das glaube ich nicht.« Dann strich sie Kelsey leicht über die Wange. »Durcheinander?«

»Ja.«

Aber sprechen wollte sie darüber sicher nicht. »Möchtest du, daß ich mit Gabe rede? Es wird ihm zwar nicht gefallen, aber er mag mich zu gern, um sich meine Einmischung zu verbitten.«

»Nicht nötig, ich werde schon mit ihm fertig.« Kelsey schaute sich um und blickte in zahlreiche immer noch grinsende Gesichter. »Habt ihr nichts zu tun?« brauste sie auf. »Ihr werdet nicht dafür bezahlt, Maulaffen feilzuhalten!«

Als Kelsey so würdevoll wie möglich zum Sattelplatz schritt, schaute auch Naomi ihr grinsend nach.

Auf der Rennbahn zeigte sich Pride in Hochform und schoß mit einem triumphierenden Leuchten in den Augen mit seinem Jockey Reno im Sattel ins Ziel. Anfangs hatte er Schwierigkeiten gehabt, sich aus dem Feld zu lösen, dann aber die Führung übernommen und sie mühelos behauptet. Volle drei Längen lagen im Ziel zwischen ihm und dem Zweitplazierten.

»Muß einem reichen Mann gehören«, hörte Kelsey hinter sich.

Das traf zu, dachte sie. Doch Geld hatte in diesem Fall nicht viel mit dieser hervorragenden Leistung zu tun.

Gabe kam beim fünften Rennen zu ihr, und er wirkte so kühl und gelassen, als hätten sie nur gemeinsam ein Sandwich gegessen, statt sich in aller Öffentlichkeit leidenschaftlich zu küssen. »Reno ist fantastisch geritten.«

»Er und Pride sind ein eingespieltes Team.« Sie warf Gabe einen herausfordernden Blick zu: »Das beste am Platz.«

»Wir werden sehen«, murmelte er. »Behalte Cunninghams Big Sheba im Auge und sag mir, was du siehst.«

Stirnrunzelnd beobachtete Kelsey, wie die Pferde in die Startboxen gezwängt wurden. Die große braune Stute zeigte sich nervös und widerspenstig, schlug aus und versetzte ihrem Pfleger einen bösen Tritt.

»Sie steht unter Hochspannung, das ist nichts Ungewöhnliches.« Ihr Blick blieb an Three Aces hängen, der seinen Betreuern gleichfalls zu schaffen machte. »Dein Pferd ist auch nicht gerade die Ruhe selbst.«

»Schau nur genau hin.«

Das Startsignal ertönte, die Pferde stürmten los. Cunninghams Stute übernahm die Führung, ihre langen Beine wirbelten Kaskaden von Schmutz auf. Kelsey kniff die

Augen hinter dem Fernglas zusammen. Big Sheba triefte schon nach der ersten Runde vor Schweiß.

»Sie ist schnell.« Sie zuckte zusammen, als der Jockey auf das Tier einschlug. »Warum treibt er sie bloß so an?«

»Er tut, was man ihm gesagt hat.«

Auf halber Strecke begann die Stute etwas nachzulassen, doch das reichte, damit die Verfolger aufholen konnten. Kelsey stiegen die Tränen in die Augen. Big Sheba hatte viel Mut und Willenskraft, doch ihr fehlte es an Ausdauer. Und sie wurde gnadenlos gequält.

Auf der Gegengeraden fiel sie zuerst eine halbe Länge hinter Three Aces zurück, dann eine ganze. Schließlich behauptete sie noch den zweiten Platz mit einer Nasenlänge.

»Das ist unverantwortlich!« Kochend vor Zorn ging Kelsey auf Gabe los. »Dagegen müßte es Vorschriften geben!«

»Vorschriften gibt's genug, aber keine verbietet, ein Pferd über seine Grenzen hinaus zu belasten. Angeblich hat Big Sheba Lungenprobleme. Also weist dieser Idiot seinen Jockey an, sie über die Strecke zu prügeln. Er will um jeden Preis das verdammte Derby gewinnen, und dafür riskiert er sogar sein Pferd.«

»Ich habe ihn bislang nur für einen Angeber gehalten.«

»Ist er auch. Aber ein ehrgeiziger. Er will der Erste sein.«

»Wollen wir das nicht alle?«

»Das schon. Die Frage ist nur, wie weit wir gehen, um das zu erreichen.«

Gabe verließ sie und ging zum Siegerring. Kelsey wandte der Bahn den Rücken zu. Der Glanz war jetzt ganz plötzlich verblaßt.

12

Jack Moser führte ein ordentliches Haus. Gut, einige seiner Gäste mieteten schon mal ein Zimmer nur für eine Stunde, doch das interessierte ihn nicht. Hinter verschlossenen Türen spielte sich immer das gleiche ab, sei es in seinem Hotel oder im Ritz. Im Ritz war der Spaß bloß teurer.

Bei ihm gab es keine Wanzen, er duldete nach Mitternacht keinen Lärm mehr, und er hatte für seine Gäste Kabelfernsehen legen lassen.

Da waren neunundzwanzig Dollar pro Person und Nacht nicht zu teuer. Kinder unter achtzehn Jahren waren frei.

Moser bot seinen Gästen einige Annehmlichkeiten. In den Bädern gab es riesige Badetücher und stets frische Seife. Außerdem lieferte ein nahe gelegenes Schnellrestaurant auch nach sechs Uhr abends und vor zehn Uhr morgens Mahlzeiten ins Haus.

Und wenn er bei Barzahlung die Einnahme nicht immer der Steuer meldete, dann war das seine Sache.

Die Bettwäsche war immer frisch, das Bad desinfiziert, und jede Tür hatte ein sicheres Schloß.

Moser hatte den Sommer am liebsten, denn da hielten meistens Familien an seinem blinkenden »Zimmer-frei«-Schild. Und die hatten meistens nur den einen Wunsch, aus dem Auto direkt ins Bett zu fallen. Da brauchte er keine Angst zu haben, daß sie Bierflaschen an die Wand schmissen oder die Laken zerfetzten.

Seit zwölf Jahren beobachtete er nun schon das Kommen und Gehen seiner Gäste und bildete sich viel auf seine Menschenkenntnis ein. Ein Pärchen auf Abwegen erkannte er auf den ersten Blick, und er wußte sofort, wann sich eine Frau vor einem rabiaten Kerl versteckte. Er erkannte die Verlierer und die Vagabunden, und er wußte, wann jemand auf der Flucht war.

Der Gast auf Nummer 22 gehörte seiner Meinung nach in die letzte Kategorie.

Geht mich nichts an, dachte Jack, als er den Hauptschlüssel vom Brett nahm. Der Kerl hatte in bar für drei Nächte im voraus bezahlt. Was kümmerte es ihn, daß er wohl Angst hatte und daß er sich ständig umdrehte, als ob er befürchtete, jeden Moment ein Messer zwischen die Rippen zu bekommen.

Er hatte seine siebenundachtzig Dollar plus Steuer bezahlt und sich seitdem nicht mehr sehen lassen.

Genau das war das Problem. Die drei Tage waren um, und laut Dottie, dem vollbusigen Zimmermädchen, war die Tür noch immer verschlossen und draußen hing: Bitte nicht stören.

Jetzt würde er seinen Gast allerdings stören müssen, dachte Jack, als er über den Parktplatz auf die Reihe einheitlich grauer Türen zuging. Entweder zahlte Nummer 22 die Miete für einen weiteren Tag, oder er würde in hohem Bogen rausfliegen. Bei Jack Moser gab es keinen Kredit.

Zuerst klopfte er laut an die Tür. Er empfand insgeheim immer eine tiefe Befriedigung, wenn er einen Gast zur Ordnung rufen konnte. »Hier ist der Manager«, rief er barsch und sah, wie Dottie ihren Kopf aus Nummer 27 steckte und ihn neugierig musterte.

»Wahrscheinlich ist der stinkbesoffen!« brüllte sie ihm zu.

Seufzend straffte Jack seine Schultern. »Kümmere du dich um deine Arbeit, Dottie. Ich erledige das schon.« Wieder klopfte er und sah nicht, daß sie ihm eine Grimasse schnitt. »Der Manager«, wiederholte er, dann steckte er den Schlüssel ins Schloß.

Der Gestank, der ihm entgegenschlug, traf ihn wie ein Schlag. Sein erster Gedanke war, daß Nummer 22 sich eine Mahlzeit bestellt hatte, die ihm nicht bekommen war, und sein zweiter Gedanke, daß er wohl einen Kanister Lysol benötigen würde, um den Gestank wieder aus dem Zimmer zu vertreiben.

Doch dann konnte er gar nichts mehr denken, als er den aufgetriebenen Körper sah, der über dem Tisch zusammengesunken war.

Von diesem Anblick und dem Gestank betäubt, taumelte er aus dem Raum. Ein Schrei blieb ihm in der Kehle stecken, und er rannte nur weg, rannte sogar noch weiter, als Dottie ins Zimmer 22 huschte und gellend schrie.

Als Rossi ins Motel kam, war die Leiche bereits in einen Plastiksack verpackt worden. Er verdankte es seiner Hartnäckigkeit und einem glücklichen Zufall, daß er überhaupt hier war. Normalerweise wurde er nicht bei jedem verdächtigen oder unnatürlichen Todesfall aufmerksam, aber der Name Fred Lipsky war ihm bekannt vorgekommen. Es war einer der Namen auf seiner Liste, den er noch nicht überprüft hatte.

Jetzt schien er dazu die Chance zu bekommen.

Die Pathologin, Dr. Agnes Lorenzo, packte gerade ihre Sachen zusammen. Rossi nickte der kleinen, stämmigen Frau mit den grau werdenden Haaren zu. »Mrs. Lorenzo.«

»Hallo, Rossi! Ich dachte, das wäre Newmans Fall.«

»Hängt mit einem von meinen zusammen. Wie weit sind Sie?« Er heftete sich seine Dienstmarke an und bahnte sich einen Weg durch die uniformierten Beamten, die man vor der geöffneten Tür postiert hatte.

Der Plastiksack wurde gerade auf eine Trage gehoben. Zum Transport in die Leichenhalle. Verwesungsgeruch hing in der Luft, doch an solche Unannehmlichkeiten hatte Rossi sich längst gewöhnt. Prüfend blickte er sich in dem kleinen Zimmer um, registrierte das ungemachte Bett, die in eine Ecke geworfene Reisetasche, den Schmutz, den die Spurensicherung hinterlassen hatte. Eine fast leere Flasche Gin, ein einzelnes Glas und einen Aschenbecher voller Stummel, Marke Lucky Strike.

»Fragen Sie mich bloß nicht nach der Todesursache«, begann Dr. Lorenzo. »Ich kann Ihnen lediglich sagen, daß der Tod vor zwei bis drei Tagen eingetreten ist. Keine äußeren Verletzungen, keine Anzeichen eines Kampfes.«

»Todesursache?«

»Herzstillstand, Rossi. Wie bei allen.«

Ohne auf die Spitze einzugehen, versuchte Rossi, sich ein Bild von der Situation zu machen. Ein Mann betrank sich. Allein. Warum? Wut? Reue? Angst? Warum mietete sich ein Mann noch in einem billigen Motel ein, wenn er schon woanders eine Unterkunft hatte?

Sollte Lipsky auf der Flucht gewesen sein? Dann hatte er etwas zu verbergen.

Da er auf ihre sarkastische Antwort nicht reagiert hatte, beschloß Dr. Lorenzo, ihm etwas entgegenzukommen. »Er hatte ungefähr dreihundert Dollar in der Brieftasche, dazu eine abgelaufene Kreditkarte. In seiner Reisetasche haben wir eine vier Tage alte Ausgabe der *Daily Racing Form* gefunden, und in seinem linken Stiefel steckte ein Messer.«

Rossi nahm diesen Hinweis begierig auf: »Was für ein Messer?«

»Sechs Zoll lang, dünne Klinge, ziemlich stumpf.«

Das Herz des Polizisten schlug schneller. Die Spurensicherung würde sich das Messer vornehmen, und wenn Blut daran klebte, ob nun von einem Menschen oder einem Pferd, dann würden sie es feststellen. »Wer hat die Leiche gefunden?«

»Der Manager, ein gewisser Moser. Sitzt wahrscheinlich noch in seinem Büro und steht unter Schock.«

»Nicht jeder ist so hart im Nehmen wie Sie, Dr. Lorenzo.«

»Wem sagen Sie das?« Die Pathologin trat ins Freie und ärgerte sich, daß der Verkehrslärm von der Route 15 den herrlichen Frühlingstag störte. Ein Leichnam lag schon auf ihrem Seziertisch, und nun kam noch ein zweiter dazu.

»Ich brauche eine Kopie des Autopsieberichtes.«

»Sie bekommen ihn in zwei Tagen.«

»Vierundzwanzig Stunden. Kommen Sie mir entgegen.«

»Ich komme niemandem entgegen, Rossi.« Sie drehte sich um und stieg in ihr Auto.

»Moment.« Er hielt die Tür fest, bevor sie sie zuschlagen konnte. Drei Jahre kannte er Agnes Lorenzo jetzt und wußte mittlerweile, wie er mit ihr umgehen mußte. »Erinnern Sie sich an den Typen, den Sie letzte Woche untersucht haben? Gordon, Mick Gordon. Alter Mann mit Stichwunde.«

Agnes Lorenzo griff nach einer Zigarette. Schon lange dachte sie nicht mehr darüber nach, wie schädlich Rauchen war. »Der mit dem Schädelbruch, den völlig zerstörten inneren Organen? Ja, ich erinnere mich.«

»Ich glaube, unser toter Freund hier ist dafür verantwortlich.«

Sie stieß eine Rauchwolke aus. Es hatte keine Notwendigkeit gegeben, das Messer näher zu untersuchen, aber an die Wunde erinnerte sie sich. In ihrem Kopf waren Dutzende verschiedener Verletzungen gespeichert.

Langsam nickte sie. »Könnte hinkommen. Okay, Rossi, für Sie schlage ich mir die Nacht um die Ohren, aber ich kann Ihnen nichts versprechen.«

»Danke.« Er schloß die Autotür. Dann ging er ins Büro, um Jack Moser zu verhören.

Zehn Minuten später, nachdem er aus Florida zurückgekommen war, erfuhr Gabe von Lipskys Tod. Für die Presse hatte Dottie, das Zimmermädchen, sich als wahre Goldgrube für Informationen erwiesen.

Die Nachricht von Lipskys Tod in einem Motelzimmer verbreitete sich in Windeseile. In den Ställen wurde von nichts anderem mehr geredet. Gabes Haushälterin, die zweimal die Woche kam, brachte ihm die Zeitung mit der Meldung, als er gerade seine Reisetasche aufs Bett geworfen hatte.

Nackte Wut stieg in ihm hoch, als er den Bericht las. Er hatte sich gerade wieder unter Kontrolle, als Rossi auftauchte.

»Nett, Sie wiederzusehen, Mr. Slater.«

»Lieutenant.« Gabe hielt ihm die Zeitung unter die Nase, ehe er sich hinsetzte. »Wetten, daß Sie gekommen sind, um mit mir darüber zu reden?«

»Gewonnen.« Rossi legte die Zeitung beiseite und

machte es sich bequem. »Fred Lipsky hat bis vor einigen Wochen für Sie gearbeitet.«

»Bis ich ihn gefeuert habe, wie Sie wohl wissen. Er war ständig betrunken.«

»Und mit seiner Entlassung ganz und gar nicht einverstanden.«

»Allerdings nicht. Er fing einen Streit an und zog ein Messer, ich schlug ihn nieder und dachte, damit sei die Sache erledigt, was sich aber als Irrtum herausstellte.« Gabes Gesicht blieb unbewegt. »Wenn ich geahnt hätte, was er mit diesem Messer noch alles anrichtet, wäre er nicht so billig davongekommen.«

»Äußern Sie solche Drohungen nie einem Polizisten gegenüber, Mr. Slater. Die Presse hat zwar noch keinen Wind davon bekommen, aber das Messer, das wir bei Lipsky gefunden haben, ist dieselbe Waffe, mit der Mick Gordon getötet wurde. Wir haben leider keine Zeugen, die Lipsky am Tatort gesehen haben, aber wir haben die Waffe und das Motiv – Rache.«

»Somit ist der Fall abgeschlossen«, faßte Gabe zusammen.

»Einige Ungereimtheiten gibt es da noch. Wie gut kannten Sie Lipsky?«

»Nicht gut. Ich habe ihn quasi zusammen mit der Farm übernommen.«

Diese Auskunft entlockte Rossi ein Lächeln. »Interessante Beschreibung.«

»Als ich die Farm übernahm, stellte ich es jedem, der wollte, frei zu bleiben. Keiner der Angestellten sollte darunter leiden, daß Cunningham ein miserabler Pokerspieler war.«

Aufmerksam tippte Rossi mit seinem Bleistift gegen das Notizbuch. »Diese Geschichte entspricht also der Wahrheit. Ich muß wohl nicht erwähnen, daß sich ein derartiger Handel hart an den Grenzen der Legalität bewegt?«

»Das müssen Sie nicht«, stimmte Gabe zu.

»Ich werde noch einmal mit Ihrem Trainer und Ihren Männern sprechen. Es würde mich interessieren, ob jemand, der Lipsky kannte, ihm einen Selbstmord zutrauen würde.«

»Sie glauben, Lipsky hat sich umgebracht?« Gabe spürte, wie die Wut erneut in ihm hochstieg. »Warum denn? Aus Schuldgefühl? Reue? Unsinn, Lieutenant, eher hätte er auf dem Broadway getanzt, als sich einen Lauf in den Mund zu stecken oder einen Strick um den Hals zu legen.«

»Sie sagten, sie kannten ihn nicht gut, Mr. Slater.«

»Das ist wahr, aber ich kenne den Typ.« Er war unter Menschen von Lipskys Schlag aufgewachsen. »Die geben jedem die Schuld, nur nicht sich selbst. Und sie hoffen immer auf einen Ausweg. Sie saufen, sie betrügen, wo sie nur können, und sie haben eine große Klappe. Aber sie bringen sich nicht um – nie.«

»Eine interessante Theorie.« Rossi hatte sie sich auch schon selbst zurechtgelegt. »Allerdings hat sich Lipsky weder mit einem Revolver erschossen noch sich aufgehängt. Er hat einen tödlichen Cocktail aus Gin und Acepromazin getrunken. Wissen Sie, was das ist?«

Gabes Stimme klang betont gleichgültig: »Man benutzt es, um Pferde einzuschläfern. Es ist ein starker Tranquilizer.«

»So hat man es mir erklärt. Komisch, ich dachte immer, daß ein Pferd erschossen wird, wenn es sich das Bein gebrochen hat.«

»Das ist ein Irrtum«, erwiderte Gabe trocken. »Auch bedeutet nicht jeder Bruch gleich das Aus. Heutzutage kann man da viel tun. Oft können die Pferde sogar wieder an Rennen teilnehmen oder zur Zucht verwendet werden. Erst wenn gar nichts mehr zu machen ist, gibt der Tierarzt ihm eine Spritze. Die Tiere sollen nicht leiden.«

»Bewahren Sie das Zeug hier im Haus auf oder im Stall?«

»Nur der Tierarzt wendet es an, wie ich schon sagte. Niemand schläfert ein Pferd nur so zum Spaß ein.«

»Das glaube ich gern, da ginge ja ein Haufen Geld zum Teufel.«

»Allerdings«, stimmte Gabe kühl zu. »Haben Sie so etwas schon mal gesehen?«

»Nein.«

»Das Pferd stolpert auf der Bahn und stürzt. Der Jockey fliegt in hohem Bogen durch die Luft. Plötzlich wird es totenstill, und von überall her strömen Leute herbei, egal, ob sie etwas damit zu tun haben oder nicht. In diesem Augenblick ist es jedermanns Pferd. Dann wird der Tierarzt gerufen, und wenn dieser überhaupt nicht mehr helfen kann, schläfert er das Tier ein – aber abgeschirmt von der Menge.«

»Haben Sie auf diese Weise schon einmal ein Pferd verloren?«

»Erst einmal. Vor ungefähr einem Jahr während des morgendlichen Trainings. Dieses Training ist viel gefährlicher als das eigentliche Rennen, weil der Reiter und die Crew viel entspannter sind und deswegen nicht so aufpassen.« Nur zu gut konnte sich Gabe an den Unfall erinnern und an seinen hilflosen Zorn.

»Es war eine bildschöne junge Stute, Queen of Diamonds hieß sie. Der verantwortliche Pfleger weinte wie ein Kind, als alles vorbei war. Das war Mick.« Gabe hätte am liebsten die Fäuste geballt, hielt sich aber zurück. »Wenn jemand Lipsky auf dieselbe Art ins Jenseits befördert hat, wie man ein Pferd einschläfert, dann ist er leichter zur Hölle gefahren, als er's verdient hat.«

»Haben Sie etwas gegen den Mann, Mr. Slater?«

»Ja, Lieutenant.« Gabe wich Rossis Blick nicht aus. »Doch wenn Sie mich fragen, ob ich Lipsky getötet habe, sage ich nein.«

»Wissen Sie was, Mr. Slater? Ich mag Sie.«

»Tatsächlich?«

»Tatsächlich.« Rossi schenkte ihm eines seiner seltenen Lächeln. »Einige Leute weichen allen Fragen aus, andere stottern herum, wieder andere winden sich wie die Aale. Sie tun nichts von alledem.« Rossi entfernte einen Fussel von seinem Hosenbein. »Sie haben diesen Kerl gehaßt und geben offen zu, daß sie gern mit ihm abgerechnet hätten, wenn Sie die Gelegenheit dazu bekommen hätten. Deshalb glaube ich Ihnen.« Er erhob sich. »Nun kann es trotzdem sein, daß Sie mich an der Nase herumführen. Aber ich würde auf jeden Fall herausfinden, wenn Sie dem Motel einen kurzen Besuch abgestattet haben.« Nachdenklich musterte er Gabe. »Doch das halte ich für unwahrscheinlich. Ein Blick durch den Spion, und Lipsky hätte sich in seinem Zimmer verschanzt. Haben Sie was dagegen, wenn ich jetzt mit Ihren Männern spreche?«

»Nicht das geringste.« Gabe blieb sitzen, Rossi kannte den Weg. Er schloß die Augen und versuchte, sich zu entspannen.

Er gab Rossi eine Stunde, ehe er selbst zu den Ställen ging. Gerüchte und Vermutungen, die ein derartiger Todesfall unweigerlich mit sich brachte, lagen in der Luft. Die Männer unterbrachen ihre Gespräche, sobald sie Gabe bemerkten, und bemühten sich, einen beschäftigten Eindruck zu machen.

Jamison redete mit Matt über den verletzten Hengst.

»Die Entzündung ist weg«, sagte Matt gerade, »und die Wunde heilt gut. Wir werden einmal am Tag den Verband wechseln und ihm weiter ein Antiseptikum geben.«

»Behält er eine Narbe zurück?«

Matt nickte und begutachtete die lange Schnittwunde. »Höchstwahrscheinlich.«

»Eine gottverdammte Schande.« Jamison griff nach einer Spritze, um die Wunde anzufeuchten. »So ein Prachtpferd wie dieses!«

»Das hebt sein Ansehen«, kommentierte Gabe, packte Double am Halfter und strich ihm so liebevoll über den Kopf, wie ein Mann sonst nur eine Frau liebkost. Der Hengst reagierte auf diese Geste, indem er Gabe spielerisch anstupste. »Kampfspuren«, brummte Gabe. »Sie werden seine Leistung nicht beeinträchtigen. Wann kann man ihn wieder reiten?«

»Nicht so hastig!« Matt sprang zur Seite, als Double nach seiner Schulter schnappte. Die Zähne verfehlten ihr

Ziel nur knapp. »Der muß mich immer ärgern. Am liebsten würdest du mich zum Abendbrot verspeisen, was, Freundchen?« Er gab dem Hengst einen gutmütigen Klaps auf den Hals, nachdem er sich vergewissert hatte, daß Gabe ihn festhielt. »Er wird in Kentucky starten können, Gabe. Ich wette ja nicht, sonst würde ich ein paar Dollar auf ihn setzen.«

Gabe nahm Matts Diagnose zur Kenntnis und wandte sich an seinen Trainer: »Jamie?«

»Ich habe ein neues Trainingsprogramm für ihn ausgearbeitet. Wir müssen es mal versuchen.«

»Das wär's dann wohl. Hat Rossi mit dir gesprochen?«

Jamisons Augen funkelten grimmig, als er einen neuen Verband anlegte. »O ja, der war hier und hat eine Menge Fragen gestellt. Alle hat er durcheinandergebracht. Peterson nahm an, daß eine Gangsterbande dahintersteckt. Kip dachte, es sei eine Frau. Lynette wollte sich das nicht bieten lassen und hat ihm ordentlich die Leviten gelesen. Jeder ergreift in irgendeiner Weise Partei.«

»Keiner hält es für Selbstmord?«

Jamison warf Gabe einen vielsagenden Blick zu und trat aus der Box: »Keiner, der ihn kannte.«

»Er hätte sich das Gift besorgen können«, gab Matt zu bedenken. »Er kannte die Wirkung und hat sicher auch damit gerechnet, daß er seiner gerechten Strafe nicht entgeht.«

»Ein Typ wie Lipsky hätte auf jeder Rennbahn untertauchen können.« Jamison schaute zu dem Pferd. Er versorgte Doubles Wunden selber, gewissermaßen als Buße für seine Mitschuld. »Ich hätte den Kerl schon vor Monaten feuern sollen, dann wäre das alles nicht passiert, und Mick würde auch noch leben.«

»Das ist nicht mehr zu ändern«, meinte Gabe, »aber der Fall ist noch nicht abgeschlossen. Es bleibt die Frage, wer Lipsky seinen letzten Drink gegeben hat.«

»Weißt du, was ich Rossi gesagt habe?« Matt kratzte sich beim Hinausgehen am Kinn. »Es muß jemand gewesen sein, der etwas von Pferden versteht und Zugang zu den Medikamenten hat.« Er lächelte gequält. »Was den Kreis der Verdächtigen auch nicht einschränkt.«

»Wir alle gehören dazu.« Gabe sah, wie Matts Kinnlade herunterfiel. »Und Hunderte andere Personen. Danke fürs Vorbeikommen, Matt.«

Matt schluckte nervös: »Keine Ursache. Ich schau' in ein paar Tagen noch einmal nach ihm. Jetzt, äh, werde ich mal nach Three Willows fahren.«

»Ach ja?« Gabe sah Matt fragend an und zündete sich lässig eine Zigarre an. »Gibt es dort ein Problem?«

»Nein, nein. Ich wollte nur . . . nun ja . . .«

Gabe lächelte leicht, und seine Anspannung ließ etwas nach. »Sie ist ein erfreulicher Anblick, was?«

Matt wurde rot. »Allerdings. Channing glaubt, daß sie noch eine Weile hier bleibt.« Er hatte sein Bestes getan, um Channing auszuhorchen, aber der junge Mann war entweder sehr diskret oder sehr zurückhaltend, wenn es um seine Stiefschwester ging.

»Oh, ich denke schon, daß sie noch bleiben wird.« Dafür würde er sogar persönlich sorgen. »Und du darfst sie anschauen, soviel du willst.« Er legte Matt einen Arm um die Schulter, als er ihn zum Auto begleitete. »Daraus kann dir niemand einen Vorwurf machen. Aber nicht anfassen, Doc!«

Während Matt noch nach einer Antwort suchte, öffnete Gabe ihm schon die Autotür. »Sie gehört mir«, sagte er nur.

»Was, du . . .«, puterrot im Gesicht brach Matt ab, »das wußte ich nicht. Kelsey hat nie . . . Ich habe nie . . .«

»Wenn ich das angenommen hätte, wäre es dir schlecht ergangen«, unterbrach ihn Gabe freundlich, aber die Warnung in seinen Augen war nicht zu übersehen. »Grüß Kelsey von mir, wenn du sie siehst.«

»Mach' ich.« Matt hatte es plötzlich eilig. »Aber weißt du, vielleicht sollte ich lieber nach Hause fahren. Ein Berg Papierkram wartet auf mich.«

»Dann will ich dich nicht länger aufhalten.« Gabe trat zurück und sah dem davonfahrenden Wagen grinsend nach.

»Du hast dem Jungen eine Todesangst eingejagt.« Jamison steckte sich eines seiner geliebten Kirschbonbons in den Mund.

»Ich habe ihm nur Ärger erspart.«

»So kann man's auch nennen.« Jamison ließ sein Bonbon auf der Zunge zergehen. »Weiß sie, daß du ein Auge auf sie geworfen hast?«

Gabe stieß eine Rauchwolke aus und dachte an Kelseys Reaktion auf den Kuß in aller Öffentlichkeit. Er hatte das mit voller Absicht getan. »Sie hat ein kluges Köpfchen.«

»Gerade die klugen Frauen machen einem Mann die meisten Schwierigkeiten.«

»Ich habe schon lange keine derartigen Schwierigkeiten mehr gehabt.« Und er hatte auch nicht gewußt, wie sehr er sich danach sehnte. »Vielleicht fahre ich mal rüber, um mir welche einzuhandeln.« Die Ablenkung würde ihm guttun, dachte er und musterte seinen Trainer genauer.

Matt und Double hatten ihn zu sehr in Anspruch genommen, daß er die Furchen der Erschöpfung in Jamies Gesicht und die Schatten unter seinen Augen erst jetzt bemerkte. »Du siehst mitgenommen aus, Jamie.«

Er hatte die letzten Nächte schlecht geschlafen und seit dem Mord an Mick kaum einen Bissen hinunterbringen können.

»Mir geht vieles im Kopf herum.«

»Über eins brauchst du nicht mehr nachzudenken, für Micks Tod bist du in keiner Weise verantwortlich.« Als Jamison nur trübe ins Leere starrte, ließ Gabe seine Zigarre fallen und trat sie aus. Der Ausdruck in Jamisons Augen verstärkte seine eigenen Schuldgefühle nur noch. »Okay, du hast mangelnde Menschenkenntnis bewiesen, indem du ihn weiter beschäftigt hast. Ich allerdings auch, indem ich ihn vor aller Augen rausgeschmissen habe. Das könnte der Auslöser gewesen sein.«

»Ich sehe Mick immer wieder vor mir, wenn ich die Augen schließe.« Jamisons Stimme klang gepreßt. »Wie er ausgesehen haben muß, als Lipsky und das Pferd mit ihm fertig waren. Das hätte nie passieren dürfen, Gabe.« Er seufzte. Darauf gab es keine Antwort, das wußte er. »In dreieinhalb Wochen findet das Derby statt. Double muß bis dahin in Form sein, und es ist mein Job, ihn soweit zu bringen. Aber immer, wenn ich ihn ansehe, muß ich daran denken, wie stolz Mick darauf war, ihn zu betreuen.«

Ohne etwas zu erwidern, blickte Gabe über die Hügel. Das war seine Heimat. Das Derby bedeutete ihm mehr als nur ein bloßes Rennen. Für ihn war es wie ein Heiligtum, nach dem er sein ganzes Leben lang gesucht hatte.

Und jetzt, nach vielen Kämpfen und Anstrengungen, nach fünf Jahren harter Arbeit, hatte er dieses Ziel beinahe erreicht.

»Double muß starten, Jamie. Wenn du nicht mit ihm arbeiten kannst, teile ich ihn Duke zu.« Duke Boyd, der Assistenztrainer, war ein kompetenter Mann, das wußten sowohl Gabe als auch Jamison. Doch ihm fehlte jene besondere Gabe, die Jamie in die Wiege gelegt worden war. »Er muß für Churchill Downs in Form gebracht werden, egal wie.«

»Ich werde meinen Job machen«, entgegnete Jamison und rieb sich die Augen.

»Du mußt mit deinem ganzen Herzen dabeisein.«

Jamison ließ die Arme sinken. »Das bin ich auch, verdammt noch mal. Mit Leib und Seele.«

Er wandte sich ab und ging entschlossen zum Stall zurück.

Kelsey wußte, daß es ein Fehler war, sich in ein Pferd zu verlieben. Doch in diesem Punkt ließ sie ihr Verstand im Stich. Sie liebte die Fohlen auf ihren staksigen Beinchen genauso wie die älteren Tiere, und ihre Gesten der Zuneigung wurden nur ein einziges Mal mit einem Tritt erwidert.

Vielleicht lag es daran, daß sie diesen Zwischenfall mit Gelassenheit hingenommen, sich hochgerappelt und sich nur den Staub abgeklopft hatte, jedenfalls intensivierte Moses von da an ihre Ausbildung.

Ihm gefiel ihr Stil und die Art, wie sie mit den Pferden

umging. Mehr noch gefiel ihm aber, wie die Pferde auf sie reagierten.

Dennoch registrierte er zufrieden, daß Kelsey nervös und neugierig war, als er sie in den Jährlingsstall mitnahm. Er hatte die Angelegenheit mit dem Betreuer der Tiere besprochen, und gemeinsam hatten sie diese spezielle Stute ausgesucht. Das kleine lebhafte Tier wog ungefähr siebenhundertfünfzig Pfund.

Das goldene Dämmerlicht ergoß sich über das kastanienbraune Fell der Stute und ließ es aufflammen. Benommen blieb Kelsey stehen. Sie fand, daß sie noch nie in ihrem Leben etwas Schöneres gesehen hatte.

»Sie hat Mut und Charakter«, erklärte Moses, der einem Betreuer half, die Stute zu beruhigen, als sie gesattelt wurde. »Deshalb hat Naomi sie auch Honor genannt. Naomi's Honor.«

Die Stute stupste Moses hart mit dem Kopf an; ein Stoß, den er bis in die Schulter spürte. Energisch zog er an den verkürzten Zügeln und fuhr fort:

»Du wirst die erste sein, die auf ihrem Rücken sitzt. Jetzt bild dir bloß nicht ein, sie würde sich von ihrer besten Seite zeigen. Sie ist an ihre Freiheit gewöhnt, also wissen wir nicht, was wir zu erwarten haben. Außerdem ist sie viel stärker als du.« Er betrachtete die schmale Gestalt in der gepolsterten Jacke. »Du mußt sie überlisten.« Er strich dem Jährling über das Fell, vom Hals bis zum Widerrist, »und du mußt sanft mit ihr umgehen.«

Seine Wahl war auf Kelsey gefallen, denn nur wer Pferde liebte, konnte erfolgreich mit ihnen arbeiten.

Im Stall herrschte Stille. Moses sprach so leise, als seien sie in einer Kirche. Er schnalzte mit der Zunge und bedeutete Kelsey, näher zu kommen und den Kontakt zu dem Jährling herzustellen.

Ihr Herz pochte so laut und heftig, daß sie meinte, es würde die junge Stute erschrecken. Sie bewegte sich langsam und berührte das Tier liebevoll. Flüsternd sprach sie auf Honor ein und beobachtete, wie sich ihre Ohren beim Klang ihrer Stimme aufstellten.

»Du bist ja eine richtige Schönheit, Honor. Ich kann's kaum erwarten, mit dir zu reiten. Wir beide werden schon Freunde werden.«

Der Jährling schnaubte zurückhaltend und legte die Ohren an, als Moses ihm das Zaumzeug über den Kopf streifte.

»Ganz ruhig«, murmelte Kelsey. »Keiner tut dir was. Es dauert gar nicht lange, dann bist du die absolute Königin. Ich wette, das fühlt sich eigenartig an.« Sie sprach weiter beruhigend auf das Tier ein, während Moses den Sattelgurt festzog. »Du solltest mal eine enge Jeans anziehen, die ist mit Sicherheit unbequemer als dieser lächerliche kleine Sattel.«

»Ich helfe dir jetzt hoch. Denk dran, was ich dir gesagt habe!« warnte Moses.

»Ja.« Sie holte einmal tief Atem. »Noch sitze ich nicht im Sattel. Erst muß ich aufsteigen.«

»Richtig. Damit machst du ihr klar, was von ihr erwartet wird. Langsam jetzt. Und vergiß nicht, wo die Tür ist, falls du ganz schnell hier raus mußt.«

Der Gedanke an diese Möglichkeit ließ Kelsey noch einmal tief durchatmen, ehe sie ihr Knie und ihr Schicksal in Moses' Hand legte.

Der Jährling bockte überrascht und wütend, als Kelsey sich in den Sattel schwang. Sie spürte die heftige Bewegung und versuchte, einfach nicht daran zu denken, wie man sich fühlt, wenn man auf dem Boden liegt und ein mehrere hundert Pfund schweres aufgeregtes Pferd über sich hat. Sie folgte den Anweisungen von Moses und ihrem eigenen Instinkt, richtete sich auf und verlagerte ihr Gewicht auf Sattel und Steigbügel.

Honor tänzelte, schlug nach hinten aus und versuchte, sich in die richtige Position für einen Tritt gegen Moses zu bringen. Sofort beugte Kelsey sich vor und flüsterte der Stute beschwichtigend ins Ohr.

»Ganz ruhig. Du willst doch nicht, daß dich alle für ein gewöhnliches Pferd halten?«

Aber auch sie konnte nicht zaubern. Die Stute beruhigte

sich beim Klang ihrer Stimme nicht gleich, aber nach einigen weiteren widerspenstigen Bewegungen stand sie still.

»Sie mag mich«, verkündete Kelsey.

»Sie überlegt, wie sie dich am besten abwerfen kann.«

»Nein.« Kelsey grinste auf Moses hinunter. »Sie mag mich.«

»Das werden wir ja sehen.« Moses wartete, bis Kelsey fest im Sattel saß. »Gut so. Jetzt an die Arbeit.«

Wie Moses treffend bemerkte, war diese Arbeit zunächst ein Kinderspiel. Kelsey würde nur im Sattel sitzen müssen, während ein Ausbilder Honor auf der Jährlingsbahn herumführte, deren hohe Mauern Pferd und Reiter nach außen abschirmten.

Hatte sich die Jährlingsstute erst einmal an das Gewicht des Reiters gewöhnt, nahm der Betreuer sie an die Longe, und dann war es schließlich an Kelsey, sie zu lenken.

So würden sie zusammen lernen.

»Wie macht sie sich denn?« wollte Naomi wissen, als sie sich zu ihnen gesellte.

»Wie man es von ihr erwartet. Sie ist schließlich eine Chadwick.« Moses nahm ihre Hand und streichelte sie, eine seiner seltenen öffentlichen Zärtlichkeitsbekundungen. »Ich hatte eigentlich damit gerechnet, daß du dich selbst davon überzeugst.«

»Ich war zu nervös.« Naomi schaute, wie Kelsey den Jährling unter Kontrolle brachte. »Sie ist jetzt seit einem Monat hier, Moses, und sie hat noch kein Wort über ihre Abreise verloren.« Sie hakte die Daumen in die Hosentaschen. »In den letzten Wochen ist so viel Unerfreuliches geschehen, daß ich beinahe jeden Tag gefürchtet habe, sie würde ihre Sachen packen und gehen.«

»Du siehst eben nicht richtig hin, Naomi.« Moses lächelte nachsichtig, als Kelsey kurz ihre eigentliche Aufgabe vergaß, sich vorbeugte und ihr Gesicht an der weichen Mähne des Jährlings vergrub. »Sie wird nirgendwo hingehen.«

Auf Moses' Kommando zügelte Kelsey die Stute und ritt langsam auf die beiden zu. »Sie ist wundervoll!«

»Ja.« Naomi empfand einen solchen Stolz, daß es sie selbst erschreckte. Sie hob eine Hand, um die Stute zu streicheln, dann fuhr sie mit den Fingerspitzen zart über Kelseys Wange und sagte: »Ihr paßt großartig zusammen.«

»Ich fühle mich auch großartig.« Nachdem Moses Honor mit einer Möhre belohnt hatte, streckte Kelsey die Hand aus: »Hab' ich mir nicht auch eine verdient?«

»Na ja. Ich will mal nicht so sein.«

Kelsey biß herzhaft in die Möhre. »Jetzt, wo ich keine Angst mehr habe, fängt die Sache an, mir Spaß zu machen.« Sie klopfte Honor auf den Hals und betrachtete sie verzückt. »Kann ich morgen wieder mit ihr arbeiten, Moses?«

»Und übermorgen auch«, sagte er. »Du bist ab sofort für sie verantwortlich.«

»Wirklich?« Am liebsten wäre sie ihm um den Hals gefallen, aber sie begnügte sich damit, ihn strahlend anzulächeln. »Ich werde dich nicht enttäuschen.«

»Wenn du das tust, kürze ich deinen Lohn.«

Jetzt grinste sie: »Ich kriege ja gar keinen.«

»Du stehst seit zwei Wochen auf der Lohnliste.« Da Kelsey ihn nur entgeistert anstarrte, zwinkerte Moses ihr zu. »Freitag bekommst du deinen ersten Scheck.«

»Das ist wirklich nicht nötig. Ich . . .«

»Du tust deine Arbeit und bekommst dein Geld dafür«, erwiderte Moses bestimmt. Schließlich war er für die Lohnbuchhaltung verantwortlich. »Natürlich fängst du ganz unten an. So wie du damals, Naomi.«

»Niedrigste Stufe.« Naomi verzog das Gesicht. »Mein Vater bestand darauf, daß ich mir jeden Penny – und ich bekam wirklich nur einen Hungerlohn – auch verdiente. Er war der Ansicht, daß ich später mein Erbe mehr zu schätzen wüßte. Und er hatte recht.«

Kelsey überlegte. Wahrscheinlich war es am besten, wenn sie ihre Beziehung auf rein geschäftlicher Ebene hielten. »Wie hoch ist denn der Hungerlohn?«

»Du kommst auf ungefähr zweihundert pro Woche«, erklärte Moses.

Kelsey hob die Brauen. »Und wann kriege ich eine Lohnerhöhung?«

Lachend trat Naomi näher. »Du hättest meinem Vater gefallen.« Sanft streichelte sie Honors Hals. »Sie mag dich.«

Kelsey warf Moses einen triumphierenden Blick zu. »Was habe ich gesagt?«

»Ich habe dreiundzwanzig Geburtstage versäumt.« Naomis eigenartiger Ton ließ Kelsey aufhorchen. »Und dreiundzwanzig Weihnachtsfeste. Also gibt es viel nachzuholen.« Äußerlich ruhig, doch innerlich aufgewühlt, sah sie ihrer Tochter in die Augen. »Damit könnte ich jetzt anfangen, wenn du mich läßt. Möchtest du sie haben?«

»Sie haben?« Überwältigt starrte Kelsey ihre Mutter an. »Honor? Du willst mir Honor schenken?«

»Ich möchte gern, daß du sie annimmst. Ohne jede Verpflichtungen. Es dürfte zwar fast unmöglich sein, ein Pferd in einem Apartment zu halten«, fuhr sie betont gelassen fort, »aber sie kann ja hierbleiben, solange du willst, und Moses kann sie weiter ausbilden. Aber sie gehört dir, wenn du magst.«

Voll widersprüchlicher Gefühle stieg Kelsey langsam ab. Ihre Hände umklammerten die Zügel, und sie fühlte den warmen Atem der Stute in ihrem Nacken.

»Ich nehme sie furchtbar gern. Danke!«

»Das freut mich. Ich muß zurück, hab' eine Verabredung zum Lunch.«

Kelsey blieb unschlüssig stehen, dann drückte sie plötzlich Moses die Zügel in die Hand und lief hinter ihrer Mutter her, die mit weitausgreifenden Schritten davoneilte. Als sie Naomi erreicht hatte, tat sie etwas, was ihr auf einmal die natürlichste Sache der Welt zu sein schien: Sie küßte sie.

»Danke«, wiederholte sie, und Naomi umarmte sie fest und innig.

»Tut mir leid«, murmelte Naomi dann, als ob es ihr leid täte, und ließ sie rasch los. »Ich werde sofort die Besitzurkunde umschreiben lassen. Bin spät dran«, fügte sie hinzu, mühsam ihre Gefühle beherrschend, und lief davon.

Kelsey stand hilflos da, blickte ihr nach und wünschte, sie könnte diese Frau, die ihr das Leben geschenkt hatte, verstehen.

»Ich weiß nicht, was ich machen soll!«

»Du machst es genau richtig.« Moses übergab ihr die Zügel. »Und jetzt geh und versorge dein Pferd.«

13

Die Tage flogen schnell dahin. Kelsey hatte ein eigenes Pferd, eine vielversprechende Romanze mit einem faszinierenden, wenn auch unberechenbaren Mann und eine Mutter, die ihr nahestand und die sie allmählich zu lieben begann.

Das hatte sie nicht erwartet. Naomi zu respektieren vielleicht, denn mit einer Frau wie Naomi so eng zusammenzuleben, ließ die widersprüchlichsten Gefühle entstehen.

Ihr blieb jedoch nicht viel Zeit, um lange darüber nachzugrübeln. Die Eröffnung des entscheidenden großen Derbys rückte näher, und sowohl auf Three Willows als auch auf Longshot ging es zu wie in einem Taubenschlag.

Obwohl sie es nie zugegeben hätte, sah Kelsey im Geiste schon Honor als Sieger aus vielen Derbys hervorgehen. Heute würden sie beide einen wichtigen Schritt in diese Richtung tun.

Draußen auf dem Übungsplatz von Three Willows hatte man eine originalgetreue Startbox aufgebaut. Obwohl sich der eisige Griff des Winters langsam lockerte, war die Luft noch kühl. Kelsey zupfte nervös an ihrer Jacke und hoffte, daß sich ihre Anspannung nicht auf Honor übertrug.

Ein Vollblut ist der geborene Renner, erinnerte sie sich. Die heutige Übung war nur dazu gedacht, Honor mit den äußeren Bedingungen vertraut zu machen. Alle guten Erbanlagen verhalfen einem Galopper nicht zum Sieg, wenn er nicht vorher gelernt hatte, was es mit diesem Stahlkäfig auf sich hatte, und daß das eigentliche Rennen erst begann, wenn die Boxen sich öffneten.

»Hab' gehört, du hast hier einen künftigen Champion.« Gabe schlenderte zu ihr und rieb mit der Hand über die Nase des Jährlings. Honor legte die Ohren an, beäugte Gabe und stupste ihn dann leicht an, als ob ihr sein Geruch und seine Berührung gefielen.

»Da hast du richtig gehört.« Besitzergreifend legte Kelsey eine Hand auf Honors Halfter. »Ich hab' dich schon ein paar Tage nicht gesehen.«

»Hast du mich vermißt?«

»Dazu hatte ich gar keine Zeit.« Kelsey war froh, daß sie nicht zu den Frauen gehörte, die sehnsüchtig wartend neben dem Telefon hockten. »Wir haben gerade allerhand um die Ohren.«

»Und wir lassen Double wieder voll trainieren.«

Spontan ergriff Kelsey seine Hand. »Das ist ja großartig! Ich freue mich so für dich!«

Er zog ihre Hand an seine Lippen: »Ich erinnere dich daran, wenn er das Derby gewonnen hat.«

»Mein Geld habe ich auf Pride gesetzt.« Genau wie ihr Herz. »Aber vielleicht lege ich was beiseite, um es auf Double zu setzen.«

»Wir schicken ihn jetzt zum Rennen nach Keeneland. Jamie möchte ihn auf Herz und Nieren prüfen, ehe er bei den Bluegrass Stakes antritt.«

»Fährst du mit?« erkundigte sie sich beiläufig.

»Wo das Pferd hingeht, gehe auch ich hin, und das bedeutet in den Siegerring von Churchill Downs.« Er strich ihr über das Haar, so wie er eben das Pferd gestreichelt hatte. »Willst du mir Gesellschaft leisten?«

Sie drehte sich um, weil sie die Gurte an Honors Sattel überprüfen wollte. »Ich habe eigentlich die Absicht, Naomi in den Siegerring zu begleiten.«

Er faßte sie fest an der Schulter. »Komm doch mit nach Keeneland, Kelsey! Ein paar Tage, an denen wir Zeit für uns haben.« Mittlerweile strömte sie auch schon den typischen Pferdegeruch aus, vermischt mit ihrer eigenen Duftnote nach Zitrone und Frühling. »Ich frage mich, wie oft ich dich auf einem solchen Kurztrip wohl lieben kann.«

Kelseys Beine wurden weich, aber sie sagte kühl: »Gibt es da einen Rekord?«

»Den werde ich dann übertreffen.« Ohne den Blick von ihr zu wenden beugte er sich vor: »Du hast . . .«, er biß leicht auf ihre Unterlippe und beobachtete, wie sich ihre

Pupillen weiteten, ». . . einen absolut unwiderstehlichen Mund.«

»Laß das Mädchen in Ruhe!« Moses bemühte sich, ärgerlich zu wirken, und zog Gabe heftig am Arm. »Willst du dich mit der Konkurrenz verbrüdern, Kelsey, statt deinen Job zu machen?«

Sie setzte ihren Hut auf und hob trotzig das Kinn. »Beides«, gab sie zurück, wandte sich ihrem Pferd zu, und Moses half ihr hinauf.

»Ganz schön anmaßend«, brummte er.

»Nein, er macht sich Hoffnungen«, verbesserte sie. Dann ritt sie langsam auf den Stahlkäfig zu, dessen Tore weit geöffnet waren, damit Honor nicht sofort vor der Enge zurückscheute. Trotzdem warf die Stute den Kopf zurück und versuchte auszubrechen. Kelsey wußte, sie wollte ihre Kraft erproben.

»O nein, so nicht«, schimpfte sie leise, »noch hab' ich hier was zu sagen. Du willst uns doch nicht vor unserem Publikum blamieren?« Ein leichter Schenkeldruck, Kelsey packte die Zügel fester und trieb Honor vorwärts. Erst als sie direkt in der Box waren, brachte sie die Stute zum Stehen.

»Siehst du, alles halb so schlimm«, murmelte sie. »Du mußt ja auch nicht lange hierbleiben. Alles, was zählt, ist das, was nachher passiert.« Langsam verließen Pferd und Reiterin die Box, drehten eine Runde und wiederholten die Prozedur.

»Sie hat gute Hände«, bemerkte Moses.

»Auf einem Pferderücken könnte man sie fast mit Naomi verwechseln.« Gabe schob die Hände in die Hosentaschen und fragte: »Wie geht es mit den beiden voran?«

»Langsam und stetig. Keine entscheidenden Fortschritte, aber ich würde sagen, die erste Hürde haben sie genommen, als Naomi ihr diesen Jährling schenkte.«

»Sie setzt große Hoffnungen auf das Pferd.«

»Und noch größere auf das Mädchen.« Moses nutzte die Gunst der Stunde und blickte Gabe fest an. »Kelsey hat zwar einen Vater, aber der ist nicht hier, also fühle ich mich als sein Stellvertreter und sage dir eins: Sei vorsichtig! Kelsey gehört nicht zu der leichtfertigen Sorte, und Naomi würde sich gewaltig aufregen, wenn du ihrem Mädchen weh tust.«

Gabes Gesicht bekam einen verschlossenen Ausdruck, aber er ließ sich seinen Groll nicht anmerken. Er legte nur Neugier in seine Stimme: »Und du vermutest, daß ich das tun will?«

Moses zupfte eine Zigarre aus Gabes Tasche und verstaute sie in seiner. »Spiel hier nicht den Geheimnisvollen, mein Junge. Mein Volk hatte die ersten Geheimnisse dieser Erde bereits gelüftet, als deine Vorfahren noch in Höhlen hausten und sich von rohem Fleisch ernährten. Ich vermute gar nichts. Ihr zwei gebt ein hübsches Paar ab.« Mit einem raschen Blick vergewisserte er sich, daß Kelsey keine Probleme hatte. »Aber erst wenn man die Rose gepflückt hat, weiß man, ob die Dornen stechen.«

Gabes Lippen verzogen sich zu einem Lächeln. »Ein weiser Spruch.«

»Ich möchte doch nur verhindern, daß du sie zu sehr bedrängst. Das Mädchen hat nämlich Herz.« Über sich selbst verärgert stapfte Moses durch das Gras, um Kelseys Fortschritte zu begutachten.

Ja, sie hat Herz, stimmte Gabe zu, der beobachtee, wie sie aufmerksam Moses' Ratschlägen lauschte. Und dazu noch blaues Blut.

Viele, die ihn kannten, behaupteten, er habe überhaupt kein Herz. Und mit Sicherheit floß kein Tropfen blauen Blutes in seinen Adern. Doch das hatte ihn früher nicht gehindert, seine Ziele zu verfolgen, und das würde es auch jetzt nicht tun.

Es gab genug Frauen, die bereit waren, diesen Makel zu übersehen, und viele hatten es schon getan, dachte er zynisch. Sie hatten über einen gewalttätigen Säufer als Vater, einen kurzen Gefängnisaufenthalt und einen Hang zum Glücksspiel einfach hinweggesehen.

Aber er wollte nicht mehr nur irgendeine Frau, er wollte nur Kelsey.

Da die Sonne an Kraft gewann, setzte Gabe seine Sonnenbrille auf. Die Zeit verging, eigentlich wurde er dringend auf seinem Gestüt gebraucht, doch er blieb wartend am Rand stehen, bis Kelsey vom Pferd stieg.

»Sie hat ihre Sache gut gemacht«, freute sie sich und gab dem Jährling einen Kuß auf die Stirn, ehe sie die obligatorische Möhre hervorholte. »Kein bißchen Angst!«

»Ich möchte dich heute abend sehen.«

»Wie bitte?« Sie hatte die Wange noch immer an Honors schimmerndes Fell gepreßt und blinzelte ihn an.

»Ich würde dich heute abend gern ausführen. Mit dir essen gehen, dann ins Kino oder vielleicht durch die Gegend fahren. Du hast die Wahl. Ich möchte mich mit dir verabreden«, erläuterte er, als sie ihn fragend anschaute. »Mir scheint, daß ich dieses spezielle Ritual bei dir bisher versäumt habe.«

»Eine richtige Verabredung?« Kelsey überlegte einen Moment. »Du holst mich ab, wir gehen zusammen aus, und dann bringst du mich nach Hause und begleitest mich bis zur Tür?«

»So ungefähr hatte ich mir das vorgestellt.«

»Nun, das ist allerdings etwas anderes.« Nachdenklich neigte Kelsey den Kopf zur Seite. »Ich muß um fünf Uhr aus den Federn, also darf's nicht zu spät werden. Ich habe nichts dagegen, ins Kino zu gehen, sagen wir, in die Sieben-Uhr-Vorstellung. Und danach gehen wir eine Pizza essen.«

Jetzt zögerte er. Einen derartigen Vorschlag hatte er von ihr nicht erwartet. »Gut, Kino und Pizza. Ich hole dich gegen sechs Uhr ab.« Er hob ihr Kinn leicht an und küßte sie flüchtig.

»Hey, Slater!« schrie sie ihm nach. »Darf ich den Film aussuchen?«

Ohne stehenzubleiben rief er über die Schulter: »Aber bitte keinen mit Untertiteln.«

»Bei der allerersten Verabredung?« lachte sie. »Für was für eine Frau hältst du mich eigentlich?«

»Für meine«, gab er schlagfertig zurück, und sie lachte nicht mehr.

An einer überfüllten Pizzeria voller kichernder Teenager war nichts Romantisches. Genau das hatte Kelsey beabsichtigt. Sie war entschlossen, das Treffen so unpersönlich wie möglich zu halten und ihn auf keinen Fall zu nahe an sich heranzulassen. Außerdem wollte sie herausfinden, was wirklich in Gabriel Slater vorging.

»Herrlich!« Sie ließ sich an einem Ecktisch nieder. »Ich hatte schon fast vergessen, daß es noch etwas anderes auf der Welt gibt außer Rennpferde.«

»Das geht uns allen so.« Gabe streckte die Beine aus. Er dachte belustigt, ausgerechnet er mußte eine Frau zum Essen einladen und sich dann mit ihr in einem Lokal wiederfinden, das mit Bildern grinsender Pizzas dekoriert war. »Du hast dich schnell und fast perfekt angepaßt.«

»Eines meiner Talente. Oder ein Fehler – je nachdem, wie man's sieht. Wenn man etwas tut, soll man es ganz tun.« Entspannt stützte sie die Füße auf den Holm seines Stuhls. »So kommt man entweder zu Ruhm, oder man geht mit fliegenden Fahnen unter.«

»Ist es das, worauf du aus bist, Kelsey? Auf Ruhm?«

Sie lächelte. »Ich bringe die Begriffe Ruhm und Befriedigung immer durcheinander.« Dann blickte sie erst zur Kellnerin, ehe sie Gabe zuzwinkerte: »Such dir was aus. Ich esse alles.«

»Ich nicht. Bringen Sie uns bitte eine kleine . . .«

»*Große*«, verbesserte Kelsey ihn rasch.

»Große Pizza«, nickte er, »mit Peperoni, Schinken und Pilzen und dazu zwei Pepsi.«

»Wie konservativ«, bemerkte Kelsey, als die Kellnerin gegangen war.

»Ich möchte gern wissen, was ich esse.« Das stammte wohl noch aus der Zeit, als er gezwungen war, Reste zusammenzukratzen. »Wo wir gerade beim Thema sind: Hast du nicht erst vor knapp einer Stunde zwei Tüten Popcorn leergefuttert?«

Immer noch lächelnd spielte sie mit der schlichten Goldkette an ihrem Hals. »Was man im Kino ißt, zählt nicht, das gehört einfach dazu, genau wie die Titelmusik.«

»Hatte der Film eigentlich einen Titelsong? Weiß ich gar nicht mehr.«

»Ich bin wohl doch oberflächlich«, meinte Kelsey achselzuckend. »Ich liebe Actionfilme, hab' sogar mal für einen Kurs an der Uni ein Drehbuch verfaßt. So eins, wo Gutes und Böses miteinander kämpften, wo wilde Autojagden und viele Schießereien stattfanden.«

»Was hast du damit gemacht?«

Abwesend ging sie den Rhythmus eines Songs, der aus der Musikbox dröhnte, mit den Fingern auf dem Tisch mit. »Ich habe die Note ›sehr gut‹ dafür bekommen und es dann in eine Schublade gesteckt. Erst wollte ich es bei einer Filmgesellschaft einreichen, aber dann hätten die es komplett umgeschrieben, und es wäre nicht mehr mein Text gewesen.« Die Kellnerin servierte ihnen ihre Drinks in riesigen roten Plastikbechern. »Ich wollte ja auch nie Schriftstellerin werden.«

»Was dann?«

»Ach, alles mögliche.« Sie zog die Schultern hoch und beugte sich vor. »Das hing ganz von meiner Stimmung ab. Was ich alles für Kurse belegt habe!« Ein leises Lächeln zog über ihr Gesicht. »Darin bin ich ganz groß, Kurse zu besuchen. Wenn du jemanden suchst, der von allem ein bißchen versteht, dann bist du bei mir richtig.«

»Das paßt doch gut, schließlich bist du bei einem Universitätsprofessor aufgewachsen.« Er hob seinen Becher: »Wissen ist Macht.«

»Und nichts wissen macht nichts. Aber Spaß beiseite, ich hoffte immer, wenn ich nur genug ausprobiere, finde ich irgendwann mal das Richtige.«

»Und hast du es gefunden?«

»Ja«, seufzte sie. »Meine Familie würde jetzt sofort sagen, daß ich das schon öfter behauptet habe, aber diesmal ist es anders – auch das habe ich schon öfter gesagt«, murmelte sie. »Aber es stimmt. Noch nie erschien mir das, was ich getan habe, so richtig und natürlich wie jetzt. Und so . . . so echt. Gott weiß, daß ich noch nie in meinem Leben so hart gearbeitet habe.«

Und als wollte sie sich davon überzeugen, blickte sie auf ihre Hände, die von Tag zu Tag kräftiger wurden. Ihr gefiel die Idee, daß sie selbst gleichzeitig mit ihnen auch immer stärker wurde.

»Wie steht's mit dir? Hast du schon gefunden, was du gesucht hast?«

Seine Augen ruhten unverwandt auf ihr, und einen kurzen Augenblick lang glaubte sie, ein Geheimnis darin zu entdecken, einen Hunger.

»Vielleicht.«

»Siehst du eine Frau immer so an, als ...?«

Seine Lippen zuckten ganz leicht, aber der Ausdruck seiner Augen blieb unverändert. »Das hat mich noch niemand gefragt.« Er legte eine Hand um ihren Knöchel, der auf dem Holm seines Stuhles lag, und begann ihn zu streicheln. »Aber da du es selbst erwähnst, könnten wir den Abend doch so beschließen.«

Die Kellnerin brachte die Pizza und zwei weiße Plastikteller, wünschte stereotyp: »Guten Appetit«, und eilte davon.

»Ich mag die Atmosphäre hier.« Vorsichtig zog Kelsey ihren Fuß zurück und setzte sich gerade. »Aber jetzt habe ich den Faden verloren. Was ist mit deiner Farm? Hast du dort gefunden, was du gesucht hast?«

Gabe nahm ein Plastikmesser, um die Pizza zu zerteilen, dann legte er ein Stück auf ihren und eines auf seinen Teller. »Es gefällt mir da.«

»Warum?«

»Weißt du, Kelsey, ich glaube, es war ein Fehler, das Schreiben aufzugeben. Du wärst eine hervorragende Journalistin geworden.«

»Wenn man keine Fragen stellt, bekommt man auch keine Antworten.« Sie biß in ihre Pizza, und die scharfen Peperonistücke brannten ihr auf der Zunge. »Zumindest von manchen Menschen nicht. Hast du was gegen Fragen, Slater?«

Er überging diese Frage, indem er die vorherige beantwortete: »Es gefällt mir da, weil alles mir gehört.«

»So einfach ist das?«

»Nein, so kompliziert. Aber du wirst dir doch nicht den Abend mit meiner Lebensgeschichte beschäftigen wollen. Das verdirbt dir den Appetit.«

»Mein Magen hält einiges aus.« Sie leckte sich genüßlich Sauce vom Finger. »Du kennst meine Geschichte, Gabe. Zumindest einige Höhen und Tiefen. Und du hast bei mir keine Chance, wenn ich nicht wenigstens ein bißchen weiß, mit wem ich es zu tun habe.« Ungerührt aß sie weiter, obwohl er sie stirnrunzelnd musterte. »Das ist kein Ultimatum und auch keine Garantie, sondern einfach nur eine Tatsache. Ich fühle mich zu dir hingezogen, und ich bin gern mit dir zusammen. Aber ich kenne dich nicht.«

Und wenn das der Fall wäre, würden sich ihre Gefühle wahrscheinlich drastisch ändern, dachte er. Sein Risiko. Nun er war schon öfter Risiken eingegangen, wenn der Preis hoch genug war. »Laß mich erst einmal ein paar Worte über dich sagen. Du bist das einzige Kind eines liebevollen Vaters. Behütet. Verwöhnt.«

Zwar nagte die letzte Bemerkung an ihr, doch sie konnte nicht leugnen, daß es stimmte. »Zugegeben, ich habe als junges Mädchen fast alles bekommen, was ich mir wünschte. Sowohl materiell als auch emotional. Vermutlich wollte man mich dadurch für das Fehlen der Mutter entschädigen. Aber mir fehlte nichts.«

»Ein großes Haus in einem Vorort«, spann er den Faden weiter. »Gute Schulen, Ferienlager, Ballettstunden.«

Falls er beabsichtigte, sie zu ärgern, gelang ihm das vortrefflich. »Du hast Klavierunterricht, Schwimmen und Reiten vergessen.«

»Gehört alles zum Gesamtbild. Abschlußball, College deiner Wahl und als Krönung eine Riesenhochzeit.«

»Und als Höhepunkt eine lange, nervenzermürbende Scheidung. Wie sieht's bei dir aus, Slater?«

»Du hast ja keine Ahnung, wo ich herkomme, Kelsey. Ich will es dir erzählen, aber du wirst es nicht verstehen.«

Er würde es ihr erzählen, entschied er. Und dann sehen, wie die Würfel fielen.

»Es gab Tage, da bin ich nicht hungrig ins Bett gegangen. Das waren die Tage, an denen genug Geld für Essen übrigblieb oder an denen ich etwas stehlen oder erbetteln konnte. Kinder sind gute Diebe oder Schnorrer«, fügte er hinzu und beobachtete sie scharf. »Entweder haben die Erwachsenen Mitleid mit ihnen, oder sie übersehen sie.«

»Viele Menschen geraten einmal in die Situation, wo sie um Geld bitten müssen«, gab Kelsey vorsichtig zu bedenken. »Deswegen muß sich keiner schämen.«

»Das sagst du, weil du noch nie um Almosen bitten oder welche annehmen mußtest.« Die Eiswürfel in seinem Becher klirrten, ehe er ihn abstellte. »Nachts habe ich mir den Krach im Nebenzimmer angehört – oder besser, versucht, ihn zu überhören. Meine Mutter weinte. Die Nachbarin verdiente sich etwas damit, daß sie einen Kerl mit aufs Zimmer nahm. Wenn ich Glück hatte, wachte ich im selben Bett auf, in dem ich eingeschlafen war. Machmal kam meine Mutter mich mitten in der Nacht wecken, und wir schlichen uns davon, ehe wir rausgeworfen wurden, weil mein Vater das Geld für die Miete wieder mal beim Spielen verloren hatte.«

Vor Kelseys Augen erschien ein düsteres Bild. »Wo bist du denn aufgewachsen?«

»Überall und nirgends. Vielleicht in Chicago oder Reno oder Miami. Im Winter hielten wir uns im Süden auf, weil dort das Wetter besser war und die Rennsaison länger dauerte. Die Plätze waren austauschbar. Wenn du pleite und auf der Flucht bist, sieht alles gleich aus. Natürlich hat der Alte immer gesagt, wir würden nur weiterziehen, daß er bald sein Glück machen würde. Meine Mutter schrubbte Klos, damit wir nicht verhungerten, und er nahm ihr das meiste Geld wieder ab und verpraßte es beim Pferderennen, beim Kartenspiel oder beim Wetten. Der wettete um alles, im Notfall sogar darauf, wie weit ein beschissener Grashüpfer springt.«

Gabe erzählte seine Geschichte ganz leidenschaftslos, nur manchmal erschien ein Anflug von Verbitterung in seinen Augen. »Er hat gern beim Spiel betrogen, und meistens kam er damit durch, und wenn nicht, kratzte meine Mutter genug Geld zusammen, um zu verhindern, daß er zusammengeschlagen wurde. Sie liebte ihn.« Das war die bitterste Pille, die er schlucken mußte. »Viele Frauen liebten Rich Slater.«

Er aß weiter, als ob er sich selbst beweisen müßte, daß ihn all das nicht mehr berührte. »Er hat seine Frauen oft geschlagen. Manche kamen trotzdem immer wieder und trugen ihre blauen Augen und aufgeplatzen Lippen wie ein Markenzeichen. Meine Mutter war so eine Frau. Wenn ich versuchte, ihn aufzuhalten, hat er uns beide verdroschen. Sie hat mir das nie gedankt, sondern immer nur gemeint, ich würde nichts verstehen. Sie hatte recht«, fügte er hinzu. »Ich habe das nie verstanden.«

»Es gab aber doch Institutionen, an die du dich hättest wenden können. Das Jugendamt, die Fürsorge oder die Polizei.«

Gabe blickte sie schweigend an, sah ihren makellosen Teint und fühlte ihre ganz besondere Ausstrahlung. »Manche Menschen landen in der Gosse, Kelsey. Das ist das System.«

»Ich finde das ungerecht. Gewisse Dinge sollte es einfach nicht geben.«

»Du mußt nach Hilfe suchen, mußt fest erwarten, daß du sie findest. Meine Mutter tat das nicht, sondern sie nahm alles so hin, wie es war, erwartete nichts und bat um nichts.«

Kelseys Augen, von Mitleid und Entsetzen verdunkelt, hielten ihn völlig gefangen.

»Du warst doch noch ein Kind. Jemand hätte etwas ... etwas unternehmen müssen.«

»Glaubst du, ich wäre für Einmischung von außen dankbar gewesen? Ich bin von klein auf dazu erzogen worden, Polizisten zu meiden wie die Pest. Sozialarbeiter hielt ich für lästige Bürokraten, die nur darauf aus waren, mir Vorschriften zu machen. Manchmal ging ich zur Schule, manchmal nicht. Ich habe mich weiß Gott nicht darum gerissen, und meine Mutter besaß nicht mehr genügend Kraft, um mir Beine zu machen. Also konnte ich meistens tun und lassen, was ich wollte. Der Alte schleppte mich gern mit sich herum, so als eine Art Talisman. Und wenn ich ihn nicht aus den Augen ließ, gelang es mir wenigstens, daß etwas Geld zum Leben übrigblieb. Wenn er erst einmal betrunken war, kümmerte er sich nicht mehr darum.«

»Hast du nie daran gedacht, einfach wegzurennen?«

»Das schon. Aber ich meinte, bleiben zu müssen, damit er meine Mutter nicht zu Tode prügelte. Aber ob ich ihr damit einen Gefallen erwiesen habe? Meine Mutter starb schließlich im Armenhaus, an Lungenentzündung. Danach habe ich es noch ein halbes Jahr mit meinem Vater ausgehalten und das Geld verjubelt, das ich mir mit Jobs auf der Rennbahn verdient oder mir ergaunert hatte. Dann ging ich auf und davon. Damals war ich dreizehn.«

Und groß für sein Alter, erinnerte er sich, und durchtrieben. Vor der Zeit erwachsen.

»Der Alte hat mich ein paarmal aufgestöbert. Ich hatte ja damals schon die Vorliebe für Pferde, also landete ich gewöhnlich auf einer Rennbahn. Er fand das schnell heraus, und dann setzte es Prügel. Gewöhnlich konnte ich mich loskaufen.«

»Loskaufen?«

»Wenn Fortuna mir hold war, hatte ich die Taschen voller Geld. Ein paar Hunderter reichten aus, damit er selbst ein Spielchen riskieren oder in der nächsten Bar verschwinden konnte, wo er sich vollaufen ließ und ich meine Ruhe vor ihm hatte. Seitdem war der Preis allerdings gewaltig gestiegen. »Sobald ich ihn glücklich losgeworden war, fing ich wieder von vorne an, beherrscht von dem einen Gedanken, daß ich mir eines Tages etwas eigenes aufbauen würde und mir niemand mehr etwas anhaben konnte, er nicht und auch sonst niemand. Du ißt ja gar nichts.«

»Das tut mir sehr leid.« Sie nahm seine Hand fest in die ihre. »Es tut mir wirklich leid, Gabe.«

Ihr Mitleid wollte er nicht. Plötzlich wurde ihm klar,

daß er insgeheim gehofft hatte, sie würde sich entsetzt von ihm abwenden. Das hätte es ihm leichter gemacht, sich auch von ihr zurückzuziehen, und diese ungestüme Jagd nach einer ungewissen Zukunft hätte ein Ende gehabt.

»Dann habe ich eine Zeitlang im Knast gesessen, weil ich in eine fingierte Pokerrunde geraten war und die Falle nicht rechtzeitig erkannt habe.« Er sah sie erwartungsvoll an, doch der erwartete Kommentar blieb aus. »Ich war zwar nur ein kleiner Fisch, aber ich wurde trotzdem eingelocht. Als ich wieder frei war, stellte ich es klüger an. Ich hab' einige Betrügereien versucht, aber im Grunde genommen war ich eher ein Spieler als ein Gauner. Bei der Arbeit in den Ställen verdiente ich mir die nötigen Einsätze. Außerdem mochte ich die Pferde. Ich ließ mir nichts zuschulden kommen, weil ich nicht wieder ins Gefängnis wollte, und ich trank nichts, weil ich immer an meinen Alten denken mußte – vor allem an seinen Geruch. Dann hatte ich endlich Glück.«

Er war am Ende seiner Geschichte, lehnte sich zurück und zündete sich eine Zigarre an. »Verstehst du mich jetzt besser?«

»Vielleicht verstehe ich dich besser, als du denkst. Es muß ein Alptraum gewesen sein, mit einem Alkoholiker zu leben, der . . .«

»Er ist nicht nur ein Alkoholiker«, unterbrach Gabe sie schroff, »er ist auch ein gemeiner, mieser Ganove, Kelsey. Keine noch so harte Entziehungskur könnte etwas daran ändern, daß er ein Säufer ist, einer, der sich an jedem vergreift, der schwächer ist als er, besonders natürlich an Frauen. Und das war kein Alptraum, sondern das wirkliche Leben, mein Leben.«

Kelsey entzog ihm ihre Hand. »Dir wäre es wohl lieber, wenn ich dich nicht verstehen würde, oder?«

Gabe hatte nicht damit gerechnet, daß einfache Teilnahme so viele Erinnerungen und die damit verbundenen Gefühle an die Oberfläche schwemmen würde. »Richtig. Mir wäre es lieber gewesen, wenn du mich so genommen hättest, wie ich bin.«

»Wir sind jeder das Produkt unserer Erziehung, Gabe, so oder so. Ich beurteile die Menschen nicht nach dem äußeren Schein. Und wenn du mich wirklich willst, mußt du dich daran gewöhnen, daß ich an deinem Leben teilhabe.«

Er drückte seine Zigarre aus. »Das klingt ja wie ein Ultimatum.«

»Das ist es auch.« Kelsey schob ihren Teller von sich und griff nach ihrer Jacke. »Wir haben noch eine lange Heimfahrt vor uns, deshalb sollten wir uns besser auf den Weg machen.«

Der kleine Junge, dessen Kindheit von Betrug und Gaunereien bestimmt gewesen war, würde ihr noch viel Stoff zum Nachdenken geben. Ein Kind, dessen Schlaflieder aus dem Gestöhne der Huren im Nebenzimmer bestanden hatten.

Wieviel von diesem Jungen noch in dem erwachsenen Mann steckte, wußte Kelsey nicht. Aber wahrscheinlich viel mehr, als Gabe ahnte. Und mehr, als er jemals freiwillig zeigen würde, dessen war sie sicher.

Die angenehmen Umgangsformen, das prächtige Haus und die Champions, die aus seinem Gestüt hervorgingen, hatten ihm einen gewissen sozialen Status verschafft. Doch wer aus der Rennsportelite wußte über seine Vergangenheit Bescheid? Und wenn sie jemand kannte, betrachtete man sie dann nicht sogar als eine pikante Abwechslung?

Und sie begann, Gabes Widerstand zum Trotz, ihn zu verstehen. Er stand ihr bereits viel näher, als sie zugeben wollte.

Es war schon fast ein Uhr nachts, als es heftig an Bill Cunninghams Vordertür klopfte. Er hüllte hastig seinen unförmigen Körper in einen roten Seidenkimono, eilte nach unten und schaute durchs Fenster. Als er sah, wer draußen stand, war er heilfroh, daß Marla, seine neueste Liebschaft, einen so tiefen Schlaf hatte. Er redete sich gern ein, daß seine Aktivitäten im Bett sie so müde machten, hielt es aber insgeheim für wahrscheinlicher, daß die Schlafmittel, die sie reichlich nahm, daran schuld waren.

Er war jedenfalls erleichtert, daß er seinen späten unwillkommenen Besucher allein empfangen konnte.

»Habe ich dir nicht ausdrücklich untersagt, hierherzukommen?« zischte Cunningham, während er sich das noch verbliebene Haar glattstrich. Nach dem Derby würde er sich als erstes ein Toupet zulegen.

»Aber, aber, ganz ruhig, Billy Boy. Keine Menschenseele hat mich gesehen.« Rich hatte bereits gewaltige Mengen Alkohol getrunken. Zwar schwankte er nicht und hatte auch kaum Artikulationsschwierigkeiten, doch seine glasigen Augen verrieten seinen Zustand. »Und selbst wenn – gibt es etwa ein Gesetz, das es einem Mann verbietet, seinen alten Pokerkumpel zu besuchen?« Grinsend ließ er den Blick durch die großzügig eingerichtete Halle schweifen. Der alte Bill hatte sich wieder ganz schön hochgerappelt, stellte er fest, und überlegte gleichzeitig, wie er ihn um ein paar weitere Scheinchen erleichtern konnte. »Wie wär's denn mit einem Drink.«

»Bist du verrückt geworden?« Obwohl außer ihnen nur noch Marla im Haus war, vermutlich tief schlief, flüsterte Cunningham. »Weißt du eigentlich, daß die Polizei hier war? *Hier*«, betonte er, als ob sein Heim ein Heiligtum sei. »Haben hier rumgeschnüffelt, nur weil irgendein Großmaul ihnen erzählt hat, daß ich Lipsky mal ein bißchen unter die Arme gegriffen habe.«

»Hab' dir gleich gesagt, das war ein Fehler – aber nur ein kleiner.« Rich hob mahnend den Finger. »Wo ist die Bar, Bill? Ich bin so ausgedörrt wie die ganze verdammte Sahara.«

»Ich will nicht, daß du in meinem Haus trinkst.«

Richs Grinsen wurde breiter, doch seine Augen verdunkelten sich gefährlich. »Aber, aber, Bill. Redet man so mit seinem Geschäftspartner? Besonders, wenn er ein neues Angebot hat?«

Cunnigham befeuchtete nervös seine Lippen. »Wir haben bereits eine Abmachung getroffen.«

»Genau darüber wollte ich mit dir reden. Bei einem Drink.«

»Na gut. Aber faß dich kurz.« Er blickte vielsagend zur Treppe, während er Rich in ein in Gold und Königsblau gehaltenes Wohnzimmer führte. »Und verhalte dich ruhig. Ich hab' ein Frau oben.«

»Du Hallodri!« Rich stieß ihm freundchaftlich in die Rippen. »Hat sie nicht zufällig eine hübsche Freundin? In dieser Hinsicht bin ich auch schon eine Weile nicht ausgelastet.«

»Nein, hat sie nicht. Und halt dich bloß zurück. Ich will nicht, daß sie zuviel über dich erfährt oder in die ganze Geschichte mit reingezogen wird. Sie hat zwar eine Bombenfigur, aber ein Spatzenhirn.«

»Dieser Typ ist mir der liebste.« Mit einem anerkennenden Seufzer ließ sich Rich in einen breiten, mit goldenem Samt überzogenen Sessel sinken. »Du verstehst zu leben, Kumpel. Ich hab' ja schon immer gesagt, der Billy, der weiß, worauf es ankommt.«

»Aber achte darauf, daß du solche Sätze jetzt nicht mehr verbreitest.« Cunningham schenkte zwei Drinks ein. Zwölf Jahre alter Scotch; für Rich Slater eigentlich verschwendet, aber er wollte Eindruck machen. Wie immer. »Du solltest dich um Lipsky kümmern.«

»Das habe ich auch getan.« Selbstzufrieden ließ Rich den Whisky im Glas kreisen, sog den Geruch genüßlich ein und nahm einen Schluck. »War doch ne' klasse Idee, ihn auf dieselbe Art wie ein Pferd ins Jenseits zu befördern.«

Mit zitternden Händen hob Cunningham sein Glas. »Davon will ich nichts hören. Ich rede von dem, was vorher passiert ist. Um Himmels willen, Rich, es sollte niemand umgebracht werden. Den alten Mick haben doch alle regelrecht angebetet!«

»Eine unvorhergesehene Komplikation«, erklärte Rich, der aufstand, um sich sein Glas erneut zu füllen. »Und Lipsky hat teuer genug dafür bezahlt. Aber ich mußte dafür sorgen, daß er seine Quittung kriegt, und das kostet natürlich was, Bill. Ich denke da an weitere zehntausend Dollar.«

»Sag mal, spinnst du?« Cunningham sprang auf und verschüttete dabei seinen Whisky. »Du hast auf eigene Faust gehandelt, Rich.«

»Um dich und einen Besitz zu schützen. Die Bullen hätten Lipsky innerhalb von fünf Minuten zum Singen gebracht, und er hätte mich verpfiffen. Und dann«, fügte er drohend hinzu, »wärst du auch nicht ungeschoren davongekommen. Also, Billy, noch mal zehntausend Dollar, das ist ein fairer Preis.«

Cunningham schluckte. Er hatte Geld zur Verfügung, denn Big Sheba hatte sich als wahres Laufwunder erwiesen. Doch dieses Wunder hatte seinen Preis. »Du könntest auch zehn Millionen verlangen. Ich bin blank bis auf die Knochen.«

Rich, der mit derartigen Protesten gerechnet hatte, zeigte sich verständnisvoll. »Kein Problem. Ich kann bis Mai warten. Was sind unter Freunden schon ein paar Wochen? Aber jetzt ...«, er schlug die Beine übereinander, »... was anderes. Ich hab' da was ausgebrütet, Billy. Eine verfeinerte Variante unserer Grundidee, die sich für uns beide auszahlen wird. Du willst beim Churchill Downs abkassieren. Ich auch. Aber ich habe außerdem meinen Job zu erledigen, und dann will ich meinem Herrn Sohn noch eine Lektion erteilen.«

»Deine familiären Probleme interessieren mich einen Scheißdreck. Sieh zu, daß du dich um deine Arbeit kümmerst.« Doch bei der verlockenden Vorstellung, Gabe etwas heimzuzahlen, wurde ihm warm ums Herz. »Diese Geschichte mit Lipsky hat uns beinahe alles verdorben.«

»Kein Grund zur Aufregung.« Lässig schwenkte Rich sein Glas. »Ich habe alle Spuren verwischt – durch, wie ich schon sagte, eine kleine Änderung des Plans.«

»Was für eine?«

»Nun gut«, seufzte Rich, an seinem Scotch nippend. »Ich werde es dir erklären. Und ich glaube, dir wird die Sache gefallen, Billy Boy. O doch, davon bin ich überzeugt.«

Später kroch Cunningham zitternd ins Bett zurück. Schließlich war er kein blutrünstiger Mensch, beruhigte er sich selbst. Es war nicht seine Schuld, daß es zwei Tote gegeben hatte, sondern Künstlerpech, wie Rich es lakonisch formuliert hatte.

Es war verrückt gewesen, sich mit Rich Slater einzulassen. Aber er war verzweifelt gewesen, und der Zeitpunkt hätte gar nicht günstiger sein können. Der Zweck heiligt nun einmal die Mittel, und Richs teuflischer Plan paßte ihm zu gut in den Kram, als daß er sich dagegen hätte sträuben können.

Hatte er denn eine andere Wahl gehabt? fragte sich Cunningham. Wenn er in Churchill Downs verlor, würde es für ihn keine Marlas mehr geben, kein protziges Landhaus, keine großspurigen Auftritte. Dann wäre alles vorbei.

Big Sheba war sein As. All sein Geld, jeder mühsam ersparte Dollar und was er sich zusammengepumpt hatte, steckte in dieser Stute. Und die hatte eine schwache Lunge. Cunningham kniff die Augen zusammen und verfluchte seine Dummheit, alles auf eine Karte zu setzen. Das Derby. Er brauchte nur das Derby zu gewinnen, dann wäre er saniert. Danach konnte er Big Sheba zur Zucht verwenden und von dem Geld, das ihre Fohlen brachten, bequem leben.

Ein Rennen. Sie mußte nur ein einziges gutes Rennen laufen.

Mit diesem Gedanken schmiegte er sich wärmesuchend an Marla, bis ihr ruhiger Atem ihn in den Schlaf lullte.

14

Die Fahrt von Virginia nach Maryland dauerte länger, als Kelsey sie im Gedächtnis hatte. So blieb ihr viel Zeit zum Nachdenken. Sie zweifelte nicht daran, da sie auf Widerstand stoßen würde, auf heftigen Widerstand. Es sei denn, die Dinge hätten sich in den letzten Wochen drastisch geändert.

Candace hatte Milicent garantiert mitgeteilt, daß Kelsey zu ihnen unterwegs war.

Es war auch besser, der ganzen Familienversammlung gegenüberzutreten. Dann wären alle schockiert, enttäuscht und würden in Rage geraten. Eine treffende Beschreibung, dachte sie mit einem gequälten Lächeln: Candace würde schockiert sein, ihr Vater enttäuscht und ihre Großmutter in Rage.

Und sie selbst wäre hoffentlich glücklich und erleichtert.

Als sie die Auffahrt entlangfuhr, sah sie ihren Vater, der an einem Blumenbeet arbeitete. Er trug einen alten Pullover mit Flicken an den Ellbogen und erdige Stiefel und pflanzte die bereits knospenden Azaleen. Plötzlich von Liebe zu ihrem Vater überwältigt, sprang Kelsey aus dem Auto und rannte über den gepflegten Rasen, um ihn zu umarmen. So blieben sie einen Moment stehen und bewunderten die neu angepflanzte Pracht.

»Ich liebe dieses Haus«, murmelte Kelsey, den Kopf an die Schulter ihres Vater gelehnt. »Erst vor kurzem ist mir so richtig bewußt geworden, welches Glück ich hatte, hier aufwachsen zu dürfen.« Sie dachte unwillkürlich an Gabe und strich abwesend über eine lachsfarbene Blüte. »Wie glücklich ich war, dich zu haben, eine Veranda mit vielen Blumen.« Sie lächelte leicht. »Und Ballettstunden.«

»Nach sechs Monaten hast du die Ballettstunden bereits gehaßt«, erinnerte er sie.

»Trotzdem war ich glücklich, daß ich welche bekommen habe.«

Philip musterte sie nachdenklich, dann strich er ihr über das Haar: »Ist alles in Ordnung, Kelsey?«

»Ja.«

»Wir haben uns Sorgen um dich gemacht. Dieser neuerliche Vorfall . . .«

»Ich weiß«, unterbrach sie. »Schrecklich, was diesen zwei Männern zugestoßen ist. Ich kann dir aber sagen, daß mich all das nichts angeht, ich nichts damit zu tun habe. Mir geht's gut.«

»Davon wollte ich mich persönlich überzeugen, Telefonate sind da nichts.« Er suchte seine Gartenuntensilien zusammen und legte sie in einen Drahtkorb. »Jedenfalls bist du jetzt zu Hause, und nur das zählt. Laß uns lieber hinten reingehen, sonst zieht Candace mir das Fell über die Ohren, weil ich ihre Fußböden dreckig mache.«

Kelsey legte den Arm um ihren Vater, als sie zum Haus gingen. »Da ist ja Großmutters Wagen!«

»Ja, Candace hat sie angerufen, weil du kommen würdest. Sie sitzen drinnen und besprechen die Pläne für den Wohltätigkeitsball im Frühling.« Er schenkte ihr ein mitfühlendes Lächeln. »Ich fürchte, ganz oben auf ihrer Liste steht die schwere Aufgabe, für dich einen Begleiter zu finden.«

Unbewußt zuckte Kelsey zusammen, doch dann fiel ihr etwas ein. »Der Frühlingsball. Findet der nicht im Mai statt?«

»Ja, am ersten Samstag.«

An diesem Tag kehrte der Frühling in Kentucky ein. Es war der Tag des Derbys. Vermutlich würde ihr Fernbleiben vom Ball ihren Verfehlungen hinzugefügt werden.

»Dad«, sie wartete, bis er seinen Werkzeugkorb in der kleinen Abstellkammer verstaut hatte. »An dem Wochenende bin ich nicht da.«

»Du bist nicht da?« Philip ging durch die Küche, um sich die Hände zu waschen. »Aber Kelsey, du hast keinen Frühlingsball verpaßt, seitdem du sechzehn bist.«

»Das weiß ich, aber trotzdem habe ich diesmal etwas anderes vor.« Ohne etwas darauf zu erwidern, trocknete sich Philip die Hände ab. Er war bereits enttäuscht. »Ich habe andere Pläne«, wiederholte sie. »Beim Tee erzähle ich euch alles ganz genau.«

»Na gut.« Bemüht, sich seine Besorgnis nicht anmerken zu lassen, ging Philip mit seiner Tochter ins Wohnzimmer.

Dort saßen Candace und Milicent bereits beim Tee und unterhielten sich angeregt. Kelsey schnupperte unauffällig. Jasmintee, stellte sie fest. Um diese Zeit schlang sie gewöhnlich irgend etwas Ungesundes, Lauwarmes hinunter und spülte mit starkem schwarzem Kaffee nach.

Ihr Geschmack hatte sich in vieler Hinsicht rasch geändert.

»Kelsey.« Freudig lachend erhob sich Candace, um ihre Stieftochter auf beide Wangen zu küssen. Kelsey stieg ein leichter Duft nach L'Air du Temps in die Nase, vermischt mit dem Geruch des Tees und dem Markenzeichen ihrer Großmutter, Chanel.

Salondüfte, dachte Kelsey. Mittlerweile war ihr der Stallgeruch entschieden vertrauter. Fast entschuldigend umarmte sie Candace etwas enthusiastischer als sonst.

»Du sieht ja großartig aus. Neue Frisur?«

Verlegen zupfte Candace an ihren kurzen Kringellöckchen. »Findest du es zu jugendlich? Ich schwöre dir, Princeton kann mir alles aufschwatzen.«

»Es steht dir ausgezeichnet«, versicherte ihr Kelsey, der plötzlich in den Sinn kam, daß sie selbst seit Wochen weder bei Princeton noch bei sonst einem Friseur gewesen war. »Hallo, Großmutter.« Die Begrüßung wie auch der obligatorische Kuß auf die Wange waren eher Ausdruck eines Pflichtgefühls als echter Herzlichkeit. »Du siehst auch gut aus.«

»Wie ich sehe, hast du ein bißchen zugenommen.« Milicent nippte an ihrem Tee und musterte Kelsey über den Tassenrand hinweg kritisch. »Läßt dich fraulicher erscheinen. Aber du mußt auf dein Gewicht achten, zartknochige Frauen wie du dürfen nicht zu rundlich werden.«

»Fast alles Muskeln.« Um ihre Großmutter zu ärgern, ließ Kelsey ihren Armmuskel spielen. »Das kommt vom Ausmisten und Heu schaufeln.« Lächelnd wandte sie sich der argwöhnischen Candace zu. »Ich würde gern eine Tasse Tee trinken. Keine Angst, ich hab' nach dem Morgentraining geduscht.«

»Natürlich. Setz dich, Liebes. Philip, du hast mir doch nicht den halben Garten hereingeschleppt?«

»Nicht ein Krümelchen.« Ohne Murren nahm Philip eine Tasse und ein winziges Sandwich entgegen. Wenn Channing nach Hause kam, würde er mit ihm zusammen den Kühlschrank plündern. »Die Azaleen kommen dieses Jahr gut. Der Garten hat noch nie so schön ausgesehen.«

»Das sagst du jedesmal.« Liebevoll tätschelte Candace seine Hand. »Wißt ihr, in dieser Stadt beschäftigt jeder außer uns einen Gärtner, und trotzdem kann sich kein Garten mit unserem messen. Philip vollbringt wahre Wunder.«

»Ein nettes Hobby«, pflichtete Milicent ihr bei. »Auch ich habe stets meine Rosen selbst beschnitten.«

Dann richtete sich ihre Aufmerksamkeit wieder auf Kelsey. Wenigstens hatte das Mädchen genug Verstand besessen, sich angemessen zu kleiden. Sie hatte es für durchaus möglich gehalten, daß Kelsey aus purem Trotz in abgewetzten Jeans und schlammbespritzten Stiefeln erscheinen würde. Aber der aprikosenfarbene Hosenanzug stand ihr vorzüglich und zeugte von gutem Geschmack.

»Nun«, begann sie, »Candace und ich haben gerade die Blumenarrangements für den Frühlingsball durchgesprochen. Wir sitzen im Festkomitee. Du hattest schon immer ein Händchen für solche Sachen, Kelsey. Wir dachten daran, dir diese Aufgabe zu übertragen.«

»Euer Vertrauen in meine Fähigkeiten ehrt mich, aber ich muß leider ablehnen. Ich werde nämlich nicht dabeisein.«

»Nicht beim Ball?« Candace lachte ungläubig auf und schenkte Tee nach. »Aber natürlich nimmst du daran teil, Liebes. Man erwartet es von dir. Mir leuchtet ja durchaus ein, daß die Situation für dich etwas peinlich werden kann, wo die Scheidung gerade rechtskräftig ist und Wade schon mit seiner neuen Verlobten erscheint, aber über solchen Dingen muß man stehen. Milicent und ich haben gerade eine Lösung für dieses Problem gefunden.«

Kelsey setzte zu einer Erklärung an, doch dann brach sie ab und sagte nur: »So, habt ihr das?«

»In der Tat.« Candace, die sich immer mehr für ihre Idee erwärmte, tat einen Löffel Zucker in ihren Tee. »Es war ja sehr lieb von Channing, dich letztes Jahr zu begleiten, aber wir wollen das doch nicht zur Gewohnheit werden lassen. Jedenfalls werden die Leute weniger reden, wenn du mit einem passenden Begleiter kommst.« Ganz perfekte Gastgeberin reichte sie ein Tablett mit Gurkensandwiches herum. »Zufälligerweise ist der Sohn von June und Roger Miller vor kurzem wieder in seine Heimatstadt gezogen. Du erinnerst dich doch besimmt an Parker, Kelsey. Er hat in New York ein Praktikum als Kieferchirurg absolviert und ist jetzt Teilhaber einer sehr angesehenen Praxis in D. C. Er ist übrigens noch nicht verheiratet«, fügte sie mit einem listigen Lächeln hinzu.

»Richtig, ich erinnere mich.« Aus guter Familie, gesellschaftlich hochangesehen. Er hatte die richtigen Schulen besucht, den richtigen Beruf ergriffen; in den Augen ihrer Familie stimmte einfach alles. Und dafür, daß er ein Abziehbild von Wade Monroe hätte sein können, konnte er nun wirklich nichts.

»Ich habe bereits mit Millers gesprochen.« Sehr zufrieden mit ihrem Schachzug schlürfte Milicent den duftenden Tee. »Parker begleitet dich. Es ist alles arrangiert.«

Typisch, dachte Kelsey und unterdrückte ihren aufsteigenden Zorn. Das hätte sie sich denken können! »Ich bin sicher, Mr. und Mrs. Miller sind froh, ihn wieder bei sich zu haben. Richtet ihm schöne Grüße aus, wenn ihr ihn seht, aber ich nehme an dem Ball nicht teil. Diese Woche noch fahre ich nach Kentucky und komme erst nach dem ersten Maiwochenende zurück.«

»Kentucky?« Milicent setzte ihre Tasse hart ab. »Was in aller Welt hast du in Kentucky verloren?«

»Dort findet das Derby statt. Und das gilt ja sogar in deinen Kreisen als gesellschaftsfähiges Ereignis, Großmutter. Stell dir doch mal vor, wieviel Gesprächsstoff der Sieg eines Pferdes von Three Willows liefert. Das wird das Hauptthema auf dem Ball sein.« Verständnisheischend blickte Kelsey zu ihrem Vater. »Und ich will dabeisein, wenn Pride gewinnt.«

»Das ist unentschuldbar«, erwiderte Milicent scharf. »Die Bydens sind Gründungsmitglieder des Wohltätigkeitsvereins und haben bisher keinen einzigen Ball versäumt.«

»Die Dinge ändern sich eben.« Es fiel Kelsey schwer, einen ruhigen, vernünftigen Tonfall beizubehalten. »Ich habe einen Job und somit eine gewisse Verantwortung, außerdem freue ich mich auf das Derby; und all das werde ich nicht wegen einer ländlichen Tanzveranstaltung hintanstellen. So sehr ich deine Mühe auch zu schätzen weiß, Candace, ich will nicht, daß man mir einfach einen Begleiter zuteilt. Ich habe nämlich einen Freund.«

»Oh.« Candace zwinkerte überrascht und setzte ein betont erfreutes Gesicht auf. »Das ist natürlich etwas anderes, Liebes. Wie schön für dich. Du mußt ihn unbedingt mitbringen.«

»Lieber nicht«, Kelsey legte Candace freundschaftlich die Hand auf die Schulter, »er ist nicht ganz der Typ für Frühlingsbälle.«

»Vermutlich einer deiner Stallburschen«, bemerkte Milicent bitter.

»Nein.« Unfähig, sich einen bösen Seitenhieb zu verkneifen, sprach Kelsey weiter: »Er ist ein Spieler.«

»Du bist genau wie deine Mutter!« Milicent erhob sich. Ihre ganze Haltung drückte Abwehr aus. »Ich habe dich gewarnt«, sagte sie zu Philip, »aber du wolltest ja nicht auf mich hören, weder bei Naomi noch bei deiner Tochter. Und nun müssen wir alle dafür büßen.«

»Milicent.« Rasch sprang Candace auf und lief ihrer Schwiegermutter nach, die empört das Zimmer verlassen hatte.

Kelsey stellte ihre Tasse ab. Sie hatte ihre Worte schon bedauert, kaum daß sie heraus waren, aber nicht aus Rücksicht auf Milicents Gefühle, sondern wegen ihres Vaters.

»Das war wohl nicht sehr taktvoll von mir«, begann sie.

»Takt war noch nie deine Stärke – aber Ehrlichkeit.«

Seine Stimme klang traurig, was ihre Schuldgefühle noch verstärkte.

»Du bist enttäuscht von mir. Ich wünschte bloß, ich könnte einen Weg finden, wie ich mich verhalten muß, ohne dir Kummer zu bereiten.«

»Wir befinden uns in einer Situation, in der man es nicht jedem recht machen kann.« Er stand auf und ging, ihr den Rücken zukehrend, zum Fenster und schaute auf seine Azaleen. Bald würden sich ihre Blüten aus dem sicheren Schutz der Knospe befreien und zu eigenem Leben erwachen.

»Du hast dich mit Naomi angefreundet«, sagte er weich. »Ich kann nicht behaupten, daß mich das wundert. Ihr seid euch so ähnlich, nicht nur äußerlich. Aber ein Teil von mir – ein Teil, dessen ich mich schäme – möchte dich warnen. Dir sagen, daß du einen Fehler machst; daß du nicht dorthin gehörst. Dieser Teil von mir möchte nicht wahrhaben, daß du glücklich bist, eben weil du dorthin gehörst.«

»Ich habe das Gefühl, als ob ich gefunden hätte, wonach ich schon immer gesucht habe. Ich muß nicht mehr wie unter Zwang immer wieder etwas Neues ausprobieren, hinter etwas herrennen, was vielleicht noch interessanter und noch befriedigender sein könnte als das, was ich vorher getan habe. Das habe ich nämlich mein Leben lang getan, wie wir beide wissen.«

»Du warst auf der Suche nach einem Ziel, Kelsey. Dessen muß man sich nicht schämen.«

»Ich schäme mich ja auch nicht. Aber ich mag nicht mehr suchen. Ich liebe die Pferde und bin gut in meinem Job. Ich kann einfach nicht mehr in mein Apartment zurückkehren, zu den Nullachtfünfzehn-Jobs, zu den Wochenenden im Klub. Ich komme mir vor, als ob ich . . .«

»Aufblühe?« Plötzlich empfand Philip den Anblick der Blumen als schmerzlich und drehte sich um. »Als ob du deine Fesseln sprengst?«

»Genau so. Ich wußte gar nicht, wie unzufrieden ich war – besonders mit mir selbst.«

»Das mag ja sein.« Candace rauschte zur Tür herein, die Zähne zusammengebissen, die Augen funkelnd vor Wut. »Aber das ist keine Entschuldigung für dein Benehmen. Dein Vater und ich und auch deine Großmutter versuchen nur, dir in einer schweren Zeit beizustehen.«

»Ich glaube«, sagte Kelsey bedächtig, »das eigentliche Problem besteht darin, daß all das für mich nicht so schwer ist, wie ihr denkt.«

»Dann könntet du wenigstens etwas Rücksicht auf andere nehmen, auf Philips Gefühle zum Beispiel, und darauf, wie dein Verhalten auf Außenstehende wirken muß.«

»Candace«, mischte sich Philip ein, »das ist nun wirklich nicht nötig.«

»Ach nein?«

»Vielleicht hast du recht, Candace. Ich möchte Dad auf keinen Fall verletzen. Aber was die Leute denken, interessiert mich weniger. Ich will aber deinem gesellschaftlichen Ansehen nicht schaden«, fügte sie hinzu, »und schon gar keine Probleme zwischen euch beiden verursachen.«

»Trotzdem hast du Channing dazu ermutigt, mich zu täuschen und sich an diesem Ort aufzuhalten.«

Unsicherer Boden, dachte Kelsey und verfluchte Channing im stillen dafür, daß er sie in diese Zwickmühle gebracht hatte. »Ich habe ihn ermutigt, auf der Farm zu bleiben, das ist richtig.«

»Und hast ihm damit einen Floh ins Ohr gesetzt. Jetzt spricht er sogar davon, diesen Sommer auf der Farm zu arbeiten.« Mit hochrotem Gesicht umklammerte Candace eine Stuhllehne. »Es genügt schon, daß sie dich eingewickelt hat, Kelsey, aber ich werde nicht zulassen, daß sie auch noch Channing verdirbt.«

»Du lieber Gott.« Kelsey war mit ihrer Weisheit am Ende. Ungeduldig fuhr sie sich mit der Hand durchs

Haar. »Woher habt ihr bloß eure Vorstellungen? Du hast die Frau noch nie gesehen und stempelst sie trotzdem als ein rücksichtsloses Luder ab, das nur darauf aus ist, junge Männer zu verführen und alles zu zerstören, was ihr in die Hände fällt. Sie hat Channing weder zum Bleiben eingeladen, um ihn zu verderben, noch, um euch eins auszuwischen, sondern meinetwegen. Und den Job hat sie ihm angeboten, weil er großes Interesse am Farmbetrieb zeigte.«

»Das werde ich auf keinen Fall gestatten!« Candace verabscheute selbst den zänkischen Klang ihrer Stimme, aber Kelseys Sturheit brachte sie zur Weißglut. »Ich dulde nicht, daß sich mein Sohn auf der Rennbahn herumtreibt und Umgang mit Spielern und einer Mörderin pflegt.«

Ergeben ließ Kelsey die Hände sinken. »Das ist eine Angelegenheit zwischen dir und Channing.«

»Allerdings. Ich weiß selber, daß ich kein Recht habe, dir Vorschriften zu machen.« Candaces Lippen bebten leicht. Sie hatte sich alle Mühe gegeben, um Kelsey eine Freundin und Vertraute zu sein und nicht die böse Stiefmutter aus dem Märchen. Offenbar hatte sie versagt. »Und selbst wenn ich es tun würde, machtest du doch, was du willst. So wie du es immer getan hast.«

Philip trat auf sie zu. Ihr Ausbruch hatte ihn erschüttert, aber auch verletzt. »Candace, das alles führt doch zu nichts. Schließlich handelt es sich nur um ein Tanzvergnügen.«

»Es tut mit leid, Philip«, ihre Wut wegen der Szene mit Milicent war noch nicht verraucht. Sie betrachtete Milicent nicht nur als Schwiegermutter, sondern als Freundin, als Verbündete. »Aber ich werde doch wohl noch meine Meinung sagen dürfen. Es geht hier nicht nur um den Ball, sondern auch um Loyalität und angemessenes Betragen. So kann es nicht weitergehen, Kelsey. Du hast deinem Vater schon genug Schmerz zugefügt, als du Naomi ihm vorgezogen hast.«

»Empfindest du das so?« Kelsey drehte sich zu ihrem Vater herum. »Glaubst du das wirklich, Dad? Kannst du denn nicht begreifen, daß ich euch beide gleichermaßen liebe? Daß ich verstehen und vergeben lerne?«

»Du hast Philip überhaupt nichts zu vergeben«, beharrte Candace bissig, »denn er hat nun wirklich alles für dich getan.«

»Ich habe getan, was ich für richtig hielt«, murmelte Philip. »Für mich ist alles sehr schwierig, Kelsey, das gebe ich zu. Aber ich will nach wie vor nur das Beste für dich.«

»Ich versuche ja gerade herauszufinden, was das ist. Und wenn ich das schon nicht weiß, dann will ich wenigstens das Richtige tun. Aber ich will dich auch während dieser Zeit keinesfalls verletzen.«

»Das glaube ich dir sogar«, meinte Candace müde. Sie hatte ihre Stieftochter nie verstanden. Warum sollte sich das jetzt ändern? »Das grundlegende Problem ist immer noch dasselbe, Kelsey. Du marschierst schnurstracks auf dein Ziel zu, ohne nach rechts und links zu schauen, ohne an die Konsequenzen zu denken. Und wenn du erreicht hast, was du wolltest, dann interessiert es dich oft nicht mehr.«

Diese Stegreifanalyse traf Kelsey wie ein Schlag und schürte ihren Ärger noch mehr. »Und das macht mich zu einer kaltherzigen, oberflächlichen Person, was?« Obwohl sie sich anstrengte, konnte sie nicht verhindern, daß ihre Stimme zitterte. »Das wird mir nicht zum erstenmal vorgeworfen, also was soll ich dazu noch sagen?«

»Daß es nicht stimmt.« Philip faßte sie an der Schulter. »Und Candace hat es mit Sicherheit nicht so gemeint. Du hast einen starken Willen, Kelsey, und du bist ziemlich eigensinnig – was man als Stärke oder als Schwäche auslegen kann.«

Candace gab auf. Die Erfahrung hatte sie gelehrt, daß gegen diese geballte Front nicht anzukommen war. »Wir machen uns Sorgen um dich, Kelsey. Und wenn ich zu hart mit dir ins Gericht gegangen bin, dann nur aus diesem Grund. Dazu kommt, daß uns allen die Situation allmählich über den Kopf wächst. Diese neuerlichen Vorfälle haben alte Erinnerungen wachgerufen. Die Leute fangen wieder an zu reden, und das wirft natürlich ein schlechtes Licht auf deinen Vater.«

»Zwei Männer sind getötet worden.« Etwas ruhiger trat Kelsey einen Schritt zurück. »Darauf hatte ich keinen Einfluß, genausowenig wie auf die Gerüchte, die dann in Umlauf waren.«

»Zwei Männer wurden getötet«, wiederholte Philip. »Und da erwartest du von uns, daß wir uns keine Sorgen machen?«

»Nein.« Ich kann euch nur versichern, daß diese Ereignisse weder mit mir noch mit Three Willows etwas zu tun haben. Gewalt gibt es überall. Rennbahnen sind keine Brutstätten von Laster und Ausschweifung; für so etwas hat man weder die Zeit noch die Energie, wenn man jeden Morgen in aller Hergottsfrühe aufstehen muß. Dieses Leben besteht aus Arbeit, und zwar aus harter Arbeit. Teils ist sie langweilig, teils aufregend, aber für mich ist sie ungeheuer befriedigend. Da steigen nicht jede Nacht wüste Partys, wo der Champagner in Strömen fließt. Meistens schlafen wir um zehn schon tief und fest. Dad, ich habe gesehen, wie Fohlen geboren wurden – und ich habe auch gesehen, wie gestandene Männer ein krankes Pferd in den Schlaf gesungen haben. Die Rennbahn ist kein Ort aus einem Disney-Film, aber sie ist auch kein Sündenpfuhl!«

Philip schwieg. Er wußte, daß er verloren hatte. Genausogut hätte Naomi vor ihm stehen und eine Welt verteidigen können, zu der er niemals Zugang gefunden hatte.

»Ich bin sicher, es gibt auch positive Aspekte.« Candace bemühte sich sichtlich um Objektivität. »Ich habe das Derby von Kentucky schon einmal im Fernsehen verfolgt und muß zugeben, daß ich von den Pferden beeindruckt war. Das ganze Ereignis ist sicherlich nicht ohne Reiz. Vor ein paar Jahren besaßen die Hanahans sogar einen Anteil an einem Rennpferd, weißt du noch, Philip? Wir verdammen ja auch nicht den gesamten . . . Berufsstand« – so nannte man das wohl –, »wir sind wegen deines Umgangs in Sorge. Du hast gesagt, dein Freund sei ein Spieler.«

Kelsey stieß vernehmlich den Atem aus. »Das habe ich

nur gesagt, um Großmutter auf die Palme zu bringen. Ich hätte es folgendermaßen formulieren sollen: Ich interessiere mich für den Mann, dem das Nachbargestüt gehört. Tut mir leid, daß ich euch Kummer bereitet habe. Und ich entschuldige mich von vornherein für den nächsten Schlag. Ich werde nämlich den Mietvertrag für mein Apartment nicht verlängern, sondern auf Three Willows bleiben, zumindest vorerst. Vielleicht sehe ich mich später nach einem eigenen Haus um, aber auf jeden Fall werde ich weiter auf der Farm arbeiten.«

Candace legte eine Hand auf Philips Arm, eine Geste, die sowohl Verständnis als auch Unterstützung ausdrükken sollte. »Ohne Rücksicht auf die Konsequenzen?« sagte sie.

»Ich werde mein Bestes tun, um sie so gering wie möglich zu halten. Da ihr mich sicherlich nicht auf der Farm besuchen wollt, werde ich so oft zu euch kommen, wie ich kann. Jetzt bin ich eine Weile nicht in der Stadt, aber ich werde anrufen.« Kelsey griff nach ihrer Handtasche und drehte den Riemen zwischen den Fingern. »Ich möchte keinen von euch verlieren.«

»Das wirst du auch nicht. Dies ist dein Zuhause, und das wird es auch immer bleiben.« Philip zog seine Tochter an sich. Candace sagte nichts dazu.

Die Rückfahrt erschien Kelsey endlos, ein ernüchterndes Zwischenspiel, das sie zwischen Tränen und Zorn schwanken ließ. Der größte Zorn war verflogen, als sie Three Willows erreichte, doch der Schmerz ließ nicht nach.

Kelsey machte an der Vordertür wieder kehrt. Sie wollte noch nicht hineingehen und Naomi gegenübertreten, denn sie war nicht in der Verfassung, ihrer Mutter zu erzählen, wie über sie und die Welt, in der sie lebte, geurteilt worden war. Es war besser, sie versuchte erst einmal, selbst darüber hinwegzukommen. Sie würde einfach zwischen den langsam verblühenden Narzissen sitzen bleiben, bis sich ihre innere Aufruhr gelegt hatte.

Da trat Gabe auf die Veranda.

»Ich habe dich gesucht.«

»Oh. Ich dachte, du wärst schon längst weg.«

Gabe setzte sich neben sie auf die schmale Steinbank, von der aus man die ersten Nelken und Akeleien sehen konnte. »Ich fahre erst heute abend.« Er hatte sie wiedersehen wollen, Grund genug, um seine ursprünglichen Pläne über den Haufen zu werfen. Sanft nahm er ihr Kinn in die Hand und drehte ihr Gesicht zu sich, um sie besser ansehen zu können. Sie hatte geweint. Überrascht stellte Gabe fest, daß dieser Anblick ihn tief berührte.

»Was ist los?«

Kelsey schüttelte den Kopf und rückte von ihm ab.

»Verbringst du viel Zeit damit, über dich selbst nachzudenken?«

»Wenn es sich vermeiden läßt, nicht.«

»Aber man muß es tun, wenn man seine Fehler in aller Deutlichkeit vorgehalten bekommt, so daß man meint, in einen Spiegel zu blicken und ein Zerrbild seiner selbst zu erblicken.«

Gabe legte seinen Arm und ihre Schulter und fragte betont unverfänglich: »Wer ist denn gemein zu dir gewesen, Baby? Sag's mir, damit ich ihm eine Tracht Prügel verpassen kann.«

Da mußte sie lachen, kuschelte sich kurz an ihn und setzte sich dann wieder auf. »Ich bin kein umgänglicher Mensch, Gabe. Es hat mich immer überrascht, wenn mich jemand starrköpfig oder verwöhnt nannte. Ich habe mir dann immer gesagt, daß stimmt nicht, ich tue nur, was ich für richtig halte.«

Ruhelos stand sie auf und ging ein paar Schritte von ihm weg über einen gepflasterten kleinen Pfad, der sich durch die frisch gesetzten Blumen schlängelte. »Als Wade mir vorwarf, ich sei kalt, engstirnig, rechthaberisch, nachtragend und was weiß ich noch alles, erklärte ich das damit, daß er nur seinen eigenen Betrug rechtfertigen wollte. Ich war ihm im Bett zu langweilig, also war es sein gutes Recht, sich eine interessantere Frau zu suchen. Ich zeigte nicht genug Verständnis für seine beruflichen Probleme, also suchte er sich das bei einer anderen. Und ich habe mich geweigert, großzügig darüber hinwegzusehen, daß ich ihn mit einer anderen Frau im Bett ertappt habe. Wenn ich seine physischen Bedürfnisse nicht erfüllen konnte, war das schließlich mein Problem. Ich hatte aber noch nie Schwierigkeiten, Nägel mit Köpfen zu machen. Wade bricht sein Ehegelübde? Gut, somit ist die Ehe für mich beendet, und basta. Schön, dann bin ich eben unnachgiebig!«

Auf Widerspruch gefaßt, wandte sich Kelsey Gabe zu. »Ich habe ganz klare Grundsätze. Es gibt richtig und falsch, Wahrheit und Lüge, Gesetz und Verbrechen. Nimm zum Beispiel die Anschnallpflicht!«

Gabe nickte, doch er war auf der Hut. »Gut. Nehmen wir die Anschnallpflicht.«

»Ehe die Vorschrift in Kraft trat, habe ich mich auch nicht immer angeschnallt. Man hat andere Dinge im Kopf, ist in Eile oder will nur kurz wegfahren. Aber von dem Moment an, wo dieses Gesetz rechtskräftig wurde, hat Klein Kelsey brav den Sicherheitsgurt angelegt. Immer, ohne Ausnahme.«

»Und du meinst, das macht dich zu einem Moralapostel?«

»Ehe dieses Gesetz in Kraft trat, da war es einfach nur Dummheit, ohne Gurt zu fahren. Ich kann über vieles hinwegsehen, nur über ein Gesetz nicht. Na ja, Geschwindigkeitsbeschränkungen«, gab sie zu. »Aber immer wenn ich zu schnell gefahren bin, dann wußte ich, daß ich damit ein Gesetz verletzt hatte. Aber Wade sah das alles anders. Wenn ich schon nach Atlanta gefahren bin, um unsere Ehe zu retten, warum war ich dann nicht auch bereit, Wades Seitensprung hinzunehmen? Ich werd's dir sagen. Weil er sein Versprechen gebrochen hat. Und das konnte ich nicht entschuldigen.«

Gabe rieb sich das Kinn. »Was willst du jetzt von mir hören, Kelsey? Daß es ein Fehler war, den Mistkerl zum Teufel zu jagen? Da kann ich dir aus zwei Gründen nicht zustimmen. Erstens finde ich, daß du vollkommen richtig gehandelt hast, und zweitens will ich dich für mich. Aber eins kann ich dir sagen, wenn wir verheiratet gewesen wären und ich hätte dich mit einem anderen Kerl im Bett überrascht, dann wäre der Kerl danach einen Kopf kürzer gewesen und du würdest es sehr bedauern. Hilft dir das weiter?«

Kelsey schloß die Augen und rieb mit beiden Händen ihr Gesicht. »Wie konnte ich nur in diesen Schlamassel geraten?«

»Ich schätze, du hattest einen harten Morgen. Wo warst du denn?«

»Bei meinem Vater.« Ihr war schon wieder zum Weinen zumute. Lächerlich, schalt sie sich, wandte sich ab und kämpfte gegen die Tränen an. »Ich wollte ihn von Angesicht zu Angesicht informieren, daß ich mein Apartment aufgebe und hierbleibe, vorläufig jedenfalls.«

»Und daraufhin hagelte es Vorwürfe.«

»Nein, eigentlich nicht. Zumindest nicht von seiner Seite. Mein Vater ist der liebenswerteste Mensch der Welt, und ich habe ihm weh getan.« Nun ließ sie ihren Tränen doch freien Lauf. Zur Hölle mit ihnen! »Ich wollte ihn nicht verletzen. Ich will ihn auf keinen Fall unglücklich machen, aber ich kann einfach nicht nachgeben, nur um es allen recht zu machen.«

Wortlos stand Gabe auf und zog sie an sich. Er versuchte nie, mit Worten Tränen zu verhindern. Es war das beste, man ließ sie einfach laufen, bis sie allen Kummer weggeschwemmt hatten.

»Es ist aber auch zu dumm.« Schniefend kramte Kelsey in ihrer Tasche vergeblich nach einem Taschentuch, und nahm dann eins, das Gabe ihr hinhielt. »Der ganze Trubel kam eigentlich nur wegen eines dämlichen Balls, dem Derby und dem Zahnarzt zustande.«

»Ich schlage vor, wir setzen uns wieder, und du übersetzt mir das.«

»Es geht um Traditionen«, erklärte Kelsey, und setzte sich auf die Bank. »Und darum, die Erwartungen der Familie zu erfüllen. Ich kann zwar nicht sagen, daß meine Kindheit von Zwängen und Vorschriften bestimmt war, aber es galt immer, dem Namen Byden Ehre zu machen. Und meine Großmutter hat darauf immer besonderern Wert gelegt.«

Sie knüllte das Taschentuch zusammen und wünschte, sie könnte auch ihren ganzen Groll so zusammenknüllen und beiseite schieben. Sie trägt mir noch immer nach, daß ich die Familienehre durch eine Scheidung besudelt habe. Und daß sie tobt, weil ich hier bin, brauche ich wohl nicht extra zu erwähnen.« Um sich aus ihrer düsteren Stimmung herauszureißen, versuchte sie zaghaft zu lächeln. »Sie hat mich schließlich aus ihrem Testament ausgeschlossen.«

»Nun . . .« Er nahm ihre Hand und spielte mit den Fingern. »Du kannst jederzeit zu mir ziehen. Zeig ihr, daß du nicht auf sie angewiesen bist.«

»Dafür würde mein Name aus der Familienchronik gestrichen.«

Als ihm bewußt wurde, daß er damit nicht nur einen Spaß machen wollte, gab er ihre Hand frei. »Das können wir natürlich nicht verantworten. Also, was ist mit dem Ball, dem Derby und dem Zahnarzt?«

»Klingt wie ein Filmtitel.« Kelsey entspannte sich ein wenig. »Eigentlich wollte ich nur meinen Vater besuchen, aber quasi als Zugabe waren auch Candace, meine Stiefmutter, und meine Großmutter dort. Sie planten gerade bei Gurkensandwiches das Blumenarrangement für den Frühlingsball des Wohltätigkeitsvereins, an dem ich natürlich auch teilnehmen würde, das stand für sie fest. Sie hatten sogar schon einen Begleiter für mich ausgesucht, denn seit ich Wade verlassen habe, bin ich mit niemandem mehr ausgegangen. Sie . . .«

»Moment mal.« Gabe hob die Hand. »Nur für die Akten: Wiederhole doch bitte den letzten Teil des Satzes, der ist für mich von persönlichem Interesse.«

»Ich habe mich seit zwei Jahren mit keinem Mann mehr eingelassen, zum einen, weil ich es nicht richtig fand, mich mit jemandem zu treffen, solange die Scheidung noch nicht rechtskräftig ist, zum anderen, weil Sex nie eine treibende Kraft in meinem Leben war.«

Er griff wieder nach ihrer Hand und küßte sie. »Das können wir ändern.«

»Ich versuche doch nur, dir alles zu erklären.« Kelsey wollte ihm ihre Hand nicht lassen, sie mußte aber vor seinem festen Griff kapitulieren. »Der Begleiter, den sie ausgesucht hatten, ein Kieferchirurg, ist der Sohn von Freunden meiner Eltern, der vor kurzem wieder nach D. C. zurückgekommen ist. Er entspricht allen Anforderungen der Familie Byden. Im Gegensatz zu dir.«

»Das ist das Netteste, was du bislang zu mir gesagt hast. Laß uns zu mir gehen und feiern.«

»Du hilfst mir darüber hinweg. Mir geht's schon viel besser.« Lächelnd lehnte sie den Kopf gegen seine Schulter. »Jedenfalls mußte ich ihnen nicht nur klarmachen, daß ich an ihrem Goldjungen kein Interesse hatte, sondern gleich auch noch beichten, daß ich nicht auf den Ball gehe. Er findet nämlich am ersten Samstag im Mai statt.«

»Das Derby. Jetzt fügen sich die Puzzleteilchen ineinander.«

»Genau, das Derby. Damit kam es zum Familienkrach. Anfangs war's noch recht zivilisiert, doch bald wurde Großmutter ziemlich massiv. Also . . .«, sie blinzelte ihn verstohlen an, ». . . dann habe ich ihr gesagt, daß ich mit einem Spieler befreundet wäre, nur um sie zu ärgern.«

»Du hast einen Hang zur Bosheit.« Gabe nahm ihr Gesicht in seine Hände und küßte sie, ehe sie ausweichen konnte. »Das gefällt mir.«

»Meiner Familie nicht. Großmutter stürmte wutentbrannt aus dem Zimmer, mein Vater war am Boden zerstört und Candace stinksauer. Wir sind schon häufiger aneinandergeraten, doch diesmal verteilte sie gezielte Hiebe. Und die haben gesessen. Je länger ich hierbleibe, desto mehr schade ich der Familie. Und da ich zu störrisch bin, um nachzugeben, gehe ich auch keinen Kompromiß ein.«

»Manchmal gibt es keine Kompromisse.«

»Nette, umgängliche Menschen finden immer welche.«

Jetzt wußte Gabe nicht weiter. Ein Familienzwist, hinsichtlich familiärer Probleme hatte er kaum Erfahrung.

»Ist dir schon einmal aufgefallen, daß deine Familie auch keinen Konmpromiß eingeht?« Er beobachtete sie, als sie sich langsam zu ihm umdrehte. »Alles oder nichts. Im Grunde genommen wollen sie nur, daß du dich all ihren Wünschen beugst.«

»Ich ... so habe ich das noch nie gesehen.«

»Nein, du bist ja auch so kalt und unnachgiebig, daß du dich automatisch für alles verantwortlich fühlst. Egal ob sie dir die Schuld geben, dir mit Enterben drohen, dir einreden, daß du nur an dich denkst, du meinst, alles ist dein Fehler.«

Kelsey konnte sich nicht erinnern, daß bisher jemand ihre Partei ergriffen hatte, wenn es um die Familie ging. Wade schon gar nicht. Immer hatte man sie beschuldigt, alle Unstimmigkeiten zu verursachen. Seltsam, daß ihr nie zuvor aufgefallen war, daß ihre Familie ebenso unerbittlich auf ihren Forderungen beharrte wie sie selbst.

»Ihrer Meinung nach tue ich nur, was ich will, ohne Rücksicht auf ...«

»Ohne Rücksicht auf was?« hakte Gabe nach. Zwar hatte er nie eine Familie gehabt, die sich schützend vor ihn stellte, dafür war er aber auch von Verpflichtungen und Schuldzuweisungen verschont geblieben. »Ohne Rücksicht darauf, daß immer beide Seiten Zugeständnisse machen müssen. Wenn du jetzt brav mit dem für dich ausgewählten Zahnarzt auf den Ball gegangen wärst, hätte das etwas geändert?«

»Nein«, gab sie nach einer Weile reiflicher Überlegung zu. »Die nächste Szene wäre nur etwas aufgeschoben gewesen, gegeben hätte es sie auf jeden Fall.«

»Bleibst du hier, um ihnen eins auszuwischen?«

»Natürlich nicht!« Beleidigt warf Kelsey den Kopf in den Nacken. »Natürlich nicht«, wiederholte sie gedämpfter. »Das muß dir doch alles ziemlich lächerlich vorkommen, dieses Getue um Anstandsregeln und Traditionen.«

»Nein, ich finde nur, daß du dich lange genug mit Selbstvorwürfen gequält hast. Na, fühlst du dich besser?«

»Viel besser.« Kelsey seufzte erleichtert. »Ich bin froh, daß du noch nicht weggefahren bist, Slater.«

»Ich wollte dich unbedingt vorher sehen.« Seine Finger glitten sanft über ihren Nacken, und sie bekam eine Gänsehaut. »Du bringst meinen Zeitplan vollkommen durcheinander, Kelsey.«

»Ach ja?« Sie schaute unverwandt auf ihre im Schoß gefalteten Hände.

»Ich denke schon an dich, ehe ich morgens die Augen aufschlage. Vermutlilch gibt es drei Situationen, in denen ein Mann am verwundbarsten ist: Wenn er betrunken ist, wenn er mit einer Frau schläft und kurz bevor er aufwacht. Ich trinke nicht, und seit ich dich kenne, habe ich ein großes Verlangen nach dir. Du beherrschst alle meine Gedanken. Jetzt bin ich schutzlos.«

Selten hatte jemand so tiefe Gefühle in ihr geweckt, romantische wie auch sexuelle. Während er sprach, hatte sie den Blick nicht von ihm gewandt, verzaubert von dieser weichen, lockenden Stimme. Nun war auch sie gefangen, war auch sie schutzlos.

»Du machst mir angst!« Es war heraus, ehe sie es verhindern konnte. Aber sofort wurde ihr klar, daß es stimmte.

»Dann geht es dir wie mir.«

Er umfaßte ihr Gesicht und strich mit den Fingern langsam ihr Haar zurück, kostete den Augenblick aus. Vogelgezwitscher, Frühlingsblumen, goldene Nachmittagssonne. Dann ihr Mund auf dem seinen, ein leises Stöhnen.

»Was ich empfinde, wenn ich dich küsse, erschreckt mich fast zu Tode.« Von widerstreitenden Gefühlen überwältigt, lehnte er seine Stirn gegen ihre. »Und daß ich es immer wieder tun möchte, erschreckt mich fast noch mehr.«

»Mich auch. Wahrscheinlich ist es besser, wenn wir uns ein paar Tage nicht sehen. Ich habe über so vieles nachzudenken.«

»Für mich gibt es nichts mehr zu überlegen, Kelsey.«

Als sie wieder zu Atem kam, nickte sie ruhig. »Eigentlich gibt es das auch nicht.« Fast bedauernd machte sie sich los. »Viel Glück in Keeneland, und danke für die Schulter zum Anlehnen. Ich konnte sie brauchen, ja eigentlich brauchte ich dich.«

15

Als Naomi von Kelseys Entscheidung, das Team nach Kentucky zu begleiten, erfuhr, stellte sie keine Fragen. Sie hatte sich zwar so sehr gewünscht, ihre Tochter möge mitkommen, doch wollte sie das nicht als selbstverständlich nehmen. Für Naomi war nichts mehr im Leben selbstverständlich.

Die einzige Unstimmigkeit kam auf, als Kelsey darauf bestand, ihre Auslagen selbst zu bezahlen. Das nagte an Naomi, während sie packte und ihre Vorbereitungen traf, während des Fluges und beim Einchecken im Hotel. Und als sie Kelsey zu sich ins Zimmer bat, machte sie ihrem angestauten Ärger Luft.

»Das ist doch absurd!« Erregt lief sie im Zimmer auf und ab und ignorierte die leichte Mahlzeit und den Wein, den sie bestellt hatte, um die Auseinandersetzung erfreulicher zu gestalten. »Du bist als eine Mitarbeiterin von Three Willows hier und hilfst Boggs mit Pride. Betrachte es als Spesen.«

»Ich bin hier«, berichtigte Kelsey, »weil ich mir um nichts in der Welt die Bluegrass Stakes oder das Derby entgehen lassen will. Und was Pride angeht, da bin ich vollkommen überflüssig. Moses und sein Team brauchen mich nicht.«

»Aber ich«, gab Naomi sofort zurück. »Kannst du dir eigentlich vorstellen, was es für mich bedeutet, dich hier zu haben? Aus freien Stücken? Nach all der Zeit, nach all dem Kummer zu wissen, daß du neben mir stehst, und zwar nicht nur während des Zieleinlaufs, sondern die ganze Zeit über. Lieber habe ich dich von heute bis zum ersten Samstag im Mai an meiner Seite, als ein Dutzend Derbys zu gewinnen. Und du läßt mich noch nicht einmal deine Hotelrechnung bezahlen!«

Ziemlich verblüfft, starrte Kelsey ihre Mutter an. Noch

nie hatte sie Naomi so engagiert, so emotionsgeladen erlebt. Hier endlich sah sie die Frau, die ihr von dem Hochzeitsfoto entgegengelacht hatte, die rücksichtslos mit anderen Männern geflirtet hatte – und die einen von ihnen getötet hatte.

»Es erscheint mir einfach nicht richtig«, begann sie, verstummte aber augenblicklich, als Naomi herumfuhr.

»Und warum bitte schön nicht? Weil ich nicht dem üblichen Bild einer Mutter entspreche? Weil ich in einer Zelle saß, als ich eigentlich bei dir sein und dir beibringen sollte, wie man sich die Schnürsenkel bindet?«

»Das habe ich nicht . . .«

»Ich erwarte ja gar nicht, daß du mir das verzeihst«, brauste Naomi auf. »Ich erwarte auch nicht, daß du alles vergißt. Du bist weder verpflichtet, mich zu lieben, noch, mich als deine Mutter zu betrachten. Aber ich war der Meinung, daß du Three Willows allmählich als dein Heim betrachtest.«

»Das tue ich auch«, sagte Kelsey vorsichtig, auf einer neue Explosion gefaßt. »Was aber noch lange nicht heißt, daß ich die Situation oder dich ausnutzen will.«

Die erwartete Explosion blieb aus. Naomi setzte sich, bemüht, ihr Temperament zu zügeln. »Wenn du dir deinen Aufenthalt nicht von mir finanzieren lassen willst, dann wenigstens von Three Willows. Es ist gut möglich, daß dich dein Aufenthalt auf der Farm zumindest einen Teil deines Erbes kostet. Was ich sehr bedauere.«

»Also läuft das Ganze auf eine Entschädigung hinaus? Nun gut.« Kelsey hob die Hände, als in Naomis Augen erneut ein rebellischer Funke aufglomm. »So ein Quatsch. Ich weiß wirklich nicht, warum du dich so aufregst. Zahl die Rechnung, wenn dir das soviel bedeutet.« Energisch warf sie ihr Haar zurück. »Und da habe ich mich immer gefragt, von wem ich mein Temperament geerbt habe. Dad ist die Ruhe selbst, und du hast immer so gelassen und beherrscht gewirkt. Jetzt weiß ich, wo ich meinen Hitzkopf herhabe, dafür ziehe ich gern bei einem Streit den kürzeren.«

»Freut mich, daß ich wenigstens ein Geheimnis lüften konnte.« Unwillig die Achseln zuckend, zupfte Naomi eine Erdbeere von der Obstplatte, die sie bestellt hatte. »Wie dem auch sei, vom Streiten krieg' ich immer Hunger. Möchtest du auch was essen?«

»Ja.« Kelsey nahm eine Apfelscheibe. »Eins will ich noch klarstellen«, begann sie in einem Tonfall, der Naomi beim Einschenken des Weins innehalten ließ. »Ich akzeptiere dich durchaus als meine Mutter. Sonst wäre ich nämlich längst nicht mehr hier.«

Naomi beugte sich vor und küßte Kelsey leicht auf die Wange, dann füllte sie die Gläser.

»Auf die Frauen von Three Willows.« Leise klirrend stießen die beiden miteinander an. »Ich habe lange gewartet, bis ich darauf trinken konnte.«

Die Tage vor den Bluegrass Stakes vergingen wie im Flug. Kelsey lernte unzählige Leute kennen und stand jeden Tag in der Morgendämmerung auf, um das Training zu verfolgen und Pride mit jedem anderen der Pferde zu vergleichen. Sie musterte die Jockeys, bewertete die Trainer und entlockte Boggs alles an Informationen und Spekulationen, die dieser in Erfahrung bringen konnte.

Sooft sie Gelegenheit dazu hatte, versuchte sie, den armen Reno in die Enge zu treiben, fragte ihn über seine Strategie aus und quälte ihn mit tausenderlei Fragen, was die Form der Pferde, der Zustand der Bahn und dergleichen mehr betraf.

»Sag mal«, fragte er sie schließlich entnervt, »wer reitet eigentlich diesen Hengst, du oder ich?«

Kelsey verzog schmollend die Lippen. Die zwei standen gerade bei Pride und führten heiße Diskussionen. »Du natürlich. Aber . . .«

»Aber dir wäre es lieber, wenn du die Zügel in der Hand hättest.«

Kelsey mußte lächeln. »Kann schon sein.« Sanft streichelte sie Prides warme, weiche Nase. »Vermutlich hat mich das Fieber auch schon gepackt.«

»Du glühst förmlich davon.« Reno hakte die Daumen in die Taschen seines dunkelblauen Seidenanzugs.

»Aber das gehört einfach dazu, oder nicht? Die Unruhe, der Ehrgeiz.« Sie holte einen Apfel, den sie extra aufgehoben hatte, aus der Tasche und hielt ihn Pride hin. »Und die Liebe.«

»Es packt dich, ohne daß du dich wehren kannst«, stimmte Reno ihr zu. Was hatte es für einen Sinn, ihr zu erklären, daß später andere Dinge wichtiger wurden. Die Tricks, die Quoten, die Wetten. Sie würde schon noch von selbst dahinterkommen, dachte er und gab ihr einen freundschaftlichen Klaps auf den Rücken. »Halt du unseren Jungen bei Laune, Kindchen. Erinnere ihn an diesen Hengst aus Kentucky. Bring ihn in Stimmung.«

Winkend verließ Reno den Stall.

»Laß dir wegen dieser Eintagsfliege keine grauen Haare wachsen«, beruhigte Kelsey Pride. »Der kann sich mit dir nicht messen.« Pride verspeiste seinen Apfel und war offensichtlich ganz ihrer Meinung.

Midnight Hour, ein in Kentucky gezüchteter junger Hengst, galt als lokaler Favorit. Er hatte überraschend das Derby von Florida gewonnen und dabei sowohl Pride als auch Double um eine Halslänge geschlagen. Der kleine, schreckhafte Hengst war Held der örtlichen Presse.

Und ein herrliches Tier, wie Kelsey zugeben mußte. Klassischer Bau, schwer einzuschätzende Tagesform und feurige Augen. Er trug während des Rennens Scheuklappen, da er sich allzu leicht irritieren ließ. Aber er war schnell, das hatte sie selbst gesehen.

Auch Cunninghams Stute hatte ihre Fans. Man mußte ja nicht auch noch den Besitzer bewundern, wenn einem das Pferd gefiel. Big Sheba hatte Charakter und Courage, und sie donnerte wie ein Tornado über die Bahn. Doch ihr gequältes Keuchen nach jedem Training beunruhigte Kelsey sehr.

Die anderen Konkurrenten waren gleichfalls nicht zu unterschätzen, vor allem Gabes Double. Doch Kelsey setzte voll und ganz auf Pride, nicht allein aus Loyalität, noch nicht einmnal aus purer Liebe. Sie schmeichelte sich, daß sie unter Moses' Anleitung langsam ein Gespür für Pferde entwickelte. Ein Pferd wie Pride fand man einmal unter Tausenden, ebenso wie ihre Honor, davon war sie fest überzeugt.

Am Renntag stand sie neben ihrer Mutter und hoffte, daß sie ebenso zuversichtlich war.

»Heute morgen hat er einen hervorragenden Eindruck gemacht.«

Kelsey holte tief Atem. Eigentlich wollte sie die Parade, das Schauspiel, die Vorfreude genießen, doch sie konnte nicht stillstehen. Und erst recht nicht den Mund halten.

»Moses hat Reno angewiesen, ihn etwas zurückzuhalten, um ihn so anzuspornen. Die Bahn ist hart und schnell, genau richtig für ihn. Ich hab' mich ein bißchen umgehört, Midnight Hour ist zwar der Hoffnungsträger des hiesigen Publikums, aber die Fachleute schätzen Pride und Double als gleichwertig ein.« Aufgeregt fuhr sie sich mit der Hand über den Mund. »Aber Sudden Force könnte uns Probleme bereiten, das ist der Kastanienbraune aus Arkansas. Und Cunninghams Big Sheba dürfen wir auch nicht unterschätzen.«

Amüsiert und beeindruckt zugleich strich Naomi ihrer Tochter beruhigend über den Arm. »Einmal tief Luft holen. In ein paar Minuten ist alles vorrüber.«

»Da komme ich ja gerade noch rechtzeitig, um meinen beiden Frauen Glück zu wünschen.« Gabe drängte sich zwischen sie und gab jeder einen Kuß. »Die Quoten stehen für beide sieben zu fünf«, bemerkte er mit einem Blick auf die Anzeigentafel. »Wie wär's, wenn der Sieger den Verlierer zum Essen einlädt?«

»Und der Verlierer spendiert den Sekt.« Naomi grinste ihn schelmisch an. »Mir war es schon immer lieber, wenn ein Mann mir den Drink bezahlt.«

»Bravo«, murmelte Kelsey, doch dann hielt sie die Luft an, die Pferde wurden gerade zu den Startboxen geführt.

Im Schutz der Tribüne beobachtete Rich seinen Sohn. Der Junge hatte schon immer einen guten Geschmack in punkto Frauen gezeigt. Und auch ein geradezu unverschämtes Glück bei ihnen gehabt. Ganz wie sein alter Herr, dachte Rich, und tätschelte die Kehrseite der kleinen beschwipsten Blondine, die er vorige Nacht aufgelesen hatte.

»Behalt Nummer drei im Auge«, instruierte er sie. »Ich habe großes Interesse an diesem Pferd.«

Die Glocke ertönte, die Boxen öffneten sich, und die Pferde schossen vorwärts, während die Frau an Richs Seite quitschte und grölend die Nummer drei anspornte.

Rich schaute angestrengt durch sein Glas. Der lokale Favorit führte und drängte dabei den Hengst aus Arkansas seitlich ab. Obwohl sich das Feld in einer Masse leuchtender Farben und wirbelnder Beine auflöste, verlor er Nummer drei nicht aus den Augen. Cunninghams Stute kämpfte sich verbissen vor und hängte die Führungsspitze um eine Halslänge ab. Doch schon löste sich die Virginia's Pride aus der Masse und schoß, Torf aufwirbelnd, voran.

Rich nickte bedächtig, und seine Lippen verzogen sich zu einem hämischen Grinsen. Double holte auf der Innenseite der Gegengeraden auf. Sogar das Donnern der Hufe ging in dem tosenden Beifall der Menge unter, als die drei Pferde eine Sekunde lang, ein großartiger Augenblick, auf gleicher Höhe lagen.

Dann gewann Pride an Boden, eine Nasenlänge, eine Halslänge, schließlich eine halbe Länge. In Bruchteilen von Sekunden gingen sie ins Ziel; Virginia's Pride, Double or Nothing, Big Sheba. Sieg, Platz und Platz.

Laut lachend warf Rich den Kopf zurück. »Süße, ich hab' genau ins Schwarze getroffen.«

Seine Begleiterin zog einen Flunsch und verschüttete fast ihr Bier: »Aber Nummer drei hat doch gar nicht gewonnen.«

Rich lachte noch lauter und tastete nach dem Wettschein. Tausend Dollar hatte er auf Prides Nase gesetzt. »Denkst du, Schätzchen. Aber der alte Rich weiß genau, was er tut.«

»Ich glaub's einfach nicht!« Kelsey hatte immer noch die

Hände an ihrem Mund. Kurz vor dem Ende des Rennens hätte sie sich am liebsten die Augen zugehalten. »Er hat's geschafft! Er hat gewonnen!« Jubelnd schlang sie die Arme um Naomi: »Herzlichen Glückwunsch! Das ist der Auftakt zum Derby, ich hab's im Gefühl.«

»Ich auch.« Naomi drückte ihre Tochter an sich, ohne auf die Kameras und die Reporter zu achten. »Komm mit zum Siegerring. Ich möchte dich bei mir haben.«

»Keine Macht der Welt könnte mich davon abhalten.« Kelsey drehte sich zu Gabe um. Für jemanden, der gerade um eine halbe Länge verloren hatte, wirkte er ausgesprochen zufrieden. »Dein Pferd ist gut gelaufen«, sagte sie.

»Das ist er. Aber eures war besser«, er zog sie an ihrem Zopf, »diesmal. Wir sehen uns dann beim Essen.«

Auch durch die Freude über den Sieg durfte sich niemand von seiner Arbeit abhalten lassen. Das Team würde bis nach dem Derby in Kentucky bleiben und nur von Keeneland nach Churchill Downs umziehen.

Die Morgendämmerung bedeutete nach wie vor Beginn des Trainings, Zeitmessungen, schwarzen Kaffee und die Kommentare der Trainer, die den Ablauf des Geschehens vom Geländer aus verfolgten.

Nur ging es bei diesen Vorbereitungen um das Derby, so daß die Trainingsrennen längst nicht mehr privat und in aller Ruhe abliefen. Reporter waren überall, und sie fingen sogar die Stallburschen ab, sowie sie die Nase aus der Tür steckten, um von ihnen einen Kommentar zu ergattern. Ob Fernsehen, Tageszeitung oder Fachzeitschrift, jeder wollte einen Aufmacher, ein Insiderinterview oder *das* Foto schlechthin.

Kelsey wußte, wann und wo sie *das* Foto geschossen hätte. Und zwar im sanften Licht der Morgendämmerung, die Pferd und Reiter in zauberische Wesen verwandelte, wenn der Nebel vom Boden emporstieg, die Farben verwischte und die Laute dämpfte. Dann glich die Bahn einer verwunschenen Landschaft, in der Vögel zwitschernd den neuen Tag begrüßten.

Der Frühling hatte Einzug in Louisville gehalten, doch die Luft zu dieser frühen Stunde war noch kühl, so daß weiße Schwaden hinter den vom Aufwärmgalopp zurückkehrenden, schwitzenden Pferden herwehten. Einem sich in die Lüfte schwingenden Pegasus vergleichbar, flogen sie durch den Nebel.

Aber sie waren Athleten. Nur allzuleicht vergaß man, daß diese Tiere, die immerhin eine halbe Tonne auf die Waage brachten und auf unverhältnismäßig zierlichen langen Beinen liefen, zum Rennen geboren waren.

Von den Tausenden Vollblutfohlen, die jedes Jahr zur Welt kamen, war es nur sehr wenigen bestimmt, in dieser besonderen Woche durch den Morgennebel der Rennbahn zu jagen. Und nur eines von ihnen würde am Samstag mit einem Blumenkranz um den schweißglänzenden Hals im Siegerring stehen.

Pfleger schleppten die Wasserbotticke und Bandagen heran und huschten, geisterähnlich, zwischen den Pferdeleibern hindurch. Langsam stieg die Sonne höher und ließ die Tautröpfchen auf dem Gras wie Diamanten glitzern. Eine Katze miaute, irgendwo knirschten Stiefel auf Kies. Dann erklang von fern Hufgetrappel, gespenstisch, weil nichts zu sehen war, bis sich die Nebel teilten und ein Pferd vorbeischoß.

Diese Eindrücke wollte Kelsey mitnehmen; Bilder einer Oase der Ruhe und des Friedens neben all dem Trubel und dem prächtigen Farbenspiel während der Renntage.

»Was machst du denn hier?«

Kelsey sagte nichts, sondern ergriff einfach nur Gabes Hand. Sie hätte wissen müssen, daß er genau in diesem Moment dazukommen und sich zu einem Teil ihrer Gefühle machen würde. »Ich nehme die Eindrücke tief auf, damit ich diese Szenen über all der Hektik, den Partys, den Pressekonferenzen und dem Druck nicht vergesse.«

»Für jemanden, der garantiert nicht vor zwei ins Bett gekommen ist, bist du aber schon früh auf den Beinen.«

»Wer kann jetzt schlafen?«

Zur Antwort deutete Gabe auf einen Stallburschen, der

dösend an der Scheunenwand lehnte. Kelsey lachte und holte einmal tief Atem, sog den Geruch nach Pferden und Stall tief in sich auf.

»Für mich ist alles neu. Heute morgen habe ich deinem Jockey bei der Arbeit mit Double zugesehen. Sie sahen gut aus.«

»Und ich habe dir zugesehen, wie du an der Gegengeraden am Geländer lehntest. Du hast gut ausgesehen.«

»Ich weiß wirklich nicht, wie du bei all dem Trubel noch die Energie zum Flirten aufbringen kannst. Mir kommt es vor, als hätten sich hier alle Karnevalszüge der Welt zu einem einzigen großen getroffen.« Sie setzte sich in Bewegung. »Paraden, Heißluftballonrennen, hier ein Empfang, dort ein Diner. Dann diese Dampferregatta gestern. So was habe ich in meinem ganzen Leben noch nicht gesehen.«

»Ich hab' fünftausend Dollar gewonnen.«

Kelsey schluckte: »Das hätte ich mir denken können. Und wer war blöd genug, gegen dich zu wetten?«

Gabe grinste: »Moses.«

Sie zog die Krempe ihrer Kappe tiefer ins Gesicht. »Na ja, mit den zehn Prozent Gewinnanteil, die er Samstag einstreichen wird, kann er sich's leisten.«

»Du bist ganz schön vorlaut, meine Liebe.«

»War ich schon immer. Gehst du zur Auslosung der Startpositionen?«

»Selbstverständlich.« Seit fünf Jahren hatte er keine Auslosung versäumt. Seine Anwesenheit hatte zwar keinen Einfluß auf die Position, die seinem Pferd zugewiesen wurde, aber es war immerhin sein Pferd. »Vorher gibt's Frühstück auf dem alten Sattelplatz. Hast du Hunger?«

Stöhnend drückte sie eine Hand auf ihren Magen. »Seit ich in Louisville bin, habe ich mehr gefressen als ein Holsteiner. Ich glaube, ich verzichte. Wenn du . . .«

Sie brach ab, da sie bemerkte, daß seine Aufmerksamkeit abgelenkt wurde. Geradezu gebannt schaute er auf etwas, was hinten bei den Ställen sein mußte. »Stimmt etwas nicht?«, fragte Kelsey.

»Nein, nein. Einen Moment lang glaubte Gabe, seinen Vater dort gesehen zu haben. Diese vertrauten großspurigen Bewegungen, der pastellfarbene Anzug, der zwischen Jeans und Cord so fehl am Platz wirkte. Aber es war nur der Bruchteil eines Augenblicks gewesen, außerdem war Slater nun wirklich nicht der Typ, der am frühen Morgen zwischen den Ställen von Churchill Down herumspazierte. »Nein«, wiederholte er und schüttelte das unbehagliche Gefühl, das sich automatisch eingestellt hatte, ab. »Wenn du nichts essen willst, kannst du mir wenigstens Gesellschaft leisten.«

Danach verschwendete Gabe keinen Gedanken mehr an den Zwischenfall. Noch ehe der Morgen vorüber war, beratschlagte er eifrig mit Jamison und seinem Jockey, wie sie die Startposition Doubles, der die Nummer drei erhalten hatte, am besten nutzen konnten.

»Pride startet an der Innenseite!« Kelsey stand mit Boggs im Stall und biß in einen der Äpfel, die sie ständig bei sich trug, während der alte Pfleger Bandagen auf eine Leine hängte. »Das ist ein Zeichen Gottes.«

Boggs zupfte eine Wäscheklammer von seinem Hosenbein und befestigte sorgsam eine königsblaue Bandage an der Leine. »Ich nehm' an, Gott schaut auch beim Derby zu, und wahrscheinlich hat auch er seinen Favoriten.« Mit den Fingerspitzen fuhr er über einen abgewetzten Sattel. Die Steigbügel hatte er eigenhändig gesäubert und poliert. »Dachte, ich könnt' ein paar von den toten Präsidenten in meiner Tasche auf Prides Nase setzen.«

»Ich dachte, Sie wetten nicht, Boggs?«

»Nee.« Mit großer Sorgfalt breitete er eine Decke über die Leine. »Seit April '73 nich' mehr.«

Er warf ihr einen flüchtigenBlick zu, um festzustellen, ob sie wußte, was in diesem Jahr passiert war. Damals hatte ihre Mutter Alec Bradley getötet. Als er merkte, daß sie nicht daran dachte, fuhr er fort:

»War auch in Keeneland. 'n Rennen in Lexington. Three Willows hatte 'nen hoffnungsvollen Hengst am Start.

Einen Prachtkerl. Hab' diesen Hengst mehr geliebt als jemals 'ne Frau. Sun Spot hieß er. Muß wohl verrückt gewesen sein, hab 'n ganzen Monatslohn auf ihn gesetzt. Schoß aus der Startbox raus wie der Blitz, als könnt' er schon den Zielpfosten sehen. In der ersten Runde stolperte der Hengst neben ihm und rempelte ihn so hart an, daß Spot zu Boden ging. Wußt' sofort, daß er nie wieder rennen würde. Vorderbein gesplittert. Konnte man nichts mehr machen, ihn nur noch erlösen. Ihre Ma hat ihn selbst erschossen. War ja ihr Pferd, und sie hat geheult wie 'n Schloßhund, aber sie hat getan, was getan werden mußte.« Boggs seufzte schwer.

»Aber ich wett' seitdem nicht mehr. Denke, bringt Unglück, wenn ich's tu.«

Kelsey legte einen Arm um Boggs, und gemeinsam betrachteten sie seine Arbeitsutensilien, die feuchten Bandagen, die Scheuklapen, die Decken und Baumwollpolster. »Pride wird nichts geschehen.«

Boggs nickte und nahm den Apfel, den Kelsey ihm anbot. »Ist 'n Fehler, ein Pferd zu lieben, Miß Kelsey.« Er rieb den Apfel an seinem Hemd ab, ehe er ihn ihr zurückgab. »Sie brechen einem das Herz, so oder so.«

Kelsey lächelte nur, warf den Apfel in die Luft und fing ihn wieder auf. »Ist der für mich oder für Pride?«

Ein zahnloses Grinsen breitete sich auf Boggs' Gesicht aus, als er sagte;: »Er liebt seine Äpfel.«

»Dann sollte ich ihn wohl mit ihm teilen.«

Boggs trat von einem Bein auf das andere und kratzte sich am Hals. »Wissen Sie, heute hab' ich jemanden gesehen, der schon lange nicht mehr hier war. Den kenn' ich auch noch vom Frühjahr '73.«

»Ach?«

Um Zeit zu gewinnen nahm Boggs ihr den Apfel wieder aus der Hand und drehte ihn in seinen schwieligen Händen, so daß er in zwei Hälften brach. »Mr. Slaters Alten Herrn.«

»Gabes Vater? Den haben Sie hier gesehen?«

»Dachte, er wär's. Aber meine Augen sind nicht mehr

das, was sie mal waren. Komisch, wenn er hier wäre. Ich erinnere mich, daß er sich am Tag, wo Spot stürzte, auch in der Nähe rumtrieb. Machte 'n Riesentheater, so als ob Miss Naomi geplant hätte, an diesem Tag Rennen und Pferd zu verlieren. War natürlich besoffen. Aber Rich Slater kann ganz schön überzeugend sein. Sie haben das Pferd dann auf unerlaubte Drogen untersucht.«

Kelsey blieb stehen, wo sie war. Die Sonne brannte ihr auf den Rücken, doch ihr Gesicht lag im Schatten. »Und was hat man gefunden?«

»Bei unserm Spot gar nichts, die Chadwicks sind sauber. Aber dafür bei dem Hengst, der ihn angerempelt hat. Amphetamine.«

»Und für wen lief dieser Hengst?«

»Cunningham.« Boggs spuckte verächtlich aus. »Ist schon ulkig. Erst zeigten sie alle mit den Fingern auf Cunningham, doch dann kam raus, daß der Jockey schuld war. Benny Morales, war 'n verdammt guter Reiter. Hat 'n Zettel mit 'nem Geständnis geschrieben, ehe er sich in Cunninghams Sattelkammer 'nen Strick um den Hals legte.«

»Das ist ja entsetzlich.«

»Auch bei Rennpferden ist nicht alles Gold, was glänzt, Miß Kelsey. Dieser Rich Slater, der tönte dann rum, die Chadwicks hätten Benny bestochen, damit er das Pferd dopt. Wenn er gewonnen hätte, wäre er später disqualifiziert worden. War natürlich totaler Blödsinn, aber 'n Typ wie der muß irgendwem die Schuld in die Schuhe schieben. Vielleicht war's ja auch nicht der alte Slater, den ich gesehen hab', aber ich dachte, ich sag's Ihnen lieber, damit sie sich von dem Kerl fernhalten können.«

»Das werde ich auch tun.«

Rich Slater hatte nicht die Absicht, irgend jemandem von Three Willows über den Weg zu laufen. Er war lediglich als unbeteiligter Zuschauer hier. Und obwohl es mit Sicherheit gescheiter gewesen, sich am Samstag so weit wie möglich von Louisville fernzuhalten, hatte er der Versuchung, sich einen Platz in der ersten Reihe zu sichern, nicht widerstehen können.

Er hatte eine regelrechte Glückssträhne. Die Taschen voller Geld, eine willfährige Frau im Bett und die Aussicht auf ein paar wüste Partys. Bald würde er zu den ganz Großen gehören. Und das beste daran war – o ja, Rache war süß –, daß gewisse Leute zugrunde gehen würden, während sein Stern immer höher stieg.

Rich hielt sich in aller Bescheidenheit für ein Genie – und er achtete peinlich darauf, sich niemals so sehr zu betrinken, daß er das auch anderen erzählte. Jetzt konnte er nicht nur eine alte Schuld begleichen und seinem undankbaren Herrn Sohn eine Lehre erteilen, sondern er würde damit sogar noch ein kleines Vermögen verdienen. Und dabei mußte er sich noch nicht einmal selbst die Finger schmutzig machen.

Jetzt würde diese Chadwick endlich büßen. Nackt tappte er zu der improvisierten Bar und bediente sich aus einer verschmierten Schnapsflasche. Seine Begleiterin lag ausgestreckt auf dem Bett. Er hatte wieder einmal seine Männlichkeit unter Beweis gestellt, dachte er selbstgefällig und prostete seinem Spiegelbild zu.

Er war eben immer noch ein Mann, mit dem man rechnen mußte.

Mit dem Glas in der Hand stolzierte Rich vor dem Spiegel auf und ab. Seine Eitelkeit machte ihn blind für die schlaffen Fleischwülste um seine Taille, die alternde Haut. Er sah im Spiegel den straffen, kräftigen Körper eines Dreißigjährigen. Der Körper, den sein Sohn von ihm geerbt hatte. Sein Sohn, der ihn mit lumpigen fünftausend Dollar abspeisen wollte.

Sein Sohn, der seinen Daddy noch nicht einmal eine Nacht lang unter seinem Dach beherbergen wollte. Wenn ich mit dir fertig bin, dachte Rich, dann gehört mir das verdammte Anwesen!

Er kippte seinen Whisky hinunter und beobachtete, wie sein Adamsapfel beim Schlucken auf und ab tanzte. Der Junge hatte sich schon immer für was Besseres gehalten.

Aber in ein paar Tagen würde er nicht mehr so hochnäsig auftreten, in ein paar Tagen würde sich das Blatt wenden.

Er hatte es den Umständen zu verdanken – damals wie heute –, daß sich ihm die Gelegenheit zur Rache bot. Cunningham war ein Glück, das ihm unverhofft in den Schoß gefallen war. Zwar war der Mann ein Idiot, doch um so besser konnte man ihn ausnehmen.

Und in den nächsten Jahren würde er Cunningham gehörig rupfen. Eine kleine Erpressung am Rande würde ihm ein nettes kleines Einkommen sichern. Aber die große Abrechnung, o ja, die würde am Samstag erfolgen, noch vor sechs Uhr abends. Dann würde er für einen Job kassieren, der erstklassig ausgeführt worden war, wie er selbst zugeben mußte.

Er öffnete die nächste Flasche und schenkte sich noch einen Drink ein. Ob sich Naomi Chadwick wohl noch an ihn erinnerte? Wenn er schnurstracks auf sie zugehen und sie mit Wonne in das wohlgeformte kleine Hinterteil kneifen würde, ob sie sich dann erinnerte? Die Versuchung war groß.

Der Gedanke, daß eine Frau, egal welche, Rich Slater vergessen könnte, behagte ihm überhaupt nicht.

Er erinnerte sich an Naomi, sehr gut sogar. Dieses eingebildete, verwöhnte Flittchen, das sich in tief ausgeschnittenen Kleidern oder hautengen Jeans schamlos zur Schau stellte, sich aufreizend auf der Rennbahn herumtrieb und die Beine für jeden breit machte.

Rich war verrückt nach ihr gewesen, hätte ihr nur zu gern gezeigt, wozu ein richtiger Mann fähig ist. Doch als er ihr ein dementsprechendes Angebot gemacht hatte, hatte sie ihn angesehen, als sei er ein besonders ekelhaftes Insekt, das sie am liebsten unter ihrem Stiefel zertreten würde. Und dann hatte sie ihn ausgelacht, hatte nicht mehr aufgehört zu lachen, bis er nur noch den einen Wunsch hatte, ihr seine Faust ins schöne Gesicht zu schlagen.

Vielleicht hätte er das auch getan, dachte Rich, indem er abwesend mit der Faust in die Handfläche schlug. Vielleicht hätte er es getan, wenn nicht dieser jüdische Indianer oder was er nun war dazugekommen wäre.

»Gibt es ein Problem, Miß Naomi?«

»Nein, kein Problem. Moses. Nur so ein kleiner Schleimer. Wie geht's unserem Jungen?«

Mit schwingendem Hinterteil war sie davongerauscht, um ihren preisgekrönten Hengst zu hätscheln. Und Rich blieb nichts anderes übrig, als in seine schäbige Bude zurückzukehren und an ihrer Stelle seine blasse, hausbackene Frau zu verdreschen.

Sie dachte, er sei nicht gut genug für sie. An diesem Tag hatte sie ihn gedemütigt, doch er hatte es ihr heimgezahlt, indem er das Rennen manipulierte. Natürlich war der unglückliche Ausgang nicht beabsichtigt gewesen, niemand konnte vorhersehen, daß Benny Morales die Kontrolle über sein mit Drogen vollgepumptes Pferd verlieren und ihres zu Boden stoßen würde.

Und dennoch, grübelte Rich, dennoch war alles glattgegangen. Alles hatte sich zum Besten gewendet, weil er die Sache dermaßen schlau eingefädelt hatte, daß die Umstände gegen sie sprachen. Gut, er hatte es ihr heimgezahlt. Aber er war noch nicht mit ihr fertig.

Diese zehn Jahre im Gefängnis waren erst die Anzahlung gewesen, die Restschuld würde sie am kommenden Samstag begleichen müssen.

Am Tag des Derbys blieb Kelsey dem Frühstücksempfang im Landsitz des Gouverneurs fern. Einerseits hätte sie keinen Bissen hinuntergebracht, andererseits wollte sie sich auf keinen Fall, wenn auch nur für kurze Zeit, von der Rennbahn entfernen.

Das Startsignal für das erste Rennen würde um halb zwölf ertönen. Wie die Pfleger, Jockeys und Trainer war auch Kelsey bereits um sechs auf dem Rennplatz. Unmöglich hätte sie mittags ins Hotel zurückkehren und sich ein Stündchen hinlegen können. Statt dessen bleib sie bei Boggs und ein paar Helfern und nagte an einem Brathähnchen.

»Immer noch da?« Moses ließ sich neben ihr auf dem Boden nieder und wühlte in der Hähnchentüte nach einer Keule.

»Wo denn sonst?« Sie aß eher aus Nervosität als aus Hunger und trank ein Ginger Ale dazu.

»Du könntest zum Beispiel in eurer Loge sitzen. Der Rummel geht schon los. Die Tribünen füllen sich langsam.«

»Bin viel zu nervös. Außerdem würde mir doch nur irgendein Reporter ein Mikrofon unter die Nase halten.«

»Hier wirst du ihnen auch nicht entgehen können Der Name deiner Mama hat zuviel Zugkraft. Verkriech dich doch im Matt-Winner-Saal.«

»Nööh.« Kelsey leckte sich die Finger an. »Der ist für Geschäftsleute reserviert. Genausogut könnte ich in einer Konferenz sitzen. Von da aus will ich mir das Rennen nun wirklich nicht anschauen. Wie geht's Naomi?«

»Sie ist sehr aufgeregt. Man sieht es ihr zwar nicht an, aber sie steht regelrecht unter Strom. Liegt zum Teil daran, daß du hier bist. Sie will unbedingt mit dir zusammen die Trophäe in Empfang nehmen.«

»Wir können es doch schaffen, oder?«

»Ich will die Götter nicht versuchen, indem ich ja sage.« Moses blinzelte gen Himmel. »Guter Tag heute, trocken und klar. Die Bahn ist sehr schnell.«

»Ich hab' schon zugesehen, wie sie aufbereitet wurde. Eigentlich wollte ich mir einige von den frühen Rennen ansehen, aber das hätte mich nur noch kribbeliger gemacht.« Ihr Magen krampfte sich immer noch nervös zusammen, und sie nahm sich ein weiteres Stück Hähnchen. »Hast du Gabe gesehen?«

»Er teilt sich eine Box mit Naomi. Wird wohl gleich wiederkommen, um Jamie zu schikanieren, und dann zum Sattelplatz zu gehen, wenn's soweit ist.«

»Gestern ging es so hektisch zu, daß ich ihn kaum zu Gesicht bekommen habe. Ich weiß gar nicht, wie ich das Thema zur Sprache bringen soll, weil ich weiß, wie er reagiert. Aber Boggs glaubt, Gabes Vater gesehen zu haben.«

»Wann?« fragte Moses so schnell, daß Kelsey ihn verwirrt ansah.

»Nun, äh, am Donnerstag, am späten Morgen. Er war sich aber nicht sicher. Moses?« Kelsey rappelte sich hoch, da er bereits aufgesprungen war und auf den Stall zusteuerte.

»Der Mann bringt nichts als Ärger«, schnaubte Moses. »Schlechte Medizin.«

»Schlechte Medizin?« Kelsey wollte spöttisch lächeln, doch es gelang ihr nicht. »Geh schon, Moses!«

»Manche Menschen ziehen das Unheil regelrecht an und verbreiten es weiter. Rich Slater ist einer davon.« Moses verschwand in Prides Box, vergewisserte sich, daß alles in Ordnung war, und zwang sich zur Ruhe, damit sich seine Anspannung nicht auf das Pferd übertrug. Pride sollte kampfbereit ins Rennen gehen und nicht hochgradig erregt. »Wenn er sich hier rumtreibt, will ich ihn nicht hier in der Nähe sehen.«

»Die Wachtposten lassen keinen Unbefugten durch. Boggs war sich ja nicht mal sicher. Außerdem, was kann er denn schon anrichten?«

»Nichts.« Moses streichelte die Nase des Hengstes und murmelte ihm beruhigende Worte zu. »Vermutlich sehe ich Gespenster. Slater gehört der Vergangenheit an.«

»Boggs erzählte mir von dem Rennen in Lexington, wo Sun Spot gestürzt ist.«

»Schlimme Sache. Das hat Naomi schwer getroffen. Slater stocherte da in einem Wespennest herum, bloß daß die falsche Person getroffen wurde. Benny Morales war ein guter Jockey, er hatte wegen einer schlimmen Rückenverletzung lange pausieren müssen und versuchte in dem Jahr sein Comeback. Cunningham ließ ihn für sich reiten. Ich weiß bis heute nicht, ob Benny das Pferd gedopt hat, weil er dringend Geld brauchte oder weil er das Pferd der Chadwicks um jeden Preis schlagen wollte.«

Darauf kommt es auch nicht mehr an, dachte Moses voll Ingrimm. Das Schlimmste war passiert.

»Er ist für Three Willows geritten, als er während des

Morgentrainings abgeworfen wurde. Dauerte eineinhalb Jahre, bis er wieder auf den Beinen war. Mr. Chadwick bot ihm einen Job als Assistenztrainer an, aber Benny wollte wieder reiten, wollte sich selbst beweisen, daß er noch dabei war. Also hat Cunningham ihn in den Sattel gelassen.«

»War er denn dazu schon in der Lage?«

»Kann ich nicht sagen. Er hatte tonnenweise Schmerzmittel geschluckt und sich halb zu Tode gerackert, um wieder auf sein ursprüngliches Gewicht zu kommen. Viele Angebote bekam er nicht, also konnte Cunningham ihn billig einkaufen. Nur wurde am Ende ein viel zu hoher Preis gezahlt. Nun ja ...«, wieder streichelte er Pride, »... das ist lange her. Wir haben ein anderes Rennen vor uns. *Das* Rennen. Langsam wird es Zeit, unseren Jungen zum Sattelplatz zu schaffen.«

Ein Rennpferd ging den Weg vom Stall zum Sattelplatz am ersten Samstag im Mai nur einmal. Vor weniger als drei Jahren hatte es noch ausgelassen neben seiner Mutter auf der Weide getollt. Dann, als Jährling, war es vielleicht über die Koppeln getobt und zusammen mit seinen Kameraden dem eigenen Schatten hinterhergejagt. Dabei wurden die Muskeln kräftiger, die Sehnen belastbarer und das Knochengerüst stabiler. Das junge Pferd lernte die Freude an der Bewegung kennen; eine Freude, die für seine Rasse so natürlich war wie die Luft zum Atmen. Bereitwillig oder widerstrebend würde sich der Jährling zum erstenmal das Zaumzeug anlegen lassen, um dann zum erstenmal das Gewicht eines Reiters auf seinem Rükken zu spüren.

Eines Tages würde man ihn zu einem Eisengestell führen und ihn zwingen, sich an die Enge zu gewöhnen. Zuvor würde er an der Longe und auf der Übungsbahn trainiert werden, den Geruch seiner Pfleger erkennen lernen, die Hitze in seinen Beinen und die Gurte um seinen Bauch fühlen.

Er würde das tun, wozu er geboren war: bei Rennen laufen.

Doch nur ein einziges Mal würde es ihm – vielleicht – vergönnt sein, diesen einen Gang zu machen, in diesem einen Rennen. Eine zweite Chance gab es nicht.

Um kurz nach fünf kam das Three-Willows-Team zum Sattelplatz, wo Pride gesattelt und seine Stallfarben sowie die Marke mit der Nummer kontrolliert wurden – wie bei jedem der anderen sechzehn Teilnehmer auch. Es war nicht anders als bei jedem anderen Rennen und doch einzigartig.

Einen Wermutstropfen gab es allerdings doch. Niemand erwähnte den Hengst aus Kalifornien, der beim Training gestolpert und sich den Knöchel verletzt hatte. Das brachte Unglück.

In den Jockeyunterkünften wurden die Reiter vor dem Rennen gewogen, in voller Montur. Hundertsechsundzwanzig Pfund, nicht mehr und nicht weniger durfte die Waage anzeigen, inklusive Sattel und Zaumzeug. Reno stieg auf die Waage, prüfte den Stand des Zeigers und lächelte. Das stundenlange Schwitzen in der Sauna hatte sich gelohnt. Einige Momente später machten sich die Jokkeys in ihren farbenfrohen Seidenjacken auf den Weg zum Sattelplatz.

Das nervenzermürbende Warten würde nicht mehr lange dauern.

Auf den Zuschauertribünen rumorte es, aufgeregte oder freudige Kommentare flogen hin und her, hier und da feierte man bereits einen Sieg oder diskutierte heftig, wozu der eingeschmuggelte Alkohol ein übriges tat.

Die Anzeigentafeln flimmerten, und vor den Wettschaltern drängelten sich die Menschen in Massen.

Es war Viertel nach fünf. Die Pferde waren gesattelt und ihre Begleitponys mit Blumen und in die Schweife geflochtenen Bändern geschmückt. Am Himmel zogen Schäfchenwolken dahin, und die Luft schien zum Schneiden dick. Die Spannung stieg.

»Nicht gleich die Führung übernehmen«, wies Moses Reno an. »Laß den Kentuckyhengst in der ersten Runde das Tempo bestimmen. Pride läuft im Feld gut mit.«

»Das stachelt ihn nur an«, pflichtete Reno seinem Trainer bei. Obwohl seine Stimme kühl und beherrscht klang, schwitzte er unter seiner Seidenjacke.

»Und rede mit ihm. Du mußt auf jeden Fall mit ihm reden. Er wird sich für dich die Seele aus dem Leib rennen, wenn du ihn darum bittest.«

Reno nickte und bemühte sich um ein selbstsicheres Lächeln. Von diesen zwei Minuten hing so viel ab.

»Aufsitzen!«

Auf das Kommando des Sattelplatzaufsehers klopfte Moses Reno kurz auf die Schulter, ehe er ihn in den Sattel hob. Jetzt ging es auf die Bahn.

»Bist du bereit?« Naomi umklammerte Kelseys Hand.

»Ja.« Kelsey atmete ein paarmal tief durch. »Ja, ich bin bereit.«

»Ich auch.« Nach einigen Schritten blieb Naomi stehen: »Wart mal einen Moment.« In ihrem gutgeschnittenen roten Kostüm hetzte sie über den Sattelplatz, lachte, als sie Moses einholte, warf ihm die Arme um den Hals und küßte ihn.

»Naomi!« Stolz und Verlegenheit zugleich ließen Moses' Wangen erglühen. Unsicher wie ein Schuljunge wich er ihr aus. »Was ist denn mit dir los? Die . . .«

»Leute sehen schon her«, beendete sie den Satz und küßte ihn erneut. »Jetzt ist dein guter Ruf zum Teufel, Moses.«

Sie lachte immer noch, als sie zu Kelsey zurückkehrte. »So, die Sache wäre geklärt.«

Belustigt und gleichzeitig seltsam angerührt hielt Kelsey mit ihr Schritt. »So?«

»Das ist seit – ach, ich weiß nicht wieviel Jahren ein Streitpunkt zwischen uns. Er wollte nie, daß unsere Beziehung an die Öffentlichkeit dringt. Unschicklich für eine Frau in meiner Stellung.« Naomi warf ihr Haar zurück. Sie fühlte sich jung, frei und unwahrscheinlich glücklich. »Nichts als männlicher Stolz natürlich.«

Kelsey lachte befreit. »Warum heiratest du ihn nicht einfach?«

»Er hat mich nie darum gebeten. Und vermutlich bin ich zu stolz, um ihn zu fragen. Da wir gerade von Männern sprechen . . .« Sie bemerkte, daß Gabe auf sie zukam. »Schnell, ehe er es hören kann. Da kommt eines der prächtigsten Exemplare des männlichen Geschlechts, das ich je zu Gesicht bekommen habe.«

»Diese Augen«, murmelte Kelsey. »Dieser Mund, auch die Wangenknochen gefallen mir.« Ihr Lächeln wurde breiter. »Und dann natürlich dieser unglaubliche Po.«

»Ist mir auch schon aufgefallen«, kicherte Naomi. Auch wenn ich alt genug bin, um seine Mutter zu sein, bin ich noch lange nicht blind.«

»Hallo, die Damen.« Gabe neigte den Kopf. Wenn zwei Frauen derart glänzende Augen hatten, gab es ein Geheimnis. »Darf man mitlachen?«

Die beiden sahen sich an und schüttelten zur gleichen Zeit ihre Köpfe. »Nö.«

Auf der Tribüne saß Rich Slater, umgeben von ausgefallenen Hüten und Seidenjacketts, und schlürfte seinen dritten Pfefferminzdrink. Die Plätze, die Bill Cunningham ihm besorgt hatte, waren zwar nicht in der ersten Kategorie, aber akzeptabel. Er hatte sich ein neues Fernglas im Taschenformat geleistet, durch das er nun Gabe beobachtete, wie er die beiden Frauen zu ihrer Prunkloge geleitete.

Hübsches Bild boten die zwei, dachte er. Naomi in ihrem leuchtendroten Kostüm und ihre Tochter in einem leuchtendblauen. Die blonden Haare der beiden Frauen schimmerten in der Sonne, sehen sexy aus neben dem großen, dunkelhaarigen Mann, schoß es ihm durch den Kopf.

Ob sein Junge schon mit beiden im Bett gewesen war?

»Schau doch mal, Süßer. Sind die nicht goldig mit all den Blumen und so?«

Cherri, die es mit ihm nun schon eine Woche aushielt, zupfte ihn aufgeregt am Ärmel.

»Sicher, Baby. Sieht hübsch aus.«

Nun drehten die Konkurrenten, eskortiert von blumengeschmückten Ponys, deren Reiter farbenprächtige Uniformen trugen, eine Runde um die Bahn. Der Hengst aus

Arkansas tänzelte nervös und schnappte immer wieder nach seinem Vordermann. Der Reiter seines Begleitponys half dem Jockey, das Tier zu beruhigen.

Unter dem tosenden Beifall der Zuschauer fielen die Pferde in leichten Galopp, und bald war die Runde beendet.

»Es ist unglaublich«, wunderte sich Kelsey, »einfach unglaublich.« Sie schüttelte den Kopf und lehnte den Drink ab, den Gabe ihr anbot. »Ich kann bestimmt nicht schlukken, ich kann ja kaum atmen. O Gott, sieh nur! Jetzt werden sie in die Startbox geladen.«

Alle Beteiligten hatten inzwischen den ihnen zugewiesenen Platz eingenommen, die Pferde, die Jockeys, die Helfer und die Mitarbeiter der Rennbahn. Auf einem speziellen Hochstand draußen beobachteten zwei Rennrichter das Geschehen durch ihre Ferngläser, während ein dritter drinnen vor zwei Monitoren saß; an verschiedenen Posten und an der Ziellinie waren ebenfalls einige Rennrichter postiert.

»Fertigmachen zum Start!«

Früher wurde das Derby durch einen Peitschenknall gestartet, heute wurde ein Knopf gedrückt, der die Startbox automatisch öffnete, und ein Glockenton erklang.

»Und los!«

Die Pferde donnerten aus den Startboxen, die Menge brüllte wie aus einem Mund auf, und die aufblitzenden Hufe rasten über die ersten Meter. Kelseys Herz schlug bis zum Hals.

Die Vielfalt an Farben und Bewegung, der auf- und abschwellende Geräuschpegel ließen ihren Puls jagen. Das Feld der Pferde passierte zum erstenmal die Trübinen und die Kurve am Klubhaus; die Führungsspitze kam bislang auf etwas über zweiundzwanzig Sekunden, der Favorit aus Kentucky lag vorn.

Kelsey hielt das Fernglas so fest an die Augen gepreßt, daß es fast schmerzte, um Pride im Feld besser ausmachen zu können. Seine Stallfarben schienen aufzuflammen, als er voranstürmte und sich neben Gabes Double setzte, Cunninghams Big Sheba drängte sich dazwischen.

»Er holt auf! Er holt auf!« Ohne daß es ihr bewußt wurde, steigerte sich ihre Stimme zu einem Schrei, der jedoch im allgemeinen Getöse unterging. Naomis Finger gruben sich in ihren Arm.

Pride überholte Midnight Hour nach genau fündundvierzig Sekunden. Reno beugte sich flach über seinen Hals.

Kelsey sah Erdreich auffliegen, Seide blitzen, Peitschen schlagen und dazu die langen, schlanken Beine, die mit unglaublicher Kraft über die Bahn wirbelten. Sonst nichts mehr.

Midnight Hour fiel auf den vierten Platz zurück, Pferd und Reiter bemühten sich verzweifelt, den Anschluß an die Führungsspitze zu halten.

Zwei Drittel der Strecke waren bereits zurückgelegt, als Pride sich nach vorn schob, erst um eine Halslänge, dann um eine halbe Körperlänge. Doch der Hengst von Longshot ließ sich nicht abschütteln und verringerte den kleinen Vorsprung rasch. Ein Zwei-Pferde-Rennen, wie bereits gemunkelt wurde, denn Cunninghams Stute war um zwei volle Längen zurückgefallen.

Doch da löste sich der Hengst aus Arkansas vom Feld und versuchte, die Spitze zu attackieren. Die Menge tobte.

Die Zielgerade lag vor den Pferden. Jetzt ging es um alles oder nichts.

Kurz vor dem sechzehnten Pfosten geschah es. Pride stolperte und knickte in vollem Galopp weg. Reno, der sich halb in den Steigbügeln aufgerichtet hatte, verlor den Halt und flog über den Kopf des Pferdes hinweg, und stürzte dann wie ein Stein ins Innenfeld. Während sich die anderen Jockeys noch verzweifelt bemühten, ihre Tiere unter Kontrolle zu halten, um eine Massenkollision zu verhindern, versuchte Pride ein letztes Mal, wieder auf die Beine zu kommen, dann brach er zusammen und blieb reglos liegen.

Double or Nothing ging nach zwei Minuten und dreidreiviertel Sekunden als Sieger ins Ziel. Und von überall her stürzten Helfer auf die Bahn, um sich um den Champion zu kümmern.

16

Das tragische Ereignis hatte Gabe die Freude über den Sieg vergällt. Der goldene Pokal und der riesige Strauß blutroter Rosen bedeuteten ihm nichts mehr. Alle Kameras waren auf den Derbysieger, den Champion mit den rotweißen Stallfarben, gerichtet. Der Jockey beugte sich über Doubles schweißglänzenden Hals, um seinen Blumenstrauß entgegenzunehmen, doch sein Gesichtsausdruck wirkte eher grimmig als triumphierend, als er den siegreichen Hengst streichelte.

»Mr. Slater«, war alles, was er hervorbrachte, als Gabe ihm die Hand schüttelte. »Ach, Mr. Slater.«

Gabe nickte nur. »Du bist ausgezeichnet geritten, Joey. Ein neuer Derbyrekord.«

Joeys Augen, die noch von einem Schmutzkranz umgeben waren, wo die Schutzbrille gesessen hatte, zeigten bei dieser Nachricht keine Freude. »Was ist mit Reno und Pride?«

»Ich weiß noch nichts Genaueres. Genieß den Augenblick, Joey. Du und Double, ihr habt es euch verdient.« Ungeachtet des Schweißes und Schmutzes schlang Gabe dem Hengst die Arme um den Hals. »Um den Rest kümmern wir uns später.« Er wandte sich an Jamison, wobei er vergebens versuchte, den allgegenwärtigen Kameras und den Fragen, die auf ihn niederprasselten, zu entgehen. »Du warst näher dran, Jamie. Kannst du mir sagen, was passiert ist?«

Jamison, dem der Schock im Gesicht stand, starrte mit aschfahlem, ausdruckslosem Gesicht auf die Rosen in seiner Hand. »Er ist zusammengebrochen, Gabe. Dieses herrliche Pferd ist einfach zusammengebrochen.« Als er aufblickte, hatten seine Augen einen flehenden Ausdruck: »Double hätte es auch so geschafft. Und er setzte bekräftigend hinzu: »Ich weiß es genau. Ich fühle es.«

»Das ändert nun auch nichts mehr.« Trotz der harten Worte legte Gabe seinem Trainer tröstend die Hand auf die Schulter. Die Umstände des Sieges waren zwar bitter, aber es war der Sieg seines Pferdes.

Die Wachposten hielten Presse und jubelnde Fans zurück. Hinter der Scheibe konnte Kelsey die tanzenden Schatten sehen und die aufgeregt protestierenden Stimmen hören. Draußen brandete der Beifall auf, wurden Fragen und Forderungen gestellt. Doch all das schien zu einer anderen Welt zu gehören, hier, hinter der dünnen weißen Mauer, gab es für Kelsey nur das gedämpfte Schluchzen ihrer Mutter.

»Moses«, sagte Naomi zu dem Trainer, der sie sanft hin und her wiegte, ihr Haar streichelte und sie an sich drückte. »Ach Moses, warum nur?«

»Hätt' nicht' wetten sollen.« Boggs stand mit tränenüberströmten Gesicht daneben, Prides Sattel fest an die Brust gepreßt. »Hätt's nicht tun dürfen.«

Liebevoll strich Kelsey mit der Hand über Prides Hals. So weich, dachte sie. Und völlig regungslos. Sein Fell war noch schmutzverkrustet; Beweis seiner letzten Anstrengung. Er sollte geputzt werden, grübelte sie dumpf. Er sollte geputzt und gestriegelt und mit den Äpfeln, die er so gern fraß, verwöhnt werden.

Nach einer allerletzten Liebkosung riß sie sich los, stand auf und legte die schlammbespritzten Scheuklappen beinahe ehrfürchtig über den Sattel.

»Bringen Sie doch bitte seine Sachen zum Stall, Boggs.«

»'s ist nicht richtig, Miss Kelsey.«

»Nein, das ist es nicht.« Ihr Herz drohte vor Kummer über diese Sinnlosigkeit fast zu zerspringen. »Aber Sie kümmern sich doch um seine Sachen wie immer, ja? Wir müssen meine Mutter von hier fortbringen.«

»Jemand muß hierbleiben – jemand muß doch nach dem Rechten sehen.«

»Ich werde bleiben.«

Boggs starrte sie aus tränenblinden Augen an, dann

nickte er bedächtig. »Das geht in Ordnung, schätz' ich.« Wie ein Knappe, der Schwert und Schild seines Herrn in die Schlacht trägt, ging er davon.

Kelsey beugte sich hinunter und sagte betont beherrscht: ›Moses, sie braucht dich jetzt. Bringst du sie ins Hotel?«

»Hier gibt es noch viel zu regeln, Kelsey.«

»Ich tue, was ich kann. Der Rest muß eben warten.«

Sanft strich sie über Naomis Nacken, als wolle sie das unkontrollierte Zittern wegstreicheln. »Mom.« Nur Moses fiel auf, daß Kelsey zum ersten Mal diese Anrede gebrauchte. »Geh jetzt mit Moses.«

Gramgebeugt und von Schuldgefühlen gequält, erhob sich Naomi schwerfällig und klammerte sich an Moses, da ihre Beine unter ihr nachzugeben drohten. Ein letztes Mal blickte sie auf den Hengst. Virginia's Pride. Ihr ganzer Stolz. »Er war doch erst drei«, flüsterte sie gepreßt. »Länger kann ich anscheinend nichts und niemanden behalten.«

»Bitte nicht.« Obwohl sie mit ihren eigenen Ängsten zu kämpfen hatte, nahm Kelsey Naomi bei der Hand. »Draußen wartet eine Menschenmege. Du mußt da durch.«

»Ja.« Naomis Augen blickten trübe. ›Da muß ich durch.«

Kelsey begleitete sie nach draußen und zuckte angesichts der Flut von Menschen und Geräuschen zusammen. Niemals würde sie diese Stunden vergessen – erst die fiebrige Erregung, dann der Schock. Die Jubelrufe und diese tödliche Stille. Die Pfleger, die zum Ungücksort rannten, die Panik, das Durcheinander. Die gemeinsame Anstrengung, Pferd und Reiter von der Bahn zu schaffen.

Wie oft würde sie die Augen schließen und Pride vor sich sehen, wie er mit unnatürlich verdrehten Beinen leblos dalag?

Oder das leise, unterdrückte Schluchzen ihrer Mutter hören?

»Kelsey«. Gabe war vom Siegerring so schnell wie möglich zu den Ställen gehetzt; sich im stillen immer noch an einen dünnen Strohhalm der Hoffnung klammernd. Als er Kelseys Gesicht sah, wußte er Bescheid. »O verdammt!« Er zog sie an sich und hielt sie fest. »Er mußte also eingeschläfert werden.«

Kelsey preßte einen kurzen Moment lang ihr Gesicht an seine Brust und sagte: »Nein. Er war schon tot. Boggs war als erster bei ihm, aber da war schon alles vorbei.«

»Es tut mir leid. O Gott, es tut mir ja so leid. Was ist mit Reno?«

Kelsey schöpfte tief Atem. »Man hat ihn ins Krankenhaus gebracht. Der Sanitäter sagte, es sei nichts Ernstes, aber wir warten noch auf die Diagnose der Ärzte.« Sie richtete sich auf und wischte sich die Tränen ab. »Ich habe jetzt noch einiges zu erledigen.«

»Aber nicht allein.«

Kopfschüttelnd wehrte sie ab. Wenn sie jetzt ihrer Schwäche nachgab, dann würde sie zusammenbrechen. »Ich muß es tun – für meine Mutter und für Pride. Ich seh' dich später im Hotel.«

»Ich lasse dich jetzt nicht alleine.«

»Boggs und der Rest des Teams sind noch hier.«

Die hitzige Erregung in seinen Augen flaute ab. Wie um den Abstand zwischen ihnen zu vergrößern, trat er einen Schritt zurück und nickte knapp. »Wie du meinst. Solltest du noch etwas brauchen, dann wende dich an Jamie.«

»Danke.«

Sie kam sich vor, als sei sie in einem Alptraum gefangen. Als Kelsey gegen Mitternacht todmüde ins Hotel zurückkehrte, lagen ihre Nerven bloß. Man hatte ihr gesagt, daß die Beamten bereits mit ihrer Mutter und Moses gesprochen hatten. Man hatte ihr aber auch mitgeteilt, daß es sich um einen Anschlag handelte.

Irgend jemand hatte Pride eine tödliche Dosis Amphetamine injiziert; ein Medikament, daß sein Herz so stark in Mitleidenschaft gezogen hatte, das es bei der Belastung durch den mörderischen Galopp einfach aussetzte. Am sechzehnten Pfosten.

Und nun würde jeder, der auf Three Willows arbeitete oder sonstwie mit der Farm zu tun hatte, einer Flut von Fragen, Vermutungen und Verdächtigungen ausgesetzt sein. Hatten sie ihr Pferd etwa selbst gedopt, dabei die Dosis falsch berechnet und darauf spekuliert, daß keine Spuren der Droge in Prides Speichel gefunden werden würde?

Oder hatte ein Außenstehender, vielleicht jemand von der Konkurrenz, das Pferd und somit das Rennen manipuliert? Jemand, der um jeden Preis gewinnen wollte und dabei den Tod von Pferd und Jockey billigend in Kauf nahmen?

Vor der Tür zur Suite ihrer Mutter zögerte Kelsey. Was konnte sie dort schon ausrichten? Naomi hatte Moses, der sie tröstete und ihr über den schlimmsten Schmerz hinweghalf.

Auch ihr eigener leerer Raum schreckte sie ab. Trotz ihrer Erschöpfung war sie noch voller Anspannung, die ihr den Schlaf unmöglich machte. Zu viele wirre Gedanken schossen ihr durch den Kopf, bohrende Zweifel quälten sie. So drehte sie sich entschlossen um und ging über den Flur zu Gabes Zimmer.

Er schlief noch nicht, aber mit ihrem Besuch hatte er nicht gerechnet, zumal sie ihn vorher weggeschickt hatte. Und schon gar nicht, nachdem man ihm die Informationen über Pride zugespielt hatte. Und nun stand sie vor ihm, tiefe Ringe unter den Augen, das Gesicht von so durchscheinender Blässe, daß er meinte, durch sie hindurchsehen zu können. Er bat sie einzutreten.

»Hast du's schon gehört?«

»Ja. Setz dich, Kelsey, ehe du mir umkippst.«

»Lieber nicht. Wenn ich mich hinsetze, kann ich vielleicht nicht wieder aufstehen. Jemand hat ihn getötet, Gabe, darauf läuft es hinaus, jemand wollte Pride unbedingt aus dem Rennen haben.«

Gabe ging quer durchs Zimmer zur Bar und nahm sich eine Flasche Mineralwasser. »Und mein Pferd hat gewonnen.«

»Ich weiß. Entschuldige bitte, daß ich dir noch nicht einmal gratuliert habe, aber . . .« Mitten im Satz brach sie ab, als sie seine Augen sah. »Glaubst du, daß ich gekommen bin, um dich zu beschuldigen? Oder auch nur, um dich zu fragen, ob du etwas damit zu tun hast?«

Trotz der Wut, die in ihm kochte, blieben seine Hände ganz ruhig, als er das sprudelnde Wasser in ein Glas mit Eiswürfeln goß. »Ein logischer Schritt.«

»Zur Hölle mit deiner Logik! Und zur Hölle mit dir! Wofür hältst du mich eigentlich?«

»Wofür ich dich halte?« Gabes Lachen klang bitter. »Wofür ich dich und was ich von dir halte, das ist ja wohl ziemlich bedeutungslos. Tatsache ist, euer Pferd ist tot und meines hat mir innerhalb von zwei Minuten fast eine Million Dollar eingebracht. Ein plausibles Motiv für einen Mord, und du wärst nicht die einzige, die so denkt.«

»Ah ja.« Kelsey stieß das Glas, das er ihr hinhielt, so heftig zurück, daß Wasser auf den Teppich schwappte. »Es geht also um Logik und bloße Tatsachen. Aber eines hast du dabei vergessen, Slater, Charakter.«

»Habe ich das?« Er stellte ihr Glas ab und nippte an seinem. »Nun, ich habe ja wohl einen schlechten.«

»Eines will ich dir mal sagen, Gabriel Slater, du spielst zwar nach außen den starken Mann, aber wenn es um Pferde geht, dann wirst du weich. Du bist so vernarrt in sie wie ein kleines Mädchen, das für Black Beauty schwärmt.« Kelsey warf ihren Kopf zurück und registrierte zufrieden, daß sich seine kühlen, beherrschten Augen vor Überraschung weiteten.

»Wie bitte?«

»Du liebst sie. Verdammt noch mal, du liebst sie. Hast du wirklich gedacht, es spricht sich nicht herum, daß du versucht hast, Cunninghams Stute zu kaufen, weil du befürchtest, daß sie mißhandelt wird?«

Sein Gesicht verschwand wieder unter einer Maske, aber Kelsey hatte kurz dahinter geschaut und ließ nicht locker.

»Glaubst du, daß deine Leute unseren nicht erzählt haben, daß du mit den Fohlen spielst wie andere mit Welpen, oder daß du die ganze Nacht bei einem kranken Pferd Wache hältst?«

»Ich habe schließlich genug in sie investiert.«

»Du liebst sie«, fuhr Kelsey fort, und setzte einen Finger auf seine Brust. »Ich mag es nicht, wenn du mir sagst, was ich zu denken habe, wenn ich es besser weiß. Du wolltest das Rennen genauso gern gewinnen wie wir. Aber ein manipulierter Sieg ist kein wirklicher Sieg, das solltest gerade du als eingefleischter Spieler wissen. Also, wenn du vorhast, dich selbst zu bemitleiden, wo du eigentlich nur mit mir Mitleid haben solltest, überlasse ich dich deinem Weltschmerz.«

»Hör auf.« Er packte sie am Arm, ehe sie hinausstürmen konnte. »Du redest auf mich ein wie ein Maschinengewehr, Kelsey.« Er stellte sein Glas ab und rieb sich die Brust. »Jetzt hast du's mir aber gegeben. Wollen wir uns setzen?«

»Setz dich ruhig. Ich muß mich abreagieren.«

Gabe wußte nicht recht, ob er sich über ihren Ausbruch amüsieren oder ärgern sollte. Vorsichtig setzte er sich auf die Sofalehne nieder. »Es tut mir leid, Kelsey. Ich weiß, daß das nicht viel hilft, aber es tut mir furchtbar leid.«

»Weißt du, ich versuche, möglichst nicht darüber nachzudenken, wie mies ich mich fühle. Ich mache mir Sorgen um Naomi.«

»Sie wird darüber hinwegkommen.«

»Früher oder später werden wir das alle.« Kelsey ging zum Tisch, nahm eines der Gläser und trank einen großen Schluck, um das Kratzen in ihrem Hals zu lindern. »Als man mir von den Amphetaminen berichtete, da kam es mir vor, als hätte ich Pride zum zweiten Mal verloren. Die Beamten haben sämtliche Abfalleimer durchwühlt und jede alte Spritze untersucht, aber nichts gefunden. Und selbst wenn sie noch was finden sollten, was bedeutet das? Pride ist tot.«

»Wenn die Rennkommission die Spritze findet, könnten darauf Rückschlüsse auf den Täter gezogen werden.«

Kelsey schüttelte den Kopf. »Ich kann mir nicht vorstellen, daß jemand so leichtsinnig wäre, die Spritze einfach in den Abfalleimer zu werfen. Selbst wenn, würde er bestimmt keine Fingerabdrücke oder sonstige Spuren hinterlassen.« Voll innerer Unruhe steckte sie ihre Hände in die Taschen und nahm sie sofort wieder heraus. »Wenn ich herausfinde, wer das getan hat – und ich werde es herausfinden – dann soll er leiden.« Wieder griff sie nach ihrem Glas und betrachtete abwesend die tanzenden Bläschen. »Er hat sich buchstäblich die Seele aus dem Leib gerannt.« Bei diesem Gedanken rann ihr ein Schauer über den Rücken, doch sie bemühte sich, den aufsteigenden Kummer zu unterdrücken. »Reno hat sich die Schulter ausgerenkt und das Schlüsselbein angebrochen, sonst fehlt ihm Gott sei Dank nichts.«

»Joey sagte es mir. In ein paar Wochen ist er wieder fit, Kelsey.«

»Vielleicht kann er an den Preakness Stakes wieder teilnehmen.« Reiß dich zusammen, befahl sie sich energisch. »Du kennst doch unseren High Water? Er könnte ganz ordentlich abschneiden.«

»Braves Mädchen«, murmelte Gabe.

Sie lächelte. »Aber es gibt noch viel zu tun. Ich war heute dabei, als sie Pride wegbrachten, und es hat furchtbar weh getan. Ich habe so an ihm gehangen.«

»Ich weiß.«

»Und du auch.« Kelsey ging zu ihm und legte ihre Hand an seine Wange. »Entschuldige, daß ich dich abgewiesen habe, als du bei mir bleiben wolltest. Aber ich wußte, das muß ich allein durchstehen. Wärst du geblieben, wäre ich vermutlich zusammengeklappt.«

»Ich dachte, du wolltest mich nicht bei dir haben, weil mein Pferd gewonnen hat.«

»Ich bin froh, daß es gewonnen hat. Das war der einzige Lichtblick des Tages. Leider konnte ich nicht zusehen, wie man dir den Pokal überreicht, aber ich wäre zu gern dabeigewesen.« Plötzlich mußte sie lachen und griff in ihre Tasche. »Das habe ich ja ganz vergessen. Sieh mal.« Sie hielt ihm zwei Wettscheine, einer auf Pride, einer auf Double hin. »Ich bin auf Nummer Sicher gegangen.«

Gabe starrte ungläubig auf die Scheine. Ihm war, als hätte sie ihm eine Liebeserklärung gemacht. »Die gleiche Summe auf jedes Pferd.«

»Ich glaube, sie haben mir beide gleichviel bedeutet.«

Er blickte auf. Die Farbe, von der Erregung in ihre Wangen getrieben, verblaßte langsam, und ihr Gesicht wirkte so zart und durchscheinend wie altes Porzellan. Die Hand, die in der seinen lag, war schmal und feingliedrig, trotz der Spuren der körperlichen Arbeit. Sie trug noch immer dieselbe Kleidung, mit der sie zum Rennen gegangen war; das blaue Seidenkostüm und die Pumps.

Zart strich er mit der Hand über die Haarsträhnen, die sich aus ihrem Zopf lösten, sie erinnerten ihn an in der Nachmittagssonne golden aufleuchtenden Weizen.

Die Berührung und die plötzliche Stille ließen ihr Herz schneller schlagen. Sie war nur müde, redete sie sich ein. Ausgelaugt. Schließlich hatte sie Stunden damit verbracht, den Reportern entweder entgegenzutreten oder ihnen auszuweichen, hatte Fragen beantwortet und Spekulationen zurückgewiesen. Und das war nur der Auftakt zu einem Medienspektakel gewesen. Warum nur strömte auf einmal neue Lebenskraft durch ihre Adern?

»Es ist schon spät. Ich sollte besser gehen.«

Unwillkürlich nahm sie eine Abwehrstellung ein, als Gabe sich erhob. »Ich muß noch schauen, wie es Naomi geht.«

»Sie hat Moses.«

»Trotzdem.«

Jetzt breitete sich ein langsames Lächeln über sein Gesicht, und er wurde weich: »Trotzdem«, wiederholte er.

»Es war ein langer Tag.«

»Er war sehr lang. Ein Tag, der Gefühle in dir wachruft – oder abtötet. Weißt du eigentlich, daß man dir deine Gefühle ablesen kann?« Er kam näher, ohne sie jedoch zu berühren. »Unsicherheit, Zweifel, Wünsche . . . Bedürfnisse.«

Kein Wunder, daß ihre Gefühle ihr im Gesicht geschrieben standen. Schließlich tobten sie in ihr wie ein Wirbelsturm. »Ich bin nicht sehr gut, Gabe, ich sag's dir von vornherein.«

»Nicht sehr gut worin?«

»In ...« Sie stieß gegen einen Stuhl, fluchte und umkreiste ihn. »In diesem ganzen Mann-Frau-Geschäft. Und der Zeitpunkt ...«

»Ist ideal«, vervollständigte Gabe den Satz, »das Timing stimmt.« Noch konnte er sie gehen lassen, es würde ihm zwar schwerfallen, aber er konnte noch zurück. »Du mußt mir schon ins Gesicht sagen, daß du mich nicht willst. Hier und jetzt. Entweder sagst du ja, Kelsey, oder nein. Aber du mußt es jetzt sagen.«

»Ich versuch's ja. Laß mich nachdenken.« Sie wich zurück, als er ihr Gesicht in seine Hände nahm.

»Du wägst die Risiken ab, weißt aber gar nicht, wie die Chancen stehen.« Jetzt kam die Entscheidung. Ob Sieg oder Niederlage, das Rennen hatte begonnen. »Der Einsatz ist hoch und man muß vorsichtig sein. Ist es das, was du willst? Sicherheit?«

Kelsey merkte kaum, daß sie sich bewegte, daß sie langsam den Kopf schüttelte, hin und her. Und da sie die Augen keine Sekunde von ihm wandte, entging ihr auch der Triumph nicht, der in seinem Gesicht aufleuchtete.

»Zum Teufel mit der Sicherheit.« Er zog sie an sich. »Wir setzen auf Risiko.«

Kelsey vergaß alle Vorsicht, schaltete jegliche Vernunft aus. Sie wollte genau das, was er ihr geben konnte: seinen hungrigen Mund auf dem ihren, heiße, forschende Hände. Ungeachtet aller Risiken hatte sie sich bereits im ältesten Spiel der Welt verloren.

Keuchend holte sie Luft, als er sie gegen die Wand drängte und ihr die Jacke von den Schultern streifte. Gerade von ihm hätte sie dieses verzweifelte Verlangen nicht erwartet. Und von sich selbst erst recht nicht. Dennoch krallten sich ihre Finger in sein Hemd und zerrten daran, bis der Stoff knirschend zerriß.

Dann spürte sie seine nackte Haut unter ihren tastenden Händen, die angespannten Muskeln, die Hitze seines Körpers. Von ihren eigenen Gefühlen überwältigt, suchte sie seinen Mund, bettelte um mehr.

Jetzt war nicht die Zeit für liebevolle Worte, für langsame Liebesspiele. Der Vulkan, der so lange in ihr geschlummert hatte, brach aus. Was jetzt geschehen sollte, mußte schnell geschehen. Heftig. Nimm mich, war der einzige Gedanke, der in ihrem Kopf hämmerte, ihr Blut zum Kochen brachte. Sie konnte ihr eigenes Lachen hören, rauh, heiser und seltsam fremd, als er mit seinem Mund über ihren Hals und ihre nackte Schulter fuhr.

Es war dieser Laut, der die letzte Schranke niederriß. Mit einem Stöhnen packte Gabe ihre Hände und zog sie über ihren Kopf. Kelseys Körper zitterte, und ihre Augen verdunkelten sich vor Leidenschaft.

Ihre Handgelenke fest umklammernd, riß er ihr die Bluse bis zur Taille auf, so daß die kleinen Knöpfchen in alle Richtungen sprangen. Ihr Körper zuckte, als sei sie eine Marionette in einem irrwitzigen Tanz, doch ihre Augen schauten fest in seine.

Gabe fühlte Seide, ein winziges, aufreizendes Stück Stoff, das kaum ihre Brüste bedeckte. Aufmerksam sah er ihr ins Gesicht, und strich mit einer Hand an ihren Beinen entlang, bis er auf den spitzenbesetzten Rand ihres Strumpfes traf. Ein Schleier schien sich über Kelseys Augen zu legen, als er das Feuer noch weiter schürte. Seine Hand tastete weiter.

Kelsey schrie überrascht auf und bäumte sich gegen seine forschende Hand wie ein Pferd, das zum ersten Mal einen Reiter auf seinem Rücken spürt. Nie gekannte Empfindungen durchströmten sie, bis ihr ganzer Körper in Flammen stand. Mit einer Mischung aus Entsetzen und Lust warf sie den Kopf zurück, während ihr Innerstes explodierte.

Die Erfüllung trug sie auf einer Welle davon, bis sie immer leichter wurde. Feurige Pünktchen tanzten hinter ihren Augen, und die Welt um sie löste sich in ein Meer von Farben und Tönen auf.

Langsam kam sie wieder zu sich, nahm die Umgebung wieder wahr. Schwer atmend zog Gabe sie enger an sich, streifte ihr den Rock ab und fuhr mit den Lippen über ihre Brüste, küßte sie, genoß die Wärme und Weichheit ihrer Haut. Ein leises Stöhnen entrang sich ihrer Kehle, und er fühlte unter seinen Händen, unter seinem Mund ihren rasenden Herzschlag.

Ihre Nägel gruben sich in seine Haut, während sie sich enger und immer enger an ihn preßte. Ohne sie freizugeben, entledigte sich Gabe seiner Kleidung und drang tief in sie ein, nahm sie fest an den Hüften und trug sie mit sich in ungekannte Höhen.

Kelseys Kopf sank gegen seine Schulter, und ihr Körper, den eben noch eine wilde Begierde angetrieben hatte, fühlte sich auf einmal leer und knochenlos an. Wenn er sie nicht mit seinem Körpergewicht gegen die Wand gedrückt hätte, wäre sie wohl erschöpft zu Boden gesunken.

»Wer hat gewonnen?« fragte sie atemlos.

Gabe rang lachend nach Luft: »Unentschieden. Mein Gott, du bist einfach unglaublich.«

Kelsey hatte nicht die Kraft, zu widersprechen. Als sie wieder einen klaren Gedanken fassen konnte, stellte sie benommen fest, daß sie sich soeben wild und leidenschaftlich geliebt hatten – im Stehen – und daß das, was von ihren und seinen Kleidern übriggeblieben war, verstreut am Boden lag.

»So etwas habe ich noch nie erlebt, noch nie in meinem ganzen Leben.«

»Das ist gut«, er hob sie hoch.

»Nein, ich meine . . .« Sie brach ab, da sie bemerkte, daß sie noch immer einen Schuh trug. Sie streifte ihn ab. »Ich meine, überhaupt jemals. Als ich noch verheiratet war, haben wir nur . . . du weißt schon. Laß es gut sein.«

»Nein, sprich weiter.« Er trug sie ins Schlafzimmer hinüber. »Ich mag Vergleiche, besonders wenn sie zu meinen Gunsten ausfallen.«

»Ich habe nur eine Vergleichsmöglichkeit. Außer Wade – es gab keinen außer Wade.«

Er hielt inne, gerade als er sie aufs Bett sinken lassen wollte. Seine Augen richteten sich prüfend auf sie: »Es gab vor ihm niemanden?«

Genau darin lag das Problem im Schlafzimmer, dachte Kelsey erbittert, sie redete zuviel. »Na und?«

»Nichts na und.« Gabe streckte sich und küßte sie erneut. Vermutlich gehörte es zum typisch männlichen Wunschdenken, sich einzureden, man sei der einzige. Er beschloß, Wade zu streichen und den Augenblick zu genießen. Er ließ Kelsey aus so großer Höhe aufs Bett fallen, daß es federte. »Dein Ex war nicht nur ein Mistkerl, sondern auch noch ein Idiot.«

»Wahrscheinlich.« Da er unverwandt auf sie hinunterblickte, zog sie nervös am Träger ihres Hemdchens und stellte fest, daß er zerrissen war. »Du wirst mir wohl einen Bademantel oder so was leihen müssen. So kann ich doch nicht in mein Zimmer zurückgehen.«

Er lächelte nur, als er sich zu ihr ins Bett legte und sich an sie schmiegte.

»Wirklich, Gabe, ich kann doch nicht in diesem Ding über den Flur gehen.« Sie wies auf das zerfetzte Seidenhemd. »Oder besser, in dem, was davon übriggeblieben ist«, berichtigte sie sich.

»Steht dir ausgezeichnet.« Gabe schob eine Hand unter das Hemd und umschloß ihre Brust. »Aber ich glaube, ich werde es dir trotzdem ausziehen.«

»Jetzt?« Ihr Herzschlag schien auszusetzen, als er mit dem Daumen leicht über ihre Brustwarzen strich. »Ich kann nicht mehr und du auch nicht.«

Er zog die Augenbrauen hoch, als er seinen Mund auf den ihren herabsenkte: »Wollen wir wetten?«

Sie hätte verloren. Und nicht nur ein Mal. Als es am Horizont zu dämmern begann, lag sie halb über ihm, vom letzten Sturm noch ganz erschöpft, zu betäubt, um zu schlafen.

»Ich muß gehen. Ich muß auf den Rennplatz.«

»Du mußt erst mal schlafen, und dann etwas essen. Danach gehen wir zur Rennbahn.«

»Können wir Kaffee bestellen?« Die Erschöpfung breitete sich langsam in ihrem ganzen Körper aus.

»Sicher. Aber erst später.« Er streichelte ihr Haar, ihren Rücken, aber nicht, um sie zu erregen, sondern um sie in den Schlaf zu lullen. »Jetzt ruh dich aus, Liebling.«

»Wie spät ist es?«

Nach einem Blick auf seine Uhr log er ohne Gewissensbisse: »Ungefähr vier«, obwohl es bereits auf sechs zuging.

»Okay. Nur einige Stunden.« Kelsey fühlte, wie sie federleicht wurde und in einem dunklen Tunnel dahintrieb. »Nur etwas ausruhen.«

Gabe drehte sie behutsam um, strich ihr das Haar aus dem Gesicht und deckte sie mit dem zerknitterten Laken zu. Ihr Gesicht war immer noch blaß, die Schatten unter ihren Augen wirkten wie die dunklen Stellen in edlem Marmor. Einige Minuten betrachtete er die schlafende Kelsey. Und während er das tat, verliebte er sich in sie.

Plötzlich empfand er ein merkwürdiges Unbehagen. Von atemberaubendem Sex, den man mit einer Frau haben konnte war es noch ein langer Weg bis zur Liebe.

Er hatte sie schon lange begehrt, und nun hatte er sie gewonnen. Aber das hieß noch lange nicht, daß er wußte, wie es weitergehen sollte. Kelsey brauchte ebenso dringend einen Freund wie einen Liebhaber, und da er beides für sie sein wollte, wäre es das beste, zuerst einmal ein Freund zu sein.

Gabe ging duschen. Als er ins Zimmer zurückkam, um sich anzuziehen, hatte sich Kelsey noch keinen Millimeter bewegt. Ohne sich weitere Gedanken über Kelseys Privatleben oder ihre Beziehung zu machen, ging er ins Wohnzimmer und öffnete ihre Handtasche. Darin fand er ihr Portemonnaie, ein Päckchen Taschentücher, einen ledergebundenen Terminkalender und zu seiner Belustigung einen Hufnagel. In einem kleinen Reißverschlußfach an der Seite steckten ihr Schlüssel, ein Lippenstift, ein Fläschchen Parfüm – an dem er genüßlich schnupperte – und eine Zwanzigdollarnote. Lauter Dinge, die eine Frau wie Kelsey gern griffbereit hatte.

Er steckte ihren Zimmerschlüssel in seine eigene Tasche und verließ leise den Raum.

Zuerst ging er zu Naomis Zimmer. Moses öffnete bereits nach dem ersten Klopfen. Obwohl er angespannt und übermüdet aussah, streckte er Gabe die Hand hin und schenkte ihm ein von Herzen kommendes Lächeln. »Ich hatte noch keine Gelegenheit, dir zu gratulieren. Dein Pferd ist wunderbar gelaufen.«

»Er hatte einen hochklassigen Konkurrenten. Aber auf diese Weise wollte ich wirklich nicht gewinnen.«

»Ich weiß.« Moses klopfte ihm auf die Schulter und ließ ihn eintreten. »Es ist für uns alle schwer, Gabe. Und seitdem wir wissen, wie es dazu gekommen ist, sogar noch schwerer.«

»Keine neuen Erkenntnisse, nehme ich an?«

»Die Ermittlungen laufen. Und Three Willows wird auf eigene Faust Untersuchungen anstellen.« In Moses' zerfurchtem Gesicht leuchteten seine Augen hart auf: »Ich weiß nur, daß irgend jemand dieses Pferd töten wollte!«

»Wenn ich – oder sonstwer von Longshot – etwas tun kann, dann müßt ihr's nur sagen. Ich bin genauso interessiert daran wie ihr, daß der Fall aufgeklärt wird. Gabe blickte zur Schlafzimmertür, die sich öffnete.

Naomi trat ins Zimmer, offensichtlich in Kampfstimmung. Verschwunden war die Aura von Zerbrechlichkeit, die sie gestern noch umgeben hatte. Sie trug ein dunkelviolettes Kostüm, das von all den Kleidern, die sie hierher mitgebracht hatte, einem Trauergewand am nächsten kam, und ihr Gesichtsausdruck zeigte eine grimmige Entschlossenheit.

Wie Gabe schon vermutet hatte: Sie war bereit, sich zu wehren.

»Ich bin so froh, daß du gekommen bist.« Sie ging auf ihn zu, umarmte ihn und schmiegte ihre Wange kurz an die seine. »Es ist für uns beide hart.« Ohne die Hände von seinen Schultern zu nehmen, trat sie einen Schritt zurück. »Du wirst auch ins Gerede kommen, Gabe, und ich möchte, daß wir eine geschlossene Front bilden.«

»Das ist auch meine Meinung.«

»Ich bedaure, was geschehen ist. Meinetwegen, deinetwegen und wegen der negativen Wirkung auf den Ruf des Rennsports. Aber damit müssen wir fertigwerden. Ich habe bereits eine Pressekonferenz einberufen und möchte, daß du daran teilnimmst.«

»Wann und wo?«

Lächelnd strich sie ihm über die Wange. »Gegen Mittag auf dem Rennplatz. Ich halte es für wichtig, daß sie am Ort des Geschehens stattfindet. Wir werden Pride unmittelbar nach der Autopsie überführen lassen.« Naomi hielt inne und holte tief Atem. »Wir sollten uns darauf gefaßt machen, daß uns die Presse in den kommenen Wochen keine Ruhe läßt. Und da die Preakness Stakes näherrücken, ist den Spekulationen keine Grenze gesetzt.« Naomis Augen wurden hart. »Du solltest besser versuchen, dieses Rennen auch zu gewinnen, Gabe.«

»Genau das habe ich vor.«

Sie nickte zufrieden. »Ich werde Kelsey noch ungefähr eine Stunde Zeit lassen, dann rufe ich sie an. Sie hat gestern einiges auf sich genommen, und ich möchte ihr nicht noch mehr abverlangen.«

Gabe steckte die Hände in die Hosentaschen und faßte nach Kelseys Zimmerschlüssel. »Kelsey war letzte Nacht bei mir. Sie schläft jetzt. Ich muß ein paar Sachen aus ihrem Zimmer holen und dafür sorgen, daß sie etwas ißt.«

Schweigen. Erst fünf Sekunden, dann zehn. Bis Naomi schließlich seufzte und sagte: »Gut, daß du bei ihr warst. Ich bin froh, daß du es bist.«

»Vielleicht bist du das nicht mehr, wenn ich dir sage, daß ich es auch zu bleiben gedenke.«

Naomi hob eine Augenbraue. »Redest du von Heirat, Gabe?« Zum ersten Mal seit Stunden konnte sie wieder lachen. »Aha, er wird schreckensbleich. Typisch Mann!« Als er sie nur fassungslos anstarrte, streichelte sie seinen Arm: »Du machst besser, daß du hier rauskommst, Gabe, ehe ich dir noch mehr peinliche Fragen stelle. Bring Kelsey um elf hierher, dann können wir alle gemeinsam zur Bahn gehen. Ach ja, und hol ihr das marineblaue Kostüm mit der korallenroten Bluse.«

Mit diesen Worten schob sie ihn zur Tür hinaus, schloß sie hinter ihm und lehnte sich dagegen. »Mein Gott, Moses, die letzten vierundzwanzig Stunden waren so schrecklich, und jetzt fühle ich mich schon eine Minute lang einfach großartig. Glaubst du, sie weiß, daß er sie liebt?«

Kelsey wußte nur, daß sie vor Wut beinahe platzte. Nicht genug damit, daß er sie einfach verschlafen ließ – nein, er hatte auch noch ihren Zimmerschlüssel genommen und sich davongemacht. Und nun saß sie ohne ein anständiges Kleidungsstück in seinem Zimmer und konnte nicht weg.

Sie nahm eine kalte Dusche und wickelte sich in einen hoteleigenen Bademantel. Ein Handtuch um den Kopf geschlungen, rannte sie vom Schlafzimmer ins Wohnzimmer und wieder zurück.

Erst dachte sie kurz daran, Naomi in ihrer Suite anzurufen, doch wie hätte sie ihrer Mutter erklären sollen, daß sie sich halbnackt in Gabes Zimmer aufhielt?

Als sie hörte, wie die Tür geöffnet wurde, marschierte sie schnurstracks ins Wohnzimmer, bereit, Gabe gründlich die Meinung zu sagen. »Würdest du mir bitte erklären, was zum Teufel du dir dabei gedacht . . . Oh!«

Sie stand einem verlegen hüstelnden Zimmerkellner gegenüber. »Entschuldigen Sie, Miss. Der Herr sagte, ich solle hier das Frühstück servieren, da Sie noch schlafen.«

»Ach ja. Schon gut, ich bin schon wach.« So würdevoll wie möglich verschränkte Kelsey die Arme vor der Brust. »Und wo ist der Herr?«

»Das kann ich Ihnen nicht sagen, Miss. Ich weiß nur, was man mir aufgetragen hat. Soll ich lieber später wiederkommen?«

»Nein.« Bloß nicht den Kaffee aus ihrer Reichweite lassen! »Nein, lassen Sie das Frühstück hier. Tut mir leid, daß ich Sie so angefahren habe.«

Während der Kellner den Tisch deckte, überlegte Kelsey, ob sie die Kleidungsstücke rasch vom Boden aufsammeln oder es einfach ignorieren sollte. Sie entschied sich, sie liegen zu lassen, unterschrieb die Rechnung und fügte ein Trinkgeld hinzu, bei dem, wie sie hoffte, Gabe vor Schreck erbleichen würde.

»Danke, Miss. Guten Appetit.«

Kelsey schenkte sich gerade eine Tasse Kaffee ein, als Gabe zur Tür hereinkam. »Du bist ja schon wach.«

»Du bist vielleicht ein gemeiner Kerl!« Kelsey trank gierig einen Schluck und verbrannte sich prompt die Zunge. »Wo ist mein Schlüssel?«

»Hier.« Er zog ihn aus der Tasche und legte dann ihr Kostüm sorgfältig über einen Stuhl. »Ich glaube, ich habe nichts vergessen. Kulturbeutel, Zahnbürste und so weiter. Übrigens, deine Wäsche gefällt mir. Ich dachte, dieses kleine blaue Etwas hier würde gut zu dem Kostüm passen.« Grinsend hielt er einen blauseidenen Body hoch. »Willst du ihn gleich anziehen?«

Erbost riß sie ihm das Wäschestück aus der Hand. »Du hast in meinen Sachen herumgewühlt!«

»Ich hab' dir nur die notwendigsten Kleidungsstücke gebracht. Das Kostüm war ein Vorschlag deiner Mutter.«

»Meiner ...« Kelsey biß die Zähne zusammen und betete im stillen um Geduld. »Du warst bei ihr?«

»Ihr geht es wieder besser, und sie ist bereit, zum Gegenschlag auszuholen. Für heute mittag hat sie auf der Rennbahn eine Pressekonferenz angesetzt. Wie ist denn der Kaffee?« Er goß sich selbst eine Tasse ein. »Wir sollen sie um elf auf ihrem Zimmer treffen, und dann zusammen losgehen. Sie hat mir zwar gesagt, welches Kostüm ich dir holen soll, aber nicht, welche Accessoires dazu passen. Also habe ich das ausgesucht, was mir gefiel.«

»Sie hat dir gesagt, welche Kleidungsstücke du mir mitbringen sollst?« Kelsey holte tief Luft und atmete dann langsam wieder aus. ›Das heißt, sie weiß, daß ich hier bin.«

Gabe setzte sich, hob die silberne Haube einer der Platten hoch und entdeckte Eier mit Schinken. »Ich habe ihr gesagt, daß du die Nacht bei mir verbracht hast.« Aufmerksam studierte er ihr Gesicht. »Schlimm?«

»Nein, aber . . . nein.« Resigniert preßte sie die Hände gegen ihre Schläfen. »Mir ist ganz schwindelig.«

»Setz dich und iß etwas, dann geht's dir besser.« Sie gehorchte. Er griff nach ihrer Hand, hielt sie fest und sagte: »Wir schaffen das schon. Wir beide gemeinsam. Klar?«

Kelsey starrte auf ihre ineinander verschlungenen Hände. Er hatte damit nicht nur die Pressekonferenz gemeint, und das wußten beide. Noch ein Risiko, dachte Kelsey kurz, doch sie hob den Kopf und schaute ihm voll ins Gesicht.

»Klar.«

17

»Es war niemals die Rede davon, das Pferd zu töten«, sagte Cunningham zu Rich und wischte sich den Schweiß vom Gesicht. Noch nie hatte er soviel geschwitzt wie in den letzten Tagen, als er vor den Kameras stehen mußte, ein dümmliches Grinsen auf dem Gesicht. Bei den anschließenden Partys, wo man ihm auf die Schulter klopfte und einen Drink nach dem anderen spendierte. Und dann nachts im Bett, wo er schlaflos an die dunkle Decke starrte und im Geist die letzten Sekunden des Derbys wieder und wieder durchlebte.

So verzweifelt er sich den Sieg auch gewünscht hatte, am Ende war er mehr als dankbar für den zweiten Platz. Aber der Preis, den er dafür zahlen mußte, war höher, als er erwartet hatte.

»Keinen Ton hast du gesagt«, beharrte er, während ihm der Schweiß nun aus allen Poren brach und ihm unangenehm den Rücken herunterrann. »Disqualifizieren wolltest du ihn, damit Sheba eine Chance hat, sich zu plazieren.«

»Die Einzelheiten hast du mir überlassen«, erinnerte ihn Rich. Er trank gerade ein Glas erstklassigen Kentucky-Bourbon und genoß von seiner noblen Hotelsuite aus die Aussicht auf D. C. Er konnte es sich leisten. Im Augenblick konnte er sich so einiges leisten. »Du hast doch gekriegt, was du wolltest. Deine Stute hat sich beim Derby plaziert. Jetzt wird dich keiner mehr einen Trottel nennen, und keiner wird hinter deinem Rücken über dich herziehen.«

»Du solltest nur dafür sorgen, daß der Hengst disqualifiziert wird.«

»Hab' ich ja auch.« Rich grinste. »Das allerdings gründlich. Die Chadwicks haben verloren, der Verdacht richtet sich gegen sie und meinen feinen Herrn Sohn, und du, Billy Boy, hast eine blütenweiße Weste.« Er nahm sich eine kandierte Mandel aus einer Schale, die vor ihm stand. »Jetzt sei mal ganz ehrlich, Billy: Du hast doch nichts dagegen, Gabe eine anständige Lektion zu erteilen, oder? Schließlich hast du seinetwegen vor fünf Jahren nicht nur deine Farm, sondern auch dein Ansehen verloren.«

»Nein, ich hab' gar nichts dagegen, ihm einen Dämpfer aufzusetzen, das weißt du, Rich. Aber . . .«

»Wir beide wissen doch genau, daß deine Stute nicht die geringste Chance hatte, das Rennen zu gewinnen«, fuhr Rich fort. »Wenn sie gegen beide Pferde, das von Three Willows und das von Longshot hätte antreten müssen, wäre sie höchstens Dritte geworden, und das auch nur, wenn man sie ins Ziel geprügelt hätte. Aber wahrscheinlich wäre nur Rang vier oder fünf dabei herausgekommen, und das war dir ja nicht gut genug.«

Nicht bei dem Schuldenberg, der sich über ihm auftürmte, dachte Cunningham. »Nein, aber . . .«

»Nein.« Rich kaute knirschend. Sein Gesicht war ernst, und er sagte leutselig: »Du hast in der Scheiße gesessen, und ich habe dich herausgezogen. Ehrlich gesagt hätte ich von Big Sheba bestenfalls den dritten Platz erwartet, aber sie hat sich wacker geschlagen. Mit der kannst du Helden zeugen«, fügte er schmierig grinsend hinzu. »Das wär's doch überhaupt. Du verdienst dir 'ne goldene Nase, indem du sie zur Zucht verwendest. Mußt nur dafür sorgen, daß sie von 'nem hübschen Hengst besprungen wird.«

Das klang alles gut und schön, dachte Cunningham, doch seine Hände flatterten immer noch: »Rich, wenn das rauskommt, bin ich ruiniert.«

»Wie sollte das wohl rauskommen? Glaubst du, ich geh' mit der Geschichte hausieren?« Wieder grinste Rich breit. »Es sei denn, du hast deinem kleinen süßen Bettwärmer alles brühwarm erzählt. Manche Männer können ja nicht mehr denken, wenn's um Sex geht.«

»Unsinn!« Cunningham fuhr sich mit der Hand über den Mund. »Ich hab' ihr kein einziges Wort gesagt.« Es hätte sie auch wohl kaum interessiert, denn wie er an sein Geld kam, war Marla egal, solange sie es mit vollen Händen ausgeben konnte. »Aber die Leute stellen Fragen, und die Presse läßt mir keine Ruhe.«

»Was hast du denn erwartet?« fragte Rich freundlich. »Jetzt mußt du nur ein betroffenes Gesicht aufsetzen, fassungslos den Kopf schütteln und ein paar passende Worte fallenlassen. Du könntest sogar hinzufügen, daß du Naomi Chadwick und Gabriel Slater schon seit Ewigkeiten kennst und dir nie hättest vorstellen können, daß einer von beiden so tief sinken würde. Bring Gabes Namen ins Spiel, Billy. Das liegt mir wirklich am Herzen.«

Cunningham leckte sich über die Lippen. »Wie hast du's gemacht, Rich?«

»Aber, aber, Billy Boy, das ist Geschäftsgeheimnis. Und je weniger du weißt, desto besser. Du bist nur ein Glückspilz, der ein vielversprechendes Pferd ersteigert und es bis ins Derby gebracht hat.«

»In zwei Wochen sind die Preakness Stakes.«

Richs Brauen stiegen in die Höhe. »Du bist zu gierig, mein Freund. Und unvernünftig. Du weißt doch, wie riskant es ist, dieses Pferd wieder starten zu lassen.«

»Sie schafft es.« Vergessen waren Angst und Schuldgefühle, vergessen waren die Männer, die sterben mußten, und auch das Bild des am sechzehnten Pfosten zusammenbrechenden Hengstes zählte nicht mehr. »Es würde reichen, wenn sie den dritten Platz belegte.«

»Vergiß es.« Mit einem glucksenden Lachen hob Rich den Zeigefinger. »Selbst wenn du sie meldest und sie auch durchhält, diesmal können wir nichts machen. Dieses Rennen muß sauber bleiben, sonst könnte man dich schief ansehen, Billy Boy. Und wer weiß, wo das hinführt. Vielleicht stößt man dann auf mich, aber dann . . .« Er klirrte mit den Eiswürfeln in seinem Glas, »dann wären wir keine Freunde mehr.«

»Es steht viel Geld auf dem Spiel.«

»Du willst mehr Geld? Dann setz auf den Longshot-Hengst. Ich kenn' doch meinen Jungen. Der tut, was er kann, um zu gewinnen. Muß sich reinwaschen.« Richs Grinsen wurde säuerlich, und er goß noch einen Schuß

Bourbon über das schmelzende Eis. »Der hat sofort die Hosen voll, wenn irgendwo gemauschelt wird. Da hab' ich ihm doch alle gottverdammten Tricks beigebracht, die ich kenne, und was macht er? Hält sich für was Besseres. Ist sich zu fein, dem Glück ein bißchen nachzuhelfen.« Richs Augen wurden schmal und böse, während er trank. »Aber wir werden ja sehen, wer diesmal die Nase oben hat. Wir werden ja sehen.«

Es hatte keinen Sinn, mit Rich zu streiten, wenn dieser mehr Alkohol als Blut in den Adern hatte. »Was soll ich denn jetzt machen?«

»Du meldest sie von Pimlico ab, Billy. Behaupte einfach, sie hätte nach dem Morgentraining gelahmt und du wolltest nichts riskieren. Mach einen entäuschten Eindruck, spiel den verantwortungsvollen Besitzer, dem die Gesundheit seiner Pferde am Herzen liegt. Dann stellst du Sheba auf die Weide, bis du einen Deckhengst für sie hast.«

»Du hast recht.« Mit Bedauern nahm Cunningham Abschied von dem bereits einkalkulierten Preisgeld. »Lieber nichts auf die Spitze treiben. Ich steig in die Zucht ein und laß sie nächstes Frühjahr decken.« Er lächelte leicht. »Vielleicht komme ich sogar mit deinem Jungen ins Geschäft, Rich, und nehm' seinen Derbysieger als Deckhengst.«

»So gefällst du mit.« Rich beugte sich vor und klopfte Cunningham mit der Hand aufs Knie. »Wie wär's denn mit einem kleinen Bonus, Billy?«

»Bonus?« Argwöhnisch wich Cunningham zurück. »Wir hatten eine Abmachung, Rich, und ich habe mich daran gehalten.«

»Kann man nicht leugnen. Aber siehst du, Billy, du hast ganz schön abgesahnt. Schätze, du hast insgesamt so drei- bis vierhunderttausend eingesackt.« Als Cunningham wieder der Schweiß auf die Stirn trat, wurde Richs Grinsen breiter. »Und wenn du dich dann auch noch auf die Zucht verlegst – Sheba bringt dir die nächsten Jahre sicher regelmäßig Fohlen – dann hast du ausgesorgt. Ohne mich hättest du das nicht geschafft, so isses doch?«

»Ich hab' dich schon bezahlt.«

»Sicher, aber ich muß noch was draufschlagen. Ich mußte für Lipsky schließlich auch was auslegen.«

»Das war deine Idee. Damit hatte ich nichts zu tun.«

»Ich bin quasi ein Subunternehmer, Billy«, erklärte Rich geduldig. »Alles, was ich tue, kommt im Endeffekt von dir, vergiß das nicht. Jedenfalls hat Lipsky den Pfleger unschädlich gemacht und ich dafür ihn. Wir wollen uns jetzt doch nicht über jeden streiten, der auf meiner Lohnliste steht, aber glaub mir, das sind unvermeidliche Ausgaben, die ich dir in Rechnung stellen muß. Zwei Männer und ein Pferd sind tot, und zwischen diesen Todesfällen und deiner Person stehe ich.« Strahlend zählte er die Toten an den Fingern an. ›Deshalb solltest du mich besser bei Laune halten. Hunderttausend Dollar könnten dafür sorgen.«

»Hundert ... Du spinnst wohl, Rich! Wie stellst du dir das vor? Ich hab' schließlich alle Ausgaben. Weißt du, was der Unterhalt eines Vollbluts kostet, bloß eines einzigen Pferdes? Und dann die Startgebühren!«

»Du wirst doch nicht mit mir feilschen wollen, Billy Boy. Das würde ich an deiner Stelle gar nicht erst versuchen.« Richs lächelndes Gesicht hatte sich in eine Fratze verwandelt. Er hatte vor, Cunningham auszuquetschen wie eine Zitrone, und zwar eine ganze Zeit lang. »Hunderttausend, abgemacht? Ich gebe dir eine Woche Zeit, damit du dir überlegen kannst, wie du deine Bücher am besten türkst. Bring mir das Geld am Tag vor den Preakness Stakes hierher. In bar.« Sehr zufrieden mit sich lehnte Rich sich zurück. »Ich habe das dringende Verlangen, ein paar Dollar auf das Pferd meines Sohnes zu setzen. Familienbande, weißt du?«

Lachend schenkte er sich einen weiteren Bourbon ein.

Kelseys Familienbande verursachten ihr gewaltige Kopfschmerzen. Sie hatte zwar damit gerechnet, daß ihre Fahrt nach Potomac nicht besonders erfreulich werden würde, aber es war viel schlimmer gekommen, als sie befürchtet hatte. Ihr Vater hatte getobt; Kelsey hatte ihn noch nie so wütend gesehen. Daß sich sein Wutausbruch nicht gegen sie richtete, spielte keine Rolle, aber sie war, wie Candace ihr kühl erklärte, die Ursache des Problems.

Milicent hatte ihre Drohung wahr gemacht. Zwar konnte sie an den testamentarischen Verfügungen von Kelseys Großvater nichts ändern, wohl aber an ihrem eigenen Testament. Nach guter alter viktorianischer Tradition hatte Milicent von nun an keine Enkelin mehr.

Kelsey ließ ihren Wagen mit laufendem Motor in der Einfahrt von Three Willows stehen und legte ihren schmerzenden Kopf aufs Lenkrad. Es war eine furchtbare Szene gewesen. Milicent, die voller unterdrücktem Zorn ihre Ankündigung machte, der Schreck und der anschließende Wutausbruch ihres Vaters. Und Candace, die, von Milicent beeinflußt, ständig kleine Giftpfeile auf Kelsey abschoß.

Stöhnend richtete Kelsey sich auf und stellte den Motor ab. Sie hatte nicht damit gerechnet, daß ihr die Sache so an die Nieren gehen würde. Da Milicent und sie sich noch nie vertragen hatten, hätte sie doch eigentlich erleichtert sein müssen. Doch statt Erleichterung verspürte sie Trauer und eine große Müdigkeit.

Sie stieg aus. Ein Aspirin würde zumindest die rasenden Kopfschmerzen lindern.

Schon von weitem hörte sie Musik, den harten, hämmernden Rhythmus eines Titels der Rolling Stones. Mick und seine Jungs bekundeten lauthals eine Seelenverwandtschaft mit dem Teufel. Kelsey folgte den Klängen und ging ums Haus.

Die Veranda war mit einem fleckigen alten Bettlaken abgedeckt, und aus einem Transistorradio, das in der Ecke auf einem Glastisch stand, dröhnte Rock 'n' Roll. Naomi hatte das Haar zu einem Pferdeschwanz gebunden, trug ein bis zu den Knien reichendes Männerhemd und stand an einer Staffelei und trug gerade karminrote Farbe auf die Leinwand auf.

Als ob sie mit einem Schwert ein erbittertes Duell mit der Leinwand führen würde, die schon vor Farben und Formen nahezu explodierte, dachte Kelsey. Das Gesicht ihrer

Mutter, das sie nur von der Seite sah, wirkte steinern, aber ihre Augen sprühten Feuer.

Kelsey wollte sich vorsichtig zurückziehen, da der innere Kampf, der hier ausgefochten wurde, sie nichts anging. Doch Naomis Kopf flog bereits herum, und ihre zornigen Augen schienen ihre Tochter förmlich zu durchbohren.

»Entschuldige«, begann Kelsey, doch ihre Stimme ging im Dröhnen der Musik unter. Naomi drehte sic bis auf eine erträgliche Lautstärke herunter. »Ich wollte dich nicht stören.«

»Schon gut.« Die Leidenschaft in Naomis Augen erstarb schnell, sowie sie nicht mehr auf die Leinwand blickte. »Ich reagiere mich gerade ein wenig ab.« Sie legte den Pinsel beiseite und griff nach einem Tuch, um sich die Hände abzuwischen. »Ich habe schon eine ganze Weile nicht mehr gemalt.«

»Das Bild ist großartig.« Kelsey trat näher und betrachtete das wilde Farbengemisch und die immer noch feucht glänzenden kraftvollen Pinselstriche. »So ursprünglich.«

»Stimmt. Du bist ja ganz außer dir.«

»O verdammt!« Kelsey steckte die Hände in die Hosentaschen. »Manchmal kommt es mir so vor, als trüge ich ein Schild auf der Stirn, auf dem steht, wie ich mich fühle.«

»Du hast eben ein sehr ausdrucksvolles Gesicht.« Wie sie selber früher einmal, erinnerte sich Naomi. »Ich gehe davon aus, daß das Familientreffen ein Mißerfolg war.«

»Es war ein totaler Reinfall. Meinetwegen haben sich Vater und Großmutter zerstritten. Und er hat sich außerdem noch mit Candace entzweit.«

»Weil du hierbleibst.«

»Weil ich so bin, wie ich bin.« Kelsey griff nach dem unberührten Glas mit Eistee, das Naomi sich mitgebracht hatte, und trank gierig. »Milicent hat mich nicht nur aus ihrem Testament gestrichen, sondern sie hat mich regelrecht verstoßen. Für sie existiere ich einfach nicht mehr.«

»Ach, Kelsey.« Naomi legte ihr die Hand auf den Arm. »Ich bin sicher, sie meint es nicht so.«

Glas klirrte auf Glas, als Kelsey ihren Eistee absetzte. »Natürlich meint sie es so.«

Naomis Mitleid und Anteilnahme verwandelten sich in Wut. »Das sieht ihr ähnlich. Es tut mir leid, daß ich dir solche Schwierigkeiten bereitet habe.«

»*Ich* habe sie mir bereitet«, explodierte Kelsey. »Ich ganz allein. Es wird Zeit, daß ihr alle kapiert, daß ich für mich selbst denken, entscheiden und handeln kann! Wenn ich nicht hier sein wollte, dann wäre ich auch nicht hier. Ich bin nicht auf Three Willows, um ihnen eins auszuwischen oder um dich versöhnlich zu stimmen. Ich bin hier, weil ich es will.«

Naomi holte tief Atem. »Du hast recht. Du hast vollkommen recht.«

»Wenn ich woanders hinfahren wollte, dann würde ich das tun. Aber ich lasse mich weder durch Drohungen noch durch Bestechung noch dadurch, daß man mir Schuldgefühle einimpft, dazu bringen, etwas aufzugeben, das mir viel bedeutet. Meine Familie bedeutet mir viel, Three Willows bedeutet mir viel, und du bedeutest mir auch viel.«

»Tja.« Naomi griff selbst nach dem Glas, wobei ihre Hand zitterte. »Danke.«

Kelsey beherrschte sich nur mühsam. Am liebsten hätte sie gegen den Topf mit Geranien getreten. »Da gibt's ja wohl nichts zu danken. Du bist meine Mutter, ich mag dich, und ich bewundere dich für das, was du aus deinem Leben gemacht hast. Sicher, die ganzen verlorenen Jahre fehlen mir, aber ich mag dich so, wie du bist. Ich werde bestimmt nicht bei meiner Familie angekrochen kommen und so tun, als gäbe es dich nicht, nur weil es Milicent so lieber wäre.«

Naomi mußte sich mit der Hand am Tisch festhalten, sonst wäre sie auf dem Stuhl zusammengesunken. »Du kannst dir gar nicht vorstellen, wie es ist, wenn die eigene erwachsene Tochter sagt, daß sie ihre Mutter so mag, wie sie ist. Ich liebe dich, Kelsey.«

Kelseys Zorn verrauchte. »Ich weiß.«

»Ich wußte ja nicht, zu was für einem Menschen du herangewachsen warst, bis ich dich wiedersah. Ich liebte das kleine Mädchen, das ich verloren hatte. Dann kamst du hierher, und du hast mir eine Chance gegeben. Ich bin so stolz auf dich, auf die Frau, die du jetzt bist. Wenn du morgen fortgehen und nie mehr wiederkommen würdest, so hast du mir doch mehr gegeben, als ich mir je hätte träumen lassen.«

»Ich gehe nirgendwohin.« Voller Gefühl ging Kelsey auf ihre Mutter zu und breitete die Arme aus. »Ich bin genau da, wo ich sein möchte.«

Mit geschlossenen Augen nahm Naomi den Duft ihrer Tochter in sich auf. »Ich würde jetzt gern sagen, daß ich alles wieder gutmache. Daß ich einen Weg finde, um sie zum Einlenken zu bewegen.«

»Das brauchst du nicht. Mach dir deswegen keine Gedanken.« Kelsey hatte sich beruhigt und wich zurück. »Ich bin nur so verdammt sauer.« Wieder schlug ihre Stimmung um, und sie ging erregt auf und ab. »Und ich bin gekränkt. Ich hätte nie gedacht, daß es so wehtut. Sie ist überzeugt, daß mir an ihrem Geld sehr viel liegt, und so benutzt sie es wie auch meine Gefühle gegen mich. Sie will auf diese Weise Macht über mich gewinnen.«

»Macht ist für Milicent so lebensnotwendig wie die Luft zum Atmen. Das war schon immer so.«

»Sie konnte die Verfügungen meines Großvaters nicht ändern. Das muß sie zur Weißglut gebracht haben, denn daß sie ihren Willen nicht durchsetzen kann, kann und darf nicht sein. Und Dad hat sich so aufgeregt. Er hat sie angeschrien, obwohl er noch nie zuvor die Stimme gegen sie erhoben hat.«

»Doch, das hat er schon einmal getan.« In Naomis Lächeln lag eine Art grimmiger Befriedigung. »Das ist allerdings schon eine Weile her. Ich bin froh, daß er für dich eingetreten ist.«

»Ich wünschte, ich könnte das auch so sehen. Ich fand die Art, wie sie aufeinander losgingen, entsetzlich. Dieses ganze Theater hat Vater und Candace einander entfremdet, und das ist meine Schuld, ob ich nun im Recht oder im Unrecht bin. Großmutter ist so unnachgiebig, sie weigert sich einfach, die Dinge auch einmal von meinem Standpunkt zu betrachten.« Hatte man ihr nicht einst dieselben Eigenschaften nachgesagt? Kelsey schauderte bei dem Gedanken.

»Dann hat sie zwei Möglichkeiten«, meinte Naomi nachdenklich. »Entweder sie gibt nach, oder sie wird einsam sterben.«

»Ich muß daran glauben, daß sich alles wieder einrenkt«, murmelte Kelsey. »Ich muß es einfach. Ob Großmutter und ich jemals wieder miteinander klarkommen ist fraglich, jedenfalls nicht nach dem heutigen Tag. Sie hat sogar den Vorfall mit Pride gegen mich ausgelegt. Sie sagte, daß du wahrscheinlich einen deiner Gangsterfreunde – Originalton Milicent – dazu gebracht hast, dem Pferd die Droge zu verabreichen. Schließlich, wenn du schon einmal einen Mann getötet hast . . .« Entsetzt brach Kelsey ab.

»Warum sollte ich dann davor zurückschrecken, ein Pferd umzubringen?« führte Naomi den Satz zu Ende. »Ja, warum eigentlich?«

»Tut mir leid.« Voller Ekel vor sich selbst rieb sich Kelsey die schmerzenden Schläfen. »Ich bin etwas überreizt.«

»Das macht nichts. Sie ist mit Sicherheit nicht die einzige, die auf diese Idee gekommen ist. Einer der Gründe, warum ich mich hier abreagiere«, Naomi wies auf die Leinwand, »ist nämlich das neueste Gerücht, das hier kursiert. Angeblich habe ich Prides Tod arrangiert, um die Versicherungssumme zu kassieren.«

Kelsey ließ die Hände sinken und ballte die Fäuste. »So eine Schweinerei! Niemand, der dich kennt, könnte das glauben.«

»Leider ist Derartiges in der Praxis schon vorgekommen. In dieser Welt gibt es auch viel Gemeinheit, Kelsey. Und das Gerücht wird sich verbreiten.« Sie griff wieder zum Pinsel, als böte er ihr Halt. »Obwohl man es mit einem einfachen Rechenexemplar widerlegen könnte.

Pride war zwar hoch versichert, aber lebendig war er noch viel mehr wert, auf der Rennbahn und als Deckhengst. Aber dieses ganze Gerede weckt Erinnerungen. Bei mir und bei anderen.«

Sie führte den Pinsel wieder etwas ruhiger über die Leinwand. »Im Gefängnis war die Malerei eine Art Therapie für mich, mehr noch, sie bot mir die Möglichkeit durchzuhalten, denn beim Malen konnte ich meine Gefühle ausleben. Wer im Gefängnis sitzt, möchte auf keinen Fall Aufmerksamkeit erregen, sei es durch Zorn, Kummer oder Angst, ganz besonders nicht durch Angst.«

»Erzähl mir doch mehr darüber« bat Kelsey ruhig. »Wie war es dort?«

Schweigend malte Naomi weiter. Sie hatte schon auf diese Frage gewartet, denn daß sie einmal kommen würde, war unvermeidbar. Menschen wie ihre Tochter wollten auf jede Frage eine Antwort, für jedes Problem eine Lösung, das war ein fester Bestandteil ihres Charakters.

Nun, sie würde ein weiteres Bild malen, diesmal allerdings mit Worten statt mit dem Pinsel.

»Du wirst dort vollkommen entblößt«, begann sie ganz ruhig, als wollte sie sich beweisen, daß all das lange hinter ihr lag. »Und damit meine ich nicht nur die Kleider, obwohl das eine der ersten Demütigungen ist. Man nimmt dir alles, deine Kleider, deine Freiheit, deine Rechte, deine Hoffnungen. Du hat nur das, was sie dir zugestehen. Man schreibt dir vor, wann du morgens aufstehst, wann du ißt, wann du zu Bett gehst. Was du willst und was du fühlst, interessiert niemanden.«

Kelsey trat zu ihr. Die Vögel begrüßten zwitschernd den Frühling, und ein Duft von Blumen und Farbe hing in der Luft.

»Du ißt, was man dir vorsetzt«, fuhr Naomi fort. »Und nach einer Weile gewöhnst du dich sogar daran. Du vergißt, wie es ist, in einem Restaurant zu essen oder einfach nur nachts aufzuwachen und in die Küche, an den Kühlschrank zu gehen.« Sie seufzte leise. »Es ist leichter, wenn man all das vergessen kann. Wenn du zu viel an die Welt draußen denkst, dann drehst du durch, weil du weißt, daß du nicht mehr dazugehörst. Du siehst die Berge, die Blumen, die Bäume; du siehst, wie die Jahreszeiten wechseln. Doch es liegt außerhalb deiner Welt, es hat mit dir nichts mehr zu tun. Du darfst nicht mehr der Mensch sein, der du bist. Und wenn du dich verzweifelt nach Gesellschaft, nach Freunden sehnst, du kannst dich niemandem anschließen.«

Naomi wechselte den Pinsel, malte sich beim Sprechen alle in ihr tobenden Empfindungen von der Seele. »Einige Frauen führten einen Kalender. Ich tat das nicht. Ich wollte nicht daran erinnert werden, daß die Tage zu Wochen, die Wochen zu Monaten und die Monate zu Jahren wurden, mit derselben Monotonie. Ich hätte es nicht ertragen. Manche hatten Fotos von ihrer Familie und ihren Kindern dabei und sprachen oft von ihnen. Oder schmiedeten Pläne für die Zeit nach ihrer Entlassung. Ich konnte das nicht. Für mich war es einfacher, mich auf die Routine zu konzentrieren.«

»Aber du warst einsam«, murmelte Kelsey. »Du mußt entsetzlich einsam gewesen sein.«

»Das ist die schlimmste Strafe. Die Einsamkeit, und daß man keinerlei Privatsphäre hat. Es sind nicht die Gitter. Jeder denkt, es wären die Gitter, die dich einengen. Aber das stimmt nicht.«

Sie holte tief Atem und zwang sich weiterzusprechen. »In deiner Freizeit konntest du lesen oder fernsehen. Modezeitschriften waren sehr beliebt, aber nach einigen Jahren habe ich keinen Blick mehr hineingeworfen. Es tat zu weh zu sehen, wie die Dinge sich änderten, sogar wenn es sich um so banale Kleinigkeiten wie die Rocklänge handelte.«

»Hattest du Besuch?«

»Mein Vater, Moses. Was ich auch sagte, ich konnte sie nicht davon abbringen, wiederzukommen. Der Himmel weiß, daß ich sie sehen wollte, auch wenn ich litt, sobald sie wieder fort waren. Ich sah meinen Vater altern. Vermutlich war das für mich das Schlimmste, zu beobachten, wie die Jahre ihre Spuren hinterließen. Das Gesicht meines Vaters war mein Kalender.«

»Das letzte Jahr war das schwerste. Ich sollte auf Bewährung entlassen werden, und es sah so aus, als würde dem Antrag stattgegeben. Zu wissen, daß die Freiheit greifbar nah ist und doch Angst davor zu haben, das zerrte an meinen Nerven. Wie sollte es weitergehen? Die Tage zogen sich dahin, ich hatte viel zuviel Zeit zum Nachdenken, zum Hoffen. Dann durfte ich wieder Zivilkleidung anlegen. Mein Vater brachte mir ein Kostüm; graue Nadelstreifen, sehr konservativ. Aber meine Hände zitterten so sehr, daß ich die Bluse nicht zuknöpfen konnte. Als ich durch das Tor ging, tat mir die Sonne in den Augen weh. Dabei ging es mir den Umständen entsprechend gut, denn es war ein ganz ordentliches Gefängnis, und wir wurden anständig behandelt, meistens jedenfalls. Trotzdem erschien mir die Sonne an jenem Tag so grell, daß ich kaum etwas sehen konnte. Und dann sah ich zuviel.«

Wieder tauschte sie die Pinsel aus, die Augen starr auf die Leinwand gerichtet. »Willst du den Rest wirklich hören?«

»Sprich weiter«, flüstere Kelsey. »Bring es zu Ende.«

»Ich sah, wie alt und gebrechlich mein Vater geworden war, und ich sah den neuen, leuchtendweißen Cadillac, in dem er mich nach Hause brachte. Ich weiß zwar, daß wir etwas geredet haben, aber ich kann mich an kein einziges Wort erinnern. Nur daran, daß sich alles so schnell zu bewegen schien, und daß die Straßen überfüllt waren. Und ich hatte Angst, Angst vor der Freiheit. Wir hielten bei einem Restaurant. Leinenservietten, Blumen auf dem Tisch, Wein. Mein Vater mußte für mich bestellen wie für ein Kind, weil ich nicht mehr wußte, was ich gern aß. Ich fing an zu weinen, dann weinte er auch. So saßen wir an dem weißgedeckten Tisch und weinten, weinten, weil ich vergessen hatte, wie es ist, in einem Restaurant zu sitzen und ein Essen zu bestellen.«

»Den Rest der Fahrt verschlief ich, so sehr hatte die Freiheit mich angestrengt. Als ich aufwachte, bogen wir gerade in die Einfahrt ein. Ich sah, daß die Bäume gewachsen waren. Die Hartriegel, die ich als Schößlinge gepflanzt hatte, waren ausgewachsene Bäume geworden, und sie hatten Jahr für Jahr ohne mich geblüht. Das Wohnzimmer war frisch gestrichen, es stand eine Vase da, die ich noch nie gesehen hatte. Jede kleine Veränderung erschreckte mich.«

»Tagelang konnte ich nicht zu den Ställen gehen, bis Moses mich dazu überredete. Es gab ein Fohlen, das ich mit zur Welt gebracht hatte. Nun war es ein erwachsener Hengst, der zur Zucht verwendet wurde. Neue Gerätschaften, neue Männer. Alles war anders. Danach verschanzte ich mich eine Woche lang im Haus und schlief bei geöffneter Tür und mit Licht. Anfangs konnte ich geschlossene Türen nicht ertragen, das wurde aber nach einer Weile besser. Ich mußte wieder Autofahren lernen, und ich tat es, obwohl ich furchtbare Angst hatte. Als ich mich das erste Mal allein auf die Straße wagte, fuhr ich zu deiner Schule. Und ich sah, daß aus dem Baby, das ich zurückgelassen hatte, ein junges Mädchen geworden war, das gerade das erste Interesse an Jungen zeigte. Ich zwang mich, es hinzunehmen, daß du gelernt hattest, ohne mich zu leben. Und ich versuchte, von vorne anzufangen.«

Naomi legte den Pinsel aus der Hand, trat einen Schritt zurück, schaute ihr Bild an und sagte: »Fertig.«

Kelsey war sich da nicht sicher. Was das Bild betraf, mochte es wohl stimmen, aber es schlummerten noch zu viele unverarbeitete Emotionen im Verborgenen. Die Geschichte war gleichfalls noch nicht zu Ende. Es ging nicht nur darum, Naomi zu rehabilitieren. Ein Mann war getötet worden, und eine Frau hatte dafür gebüßt. Doch so ganz paßte das für Kelsey noch nicht zusammen.

Trotzdem war es ein Schock, Charles Rooneys Namen im Telefonbuch zu entdecken. Der Privatdetektiv, dessen Aussage Naomi damals so schwer belastet hatte, besaß immer noch ein Büro im Staat Virginia, jetzt allerdings in

Alexandria. Die kleine Anzeige in den Gelben Seiten besagte, daß Rooneys Ermittlungsdienst straf- und zivilrechtliche Angelegenheiten sowie Sorgerechtsfälle übernahm. Höchste Diskretion wurde zugesichert, die erste Konsultation war gratis.

Vielleicht würde sie darauf zurückkommen.

»Miss Kelsey!« Als Gertie in die Küche stürzte, schlug Kelsey rasch das Telefonbuch zu.

»Hast du mich erschreckt!«

»Entschuldigung. Dieser Polizeibeamte ist schon wieder da.« Gerties unscheinbares Gesicht zeigte sowohl Loyalität als auch Verärgerung. »Sagt, er hat noch Fragen.«

»Ich rede mit ihm. Naomi ist im Stall. Kein Grund, sie zu beunruhigen.«

»Soll ich Kaffee machen?«

Kelsey zögerte nur eine Sekunde. »Nein, danke, Gertie. Ich will ihn so schnell wie möglich wieder loswerden.«

»Je eher, desto besser«, brummelte Gertie böse.

Rossi erhob sich, als Kelsey das Wohnzimmer betrat. In den engen Jeans sah sie großartig aus, doch bei der Pressekonferenz, zu der sie und ihre Mutter in Seidenkostümen erschienen waren, ordentlich frisiert und geschminkt, hatte ihn ihr Aussehen auch sehr beeindruckt.

»Miß Byden, danke, daß Sie mir Ihre Zeit opfern.«

»Viel Zeit habe ich zwar nicht, Lieutenant, aber ich nehme sie mir, falls Sie Neuigkeiten für uns haben.«

»Ich wünschte, es wäre so.« Das Ergebnis der bisherigen Ermittlungen war mehr als enttäuschend. Keine unbekannten Fingerabdrücke in Lipskys Zimmer, keine Zeugen und auch sonst keinerlei Anhaltspunkte. »Sie haben beim Derby einen schweren Verlust erlitten. Das tut mir leid. Ich bin zwar kein Pferdenarr, aber sogar Polizisten sehen sich so ein Rennen an. Furchtbare Sache.«

»Das ist es wohl. Meine Mutter hat das alles furchtbar mitgenommen.«

»Bei der Pressekonferenz wirkte sie aber ausgesprochen gefaßt.«

Kelsey setzte sich und bedeutete Rossi mit einem kühlen

Kopfnicken, es ihr gleichzutun. »Haben Sie erwartet, daß sie in aller Öffentlichkeit zusammenbricht?«

»Eigentlich nicht. Aber ich fand es bemerkenswert, daß Slater daran teilnahm.«

»Wir sind Nachbarn, Lieutenant und gute Freunde. Außerdem hat Gabe auch Rennpferde, und die Tatsache, daß sein Hengst unter so tragischen Umständen gewonnen hat, macht es für uns alle nur noch schwerer. Wir haben ihn dazugebeten, um ihm Rückendeckung zu geben, und deshalb hat er auch zugestimmt.«

»Ich will Ihnen ja nicht zu nahe treten, Miß Byden, aber nach dem, was man so sieht, scheinen Sie und Mr. Slater mehr als bloße Freunde zu sein.«

Kelseys Erziehung zahlte sich aus, sie hob hochmütig den Kopf und setzte ein arrogantes Lächeln auf. »Ist das eine amtliche Feststellung, Lieutenant?«

»Nein, nur eine Beobachtung. Es erscheint mir ganz natürlich, zwei attraktive Menschen wie Sie, die viele gemeinsame Interessen haben . . .« Sie ließ sich nicht aus der Reserve locken, aber damit hatte er wohl auch nicht gerechnet. »Ich hatte gehofft, Sie könnten mir detailliert schildern, was vorgefallen ist.«

»Ich dachte, Sie interessieren sich nicht für Pferde, Lieutenant?«

»Mord interessiert mich mehr, sogar der Mord an einem Pferd.« Er machte eine effektvolle Pause. »Besonders, wenn er mit einem anderen Fall der Mordkommission zusammenhängst, den ich endlich abschließen will.«

»Sie nehmen an, was Pride zugestoßen ist, hängt mit dem Mord an dem alten Mick zusammen? Wieso? Lipsky ist tot.«

»Genau. Wie ich hörte, ist es sehr schwer, in die Nähe eines Derbyteilnehmers zu kommen.«

»Das ist es. Die Sicherheitsvorkehrungen sind sehr streng. Überall stehen Wachposten.« Kelsey zog die Brauen zusammen. »Lipsky hatte es auf Gabes Pferd abgesehen, nicht auf unseres. Ich dachte, Lipskys Tod war Selbstmord. Sie glauben, es war Mord?«

»Wir haben noch Zweifel«, war alles, was Rossi dazu sagte. »Ich verknüpfe gern alle Fäden miteinander. Würden Sie mir sagen, wer offiziell Zugang zur Box des Hengstes hatte?«

»Ich natürlich, meine Mutter, Boggs, Reno.« Kelsey blies sich eine Haarsträhne aus dem Gesicht. »Der Prüfer von der Rennleitung, die Helfer an den Startboxen. Carl Tripper, der ihn zur Bahn eskortiert hat. Und die Teammitglieder.« Sie ratterte einige Namen herunter.

»Die Wachposten?«

»Die vermutlich auch.«

»Und inoffiziell?«

Kelsey zuckte mit den Achseln, ihre Gedanken überschlugen sich. »Man muß schon sehr gerissen sein, um am Tag des Derbys durch die Maschen des Sicherheitsnetzes zu schlüpfen, Lieutenant. Im Fernsehen mag ja alles wie ein einziges großes Gedränge aussehen, aber die Pferde werden sehr streng bewacht.«

»Schwer zu sagen, wann dem Pferd das Medikament verabreicht wurde.«

»Das ist ein Teil des Problems.« Kelsey atmete tief durch, denn es fiel ihr immer noch schwer, darüber zu reden. »In Prides Blut wurden Rückstände von Digitalin und Epinephrin gefunden, an denen er auch gestorben ist. Diese Medikamente haben sein Herz zu stark strapaziert. Er war hochgradig nervös, aber das war er vor jedem Rennen, dafür sorgte schon Moses.«

»Und warum?«

»Manche Pferde laufen unter Anspannung besser, manche müssen beruhigt werden. Pride lief am besten, wenn er etwas aufgeregt war. Das ist bei jedem Pferd anders.«

»Wieso?«

»Die Pferde wissen genau, wenn ein Rennen vor der Tür steht. Sie bekommen weniger Futter, es wird anders mit ihnen gearbeitet. Sie spüren es einfach. Oft muß man sie dann im Training zurückhalten, wenn sie rennen wollen.«

»Aber sie bekommen keine leistungssteigernden Medikamente?«

Kelseys Gesicht wurde ernst. »Nein, Lieutenant. Unsere Pferde bekommen nur bewährte Medikamente, und nur dann, wenn es unbedingt notwendig ist. Was Pride verabreicht wurde, hat seinen Herzschlag beschleunigt und seinen Adrenalinspiegel hochschnellen lassen. Und das Rennen, diese wahnsinnige Anstrengung über eine Strecke von einer Meile, hat ihn umgebracht.«

Genau das hatte auch die Autopsie des Pferdes ergeben. »Hätte der Jockey nicht bemerken müssen, daß etwas nicht stimmte?«

Kelsey biß die Zähne zusammen. Sie würde nicht zulassen, daß jemand Reno die Schuld gab, nicht nach allem, was er durchgemacht hatte. Sie hatte selbst gesehen, wie er litt – bis zum heutigen Tag.

»Pride rannte, weil er von klein auf darauf trainiert worden ist. Er war kein Zauderer, nicht bockig, und er hat auch nie gegen Reno angekämpft. Sie brauchen sich nur das Video vom Rennen anzusehen. Er hat alles gegeben, um zu gewinnen, und ist dabei gestorben. Reno hatte Glück, daß er nicht auch umgekommen ist.«

Rossi studierte seine Aufzeichnungen. Er hatte sich die Videoaufzeichnungen von dem Rennen immer wieder angesehen, in einzelnen Standbildern genau untersucht. Schließlich nickte er. »Da stimme ich Ihnen zu. Wenn er auf der Bahn statt auf dem Rasen des Innenfeldes gelandet wäre, dann wäre er mit Sicherheit zertrampelt worden. Und als ich den Sturz sah, konnte ich mich nur wundern, daß er sich nicht den Hals gebrochen hat.«

»So geht's mir auch. Er wird frühestens in einem Monat wieder auf den Beinen sein, wenn überhaupt.«

»Das wär's dann für heute. Ich werde mit einigen der Leute, die Sie mir genannt haben, sprechen müssen und hören, was die davon halten.«

»Ich hoffe, Sie verstehen mich richtig, Lieutenant. Aber mir wäre es sehr lieb, wenn Sie meine Mutter nur dann befragen würden, wenn es sich nicht umgehen läßt.«

»Es war ihr Pferd, Miß Byden.«

»Sie wissen genau, was ich meine.« Kampfbereit stand

Kelsey auf. »Sie kennen den Hintergrund nur zu gut, und Ihnen ist auch klar, wie schwer es für meine Mutter ist, ein Verhör zu ertragen.«

»Ein paar Fragen . . .«

»Haben dieselbe Wirkung. Und ob Sie es nun verstehen oder nicht, sie trauert um Pride. Fragen Sie mich, was Sie wollen, oder wenden Sie sich an die Rennleitung.«

»Ich kann nichts versprechen, aber im Moment sehe ich keinen Grund, sie zu behelligen.«

»Danke.« Sie brachte Rossi zur Tür. »Lieutenant, Sie hatten mit den Ermittlungen im Fall meiner Mutter nichts zu tun, oder?«

»Damals war ich noch auf der Polizeischule. Ein richtiger Grünschnabel.«

»Mich würde interessieren, wer mit dem Fall betraut war.«

»Das muß Captain Tipton gewesen ein. Jim Tipton, heute im Ruhestand. Ich habe unter ihm gearbeitet, als er noch Lieutenant war. Dann wurde er zum Captain befördert. Ein guter Polizist.«

»Das glaube ich gern. Danke, Lieutenant.«

›Danke Ihnen, Miß Byden.« Rossi ging gedankenversunken zu seinem Wagen. Eine Idee spukte ihm im Kopf herum, Kelsey Byden führte etwas im Schilde. Es konnte nicht schaden, wenn er sich etwas eingehender mit der Vergangenheit befaßte.

18

»Ich bin immer mehr davon überzeugt, daß ich dich nur in einem Hotel ins Bett bekomme.«

»Hmm.« Kelsey drehte den Strauß gelber Wicken, den Gabe für sie vom Tafelschmuck der letzten Preakness-Party mitgenommen hatte, in den Händen. »Die letzten Tage waren ziemlich turbulent. Außerdem warst du ja damit beschäftigt, Interviews zu geben.«

»Und morgen werde ich noch mehr davon geben.«

»Ich liebe Männer mit ausgeprägtem Selbstbewußtsein.«

Gemeinsam gingen sie durch die Hotelhalle zum Fahrstuhl. »Und Double ist in Box dreizehn untergebracht. Bist du abergläubisch, Slater?«

»Und ob.« Er betrat den Fahrstuhl und zog sie mit sich. Noch ehe die Türen sich schlossen, lag sein Mund schon auf dem ihren.

»Der Knopf«, keuchte sie, während sie, ohne auf die Blumen zu achten, beide Hände unter sein Hemd gleiten ließ. »Du hast vergessen, den Knopf zu drücken.«

Fluchend tastete er nach der Knopfleiste und schaffte es sogar, die richtige Etage zu drücken. »Ich hatte die Hoffnung, dich irgendwann einmal allein zu erwischen, schon fast aufgegeben. Zwei Wochen sind eben zwei Wochen zu lange, Kelsey.«

»Das stimmt.« Sie lachte atemlos, als er sie liebevoll in den Hals biß. »Ich mußte bei Naomi sein, sie brauchte mich. Und bei all der Aufgregung, den Ermittlungen und den Bemühungen, High Water auf das Rennen vorzubereiten, blieb kaum Zeit zum Nachdenken. Du hast mir sehr gefehlt.«

Als sich die Fahrstuhltür öffnete, zuckte Kelsey zusammen, denn ihr Cocktailkleid gab jetzt mehr als nur ihre Schulter frei. Hastig zupfte sie es zurecht. Der Flur war zum Glück menschenleer.

»Du weißt nicht, ob du zufrieden oder verlegen sein sollst.«

Kelsey ordnete ihr Haar. »Hör auf, meine Gedanken zu lsesen«, befahl sie ihm und hielt eine Hand zwischen die Tür, damit sie sich nicht wieder schloß.

»Gehen wir in dein Zimmer oder in meins?«

So einfach war das, dachte sie. Beide hatten sie den ganzen Abend auf eine Gelegenheit gewartet, um dort weiterzumachen, wo sie in Kentucky aufgehört hatten.

»Meins«, entschied sie. »Dann wirst du am eigenen Leibe erfahren, wie man sich fühlt, wenn man mit zerrissenen Kleidern in einem fremden Zimmer aufwacht.«

»Hast du damit eben versprochen, daß du sie mir vom Leib reißt?«

Kelsey schob ihre Codekarte in den Schlitz an der Tür, während sie nach einer passenden Antwort suchte. In dem Moment, als das Licht auf Grün sprang, klingelte im Zimmer das Telefon. »Wir reden gleich darüber«, lachte sie und rannte los.

Die zerdrückten Blumen flogen auf ein Tischchen, ehe sie sich einen Clip abnahm und den Hörer gegen das schmerzende Ohr preßte: »Hallo?« Sie wollte gerade den zweiten Clip abnehmen, als sie mitten in der Bewegung erstarrte. »Wade? Woher weißt du, daß ich hier bin?« Vorsichtig nahm sie dann den zweiten Ohrclip ab und legte ihn auf den Tisch. »Verstehe. Ich wußte nicht, daß du immer noch Kontakt zu Candace . . . Natürlich. Na, ist das nicht schön? . . . Und ob ich sarkastisch bin!«

Ihre Augen begannen wütend zu funkeln, als sie Gabe anschaute. Wortlos ging er zur Minibar, öffnete eine Flasche Chardonnay und schenkte ihr ein Glas ein.

»Wade, du rufst mich doch nicht um . . .«, sie blickte kurz auf die Uhr, ». . . um viertel nach elf an, um Belanglosigkeiten auszutauschen, und ich habe nicht die geringste Lust, mit dir über meine Mutter zu reden. Also, wenn das alles ist . . .«

Sie nahm das Glas entgegen, das Gabe ihr reichte. Natürlich war das nicht alles. Nicht bei Wade.

»Willst du meinen Segen? ... Nein, ich habe keine schlechte Laune, aber das wird sich gleich ändern.« Flüchtig erwog sie, sich zusammenzureißen, doch es war entschieden befriedigender, ihrem Zorn freien Lauf zu lassen. Seine so vernünftige Stimme zerrte an ihren Nerven. »Weiß die glückliche Braut, daß du auf Geschäftsreisen deine Angstellten vernaschst? ... O ja, ich bin furchtbar nachtragend. Du Mistkerl. Wie kannst du es wagen, mich am Abend vor deiner Hochzeit anzurufen, nur um dein Gewissen zu beruhigen! ... Wie bitte? ... Nein, ich verzeihe dir gar nichts! Und ich nehme auch keinen Teil der Schuld auf mich ... Vollkommen richtig, Wade. Ich bin so unversöhnlich und kaltherzig wie eh und je. Wenn du Absolution brauchst, bist du bei einem Priester besser aufgehoben!«

Sie knallte den Hörer mit großer Wucht auf die Gabel.

»Na«, murmelte Gabe in die Stille, »dem hast du's aber gegeben.« Er prostete ihr mit einer Dose Cola zu. »Ruft er dich regelmäßig an?«

»Alle paar Monate.« Sie trat heftig gegen den Tisch, schleuderte dann ihren Schuh von sich und rieb sich die schmerzenden Zehen.

»Er heiratet morgen und fand, daß ich es von ihm selber hören sollte, also rief er Candace an.« Sie trank einen großen Schluck Wein und stellte fest, daß ihr nicht danach zumute war. »Sie hat ihm gesagt, wo ich bin, als ob er ein verbrieftes Recht darauf hätte, es zu erfahren. Was interessiert es mich, daß er heiratet?«

»Tut es das nicht?« Gabe faßte nach dem Glas, das sie wütend abstellen wollte, da es überzuschwappen drohte.

»Nein.« Kelsey spürte das dringende Bedürfnis, etwas an die Wand zu werfen. Der Reiseführer mußte dran glauben. »Ich ärgere mich, daß er einfach hier anruft und mir das Gefühl gibt – und sei es nur für eine Sekunde lang – es sei meine Schuld, daß er sich einer anderen Frau zugewandt hat. Und dann erinnere ich mich an früher. Ein hübsches junges Paar, beide aus guter Familie, die Hochzeit ein gesellschaftliches Ereignis. Dann die romantischen Flitterwochen in der Karibik, ein entzückendes kleines Haus in Georgetown. Die richtigen Freunde, die richtigen Klubs, die richtigen Partys. Aber wenn ich jetzt zurückschaue, wird mir klar, daß ich ihn nie geliebt habe.«

Sie brach ab und preßte die Hände an die Schläfen. »Ich habe ihn noch nicht einmal geliebt, Gabe. Wie konnte ich ihn nur heiraten? Wie konnte ich, wo ich doch für ihn nicht einmal den Bruchteil von dem empfunden habe, was ich für dich fühle?«

Seine Augen leuchteten kurz auf. »Sei vorsichtig, Kelsey. Mir ist es egal, ob du aufgeregt bist oder nicht. Wenn du zu viel sagst, dann werde ich dich beim Wort nehmen.«

»Ich weiß im Moment gar nicht, was ich rede.« Entnervt und am ganzen Leibe zitternd ließ sie die Hände sinken. »Mir ist nur jetzt, als ich seine Stimme gehört habe, klargeworden, daß ich ihn nur geheiratet habe, weil jeder sagte, er sei der Richtige für mich. Es schien mir ein logischer Schritt zu sein. Ich wollte, daß es gutgeht, und habe mir alle Mühe gegeben. Aber wie sollte es denn gutgehen? Er hat in mir nicht ein einziges Mal solche Gefühle wecken können wie du.« Ihre Stimme erstarb zu einem Flüstern. »Niemand hat je zuvor in mir solche Gefühle geweckt.«

Gabe stellte seinen Drink beiseite, da er plötzlich merkte, wie verkrampft er die Dose umklammerte. »Jeder wird dir sagen, daß ich nicht der Richtige für dich bin.«

»Na und?«

»Ich hasse Wohltätigkeitsvereine, und ich werde dich bestimmt nie zu einem Frühlingsball begleiten.«

»Hab' ich dich darum gebeten?«

»Wenn's mich überkommt, setze ich morgen alles, was sich besitze, im Spiel ein.«

Das konnte sie sich gut vorstellen. »Weißt du, Slater, ich glaube, das Glücksrad dreht sich bereits. Vielleicht bist du doch nicht Spieler genug, um alles zu riskieren.«

»Du weißt noch gar nicht, was du für mich empfindest.«

Von seinen Gefühlen überwältigt, packte Gabe sie und

hob sie hoch. »Du bist gerade dabei, dich selbst zu analysieren. Ich kann förmlich sehen, wie es in deinem Kopf arbeitet.«

»Ich will dich.« Ihr Herz schlug bis zum Hals. »Ich habe noch nie jemanden so gewollt wie dich.«

»Ich schaffe es schon, dich ganz für mich einzunehmen. Und was ich einmal habe, Kelsey, das lasse ich nie mehr los. Wenn du gescheit bist, dann überlegst du dir genau, auf was du dich da einläßt, und läufst schnell davon.«

Als sie den Kopf schütteln wollte, hob er sie hoch und sagte nur: »Zu spät.«

»Für dich auch«, murmelte sie und drehte leicht den Kopf, um mit ihren Lippen seinen Hals zu berühren. »Ich laufe nicht weg, Gabe. Ich renne hinterher.«

Jetzt wußte sie, wonach sie sich sehnte. Hitze, Begierde, Leidenschaft. Sie sehnte die beinahe schmerzliche Lust herbei, die nur er stillen und wieder von neuem entfachen konnte, bis ihr ganzer Körper brannte. Und zu wissen, daß er dasselbe atemlose, immer wieder aufflammende Verlangen empfand, beglückte sie.

Eng umschlungen fielen sie aufs Bett, kämpften mit Knöpfen und Reißverschlüssen, konnten nicht schnell genug die Haut des anderen spüren.

Seine Hände erkundeten ihren Körper, die festen, samtweichen Brüste, die schmale Taille, die runden Hüften. In der Dunkelheit ertastete er jeden Zentimeter von ihr mit den Fingerpitzen, erforschte er eine Frau, die er doch schon kannte.

Sie war alles, was er immer schon gewollt, wofür er immer schon gekämpft hatte; worum er gespielt hatte. Und nun lag sie neben ihm, zitternd, bereit, willig. Und sie gehörte ihm.

Kelsey richtete sich auf, legte sich auf ihn und umfing ihn mit ihrer Hitze. Ihre Hände suchten die seinen, ihre Finger verschlangen sich ineinander, und die Welt um sie herum löste sich in ein Meer von Empfindungen auf.

Gabes letzter Gedanke war, daß es tatsächlich zu spät war. Viel zu spät für sie beide.

Ein trüber Morgen brach an. Der Himmel war von dicken Wolken verhangen, die alles in ein stumpfes, metallisches Grau tauchten. Ab und zu fiel ein scharfer, schneidender Regen, der wie tausend Nadeln in die Haut stach. Männer bearbeiteten die Bahn mit Maschinen, bereiteten sie auf und zogen schmale, ordentliche Furchen. Das Geläuf von Pimlico ließ sich gut trocknen, und die dafür zuständige Bahnequipe pflegte es so sorgfältig und liebevoll wie etwa ein Mann sein Lieblingspferd hegen mochte.

Der Regen hielt weder die Zuschauer noch die Presse ab, als das erste Rennen gestartet wurde, waren die Tribünen brechend voll. Leuchtendbunte Regenschirme schwebten darüber wie Luftballons über einem grauen See. Im Klubhaus saßen die weniger wetterfesten Besucher im Trockenen, aßen Krabben und tranken Bier, während sie das Geschehen auf großen Bildschirmen verfolgten.

Schweren Herzens hatte Kelsey wegen des schlechten Wetters auf das Leinenkleid, das sie eigentlich anziehen wollte, verzichtet und sich statt dessen für Jeans und Stiefel entschieden. So konnte sie wenigstens in den Stall gehen und gelbe Wicken in Justices blonde Mähne flechten, um ihn für seine Aufgabe, High Water zur Bahn zu eskortieren, gebührend zu schmücken.

Außerdem gab es ihrer Meinung nach nichts Besseres als einen Regentag, um seinen Gedanken nachzuhängen.

Sechs Monate zuvor hatte sie noch gar nicht gewußt, daß Naomi überhaupt existierte, und für die Welt, die zur ihren geworden war, hatte sie nie mehr als ein flüchtiges Interesse gezeigt. Ziellos hatte sie sich durchs Leben treiben lassen, nach ihrer gescheiterten Ehe auf der Flucht vor der wachsenden Verzweiflung über ihr sexuelles Versagen. Ihr Job hatte ihr zwar Spaß gemacht, sie sogar bis zu einem gewissen Grad ausgefüllt, aber der Wunsch weiterzuziehen, war doch stärker gewesen.

Immer gab es einen anderen Job, einen anderen Kurs, den man belegen, einen anderen Trip, den man planen konnte. Kelsey hatte sich gern eingeredet, sie sei nur deshalb so rast- und ruhelos, weil sie neue Erfahrungen sammeln wollte. In Wirklichkeit ging es nur darum, die Leere in ihrem Leben auszufüllen, eine Leere, die sie nicht hatte wahrhaben wollen. Und die sie mit Sicherheit auch nicht verstanden hätte.

Sie hatte lange darüber nachgedacht, ob sie im Grunde genommen nicht immer das gleiche tat, ob sie Naomi, die Farm und sogar Gabe nur dazu benutzte, um die Brüche in ihrem Leben zu kitten. Würde sie die alltägliche Routine über kurz oder lang nicht ernüchtern und langweilen, wie ihre Familie es ihr prophezeite, und sie wieder weitertreiben?

Oder waren die Gefühle, die in ihr aufkeimten, diesmal von Bestand? Die wachsende Zuneigung zu ihrer Mutter, die fast unmerklich vonstatten gegangene Entwicklung von Zorn und Argwohn zu Respekt und Liebe. Warum sollte sie nicht einfach akzeptieren, daß sie auf der Farm ihren Platz gefunden hatte – und dabei war, ihn sich zu verdienen?

Und Gabe? Warum sollte sie nicht ganz entspannt genießen, was zwischen ihnen geschah? Gestern nacht, als sie ins Bett fielen, hatten sie keine Zweifel geplagt, und heute morgen, als sie sich an ihn gekuschelt und sie sich langsam und zärtlich geliebt hatten, auch nicht.

Vielleicht lag es an ihrer allzu starren Auffassung davon, was richtig, was falsch ist, an ihren tiefverwurzelten Wertvorstellungen. Wie konnte sie es zulassen, daß sich Naomi auf sie verließ, wenn sie sich gar nicht sicher war, wie lange sie bleiben würde? Wie konnte sie eine leidenschaftliche Beziehung eingehen, wenn dabei noch kein Wort von Liebe gefallen war?

Vielleicht war sie wirklich zu streng mit sich und anderen. Wenn sie den Augenblick nicht genießen konnte, alles gleich hinterfragen mußte, was ließen sich daraus für Rückschlüsse auf ihren Charakter ziehen? Konnte es sein, daß sie beleidigt war – wenn auch nur ein bißchen – weil ihr Exmann wieder heiratete, weil er vielleicht schon zum zweiten Mal das Gelübde wiederholt hatte, während sie Blumen in die Mähne eines Wallachs flocht?

Langsam war es an der Zeit, mit alledem endgültig abzuschließen, mahnte sie sich, und nach vorne zu schauen. Sie hatte jetzt ein Ziel vor Augen – und Fragen, die nach einer Antwort verlangten. Sie würde diese Aufgabe logisch angehen und bei einer zwanzig Jahre alten Spur beginnen. Sie schwor sich, morgen früh Charles Rooney anzurufen.

Als sie zum Sattelplatz gingen, hatte der Regen wieder aufgehört, wäßrige Sonnenstrahlen drangen durch die aufgerissene Wolkendecke und schienen auf die tropfenden Dächer.

Kelsey warf Boggs einen verstohlenen Blick zu. Er wirkte älter und wesentlich gebrechlicher als noch vor zwei Wochen. Sie wußte, daß er High Water aus zwei Gründen als Pfleger zugeteilt worden war, einerseits wegen seiner Fähigkeiten, andererseits aber auch, um ihn auf andere Gedanken zu bringen.

»Der Regen ist ein Pluspunkt«, sagte sie zu ihm und hoffte, ihn damit aus seinen Grübeleien zu reißen. »High Water hat es gern, wenn die Bahn naß ist.« Genau wie Double, dachte sie.

»Ist 'n guter Hengst.« Abwesend tätschelte Boggs High Waters Hals. »Freundlich und zuverlässig. Kann sein, daß er uns allen 'ne Überraschung bereitet.«

»Zuletzt wurde er fünf zu eins gehandelt.«

Boggs zuckte die Achseln. Die Quoten hatten ihn noch nie interessiert. »Is' dieses Jahr noch nich' viel gelaufen, also weiß keiner, wozu er in der Lage ist. Hat jedenfalls mehr Geld eingebracht, als er gekostet hat. Er wird schon laufen, wenn er soll.«

Aber er war nicht wie Pride. Boggs brauchte es nicht laut auszusprechen, Kelsey verstand ihn auch so.

»Dann werde ich ihn darum bitten.« Sie nahm den Hengst am Zügel und zog seinen Kopf zu sich, bis sie ihm in die Augen sehen konnte. Sie schienen ihr weise, abgeklärt und, wie Boggs schon gesagt hatte, freundlich. »Du wirst laufen, nicht wahr, mein Junge? Wenn du rennst, so schnell du kannst, dann sind wir schon zufrieden.«

»Du bittest ihn nicht darum zu gewinnen?« Naomi legte Kelsey eine Hand auf die Schulter; eine kleine Geste nur, die sie trotzdem beide immer noch anrührte.

»Manchmal ist der Versuch wichtiger als der Sieg.«

Ihr Blick fiel auf Reno, der, mit blassem, verhärmtem Gesicht, etwas abseits stand, den Arm noch in der Schlinge. »Wir treffen uns gleich an der Box.«

Kelsey ging zu ihm hinüber und ergriff seine unverletzte Hand. »Ich hatte gehofft, dich hier zu sehen.«

»Ich mußte einfach kommen.« Das letzte, was er hatte tun wollen – als Zuschauer an der Seitenlinie stehen. »Ich dachte daran, zu Hause zu bleiben und mir das Rennen im Fernsehen anzuschauen, aber dann bin ich ganz automatisch ins Auto gestiegen und hierher gefahren.«

»Wir haben dich bald wieder im Sattel, Reno.«

Ein Zucken lief über sein Gesicht, und er wandte sich ab; von ihr, von den Pferden, von der Rennbahn. »Ich weiß nicht, ob ich noch mal den Mut dazu aufbringe. Pride hatte das nicht verdient.«

»Du auch nicht«, erwiderte ihm Kelsey ruhig.

»Fast mein ganzes Leben lang habe ich von einem Derbysieg geträumt. Man kann Dutzende von Pferden reiten, Dutzende von Malen als Sieger durchs Ziel gehen, aber am Derby teilzunehmen ist einzigartig.«

»Nächstes Jahr findet wieder ein Derby statt«, sagte Kelsey darauf, »es gibt immer ein nächstes Derby.«

»Ich weiß nicht, ob ich noch eine Chance haben möchte.« Sein Gesicht erstarrte, als er hinter ihr eine Gestalt auftauchen sah. »Viel Glück heute«, wünschte er rasch und eilte davon.

Rossi bemerkte, wie fluchtartig der Jockey verschwand und vermerkte es in seinem Gedächtnis. Ohne Rücksicht darauf zu nehmen, daß Kelsey bei seinem Anblick wenig Begeisterung zeigte, ging er auf sie zu.

»Scheußlicher Tag heute.«

»Bis vor einem Moment sah es noch so aus, als würde es aufklaren.«

Lächelnd nahm er die Spitze zur Kenntnis. »Ich hatte

gehofft, ich würde ein paar Tips kriegen, während ich mich hier umsehe.«

»Äußerst unwahrscheinlich.« Kelsey setzte sich in Bewegung und bemerkte resigniert, daß er an ihrer Seite blieb. »Man sieht Ihnen sofort an, was Sie sind, ein Polizist.«

»Berufsrisiko. Ich will ja nicht behaupten, daß ich viel von Pferden verstehe, Miß Byden, aber Ihres scheint mir ein wenig klein geraten.«

»Der Größte ist er nicht. Stockmaß knapp einsfünfzig. Aber Sie sind mit Sicherheit nicht hier, um über Pferde zu reden.«

»Da irren Sie sich. Die Pferde sind der Mittelpunkt der ganzen Geschichte.« Er bot ihr Erdnüsse an, und als sie ablehnte, knackte er sich selbst eine Nuß. »Ich habe einige Nachforschungen angestellt. Es gibt viele Methoden, um ein Pferd zu töten, Miß Byden, und einige sind ziemlich grausam.«

»Das ist mir bekannt.« Mittlerweile wußte sie schon viel zu viel darüber, denn sie hatte Matt so lange zugesetzt, bis er ihr verschiedene Möglichkeiten schilderte. Man stellt ein Pferd in ein Becken mit Wasser und leitet mit Batteriekabeln Strom ins Wasser. Ein roher und cleverer Mord, der oft gar nicht erkannt wird, es sei denn, der Tierarzt bemerkt Verbrennungen an den Nüstern. Schlimmer noch ist das Ersticken des Tieres, indem man Tischtennisbälle in die Nase einführt. Die kann das Pferd nicht wieder ausstoßen, und es erleidet einen langsamen und qualvollen Tod.

»Ihr Derbypferd«, fuhr Rossi fort, »wurde sogar vor den Augen von Millionen von Zuschauern umgebracht. Sehr riskant. Ich bin überzeugt, daß jemand, der ein solches Risiko eingeht – zumal wenn es unnötig ist – mit allen Mitteln einem anderen Schaden zufügen will. Wer hätte denn ein Interesse daran, Ihrer Mutter in aller Öffentlichkeit einen Tiefschlag zu versetzen?«

»Ich habe keine Ahnung.« Kelsey blieb bei Rossi stehen. Das eröffnete ja ganz neue Möglichkeiten, es machte

Naomi zum Opfer statt zur Verdachtsperson. »Glauben Sie, daß eine derartige Absicht dahintersteckt?«

»Man sollte dem nachgehen. Der Hengst war hoch versichert, aber Three Willows steckt nicht in finanziellen Schwierigkeiten, und auf lange Sicht hätte das Pferd ein Vielfaches der Versicherungssumme eingebracht. Ihre Mutter scheint mir eine vernünftige Geschäftsfrau zu sein. Dann ist da aber noch Slater.«

»Er hat nichts damit zu tun.«

»Das ist eine emotionale Antwort.« Und genau die hatte er erwartet. »Aber lassen wir das mal beiseite. Es hätte sich für ihn gelohnt. Man sucht immer nach denen, die von einem Mord profitieren, Miß Byden, egal, um was für eine Art Mord es sich handelt. Das Problem ist nur, daß die Sache ein schlechtes Licht auf ihn und seinen Derbysieg wirft. Also frage ich mich, ob ihm die Sache das wert gewesen wäre. Er hatte auch so eine gute Chance zu gewinnen, also warum sollte er sich so offensichtlich die Hände schmutzig machen? Er scheint mir nämlich kein Dummkopf zu sein.«

»Eine emotionale Bemerkung, Lieutenant.«

»Eine Beobachtung, Miß Byden. Er war nicht der einzige, der von dem Sieg profitierte. Da wären noch sein Trainer und sein Jockey, die beide ein Stück vom Kuchen abbekommen. Und nicht zu vergessen: Jeder, der auf Double or Nothing gewettet hat.«

Kelsey lachte kurz auf und ließ ihren Blick über die Menge schweifen. »Das engt den Kreis der Verdächtigen allerdings gewaltig ein.«

»Mehr als Sie denken.« Auch Rossis Blick schweifte über die Menge. Er unterhielt sich prächtig. »Wenn wirklich eine Verbindung zu meinen beiden Mordfällen besteht, dann reduziert das die Zahl der Verdächtigen enorm. Wem hat Lipsky vertraut – oder wen fürchtete er – um ihn so nahe an sich heranzulassen, daß dieser Mensch ihn töten konnte? Jemand, mit dem er zusammengearbeitet hat? Oder jemand für den er gearbeitet hat? Es waren mehr als nur zwei Pferde im Rennen, Miß Byden, und von dem Derby hing entschieden mehr ab als nur ein Pokal.«

Kelsey sah ihm ins Gesicht. »Warum erzählen Sie mir das alles?«

»Sie sind ein Neuling in diesem Geschäft, und Ihnen fällt vielleicht mehr auf als manch anderen.« Rossi schwieg einen Moment, um eine weitere Erdnuß zu knakken. »Und Sie sind persönlich betroffen. Ihre Verbindung mit Ihrer Mutter ist manchen Leuten ein Dorn im Auge.«

Also hatte er auch ihr Privatleben unter die Lupe genommen. Das hätte sie sich eigentlich denken können. »Das sind Familienangelegenheiten, Lieutenant, die mit den Morden nicht das geringste zu tun haben.«

»Ich könnte jetzt anhand von Statistiken belegen, daß gerade Familienangelegenheiten häufig zu einem Mord führen, aber ich bitte Sie nur, die Augen offenzuhalten.«

»Sie sind offen, Lieutenant.« Kelsey rührte sich nicht von der Stelle. Sie wollte unbedingt verhindern, daß er ins Sichtfeld der Boxen geriet. Naomi sollte sich so kurz vor Rennbeginn nicht noch unnötig aufregen. »Wenn Sie mich jetzt entschuldigen wollen, ich muß zu meiner Mutter.«

»Viel Glück«, rief er ihr nach und nahm sich noch eine Nuß. Ihn beschlich das ungute Gefühl, daß Kelsey Byden sehr viel schwerer zu knacken war.

Kelsey kam gerade rechtzeitig, um mitanzusehen, wie die Pferde in die Startboxen geladen wurden.

»Ich hatte schon Sorge, daß du's nicht mehr schaffst.«

»Hab' jemanden getroffen«, brummte Kelsey und schaute von ihrer Mutter zu Gabe. Sie nahm seine Hand und drückte sie kurz. »Kleine Wette am Rande, Slater?«

»Du schuldest mir noch was von der letzten.«

»Gut, dann alles oder nichts.« Sie musterte das Feld durch ihr Fernglas. »Dein Pferd, um zwei Längen. Der Boden ist zwar matschig, aber ich würde sagen, er schafft es in einer Minute achtundfünfzig. Unser Hengst . . . Dritter, zwei Minuten zwölf.«

Gabe hob eine Augenbraue. »Die Wette gilt. Dabei kann ich gar nicht verlieren.«

Das Startsignal ertönte. Unmittelbar nachdem die Boxen sich geöffnet hatten, übernahmen Double und sein

Jockey die Führung. Als ob sie beide wußten, daß sie sich beweisen mußten, dachte Kelsey. Hier lief ein Champion, löste sich vom Feld und schoß vorwärts, ohne daß er mit der Gerte angetrieben werden mußte. Nach der ersten Runde führte er mit einer halben Länge, während die Pferde aus Kentucky und Arkansas um den zweiten Platz kämpften.

Wieder war Kelsey vollkommen fasziniert von der Magie des Rennens. Das Fernglas fest gegen die Augen gepreßt, spornte sie die Pferde an. Ihre Befürchtung, daß sie ständig das Bild von Prides Sturz vor Augen haben würde, hatte sich zum Glück nicht bewahrheitet. Sie sah nur die schlammbespritzten, über die Bahn donnernden Kraftpakete.

Ein leichter Nieselregen, der wie feiner Nebel in der Luft hing, setzte ein und trübte ihren Blick.

Double hatte sich jetzt um eine volle Länge vom Feld abgesetzt. Seine roten Bandagen waren inzwischen schmutzbefleckt, sein Jockey balancierte in den Steigbügeln. Vor Freude über diesen Anblick lachte Kelsey laut auf.

Doch dann geschah etwas Unerwartetes. Wie ein von der Sehne schnellender Pfeil schoß High Water plötzlich an der Außenseite hervor. Kelseys Atem stockte bei diesem blitzschnellen Spurt. Er holte auf, seine Hufe gruben sich in den Boden und wirbelten Erdpartikel auf. Er kämpft um seine Ehre, dachte sie benommen.

Auf der Geraden baute Double seine Führung aus, angefeuert von dem dröhnenden Jubel der Menge, in dem alles andere unterging und der sich sogar noch steigerte, als sich High Water in einem atemberaubenden Finish hinter Double den zweiten Platz erkämpfte.

»Sieh nur, Mom! Mein Gott, sieh ihn dir nur an!«

»Ich sehe es ja.« Tränen rannen Naomi über das Gesicht und vermischten sich mit den Regentropfen. Sie hatte Kelsey den Arm fest um die Taille geschlungen, als die Pferde ins Ziel gingen. Double hatte sich die gelben Wicken redlich verdient, und High Water hatte den Hengst aus Arkansas auf den dritten Platz verweisen können.

»Er hat's geschafft!« Kelsey ließ beinahe ihr Fernglas fallen. »Der kleine Kerl hat's doch tatsächlich geschafft!« Sie ließ ihrer Freude freien Lauf, indem sie Naomi um den Hals fiel. »Wer hätte das gedacht? Keiner von uns hätte mit einem solchen Ergebnis gerechnet!« Sie wirbelte herum und warf sich jauchzend in Gabes Arme. »Herzlichen Glückwunsch! Wie war die Zeit? Wie war seine Zeit?«

Gabe hielt die Stoppuhr hoch und grinste, als Kelsey sie ihm aus der Hand riß. Eine Minute siebenundfünfzig fünfzehn.

Wieder lachte sie, wobei der Regen aus ihrem Haar auf ihr Gesicht tropfte. »Gabriel Slater, du hast soeben den zweiten Zacken der Triple Crown gewonnen. Was hast du jetzt vor? Nach Disney World gehst du bestimmt nicht.«

»Ich gehe nach Belmont.« Er hob sie hoch und schwang sie einmal herum, ehe er sie küßte. »*Wir* gehen nach Belmont.«

Im Klubhaus prostete Rich Slater dem Bild seines Sohnes und Kelseys auf dem Monitor zu, dann kippte er seinen Scotch hinunter. Ein schönes Paar, dachte er. Sie waren wirklich ein schönes Paar, so wie er und Naomi eines gewesen wären, wenn sie ihm nicht die kalte Schulter gezeigt hätte.

Aber im Moment hatte er andere Dinge zu tun. Außerdem gab es etwas zu feiern.

Von den hunderttausend Dollar, die er aus Cunningham herausgepreßt hatte, hatte er zehntausend auf Doubles Nase gesetzt und war mit seinem Profit recht zufrieden.

Fürs erste.

»Ich hoffe, es stört dich nicht.« Kelsey öffnete die Champagnerflasche mit einem vernehmlichen ›Plop‹. Sie hatte zwar schon in der Suite ihrer Mutter einige Gläschen getrunken, aber die Nacht war noch jung. »Ich habe vor, diese ganze Flasche zu leeren, auch wenn ich einen gewaltigen Schwips kriegen werde.«

Gabe setzte sich und schlug die Beine übereinander. Er

hatte mit dem Gedanken an eine heiße Dusche zu zweit gespielt, doch das konnte warten. Es wäre interessant, herauszufinden, wie viele Hemmungen Kelsey nach einer Flasche Dom Perignon fallenließ.

»Nur weil ich nichts trinke, heißt das noch lange nicht, daß ich nicht gern dabei zusehe, wie du dir ein paar Drinks genehmigst.«

»Das werde ich auch tun.« Kelsey schenkte sich ein Glas ein und sah zu, wie der Schaum über den Rand quoll. »Weißt du, ich war noch nie richtig betrunken. Manchmal zwar ziemlich nah dran, aber dann habe ich mich doch immer zurückgehalten.« Abwinkend trank sie einen großen Schluck. »Eine Frage der Erziehung. Benimm dich nie im Klub daneben, sonst kommst du ins Gerede. Benimm dich nie auf einer Party daneben, sonst kommst du auch ins Gerede.« Fröhlich schwenkte sie die Flasche. »Und die Bydens legen keinen Wert auf Tratsch.«

»Worauf denn?«

»Auf Ansehen, auf Respekt und vor allem auf Diskretion.« Da sie ihn nur noch verschwommen wahrnahm, kniff sie die Augen zusammen. »Ach, zum Teufel damit! Laß sie doch reden! Wir haben gewonnen, ist das nicht unglaublich?«

»Da hast du recht.« Gabe lächelte sie an. Mittlerweile war sie barfuß, und ihr Haar schimmerte wie gesponnenes Gold.

»Dabei waren wir vorher alle so niedergeschlagen, auch wenn es keiner zugeben wollte. Ich habe Reno auf dem Sattelplatz gesehen, und sein Anblick hat mir beinahe das Herz gebrochen.« Seufzend hob sie ihr Glas erneut an die Lippen. Die Wirkung des Champagners gefiel ihr, der Raum begann sich schon leicht um sie zu drehen. Ausgelassen drehte sie, das Glas noch in der Hand, zwei kleine Pirouetten.

»Mach das noch mal.« Er liebte es, wenn ihr das Haar um den Kopf flog.

Kichernd tat sie ihm den Gefallen. »Siehst du, die Ballettstunden zahlen sich doch noch aus. Außerdem hab' ich da Disziplin gelernt, körperliche und geistige. Auf diesem Körper kannst du Steine klopfen!«

»Ich bin sicher, da fallen mir noch ganz andere Dinge ein.«

Kelsey mußte wieder kichern. Sie wußte nur zu gut, daß seine Fantasie in dieser Richtung grenzenlos war. »Wo waren wir stehengeblieben? Ach ja, bei dem Rennen. Ich hoffe, Reno fühlte sich jetzt besser. Wie glücklich Naomi und Moses waren, konnte man sehen. Sogar Boggs, der arme alte Boggs, der sich Vorwürfe macht, weil er auf Pride gewettet hat. Dabei hatte das eine mit dem anderen gar nichts zu tun. Nur daß die Menschen immer nach Erklärungen und Zusammenhängen suchen. Wie Rossi.«

»Rossi?«

»Mmm.« Kelsey füllte ihr Glas noch einmal, ehe sie zerstreut begann, ihre Bluse aufzuknöpfen. Der Alkohol hatte sie ziemlich erhitzt. »Er war gestern beim Rennen. Ich hab' mit ihm gesprochen, oder besser, er mit mir. Überall stolpert man über ihn, wie er Beobachtungen anstellt und seine Theorien entwickelt. Warum sollte jemand Naomi schaden wollen oder in irgendeiner Weise Staub aufwirbeln?«

Wie gebannt starrte Gabe sie an. Ihre halb geöffnete Bluse gab den Blick auf den Ansatz ihrer Brüste frei, so daß es ihm schwerfiel, sich auf ihre Worte zu konzentrieren. »Nimmt er das an?«

»Wer weiß?« Achtlos zuckte sie die Achseln. »Ich glaube, er sagt nie, was er wirklich denkt. Wenn du verstehst, was ich meine«, fügte sie nach einem Moment hinzu. »Er behauptet einfach irgend was, nur um dich aus der Reserve zu locken. Aber wenigstens hält er Naomi nicht mehr für eine Pferdemörderin.« Sie lächelte gewinnend. »Er hat immer noch dich auf dem Kieker, Slater.«

»Daran habe ich nie gezweifelt.«

»Aber nur halbherzig. Er hält dich nämlich nicht für einen Dummkopf.«

»Eine Bemerkung aus seinem Mund werte ich als Kompliment.« Gabe wollte aber nicht länger über dieses Thema reden und sagte zu Kelsey: »Du hast noch ein paar Knöpfe vergessen, mein Liebling.«

»Bin ja schon dabei. Ich hab' noch nie für einen Mann einen Striptease gemacht.«

»Dann laß mich dein erster Bewunderer sein.«

Mit einem glucksenden Lachen und halb geschlossenen Augen zog Kelsey am Reißverschluß ihrer Jeans. »Seine Anwesenheit war mir unangenehm. Rossis, meine ich. Ich mußte sofort wieder an das Derby denken; an alles, was geschehen ist. An die Pferde, die beim morgendlichen Training aus dem Nebel auftauchten, an die Gerüche und Geräusche, an Boggs, der Prides Bandagen aufhängte und mir von seiner letzten Wette erzählte. Und daß er glaubte, er hätte deinen Vater gesehen.«

»Was?« Gabe erstarrte plötzlich. »Was hast du da eben von meinem Vater gesagt?«

»Ach, Boggs meinte nur, ihn in Churchill Downs gesehen zu haben, sagte, er bringe Unglück. Aber ich glaube nicht, daß er dort war, sonst hätte er sich doch mit dir in Verbindung gesetzt.«

»Kelsey.« Gabe stand auf, nahm ihr das Glas aus der Hand und stellte es beiseite. »Was genau hat Boggs gesagt?«

»Nicht viel.« Kelsey atmete seufzend aus. In ihrem Kopf drehte sich alles, ein herrliches Gefühl, doch Gabes Augen brannten sich förmlich in ihre ein. »Nur, daß er dachte, ihn gesehen zu haben.«

Gabe hielt sie an beiden Armen fest: »Wann?«

»Irgendwann am Morgen. Aber er war sich nicht sicher. Er sagte, es wäre ja nur ein flüchtiger Eindruck gewesen, und seine Augen seien nicht mehr die besten.« Kelsey schüttelte den Kopf, um einen klaren Gedanken fassen zu können, aber das half nichts. »Was ist denn daran so wichtig?«

»Gar nichts«, murmelte Gabe, und lockerte seinen Griff. »Ich hab' ja nur gefragt.«

»Die Vergangenheit läßt einen nicht los.« Sie löste eine

Hand aus seinem Griff. »Das sollten wir nicht zulassen, denn wir leben heute und jetzt.«

»Ja, das tun wir.« Die Angelegenheit konnte warten, sagte Gabe sich. Wahrscheinlich war an der Sache nichts dran, aber was auch dahinterstecken mochte, er würde sich erst nach seiner Rückkehr damit befassen. »Schau mich mal an.« Er faßte sie am Kinn und musterte ihr erhitztes Gesicht und die glänzenden Augen. »Liebling, du wirst morgen früh mit einem Mordskater aufwachen.«

»Na wenn schon.« Sie schlang die Arme um seinen Hals, und legte ihm mit einer einzigen geschmeidigen Bewegung die Beine um die Taille. »Dann sollten wir dafür sorgen, daß es sich lohnt.

»Das ist das mindeste, was ich tun kann. Ab unter die Dusche.« Er senkte den Kopf, um ihre bloße Schulter zu küssen. »Ich werde dir zeigen, was ich vorhabe.«

19

Kelsey spielte mit dem Gedanken, Gabe einzuweihen. Es konnte doch noch kein Zeichen von Abhängigkeit sein, wenn man einem Mann, zu dem man eine so intime Beziehung hatte, von seinen Absichten erzählte. Es war auch bestimmt kein Zeichen von Schwäche, wenn man ihn bat, mitzukommen und moralische Unterstützung bei der Vergangenheitsbewältigung zu leisten.

Aber dann hatte sie ihm doch nichts gesagt, denn sie wäre sich abhängig und schwach vorgekommen. Und schließlich war es ja ihr Problem.

Er hatte sowieso keine ruhige Minute mehr, denn es gab nicht jedes Jahr einen ernsthaften Bewerber um die Triple Crown, der bereits zwei Zacken erworben hatte. Ihm schwirrte der Kopf, die Presse bedrängte ihn, und seine Tage waren damit ausgefüllt, das Training zu überwachen. In drei Wochen fanden die Belmont Stakes statt.

Auf keinen Fall wollte sie ihn von seinem Weg zum Ziel ablenken, ein Ziel, von dem sie wußte, daß es ihm viel mehr bedeutete als Geld und Ruhm. Für Gabe würde der Sieg beim Triple Crown die Bestätigung sein, daß er nicht nur etwas erreicht, sondern Außergewöhnliches vollbracht hatte.

Außerdem wollte sie vermeiden, daß ihr guter Rat wie ein Bumerang auf sie zurückprallte. Man sollte sich von der Vergangenheit lösen.

Nur sie selbst konnte sich offenbar nicht vollständig davon befreien. Je länger sie Naomi kannte und je größer ihre Zuneigung zu ihrer Mutter wurde, desto unwahrscheinlicher erschien es Kelsey, daß sie kaltblütig einen Mann getötet haben sollte.

Darüber, daß Naomi den Abzug der Waffe betätigt und damit einem Leben ein Ende bereitet hatte, gab es keinen Zweifel. Naomi hatte es nicht nur zugegeben, die Geschworenen hatten sie auch verurteilt, und es hatte sogar einen Augenzeugen gegeben.

Diesen Teil ihrer Vergangenheit konnte Kelsey nicht zu den Akten legen, sie mußte erst mit Charles Rooney sprechen.

Sie genoß die Fahrt, obwohl der Highway voll war. Aber der Frühling hatte seinen Höhepunkt erreicht, und das frische Grün, das sich überall zeigte, und die milde Luft übten eine beruhigende Wirkung auf sie aus. Kelsey fuhr mit geöffnetem Verdeck, und aus dem Radio klang Chopin in voller Lautstärke. Sie hielt es für besser, über das, was sie vorhatte, im Augenblick nicht nachzudenken.

Der Sekretärin, mit der sie den Termin vereinbart hatte, den Namen Kelsey Monroe zu nennen, konnte man wohl nicht als direkte Lüge werten. Es war eine Vorsichtsmaßnahme, damit Rooney sie nicht sofort mit Naomi in Verbindung brachte.

Zum ersten Mal war sie von ihren Prinzipien abgewichen, dachte sie. Eigentlich verachtete sie Menschen, die Notlügen für entschuldbar hielten oder einfach aus Bequemlichkeit schwindelten. Und nun hatte sie sich selbst auf diesen unsicheren Boden begeben, um ihr Ziel zu erreichen – doch nach Rechtfertigungen konnte sie später suchen.

Auch die Ausreden, die sie vorgebracht hatte, um sich den Nachmittag freinehmen zu können, lasteten ihr auf der Seele. Sie hatte Besorgungen und einige Verabredungen vorgegeben und Naomi gesagt, sie wolle ihre Familie besuchen, was sie ihr auch geglaubt hatte.

Was der Nachmittag auch bringen mochte, Kelsey glaubte nicht, daß sie Naomi davon erzählen würde. Zum ersten Mal, seit sie Pride verloren hatte, schien Naomi wieder zu sich selbst gefunden zu haben. Niemand rechnete damit, daß High Water seine Leistung vom zweiten Rennen der Triple Crown auf den mörderischen eineinhalb Meilen von Belmont wiederholen könnte.

Der Punkt war gemacht, der Triumph gebührte ihnen, nun konnten sie die Früchte ihrer Mühe ernten.

Und Kelsey konnte sich ein paar Stunden davonstehlen, um die Vergangenheit zu erforschen.

Ehe sie losfuhr, hatte sie auf einer Straßenkarte die Route ausgeschaut. Und obwohl sie sich in Alexandria nicht sonderlich auskannte, fand sie das Gebäude ohne Schwierigkeiten. Sie stellte ihren Wagen in der Tiefgarage ab.

Die Furcht vor dem Ungewissen machte sie nervös, ihre Hände wurden feucht, und sie spürte ein flaues Gefühl im Magen. Um Zeit zu gewinnen, zog sie ganz gemächlich die Handbremse an, stieg aus, schloß den Wagen ab und verstaute die Schlüssel im Reißverschlußfach ihrer Handtasche.

Was konnte schon passieren, fragte sie sich. Was konnte schlimmer sein als das Wissen, daß die eigene Mutter einen Menschen getötet hatte? Was Charles Rooney ihr zu sagen hatte, konnte sie daher wohl kaum noch schocken. Sie hegte nur die verschwommene Vorstellung, er könnte vielleicht Ordnung in das Durcheinander ihrer Gedanken bringen, damit sie ein für allemal Naomi als die Frau akzeptieren konnte, die sie heute war, und die Vergangenheit endlich abgeschlossen wurde.

Der Fahrstuhl trug sie von der Garage in die gedämpfte Stille des mit Teppichboden ausgelegten Korridors der fünften Etage. Zu beiden Seiten des Flurs waren große Fenster und Glastüren mit Namensschildern. Hinter den Türen arbeiteten Menschen an riesigen Computeranlagen.

Kelsey erschauerte. Wie fühlte man sich wohl, wenn man einen ganzen langen Arbeitstag wie auf dem Präsentierteller sitzen mußte, den Blicken der Vorübergehenden hilflos ausgesetzt? Es mußte ein schreckliches Gefühl sein, wenn man hinter Glas gefangensaß, während draußen der Frühling lockte.

Über sich selbst verblüfft, schüttelte Kelsey den Kopf. Es war noch gar nicht so lange her, daß es ihr ähnlich ergangen war. Wie sehr sich doch in den paar Monaten ihre Anschauungen und Erwartungen geändert hatten.

Rooneys Ermittlungsdienst lag in der südlichen Ecke des Gebäudes. Es handelte sich dabei weder um ein Ein-Mann-Unternehmen, noch wirkte das Büro so schäbig und vernachlässigt, wie Detektivagenturen oft im Fernsehen dargestellt wurden.

Hier würde sie wohl kaum eine Whiskyflasche in der Schreibtischschublade finden, schmunzelte Kelsey, als sie die Glastür öffnete und von sanfter Hintergrundmusik und Gardenienduft begrüßt wurde.

Die Blumen blühten in großen Kübeln neben einer pastellfarbenen Sofagarnitur. An den Wänden hingen Drucke von Monets Wasserlilien, und auf einem imitierten Queen-Anne-Teetisch stapelten sich Ausgaben von *Southern Home*.

Die Frau, die hinter dem riesigen Ebenholzschreibtisch in der Mitte des Raumes saß, wirkte ebenso aufpoliert wie ihre Umgebung. Als Kelsey eintrat, blickte sie von ihrem Bildschirm hoch und bedachte sie mit einem professionellen, jedoch überraschend herzlichen Lächeln.

»Kann ich Ihnen helfen?«

»Ich habe einen Termin bei Mr. Rooney.«

»Miß Monroe? Sie sind ein bißchen früh dran. Nehmen Sie bitte Platz, ich schaue mal, ob Mr. Rooney schon Zeit für Sie hat.«

Kelsey ließ sich neben den Gardenien nieder, schlug eine Zeitschrift auf und versuchte die nächsten zehn Minuten einen Fotobericht über die prunkvolle Einrichtung einer Vorkriegsvilla außerhalb von Raleigh zu lesen. Aber ihr schlechtes Gewissen plagte sie.

Sie hätte nicht kommen sollen. Und sie hätte sich schon gar nicht unter dem Namen anmelden sollen, den sie nicht mehr trug und den sie nicht mehr haben wollte. Welches Recht hatte sie überhaupt, ihre Nase in Naomis Angelegenheiten zu stecken? Sie sollte wirklich besser gehen und der Empfangsdame sagen, sie hätte es sich anders überlegt.

Sie wäre mit Sicherheit nicht die erste, die Hals über Kopf aus einem Detektivbüro flüchtete. Und selbst wenn, was machte das schon?

Sie sollte lieber im Stall sein und mit Honor arbeiten.

Trotzdem blieb sie sitzen, bis die Empfangsdame ihren Namen nannte und sie in Rooneys Büro führte.

Zu beiden Seiten des Innenflurs lagen weitere Türen. Kein Glas diesmal, wie Kelsey bemerkte, was hinter diesen Türen vorging, war nicht zu sehen. Diskretion war das A und O in diesem Geschäft.

Wie konnte sie erwarten, daß Rooney ihr Auskünfte gab, auch wenn der Fall schon dreiundzwanzig Jahre zurücklag?

Weil es ihr gutes Recht war, sagte sich Kelsey, und straffte ihre Schultern, und weil sie Naomi Chadwicks Tochter war.

»Mr. Rooney. Miß Monroe ist hier.« Die Empfangsdame öffnete einen Flügel der schweren Eichentür, ließ Kelsey eintreten und zog sich taktvoll zurück.

Der unpersönlich wirkende Raum war einfach und funktionell möbliert. Sein einziger Schmuck bestand aus einem großen präparierten Fisch mit Glasaugen an der Wand und einem Regal voller Modellschiffe. Der Mann, der sich hinter dem Schreibtisch erhob, sah aus wie der sprichwörtliche gute Onkel von nebenan. Leichter Bauchansatz, schütter werdendes Haar, ein rundes Gesicht und hängende Schultern. Sein Schlips saß schief, als hätte er ihn eben noch zu lockern versucht.

Rooneys Stimme klang ruhig und freundlich; ein Tonfall, den er bewußt einsetzte, um seinen Klienten die Nervosität zu nehmen.

»Tut mir leid, daß ich Sie habe warten lassen, Miß Monroe. Möchten Sie eine Tasse Kaffee?« Er wies auf eine Kaffeemaschine auf dem Tisch hinter sich. »Ich habe immer frischen da, um in Schwung zu bleiben.«

»Nein, danke. Aber bedienen Sie sich nur.« Kelsey nahm Platz und nutzte die Zeit, in der er sich Kaffee einschenkte, um ihn und seine Umgebung aufmerksam zu mustern.

Ein ganz gewöhnlicher Mann in einem ganz gewöhnlichen Büro. Wie hatte er nur einen so vernichtenden Einfluß auf das Leben so vieler Menschen haben können?

»Also, Miß Monroe, Sie haben anklingen lassen, daß Sie Hilfe in einem Sorgerechtsstreit benötigen.« Er setzte sich und rührte zerstreut in dem Kaffeebecher herum. Ein Notizblock lag schon bereit. »Sie sind geschieden?«

»Ja.«

»Und das Kind? Bei welchem Elternteil liegt augenblicklich das Sorgerecht?«

Kelsey holte tief Atem, der Augenblick der Wahrheit war gekommen. »Ich selbst bin das Kind, Mr. Rooney.« Ihre Hände krallten sich um ihre Tasche, doch sie wich seinem Blick nicht aus. »Monroe ist der Name meines Exmannes, doch ich habe ihn abgelegt und wieder meinen Mädchennamen angenommen. Dieser lautet Byden, Kelsey Byden.«

Sie sah sofort, daß ihm dieser Name etwas sagte. Er hielt mitten im Rühren inne, und seine Pupillen weiteten sich, so daß seine Augen einen Augenblick lang schwarz statt grün wirkten.

»Verstehe. Sie erwarten von mir, daß ich mich an den Namen und den Fall erinnere. Natürlich tue ich das. Sie sehen Ihrer Mutter bemerkenswert ähnlich. Ich hätte Sie sofort erkennen müssen.«

»Daran hatte ich gar nicht gedacht. Sie müssen sie ja damals recht häufig gesehen haben, schließlich haben Sie sie observiert.«

Der Anflug von Abscheu in ihrer Stimme entging ihm nicht. »Das gehört zu meinem Job.«

»Dieser spezielle Job hat eine Lawine ausgelöst. Mein Vater hat Sie angeheuert, Mr. Rooney?«

»Miß Byden – Kelsey – ich kann an Sie nur als Kelsey denken«, sagte Rooney, der versuchte, sie einzuschätzen. »Sorgerechtsprozesse sind nie sehr angenehm. Sie waren damals zum Glück noch zu klein, um alle schmutzigen Einzelheiten mitzubekommen. Wie Sie wissen, wurde ich engagiert, um den ... Lebenswandel Ihrer Mutter zu dokumentieren, damit dem Antrag Ihres Vaters auf das alleinige Sorgerecht stattgegeben würde.«

»Und was haben Sie über ihren Lebenswandel herausgefunden?«

»Darüber kann ich Ihnen keine Auskunft geben.«

»Ein großer Teil ist der Öffentlichkeit bereits bekannt. Ich glaube kaum, daß Sie nach all diesen Jahren noch an Ihre Schweigepflicht gebunden sind.« In der Hoffnung, ihn umstimmen zu können, beugte sie sich vor und verlieh ihrer Stimme einen flehentlichen Klang: »Ich muß es wissen. Ich bin kein Kind mehr, das man vor derlei Dingen bewahren muß. Ich finde, ich habe ein Recht darauf zu erfahren, was sich damals genau abgespielt hat.«

Wie war es möglich, daß er dieses Gesicht nicht sofort wiedererkannt hatte, fragte sich Rooney, daß er in diese Augen geschaut hatte, ohne zu bemerken, daß Naomis Tochter vor ihm saß? »Ich fühle ja mit Ihnen, Miß Byden, aber ich kann Ihnen wirklich so gut wie nichts sagen.«

»Sie sind ihr gefolgt. Sie haben Fotos und Notizen gemacht, Berichte verfaßt, Sie kannten sie, Mr. Rooney. Und Sie kannten Alec Bradley.«

»Ich soll sie gekannt haben?« Rooney neigte den Kopf. »Ich habe weder mit Naomi Chadwick noch mit Alec Bradley jemals auch nur ein einziges Wort gewechselt.«

Kelsey dachte gar nicht daran, sich mit solchen Beteuerungen abspeisen zu lassen. »Sie haben sie zusammen gesehen – auf Partys, auf der Rennbahn, im Klub. Sie sahen sie in jener Nacht, in der er ins Haus kam. Rein rechtlich gesehen haben Sie Ihre Kompetenzen weit überschritten, als Sie die belastenden Fotos schossen.«

Das hatte Rooney nicht vergessen. Er hatte überhaupt nichts vergessen, was mit diesem Fall zusammenhing.

»Zugegeben, ich habe mich da auf ziemlich dünnem Eis bewegt. Wahrscheinlich war ich übereifrig.« Er lächelte betreten, während ihm die Erinnerungen durch den Kopf schossen. »Mit Hilfe der heutigen Technologie wäre es mir möglich, dasselbe zu tun, ohne dabei eine Rechtswidrigkeit zu begehen.« Er führte den Kaffeebecher zum Mund.

»Sie haben sich doch eine Meinung über Naomi gebildet. Ich nehme an, es gehört zu Ihrem Job, objektiv zu urteilen. Aber wenn man das Leben eines Menschen so genau unter die Lupe nimmt, dann bildet man sich doch zwangsläufig eine Meinung.«

Wieder rührte Rooney in seinem Kaffee, obwohl sich der gehäufte Teelöffel Zucker, den er hineingetan hatte, längst aufgelöst hatte. »Das ist über zwanzig Jahre her.«

»Sie erinnern sich an sie, Mr. Rooney. Sie haben weder sie noch irgend etwas von dem, was damals geschah, vergessen.«

»Sie war eine schöne Frau«, sagte Rooney langsam. »Eine Frau voller Lebensfreude, die damals in etwas hineingeraten ist, was ihr über den Kopf wuchs.«

»In die Sache mit Alec Bradley?«

Über sich selbst verärgert legte Rooney den Löffel beiseite, wobei sein Notizblock ein paar Spritzer abbekam. »Mit Bradley, ja. Wie Sie schon sagten, ist der Öffentlichkeit bekannt, daß Naomi Chadwick wegen Mordes an Alec Bradley festgenommen und verurteilt wurde.«

»Und Ihr Foto hat dazu beigetragen.«

»Ja.« Lebhaft erinnerte sich Rooney daran, wie er auf den Baum geklettert war, mit klopfendem Herzen und vor der Brust baumelnder Kamera. »Man könnte sagen, ich war zur rechten Zeit am rechten Ort.«

»Naomi sagt, es sei Notwehr gewesen, Alec Bradley habe sie bedroht und vergewaltigen wollen.«

»Ich weiß, daß sie das ausgesagt hat. Aber sie konnte es nicht beweisen.«

»Sie waren doch dabei! Sie müssen doch gesehen haben, ob sie Angst hatte, ob er sie bedroht hat!«

Wie ein Mann, der im Begriff ist, ein lang geprobtes Gebet zu sprechen, faltete Rooney die Hände auf seinem Schreibtisch und antwortete: »Ich sah, wie sie ihn ins Haus ließ. Sie tranken etwas, sie stritten sich. Heute wie damals kann ich nicht bezeugen, was genau zwischen ihnen gesprochen wurde. Dann gingen sie nach oben.«

»Sie ging nach oben«, verbesserte Kelsey. »Er folgte ihr.«

»Ja, soweit ich das sagen kann. Ich ergriff die Gelegenheit beim Schopf und kletterte auf den Baum, weil ich dachte, sie würden in ihr Schlafzimmer gehen.«

»Weil er dort schon öfter war?« bohrte Kelsey weiter.

»Nein, ich habe nichts dergleichen beobachtet. Aber es war erst die dritte Nacht, die ich den Besitz observiert hatte, und die erste, in der die anderen Mitglieder des Haushalts abwesend waren.«

Er hielt die Hände gefaltet und die Augen ruhig und fest auf sie gerichtet. »Einige Minuten vergingen. Beinahe wäre ich wieder vom Baum geklettert. Doch dann kamen sie ins Schlafzimmer, Naomi zuerst. Sie schienen sich immer noch zu streiten.«

Er erinnerte sich an den Ausdruck in Naomis Gesicht. Ärger und Abscheu zeichneten sich darauf ab und Angst, ja, auch Angst.

»Für eine kurze Zeit hat sie mir den Rücken zugekehrt.« Er räusperte sich. »Dann fuhr sie herum und hatte die Waffe in der Hand. Ich konnte sie beide durch das Fenster sehen. Er hob die Hände und wich zurück, sie schoß.«

Kelsey war, als griffe ein eisiger Finger nach ihrem Hals. »Und dann?«

»Und dann erstarrte ich regelrecht vor Schreck. Ich bin nicht stolz darauf, aber ich war noch jung. Ich hatte noch nie ... ich konnte mich nicht rühren«, betonte er. »Ich sah, wie sie zu der Stelle ging, wo er zusammengebrochenwar, und sich über ihn beugte. Ich sah, wie sie zum Telefonhörer griff. Dann hab' ich mich davongemacht und mich in mein Auto gesetzt, bis ich die Sirenen hörte.«

»Sie haben nicht die Polizei verständigt?«

»Nein, nicht sofort jedenfalls. Das war töricht von mir und hätte mich meine Lizenz kosten können. Aber dann ging ich hin, gab ihnen den Film und machte meine Aussage.« Er löste seine ineinander verschränkten Hände, denn seine Finger schmerzten schon vor dem Druck. »Ich habe nur meine Arbeit getan.«

»Und alles, was Sie sahen, war eine schöne, lebenssprühende Frau, der die Situation über den Kopf wuchs und die deshalb einen Mann getötet hat.«

»Ich wünschte, ich könnte Ihnen etwas anderes sagen. Ihre Mutter hat ihre Strafe abgesessen. Es ist lange vorbei.«

»Nicht für mich.« Kelsey erhob sich. »Und wenn ich Sie nun engagieren würde, Mr. Rooney? Jetzt und hier? Ich möchte, daß Sie dreiundzwanzig Jahre zurückgehen und den Fall neu aufrollen. Ich will alles über Alec Bradley wissen.«

Kalte Angst stieg in Rooney hoch. »Lassen Sie die Dinge ruhen, Kelsey. Sie ändern nichts, indem Sie alte Wunden aufreißen. Glauben Sie, Sie tun Ihrer Mutter einen Gefallen, wenn Sie sie das alles noch einmal durchleben lassen?«

»Vielleicht nicht. Aber ich will zurückgehen, Schritt für Schritt, bis ich alles verstehe. Werden Sie mir helfen?«

Er musterte sie aufmerksam, sah aber eine andere Frau vor sich, eine Frau, die blaß und gefaßt in einem überfüllten Gerichtssaal saß, äußerlich gefaßt. Nur ihre Augen verrieten sie, diese verzweifelten Augen.

»Nein, das werde ich nicht tun. Und ich rate Ihnen, sich das gut zu überlegen. Denken Sie an die Konsequenzen.«

»Ich habe mir alles sehr gut überlegt, Mr. Rooney. Und ich komme immer wieder zu demselben Schluß. Meine Mutter hat die Wahrheit gesagt, und ich werde das beweisen, mit oder ohne Ihre Hilfe. Guten Tag!«

Lange nachdem die Tür hinter Kelsey zugefallen war, saß Rooney immer noch regungslos da. Als seine Hände nicht länger zitterten, griff er zum Telefon und wählte.

Ihr nächstes Ziel war die Universität. Während der langen Wartezeit in dem engen Büro ihres Vaters konnte sie sich beruhigen. Es war Balsam für ihre Seele, wieder von Büchern umgeben zu sein, die vertrauten Gerüche und Geräusche aufzunehmen. Vermutlich war sie deswegen immer wieder hierher zurückgekehrt. In dieser Welt war Lernen oberstes Gebot, und auf jede Frage gab es eine Antwort.

Philip trat ein und wischte sich Kreideflecken von den Fingern. »Kelsey! Jetzt ist mein Tag gerettet. Ich wäre schon früher hiergewesen, aber ich hab' mein Seminar ein bißchen überzogen.«

»Ach, das Warten macht mir nichts aus. Ich hatte gehofft, daß du ein paar Minuten Zeit für mich hast.«

»Die ganze nächste Stunde.« Eigentlich wollte er sie ja dazu verwenden, seine letzte Vorlesung für heute vorzubereiten, aber das konnte warten. »Wenn du den restlichen Nachmittag Zeit hast, dann führe ich dich zum Essen aus, sobald ich hier fertig bin.«

»Heute nicht, danke. Ich habe noch etwas zu erledigen. Dad, ich muß mit dir reden.«

»Mach dir wegen deiner Großmutter keine Sorgen. Ich regele das schon.«

»Deswegen mache ich mir auch keine Sorgen. So wichtig ist die Sache nicht.«

»O doch.« Er faßte sie an den Schultern und streichelte ihre Arme. »Ich werde einen derartigen Bruch innerhalb der Familie nicht dulden, und schon gar nicht den Versuch, dich um dein Erbe zu bringen.« Erregt ging er in dem kleinen Raum auf und ab, wie er es immer tat, wenn er über etwas nachdachte. »Deine Großmutter ist eine bewundernswerte und beeindruckende Frau, Kelsey. Ihre schwache Seite ist leider, daß sie unter dem Vorwand der Liebe bei der Familie nur ihre eigenen Wertvorstellungen durchsetzen will.«

»Du mußt sie nicht in Schutz nehmen oder ihre Handlungsweise rechtfertigen. Ich weiß, daß sie mich auf ihre Weise liebt. Nur ist ihre Weise nicht immer leicht zu ertragen.« War nie leicht zu ertragen gewesen, korrigierte sich Kelsey im stillen. »Ich weiß auch, daß sie es nicht gewöhnt ist, daß ihr jemand in die Quere kommt. Aber diesmal muß sie akzeptieren, was ich aus meinem Leben mache. Ich kann mich davon nicht beeinflussen lassen.«

Philip blieb stehen und nahm einen gläsernen Briefbeschwerer von seinem Schreibtisch. »Ich möchte nicht, daß ihr euch entzweit.«

»Ich auch nicht.«

»Wenn wir beide gemeinsam zu ihr gehen würden . . .«

»Nein.«

Seufzend nahm er seine Brille ab und putzte sie; mehr

aus Gewohnheit als aus Notwendigkeit. »Kelsey, sie ist nicht mehr jung, und sie ist deine Großmutter.«

Aha, dachte Kelsey. So versuchte er, sie milde zu stimmen. »Es tut mir leid, aber ich kann in diesem Fall keine Zugeständnisse machen. Ich weiß, daß du zwischen die Fronten geraten bist. Auch das tut mir leid. Diesmal kann Milicent nicht ihren Willen durchsetzen, Dad, und wenn wir mal ganz ehrlich sind: Ich war nie das, was sie wollte.«

»Kelsey . . .«

»Ich bin Naomis Tochter, und das hat sie nie vergessen können. Jetzt kann ich nur hoffen, daß sie im Laufe der Zeit einsieht, daß ich auch deine Tochter bin.«

Vorsichtig klappte Philip seine Brille zusammen und legte sie auf seinen mit Papieren übersäten Schreibtisch, neben eine zerlesene Ausgabe von *King Lear*. »Sie liebt dich, Kelsey. Sie kämpft nur gegen die Umstände.«

»Ich bin der Anlaß für die Umstände«, entgegnete Kelsey ruhig. »Ich bin das Motiv und der Anlaß, ein Kind, um das zwei Menschen gekämpft haben, die schon lange nichts mehr füreinander empfanden. Daran führt kein Weg vorbei.«

»Es ist doch lächerlich, daß du dir Vorwürfe machst.«

»Keine Vorwürfe, das ist nicht das richtige Wort. Aber vielleicht fühle ich mich in gewisser Hinsicht verantwortlich. Ja, das ist es«, bestätigte sie, als er den Kopf schüttelte. »Dir und ihr gegenüber. Deswegen bin ich hier. Du mußt mir erzählen, was passiert ist.«

Philip war plötzlich der ganzen Sache überdrüssig. Erschöpft rieb er sich die Stirn. »Das haben wir doch alles schon hinter uns, Kelsey.«

»Du hast das Thema nur grob umrissen. Du hast dich in jemanden verliebt, den du trotz des Widerstandes deiner Familie geheiratet hast. Du hattest ein Kind mit dieser Frau. Und irgendwann einmal muß etwas zwischen euch schiefgegangen sein.«

Sie trat zu ihm. Zwar litt sie darunter, ihm Schmerz zufügen zu müssen, aber sie mußte die Wahrheit wissen. »Ich bitte dich ja nicht, mir jede Kleinigkeit auseinanderzusetzen, aber du kanntest schließlich die Frau, die du geheiratet hast, du hast sie einmal geliebt. Wenn du also bereit warst, sie vor ein Gericht zu bringen, um das Sorgerecht für dein Kind zu erstreiten, wenn du Anwälte und Privatdetektive zu Hilfe gerufen hast, dann mußt du einen Grund dafür gehabt haben. Einen triftigen Grund. Ich will ihn wissen.«

»Du warst der Grund«, antwortete Philip schlicht. »Ich wollte dich bei mir haben. Sicher teilweise aus egoistischen Gründen, aber du warst der beste Teil von uns beiden. Ich war überzeugt, daß du bei mir besser aufgehoben wärst als bei deiner Mutter. Du solltest nicht in dieser ... unsteten Atmosphäre aufwachsen.«

Hatte er sich damals geirrt? fragte sich Philip. Hatte er sich geirrt? Wie oft hatte er sich diese Frage schon gestellt, sogar dann noch, als ihm die Ereignisse recht gegeben hatten.

»Deine Großmutter und ich haben die Angelegenheit ausführlich besprochen«, fuhr Philip fort. »Sie war entschieden dagegen, daß Naomi das alleinige Sorgerecht bekommen sollte, und am Ende stimmte ich ihr zu. Die Entscheidung fiel mir nicht leicht, aber ich war überzeugt, richtig zu handeln.«

Er blickte zu ihr hoch, und wie er die Frau ansah, erinnerte er sich an das Kind. »Ich wollte dich nicht verlieren, Kelsey, und ich wollte kein Wochenendvater werden, dessen Rolle bald Naomis nächster Mann übernehmen würde. Und mit dem Lebenswandel, den sie in den Monaten nach der Trennung führte, legte sie es offensichtlich darauf an, mich zu provozieren. Ihre Anwälte hatten sie sicherlich beschworen, sich diskret zu verhalten, also tat sie das genaue Gegenteil, buhlte um die Gunst der Presse, gab Anlaß zu Klatsch. Ich war gar nicht begeistert von der Idee mit dem Privatdetektiv, aber ich brauchte handfeste Beweise. Also überließ ich das den Anwälten.«

»Du hast Rooney nicht persönlich engagiert?«

»Nein, ich – woher kennst du seinen Namen?«

»Ich komme gerade aus seinem Büro.«

»Kelsey!« Philip packte seine Tochter am Arm. »Was bezweckst du damit? Was versprichst du dir davon?«

»Antworten. Eine ganz spezielle Antwort.« Ihre Finger schlossen sich um die seinen. »Ich werde dich ganz direkt fragen: Glaubst du, daß Naomi Alec Bradley ermordet hat?«

»Es gibt keinen Zweifel, daß ...«

»Daß sie ihn getötet hat«, sagte Kelsey schroff. »Aber Mord? Hat sie ihn ermordet? War die Frau, die du kanntest, die Frau, die du geliebt hast, eines Mordes fähig?«

Er zögerte, spürte, wie seine Tochter seine Hand umklammerte. »Ich weiß es nicht«, erwiderte er schließlich. »Ich wünschte von ganzem Herzen, ich könnte es dir sagen.«

Als letztes an diesem Tag stattete Kelsey den Anwälten ihrer Mutter einen Besuch ab. Auch hier erreichte sie wenig, denn die Anwälte beriefen sich auf ihre Schweigepflicht. Sie verließ das vornehme Büro unzufrieden, aber entschlossen.

Es gab immer einen Weg, sagte sie sich. Für jedes Problem fand sich letztendlich eine Lösung, man benötigte bloß die Fakten, die Formel und die Geduld, beides zu kombinieren. Schade, daß ihre Begabungen mehr bei Philosophie und Kunst lagen als bei Mathematik und den Naturwissenschaften.

Sie war entmutigt, was sie auf ihre Erschöpfung zurückführte. Sie mußte sich eingestehen, daß sie zu müde war, um Naomi Märchen über den Verlauf ihres Nachmittags zu erzählen. Und so fuhr sie statt zu ihrer Mutter nach Longshot.

Wenn Gabe nicht zu Hause war, würde sie nach Three Willows zurückfahren und sich mit einer Ausrede – Kopfschmerzen vielleicht – in ihr Zimmer zurückziehen.

Noch eine Notlüge, Kelsey? fragte sie sich ungehalten. Wenn sie noch lange so weitermachte, würde sie nicht nur zu einer ausgezeichneten Lügnerin werden, sondern es auch bald für selbstverständlich betrachten, die Unwahrheit zu sagen.

Sie ging auf das Haus zu, aber anstatt zu klopfen setzte sie sich einfach auf die Treppe und schaute in die milchiger werdende Sonne.

Ein oder zwei Stunden noch, dann würde sie untergehen, sinnierte Kelsey. Ob der Vogel, der vorm Fenster sein Lied anstimmte, wohl eine Gefährtin hatte? Wenn ja, würde ihre Antwort bei Anbruch der Dämmerung ertönen – weich, süß und lockend.

Die Pflanzen hier gediehen prächtig; ein Blütenmeer, das die Luft mit Duft erfüllte. Leuchtendgelbe Primeln, kecke Stiefmütterchen, dahinter ein Gitter, das bald von Wickenranken überwuchert sein würde. Die Fliederbüsche standen in voller Blüte und verströmten einen schweren, süßen Wohlgeruch. Überall auf dem Rasen lagen die kleinen lila Blüten verstreut.

An einem so beschaulichen, stillen Plätzchen lebte dieser Mann voller Energie und Leidenschaft.

Kelsey hörte, wie die Tür hinter ihr geöffnet wurde und Schritte näher kamen. Mit einer Selbstverständlichkeit, die sie selbst erstaunte, lehnte sie sich an ihn, als er sich neben sie setzte und den Arm um sie legte.

»Ich hab' dein Auto gesehen.«

»Wer hat die Blumen gepflanzt?«

»Ich. Das ist mein Besitz.«

»Mein Vater ist Hobbygärtner. In Georgetown hatte ich einen entzückenden kleinen Hinterhof, also habe ich natürlich Kurse in Gartenbau und Landschaftsgestaltung belegt. Der Garten ist mir auch wirklich gut gelungen, aber an den meines Vaters reichte er nicht heran. Es gibt Dinge, die kann man nicht aus Büchern lernen.«

»Ich pflanze das, was mir gerade gefällt.«

»Wenn ich noch einmal einen Garten hätte, würde ich das genauso machen.«

»Ich will dort drüben einen Steingarten anlegen.« Gabe deutete zum Fuß eines Hügels hinüber. »Warum hilfst du mir nicht dabei?«

Lächelnd schmiegte sie ihr Gesicht an die warme Haut seines Halses. »Ich würde vorher schnurstracks in die nächste Bücherei marschieren. Ich kann nichts dafür.«

»Also müßten wir Logik und Marotten in Einklang bringen, ehe wir die nächstgelegene Baumschule räubern.« Er tippte mit dem Finger unter ihr Kinn, um ihr Gesicht zu sich hinzudrehen. »Was liegt dir auf der Seele, Kelsey?«

Auf einmal wurde ihr klar, daß sie sich ihm ohne Bedenken anvertrauen konnte. Es gab nichts, was sie ihm nicht sagen konnte. »Ich habe heute etwas begonnen, das ich auch zu Ende führen werde. Jeder hat mich gewarnt, schlafende Löwen zu wecken, aber darauf kann und will ich nicht hören.« Sie atmete tief durch und wich ein Stück zurück, so daß sie sich nicht länger berührten. »Glaubst du, daß meine Mutter Alec Bradley ermordet hat?«

»Nein.«

Kelsey zwinkerte verwirrt und schüttelte dann den Kopf. »Einfach nur nein? Ohne Zögern, ohne Einschränkung?«

»Du hast gefragt, ich habe geantwortet.« Gabe bückte sich und pflückte eine Freesie ab, die er ihr reichte. »Ist es nicht viel wichtiger, was du glaubst?«

Wieder schüttelte sie den Kopf: »Du kannst nein sagen, einfach nein, obwohl du sie gar nicht kennst?«

»Nicht direkt.«

»Nicht direkt?« Kelsey‹ hob den Kopf. »Was soll das heißen?«

»Ich hatte von ihr gehört, und ich hatte sie auch schon gesehen.« Gabe neigte den Kopf und spielte mit ihren Haarspitzen. »Ich treibe mich schon ziemlich lange auf der Rennbahn herum, Kelsey, und ich erinnere mich, sie hier und da gesehen zu haben.«

»Da mußt du doch noch ein Kind gewesen sein.«

»Nicht in dem Sinne, wie du meinst. Aber es stimmt, ich kannte sie nicht gut und habe mir kein klares Bild von ihr machen können. Aber jetzt kenne ich sie.«

»Und?«

Sie wollte präzisere Auskünfte, dachte Gabe. Die würde sie immer verlangen. Nur war er nicht sicher, ob er sie ihr geben konnte. »Ich habe nicht zuletzt deshalb überlebt, weil ich in den Menschen lesen kann wie in einem Buch. Achte auf die Mimik, die Gestik, den Tonfall. Nimm zum Beispiel Spieler, Psychiater oder Polizisten. Alle diese Leute müssen über eine derartige Begabung verfügen, oder sie gehen unter. Naomi hat zwar den Abzug betätigt, aber keinen Mord begangen.«

Mit geschlossenen Augen schmiegte sie sich wieder an ihn. Die Blume, die er ihr gegeben hatte, verbreitete einen zarten, lieblichen Duft. »Das ist auch meine Überzeugung, Gabe. Aber vielleicht will ich einfach nur nicht akzeptieren, daß meine Mutter zu Recht verurteilt worden ist. Was meine Überzeugung trotzdem nicht erschüttert. Heute habe ich den Detektiv aufgesucht, der damals gegen sie ausgesagt hat.«

Seine Reaktion darauf war nur: »Du bist wohl überhaupt nicht auf den Gedanken gekommen, mich zu bitten, dich zu begleiten?«

»Das schon. Aber ich wollte das allein durchstehen.« Sie zuckte die Achseln. »Viel gebracht hat es eh' nicht. Er hat mir nichts gesagt, was ich nicht schon wußte. Und als ich ihn engagieren wollte, um mehr über Alec Bradley herauszufinden, hat er mich abblitzen lassen.«

»Was wolltest du denn wissen?«

»So ziemlich alles. Meine Mutter ist nur ein Teil des Puzzles.« Kelsey machte sich los. »Was für ein Mann war er? Was wollte er eigentlich? Naomi sagte, er wurde grob und versuchte, sie zu vergewaltigen. Was war der Auslöser?«

»Hast du sie mal danach gefragt?«

»Das möchte ich nur tun, wenn es gar nicht anders geht. Sie würde abblocken, Gabe. Sicher, sie würde mir sagen, was sie weiß, aber das könnte die Fortschritte, die wir machen, zum Stillstand bringen. Und das will ich nicht riskieren.«

»Naomi war nicht die einzige, die ihn kannte.«

Diese Möglichkeit hatte Kelsey auch schon erwogen – und wieder verworfen. »Ich kann ja wohl kaum auf der Rennbahn herumlaufen und Fragen stellen, die anderen Pferdebesitzer oder die Pfleger ausquetschen. Was ich dabei in Erfahrung bringen könnte, wiegt den Klatsch, der daraus resultieren würde, nicht auf.«

»Was hast du dann vor?«

»Ich kenne den Namen des Beamten, der den Fall bearbeitet hat. Er ist mittlerweile pensioniert und lebt in Reston.«

»Wie ich sehe, hast du deine Hausaufgaben erledigt.«

»Ich war schon immer eine gute Studentin. Ich werde diesem Tipton einen Besuch abstatten.«

Gabe nahm ihre Hand und zog sie hoch, bis sie stand. »*Wir* werden ihm einen Besuch abstatten.«

20

»Ist schon lange her, Roscoe.« Tipton schüttelte Rossi die Hand. »Wie kommt's, daß du noch nicht auf meinem alten Stuhl sitzt?«

»Ich arbeite dran, Captain.«

»Komm, setz dich, und wir trinken einen Schluck.« Tipton machte es sich in einem Schaukelstuhl bequem und bediente sich aus einer kleinen Kühlbox, in der ein Sechserpack Budweiser stand. »Wie geht's deiner Frau?«

Rossi nahm die Dose, die Tipton ihm reichte, und riß sie auf. »Welcher?«

»Ach ja, ich vergaß. Du bist ja ein doppelter Verlierer.« Kichernd stieß Tipton mit seiner Dose die von Rossi an und trank einen Schluck. »Scheidung ist schon fast eine Berufskrankheit, stimmt's? Na ja, ich hatte Glück.«

»Wie geht's Mrs. Tipton?«

»Frisch und munter wie eh und je.« In Tiptons rauher Stimme schwang eine tiefe Zuneigung mit. »Zwei Wochen nachdem ich in Pension gegangen bin, hat sie einen Job angenommen.« Belustigt schüttelte er den Kopf. »Behauptet, sie bräuchte Beschäftigung, jetzt, wo die Kinder aus dem Haus sind. Dabei wissen wir beide, daß die Arbeit sie nur davon abhalten soll, mir bei der nächstbesten Gelegenheit auf den Schädel zu schlagen. Also hab' ich meine Werkstatt im Schuppen, und sie verkauft Schuhe.« Lächelnd nahm er noch einen Schluck. »Ich hatte wirklich Glück, Roscoe. Nicht jede Frau kann mit einem Polizisten leben, ob er nun aktiv oder pensioniert ist.«

»Wem sagst du das?« Zwei Frauen und zwei Scheidungen innerhalb von zwölf Jahren hatten Rossi das nur allzu drastisch vor Augen geführt. »Du siehst gut aus, Captain.«

Was nicht zu leugnen war. In den drei Jahren seit seinem Ausscheiden aus dem aktiven Dienst hatte Tipton ein paar Pfund zugelegt, aber es stand ihm gut. Die harten Linien, die der Job in sein Gesicht gegraben hatte, waren durch das zusätzliche Gewicht verschwunden. Er wirkte entspannt und zufrieden.

»Vielen Leuten bekommt der Ruhestand nicht«, bemerkte Tipton. »Macht sie alt. Aber ich fühle mich prächtig, ich hab' ja noch meine Werkstatt – den Stuhl habe ich übrigens auch selbst gemacht.«

»Wirklich?« Rossi schaute den wackeligen Schaukelstuhl genau an. Der Anstrich konnte nicht darüber hinwegtäuschen, daß der Stuhl einen deutlichen Linksdrall hatte.

»Außerdem habe ich jetzt schon drei Enkel und Zeit genug, um mich an ihnen zu freuen. Meine Frau und ich denken daran, diesen Herbst einen Wanderurlaub zu machen.«

»Klingt, als hättest du alles, was du willst, Captain.«

»Verdammt richtig. Ein langer, ruhiger Lebensabend ist die Belohnung für ein erfolgreiches Arbeitsleben.«

»Und am Erfolg gibt es ja keinen Zweifel.« Rossi nippte an seinem Budweiser. Eigentlich bevorzugte er Importbier, doch er hütete sich, das zu sagen. »Vermutlich interessieren dich die beruflichen Dinge jetzt nicht mehr. Aber hast du von dem Fall, den ich gerade bearbeite, gelesen?«

»Manchmal werfe ich einen Blick auf die Schlagzeilen.« In Wahrheit verschlang er sie regelrecht.

»Der Pferdepfleger, der im März in Charlestown ermordet wurde.«

»Erstochen und dann zertrampelt. Du hattest den Fall abgeschlossen«, erinnerte sich Tipton. »Ein anderer Pfleger war's, Lipsky. Beging Selbstmord.«

»Das ist noch nicht raus.« Rossi lehnte sich zurück und beobachtete ein Spatzentrio, das mit Getschulpe um ein offensichtlich in Heimarbeit entstandenes Vogelhäuschen im Garten herumflatterte. Darunter saß eine rotgetigerte Katze und beobachtete sie geduldig.

Für Außenstehende mußten sie wie zwei Männer wirken, die sich die Zeit mit Fachsimpeleien vertrieben, dachte er. »Kein Abschiedsbrief, kein Hinweis auf Selbstmordabsichten. Und die Methode paßte nicht ins Bild. Paß mal auf.«

So präzise wie in einem schriftlichen Bericht legte Rossi Tipton die Fakten dar, von Lipskys Rauswurf bis hin zu seinem Tod. »Wir haben es hier mit einem Mann zu tun, dem leicht die Sicherung durchbrannte, der zu Gewalttätigkeit neigte und der etwas von Pferden verstand. Kein Typ, der sich leicht Freunde schaffte. Bei uns kein Unbekannter. Überfall, Körperverletzung, unehrenhafte Entlassung aus der Armee.«

Das Bild eines Mannes, der sich eher aus dem Staub machen würde, statt sich einen Giftcocktail zu mixen.« Tipton hatte eine Weile daran zu knacken. »Aber er hätte sich das Zeug beschaffen können.«

»Er hätte das gekonnt wie auch jeder andere. Er hatte es – vielleicht aus persönlichen Gründen – auf Slaters Pferd abgesehen. Seine Entlassung hat ihm gar nicht geschmeckt, also sinnt er auf Rache. Der alte Mann erwischt ihn, er gerät in Panik. Jetzt hat er einen Menschen auf dem Gewissen. Warum haut er nicht ab, Captain? Warum verkriecht er sich in einem Motel, das nur eine Stunde von Charlestown entfernt liegt?«

»Weil er auf jemanden wartet. Jemanden, der ihm weitere Anweisungen erteilt.«

»Und dieser Jemand hat ihm einen Höllendrink gemixt. Auf der Ginflasche haben wir keine Fingerabdrücke gefunden. Sie ist abgewischt worden.«

Dieser besondere Aspekt entlockte Tipton ein Lächeln. Kleine Fehler, dachte er. Er hatte immer auf kleine Fehler der Verbrecher gewartet, so wie seine alte Katze darauf wartete, daß einer der Spatzen einen Fehler machte.

»Also hast du einen ungeklärten Mordfall am Hals. Hast du diesen Slater mal unter die Lupe genommen?«

»Hab' ihn mir vorgeknöpft. Interessanter Mann. Über den gehen viele Gerüchte um. Hat schon mal gesessen.«

»Weswegen?«

»Illegales Glücksspiel. Ein paar Monate früher, und er

wäre noch unter das Jugendstrafgesetz gefallen.« Zerstreut tippte Rossi mit den Fingern gegen die Stuhllehne. »Seitdem ist er nicht mehr straffällig geworden. Hauptsächlich auf der Straße aufgewachsen. Die Mutter starb, als er noch ein Kind war. Der Vater hat sich aus Schwierigkeiten immer wieder herausgewunden. Paarmal verhaftet worden – Betrug, Fälschung, ungedeckte Schecks. Ein Kleinganove und Spieler. Hat vor ein paar Jahren in Taos eine Nutte vermöbelt. Aalglatt. Sein Sohn ist ihm durchgegangen, als er vierzehn war, hat Mist gebaut und seine Strafe dafür abgesessen, seitdem ist er sauber. Ich kann nicht beschwören, daß er Lipsky nicht erledigt hat, aber er wäre anders vorgegangen. Direkter.«

»Wen hättest du denn sonst noch anzubieten?«

»Keinen Topverdächtigen. Hast du das Derby im Fernsehen gesehen?«

»Roscoe, es gibt nur eine echte Sportart, und das ist Baseball.« Vielsagend tippte er an seine Kappe. »Ich hab' da was munkeln gehört, daß sich ein Pferd das Bein gebrochen haben soll.«

»Das Pferd wurde gedopt, und zwar mit einer Überdosis, und ist eingegangen. Slaters Gaul hat das Rennen gewonnen.«

»Soso.« Tipton leerte seine Bierdose. »Worauf willst du hinaus, Roscoe?«

»Ich bin mir nicht sicher. Der Kreis ist groß, und das Ganze geht dreiundzwanzig Jahre zurück. Naomi Chadwick, Captain. Was kannst du mir über sie sagen?«

»Seltsam.« Tipton zertrat die leere Dose. »Den Namen höre ich heute schon zum zweiten Mal. Die Tochter hat mich heute morgen angerufen.« Er schaute auf seine Uhr. »Sie müßte gleich hier sein.«

»Kelsey Byden kommt hierher?«

»Sie will mit mir über ihre Mutter reden.« Tipton lehnte sich im Schaukelstuhl zurück und genoß das quietschende Geräusch, das er erzeugte. »Auf einmal ist alles wieder gegenwärtig.«

»Du hättest auf der Farm bleiben sollen«, brummte Kelsey. »Bis zum Belmont ist es nur noch eine Woche.«

»Jamie kommt auch ohne mich klar.« Lächelnd nahm Gabe die nächste Kurve. »Das ist ihm sogar lieber.«

»Ich mache mir Vorwürfe, weil ich dich gerade jetzt von deiner Arbeit abhalte. Ich wäre auch allein zurechtgekommen.«

»Kelsey.« Geduldig griff Gabe nach ihrer Hand und küßte sie. »Sei still.«

»Kann ich nicht, bin viel zu nervös. Dies ist der Mann, der meine Mutter festgenommen, verhört und ins Gefängnis gebracht hat. Und ich will ihn bitten, mir dabei zu helfen, ihm einen Fehler nachzuweisen. Naomi habe ich auch schon wieder belogen. Ich habe ihr gesagt, wir fahren spazieren.«

»Tun wir doch auch.«

»Darum geht es doch nicht. Ich täusche sie, und Moses, und alle anderen. Und weshalb? Um diesen idiotischen Drang zu befriedigen, mich zu vergewissern, daß ich nicht von einer Mörderin abstamme.«

»Ist das der Grund?«

»Nein.« Kelsey rieb sich die Augen. »Ich weiß nicht. Zum Teil vielleicht. Vererbung kann mitunter ziemlich erschreckend sein.« Sie zuckte zusammen, kaum daß die Worte heraus waren. »Ich wollte damit nicht sagen, daß ausschließlich Vererbung den Charakter prägt. Da wäre noch das Umfeld . . .« Entnervt brach sie ab.

»Und ich habe was beides betrifft schlechte Karten«, murmelte er. »Ich hab' mich schon gefragt, wann du zwei und zwei zusammenzählst.«

»Das tue ich nicht«, sagte Kelsey, die sich hätte ohrfeigen können. »Ich weiß gar nicht, was ich eigentlich tue. Aber es hat nichts mit dir oder meinen Gefühlen für dich zu tun.«

»Laß uns das jetzt mal klarstellen.« Er hatte zu hoch gepokert. Wie konnte er nur so dumm sein und hoffen, daß dieser Moment nie kommen würde? Aber wenn er schon verlor, dann im großen Stil. »Du zweifelst wegen deiner

Familiengeschichte an dir. Nein«, sagte er, als sie ihn unterbrechen wollte, »jetzt legen wir die Karten auf den Tisch. Und zweifelst auch an mir.«

Er beschleunigte das Tempo und ging mit halsbrecherischer Geschwindigkeit in die Kurven, um so seine innere Spannung abzubauen.

»Das stimmt nicht, Gabe. Wenn ich Zweifel gehabt hätte, dann hätte ich nicht mit dir schlafen können.«

»O doch. In der Hitze des Augenblicks wirft man Verstand und Zweifel leicht über Bord. Und im Bett passen wir ausgezeichnet zusammen. Aber früher oder später meldet sich der Verstand wieder zu Wort. Ich habe schlechtes Blut, Kelsey, das ist eine Tatsache.«

Obwohl er merkte, daß ihre Augen prüfend und abwägend auf seinem Gesicht ruhten, hielt er den Blick auf die Straße gerichtet.

»Deine Herkunft verfolgt dich wie ein Schatten, egal was für eine Fassade du dir auch aufbaust. Ich habe Dinge gesehen und getan, die deine Moralvorstellungen bis in die Grundmauern erschüttern würden. Ich betrüge nicht, und ich trinke nicht, aber das ist auch schon alles. Tatsache ist, daß ich haben wollte, was Cunningham gehörte, und ich fand einen Weg, es zu bekommen. Ich wollte dich ins Bett kriegen, und dafür hätte ich so ziemlich alles getan.«

»Verstehe.« Nun starrte sie auf die Straße. Die Geschwindigkeit machte ihr keine Angst, sondern er. »Also geht es nur um Sex.«

Einen Moment lang schwieg er, und beide schauten auf die vor ihnen liegende Straße. »Nein. Ich wünschte bei Gott, es wäre so.«

Mit einem tiefen Seufzer schloß Kelsey die Augen. »Fahr an den Rand«, murmelte sie. Als er nicht reagierte, setzte sie sich in ihrem Sitz auf. »Fahr rechts ran«, befahl sie fest, »und halt den gottverdammten Wagen an.«

Die Reifen quietschten, als Gabe voll auf die Bremse trat und das Steuer so hart herumriß, daß Schotter hochflog. »Wenn du dir einbildest, daß ich dich hier rauslasse, dann hast du dich geirrt. Entweder bringe ich dich nach Reston oder zurück nach Hause!«

»Ich habe nicht die Absicht, hier auszusteigen.«

»Na wunderbar. Du solltest lieber begreifen, daß ich nicht vorhabe, dich gehen zu lassen, nicht jetzt und auch nicht später. Ich habe dir bereits die Chance gegeben zu gehen.«

Noch nie hatte sie ihn so außer sich erlebt. »Das hast du nicht.«

Er packte sie am Revers und riß sie zu sich herum. »Das war deine einzige Chance. Du gehörst mir. Pfeif auf dein Richtig und Falsch, Kelsey, auf deine noble Erziehung und auf alles, was mir im Weg steht. Kampflos gebe ich dich nicht auf.«

Kelseys Temperament begann mit ihr durchzugehen. »Prima. Da du diese unmögliche, vorsintflutliche Ansicht vertrittst, scheint es mir nicht ganz passend, dir zu sagen, daß ich dich liebe.«

Einen Moment lang erschlaffte jeder Muskel seines Körpers, und er sank in sich zusammen. Kelseys Augen blitzten herausfordernd. Doch er war total perplex.

»Das kannst du doch gar nicht beurteilen.«

Kelsey schlug zu. Beide waren überrascht, als ihre Faust ihn genau in die Magengrube traf.

»Was fällt dir ein?« Wütend stieß sie seine Hände weg. »Diese Einstellung steht mir bis hier! Ich hab' es satt, daß die Menschen, an denen mir etwas liegt, mir immer unterstellen, daß ich meine Gefühle nicht kenne! Glaub mir, ich kenne sie sehr gut. Und obwohl es mir eigentlich gewaltig gegen den Strich geht, liebe ich dich. Jetzt laß den verdammten Motor an, damit wir's hinter uns bringen.«

Gabe hätte noch nicht einmal ein Dreirad von der Stelle bewegen können. »Gib mir noch eine Minute.«

Kelsey schnaubte vernehmlich, schlug die Beine übereinander und verschränkte die Arme. »Gut. Laß dir nur Zeit. So habe ich Gelegenheit, darüber nachzudenken, wie ich es dir heimzahlen kann.«

»Komm mal her.«

Kelsey holte aus und bekam ihren eigenen Ellenbogen ab, als er nach ihr griff. »Hände weg!«

»Okay. Ich hatte mir nur vorgestellt, daß ich dich dazu in den Arm nehme, wenn ich dir sage, daß ich dich auch liebe.«

Nachdenklich, aber noch nicht nachgiebig drehte sie sich ein Stück zu ihm hin. »Hast du dir das schon lange vorgestellt?«

»Eine Zeitlang. Ich dachte, es würde vorübergehen, wie eine Krankheit.« Als sie herumfuhr, hob er ergeben beide Hände. »Nicht schon wieder schlagen!«

»Mal sehen.« Bloß nicht lachen, mahnte sie sich, egal, wie sehr er sie auch provozierte. »Eine Krankheit?«

»Genau. Nur hatte ich eine kleine Eigenart vergessen. Sie verschwindet nicht wieder, sondern nistet sich bei dir ein und schlägt zurück, wenn deine Abwehrmechanismen nachlassen.« Er zog ihre geballte Faust an die Lippen. »Ich habe versucht, damit zu leben.«

»Und wie klappt das?«

»Jetzt geht's schon besser.« Er lehnte seine Stirn an ihre. »Was für ein Timing. Wir sollten zu Hause sein, und zwar allein.«

»Macht nichts.« Kelsey senkte den Kopf, so daß ihre Lippen seine streiften. »Das holen wir nach.« Sie drückte ihn an sich. »Wie kann alles um mich herum so in Aufruhr und das hier so . . . so richtig sein?«

»Das ist die Gunst der Stunde.« Er schob sie von sich, um ihr in die Augen sehen zu können. »Wir müssen nur dafür sorgen, daß es so bleibt.«

»Für den Augenblick ist es genug, Gabe.« Liebevoll strich sie ihm über die Wange. »Sogar mehr als genug.«

Als das Paar aus dem flotten Schlitten, den sie in seiner Einfahrt geparkt hatten, ausstieg, stand für Tipton sofort fest, daß es sich um Liebende handelte. Der Mann legte seiner Begleiterin nur die Hand auf die Schulter, und sie blickte nur zu ihm auf und lächelte ihn an. Doch Tipton war sich seiner Sache sicher.

Dann bemerkte er, daß die Frau Naomi fast aufs Haar glich, der Naomi, die er damals hinter Gitter gebracht hatte.

Feine Unterschiede gab es schon, die seinem geschulten Auge nicht entgingen. Der Mund der Tochter war weicher und großzügiger geformt, ihre Wangenknochen weniger ausgeprägt, und der Gang wirkte fließender. Naomi pflegte damals energisch und kraftvoll auszuschreiten; eine Art zu gehen, die die Aufmerksamkeit eines jeden Mannes im Umkreis von einer Meile auf sie lenkte.

Trotzdem war er froh, daß Kelsey Byden vorher angerufen hatte. Es wäre ein zu großer Schock gewesen, unvermutet das Abbild der Frau, die er niemals ganz vergessen hatte, auf sich zukommen zu sehen.

»Captain Tipton.« Ihr Lächeln verblaßte, als sie seinen Besucher sah. »Lieutenant Rossi. Ich habe nicht damit gerechnet, Sie hier anzutreffen.«

»Die Welt ist klein, nicht wahr?« Es bereitete ihm großes Vergnügen, sie herauszufordern. Zufrieden griff er nach der zweiten Dose Bier. Schließlich war er ja nicht im Dienst. »Darf ich die Vorstellung übernehmen? Kelsey Byden, Gabriel Slater, mein früherer Vorgesetzter, Captain James Tipton.«

»Roscoe hat schon immer Wert auf Etikette gelegt.« Tipton grinste, als Kelsey bei der Erwähnung des Spitznamens eine Braue hochzog. »Setzen Sie sich und trinken Sie ein Bier mit.«

»Mr. Slater trinkt keinen Alkohol«, bemerkte Rossi.

»Hmm. Ich glaube, meine Frau hat Eistee gemacht. Roscoe, sei doch so nett und hole unseren Gästen eine Erfrischung.«

»Das wäre nett.« Voll Vergnügen, Rossi in die Rolle eines Bediensteten drängen zu können, machte Kelsey es sich auf der obersten Stufe bequem. »Danke, daß Sie sich für uns Zeit genommen haben, Captain.«

»Nicht der Rede wert. Zeit habe ich wahrhaftig genug. Wie geht es Ihrer Mutter?«

»Sehr gut, danke. Sie erinnern sich also noch an sie?«

»Ich vergesse nicht so leicht.« Tipton änderte seine Taktik, um das Terrain zu sondieren. »Roscoe sagte mir, daß Glückwünsche angebracht sind, Mr. Slater. Sie besitzen ein Pferd, das die Triple Crown gewinnen könnte. Nicht, daß ich viel davon verstehe. Baseball ist eher mein Fall.«

Auch Gabe verstand es, taktisch vorzugehen. »Dieses Jahr würde ich auf die Birds setzen. Ihre Werfer sind in Topform, und sie machen das Innenfeld so dicht, daß nicht mal eine Mücke durchschlüpfen kann.«

»Ganz genau.« Tipton schlug sich vergnügt mit der Hand aufs Knie. »Haben Sie gesehen, wie sie letzte Nacht die Jays geputzt haben? Gottverdammte Kanadier!«

Grinsend zog Gabe eine Zigarre hervor. »Ich hab' gerade noch die letzten Innings mitbekommen.« Er bot Tipton eine Zigarre an und gab ihm Feuer. »Das Spiel hat meinen Assistenztrainer fünfzig Dollar gekostet, die hab' ich ihm abgeknöpft.«

Tipton paffte genüßlich. »Ich selbst wette nie.«

Gabe hielt sein Feuerzeug an seine eigene Zigarre und betrachtete Tipton über die Flamme hinweg. »Ich schon.« Er stieß den Rauch aus und nickte Rossi, der mit zwei hohen Gläsern in der Hand zurückkam, zu. »Danke.«

»Roscoe ist ein Fußballfan. All meine Erziehungsversuche haben ihn nicht zu einer intelligenteren Sportart bekehren können.«

»Langsam entwickele ich Interesse für den Sport der Könige.« Rossi nahm wieder Platz. »Ich werde das Belmont-Rennen im Auge behalten, Mr. Slater.«

»Wie viele andere auch.«

»Die junge Dame ist bestimmt nicht hergekommen, um sich über Sport zu unterhalten.« Tipton bedachte Kelsey mit einem freundlichen Lächeln, »sondern wegen eines Mordes.«

»Was können Sie mir über Alec Bradley sagen, Captain?«

Tipton verzog leicht die Lippen. Sie hatte ihn aus dem Konzept gebracht, war er doch überzeugt gewesen, daß sie sich auf ihre Mutter konzentrieren würde. Da seine

Neugier geweckt war, versuchte er, die Uhr zurückzudrehen. »Alec Bradley, zweiunddreißig, stammte aus Palm Beach. War mal mit einer bestimmt fünfzehn Jahre älteren Frau verheiratet. Die Scheidung hat sie einiges gekostet. Offenbar hat er sich gerade so über Wasser gehalten, bis er Ihre Mutter kennenlernte.«

»Wovon hat er gelebt?«

»Von Frauen.« Tipton zuckte die Achseln. »Hat sich aushalten lassen. Wenn er gut genug bei Kasse war, wettete er auf Pferde. Besaß einen Smoking.« Er unterbrach sich, um einen Schluck Bier zu trinken. »Den trug er auch, als er getötet wurde.«

»Sie mochten ihn nicht«, stellte Kelsey sachlich fest.

Aus Spaß und um seine Gedanken zu sammeln, blies Tipton drei Rauchringe in die Luft. »Zu seinen Lebzeiten habe ich ihn zwar nicht gekannt, aber trotzdem. Nach alldem, was die Ermittlungen über ihn ans Licht brachten, war er nicht gerade ein Mann, den ich mir nach Hause einladen würde. Er hatte es sich zum Beruf gemacht, verheiratete Frauen – *reiche* verheiratete Frauen – auszunehmen. War die Geschichte beendet, haben sie ihn mit Geld oder Geschenken abgefunden oder anderen interessierten Ehefrauen vorgestellt. Zahlten sie ihm nicht genug, verlegte er sich auf Erpressung. Zu meiner Zeit bezeichnete man solche Männer als Gigolos. Wie man sie heute nennt, weiß ich nicht.«

»Abschaum«, meinte Gabe leichthin und erntete ein zustimmendes Nicken vom Captain.

Slater hat Geschmack, dachte Tipton. Was Zigarren betraf und auch bei Frauen. »Das trifft den Nagel auf den Kopf. Aber der Mann hatte was. Gute Manieren, eine gute Erziehung, und einen Familienstammbaum, der bis zu einem aufgeblasenen englischen Earl zurückging. Und er kannte sich mit Frauen aus, hatte einen Blick für verheiratete Damen, die sich keinen Skandal erlauben konnten.«

»Meine Mutter war geschieden, Captain.«

»Und sie steckte mitten in einem Sorgerechtsprozeß. Wenn sie den gewinnen wollte, durfte das Techtelmechtel mit Bradley nicht auffliegen.«

»Aber sie hat sich öffentlich mit ihm gezeigt.«

»Sie hat gesellschaftlich mit ihm verkehrt«, stimmte Tipton zu. »Es schien sie nicht zu stören, daß die Leute ihr ein Verhältnis mit ihm unterstellten. Es gab aber keine Beweise.« Er schnippte Zigarrenasche in eine leere Bierdose. »Man munkelte auch, daß Bradley gern teures weißes Pulver schnupfte. Auch das konnte niemand beweisen. Bis er tot war.«

»Drogen.« Kelsey erblaßte, fuhr jedoch tapfer fort: »Meine Mutter erwähnte niemals irgendwelche Drogen, und in den Zeitungsberichten stand auch nichts davon.«

»Auf Three Willows gab es keine Drogen«, seufzte Tipton. Kelsey Augen, die denen ihrer Mutter so sehr glichen, brachten ihm alle Erinnerungen zurück. »Die Farm war sauber, und Ihre Mutter auch. Aber in Bradleys Blut haben wir eine Mischung aus Alkohol und Kokain gefunden.«

»Wenn das zutrifft, dann könnte er doch durchgedreht und gewalttätig geworden sein, so, wie meine Mutter ausgesagt hat.«

»Es gab keinerlei Anzeichen eines Kampfes. Der Spitzenbesatz am Nachthemd Ihrer Mutter war zerrissen.«

Tipton faßte sich an die Brust, um ihr die Stelle zu zeigen. »Sie hatte ein paar blaue Flecken; nichts, was sie sich nicht selber hätte zufügen können.«

»Und warum hat sie dann nicht auch ein paar Tische umgeworfen und ein paar Lampen zerbrochen?«

Kluges Kind, dachte er. »Diese Frage habe ich ihr auch gestellt.«

»Und was hat sie darauf geantwortet?«

»Das erste Mal saßen wir unten, weil der Polizeifotograf im Schlafzimmer noch Aufnahmen machte. Sie hatte sich einen dicken Bademantel über ihr Nachthemd gezogen.« Als ob sie entsetzlich frieren würde, erinnerte sich Tipton, als ob sie noch unter dem schweren gesteppten Stoff zittern würde. »Als ich sie fragte, herrschte sie mich an: ›Vielleicht hab' ich nur nicht dran gedacht‹.«

Lächelnd schüttelte er den Kopf. »Sie war stinksauer auf mich und gab ständig solche Antworten, bis ihre Anwälte ihr jede Aussage verboten. Das zweite Mal verhörte ich sie auf dem Revier. Sie rauchte eine Zigarette nach der anderen. Als ich ihr dieselbe Frage noch einmal stellte, meinte sie, sie wünschte, sie hätte das Zimmer etwas durcheinandergebracht, weil ihr dann vielleicht jemand Glauben schenken würde.«

Er stellte seine Bierdose weg und seufzte tief: »Und wissen Sie was, Miß Byden? Ich glaubte ihr. Das habe ich, kurz ehe Sie kamen, auch zu Roscoe gesagt.«

Kelsey massierte ihre eingeschlafenen Beine und stand mühsam auf. »Sie haben ihr also geglaubt. Sie glaubten, daß sie die Wahrheit sagte, und sie haben sie trotzdem ins Gefängnis gebracht?«

»Ich habe ihr geglaubt«, wiederholte Tipton. Seine Augen wurden schmal und fixierten sie, es waren die Augen eines Polizisten. »Aber die Beweislast war erdrükkend. Ich habe einige schlaflose Nächte damit verbracht, nach Entlastungsmaterial zu suchen. Ich konnte allein auf mein Gefühl bauen, und ich habe nur meinen Job erledigt, Miß Byden. Ich habe sie festgenommen, sie verhört und vor Gericht meine Aussage gemacht. Das getan, was ich tun mußte.«

»Das ist also Ihre Rechtfertigung vor sich selbst.« Kelsey ballte die Fäuste. »Damit können Sie leben? Sie wußten, daß sie die Wahrheit sagt!«

»Ich glaubte ihr«, korrigierte Tipton. »Glauben heißt nicht wissen.«

»Tja, Roscoe, da wären wir nun.« Tipton sah dem Jaguar nach, der gerade aus der Einfahrt bog. »Wie oft sieht man schon graue Augen? Ohne Grün darin, ohne Blau, nur Rauch. Augen wie diese vergißt man nie.«

»Naomi Chadwick hatte es dir angetan, Captain. Das heißt aber noch lange nicht, daß sie die Wahrheit gesagt hat.«

»O ja, sie hatte es mir angetan. Ich war ein glücklich verheirateter Mann, Roscoe, und hab' nicht ein einziges Mal was mit einer anderen angefangen. Aber ich habe über

Naomi Chadwick nachgedacht. Habe ich ihr geglaubt, weil sie meinem Inneren etwas zum Klingen gebracht hat?« Seufzend zuckte er die Achseln und zerdrückte seine zweite Bierdose. »Ich weiß es nicht. Ganz sicher war ich mir nie. Aber der Staatsanwalt bestand auf einem Haftbefehl, er wollte sie vor Gericht bringen. Die Beweise waren da, also tat ich meine Pflicht.«

Rossi betrachtete sein zweites Budweiser. »Was hast du von Charles Rooney gehalten?«

»Dem Privatdetektiv? Ein ganz heißer Tip damals. Zu seinen Klienten gehörte viele, die Rang und Namen hatten. Er bearbeitete hauptsächlich Scheidungsfälle. Ich hab' mich auf ihn und seine Story verlassen. Er hatte die Fotos, die Berichte, und er hatte die Anwälte der Bydens hinter sich.«

»Er war Zeuge eines Mordes und hat sich nicht sofort gemeldet.«

»Darauf haben wir ihn auch festgenagelt. Gab an, er sei total von der Rolle gewesen. Dachte, er würde scharfe Sexfotos schießen und wurde statt dessen Zeuge eines Mordes. Angeblich saß er noch immer in seinem Auto, als die Bullen kamen. Er hat über jede Minute Rechenschaft abgelegt.«

»Und dann drei Tage gewartet, bis er die Fotos rausrückte.«

Tipton zog seine buschigen Augenbrauen zusammen. »Wie tief willst du da buddeln, Roscoe?«

»So tief wie nötig.« Rossi stellte die halbvolle Dose zwischen die Beine, stützte die Hände auf seine Knie und beugte sich vor. »Vor dreiundzwanzig Jahren hattest du ein totes Pferd während eines Rennens, Drogen, einen Selbstmord und einen Mord. Heute habe ich einen Mord, einen verdächtigen Todesfall, der nach Selbstmord riecht, ein totes Pferd während eines Rennens und Drogen. Klingelt's jetzt bei dir?«

»Du bist ein guter Polizist, Roscoe.« Wie ein Jagdhund nahm Tipton die Witterung auf. »Wer von den alten Bekannten ist denn in dieser Runde noch dabei?«

»Das müssen wir herausfinden. Kannst du dich eventuell von deinem Hobbyraum losreißen und mir bei meinen Nachforschungen helfen?«

Langsam breitete sich ein Lächeln auf Tiptons rundem Gesicht aus, und er sagte: »Ich könnte es einrichten.«

»Ich hatte gehofft, daß du das sagen würdest. Könntest du mir alles über den Jockey, der sich erhängt hat, Benedict Morales, Benny, erzählen, was du weißt?«

Als Gabe in die Toreinfahrt von Longshot einbog, straffte Kelsey sich in ihrem Sitz. »Gabe, ich sollte besser nach Hause fahren. Ich bin heute keine angenehme Gesellschafterin.«

»Allerdings nicht.« Er parkte den Wagen und stellte den Motor ab. »Aber ich halte es für besser, wenn du hier aus der Haut fährst statt in Three Willows, wo du Naomi Rede und Antwort stehen mußt.«

»Ich bin sowas von wütend!« Kelsey sprang aus dem Wagen und knallte die Tür zu. »Er hat sie ins Gefängnis geschickt, obwohl er ihr glaubte.«

»Nicht die Polizisten schicken dich ins Gefängnis, Kelsey, sondern die Geschworenen. Du kannst es mir glauben, ich habe es am eigenen Leib erfahren.«

»Der springende Punkt ist, daß sie zehn Jahre hinter Gittern gesessen hat. Ist es nicht so?«

»Der springende Punkt ist«, sagte er, während er sie am Arm nahm und ins Haus führte, »daß all das Schnee von gestern ist. Ändern kannst du nichts mehr. Wieviel bist du denn bereit zu riskieren, um die Zeit zurückzudrehen und zu beweisen, daß ein Fehler gemacht wurde?«

Fassungslos starrte sie ihn an. »Riskieren? Was ist denn in dich gefahren? Das Risiko zählt nicht, es ist bedeutungslos. Man hat ihr Unrecht getan, das muß wiedergutgemacht werden.«

»Schwarz und Weiß?«

Kelseys Magen krampfte sich kurz zusammen. »Na und wenn?«

»Ich meine nur«, entgegnete er schlicht, »du solltest die

Grauzonen nicht vegessen, Kelsey. Du wirst nicht alles, was du vielleicht herausfindest, fein säuberlich in die eine oder andere Kategorie einordnen können.«

Sie trat einen Schritt zurück und schuf damit eine Distanz, die weit über das Räumliche hinausging. »Du möchtest, daß ich aufgebe?«

»Ich möchte nur, daß du vorbereitet bist.«

»Worauf?«

Bewußt überwand er die Distanz zwischen ihnen, indem er ihr die Hände auf die Schultern legte. »Nicht jeder, der dir am Herzen liegt, ist perfekt. Und nicht jeder, der dir etwas bedeutet, wird es dir danken, wenn du zwanzig Jahre alten Staub wieder aufwirbelst.«

Mit einem verärgerten Achselzucken versuchte Kelsey seine Hände abzuschütteln, ohne Erfolg. »Mir ist durchaus klar, daß Naomi nie eine Heilige war – oder ist. Weder erwarte ich Perfektion, Slater, noch suche ich danach. Aber ich will die Wahrheit wissen.«

»Schön. Hoffentlich kannst du sie auch vertragen. Und du brauchst gar nicht erst zu versuchen, mich loszuwerden.« Gabe lächelte, als sie seine Hände fortschieben wollte. »Das erste, was du wissen mußt, ist, daß man an die Karten gebunden ist, die man auf der Hand hat. Und wir beide werden unser Blatt gemeinsam ausspielen.«

»Ich will dich nicht loswerden, ich überlege nur, was als nächstes zu tun ist.«

»Dabei kann ich dir helfen.« Gabe zog sie enger an sich, und seine Hände glitten zart über ihren Rücken. »Du mußt dich ein bißchen entspannen. Geh schwimmen.«

»Ich habe keinen Badeanzug dabei.«

»Mein Liebling, darauf habe ich gehofft.« Er küßte sie auf eine Weise, die ihr fast den Verstand raubte. »Danach kannst du mir dann beweisen, daß die Berichte über deine Kochkünste nicht gelogen waren.«

Der Gedanke, etwas zur Ruhe zu kommen, war verlokkend. Zufrieden seufzend bog Kelsey den Kopf zurück und sagte: »Du meinst, ich soll für dich kochen?«

»Genau. Danach werde ich dich nach oben tragen und dich verführen.«

»Und was ist das, was du jetzt gerade tust?«

»Das ist nur ein Vorgeschmack. Morgen, wenn du ausgeruht bist und wieder klar denken kannst, sehen wir weiter.«

»Klingt vernünftig.«

Seine Lippen wanderten wieder zu ihrem Mund. Er wußte, daß es nicht ganz fair von ihm war, gewisse Ideen für sich zu behalten, doch er wollte den angespannten Ausdruck von ihrem Gesicht verscheuchen. Und mit ihr feiern, daß sie sich gefunden hatten. Eine Nacht nur sollten sie sich allein auf diese Tatsache konzentrieren.

»Dann laß uns auch vernünftig sein.« Er gab sie frei und strich an ihren Armen hinunter, bis sich ihre Hände ineinander verschlangen. »Ich liebe dich.«

Ihr Herz schlug schneller. »Wie kann ich da widersprechen?«

21

Moses sah zu, wie die Stuten im sanften Morgenlicht ihre Fohlen zum Wasser führten. Er kannte die Rangordnung so gut wie die Tiere. Zuerst kam wie immer die hochmütig mit dem Schweif schlagende Big Bess, dann Carmen, die eigenwillige Fuchsstute, gefolgt von Trueheart, bis hin zu der scheuen, zurückhaltenden Sunny, die das Schlußlicht bildete.

Die Fohlen tollten sorglos und ausgelassen um ihre Mütter. Sie konnten nicht ahnen, dachte Moses wehmütig, daß sie in einigen Wochen entwöhnt und von der Mutterstute getrennt würden.

Einige würden zu Galoppern ausgebildet, andere auf Jährlingsauktionen versteigert werden. Vielleicht zeigte auch eines der Fohlen ganz andere Anlagen und konnte zum Springreiten oder zur Dressur verwendet werden. Von Dressur hielt Moses wenig, es erschien ihm so oberflächlich wie Schönheitswettbewerbe. Einige der Hengstfohlen würden kastriert werden, andere durften ihre Anlagen weitergeben.

Und vielleicht hatte eines der Fohlen das Zeug zu einem echten Champion. Es gab immer ein nächstes Derby, tröstete er sich, immer eine nächste Chance.

Eventuell der dort, der kleine Kastanienbraune mit der Blesse, der immer fast hochmütig den Kopf zurückwarf, weswegen Naomi ihn Tomorrow's Arrogance genannt hatte. Was Körperbau und Erbanlagen betraf, hielt Moses ihn für geeignet, ob er auch noch das Herz eines Champions hatte, würde sich im Laufe der Zeit zeigen.

Moses war schwer ums Herz. Er hatte beim Derby zu viel aufs Spiel gesetzt, obwohl er es eigentlich besser wissen mußte. Seine Vorfahren hätten ihn davor gewarnt, die Götter zu versuchen. Trotzdem hatte er all seine Wünsche und Hoffnungen in ein Zwei-Minuten-Rennen gelegt.

Und dafür einen viel zu hohen Preis bezahlt.

»Sind sie nicht wunderschön?« hörte er Kelseys Stimme hinter sich. »Kaum zu glauben, daß sie in einem Jahr schon einen Sattel tragen.«

Moses schob die Hände in die Hosentaschen und behielt die Fohlen im Auge. »Also hast du dich entschlossen, dich doch noch hier sehen zu lassen?«

»Tut mir leid. Ich bin ein bißchen zu spät dran.«

»Ein bißchen zu spät – heute. Gestern warst du einen halben Tag weg. Und vorgestern auch.«

»Ich hatte einige Dinge zu erledigen.«

»Dinge.« Er drehte sich zu ihr um, wohl wissend, daß er Kelsey als Blitzableiter für seine schlechte Laune benutzte. Verdient hatte sie es. »Für jeden, der hier arbeitet, steht nur eins an erster Stelle, und das sind die Pferde.«

Gereizt marschierte er auf die Ställe zu. Kelsey trottete schuldbewußt hinterdrein. »Entschuldige, Moses, aber es ließ sich wirklich nicht vermeiden.«

Ihre Absätze gruben sich in den Boden, als er unverhofft stehenblieb und sie anschnauzte: »Hör zu, Kleine, das hier ist kein Spielplatz. Du mußt deine ganze Kraft einsetzen, den ganzen Tag lang, jeden Tag. Denn wenn du's nicht tust, muß es ein anderer ausbaden. Eine derartig lasche Arbeitseinstellung dulde ich hier nicht. Wo warst du zum Beispiel gestern, als du dich eigentlich um dein Pferd kümmern und deine täglichen Anweisungen vom Jährlingsbetreuer entgegennehmen solltest?«

»Ich war . . .« Kelseys Zunge schien wie gelähmt. »Eine Privatangelegenheit.«

»Von jetzt ab erledigst du private Dinge in deiner Freizeit. Ich verschwende doch nicht meine Zeit mit dir! Du kannst jetzt mit dem Ausmisten der Ställe anfangen.«

»Aber ich – ich muß doch mit Honor arbeiten!«

»Sie ist schon an der Longe. Wenn sie fertig ist, kannst du sie abkühlen. Hoffentlich hast du bald eine Mistgabel in der Hand!«

Er drehte sich auf dem Absatz um und verschwand in seinem Büro. Die Pfleger und Stallburschen, die gespannt zugehört hatten, wandten sich sofort wieder ihrer Arbeit zu. Alle genossen einen öffentlich ausgetragenen Streit, aber niemand ließ sich gern beim Lauschen ertappen.

»So, damit bist du ins Team aufgenommen.« Naomi ging zu ihrer Tochter und strich ihr beschwichtigend über den Rücken. »Wenn er dich nicht akzeptieren würde, hätte er nie so mit dir gesprochen.«

»Er hätte mich ja auch unter vier Augen zurechtweisen können«, knurrte Kelsey. »Was zum Teufel denkt er sich eigentlich? Nur weil ich ein paar Stunden brauchte . . .« Fluchend brach sie ab. »Es war wichtig für mich.«

»Manchmal vergessen wir alle, daß dieses Gestüt nicht der Mittelpunkt der Welt ist. Aber du bist schließlich nicht verpflichtet, dich von diesem Fieber anstecken zu lassen. Es ist nun mal so, daß die meisten Besitzer sich nur halb so viel um die alltägliche Arbeit kümmern. Wenn du lieber . . .«

»Du traust mir also auch nicht zu, daß ich es schaffe.« Auf Kelseys Wangen zeigten sich leuchtendrote, hektische Flecken. »Du glaubst auch nicht, daß ich bei der Stange bleibe.«

»Das habe ich doch gar nicht sagen wollen, Kelsey.«

»Ach nein? Warum sollte es diesmal auch anders sein! Ich hatte doch immer Job auf Job, hatte ständig wechselnde Interessen. Warum sollte irgend jemand es für möglich halten, daß mir diese Arbeit mehr bedeutet als Anzeigen zu entwerfen oder das Herumführen von Touristengruppen? Klar, wenn ich alles andere wieder aufgeben konnte, warum dann nicht auch dies?« Kelsey warf ihr Haar zurück. »Weil es diesmal anders ist. Alles ist anders.«

Abrupt wandte sie sich ab und stolzierte zu den Ställen hinüber.

Naomi seufzte nur. Es gab doch kein besseres Mittel, die eigenen Probleme zu vergessen, als die Zwistigkeiten der einem Nahestehenden zu schlichten. Wenn man die unterschiedlichen Temperamente der beiden berücksichtigte, war es für Kelsey wohl das beste, sich eine Weile mit der Mistgabel abzureagieren. Also begann sie mit Moses.

Er saß an seinem Schreibtisch und kläffte Renos Agenten durchs Telefon an. »Nein, ich stelle ihn nicht für Belmont auf. Er ist noch nicht soweit, und High Water hat unter Corelli bei den Preakness Stakes den zweiten Platz gemacht. Er und der Hengst verdienen die Chance. Ja, das ist mein letztes Wort!«

Er schnitt der klagenden Stimme aus dem Hörer das Wort ab, indem er einfach auflegte.

»Ich setze doch keinen verstörten Jockey mit einer lädierten Schulter in den Sattel.«

»Da stimme ich dir voll und ganz zu.« Bereit, Frieden zu stiften, setzte sich Naomi auf eine Ecke des Schreibtischs. »Und Reno auch. Er weiß selbst, daß er noch nicht wieder in Form ist.« Besänftigend legte sie eine Hand über die seine. »Warst du nicht eben ein bißchen zu streng mit Kelsey?«

Moses' Gesicht verdüsterte sich, und er entzog ihr seine Hand. »In welcher Funktion bist du hier? Als Besitzerin oder als Mutter?«

»Ich bin einfach hier, Moses«, erwiderte sie und beließ es dabei. »Ich weiß, daß sie sich kürzlich häufiger freigenommen hat. Ich weiß aber auch, daß sie irgend etwas bedrückt. Und ich weiß auch«, fuhr sie ruhig fort, »daß dich etwas bedrückt.«

»Eins nach dem anderen, Naomi.« Moses stieß sich vom Tisch ab. »Kelsey hat ihre Pflichten vernachlässigt. Vielleicht ist der Reiz des Neuen schon verblaßt.«

Erstaunt sah sie ihn an. In seinem Gesicht zeichnete sich neben Ärger auch Bekümmerung ab. »Vielleicht mußte sie einfach nur einige Dinge regeln. Wir dürfen nicht vergessen, daß sie in sehr kurzer Zeit sehr viele Zugeständnisse machen mußte. Ich hatte angenommen, daß du mit ihrer Arbeit bislang zufrieden, ja, sogar beeindruckt davon warst.«

»Bis jetzt«, betonte Moses. »In den letzten Tagen war ich alles andere als zufrieden, geschweige denn beeindruckt. Sie brauchte eine Abreibung, und die hab' ich ihr verpaßt. Vielleicht hast du vergessen, daß so etwas auch zu meinem Job gehört. Wenn du allerdings möchtest, daß sie bevorzugt behandelt wird . . .«

»Das habe ich ja gar nicht gesagt.« Nun klang auch Naomis Stimme ärgerlich. »Aber ich kenne dich, Moses. Wegen ein paar kleiner Fehler stauchst du niemanden vor versammelter Mannschaft zusammen. Wo bleibt dein Sinn für Gerechtigkeit?«

Er drehte sich um, und sie standen sich, den Tisch zwischen ihnen, gegenüber. »Soweit ich das beurteilen kann, hat das Mädchen bislang immer ihren Willen bekommen. Sie ist verwöhnt, unbekümmert und gewöhnt, zu kommen und zu gehen, wie es ihr beliebt.«

»So, wie ich früher war.«

Er nahm das mit einem Nicken zur Kenntnis. »Zum Teil jedenfalls. Aber du hast zu Ende gebracht, was du angefangen hast.«

»Vielleicht hat sie zum ersten Mal etwas gefunden, was sie wirklich zu Ende bringen will. Etwas, was sie für lohnenswert hält.«

»Und vielleicht fängt sie auch an, sich zu langweilen, und dann packt sie ihre Sachen. Meinst du, ich weiß nicht, was sie dir damit antun würde?«

Fröstelnd schlang Naomi die Arme um ihren Körper. »Du warst derjenige, der mir versichert hat, sie würde nicht einmal im Traum daran denken.«

»Ich kann mich auch irren. Vielleicht war ich einfach nur zu glücklich, dich wieder lächeln zu sehen. Alles schien sich so gut anzulassen. Und dann . . .« Erschöpft sank Moses in den Stuhl zurück und rieb sich das Gesicht. »Ach, verdammt. Sie ist mir im falschen Moment über den Weg gelaufen.«

»Was ist los, Moses?« Wieder faßte sie nach seiner Hand. Diesmal ergriff er sie.

»Die Götter lachen, Naomi. Besonders, wenn die Sterblichen vergessen, daß sie die Fäden ziehen. Und daß sie ihnen das wegnehmen können, was sie sich am meisten wünschen. Mir wurde schon einmal das Herz gebrochen.« Wieder sah er zu ihr hoch und lächelte schwach. »Daran warst du schuld. Aber das ist schon eine Weile her. Ich hatte vergessen, wie weh das tut.«

»Pride«, murmelte sie. »Und ich dachte, nur ich allein trauere um ihn.«

Unglücklich schaute er auf ihre Hände, die sich immer noch gefaßt hielten. »Ich habe etwas übersehen, Naomi. Ich habe mich so darauf konzentriert, das Rennen zu gewinnen, daß ich unvorsichtig geworden bin, und sei es auch nur für eine Minute. Und das habe ich teuer bezahlt.«

»Trauern kannst du, Moses. Aber du darfst dir nicht die Schuld geben.«

»Es war mein Pferd, Naomi.« Seine Augen hefteten sich auf ihr Gesicht. »Auch wenn dein Name in den Papieren steht, er gehörte mir. Und ich habe ihn verloren. Ich war nicht zur richtigen Zeit am richtigen Ort. Ich habe nicht gespürt, was ich hätte spüren müssen. Auch heute noch rufe ich mir jede Minute dieses Tages ins Gedächtnis zurück. Ich überlege und überlege, aber ich kann nichts finden. Dabei muß es direkt vor meiner Nase passiert sein.« Er schlug mit der Faust auf den Schreibtisch. »Direkt unter meiner verdammten Nase!«

Aus Erfahrung wußte sie, wie sie mit ihm umgehen mußte, wenn er in einer solchen Stimmung war. »Okay, Whitetree, es war alles dein Fehler. Du warst für Pride verantwortlich. Ich bezahle dich dafür, meine Pferde auszubilden, sie zu kennen, sie zu verstehen und sie von der Geburt bis zum Tod zu betreuen. Ferner bezahle ich dich dafür, meine Leute zu beaufsichtigen, sie einzustellen oder rauszuschmeißen und zu entscheiden, welches Team mit welchem Pferd bei welchem Rennen arbeitet. Aber wie es aussieht, habe ich dich auch dafür bezahlt, die Zukunft vorherzusehen.« Naomi wiegte den Kopf hin und her. »Und da dem so ist, weiß ich jetzt nicht, ob ich dich feuern oder dir eine Lohnerhöhung geben soll.«

»Es ist mein Ernst.«

»Meiner auch.« Sie stand auf und ging um den Tisch herum, um seine verspannten Schultern zu lockern. »Ich will wissen, was geschehen ist, Moses. Ich will wissen, wer es getan hat, und ich will, daß derjenige dafür büßt. Was ich überhaupt nicht möchte, ist, daß jemand, den ich liebe und brauche, sich so quält. Bis zum ersten Samstag im Mai sind es weniger als elf Monate.«

»Stimmt.« Moses fiel ein Stein vom Herzen, und er atmete erleichtert auf. »Schätze, ich sollte jetzt gehen und mich bei deinem Mädchen entschuldigen.«

»Laß nur. Sie muß lernen, Kritik zu vertragen.«

Wieder lächelte er. »Sie hätte mir am liebsten die Augen ausgekratzt. Himmel, sieht sie dir ähnlich! Es gibt nicht viele Dinge, von denen ich bedauere, sie nicht getan zu haben, Naomi. Eigentlich kann ich die wichtigsten an einer Hand abzählen. Ich habe nie eine Pilgerfahrt nach Jerusalem unternommen, bin nie in die Fußstapfen meiner Vorfahren getreten, und ich habe kein Kind mit dir.«

Sie hielt mit der Massage inne, und er griff hinter sich und drückte ihre Hände. »Es tut mir leid.«

»Nein.« Naomi senkte den Kopf, so daß ihre Wange auf seinem Haar ruhte. »Das muß es nicht. Warum bekommt man so selten im Leben eine zweite Chance, Moses?«

Eine zweite Chance fand man so selten wie eine Stecknadel im Heuhaufen, dachte auch Rich, und wer eine bekam und sie am Schopf packte, der war ein glücklicher Mann. Wie Rich Slater.

Er hatte zwei Riesen riskiert, um eine Dreierwette zu plazieren, ehe er wieder an die Bar ging. Dreierwetten waren immer heikel, doch er hatte eine Glückssträhne.

Man sollte sich an die Pferde halten, dachte er. Zur Hölle mit den Karten, die brachten einem Mann nur Scherereien. Nein, von nun an würde es für ihn nur noch die Pferde geben.

Er bestellte einen weiteren Bourbon, sein neuestes Lieblingsgetränk, und zog eine Fünf-Dollar-Zigarre aus der Tasche.

Ein Feuerzeug flackerte unter seiner Nase auf, und er zog seine Augenbrauen hoch. Rich paffte genüßlich an der Zigarre, dann drehte er sich um, um seinen Sohn gewinnend anzulächeln: »Sieh an, sieh an. Wie in alten Zeiten. Bringen Sie meinem Jungen dasselbe«, befahl er dem Barkeeper.

Gabe hob einen Finger: »Kaffee. Schwarz.«

»Schei-ße.« Rich dehnte das Wort aus. »Hab dich doch nicht so, Junge. Ich geb' einen aus.«

»Kaffee«, wiederholte Gabe, der seinen Vater musterte. Er kannte die Anzeichen: gerötete Wangen, glänzende Augen, ein verkrampftes Grinsen. Rich Slater war nicht nur betrunken, sondern er hatte auch noch Geld in der Tasche.

»Ich dachte, du hättest von Chicago her noch Ärger am Hals?«

»Hab' alles ausgebügelt. Du mach dir mal keine Sorgen um deinen alten Herrn, Gabe. Jeder weiß, daß Rich Slater seine Schulden bezahlt.«

»Tatsächlich?« Gabe verzog spöttisch die Lippen. »Ich dachte, der Ärger rührt daher, daß du die falschen Leute beschissen hast.«

Hatte er dem Jungen etwas in dieser Richtung erzählt, fragte sich Rich und versuchte, sich zu erinnern. Na, war ja egal. »Kleine Meinungsverschiedenheit, weiter nichts. Hat sich alles geklärt. Ha, ist das ein Rennen!« Begeistert gestikulierte er vor dem Monitor herum. »Nummer drei«, schnaufte er. »Na mach schon, Nummer drei!«

Gabe blickte zum Bildschirm, als sich die Boxen gerade öffneten. »Wie ich höre, sieht man dich wieder auf den Rennbahnen.«

»Komm schon, Baby, zeig's ihnen. Wo hast du das denn gehört?«

»Hier und da. Du bist am Derbytag in Churchill Downs gesehen worden.«

Rich verfolgte angestrengt das Rennen und feuerte sein Pferd mit ruckartigen Bewegungen an. Währenddessen überlegte er, wie er sich Gabe gegenüber am besten aus der Affäre ziehen konnte.

»Er schafft es! Er schafft es! Na komm schon, gib's ihnen! Na also! Dieser Satansbraten hat mir Glück gebracht.« Hocherfreut, daß das erste Pferd auf seinem Wettschein gesiegt hatte, bestellte sich Rich einen weiteren Drink. »Ich hab' eben eine Nase für Pferde, Gabe. Hatte ich schon immer.«

»Und was hat dir deine Nase letzten Monat in Kentucky gebracht?«

»Kentucky?« Das treuherzige Grinsen auf Richs Gesicht wurde noch eine Spur breiter. »Ich bin seit fünf oder sechs Jahren nicht mehr in Kentucky gewesen. Obwohl ich mich besser an die Pferde gehalten hätte, das seh' ich jetzt ein.«

»Ich habe dich mit eigenen Augen dort gesehen, und zwar am Morgen des Rennens.«

Rich zuckte mit keiner Wimper. Seine Augen ruhten unverwandt auf seinem Sohn. »Das halte ich für ein Gerücht, Jungchen. Hab' mir 'ne nette Wohnung außerhalb von Baltimore genommen. Von da aus ist es nur 'n Katzensprung nach Pimlico, Laurel oder Charles Town. Alles, was das Herz begehrt. Vielleicht verwechselst du da was. Ich war in Pimlico, bei den Preakness Stakes.« Lässig winkte er ab. »Hatte ein bißchen was auf deinen Hengst gesetzt. Du hast mich ja auch nicht enttäuscht. Mal sehen, wenn's weiter so läuft, dann mach' ich vielleicht einen Abstecher nach Belmont. Du glaubst, du kannst dir die ganze Krone holen, was, Gabe? Wenn du das schaffst, dann steigt hier eine Riesenfete.«

»Beim Derby gab es Ärger.«

»Hab' davon gehört. Hat mir 'n regelrechten Schock versetzt, wie ich's im Fernsehen gesehen habe. Furchtbar, wenn'n Klassepferd so enden muß.« Bekümmert starrte Rich in seinen Drink. »Wirklich ein Jammer. Aber dir hat's ja nicht geschadet, oder?«

»Jemand hat bei diesem Unfall ein bißchen nachgeholfen.«

Rich schürzte die Lippen mit der Zigarre im Mund und nickte. »Auch das hab' ich mitgekriegt. Schlimme Sache. Aber so was kommt immer wieder mal vor.« Er langte in die Schale mit den Nüssen und stopfte sich ein paar davon in den Mund. Gabe entging nicht, daß an seinem kleinen

Finger ein Ring funkelte. Kleine Diamanten, angeordnet in Form eines Dollarzeichens.

»Heute allerdings nicht mehr so oft wie früher«, fuhr Rich fort. »Heutzutage kommt man mit Doping nicht mehr so leicht durch.« Zufrieden stieß er eine Rauchwolke aus. Er genoß es, Gabe zappeln zu lassen. »Nicht so wie in den guten alten Zeiten, als dein Opa und ich im Geschäft waren. Damals gab's jede Menge Tricks und nicht so viele verdammte Vorschriften. Na ja, das ist über vierzig Jahre her.« Rich seufzte wehmütig. »Zu schade, daß du deinen Opa nicht mehr gekannt hast.«

»Zu schade, daß er eine Kugel in den Kopf bekommen hat, wegen einer . . . Meinungsverschiedenheit.«

»Das ist wahr.« Rich sprach ohne eine Spur von Sarkasmus. Schließlich hatte er seinen Daddy geliebt. »Was habe ich dir immer einzubleuen versucht, Sohn? In diesem Geschäft muß man manchmal dem Glück ein wenig nachhelfen. Es ist nur eine Frage des Geschicks und das Timings.«

»Und manchmal besteht deine Nachhilfe aus einem Mord. Pferd oder Mensch, manche Leute sehen da keinen Unterschied.«

»Zeitweise sind mir Pferde lieber als Menschen.«

»Ich erinnere mich da an ein anderes Rennen, in Lexington. Ich war noch ein Kind.« Gabe hob seine Tasse und musterte seinen Vater über den Rand hinweg. »Aber ich weiß noch, daß du nervös warst. Es war noch nicht allzu heiß, die Bluegrass Stakes finden ja im Frühjahr statt, aber trotzdem hast du furchtbar geschwitzt. Mich hattest du zu den Tribünen geschickt, um die Betrunkenen abzuzocken und ein bißchen was zusammenzubetteln. An jenem Tag ist auch ein Pferd schwer gestürzt.«

»Kann vorkommen.« Rich richtete seine Aufmerksamkeit wieder auf den Monitor. Trotz der Kühle, die aus der Klimaanlage strömte, fühlte sich sein Nacken unangenehm feucht an. »Zu meiner Zeit hab' ich das oft miterlebt.«

»Auch damals handelte es sich um ein Chadwick-Pferd.«

»Stimmt das? Nein, so ein Pech. Hey, soll ich hier verdursten?« Aufgebracht schlug Rich mit der Hand auf die Theke.

»Wegen dieses Vorfalls hat sich später ein Jockey aufgehängt. Und wenn ich mich recht entsinne, sind wir nach dem Rennen nicht mehr lange in der Stadt geblieben. Höchstens ein paar Tage. Auch das fand ich merkwürdig, weil nämlich die Miete schon bezahlt war.«

»Ich bin eben ein Wandervogel.«

»Nach dem Rennen warst du gut bei Kasse. Das Geld hat zwar nicht lange gereicht, wie immer, aber als wir die Stadt verließen, hattest du eine prall gefüllte Brieftasche.«

»Dann muß ich an dem Tag auf ein paar Sieger gesetzt haben.«

»Und jetzt kannst du auch nicht klagen, wie ich sehe. Neuer Anzug, goldene Uhr, Dimantring.« Gabe griff nach Richs Hand. »Sogar Maniküre.«

»Was dagegen, Junge?«

Gabe lehnte sich zu seinem Vater vor und sagte: »Bete zu Gott, daß ich dir nicht beweisen kann, daß du am ersten Samstag im Mai in Kentucky warst.«

»Willst du mir drohen, Gabe?«

»Allerdings.«

In Rich wallten Zorn und Angst zugleich auf, als er zu seinem frischen Drink griff. »Du wirst dich schön ruhig verhalten und den Dingen ihren Lauf lassen, verstehst du? Denk daran, daß dein Pferd nächste Woche startet, und konzentrier dich lieber auf deine süße kleine Blonde.«

Blitzschnell packte Gabe nach Richs neuer Seidenkrawatte. Der Barkeeper mischte sich gleich ein: »Wir wollen hier keinen Ärger.«

»Keine Sorge.« Rich grinste seinen Sohn unverschämt an. »Nur eine kleine familiäre Auseinandersetzung. Ein Klasseweib hast du dir da an Land gezogen, Sohn. Blaues Blut in den Adern. Ich wette, die hat Temperament. Und Ausdauer. Vielleicht ist es langsam an der Zeit, daß sie deinen lieben alten Daddy kennenlernt.«

Fast unwillkürlich ballte Gabe die Faust. Er konnte sich

nur schwer zurückhalten, sie in dieses höhnisch lächelnde Gesicht zu stoßen. Doch so ekelhaft dieser Mann auch sein mochte, er war immerhin sein Vater. »Laß sie bloß in Ruhe, oder . . .« drohte er leise.

»Oder was?«

»Oder ich bringe dich um.«

»Wir wissen doch beide, daß dir dazu der Mumm fehlt. Aber ich mache dir einen Vorschlag. Du hältst dich aus meinen Angelegenheiten raus und ich mich aus deinen.« Rich glättete sorgsam seine Krawatte, als Gabe ihn losließ. »Ansonsten könnte ich in Versuchung kommen, mich einmal ausgiebig mit deiner Flamme zu unterhalten. Wir hätten uns sicher viel zu erzählen.«

»Bleib weg von dem, was mir gehört.« Gabe warf einen Geldschein auf die Theke. Seinen Kaffee hatte er kaum angerührt. »Bleib weit weg von allem, was mir gehört.«

»Kinder.« Als Gabe sich entfernte, lächelte Rich dem verunsicherten Barkeeper beruhigend zu. »Keinen Respekt mehr vor den eigenen Eltern.« Er hob sein Glas, und dabei zitterte seine Hand. »Manchmal muß man den in sie hineinprügeln«, brummte er leise und wandte sich wieder dem Monitor zu, um den Zieleinlauf der Pferde zu verfolgen.

Die Sonne ging bereits unter, als Kelsey den Stall verließ. Zwölf Stunden anstrengender Arbeit lagen hinter ihr.

Ausmisten, Stroh aufschütten, Böden schrubben und Zaumzeug einfetten und putzen. Mittlerweile schmerzte jeder Muskel ihres Körpers, und sie sehnte sich nur noch nach einem heißen Bad und ihrem Bett.

»Möchtest du auch ein Bier?« Moses saß auf einem Faß, zwei kalte Flaschen in der Hand. Er hatte auf sie gewartet.

»Nein, danke«, lehnte sie frostig ab.

»Kelsey.« Moses hielt eine Flasche hoch. »Ich konnte meine Friedenspfeife nicht finden.«

Widerwillig gab sie nach und nahm die Flasche. Warum sollte sie den Schmutz und Schweiß nicht mit einem Bier hinunterspülen?

Moses' Augen wurden schmal, als er den schillernden Bluterguß auf ihrem Oberarm bemerkte. »Wie ist denn das passiert? Hat Pacer nach dir geschnappt?«

»Richtig geraten. Und?«

»Du schaffst es ja doch nicht, mir lange böse zu sein. Ich bin viel zu charmant.«

Kelsey trank einen Schluck. »Ansichtssache.«

»Bei deiner Mutter funktioniert das«, brummelte Moses. »Jetzt hör mir mal gut zu. Ich war der Meinung, daß du Mist gebaut hast, und das habe ich dir auch gesagt. Und jetzt sage ich dir, daß du gut gearbeitet hast, und zwar nicht nur heute, sondern fast immer.«

»Fast?«

»Genau. Du lernst schnell und machst denselben Fehler nicht zweimal, aber trotzdem muß dir noch jemand auf die Finger schauen. Dein Problem ist dein Hitzkopf, aber an Temperamentausbrüche sind wir hier ja gewöhnt, sowohl bei den Pferden als auch bei deiner Mutter.«

»Meiner . . .« Kelsey blieb vor Erstaunen fast der Mund offenstehen. »Meiner Mutter?«

»Je nach Stimmung kann sie so störrisch wie ein Maulesel sein. Allerdings geht sie heute nicht mehr so leicht in die Luft wie früher. Manchmal bedaure ich das.« Nachdenklich betrachtete Moses seine Stiefel. »Macht mich verdammt traurig. Ich will nicht behaupten, daß man sie im Gefängnis gebrochen hat, aber sie hat sich verändert. Schätze, sie ist härter geworden, hat gelernt, sich zusammenzunehmen. Ich hab' dich heute eher ihretwegen als wegen deiner Arbeit zusammengestaucht.«

»Ich verstehe nicht ganz.«

»Es würde sie umbringen, wenn du sie jetzt im Stich ließest. Sie wäre zwar bestimmt nicht einverstanden damit, daß ich dir das sage, aber ich tu's trotzdem. Naomi bedeutet mir mehr als alles andere auf der Welt, und ich will um jeden Preis verhindern, daß sie verletzt wird.«

»Ich lasse sie weder im Stich, noch will ich sie verletzen, auch wenn's dir schwerfällt, das zu glauben. Ich wünschte, du würdest das verstehen.«

»Weißt du, ich neige dazu, jedem zu vertrauen, der von einem Pferd gebissen wird und nicht gleich nach einem Sanitäter schreit. Ich seh' dich dann morgen früh.«

»Klar.« Kelsey drehte sich um, dann blickte sie noch einmal über ihre Schulter. »Schöner Abend heute.«

»Stimmt.«

»Frauen gehen gern im Mondschein spazieren.«

»Hab' ich auch schon gehört.«

»In ein paar Stunden gibt's davon reichlich.« Zufrieden mit sich und der Welt ging Kelsey zum Haus zurück. Sie hatte ihren Job gut erledigt, und jetzt würde sie Gertie bitten, ihr alles aufzutischen, was die Küche zu bieten hatte, und sich dann den Luxus eines ausgedehnten heißen Bades gönnen.

Eine Stunde später döste sie in der Wanne vor sich hin, umgeben von duftendem Badeschaum. Ihre Welt war wieder in Ordnung. Als sie wohlig gähnte, öffnete sich die Tür.

»Gabe!« Erschrocken fuhr sie hoch, wobei das Wasser fast über den Wannenrand schwappte. »Was machst du denn hier?«

»Gertie sagte mir, daß ich dich hier oben finden würde.« Gabe hängte die Daumen in seine Gürtelschlaufen und genoß einen Augenblick lang ihren Anblick. »Ich wollte dich eigentlich abholen und mit zu mir nehmen, aber ich fürchte, dafür bist du nicht passend angezogen.«

»Ich habe die schlechte Angewohnheit, nackt zu baden.«

»Wie wär's denn, wenn ich dir den Rücken und andere schwer erreichbare Zonen wasche?«

»Danke, ich komme schon allein klar.« Kelsey strich sich das Haar aus dem Gesicht und widerstand dem Wunsch, ihre schaumbedeckten Brüste mit den Armen zu verdecken. »Ich schlage vor, du wartest unten, bis ich fertig bin.«

Er überlegte kurz, dann schüttelte er den Kopf und begann, sein Hemd aufzuknöpfen. »Abgelehnt. Ich komme lieber zu dir rein.«

»Das wirst du schön bleiben lassen. Wir befinden uns im Haus meiner Mutter, falls du das vergessen hast.«

»Die ist nicht da.«

»Darum geht es gar nicht.« Entschlossen schüttelte Kelsey ihre Ponyfransen. »Laß das Hemd an, Slater. Gertie ist unten.«

»Dort wird sie auch bleiben müssen. Für drei ist in der Wanne beim besten Willen kein Platz.« Gabe warf sein Hemd auf den Boden und setzte sich, um seine Stiefel auszuziehen.

»Ich meine es ernst. Das gehört sich einfach nicht.«

»Ich brauche dich, Kelsey.«

Was als Protest gedacht war, endete mit einem Seufzer. Jetzt erst bemerkte sie, daß ihm offensichtlich etwas auf der Seele lastete. »Verdammt«, flüsterte sie. »Schließ wenigstens die Tür ab.«

»Schon geschehen.«

Er legte seine Jeans zu ihren auf den Fußboden. Dann kletterte er hinter ihr in das dampfende Wasser, schlang die Arme um ihre Taille und vergrub sein Gesicht in ihrem Haar.

»O Gott.« Der Zorn, der seit der unerfreulichen Szene mit seinem Vater in ihm war, ebbte langsam ab, als er Kelseys Duft in sich einsog wie ein Verdurstender.

Er brauchte eine Stunde völligen Vergessens. Sie würde sie ihm schenken. Sie war alles für ihn.

»Gabe, sag mir doch, was dich bedrückt.«

»Schschtt.« Seine Hände glitten über ihre nasse Haut, bis sie die sanfte Kurve ihrer Brüste fanden. Feuchte Fingerspitzen spielten mit ihren Brustwarzen. »Ich möchte dich einfach nur berühren, mehr brauche ich nicht.«

Kelsey versank in seiner Zärtlichkeit. Nie zuvor hatte er sich so liebevoll, so sanft und so geduldig gezeigt. Sie lehnte sich gegen ihn und gewährte ihm das, was er verlangte. Für den Augenblick genügte es ihm, sie zu berühren. Seine Finger strichen über ihre Schenkel, vom Knie bis zum Knöchel, dann wieder höher, tauchten in sie hinein, bis sie meinte, innerlich zu verglühen.

Erschauernd versuchte sie, sich umzudrehen, doch er hielt sie zurück. »Noch nicht.« Seine Lippen fuhren über ihre feuchtglänzende Schulter und folgten der Linie ihres Nackens, bis sie auf ihren Haaransatz trafen.

Kelsey ergab sich seinen forschenden Händen, lieferte sich ihm so vollkommen aus wie niemals zuvor. Bei jedem Höhepunkt, der in ihrem Körper eine beseeligende Explosion auslöste, war sie sicher, daß es der letzte war. Doch jedesmal schürte Gabe langsam und geduldig das Feuer von neuem.

Kelsey trieb wie auf einer Wolke dahin. Und als er sie schließlich zu sich herumdrehte, ohne auf das überschwappende Wasser zu achten, versank sie in einem Flammenmeer, in dem es nur noch sie und ihn gab.

22

Dieses Pferd durfte keinesfalls gewinnen. Rich bediente sich großzügig mit Cunninghams Scotch. Ein Mann sollte in jeder Hinsicht flexibel bleiben, ob es sich nun um Schnaps, Frauen oder Spiel handelte.

Das hatte sein Junge nie begriffen, dachte er, als er einen doppelten Whisky hinunterkippte und sofort nachschenkte. Nichts, aber auch gar nichts hatte diese kleine Ratte von ihm gelernt.

Nun, diesmal würde er ihm eine Lektion erteilen, die er nie vergessen würde.

Dieses Jahr würde es für Gabe keine Triple Crown geben, o nein. Dafür wollte er schon sorgen. Zwar war er ursprünglich nur gekommen, um einen Job zu erledigen, aber wenn er nebenbei auch noch seine Rachegelüste befriedigen konnte, um so besser.

Rich machte es sich in Cunninghams Sessel bequem und legte seine auf Hochglanz polierten neuen Slipper von Gucci auf die Fußbank. Langsam erschien ein Lächeln auf seinem Gesicht. Das war der Lebensstil, der ihm zustand. Schon sah er sich als Gutsherr, Besitzer eines feudalen Landsitzes und eines erlesenen Wagenparks. Dazu jede Nacht eine willige Frau im Bett.

Bald würde er all das sein eigen nennen. Sobald er diese letzte Kleinigkeit über die Bühne gebracht hatte, würde er mit seinem ganzen Geld nach Las Vegas weiterziehen. Dort war er bekannt. O ja, in dieser Stadt kannte man den guten alten Richie Slater. Dort war er mal ganz oben gewesen, hatte eine Penthousesuite im Caesar's Palace bewohnt und immer eine Klassefrau im Arm gehabt.

Wenn er in Vegas richtig abkassiert hatte, würde er vielleicht sogar in Nevada bleiben, sich ein Haus zulegen. Eine dieser Traumvillen mit Palmen und Kakteen davor, und mit eigenem Swimmingpool. Und wenn er Lust und

Laune hatte oder wenn ihn seine leere Kasse dazu zwingen würde, konnte er einen erneuten Abstecher nach Vegas machen, um noch einmal abzuräumen.

Eine Weile saß er da und schwelgte in Tagträumen, in denen er immer die richtigen Karten bekam und das Glück ihn nie im Stich ließ.

»Was zum Teufel hast du denn hier zu suchen?« Hochrot im Gesicht und völlig außer Atem blieb Cunningham in der Tür stehen. Doch statt des befehlenden Tonfalls, den er eigentlich anschlagen wollte, kam nur ein Kieksen aus seiner Kehle.

»Hallo, Billy Boy. Geschäftsbesprechung schon beendet? Es heißt, daß der Zuchtvertrag für deine Stute dir eine satte Million einbringen soll.«

»Das geht dich nichts an.« Das Geschäft war nahezu perfekt, und nichts, absolut nichts sollte ihm jetzt noch dazwischenkommen. Er mußte ein Darlehen zurückzahlen, mit dem er beinahe in Verzug geraten wäre. »Du hast dein Geld bekommen, Slater. Wir sind fertig miteinander.«

Rich spitzte die Lippen und leerte genüßlich sein Glas. »Findest du nicht, daß du dich ziemlich unfreundlich verhältst, Billy?«

»Was hast du in meinem Haus verloren?«

»Kann ein alter Kumpel nicht mal auf einen Sprung vorbeischauen?« Rich bedachte ihn mit einem herzlichen Lächeln. »Deine niedliche kleine Wärmflasche, die mich reingelassen hat, schien sich über meinen Besuch weit mehr zu freuen. Sagte, sie wolle noch einen kleinen Einkaufsbummel machen.« Er kicherte vergnügt.

»Marla«, sagte Cunningham mit soviel Würde, wie er aufbringen konnte, »ist meine Frau.«

»Das darf nicht wahr sein!« Rich klatschte sich mit der Hand aufs Knie, ehe er aufstand, um sich einen weiteren Drink zu genehmigen. »Hast du dich tatsächlich von einer an die Kette legen lassen? Ich gratuliere, Billy Boy. Du bist ein noch größerer Idiot, als ich dachte.«

Und die größte Dummheit, die er je begangen hatte, dachte Cunningham grimmig, war die, sich wieder mit

Rich Slater einzulassen. Aber von jetzt an ging alles ganz legitim zu. Das Geschäft, das er soeben mündlich besiegelt hatte, war tatsächlich so ertragreich, wie Rich meinte. Es war höchste Zeit, wenn nicht schon zu spät, sich von gewissen Leuten zu lösen. Und zwar für immer.

»Ich muß dich bitten, jetzt zu gehen, Rich. Wir zwei sind ein für allemal quitt, und es ist besser für uns beide, wenn wir nicht zusammen gesehen werden.«

»Außer uns ist keiner im Haus.« Rich winkte ab und ließ sich wieder in den Sessel sinken. Er konnte Cunningham die Gedanken geradezu von der Stirn ablesen. Billy Boy gab sich dem Irrglauben hin, er brauche den guten alten Rich nicht mehr. »Jetzt laß dir mal keine grauen Haare wachsen. Ich habe nicht die Absicht, dich anzupumpen, falls du das befürchtet hast.«

Cunningham beruhigte sich ein wenig. »Was willst du dann?«

»Einen kleinen Gefallen, weiter nichts. Nur eine Gefälligkeit von einem alten Freund und ehemaligen Geschäftspartner. Da gibt es ein Pferd, um das man sich kümmern sollte, Bill.« Rich hob sein Glas und drehte es so, daß das Sonnenlicht sich in den Kristallrauten brach.

»Damit will ich nichts zu tun haben.«

»Was du willst und was du bekommst, das sind zwei verschiedene Paar Schuhe.« Richs Blick heftete sich fest auf Cunningham. »Ich werde mich ein bißchen mit dem Hengst meines Sohnes befassen, Billy. Und du wirst mir dabei helfen.«

»Du bist ja verrückt.« Entsetzt wischte sich Cunningham die feinen Schweißtröpfchen von der Stirn. »Du bist verrückt, Rich, und ich will damit nichts zu schaffen haben.«

»Darüber bekommst du noch näher Bescheid«, lächelte Rich.

Kelseys ordentlich gepackte Koffer standen aufgereiht neben denen von Gabe an der Schlafzimmertür. Um Punkt sieben Uhr morgens würden sie nach New York aufbrechen. Noch sechs lange Stunden, dachte sie, als sie träumend aus dem Fenster über ihrem Bett schaute.

Seufzend drehte sie sich um und kuschelte sich enger an Gabe. Immer noch berührte es sie seltsam, ihn neben sich im Bett vorzufinden, warm, fest und sicher. Er gehörte zu ihr. Dieser Körper. Kelsey strich mit den Fingerspitzen sanft über seine Brust. Dieses Gesicht. Noch immer schlug ihr Herz schneller, wenn er sie anschaute.

Und das war nur sein Äußeres.

Ein anziehendes Äußeres, zugegeben, dachte Kelsey, während sie mit den Fingern der Linie seines Kinns folgte. Aber was darunter verborgen lag, war gleichermaßen beeindruckend. Die Kraft, die Liebenswürdigkeit, der starke Wille. Wie oft schon hatte er das Schicksal herausgefordert und besiegt, hatte sich aus dem Elend, in das er hineingeboren worden war, befreit und war seinen eigenen Weg gegangen.

Und zur gleichen Zeit stand in seinem Stall ein Pferd, das über dieselbe Kraft und denselben Mut verfügte. Zusammen würden sie in die Geschichte eingehen.

»Hat keinen Zweck«, murmelte sie, die Lippen an seinen Hals gepreßt.

»Hmm?« Automatisch fuhr er mit der Hand ihren Rükken entlang. Schon eine ganze Weile hatte er ihr zartes Streicheln genossen.

»Ich kann nicht schlafen. Bin viel zu aufgekratzt.«

»Na gut.« Stets bereit, ihr entgegenzukommen, griff er nach ihr und zog sie über sich. Ich stehe dir zur Verfügung.

Kichernd machte Kelsey sich los. »Daran habe ich eigentlich nicht gedacht.« Über ihm kniend sah sie auf ihn hinab. »Obwohl das Angebot durchaus verlockend ist.« Sie beugte sich zu ihm hinunter und gab ihm einen schallenden Kuß. »Ich komme darauf zurück, wenn ich wieder da bin.«

Gabe langte nach ihr, doch sie krabbelte bereits aus dem Bett. »Wo willst du denn hin?«

»Ich muß an die Luft, und da kann ich gleich nach Double sehen.«

Als er zusah, wie sie ihre Jeans über die nackten Hüften streifte, stieg Verlangen in ihm auf. »Liebes, es ist ein Uhr nachts.«

»Ich weiß.« Sie zog sich ein überweites T-Shirt über den Kopf. »Aber in ungefähr acht Stunden sind wir in Belmont. Wer kann da schon schlafen?« Das Haar zurückwerfend, fuhr sie in ihre Stiefel.

Er hätte noch weiter schlafen können, kannte sie aber gut genug, um darüber nicht mehr zu reden. »Ich komme mit.«

»Brauchst du nicht. Ich bleibe nicht lange weg.«

Gabe setzte sich auf und fuhr sich mit der Hand durchs Haar. »Ich komme mit.«

»Okay, dann fang mich doch.« Mit diesen Worten stürmte sie zur Tür hinaus und rannte die Treppe hinunter.

Es war eine herrlich warme Juninacht, nur ab und zu wehte ein sachter Wind, und am Himmel funkelten unzählige Sterne. Von fern ertönte der klagende Ruf einer Eule, und in der Luft hing ein süßer Duft von Rosen und Jasmin. Über allem schien der Mond und tauchte die Gebäude in ein fahles, gespenstisches Licht, das ihnen eine zeitlose, märchenhafte Aura verlieh.

Es war einmal, dachte Kelsey verträumt. Vielleicht spielte sie gerade die Hauptrolle in ihrem eigenen, ganz persönlichen Märchen. Eine Tragödie hatte sie hierher geführt und ihr die Tür zu ihrer Zukunft geöffnet, das stimmte schon. Andererseits gab es in Märchen auch tragische Ereignisse, da gab es verwunschene Prinzen, arme Waisenkinder, Verrat, schwere Opfer und verlorene Liebe.

Aber immer triumphierte das Gute über das Böse.

Vielleicht gefiel ihr der Vergleich deshalb so gut. Wenn dies ihr eigenes Märchen werden sollte, dann würde sie dafür sorgen, daß das Gute siegte. Sie würde die Suche nach der Wahrheit nicht aufgeben.

Sie würde sowohl Captain Tipton als auch Charles Rooney noch einmal aufsuchen, mit Gertie, Moses und auch mit Naomi sprechen. Mit jedem, der auch nur im entferntesten mit den Ereignissen, die zum Tod Alec Bradleys geführt hatten, in Verbindung gebracht werden konnte. Und sie würde Naomi überreden, ihre Anwälte von der Schweigepflicht zu entbinden.

Aber jetzt lag erst einmal das Belmont vor ihr, die ganze nächste Woche lang. Und sie würde daran teilhaben. Übersprudelnd vor Freude schaute Kelsey in den Nachthimmel. Sie war ein Rädchen im Getriebe des großartigsten Ereignisses der Rennwelt, es war kaum zu fassen.

In einer Woche würde sie zusehen, wie Gabe und sein sensationeller Hengst sich den letzten Zacken der Triple Crown holten.

Eine Katze huschte über den Weg. Angesichts des schlanken grauen Schattens erschrak Kelsey so sehr, daß ihr Herz beinahe stehenblieb.

Die Stalltür öffnete sich leise quietschend. Vertraute Gerüche stiegen ihr in die Nase, es roch nach Pferden, Leder, Salben und Heu. Da sie es vermeiden wollte, das Licht einzuschalten und die schlafenden Tiere zu stören, tastete sie sich an der Wand entlang, bis sie eine Taschenlampe fand.

Aus der Dunkelheit des zweiten Stalls heraus funkelte sie ein Paar koboldähnlicher Augen an. Kelsey stockte der Atem, der Lichtstrahl flackerte leicht. Sah sie schon Gespenster? Nur gut, daß Gabe nicht dabei war und sie damit aufziehen konnte, daß sie sich vor harmlosen Katzen fürchtete.

Beim Anblick des Feldbetts, das vor Doubles Box aufgestellt war, mußte sie schmunzeln.

Nun, sie hatte nicht vor, den Pfleger zu wecken. Sie würde nur kurz einen Blick in die Box werfen und die beiden dann ruhig schlafen lassen.

Doch zu ihrer Überraschung war das Bett leer. Besorgt leuchtete Kelsey in die Box. Double stand da, hellwach, und starrte sie neugierig an.

»Entschuldige, Kumpel. Schätze, ich bin einfach viel zu nervös. Ist dein Freund eine Zigarette rauchen gegangen, oder wo ist er? Hast du deine Sachen schon gepackt?« Lachend griff sie nach der Tür.

Sie war nicht ordnungsgemäß verriegelt, sondern stand einen Spalt offen.

»O Gott!« Eine Bewegung hinter ihr ließ sie herumfahren, die Taschenlampe zum Schlag erhoben. Das Blut rauschte in ihren Ohren, als sie den Lichtstrahl wandern ließ und die Katzen, die unbedingt nachts auf die Jagd gehen mußten, von Herzen verwünschte.

Aber selbst die geschickteste Katze hätte nicht den Riegel zurückschieben und die Tür öffnen können. Die Sorge um das wertvolle Pferd bestimmte Kelseys Denken, und sie stieß die Tür ganz auf und leuchtete in die Box. In dem Moment, in dem sie sich umdrehte, um die Ecken der Box abzusuchen, schien etwas in ihrem Kopf zu explodieren.

Das letzte, was sie wahrnahm, war ein plötzlicher stechender Schmerz und das hohe, verängstigte Wiehern des Hengstes. Dann umgab sie tiefe Dunkelheit. Voller Panik und keuchend atmend, huschte eine Gestalt aus der Box, während Double unruhig zu tänzeln begann. Seine tödlichen Hufe schwebten über der bewußtlosen Kelsey.

Auf halbem Weg zwischen Haus und Stall balancierte Gabe zwei Becher mit Tee in der Hand. Er hielt es für wahrscheinlich, daß sie den größten Teil der Nacht aufbleiben würden, dennoch war um diese Zeit der Kräutertee, den Kelsey bevorzugte, immer noch besser als Kaffee. Besonders, wenn es ihm gelang, sie ins Bett zurückzulocken.

Eigentlich hatten sie nur wenig geschlafen, dachte er, seit jener Nacht, in der er zu ihr in die Badewanne gekommen war. Es hatte ihn Überredungskünste gekostet, sie zu bewegen, für ein paar Tage bei ihm einzuziehen. Dabei hatte er sich auf das bevorstehende Rennen berufen – schließlich brauchte er moralische Unterstützung.

Bislang ging alles gut, dachte Gabe. Und er hatte vor, sie immer bei sich zu behalten. Doch vermutlich war jede Frau, die gerade eine Scheidung hinter sich hatte, von dem Gedanken an eine zweite Ehe nicht sehr begeistert.

Was ihn am meisten wunderte, war, daß *er* sich gegen diese Vorstellung nicht sträubte. Irgendwann hatte sich der Wunsch in seinem Kopf festgesetzt und war in seinem Herzen gereift. Dabei hatte er nie geplant, zu heiraten und eine Familie zu gründen. Für einen Mann seiner Herkunft schien ihm der Gedanke absurd, ja sogar gefährlich.

Doch nicht mit Kelsey. Mit ihr konnte er sich eine gemeinsame Zukunft vorstellen. Diese Chance wollte er unbedingt nutzen.

Zusammen könnten sie der Welt entgegentreten, alles miteinander teilen. Sein Blick schweifte über die Stallungen, die Hügel, die Koppelzäune. Zusammen würden sie stark sein und mehr schaffen.

Und vielleicht konnten sie sich auch gegenseitig helfen, ihre Vergangenheit zu bewältigen.

Das schrille Wiehern des Hengstes durchdrang die Stille. Beide Becher zersprangen auf dem Schrotter, als Gabe vorwärtsstürmte. Lauthals Kelseys Namen rufend riß er die Stalltür auf und schaltete das Licht an. Die Angst stieg in ihm hoch und raubte ihm fast den Verstand.

Sie lag zusammengekrümmt mit dem Gesicht nach unten im Stroh. Double drängte sich mit rollenden Augen in die Ecke seiner Box und keilte wie rasend nach allen Seiten aus. Vor Schreck wich Gabe das Blut aus dem Gesicht.

Mit einer blitzschnellen Bewegung war er bei Kelsey und hob sie vorsichtig auf, wobei er sie mit seinem Körper schützte. Den Schlag, der ihn an der Schulter traf, spürte er kaum. Kelseys Gesicht war leichenblaß, ihr Körper schlaff und leblos. Ohne auf den Hengst zu achten, legte Gabe sie behutsam auf das Feldbett und tastete mit zitternden Fingern nach ihrem Hals, um ihren Puls zu fühlen.

»Bitte, Baby. Bitte.«

Da war es, das schwache Lebenszeichen. Gabe preßte die Finger fest auf ihre Halsschlagader, als ob er fürchtete, das Leben könne ersterben, sobald er sie losließ, und vergrub sein Gesicht in ihrem Haar.

Zwischen Panik und Erleichterung schwankend, blieb er so sitzen, die Finger noch immer an ihrem Hals und das Gesicht in ihr Haar gedrückt, und wiegte sie sacht hin und her.

»Gabe. Um Himmelswillen, Gabe!«

Die angsterfüllte Stimme seines Trainers holte ihn in die Wirklichkeit zurück. Er hob den Kopf und erblickte Jamison, der mit unirdisch anmutenden Bewegungen in die Box trat, um den Hengst zu beruhigen.

»Ruhig, mein Junge. Ganz ruhig jetzt.« Er zog den Kopf des Tieres zu sich herunter und setzte Stimme und Hände ein, um Double zu besänftigen. »Ist ja gut.« Doch der Blick, mit dem er Gabe anschaute, war alles andere als ruhig. »Was zum Teufel geht hier vor? Wo ist Kip? Er sollte vor der Box Wache halten.«

»Woher soll ich denn wissen, wo er ist? Aber du wirst ihn schon finden. Sieh zu, daß du ihn und den verfluchten Nachtwächter auftreibst.« Gabe zwang sich bewußt zur Ruhe, als er Kelsey mit langsamen Bewegungen auf Knochenbrüche hin untersuchte. An ihrem Hinterkopf ertastete er eine Beule. Sanft strichen seine Fingerspitzen darüber hin, während er Jamison mit flammenden Augen ansah. »Ruf einen Arzt und die Polizei. Und zwar sofort.«

»Ist sie verletzt?« Jamison streichelte den am ganzen Körper zitternden Hengst weiter. »Schlimm?«

»Woher soll ich das wissen? Du sollst anrufen, verdammt!«

Als wollte sie antworten, bewegte sich Kelsey unter seiner Hand und stöhnte leise.

»Kelsey?« Gabe mußte seine ganze Selbstbeherrschung aufbieten, um sie nicht in die Arme zu reißen. »Kelsey, langsam jetzt.«

»Gabe?« Flatternd öffnete sie die Augen, doch alles drehte sich um sie, und eine Übelkeit würgte sie. »O Gott.« Sie schloß die Augen wieder und versuchte verzweifelt, ruhig durchzuatmen.

»Beweg dich am besten gar nicht.«

»Das habe ich auch nicht vor.« Kelsey konzentrierte sich

darauf, frische Luft in ihre Lungen aufzunehmen. Erst als ihr das gelang, öffnete sie vorsichtig erneut die Augen. Diesmal konnte sei sein Gesicht klar erkennen. Rache steht in seinen Augen, dachte sie benommen. Dann kam die Erinnerung zurück. »Double. Jemand war drinnen bei dem Pferd.«

»Es ist alles in Ordnung. Ihm geht es gut.« Gabe fluchte fürchterlich, als Kelsey vor Schmerz zusammenzuckte. »Ich werde dich jetzt ins Haus zurückbringen und mich um dich kümmern.«

»Jemand war dort drinnen. Der Pfleger war fort und die Tür stand offen. Ich konnte bloß nicht sehen, wer es war. Ist dem Pferd was passiert?«

»Nein.« Gabe warf Jamison, der die Tür zur Box zuzog, einen flüchtigen Blick zu. »Ruf an, Jamie. Lieutenant Rossi soll kommen, und Gunner auch. Sorg dafür, daß er den Hengst gründlich untersucht.«

»Er scheint okay zu sein«, hob Jamison an, doch dann nickte er. Seine Augen waren blutunterlaufen und blickten übermüdet. »Ich hole ihn her, Gabe. Bring du sie ins Haus und sieh zu, was du für sie tun kannst. Ich bleibe heute nacht selbst bei Double.«

»Ich will zwei Männer vor seiner Box haben.« Gabe hob Kelsey so vorsichtig hoch, als sei sie aus Glas. »Nicht weniger als zwei, die ganze Zeit. Ist das klar?«

»Ja.«

»Und such Kip. Ich will mit ihm reden.«

»In Ordnung.« Schweren Herzens beobachtete Jamison, wie Gabe Kelsey nach draußen trug. Er blickte sich noch einmal nach dem Pferd um, rieb dann seine überanstrengten Augen und ging zum Telefon.

»Mir geht's schon wieder gut, ehrlich«, sagte Kelsey auf dem Weg vom Stall zum Haus, hielt aber die Augen fest geschlossen. »Ich habe etwas Kopfschmerzen.«

»Sei still«, befahl Gabe so gelassen er konnte. »Nicht bewegen.«

Als seine Stiefel auf den Scherben der zerbrochenen Becher knirschten, biß er die Zähne zusammen. Wenn er sich bloß nicht so lange damit aufgehalten hätte, den verdammten Tee aufzubrühen. Wenn er bei ihr geblieben wäre . . .

»Bist du ganz sicher, daß es Double gutgeht?«

»Hör endlich auf, dir Sorgen um den verdammten Gaul zu machen!« Er schien zu explodieren. »Im Augenblick interessiert mich das Pferd keinen Deut. Ich würde ihn sogar erschießen, wenn er dich verletzt hätte!«

»Gabe . . .«

»Sei doch endlich still!« Ärgerlich stieß er die Tür auf. Kelsey krümmte sich zusammen, denn seine Stimme hallte in ihrem Kopf wider.

»Mußt du unbedingt so brüllen? Du magst ja aufgeregt sein, aber . . .«

»Aufgeregt?« Er legte sie auf der Couch im Wohnzimmer nieder. So, wie seine Muskeln zu zittern begannen, fürchtete er, daß er es nicht mehr schaffen würde, sie die Treppe hochzutragen. »Du glaubst also, ich bin ein bißchen aufgeregt? Vielleicht leicht aus der Fassung gebracht, weil dich jemand bewußtlos geschlagen hat? O ja, da hast du vollkommen recht. Ich bin aufgeregt.«

Ein Teil der in ihm aufgestauten Emotionen entlud sich, indem er mit der Faust heftig gegen die Wand schlug.

Die Worte, die Kelsey schon auf der Zunge gelegen hatten, sprach sie nicht. Hilflos starrte sie auf den abgebröckelten Putz, dann auf seine aufgeschürften Knöchel.

»Vermutlich bin ich ein wenig aufgeregt, weil ich dich bewußtlos im Stall gefunden habe, mit einem in Panik geratenen Pferd in der Box, das dich jede Sekunde zu Tode hätte trampeln können.«

Darüber hatte sie gar nicht nachgedacht, und es drehte ihr jetzt fast den Magen um. Sie zitterte und flehte. »Gabe, bitte nicht.«

»Ich war etwas aufgeregt, weil ich eine Minute lang, und das war die längste Minute meines Lebens, dachte, du seist tot.«

Tränen quollen aus ihren Augen. »Ich fürchte, ›aufgeregt‹ ist das falsche Wort.«

»O Himmel.« Gabe fühlte sich plötzlich wie ausgelaugt. Erschöpft rieb er sich das Gesicht. Dann ging er zur ihr, zog sie eng an sich und hielt sie fest, als sie sich auf seinem Schoß zusammenrollte. »Kelsey, ich dachte, ich würde den Verstand verlieren.« Zärtlich küßte er ihr die Tränen von den Wangen. »Es tut mir so leid. Ich hole dir etwas Eis.«

»Nein, geh nicht weg. Bitte, bleib hier.«

»Ja. Dann laß mich mal sehen, ob du noch woanders verletzt bist.«

»Mir tut nur der Kopf weh. Er muß direkt hinter mir gewesen sein. Ich weiß, es war dumm von mir, einfach so in den Stall zu stürzen, aber ich habe gar nicht überlegt. Mir fiel nur ein, was ihm schon früher beinahe zugestoßen wäre. Was Pride zugestoßen ist.«

»Das nächste Mal denk lieber daran, wie es gehen könnte.« Er hob ihr Gesicht an. »Ich könnte es nicht ertragen, dich zu verlieren.«

Kelsey ergriff seine Hand und preßte ihre Lippen auf seine zerschundenen Knöchel. »Ich schätze, wir könnten beide etwas Eis vertragen.«

»Ja.«

Doch sie blieben, wo sie waren, bis Rossi an die Tür klopfte.

Eine Stunde später kamen Gabe und Rossi aus dem Stall. »In Ihrem Sicherheitssystem ist eine undichte Stelle, Mr. Slater.«

»Das ist mir klar.« Es stimmte, dachte er ergrimmt, jemand mußte die Zeit genutzt haben, während der Nachtwächter seine stündliche Runde außerhalb des Stalles drehte.

»Jemand ist von außen hier eingedrungen, jemand, der mit den Örtlichkeiten vertraut ist. Sie besitzen viel Land, also gibt es viele Wege hinein und hinaus.«

Rossi suchte weiter im Dunkeln. Er beneidete Gabe nicht um seinen Besitz. Ihm waren sein ordentliches Apartment und die Stadt lieber.

»Ich prüfe gern das Naheliegende«, fuhr er fort, »und konzentriere mich auf alle, die hier Bescheid wissen.«

Auch Gabe hatte im Geist schon alle Insider überprüft, jeden Helfer, den er von Cunningham übernommen hatte, jeden Mann und jede Frau, die er in den letzten fünf Jahren eingestellt und entlassen hatte.

»Sie haben bereits eine Liste aller Personen, die für mich arbeiten. Tun Sie damit, was Sie für richtig halten.«

»Das hatte ich auch vor.«

»Ich habe dafür gesorgt, daß zwei Männer den Hengst ständig bewachen. Wenn ich Kelsey nicht länger als unbedingt nötig allein lassen wollte, hätte ich selbst die Wache übernommen.«

»Daraus kann ich Ihnen keinen Vorwurf machen.« Rossi hielt inne. Es war eine schöne Nacht – zumindest das, was noch davon übrig war. »Sie verkraftet das alles recht gut. Ihr scheint der Schlag auf den Kopf weniger ausgemacht zu haben als Ihrem Pfleger.«

»Vielleicht hat sie einen härteren Schädel.« Sie hatten den stöhnenden Kip, der aus seiner Bewußtlosigkeit erwacht war, in der leeren Box neben Double gefunden. »Wir haben Kip sofort ins Krankenhaus bringen lassen.«

»Sie wird wieder ganz gesund.« Rossi hatte eine Scherbe von chinesischem Porzellan entdeckt und tippte neugierig mit der Spitze seines Schuhs dagegen.

»Ich hatte gerade zwei Becher Tee in der Hand, als ich das Pferd hörte«, erklärte Gabe. »Hab' sie fallenlassen.«

»Hmm. Wie ich schon sagte, es wird ihr bald besser gehen. Aber Sie sollten Ihre rechte Schulter schonen.«

Instinktiv straffte sich Gabe. »Halb so wild. Der Hengst hat mich erwischt.« Und statt seiner Schulter hätte es Kelsey treffen können, ihren Kopf, ihr Gesicht. Beim Gedanken daran krampfte sich sein Magen zusammen. »Sie haben Informationen über mich eingeholt, nicht wahr, Rossi?«

»Reine Routine.«

»Dann wissen Sie ja auch so einiges über meinen Vater.«

»Genug, um ihn nicht zum Vater des Jahres zu wählen.«

»Er hält sich schon seit einigen Wochen in der Stadt auf.« Gabes Stimme klang so unbeteiligt, als ob er sich über das Wetter unterhalten würde. »Ich denke, ich war eine seiner ersten Stationen. Ich habe ihm etwas Geld gegeben. Allerdings wollte er mehr haben. So etwas reizt ihn. Und er kennt sich auf der Bahn und hier gut aus.«

»Sie vermuten, Ihr Vater könnte versuchen, Ihnen auf diese Weise eins auszuwischen?«

»Er haßt mich wie die Pest«, entgegnete Gabe sachlich. »Und er würde jede Gelegenheit nutzen, mir Schwierigkeiten zu machen, besonders, wenn dabei für ihn etwas herausspringt. Ich dachte, ich hätte ihn in der Derbywoche in Churchill Downs gesehen. Einer der Pfleger von Three Willows ist derselben Meinung. Und vor einigen Tagen habe ich ihn in Laurel erkannt, obwohl er das strikt leugnet.« Gabe suchte in seiner Tasche nach einer Zigarre, fand aber keine. »Aber er lügt.«

Rossi, der die Geste richtig deutete, holte ein Päckchen Zigaretten hervor und bot Gabe eine an. »Ich werde das überprüfen.«

»Tun Sie das, Lieutenant.« Gabes Augen funkelten im Licht des Streichholzes. »Und wenn Sie das tun, vergessen Sie eins nicht. Die Chancen, daß er Lipsky kannte, sind groß. Rich Slater ist der geborene Betrüger. Es macht ihm Spaß, auf unehrliche Weise zu gewinnen – und er muß gerade etwas gewonnen haben, er wirft nämlich mit Geld nur so um sich.«

»Ich werde versuchen, herauszufinden, wie er dazu gekommen ist.«

»Ich erinnere mich an ein Rennen, als ich noch ein Kind war. Ein Pferd aus diesem Gestüt trat gegen eines von Three Willows an.« Gabe sog gierig den Rauch ein und betrachtete nachdenklich die davonwehenden Rauchwölkchen. »Der Hengst von Three Willows stürzte und brach sich das Bein. Er mußte eingeschläfert werden. Und auch nach diesem Rennen schwamm mein Vater in Geld.«

»Das muß in Lexington gewesen sein, im Frühjahr '73.«

Gabe musterte sein Gegenüber durch den Rauch. »Ganz genau.«

»Komisch, daß Sie das nicht bereits früher erwähnt haben.«

»Damals hatte er Kelsey noch nichts getan.«

»Entschuldigung.« Matt Gunner näherte sich ihnen, das Haar noch immer vom Schlaf zerzaust. »Dem Pferd geht es gut, Gabe.«

»Wunderbar. Danke, daß du gekommen bist.«

»Keine Ursache.« Matt blickte fragend zum Haus. »Wie geht's Kelsey?«

»Sie ruht sich aus. Der Arzt hat zwar empfohlen, sie ins Krankenhaus zu bringen, aber davon wollte sie nichts wissen.«

»Ich würde gern nach ihr sehen, wenn es ihr besser geht.«

»Kannst du gern tun. Gabe verabschiedete sich von Matt und wandte sich wieder zu Rossi. »Besser, Sie finden ihn, bevor ich es tue.«

»Sie haben keinen Beweis, daß Ihr Vater in einen dieser Vorfälle verwickelt ist.«

Gabe warf die Zigarette weg und trat sie aus. »Ich brauche keinen Beweis.«

Als Kelsey seine Schritte auf der Treppe hörte, setzte sie sich vorsichtig auf. Zwar hatten die Tabletten, die der Arzt ihr dagelassen hatte, den ärgsten Schmerz gelindert, doch sie wollte sich etwas schonen.

»Was ist mit Double?« fragte sie sofort, als Gabe ins Zimmer trat.

»Matt sagte, er ist okay.« Und er selbst hatte den Futtersack, den der Hengst nachts umgehängt bekam, ausgetauscht.

Seufzend entspannte sich Kelsey ein wenig. »Gott sei Dank! Ich habe hier gelegen und mir die schrecklichsten Dinge ausgemalt.«

»Du sollst dich ausruhen.« Gabe setzte sich behutsam auf das Bett. »Du hast ja schon wieder Schatten unter den

Augen.« Sanft fuhr er mit dem Daumen darüber. »Warum finde ich sie bloß so sexy?«

»Typisch Macho. Sucht immer nach Zeichen weiblicher Verwundbarkeit.« Kelsey lächelte. »Komm ins Bett. Vielleicht können wir beide noch ein paar Stunden schlafen, ehe wir aufbrechen.«

»Ich möchte, daß du hierbleibst, Kelsey. Nein, nicht hier«, berichtigte er sich. »Auf Three Willows. Du bist nicht in der Verfassung für eine Reise, und es wäre sicherer und klüger, wenn du bei Gertie bleibst. Rossi stellt ein paar Männer zu deinem Schutz ab.«

»Gabe.« Sie nahm sein Gesicht in beide Hände, berührte seine Lippen leicht mit den ihren und sprach klar und bestimmt weiter. »Das kommt überhaupt nicht in Frage.«

»Hör mir doch erst mal zu!«

»Das könnte ich tun«, stimmte Kelsey zu. »Ich könnte dir zuhören, und du könntest mir zuhören, und wir könnten uns bis zum Morgengrauen immer weiter im Kreis drehen. Trotzdem würde ich mitkommen. Also tun wir doch einfach so, als ob wir diese Diskussion schon hinter uns hätten.«

»Du handelst aus reinem Egoismus«, konterte er, erhob sich vom Bett und begann, sich auszuziehen. »Du willst um nichts in der Welt das Rennen verpassen, und deshalb ist es dir egal, daß ich mich weder darauf konzentrieren noch darauf freuen kann, weil ich mir Sorgen um dich mache.«

»Die Erklärung ist gut. Normalerweise reagiere ich sofort darauf, wenn man mir Schuldgefühle einimpft, aber diesmal nicht. Ob ich dabei bin oder nicht, du machst dir auf jeden Fall Sorgen, Gabe. Und ich werde dabei sein.«

»Störrisch wie ein Maulesel.«

»Das hilft dir auch nichts. Obwohl Beschimpfungen zu einem Streit gehören. Ich könnte dich dafür ja einen überfürsorglichen Idioten nennen, aber da ich eine Dame bin, verkneife ich es mir. Also . . .«, erschrocken hielt sie inne. »Um Gottes willen, was ist denn mit deinem Rücken passiert?«

Gabe drehte den Kopf, konnte jedoch den in allen Farben schillernden Bluterguß an seiner Schulter nicht sehen. »Ich hab' einen Tritt abgekriegt.«

»Wann? Der war doch vorher noch nicht . . .« Sie brach ab, als ihr klar wurde, wann und wo er sich die Verletzung zugezogen hatte. »Und du bist doch ein Idiot! Indianerherz kennt keinen Schmerz, was? Der Arzt war eben da. Er hätte das versorgen können.«

»Das hat mit falsch verstandenem Heldentum gar nichts zu tun. Ich war beschäftigt.« Vorsichtig bewegte er seine Schulter. Das Stechen hatte etwas nachgelassen, aber der hämmernde Schmerz war mehr als unangenehm. »Da muß bloß ein bißchen Salbe drauf.«

»Trottel!«

Gabe war drauf und dran, ihr eine passende Antwort zu geben, doch dann gab er sich seufzend geschlagen. »Ich liebe dich auch.« Er schlüpfte zu ihr ins Bett und schmiegte sich eng an sie.

»Was hast du denn vor?«

»Noch ein Weilchen zu schlafen. Ich will mich alle paar Stunden davon überzeugen, daß es dir gutgeht, und viel mehr Zeit haben wir sowieso nicht.«

»Die Salbe . . .«

»Später. Jetzt möchte ich dich einfach nur im Arm halten.«

Damit gab sie sich zufrieden. Behutsam strich sie ihm das Haar aus dem Gesicht. »Gabe, ich komme mit dir.«

»Ich weiß. Versuch jetzt zu schlafen.«

23

Niemand ließ zu, daß sie bei der Arbeit half. Während der ersten zwei Tage in New York wurde Kelsey mit allen Tricks von der Rennbahn ferngehalten, und jeder, angefangen von Gabe bis zum kleinsten Stallburschen, bemühte sich, ihr jeden Handgriff abzunehmen. Anscheinend hatte sie mit der Durchsetzung der Reise ihren einzigen Sieg errungen.

Also hatte sie viel Zeit zur Verfügung, die sie meistens allein verbringen mußte. So blieben ihr zwei Möglichkeiten, entweder sie drehte langsam durch oder sie nutzte diese ihr aufgezwungene Untätigkeit als kurzen Urlaub.

Sie entschied sich für den Urlaub.

So ging sie jeden Morgen in den Pool des Hotels und schwamm einige Runden, damit die Muskeln, die sie in den letzten paar Monaten entwickelt hatte, nicht wieder erschlafften. Sie unternahm ausgedehnte Einkaufsbummel, trainierte im Fitneßclub und kämpfte ständig gegen die Langeweile an.

Die Party, die Gabe am Vorabend des Belmont im Ballsaal des Hotels geben wollte, war da die richtige Beschäftigung. Kelsey mußte sämtliche Details ausarbeiten und mit Floristen und Zulieferern des Hotels den Abend planen. Gabe hatte angesichts der ellenlangen Listen einen Rückzieher gemacht und ihr allein die Organisation überlassen.

Eine größere Freude hätte er ihr nicht machen können.

Stundenlang diskutierte sie mit dem Manager und dem Küchenchef darüber, was machbar war und was nicht, erwog und verwarf verschiedene Möglichkeiten. Da Gabe ihr kein Limit gesetzt hatte, entschied sie sich dafür, daß alles machbar war, und sie machte sich daran, auch das Personal davon zu überzeugen.

»Wenn ich nur einen Funken Verstand gehabt hätte,

dann hätte ich dir eine Mistgabel in die Hand gedrückt und dich die ganze Woche lang Ställe säubern lassen.« Gabe gönnte sich einen Kaffee auf die Schnelle und sah zu, wie Kelsey die Menüliste noch einmal durchging. »Dabei hättest du wahrscheinlich mehr Ruhe bekommen.«

»Reg dich nicht auf, schließlich hast du damit angefangen.«

»Ich hielt die Party für eine gute Idee.« Gabe ging zu ihr hinüber, stellte sich hinter sie und knetete ihre Schultern, während sie in die Papiere vertieft war. »Eine Kleinigkeit zu essen, etwas Musik, Getränke. Aber ich habe nicht damit gerechnet, eine Steven-Spielberg-Produktion zu finanzieren.« Seine Augen wurden schmal. »*Wieviel* Champagner hast du bestellt?«

»Verschwinde.« Sie rollte wohlig die Schultern. »Du trinkst ja doch nichts davon. Außerdem hast du mir freie Hand gelassen, Slater, und das nutze ich aus. Sieh du nur zu, daß du um acht Uhr deinen Smoking anhast.«

»Du klingst wie ein General«, brummelte er.

»Und du wie ein genervter Lieferant. Lauf zu deinen Reportern.«

»Ich kann keinen Reporter mehr sehen.«

»Du bist ja nur eifersüchtig, weil nicht du, sondern Double auf der Titelseite von *Sports Illustrated* ist.«

»Und mir hat man dafür eine ganze Doppelseite in *People* gewidmet«, konterte er und begann, an ihrem linken Ohrläppchen zu knabbern. »Die Stelle gefällt mir«, murmelte er, und machte weiter. »Ich könnte ja meiner augenblicklichen Stimmung nachgeben und das Interview sausen lassen.«

Die prickelnden Schauer, die sie überliefen, lenkten sie ab. Gabe nutzte seinen Vorteil und hatte die zwei obersten Knöpfe ihrer Bluse bereits geöffnet, aber dann wehrte sie ab.

»Hör auf! Ich habe in einer Viertelstunde einen Termin.«

»Ich mache ganz schnell.«

»Das ist mein Ernst.« Etwas außer Atem machte sie sich los und stand auf. »Ich muß noch zum Friseur.«

Er grinste. Ihr Haar löste sich bereits aus dem Pferdeschwanz, der von einem hellen Haarband zusammengehalten wurde. Sein Werk. »Mir gefällt deine Frisur genau so, wie sie gerade ist.«

»Halt dich zurück, Slater. Der Rest meines Tages ist Minute für Minute verplant, und ich will meine kostbare Zeit nicht damit vergeuden, mich von dir um den Schreibtisch herumjagen zu lassen.«

»Dann ändere deinen Zeitplan.«

»Für dich mag das ja einfach nur eine Party sein.« Obwohl sie sich eigentlich lächerlich dabei vorkam, lief sie um den Tisch herum, der wie ein Schutzwall zwischen ihr und Gabe stand. »Aber die Organisation hat mich die ganze letzte Woche aufrecht gehalten. Ich habe sozusagen mein Herzblut gegeben.«

»Ich auch.« Die Handflächen auf den Schreibtisch gestützt lehnte Gabe sich nach vorne. »Komm her.«

»Ich denke nicht daran.«

»Ich habe etwas für dich.«

»O bitte.« Wenn sie es gewagt hätte, den Blick von ihm zu wenden, hätte sie die Augen verdreht. »Das ist aber ein schwacher Versuch, Slater.«

Er richtete sich auf und hob spöttisch eine Augenbraue. »Ein Geschenk.« Mit diesen Worten zog er ein kleines, mit Samt überzogenes Kästchen aus der Tasche. »Ich hoffe, du schämst dich gebührend.«

»Ein Geschenk?« Trotz der Freude, die sie empfand, schaute sie mißtrauisch auf das Kästchen. »Ist das einer deiner Tricks?«

»Mach's doch auf. Eigentlich wollte ich es dir erst nach dem Rennen geben, aber ich dachte, es bringt dir mehr Glück, wenn du es vorher bekommst.«

Die Versuchung war zu groß. Sie kam um den Tisch herum, nahm ihm das Kästchen aus der Hand und streckte ihm dann ihren Mund entgegen. »Danke.«

»Du hast es doch noch gar nicht aufgemacht.«

»Nur für die Idee.«

Als sie den Deckel aufklappte, stockte ihr der Atem. Das

galoppierende Pferd hob sich schimmernd von dem schwarzen Samt ab. Es war eine Brosche aus dunkelroter Jade und so kunstvoll gearbeitet, daß Kelsey meinte, das Spiel der Muskeln zu fühlen, als sie mit der Fingerspitze darüberstrich. Das diamantene Auge des Schmuckpferdes funkelte triumphierend.

»Es ist wunderschön. Einfach perfekt.« Sie blickte zu ihm hoch. »So wie du.«

Er legte ihr die Arme um die Taille und zog sie an sich. »Gern geschehen«, flüsterte er, als sein Mund den ihren berührte.

Natürlich kam sie zu spät. Kelsey stürmte in den Schönheitssalon unter einem Schwall von Entschuldigungen. Während der Behandlung schaute sie dauernd besorgt auf die Uhr, während die Kosmetikerin versuchte, ihren vernachlässigten Nägeln einen Hauch von Eleganz zu verleihen.

»Wie wär's mit künstlichen Nägeln?«

»Nein, die würde ich mir nur abbrechen.« Ihr Haar war auf riesige Wickler aufgedreht und mit Schaumfestiger eingesprüht, das Gesicht von einer hellgrünen Paste bedeckt, zu der sie sich hatte überreden lassen. Und die Zeit verrann. »Feilen Sie doch einfach das, was da ist, und dann tun Sie farblosen Nagellack drauf.«

»Hätten Sie nicht lieber etwas . . . Schickeres?«

Kelsey schaute auf die unnatürlich langen, dunkelrot lackierten Nägel der jungen Frau. »Nein, danke, ich möchte lieber nichts Auffallendes.«

Kopfschüttelnd tauchte die Kosmetikerin Kelseys rechte Hand in warmes Wasser. »Wie Sie wollen.«

»Nanu, das ist doch Kelsey.« Die Frau im Sessel neben ihr lächelte sie an. »Ich bin Janet Gardener. Overlook Farm, Kentucky.«

»Ach ja, Mrs. Gardner.« Kelsey zeigte nicht, daß sie die Frau nicht wiedererkannt hatte, nicht mit dem flammendrot gefärbten Haar und nicht unter der grellrosa Gesichtsmaske. »Freut mich, Sie wiederzusehen.«

»Lifting ohne Skalpell, wie man mir sagte.« Lachend tippte Janet mit dem Finger gegen die langsam trocknende Maske. »Na, wir werden sehen. Und Ihre?«

»Soll entspannend wirken. Offenbar hab' ich allzu verhärmt ausgesehen.«

»Wer tut das beim Belmont nicht? Mein Hank und ich werden zwei Wochen lang nur schlafen, wenn wir nach Hause kommen, das haben wir uns geschworen.«

Jetzt erinnerte sich Kelsey wieder an Hank – es war der hagere Mann, mit dem sie die Nacht zuvor getanzt hatte. Sonnenverbrannte Haut, ein bleistiftdünner Schnurrbart und eine auffallend sonore Stimme. Er hatte ihr Tango beibringen wollen.

»Grüßen Sie Ihren Mann von mir. Er ist ein ausgezeichneter Tänzer.«

»Ja, das ist er, mein Hank.« Janet kicherte und fuhr fort: »Jede Frau möchte gern mit ihm aufs Parkett. Er behauptet ja, ich hätte ihn nur geheiratet, weil er so gut tanzen kann.«

Auf Anweisung der Kosmetikerin streifte sie einen Smaragdring vom Finger, der leicht als Briefbeschwerer hätte dienen können.

»Ich habe Ihre Mutter heute auf der Bahn gesehen. Kaum zu glauben, daß wir so viele Rennen schon gemeinsam gemacht haben.«

»Sie kennen Naomi schon lange?«

»Seit ich quasi die Pferde mitgeheiratet habe. Sie ist allerdings mit ihnen großgeworden.« Offenbar mehr am Klatsch interessiert als an dem Modemagazin, das sie lässig durchblätterte, legte es Janet beiseite. Ihre Augen funkelten vor Neugier. »Sie sind doch auch schon von Kind an dabei?«

»Ich bin erst später dazugekommen.«

»Ist es nicht so, daß Sie zurückgekommen sind? Ich erinnere mich, Sie auf der Bahn gesehen zu haben, als Sie noch in den Windeln lagen.«

»Ach wirklich?«

»Ja klar! Naomi war auf Sie stolzer als auf all ihre

blauen Bänder. Wir haben Sie immer ›Naomis Vollblut‹ genannt. Aber daran erinnern Sie sich bestimmt nicht mehr.«

Naomis Vollblut. Die Bezeichnung gefiel Kelsey, stimmte sie aber zugleich ein wenig traurig. »Nein, ich erinnere mich nicht.«

»Ihren Vater habe ich auch ein- oder zweimal getroffen. Der Arme, er wirkte immer so verloren. Was war er doch gleich? Buchhändler?«

»Mein Vater ist Dekan der Englischen Fakultät der Georgetown University.«

»Ach ja, richtig.« Ohne die Kühle in Kelseys Stimme zu bemerken, plapperte Janet weiter, wobei sie gehorsam die Finger in eine Schüssel mit Wasser tauchte. »Ich wußte doch, daß es irgendwas mit Büchern zu tun hatte. Naomi war vollkommen vernarrt in ihn. Wir alle dachten insgeheim, daß es eine Schande war, als die Ehe in die Brüche ging. Aber das kommt ja häufig vor, nicht wahr?«

»Wenn man den Statistiken Glauben schenken darf.«

»Hank und ich gehören zu den Glücklichen. Im September werden es achtundzwanzig Jahre.«

»Herzlichen Glückwunsch.« Da es offenbar kein Entrinnen gab, versuchte Kelsey, das Thema zu wechseln. »Haben Sie Kinder?«

»Drei, zwei Jungen und ein Mädchen. Unsere DeeDee ist schon verheiratet und hat selbst zwei kleine Mädchen.« Wenn sie eine Hand frei gehabt hätte, Janet hätte wohl sofort in ihrer Handtasche nach Fotos gekramt. »Meine Jungs behaupten immer, sie hätten die Richtige noch nicht gefunden. Aber mein Jüngster ist ja auch gerade erst zwanzig. Studiert Bautechnik. Aber davon habe ich nicht die leiseste Ahnung.«

Janet erzählte noch eine Weile von ihren Kindern, und Kelsey entspannte sich dabei ein wenig.

»Aber zwischen Mutter und Tochter besteht doch ein besonderes Band«, sagte Janet dann, sich an ihr eigentliches Thema herantastend. »Oder finden Sie nicht? Wissen Sie, sogar nach all diesen Jahren der Trennung wirken Sie und Naomi noch so verbunden. Um die Wahrheit zu sagen, das alles ist schon so lange her, daß viele Leute schon vergessen haben, daß Naomi überhaupt eine Tochter hat. Falls sie es überhaupt gewußt haben.«

Sie hielt eine Hand hoch, um die erste Schicht rosafarbenen Lackes zu inspizieren. »Sehr hübsch, meine Liebe.« Als sie ihre Aufmerksamkeit wieder Kelsey zuwandte, nahm ihre Stimme einen vertraulichen Ton an: »Ich möchte Ihnen ja nicht zu nahe treten, aber die meisten von uns, die Naomi und die ganze Situation kannten, standen damals hinter ihr. Ich halte es für gegen die Natur, ein Kind von seiner Mutter wegzureißen.«

Da sie merkte, daß beide Kosmetikerinnen die Ohren gespitzt hatten, schlug Kelsey einen bewußt kühlen Ton an. »Ich bin sicher, Naomi wußte das zu schätzen.«

»Viel geholfen hat es ihr nicht. Ich muß zugeben, daß sie damals leider selbst ihr ärgster Feind war. Ich war immer der Meinung, die Wut auf Ihren Vater hätte sie zu ihrem Verhalten getrieben. Und damals ging es in der Gesellschaft noch etwas ... wilder zu. Aber Alec Bradley.« Sie schnalzte mit der Zunge. »Naomi hätte es wirklich besser wissen sollen. Mit diesem Kerl zu flirten! Oje!« Als ob ihr der Ausgang dieses Flirts wieder in den Sinn gekommen wäre, schlug Janet verlegen die Augen nieder. »Das tut mir aber leid. Da habe ich wohl einen wunden Punkt getroffen.«

Unter anderen Umständen hätte sich Kelsey darüber amüsiert, daß jemand einen tödlichen Schuß und eine zehnjährige Haftstrafe als ›wunden Punkt‹ bezeichnete. Doch Janets Satz enthielt eine wichtige Information. »Haben Sie Alec Bradley gekannt?«

»O ja. Die meisten von uns haben ihn damals gekannt oder wenigstens von ihm gehört. Er war ein Bombenkerl, wie meine DeeDee sich ausdrücken würde. Gutaussehend, groß und dunkelhaarig und mit einem Lächeln, das Frauen dahinschmelzen ließ. Und er wußte um seinen Charme. Glauben Sie mir, er wußte es und nutzte es nach Kräften aus. Sogar bei mir hat er versucht zu landen – aber

Hank hat das schnell abgestellt.« Janet kicherte wie ein Schulmädchen. »Ich muß zugeben, daß ich mich geschmeichelt fühlte, obwohl ich seinen Ruf kannte.«

»Was für einen Ruf hatte er denn?«

»Nun, meine Liebe ...«, bereitwillig rutschte Janet ein Stückchen nach vorn, »seine Familie hat ihn quasi verstoßen. Verarmter Adel. Hatten zwar kaum genug Geld, um ihre Rechnungen zu bezahlen, waren aber ungemein stolz auf ihren Stammbaum. Da war auch noch der Skandal mit Alecs erster Frau.« Sie rückte noch ein bißchen näher, sichtlich interessiert, den alten Klatsch wieder aufzuwärmen. »Wissen Sie, er hatte eine Vorliebe für ältere Frauen, wohlhabende ältere Frauen. Jeder wußte, daß seine erste Frau ihn bei der Scheidung mehr als großzügig abgefunden hatte, um ihr Gesicht zu wahren. Nicht, daß ihr das viel genutzt hat, da ohnehin jeder wußte, daß Alec ... nun ... daß er auch andere Damen beglückt hat.«

»Er war also ein Frauenheld?«

»Und was für einer. Der Witz an der Sache war allerdings, daß er sich für seine Dienste bezahlen ließ.«

»Er – die Frauen bezahlten ihn für Sex?«

Wieder kicherte sie verlegen. Janet bevorzugte vorsichtige Umschreibungen. »Ich weiß nicht, ob das nicht ein bißchen hart klingt, aber es war allgemein bekannt, daß man ihn sozusagen engagieren konnte. Als Begleiter. Auch in der Welt des Pferderennsports gibt es viele alleinstehende Frauen, unverheiratete, geschiedene oder getrennt lebende. In solchen Fällen sprang Alec ein, begleitete diese Frauen auf Partys oder zu Rennen. Wie ich schon sagte, er sah sehr gut aus. Billig war er bestimmt nicht, denn er neigte auch dazu, hohe Summen zu wetten.«

Als sie lächelte, bröckelten Krümel von ihrem Gesicht ab und fielen wie bunte Schuppen auf ihren Umhang. »Niemand hat angenommen, daß zwischen ihm und Ihrer Mutter eine derartige – Geschäftsbeziehung bestand. Eine Frau wie Naomi konnte jeden Mann haben, den sie wollte. Das ist auch heute noch so. Alec schien von ihr vollkommen betört zu sein. Trotzdem konnte er es nicht lassen, auch anderen Frauen schöne Augen zu machen. Aber Naomi war nicht der Typ, der das einfach hinnahm. Es kam zu einer hitzigen Auseinandersetzung, und Naomi machte mit ihm Schluß.«

Diesmal war Janets Verlegenheit nicht vorgetäuscht. »Das heißt – ich wollte damit sagen . . .«

»Sie waren in jener Nacht dabei.« Unerbittlich bohrte Kelsey, die jegliches Ablenkungsmanöver im Keim erstikken wollte, weiter. »In der Nacht, in der er starb.«

»Ja.« Janet war von Kelseys zielsicherer Frage überrascht, und sie hatte sie leicht aus der Fassung gebracht. »Hank und ich hatten geschäftlich in Virginia zu tun. Fast alles, was in der Rennwelt Rang und Namen hat, war bei dieser Party anwesend. Aha, scheint so, als ob ich fertig wäre.« Prüfend hielt Janet die Hände hoch. »Und da wir gerade von Partys sprechen, ich freue mich ja schon so auf heute abend. Bin gespannt, was sich Ihr hübscher junger Mann da ausgedacht hat.«

»Sie haben sich gestritten.« Ohne auf den Protest der Kosmetikerin zu achten, griff Kelsey mit einer Hand nach Janets Arm. »In dieser Nacht haben sie sich gestritten.«

»Ja, Liebes.« Inzwischen bedauerte Janet heftig, daß sie sich durch ihre Schwatzhaftigkeit so in die Enge hatte treiben lassen. Freundlich fuhr sie fort: »Nachdem es zu diesem . . . Vorfall gekommen war, wurden viele von uns über diese Auseinandersetzung befragt. Sie haben sich ja auch nicht gerade leise gezankt, sondern Naomi hat Alec in aller Deutlichkeit zu verstehen gegeben, daß für sie die Beziehung zu Ende war. Beide hatten wohl etwas mehr getrunken, als sie vertragen konnten, und so gab ein Wort das andere. Naomi schüttete ihm ein Glas Sekt ins Gesicht und verließ wutschnaubend den Raum. Und seitdem habe ich sie sehr, sehr lange nicht mehr gesehen.«

Die Augen unter der bunten Gesichtsmaske wurden weich. »Ich hatte Naomi gern. Daran hat sich bis heute nichts geändert. Der Mann taugte nichts, er war es nicht wert, daß sie auch nur eine Minute ihrer Zeit an ihn verschwendete. Das eigentliche Unglück bestand darin, daß sie das erst erkannt hat, als es zu spät war.«

Den Rest des Nachmittags versuchte Kelsey krampfhaft, sich die Unterhaltung Wort für Wort wieder ins Gedächtnis zu rufen; jeden einzelnen Satz abzuwägen. Jetzt sah die Sache für sie anders aus. Irgendwie änderte sich die Situation, seit sie wußte, daß Alec Bradley käuflich gewesen war.

Aber so verzweifelt sie sich auch wünschte, die Teile des Puzzles zu einem vollständigen Bild zusammenfügen zu können, im Augenblick hatte sie viel zu viel um die Ohren, um sich darauf zu konzentrieren.

Außerdem wollte sie auf keinen Fall Gabe die Party verderben oder die stille Zufriedenheit ihrer Mutter erschüttern, indem sie sich ihre Stimmung anmerken ließ.

Schon früh begann sie, sich anzukleiden und zurechtzumachen, und legte Gabe einen Zettel mit der Notiz, sie um Punkt acht im Ballsaal zu treffen, aufs Bett.

Hier und da legte sie noch Hand an, obwohl das den Floristen und dem Hotelpersonal offensichtlich nicht paßte. Aber alles sollte perfekt sein. Und als sie in dem großen, kerzenerleuchteten Raum stand, erfüllte sie eine tiefe Genugtuung.

Die Farben von Longshot, Rot und Weiß, beherrschten den Saal, erschienen in der Tischdekoration, den Kerzen und dem Blumenschmuck. Zu Ehren der Triple Crown hatte sie überall im Raum Körbe und Hängeampeln voll roter Rosen, leuchtendgelber Wicken und weißer Nelken verteilen lassen. Schwarzbefrackte Kellner standen Spalier, und die Angestellten des Partyservice gaben den drei riesigen Büffettischen den letzten Schliff.

Aber Kelseys Idee, ihr ganzer Stolz, aber auch ihr größtes Problem, war die Spielbank.

Überdimensionales Spielgeld stand zum Verkauf, und der Erlös sollte einer wohltätigen Stiftung zufließen. Die Klärung der Einzelheiten hatte sie tagelange Kämpfe mit sturen Beamten gekostet. Doch Naomis Vollblut hatte schließlich gesiegt.

Und nun stand Kelsey da und blickte zufrieden über das Roulette, die Würfel- und Kartentische und freute sich darauf, Gabe mit *der* Party der Saison zu überraschen.

Als die Kapelle zu spielen begann, ging sie zum Roulettetisch und setzte das Rad in Bewegung.

»Ich setze auf Rot.«

Lachend drehte sie sich um und sah Gabe an. »Du bist pünktlich.«

»Und du siehst wunderbar aus.« Er ging nicht zu ihr hinüber, noch nicht. Erst wollte er den Anblick genießen, den sie in ihrem langen, schimmernd weißen Kleid bot. Die Brosche, die er ihr geschenkt hatte, blitzte an ihrer Brust, ihr Haar war zu einer wilden Lockenpracht frisiert, die von glitzernden Spangen gehalten, über ihre nackten Schultern floß. Ein Gehänge aus Diamant- und Rubintropfen funkelte in ihren Ohren. »Du bist einfach unglaublich schön.«

»Deine Farben.« Sie streckte die Hände nach ihm aus. »Was sagst du nun?«

»Ich kann's kaum glauben.« Er hielt sie immer noch auf Armeslänge von sich, als er sich umblickte. »Was hast du nur mit diesem tristen Hotelsaal angestellt?«

»Ich habe ohne Rücksicht auf Verluste jeden Händler und jeden städtischen Beamten im Umkreis von fünfzig Meilen zum Wahnsinn getrieben, Gabe, um dir für eine Nacht ein Kasino aufzubauen.«

»Und der Erlös?«

»Geht an eine Einrichtung für mißhandelte Frauen und Kinder in D.C.«

Seine Augen wurden dunkel, und er sagte: »Du beschämst mich, Kelsey.«

»Ich liebe dich, Gabe.«

Tief bewegt zog er ihre Hände an die Lippen. »Welcher Zufall hat dich nur zu mir geführt?«

»Der glücklichste deines Lebens.« Kelsey blickte auf das Rouletterad und lächelte, als sie sah, wo die silberne Kugel zum Stillstand gekommen war. »Rot«, murmelte sie. »Du gewinnst schon wieder. Weißt du, Gabe, das alles hier ist nicht nur für dich gedacht.«

»Nein?«

»Nein.« Sie kam näher und schlang die Arme um seinen Hals. »Ich will dir heute nacht einmal bei der Arbeit zusehen. Ich hab' so ein Gefühl, daß ich das sehr ... erregend finden werde.«

Ihr Gefühl hatte sie nicht getrogen. Stunden später, als der Raum von Menschen wimmelte, die Büffets nur noch Reste boten und die Tanzfläche überfüllt war, stand sie hinter Gabe, blickte ihm über die Schulter und bewunderte seine Geschicklichkeit. Sie hatte sich immer eingebildet, die Regeln von Siebzehn und Vier zu kennen, einem einfachen Kartenspiel, bei dem es auf Glück und Kombinationsgabe ankam und bei dem es einzig und allein darum ging, so nahe wie möglich an einundzwanzig Punkte zu kommen. Wer darüber geriet, der verlor. Aber sie begriff einfach nicht, wie Gabe magere fünfzehn Augen halten und damit gewinnen und im nächsten Spiel über die Sechzehn hinausgehen – und wieder gewinnen konnte.

»Es geht nur um Zahlen«, erklärte er ihr. »Nichts weiter als Zahlen, Liebling.«

Genau das hatte sie bislang auch gedacht. Bis sie ihn spielen sah. »Du kannst doch unmöglich alle Zahlen und Kombinationen im Kopf behalten.«

Er lächelte nur, klopfte auf seine Karten und fügte seinen siebzehn Punkten noch vier hinzu. »Hier«, er schob ihr einen Stapel roter und weißer Chips zu, »spiel du mal ein Weilchen.«

»Ich probier's.« Sie ließ sich auf dem Stuhl, den er ihr freimachte, nieder und blickte erstaunt auf, als sich Naomi neben sie setzte.

»Eben hab' ich beim Würfeln ein kleines Vermögen verloren. Jetzt werde ich hier zehn Minuten mein Glück versuchen und dann Moses beschwatzen, mit mir zu tanzen.« Sie schob sich eine goldene Haarsträhne hinters Ohr und schlug die Beine übereinander. Nachdem sie einige Chips nach vorn geschoben hatte, ließ sie den Blick durch den Saal wandern. »Eine tolle Party.«

»Deine Tochter setzt dich eben immer wieder in Erstaunen.«

»Das stimmt.« Mit zusammengezogenen Brauen musterte Naomi ihre Karten. »Eine noch«, verlangte sie. Dann seufzte sie tief und sagte: »Mist!«

»Alles für einen guten Zweck. Es sollte dir das Herz wärmen zu verlieren.« Kelsey betrachtete die Acht und die Fünf in ihrer Hand. »Okay, ich nehme auch noch eine. eine Acht! Noch eine Acht! Gewonnen!« Lachend strich sie ihre Chips ein, bis sie Naomis schmale Augen bemerkte. »Nun ja, wenn man gewinnt, wird's einem noch wärmer ums Herz. Tanz du mal mit meiner Mutter, Gabe, und ich probiere aus, wieviel ich von deinem Geld verspielen kann.«

»Wie könnte ich ein solches Angebot ausschlagen?« Gabe streckte die Hand aus, seine Finger schlossen sich um die von Naomi. »Du siehst großartig aus«, meinte er bewundernd, als er sie zur Tanzfläche führte.

»Woher willst du das denn wissen? Du hast doch nur Augen für Kelsey.«

Gabe schwieg einen Moment. »Mir fällt keine passende Antwort ein.«

Naomi neigte den Kopf und musterte ihn prüfend. »Ich wäre auch sehr enttäuscht, wenn du eine hättest. Ihre Gefühle für dich stehen ihr im Gesicht geschrieben. Das gefällt mir. Mir gefällt auch, daß sie dich aus der Reserve lokken konnte. Ihr habt ja vorher beide niemanden an euch herankommen lassen. Ich glaube, ihr habt euch gesucht und gefunden.«

»Trotzdem machst du dir Sorgen?«

»Nicht wegen euch. Aber alles andere beunruhigt mich.« Sie blickte sich zum Kartentisch um, wo Kelsey lachend einen Stapel Chips nach vorn schob. »Ich weiß, daß sie das, was ihr zugestoßen ist, zu verdrängen versucht. Aber ich habe Angst.«

Seine Augen blickten plötzlich abweisend. »Das hätte nie geschehen dürfen. Ich hätte bei ihr sein sollen.«

»Nein, das hätte nie geschehen dürfen«, pflichtete

Naomi ihm bei. Dabei ruhten ihre Augen auf ihrer Tochter. »Ich finde, sie sollte auf Three Willows bleiben, oder besser noch zu ihrem Vater zurückgehen, bis die Angelegenheit geklärt ist.«

Daran hatte er auch schon gedacht, aber es erleichterte ihm die Entscheidung nicht, daß es Naomi nun laut aussprach. »Selbst wenn sie damit einverstanden wäre, wir wissen ja noch gar nicht, wie lange es dauert, bis alles geklärt ist.«

»Alles?«

Gabe verfluchte im stillen seinen Ausrutscher. Naomi war nur über den momentanen Ärger mit den Pferden informiert. »Zum Beispiel, wer in meinen Stall eingedrungen ist und was er dort vorhatte. Andererseits kann nach dem Rennen morgen schon alles vorbei sein.«

»Darauf zähle ich. Ich könnte es nicht ertragen, wenn ihr etwas zustößt, Gabe. Der Gedanke, daß sie nun mit den Schattenseiten in der Welt der Pferde in Berührung kommt, ist mir furchtbar. Milicent hat ja immer behauptet, der Pferderennsport sei eine Quelle des Lasters und der Kriminalität.« Sie schüttelte den Kopf, und ihre Augen loderten. »Aber das stimmt nicht. Schwarze Schafe gibt es überall, nicht nur hier. Und die Leute erinnern sich immer nur an die negativen Schlagzeilen.«

»Gibst du etwas auf die Meinung von Milicent Byden?«

»Um Gottes willen, nein.« Der altvertraute Trotz stellte sich wieder ein. »Aber ich will ihr nicht nachträglich recht geben müssen. Und der Teufel soll mich holen, wenn ich zulasse, daß sie meine Ehre noch einmal in den Schmutz zieht. Deshalb will ich diese Sache hinter mich bringen. Für Kelsey, für dich und für mich selbst.«

Als Kelsey erwachte, war es um sie herum kühl und dunkel. Wohlig räkelte sie sich, während ihr Bilder der vergangenen Nacht durch den Kopf gingen. Farbe, Licht, Stimmengewirr und Musik. Das sich mit schwindelerregender Schnelligkeit drehende Rad, das Klappern der Würfel. Sie hatte die Hälfte von Gabes Gewinnen beim

Kartenspiel verloren, aber er hatte alles und noch mehr beim Würfeln zurückgewonnen.

Am deutlichsten stand ihr sein Bild vor Augen; wie dunkel und gefährlich er im Abendanzug gewirkt hatte, die unglaublich blauen, unergründlichen Augen auf die tanzende Kugel, die fallenden Karten gerichtet, und zwischendurch hatte er immer wieder sie angeschaut, und diese Blicke verschlugen ihr jedesmal den Atem.

Und dann, als sie endlich allein waren, als der Abend mit seiner bunten, geräuschvollen Menschenmenge hinter ihnen lag, hatte er sie zum Bett getragen.

Und sie hatten Dinge getan, die Kelsey niemals zuvor gestattet, geschweige denn erbeten hätte.

Als sie jetzt langsam aus den Tiefen des Schlafes emportauchte, meinte sie, sich zum ersten Mal in ihrem Leben ihres Körpers voll und ganz bewußt zu sein. Mit geschlossenen Augen tastete sie suchend über das Laken, setzte sich dann benommen im Bett auf und stellte fest, daß sie allein war.

So einfach würde er nicht davonkommen, schwor sie sich, als sie, noch immer halb im Schlaf, aus dem Bett aufstand, einen dünnen Morgenmantel überzog und ins Wohnzimmer der Hotelsuite ging.

Das Licht, das durch die halb geöffneten Jalousien drang, blendete sie. Kelsey legte eine Hand vor die Augen und hielt sich an der Türklinke fest.

»Wie spät ist es eigentlich?«

»Kurz vor zehn.« Naomi schenkte sich gerade eine Tasse Kaffee ein. Vor ihr auf dem Tisch wartete ein Tablett mit einem einladenden Frühstück. »Du kommst genau richtig. Das Frühstück ist gerade serviert worden.«

»Frühstück? Zehn Uhr?« Kelsey blinzelte durch ihre gespreizten Finger hindurch. »Und Gabe?«

»Oh, der ist seit dem Morgengrauen auf der Bahn.«

»Aber ...« Plötzlich hellwach ließ sie die Hand sinken. »Dieser Mistkerl! Er hat mir versprochen, heute morgen auf keinen Fall ohne mich zu gehen. Ausgerechnet heute!«

»Mm.« Naomi goß ihrer Tochter eine Tasse Kaffee ein.

»Er hat gesagt, du seist heute morgen entsetzlich schlechter Laune gewesen und hättest ihn angefahren, als er dich aus dem Bett werfen wollte.«

»Stimmt gar nicht.« Sie nippte an ihrem Kaffee. »Oder doch? Wahrscheinlich hat er geschwindelt.«

»Wahrscheinlich wollte er, daß du ein bißchen Ruhe bekommst.«

»Er ist mein Liebhaber und nicht mein Kindermädchen.« Kelsey schoß das Blut ins Gesicht, kaum daß die Worte heraus waren. Naomi war immerhin ihre Mutter, mochte die Beziehung auch noch so ungewöhnlich sein. Sie räusperte sich und setzte sich an den Tisch. »Was tust du denn noch hier? Ich habe dich schon längst auf der Bahn vermutet.«

»Kein großes Rennen für uns. Eineinhalb Meilen.« Achselzuckend strich Naomi Brombeergelee auf einen Toast. »High Water schlägt sich tapfer, und da der Hengst aus Arkansas vom Rennen zurückgezogen worden ist, könnten wir Glück haben.«

»Er ist zurückgezogen worden? Wann? Was ist passiert?«

»Ach, er hat beim Training gelahmt. Verstauchtes Vorderbein. Ich hab' ganz vergessen, dir das zu erzählen.«

Schmollend biß Kelsey in einen Streifen gebratenen Schinken. »Ich komme mir vor, als wäre ich von der Party ausgeschlossen und könnte nur von weitem zusehen, wie alle anderen sich amüsieren.«

»Das tut mir leid, Liebes. Aber du mußt verstehen, daß wir uns alle Sorgen um dich machen. Wenn ich daran denke, was alles hätte passieren können . . .« Seufzend verteilte Naomi noch mehr Gelee auf ihrem Toast. »Schon gut, schon gut, lassen wir das Thema. Ich kenne diesen trotzigen Gesichtsausdruck, hab' ihn oft genug im Spiegel gesehen.«

»Das hat mit Trotz nichts zu tun«, lächelte Kelsey. »Du sollst dir nur keine Sorgen machen.«

»Jede Mutter sorgt sich um ihr Kind. Ich habe nur reichlich spät Gelegenheit dazu bekommen. Und jetzt iß dein

Frühstück. Ich habe Anweisungen, darauf zu achten, daß du nichts übrig läßt.«

»Schon wieder Gabe.«

»Vermutlich weißt du längst, daß er dich liebt.«

»Ja, das weiß ich.«

»Weißt du auch, daß er verrückt nach dir ist?«

Ein strahlendes Lächeln breitete sich auf Kelseys Gesicht aus. »Meinst du?«

Naomi mußte lachen. »Und ob du das weißt! Ist es nicht einfach herrlich, wenn ein Mann bis über beide Ohren in einen verliebt ist?«

»O ja. Und doppelt so schön, wenn man selbst genauso verliebt ist. Ich weiß, es ist ein bißchen früh, direkt nach der Scheidung wieder eine Beziehung einzugehen, aber . . .«

»Kelsey, ich bin nun wirklich die letzte, die ein Recht hat, Kritik an dir zu üben. Außerdem möchte ich dich darauf hinweisen, daß du dich schon vor zwei Jahren von Wade getrennt hast.«

»Trotzdem . . .« Kelsey schüttelte den Kopf. »Ich mache mir im nachhinein Vorwürfe, weil es mir nicht richtig erscheint.« Sie stocherte in ihrem Essen herum und hoffte, daß sie für ihre nächste Frage nicht den falschen Moment erwischt hatte. »Hast du Dad auch noch geliebt, als du schon getrennt von ihm gelebt hast? Ach, entschuldige bitte.« Unsicher schaute sie ihre Mutter an. »Jemand hat gestern etwas zu mir gesagt, das mir zu denken gibt. Wenn du lieber nicht antworten willst, verstehe ich das vollkommen.«

»Ich habe dir einmal gesagt, daß ich versuchen will, dir jede Frage zu beantworten.« Aber diesmal fiel es ihr schwer. Kelseys Frage riß eine alte Wunde wieder auf; eine, von der sie geglaubt hatte, daß sie längst vernarbt wäre. »Ja, ich habe ihn immer noch geliebt, noch eine lange, lange Zeit. Und diese Tatsache machte mich wütend, auf ihn und auf mich, deshalb war ich wild entschlossen, zu beweisen, daß mir die Trennung nichts ausmacht.«

»Hast du dich deswegen . . .«

»Ins wüste Partyleben gestürzt?« beendete Naomi die Frage. »Es genossen, mit anderen Männern zu flirten und ins Gerede zu kommen? Ja, zum Teil bestimmt. Um keinen Preis hätte ich zugegeben, versagt zu haben. Ich wollte Philip quälen, ihm schlaflose Nächte bereiten, ihn im Glauben zu lassen, ich würde meine Freiheit genießen. Und ich hatte zweifellos Erfolg damit, nur habe ich ihn durch mein Verhalten dazu getrieben, sich mehr und mehr von mir abzuwenden, bis ich das, was ich mir am meisten wünschte, nicht mehr haben konnte.«

»Du wolltest ihn zurückgewinnen?«

»Unbedingt. Ich war nur dumm und eingebildet genug zu glauben, ich könnte die Bedingungen diktieren.«

»Und Alec Bradley?« Kelsey merkte, wie Naomi zusammenzuckte, und zwang sich weiterzusprechen. »Hast du ihn auch dazu benutzt, Dad zu verletzen?«

Naomi ging von Kaffee zu Wasser über. »Er war so etwas wie die letzte Herausfoderung. Sein Familienstammbaum stand dem Philips in nichts nach, nur sein Ruf war schlecht.«

Die nächste Frage lag Kelsey wie ein Stein auf der Seele, doch sie mußte es wissen, deshalb sprach sie weiter: »Hast du seine Dienste in Anspruch genommen?«

Das Unbehagen verschwand aus Naomis Augen. »Wie bitte?« fragte sie verdutzt.

»Ich habe gehört, daß er sich für gewisse Tätigkeiten bezahlen ließ.« Kelsey spülte den schlechten Geschmack im Mund mit einem großen Schluck Kaffee hinunter. »Das ist sogar noch vorsichtig ausgedrückt.«

Naomi brach unverhofft in schallendes Gelächter aus. Das war die letzte Reaktion, die Kelsey erwartet hätte. »O jemine, was für ein Gedanke! Das allerletzte, was ich von Alex wollte, war käuflicher Sex.« Ihre Belustigung ließ merklich nach. »Wirklich das allerletzte.«

»Entschuldige, das war eine dumme Frage. Ich hab' es eigentlich auch anders gemeint, ich dachte eher an Auftritte in der Öffentlichkeit als an private Dinge.«

»Nein, ich habe ihn nicht für seine Dienste bezahlt, obwohl ich ihm ein- oder zweimal Geld geliehen habe. Er hatte immer gerade ein Geschäft in Aussicht, verstehst du? Und immer war er gerade nicht flüssig. Vielleicht beeinflußt die Eitelkeit auch jetzt noch mein Erinnerungsvermögen, aber wenn ich mich recht entsinne, ist er mir nachgelaufen wie ein treuer Hund. Nicht, daß ich etwas dagegen gehabt hätte«, fügte sie hinzu und nahm sich eine Himbeere aus der Schüssel, »ich wollte und brauchte Aufmerksamkeit, Zuwendung und Bewunderung, und er konnte ausgesprochen charmant sein. Er machte dich glauben, du seiest für ihn die einzige Frau im Saal, obwohl du es eigentlich besser wußtest. Ich kannte ja seinen Ruf, wußte, daß er käuflich war. Das hat vermutlich den Reiz noch erhöht. Ein Mann wie er war hinter mir her, versuchte mich zu erobern, weil er einfach nicht anders konnte, das hat mein angeschlagenes Ego wieder aufgerichtet.« Bei der ganzen Sache war es eigentlich nur um ihr Ego gegangen, dachte Naomi. »Doch am Ende weigerte er sich zu akzeptieren, oder er konnte es nicht akzeptieren, daß ich mich nicht von ihm erobern lassen wollte. Und deswegen mußte er sterben.«

»Aber bei einer Vergewaltigung geht es doch nicht nur um Sex.«

»Nein.« Früher einmal hatte sie sich das einzureden versucht, weil es ihr leichtergefallen wäre, die Erlebnisse zu verarbeiten. »Er wollte mir wehtun, mich demütigen. Ich habe nie richtig begriffen, was ihn in jener Nacht so bis zum Äußersten getrieben hat. In seinen Augen stand weder Leidenschaft noch Begierde. Ich glaube, damit wäre ich fertiggeworden. Es war diese verzweifelte Besessenheit in seinen Augen, die mich zur Waffe greifen ließ.«

Naomi erschauerte, dann machte sie ihrer Anspannung in einem tiefen Atemzug Luft. »Ich hatte das ganz vergessen.«

»Bitte verzeih, daß ich dich daran erinnert habe.« Obwohl sie sich vornahm, später alles noch einmal zu überdenken, griff Kelsey nach Naomis Hand. »Laß gut sein.

Wir wollen beide nicht mehr daran denken. An einem Tag wie heute sollte man nach vorn blicken und nicht zurück. Kommst du jetzt mit und siehst dir meine neuen Sachen an? Ich habe sie mir extra für das Rennen gekauft, und wenn ich sie nicht bald anziehe, verpassen wir den ersten Start.«

24

Reno trug einen schiefergrauen Anzug, dazu einen rötlichbraunen Schlips, und seine Stiefel aus weichem italienischem Leder waren auf Hochglanz poliert. Die gertenschlanke Frau an seiner Seite überragte ihn um Haupteslänge und drehte ihr kunstvoll geschminktes Gesicht so oft wie möglich den Kameras zu.

Reno wußte um das abgedroschene Klischee vom kleinnen Mann, der seine Männlichkeit unter Beweis stellen muß, indem er großgewachsene, auffallende Frauen wählt. Heute gab er keinen Pfifferling darauf. Gerade jetzt mußte er sich dringend beweisen, daß er ein Mann war. Ein vollwertiger Mann.

Die Schlinge um seinen Arm paßte farblich genau zu seiner Seidenkrawatte. Es war die einzige Seide, die er heute tragen würde.

Lächelnd stellte er sich in Positur, genauso gierig auf die Aufmerksamkeit der Reporter wie seine Begleiterin. Bereitwillig beantwortete er alle Fragen über seinen Gesundheitszustand, die nächste Saison, seine Aussichten auf ein Comeback, doch hinter der selbstsicheren Fassade verbarg sich ein geschlagener Mann, der nur sein Elend zu überspielen versuchte.

Er sah den Jockeys zu, die zum Sattelplatz gingen, und wußte genau, was sie dachten und fühlten. Wer kannte die Aufregung, die Konzentrationsübungen, die dem Rennbeginn vorausgehen, besser als er?

Nur einer würde gewinnen, aber die anderen konnten ihr Talent unter Beweis stellen. Einige sah man dann später bei anderen Rennen, einige gingen unter – setzten Gewicht an, verloren das Interesse, verunglückten. Manche wechselten zu anderen Disziplinen oder arbeiteten auf zweitklassigen Bahnen. Die echten Spitzenjockeys unter ihnen blieben einem Gestüt treu, häuften im Laufe der

Zeit ein kleines Vermögen an und ließen sich auch von Knochenbrüchen und bösen Stürzen nicht aus der Bahn werfen.

Dann gab es da noch das Mittelmaß. Diese Jockeys zogen von Rennbahn zu Rennbahn, immer auf der Suche nach einem guten Trainer oder Agenten, verschwanden dann vielleicht aus der Öffentlichkeit und tauchten dann irgendwo als Pferdepfleger, Helfer oder Assistenztrainer auf irgendeiner kleinen, unbedeutenden Farm wieder auf.

Doch daran dachte jetzt wohl keiner, jetzt waren sie Helden, Krieger und Stars zugleich. Ihre Augen hinter der Schutzbrille blickten konzentriert, jeder Muskel des Körpers war angespannt. Am Arm trugen sie eine Binde mit ihrer Startnummer, ihre Füße steckten in weichen, geschmeidigen Stiefeln.

Einige von ihnen waren schon in aller Herrgottsfrühe aufgestanden, um ihre vierbeinigen Partner selbst zu trainieren. Die Angst vor der Waage hatte die meisten vom Essen abgehalten und noch für eine Stunde in die Sauna getrieben.

Mittlerweile waren sie gewogen worden und startklar. Reno beobachtete sie mit wachsendem Neid und nagender Verzweiflung.

Er hätte derjenige sein sollen, der die letzten Anweisungen des Trainers entgegennahm. Auf ihm hätten die Hoffnungen der Besitzer ruhen, ihm die Bewunderung des Publikums gelten sollen.

Er hätte die Bahn entlangfliegen sollen, die Gerte zwischen den Zähnen. Die Angst, daß er nie wieder dazugehören würde, lastete auf ihm wie ein Alpdruck.

Er setzte ein großspuriges Lächeln auf und zwang sich, auf Naomi zuzugehen.

»Miß Naomi.«

»Reno.« Automatisch streckte Naomi die Hand aus und drückte seinen gesunden Arm. »Schick siehst du aus.«

»Danke, viel lieber würde ich jetzt Ihre Farben tragen.«

»Das wirst du auch bald wieder.« Naomi blickte zu der Frau hinüber, die er bei den Reportern zurückgelassen hatte. »Hübsches Mädchen. Kommt mir irgendwie bekannt vor.«

»Sie haben sie bestimmt schon mal in einem Werbespot gesehen, hauptsächlich für Shampoo und Zahnpasta. Sie versucht, beim Film unterzukommen.« Achselzuckend winkte er ab und richtete sein Augenmerk wieder auf den Hengst. »Er wird für Sie rennen, Miß Naomi.«

»Ja, das wird er.«

»Genau der Mann, den ich gesucht habe.« Kelsey gesellte sich zu ihnen. »Ich hatte eigentlich gehofft, daß du in den nächsten Wochen mal einen Blick auf meinen Jährling werfen könntest, Reno. Honor braucht einen Reiter, der das Beste aus ihr herausholt.«

Reno spürte einen brennenden Stich in der Herzgegend. »Sicher, sicher mach' ich das. Zeit habe ich ja wirklich mehr als genug. Jetzt werd' ich mal eben Joey begrüßen.«

»Hab' ich was Falsches gesagt?« wunderte sich Kelsey, als Reno eilends verschwand.

»Ich weiß es nicht.« Beunruhigt sah Naomi Moses an. »Er ist wahrscheinlich nur überreizt – wie wir alle.«

»Du hast sicher recht. Ich muß nur Gabe noch Glück wünschen. Wir sehen uns gleich in der Box.«

»Tu dein Bestes, damit wir in die Renngeschichte eingehen, Joey.« Gabe schüttelte seinem Jockey die Hand.

Joey ließ die Fingerknöchel knacken. »An mir soll's nicht liegen, Mr. Slater.«

»Denk daran, was ich dir gesagt habe. Halt ihn anfangs zurück«, fügte Jamison hinzu. »Ich will nicht, daß er sich am Anfang gleich völlig verausgabt. Wir wollen keinen Rekord aufstellen, sondern siegen.«

»Double und ich werden schon dafür sorgen«, grinste Joey und begrüßte Reno, der langsam näherkam. »Sichere dir einen Platz in der ersten Reihe, Kumpel, und halt 'ne Flasche Schampus bereit.«

»Mach' ich.« Renos Lächeln wirkte wie festgefroren, als er Gabe zunickte. »Viel Glück, Mr. Slater. Ein Pferd wie Ihres findet man nur einmal unter Millionen.« Er spürte, wie ihm der Schweiß ausbrach. »Ich würde ihn gern einmal selbst reiten.«

»Wenn du wieder hundertprozentig fit bist, reden wir darüber.«

»Ein Mann gewöhnt sich daran, nur das Beste vom Besten unter sich zu haben, wenn er die Art Pferd reitet, die ich in den letzten Jahren geritten habe.« Seine Augen hefteten sich auf Jamison. »So ist es doch, nicht wahr? Wir sind zu verwöhnt.«

»Da hast du nicht unrecht, Reno.« Jamisons Hand schloß sich fester um Doubles Zügel.

»Weißt du noch, wie ich vor zwei Jahren das Belmont für dich gewonnen habe? Jeder hat es für Wahnsinn gehalten, einen unerfahrenen Jockey in den Sattel zu lassen, und auch noch auf einen Außenseiter. Und dann wurde es mein großer Tag. Mein Pferd. Mein Rennen.« Nervös öffnete und schloß er die Hand, die er in die Hosentasche geschoben hatte. »Aber die Leute vergessen schnell. Sie vergessen alle Rennen, alle Siege. Nur das Derby bleibt ihnen im Gedächtnis. Das Derby bringt dich ganz nach oben.«

Seine Hand zitterte, als er sie aus der Tasche zog und dem Hengst flach auf den Hals legte. »Nun, jetzt hast du das Derby, und noch viel mehr.« Er rang sich ein Lachen ab. »Ob Sieg oder Niederlage, dieses Belmont wird man nicht vergessen. Also, gewinn!«

»Aufsitzen!«

Bei diesem Aufruf trat Reno zurück, das Gesicht aschfahl und schweißglänzend. Er wandte sich rasch ab, und als er sich entfernen wollte, packte ihn Kelsey am Arm.

»Reno?«

»Es tut mir leid«, war alles, was er hervorbrachte, ehe er sich losmachte und eilig den Sattelplatz verließ.

»Jockeys!« Jamison half Joey in den Sattel. »Launisch wie Aprilwetter.«

»Er sah krank aus«, murmelte Kelsey, doch ihr blieb kaum noch Zeit zum Nachdenken, geschweige denn, sich Sorgen zu machen. Aber nach dem Rennen würde sie ihn aufsuchen, vielleicht konnte sie ihm helfen. Doch dieser

Moment gehörte Gabe, und sie wollte ihm keinesfalls die Stimmung verderben.

»Auch wenn du heute morgen einfach ohne mich losgegangen bist, möchte ich dir trotzdem Glück wünschen.«

»Ich hätte dich doch nur mit brutaler Gewalt im Morgengrauen aus dem Bett bekommen«, sagte er. Außerdem hatte er den Morgen für sich haben wollen, um nach seinem Vater Ausschau zu halten. Aber Rich Slater hatte sich nicht blicken lassen. Gabe musterte Kelsey. Das Haar hatte sie unter einem weißen Strohhut versteckt, dessen breite Krempe kokett über einem Auge wippte. Über dem engen roten Kleid trug sie eine taillenlange weiße Jacke, und das Jadepferd galoppierte an ihrer Brust.

»Wo ich sehe, was die paar Stunden Schlaf mehr bewirkt haben, bin ich heilfroh, daß ich dich nicht geweckt habe.«

»So einfach kannst du dich nicht aus der Affäre ziehen, Slater.«

»Ich denke doch.« Er hakte sich bei ihr ein. »Du trägst meine Farben.«

»Heute sind nur diese Farben wert, getragen zu werden.« Auf dem Weg zur Box preßte Kelsey eine Hand auf die Herzgegend. »Wie schaffst du es bloß, so gelassen zu bleiben?«

»Nervosität ändert doch auch nichts.«

»Das sag mal meinem Magen«, brummte sie und kramte in ihrer Handtasche nach dem Fernglas. »Langsam komme ich zu dem Schluß, daß mir noch mehr an diesem Rennen liegt als dir.«

»Glaub' ich nicht.«

Er hielt ihre Hand fest in der seinen, als die Pferde zu den Startboxen geführt wurden.

Die Quoten standen fest, die Wettschalter waren bereits geschlossen. Der Himmel über ihnen erstrahlte in tiefem sommerlichen Blau. Die Bahn, eineinhalb Meilen sorgsam gepflegten Rasens, war heute schnell. Von den bereits überfüllten Tribünen drang ein stets, eintöniges, nur hier und da von Rufen und Gelächter unterbrochenes Summen herüber.

Wie leicht konnte man die gewaltigen Ausmaße dieser Veranstaltung vergessen. Wer den Sport nur vom Fernsehen kannte, dem erschien diese Welt viel kleiner und überschaulicher, als sie in Wirklichkeit war.

Durch Ehrgeiz, Glück und innere Antriebskraft war sie auch zu Gabes Welt geworden. Und nun liefen alle Hoffnungen in einem einzigen Rennen zusammen, hingen an diesem einen Pferd.

Gabe sah zu, wie Double in die Startbox verfrachtet wurde, und dachte an die Nacht zurück, als das Pferd geboren worden war. An das keuchende Atmen der Stute, an den Wind, der um den Abfohlstall heulte. An die herabwirbelnden Schneeflocken, an die schier endlose Wartezeit, bis die Stute nach einer letzten krampfhaften Preßwehe Double zur Welt brachte.

Dann der erste Blick auf die erschreckend zerbrechlich wirkenden Beinchen, die sich den Weg ins Leben freistrampelten, den Blutschwall, der sich über das Stroh ergoß, und der fast menschlich anmutende Schrei, den die Stute ausstieß.

Damals hatte ein kleines, feuchtes Häufchen Leben auf dem durchnäßten Stroh den ersten Atemzug getan, jetzt war Double or Nothing, Sohn von Bold Courage, drei Jahre alt und stand in den Startboxen von Belmont Park, Long Island.

Gabe erinnerte sich noch gut an die elektrisierende Erregung, die er gespürt hatte, als er dem Fohlen in die Augen blickte.

»Ich liebe dieses Pferd.«

Erst als sich Kelseys Finger fester um seine schlossen, bemerkte er, daß er den Gedanken laut ausgesprochen hatte. »Das weiß ich.«

Mit einem metallischen Quietschen öffneten sich die Startboxen, und fast im selben Augenblick ertönte ein einstimmiger unterdrückter Aufschrei der Menge, als Double nach rechts ausbrach und seinen Reiter beinahe abwarf. Was ihn auch erschreckt haben mochte, die verhängnisvolle Bewegung warf ihn hinter das Feld zurück, während sein Jockey noch darum kämpfte, das Gleichgewicht zu halten.

In Bruchteilen von Sekunden waren Jamisons Anweisungen zur Strategie des Rennens hinfällig geworden. Joey hatte jetzt nur noch ein Ziel: Double or Nothing wieder ins Belmont zu bringen.

Die Entscheidung, das Feld zu umgehen oder sich hindurchzudrängen, fiel blitzschnell. Reiter und Pferd trafen sie gemeinsam. Double beschrieb einen weitausholenden Bogen um das Feld, ein Vorgehen, das, ja nachdem wie das ausging, verurteilt oder gefeiert werden würde. Und als wüßte der Hengst, was er zu tun hatte, preschte er los.

Er raste hinter dem Feld her, wobei sich der Abstand ständig verringerte. Nach der ersten Runde lag er nur noch eine Länge hinter dem führenden Pferd und holte weiter auf.

Gabe stand an der Box und preßte das Fernglas an die Augen, nur auf ein einziges Pferd konzentriert. Das Rennen hatte er über der Bewunderung, die er für Doubles Kampfgeist empfand, beinahe vergessen. Hier zeigte sich der Mut des Tieres in seiner reinsten Form, und das würde Gabe nicht vergessen, ob er nun gewann oder nicht.

Die letzte halbe Meile. Double und das führende Pferd setzten sich immer mehr vom gesamten Feld ab. Die Menge tobte, jubelte ihnen zu. Doch Gabe hörte nur Kelseys Stimme neben sich, die Double leise anfeuerte.

Am Anfang der Geraden erzwang Double sich die Führungsposition. Die Zielgerade des Belmont galt als besonders anspruchsvoll und forderte den Pferden ihr Letztes ab. Auch der Hengst aus Kentucky begann jetzt, das Feld aufzurollen, und jagte wie der Blitz auf die Spitze zu.

Aber es war zu spät. Was dem Hengst von Longshot in jener stürmischen Winternacht auf seinen Lebensweg mitgegeben worden war, was Gabe damals in seinen Augen gelesen hatte, als er kaum eine Minute alt war, trieb ihn jetzt stärker an als die Peitsche, die über seinen Rücken zischte.

Mit zwei Längen Vorsprung donnerte er ins Ziel und gewann das Belmont und damit die Triple Crown.

Einen Moment lang konnte Gabe nur fassungslos ins Leere starren. Zu viele verschiedene Empfindungen wühlten sein Innerstes auf, als daß er einfach nur Freude über den Sieg hätte verspüren können. Es war *sein* Pferd, das jetzt in einen leichten Galopp fiel, wobei sich sein Reiter hoch in den Steigbügeln aufrichtete, sein Traum war in Erfüllung gegangen. Was auch geschehen mochte, diesen strahlenden Augenblick konnte ihm und seinem einzigartigen Hengst niemand mehr nehmen.

»Was für ein Pferd«, murmelte er rauh. Benommen blickte er auf Kelsey und bemerkte Tränen auf ihren Wangen. »Was für ein Pferd.«

»Ja.« Obwohl ihr die Tränen über das Gesicht liefen, lachte sie vor Freude laut auf und umarmte Gabe. »Herzlichen Glückwunsch, Slater! Du hast es geschafft!«

»Herrje! Wir haben's wirklich geschafft.« Ungeachtet der sie umringenden Kameras schwang er Kelsey hoch in die Luft. Und sie lachte immer noch, als er sie küßte.

Einige hundert Meilen entfernt saß Rich in seinem Hotelzimmer und starrte gebannt auf den Fernsehschirm. Er war nicht nach New York gefahren, denn er hatte es angesichts der zu erwartenden Ereignisse für klüger und sicherer gehalten, sich dort nicht blicken zu lassen.

Er nickte zufrieden, als die Kameras von dem siegreichen Hengst zu seinem Besitzer schwenkten. »Genieß es nur, so lange du noch kannst, mein Junge«, brummte er, ehe er sich mit zwölf Jahre altem Scotch selbst zuprostete. Ein häßliches Grinsen umspielte seine Lippen, als er den Kuß sah und die atemlose Stimme des Ansagers hörte, der Gabriel Slater und Kelsey Byden zwei freundschaftlich verbundene Rivalen nannte.

Rich lehnte sich zurück, jetzt brauchte er nur zu warten. Nach dem Rennen würde dem Hengst, wie nach jedem Rennen, eine Speichelprobe entnommen werden. Und dann, dachte Rich, würde Gabe nicht mehr so breit lachen.

So war es sogar noch besser, dachte er, denn der schon sicher geglaubte Sieg würde Gabe wieder genommen werden.

Dank Naomis kleinem Mädchen hatten sich die Dinge hervorragend entwickelt. Wenn sie nicht in jener Nacht überraschend im Stall aufgetaucht wäre und das verhindert hätte, was dem Pferd zugedacht war, wäre es gar nicht gestartet.

Aber er war das Rennen gelaufen, und er hatte gesiegt. Und in wenigen Augenblicken würde die schockierende Meldung kommen, daß man bei Double or Nothing verbotene Medikamente nachgewiesen hatte.

Dann würde Gabe nicht nur als Verlierer, sondern auch noch als Betrüger dastehen, und es würde einen gewaltigen Skandal geben.

Voller Vorfreude auf seinen ganz persönlichen Sieg schlürfte Rich seinen Drink. Als das offizielle Ergebnis durchgegeben wurde, zuckte er so heftig zusammen, daß sein Drink überschwappte.

Neun. Fünf. Zwei.

Vor Entsetzen registrierte er die Berichte über Siegprämien und Gewinnauszahlungen kaum noch. Mit offenem Mund starrte er auf den Bildschirm, den Pferd und Reiter, beide mit weißen Nelken bekränzt, ausfüllten. Dann erschien Gabe im Bild, der seinem Jockey gratulierte, den Arm besitzergreifend um Kelsey gelegt, und sich dann mit einer sentimentalen Geste wie ein Fernsehcowboy vorbeugte, um den schweißglänzenden Hengst zu küssen.

Richs Glas flog krachend gegen den Fernseher, wo es zerschellte. Er sprang vom Sessel hoch und schlug auf das Gerät wie besessen mit den Fäusten ein, bis seine Knöchel rot anliefen, dann trat er mit voller Wucht dagegen und warf den Fernseher vom Tisch, nur noch von dem einen Wunsch beherrscht, den Apparat zu zerstören, der ihm solche Bilder zeigte.

Als er schließlich keuchend und völlig ausgepumpt von seinem wahnsinnigen Treiben abließ, stank der Raum nach Rauch, Scotch und Schweiß. Seine Knöchel bluteten, er atmete rasselnd. Er stieg über einen zerbrochenen Stuhl und nahm die Flasche hoch. Der größte Teil des Scotch war auf den Teppich geflossen, aber mit dem Rest linderte er den Brechreiz, der ihn würgte. Danach war er wieder klarer.

Jetzt sollten Köpfe rollen, schwor er sich. Und da er sich offenbar auf niemanden verlassen konnte, müßte er sich persönlich um alles kümmern.

In der Woche, die auf Doubles Triple-Crown-Sieg folgte, blieb kaum Zeit zum Nachdenken. Auf Three Willows ging alles, ungeachtet der plötzlichen Berühmtheit des Nachbarn, seinen gewohnten Gang. Die Rennsaison war mit dem Belmont nicht zu Ende, und die tägliche Pflege und das Training der Pferde ließen keine Zeit, um sich auf seinen Lorbeeren auszuruhen.

Und Kelsey verfolgte ihre eigenen ehrgeizigen Ziele. Darunter auch das, selbst einmal einen Champion zu stellen. Mit Honor standen diese Chancen nicht schlecht, und sie war entschlossen, sie zu nutzen.

Ihr anderes Ziel, das Puzzle der Vergangenheit wieder zusammenzufügen, hatte sie gleichfalls nicht aus den Augen verloren. Auch wenn Charles Rooney keinen ihrer Anrufe annahm, sie würde ihn schon noch mürbe machen. Irgendwann würde er doch mit ihr sprechen. Captain Tipton wollte sie ebenfalls noch einmal aufsuchen, und wenn es sein mußte, würde sie sogar ihren Vater bitten, die fraglichen Monate seines Lebens Tag für Tag durchzugehen, bis sich ein klares Bild ergab.

Das Bild, das im Moment Gestalt annahm, war das einer Frau, die ihren Mann sehr geliebt hatte. Einer Frau, die sicherlich aus Stolz, Eitelkeit und Starrsinn, große Fehler gemacht hatte. Doch was eine eigensinnige, manchmal sogar rücksichtslose Frau zur Mörderin gemacht hatte, mußte Kelsey noch herausfinden.

»Hey, Schwesterchen.«

»Channing.« Kelsey drehte sich um, den Schwamm

noch in der Hand, und gab ihm einen Kuß. »Ich hatte noch keine Zeit, um dir zu sagen, wie froh ich bin, daß du wieder hier bist.«

»Ich bin ja auch erst seit ein paar Stunden hier. Obwohl, nach meinen Rückenschmerzen zu urteilen, kommt es mir schon wie Tage vor.« Channings Hemd war bereits schweißnaß. »Moses hat mich so schnell zum Arbeiten gekriegt, daß es mir vorkommt, als wäre ich nie weggewessen.«

»Ich hatte gar nicht mehr mit dir gerechnet.« Mit behutsamen Bewegungen wusch Kelsey ihrem Jährling den Kopf ab. »Der Juni ist schon halb vorbei.«

»Es hat mich auch harte Kämpfe und viel Zeit gekostet, um alles zu regeln.«

»Candace ist immer noch dagegen?«

»Man kann mit gutem Gewissen behaupten, daß sie über meine Entscheidung nicht allzu glücklich ist. Wir hatten ziemlich heiße Diskussionen.«

»Das tut mir leid.«

»Mir nicht. Da kam vieles zur Sprache, was schon lange fällig war. Vor allem für mich. Sie wollte, daß ich die Familientradition fortführe. Mein ganzes Leben lang hat sie von mir erwartet, daß ich wie mein Vater und mein Großvater ein brillanter Chirurg werde. Sie hat es von mir erwartet, und ich habe sie in dem Glauben gelassen.«

»Wolltest du denn nicht selber Medizin studieren?«

»Nein, ich studiere Veterinärmedizin.« Er hielt ihrem Blick stand, denn er rechnete mit Einwänden oder sogar mit einem geringschätzigen Lachen. Statt dessen trat Kelsey zu ihm und küßte ihn leicht auf beide Wangen.

»Prima.«

»Mehr sagst du nicht dazu?«

»Es ist absolut frustrierend, wenn man den Erwartungen anderer Menschen – besonders, wenn es sich um die eigene Familie handelt – gerecht werden soll, davon kann ich auch ein Lied singen. In den letzten paar Monaten habe ich das nur zu deutlich erfahren. Aber ich nehme an, das weißt du alles schon. Candace wird sich schon wieder beruhigen, Channing. Sie liebt dich, und letztendlich wird sie klein beigeben.«

»Vielleicht.« Channing schob mit den Füßen das Stroh hin und her. »Ich hasse es, mich mit ihr zu streiten, und ich hasse mich, weil ich wahrscheinlich doch nicht nachgegeben hätte, wenn der Prof. sich nicht für mich eingesetzt hätte.«

»Dad? Wirklich?«

»Er hat regelrecht zur Schlacht geblasen – nur die Hörner fehlten.« Channing grinste. »Er hat einfach nur in seiner ruhigen, geduldigen Art auf sie eingeredet. Ich habe noch nie erlebt, daß er so mit ihr umgegangen ist. Vermutlich hat der Schock, daß er für mich und nicht für sie Partei ergriffen hat, das Blatt gewendet.«

»Er liebt dich auch.« Kelsey ging wieder an die Arbeit. »Haben die beiden Probleme, Channing?«

»Die Atmosphäre ist etwas gespannt. Aber jetzt, wo ich hier bin, haben sie ja Zeit und Ruhe genug, sich auszusprechen. Außerdem gibt Mom eher dir die Schuld.«

Kelsey verzog das Gesicht. »Schätze, das steht mir einiges bevor.«

»Mom ist nicht nachtragend, jedenfalls grollt sie nie lange. Ihr Weltbild ist aus den Fugen geraten, weiter nichts. Sie braucht nur etwas Zeit, um sich daran zu gewöhnen.«

»Störe ich?« Reno stand am Eingang der Box.

»Hi, Reno.« Kelsey wandte den Kopf, striegelte aber den Jährling weiter. »Du kennst meinen Bruder Channing noch?«

»Klar. Wie geht's denn so?«

»Bestens. Was macht die Schulter?«

Unwillkürlich bewegte Reno die verletzte Schulter. »Es wird schon besser. In ein paar Wochen kann ich wieder in den Sattel. Ich habe ein Angebot, in dieser Saison beim European Circuit zu reiten.«

»Moses hat auch schon davon gesprochen«, meinte Kelsey. »Wir schicken High Water hin. Ich hoffe, du wirst ihn dann reiten.«

»Möglich. Das ist doch Honor, nicht? Naomis Honor.«

»Das ist sie. Was hältst du von ihr?«

»Ich überlasse euch zwei euren Fachsimpeleien«, unterbrach Channing. »Wenn Moses mich bei einem Schwätzchen erwischt, kürzt er mir den Lohn. War nett, dich zu sehen, Reno.«

»Bis dann.« Reno trat in die Box und bückte sich. Die Beine eines Vollbluts waren immer das Wichtigste. Wortlos ging er um das Pferd herum und strich mit den Händen über Brust, Flanken und Widerrist, dann prüfte er Augen und Zähne.

»Ein schönes Tier«, sagte er schließlich. »Wunderbar gebaut, genügend Lungenkapazität. War sie schon mal in der Startbox?«

»Ja. Wir hatten keine Probleme. Sie erschrickt zwar leicht, aber seit wir dazu übergegangen sind, Scheuklappen zu verwenden, ist sie ruhiger geworden.« Die Stute stupste sie am Arm, und gehorsam zog Kelsey eine Möhre aus der Tasche. »Sie hat eigentlich ein eher sanftes Naturell, aber beim Rennen zeigt sie Feuer und Temperament. Moses meint, wir sollten sie nächstes Jahr probeweise bei einigen Rrennen starten lassen. Hast du Interesse?«

»Ein schönes Tier«, wiederholte Reno, der zwischen Hoffnung und Verzweiflung hin- und hergerissen war. »Warum soll ich sie denn reiten?«

»Zum einen, weil ich deinen Stil kenne, zum anderen, weil du ein Pferd nicht nur als Mittel zum Zweck betrachtest. Du trainierst die Tiere selber, du bist oft im Stall, du behandelst ein Pferd als Partner.« Sie zögerte und kraulte Honor hinter den Ohren. »Ich weiß, daß du Pride geliebt hast, Reno. Man hat dir angemerkt, wieviel du von ihm gehalten hast. So einen Reiter möchte ich für Honor.«

Reno wandte sich ab und kämpfte mit den Tränen. Ihre Worte trafen ihn wie kleine, scharfe Pfeile. »Ich habe dieses Pferd geliebt«, sagte er mit schwankender Stimme, und er gab auf, sie unter Kontrolle halten zu wollen. »Pride hätte alles für mich getan, und am Ende hat er sein Leben für mich gegeben.«

»Reno, du darfst dir keine Vorwürfe machen.«

»Ich hab' ihm doch nicht schaden wollen. Wie konnte ich denn ahnen, daß das Rennen ihn umbringt?« Ausdruckslos starrte Reno vor sich hin. »Wie hätte ich das ahnen können?«

»Keiner konnte das ahnen«, sagte Kelsey sanft. »Früher oder später finden wir heraus, wer dafür verantwortlich war.«

Reno stieß keuchend den Atem aus. »Früher oder später.« Er wich einen Schritt zurück. »Das ist ein gutes Pferd hier.«

»Wirst du sie reiten?«

Reno warf ihr einen Blick zu, in dem eine so herzzerreißende Verzweiflung lag, daß sie auf ihn zuging. Aber als sie die Hand nach ihm ausstreckte, gab er ein leises Stöhnen von sich und lief davon.

25

»Ich sag' dir, Gabe, es hat mir fast das Herz gebrochen.«

Kelsey saß auf seinem langen, bequemen Sofa, ein Glas Wein in der Hand, und zog die Beine an. Es war ein warmer Abend, Türen und Fenster standen weit offen, und ließen die leichte Brise, die einen süßlichen Blumenduft mit sich brachte, herein. Doch Kelsey hatte noch immer die abgrundtiefe Hoffnungslosigkeit vor Augen, die Renos Gesicht gezeigt hatte, als er Honor ansah.

»Er muß wieder in den Sattel.«

Gabe, der sich auch auf dem Sofa ausgestreckt und die Füße in Kelseys Schoß gelegt hatte, blies genüßlich Rauchwolken an die Decke und erwiderte nichts. Zwar hatte er für Renos mißliche Lage durchaus Verständnis, aber er war jetzt einfach zu erschöpft, um sich darüber Gedanken zu machen. Wie hätte er ahnen sollen, daß sich seine Berühmtheit, die sich wie ein Lauffeuer ausgebreitet hatte, die Besprechungen, Telefonate und Einladungen anstrengender waren als harte körperliche Arbeit?

Im Moment hätte er eine Mistgabel und einen schweißnassen Rücken den Zahlen und stumpfsinnigen Berechnungen, die ihm von Anwälten, Buchhaltern und Börsenmaklern vorgelegt wurden, bei weitem vorgezogen.

Gerade an diesem Nachmittag hatte er einer Fernsehgesellschaft das Angebot abgelehnt, die Rechte an seiner und Doubles Lebensgeschichte zu verkaufen.

»Ich weiß nicht mehr weiter«, fuhr Kelsey fort, während Gabe seine Gedanken wandern ließ. »Ich habe immer angenommen, daß die Teilnahme an einem anderen Rennen für Reno alles ist, was er braucht. Aber jetzt . . .«, sie kuschelte sich an ein Kissen. Gabe hatte für sie Mozart aufgelegt. Sie wußte, daß ihm gute Rockmusik oder Blues allemal lieber war als klassische Klavier- oder Orchesterkonzerte. »Ich habe ihm vorgeschlagen, Honor zu reiten, und ich habe nicht nur aus selbstlosen Motiven gehandelt. Er ist wirklich einer der Besten. Natürlich wollte ich ihm damit auch helfen, aber ich fürchte, ich habe alles nur noch schlimmer gemacht.«

»Woher willst du das denn wissen?«

»Du hast sein Gesicht nicht gesehen. Wenn ich heute darüber nachdenke, wie sehr ich unter Prides Tod gelitten habe ... Und obwohl ich an diesem Pferd gehangen habe, muß es Reno noch viel mehr geliebt haben. Er gibt sich die Schuld, Gabe, weil er im Sattel saß, als es passierte.« Abwesend drehte sie ihr Weinglas. »Ich habe schon daran gedacht, Naomi zu bitten, ihn zu einer Therapie zu überreden. Meinst du ...« Ihr Blick fiel auf Gabe, der die Augen geschlossen hatte. »Langeweile ich dich?«

»'tschuldige«, er öffnete ein Auge, »ich bin wohl eingedöst.«

»Nein, mir tut es leid.« Kelsey verlagerte ihre Position, um seine Füße massieren zu können. »Du bist fix und fertig, das habe ich schon gesehen, als ich zur Tür reingekommen bin. Ich hätte mich nach deinem Tagesverlauf erkundigen sollen, anstatt dich mit meinen laienhaften psychologischen Theorien zu bombardieren.«

»Wenn du meine Füße weiter so rubbelst, dann kannst du mich mit noch ganz anderem bombardieren.«

Kichernd stellte sie ihr Glas beiseite, um beide Hände frei zu haben. »Also, was ist bei den Besprechungen heute herausgekommen? Haben wir die höchste Summe zu feiern, die jemals für einen Deckvorgang geboten wurde?«

»Ich habe abgelehnt.« Es ist doch faszinierend, wie viele erogene Zonen eine Fußsohle hat, dachte er. Man mußte sie nur entdecken. »Ich will Double nicht als Deckhengst verwenden.«

»Nicht?« Ihre Hände lagen einen Augenblick still. »Aber Gabe, die letzten Angebote haben schwindelerregende Höhen erreicht.«

»Ich will ihn nicht teilen.« Er schlug die Augen auf und sah sie an. »Ich habe alle Ratschläge, Angebote und Summen zur Kenntnis gekommen und danach beschlossen, nach meinem Gutdünken zu handeln. Wenn etwas mir gehört, dann gehört es ausschließlich mir.«

»Eine ebenso naive wie emotionale Entscheidung.«

»Was würdest du denn tun?«

Kelsey überlegte kurz. »Hiermit ist mein Plan, mir einige Anteile an einem Triple-Crown-Sieger zu sichern, hinfällig.«

»Kommt drauf an.« Gabe setzte seine ganze Willenskraft ein, um sich entspannt zu geben und einen betont leichten Ton anzuschlagen. »Du kannst eine Hälfte von ihm haben.«

»Eine Hälfte?« Sie hob ihre Brauen, als sie Gabes Spann knetete. »Ich glaube, das übersteigt meine Möglichkeiten.«

»Da würden dir viele Leute recht geben. Du kannst dir die Bedingungen nicht leisten.«

Schmollend verzog sie die Lippen: »Ich denke, daß ich selbst am besten beurteilen kann, was ich mir leisten kann und was nicht. Okay? Also, wie lauten die Bedingungen?«

»Es handelt sich nur um eine einzige.« Gespannt sah er sie an. »Du mußt mich heiraten.«

Als erstes ging Reno in den Stall, in den Stall, der einst Cunningham gehört hatte. Niemand hielt ihn auf. Die Wachposten, die Pfleger, alle kannten Reno. Er wolle Jamison treffen, behauptete er, und alle glaubten ihm. Er gehörte dazu.

Er mußte die Pferde noch einmal sehen. Sie riechen, sie berühren. Erst hatte er erwogen, sich an Jamison zu wenden und ihm sein Herz auszuschütten. Aber was hätte das geändert? Nichts konnte mehr geändert oder wieder gutgemacht werden.

Während der letzten Wochen hatte er oft versucht, die Schuld auf andere abzuwälzen. Aber schließlich begriff er, daß alles wie ein Bumerang auf ihn zurückprallte. Er war derjenige, der zur Spritze gegriffen hatte. Er war derjenige, der einem schönen, mutigen Tier das tödliche Gift verabreicht hatte.

Wie das Instrument in seine Hände gelangt war, zählte nicht mehr, das sah er ein, und damit fand er sich auch ab. Er hatte getötet, was er liebte, und sich dadurch selbst zerstört.

Wie der Vater, so der Sohn. Schluchzend lehnte sch Reno an eine Stute. Es lag ihm im Blut. Schlechte Erbanlagen, grübelte er dumpf. Er hatte sich selbst etwas vorgemacht. All die Entschuldigungen, die er sich zurechtgelegt hatte, konnten daran nichts ändern. Hatte er wirklich geglaubt, den Vater, den er nie gesehen hatte, rächen zu können? Man hatte seine Gefühle als Waffe gegen ihn benutzt, so wie er die Nadel als Waffe gegen das Pferd benutzt hatte.

Er war ein Schwächling, schwach, wie es sein Vater gewesen war. Er war verdammt.

Also blieb ihm nur noch eins zu tun.

Er würde dasselbe Ende finden wie sein Vater. Und somit den Kreis schließen, der bei einem Mann begonnen hatte, den er nur von Fotos und kurzen Fernsehspots kannte. Es war ein Mann, den er blind verehrt und darüber seine eigene Ehre vergessen hatte.

Wie in Trance verließ Reno den Stall mit dem beruhigenden Geruch der Pferde. Sein Ziel war die Sattelkammer, die Sattelkammer, die einst Cunningham gehört hatte.

Kelsey brauchte zehn Sekunden, um die Sprache wiederzufinden. Dieser Antrag paßte zu einem Mann wie Gabe. Herausfordernd, kaltblütig und ohne Furcht vor einem Risiko. Absichtlich schob sie seinen Fuß von ihrem Schoß und griff nach dem Weinglas.

»Wenn ich dich heirate, bekomme ich einen fünfzigprozentigen Anteil an Double?«

»So ist es.« Er hatte sich eine andere Reaktion erhofft. »Und fünfzig Prozent von Longshot und allem, was dazugehört.«

Sie nippte an ihrem Wein und musterte ihn. »Und fünfzig Prozent von dir, Slater.«

Die unterdrückte Belustigung in ihrer Stimme und in ihren Augen irritierte ihn. Er schwang die Beine von der

Couch und erhob sich. »Ich bin nicht Wade, Kelsey. Wenn wir uns darauf einlassen, dann total, mit Leib und Seele. Das wird keine Mal-sehen-ob-es-gutgeht-Ehe mit Hintertürchen.«

»Verstehe. Wenn ich den Einsatz wage, gibt es kein Zurück mehr.«

»Du hast es erfaßt. Und weil ich die Höhe des Einsatzes bestimme, lege ich meine Karten auch offen auf den Tisch. Ich will dich. Das ist mein Trumpf, und du brauchst ein verdammt gutes Blatt, um mich zu schlagen. Vielleicht bist du ja der Ansicht, daß du schlechte Karten hast, weil du einmal Pech hattest und eine Wiederholung vermeiden möchtest. Aber dies ist ein anderes Spiel mit anderen Spielern, und was mich angeht, ist auch der Einsatz höher.«

Kelsey schaute sich ihr Weinglas an. Und da behauptete er, sie könnte nicht bluffen, dachte sie mit einem Anflug von Stolz. Dennoch hütete sie sich, ihn voll anzublicken, ehe sie antwortete.

»Du glaubst also, daß ich vor einer Heirat, vor einer festen Bindung zurückschrecke, nur weil es einmal danebengegangen ist? Das empfinde ich als ebenso beleidigend wie der lächerliche Antrag, den du dir abgerungen hast.«

»Natürlich, du hast bestimmt Blumen, Kerzenschein und einen Ring erwartet.« Genauso hatte er seinen Antrag eigentlich geplant, und daß er jetzt alles so überstürzt hatte, brachte ihn nur noch mehr auf. »Ich wiederhole die Farce, die er aufgeführt hat, nicht.«

Jetzt blickte Kelsey ihm ins Gesicht. In ihren Augen funkelte gerade soviel Zorn, daß ihre wahren Gefühle verschleiert wurden. »Nanu? Wer hängt denn hier an der Vergangenheit, Slater?« Mit einem vernehmlichen Knall setzte sie ihr Glas auf den Tisch und stand auf. »Wieso führst du mich eigentlich nicht nach Las Vegas? Das wäre doch das perfekte Milieu für dich. Wir könnten uns an einem Würfeltisch das Jawort geben.«

Gabe nickte steif: »Geht in Ordnung, wenn es das ist, was du willst.«

»Was ich will, ist eine simple, ehrliche Frage, auf die ich

eine simple, ehrliche Antwort geben kann. Also entweder stellst du jetzt diese Frage, oder du kannst dich zum Teufel scheren.«

Mit schmalen Augen musterte er sie, aber zum ersten Mal konnte er nicht in ihrem Gesicht lesen. Wie sollte er auch, denn zum ersten Mal in seinem Leben hielt sein Gegenspieler alle Trümpfe in der Hand.

»Willst du mich heiraten?«

»Ja«, antwortete sie. »Und ob.«

Er sah sie an und atmete schwer aus. Ihm war gar nicht bewußt geworden, daß er die ganze Zeit die Luft angehalten hatte. »Das ist alles?«

»Das ist alles«, bekräftigte sie.

Langsam zog ein Lächeln auf seine Lippen. Er ging zu ihr, fuhr mit den Händen durch ihr Haar und sagte: »Ich liebe dich, Kelsey.«

»Das mußt du wohl, sonst hättest du die Szene nicht so verpatzt.«

»Verpatzt, soso.« Er küßte sie heftig. »Gehörst du zu mir?«

»Ja.« Lachend umarmte sie ihn fest. »Ja, das tue ich.«

Er hob sie hoch. »Was den Trip nach Vegas angeht . . .«

»Nein.«

»Denk doch mal an die Möglichkeiten.« Gabe hatte nur noch einen Gedanken im Kopf. Er wandte sich zur Treppe. »Man ist schnell dort, kann sich rasch trauen lassen. Das ist doch mal was anderes. Wir könnten unsere Hochzeitsnacht in einem großen herzförmigen Bett vor zimmerhohen Spiegeln verbringen.«

»So verlockend das auch klingt, ich muß leider passen. Warum . . .«

Das laute Klopfen an der Hintertür ließ Gabe Kelsey wieder auf die Füße stellen. »Du bleibst hier«, befahl er und schob sie zur Treppe. Noch ehe er die Tür erreicht hatte, stolperte einer seiner Pferdepfleger mit aschfahlem Gesicht und weit aufgerissenen Augen herein.

»Mr. Slater. O Gott, Mr. Slater. Sie müssen sofort kommen. Es geht um Reno. Ich glaube, er ist tot.«

Daran bestand kein Zweifel. Obwohl schon jemand den Mut gehabt hatte, Reno von dem an einen Balken geknoteten Seil, an dem er hing, abzuschneiden, war die Ursache seines Todes deutlich.

Kelsey konnte den Blick von dem schlaffen Körper, dem unnatürlich abgeknickten Hals und den Würgemalen, die das Seil hinterlassen hatte, nicht abwenden.

»Ruf die Polizei«, ordnete Gabe an und schob Kelsey grob zur Seite. »Raus hier. Geh nach Hause.«

»Nein, ich bleibe hier. Mir geht es gut. Ich bleibe hier.«

Zum Streiten war jetzt keine Zeit. »Dann warte um Himmels willen draußen«, schimpfte Gabe, als sie störrisch an seiner Seite blieb. »Warte draußen!«

Sie schüttelte nur abwehrend den Kopf und blickte von Reno zu Jamison, dessen Augen vor Schock und Entsetzen glasig wirkten. Kelsey ging zu ihm und führte ihn zu einem Stuhl.

»Setz dich erst mal, Jamie.«

»Ich hab' ihn gefunden. Irgendwer sagte mir, er sei hier und würde mich suchen. Ich weiß nicht, warum ich hier reingegangen bin, ich weiß gar nichts mehr. Außer, daß ich ihn gefunden habe. Wie das letzte Mal. Ich hab' ihn gefunden.«

»Letztes Mal?«

»Benny. Genau wie Benny. O Gott!« Jamison vergrub das Gesicht in den Händen. »O Gott, wann hat das ein Ende?«

»Hier ist eine Nachricht, Mr. Slater.« Ein junger Stallbursche kam vorsichtig näher. Er flüsterte, als ob der Tote ihn noch hören könnte. »Da auf der Bank liegt ein Zettel. Ich hab' ihn nicht angefaßt«, fügte er hinzu. »Es heißt doch immer, daß man in solchen Fällen nichts anrühren soll.«

»Vollkommen richtig. Warte draußen auf die Polizei, ja?«

»Klar, Mr. Slater.« Er zögerte. »Wir haben ihn abgeschnitten«, sprudelte er dann hervor. »Vielleicht hätten wir das nicht tun dürfen, aber wir konnten ihn doch nicht so hängen lassen. Wir mußten ihn runterholen.«

»Ihr habt richtig gehandelt.« Gabe legte dem Jungen eine Hand auf die Schulter. »Warte jetzt draußen.« Von bösen Vorahnungen erfüllt ging er zu der Bank hinüber und nahm den von Hand geschriebenen Zettel auf.

Es tut mir leid. Ich weiß, ich handele wie ein Feigling, aber es ist der einzige Ausweg, der mir noch bleibt. Nie wieder werde ich im Sattel sitzen. Ich habe das beste Pferd getötet, das ich je reiten durfte, doch Gott ist mein Zeuge, ich wußte nicht, daß die Dosis tödlich war. Er sollte lediglich disqualifiziert werden. Ich habe nie an die Schuld meines Vaters geglaubt. Bis jetzt. Was er getan hat, habe ich auch getan. Was er getan hat, werde ich auch tun. Schlechtes Blut. Das Blut ist stärker.

Gabe ließ den Bogen sinken und blickte seinen Trainer an. »Wußtest du es, Jamie?«

Jamison nickte. Tränen tropften auf seine Hand. »Ich wußte es. Ich wußte, daß Reno Benny Morales' Sohn war. Möge Gott seiner Seele gnädig sein.«

Die Tatsachen, die nach und nach ans Licht kamen, fügten sich nahtlos aneinander. Der verzweifelte Benny Morales hatte seine Schande nicht länger ertragen können und sich erhängt. Seine junge Frau war schwanger zurückgeblieben, hatte Virginia verlassen und sich in Kansas niedergelassen, um sich und ihren kleinen Sohn Reno vor dem Skandal zu bewahren.

Als der Junge fünf Jahre alt war, heiratete sie erneut.

Obwohl Reno den Namen seines Stiefvaters annahm, hörte er nie auf, von seinem leiblichen Vater zu träumen. Von Benny hatte er den kleinen Wuchs, die geschickten Hände und die Liebe zu Pferden geerbt. Also trat er in die Fußstapfen seines Vaters und arbeitete sich zum Jockey hoch.

Da er von dem Gedanken an seinen unbekannten Vater wie besessen war, zog er nach Virginia. Sein Geheimnis vertraute er nur Jamison, dem engsten Freund seines Vaters an. Und Jamison bewahrte es.

»Er hat Sammelalben mit Bildern und Berichten über seinen Vater angelegt.« Zwei Tage nach Renos Selbstmord teilte Rossi Gabe einige seiner Ermittlungsergebnisse mit. »Fast schon eine kleine Bibliothek. Einige handelten von den Anschuldigungen, die gegen Morales erhoben wurden, von den Untersuchungen und von seinem Selbstmord. Heute sind seine Mutter und sein Stiefvater aus Kansas eingetroffen, um den Leichnam zu überführen. Die Mutter bestätigte meinen Verdacht, daß Reno ein krankhaftes Verhältnis zu seinem toten Vater entwickelt hatte. Für ihn war der Mann ein Held, den man zum Sündenbock abgestempelt hatte, und er war entschlossen, das alte Unrecht zu sühnen.«

»Indem er den Chadwick-Hengst dopte«, folgte Gabe, »um ihn vom Derby zu disqualifizieren.«

»Morales ritt für die Chadwicks, als er den Unfall hatte, der ihn über ein Jahr lang arbeitsunfähig machte.« Rossi blätterte in seinem Notizbuch, obwohl er seine Aufzeichnungen auswendig kannte. »Als dann das Pferd Sun Spot in Keeneland eingeschläfert werden mußte, war Matthew Chadwick einer derjenigen, die Benny Morales am schärfsten verurteilten. Schließlich hatte er dank der Pfuscherei eine wertvolle Kapitalanlage verloren.«

»Schlechtes Blut.« Gabe biß die Zähne zusammen. »Aber dennoch stellt sich die Frage, wie Reno an das Medikament herangekommen ist. Er muß dem Pferd die Injektion verpaßt haben, nachdem es gewogen und bevor es in die Startbox gebracht wurde. Vermutlich auf dem Weg dorthin. Doch woher hatte er das Zeug und von wem?«

»Für einen Mann in seiner Position scheint mir das nicht allzu schwierig zu sein, Mr. Slater. Reno trieb sich auf den Rennbahnen herum, seit er ein Teenager war. Er wird schon die richtigen Leute gekannt haben – oder die falschen.«

»Wenn er sich das Zeug selbst beschafft hätte, dann

hätte er sich nicht in der Dosis geirrt. Ich bin überzeugt, daß er nicht die Absicht hatte, das Pferd zu töten, Lieutenant.«

»Er hat einen Fehler gemacht.«

»Oder er ist reingelegt worden. Haben Sie meinen Vater überprüft.«

»Eine Familienangelegenheit, was? Nein«, sagte er, als Gabe verbissen schwieg. »Er ist ausgezogen und hat keine neue Adresse hinterlassen. Der einzige Grund für mich, diese bestimmte Spur zu verfolgen, ist Ihr Instinkt. Und ich vertraue darauf, Mr. Slater. Wenn er auf der Rennbahn oder irgendwo in der Umgebung auftaucht, dann schnappen wir ihn uns.«

»Der taucht auf. Er ist viel zu eitel, um zu wissen, wann er aufgeben muß.«

Reno hatte nicht an die Schuld seines Vaters geglaubt. Kelsey stand, frisch geduscht, an ihrem Schlafzimmerfenster und blickte über die Hügel. Reno hatte seinen Vater für unschuldig gehalten und den größten Teil seines Lebens damit verbracht, einem Geist hinterherzujagen, hatte sich in den Gedanken verrannt, ihn zu entlasten, ihn zu rächen. Und am Ende hatte er etwas über den Mann, dessen Blut in seinen Adern floß, und über sich selbst herausgefunden, mit dem er nicht leben konnte.

Es war nicht ganz ungefährlich, das Tor zur Vergangenheit aufzustoßen. Sie selbst ermutigte Gabe ständig, die Schatten seiner Vergangenheit abzuschütteln und nur er selbst zu sein. Warum brachte sie das nicht auch fertig?

Setzte sie nicht alles, was zwischen ihr und Naomi in den letzten Monaten gewachsen war, aufs Spiel, indem sie beharrlich an jenem Tor rüttelte? Und wenn sie es aufgestoßen hatte, wenn sie herausgefunden hatte, was sich dahinter verbarg, ob sie damit leben konnte?

Laß es bleiben, befahl sie sich. Warum schlafende Löwen wecken? Ihr ganzes Leben lag noch vor ihr. Ein Leben mit Gabe. Ein neuer Anfang – in jeder Hinsicht. Sie mußte nur aufhören, den Schatten der Vergangenheit nachzujagen und das Hier und Jetzt akzeptieren.

»Miß Kelsey?«

Ohne sich umzudrehen sagte Kelsey: »Ja, Gertie.«

»Ein Mr. Lingstrom ist am Apparat. Er wollte Miß Naomi sprechen, aber sie ist nicht da, kommen Sie doch bitte ans Telefon.«

»In Ordnung, Gertie. Ich gehe nach unten.«

Sie nahm den Anruf im Büro ihrer Mutter entgegen, hörte zu, brachte es fertig, Bemerkungen zu machen und legte schließlich den Hörer behutsam wieder auf die Gabel. Sie saß noch immer regungslos am Schreibtisch, als Naomi eintrat.

»Der Himmel bewahre mich vor diesen schwachsinnigen Lunchverabredungen. Warum ich überhaupt hingehe, ist mir ein Rätsel. Der einzige Lichtblick war diese kleine Boutique neben dem Restaurant. Sie hatten das absolute Traumkleid, ideal für eine schlichte Gartenhochzeit. Ich hab's für vierundzwanzig Stunden zurücklegen lassen, damit du . . .«

Sie brach ab. Die freudige Erregung, die sie auf dem schnellsten Weg nach Hause zu ihrer Tochter getrieben hatte, ließ merklich nach. Kelsey starrte sie unbewegt an, ohne auf ihre Worte zu reagieren.

»Was ist los?« fragte Naomi besorgt. »Ist es wegen Reno? Oder was ist es?«

»Nein, nicht wegen Reno.« Kelsey bemerkte den Anflug von Erleichterung auf Naomis Gesicht. »Dein Anwalt hat angerufen.«

»Ach.« Beunruhigt spielte Naomi mit der sternförmigen Brosche an ihrem Revers.

»Er läßt dir ausrichten, daß die Dokumente, die er für dich aufsetzen sollte, zur Unterschrift bereitliegen.« Sie schwieg einen Augenblick. »Die Übertragung der Hälfte von Three Willows auf meinen Namen ist dann rechtsgültig.«

»Gut. Wunderbar.«

»Warum hast du das getan?«

»Dein Großvater und ich haben diese Transaktion bereits vor seinem Tod besprochen. Es war schon immer meine und auch seine Absicht, Kelsey, und ich legalisiere sie nur.«

»Ohne mir vorher etwas davon zu sagen?«

»Ich wollte vermeiden, daß es zu sehr nach einer Verpflichtung aussieht«, erwiderte Naomi vorsichtig, »weder für mich, noch für dich. Ich konnte dir nie viel geben. Aber dies ist etwas, was ich für dich tun kann. Mein Vater hat mir die Wahl des Zeitpunkts und der genauen Bedingungen überlassen, aber eigentlich ist dies sein Vermächtnis. Nur, Kelsey, versteh mich richtig, das ist nicht etwas, das dich an die Farm binden soll. Oder an mich.«

»Du weißt ganz genau, daß ich bereits an die Farm und an dich gebunden bin. Darauf hast du doch gesetzt, als du mich gebeten hast, hierher zu kommen.«

»Das habe ich. Ich konnte nicht damit rechnen, sondern nur hoffen, daß du etwas für mich empfinden würdest. Aber ich war ganz sicher, daß dir Three Willows bald etwas bedeuten würde.«

»Was im Endeffekt auf dasselbe hinauskommt.«

Ein leichtes Lächeln umspielte Naomis Lippen. »Das hat man mir auch gesagt.«

»Es ist fast unmöglich, das eine ohne das andere zu lieben und zu respektieren.« Kelsey stand auf und streckte über den Schreibtisch die Hände nach Naomi aus. »Ich habe es jedenfalls nicht fertiggebracht und sehe auch keinen Grund dafür.«

»Nicht jeder hätte mir die Chance gegeben.« Naomi ergriff Kelseys Hände und drückte sie fest.

Nicht jeder hatte ihr eine Chance gegeben, dachte auch Kelsey. Doch sie würde die Herausforderung annehmen und versuchen, das zu ändern.

Als sie in Tiptons Einfahrt einbog und hinter seinem uralten, schmutzigen Lieferwagen parkte, ging es schon auf fünf Uhr zu. Der Nachbarshund machte ein Höllenspektakel und raste wie verrückt am Zaun entlang, der die beiden Grundstücke trennte, als wolle er sie davor warnen, in seinen Bereich einzudringen. Aus dem Fenster der oberen

Etage lehnte eine Frau und rief den Hund zur Ruhe, ehe sie Kelsey prüfend musterte.

»Wollen Sie zu Jim?«

»Ja. Ist er zu Hause?«

»Im Schuppen.« Mit dem Kopf wies die Frau ihr den Weg. »Hören Sie den Radau nicht?«

Nachdem das wütende Gekläff zu einem tiefen, heiseren Knurren geworden war, konnte Kelsey tatsächlich dem Geräusch einer Motorsäge folgen, das sie zu einem kleinen, ziemlich windschiefen Schuppen im Hof führte.

Vorsichtig klopfte sie an die wackelig in den Angeln hängende Tür, die bei dieser leichten Berührung weit aufflog und gegen die Innenwand prallte.

Tipton stand an einer Werkbank, hatte eine Schutzbrille auf, Ohrenschützer und eine Baseballkappe, die er verkehrtherum aufgesetzt hatte. Sägespäne flogen auf, als er ein kleines Stück Holz von einem Balken trennte. Kelsey hielt es für sicherer zu warten, bis die Säge stillstand.

»Hab' ich dich, du Schweinehund«, brummte Tipton, als das Holzstück zu Boden fiel.

»Captain Tipton?«

Er fuhr herum. Mit der Brille, den bauchigen grauen Ohrenschützern und dem mit roten Flecken übersäten Hemd hätte er ohne weiteres in einem Horrorfilm mitspielen können.

»O Gott, haben Sie sich verletzt?«, fragte Kelsey entsetzt.

»Was? Wo?« Erschrocken vergewisserte Tipton sich, daß alle Finger noch dran waren. »Ach, das.« Grinsend klopfte er sich auf die Brust. »Kirschsaft. Meine Frau sieht es nicht gern, daß ich in guten Klamotten hier arbeite.«

Kelsey hatte weiche Knie, lehnte sich an die Werkbank und fluchte leise.

»Hab' ich Sie erschreckt?« Immer noch kichernd nahm Tipton die Ohrenschützer ab und schob die Brille hoch. »Setzen Sie sich doch.«

»Nein, danke.«

»Ich baue ein paar Regale.« Er hob ein breites, flaches

Brett hoch und prüfte, ob es sich verzogen hatte. »Ein altes Spielchen zwischen mir und meiner Frau. Ich bastele Regale, und sie füllt sie mit allem möglichen Zeug. So sind wir beide zufrieden.«

»Sehr nett. Haben Sie ein paar Minuten Zeit?«

»Die werd' ich schon erübrigen können. Limonade?« Ohne auf ihre Zustimmung zu warten giff er nach einem großen Plastikkrug und schenkte zwei Pappbecher voll. »Wie ich hörte, hatten Sie da draußen noch mehr Probleme.«

»Leider. Es ist doch ein eigenartiger Zufall, daß Renos Leben wie sein Tod ein so genaues Spiegelbild vom Leben und Tod seines Vaters sein soll?«

»Die Welt ist voll seltsamer Zufälle, Miß Byden.« Doch dieser Fall machte Tipton mehr als nachdenklich. Er hatte sein Dossier über Benny Morales fertiggestellt und nur Stunden vor Renos Selbstmord die letzten Details hinzugefügt. Vierundzwanzig Stunden später, und alles wäre vielleicht ganz anders gekommen. »Jedenfalls ist eine Ihrer Fragen beantwortet. Sie wissen, wer Ihr Pferd getötet hat.«

»Reno wollte Pride nicht töten, dessen bin ich mir absolut sicher.« Kelsey nippte an ihrer Limonade. Viel zu sauer und voller Fruchtfleisch, stellte sie fest. Tiptons Frau mußte sie selbst gemacht haben. »Jemand hat ihn benutzt, Captain. Auch das kommt in unserer Welt häufig vor. Menschen, die andere Menschen benutzen.«

»Da kann ich Ihnen nicht widersprechen.«

»Meine Mutter benutzte Alec Bradley, um meinen Vater eifersüchtig zu machen, um ihre eigene Unabhängigkeit zu beweisen, ja, sogar um Gerüchte zu schüren. Aber ich frage mich, wozu Alec Bradley meine Mutter benutzt hat.«

Das Mädchen hat einen scharfen, logisch arbeitenden Verstand, stellte Tipton fest. Er langte nach einem Stück Sandpapier und begann, eine gebogene Holzleiste abzuschmirgeln. »Sie ist eine schöne Frau.«

»Hier geht es nicht um Sex, Captain. Eine Vergewaltigung hat nicht nur mit Sex zu tun.«

Tipton stieß vernehmlich den Atem aus. »Mag sein.

Aber wir haben nur ihre Aussage, daß es sich um eine versuchte Vergewaltigung gehandelt hat.«

»Ich glaube ihr. Sie doch auch. Haben Sie schon einmal darüber nachgedacht, warum – immer vorausgesetzt, meine Mutter sagte die Wahrheit – Alec Bradley sich ausgerechnet diese Nacht ausgesucht hat, um sie zu attackieren? Die beiden hatten sich doch schon seit Wochen getroffen. Und sie ist nicht der Typ Frau, der sich auch dann noch mit einem Mann abgibt, wenn er sie mißbraucht hat. Oder sie bedroht.«

Tipton bearbeitete weiter das Holz. Er wollte einen Schaukelstuhl bauen, als Geburtstagsgeschenk für seine Enkelin.

»Wenn sie die Wahrheit gesagt hat, Miß Byden, wenn. Er hatte getrunken. Sie haben sich in aller Öffentlichkeit gestritten, und Ihre Mutter hat ihm den Laufpaß gegeben und das noch deutlich gemacht, indem sie ihm ein Glas französischen Champagner ins Gesicht schüttete. So etwas können bestimmte Männer schwer verdauen.« Sachte blies Tipton den Staub fort. »Aber, wie ich schon sagte, es gibt keine Beweise.«

»Ihr Nachthemd war zerrissen. Sie hatte am ganzen Körper Schrammen und blaue Flecke.« Als Tipton nur die Achseln zuckte, gab Kelsey einen unwirschen Laut von sich. »Ja, ja, die kann sie sich genausogut selbst beigebracht haben. Aber wenn nicht, wie kann man das beweisen? Sie haben doch sicher Nachforschungen über Bradley angestellt. Wenn es da noch eine andere Frau gäbe, die er mißbraucht oder bedroht hat, würde das doch für Naomi sprechen, oder nicht?«

»Ich habe aber keine solche Frau aufgetrieben. Außerdem kommen viele Vergewaltigungen erst gar nicht zur Anzeige, besonders nicht die von der Art, um die es hier geht. Sozusagen Kavaliersdelikte.«

Diese Bezeichnung mochte er nicht. Kavaliersdelikt. Damit wurde eine grausame, hinterhältige Tat verharmlost.

»Vor zwanzig Jahren hatten die Menschen noch eine andere Einstellung. Bradley hatte zwar einen schlechten Ruf, aber Gewalttätigkeit wurde ihm nie nachgesagt. Er steckte tief in Schulden«, fuhr Tipton gedankenverloren fort. »So um die Zeit herum, als er anfing, Ihre Mutter zu treffen, hatte er bereits einiges zurückgezahlt, ungefähr zwanzigtausend Dollar. Aber er benötigte mindestens noch einmal so viel, um sich aus dem Dreck zu ziehen.«

»Also brauchte er Geld, und meine Mutter hatte genug.«

»Er ist sie nie mehr als um ein paar tausend Dollar angegangen.« Tipton legte die Holzleiste beiseite. »Ihren eigenen Angaben zufolge hat er sie nie um große Summen gebeten. Und neben einigen anderen Ungerreimtheiten fand ich das mehr als merkwürdig, denn Bradley war eigentlich immer darauf aus gewesen, die Frauen auszunehmen.«

»Er könnte ja auf Zeit gespielt haben. Oder . . . er könnte aus einer anderen Quelle Geld erwartet haben.«

»Hab' ich auch schon dran gedacht.« Tipton zog einen Schokoriegel aus der Gesäßtasche, brach ihn durch und bot Kelsey eine Hälfte an. »Obwohl ich den Gedanken nie weiterverfolgt habe, hätte ich doch zu gern gewußt, wo er die zwanzigtausend her hatte. Er kann sie natürlich beim Pferderennen gewonnen haben, aber es hieß, er würde mehr verlieren als gewinnen, und meistens handelte es sich dann nur um minimale Beträge. Großes Mundwerk«, fügte Tipton mit vollem Mund hinzu. »Gab immer groß damit an, daß er gerade einen dicken Deal laufen hatte. Nur Schaumschlägerei, soviel ich weiß.«

»Aber wenn es stimmte, hatte dieser Deal mit meiner Mutter zu tun.« Kelsey ging im Schuppen auf und ab, während sich Gedanken formten und Gestalt annahmen. »Sie war fertig mit ihm, sagte ihm, die Beziehung sei beendet. Er geriet in Panik und bedrängte sie. Wenn sie mit ihm Schluß machte, war der Deal für ihn gelaufen, und er brauchte dringend Geld. Viele Leute wußten das. Aber wer hätte ihn dazu benutzen können, daß er sich an meine Mutter heranmacht?«

Die Antwort auf diese Frage traf sie wie ein Schlag. Die Hand, die den Pappbecher hielt, krampfte sich zusammen.

»Das ist die Gefahr, wenn man alte Steine umdreht«, meinte Tipton freundlich, »man weiß nie, was darunter zum Vorschein kommt. Ich habe Ihren Vater nie mit Alec Bradley in Verbindung bringen können. Und ich habe es weiß Gott versucht. Ich habe kraft meines Amtes die Kontoauszüge Ihres Vaters angefordert und genau unter die Lupe genommen, um diese Zahlung von zwanzigtausend Dollar zu finden. Nichts. Die Telefonrechnung war auch sauber. Keine Anrufe von oder an Bradley, weder von dem Haus in Potomac noch von seinem Büro in der Universität.«

»So etwas hätte er nie getan.« Doch Kelseys Lippen waren kalt und starr. »Mein Vater hätte so etwas nie getan.«

»So, wie's aussieht, haben Sie recht. Allerdings landet der Schwarze Peter dann wieder bei Ihrer Mutter.«

»Es muß eine andere Antwort geben.« Kelsey drehte sich um. »Ich weiß, daß es eine andere Antwort gibt.«

»Sie wollen eine andere Antwort«, sagte Tipton sanft. »Vielleicht werden Sie sie finden. Vielleicht wird sie Ihnen nicht gefallen.« Seufzend nahm er ihr den zerdrückten Becher aus der Hand. »Ich habe nur ein einziges Bindeglied zwischen Philip Byden und den Ereignissen auf Three Willows in jener Nacht gefunden. Charles Rooney.«

26

Es bestand kein Zweifel, irgend etwas stimmte nicht. Nach Einbruch der Dunkelheit war sie zu ihm gekommen und hatte nur gesagt, sie wolle bei ihm sein. Gabe wünschte, er könnte glauben, daß es so einfach war, daß es der Wahrheit entsprach.

Doch in ihren Augen lag ein abwesender Ausdruck, ihr Lächeln wirkte künstlich, und ihr Verlangen, das ihn stets von neuem entzückte, war zu heftig. Unter ihrer hingebungsvollen Leidenschaft lauerte Verzweiflung.

Als ob sie sich von irgend etwas befreien wollte, dachte Gabe, als Kelsey still neben ihm lag. Sein Körper hatte auf sie reagiert wie sonst, doch nun, als sich Schweigen zwischen ihnen ausbreitete, schien ihm, daß sie beide nicht befriedigt waren.

»Bist du jetzt bereit?« fragte er.

Kelsey drehte den Kopf, um auf dem warmen Laken nach einer kühleren Stelle zu suchen. »Bereit?«

»Mir zu erzählen, was dich belastet.«

»Was sollte mich denn belasten?« Ihre Stimme klang tonlos und erschöpft. »Vor ein paar Tagen hat sich ein Mann, den ich kannte und gern hatte, umgebracht.«

»Hier geht es nicht um Reno, sondern um dich.«

Sie rollte sich auf den Rücken und starrte in den dunklen Himmel. Der Mond war heute nacht nicht zu ssehen, er war hinter Wolken verschwunden. Um viel zu verbergen, bedurfte es manchmal nur sehr wenig.

»Er hat seinen Vater geliebt«, begann sie. »Er hat ihn nicht einmal gekannt, aber er liebte ihn. Glaubte an ihn. Alles, was Reno tat, ist auf diese Liebe, diesen Glauben zurückzuführen. Blinde, kompromißlosse Lieebe, unerschütterlicher Glaube.« Sie seufzte tief. »Und als er erkannte, daß er seine Gefühle an die falsche Person verschwendet hatte, daß zumindest der Glaube nicht gerechtfertigt war, da konnte er mit dieser Erkenntnis nicht mehr weiterleben.«

Unruhig wälzte sie sich herum, das Rascheln der Laken an ihrer Haut klang in der Dunkelheit wie geheimnisvolles Flüstern.

»Es wäre besser gewesen, er hätte die Ereignisse, die so viele Jahre zurücklagen, ruhen lassen, nicht wahr? Was kann man schon beweisen, Gabe? Was kann man schon ändern, wenn man auch noch so beharrlich in der Vergangenheit wühlt?«

»Das hängt davon ab, wie dringend man Gewißheit haben muß. Und davon, was man herausfindet.« Er streichelte mit einer Hand ihr Haar, ließ die blonde Fülle durch seine Finger gleiten. »Es geht um dich, Kelsey, oder? Um dich und Naomi.«

»Sie hat mit der Vergangenheit abgeschlossen. Warum kann ich das nicht auch? Niemand hat die Macht, die Uhr zurückzudrehen und ihr all die verlorenen Jahre wiederzugeben. Verlorene Jahre für uns beide. Sie hat Alec Bradley umgebracht. Ich sollte das als gegeben hinnehmen und nicht so verzweifelt nach dem wahren Grund für diese Tat suchen.«

Kelsey setzte sich auf, zog die Knie an und schlang die Arme darum; eine Geste, die sie dermaßen schutzbedürftig erscheinen ließ, daß es Gabe einen Stich ins Herz versetzte.

»Dann laß die Dinge ruhen.«

»Die Dinge ruhen lassen«, wiederholte sie. »Das wäre das Vernünftigste. Schließlich hat sie für ihre Fehler teuer bezahlt. Damals kannte ich sie noch nicht oder konnte mich zumindest nicht an sie erinnern. Was denke ich eigentlich, wer ich bin, daß ich im nachhinein eine entscheidende Wende herbeiführen könnte? Sie ist glücklich. Mein Vater ist glücklich. Keiner von beiden würde es mir danken, wenn ich alte Wunden aufreiße. Mein lächerliches Bedürfnis nach Wahrheit und Gerechtigkeit gibt mir noch lange nicht das Recht dazu.«

Mit fest zusammengekniffenen Lippen preßte sie ihr

Gesicht gegen die Knie. »Und manchmal sind Wahrheit und Gerechtigkeit nicht dasselbe, oder?«

»Doch, das sollten sie sein. Eine deiner bemerkenswertesten Eigenschaften ist, daß du beides vereinen möchtest.« Er strich mit der Hand über ihre Schultern, fühlte die verspannten Muskeln und begann, sie zu massieren. »Wie bist du überhaupt auf diese Gedanken gekommen, Kelsey?«

Um sich zu beruhigen holte Kelsey tief Atem und erzählte ihm von ihrem Besuch bei Tipton. Er hörte ihr zu, ohne sie zu unterbrechen, und unterdrückte den Ärger darüber, daß sie ohne ihn zum Captain gegangen war.

»Und jetzt machst du dir Sorgen, daß dein Vater irgendwie in die Sache verwickelt sein könnte.«

»Unmöglich!« Ihr Kopf fuhr hoch. In ihren Augen glomm ein rebellischer Funke – und die Bitte um Verständnis. »Er kann nichts damit zu tun haben, Gabe. Du kennst ihn nicht.«

»Nein, ich kenne ihn nicht.« Verstimmt über sich selbst, wandte Gabe sich ab und griff nach einer Zigarre, die auf dem Nachttisch lag. »Da haben wir doch glatt vergessen, ihm einen Höflichkeitsbesuch abzustatten.«

Gequält fuhr Kelsey sich mit der Hand durchs Haar. Irgendwie mußte sie ihn verletzt haben. »Alles ging doch so schnell. Unsere Beziehung hat sich sozusagen im Eiltempo entwickelt. Und die Situation, ich meine meine familiäre Situation, steht zur Zeit unter einem schlechten Stern. Denk bitte nicht, daß ich dich von meinem Vater fernhalten will.«

»Vergiß es.« Er ließ sein Feuerzeug klicken und starrte grollend in die Flamme. »Vergiß es«, sagte er, diesmal schon ruhiger. »Darauf kommt es jetzt gar nicht an. Und das ist es auch nicht, was mich ärgert. Ich hätte dich zu Tipton begleitet. Ich hätte bei dir sein sollen.«

»Es war eine ganz impulsive Handlung.« Aber das war nur die halbe Wahrheit, gestand sich Kelsey ein. »Aber vielleicht wollte ich auch allein gehen, mußte sogar allein gehen. Ich will nicht mehr beschützt werden, Gabe. Mein ganzes Leben lang bin ich beschützt und behütet worden, ohne mir darüber klar zu sein. Ich kann nicht für den Rest meines Lebens so weitermachen.«

»Es ist ein gewaltiger Unterschied, ob dir jemand zur Seite stehen oder dich beschützen will. Ich möchte, daß du dich auf mich stützt, Kelsey, genau wie ich mir sicher sein möchte, daß ich mich auf dich stützen kann.«

Nach einer Weile nahm sie seine Hand. »Mußt du eigentlich immer recht haben?«

»Nicht immer, aber manchmal.« Er zog ihre Finger an seine Lippen. »Was hast du als nächstes vor?«

»Eigentlich will ich am liebsten alles vergessen, alles Vergangene hinter mir lassen und hier und jetzt neu beginnen. Aber ich kann nicht. Ich muß die Wahrheit wissen. Und ich muß mit dem leben, was ich eventuell herausfinde.« Sie drückte ihre Handfläche gegen die seine, bis sich ihre Finger ineinander verschlangen. »Morgen nachmittag werde ich Charles Rooney aufsuchen. Willst du mitkommen?«

Noch mehr Lügen, dachte Kelsey. Not macht erfinderisch.

»Du wirst dich in dieses Kleid verlieben.« Naomi hielt ihr eine lavendelblaue Visitenkarte hin. »Der Name der Verkäuferin steht auf der Rückseite. Ilsa. Sie ändern dir das Kleid auch, wenn es sein muß.«

»Prima.«

»Und wenn es dir nicht gefällt, findest du bestimmt etwas anderes. Es ist ein tolles Geschäft. Ach, und dann hab' ich mit dem Partyservice vom Klub gesprochen. Ich weiß ja, daß du nur eine einfache Hochzeitsfeier willst, aber Essen muß trotzdem auf den Tisch. Der Chef arbeitet dir einige Menüvorschläge aus, unter denen du dann wählen kannst. Und . . .« Sie griff nach einer weiteren Liste. »Gabe hat ja einen wunderschönen Garten und eine Hand für Blumen, aber du möchtest bestimmt extra Blumenschmuck. Wenn du dich für die Farben entschieden hast, können wir bestellen, was du magst.«

»Klingt gut.«

»Ich kann es fast nicht glauben!« Naomi lachte über sich selbst, als sie die Listen wieder auf den Tisch fallen ließ. »Ich bin die überfürsorgliche Brautmutter, wie sie im Buche steht.«

Kelsey zwang sich zu einem Lächeln. »Nein, ich bin dir wirklich dankbar. Auch die Vorbereitung einer kleinen Hochzeit macht viel Arbeit.«

»Mit der du auch ganz allein fertig würdest«, führte Naomi den Satz zu Ende. »Ich weiß, daß du schon einmal eine prächtige Hochzeit hattest, und daß es diesmal anders werden soll.«

»Die hatte ich allerdings.« Kelsey drehte die Karte der Boutique in der Hand und steckte sie dann in die Tasche. »Candace hatte die Organisation übernommen. Ich hatte praktisch nichts anderes zu tun, als rechtzeitig dort zu sein.« Kelsey atmete schwer aus. »Das klingt jetzt sehr undankbar. Dabei hat sie alles perfekt arrangiert.«

»Aber diesmal möchtest du es selbst in die Hand nehmen.«

»Sagen wir, ich möchte nicht bloß die Nebenrolle spielen. Hilfe kann ich immer brauchen.«

»Nie hätte ich gedacht, daß ich einmal die Chance bekomme, die Hochzeit meiner Tochter zu planen.« Entschlossen stapelte Naomi die Listen übereinander und legte einen Briefbeschwerer darauf. »Halt mich zurück, wenn ich meine Kompetenzen überschreite. Und . . .« Sie setzte sich auf eine Ecke des Schreibtisches. »Wegen des Kleides verspreche ich dir hoch und heilig, nichts zu sagen, wenn es dir nicht gefällt. Und jetzt gehst du besser, bevor ich dich dazu überrede, mich mitzunehmen anstatt Gabe.«

»Wir suchen dein Kleid dann gemeinsam aus«, versprach Kelsey, die von Schuldgefühlen erdrückt zu werden schien. »Vielleicht am Wochenende.«

»Das wäre schön.« Lässig hakte sich Naomi bei Kelsey ein und brachte sie zur Tür. »Dann kann ich mit dir noch über den Fotografen reden. Und jetzt geh und amüsier dich!«

Kelsey murmelte etwas vor sich hin und verließ das Haus im selben Moment, als Gabe in die Einfahrt einbog.

»Wir müssen vorher noch etwas erledigen«, rief sie ihm zu und zog die Visitenkarte hervor, als sie auf dem Beifahrersitz saß.

Gabe hob eine Augenbraue. »Einkaufen?«

»Mein schlechtes Gewissen beruhigen.«

Es funktionierte nicht. Auch nicht, als sich zeigte, daß Naomi mit dem Kleid vollkommen recht gehabt hatte. Oder vielleicht gerade deswegen nicht.

Das Kleid hätte eigentlich ihre Stimmung heben müssen. Die blaßrosa Seide, der elegante Schnitt, der mit kleinen Perlen besetzte Ausschnitt. Es war wirklich ein Traumkleid, das für Kelsey wie geschaffen war, wie ihr Ilsa versicherte. Dazu gäbe es noch einen entzückenden Hut, schwärmte ihr die Verkäuferin vor, mit einem kurzen Schleier, geradezu ideal für eine intime kleine Hochzeitsfeier.

Schuhe? Ja, natürlich. Am besten wären klassische Satinpumps, die passend eingefärbt werden konnten. Was für Blumen wollte sie denn tragen? Was, das wußte sie noch nicht? Weiße Rosen würden wunderbar wirken, sagte man Kelsey. Eine Braut mußte Weiß tragen. Wollte sie Kleid und Hut gleich mitnehmen, oder sollte man es liefern?

Sie nahm alles gleich mit, gab wie im Traum die nötigen Anweisungen. Alles erschien ihr so unwirklich – und doch so richtig.

»Du hast es mir gar nicht vorgeführt«, sagte Gabe, als sie zum Wagen gingen.

»Das bringt Unglück«, erwiderte sie abwesend, dann blieb sie plötzlich stehen und preßte die Hände an ihre geröteten Wangen. »O Gott, habe ich gerade ein Hochzeitskleid gekauft?«

»Scheint so.« Er drehte sie zu sich herum. »Bedenken?«

»Nein. Nicht wegen dir, nicht wegen uns. Es geht alles so schnell. Da habe ich doch tatsächlich einen Hut dazu gekauft, außerdem lasse ich Schuhe dazu passend einfärben.

Und dabei habe ich noch nicht einmal meiner Familie etwas von der Hochzeit erzählt.«

»Das kannst du heute nachholen, wenn du magst.« Gabe verstaute die Schachteln im Kofferraum.

»Okay.« Sie nickte und faßte nach dem Türgriff. Gabe legte eine Hand über ihre und hielt sie zurück.

»Vielleicht bringt das ja Glück.« Er steckte ihr einen Ring an den Finger. Es war ein in Gold gefaßter, viereckig geschliffener Diamant, der von einem Kranz kleiner Rubine umgeben war. »Meine Farben, und ab jetzt auch deine. Damit ist es offiziell.«

Tränen traten ihr in die Augen. Sie standen zwar in der prallen Sommersonne auf einem überfüllten Parkplatz, aber Kelsey erschien der Augenblick genauso romantisch, als würden sie im Mondlicht über einen stillen See dahingleiten. »Er ist wunderschön, Gabe. Aber es wäre nicht nötig gewesen.«

»Das finde ich schon!«

Auf der anderen Seite des Parkplatzes verfolgte Rich von seinem Auto aus diese Szene und die darauffolgende Umarmung, dann nippte er an seinem Flachmann. Was für ein hübsches Paar sie abgaben, dachte er bitter. Sein Sohn und die Tochter dieser Schlampe.

Gabe war schuld daran, daß er wieder auf der Flucht war, daß er seine Zelte abbrechen und untertauchen mußte. Jetzt würde es für ihn keinen triumphalen Einzug in Las Vegas mehr geben. Die Polizisten stellten unangenehme Fragen, das hatte Rich aus Cunningham herausbekommen, als er ihm weitere zweitausend Dollar abpreßte.

Sollten sie doch herumschnüffeln, dachte er und drehte den Zündschlüssel, als auch Gabes Jaguar röhrend ansprang. Er würde nicht mehr hier sein, um ihnen Rede und Antwort zu stehen. No, Sir. Rich Slater würde sich nach Mexiko absetzen, wenn er hier noch eine Kleinigkeit erledigt hatte.

Er behielt den Jaguar im Auge und fuhr aus seiner Parklücke.

»Wir werden unnachgiebig sein müssen«, meinte Kelsey zu Gabe, als sie sich durch das Verkehrsgewühl von Alexandria kämpften. »Rooney hat sich geweigert, meine Anrufe anzunehmen.«

»Dann sind wir eben unnachgiebig.«

»Du denkst, daß ich meine Zeit verschwende.«

»Wichtig ist, was du denkst. Du willst mit ihm sprechen, also werden wir mit ihm sprechen.«

Kelsey rutschte auf ihrem Sitz hin und her. Einerseits wünschte sie, daß sie schneller vorankommen würden, andererseits, daß die Fahrt ewig dauern möge. »Ich will wissen, inwieweit mein Vater an Rooneys Ermittlungen beteiligt gewesen ist. Wenn Dad Alec Bradley gekannt oder über ihn Bescheid gewußt hat, muß ich erst damit fertigwerden. Natürlich ändert das auch nichts an den Ereignissen jener Nacht, aber ich muß es wissen.«

»Du könntest ja deinen Vater fragen.«

»Das werde ich wohl müssen, früher oder später. Jetzt erstmal . . .« Sie brach ab, richtete sich abrupt in ihrem Sitz auf und lehnte sich nach vorn, als Gabe in das Parkhaus unter Rooneys Bürogebäude fuhr.

»Was ist?«

»Der Wagen, der, der da gerade herausgekommen ist.«

Gabe warf einen Blick in den Rückspiegel und sah noch, wie der Wagen links abbog und im Verkehrsgewühl verschwand. »Der schwarze Lincoln?«

»Meine Großmutter.« Kelsey rieb über die Gänsehaut an ihren Armen. »Das war der Wagen meiner Großmutter. Ihr Fahrer saß am Steuer.«

»In diesem Gebäude gibt es viele Büros, Kelsey.«

»Und das Leben ist voll seltsamer Zufälle. Nein.«

Kelsey starrte vor sich hin, als Gabe das Auto in eine freie Parklücke lenkte. »Daran glaube ich nicht. Sie wollte zu Rooney, und ich werde herausfinden, warum.«

Gabe nahm ihren Arm, als sie zum Fahrstuhl gingen. Sie zitterte fast vor Nervosität. »Wenn du wie ein feuerspeiender Drache in sein Büro stürmst, jagst du ihm nur einen Heidenschreck ein.«

»Und wenn schon.« Kelsey trat in die Kabine und drückte den Knopf für die Etage von Rooneys Büro.

Sie marschierte grimmig entschlossen auf die Empfangsdame in dem protzigen Vorzimmer zu, als sei sie auf dem Weg zu einem Duell.

»Kelsey Byden und Gabriel Slater. Wir möchten zu Mr. Rooney.«

Die Frau setzte ein professionelles Lächeln auf: »Haben Sie einen Termin?«

»Nein.«

»Es tut mir leid, Miss Byden, Mr. Slater . . .«

»Nicht nötig«, unterbrach Kelsey, lehnte sich über den Tisch und schaute die Frau mit einem Blick an, der ihr professionelles Lächeln rasch verblassen ließ. »Sagen Sie ihm einfach, daß wir hier sind und nicht eher gehen werden, bis wir mit ihm gesprochen haben. Ach, und Sie könnten noch erwähnen, daß meine Großmutter, Milicent Byden, soeben das Haus verlassen hat.

Das war das Zauberwort. Innerhalb weniger Minuten wurden sie in Rooneys Büro geführt. Er erhob sich nicht, als sie eintraten, sondern begrüßte sie nur mit einem knappen Lächeln.

»Sie kommen ziemlich ungelegen. Ich fürchte, ich kann höchstens fünf Minuten für Sie erübrigen.«

»Wir hätten einen festen Termin vereinbaren können, Mr. Rooney, wenn Sie meine Anrufe entgegengenommen hätten.«

»Miss Byden«, sagte Rooney sichtlich um Geduld bemüht, und faltete seine Hände auf dem Schreibtisch. »Ich wollte uns beiden nur Zeit und Ärger ersparen. Ich kann Ihnen nicht helfen.«

»Warum waren Sie in der fraglichen Nacht auf Three Willow, Mr. Rooney? Wie Sie sehen, komme ich immer wieder auf diese Frage zurück. Vielleicht liegt es daran, daß all das schon so lange her ist und ich die Dinge aus einer anderen Perspektive sehe als die damals Beteiligten. Aber warum gerade diese Nacht? Warum gerade in dieser einen Nacht?«

»Ich hatte eine Routineüberwachung durchzuführen. Genausogut könnten Sie fragen, warum Ihre Mutter ausgerechnet in jener Nacht Alec Bradley erschoß.«

»Die Antwort darauf kenne ich bereits«, gab Kelsey unbeirrt zurück. »Ich frage mich nur, ob Sie sie auch kennen. Wieviel haben Sie wirklich gesehen?«

»Das steht alles in den Akten.« Rooney erhob sich, um deutlich zu machen, daß das Gespräch für ihn beendet war. »Ich kann Ihnen nicht weiterhelfen.«

»Wie lauteten denn die Anweisungen meines Vaters? Wie weit durften Sie gehen? War er damit einverstanden, daß Sie unbefugt das Grundstück meiner Mutter betreten und sie durch das Fenster beobachtet haben?«

»Ich werde dafür bezahlt, nach meinem eigenen Gutdünken zu handeln.«

»Sie müssen meine Mutter und Alec Bradley in all den Wochen, in denen Sie die beiden observiert haben, recht gut kennengelernt haben. Sind Sie auch einmal nur ihm allein gefolgt? Haben Sie gesehen, mit wem er sich traf, mit wem er sprach, wer ihm Geld gegeben haben könnte?«

Rooney schluckte schwer. Seine Kehle war wie ausgedörrt. »Man hat mich engagiert, um Nachforschungen über Ihre Mutter anzustellen.«

»Aber er war ein Teil Ihrer Ermittlungen. Wie gut kannte mein Vater ihn?«

Rooney hob das Kinn. »Soweit ich weiß, kannten sie sich überhaupt nicht.«

Kelsey zog eine Augenbraue hoch. »Er interessierte sich nicht für den Mann, mit dem seine Frau angeblich ein Verhältnis hatte?«

»Seine von ihm getrennt lebende Frau. Außerdem war Philip Byden zu jener Zeit einzig und allein an seinem Kind interessiert.«

»Aber als Sie ihm Bericht erstatteten . . .«

»Seinen Anwälten. Ob er die Kopien meiner Berichte, die sie ihm zuschickten, auch wirklich gelesen hat, kann ich Ihnen nicht sagen. Er wollte in die Sache nicht hineingezogen werden.« Ein leises Lächeln spielte um Rooneys Lippen. »Er hielt es für unter seiner Würde, einen Privatdetektiv hinzuzuziehen.«

»Und dennoch hat er Sie engagiert?«

»Vielleicht dachte er, der Zweck heiligt die Mittel. Sie müssen mich jetzt entschuldigen, ich habe noch einen Termin.«

»Weswegen hat meine Großmutter Sie heute aufgesucht?«

»Das ist vertraulich.«

»Ist sie eine Ihrer Klientinnen?«

»Ich kann Ihnen nicht helfen«, sagte er, jedes Wort betonend, doch blickte er verstohlen zu Gabe und schaute dann gleich wieder weg.

Sowie er allein war, atmete Rooney tief durch, griff in seine Tasche und holte eine Magentablette hervor. Doch sie würde die aufsteigende Übelkeit auch nicht lindern können.

Wie konnten sich die Dinge nur so gegen ihn wenden? Nach all diesen Jahren. Dreiundzwanzig Jahre lang hatte er sich strikt an seine Anweisungen gehalten, war nicht von seinem Weg abgewichen. Und jetzt sah es so aus, als würde ihm diese eine Nacht, die so lange zurücklag, zum Verhängnis werden.

Als der Summer ertönte, schrak er zusammen und verfluchte sich selbst. Es half ihm nicht weiter, wenn er die Nerven verlor, und er drückte auf den Knopf.

»Mr. Rooney, hier ist ein Herr, der Sie sprechen möchte. Er hat keinen Termin, behauptet aber, ein alter Freund zu sein. Ich soll Ihnen sagen, Rich ist hier.«

»Ich kenne keinen . . .« Wieder wurde sein Mund trokken und seine Handflächen feucht. Einen verzweifelten Moment lang blickte er sich um, auf der Suche nach einem Fluchtweg. Aber es gab keinen.

»Schicken Sie ihn rein, und stellen Sie keine Anrufe mehr durch.«

»Ja, Sir.«

Rich strahlte übers ganze Gesicht, als er Rooneys Büro betrat. »Lange nicht gesehen, was?«

»Was willst du hier?«

Rich setzte sich und legte die Füße auf den Tisch. »Hast ein bißchen zugenommen, wie ich sehe, Charlie. Steht dir aber gut. Siehst nicht mehr wie 'ne Vogelscheuche aus. Wie wär's, wenn du einem alten Kumpel einen Drink anbieten würdest?«

»Was willst du?« fragte Rooney erneut.

»Nun, als erstes könntest du mir erzählen, was mein Junge und seine hübsche Kleine von dir wollen«, Rich nahm sich eine Zigarette, »dann sehen wir weiter.«

»Ich fühle mich jetzt auch nicht besser«, meinte Kelsey, als sie ins Auto stieg. »Soll ich mich freuen, daß mein Vater den Mann zwar engagiert, sich aber ansonsten vornehm im Hintergrund gehalten hat? Oder soll ich erleichtert sein, daß er nichts mit Rooney oder Alec Bradley zu tun hatte?«

»Vielleicht solltest du dich fragen, warum Rooney so nervös war.«

»Nervös? Er kam mir kalt, abweisend und verärgert vor, aber nicht nervös.«

»Er mußte die Hände falten, um sie ruhig halten zu können.« Gabe setzte den Jaguar rückwärts aus dem Parkplatz. »Die Klimaanlage in seinem Büro arbeitete auf Hochtouren, trotzdem hat er geschwitzt. Und er hat die Zähne so fest aufeinandergebissen, daß ein Muskel an seinem Mundwinkel zuckte.« Er bezahlte die Parkgebühr und bog um die Ecke. »Solche Kleinigkeiten haben ihn verraten. Und seine Augen. Er wirkte wie ein Mann, der nur miese Karten auf der Hand hat und trotzdem blufft.«

Neugierig und fasziniert zugleich musterte Kelsey ihn. »Hast du das alles beim Glücksspiel gelernt?«

»Das ist Beobachtungsgabe. Irgendwas hat ihm Angst eingejagt.«

»Jetzt müssen wir nur noch herausfinden, was das war.« Sie seufzte. »Halt bitte an der nächsten Telefonzelle an, Gabe. Ich muß meine Familie zusammentrommeln.«

Milicent nahm den Sherry, den ihr Sohn ihr eingegossen hatte, und tätschelte ihm großmütig die Hand. »Sie ist letztendlich doch zur Vernunft gekommen. Schau nicht so bekümmert drein, Philip. Ich bin durchaus bereit, die letzten Monate aus meinem Gedächtnis zu streichen. Schließlich ist sie eine Byden.« Seufzend lehnte sie sich zurück und nippte an ihrem Sherry. »Blut ist dicker als Wasser.«

»Ich hoffe nur, daß sie Channing mitbringt.« Candace ging zum Fenster und zupfte ungeduldig an der Spitzengardine herum. »Ich sehe keinen Grund, warum er auf der Farm bleiben sollte, wenn Kelsey nach Hause kommt.«

»Channing tut das, was er für richtig hält.« Liebevoll legte Philip seiner Frau eine Hand auf die Schulter. Am liebsten hätte sie sie abgeschüttelt, aber etwas in ihrem Inneren konnte den Gedanken an weitere böse Worte zwischen ihnen nicht mehr ertragen.

»Ich möchte, daß er glücklich ist, Philip. Das weißt du.«

»Natürlich möchtest du das.«

»Der Junge wird schon einlenken«, versicherte Milicent ihnen. »Jugendlicher Trotz, das ist alles. Er, als Tierarzt. Also wirklich, glaubt mir, das geht vorbei.«

Mit einer eleganten Handbewegung tat sie Channings Traum ab. »Es gab mal eine Zeit – kaum vorstellbar – als Philip noch ein Junge war und Baseballspieler werden wollte. Ausgerechnet! – Erinnerst du dich noch, mein Lieber?«

»Ich erinnere mich sehr wohl«, murmelte Philip. Sechzehn war er damals gewesen, und er hatte, obwohl er wie ein Bücherwurm aussah, stählerne Muskeln gehabt. Natürlich war dieser Traum im Keim erstickt worden – ein Byden war zu Höherem berufen.

»Channing wird genauso Vernunft annehmen wie Philip damals. Meine liebe Candace, dein Fehler war nur, daß du deine Autorität nicht geltend gemacht hast.«

»Channing ist über einundzwanzig«, entgegnete Candace steif.

»Eine Mutter ist und bleibt eine Autoritätsperson.« Milicent lächelte selbstgefällig, als es an der Tür läutete. »Ah, das wird die verlorene Tochter sein. Laß sie zuerst um Verzeihung bitten, Philip, dann geht es ihr besser – und danach heißen wir sie erst wieder willkommen.«

Doch Kelsey machte keinen sehr reumütigen Eindruck, als sie mit Gabe an der Seite das Wohnzimmer betrat. Lächelnd begrüßte sie ihren Vater, gab ihm einen Kuß und umarmte Candace, ehe sie sich an ihre Großmutter wandte.

»Danke, daß ihr alle gekommen seid.« Sie beugte sich vor und küßte Milicents dezent gepuderte Wange. »Großmutter, Dad, Candace, das ist Gabriel Slater. Gabe, Milicent, Candace und Philip Byden.«

»Nett, Sie kennenzulernen.« Philip hielt Gabe die Hand hin.

»Ich möchte ja nicht unhöflich erscheinen . . .«, Milicents Augen wurden kalt, als sie auf Gabe ruhten, ». . . aber ich war der Meinung, daß wir Familienangelegenheiten zu besprechen hätten.«

»Das haben wir auch, alte und neue. Am besten fange ich mit der neuen an. Gabe und ich werden heiraten.«

Einen Moment lang herrschte verblüfftes Schweigen, ehe Philip die Sprache wiederfand. »Nun, das ist . . . eine Überraschung. Eine freudige Überraschung.«

»Die wie eine Bombe eingeschlagen hat«, fügte Candace hinzu. »Typisch Kelsey!« Sie machte eine kurze Pause und sagte dann: »Jetzt ist Sherry allerdings fehl am Platz. Wir brauchen Champagner.«

»Ich werde das nicht dulden!« Milicents Gesicht war unter der Schminke bleich geworden. »Ich werde dieses empörende Benehmen in meinem Haus nicht dulden.«

»Mutter . . .«, begann Philip vorsichtig.

»In meinem Heim«, betonte Milicent und schlug mit der Faust auf die Sessellehne. »Gilt dieser Schlag mir?« fauchte sie Kelsey an, »soll das eine unterschwellige Beleidigung sein, daß du diesen Menschen in mein Haus bringst und damit drohst, ihn zu heiraten?«

Das übertraf alles, was sie bislang von Milicent gewohnt war. Kelsey traute ihren Ohren nicht. »Es ist weder ein

Schlag gegen dich, noch eine Beleidigung, noch eine Drohung. Sondern eine Tatsache. Wir heiraten in ein paar Wochen, in Gabes Haus in Virginia. Ich würde mich sehr freuen, wenn ihr alle kommt.«

»Natürlich kommen wir.« Bemüht, die Wogen zu glätten, mischte sich Candace ein. »Wir sind zwar im Augenblick alle von der Ankündigung überrascht, aber wir würden deine Hochzeit um nichts in der Welt verpassen. Ich hoffe, ich kann dir bei den Vorbereitungen ein wenig zur Hand gehen.«

»Genug!« Milicent knallte ihr Sherryglas so hart auf den Tisch, daß es einen Sprung bekam und die Reste der bernsteinfarbenen Flüssigkeit auf den Teppich tropften. »Diese Hochzeit wird selbstverständlich nicht stattfinden. Offensichtlich bist du auf ein hübsches Gesicht hereingefallen, Kelsey. Das ist zwar töricht, aber man kann den Schaden wieder gutmachen.«

Mit aller Kraft rang sie um Selbstbeherrschung. »Es ist noch keine öffentliche Bekanntmachung erfolgt, also muß auch nichts zurückgenommen werden. Und Sie . . .«, sie deutete auf Gabe, ». . . Sie können sich einige Unannehmlichkeiten ersparen, wenn Sie jetzt gehen.«

»Das glaube ich nicht«, sagte Gabe gelassen. »Bereiten Sie mir ruhig Unannehmlichkeiten.«

»Wir gehen beide.« Vor Wut schäumend ergriff Kelsey Gabes Hand. »Dieser Besuch war ein Fehler. Was ich meiner Großmutter sonst noch zu sagen habe, kann ich ihr auch später sagen. Ich hätte dich nicht hierherbringen sollen, Gabe, und dich dieser Szene aussetzen dürfen.«

»Laß nur.« Gabe zog ihre Hand an die Lippen und küßte sie oberhalb des Ringes. »Laß sie zu Ende reden.«

»Ich muß in aller Form um Entschuldigung bitten.« Philip schob sich zwischen seine Mutter und seine Tochter. »Diese Neuigkeit kam sehr überraschend. Es wäre besser, später in Ruhe darüber zu reden.«

»Nimm das Mädchen nicht auch noch in Schutz.« Milicent stand auf. »Das hast du lange genug getan. Sie muß lernen, den Tatsachen ins Auge zu blicken.«

»Das tue ich wahrhaftig«, murmelte Kelsey, »schon seit einiger Zeit.«

»Dann beschäftige dich mal mit dem hier.« Milicent zog einen Schnellhefter aus der Schublade. »Ich habe einige Informationen über Sie zusammengetragen, Mr. Slater. Hochinteressant. Professioneller Spieler, vorbestraft. Sohn eines herumvagabundierenden Säufers und einer Putzfrau. Ein Streuner und Ganove, der wegen illegalen Glücksspiels im Gefängnis gesessen hat.«

Milicents Hand klammerte sich um den Hefter, als sie Gabe hart und kompromißlos ansah. »Sie mögen ja einen Geschmack für die feineren Dinge des Lebens entwickelt und es zu einigem Wohlstand gebracht haben, aber das ändert nichts daran, wer Sie sind.«

»Nein, das tut es nicht«, stimmte Gabe zu. »Sie sind zwar mit einem silbernen Löffel im Mund geboren worden, aber das ändert auch nichts daran, wer Sie sind.«

Milicent schlug mit dem Schnellhefter auf den Tisch. »Verlassen Sie sofort mein Haus!«

»Warte.« Kelseys Hand krampfte sich um Gabes Arm. »Wie kannst du es wagen! Wie kannst du es wagen, in Gabes Privatleben herumzuschnüffeln! Und in meinem!«

»Ich tue alles, was notwendig ist, um den Namen Byden zu schützen. Und du bist trotz dieser unseligen Zuneigung, die du für diese Frau entwickelt hast, noch immer eine Byden.«

»Diese Frau ist meine Mutter! Hast du auch über sie ein Dossier zusammenstellen lassen?« erkundigte sich Kelsey.

»Wolltest du ein paar häßliche kleine Geheimnisse aufdecken und sie meinem Vater unter die Nase reiben, um ihn von der Heirat abzubringen?«

»Zu meinem Bedauern hat er in dieser Angelegenheit nicht auf mich gehört.«

Die Szene damals hatte der heutigen sehr geähnelt, erinnerte sich Milicent. Philip hatte sie zum Schluß angebrüllt und vor die Wahl gestellt, entweder diese Frau zu akzeptieren oder ihren Sohn zu verlieren.

»Nein, er hat nicht auf mich hören wollen«, wiederholte sie. »Und die Folgen waren verheerend.«

»Ich bin eine dieser Folgen«, schoß Kelsey zurück. »Warst du deswegen heute nachmittag in Rooneys Büro?«

Milicent stützte sich mit einem Arm am Schreibtisch ab. »Ich weiß nicht, wovon du redest.«

»Ich habe dich gesehen. Du hast ihn erneut engagiert, nicht wahr? Um Gabe nachzuspionieren, um in seiner Vergangenheit herumzuschnüffeln.«

»Es war notwendig, um gewisse Fakten ans Tageslicht zu bringen, damit du endlich Vernunft annimmst«, verteidigte sich Milicent.

»Jedenfalls hast du dein Geld umsonst ausgegeben. Ich weiß bereits alles über Gabe.«

»Dann bist du deiner Mutter noch ähnlicher, als ich befürchtet habe. Du wirst das bekommen, was du verdienst.«

»Da hast du recht.« Kelsey wandte sich an ihren Vater. »Ist deine Liebe zu ihr erloschen, Dad? Oder hat man sie ausgelöscht?«

»Kelsey«, sagte er leise. Seine Stimme klang heiser, da er nicht mit gutem Gewissen antworten konnte. »Was damals geschehen ist, ist geschehen. Ich entschuldige mich von ganzem Herzen.« Vor Schock und Verlegenheit wie gelähmt sah er Gabe an. »Bei euch beiden.«

»Entschuldigen?« Milicent spie das Wort förmlich aus. »Ich habe dir gesagt, zu welcher Sorte Mann er gehört, daß sie ihn benutzt, um die Familie zu demütigen, und du entschuldigst dich?«

»Ja.« Philip blickte seine Mutter an. In seinen Augen stand tiefer Kummer. »Ich entschuldige mich für dich und dafür, daß du den Namen der Familie wie eine Waffe benutzt. Einen Namen, der dir immer mehr bedeutet hat als Glück.«

Totenbleich hielt sich Milicent an der Tischkante fest. »So darf man nicht mit mir reden. Nicht mein eigener Sohn. Nicht in meinem eigenen Haus.« Ihre Augen durchbohrten Kelsey förmlich: »Sie ist die Wurzel allen Übels. Naomi steckt dahinter.«

Kelsey nickte langsam und sagte: »Vielleicht. Es tut mir leid. Ich werde nicht wiederkommen. Laß uns nach Hause fahren, Gabe.«

»Kelsey.« Mit hochroten Wangen rannte Candace ihnen nach und hielt sie an der Tür zurück. »Gib bitte nicht deinem Vater die Schuld.«

»Ich will es versuchen.«

»Er hätte es nie so weit kommen lassen, Kelsey, wenn er gewußt hätte . . . nun, du weißt doch, wie er ist.«

Kelsey blickte in Candace' bekümmerte Augen. »Ja, das weiß ich. Ich fand schon immer, daß du und Dad hervorragend zusammenpaßt. Ihr ergänzt euch so vollkommen.« Sie beugte sich vor und küßte Candace zart auf die Wange. »Bis zum heutigen Tag ist mir gar nicht klargeworden, wie sehr du ihn liebst. Sag ihm, ich rufe ihn später an, okay?«

»Ja. Ja, ich werde es ihm ausrichten. Und, Kelsey?« Ihr Lächeln wirkte zwar etwas schief, aber sie meinte es ernst: »Alles Gute, für euch beide.«

27

»Eine reizende Familie hast du da, Liebling.«

Als Gabe den Wagen in der Einfahrt von Three Willows geparkt hatte, stieg Kelsey aus und schloß betont behutsam die Tür. »Okay, Gabe, das ist nicht der geeignete Zeitpunkt, um anzüglich zu werden.«

»So war das auch nicht gemeint. Ich habe dich die eine Hälfte der Fahrt Gift und Galle spucken und die andere Hälfte vor dich hinbrüten lassen. Ich finde, jetzt reicht's.«

Sie war aber noch lange nicht fertig. »Es ging ja nicht nur um mich. Im Grunde genommen ging es überhaupt nicht um mich, sondern um dich.«

»O Mann.« Mit einer ganz selbstverständlichen Bewegung legte er ihr den Arm um die Schulter. »Man hat mich schon mit viel mehr Dreck beworfen. Sie hat noch nicht einmal die Tänzerin in Reno oder diese Geschichte in El Paso zur Sprache gebracht.«

»Darum geht es ja gar nicht.« Auf der ersten Treppenstufe blieb Kelsey plötzlich wie angewurzelt stehen. »Was für eine Tänzerin?«

»Da horchst du auf, was?« Er drückte sie versöhnlich an sich. »Jedenfalls haben mir dein Vater und deine Stiefmutter gefallen, und das sind zwei von drei Mitgliedern deiner Familie.«

Kelsey konnte ihn nur verblüfft anstarren. »Du bist nicht böse, du bist nicht einmal wütend, trotz allem, was sie getan hat? Gabe, sie hat einen Detektiv angeheuert, um in deinem Privatleben herumzuschnüffeln, um ein Dossier über dich zusammenzustellen, als ob du ein Verbrecher wärst.«

»Und was hat sie damit erreicht? Du weißt bereits das Schlimmste über mich, und sogar in diesen Punkten hast du mich verteidigt.«

»Das ist keine Entschuldigung für ihr Verhalten.«

»Aber es nimmt ihm die Bedeutung. Sieh mal, ich kann

sie in gewisser Hinsicht sogar verstehen. Ich hatte ja nie eine Familie, die ich verteidigen mußte.«

Wieder blieb Kelsey stehen. »Du nimmst sie noch in Schutz?«

»Nein. Aber ich denke, sie hat sich falsch verhalten, und dieser Fehler hat sie weit mehr gekostet als mich.«

Kelsey blies ihr Haar aus der Stirn. »Vielleicht brauche ich etwas mehr Zeit, um meine Vorurteile abzubauen – Holst du bitte mein Kleid aus dem Auto? Ich will es Naomi zeigen, dann kann ich heute wenigstens einen Menschen glücklich machen.«

»Ich könnte euch beide ja zum Essen ausführen.« Gabe fühlte den Ring an ihrem Finger, es gefiel ihm, ihn dort zu sehen. »Dann feiern wir.«

»Warum nicht? Ich werd's ihr sagen.«

Sie eilte ins Haus und schüttelte sich kurz, wie um die unangenehmen Ereignisse des Tages loszuwerden. Als sie schon halb auf der Treppe war, rief Naomi nach ihr.

»Ach, da bist du ja.« Eine Hand auf das Geländer gelegt hastete Kelsey wieder nach unten. »Du hattest wegen des Kleides vollkommen recht. Gabe holt es gerade aus dem Auto, und dann will er uns zum Essen ausführen. Wollen wir versuchen, Moses auch mitzuschleifen?«

Naomi stand mit verschränkten Armen in der Halle. »Wir müssen miteinander reden. Es wäre besser, wenn wir uns setzen.«

»Was ist passiert? Doch nichts mit einem der Pferde! Justice hat böse gehustet, aber ich habe ihn genauso behandelt, wie Moses gesagt hat.«

»Es geht nicht um die Pferde, Kelsey. Komm bitte herein und setz dich.«

Die Fremde war wieder da; jene kühle, beherrschte Frau, die ihr bei ihrer ersten Begegnung Tee angeboten hatte. Verblüfft folgte Kelsey ihr. »Du bist mir wegen irgend etwas böse.«

»Böse ist nicht das richtige Wort.« Naomi blickte zu Gabe, der eben zur Tür hereinkam. »Wir sollten das besser unter vier Augen besprechen.«

»Ich habe vor Gabe keine Geheimnisse.«

»Nun gut.« Naomi ging zum Fenster und schaute hinaus, um Kraft zu sammeln. Sie würde jetzt jedes Quentchen Selbstbeherrschung brauchen. »Während du weg warst, kam ein Anruf für dich. Gertie hat ihn entgegengenommen und dir eine Nachricht auf den Tisch in deinem Zimmer gelegt. Vor ein paar Minuten bin ich hineingegangen, um eine Gästeliste zu holen.«

Mit ausdruckslosem Gesicht drehte sie sich um. »Es tut mir leid, daß ich den Zettel gelesen habe. Es war keine Absicht, er lag einfach da, und ich habe zufällig draufgeschaut.«

»Sag mir doch einfach, wer angerufen hat.«

»Charles Rooney. Es war angeblich dringend. Du sollst dich so schnell wie möglich mit ihm in Verbindung setzen.«

»Dann werde ich mich besser sofort darum kümmern.«

»Einen Moment.« Naomi hob eine Hand. »Nach mehr als zwanzig Jahren kann ich kaum glauben, daß es so dringend ist. Du warst bei ihm?«

»Ja. Zweimal.«

»Was wolltest du damit bezwecken, Kelsey? Habe ich nicht alle deine Fragen beantwortet?«

»Ja, das hast du. Und das war einer der Gründe, warum ich zu ihm gegangen bin. Weil du meine Fragen beantwortet hast.«

»Und du?« Naomi wandte sich an Gabe. Ein gereizter Ton lag in ihrer Stimme. »Du hast sie auch noch dazu ermutigt?«

»Da gab es nichts zu ermutigen. Aber ich kann es gut verstehen.«

»Wie solltest du das verstehen können?« fragte Naomi bitter. »Wie sollte es einer von euch beiden wohl verstehen können. Ihr könnt euch nicht vorstellen, wie ich mich fühlte, als ich seinen Namen auf dem Zettel las. Mehr als zehn Jahre meines Lebens habe ich versucht zu vergessen. Dann zwang ich mich dazu, mich an alles wieder zu erinnern. Das war der Preis, den ich zu bezahlen hatte, um –

wie ich hoffte – meine Tochter wiederzubekommen. Ist das nicht genug?«

»Ich bin nicht zu ihm gegangen, weil ich dir nicht glaubte. Es tut mir leid, wenn du so denkst. Ich bin zu ihm gegangen, weil ich hoffte, ich würde etwas finden, was die Dinge in ein anderes Licht rückt.«

»Du kannst nichts mehr ändern.«

»Und wenn er nun in jener Nacht etwas gesehen hat, was er der Polizei verschwieg? Wenn er Informationen zurückgehalten hat?«

Benommen ließ sich Naomi auf die Sofalehne sinken. »Hast du wirklich geglaubt, du würdest etwas finden, um meinen Namen reinzuwaschen, Kelsey? Ging es dir darum? Den guten Ruf mit einiger Verspätung wiederherzustellen?« Gequält auflachend rieb sich Naomi die Augen. »Was für einen Unterschied würde das jetzt noch machen? Du kannst mir nicht eine einzige Sekunde dieser verlorenen Jahre wiedergeben. Du kannst keine geflüsterte Bemerkung, keinen verstohlenen Blick, kein höhnisches Lächeln zurücknehmen. Es ist vorbei«, sagte sie und ließ die Hände sinken, »tot und begraben wie Alec Bradley.«

»Nicht für mich. Ich habe getan, was ich für richtig hielt. Und Rooney hatte bestimmt einen Grund für seinen Anruf. Als ich bei ihm war, wollte er nämlich nicht mit der Sprache heraus. Er kam mir nervös und sogar verängstigt vor.«

»Laß doch die Vergangenheit ruhen.«

»Das kann ich nicht.« Kelsey trat zu Naomi und nahm ihre kalten Hände in ihre. »Es geht um so vieles. Nimm das, was Pride und Reno zugestoßen ist. Die Umstände ähneln denen der Vergangenheit haargenau. Dein Pferd, Benny Morales. Und es geht noch weiter. Sogar die Polizei fragt sich, ob es da einen Zusammenhang gibt.«

»Die Polizei.« Nun wich auch noch der letzte Rest Farbe aus Naomis Gesicht. »Du warst bei der Polizei?«

Kelsey ließ die Hände ihrer Mutter los und trat zurück. »Ich habe Captain Tipton besucht.«

»Tipton.« Naomi konnte ein Schaudern nicht unterdrücken. »O Gott!«

»Er hat dir damals geglaubt.« Kelsey sah, wie ihre Mutter den Kopf hob. »Er hat gesagt, daß er dir geglaubt hat.«

»Unsinn!« Am ganzen Körper zitternd, sprang Naomi auf. »Du hättest dabeisein sollen, in diesem gräßlichen Raum, wo ich mit Fragen bombardiert wurde, immer und immer wieder. Niemand hat mir geglaubt, und Tipton erst recht nicht. Warum hat man mich denn dann ins Gefängnis gesteckt?«

»Er konnte nichts beweisen. Die Fotos ...«

»Zurück zu Rooney«, unterbrach Naomi sie. »Bildest du dir wirklich ein, daß du jetzt noch etwas tun kannst? Einen Beweis findest, daß ich mich nur verteidigt habe, es kein Mord war?« Der Schmerz schnürte ihr die Kehle zu, ihre Stimme klang gepreßt. »Das kannst du nicht. Und selbst wenn du helfen willst, es ist zu spät. Ich kann das alles nicht noch einmal durchmachen. Ich kann nicht.«

Sie verließ das Zimmer und rannte die Treppe hoch. Einen Moment später schlug eine Tür zu.

Kelsey ließ sich auf einen Stuhl fallen und schloß die Augen. »Was habe ich da bloß angerichtet?«

»Du hast nur alte Wunden wieder aufgerissen. Vielleicht war das auch dringend nötig.«

»Sie und ich, wir waren schon so weit gekommen, und jetzt habe ich alles zerstört.«

»Glaubst du das wirklich?«

»Ich weiß es nicht.« Kelsey hob die Hände, und ließ sie gleich wieder sinken. »Anfangs habe ich mir eingeredet, daß ich all diese Fragen stelle, weil ich ein Recht darauf habe, die ganze Wahrheit zu erfahren. Dann war ich davon überzeugt, daß ich es für sie tue. Aber jetzt glaube ich, daß ich es für mich tat. Ich wollte Klarheit über alles haben. Wenn ich ihr glaubte, sollte ihr auch jeder andere glauben.«

»Du hast nach bestem Glauben und Gewissen gehandelt, Kelsey.« Gabe setzte sich neben sie auf die Stuhllehne. »Wie soll es jetzt weitergehen?«

Kelsey holte tief Atem. »Ich werde Charles Rooney anrufen. Ich muß diese Sache zu Ende bringen.«

Sie hatten sich in der Bar eines gehobeneren Hotels verabredet. Rooney hatte alle Tricks, die er kannte, angewandt, um sicherzugehen, daß ihm niemand folgte.

Als er die beiden näherkommen sah, leerte er schon seinen ersten Gin Tonic. Er war erledigt und wußte das. Nachdem Rich Slater sein Büro verlassen hatte, war er stundenlang an seinem Schreibtisch sitzengeblieben und hatte über Flucht nachgedacht. Er hatte die nötigen Beziehungen und Kenntnisse, und nun auch ein Motiv.

»Mr. Rooney.«

»Nehmen Sie Platz. Den Hauswein kann ich empfehlen.«

»Gut«, sagte Kelsey und nickte der Kellnerin zu.

Gabe bestellte Kaffee. »Sie sagten, es sei dringend«, wandte er sich an Rooney.

»Ganz richtig.« Rooney tippte an sein Glas und bedeutete der Kellnerin, ihm einen neuen Drink zu bringen. One for the road, dachte er, denn morgen früh wollte er bereits in Rio seinen Drink nehmen. »Ich fürchte, ich war etwas überreizt, als ich anrief. Es war ein Tag der unerwarteten Besucher, und der letzte war äußerst unangenehm. Ich bin seit fünfundzwanzig Jahren privater Ermittler, und in dieser Zeit hatte ich viele interessante Fälle zu bearbeiten. Und nicht ein einziges Mal habe ich zur Waffe greifen müssen.« Er klopfte zweimal hart auf den Tisch. »Meine Arbeit machte mir von Anfang an Spaß. Es ist ziemlich schwierig, sich den richtigen Kundenstamm aufzubauen. Menschen, die der besseren Gesellschaftsschicht angehören, legen im allgemeinen keinen Wert darauf, mit Leuten meines Berufsstandes zu vertraut zu werden. Sie engagieren uns zwar, aber mit denselben Gefühlen, mit denen sie einen Kammerjäger kommen lassen. Sie wollen Resultate, selbstverständlich, aber wie diese erzielt werden, ist ihnen meistens egal.«

Er hielt inne, als die Drinks kamen.

»Das ist zwar hochinteressant, Rooney«, bemerkte Gabe, »aber deswegen wollten Sie uns doch nicht dringend sprechen.«

»Milicent Byden«, sagte Rooney und bemerkte, daß Kelsey die Lippen zusammenpreßte. »Eine Frau, die es gewöhnt ist, Dienstboten Befehle zu erteilen und die erwartet, daß sie auch nach ihren Wünschen ausgeführt werden.«

»Wir wissen, daß sie Sie angeheuert hat, damit Sie Informationen über Gabe sammeln.« Kelsey trank einen Schluck Wein. »Dann kann ich nur hoffen, daß Sie einen anständigen Vorschuß kassiert haben. Denn glauben Sie mir, sie ist mit den Ergebnissen nicht sehr zufrieden.«

»Hat Ihnen so einiges unter die Nase gerieben, was?« Rooney kicherte belustigt. »Vielleicht gibt es doch so etwas wie ausgleichende Gerechtigkeit. Das erste Mal, als sie mich engagiert hat, war sie nämlich mit den Resultaten zufrieden, sogar sehr zufrieden.«

»Das erste Mal?«

»Es war Ihre Großmutter, die mich wegen des Sorgerechtsprozesses engagiert hat.«

»Nach meinen Informationen wurden Sie von den Anwälten meines Vaters engagiert.«

»*Ihren* Anwälten, Miss Byden. Vergessen Sie nicht, daß es auch ihre Anwälte waren.«

Er fischte die Limonenscheibe aus seinem Drink und drückte den Saft ins Glas.

»Ich hatte für eine ihrer Bekannten mal einen Job erledigt. Scheidungssache. Sie muß der Meinung gewesen sein, daß ich gut und diskret gearbeitet habe. Und ich entsprach genau ihren Vorstellungen. Ehrgeizig und noch jung genug, um von ihrem Status – oder dem ihres Mannes – und von der Höhe ihres Schecks beeindruckt zu sein.«

Achselzuckend nahm er sich etwas aus der Schüssel mit Knabbergebäck, die auf dem Tisch stand.

»Ich kann nicht ganz einsehen, was es für einen Unterschied machen soll, von wem Sie Ihr Geld bekamen«, kommentierte Kelsey.

»Einen großen. Ihren Vater habe ich erst bei der Gerichtsverhandlung gesehen. Ihre Großmutter wollte es so, und sie ist eine Frau, die ihren Willen durchsetzt. Sie wollte ihre Mutter aus dem Weg haben. Naomi sollte aus Ihrem und dem Leben Ihres Vaters verschwinden, und um das zu erreichen, hat sie einen ebenso sicheren wie einfachen Plan ausgearbeitet. Meine Aufgabe war es, Naomi zu beschatten, Fotos zu machen und Berichte vorzulegen. – Das war Milicent Bydens Auftrag an mich. Aber ich bin ein guter Ermittler, Miss Byden. Ich war damals schon gut, und ich habe mehr herausgefunden.«

»Mehr?« Kelsey hatte das Gefühl, als öffne sich die Tür zur Vergangenheit noch einen Spalt weiter, und sie fragte sich besorgt, was sich wohl dahinter verbergen mochte.

»Nichts ist leichter, als sich auf der Rennbahn umzuhören. Ich habe eine Informationsquelle aufgetan; einen Mann, der sich an Bradley heranmachte und einiges über ihn herausbekam. Bradley hatte zu hoch gespielt und steckte bis über beide Ohren in Schulden. Er gehörte zu den Menschen, die nichts für sich behalten können, und er redete fortwährend von einem großen Ding, das er drehen wollte. Alles, was er zu tun hätte, wäre, sich mit einer hübschen Frau eine schöne Zeit zu machen, und danach hätte er ausgesorgt. Bradley nahm den Mund zu voll, mein Informant hakte nach und gab – gegen Entgelt natürlich – alles an mich weiter.«

»Sie reden ziemlich um den heißen Brei herum, Mr. Rooney«, meinte Gabe.

»Dann will ich zur Sache kommen.« Rooney lockerte seine Krawatte, die ihm zu eng vorkam. »Der Sorgerechtsprozeß drohte zugunsten Naomis auszugehen. Gerichte sprechen ein Kind meistens seiner Mutter zu. Sie mochte ja gern auf Partys gehen und verschiedene Männerbekanntschaften haben, aber wenn das Kind bei ihr war, benahm sie sich mustergültig. Sie hatte Geld, konnte ihrer Tochter alles bieten, und es gab eine ganze Reihe von Leuten, die bezeugt hätten, daß sie eine gute, hingebungsvolle Mutter war. Also brauchten die Bydens etwas, um diesen positiven Eindruck zu zerstören. Milicent fand es in Alec Bradley.«

»Meine ...«, Kelsey wartete eine Sekunde, bis sie ihre Stimme unter Kontrolle hatte. »Meine Großmutter kannte Alec Bradley?«

»Ihn und seine Eltern. Sie kannte seinen Charakter und wußte, daß er für ihren Plan genau der Richtige war. Sie heuerte ihn an, damit er Ihre Mutter verführte und sie in eine kompromittierende Situation brachte. Eine Situation, die ihren guten Ruf zerstören sollte.«

Unter dem Tisch griff Kelsey nach Gabes Hand. »Sie behaupten, daß meine Großmutter Alec Bradley bezahlt hat, damit er ... warum soll ich Ihnen das glauben?«

»Glauben Sie, was Sie wollen«, tat Rooney ihren Einwand ab. Er wollte nur reinen Tisch machen, ehe er sich aus dem Geschäft zurückzog. »Sie sind zu mir gekommen, weil Sie Antworten haben wollten, Miss Byden. Geben Sie mir jetzt nicht die Schuld, wenn Ihnen die Antworten nicht gefallen. Milicent Byden gab Bradley zwanzigtausend Dollar als Anzahlung. Dummerweise spielte Naomi nicht mit, jedenfalls nicht so, wie Ihre Großmutter und Bradley sich das vorgestellt hatten. Sie hielt ihn an der langen Leine. Und da der Sorgerechtsprozeß immer härter wurde, brauchte Ihre Großmutter eine wirksame Waffe. Also fand sie eine weitere Möglichkeit, um Unfrieden zu stiften. Ein totes Pferd, einen toten Jockey. Nur daß sich die Publicity als Bumerang erwies. Alles war auf seiten der Chadwicks.«

Gabe hob eine Hand. »Wollen Sie damit sagen, daß da ein Zusammenhang besteht?«

»Es hängt alles zusammen. Bradley wollte Geld sehen, aber Milicent hielt sich damit zurück, bis er Resultate vorweisen konnte. Also haben sich Bradley und sein Freund von der Rennbahn etwas einfallen lassen. Als der Unfall mit dem Pferd passierte, strich Bradley ein bißchen Kleingeld ein, aber den Bonus, den er sich erhofft hatte, bekam er nicht, denn die Sympathien lagen bei Naomi. Milicent stellte ihm ein Ultimatum.«

Rooney schaute auf den Rest seines Drinks und überlegte kurz, ob er sich noch einen bestellen sollte. Doch sein Flug ging bald, und da war es besser, einen klaren Kopf zu haben.

»Sie wies mich an, meine Kamera und ausreichend Filme bereitzuhalten. Ich sollte beim Haus warten. Zuerst fuhr ich zum Klub und sah, wie Bradley die Eifersuchtsszene inszenierte?«

»Inszenierte?« wiederholte Kelsey ungläubig.

»Man durchschaut gewisse Dinge leichter, wenn man nicht direkt beteiligt ist. Außerdem hatte mein Informant mir einen Tip gegeben. In der Nacht sollte es passieren. Bradley wollte sie herausfordern. Ich glaube nicht, daß er damit rechnete, daß sie ihm den Laufpaß geben würde. Was Frauen betraf, war er ziemlich von sich eingenommen. Als Ihre Mutter den Klub verließ, heftete ich mich an ihre Fersen. Außer ihr war niemand im Haus, bis Bradley kam. Ich hatte die Anweisung, Fotos zu schießen, die den Bydens nutzen würden.«

»Ihre Anweisungen«, sagte Kelsey benommen, »die Ihnen meine Großmutter erteilt hatte?«

»Richtig. Alles begann sehr vielversprechend. Naomi öffnete ihm im Nachthemd die Tür und ließ ihn herein. Sie tranken noch etwas, und durch das Fenster konnte ich eine gute Aufnahme machen, wie die beiden sich küßten. Als sie ihn dann allerdings wegstieß, machte ich kein Foto, denn das gehörte ja nicht zu meinem Job. Dann fingen sie an zu streiten. Bruchstücke davon konnte ich verstehen. Dann warf sie ihn hinaus und machte ihm klar, daß alles vorbei war. Er packte sie, versuchte, sie anzufassen.«

Rooney blickte Kelsey fest in die Augen. »Einen Moment lang dachte ich daran, hineinzugehen und einzugreifen. Sie war in Schwierigkeiten, das konnte ich deutlich sehen. Aber ich griff nicht ein. Schließlich hatte ich einen Auftrag zu erledigen. Wie dem auch sei, sie konnte ihn abwehren. Wütend war sie, das konnte ich sehen. Und ihre Wut war größer als ihre Angst. Sie schrie ihn an und wollte zum Telefon greifen, aber er ging wieder auf sie los.

Ich glaube, da wußte sie, was ihr bevorstand, und sie rannte los.«

Rooney hielt kurz inne und erzählte dann weiter: »Er wußte, daß ich da war. Dieser Dreckskerl wußte das ganz genau. Er schaute aus dem Fenster und machte eine Handbewegung. So.« Rooney deutete mit einem Finger an die Decke. »Oben, sollte das heißen. Ich kümmere mich oben um sie. Also tat ich, was mir aufgetragen worden war, und kletterte auf den Baum. Hören konnte ich nichts, mein Herz klopfte viel zu laut, und ich dachte erst gar nicht darüber nach, was ich da tat. Ich hatte einen Bombenjob übernommen, der mir noch viele andere einträgliche Aufträge bringen würde. Und ich redete mir ein, daß sie schließlich die Situation selbst herausgefordert hatte, so, wie sie mit ihm Katz und Maus gespielt hatte.«

»Sie wußten, daß er sie vergewaltigen wollte«, stammelte Kelsey, »Sie wußten es und haben nichts unternommen.«

»Richtig.« Rooney stürzte den Rest seines Drinks hinunter. »Sie kam ins Schlafzimmer, nein, sie rannte ins Schlafzimmer. Jetzt kriegte sie es mit der Angst zu tun, aber trotzdem kochte sie noch vor Wut. Dieses durchsichtige Kleidungsstück, das sie trug, war an der Schulter zerrisssen. Er kam auch ins Schlafzimmer und lächelte. Sie standen sich gegenüber, das konnte ich durchs Fenster ganz deutlich sehen. Ihr Nachthemd rutschte von der Schulter, und sein Smokinghemd stand offen. Es wirkte provokativ, sehr erotisch. Ich konnte nicht verstehen, was er zu ihr sagte, aber sie schüttelte den Kopf und wich zurück. Er faßte nach unten, so, als ob er seine Hose aufmachen wollte, da gab sie ihm eine Ohrfeige.« Rooney befeuchtete seine Lippen. »Da hab' ich abgedrückt. Er schlug zurück, doch das habe ich nicht fotografiert.«

Er brach ab. Er hätte nicht damit gerechnet, daß es ihn so stark berühren würde, sich diese Nacht Schritt für Schritt wieder ins Gedächtnis zu rufen. Damals hatte er sich klein, mies und ängstlich gefühlt, heute fühlte er sich nur klein und mies.

»Sie bückte sich und war für kurze Zeit außerhalb meines Blickfeldes. Er hob die Hände hoch, lächelte immer noch. Es war allerdings kein freundliches Lächeln mehr. Dann konnte ich sie wieder sehen. Und die Waffe.«

»Jetzt machte ich ein Foto nach dem anderen. Ich hatte Angst. Und selbst als sie ihn erschossen hatte, als gar nichts mehr zu sehen war, drückte ich wie aus einem Reflex immer wieder ab.«

»Es war Notwehr.« Kelseys Finger gruben sich in Gabes Hand. »Genau wie sie immer gesagt hat.«

»Ja. Vielleicht, nur vielleicht hätte sie ihn mit der Waffe in Schach halten können. Aber sie fühlte sich in die Enge getrieben, war in Panik. Wenn alles, was ich gesehen habe, ans Licht gekommen wäre, dann hätte man sie mit Sicherheit nicht wegen Mordes verurteilt.«

»Aber was sich wirklich abgespielt hatte, kam nicht ans Licht.«

»Nein. Ich ging sofort zu Milicent Byden, klingelte sie mitten in der Nacht aus dem Bett, ohne überhaupt zu überlegen. Sie schenkte mir einen Brandy ein und befahl mir, mich hinzusetzen. Dann hörte sie sich meine Geschichte an, von Anfang bis Ende. Sie sagte, alles hätte sich doch noch zum Besten gewendet. Und wies mich an, ein, zwei Tage zu warten, ehe ich zur Polizei ging.«

»Sie wußte Bescheid«, flüsterte Kelsey, »sie wußte also alles.«

»Sie hat alles inszeniert. Wenn man Naomi nicht verhaften würde, sollte ich den Film zur Polizei bringen und meine Aussage machen. Ich sollte sagen, was ich gesehen hatte, nicht, was ich aus den Umständen folgerte. Dann sagte mir Milicent, was ich gesehen hatte. Eine aufreizend gekleidete Frau, die ihren Liebhaber in einem leeren Haus empfing. Sie nahmen einen Drink, schmusten miteinander. Dann fingen sie an zu streiten. Die Frau war eifersüchtig, daran gab es nach der Szene im Klub keinen Zweifel. Sie ging nach oben, ihr Liebhaber folgte ihr, um sich zu entschuldigen und sie versöhnlich zu stimmen, sie vielleicht sogar zu verführen. Vor Eifersucht rasend, griff die Frau dann zur Waffe und erschoß ihn. Milicent gab mir weitere fünftausend Dollar in bar und versprach, mich weiterzuempfehlen.«

Mit aschfahlem Gesicht rutschte Kelsey von ihrem Hokker, hielt die Hand gegen ihren rebellierenden Magen und verschwand eilig auf die Toilette.

Gabe sah ihr nach. Unwillkürlich hatte er unter dem Tisch die Fäuste geballt. »Sie sind ein widerlicher Typ, Rooney. Für ein paar tausend Dollar und einige Angehörige der feineren Gesellschaft auf der Klientenliste haben Sie tatenlos bei einer versuchten Vergewaltigung zugesehen und hinterher mitgeholfen, das Opfer hinter Gitter zu bringen.«

»Meine Geschichte ist noch nicht zu Ende«, sagte Rooney leise, »warten wir auf Kelsey.«

»Verraten Sie mir eins. Warum haben Sie sich plötzlich entschlossen, uns die Wahrheit zu sagen?«

»Mir wird der Boden hier zu heiß. Und ich gerate nicht gern zwischen die Fronten.« Rooney zog die Schultern hoch. »Wenn das alles rauskommt – und es wird rauskommen – dann ist mein Ruf ruiniert. Also gehe ich ein paar Jahre früher als geplant in Rente, und da kann ich vorher auch reinen Tisch machen.«

»Ich überlege gerade«, begann Gabe mit betont ruhiger, beherrschter Stimme, »ob ich Sie jetzt zusammenschlagen oder ob ich Sie mit Ihrer Schuld leben lassen soll.«

Rooney nahm sein Glas und nippte langsam an dem geschmolzenen Eiswasser. »Jeder Mensch trifft seine eigenen Entscheidungen. Sie sind ein Spieler. Gerade Sie müßten wissen, daß man manchmal blitzschnell einen Entschluß fassen muß.«

»Es gibt Spiele, auf die man sich gar nicht erst einläßt.« Gabe erhob sich, als Kelsey zurückkehrte. »Mir geht's schon wieder gut. Tut mir leid.« Sie war noch immer ein bißchen weiß um die Nase, aber ihre Hände zitterten nicht mehr.

»Laß dir noch eine Minute Zeit.« Er wandte seine Aufmerksamkeit wieder Rooney zu. »Fahren Sie fort.«

»Was ich noch zu erzählen habe, wird Ihnen nicht gefallen. Milicent Byden hat mich nicht nur engagiert, um ein Dossier über Sie anzulegen, Slater. Das kam erst später. Sie hat schon Monate vorher mit mir Kontakt aufgenommen, sofort nachdem Kelsey sich mit Naomi Chadwick in Verbindung gesetzt hat.«

Kelsey kniff die Lippen zusammen und wünschte, daß sich ihr Magen beruhigen möge. »Ich verstehe nicht ganz.« Doch sie verstand sehr wohl, und diese Erkenntnis jagte ihr große Angst ein.

»Geradeheraus gesagt«, fuhr Rooney fort, »sie wollte nicht, daß Sie dort sind, wollte verhindern, daß Sie und Naomi eine Beziehung aufbauen.«

»Und wie wollte sie das verhindern?«

»Nun, da sich Naomi nichts hatte zuschulden kommen lassen, seit sie aus dem Gefängnis gekommen war, ging Milicent einfach in die Vergangenheit zurück. Nachdem Alec Bradley erschossen worden war, übergab ich ihr meine Akten. Darin standen viele Details, nicht nur über Naomi. Ich bin gründlich, wissen Sie. Ich hatte Informationen über Bradley und seinen Freund gemacht, über die Manipulation des Rennens und meinem Verdacht über eine Beteiligung von Cunningham. Als sie versuchte, sie zu stoppen, Kelsey, Sie aber trotzdem nicht zur Vernunft kamen, da benutzte sie diese Informationen.«

»Wie?« Kelsey schlang die Arme um ihren Körper. »Am besten, Sie erzählen mir alles.«

»Ich sollte Bradleys alten Freund ausfindig machen und ihn unter Versprechung eines Jobs in diese Gegend zurücklocken. Sie hat mir zwar nicht gesagt, um was für eine Art Job es sich dabei handelte, aber das war nicht schwer zu erraten, wenn sich die Ereignisse wiederholen sollten. Ein manipuliertes Rennen, ein totes Pferd. Die Gerüchte und Verdächtigungen kreisten um Naomi und um Sie.« Er wies mit dem Finger auf Gabe. »Milicent wollte Sie nicht in der Nähe ihrer Enkelin dulden. Kelsey sollte mit eigenen Augen sehen, welche Rücksichtslosigkeit und Grausamkeit beim Pferderennsport herrschten, und sie sollten sich dann nach Hause flüchten.«

»Nur daß ich das nicht getan habe.« Hinter Kelseys Augen brannten Tränen, aber sie würde sie zurückhalten, solange es ging. »Wollen Sie mir weismachen, daß meine Großmutter hinter alldem steckt? Hinter Prides Tod und auch hinter Micks?«

»Nicht einmal eine Frau wie Milicent Byden kann einen Mann, der keine Skrupel kennt, unter Kontrolle halten. Er hat zum Teil auf eigene Faust gehandelt. Nach dem Mord an dem Pfleger war sie außer sich vor Zorn. Las mir die Leviten, als ob ich den armen Kerl persönlich umgelegt hätte.«

Kopfschüttelnd überließ sich Rooney seinen Erinnerungen. »Sie hatte es auf das Pferd abgesehen, wollte eine Wiederholung früherer Verbrechen. Einen Skandal, der ihrer Enkelin eine Lehre sein sollte.«

»Nur meinetwegen«, murmelte Kelsey. Ihre Hand lang schlaff in Gabes. »Alles nur meinetwegen.«

»Sie sind die Letzte der Bydens«, erklärte Rooney. »Das ist der springende Punkt. Und sie haßt Naomi mit einer Inbrunst, die bis heute nicht nachgelassen hat. Um Naomi zu vernichten und die Kontrolle über Sie, Kelsey, zu behalten, würde sie alles tun. Sie lieh Cunningham genug Geld, um das Pferd Big Sheba kaufen zu können. Mehr als genug, um ihn in der Hand zu haben und dazu überreden zu können, mit ihrem Helfer zusammenzuarbeiten. Begeistert war sie davon nicht«, fügte Rooney hinzu. »Sie wollte mit diesen Typen eigentlich gar nichts zu tun haben, aber der Zweck heiligt die Mittel.«

»Ich glaube, die Frau, von der Sie sprechen, ist nicht die Großmutter, die ich zu kennen glaubte«, sagte Kelsey langsam. »Wie konnte sie das Leben so vieler Menschen ruinieren?«

»Sie wollte sie kontrollieren«, korrigierte Rooney. »Sie hielt alles, was sie tat, für notwendige Kontrolle. Und ich habe mich zu ihrem Helfershelfer gemacht.« Müde rieb er sich die Augen. »Beim ersten Mal war ich noch jung, ehrgeizig und leicht zu beeindrucken. Dieses Mal fühlte ich mich wie in einer Falle. Aber schließlich war es ja nur ein Job. Mein letzter Besucher heute hat mich allerdings dazu gebracht, meine Ansichten zu ändern.« Sein Blick ruhte lange nachdenklich auf Gabe. »Vielleicht werde ich alt. Gott weiß, daß ich alles langsam satt habe. Als er auftauchte und mir einen neuen Deal vorschlug, habe ich abgelehnt und aufgegeben. Kann aber auch sein, daß ich fand, daß die Zeit für Reue gekommen ist.«

Rooneys Augen wurden schmal. »Wollen Sie wissen, wie Benny Morales' Sohn es geschafft hat, das Chadwick-Pferd zu erledigen? Und wie es dazu kam, daß beinahe eines von Ihren auch hätte dran glauben müssen, Slater? Dann sehen Sie sich mal in Ihrem eigenen Betrieb um, und werfen Sie ein Auge auf Ihren alten Herrn. Ganz recht«, bestätigte er lächelnd, »Rich Slater hat Alec Bradley so einige Geheimnisse aus der Nase gezogen. Und er hat nur allzu gern davon Gebrauch gemacht und eine Wiederholung inszeniert, als Milicent Byden nach ihm schickte. Rachsucht und Machtgier, Rachsucht und Geld. Ihre Motive und die seinen. Eine höllische Kombination.«

28

»Fährst du bitte rechts ran?«

Eine halbe Meile von Longshot entfernt lenkte Gabe den Wagen an den Straßenrand. »Ist dir wieder schlecht?«

»Nein.« Jedenfalls nicht so, wie er meinte. »Ich möchte mich nur eine Minute etwas bewegen, können wir ein Stück gehen?« Ohne seine Antwort abzuwarten, sprang sie aus dem Wagen.

Eine wundervolle Nacht, dachte sie. Die klassische Sommernacht auf dem Lande, der Himmel eine sternenübersäte Kuppel. Nicht eine einzige Wolke störte das Bild. Der Duft des Geißblatts, das die Felder zu überwuchern drohte, hing in der Luft. Im hohen Gras zirpten die Grillen, und der Boden gab beim Gehen unter Kelseys Füßen leicht nach.

»Es ist zuviel«, murmelte sie. »Zu viel auf einmal. Wie soll ich es ihr nur sagen, Gabe?« Sie wandte sich mit ausgestreckten Armen rat- und haltsuchend nach ihm um. »Wie kann ich meiner Mutter beibringen, daß alles manipuliert war? Daß alles, was geschehen ist, Teil eines Planes war, der ausgearbeitet wurde, um sie von mir fernzuhalten?«

»Als erstes . . .«, behutsam strich er ihr eine Haarsträhne hinter die Ohren, ». . . hörst du auf, dir Vorwürfe zu machen.«

»Ich mache mir doch gar keine Vorwürfe.« Sie blieb stehen, lehnte sich an einen Koppelzaun, und schaute hinüber zu den nächtlichen Bergen. »Aber ich bin wütend, daß man mich wie eine Schachfigur benutzt hat. Ich war für meine Großmutter niemals nur ihre Enkelin oder eine eigenständige Persönlichkeit, ich war nur ein Mitglied der Familie Byden«, erklärte Kelsey bitter, »weiter nichts. Nur als solches bedeute ich ihr etwas.«

Gabe setzte zu einer Antwort an, wollte sie trösten,

doch dann besann er sich. Manchmal war es besser, einfach nur zuzuhören.

»Ich glaube«, fuhr Kelsey fort, »ich glaube wirklich, daß sie versucht hat, mich zu lieben. Aber ihre Gefühle für meine Mutter und vielleicht die Schuld, die sie auf sich geladen hat, machten es ihr unmöglich. Ich sollte dem guten Namen der Familie Ehre machen, mußte die besten Schulen besuchen, Kenntnisse über Kunst, Musik und Literatur erwerben. Meine Freunde mußten natürlich aus gutem Hause sein. Vielleicht habe ich deswegen nie wirklich enge Freundschaften gehabt. Und jede Art von Auflehnung, jedes kleinste Zeichen meiner Persönlichkeit spiegelte für sie den Charakter jener Frau wider, deren Leben sie zerstört hatte.«

Kelsey pflückte einen Geißblattstengel und begann langsam, die zarten weißen Blüten abzuzupfen.

»Als ich zwölf war, wollte sie, daß ich nach England ins Internat gehe. Mein Vater war dagegen. Das war eines der wenigen Male, wo sie eine Auseinandersetzung hatten. Milicent sagte, ich brauchte eine feste Hand, mein Vater meinte, ich brauchte eine unbeschwerte Kindheit.«

Seufzend zerrieb sie die Blütenblätter zwischen den Fingern. »Ob ihr wohl jemals klargeworden ist, daß sie ihn auch nur benutzt hat? Eine weitere Schachfigur. Wie weit ist sie für das Scheitern der Ehe meiner Eltern verantwortlich, Gabe, auch wenn vielleicht gar keine Chance bestand, daß diese Ehe glücklich wird? Aber das Kind ist schon lange in den Brunnen gefallen«, murmelte sie und ließ die Blüten fallen. »Jetzt muß ich sehen, wie ich meiner Mutter alles erkläre. Und da ist noch mein Vater. Mit ihm muß ich wohl auch reden, oder? Er hat das Recht zu erfahren, was sie damals getan hat. Und was sie vor kurzem erst getan hat.«

Sie wandte sich zu ihm und preßte ihr Gesicht an seine Brust, dankbar dafür, daß seine Arme ihr Schutz und Geborgenheit boten. »Was für ein Wahnsinn. So viele Leben, die zerstört oder ausgelöscht worden sind. Und warum? Nur aus falsch verstandener Familienehre.«

»Dazu kommen noch ein paar Todsünden«, bemerkte Gabe ruhig, der an seinen Vater denken mußte. »Neid, Gier, Verlangen. Ich habe schon immer eher an das Glück als an schicksalhafte Vorbestimmung geglaubt. Aber es ist mehr als Glück, was uns in diesen Kreis gezogen hat.« Er schob sie etwas von sich, um ihr ins Gesicht sehen zu können. »Du und ich, Kelsey, wir gehörten beide von Anfang an zu diesem Kreis.«

»Und wenn wir uns nicht gefunden hätten, wären wir vielleicht auch der Lösung, die den Kreis schließt, nicht so nahe. Du willst mit deinem Vater abrechnen, nicht wahr?«

»Ich muß ihn finden.«

»Das kannst du doch Rossi überlassen.« Beschwörend verstärkte sie ihren Griff. »Gabe, er will dir schaden. Wenn er gleich nach uns in Rooneys Büro aufgetaucht ist, könnte er uns gefolgt sein. Er sucht nach einer Gelegenheit, dich empfindlich zu treffen.«

»Deshalb muß ich ihn ja zuerst finden. Das ist mein ganz persönlicher Kreis, Kelsey, und den muß ich schließen.«

»Aber wenn wir zur Polizei gehen würden . . .«

»Warum haben wir dann nicht schon längst angerufen?«

Kelsey senkte den Blick. Warum nur konnte er in ihrem Gesicht ihre Gedanken lesen wie in einem Buch? »Na gut. Ich muß mit Naomi sprechen, und du mußt deinen Vater finden. Dann machen wir der Sache ein Ende. Und jetzt bringst du mich besser nach Hause.«

Auf Three Willows angelangt wies sie sein Angebot, sie zu begleiten, energisch zurück. Sie mußte allein damit fertigwerden. Also wartete er nur, bis sie im Haus war und die Außenbeleuchtung erlosch.

Gabe hatte mit seinen eigenen bösen Geistern zu kämpfen. Und der erste trug beileibe nicht das Gesicht seines Vaters.

Als Kelsey im Haus war, schaute sie zur Treppe. Es war bereits spät, und Naomi lag zweifellos schon im Bett.

Warte lieber bis morgen, dachte sie bei sich. Auf eine Nacht mehr oder weniger kommt es nun auch nicht mehr an. Nein, das war Feigheit. Seufzend ging Kelsey in die Küche. Sie würde sich einen Tee aufbrühen, und dabei konnte sie sich genau zurechtlegen, was sie sagen wollte.

»Gertie?« Zu ihrer Überraschung fand sie die Haushälterin in der Küche vor, wo sie gerade die Spülmaschine einräumte.

»Oh, Miss Kelsey, haben Sie mich erschreckt.« Die Frau zuckte zusammen und preßte eine Hand gegen ihren pinkfarbenen Morgenmantel.

»Es ist schon nach Mitternacht. Du solltest so spät nicht mehr arbeiten.«

»Ach, ich hab' nur mein Geschirr weggeräumt. Heute lief ein Spätfilm mit Bette Davis im Fernsehen, *Reise aus der Vergangenheit*. Ich hab' dabei eine ganze Packung Taschentücher verbraucht.« Bei diesem Gedanken seufzte Gertie glücklich. »Heutzutage werden solche Filme gar nicht mehr gemacht, Miss Kelsey.«

»Nein.« Kelsey ging zum Herd, nahm den Kessel und ließ an der Spüle Wasser hineinlaufen.

»Sind sonst schon alle im Bett?«

»Möchten Sie Tee? Lassen Sie mich das machen.«

Gertie schob Kelsey zur Seite und setzte selbst den Kessel auf. »Channing ist mit Matt Gunner unterwegs. Tennessee Walker von den Williams hat eine Lungenentzündung. Sie wissen noch nicht, ob er durchkommt.«

»Ach, das tut mir leid.«

»Verdammt schade um das Tier, das ist schon richtig.« Gertie wärmte geschäftig eine Porzellantasse an, während sie darauf wartete, daß das Wasser kochte. »Aber ich muß sagen, Channing schien von der Vorstellung, die halbe Nacht im Stall verbringen zu können, begeistert zu sein. Ich hab' ihm gesagt, ich lasse ihm die Küchentür offen und stelle ihm eine Platte mit kaltem Hähnchen in den Kühlschrank.«

»Dann ist er garantiert im siebten Himmel.«

»Es ist eine Freude, ihn hier zu haben.«

»Das ist es für mich auch. Ich brauche zwei Tassen, Gertie. Ich will meiner Mutter eine hochbringen.«

»Oh, sie schläft schon, Kindchen.« Gertie griff nach einer Dose und maß den Tee nach Gefühl ab. »Sie wirkte so erschöpft und hatte sich über irgend etwas so aufgeregt, daß ich ihr vor einer Stunde eine Schlaftablette geben mußte.«

»Eine Schlaftablette?«

»Sie sagte, ich würde nur unnötiges Aufheben machen, aber sie gefiel mir gar nicht, sah ausgelaugt und blaß aus. Ihr fehle nur Schlaf, sagte ich ihr. Ich wollte noch einmal nach ihr sehen, ehe ich zu Bett gehe.«

»Ich mach' das schon.« Kelsey sah die Teekanne mit gemischten Gefühlen an. »Dann eben nur eine Tasse, Gertie. Ich spreche morgen früh mit ihr.«

»Dann geht es ihr bestimmt besser. Vermutlich ist sie nur übermüdet.« Gertie arrangierte Kanne, Tasse und Untertasse auf einem Tablett. »Sie sah in den letzten Monaten besser und glücklicher aus als je zuvor. Das liegt an Ihnen. Für eine Mutter zählt eben nur ihr Kind.«

»Jetzt bin ich ja hier.«

»Ich weiß. Bleiben Sie nicht so lange auf.«

»Bestimmt nicht. Gute Nacht, Gertie.«

Kelsey trug das Tablett nach oben und stellte es in ihrem Zimmer ab, ehe sie nach ihrer Mutter schaute. Im fahlen Mondlicht, das durch das Fenster schien, konnte sie sehen, daß Naomi tief und fest schlief.

Dann also morgen früh, dachte sie und zog sich in ihr eigenes Zimmer zurück, um auf die erste Morgenröte zu warten.

Gabe ging nicht ins Haus, sondern machte sich direkt auf den Weg zum Stall. Über der Sattelkammer brannte noch Licht. Grimmig umrundete er das Gebäude und stieg die Stufen empor. Anklopfen tat er nicht.

Jamison saß an seinem Schreibtisch, auf dem sich der Papierkram stapelte. Ein Glas Brandy stand in Reichweite. Er blickte hoch und blinzelte wie eine Eule.

»Gabe. Was führt dich denn so spät hierher?«

»Dasselbe könnte ich dich fragen.«

»Ach, weißt du, irgend etwas liegt immer an.« Mit einem müden Lächeln deutete Jamison auf den Papierstapel. »Nachts kann ich mich besser konzentrieren, dann ist alles ruhig. Hinter dir steht ein Glas mit Instantkaffee«, fügte er hinzu. »Da auf dem Kocher kannst du Wasser heißmachen.«

»Nein.« Im gelblichen Licht der Schreibtischlampe musterte Gabe seinen Trainer und Freund. Die Anspannung der letzten Monate hatte ihren Tribut gefordert. Tiefe Schatten lagen unter Jamisons Augen, und die harten Linien um seinen Mund wirkten so, als hätte sie jemand mit dem Messer eingeschnitzt.

Das war nicht das Gesicht eines Mannes, der den jüngsten Triple-Crown-Sieger ausgebildet hatte.

»Ich hab' viel in den Ställen rumgehangen, als ich hier noch gearbeitet habe, was, Jamie? Bei dir und Mick.«

»Ich erinnere mich noch gut.« Jamisons Schultern, die sich unter Gabes prüfendem Blick verkrampft hatten, entspannten sich wieder. »Oder du hast uns zu einem Pokerspiel überredet und uns dann einen Wochenlohn abgeknöpft.«

»Cunningham war ja nie zufrieden. Wenn du einen Sieger trainiert hast, wollte er zwei. Immer ein noch größeres Rennen, noch größere Prämien. Ich erinnere mich, wie er immer sagte, der Moses drüben auf Three Willows wüßte, wie man Pferde zu Champions macht. Und wenn du das nicht auch fertigbrächtest, würde er jemand anders finden.«

»Es war nicht leicht, für ihn zu arbeiten. Ich habe gute Pferde für ihn trainiert und viele Rennen gewonnen. Unser Try Again wurde in den Achtzigern sogar zum Galopper des Jahres gewählt. Aber er bekam nie genug.«

»Er wollte einen Derbysieger. Das hast du nie zuwege gebracht, sogar dann nicht, als die Chadwicks damals in Keeneland – wann war das noch? – ach ja, '73, ihren Hengst verloren. Cunninghams Pferd war dann der Favorit, siegte aber trotzdem nicht.«

Gabes Stimme klang kühl und beherrscht. »Es belegte den dritten Platz, wenn ich mich recht entsinne. Einen enttäuschenden dritten Platz. Das muß dich schwer getroffen haben, nach all dem, was du getan hast, um ihm zum Sieg zu verhelfen.«

Bei der Erinnerung daran zuckte es um Jamisons Mundwinkel. »Ein dritter Platz beim Derby ist keine Schande. Der Hengst war nicht in Hochform. Hat auf den letzten Metern nachgelassen.« Er hob sein Glas und trank. »Und wir machten schwere Zeiten durch, nachdem Benny sich erhängt hatte.«

»Du und Benny, ihr habt euch gut verstanden?«

»Wir waren Freunde.«

»Zweifellos gute Freunde.« Gabe drehte einen Stuhl zu sich herum und setzte sich rittlings darauf. »Wieviel hattest du mit all dem zu tun, Jamie? Damals und heute?«

»Worauf willst du hinaus?«

»Du und Benny, ihr wart befreundet. Hast du ihn dazu überredet, das Rennen zu manipulieren, oder hast du die Sache selbst in die Hand genommen? Ich werd' dir sagen, was ich glaube.« Ohne auf eine Antwort zu warten fuhr Gabe fort: »Ich glaube, du hast ihn gebeten, dir zu helfen, dem Pferd etwas Hilfestellung zu geben. Cunningham setzte dich unter Druck. Vielleicht hat er dir eine größere Gewinnbeteiligung versprochen, vielleicht hat er dir auch nur so lange zugesetzt, bis du nachgegeben hast. Und du hast Benny Morales mit hineingerissen.«

Seine Augen wichen nicht von Jamisons Gesicht. »Ein Derbysieg, Jamie. Etwas, was du immer gewollt und, bis jetzt, nie erreicht hast.«

»Du redest Unsinn, Gabe. Mittlerweile kennst du mich doch lange genug.«

»Allerdings, Jamie. Ich kenne dich lange genug, um zu wissen, daß du deine Finger in allem, was im Stall vor sich geht, drin hast. Ich habe dich nur nie mit dem, was dem Hengst von Three Willows oder meinem beinahe zugestoßen ist, in Verbindung gebracht. Mein Fehler«, sagte er und bemerkte, wie ein Anflug von Furcht in Jamisons

Augen aufblitzte. »Ich hätte nie gedacht, daß du ein Pferd töten würdest, nur um ein Rennen zu gewinnen. Egal welches Rennen.«

Gabe zog eine Zigarre hervor und betrachtete sie nachdenklich, während Jamison in Schweigen verfiel. »Das hat mir Sand in die Augen gestreut, Jamie, bis die Sache mit Reno geschah. Er wußte nicht, daß die Dosis tödlich war, genausowenig wie du. Du hast meinem Pferd nur Hilfestellung geleistet, indem du Pride eliminiert hast, nicht wahr, Jamie? Hat mein Vater dir das so verkauft? Daß du ihm Hilfestellung leistest?«

»Ich wollte mein eigenes Gestüt«, flüsterte Jamison. »Ein Mann verdient etwas Eigenes, wenn er sich so lange um den Besitz anderer gekümmert hat. In jedem anderen Jahr hätte Double das Derby spielend gewonnen. Warum mußte ausgerechnet Moses einen ernsthaften Konkurrenten stellen? Warum?«

»Pech.« Gabe zündete seine Zigarre an. Er empfand jetzt weder Mitleid noch Trauer um seinen Freund.

»Du wolltest den Sieg, Gabe. Erzähl mir nicht, daß du ihn nicht wolltest.«

»Ja, ich wollte diesen Sieg. Ich leugne es nicht.«

»Und wenn du Bescheid gewußt hättest, hättest du dann nicht die Augen zugedrückt?«

Gabes Augen funkelten. Nein, hier waren weder Mitleid noch Trauer angebracht. »Wenn du das glaubst, warum hast du es mir dann verschwiegen?«

»Du warst ein Unsicherheitsfaktor, wie Rich sich ausdrückte. Man konnte dir nicht trauen. Denk daran, wie der Hengst gelaufen ist«, gab Jamison verzweifelt zu bedenken. »Er hat sich alle drei Zacken geholt, und nichts konnte ihn aufhalten.«

»Und um welchen Preis? Es geht nicht nur um ein totes Pferd, Jamie. Es geht auch um Mick und Reno.«

Jamisons Augen schwammen in Tränen. »Das war nicht meine Schuld. Jesus, Gabe, du glaubst doch wohl nicht, daß das meine Schuld war. Lipsky hat auf eigene Faust gehandelt. Ich habe erst davon erfahren, als es zu spät war.«

Seine Stimme versagte. Einen Moment lang war nur sein keuchender Atem zu hören, dann riß er sich zusammen. »Rich wollte dir eine Lektion erteilen, aber er hat mich erst hinterher eingeweiht. Ich wußte nicht, daß er es auf Double abgesehen hatte, Gabe, Gott ist mein Zeuge. Er sollte sich um den Hengst von Three Willows kümmern, für eine Disqualifikation und einen Skandal sorgen.«

Erschauernd wartete er darauf, daß Gabe das Wort ergriff. Als weiterhin Schweigen herrschte, wich er zurück. »Vergiß nicht, daß Cunningham und Rich den Plan ausgeheckt haben. Vergiß das nicht.«

»Das vergesse ich ganz bestimmt nicht.«

»Die Disqualifikation reichte Rich nicht. Und auch das Geld, das er dafür bekam, reichte ihm nicht. Er ist gierig, wie du weißt. Er hat uns nur benutzt, um das Pferd zu töten. Als ich Pride zusammenbrechen sah, da wußte ich, daß er uns reingelegt hat. Und dann Reno.« Er vergrub das Gesicht in den Händen. »Ich mochte den Jungen. Hinterher versuchte ich, ihm klarzumachen, daß es nicht sein Fehler war, aber er wollte nicht hören. Rich ist für alles verantwortlich. Für alles. Und dann tauchte er auch noch hier auf und wollte die Spielregeln diktieren.«

»Wie bitte?«

Jamison ließ die Hände sinken und fuhr sich mit dem Handrücken über den Mund, dann griff er wieder zu seinem Glas und kippte den Brandy mit einem Schluck hinunter.

»Er wollte verhindern, daß du die Triple Crown gewinnst, Gabe. Diese Vorstellung nagte ständig an ihm. Mir erzählte er, es sei nur ein Job, nur ein kleiner Nebenverdienst. Aber er wollte Geld. Er hatte mich in der Tasche, verstehst du, mich und Reno. Diesmal habe ich das Mittel selbst besorgt. Die Dosis hätte ihn nur kurzfristig ausgeschaltet.«

In Gabes Augen loderte ein gefährliches Feuer auf. »In der Nacht, als Kelsey in den Stall kam, warst du es, nicht wahr? Du warst derjenige, der sie niedergeschlagen hat.«

»Ich habe ihr keinen ernsthaften Schaden zugefügt, ich

mußte nur verschwinden, bevor sie mich erkennt. Kip hatte ich schon aus dem Weg geräumt. Hab' ihm nur leichte Kopfschmerzen verursacht. Aber als sie reinkam, konnte ich nicht weitermachen. Ich . . .«

»Allein dafür könnte ich dir den Hals umdrehen, Jamie.« Gabes Hand schloß sich um Jamisons Hals. »Allein dafür«, murmelte er und drückte zu.

»Ich war in Panik, Gabe.« Entsetzt versuchte Jamison, sich aus Gabes eisernem Griff zu befreien. »Ich war nicht ganz bei mir, verstehst du das denn nicht?«

»Ich verstehe so einiges.« Angewidert gab Gabe ihn frei.

Die häßlichen roten Flecken auf Jamisons Gesicht begannen zu verblassen, als er nach Luft schnappte. »Er hat mich in die Enge getrieben, sieh das doch ein. Ich sagte Rich, ich würde es nicht tun, doch er drohte, alles auffliegen zu lassen. Also versuchte ich es, obwohl es mir das Herz brach. Aber es klappte nicht. Reno sollte es dann am Tag des Derbys erledigen, aber er brachte es nicht fertig. Um Gottes willen, Gabe, er hat sich erhängt. Ein Pferd ist es nicht wert, daß man stirbt, um es zu retten.«

»Aber dafür töten, das kann man.«

»Ich hab' dir doch gesagt, daß ich . . .«

»Red dir das nur ein«, fauchte Gabe. »Rede dir ein, daß du nur das Opfer warst, Jamie. Daß man dich benutzt hat. Daß das, was Benny Morales, Mick, Reno und sogar Lipsky zugestoßen ist, nur Pech war. Und dann versuch, damit zu leben.« Gabe stand auf und versetzte dem Stuhl einen Tritt.

»Ich habe getan, was ich tun mußte. Und jetzt habe ich den Mut gefunden, ihm Paroli zu bieten. Heute abend.«

Gabes Kopf fuhr hoch. »Wovon redest du denn?«

»Rich war hier, vor einer knappen Stunde. Betrunken und rachsüchtig. Redete wüstes Zeug, drohte, er würde die Pferde umbringen und die Ställe anzünden. Wer weiß, was er angerichtet hätte, wenn ich ihn nicht zurückgehalten hätte.«

Gabe polterte bereits die Stufen hinunter. Jamies

Stimme klang ihm noch schwach hinterher. Er knipste das Licht im Stall an und unterdrückte seine Angst, als er systematisch jede Box überprüfte.

»Ich hab' doch gesagt, daß ich ihn nicht hereingelassen habe«, wiederholte Jamison. »Ich sagte ihm, er solle verschwinden und seinen Rausch ausschlafen, wir seien fertig miteinander. Ich würde nicht länger seine Drecksarbeit machen. Nicht nach Renos Tod, um keinen Preis.«

Gabe stand vor Doubles Box. Der Hengst kam näher und stupste ihn lässig an. »Ich will dich hier nicht mehr sehen, Jamie. Pack deine Sachen und mach, daß du wegkommst.«

»Ein Mann hat das Recht auf eigenen Besitz. Gerade du solltest das verstehen.«

»Das verstehe ich auch. Aber für dich ist hier kein Platz mehr.«

Innerhalb von zwanzig Minuten hatte Gabe drei Pfleger aus den Betten geholt und im Stall postiert. Ehe er seinen Vater nicht ein für allemal unschädlich gemacht hatte, würde er die Pferde rund um die Uhr bewachen lassen. Und Rich würde zurückkommen, dachte Gabe, als er zum Haus ging. Gier und Haß würden ihn nach Longshot zurücktreiben.

Nur der völlige Ruin seines Sohnes konnte Rich Slater zufriedenstellen. Was Gabe am liebsten und teuersten war, mußte vernichtet werden.

Aber diesmal würde die Sache anders aussehen. Diesmal ... Das Blut wich aus Gabes Gesicht, als ein Gedanke in seinem Kopf Gestalt annahm. Das, was ihm am liebsten und teuersten war, das war ...

Kelsey.

Gertie probierte eine neue Nachtcreme aus, die sie sich bei einem Versandhaus bestellt hatte. Ab und zu gönnte sie sich das Vergnügen, in Katalogen zu blättern. Der Hersteller pries das Produkt als ›unglaubliche Verjüngungskur‹ an.

Gertie hoffte auf eine vorübergehende Abmilderung

der Linien, die sich unaufhaltsam in ihr Gesicht zu graben schienen.

Schiere Eitelkeit, schalt sie sich. Eine alte Närrin wie sie, die über ein halbes Jahrhundert alt war. Aber als sie ihr Spiegelbild kritisch betrachtete, kam es ihr doch so vor, als ob die Fältchen und Krähenfüße um ihre Augen eine Spur, nur einen Hauch schwächer geworden seien.

Zufrieden mit der neuen Creme stand sie auf, um ihren Morgenmantel auszuziehen, dann lächelte sie, als sie hörte, wie die Küchentür geöffnet wurde.

Jetzt würde der Junge wohl den Kühlschrank plündern und vermutlich ein heilloses Chaos hinterlassen. Jungen in Channings Alter ließen nie auch nur einen Krümel übrig. Besser, sie ging hinunter und richtete ihm einen Teller her, dann konnte sie auch gleich dafür sorgen, daß er die Mahlzeit mit Milch anstatt mit Cola hinunterspülte.

»Ich habe dich gehört«, rief sie, als sie die Tür aufstieß. »Hat gar keinen Sinn, daß du hier rumschleichst. Setz dich auf deine vier Buchstaben, und ich ...« Stirnrunzelnd brach sie ab. Im Licht der kleinen Lampe, die sie für Channing angelassen hatte, blinkte die Küche fleckenlos sauber. Niemand war zu sehen. »Jetzt spielen mir schon meine Ohren dumme Streiche«, brummelte sie vor sich hin. »Vielleicht haben sie in dem Katalog auch was für solche Probleme.«

In dem Moment, in dem sie sich umdrehte, fühlte sie einen starken Schmerz am Kopf. Mit einem leisen Laut sank sie ohnmächtig zusammen.

Rich stand grinsend über ihr. Saubere Arbeit, lobte er sich. Er hatte der mageren alten Schachtel mit ihrem eigenen Nudelholz eins übergezogen. Er schob den leblosen Körper mit einem Fuß beiseite und verlor dabei beinahe das Gleichgewicht.

Ein kleiner Schluck würde ihm helfen, entschied er und holte seinen Flachmann aus der Tasche. Aber es waren nur noch Tropfen übrig. Er fluchte fürchterlich, steckte den Flachmann wieder in die Tasche und stieg über die bewußtlose Gertie. Hier im Haus gab es bestimmt etwas

Trinkbares. Erster Güte natürlich. Und wenn er sich derart gestärkt hatte, würde er sich um Gabes hübsche Kleine kümmern.

Im Obergeschoß lief Kelsey auf und ab und trank dabei eine weitere Tasse Tee. Wenn doch nur Channing heimkäme, dann könnte sie mit jemandem reden. Und wer könnte diesen furchtbaren Konflikt, der sie zwischen den Angehörigen ihrer Familie hin- und herriß, besser verstehen als er? Auch Gabe war trotz seines Verständnisses in diesem Fall nicht der richtige Gesprächspartner.

Morgen früh, es waren nur noch wenige Stunden bis dahin, würde sie Naomi alles mitteilen, was sie wußte. Danach hätte sie eine Frau, die sie liebte, von einem Alpdruck befreit und eine andere verdammt.

Denn trotz aller Bitterkeit und aller Enttäuschung liebte sie ihre Großmutter immer noch.

Die allmächtige Milicent, dachte sie und schloß die Augen. Ob sie mit dem Skandal wohl fertig werden würde? Von den Rechtsfolgen einmal ganz zu schweigen. Denn die Sache würde auf jeden Fall ein Nachspiel haben.

Und wie würde sie mit der Tatsache leben können, fragte Kelsey sich, daß sie durch ihre Handeln ihre eigene Großmutter ins Gefängnis gebracht hatte?

Das Klirren von zersplitterndem Glas ließ sie den Atem anhalten. Channing, dachte sie. Sie hatte ihn zwar nicht kommen hören, aber er war offenbar unten und tastete sich durch das Dunkel. Ein vergeblicher Versuch, niemanden im Haus aufzuwecken.

Erleichtert lief Kelsey aus ihrem Zimmer und die Treppe hinunter, um nach ihm zu schauen.

»Channing, du Tolpatsch! Wenn das eins von Naomis Kristallpferden war, dann kannst du aber morgen was erleben!«

Am Fuß der Treppe blieb sie stehen und lauschte. Das Haus lag in tiefer Stille, was ihr eine Gänsehaut machte. Schluß jetzt, befahl sie sich und rieb sich über die Arme.

»Komm schon, Channing, ich bin nicht in der Stimmung für deine Spielchen. Ich muß mit dir reden.«

Sie knipste das Licht in der Halle an.

»Ich weiß genau, daß du da bist. Deine zarten Bewegungen verraten dich doch. Es ist wichtig, Channing.«

Ärgerlich marschierte sie ins Wohnzimmer. Im Mondlicht glitzerten Scherben auf dem Teppich.

»O verdammt! Es war eins der Pferde. Hast du prima gemacht!« Sie bückte sich, um die Scherben aufzusammeln.

»Die Königin zähmt jedes Pferd«, sagte Rich hinter ihr und schaltete das Licht ein. »Die Königin zähmt jeden Mann.« Er grinste Kelsey an. »Aber ob die liebreizende Tochter der Königin die Scherben auch zusammenfügen kann?«

Lachend warf er den Kopf zurück, begeistert von seiner Stegreifdichtung.

29

Kelsey blieb vor Schock und Schmerzen die Luft weg, als sie sich an einem Glassplitter die Hand verletzte. Blut quoll aus der Wunde.

»Vorsichtig, mein Täubchen.« Rich schlenderte gemächlich auf sie zu. »Schneid dir nicht das Fingerchen ab.« Er pustete auf ihre Wunde, dann bot er ihr galant sein Taschentuch an. »Wollt' dich nicht so erschrecken, aber 's ist an der Zeit, daß wir uns mal unterhalten. Schließlich wärmst du ja meinem Jungen schon seit einiger Zeit das Bett.«

»Sie sind Gabes Vater!« Kelsey raffte sich hoch, aber sie war nicht schnell genug. Richs Hand schloß sich um ihren Arm.

»Die Familienähnlichkeit ist nicht zu übersehen, was? Die Damen behaupten immer, mein Junge und ich geben ein hübsches Bild ab.« Seine Augen glänzten vom Alkohol, er schaute sie an und sagte: »Aus der Nähe betrachtet bist du ja noch hübscher, Püppchen. Kein Wunder, daß mein Junge um dich herumscharwenzelt. Nein, ehrlich nicht.« Er legte ihr das Taschentuch auf die blutende Hand. »Bind dir das drum.«

Automatisch gehorchte sie. »Wenn Sie Gabe suchen . . .« Sie brach ab und überlegte rasch. »Er ist oben«, log sie. »Ich gehe hoch und sage ihm, daß Sie hier sind.«

»Eins kann ich bei Frauen nicht vertragen, und das sind Lügen.« Rich versetzte ihr einen so harten Stoß, daß sie rücklings in einen Sessel flog. »Das ist das erste, was du dir merken mußt.« Er beugte sich über den Sessel und hielt sie mit beiden Armen fest. »Gabe ist nicht oben, ich hab' nämlich vor kurzem gesehen, wie du aus seiner Nobelkutsche ausgestiegen bist. Weiß wirklich nicht, was ihn in sein kaltes Bett zieht, wo er doch dich hat. Aber dem Jungen konnte ich noch nie was beibringen.«

Er tätschelte ihr die Wange und registrierte befriedigt, daß sie zurückwich. »Ist vielleicht gar nicht so schlecht. Jetzt können wir zwei uns endlich mal kennenlernen. Wir sind ganz allein. Hey, was haben wir denn da?« Auflachend grub er ihr die Finger ins Fleisch und zwang sie, die Hand zu heben. »Ist das ein Klunker«, sagte er, und schaute sich den Ring genau an. »Ist es das, wofür ich's halte?« Wie im Scherz drohte er ihr mit dem Finger. »Will mein Junge dich zu einer ehrbaren Frau machen, Püppchen? Na ja, du bist ja auch 'ne Klasse besser als die Weiber, die er sonst abgeschleppt hat. Soll keine Beleidigung sein, ehrlich nicht.«

»Nein«, sagte sie, und in der Hoffnung, ihn hinhalten zu können, redete sie weiter: »Gabe und ich heiraten im August. Ich hoffe, Sie können dabeisein.«

Als er ihr mit dem Handrücken ins Gesicht schlug, schrie sie entsetzt auf. Sein Gesichtsausdruck blieb jedoch unverändert. »Was hab' ich dir gesagt? Keine Lügen. Du und mein sauberer Herr Sohn, ihr möchtet mich doch am liebsten in der Hölle schmoren sehen. Ist es nicht so?«

Kelsey blinzelte, um wieder klar sehen zu können. »Ich kenne Sie doch gar nicht«, sagte sie vorsichtig. Aber sie wußte genug über ihn, um es mit der Angst zu bekommen, und ihr Zittern verriet sie.

»Du kennst mich. Ich könnte wetten, mein liebender Sohn hat dir alles über mich erzählt. Oder deine Mama.« Beim Gedanken an Naomi wurde sein Grinsen säuerlich. »Die hat ganz bestimmt so einiges über den guten alten Rich Slater zu sagen gehabt.«

Kelsey hob das Kinn und hoffte, daß es nicht zitterte. »Es tut mir leid, aber sie hat Sie nie erwähnt.«

Sein Lächeln verblaßte. »Dieses Luder! So war sie schon immer. Und du gerätst genau nach ihr.«

»In mancher Hinsicht. – Sie tun mir weh, Mr. Slater.«

»Rich, Süße. Oder sag einfach Daddy. Schließlich sind wir ja bald eine Familie.« Bei dieser Vorstellung brach er in ein schallendes Gelächter aus, das ihm die Tränen in die Augen trieb. »Eine große, glückliche Familie. Wetten, daß der alte Drachen Feuer spuckt? Hab' ich schon erwähnt, daß ich deine Oma kenne? Ziemlich gut sogar. Die schäumt bestimmt schon vor Wut, wenn sie daran denkt, daß ihre hochnäsige Enkelin sich mit meinem Sohn zusammentut. Sie hat deine Mama gehaßt. Bis aufs Blut gehaßt, weißt du?«

»Ich weiß.«

»Und weißt du noch was?« Er kniff so fest in Kelseys brennende Wange, daß sie nach Atem rang. »Du solltest uns beiden jetzt einen schönen Drink mixen. Dann plaudern wir weiter.«

»Gut.« Als er zurücktrat, stand Kelsey vorsichtig auf. Ihr Blick wanderte zur Verandatür, dann zur Tür, die in die Halle führte. Wenn es ihr nur gelang, aus dem Zimmer zu kommen, dann könnte sie weglaufen, und er würde sie in seinem Zustand nicht einholen.

»Versuch's gar nicht erst, Süße.« Richs Finger gruben sich fast bis auf den Knochen in ihren Arm. »Es würde dir nicht bekommen.«

»Dort im Schrank ist Brandy, Napoleon.«

»Schön, schön. Immer vom Feinsten.« Die Hand noch immer um ihren Arm gekrallt, führte er sie hinüber. »Schenk uns beiden einen guten Schluck ein.«

Er ist bereits stark angetrunken, dachte Kelsey verzweifelt. Wenn sie ihm noch mehr zu trinken gab, konnte sie vielleicht entkommen. »Gabe erzählte mir, daß Sie viel gereist sind.«

»Ich bin viel rumgekommen, richtig.«

»Ich sehe selbst gern neue Orte.« Lächelnd reichte sie ihm einen Kognakschwenker. »Zum Wohl.«

»Du bist wohl 'ne ganz Coole.« Rich schüttete seinen Brandy hinunter und gab ein wohliges Grunzen von sich. »Das hat mich an deiner Mutter so gereizt. Ein ganz stilles Wasser, die Naomi. Wollt' mich aber nie ranlassen. 'zig andere hat sie rangelassen, nur den guten alten Rich nicht. Vielleicht ändert sie ja jetzt ihre Meinung. Ist sie oben?«

»Sie ist nicht zu Hause.« Noch ehe die Worte ganz heraus waren, schlug er sie zu Boden. Kelsey taumelte, und Sterne tanzten vor ihren Augen.

»Verlogenes Luder.« Lächelnd trank Rich seinen Brandy. »Eine kaltes verlogenes Stück bist du, genau wie deine Mama. Vielleicht sollte ich's lieber mit dir probieren.« Als er das nackte Entsetzen in ihren Augen sah, mußte er lachen. »Nein, das würde sich nicht gehören. Da war mein Junge als erster dran. Außerdem ziehe ich etwas . . . reifere Frauen vor. Nun ja, Naomi treibt sich ja auch schon 'ne ganze Weile rum, was? Vielleicht wär ja alles ganz anders gekommen, wenn deine Omi mich und nicht diesen Bradley engagiert hätte. Sollen wir mal nach oben gehen und Naomi fragen, ob sie jetzt mal Richie ranläßt?«

»Lassen Sie meine Mutter in Ruhe!« Vor Kelseys Augen drehte sich alles, als sie sich hochrappelte. Die Wunde am Auge trübte langsam ihren Blick. »Wenn Sie Naomi anfassen, bringe ich Sie um!«

»Ganz die Mutter. Einen Mann umbringen, nur weil er fordert, was die Natur verlangt.«

»Wir wissen alles über Sie.« Benommen lehnte sich Kelsey an den Schrank. Eine Minute nur, sagte sie sich, dann würde der Schmerz nachlassen und sie würde sich wieder sicher auf ihren Beinen fühlen. »Gabe ist nicht hier, weil er zur Polizei gefahren ist. Sie werden jeden Augenblick da sein.«

Sie wankte und stürzte beinahe wieder, als er erneut die Hand hob.

»Sag mir lieber die Wahrheit, Süße, oder dein hübsches Gesicht kriegt noch mehr ab.«

»Es ist die Wahrheit. Heute abend haben wir uns mit Charles Rooney getroffen. Er rief an, nachdem Sie in seinem Büro waren, und er hat uns alles erzählt.« Um Zeit zu gewinnen, schilderte sie ihm alle Einzelheiten. Jetzt glaubte er ihr, das konnte sie in seinem Gesicht lesen. Und sie sah auch, daß er bereit war, ihr noch sehr viel Schlimmeres anzutun als sie nur zu schlagen.

»Wenn Sie hierbleiben, dann werden Sie verhaftet«, fuhr sie fort, »dann kommen Sie ins Gefängnis, wie damals meine Mutter. Noch haben Sie eine Chance. Wenn Sie jetzt verschwinden, kommen Sie vielleicht davon.«

»Mir können sie nichts nachweisen. Gar nichts.« Er griff nach ihrem unberührten Glas und leerte es. »Nur Vermutungen. Und denk an deine Großmutter!«

»Wegen vieler Lügen hat man meine Mutter damals eingesperrt. Jetzt ist die Wahrheit heraus, und das wird Sie hinter Gitter bringen.«

»Er würde mich in den Knast bringen?« Außer sich vor Wut warf Rich sein Glas gegen die Wand. »Mein eigenes Fleisch und Blut würde mich in den Knast bringen. Aber das wird ihm noch leid tun. Sehr leid.«

Er warf sich auf Kelsey, die zur Seite sprang, so daß er nur den Ärmel ihrer Bluse zu fassen bekam. Der Stoff zerriß, sie konnte sich losmachen und stürzte zur Tür.

Doch er packte sie und versetzte ihr einen so schweren Schlag, daß sie im ganzen Körper rasende Schmerzen fühlte. Schluchzend und nach Luft ringend, trat sie blindlings um sich, traf seine Schulter und seine Brust, während sie sich Stück für Stück über den Teppich zog.

Er würde sie umbringen, dessen war sie sicher. Sie zu Tode prügeln oder sie mit seinen großen, harten Händen erwürgen. Und wenn er mit ihr fertig war, würde Naomi an die Reihe kommen.

Als er ihren Kopf an den Haaren zurückriß, schrie sie laut auf. Vor ihren Augen tanzten grelle, blendende Lichter, und sie hatte rasende Schmerzen. Wenn ihr ihre Stimme gehorcht hätte, hätte sie vielleicht um Gnade gebettelt, aber sie brachte keinen Ton heraus. Tausend kleine Nadeln stachen ihr in die Kehle.

»Jetzt hab'ich dich. Jetzt bist du dran. Hast dich wohl für oberschlau gehalten, was?«

Ihre Finger krallten sich in den Läufer, tasteten suchend umher und trafen auf eine lange Kristallscheibe. Vor Angst und Schmerz völlig außer sich holte sie aus.

Jetzt schrie er laut auf und sprang zurück. Blut strömte ihm über die Wange.

Kelsey quälte sich hoch und lief benommen, so schnell sie konnte, aus dem Zimmer. Seine Verwünschungen dröhnten noch in ihren Ohren.

Nach Atem ringend, fiel sie auf der Treppe hin und kämpfte gegen die Angst, damit sie einigermaßen klar denken konnte. Doch als sie nach ihrer Mutter rufen wollte, um sie zu warnen, kamen nur klägliche, leise Laute aus ihrer Kehle. Auf allen vieren kroch sie die Treppe hoch, kam wieder auf die Füße, und als sie die obere Etage erreicht hatte, hörte sie Rich wieder hinter sich.

»Nein!« In Panik packte sie eine Vase mit Lilien und schleuderte sie in seine Richtung. Das verschaffte ihr einige kostbare Sekunden Vorsprung. Mit blutverschmierten Händen faßte sie die Klinke der Schlafzimmertür: »Mom! O Gott, Mom!« Mit letzter Kraft stieß sie die Tür auf, taumelte ins Zimmer und knallte die Tür hinter sich zu. Schluchzend und mit fast gefühllosen Fingern schob sie den Riegel vor. »Mom! Wach auf! Um Himmels willen, wach auf!«

Mit einem Satz war sie am Bett, zerrte Naomi an den Schultern hoch und schüttelte sie.

Von den Schlaftabletten benommen stieß Naomi ärgerlich die Hand ihrer Tochter beiseite. »Was ist los?«

»Er kommt! Wach auf! Wir müssen hier raus. Verstehst du denn nicht?«

»Wer kommt?« Naomi schlug mühsam die Augen auf. Ihre Lider waren bleischer. »Kelsey? Was ist denn los?«

»Er wird uns umbringen! Komm endlich aus dem Bett, verdammt noch mal!« Sie schrie auf, als Rich sich mit voller Wucht gegen die Tür warf. »Komm aus dem Bett!« Ihr Atem ging in heftigen Stößen, als sie angsterfüllt zur Tür blickte. »Er wird sie eintreten. O Gott, sie hält es nicht aus! Wo ist die Pistole? Hast du die Pistole noch?«

Mit einem Stoßgebet zog Kelsey die Nachttischschublade auf. Da lag sie; im Mondschein glänzendes Metall.

»Was machst du denn da?« Naomi kämpfte gegen ihre Schläfrigkeit an und kniete sich im Bett hin. »Großer Gott, Kelsey, was tust du denn da? Wer ist an der Tür?«

Kelsey starrte, ohne auf sie zu achten, zur Tür. Holz splitterte. Sie hielt die Pistole krampfhaft mit beiden Händen fest, damit sie ihr nicht aus den zitternden Fingern rutschte.

Die Tür brach auf, und Rich stürzte ins Zimmer. Auf seinen Wangen glänzte Blut. Sein Blick fiel auf die im Bett kniende Naomi, der Träger ihres dünnen Seidenhemds war ihr von der Schulter gerutscht. Mit verzerrtem Gesicht ging er auf sie los. Kelsey kam es vor, als würde die Pistole in ihren Händen zum Leben erwachen, sie fühlte, wie ihr ganzer Körper zu vibrieren begann.

Den Schuß selbst nahm sie gar nicht wahr.

»Alec?« Naomis getrübte Wahrnehmung zeigte ihr durcheinanderwirbelnde Bilder – Vergangenheit und Gegenwart vermischten sich.

»Das ist nicht Alec!« Wie aus weiter Ferne hörte Kelsey ihre eigene Stimme. »Es ist Gabes Vater. Ich habe Gabes Vater umgebracht.«

»Slater?« Noch halb im Traum gefangen, kletterte Naomi aus dem Bett und beugte sich, wie sie es damals getan hatte, über einen toten Mann. Mechanisch fühlte sie nach seinem Puls, ehe sie sich wieder aufrichtete. »Rich Slater?« Verwirrt rieb sie sich die Augen. »Was in Gottes Namen geht hier vor?«

»Ich habe ihn umgebracht.« Kelsey ließ die Waffe erschöpft sinken.

Naomi blickte ihrer Tochter ins Gesicht, und erkannte dort Schock, Ungläubigkeit und Angst. Mit aller Gewalt zwang sie sich, ihre wackeligen Beine zu beherrschen.

»Setz dich, Kelsey. So ist es gut, setz dich hin.« Sanft drückte sie Kelsey auf die Bettkante. Nichts zählte jetzt mehr, außer ihrer Tochter.

»Gib mir die Pistole. Okay.« Naomi legte die Waffe beiseite. Darum würde sie sich später kümmern. »Jetzt leg den Kopf auf die Knie und atme tief durch. Langsam.«

»Ich kann nicht. Ich bekomme keine Luft.«

»Doch, du kannst. Langsam und tief durchatmen. Gut so, mein Liebes.«

Während Kelsey sich bemühte, ihren Anweisungen zu folgen, legte sich Naomi einen Plan zurecht. »Jetzt sage ich dir, was wir machen, und ich möchte, daß du gut zuhörst und genau das tust, was ich dir sage. Verstehst du mich?«

»Er wollte mich umbringen. Er wollte uns beide töten. Und ich habe ihn erschossen. Ich kann mich zwar nicht erinnern, aber ich muß abgedrückt haben.« Sie begann mit den Zähnen zu klappern. »Ich habe ihn erschossen.«

»Nein. *Ich* habe ihn erschossen. Sieh mich an, Kelsey.« Liebevoll hob Naomi Kelseys verletztes Gesicht. »O mein Gott!« Schaudernd grub sie die Nägel in ihre Handflächen, bis der Schmerz den Schock vertrieb. »Hör zu, Baby. Er brach hier ein, und er . . .«, sie strich über eine Schnittwunde auf Kelseys Wange, ». . . und er schlug dich, also nahm ich die Pistole und erschoß ihn.«

»Nein, das stimmt nicht. Ich konnte dich ja gar nicht wachbekommen.«

»Nein, nein, Baby. Ich bin aufgewacht, als du ins Zimmer kamst. Du wolltest dich hier vor ihm verstecken. Dann hat er die Tür aufgebrochen, und ich mußte ihn erschießen. Ich rufe jetzt die Polizei, und wir werden ihr das und nichts anderes erzählen.«

»Ich . . .«, Kelsey drückte eine Hand gegen ihren schmerzenden Kopf. »Ich habe nicht . . .« Als sie hörte, wie jemand die Treppe heraufkam, fuhr sie herum und schrie auf.

»Um Gottes willen!« Gabe sah seinen Vater, dann starrte er auf die beiden im Bett kauernden Frauen. »Kelsey!« Schon war er bei ihr, beugte sich zu ihr hinunter und ergriff ihre wunden Hände. »Was hat er dir getan? Was ist mit deinem Gesicht?« In seinen Augen glomm ein tödlicher Funke: »Ich bring' ihn um! Mit meinen eigenen Händen bring' ich ihn um!«

»Die Arbeit habe ich dir abgenommen«, bemerkte Naomi gelassen. »Gabe, nimm Kelsey und bring sie in ihr Zimmer. Ich muß die Polizei anrufen.«

»Ich bin okay«, flüsterte Kelsey, aber als sie aufstehen wollte, verschwamm der Raum vor ihren Augen.

»Du mußt dich hinlegen.« Gabe hob sie hoch. »Ich kümmere mich um dich.« Er schaute sich nach Naomi um und sagte: »Ich werde mich um sie kümmern.«

»Sorg dafür, daß sie in ihrem Zimmer bleibt, bis ich hier fertig bin.« Naomi griff zum Telefon, das neben ihrem Bett stand.

»Er stand genau hier«, murmelte Kelsey und erschauerte, als Gabe sie in ihr Zimmer trug und aufs Bett legte.

»Genau hier. Er hat das Pferd zerbrochen.«

»Lieg einfach nur still.«

Kelsey zitterte am ganzen Körper, ihre Pupillen hatten sich klein zusammengezogen, und ihr Gesicht . . . Hilflos ballte Gabe die Fäuste. Ihr Gesicht war verschwollen und zerschlagen. Er wagte nicht, daran zu denken, daß sein eigener Vater ihr das angetan hatte.

Rasch lief er ins Badezimmer, feuchtete einen Waschlappen an und füllte einen Becher mit Wasser.

»Hier, Baby.« Sanft schob er einen Arm unter ihren Körper und hielt ihr den Becher an den Mund. »Trink das.«

»Er war unten.« Ihre Finger krampften sich um einen Zipfel der Bettdecke. »Es war nicht Channing. Das kleine Pferd war zerbrochen, und er stand da. Er lächelte die ganze Zeit, schlug auf mich ein und lächelte.«

Die Hand, die den nassen Lappen hielt, spannte sich, bis die Knöchel weiß hervortraten. »Er wird dir nie wieder etwas tun.« Seine Finger waren nicht viel ruhiger als ihre, als er ihr das Blut abwusch. »Halt dich an mir fest, Kelsey. Niemand wird dir je wieder etwas tun.«

»Ich konnte ihn nicht bluffen«, fröstelnd kuschelte sie sich an ihn. Ihr war kalt, so furchtbar kalt, und er spendete ihr Wärme. »Ich hab's versucht, aber ich hatte Angst und war wütend. Er wußte es, deswegen hat er mich auch wieder geschlagen.« Sie barg ihr zerschundenes Gesicht an Gabes Hals. »Er hat so große Hände.«

Die am liebsten Frauen berührten, dachte Gabe grimmig. »Dafür könnte ich ihn jetzt noch umbringen«, murmelte er. »Mit meinen eigenen Händen könnte ich ihn dafür erwürgen, daß er dich angerührt hat.«

»Es ging nicht um mich.« Plötzlich verspürte sie eine bleierne Müdigkeit. »Sondern um dich. Er wollte dich treffen.«

»Ich weiß.« Er küßte sie zart und drückte sie in die Kissen. »Es ist vorbei, Kelsey.«

Sie schloß einen Augenblick die Augen. Der Schock hatte etwas nachgelassen, aber sie hatte große Schmerzen. »Dann kamst du.« Sie tastete nach seiner Hand und hielt sie ganz fest.

»Zum Glück.« Er sah auf ihre Hände. »Es war wie Eingebung.«

Kelsey schlug die Augen wieder auf, Panik stand darin. »Was ist mit Naomi?« fragte sie.

»Es geht ihr gut. Aber wenn du allein gewesen wärst ...« Bei dieser Vorstellung krampfte sich sein Magen schmerzhaft zusammen. »Kelsey, ich gebe dich frei!«

»Frei?« Sie verstand ihn nicht.

»Wenn ich fair wäre, würde ich mich von dir trennen.«

»Trennen?« Die schweren Nebel hoben sich, und sie konnte ihn deutlich sehen. Sein Gesicht wirkte angespannt, und in seinen Augen las sie die widersprüchlichsten Gefühle. »Gabe.« Als wolle sie ihm Farbe in die Wangen reiben, so strich sie ihm über das Gesicht. »Nein, tu das nicht. Mir geht es jetzt wieder besser.«

»Er hat dich ins Gesicht geschlagen, deine Kleider zerrissen und dir furchtbare Angst eingejagt.« Er schob ihre Hand fort und stand auf. »Er war mein Vater. Obwohl ich mein Leben lang versucht habe, mich von ihm zu befreien, bleibt er doch mein Vater. Das Blut zählt. Für mich ist in deinem Leben kein Platz, Kelsey. Ich tue dir nur einen großen Gefallen, wenn ich daraus verschwinde.«

Mühsam richtete sich Kelsey auf. Die Schmerzen spürte sie im ganzen Körper. »Hab' ich dich um einen Gefallen gebeten? sagte sie ungehalten und zuckte sofort zusammen, als ihre eigene Stimme in ihrem hämmernden Kopf widerhallte. »Wenn du mir einen Gefallen tun willst, dann hol mir ein Aspirin und spar dir deine großen Gesten.«

Fast mußte er lächeln. »Ich versuche, mich edel zu verhalten.«

»Das gelingt dir aber nicht besonders gut. Edelmut steht dir gar nicht. Ich mag dich lieber so, wie du bist.« Sie strich ihr Haar zurück und musterte ihn: »Glaubst du wirklich, daß du dich einfach so davonmachen kannst, Slater? Wir haben eine Abmachung, und du wirst dich auch nicht davor drücken.«

»Ich drücke mich nie.« Er setzte sich wieder auf die Bettkante und legte ihr zart die Hände auf die Schultern. »Und das ist mein letzter Versuch in Sachen Edelmut. Ich gebe einen schönen Helden ab. Ich hätte ihn töten sollen, Kelsey.«

»Du konntest doch gar nicht wissen, daß er hierherkommen und was er anrichten würde. Trotzdem bist du gekommen.« Ihre Brauen zogen sich zusammen. »Warum eigentlich?«

»Das ist doch jetzt bedeutungslos. Aber ich hätte es tun müssen. Ich hätte ihn an Naomis Stelle umbringen müssen.«

Kelsey machte sich los. Die Farbe wich wieder aus ihrem Gesicht. »Das hast du aber nicht«, sagte sie langsam, »und Naomi auch nicht. Ich habe deinen Vater getötet, Gabe.«

Naomi saß in der Küche und nippte an einem Brandy. Das grelle Licht blendete sie, und ihre Hände zitterten.

Aber damit konnte und würde sie fertigwerden.

Nur ein einziger Gedanke beherrschte sie. Ihre Tochter lag oben, verletzt und verängstigt. Und die treue Gertie war von einem Krankenwagen abgeholt und ins Krankenhaus gebracht worden.

»Er muß hier hereingekommen sein«, sagte sie. »Dann hat er Gertie niedergeschlagen. Sie wird doch wieder ganz gesund werden, oder?« Eine Sekunde lang versagte ihre Selbstkontrolle, und ihre Lippen bebten. »Sie ist so klein und hilflos.«

»Sie hatte Glück, meinen die Ärzte.« Rossi sprach extra leise. Die Frau sah aus, als würde sie jeden Moment zusammenklappen. »Wir werden sie im Krankenhaus befragen, sobald sie vernehmungsfähig ist.«

»Moses hätte sie begleiten sollen. Ich hätte dafür sorgen müssen.«

»Er wollte Sie nicht allein lassen. Wir hatten genug Mühe, ihn hier fernzuhalten. Jetzt erzählen Sie mir bitte, was genau geschehen ist.«

Naomi holte tief Atem und begann. »Er drang ins Haus ein, wie, weiß ich nicht. Ich lag oben im Bett und schlief. Lärm weckte mich. Noch ehe ich aufstehen konnte, flüchtete sich Kelsey in mein Zimmer. Sie war hysterisch, vollkommen außer sich vor Angst. Ihr Gesicht . . . Ich konnte sehen, wo er sie geschlagen hatte.«

Entsetzt preßte Naomi eine Hand vor den Mund. Sie hatte geschlafen, während er ihr Kind mißhandelt hatte.

»Dann hörte ich ein Krachen an der Tür, als ob sich jemand dagegen werfen würde. Ich holte die Pistole aus dem Nachttisch, und als er die Tür aufbrach, erschoß ich ihn.«

Rossi beobachtete, wie sie ihr Glas mit beiden Händen hob, um es ruhig zu halten.

»Waren Sie noch im Bett, als Sie schossen, Miss Chadwick?«

»Ja. Nein.« Sie setzte das Glas ab. Jetzt nur keinen Fehler machen. »Ich stand am Fenster. Ich war schon aufgestanden. Es ging alles so schnell.«

»Sie sagten, Lärm habe Sie geweckt, aber Ihre Tochter rannte zu Ihnen herein, ehe Sie aufstehen und nachsehen konnten.«

»Ja.« Warum mußten sie nur immer alles wiederholen? Das hatten sie schon einmal getan, erinnerte sich Naomi. Es zählte nicht, was sie sagte. Es zählte nie.

»Waren Sie schon im Wohnzimmer, nachdem Sie die Polizei benachrichtigt haben, Miss Chadwick?«

»Nein.« Naomi preßte die Lippen zusammen. War das eine Falle? Aber wo lag der Haken? »Ich ging gar nicht runter, sondern wartete oben, bis Sie kamen.«

»Da unten sieht's aus wie auf einem Schlachtfeld. Blut, zertrümmerte Möbel, alles durcheinander. Ich würde sagen, es dauert einige Zeit, um eine derartige Verwüstung anzurichten. Zeit genug, um aufzustehen und nachzusehen.«

»Ich . . . ich hatte Angst.« Sollte sie ihm sagen, daß sie eine Schlaftablette genommen hatte? Ja. Nein. »Ich blieb in meinem Zimmer, weil ich Angst hatte.«

»Mit dem Telefon direkt neben sich und einer Waffe im Nachttisch?«

Naomi sah ihm fest in die Augen. »Er drang in mein Schlafzimmer ein«, erwiderte sie gleichmütig, »und ich erschoß ihn.«

»Das stimmt nicht.« Kelsey betrat die Küche. Sie war dankbar, daß Gabe sie stützte, aber sie machte sich jetzt von ihm los. »Sie hat niemanden getötet.«

»Was machst du denn hier unten?« Entsetzt sprang Naomi auf. »Bring sie nach oben, Gabe. Sie sehen doch, daß sie verletzt ist.« Verzweifelte klammerte sie sich an Rossis Arm. »Sie sehen doch selbst, daß sie verletzt ist. Schauen Sie sich an, was dieser Halunke meiner Tochter angetan hat! Sie steht unter Schock. Sie weiß gar nicht, was passiert ist.«

»Hör auf.« Kelsey trat zum Tisch. Im grellen Licht konnte man die Wunden und blauen Flecke sehen. »Ich lasse nicht zu, daß du das tust. Es ist nicht nötig und auch nicht richtig.«

»Setzen Sie sich doch, Miss Byden«, richtete Rossi das Wort an Kelsey, »und dann erzählen Sie mir, was passiert ist.«

»Nein!« Schnell ging Naomi um den Tisch herum und packte Kelsey am Arm. »Hör mir zu, Kelsey. Du bist verletzt – verwirrt. Gabe bringt dich ins Krankenhaus, und ich kümmere mich weiter um die Angelegenheit.«

»Nein.« Kelsey schmiegte sich an ihre Mutter. »Nein, Mom.«

»Ich lasse nicht zu, daß du dir das antust. Auf gar keinen Fall!« Zitternd zog sie Kelsey an sich. »Du weißt ja nicht, wie das ist. Es ist egal, was du sagst und was passiert ist. Sie werden dich fortbringen, Kelsey. Bitte, bitte, hör auf mich!«

»Es ist nicht egal«, murmelte Kelsey. »Diesmal ist es anders.«

O nein, dachte Naomi. O nein. »Meine Fingerabdrücke sind auf der Waffe.« Mit steinernem Gesicht wandte sie sich an Rossi. »Die Waffe befand sich in meinem Zimmer, und er wurde in meinem Zimmer getötet. Das sollte wohl ausreichen.«

»Naomi«, sagte Gabe sanft, »setz dich.«

»Du hast gesagt, du würdest dich um sie kümmern.« Anklagend drehte sich Naomi zu ihm zu. »Jetzt bring sie doch endlich nach oben!«

»Miss Chadwick.« Rossi blickte ihr prüfend in die Augen. »Es gibt einen ganz einfachen Test, der beweist, ob Sie oder Ihre Tochter die Waffe abgefeuert haben.«

»Ich pfeife auf Ihre Tests! Sie stecken meine Tochter nicht in eine Zelle!«

»Ich glaube, das können wir regeln. Setzen Sie sich. Bitte«, fügte Rossi hinzu.

»Komm.« Kelsey legte einen Arm um Naomis Schulter. »Du brauchst dir keine Sorgen zu machen, das verspreche ich dir.«

»Möchten Sie einen Brandy, Miss Byden?« fragte Rossi, als sie am Tisch saß.

Kelsey blickte auf den Cognakschwenker und erschauerte. »Nein, danke. Mir ist der Appetit daraf vergangen.« Sie schöpfte tief Atem. »Ich hörte, wie unten Glas zerbrach«, begann sie.

30

Tau glitzerte auf dem Gras wie Tausende von kleinen Diamanten. Von ihrem Stuhl auf der Veranda sah Kelsey ihn funkeln. Bald würde die Sonne genug Kraft haben, um ihn verschwinden zu lassen.

Unten beim Stall wurde mit den Pferden gearbeitet, Ställe ausgemistet und Tröge gefüllt. Ihr Körper schmerzte noch immer stark genug, daß sie froh war über die einwöchige Ruhepause, die ihr der Arzt verordnet hatte.

Als sich die Tür hinter ihr öffnete, drehte sie sich um und lächelte ihre Mutter fragend an: »Gertie?«

»Es geht ihr besser. Sie will unbedingt schon aufstehen.« Seufzend nahm Naomi Platz und streckte die Beine aus. Der Gedanke, sich aus der Kaffeekanne, die Kelsey auf den Tisch gestellt hatte, zu bedienen, war verlockend, doch sie konnte sich nicht dazu aufraffen. »Ich habe ihr gesagt, sie soll noch ein, zwei Tage im Bett bleiben. Wenn sie aufsteht, mache ich mir Sorgen.«

»Sehr gut.«

»Hauptsache, es hilft. Im Moment kauft sie die Versandhäuser leer. Wie geht es dir?«

»Solange ich nicht in den Spiegel schaue, gut.« Kelsey schnitt eine Grimasse. In den letzten beiden Tagen waren zwar einige Verletzungen geheilt, dafür schillerten aber die Prellungen in allen Farben des Regenbogens. »Mir kommt alles vor wie ein Traum, und ich weiß nicht, ob ich mich nicht in einem Theaterstück befinde. Ich weiß, daß ich einen Mann umgebracht habe, aber ich empfinde noch nicht einmal Reue.«

»Versuch's erst gar nicht. Du hast getan, was du tun mußtest, um dich und mich zu schützen.« Naomi hob ihr Gesicht zur Sonne. »Ich kann mich überhaupt nicht an ihn erinnern. Vermutlich habe ich ihn ab und zu auf der Rennbahn gesehen, vielleicht sogar mit ihm gesprochen, aber erinnern kann ich mich nicht. Ich denke immer, seine Person hätte sich in mein Gedächtnis einbrennen müssen. Wie ist es möglich, daß ich mich nicht an einen Mann erinnern kann, der mein Leben so nachhaltig beeinflußt hat?«

»Er hat dir nichts bedeutet. Und das wußte er. Deswegen hat er die Zurückweisung auch nicht vergessen können. Dann fand er einen Weg, es dir heimzuzahlen und auch noch davon zu profitieren.« Sie schob Naomi den Teller mit den Croissants hin.

»Sun Spot«, murmelte Naomi. »Wie habe ich dieses Pferd geliebt. O ja, er hat es mir heimgezahlt.«

»Sie – Großmutter – hat Alec Bradley benutzt, um es dir heimzuzahlen, daß du Dad geheiratet hast. Und Cunningham hat das auch.«

»Bill.« Naomi schüttelte den Kopf. »Er ist ein noch viel größerer Idiot, als ich dachte. Und was hat es ihm gebracht, Kelsey? Damals und heute?«

»Einmal ist er davongekommen. Aber jetzt wird er büßen. Die Polizei und die Rennkommission werden schon dafür sorgen, daß Cunningham für das, was er Sun Spot und Pride angetan hat, bezahlt.«

»Nach all den Jahren. Niemand hat da jemals eine Verbindung gesehen.«

»Wenn Gabe nicht zurückgekommen wäre, wäre es damals vielleicht schon zu Ende gewesen mit Lügen und mit Leiden.« Kelsey lächelte, als Naomi in ein Croissant biß.

»Und daß du dich in ihn verliebt hast, gleicht vieles wieder aus. Wenn ich daran denke, was hätte passieren können ...«

»Das ist es aber nicht. Und Rich Slater hat für seine Beteiligung an dem Komplott bezahlt. Der Fall ist abgeschlossen. Es war Notwehr.«

»Ich schätze, es war dumm von mir, die Polizei anzulügen.« Naomi schob das Croissant beiseite. »Rossi hat mir nicht geglaubt. Ironie des Schicksals, nicht wahr? Einmal habe ich die Wahrheit gesagt, einmal gelogen. Beides hat nicht funktioniert.«

»Du hast nur versucht, mich zu schützen.« Es war an der Zeit, es auszusprechen, fand Kelsey. Hoffentlich verstand ihre Mutter sie richtig. »Du hast schon einmal versucht, mich zu schützen, als ich noch ein Kind war. Beide Male hattest du recht und unrecht.«

»Das ist keine einfache Antwort.«

»Ich habe lange gebraucht, um zu begreifen, daß es nicht immer nur eine Antwort gibt.« Kelsey preßte die Lippen aufeinander, ehe sie fortfuhr. »Ich bin dir dankbar dafür, daß du Milicent schonst. Versteh bitte, wie ich es meine. Ich bin dafür dankbar, obwohl es eine Lüge ist.«

»Wem würde es jetzt noch helfen, Kelsey, wenn die Wahrheit ans Licht käme und den Rest ihres Lebens zerstörte?« Das Vogelgezwitscher draußen wirkte beruhigend auf Naomi. »Es würde mir die verlorenen Jahre nicht ersetzen. Es würde Mick, Pride und Reno nicht wieder lebendig machen.«

»Sie allein ist für alles verantwortlich.« Scham und Bitterkeit wallten in Kelsey auf. »Auch wenn sie nicht beabsichtigt hat, daß jemand ums Leben kommt, trägt sie die Verantwortung. Sie ist nicht davor zurückgeschreckt, Verbrecher anzuheuern, um ihr Vorhaben durchzuführen. Alles nur, um den guten Namen der Familie zu schützen. Was für einen Namen hat sie denn jetzt noch?« wollte Kelsey wissen. »Was ist ihr von ihrer Ehre geblieben?«

»Und damit muß sie von nun an leben. Das kann und will ich ihr nicht abnehmen.«

»Das ist doch in Ordnung.«

Naomi hob eine Braue. »Ich habe nicht ganz uneigennützig gehandelt, ich wollte das nämlich nicht noch einmal durchmachen, wollte nicht, daß die ganze Geschichte in der Presse breitgetreten wird. Außerdem wußte ich die ganze Zeit, daß du mir glaubst. Du hast zu mir gehalten.«

»Ich war nicht die einzige, die dir geglaubt hat. Und wenn die ganze Geschichte herauskommen würde, dann wüßte auch jeder, was mit Alec Bradley, mit Pride und mit allen anderen geschehen ist.«

»Andere Menschen interessieren mich nicht.« Naomi

nahm doch noch einen Kaffee. »Ich habe in der letzten Nacht alles mit Moses besprochen, und wir sind uns einig.« Lächelnd tat sie Sahne in ihren Kaffee. »Wenn eine Frau einen Mann hat, der ihr zur Seite steht, dann ist alles viel leichter.«

Als ein Auto in die Einfahrt einbog, blickte sie auf und sagte: »Das wird Gabe sein.«

»Hoffentlich. Wir müssen unbedingt die Menülisten durchgehen.«

»Dann werde ich euch zwei besser allein lassen.«

»Nein, bleib doch. Dann kannst du mir sagen, ob du mit allem einverstanden bist, was ich ohnehin schon beschlossen habe, und mir so den Rücken stärken.«

Kelsey beugte sich vor und ergriff die Hand ihrer Mutter. »Ich liebe dich.«

Ein strahlendes Lächeln verschönte Naomis Gesicht. »Ich weiß.«

Kelsey stand auf, um Gabe zu begrüßen. Ihre Augen weiteten sich überrascht, als sie ihren Vater neben ihm sah. »Dad?«

»Ach, Kelsey.« Instinktiv umfaßte Philip ihr Gesicht mit beiden Händen. Gabes Bericht hatte ihn nicht auf diesen Anblick vorbereitet. »Ach, mein Liebling.«

»Mir geht es gut, wirklich. Es sieht schlimmer aus, als es ist. Ich wollte dich in ein paar Tagen besuchen kommen.« Wenn ich wieder vorzeigbar gewesen wäre, dachte sie böse und warf Gabe einen vielsagenden Blick zu.

»Der junge Mann hier hat recht daran getan, mir die ganze Geschichte zu erzählen. Die ganze Geschichte«, betonte er, ihr fest in die Augen blickend. »Du hast bei unserem Telefongespräch eine Menge ausgelassen, Kelsey.«

Eine andere Art von Lüge, überlegte sie, eine Unterlassungssünde sozusagen. »Ich hielt es so für besser. Ich wollte nur persönlich mit dir sprechen und dich beruhigen, ehe die Zeitungen alles aufbauschen. Und mir geht es wirklich wieder gut.«

»Wie ich hörte.« Philip blickte wieder zu Gabe, dann wanderten seine Augen hinter Kelsey, die jetzt zwischen ihren Eltern stand.

»Dad wollte sich davon überzeugen, daß es mir gutgeht«, setzte sie an.

»Natürlich«, nickte Naomi. »Hallo, Philip.«

»Naomi. Du siehst gut aus.«

»Du auch.«

»Äh . . .«, Kelsey versuchte verzweifelt, dem Augenblick die Peinlichkeit zu nehmen. »Channing ist unten bei den Ställen. Komm doch mit, Dad. Du wirst staunen, wenn du ihn bei der Arbeit siehst. Außerdem gibt er gern mit seinen neuerworbenen Fähigkeiten an.« Hilflos suchend schaute sie zu Gabe.

»Du möchtest sicher mit Kelsey allein sprechen«, kam Naomi ihr zu Hilfe. »Ich wollte gerade zum Stall runter. Ich sage Channing, daß du hier bist.«

»Nein, ich . . .«, stammelte Philip, dann nahm er sich zusammen. »Ich wollte eigentlich mit dir sprechen, wenn du Zeit hast.«

»Gut.«

»Wir machen einen Spaziergang«, murmelte Gabe und nahm Kelsey bei der Hand.

»Ich weiß gar nicht, wo ich anfangen soll, Naomi. Gabe hat mir alles erzählt. Alles«, wiederholte Philip wehen Herzens. »Er hat dann freundlicherweise gewartet, während ich meine Mutter aufsuchte. Ich mußte sie sehen«, fügte er hinzu, »ehe ich hierherkam.«

»Das verstehe ich.«

»Du verstehst?« Plötzlich überfiel ihn eine unsagbare Müdigkeit. Er nahm die Brille ab und rieb sich die erschöpften Augen. »Ich nicht. Ich kann es nicht verstehen. Sie hat soviel Leid verursacht, anderen Menschen soviel Schmerz zugefügt. Und als ich sie mit den Tatsachen konfrontierte, zeigte sie sich so unnachgiebig wie eh und je. Keine Reue, keine Gewissensbisse.« Er setzte die Brille wieder auf und ließ die Hände sinken. »Sie hält alles, was sie getan hat, für unumgänglich notwendig. Sie hat mehrere Menschenleben auf dem Gewissen, aber sie übernimmt keinerlei Verantwortung dafür.«

»Und das überrascht dich?«

Er zuckte zusammen. »Sie ist nun einmal meine Mutter, Naomi, und sie wird es immer bleiben, auch wenn ich heute weiß, was ich weiß. Ich habe mir den Kopf zerbrochen, um eine Entschuldigung zu finden. Es gibt keine. Nicht für das, was sie getan hat, und nicht für das, was ich getan habe.« Wieder nahm er die Brille ab, um sich die Augen zu reiben, und schob sie dann wieder auf die Nase. »Und ich weiß einfach nicht, was ich dir nun sagen soll.«

»Es ist vorbei, Philip.«

»All die Jahre habe ich dich im Stich gelassen.«

»Nein. Eine Zeitlang dachte ich auch so. Es half mir zwar, entsprach aber nicht der Wahrheit. Ich war nie so, wie du mich haben wolltest. Und daran trifft Milicent trotz allem, was sie getan hat, keine Schuld. Sie hat es mir nur klargemacht.«

»Sie hätte dich vor dem Gefängnis bewahren können.«

»Ja.«

»Dann kommt noch dazu, was sie dir jetzt angetan hat – und Kelsey.« Ihm stockte der Atem, als er sich das übel zugerichtete Gesicht seiner Tochter ins Gedächtnis rief. »Mein Gott, Naomi, er hätte sie umbringen können.«

»Sie hat sich gewehrt. Und mich beschützt.« Naomi musterte ihn, sah den Kummer in seinen Augen und das ungläubige Staunen, das dahinter lag. »Ich kann dich auch nur oberflächlich trösten. Kelsey wurde verletzt, war gezwungen, sich selbst zu verteidigen, indem sie ein Leben auslöschte. Und du und ich werden das niemals vergessen. Wir werden nie vergessen, wer diese Kettenreaktion ausgelöst hat.

»Vielleicht«, meinte sie bedächtig, »ist Milicent damit genug bestraft.«

»Und ich kann gar nichts tun«, Philips Stimme brach ab, »überhaupt nichts, um etwas wieder gutzumachen.«

»Nein, du kannst es nicht tun. Kelsey hat, was sie will, und ich auch.« Ihre Lippen spannten sich leicht. »Ich habe alles, was ich mir wünsche. Die Farm, einen Mann, der mich liebt. Meine Tochter. Du hast sie fabelhaft erzogen, Philip. Ich wußte, daß du einen großartigen Menschen aus ihr machen würdest.«

»Sie ist dir so ähnlich.« Philip betrachtete Naomi, die einst seine Frau gewesen war. So viel hatte sich verändert und doch so wenig. »Wenn ich nur die Zeit zurückdrehen könnte, Naomi, und irgend etwas tun.«

»Das kannst du nicht.« Er war immer so fair gewesen, dachte sie. Ein Ehrenmann. Und nun litt er, weil alle Fairneß der Welt den Schmerz nicht lindern konnte. »Wir haben etwas voneinander verlangt, was keiner dem anderen geben konnte. Und wir haben Fehler gemacht, die wir als Waffe gegen uns selbst und die andere als Waffe gegen uns verwendet haben. Wir sind beide Opfer, Philip.«

»Du hast teuer für deine Fehler bezahlt.«

»Ich habe auch viel gewonnen. Kelsey liebt mich. So einfach ist das und so wunderbar. Also lassen wir alles andere ruhen und die Vergangenheit begraben sein.« Sie holte tief Atem. »Ich habe mich immer gefragt, was ich wohl empfinde, wenn ich dich wiedersehe.«

»Das habe ich mich auch gefragt. Was empfindest du, Naomi?«

»Ich bin froh, dich zu sehen, Philip.«

»Meinst du wirklich, wir sollten die beiden so lange allein lassen?«

»Ja, das meine ich«, erklärte Gabe fest. »Sie müssen miteinander ins reine kommen.«

»Aber . . .« Kelsey blickte über ihre Schulter. Ihre Eltern standen immer noch am selben Fleck, sie konnte es sogar aus der Entfernung erkennen. »Dad sah so traurig aus.«

»Seine Welt ist aus den Fugen geraten. Das wird sich wieder einrenken, auch wenn das Leben dann nie mehr so wie früher sein wird. Aber die Wogen werden sich glätten.«

»Candace wird schon dafür sorgen, daß er nicht zu lange darüber brütet.« Trotzdem war Kelsey unruhig. »Gabe, wie bist du darauf gekommen, ihn mitzubringen?«

»Wir schließen diesen Kreis«, sagte Gabe, »ehe wir mit unserem gemeinsamen Leben beginnen.«

»Hört sich gut an.« Sie lehnte den Kopf leicht an seine Schulter. »Du bist ganz schön clever, Slater. Und gerissen. Ihn einfach hinter meinem Rücken mitzubringen.«

»Ihn aufzusuchen war meine Idee. Hierher zu kommen seine. Er muß mit Naomi Frieden schließen.«

»Das wird er auch.« Kelsey lächelte, sie befand sich jetzt in ihrem ganz persönlichen Märchen. »Ich bin so furchtbar gern hier«, murmelte sie, »ich liebe alles hier. Denk doch nur an die Champions, die wir hervorbringen werden, Gabe.«

»Sprechen wir von Pferden?«

Lachend schüttelte sie den Kopf. »Nicht nur. Findest du das in Ordnung?«

»Ich finde es wunderbar.«

Er führte sie vom Stall und den Menschen zu den sanft ansteigenden Hügeln, wo die Stuten mit ihren Fohlen grasten und Pferde ihrem eigenen Schatten hinterherjagten.

»Im nächsten Frühjahr wird ein Fohlen geboren, dessen Mutter von Three Willows und dessen Vater von Longshot stammt.« Er nahm sie in die Arme. »Ich erinnere mich gut an den Tag, an dem es gezeugt wurde. Ich sah dich an und wußte, daß ich dich haben wollte.«

»Und nun hast du mich.« Kelsey schlug die Arme um seinen Hals. »Was kommt als nächstes?«

»Ein neues Spiel, ein neues Glück«, sagte Gabe, »alles ist möglich.«

»Alles? Na, dann . . .«, sie suchte seinen Mund. »Ich warte auf deinen Einsatz.«

Verborgene Gefühle

Für Bruce
– der mir gezeigt hat,
daß es kein größeres
Abenteuer gibt, als zu lieben.

1

Er rannte um sein Leben. Das geschah nicht zum ersten Mal, und während er an der eleganten Schaufensterauslage von Tiffany's vorbeifegte, hoffte er inständig, daß dies nicht gleichzeitig das letzte Mal wäre. Leichter Aprilregen schimmerte auf der Straße. Die Nachtluft war kühl, doch eine sanfte Brise brachte sogar in Manhattan einen Hauch von Frühling mit sich. Er schwitzte. Sie waren verdammt zu nah an ihm dran. Zu dieser nächtlichen Stunde lag die Fifth Avenue in tiefster Stille, die Schwärze der Nacht wurde nur hier und da von Straßenlaternen erhellt. Ab und zu fuhr ein Auto vorbei. Nicht gerade der ideale Ort, um in der Menge unterzutauchen. Während er weiterlief, erwog er flüchtig, in der nächstgelegenen U-Bahn-Station zu verschwinden – doch falls sie dies Manöver bemerken sollten, säße er in der Falle.

Reifen quitschten hinter ihm, und Doug schoß um die Ecke von Cartier's. Er fühlte einen brennenden Schmerz am Oberarm, hörte das leise »Plop« eines Schalldämpfers, hütete sich jedoch, sein Tempo zu verlangsamen. Blut rieselte entlang seines Hemdärmels. Langsam wurde die Sache unangenehm, und ihn beschlich das ungute Gefühl, daß es noch viel schlimmer kommen könnte.

Doch auf der 52. Straße sah er Leute – vereinzelte Grüppchen, die an den Schaufenstern vorbeischlenderten oder einfach nur müßig herumstanden, und hörte Stimmengewirr und Musik, die seinen keuchenden Atem übertönte. Vorsichtig schlich er sich hinter eine Rothaarige, die seine eigene stattliche Größe noch um Kopfeslänge überragte und zudem doppelt so breit war wie er. Ihre Schultern zuckten im Rhythmus der Musik, die ihrem tragbaren Stereorecorder entströmte. Als würde man sich bei einem Sturm hinter einer Eiche verbergen, dachte Doug mit Galgenhumor, während er die Gelegenheit nutzte, Atem zu schöpfen und seine Wunde zu untersuchen. Er blutete wie ein Schwein. Ohne nachzudenken zupfte er ein gestreiftes Halstuch aus der Gesäßtasche der Rothaarigen und verband damit seinen Arm, ohne daß die Frau auch nur zusammenzuckte – er hatte ausgesprochen geschickte Hände.

Es war entschieden schwieriger, einen Mann auf offener Straße umzulegen, wenn sich dieser inmitten einer Menschenmenge befand, entschied Doug. Zwar nicht unmöglich, aber schwieriger. Also verlangsamte er seinen Schritt und schloß sich bald dieser, bald jener Gruppe an, während er die Straße nach dem unauffälligen schwarzen Lincoln absuchte.

In der Nähe der Lexington Avenue beobachtete er, wie der Wagen ein Häusergeviert weiter anhielt und drei Männer in gutgeschnittenen dunklen Anzügen ausstiegen. Noch hatten sie ihn nicht bemerkt, doch das konnte nicht mehr lange dauern. Dougs Verstand arbeitete auf Hochtouren. Sein Blick irrte prüfend durch die Menschenmenge, mit der er zu verschmelzen versuchte. Die schwarze Lederjacke mit den unzähligen Reißverschlüssen würde es tun …

»Hey.« Er packte den neben ihm stehenden Jungen am Arm. »Ich geb' dir fünfzig Mäuse für deine Jacke.«

Der Punker mit dem blonden Igelhaarschnitt und dem totenblassen Gesicht schüttelte ihn unwillig ab. »Verpiß dich, Mann. Das ist echtes Leder.«

»Na gut, hundert«, knurrte Doug. Die drei Männer kamen immer näher.

Diesmal zeigte der Junge mehr Interesse. Er wandte sich um, so daß Doug den kleinen Geier erkennen konnte, der auf seiner Wange eintätowiert war. »Zweihundert, und das gute Stück gehört dir.«

Doug fingerte schon nach seiner Brieftasche. »Für zweihundert krieg ich auch noch die Sonnenbrille.«

Der Junge nahm die Brille mit den riesigen verspiegelten Gläsern ab. »Gemacht.«

»Mach hin, ich helf dir.« Mit einer raschen Bewegung streifte Doug dem Jungen die Jacke ab. Nachdem er ihm ein paar Scheine in die Hand gedrückt hatte, fuhr er hinein, wobei er einen zischenden Schmerzenslaut ausstieß. In der Jacke hing noch der nicht gerade angenehme Duft ihres

Vorbesitzers. Doug ignorierte das und zog den Reißverschluß zu. »Siehst du die drei Typen da, die aussehen wie Totengräber? Die suchen noch Statisten für ein Billy-Idol-Video. Du und deine Freunde, ihr solltet sie auf euch aufmerksam machen.«

»Echt?« Der Junge setzte einen betont gelangweilten Gesichtsausdruck auf und wandte sich ab. Doug schlüpfte durch die nächstbeste Tür.

Im Inneren des Raumes empfing ihn gedämpftes Licht; die weißgedeckten Tische waren zum größten Teil besetzt. Schimmernde Messinggeländer wiesen den Gästen den Weg zu den intimeren Speisezimmern und zu der mit Spiegelglas verkleideten Bar. Das würzige Aroma französischer Küche stieg Doug in die Nase – Beifuß, Burgunder und Thymian. Einen Augenblick lang war er versucht, sich am Oberkellner vorbeizumogeln und an einem ruhigen Tisch niederzulassen, doch dann entschied er, daß die Bar eine bessere Tarnung bot. Mit blasierter Miene schob er die Hände in die Hosentaschen und ging langsam hinüber. Als er am Tresen lehnte, überlegte er bereits, wie und wann er hier verschwinden könne.

»Whisky.« Er schob die Sonnenbrille höher auf die Nase. »Seagram's. Lassen Sie die Flasche gleich da.«

Über sein Glas gebeugt, behielt Doug die Tür im Auge. Sein dunkles, gelocktes Haar fiel bis auf den Kragen seiner Jacke, das schmale Gesicht war glattrasiert, und die Augen hinter den Spiegelgläsern hielt er unverwandt auf die Tür gerichtet, während er einen großen Schluck der scharfen Flüssigkeit hinunterstürzte und sofort nachschenkte. Im Geiste ging er sämtliche Fluchtmöglichkeiten durch.

Schon früh im Leben hatte er gelernt, sich nur auf sich selbst zu verlassen, genau wie er begriffen hatte, daß man die Füße in die Hand nehmen mußte, wenn Flucht die beste Lösung war. Nicht, daß er einem Kampf aus dem Weg gegangen wäre, doch zog er es vor, die Vorteile auf seiner Seite zu wissen. Er konnte sowohl sehr direkt handeln wie auch am Rande der Legalität balancieren – je nachdem, was ihm einträglicher erschien.

Das, was er sich unlängst unter den Nagel gerissen hatte, könnte die Antwort auf seine Vorliebe für Luxus und ein sorgenfreies Leben bedeuten – eine Vorliebe, die er schon immer kultiviert hatte. Doug wog die Vor- und Nachteile ab und beschloß, nach den Sternen zu greifen.

Das Pärchen neben ihm war in eine ernsthafte Diskussion über den neuesten Roman von Norman Mailer verstrickt. Ein anderes Grüppchen spielte mit dem Gedanken, sich zu einem Jazzclub zu begeben, wo man sich für weniger Geld vollaufen lassen konnte. Die Gäste an der Bar waren größtenteils Singles, stellte Doug fest, die die Anstrengungen eines arbeitsreichen Tages fortspülen und Kontakt zu anderen Singles aufnehmen wollten. Von Lederröcken über Maßanzüge bis hin zu knöchelhohen Turnschuhen war alles vertreten. Zufrieden mit seinem Umfeld griff Doug nach einer Zigarette. Er hätte ein schlechteres Versteck wählen können.

Eine Blondine in einem taubengrauen Kostüm glitt auf den Hocker neben ihm und gab ihm Feuer. Sie verbreitete einen schwachen Duft nach Chanel und Wodka. Mit übereinandergeschlagenen Beinen schlürfte sie den Rest ihres Drinks.

»Hab' Sie noch nie hier gesehen.«

Doug warf ihr einen raschen Blick zu und registrierte den schon leicht glasigen Blick und das einladende Lächeln. Zu jedem anderen Zeitpunkt hätte er sich auf das Spielchen eingelassen. »Nein.« Erneut schenkte er sich nach.

»Mein Büro liegt nur ein paar Straßen weiter.« Sogar nach drei Wodkas entging ihr die Aura von Arroganz und unterschwelliger Gefahr nicht, die der Mann neben ihr ausstrahlte. Interessiert rückte sie ein wenig näher. »Ich bin Architektin.«

Dougs Nackenhaare stellten sich auf, als sie den Raum betraten. Die drei wirkten adrett und erfolgreich. Vorsichtig schielte er über die Schulter der Blonden und bemerkte zu seinem Entsetzen, daß die drei sich trennten. Einer blieb wie zufällig an der Tür stehen. Dem einzigen Ausgang.

Von seinem ablehnenden Verhalten eher angestachelt als entmutigt, legte die Blonde eine Hand auf Dougs Arm. »Und was machen Sie so?«

Doug behielt den Whisky einen Augenblick lang auf der

Zunge, bevor er ihn hinunterschluckte und die angenehme Wärme in seinem Inneren genoß. »Ich stehle«, informierte er sie. Die Wahrheit glaubten die Leute immer zu allerletzt.

Lächelnd nahm sich die Blonde eine Zigarette, hielt Doug ihr Feuerzeug hin und wartete, daß er ihr Feuer gab. »Wie aufregend.« Sie stieß eine kleine Rauchwolke aus und nahm ihm das Feuerzeug aus der Hand. »Warum spendieren Sie mir nicht einen Drink und erzählen mir mehr davon?«

Wirklich ein Jammer, daß er diese Masche nicht schon früher ausprobiert hatte, wo sie doch so gut anzukommen schien. Und ein Jammer, daß der Zeitpunkt nicht schlechter sein könnte – sie bot einen durchaus erfreulichen Anblick. »Nicht heute nacht, Süße.«

Dougs Gedanken kreisten ums Geschäft, während er sich Whisky nachschenkte und darauf achtete, sich im Schatten zu halten. Vielleicht funktionierte seine improvisierte Verkleidung ja. In diesem Moment fühlte er den Lauf eines Revolvers an seinen Rippen. Nun ja, vielleicht auch nicht.

»Raus hier, Lord. Mr. Dimitri ist äußerst ärgerlich, daß Sie Ihre Verabredung nicht eingehalten haben.«

»Tatsächlich?« Beiläufig ließ Doug seinen Whisky im Glas kreisen. »Dachte, ich könnte mir noch ein paar Drinks genehmigen, Remo. Hab' gar nicht auf die Zeit geachtet.«

Der Lauf drückte härter gegen seine Rippen. »Mr. Dimitri legt Wert darauf, daß seine Angestellten pünktlich sind.«

Doug goß seinen Whisky hinunter. Im Spiegel hinter der Bar konnte er erkennen, daß die beiden anderen ebenfalls dicht bei ihm Position bezogen. Die Blondine glitt von ihrem Hocker, um nach einer leichteren Beute Ausschau zu halten. »Bin ich gefeuert?« Er schenkte sich ein weiteres Glas ein und überdachte seine Lage. Drei gegen einen. Zudem waren sie bewaffnet, und er nicht. Andererseits war Remo von den dreien der einzige, dem man einen Hauch von Intelligenz zubilligen konnte.

»Mr. Dimitri schmeißt seine Angestellten gern persönlich raus.« Remo grinste, wobei er ein perfektes Gebiß unter einem strichdünnen Schnurrbärtchen entblößte. »Und er möchte Ihnen seine besondere Aufmerksamkeit zukommen lassen.«

»Okay.« Doug legte eine Hand um die Whiskyflasche, die andere auf das Glas. »Wie wär's, wenn wir vorher noch schnell einen heben?«

»Mr. Dimitri gestattet keinen Alkohol im Dienst. Außerdem sind Sie spät dran, Lord. Zu spät.«

»Soso. Trotzdem ist es eine Schande, einen so guten Tropfen zu verschwenden.« Doug wirbelte herum, schüttete den Whisky mitten in Remos Augen und schlug dem Mann zu seiner Rechten die Flasche über den Schädel. Der Schwung katapultierte ihn gegen den dritten Mann, so daß sie beide rücklings auf die Dessertheke fielen. Schokoladenmousse und Schlagsahne ergossen sich in einem kalorienreichen Strom über den Boden. Umklammert wie zwei Liebende rollten sie auf eine Zitronentorte. »Was für eine Verschwendung«, keuchte Doug und schmierte seinem Gegner eine Handvoll Erdbeercreme ins Gesicht. Da ihm bewußt war, daß ein Überraschungseffekt nie von langer Dauer ist, griff er zu einem der hinterhältigsten Verteidigungsmittel und rammte dem anderen mit aller Gewalt das Knie zwischen die Beine. Dann rannte er los.

»Setzen Sie alles auf Mr. Dimitris Rechnung!« rief er laut, als er sich einen Weg durch die Tische und Stühle bahnte. Aus einem Impuls heraus packte er einen Kellner, den er mitsamt seinem vollbeladenen Tablett in Remos Richtung stieß, ehe er über ein Messinggeländer sprang und zur Tür stürzte. Ohne auf das Chaos hinter ihm zu achten, stürmte er auf die Straße.

Er hatte zwar etwas Zeit gewonnen, doch bald würden sie die Verfolgung wieder aufnehmen. Und diesmal ging es um Leben und Tod. Doug rannte in Richtung Innenstadt und verfluchte die Tatsache, daß nie ein Taxi zu bekommen war, wenn man eins brauchte.

Auf dem Long Island Expressway herrschte nur schwacher Verkehr, als Whitney Richtung Stadt fuhr. Ihr Flug aus Paris war mit einer Stunde Verspätung auf dem Kennedy Airport gelandet. Rücksitz und Kofferraum ihres Mercedes waren bis obenhin mit Gepäck beladen, das Radio voll aufgedreht, so daß der neueste Springsteen-Hit aus dem offenen Fenster dröhnte. Den zweiwöchigen Frankreichtrip hatte sie sich selbst als Belohnung dafür bewilligt, daß sie endlich den Mut aufgebracht hatte, ihre Verlobung mit Tad Carlyse dem Vierten zu lösen.

Ganz gleich wie begeistert ihre Eltern auch sein mochten, sie konnte einfach keinen Mann heiraten, der seine Socken und Krawatten farblich so penibel aufeinander abstimmte.

Whitney begann, den Springsteensong mitzusummen, während sie eine langsamere Limousine überholte. Sie war achtundzwanzig, sehr attraktiv und wurde in ihrer Karriere immer erfolgreicher, obwohl sie von Haus aus genug Geld besaß, um etwaige Rückschläge abzudecken. An Wohlstand und Ansehen gewöhnt pflegte sie nie zu fordern, sondern nur zu erwarten. Es bereitete ihr Vergnügen, spät nachts die schicksten Clubs von New York zu besuchen, wo sie überall auf bekannte Gesichter stieß.

Auch kümmerte es sie wenig, daß die Paparazzi ihr ständig auf den Fersen waren oder daß in den Klatschspalten der Boulevardblätter andauernd Berichte über ihre neuesten Schandtaten erschienen. Sie war, wie sie ihrem verzweifelten Vater oft klarzumachen versuchte, nun einmal von Natur aus exzentrisch.

Zudem hatte sie ein Faible für schnelle Autos, alte Filme und italienische Designerstiefel.

Im Augenblick beschäftigte sie sich mit der Frage, ob sie direkt nach Hause fahren oder noch kurz bei Elaine's vorbeischauen sollte, um zu erfahren, was sich in den letzten zwei Wochen so getan hatte. Die Zeitverschiebung spürte sie überhaupt nicht, wohl aber eine Spur von Langeweile. Nein, nicht bloß eine Spur, gab sie zu. Es war eher so, daß sie in Langeweile erstickte. Die Frage war nur – was sollte sie dagegen unternehmen?

Whitney war das typische Produkt einer neureichen Familie. Aufgewachsen in dem Glauben, die Welt läge ihr zu Füßen, fand sie es oft gar nicht lohnenswert, sich danach zu bücken. Wo blieb der Kitzel? fragte sie sich häufig. Worin lag der – sie haßte dieses Wort – der Sinn? Sie verfügte über einen ausgedehnten Freundeskreis, der, oberflächlich betrachtet, durchaus interessant schien. Doch sobald man einmal hinter die Fassade der Seidenkostüme und Designermodelle geblickt hatte, stellte man fest, daß diese jungen, wohlhabenden, verwöhnten Menschen im Grunde genommen alle gleich waren. Wo blieb die Spannung? Schon besser, dachte sie. Spannung war ein Begriff, mit dem sie eher leben konnte. Es war wirklich nicht sehr spannend, mal eben nach Aruba zu jetten, wenn man nur zum Telefonhörer greifen mußte, um das Ganze zu arrangieren.

Die zwei Wochen in Paris waren ruhig und angenehm verlaufen – und ereignislos. Ereignislos. Vielleicht lag hier der Hund begraben. Sie verlangte nach etwas, das man nicht mit einem Scheck oder einer Kreditkarte bezahlen konnte. Sie wollte Action. Whitney kannte sich selbst gut genug, um sich darüber im klaren zu sein, daß sie in dieser Stimmung zu Dummheiten neigte.

Doch sie war auch nicht in der Stimmung, alleine nach Hause zu fahren und ihre Koffer auszupacken. Andererseits verspürte sie kein sonderliches Verlangen, in einem Club überall auf die gleichen Leute zu treffen. Sie wollte etwas Neues, Andersartiges. Wie wär's zum Beispiel, wenn sie in eines dieser neuen Szenelokale ginge, die wie Pilze aus dem Boden schossen? Wenn ihr der Sinn danach stand, konnte sie dort einige Drinks zu sich nehmen und Konversation machen. Sollte das Lokal ihr zusagen, könnte sie später an den richtigen Stellen ein paar Worte fallenlassen und so den Club zum heißesten Tip von Manhattan machen. Daß sie die Macht dazu besaß, überraschte sie weder, noch freute es sie sonderlich. Es war einfach so.

Whitney kam mit kreischenden Bremsen an einer Ampel zum Stehen und ordnete ihre Gedanken. Neuerdings schien in ihrem Leben rein gar nichts mehr zu geschehen. Es gab keinerlei Aufregung mehr, keinen – nun ja – keinen Pep.

Als die Beifahrertür plötzlich aufgerissen wurde, war sie eher überrascht als erschrocken. Ein Blick auf die schwarze, reißverschlußverzierte Jacke und die riesige Sonnenbrille des Anhalters genügte, sie zu veranlassen, ablehnend den Kopf zu schütteln. »Sie hinken der Mode hinterher«, war ihr einziger Kommentar.

Doug blickte flüchtig über seine Schulter. Die Luft war rein, doch das würde sich bald ändern. Er sprang in den Wagen und knallte die Tür zu. »Fahren Sie los!«

»Vergessen Sie's. Ich fahre keine Kerle spazieren, die Klamotten vom vorigen Jahr tragen. Gehen Sie auf Schusters Rappen.«

Doug schob die Hand in die Tasche und benutzte seinen Zeigefinger, um einen Revolverlauf vorzutäuschen. »Fahren Sie los«, wiederholte er.

Whitney warf erst einen Blick auf die Tasche, dann auf sein Gesicht. »Wenn da eine Kanone drin ist, will ich sie sehen. Wenn nicht, verschwinden Sie.«

Von allen Autos, die er hätte anhalten können, ausgerechnet dieses ... Warum zum Teufel zitterte sie nicht vor Angst und flehte ihn an, wie es jeder normale Mensch getan hätte? »Verdammt, ich bin nicht scharf drauf, das Ding hier zu benutzen, aber wenn Sie nicht bald in die Gänge kommen und die Karre in Bewegung setzen, dann muß ich Ihnen ein Loch zwischen die Rippen pusten.«

Whitney starrte auf ihr Gesicht, das sich in seiner Brille spiegelte. »Scheiß-dreck«, gab sie zurück, jede Silbe sorgfältig betonend.

Einen Augenblick lang erwog Doug, sie bewußtlos zu schlagen, hinauszuwerfen und sich mit dem Wagen aus dem Staub zu machen. Ein weiterer Blick über seine Schulter belehrte ihn, daß keine Zeit mehr zu verlieren war.

»Hören Sie zu, Lady, wenn Sie nicht schleunigst losfahren – da hinter uns in dem Lincoln sitzen drei Männer, die die Absicht haben, Ihr Spielzeug hier in ein Sieb zu verwandeln.«

Sie schaute kurz in den Rückspiegel und entdeckte den großen schwarzen Lincoln, der langsam näherkam. »Mein Vater hatte auch mal so einen Wagen«, kommentierte sie. »Ich hab' ihn immer seinen Leichenwagen genannt.«

»Schon gut – fahren Sie los, sonst bin ich bald eine Leiche.«

Achselzuckend beobachtete Whitney den Lincoln im Rückspiegel, dann beschloß sie spontan, herauszufinden, was als nächstes geschehen würde – sie legte den Gang ein und überquerte die Kreuzung. Der Lincoln hängte sich sofort an sie dran. »Sie verfolgen uns.«

»Natürlich verfolgen sie uns.« Doug spie die Worte förmlich aus. »Und wenn Sie nicht bald Gas geben, dann werden sie gleich auf unserem Rücksitz sitzen und uns die Hände schütteln.«

Es war hauptsächlich Neugier, die Whitney bewog, das Gaspedal durchzutreten und in die 57. Straße einzubiegen. Der Lincoln blieb dicht hinter ihnen. »Tatsächlich, sie verfolgen uns«, wiederholte sie, auf ihrem Gesicht ein aufgeregtes Lächeln.

»Gibt die Karre nicht mehr her?«

Jetzt grinste Whitney ihren Beifahrer an. »Machen Sie Witze?« Noch ehe er antworten konnte, gab sie Vollgas und raste davon. Das war sicherlich die interessanteste Art, den Abend zu verbringen, die sie sich vorstellen konnte. »Ob ich sie wohl abschütteln kann?« Whitney renkte sich fast den Hals aus, um zu überprüfen, ob der Lincoln ihnen weiterhin folgte. »Schon mal eine scharfe Verbrecherjagd im Film gesehen? Klar, Gangster werden immer rarer, aber ...«

»He, passen Sie doch auf!«

Whitney drehte sich wieder um, riß das Steuer nach links und überholte haarscharf einen langsamer fahrenden Sedan.

»Hören Sie zu.« Doug knirschte mit den Zähnen. »Sinn und Zweck dieser Übung ist es, am Leben zu bleiben. Sie schauen auf die Straße, ich behalte den Lincoln im Auge.«

»Seien Sie nicht so überheblich.« Whitney schoß um die nächste Ecke. »Ich weiß genau, was ich tue.«

»Passen Sie lieber auf, wo Sie hinfahren!« Doug griff ihr hart ins Lenkrad und verhinderte so, daß die Kühlerhaube des Mercedes in unsanften Kontakt mit einem am Straßenrand geparkten Fahrzeug geriet. »Dämliches Frauenzimmer!«

Whitney hob das Kinn. »Wenn Sie ausfallend werden wollen, dann steigen Sie besser aus.« Sie verlangsamte das Tempo und fuhr an den Bordstein.

»Um Himmels willen, halten Sie bloß nicht an!«

»Ich dulde keine Beleidigungen. Und jetzt ...«

»Runter!« Doug riß sie zur Seite und drückte sie in den Sitz, kurz bevor die Windschutzscheibe in tausend Stücke zersprang.

»Mein Auto!« Wütend versuchte Whitney sich aufzusetzen, schaffte es aber nur, den Kopf zu heben, um den Schaden zu inspizieren. »Verdammt noch mal, da war nicht ein einziger Kratzer dran. Ich hab' ihn erst seit zwei Monaten.«

»Da wird bald sehr viel mehr als bloß ein Kratzer dran sein, wenn Sie nicht schleunigst Gas geben und hier verschwinden.« Aus seiner geduckten Position heraus kurbelte Doug am Lenkrad und spähte vorsichtig über das Armaturenbrett. »Jetzt!«

Kochend vor Zorn trat Whitney das Gaspedal hart durch, während Doug mit einer Hand das Lenkrad hielt und sie mit der anderen nach unten drückte.

»Ich kann so nicht fahren!«

»Mit einer Kugel im Kopf können Sie noch viel schlechter fahren.«

»Einer Kugel?« Ihre Stimme klang weniger ängstlich als verärgert. »Sie meinen, die schießen auf uns?«

»Sie werden bestimmt nicht mit Steinen werfen.« Doug verstärkte seinen Griff, und der Wagen prallte gegen den Bordstein und schleuderte um die Ecke. Frustriert, da er die Dinge nicht selbst in die Hand nehmen konnte, blickte er sich um. Der Lincoln war zwar noch immer hinter ihnen, doch sie hatten ein paar Sekunden Vorsprung gewonnen. »Okay, setzen Sie sich wieder auf, aber halten Sie den Kopf gesenkt. Und fahren Sie bloß weiter!«

»Wie soll ich das nur meiner Versicherung erklären?« Whitney hob den Kopf und suchte in der geborstenen Windschutzscheibe nach einem Stück freien Gesichtsfeld. »Die werden mir nie glauben, daß auf mich geschossen worden ist, und ich habe schon genug Punkte. Wissen Sie, was für horrende Prämien ich zahlen muß?«

»Wenn ich mir Ihren Fahrstil so betrachte, kann ich mir das gut vorstellen.«

»Jedenfalls hab' ich jetzt die Nase voll.« Whitney biß die Zähne zusammen und bog links ab.

»Das ist eine Einbahnstraße.« Doug sah sich hilflos um. »Haben Sie das Schild nicht gesehen?«

»Ich weiß, daß das eine Einbahnstraße ist«, zischte sie und trat härter auf das Gaspedal. »Aber zugleich ist das der schnellste Weg durch die Stadt.«

»O Gott.« Doug sah Scheinwerferlichter auf sich zukommen. Automatisch tastete er nach dem Türgriff und bereitete sich auf den Zusammenprall vor. Wenn er schon sterben mußte, sinnierte er gottergeben, dann lieber durch einen netten, sauberen Schuß mitten durchs Herz als von einem Auto plattgedrückt zu werden.

Ohne auf das wütende Hupkonzert zu achten, schoß Whitney im Zickzack weiter. Narren und kleine Kinder ... dachte Doug, als sie knapp zwischen zwei entgegenkommenden Fahrzeugen durchpreschten. Gott hielt seine schützende Hand über Narren und kleine Kinder. Er war heilfroh, sich zu den ersteren zählen zu können.

»Sie sind immer noch da.« Doug drehte sich um und beobachtete den Lincoln. Irgendwie war alles einfacher, wenn er nicht nach vorne blicken mußte. Sie wurden hin- und hergeworfen, als Whitney zwischen den Autos durchschoß, und dann ging sie so stark in die Kurve, daß er mit aller Gewalt gegen die Tür prallte. Fluchend tastete Doug nach der Wunde an seinem Arm. »Versuchen Sie doch bitte nicht, uns umzubringen. Die Typen hinter uns brauchen keine Hilfe.«

»Nie zufrieden, was?« schoß Whitney zurück. »Ich will Ihnen mal was sagen – Sie sind nicht unbedingt der angenehmste Gesellschafter.«

»Ich neige dazu, schlechte Laune zu bekommen, wenn man mich umbringen will.«

»Versuchen Sie doch mal, gute Miene zum bösen Spiel zu machen«, schlug Whitney vor und schnitt die nächste Kurve, wobei sie den Bordstein streifte. »Sie machen mich nervös.«

Doug ließ sich zurücksinken und fragte sich erbittert, warum er ausgerechnet auf diese Weise enden mußte, wo es doch so viele Möglichkeiten gab – im Mercedes einer Verrückten zerquetscht zu werden! Hätte er nicht einfach Remo folgen und sich von Dimitri mit Stil ermorden lassen können? Darin hätte entschieden mehr Gerechtigkeit gelegen.

Jetzt waren sie wieder auf der Fifth Avenue angelangt und fuhren in südlicher Richtung, und zwar mit mehr als Hundertvierzig, wie Doug anhand des Tachos feststellte. Wasser spritzte bis hoch an die Scheiben, als sie durch eine Pfütze rasten. Sogar jetzt war der Lincoln nur ein kleines Stück hinter ihnen. »Verdammt. Sie lassen einfach nicht locker.«

»Ach nein?« Mit zusammengebissenen Zähnen warf Whitney einen Blick in den Rückspiegel. Sie war noch nie ein guter Verlierer gewesen. »Das wollen wir doch mal sehen.« Noch ehe Doug Atem holen konnte, bremste sie ab, riß das Lenkrad herum und schoß schleudernd direkt auf den Lincoln zu.

Doug verfolgte das Manöver mit einer Mischung aus Angst und Faszination. »Um Himmels willen!«

Auf dem Beifahrersitz des Lincoln schloß sich Remo seinen Worten an, ehe sein Fahrer die Nerven verlor, das Lenkrad verriß und quer über den Bürgersteig raste, ehe er mitten im Schaufenster von Godiva-Schokoladen zum Stehen kam. Ohne den Fuß vom Gas zu nehmen und gleichzeitig bremsend ließ Whitney den Mercedes um die eigene Achse schlittern und raste die Fifth Avenue zurück.

Doug ließ sich in den Sitz zurücksinken und atmete ein paarmal tief durch. »Lady«, stieß er dann hervor, »Sie haben entschieden mehr Mut als Verstand.«

»Und Sie schulden mir dreihundert Dollar für die Windschutzscheibe.« Whitney bog in die Einfahrt eines unterirdischen Parkhauses ein.

»Ja, ja.« Zerstreut betastete Doug seinen Körper, um sich zu vergewissern, daß noch alle Knochen heil waren. »Ich schicke Ihnen einen Scheck.«

»Bargeld.« Nachdem sie den Wagen in ihrer Parkbox abgestellt hatte, zog Whitney den Zündschlüssel ab und sprang heraus. »Sie können jetzt mein Gepäck heraufbringen.« Mit diesen Worten wies sie auf die Koffer auf dem Rücksitz, ehe sie sich zum Fahrstuhl wandte. Zwar zitterten ihr noch vor Schreck die Knie, aber sie hätte sich eher die Zunge abgebissen als dies zugegeben. »Ich brauche einen Drink.«

Doug musterte die Garageneinfahrt und überlegte, wie er weiter vorgehen sollte. Ein, zwei Stunden in ihrer Wohnung würden ihm genügen, um die Situation gründlich zu überdenken. Außerdem stand er in ihrer Schuld. Seufzend begann er, das Gepäck auszuladen.

»Im Kofferraum ist noch mehr.«

»Das hole ich später.« Er hängte sich eine Reisetasche über die Schulter und wuchtete zwei Koffer hoch. Von Gucci, wie er mit einem bösen Grinsen registrierte. Und sie machte wegen lumpiger dreihundert Dollar ein Riesentheater.

Doug schleppte die Koffer zum Fahrstuhl und ließ sie unsanft zu Boden plumpsen. »Waren Sie verreist?«

Whitney drückte auf den Knopf für die zweiundvierzigste Etage. »Ein paar Wochen in Paris.«

»Ein paar Wochen, aha.« Doug warf dem Gepäckberg einen vielsagenden Blick zu. Hatte sie nicht gesagt, im Kofferraum sei noch mehr? »Sie reisen wohl gerne mit leichtem Gepäck?«

»Ich reise«, erwiderte Whitney hochtrabend, »wie es mir paßt. Schon mal in Europa gewesen?«

Er grinste sie an, und obwohl die Sonnenbrille seine Augen verbarg, lag etwas sehr Anziehendes in diesem Lächeln. Er hatte einen wohlgeformten Mund und nicht ganz regelmäßige Zähne. »Ein paarmal.«

Schweigend musterten sie sich. Zum ersten Mal hatte Doug Gelegenheit, sie richtig anzusehen. Sie war größer, als er erwartet hatte – obgleich er nicht ganz sicher war, was er eigentlich erwartet hatte. Ihr Haar war fast vollständig unter einem großen weißen Filzhut verborgen, doch die Strähnen, die darunter hervorlugten, waren genauso hell wie das Haar des Punkers, den er auf der Straße angehalten hatte, nur von einem intensiveren Farbton. Zwar beschattete der Hut ihr Gesicht, doch Doug konnte schöngeschwungene Wangenknochen und elfenbeinfarbene, reine Haut erkennen. Die großen Augen schimmerten so golden wie der Whisky, den er zuvor getrunken hatte. Ihr ungeschminkter Mund lächelte nicht, und sie duftete leicht und verlockend wie etwas, das man im Dunkeln gern berühren würde.

Offensichtlich gehörte sie zu der Sorte Frau, die er bei sich immer als ›eine Wucht‹ bezeichnete, obwohl unter der schlichten Zobeljacke und den Seidenhosen keine überwältigenden Rundungen zu erkennen waren. Doug bevorzugte eigentlich gutgebaute bis üppige Frauen, trotzdem kostete es ihn keine allzu große Überwindung, sie anzusehen.

Whitney kramte in ihrer Schlangenledertasche nach den Schlüsseln. »Diese Brille ist absolut lächerlich.«

»Zugegebenermaßen. Aber sie hat ihren Zweck erfüllt.« Doug nahm die große Sonnenbrille bereitwillig ab.

Überrascht bemerkte Whitney, daß seine Augen sehr hell, sehr klar und sehr grün leuchteten. Irgendwie schienen sie nicht zu seiner sonstigen Erscheinung zu passen – bis einem auffiel, wie direkt und wach der Blick war und wie genau der Mann alles beobachtete, was um ihn herum vorging.

Bislang hatte er sie nicht sonderlich beunruhigt; die Sonnenbrille ließ ihn harmlos und ein bißchen dümmlich erscheinen. Doch jetzt verspürte Whitney zum ersten Mal ein leises Unbehagen. Wer zum Teufel war er eigentlich, und warum wurde auf ihn geschossen?

Als die Fahrstuhltüren aufglitten, bückte Doug sich nach den Koffern. Whitney schaute auf ihn herunter und sah ein dünnes rotes Rinnsal an seinem Handgelenk herablaufen. »Sie bluten ja!«

Doug blickte gelassen seine Hand an. »Ich weiß. Wo geht's lang?«

Sie zögerte nur einen Augenblick. Was er konnte, das konnte sie schon lange. »Nach rechts. Und bitte bluten Sie nicht über die Koffer.« Sie schob sich an ihm vorbei und steckte den Schlüssel ins Schloß.

Trotz seiner Verärgerung und der Schmerzen im Arm fiel Doug ihr wiegender Gang auf. Offenbar war sie an die Bewunderung der Männer gewöhnt. Mit ein paar Schritten war er neben ihr. Whitney warf ihm einen flüchtigen Blick zu, ehe sie die Tür aufstieß, das Licht einschaltete und geradewegs auf die Bar zusteuerte. Sie griff nach einer Flasche Remy Martin und goß jedem einen großzügigen Schluck ein.

Beeindruckend, dachte Doug, der bereits eine Bestandsaufnahme ihrer Wohnung vornahm. Der Teppich war so dick und weich, daß man bequem darauf schlafen konnte. Er verfügte über genug Sachkenntnis, um den französischen Einfluß in der Einrichtung zu registrieren, vermochte aber die genaue Periode nicht zu bestimmen. Sie hatte ein tiefes Saphirblau und Senfgelb gewählt, um das glänzende Weiß des Teppichs zu dämpfen. Doug war durchaus in der Lage, Antiquitäten zu erkennen, wenn er sie zu Gesicht bekam, und in diesem Raum gab es einige interessante Stücke. Ihre Vorliebe für Romantik war genauso offensichtlich wie die Seelandschaft von Monet an der Wand impressionistisch war. Eine ausgezeichnete Kopie, stellte Doug fest. Wenn er Zeit genug hätte, die zu versetzen, könnte er sich auf den Weg machen. Ein flüchtiger Blick bestätigte ihm, daß er nur die Taschen seiner Jacke mit ihrem französischen Krimskrams zu füllen und ins nächste Pfandhaus zu gehen brauchte, um sich ein Ticket erster Klasse leisten zu können, das ihn weit genug von hier fortbrachte. Das Problem war nur, daß er es nicht wagte, hier in der Stadt ein Pfandhaus aufzusuchen, jedenfalls nicht, solange Dimitri seine Fühler nach ihm ausstreckte.

Doug wunderte sich über sich selbst. Obwohl die Möbel für ihn wertlos waren, mußte er doch zugeben, daß sie einen gewissen Reiz auf ihn ausübten. Unter normalen Umständen hätte ihm die feminine, verspielte Note mißfallen. Vielleicht brauchte er nach seiner abenteuerlichen Flucht einfach die beruhigende Atmosphäre einer gepflegten Wohnung? Whitney nippte an ihrem Cognac, ehe sie ihm ein Glas reichte.

»Nehmen Sie das ins Badezimmer mit«, ordnete sie an, wobei sie ihren Pelz achtlos über die Sofalehne warf. »Ich sehe mir mal Ihren Arm an.«

Achselzuckend beobachtete Doug, wie sie das Zimmer verließ. Normalerweise stellten Frauen immer gleich Dutzende von Fragen. Hatte die hier ganz einfach nicht genug Grips dazu? Widerwillig folgte er ihr und dem Duft ihres Parfüms, der in der Luft hing. Aber sie hatte Klasse, gab er zu, das war nicht zu leugnen.

»Ziehen Sie die Jacke aus und setzen Sie sich«, befahl Whitney, die bereits einen Waschlappen einweichte.

Doug streifte seine Jacke ab, wobei er vor Schmerz die Zähne zusammenbiß, als er den linken Arm bewegte. Nachdem er sie sorgsam zusammengefaltet und auf der Badewannenablage deponiert hatte, nahm er auf einem hohen Stuhl Platz, den jeder andere Mensch in das Wohnzimmer stellen würde. An sich herabsehend bemerkte er, daß sein blutiger Hemdärmel am Arm festklebte. Fluchend riß er ihn herunter und legte die Wunde frei. »Das kann ich alleine«, knurrte er und langte nach dem Waschlappen.

»Halten Sie doch den Mund.« Whitney begann, mit dem warmen Lappen das eingetrocknete Blut abzuwaschen. »Erst wenn ich die Wunde gesäubert habe kann ich sehen, wie schwer die Verletzung ist.«

Da das warme Wasser beruhigend wirkte und ihre Berührung sanft war, lehnte Doug sich zurück und sah ihr zu. Was war das nur für eine Frau? fragte er sich. Sie fuhr wie eine Wahnsinnige, kleidete sich wie ein Fotomodell und trank – ihm war nicht entgangen, daß sie ihr Cognacglas bereits geleert hatte – wie ein Matrose. Ihm wäre es lieber gewesen, wenn sie zumindest einen Anflug der Hysterie gezeigt hätte, die er bei Frauen voraussetzte.

»Wollen Sie nicht wissen, wie ich dazu gekommen bin?«

»Hmmm.« Whitney preßte einen sauberen Lappen auf die Wunde, die erneut zu bluten begann. Da er sie offensichtlich dazu verleiten wollte, Fragen zu stellen, war sie fest entschlossen, dies zu vermeiden.

»Eine Kugel«, erklärte Doug würdevoll.

»Tatsächlich?« Interessiert entfernte Whitney den Lappen, um sich den Arm genauer anzusehen. »Ich habe noch nie eine Schußverletzung gesehen.«

»Na sowas.« Er nahm noch einen Schluck Cognac. »Und wie gefällt sie Ihnen?«

Achselzuckend schloß Whitney die Tür des Spiegelschränkchens. »Nicht sehr beeindruckend.«

Stirnrunzelnd betrachtete Doug seine Wunde. Zugegeben, die Kugel hatte ihn nur gestreift, aber immerhin war auf ihn geschossen worden. Das passierte einem Mann nicht jeden Tag. »Es tut höllisch weh.«

»Wir verbinden das jetzt. Kratzer tun nur noch halb so weh, wenn man sie nicht mehr sieht.«

Er beobachtete, wie sie zwischen Cremetöpfchen und Flaschen mit Badezusatz herumstöberte. »Sie haben eine böse Zunge, Lady.«

»Whitney«, korrigierte sie. »Whitney MacAllister.« Sie drehte sich um und hielt ihm die Hand hin.

Seine Lippen verzogen sich leicht. »Lord, Doug Lord.«

»Hallo, Doug. Nun, wenn ich hier fertig bin, müssen wir uns mal über den Schaden an meinem Auto unterhalten.« Erneut wandte sie sich zum Spiegelschrank. »Dreihundert Dollar!«

Doug trank einen weiteren Schluck Cognac. »Wie kommen Sie gerade auf dreihundert Dollar?«

»Ich gehe vom untersten Ende der Liste aus. Der Preis für die Windschutzscheibe eines Mercedes liegt bei mindestens dreihundert Dollar.«

»Die muß ich Ihnen leider schuldig bleiben. Ich habe meine letzten zweihundert für die Jacke ausgegeben.«

»Für dieses Ding?« Ungläubig schüttelte Whitney den Kopf. »Ich hätte Sie für gescheiter gehalten.«

»Ich brauchte sie«, gab Doug zurück. »Und außerdem ist sie aus echtem Leder.«

Jetzt lachte Whitney laut auf. »Ja, eine echte Imitation.«

»Was soll das heißen, Imitation?«

»Diese reißverschlußverzierte Scheußlichkeit stammt nie im Leben von einer Kuh … Ah, da ist es ja. Ich wußte doch, daß ich welches habe.« Mit einem zufriedenen Nicken entnahm Whitney dem Schrank eine kleine Flasche.

»Dieser kleine Bastard«, schimpfte Doug leise. Bislang hatte er weder die Zeit noch die Möglichkeit gehabt, seine Neuerwerbung genauer anzusehen. Doch im hellen Licht des Badezimmers zeigte sich, daß die Jacke tatsächlich aus billigem Kunststoff bestand. Zweihundert Dollar! Das plötzliche Brennen an seinem Arm ließ ihn zusammenzucken. »Verdammt! Was tun Sie denn da?«

»Jod«, erklärte Whitney, wobei sie eine großzügige Dosis davon auf seinem Arm verteilte.

Er blickte sie böse an. »Das Zeug brennt!«

»Stellen Sie sich nicht so an.« Rasch und geschickt wickelte sie Gaze um seinen Arm, bis die Wunde bedeckt war, verklebte die Enden und tätschelte ihr Werk liebevoll. »So gut wie neu«, erklärte sie zufrieden. Immer noch über ihn gebeugt, wandte sie den Kopf und lächelte ihn an. Ihre Gesichter berührten sich fast, das ihre vergnügt, das seine voller Ärger. »Jetzt zu meinem Wagen ...«

»Ich könnte ein Mörder, ein Vergewaltiger oder ein Psychopath sein, das können Sie gar nicht wissen.« Der sanfte, gefährliche Ton, in dem er dies sagte, jagte ihr einen Schauer über den Rücken.

»Das glaube ich kaum.« Doch sie nahm ihr leeres Glas und ging ins Wohnzimmer zurück. »Noch einen Drink?«

Mut hatte sie ja. Doug griff nach seiner Jacke und folgte ihr. »Wollen Sie denn nicht wissen, warum die hinter mir her waren?«

»Die bösen Jungs?«

»Die – bösen Jungs?« wiederholte er mit einem verblüfften Lachen.

»Gute Jungs schießen nicht auf unbeteiligte Zuschauer.« Sie füllte ihr Glas nach. »Die logische Schlußfolgerung lautet also, daß Sie zu den guten Jungs gehören.«

Lachend ließ er sich neben sie auf das Sofa fallen. »Eine Menge Leute sind da anderer Ansicht.«

Über den Rand ihres Glases musterte Whitney ihn unauffällig. »Gut« war tatsächlich keine sehr treffende Bezeichnung; er ließ sich nicht so ohne weiteres einordnen. »Ich schlage vor, Sie erzählen mir jetzt, warum diese drei Männer sie umbringen wollten.«

»Die erledigen nur ihren Job.« Doug nahm einen tiefen Schluck. »Sie arbeiten für einen Mann namens Dimitri. Ich habe etwas in meinem Besitz, was er haben will.«

»Und das wäre?«

»Einen Plan, der direkt zu einem Topf voll Gold führt«, erwiderte Doug geistesabwesend, erhob sich und begann, im Raum auf und ab zu gehen. Er hatte gerade zwanzig Dollar in bar plus einer abgelaufenen Kreditkarte in der Tasche, damit kam er nie aus dem Land heraus. Der sorgfältig gefaltete Inhalt des Manilaumschlages, den er bei sich trug, war ein Vermögen wert, aber ehe er das kassieren konnte, mußte er sich ein Flugticket besorgen. Er könnte am Flughafen jemanden um seine Brieftasche erleichtern. Oder, besser noch, er könnte die Nummer abziehen, mit er er in Miami schon einmal durchgekommen war – nämlich sich mittels einer gefälschten Dienstmarke Zugang zum Flugzeug verschaffen und dann den hartgesottenen FBI-Agenten spielen. Aber diesmal hatte er Bedenken, und er pflegte sich auf seinen Instinkt zu verlassen.

»Ich bräuchte ein Darlehen«, nuschelte er. »Ein paar hundert – höchstens einen Tausender.« Nachdenklich drehte er sich um und musterte Whitney.

»Vergessen Sie's«, meinte sie schlicht. »Sie schulden mir bereits dreihundert Dollar.«

»Sie bekommen Ihr Geld«, schnappte Doug. »Verdammt, in sechs Monaten kaufe ich Ihnen ein ganz neues Auto. Betrachten Sie es als Investition.«

»Darum kümmert sich mein Börsenmakler.« Lächelnd nippte sie an ihrem Cognac. In dieser Stimmung wirkte er besonders anziehend, wenn seine Augen vor Aufregung funkelten.

»Whitney, hören Sie.« Er ließ sich wieder auf der Sofalehne nieder. »Bloß tausend Dollar. Was ist das schon, nach allem, was wir miteinander durchgemacht haben?«

»Siebenhundert mehr, als Sie mir bereits schulden«, erklärte sie.

»In sechs Monaten zahle ich es Ihnen doppelt und dreifach zurück. Ich muß ein Flugticket kaufen, noch ein paar andere Kleinigkeiten ...« Er sah an sich herunter und lächelte sie dann gewinnend an. »Zum Beispiel ein neues Hemd.«

Ein Spieler, dachte Whitney fasziniert. Was meinte er bloß mit »ein Topf voll Gold«? »Ich müßte schon einiges mehr erfahren, ehe ich mein Geld riskiere.«

Er hatte Frauen schon viel mehr als nur Geld abgeschwatzt. Voller Zuversicht nahm er ihre Hand zwischen die seinen und rieb mit dem Daumen über ihre Knöchel. Seine Stimme wurde zu einem sanften Schnurren. »Es geht um einen Schatz. Etwas, was sonst nur im Märchen vorkommt. Ich werde Ihnen Diamanten für Ihr Haar mitbringen, große, glitzernde Diamanten. Sie werden aussehen wie eine Prinzessin.« Mit einem Finger streichelte er ihre weiche, kühle Wange und verlor für einen Augenblick den Faden. »Wie eine Märchenprinzessin.«

Langsam nahm er ihren Hut ab, den sie immer noch aufhatte, und sah mit einer Mischung aus Erstaunen und Bewunderung zu, wie ihr Haar herabfiel und um ihre Schultern floß. »Haar wie dieses sollte mit Diamanten geschmückt werden.«

Tatsächlich, er war bezaubernd. Ein Teil von ihr war bereit, ihm alles zu glauben, alles zu tun, was er verlangte. Doch der andere Teil, der von kühlem Verstand geprägt war, gewann die Oberhand. »Ich liebe Diamanten. Aber ich kenne eine Anzahl von Leuten, die teuer dafür bezahlt haben und auf wertlosem Glas sitzengeblieben sind. Garantien, Douglas!« Um sich abzulenken, trank sie einen weiteren Schluck Cognac. »Ich unternehme nichts auf blauen Dunst hin.«

Frustriert erhob er sich. Sie mochte ja schwach und beeinflußbar wirken, aber sie war hart wie Stahl. »Wer sollte mich daran hindern, mir einfach zu nehmen, was ich will?« Mit einem raschen Griff schnappte er sich ihre Handtasche und hielt sie in die Höhe. »Entweder verschwinde ich jetzt damit, oder wir kommen ins Geschäft.«

Whitney stand auf und nahm ihm die Tasche aus der Hand. »Ich mache keine Geschäfte, ohne alle Bedingungen zu kennen. Sie haben vielleicht Nerven! Mir zu drohen, nachdem ich Ihnen das Leben gerettet habe.«

»Mir das Leben gerettet?« Doug explodierte förmlich. »Sie haben mich mindestens zwanzigmal fast umgebracht!«

Ihr Kinn hob sich, ihre Stimme klang kalt und hochmütig. »Wenn ich diese Männer nicht ausgetrickst und dabei auch noch mein Auto aufs Spiel gesetzt hätte, dann würden Sie jetzt im East River treiben.«

Dieses Bild kam der Wahrheit bedenklich nahe. »Sie haben wohl zuviele Gangsterfilme gesehen«, konterte er.

»Ich will wissen, was Sie in der Hand haben und wo Sie hinwollen.«

»Ein Puzzle. Ich besitze Teile eines Puzzles, und ich will nach Madagaskar.«

»Madagaskar?« Gefesselt von diesem Wort dachte Whitney nach. Vor ihrem inneren Auge entstanden Bilder heißer, schwüler Nächte, erfüllt vom Lärm exotischer Vögel. Abenteuer! »Was für ein Puzzle? Was für eine Art von Schatz?«

»Das ist meine Sache.« Vorsichtig, um seinen Arm zu schonen, schlüpfte Doug wieder in die Jacke.

»Ich will ihn sehen.«

»Sie können ihn nicht sehen. Er liegt in Madagaskar.« Langsam griff er nach einer Zigarette und schätzte seine Chancen ab. Er würde ihr gerade soviel erzählen, daß ihre Neugier geweckt wurde, ohne daß sie ihm deswegen Schwierigkeiten bereiten konnte. Eine Rauchwolke ausstoßend, blickte er sich in dem Zimmer um. »Es scheint, daß Sie einiges über Frankreich wissen?«

Ihre Augen verengten sich. »Genug, um Schnecken und Dom Perignon zu bestellen.«

»Darauf möchte ich wetten.« Er nahm eine perlenbesetzte Schnupftabakdose von einem mit Antiquitäten vollgestopften Regal. »Sagen wir mal so: Die Sachen, hinter denen ich her bin, haben mit Frankreich zu tun. Dem alten Frankreich.«

Nachdenklich kaute sie auf ihrer Unterlippe. Er hatte ihren wunden Punkt getroffen. Die kleine Schnupftabakdose, die er in der Hand hielt, war zweihundert Jahre alt und gehörte zu einer weltbekannten Sammlung. »Wie alt?«

»Einige Jahrhunderte. Schauen Sie mal, Süße, Sie könnten mir helfen.« Doug stellte die Dose zurück und ging zu ihr hinüber. »Sehen Sie es als kulturelle Investition an. Sie leihen mir das Geld, und ich bringe Ihnen ein paar Schmuckstücke mit.«

Zweihundert Jahre, das bedeutete die Zeit der Französischen Revolution. Marie und Ludwig … Reichtum, Dekadenz, Hofintrigen ... Langsam erschien ein Lächeln auf Whitneys Gesicht. Gerade die französische Geschichte, der Königshof, die Politik, die Philosophen und Künstler dieser Zeit hatten sie seit jeher fasziniert. Wenn er wirklich etwas in der Hand hatte – und der Ausdruck seiner Augen überzeugte sie davon, daß er die Wahrheit sagte –, warum sollte sie sich nicht einen Anteil davon sichern? Und außerdem bereitete eine Schatzsuche ihr ein weit größeres Vergnügen als ein Nachmittag bei Sotheby's.

»Angenommen, ich wäre interessiert«, tastete sie sich vor. »Wie hoch müßte denn der Einsatz sein?«

Doug grinste. Er hätte nicht gedacht, daß sie so bereitwillig nach dem Köder schnappen würde. »Ein paar tausend Dollar.«

»Ich sprach nicht von Geld.« Mit der Lässigkeit der Reichen winkte Whitney ab. »Ich möchte wissen, wie wir da drankommen.«

»Wir?« Sein Grinsen erstarb. »Wer redet denn von ›wir‹?«

Whitney betrachtete prüfend ihre Fingernägel. »Ohne ›wir‹ kein Geld.« Lässig lehnte sie sich zurück. »Ich war noch nie in Madagaskar.«

»Dann setzen Sie sich mit Ihrem Reisebüro in Verbindung, Süße. Ich arbeite alleine.«

»Zu schade.« Lächelnd strich sie ihr Haar zurück. »Nun, es war nett, mit Ihnen zu plaudern. Was die Regulierung des Schadens an meinem Wagen betrifft ...«

»Hören Sie, ich habe jetzt keine Zeit, um ...« Ein leises Geräusch hinter ihm ließ ihn verstummen. Doug fuhr herum und sah, wie der Türknauf sich langsam bewegte – erst nach rechts, dann nach links. Mit einer Handbewegung bedeutete er Whitney, sich ruhig zu verhalten. »Ducken Sie sich hinter die Couch«, flüsterte er ihr zu, während er den Raum nach einer brauchbaren Waffe absuchte. »Bleiben Sie dort und seien Sie ganz still.«

Erst wollte Whitney protestieren, doch dann hörte sie, wie jemand vorsichtig an dem Türknauf rüttelte und sah, wie Doug eine schwere Porzellanvase hochhob. »Runter!« zischte er erneut, als er das Licht ausschaltete. Es war wohl klüger, seinen Rat zu befolgen. Gehorsam kroch Whitney hinter das Sofa und wartete ab.

Doug stellte sich hinter die Tür und beobachtete, wie sich diese langsam öffnete. Er packte die Vase mit beiden Händen. Wenn er bloß wüßte, mit wie vielen Gegnern er es zu tun hatte! Als der erste Schatten ganz durch die Tür geglitten war, hob er die Vase über seinen Kopf und ließ sie mit aller Gewalt niedersausen. Man hörte ein Krachen, ein Grunzen und dann einen dumpfen Aufprall. Whitney in ihrem Versteck vernahm alle drei Geräusche, ehe das Chaos losbrach.

Füße trappten über den Boden, Glas splitterte – ihr Meißener Teeservice, wenn sie die Richtung des Geräusches richtig geortet hatte –, dann fluchte ein Mann laut. Ein gedämpftes »Plop«, gefolgt von neuerlichem Glassplittern, ließ Whitney an einen Schalldämpfer denken. Oft genug hatte sie dieses Geräusch im Fernsehen gehört. Und tatsächlich – als sie den Kopf wandte, entdeckte sie ein kleines Loch in dem Fenster hinter ihr.

Das würde ihrem Vermieter nicht gefallen. Kein bißchen. Und sie stand ohnehin schon auf seiner schwarzen Liste, seit ihre letzte Party ein wenig außer Kontrolle geraten war. Dieser verdammte Douglas Lord bescherte ihr nichts als Ärger. Hoffentlich war der Schatz – hier zog sie unwillig die Augenbrauen zusammen – hoffentlich war das alles die Sache wert.

Mit einemmal herrschte wieder Stille; eine unheilverkündende Stille. Alles, was sie hören konnte, waren leise Atemzüge.

Doug drückte sich in eine dunkle Ecke und hielt die 45er, die er dem Mann vor ihm abgenommen hatte, fest umklammert. Zwar besaß sein anderer Gegner auch eine Pistole, aber zumindest war er nicht mehr unbewaffnet. Er haßte Schußwaffen. Ein Mann, der sich darauf verließ, fand sich gewöhnlich irgendwann einmal am falschen Ende des Laufes wieder. Sehr beruhigend.

Eigentlich stand er nahe genug an der Tür, um unbemerkt hinausschlüpfen und sich aus dem Staub machen zu können. Wenn die Frau hinter dem Sofa – sowie ein gewisses Schuldgefühl, sie in diese Sache hineingezogen zu haben – nicht gewesen wäre, dann hätte er genau dies versucht. Die Tatsache, daß ihm dieser Weg versperrt war, steigerte nur noch seine Wut. Vielleicht, nur vielleicht mußte er einen Mann töten, um hier herauszukommen. Er hatte früher bereits getötet und war sich darüber im klaren, daß er wahrscheinlich wieder so handeln könnte, doch an diesen Teil seines Lebens dachte er nie, ohne sich miserabel zu fühlen.

Doug befühlte den Verband an seinem Arm. Zu seinem Entsetzen spürte er, daß seine Finger feucht wurden. Sollte er etwa hier stehenbleiben, bis alles durchgeblutet war? Nein. Geräuschlos schlich er an der Wand entlang.

Whitney mußte eine Hand vor den Mund pressen, um einen Schrei zu unterdrücken, als ein Schatten sich zum Sofa hin bewegte. Es handelte sich nicht um Doug – sie sah sofort, daß der Hals zu lang und das Haar zu kurz waren. Dann bemerkte sie eine Bewegung zu ihrer Linken. Der Schatten wandte sich ab. Ohne groß über ihre Handlungsweise nachzudenken, zog Whitney einen Schuh aus, packte das solide italienische Leder mit einer Hand und schmetterte den Blockabsatz mit aller Kraft auf den Kopf des Schattens.

Ein Stöhnen erklang – dann fiel jemand zu Boden.

Triumphierend hielt Whitney ihren Schuh in die Höhe. »Ich hab' ihn erwischt!«

»Großer Gott«, murmelte Doug, nahm sie bei der Hand und zerrte sie mit sich.

»Ich hab' ihn ausgeschaltet«, erzählte sie Doug, der sie in Richtung Treppenhaus schleifte. »Hiermit.« Fröhlich winkte sie mit dem Schuh in ihrer Hand. »Wie haben sie uns bloß gefunden?«

»Dimitri. Anhand Ihres Nummernschildes«, antwortete Doug, der sich über sich selber ärgerte. Daß er daran nicht gedacht hatte! Während er mit ihr die nächstliegende Treppe hinunterhastete, begann er, einen neuen Plan zu entwerfen.

»So schnell?« Whitney lachte aufgeregt. »Ist dieser Dimitri ein gewöhnlicher Sterblicher oder ein Hexenmeister?«

»Er ist ein Mann, der Macht über andere Menschen hat. Er braucht nur zum Telefon zu greifen, und innerhalb einer halben Stunde kennt er Ihren Kreditrahmen und Ihre Schuhgröße.«

Genau wie ihr Vater. Das gehörte zum Geschäft, und davon verstand sie einiges. »Warten Sie mal eine Sekunde. Ich kann doch nicht auf einem Bein herumhüpfen.« Whitney entzog ihm ihre Hand, um ihren Schuh wieder anzuziehen. »Und was nun?«

»Wir müssen in die Garage.«

»Zweiundvierzig Stockwerke zu Fuß?«

»Fahrstühle haben leider selten eine Hintertür.« Mit diesen Worten nahm er wieder ihre Hand und zog sie weiter. »Ich möchte nicht in die Nähe Ihres Autos kommen. Vermutlich hat er dort jemanden postiert, für den Fall, daß wir denen oben entwischen.«

»Und warum müssen wir dann überhaupt in die Garage?«

»Wir brauchen ein Auto. Ich muß zum Flughafen.«

Whitney schlang sich den Riemen ihrer Handtasche um den Körper. »Sie wollen eins stehlen?«

»So habe ich mir das gedacht. Ich werde Sie bei einem Hotel absetzen – tragen Sie sich unter falschem Namen ein, und dann …«

»O nein«, unterbrach sie ihn schroff, dankbar, daß sie bereits die zwanzigste Etage erreicht hatten. »Das werden Sie nicht tun. Eine Windschutzscheibe – dreihundert Dollar, eine Doppelglasscheibe – zwölfhundert, Dresdener Vase aus dem Jahre 1865 – zweitausendzweihundertfünfundsiebzig.« Sie öffnete ihre Tasche und zog ein Notizbuch hervor, ohne im Lauf innezuhalten. »Ich gedenke, das Geld auf Heller und Pfennig einzutreiben.«

»Sie werden Ihr Geld schon bekommen«, erwiderte er grimmig. »Und jetzt sparen Sie sich Ihre Puste.« Whitney gehorchte, doch sie schmiedete bereits eigene Pläne.

Als sie das Garagendeck erreicht hatten, war sie so erschöpft, daß sie sich atemlos gegen die Wand sinken ließ, während er durch einen Spalt in der Tür blinzelte. »Okay, wir nehmen den Porsche hier. Ich gehe zuerst raus. Wenn ich im Auto bin, kommen Sie nach. Und halten Sie den Kopf unten.«

Er zog die Pistole aus der Tasche. Whitney fiel auf, daß in seinen Augen eine Art Abscheu lag. Warum um alles in der Welt schaute er die Waffe an, als handle es sich um ein besonders widerliches Insekt? Sie hatte angenommen, eine Waffe würde gut zu ihm passen – zu einem Mann, der wohl oft genug in düsteren Spelunken und verräucherten Hotelhallen herumhing. Doch dem war nicht so. Ganz und gar nicht. Dann verschwand er hinter der Tür.

Wer war Doug Lord wirklich? fragte Whitney sich. Ein Ganove, ein Betrüger, ein Opfer? Tief in ihrem Inneren spürte sie, daß er von allen dreien etwas hatte. Er übte eine fast magnetische Anziehungskraft auf sie aus, und sie war entschlossen, herauszufinden, warum dem so war.

Doug bückte sich und entnahm seiner Tasche etwas, das wie ein Taschenmesser aussah. Gebannt beobachtete Whitney, wie er einen Moment im Schloß herumstocherte und dann seelenruhig die Beifahrertür öffnete. Was auch immer er sein mochte, er verstand etwas vom Autoknacken. Diesen Gedanken beiseite schiebend, drängte sich Whitney durch den Türspalt. Er saß bereits auf dem Fahrersitz und bastelte an den Drähten unter dem Armaturenbrett herum, als sie in den Wagen kletterte.

»Zum Teufel mit diesen ausländischen Fabrikaten«, brummte er. »Da lobe ich mir einen guten alten Chevy.«

Whitney riß bewundernd die Augen auf, als der Motor zum Leben erwachte. »Können Sie mir beibringen, wie man das macht?«

Doug warf ihr einen mißtrauischen Blick zu. »Nicht jetzt. Und diesmal fahre ich.« Er legte den Rückwärtsgang ein, rangierte den Porsche aus der Parkbox und fuhr Richtung Garagenausfahrt. »Bevorzugen Sie ein bestimmtes Hotel?«

»Ich denke gar nicht daran, in ein Hotel zu gehen. Ich lasse Sie nicht aus den Augen, bis Ihr Konto ausgeglichen ist, Lord. Wo Sie hingehen, da gehe auch ich hin.«

»Hören Sie, ich weiß nicht, wieviel Zeit ich habe.« Während der Fahrt blickte er immer wieder aufmerksam in den Rückspiegel.

»Das einzige, was Sie nicht haben, ist Geld«, erinnerte sie

ihn, nahm ihr Notizbuch und begann, säuberlich Zahlen einzutragen. »Und augenblicklich schulden Sie mir den Gegenwert einer Windschutzscheibe, einer antiken Porzellanvase, eines Meißener Teeservices – elfhundertfünfzig dafür – einer Fensterscheibe – vielleicht noch mehr ...«

»Dann kommt es auf einen weiteren Tausender ja nicht an.«

»Auf tausend Dollar kommt es immer an. Sie haben nur so lange Kredit, wie Sie in Sichtweite sind. Wenn Sie ein Flugticket wollen, dann müssen Sie sich daran gewöhnen, einen Partner zu haben.«

»Partner?« Er drehte sich zu ihr um und fragte sich, warum er ihr nicht einfach die Tasche wegnahm und sie aus dem Auto warf. »Ich arbeite nie mit einem Partner zusammen.«

»Diesmal schon. Fifty-fifty.«

»Aber ich habe alles in der Tasche.« In Wirklichkeit stimmte das nicht so ganz, aber jetzt war nicht der Zeitpunkt, sich um die Einzelheiten zu sorgen.

»Doch Ihnen fehlt das nötige Kleingeld.«

Doug bog auf den FDR-Drive ein. Genau das war der springende Punkt. Er brauchte dringend Geld. Also brauchte er sie, zumindest vorläufig. Später, ein paar tausend Kilometer von New York entfernt, konnte man weitersehen. »Okay, wieviel Bares haben Sie denn dabei?«

»Ein paar hundert Dollar.«

»Hundert? Scheiße!« Der Tacho pendelte sich bei Fünfundfünfzig ein. Er konnte es sich nicht leisten, wegen Geschwindigkeitsübertretung angehalten zu werden. »Damit kommen wir höchstens bis New Jersey.«

»Ich trage nicht gern große Summen mit mir herum.«

»Fantastisch. Ich habe Papiere, die Millionen wert sind, und Sie wollen mit ein paar hundert Dollar einsteigen.«

»Zuzüglich der fünftausend, die Sie mir schulden. Außerdem ...«, sie langte in ihre Tasche, »... habe ich dieses Stückchen Plastik.«

Grinsend hielt sie eine American Express Gold Card hoch. »Ohne die gehe ich nie aus dem Haus.«

Doug starrte die Karte an, dann warf er den Kopf in den

Nacken und lachte schallend. Vielleicht war sie den ganzen Ärger, den sie verursachte, nicht wert, doch mittlerweile hegte er da seine Zweifel.

Die Hand, die nach dem Telefonhörer griff, war plump und sehr weiß, die Fingernägel kurzgeschnitten und sorgfältig gefeilt. Die weißen Hemdärmel wurden am Handgelenk von rechteckig geschnittenen Saphirmanschettenknöpfen zusammengehalten. Auch der Telefonhörer schimmerte weiß und kühl. Drei der Finger, die sich darum schlossen, waren liebevoll manikürt, doch dort, wo der kleine Finger gesessen hatte, sah man nur noch einen vernarbten Stumpf.

»Dimitri.« Eine Stimme wie Musik. Bei ihrem Klang begann Remo am anderen Ende der Leitung aus allen Poren zu schwitzen. Er sog an seiner Zigarette und begann hastig, ehe er den Rauch wieder ausstieß:

»Sie sind uns entwischt.«

Tödliches Schweigen. Dimitri wußte nur zu gut, daß das erschreckender wirkte als Hunderte von Drohungen. Fünf, zehn Sekunden herrschte Stille. Dann: »Drei Männer gegen einen und eine junge Frau. Wie stümperhaft.«

Remo lockerte seine Krawatte, um besser Luft zu bekommen. »Sie haben einen Porsche gestohlen. Wir folgen ihnen, offensichtlich wollen sie zum Flughafen. Sie werden nicht weit kommen, Mr. Dimitri.«

»Nein, sie werden nicht weit kommen. Ich habe noch einige Anrufe zu erledigen, einige – Hebel in Bewegung zu setzen. In ein, zwei Tagen treffen wir uns.«

Erleichtert fuhr sich Remo mit der Hand über den Mund. »Und wo?«

Ein leises, entferntes Lachen tönte aus dem Hörer, und Remos Erleichterung verschwand schlagartig. »Kümmere du dich um Lord, Remo. Ich kümmere mich um dich.«

2

Sein Arm war ganz steif geworden. Mit einem leisen Laut des Unbehagens rollte Doug sich zur Seite und zupfte geistesabwesend an seinem Verband herum. Sein Kopf ruhte auf einem weichen, frischbezogenen Kopfkissen, die Bettdecke, in die er sich kuschelte, spendete angenehme Wärme. Behutsam bewegte er den linken Arm und legte sich auf den Rücken.

Der dunkle Raum vermittelte ihm die Illusion, es sei immer noch Nacht, doch ein Blick auf die Uhr belehrte ihn, daß es bereits Viertel nach neun war. Mist! Er rieb sich mit der Hand über das Gesicht und setzte sich auf.

Eigentlich sollte er sich längst in einem Flugzeug mitten über dem Indischen Ozean befinden, anstatt in einem noblen Washingtoner Hotelzimmer herumzuliegen. Einem ziemlich öden Hotel, wie er sich erinnerte. Wenn er nur an diese mit rotem Teppich ausgelegte Halle dachte! Sie waren um zehn nach eins angekommen, und man hatte ihm nicht einmal mehr einen Drink serviert. Von ihm aus konnten sich die Politiker Washington an den Hut stecken, er bevorzugte jedenfalls New York.

Dann tauchten die Probleme auf. Erstens hielt Whitney den Daumen auf dem Geld. In diesem Punkt hatte sie ihm keine Wahl gelassen. Zweitens hatte sie recht gehabt. Während er nur daran dachte, aus New York herauszukommen, machte sie sich Gedanken um die Details, wie zum Beispiel die Beschaffung von Pässen.

Sie verfügte also in D.C. über Beziehungen, überlegte er. Nun, wenn diese Beziehungen ihm den Weg ebneten, hatte er nichts dagegen einzuwenden. Doug sah sich in dem teuren Hotelzimmer um, das kaum größer als eine Duschkabine war. Den Zimmerpreis würde sie ihm garantiert auch in Rechnung stellen. Mit schmalen Augen starrte Doug auf die Verbindungstür. Whitney MacAllister hatte statt eines Herzens eine Registrierkasse im Leib. Und ein Gesicht wie ein ...

Unwillig lächelnd schüttelte er den Kopf und legte sich zurück. Besser, er beschäftigte sich nicht zu sehr mit ihrem Gesicht und ihren sonstigen Reizen. Ihr Geld war es, was er brauchte. Frauen kamen erst einmal an zweiter Stelle. Wenn er das besaß, wohinter er herjagte, dann würde er sich vor ihnen nicht retten können.

Bei dieser angenehmen Vorstellung verstärkte sich sein Lächeln. Blondinen, Brünette, Rotschöpfe, üppig, schlank, groß oder klein, er war da nicht allzu wählerisch, und er hatte die Absicht, sehr großzügig mit seiner Zeit umzugehen. Doch erst einmal mußte er sich einen Paß nebst Visum beschaffen. Gottverdammter Bürokratismus, überlegte er finster. Ein Schatz wartete auf ihn, ein professioneller Totschläger lechzte nach seinem Blut, und zu allem Überfluß hatte er eine verrückte Frau am Hals, die ihm noch nicht einmal ein Päckchen Zigaretten besorgen würde, ohne den Preis in das kleine Büchlein einzutragen, das sie in ihrer zweihundert Dollar teuren Schlangenledertasche mit sich herumtrug.

Dieser Gedanke veranlaßte ihn, eine Zigarette aus der Packung zu ziehen, die auf seinem Nachttisch lag. Er konnte ihre Haltung nicht verstehen. Wenn er Geld in der Tasche hatte, dann ging er äußerst großzügig damit um. Vielleicht zu großzügig, wie er reuevoll zugab. Das Geld zerrann ihm unweigerlich unter den Fingern.

Diese Großzügigkeit war ein Bestandteil seines Charakters. Seine Schwäche waren die Frauen, besonders kleine Frauen mit Schmollmund und großen Augen. Er konnte ihnen einfach nicht widerstehen.

Doch das würde sich ändern, schwor sich Doug. Sollte er tatsächlich den Topf voll Gold in seinen Besitz bringen, dann würde er klüger verfahren. Diesmal würde er seine Traumvilla auf Martinique erwerben und endlich das Leben führen, von dem er schon immer geträumt hatte. Und seinen Bediensteten gegenüber würde er sich spendabel zeigen. Oft genug hatte er hinter den Reichen dieser Welt hergeputzt, um zu wissen, wie gedanken- und gefühllos sie mit ihren Dienstboten umgingen. Natürlich hatte er nur ihre Zimmer aufgeräumt, wenn er sie anschließend ausräumen konnte, doch das änderte nichts an den Tatsachen.

Seinen Hang zum Luxus verdankte er nicht der Arbeit bei wohlhabenden Leuten, damit war er geboren worden. Nur hatte er nie genug Geld gehabt, um ihn auszuleben. Doch andererseits war es vielleicht vorteilhafter, über einen scharfen Verstand zu verfügen. Verstand und, nun, gewisse Begabungen ermöglichten es ihm, anderen Leuten das wegzunehmen, was er brauchte – oder haben wollte –, und zwar so geschickt, daß diese den Verlust kaum bemerkten. Diese Art Job bedeutete ständigen Nervenkitzel. Das Ergebnis, also das Geld, verwendete er dazu, sich zu entspannen – bis zum nächsten Mal.

Er pflegte seine Unternehmungen sehr gründlich zu planen, und er kannte den Wert von Hintergrundinformationen. Aus diesem Grund hatte er sich auch die halbe Nacht um die Ohren geschlagen, um jedes Fitzelchen an Information aufzusaugen, das mit dem Inhalt des kostbaren Umschlags zusammenhing. Ein Puzzle, gewiß, doch er besaß alle Einzelteile. Er brauchte nur Zeit, um sie zusammenzufügen.

Für jeden anderen hätte die sauber getippte Übersetzung, in die er sich vertieft hatte, nur eine unterhaltsame Story oder eine Auffrischung seiner Geschichtskenntnisse bedeutet. Aristokraten, die bemüht waren, ihre Juwelen aus dem von der Revolution gebeutelten Frankreich herauszuschaffen und gleichzeitig ihr kostbares Leben zu retten. Er hatte Worte der Furcht, der Verwirrung und der Verzweiflung gelesen. Aber der Handschrift des plastikverpackten Originals, den hingekritzelten Worten, die er nicht verstand, hatte er noch etwas anderes entnommen: den Eindruck von Hoffnungslosigkeit. Auch von Intrigen, von Königshäusern und von unermeßlichem Reichtum war die Rede gewesen. Marie Antoinette und Robespierre. Diamantkolliers mit exotischen Namen, die hinter losen Ziegelsteinen verborgen wurden. Die Guillotine. Eine verzweifelte Flucht über den Kanal. Ein blutiger Teil der französischen Geschichte. Dennoch – die Diamanten, die Smaragde und die hühnereigroßen Rubine hatten wirklich existiert. Einige waren nie wieder aufgetaucht. Mit anderen wurde das nackte Leben, eine warme Mahlzeit oder Stillschweigen erkauft. Wieder andere waren in die entlegensten Teile der Welt gelangt. Lächelnd massierte Doug seinen Arm. Der Indische Ozean – die Handelsroute der Kaufleute und Piraten. Und an der Küste von Madagaskar, seit Jahrhunderten verborgen und für eine Königin aufbewahrt, lag die Erfüllung seiner Träume. Er würde sie finden – mit Hilfe des Tagebuchs eines jungen Mädchens und der Verzweiflung eines Vaters. War er erst einmal auf dem Weg, würde er nicht mehr zurückblicken.

Wieder dachte er an die junge Französin, die vor zweihundert Jahren ihre Gefühle schriftlich festgehalten hatte. Armes Ding. Doug bezweifelte, daß die Übersetzung, die er gelesen hatte, wirklich das widerspiegelte, was das Mädchen durchmachen mußte. Könnte er doch nur das französische Original verstehen! Achselzuckend erinnerte er sich daran, daß das Mädchen lange tot war und daß ihn dieser Aspekt eigentlich nichts anging. Aber sie war doch noch ein Kind gewesen, ein verängstigtes, verwirrtes Kind.

Warum hassen sie uns so? hatte sie geschrieben. *Warum nur sehen sie uns mit solch haßerfüllten Augen an? Papa sagt, wir müssen Paris verlassen. Werde ich meine Heimat je wiedersehen?*

Sie hatte sie nie wiedergesehen. Krieg und Politik hatten seit Urzeiten das Leben Unschuldiger zerstört, sei es während der Französischen Revolution oder während des Vietnamkrieges. Das würde sich nie ändern. Doug wußte nur zu gut, was es bedeutete, hilflos zu sein. Nie wieder wollte er sich dem aussetzen.

Er räkelte sich wohlig und dachte an Whitney.

Gut, er hatte ein Geschäft mit ihr gemacht, da biß die Maus keinen Faden ab. Trotzdem ging es ihm gegen den Strich, sie um jeden einzelnen Dollar bitten zu müssen.

Dimitri hatte ihn angeheuert, um diese Papiere zu stehlen, weil er, wie Dimitri wußte, ein ausgezeichneter Dieb war. Im Gegensatz zum Rest von Dimitris Mannschaft gab sich Doug nicht dem Trugschluß hin, eine Waffe könne den Verstand ersetzen. Er hatte sich immer auf letzteren verlassen und war sich bewußt, daß sein Ruf, einen Job schnell und sauber zu erledigen, ihm den Anruf von Dimitri eingetragen hatte. Der Auftrag lautete, einen dicken Umschlag aus dem Safe einer Villa in der Park Avenue zu entwenden.

Job blieb Job, und wenn ein Mann wie Dimitri gewillt war, fünf Riesen für ein Bündel Papiere, vergilbt und zum Teil mit ausländischer Schrift bedeckt, springen zu lassen, dann wollte Doug sich nicht auf Diskussionen einlassen. Außerdem fühlte er sich gezwungen, einige Schulden zu bezahlen.

Er mußte zwei ausgeklügelte Alarmanlagen überwinden und sich an vier Wachposten vorbeischleichen, ehe er den Wandsafe knacken konnte, in dem der Umschlag aufbewahrt wurde. Aber schließlich hatte er ein Händchen für Schlösser und Alarmanlagen. Es war – nun, eine Gabe. Ein Mann sollte seine gottgegebenen Talente nicht verschwenden.

Dummerweise hatte er sich an die Spielregeln gehalten und nichts außer den Papieren mitgehen lassen, obwohl sich in dem Safe ein äußerst interessanter schwarzer Aktenkoffer befunden hatte. Als er die Papiere herausnahm, um sie durchzulesen, wollte er eigentlich nur seine Neugierde befriedigen. Nie hätte er angenommen, daß ihn die Übersetzung eines zweihundert Jahre alten Tagebuches und geheimer Dokumente dermaßen in Bann schlagen könnte. Vielleicht hatten seine Vorliebe für eine gute Story oder sein Respekt vor dem geschriebenen Wort seine Phantasie angekurbelt. Doch Faszination hin, Faszination her, Geschäft blieb Geschäft.

In einem Drugstore hatte er sich mit Klebeband versehen. Den Brief auf seiner Brust zu befestigen, betrachtete er als reine Vorsichtsmaßnahme. Wie jede andere Stadt wimmelte New York von Ganoven. Natürlich erschien er eine Stunde vor der vereinbarten Zeit auf dem Spielplatz an der East Side und versteckte sich dort. Ein Mann blieb länger am Leben, wenn er auf seine Haut aufpaßte.

Während er im Nieselregen hinter einem Gebüsch hockte, dachte er über das Gelesene nach – die Briefe, die Dokumente und die Auflistung von Perlen und Juwelen. Wer auch immer diese Informationen zusammengetragen und so peinlich genau übersetzt hatte, mußte mit der Hingabe eines Bibliothekars vorgegangen sein. Flüchtig spielte er mit dem Gedanken, den Rest des Jobs auf eigene Faust zu erledigen, wenn er Zeit und Möglichkeit dazu gehabt hätte. Doch Geschäft blieb Geschäft.

Doug wartete in der festen Absicht, die Papiere zu übergeben und seinen Lohn einzustreichen. Da hatte er noch nicht erfahren, daß man ihm statt der vereinbarten fünftausend Dollar eine Kugel und ein Begräbnis im East River zugedacht hatte.

In Begleitung zweier anderer Männer war Remo in dem schwarzen Lincoln vorgefahren. In aller Ruhe hatten die drei über den besten Weg, ihn zu beseitigen, debattiert. Schließlich einigten sie sich darauf, ihm eine Kugel durch den Kopf zu jagen, doch hinsichtlich des Wann und Wo gab es noch Unstimmigkeiten. Offenbar wollte Remo um jeden Preis vermeiden, daß die Polster des Lincoln mit Blut besudelt wurden.

Zuerst verspürte Doug nichts als Wut. Egal, wie oft er schon betrogen worden war – längst hatte er aufgehört, mitzuzählen –, es versetzte ihn jedesmal aufs neue in Wut. Keine Ehrlichkeit mehr unter den Menschen, dachte er. Das Klebeband auf seiner Brust begann zu jucken. Während er sich darauf konzentrierte, mit heiler Haut aus diesem Schlamassel herauszukommen, dachte er gleichzeitig über seine Chancen nach.

Dimitri stand in dem Ruf, ein Exzentriker zu sein. Zugleich aber sagte man ihm nach, daß er stets das Beste vom Besten verlangte, von den einflußreichsten Politikern auf seiner Lohnliste bis hin zu Spitzenweinen in seinem Keller. Wenn ihm also diese Papiere so viel bedeuteten, daß er ein Nichts wie Doug Lord deswegen eliminieren ließ, dann mußten sie ein Vermögen wert sein. Spontan entschied Doug, daß die Papiere fortan ihm gehörten. Er würde sein Glück selbst versuchen. Nur – dazu mußte er lange genug am Leben bleiben.

Unbewußt berührte er seinen Arm. Ein bißchen steif noch, doch bereits im Heilen begriffen. Er mußte zugeben, daß die verrückte Whitney MacAllister da ganze Arbeit geleistet hatte. Grimmig blies er Rauch durch die Zähne, ehe er die Zigarette ausdrückte. Wahrscheinlich würde sie die Behandlung auf seine Rechnung setzen.

Im Augenblick brauchte er sie noch, wenigstens so lange, bis sie außer Landes waren. In Madagaskar angekommen, würde er schon einen Weg finden, um sie loszuwerden. Langsam breitete sich ein Grinsen auf seinem Gesicht aus. Er hatte einige Erfahrung darin, Frauen auszutricksen, und meistens konnte er Erfolge verzeichnen. Bedauerlich nur, daß er sie nicht toben und fluchen hören könnte, wenn sie bemerkte, daß er sie aufs Abstellgleis geschoben hatte. Das Bild ihrer hellen, glänzenden Haarmähne stieg vor ihm auf. Eigentlich ein Jammer, daß er sie hereinlegen mußte. Es war nicht zu leugnen, daß er in ihrer Schuld stand. Gerade als er seufzend begann, freundlichere Gedanken ihr gegenüber zu hegen, flog die Verbindungstür auf.

»Immer noch im Bett?« Whitney ging zum Fenster, riß die Vorhänge auf und fuchtelte mit der Hand vor ihrem Gesicht herum, um die Rauchwolken zu vertreiben. Er war offenbar schon eine Weile wach, stellte sie fest, rauchend und Pläne schmiedend. Nun, sie hatte sich auch so ihre Gedanken gemacht. Als Doug sie fluchend anschaute, schüttelte sie lediglich den Kopf. »Sie sehen furchtbar aus.«

Er war eitel genug, das Gesicht zu verziehen. Sein Kinn war mit Bartstoppeln bedeckt, das Haar zerzaust, und er hätte ein Königreich für eine Zahnbürste gegeben. Sie dagegen sah aus, als käme sie geradewegs von Elizabeth Arden. Nackt, nur notdürftig von einem Laken bedeckt im Bett zu liegen, vermittelte Doug das Gefühl, sich im Nachteil zu befinden. Worauf er überhaupt keinen Wert legte.

»Klopfen Sie eigentlich nie an?«

»Nicht, wenn ich das Zimmer bezahle«, gab sie obenhin zurück und stieg über die zusammengeknüllten Jeans auf dem Boden. »Das Frühstück ist schon unterwegs.«

»Na wunderbar.«

Ohne auf den Sarkasmus einzugehen, machte Whitney es sich am Fußende des Bettes bequem und streckte die Beine aus.

»Fühlen Sie sich ganz wie zu Hause«, meinte Doug gedehnt.

Whitney warf nur lächelnd ihr Haar zurück. »Ich habe mich mit Onkel Maxie in Verbindung gesetzt.«

»Mit wem?«

»Onkel Maxie« wiederholte Whitney, wobei sie ihre Fingernägel inspizierte. Ehe sie die Stadt verließen, brauchte sie dringend eine Maniküre. »Er ist nicht mein richtiger Onkel. Ich nenne ihn bloß so.«

»Ach, diese Art Onkel«, schnaubte Doug abfällig.

Whitney bedachte ihn mit einem milden Blick. »Werden Sie nicht geschmacklos, Douglas. Ein lieber Freund der Familie. Vielleicht haben Sie schon mal von ihm gehört. Maximilian Teebury.«

»Senator Teebury?«

Sie spreizte die Finger. »Sie sind immer auf dem laufenden, was?«

»Hören Sie zu, Sie Schlaubergerin.« Doug packte sie so hart am Arm, daß sie beinahe auf seinen Schoß fiel. »Was hat denn Senator Teebury mit alledem zu tun?«

»Beziehungen.« Mit einem Finger fuhr sie über seine stoppelige Wange, wobei sie mißbilligend mit der Zunge schnalzte. Dennoch lag in dieser Ungepflegtheit ein gewisser primitiver Reiz. »Mein Vater pflegt zu sagen, daß man zwar ohne Sex auskommen kann, nicht jedoch ohne Beziehungen.«

»Ach ja?« Grinsend zog er sie an sich, so daß ihr Gesicht dem seinen ganz nahe war und ihr Haar auf die Bettdecke floß. Wieder stieg ihm ihr Duft in der Nase, der Duft von Wohlstand und Klasse. »Jeder hat da andere Prioritäten.«

»In der Tat.« Sie hätte ihn gerne geküßt, wie er so dasaß und aussah wie ein Mann nach einer wilden Liebesnacht. Wie würde Doug Lord als Liebhaber sein? Rücksichtslos? Bei diesem Gedanken pochte ihr Herz schneller. Er roch nach Tabak und Schweiß. Ein Mann, der sich stets auf gefährlichem Boden bewegte und dies genoß. Wie gerne würde sie diesen Mund auf ihrem spüren – doch jetzt noch nicht. Beim ersten Kuß würde sie vergessen, daß sie ihm immer einen Schritt voraus sein mußte. »Die Sache liegt so«, murmelte sie, sich sehr dessen bewußt, daß seine Hände durch ihr Haar fuhren und ihre Lippen sich beinahe trafen, »Onkel Maxie kann Ihnen einen Paß und uns zwei Visa – dreißig Tage gültig – für Madagaskar besorgen. Binnen vierundzwanzig Stunden.«

»Wie?«

Amüsiert und verärgert zugleich registrierte Whitney, wie sein verführerischer Tonfall geschäftsmäßiger Kühle gewichen war. »Beziehungen, Douglas«, erwiderte sie munter. »Wozu sind Partner da?«

Er warf ihr einen abschätzenden Blick zu. Langsam wurde sie nützlich. Wenn er nicht achtgab, würde sie sich unentbehrlich machen, und das letzte, was ein kluger Mann gebrauchen konnte, war eine unentbehrliche Frau mit whiskyfarbenen Augen und samtweicher Haut. Dann kam ihm plötzlich in den Sinn, daß sie morgen um diese Zeit schon unterwegs sein würden. Leise seufzend rollte er sich auf sie. Ihr Haar breitete sich fächerförmig auf dem Kissen aus, ihre Augen, halb wachsam, halb lachend, trafen die seinen.

»Laß es uns herausfinden, Partner«, schlug er vor.

Sein Körper fühlte sich so hart an wie seine Augen blicken konnten, und wie die Hand, die ihren Nacken umfaßte. Es war verlockend. Er war verlockend. Doch es empfahl sich, die Vor- und Nachteile abzuwägen. Ehe Whitney sich entscheiden konnte, ob sie nachgeben sollte oder nicht, klopfte jemand an die Tür. »Frühstück«, lachte sie fröhlich, wobei sie sich unter ihm hervorwand. Darüber, daß ihr Herz jetzt deutlich schneller schlug, würde sie später nachdenken. Es gab zuviel zu tun.

Doug verschränkte die Arme hinter dem Kopf und lehnte sich zurück. War es Begierde, die in seinem Inneren rumorte, oder einfach nur Hunger? Vielleicht beides. »Wie wär's, wenn wir im Bett frühstückten?«

Whitney machte ihre Meinung zu diesem Vorschlag deutlich, indem sie nicht darauf einging. »Guten Morgen«, begrüßte sie freundlich den Kellner, der einen Wagen hereinschob.

»Guten Morgen, Miss MacAllister.« Der junge, kräftig gebaute Puertorikaner würdigte Doug keines Blickes. Seine Augen hingen wie gebannt an Whitney. Strahlend überreichte er ihr eine pinkfarbene Rose.

»Oh, danke, Juan. Wie schön!«

»Ich dachte mir, daß sie Ihnen gefallen würde.« Lächelnd zeigte er eine Reihe gesunder, ebenmäßiger Zähne. »Ich hoffe, Sie sind mit dem Frühstück zufrieden. Ich habe auch die Toilettensachen und die Zeitung mitgebracht, um die Sie gebeten haben.«

»Wunderbar, Juan.« Doug bemerkte, daß sie dem dunkelhaarigen Kerl sehr viel mehr Freundlichkeit entgegenbrachte, als sie ihm selbst zukommen ließ. »Ich hoffe, ich habe dir keine Umstände gemacht.«

»Sie doch nicht, Miss MacAllister.«

Hinter dem Rücken des Kellners äffte Doug wortlos dessen Worte und den seelenvollen Gesichtsausdruck nach. Whitney hob bloß eine Augenbraue, dann unterschrieb sie schwungvoll die Rechnung. »Danke, Juan.« Ein Griff in ihre Handtasche förderte einen Zwanzigdollarschein zutage. »Du warst mir eine große Hilfe.«

»War mir ein Vergnügen, Miss MacAllister. Wenn ich noch was für Sie tun kann, dann rufen Sie mich bitte.« Mit der Geschicklichkeit langjähriger Praxis verschwand der Zwanziger in Juans Tasche. »Guten Appetit wünsche ich.« Immer noch lächelnd verließ er das Zimmer.

»Sie mögen es wohl, wenn Männer vor Ihnen kriechen, was?«

Whitney schenkte bereits den Kaffee ein. Lässig winkte sie ihm mit der Rose zu. »Ziehen Sie sich was über und kommen Sie frühstücken.«

»Und außerdem gehen Sie verdammt großzügig mit unserem bißchen Bargeld um!«

Wortlos zückte Whitney ihr kleines Notizbuch.

»Moment mal, Sie waren es schließlich, die dem Kellner ein Riesentrinkgeld gegeben hat, nicht ich!«

»Er hat Ihnen einen Rasierapparat und eine Zahnbürste besorgt«, entgegnete sie milde. »Wir teilen uns das Trinkgeld, da mir Ihre Körperhygiene im Augenblick am Herzen liegt.«

»Zu freundlich« brummte er. Dann, um zu sehen, wie weit er gehen konnte, stieg er langsam aus dem Bett.

Weder zuckte sie zusammen, noch wich sie zurück, noch

errötete sie. Sie warf ihm nur einen langen, abschätzenden Blick zu. Der weiße Verband an seinem Arm bildete einen starken Kontrast zu der dunklen Haut. Mein Gott, hat er einen schönen Körper, dachte sie, und das Blut in ihren Adern begann zu pulsieren. Groß, schlank und muskulös. Wie er so dastand, nackt, unrasiert und lächelnd, war er der gefährlichste und zugleich attraktivste Mann, der ihr je über den Weg gelaufen war. Doch nie würde sie ihm den Triumph gönnen, ihn das wissen zu lassen.

Ohne den Blick von ihm abzuwenden, hob Whitney ihre Kaffeetasse. »Hören Sie auf, so anzugeben, Douglas«, sagte sie freundlich, »und ziehen Sie sich was an. Ihre Eier werden kalt.«

Kühl wie ein Eisberg, dachte er, als er seine Jeans überstreifte. Einmal, nur ein einziges Mal, wollte er sie aus der Fassung bringen. Er ließ sich auf den Stuhl ihr gegenüber fallen und begann, sich mit den Spiegeleiern und dem knusprigen Speck zu beschäftigen. Momentan war er zu ausgehungert, um sich Gedanken darüber zu machen, was ihn dieser Spaß wohl kosten würde. Wenn er den Schatz erst einmal gefunden hatte, konnte er sich ein eigenes Hotel kaufen.

»Whitney MacAllister, wer sind Sie eigentlich?« wollte er mit vollem Mund wissen.

Sie streute etwas Pfeffer über ihre Eier. »Wie meinen Sie das?«

Er grinste, zufrieden, daß sie es ihm nicht leichtzumachen gedachte. »Wo kommen Sie her?«

»Aus Richmond, Virginia«, antwortete sie, wobei sie so mühelos in einen Südstaatenakzent verfiel, daß man hätte schwören können, sie habe schon immer so gesprochen. »Meine Familie lebt dort auf einer Plantage.«

»Warum sind Sie nach New York gekommen?«

»Weil da mehr los ist.«

Doug griff nach dem Toast und musterte prüfend die Auswahl an Marmelade. »Was tun Sie denn in New York?«

»Was mir Spaß macht.«

Ein Blick in ihre blitzenden, whiskyfarbenen Augen bestätigte ihm, daß sie die Wahrheit sagte. »Haben Sie einen Job?«

»Nein, ich habe einen Beruf.« Whitney nahm ein Stückchen Speck in die Finger und knabberte daran. »Ich bin Innenarchitektin.«

Er erinnerte sich an die elegante Einrichtung ihrer Wohnung, die geschmackvoll aufeinander abgestimmten Farben, die Sammlerstücke. »Innenarchitektin also«, meinte er nachdenklich. »Ich vermute, Sie sind gut.«

»Natürlich. Und Sie?« Sie schenkte ihnen beiden Kaffee nach. »Was machen Sie denn so?«

»Ach, dieses und jenes.« Er langte nach der Sahne, ohne sie aus den Augen zu lassen. »Hauptberuflich bin ich Dieb.«

Die Leichtigkeit, mit der er den Porsche geknackt hatte, fiel ihr wieder ein. »Ich vermute, Sie sind auch gut.«

Darüber mußte er lachen. »Natürlich.«

»Dieses Puzzle, das Sie erwähnten, die Papiere. Werden Sie mir die zeigen?«

»Nein.«

Ihre Augen verengten sich. »Und woher soll ich wissen, ob Sie sie überhaupt haben? Woher soll ich wissen, daß sie auch meinen Zeitaufwand wert sind, ganz zu schweigen von meinem Geld?«

Einen Moment schien er zu überlegen, dann bot er ihr Gelee an. »Wie wär's mit Vertrauen?«

Whitney verteilte eine großzügige Portion Erdbeergelee auf ihrem Toast. »Machen Sie sich nicht lächerlich. Wie sind Sie an diese Papiere gekommen?«

»Ich – ich habe sie sozusagen in meinen Besitz gebracht.«

In ihren Toast beißend, betrachtete sie ihn. »Also gestohlen?«

»Genau.«

»Von den Männern, die hinter Ihnen her sind?«

»Von dem Mann, für den die Typen arbeiten«, berichtigte Doug. »Von Dimitri. Unseligerweise wollte er mich bescheißen, also bin ich ihm zuvorgekommen.«

»Verstehe.« Einen Augenblick lang wurde ihr bewußt, daß sie mit einem Dieb am Frühstückstisch saß, einem Dieb, der im Besitz eines mysteriösen Puzzles war. Doch andererseits hatte sie in ihrem Leben schon weit ungewöhnlichere Dinge getan. »Okay, ich formuliere die Frage anders: Woraus besteht dieses Puzzle?«

Doug war drauf und dran, ihr erneut eine ausweichende Antwort zu geben, doch da sah er den Ausdruck ihrer Augen. Kühle Entschlossenheit lag darin. Besser, er warf ihr einige Brocken hin, zumindest bis er Paß und Visum in Händen hielt. »Es handelt sich um Aufzeichnungen, Dokumente, Briefe, die, wie ich Ihnen schon sagte, zweihundert Jahre alt sind. Diese Papiere enthalten ausreichende Informationen, um mich zu besagtem Topf voll Gold zu führen, von dem sonst niemand weiß, daß er überhaupt existiert.« Plötzlich kam ihm ein neuer Gedanke. Stirnrunzelnd sah er sie an. »Sprechen Sie Französisch?«

»Allerdings«, lächelte sie. »Also ist ein Teil des Puzzles in dieser Sprache abgefaßt?« Als er nicht antwortete, bohrte sie weiter: »Warum weiß sonst niemand von Ihrem Topf voll Gold?«

»Jeder, der davon wußte, ist tot.«

Die Art, wie er das sagte, gefiel ihr ganz und gar nicht, doch sie war nicht gewillt, einen Rückzieher zu machen. »Woher wollen Sie wissen, daß Ihre Papiere echt sind?«

Doug kniff die Augen zusammen. »Das hab' ich im Gefühl.«

»Und wer ist dieser Mann, der es auf Sie abgesehen hat?«

»Dimitri? Ein Geschäftsmann erster Güte – steht allerdings auf der falschen Seite. Er ist gerissen, hinterhältig, klug – so ein Typ, der die lateinische Bezeichnung des Schmetterlings kennt, dem er die Flügel ausreißt. Allein die Tatsache, daß er diese Papiere haben will, beweist, daß sie ein Vermögen wert sind. Ein Vermögen!«

»Ich schätze, das werden wir in Madagaskar herausfinden.« Sie schlug die *New York Times* auf, die Juan mitgebracht hatte. Dougs Beschreibung des Mannes, der hinter ihm her war, beunruhigte sie, und die beste Art, ihre Gedanken von ihm abzulenken, war, sich mit etwas anderem zu befassen. Sie blickte auf die Schlagzeile und hielt den Atem an. »Oh, Scheiße!«

Doug, der hingebungsvoll die letzten Eier vertilgte, reagierte nur mit einem zerstreuten »Hmmm?«

»Jetzt haben wir den Salat!« Whitney erhob sich und warf die geöffnete Zeitung auf seinen Teller.

»He, ich bin noch nicht fertig.« Doch ehe er die Zeitung beiseite schieben konnte, lächelte Whitneys Bild ihn an. Darüber prangte eine fette Schlagzeile:

EISKREMERBIN VERSCHWUNDEN

»Eiskremerbin«, brummte Doug und überflog den Text flüchtig, ehe ihm der Sinn dieses Wortes aufging. »Eiskrem…« Mit offenem Mund ließ er die Zeitung fallen. »MacAllisters Eiskrem? Das sind Sie?«

»Indirekt«, informierte ihn Whitney, die im Raum auf und ab ging, um besser nachdenken zu können. »Die Firma gehört meinem Vater.«

»MacAllisters Eiskrem«, wiederholte Doug. »Das beste Pistazieneis im ganzen Land!«

»Selbstverständlich.«

Erst da wurde ihm klar, daß sie nicht nur eine erfolgreiche Innenarchitektin, sondern die Tochter eines der reichsten Männer des Landes war. Millionenschwer. *Millionen.* Und wenn man ihn mit ihr erwischte, würde man ihn wegen Entführung verknacken, ehe er wußte, wie ihm geschah. Zwanzig Jahre bis lebenslänglich, dachte er. Doug Lord zog wirklich die Schwierigkeiten an wie ein Misthaufen die Fliegen.

»Tja, Süße, das ändert wohl einiges.«

»Allerdings«, murmelte sie. »Jetzt muß ich Daddy benachrichtigen. Oh, und Onkel Maxie ebenfalls informieren.«

»Ja.« Er schob sich eine Gabel voll Ei in den Mund. Besser, er aß auf, solange er noch konnte. »Wieso rechnen Sie nicht aus, was ich Ihnen schulde, und dann …«

»Daddy wird annehmen, daß man Lösegeld fordern wird oder etwas ähnliches.«

»Genau.« Er bediente sich mit dem letzten Toast. Da sie ihn ohnehin für das Frühstück zahlen lassen würde, wollte er es immerhin genießen. »Und ich hege nicht den leisesten Wunsch, von einem Cop erschossen zu werden.«

»Reden Sie keinen Unsinn.« Whitney wischte seinen Einwand beseite, während sie weitere Pläne schmiedete. »Ich werde Daddy schon herumkriegen«, murmelte sie. »Das funktioniert schließlich schon seit Jahren. Ich denke, ich kann ihn dazu überreden, mir Geld zu überweisen, während ich unterwegs bin.«

»Bargeld?«

Sie warf ihm einen langen, abschätzenden Blick zu. »Bei diesem Wort werden Sie munter, was?«

Doug schob den Toast beiseite. »Wissen Sie, Süße, wenn Sie Ihren alten Herrn um den Finger wickeln können, warum sollte ich da Einwände erheben? Plastik ist ja gut und schön, und das Geld, das man damit abheben kann, auch, aber ein größerer Vorrat an diesen grünen Scheinchen würde mich erheblich ruhiger schlafen lassen.«

»Ich werde mich darum kümmern.« Whitney ging zu der Verbindungstür, dann blieb sie stehen. »Sie könnten wirklich eine Dusche und eine Rasur gebrauchen, ehe wir einkaufen gehen, Douglas.«

Er hörte auf, sich das Kinn zu reiben. »Einkaufen?«

»Ich fahre doch nicht mit einer Bluse und einer Hose nach Madagaskar. Und mit Ihnen lasse ich mich nirgendwo sehen, solange Sie in einem Hemd mit abgerissenem Ärmel herumlaufen. Hinsichtlich Ihrer Garderobe müssen wir etwas unternehmen.«

»Ich kann mir meine Hemden selbst aussuchen.«

»Wenn ich mir diese hochelegante Jacke ansehe, kommen mir da einige Zweifel.« Mit diesen Worten schloß Whitney die Tür.

»Das war eine Verkleidung!« brüllte er ihr hinterher, dann stürmte er ins Bad. Dieses verdammte Frauenzimmer mußte doch immer das letzte Wort haben!

Später mußte er zugeben, daß sie einen guten Geschmack hatte. Nach einem zweistündigen Einkaufsbummel war er zwar mit mehr Paketen beladen, als ihm lieb war, doch der Schnitt seines neuen Hemdes ermöglichte es ihm, den bewußten Umschlag wieder unauffällig auf seiner Brust zu befestigen. Außerdem gefiel ihm das weiche, locker fallende

Leinen, genau wie es ihm gefiel, daß sich Whitneys Hüften unter dem dünnen weißen Kleid abzeichneten. Dennoch hielt er es für klüger, sich nicht zu liebenswürdig zu geben.

»Was zum Teufel soll ich in den Wäldern Madagaskars mit einem Anzug?«

Whitney sah ihn an und richtete den Kragen seines Hemdes. Zuerst hatte er sich strikt geweigert, Hellblau zu akzeptieren, doch sie hatte ihm glaubwürdig versichert, daß die Farbe vorzüglich zu ihm passe. Seltsamerweise machte er den Eindruck, als habe er sein Leben lang maßgeschneiderte Anzüge getragen. »Wenn man verreist, sollte man auf alles vorbereitet sein.«

»Ich weiß nicht, welche Strecken wir zu Fuß zurücklegen müssen, Süße – aber das eine sage ich Ihnen: Sie tragen Ihr Gepäck selber.«

Whitney nahm ihre neue Sonnenbrille ab. »Bis zuletzt ein Kavalier.«

»Worauf Sie sich verlassen können.« Bei einem Drugstore blieb er stehen und setzte die Pakete ab. »Ich brauche noch ein paar Kleinigkeiten. Geben Sie mir zwanzig Dollar.« Als Whitney nur die Augenbrauen hob, fluchte er leise. »Was soll das, Whitney, Sie notieren sich doch sowieso jeden Cent. Ohne Geld komme ich mir nackt vor.«

Sie schenkte ihm ein süßes Lächeln und griff in ihre Handtasche. »Heute morgen hat es Sie nicht im geringsten gestört, nackt zu sein.«

Ihre mangelnde Begeisterung beim Anblick seines Körpers fuchste ihn immer noch. Er nahm ihr rasch den Schein aus der Hand. »Da kommen wir später noch mal drauf zurück. Bis gleich in Ihrem Zimmer.«

Sehr zufrieden mit sich kehrte Whitney zum Hotel zurück und durchquerte die Halle. Doug Lord zu ärgern bereitete ihr das größte Vergnügen seit Monaten. Sie nahm die neu erworbene schicke Ledertasche in die andere Hand und drückte auf den Fahrstuhlknopf.

Bislang ließ sich alles bestens an. Ihr Vater war heilfroh, sie in Sicherheit zu wissen und hatte sich kaum darüber aufgeregt, daß sie das Land schon wieder verlassen wollte.

Lachend lehnte sich Whitney gegen die Kabinenwand. In den vergangenen achtundzwanzig Jahren hatte sie ihm einiges Kopfzerbrechen bereitet, doch so war sie nun einmal.

Jedenfalls hatte sie Wahrheit und Erfindung so verknüpft, daß ihr Vater ihre Geschichte glaubte. Mit den tausend Dollar, die er noch am selben Nachmittag an Onkel Maxie schicken wollte, würden Doug und sie in Madagaskar erst einmal auskommen.

Schon der Name zerging ihr auf der Zunge. Madagaskar, sinnierte sie, während sie den Flur entlang zu ihrem Zimmer ging. Exotisch, unbekannt, einzigartig. Orchideen und sattes Grün. Sie wünschte sich brennend, das alles zu sehen, neue Erfahrungen zu machen, ebenso wie sie sich wünschte, Dougs Topf voll Gold möge tatsächlich existieren.

Nicht nach dem Gold als solchem verlangte es sie, dazu war sie zu sehr an Reichtum gewöhnt. Der Gedanke an eine aufregende Suche, an einen möglichen Erfolg lockte stärker. Seltsamerweise verstand sie besser als Doug selbst, daß er die gleichen Gefühle hegte.

Sie würde ihn noch sehr viel besser kennenlernen müssen. Die Art und Weise, wie er mit dem Verkäufer über Schnitt und Material diskutiert hatte, ließ darauf schließen, daß er mit den besseren Dingen des Lebens durchaus vertraut war. In seinem eleganten Leinenhemd konnte er ohne weiteres als Angehöriger der Oberklasse durchgehen – bis man seine Augen sah. Die blickten unruhig, wachsam und hungrig. Und sie nun einmal Partner waren, wollte sie auch herausfinden, warum.

Als sie die Tür aufschloß, kam es ihr in den Sinn, daß sie ein paar Minuten alleine war und daß er vielleicht, nur vielleicht, die Papiere im Zimmer versteckt haben könnte. Schließlich stellte sie das Geld zur Verfügung, sagte sich Whitney, also war es ihr gutes Recht, Bescheid über das zu wissen, was sie finanzierte. Trotzdem bewegte sie sich so leise wie möglich und horchte mit einem Ohr ständig auf Dougs Schritte, als sie die Verbindungstür öffnete. Erschrocken hielt sie den Atem an, preßte eine Hand auf ihr Herz und lachte dann laut.

»Juan, du hast mir vielleicht einen Schrecken eingejagt.« Sie trat ins Zimmer und blickte flüchtig den jungen Kellner an, der an dem immer noch gedeckten Tisch saß. »Wolltest du das Frühstücksgeschirr abräumen?« Seinetwegen brauchte sie ihre Suche nicht abzublasen, dachte sie und begann, Dougs Schrank zu durchstöbern. »Viel los im Hotel, nicht wahr?« fragte sie im Konversationston. »Urlaubszeit. Da kommen die Touristen immer scharenweise.«

Der Schrank war leer. Frustriert musterte sie das Zimmer. Der Nachttisch vielleicht? »Wann kommt denn das Zimmermädchen, Juan? Ich bräuchte noch ein paar frische Handtücher.« Als er sie weiterhin schweigend anstarrte, runzelte Whitney die Stirn. »Du siehst gar nicht gut aus«, meinte sie. »Sie lassen dich hier zu hart arbeiten. Vielleicht solltest du …« Mit einer Hand berührte sie seine Schulter – und langsam sank er vom Stuhl, Blut lief über die Stuhllehne.

Sie wollte schreien, brachte jedoch keinen Ton heraus. Ihre Kehle war wie zugeschnürt. Mit weit aufgerissenen Augen und zitternden Lippen wich sie zurück. Obwohl sie bislang noch nie mit dem Tod direkt in Berührung gekommen war, erkannte sie ihn nur zu gut. Doch noch ehe sie davonlaufen konnte, legte sich eine Hand auf ihren Arm.

»Wen haben wir denn da?«

Der Eindringling hielt ihr eine Pistole unter das Kinn. Tiefe Narben durchzogen sein Gesicht wie ein Spinnennetz, so als habe man ihn mit einer zerbrochenen Flasche bearbeitet. Sein Haar und seine Augen waren so farblos wie Sand. Der Lauf der Waffe fühlte sich auf ihrer Haut eiskalt an. Grinsend ließ er die Pistole an ihrem Hals hinuntergleiten.

»Wo ist Lord?«

Whitney starrte auf den zusammengekrümmten Körper zu ihren Füßen. Rote Flecken leuchteten auf dem blütenweißen Rücken seiner Jacke. Juan würde ihr weder helfen können, noch würde er jemals die zwanzig Dollar ausgeben, die sie ihm erst vor ein paar Stunden zugesteckt hatte. Und wenn sie nicht sehr, sehr vorsichtig war, stand ihr dasselbe Schicksal bevor.

»Ich habe gefragt, wo Lord ist.« Die Waffe drückte härter gegen ihr Kinn.

»Ich habe ihn abgehängt«, erwiderte sie. Ihre Gedanken überschlugen sich. »Jetzt bin ich zurückgekommen, um die Papiere zu suchen.«

»Wolltest wohl deinen eigenen Schnitt machen?« Der Mann spielte mit ihren Haarspitzen. Whitneys Magen begann zu rebellieren. »Kluges Köpfchen.« Er packte so fest ihr Haar, daß ihr Kopf nach hinten flog. »Wann kommt er zurück?«

»Ich weiß es nicht.« Vor Schmerz aufstöhnend, bemühte sie sich, einen klaren Kopf zu behalten. »In einer Viertelstunde, vielleicht einer halben.« Oder jeden Moment, dachte sie verzweifelt. Jeden Moment konnte er hier hereinspazieren, und das wäre das Ende für sie beide. Erneut blickte sie auf den Leichnam des jungen Kellners, und ihre Augen füllten sich mit Tränen. Whitney schluckte ein paarmal. Tränen durfte sie sich nicht erlauben. »Warum haben Sie Juan getötet?«

»Er war zur falschen Zeit am falschen Ort«, grinste ihr Gegner. »Wie du, meine Hübsche.«

»Hören Sie ...« Es fiel ihr leicht, gedämpft zu reden. Wenn sie lauter spräche, würden ihre Zähne klappern. »Ich bin Lord zu nichts verpflichtet. Wenn Sie und ich diese Papiere finden könnten, dann ...« Sie ließ den Satz unbeendet und fuhr einladend mit der Zunge über ihre Lippen, worauf sein Blick gierig über ihren Körper wanderte.

»Kleine Titten«, murmelte er verächtlich, dann trat er einen Schritt zurück und fuchtelte mit seiner Waffe. »Zeig mal, was du sonst noch zu bieten hast.«

Whitney spielte mit dem obersten Knopf ihrer Bluse. Für einen Moment hatte sie ihn zwar davon abgebracht, sie zu töten, aber die Alternative ... Sie wich ein Stück zurück, während sie den nächsten Knopf öffnete, und stieß mit der Hüfte gegen den Tisch. Wie um sich abzustützen, legte sie eine Hand auf die Tischplatte, ohne den Blick von ihm abzuwenden. Ihre Fingerspitzen trafen auf etwas Hartes.

»Vielleicht sollten Sie mir helfen«, flüsterte sie, um ein verführerisches Lächeln bemüht.

Er neigte zustimmend den Kopf und schob die Waffe in seine Jackentasche. »Gute Idee.« Langsam fuhren seine Hände ihren Körper entlang. Whitney packte die Gabel und stieß sie ihm in den Hals.

Blutend und vor Schmerz quiekend sprang er zurück. Als er nach dem Griff tastete, hob Whitney ihre Ledertasche und schwang sie mit aller Kraft gegen seinen Kopf. Ohne sich zu vergewissern, wie tief sie die Zinken in seinen Hals getrieben hatte, rannte sie los.

Nach einem kurzen Flirt mit dem Mädchen an der Rezeption durchquerte Doug in bester Laune die Halle, und Whitney prallte in vollem Lauf mit ihm zusammen.

Er sammelte seine Pakete auf. »Was zum Teufel ...«

»Weg hier!« schrie sie, und ohne abzuwarten, ob er ihren Rat befolgte, stürmte sie aus dem Hotel.

Fluchend rannte er neben ihr her. »Was ist denn los?«

»Sie haben uns gefunden.«

Doug spähte über seine Schulter und sah Remo mit zwei anderen gerade aus dem Hotel kommen. »Scheiße«, knurrte er, packte Whitney am Arm und zog sie durch die nächstbeste Tür. Leise Harfenmusik und ein steifnackiger Oberkellner begrüßten sie.

»Haben die Herrschaften reserviert?«

»Wir sind mit Freunden verabredet«, erklärte Doug, wobei er Whitney einen leichten Rippenstoß versetzte.

»Ja, ich hoffe, wir sind nicht zu früh dran.« Suchend blickte sie sich im Lokal um. »Ich hasse es, zu früh zu kommen. Ach, da ist Marjorie ja. Du lieber Himmel, hat die zugenommen.« Whitney beugte sich zu Doug hinüber. »Gott, was für ein scheußliches Kleid. Aber mach ihr trotzdem ein Kompliment, Rodney.«

Unauffällig bewegten sie sich an den Kellnern vorbei auf die Küche zu. »Rodney?« beklagte Doug sich leise.

»Ist mir gerade so eingefallen.«

»Hier.« Ihm war eine Idee gekommen. Er verstaute Pakete und Tüten in Whitneys Tasche und hängte sie sich über die Schulter. »Überlassen Sie das Reden mir.«

In der Küche mußten sie sich an riesigen Herden und vollgestopften Regalen vorbeischlängeln. So rasch wie nur möglich ging Doug auf die Hintertür zu. Ein Klotz von einem Mann, angetan mit einer weißen Schürze, stellte sich ihm in den Weg.

»Gäste haben keinen Zutritt zum Küchenbereich.«

Doug schaute zu ihm empor. Bloß keine gewalttätige Auseinandersetzung. Lieber den Verstand benutzen. »Moment, Moment«, erwiderte er geschäftig und hob den Deckel des brodelnden Topfes zu seiner Rechten. »Sheila, das riecht einfach köstlich. Superb. Dafür geben wir vier Sterne.«

Whitney ging auf das Spiel ein, zückte ihr Notizbuch und kritzelte etwas hinein. »Vier Sterne«, wiederholte sie.

Doug griff nach der Kelle, hielt sie unter seine Nase und schnüffelte genüßlich. »Hmmm.« Der Laut klang so überzeugend, daß Whitney ein Kichern unterdrücken mußte. »*Poisson Veronique*. Wunderbar, wirklich wunderbar. Nun, ich denke, wir können dieses Lokal ohne Bedenken mit an die Spitze setzen. Sie heißen?« fragte er den Küchenchef.

Der bullige Mann lächelte dümmlich. »Henri.«

»Henri«, wiederholte Doug, wobei er Whitney ein Zeichen gab. »Sie werden innerhalb von zehn Tagen benachrichtigt. Komm, Sheila, trödel nicht. Wir haben noch mehr zu tun.«

»Ich drücke Ihnen die Daumen«, meinte Whitney zu Henri, als sie zur Hintertür hinausgingen.

»Okay.« Draußen auf der Straße nahm Doug ihren Arm. »Remo ist nur halb so dumm, wie er aussieht, also haben wir keine Zeit zu verlieren. Wie kommen wir zu Onkel Maxie?«

»Er wohnt in Roslyn.«

»Gut, dann nehmen wir ein Taxi.« Doug setzte sich in Bewegung, doch dann drückte er Whitney plötzlich so fest gegen die Mauer, daß sie nach Luft rang. »Verdammt, da sind sie schon.« Sie würden in dieser Straße nicht mehr lange sicher sein. Seiner Erfahrung nach war man auf Straßen niemals lange sicher. »Wir müssen zurück, das heißt, wir müssen über ein paar Mauern klettern. Bleiben Sie dicht hinter mir.«

Das Bild Juans stand ihr immer noch vor Augen. »In Ordnung.«

»Los!«

Sie liefen geradeaus und schwenkten dann nach rechts. Whitney mußte auf eine Kiste klettern, um über die Hinterhofmauer zu kommen, und ihre Beinmuskeln begannen zu schmerzen. Verbissen lief sie weiter. Wenn er ein bestimmtes Ziel hatte, so konnte sie das jedenfalls nicht erkennen. Er rannte kreuz und quer durch die Straßen und sprang über Gartenmauern, bis ihre Lungen vor Anstrengung brannten; außerdem behinderte der wehende Rock ihres Kleides sie sehr. Passanten blieben stehen und sahen ihnen erstaunt nach, was in New York niemand getan hätte.

Doug schien ständig mit einem Auge über seine Schulter zurückzublicken. Als er sie in eine U-Bahn-Station zerrte, mußte sie sich mit der Hand am Geländer festhalten, um nicht kopfüber die Treppe hinunterzustürzen.

»Blaue Linien, rote Linien«, brummte er. »Was soll das Durcheinander bedeuten?«

»Weiß ich nicht«, keuchte sie atemlos. »Ich bin noch nie mit der U-Bahn gefahren.«

»Dann tun Sie's jetzt zum ersten Mal. Die rote«, verkündete er und nahm sie wieder bei der Hand. Sie hatten ihre Verfolger noch längst nicht abgeschüttelt. Doug konnte sie förmlich riechen. Fünf Minuten, dachte er. Nur fünf Minuten Vorsprung, und sie säßen in einem dieser schnellen Züge und könnten mehr Zeit gewinnen.

Der Bahnsteig war voller Leute, die in einem halben Dutzend verschiedener Sprachen durcheinanderredeten. Je mehr, desto besser, entschied er, als er sich einen Weg durch die Menge bahnte. Vorsichtig blickte er sich um und sah fünf Meter hinter sich Remo, der einen Verband um den Kopf trug. Kompliment, Whitney MacAllister, dachte Doug, der sich ein Grinsen nicht verkneifen konnte. Er schuldete ihr etwas. Zumindest dafür schuldete er ihr etwas.

Jetzt hing alles vom richtigen Timing ab. Rasch schob er Whitney in den Zug. Timing und etwas Glück. Entweder war das Glück auf ihrer Seite, oder nicht. Eingekeilt zwischen

Whitney und einer mit einem Sari bekleideten Inderin beobachtete Doug, wie sich Remo durch die Menge kämpfte.

Als die Türen sich schlossen, winkte er dem fluchenden Mann auf dem Bahnsteig hämisch zu. »Suchen wir uns einen Sitzplatz«, schlug er Whitney vor. »Es geht doch nichts über öffentliche Verkehrsmittel.«

Wortlos folgte sie ihm durch den Wagen, und ebenso wortlos ließ sie sich auf einen freien Platz sinken. Doug war zu sehr mit sich selbst beschäftigt, um davon Notiz zu nehmen. Schließlich grinste er sein Spiegelbild im Fenster an.

»Nun, dieser Hundesohn hat uns zwar entdeckt, aber es dürfte ihm schwerfallen, Dimitri zu erklären, warum er uns wieder verloren hat.« Zufrieden legte er einen Arm auf die Rückenlehne des orangefarbenen Sitzes. »Wie haben Sie die drei eigentlich entdeckt?« fragte er geistesabwesend, schon dabei, den nächsten Schritt zu planen. Geld, Paß und dann zum Flughafen, in genau dieser Reihenfolge, obwohl er vorher noch einen kleinen Abstecher in die Bücherei machen mußte. Sollten Dimitri und seine Bluthunde in Madagaskar auftauchen, würde er sie eben erneut abhängen. »Sie haben scharfe Augen, Süße«, meinte er. »Wir hätten ziemlich alt ausgesehen, wenn uns dieses Empfangskomitee im Hotel begegnet wäre.«

Überlebenswille hatte sie aufrecht gehalten, sie angetrieben, bis sie sich ausruhen konnte. Erschöpft wandte Whitney sich um und starrte ihn an. »Sie haben Juan umgebracht.«

»Wie bitte?« Erst jetzt fiel ihm auf, daß alles Blut aus ihrem Gesicht gewichen war. »Juan?« Doug zog sie an sich und senkte die Stimme zu einem Flüstern. »Den Kellner? Wovon reden Sie überhaupt?«

»Als ich zurückkam, lag er tot in Ihrem Zimmer. Ein Mann wartete dort.«

»Ein Mann? Wie sah er aus?«

»Er hatte sandfarbene Augen. Auf seiner Wange war eine Narbe, eine tiefe, lange Narbe.«

»Butrain«, murmelte Doug. Einer von Dimitris Folterknechten. Sein Griff verstärkte sich. »Hat er Sie verletzt?«

Ihr Blick konzentrierte sich auf ihn. »Ich glaube, ich habe ihn umgebracht.«

»Was?« Fassungslos starrte er in das hübsche Gesicht. »Sie haben Butrain getötet? Wie?«

»Mit einer Gabel.«

»Sie …« Doug brach ab und versuchte, das Gehörte zu verarbeiten. Hätte sie ihn nicht mit riesigen, dunklen Augen angeblickt und wäre ihre Hand nicht kalt wie Eis gewesen, er hätte schallend gelacht. »Sie wollen mir weismachen, daß Sie einen von Dimitris Handlangern mit einer Gabel erledigt haben?«

»Ich hab' ihm anschließend nicht den Puls gefühlt!« Der Zug näherte sich der nächsten Station, und Whitney, der es nicht möglich war, still sitzenzubleiben, sprang auf und drängelte sich hinaus. Fluchend folgte Doug ihr auf den Bahnsteig.

»Schon gut. Jetzt erzählen Sie mir mal ganz genau alles, was passiert ist.«

»Alles?« Plötzlich wütend drehte sie sich zu ihm um. »Sie wollen alles hören? Die ganze blutige Geschichte? Ich bin ins Zimmer gekommen – Juan saß auf einem Stuhl, ich stieß ihn an –, und da lag dieser arme, harmlose Junge in seinem Blut. Dann hat irgendein Scheißkerl mit einem Gesicht wie eine Landkarte mir eine Pistole an den Hals gehalten.«

Ihre Stimme war so laut geworden, daß sich einige Passanten nach ihr umdrehten und sie anstarrten.

»Ruhig bleiben«, knurrte Doug und zog sie zu einem anderen Zug. Sie würden einfach weiterfahren, egal wohin, bis sie sich wieder beruhigt hatte und bis er wußte, was nun zu tun war.

»Ach, seien Sie lieber selber ruhig«, gab Whitney böse zurück. »Immerhin haben Sie mich da reingeritten.«

»Süße, Sie können sich jederzeit verabschieden.«

»Tatsächlich? Und mir von jemanden, der hinter Ihren verdammten Papieren her ist, den Hals aufschlitzen lassen?«

Darauf hatte er keine Antwort, also drückte er sie in eine Ecke und quetschte sich daneben. »Okay, Sie wollen also bei mir bleiben«, sagte er ärgerlich. »Aber wissen Sie was? Ihr Gejammer geht mir auf die Nerven.«

»Ich jammere nicht.« Ihre Augen füllen sich plötzlich mit Tränen. »Der Junge ist tot!«

Sein Ärger wich Schuldgefühlen. Da er nicht wußte, wie er sich verhalten sollte, legte er ungeschickt einen Arm um sie. Er war es nicht gewöhnt, Frauen zu trösten. »Machen Sie sich keine Vorwürfe. Es war nicht Ihre Schuld.«

Erschöpft ließ sie den Kopf auf seine Schulter sinken. »Ist das Ihre Lebenseinstellung, Doug? Handeln Sie immer so verantwortungslos?«

Seine Finger strichen durch ihr Haar. »Ja.«

Sie verfielen in Schweigen, und beide fragten sich, ob diese Antwort der Wahrheit entsprach.

3

Sie mußte darüber hinwegkommen. Doug rutschte unruhig auf seinem Sitz hin und her und wünschte, er könnte ihr helfen, die Trauer abzuschütteln. Bislang hatte er sich immer eingebildet, reiche Frauen zu durchschauen, schließlich verfügte er über einige Erfahrung auf diesem Gebiet. Allerdings, so gab er ehrlich zu, hatte er auch einige Male draufgezahlt. Sein Problem bestand darin, daß er sich unweigerlich wenigstens ein klein wenig in jede Frau verliebte, mit der er mehr als zwei Stunden verbrachte. Sie waren alle so, nun ja – so feminin. Doch die Erfahrung hatte ihn gelehrt, daß Frauen, die über ein dickes Bankkonto verfügten, für gewöhnlich ein Herz aus purem Plastik besaßen. War man bereit, seine materiellen Ziele zugunsten einer echten Beziehung aufzugeben, ließen sie einen fallen.

Gleichgültigkeit. Das war es, woran fast alle reichen Leute krankten. Die Art von Gleichgültigkeit, die sie dazu befähigte, andere Menschen zu zertreten, etwa wie ein Kind einen Käfer zertritt. Andererseits konnten reiche Frauen einem viele Türen öffnen. Sicher, es gab charakterliche Unterschiede, aber generell konnte man alle in bestimmte Kategorien einordnen. Gelangweilt, übersättigt, gefühlskalt – oder schlichtweg dumm. Doch Whitney schien in keine dieser Schubladen zu passen. Wieviele dieser Frauen hätten sich schon an den Namen eines Kellners erinnert, geschweige denn um ihn getrauert?

Sie waren auf dem Weg nach Paris. Doug hoffte nur, daß dieses Ablenkungsmanöver Dimitri von ihrer Fährte abbrachte. Wenn der Umweg ihnen einen Tag Vorsprung verschaffte, dann war er die Sache wert. Wie jeder in diesem Geschäft wußte Doug nur zu gut, wie Dimitri mit Leuten zu verfahren pflegte, die ihn hintergangen hatten. Als traditionsbewußter Mann bevorzugte Dimitri traditionelle Methoden. Nero zum

Beispiel hätte seine Vorliebe für langsame, erfindungsreiche Torturen zu schätzen gewußt. Das Gerücht besagte, daß es auf Dimitris Landsitz in Connecticut einen ganz speziellen Keller gab; vollgestopft mit Antiquitäten – Relikte der spanischen Inquisition. Auch munkelte man von einem erstklassig eingerichteten Filmstudio. Dimitri stand in dem Ruf, seine Grausamkeiten auf Zelluloid zu bannen. Doug hatte weder die Absicht, eines Tages die Hauptrolle in einem derartigen Machwerk zu übernehmen, noch glaubte er an den Mythos von Dimitris gottähnlicher Macht. Er war auch nur ein Mensch, ein Mann aus Fleisch und Blut. Doch sogar hoch über den Wolken beschlich Doug das unbehagliche Gefühl, man habe ihm die Rolle der Fliege, die von der Spinne in ihr Heim eingeladen wird, zugedacht.

Ein weiterer Drink würde helfen, diesen Gedanken zu vertreiben. Ein Schritt nach dem anderen, so wollte er vorgehen – und auf diese Weise überleben.

Hätte er mehr Zeit zur Verfügung, dachte Doug, dann könnte er mit Whitney für einige Tage im Hotel de Crillon wohnen. Immer, wenn er sich in Paris aufhielt, übernachtete er dort. In manchen Städten mietete er nur ein Motelzimmer, in anderen übernachtete er nie. Aber Paris! Paris brachte ihm meistens Glück.

Er hatte es sich zur Gewohnheit gemacht, zweimal jährlich nach Paris zu reisen, und zwar einzig und allein der Küche wegen. Doug war der festen Überzeugung, daß niemand besser kochte als die Franzosen – oder in Frankreich ausgebildete Köche. Deswegen hatte er sich auch eingehend mit der französischen Küche befaßt, ohne allerdings großes Aufheben darum zu machen. Wenn es sich herumspräche, daß er sich, mit einer Schürze bekleidet, in der Küche betätigte, dann würde er bald als Waschlappen gelten – was sich in seinem Beruf als nachteilig erweisen könnte und ihn außerdem in Verlegenheit brächte. Also hatte er diese kulinarischen Trips nach Paris stets unter dem Vorwand unternommen, geschäftlich unterwegs zu sein.

Vor einigen Jahren hatte er sich im Hotel de Crillon eine Woche lang aufgehalten, den reichen Playboy gemimt und in dieser Maske die Zimmer der wohlhabenden Gäste ausgeräumt. Doug erinnerte sich, daß er damals ein wertvolles Saphircollier in seinen Besitz gebracht hatte und somit in der Lage gewesen war, seine Hotelrechnung bis auf den letzten Franc zu begleichen. Man konnte nie wissen, ob man nicht eines Tages zurückkommen würde.

Doch diesmal blieb keine Zeit für eine Auffrischung seiner Kochkünste oder für ein kleines Gaunerstückchen. Bis das Spiel vorüber war, würde er sich nie lange an einem Ort aufhalten können. Eigentlich liebte er das Tempo, die Jagd. Der Reiz lag eher im Spiel selber, nicht im Erreichen des Zieles, das hatte Doug nach seinem ersten größeren Job festgestellt. Die Spannung des Planens, der Nervenkitzel der Durchführung und die überwältigende Erregung, die sich einstellte, wenn der Plan erfolgreich durchgeführt wurde, darauf kam es an. Danach war der Job erledigt, und man sah sich nach dem nächsten um. Und nach noch einem.

Wenn er auf seinen Tutor an der High-School gehört hätte, wäre er heute möglicherweise ein erfolgreicher Anwalt. Die Voraussetzungen dafür brachte er mit: einen scharfen Verstand und eine beachtliche Redegabe. Doug nippte an seinem Scotch. Gottlob hatte er nicht auf seinen Tutor gehört.

Man stelle sich das vor: Douglas Lord, Rechtsanwalt. Ein mit Akten überladener Schreibtisch und dreimal pro Woche eine Verabredung zum Mittagessen. Konnte man so leben? Doug überflog eine weitere Seite des Buches, das er vor ihrer Abreise aus einer Washingtoner Bücherei hatte mitgehen lassen. Nein, ein Beruf, der einen Menschen ans Büro fesselte, fraß ihn letztendlich auf. Da nutzte er seine Geistesgaben doch lieber für eine befriedigendere Tätigkeit.

Das Buch handelte von Madagaskar, seiner Topographie, seiner Geschichte und Kultur. Es enthielt alles, was er wissen mußte, und in seinem Koffer lagen neben einer Pistole und einer Patronenschachtel noch zwei weitere Bücher, mit denen er sich später befassen würde. Der Text des einen brachte detaillierte Angaben über verschwundene Juwelen, der andere Band bot eine ausführliche Zusammenfassung der Französischen Revolution, so daß er sich mit Hilfe dieser Bücher ein ungefähres Bild von dem Schatz machen konnte. Wenn die Angaben in seinen Papieren den Tatsachen entsprachen, dann würde die gute Marie Antoinette mit ihrer Verschwendungssucht und ihrem Hang zu Intrigen ihm zu einem vorzeitigen Ruhestand verhelfen. Der Spiegel von Portugal, der Blaue Diamant, der Sancy-Brillant – sage und schreibe vierundfünfzig Karat! Am französischen Königshof hatte man schon immer guten Geschmack bewiesen, und die gute alte Marie bildete da keine Ausnahme. Zum Glück! Und dann waren da noch die Aristokraten, aus ihrem Land vertrieben, die die Kronjuwelen unter Einsatz ihres Lebens verteidigt und verborgen gehalten hatten; in der Hoffnung, die königliche Familie würde eines Tages wieder an die Macht kommen ...

Den Sancy würde er in Madagaskar nicht finden. Doug hatte seine Hausaufgaben gemacht und wußte daher, daß sich der Stein heute im Besitz der Astors befand. Aber es gab noch unzählige andere Möglichkeiten. Der Spiegel und der Blaue waren nie wieder aufgetaucht, genau wie viele andere bekannte Steine. Das Geheimnis des Diamanthalsbandes – der Tropfen, der das Faß schließlich zum Überlaufen gebracht hatte – blieb ein sagenumwobener Mythos, eine Mischung aus Theorie und Spekulation. Was war letztendlich aus dem Halsband geworden, das im Endeffekt dafür gesorgt hatte, daß Marie den Hals verlor, den es schmücken sollte?

Doug glaubte fest an Schicksal, an Vorbestimmung und sein Glück. Bald würde er knietief in Glitzersteinchen – königlichen Glitzersteinchen – waten. Und Dimitri hätte das Nachsehen.

In der Zwischenzeit wollte er sich alles Wissenswerte über Madagaskar einprägen. Diesmal operierte er weit außerhalb seines üblichen Reviers – genau wie Dimitri auch. Doch Doug war stolz darauf, seinem Gegner in einem Punkt überlegen zu sein: Seine Maxime war, sich auf jede Eventualität vorzubereiten. Er speicherte jede Einzelheit in seinem Gedächtnis, um sich auf der kleinen Insel im Indischen Ozean genauso mühelos zurechtfinden zu können wie in Manhattan. Das konnte sich später als seine Rettung erweisen.

Zufrieden legte Doug das Buch beiseite. Sie waren bereits seit zwei Stunden in der Luft; höchste Zeit, daß Whitney ihr Schweigen brach.

»Okay, jetzt reicht's.«

Sie drehte sich um und musterte ihn mit einem langen, unbeteiligten Blick. »Wie bitte?«

Gut pariert, dachte Doug. Diese eiskalte Art, die so typisch für Frauen mit Geld und Schneid war. Whitney verfügte darüber. »Ich sagte, jetzt reicht's. Ich kann schmollende Weiber nicht ausstehen.«

»Schmollende Weiber?«

Befriedigt registrierte er, daß ihre Augen sich zu schmalen Schlitzen verengt hatten und daß sie die Worte ärgerlich herauszischte. Je wütender sie wurde, desto schneller würde sie sich aus ihrem apathischen Zustand befreien. »Genau. Ich bin zwar kein großer Freund von Frauen, die ohne Punkt und Komma schnattern, aber ein gewisses Maß an Unterhaltung muß schon sein.«

»Finden Sie? Wie schön, daß Sie so klare Ansprüche stellen.« Erbost nahm sie sich eine Zigarette aus dem Päckchen, das er auf die Armlehne gelegt hatte, und zündete sie an. Er hätte nie gedacht, daß eine solche Geste dermaßen hochmütig wirken könnte.

»Zeit für Lektion Eins, Herzchen.«

Mit voller Absicht blies sie ihm den Rauch ins Gesicht. »Ich bin ganz Ohr.«

Da er ihren Kummer erkannte, wartete Doug noch einen Moment. Dann sagte er leise und entschieden: »Es ist ein Spiel. Ein Spiel, bei dem der Bessere gewinnt. Sie kennen doch das alte Sprichwort: Wo gehobelt wird, da fallen Späne?«

Sie starrte ihn fassungslos an. »Betrachten Sie Juan als – Span?«

»Er war zur falschen Zeit am falschen Ort«, erwiderte Doug, sich unbewußt der Worte Butrains bedienend. Doch Whitney hörte noch etwas anderes heraus. Bedauern? Reue? Obgleich sie es nicht genau wußte, klammerte sie sich an diesen Gedanken. »Wir können Geschehenes nicht ungeschehen machen, Whitney. Aber wir geben nicht auf.«

Sie griff nach ihrem bislang unberührten Drink. »Das ist wohl Ihr Motto, wie? Niemals aufgeben.«

»Ich will gewinnen, das ist es. Wenn man gewinnen will, darf man nicht zu oft zurückschauen. Sich mit Selbstvorwürfen zu quälen bringt nichts. Wir sind Dimitri einen, vielleicht zwei Schritte voraus. Und so muß es auch bleiben. In dem Moment, wo er uns einholt, sind wir tot.« Während er sprach, legte er eine Hand über die ihre, nicht, um sie zu trösten, sondern um sich zu vergewissern, daß ihre Hand nicht zitterte. »Wenn Ihnen alles zuviel wird, sollten Sie darüber nachdenken, rechtzeitig auszusteigen. Wir haben einen verdammt langen Weg vor uns.«

Sie würde nicht aussteigen, ihr Stolz verbot das. Bisher hatte sie immer alles bis zum bitteren Ende durchgefochten. Doch wie stand es um ihn? fragte sich Whitney. Welche Kraft trieb Douglas Lord an? »Warum tun Sie das?«

Ihm gefiel das neugierige Glitzern in ihren Augen. Die erste Hürde hatte sie zum Glück überwunden. »Wissen Sie, Whitney, ich liebe die Herausforderung. Je riskanter das Spiel, desto befriedigender ist der Sieg.« Grinsend stieß er eine Rauchwolke aus. »Darin liegt der Reiz.«

Whitney sank in den Sitz zurück, schloß die Augen und schwieg so lange, daß Doug dachte, sie sei eingedöst. Statt dessen rekapitulierte sie jedoch die Ereignisse der letzten Stunden, Schritt für Schritt. »Das Restaurant«, meinte sie dann. »Wie haben Sie das hingekriegt?«

»Welches Restaurant?« Er war in eine Beschreibung der verschiedenen Volksstämme Madagaskars versunken und blickte nicht einmal auf.

»In Washington, als wir mitten durch die Küche gerannt sind und dieser Muskelprotz in Weiß Ihnen den Weg verstellt hat.«

»Man sagt das Erstbeste, was einem in den Sinn kommt«, erläuterte Doug obenhin. »Meistens funktioniert das.«

»Es geht nicht nur darum, was Sie gesagt haben.« Unzufrieden beugte sich Whitney vor. »Von einer Minute zur anderen verwandeln Sie sich von einem durch die Straßen gehetzten Mann in einen Schnösel von Restaurantkritiker und finden auch sofort die richtigen Worte.«

»Baby, was meinen Sie, wozu Sie fähig sind, wenn Ihr Leben auf dem Spiel steht.« Er hob den Kopf und lächelte. »Sie müssen nur wollen, dann können Sie alles erreichen. Normalerweise gehe ich bei meinen Jobs ja anders vor. Ich überlege, ob ich ein Haus durch die Vorder- oder die Hintertür betrete.«

Interessiert bedeutete sie der Stewardess, ihnen zwei frische Drinks zu bringen. »Das müssen Sie mir erklären.«

»Okay, nehmen wir mal Kalifornien. Beverly Hills.«

»Nur das nicht.«

Ohne sie zu beachten, begann Doug zu dozieren. »Erst einmal müssen Sie sich entscheiden, welche dieser Nobelvillen Sie ins Visier nehmen wollen. Ein paar diskrete Erkundigungen, ein bißchen Beinarbeit, dann treffen Sie Ihre Wahl. Was nun? Vorder- oder Hintereingang? Hier folge ich meistens meinem Instinkt. Gewöhnlich kommt man leichter durch den Haupteingang.«

»Wieso?«

»Der Geldadel verlangt nur von Dienstboten Referenzen, nicht aber von Gästen. Ein gewisser Einsatz, ein paar tausend vielleicht, ist notwendig. Checken Sie im Wiltshire Royal ein, mieten Sie sich einen Mercedes, erwähnen Sie ein paar Namen – natürlich nur von Leuten, die gerade nicht in der Stadt sind. Werden Sie auf die erste Party eingeladen, dann haben Sie's geschafft.« Mit einem Stoßseufzer nahm Doug einen Schluck von seinem Drink. »Junge, in Beverly Hills trägt man sein Bankkonto gerne um den Hals.«

»Und Sie marschieren da einfach so rein und räumen ab?«

»Mehr oder weniger. Wichtig ist vor allem, nicht zu habgierig zu werden – und sich vorher zu informieren, wer echte Steine trägt und wer gefärbtes Glas. In Kalifornien gibt es viel Schund. Doch grundsätzlich muß man ein guter Schauspieler sein, sich anpassen können. Die Reichen dieser Welt verlassen sich auf das, was sie gewohnt sind, allzuviel Phantasie haben sie meist nicht.«

»Vielen Dank.«

»Achten Sie darauf, sich angemessen zu kleiden und an den richtigen Orten gesehen zu werden – mit den richtigen Leuten, versteht sich – und niemand wird Ihre Herkunft in Frage stellen. Das letzte Mal, als ich mit dieser Masche gereist bin, kam ich mit dreitausend Dollar im Wilshire an. Mit dreißigtausend habe ich es wieder verlassen. Mir gefällt Kalifornien.«

»Klingt, als könnten Sie nicht so ohne weiteres zurück.«

»Oh, ich war inzwischen wieder da. Mit gefärbtem Haar, einem kleinen Schnurrbart und in Jeans. So habe ich die Rosen von Cassie Lawrence beschnitten.«

»Cassie Lawrence? Diese Piranhalady in der Maske eines Kunstmäzens?«

»Eine zutreffende Beschreibung. Sie kennen sich?«

»Leider. Wieviel haben Sie ihr abgenommen?«

Aus dem Tonfall schloß Doug, daß Whitney hocherfreut wäre, wenn er die Dame um einiges erleichtert hätte. Allerdings hatte er nicht die Absicht, ihr zu erzählen, daß Cassie besonderen Gefallen daran gefunden hatte, ihn zu beobachten, wenn er mit nacktem Oberkörper ihre Azaleen goß. Sie hatte ihn im Bett beinahe aufgefressen. Zum Dank war er mit einem ziselierten Rubincollier und einem Paar Diamantohrringen in der Größe von Tischtennisbällen verschwunden.

»Genug«, antwortete er nach einer Weile. »Ich nehme an, Sie mögen die Lady nicht?«

»Sie hat keine Klasse.« Das kam von einer Frau, der man bestimmt keinen Mangel an Klasse nachsagen konnte. »Haben Sie mit ihr geschlafen?«

Er verschluckte sich an seinem Drink. Hustend stellte er das Glas beiseite. »Ich glaube kaum, daß …«

»Also ja.« Etwas enttäuscht studierte Whitney ihn. »Seltsam, ich sehe keine Narben in Ihrem Gesicht.« Nachdenklich hielt sie inne. »Finden Sie diesen Teil ihres Jobs nicht entwürdigend?«

Für diese Frage hätte er sie ohne mit der Wimper zu zucken erwürgen können. Sicher, ab und zu schlief er mit einem seiner Opfer und genoß es auch noch, wobei er peinlich darauf achtete, daß auch die Frau Freude daran hatte. Aber generell fand er es demütigend, Sex als Mittel zum Zweck einsetzen zu müssen. »Job ist Job«, entgegnete er daher schroff. »Sie können mir doch nicht erzählen, daß Sie noch nie mit einem Klienten geschlafen haben.«

Whitney hob amüsiert eine Augenbraue. »Ich schlafe, mit wem ich will«, erklärte sie in einem Tonfall, der besagte, daß sie in diesem Punkt sehr wählerisch war.

»Einige von uns können sich's nicht aussuchen.« Doug vergrub die Nase in seinem Buch und verfiel in Schweigen.

Er würde sich von ihr keine Schuldgefühle einimpfen lassen. Schuldgefühle versuchte er nach Kräften zu vermeiden. In dem Moment, wo man sich selbst eine Schuld eingestand, war man erledigt.

Komisch, es schien sie überhaupt nicht zu stören, daß er seinen Lebensunterhalt mit Stehlen verdiente. Es störte sie auch nicht, daß seine Opfer meistens aus ihren Kreisen stammten. Sie hatte keine Miene verzogen, obwohl es mehr als wahrscheinlich war, daß er auch einige ihrer Freunde ausgenommen hatte. Es interessierte sie einfach nicht.

Was für ein Typ Frau war sie nur? Er glaubte, ihren Hunger nach Abenteuern, nach Aufregung zu verstehen, sein Leben bestand schließlich aus wenig anderem. Doch ihre kühle Verhaltensweise wollte nicht recht ins Bild passen.

Nein, die Tatsache, daß er ein Dieb war, hatte sie vollkommen unbeteiligt gelassen, doch in ihren Augen war leiser Hohn und, ja, verdammt, Mitleid zu lesen gewesen, als sie herausfand, daß er wegen einer Handvoll Steinchen mit einem der weiblichen Haie der West Coast ins Bett gegangen war.

Und wohin hatte ihn das Resultat dieser Aktion gebracht? Als Doug zurückdachte, fiel ihm ein, daß er die gestohlenen Steine innerhalb von vierundzwanzig Stunden versetzt hatte und nach der üblichen Feilscherei nach Puerto Rico geflogen war, wo er bis auf zweitausend Dollar seine gesamte Barschaft im Kasino verspielte. Was hatte der Coup ihm gebracht? fragte er sich erneut, dann grinste er. Auf jeden Fall ein unvergeßliches Wochenende.

Das Geld rann ihm nun einmal durch die Finger. Immer gab es ein neues Spiel, eine todsichere Sache oder eine rehäugige Frau mit traurigem Schicksal und sanfter Stimme. Trotzdem betrachtete Doug sich nicht als Einfaltspinsel. Er war ein Optimist, schon immer gewesen, und auch fünfzehn Jahre im Geschäft hatten diese Einstellung nicht geändert. Ansonsten hätte er sich ebensogut als Anwalt niederlassen können.

Mehrere hunderttausend Dollar waren durch seine Hände gegangen. Doch diesmal würde er anders handeln. Egal wie oft er sich das schon geschworen hatte, diesmal würde er seinem Vorsatz treu bleiben. Wenn der Schatz nur halb so wertvoll war, wie die Papiere vermuten ließen, dann hätte er ausgesorgt, würde nie wieder arbeiten müssen – bis auf einen kleineren Job dann und wann, nur um in Form zu bleiben.

Er würde sich eine Jacht zulegen und von Hafen zu Hafen segeln, im Süden Frankreichs in der Sonne schmoren und sich mit hübschen Frauen umgeben. Allerdings müßte er dafür sorgen, Dimitri zeit seines Lebens einen Schritt voraus zu bleiben. Denn Dimitri würde niemals aufgeben, solange er lebte. Auch das gehörte zum Spiel.

Doch das Beste war und blieb die Planung, die Durchführung, die Strategie. Seit jeher fand er es erregender, sich den Geschmack des Champagners vorzustellen als die Flasche zu leeren. Madagaskar war nur noch ein paar Stunden entfernt. Erst einmal dort angekommen, konnte er all das anwenden, was er gelesen hatte, plus seiner Fähigkeiten und seiner Erfahrung.

Keinesfalls durfte er Dimitri unterschätzen. Das Problem war, daß Doug nicht wußte, wieviel vom Inhalt des Umschlages seinem früheren Auftraggeber bekannt war. Zu viel, fürchtete er. Unbewußt tastete er nach seiner Brust, wo der Umschlag sicher befestigt war. Dimitri verfügte stets über gute Informationen. Noch nie hatte ihn jemand betrogen und danach lange genug gelebt, um Freude daran zu haben.

Wenn sie erst einmal dort waren … Er blickte zu Whitney hinüber, die sich in ihrem Sitz zusammengekuschelt hatte, die Augen geschlossen. Im Schlaf wirkte sie kühl, gelassen und unerreichbar. Begehren regte sich in ihm, die Begierde, die das Unerreichbare schon immer in ihm ausgelöst hatte. Diesmal würde er sie unterdrücken müssen.

Ihre Beziehung war rein geschäftlicher Natur, grübelte Doug. Rein geschäftlich. Solange, bis er ihr ausreichend Bargeld abknöpfen und sie anschließend fallenlassen konnte. Zwar war sie bislang hilfreicher gewesen, als er vermutet hatte, doch er kannte ihren Typ. Reich und ruhelos. Früher oder später würde die ganze Sache sie langweilen. Er mußte sein Ziel erreichen, ehe dieser Fall eintrat.

Überzeugt, daß ihm das gelingen würde, stellte Doug seine Rückenlehne nach hinten und klappte das Buch zu. Das Gelesene würde er nie mehr vergessen. Sein fotografisches Gedächtnis hätte ihn mühelos durch das Jurastudium gebracht, doch er war mit dem Weg, den er eingeschlagen hatte, sehr zufrieden. Er mußte sich niemals Notizen machen, da er nichts vergaß, und er beschäftigte sich nie zweimal mit dem gleichen Objekt, da ihm Namen und Gesichter in Erinnerung blieben.

Wenn ihm auch das Geld unter den Händen zerrann, die Art und Weise, wie er es sich jeweils beschafft hatte, blieb unauslöschlich in sein Gedächtnis eingebrannt. Doug sah die Sache philosophisch. Es gab immer Mittel und Wege, an Geld zu kommen. Hätte er in Aktien und Wertpapieren investiert, statt auf Pferde und die Kugel zu setzen, wie langweilig wäre sein Leben verlaufen! Doug war zufrieden. Und das Bewußtsein, daß die kommenden Tage lang und hart werden würden, steigerte dieses Gefühl nur noch. Es brachte ihm eine größere Befriedigung, einen Diamanten aus einem Misthaufen auszugraben, als ihn aus einem Schaufenster zu stehlen. Tatsächlich, er freute sich auf die Suche.

Whitney schlief und wurde erst durch den unruhigen Landeanflug geweckt. Gottseidank, war ihr erster Gedanke. Von Flugzeugen hatte sie nun wirklich die Nase voll. Wäre sie allein gereist, hätte sie die Concorde genommen, doch unter diesen Umständen war sie nicht gewillt, den Preisaufschlag für Doug zu bezahlen. Sein Schuldenkonto bei ihr wuchs ständig, und während sie entschlossen war, sich jeden

Cent davon wiederzuholen, wußte sie nur zu gut, daß Doug davon wenig hielt.

Im Schlaf sah er aus wie ein junger Pfadfinder, mit seinem verwuschelten Haar und den über dem Buch gefalteten Händen. Jeder hätte ihn für einen gewöhnlichen Touristen gehalten. Das war ein Teil seines Erfolges, überlegte sie. Die Fähigkeit, mühelos in jeder Rolle zu agieren.

Doch wo gehörte er letztendlich hin? Zu den hartgesottenen, abgebrühten Typen der Unterwelt, die ihre Geschäfte in den dunklen Straßen abwickelten? Sie erinnerte sich an den Ausdruck seiner Augen, als sie ihm von Butrain berichtet hatte. Ja, bestimmt operierte auch er auf dunklen Straßen – aber dazugehören? Nein.

Obwohl sie ihn erst kurze Zeit kannte, war sie sich dessen sicher. Er war ein Einzelgänger, immer auf der Hut, das machte einen Teil seiner Anziehungskraft aus. Natürlich, er war auch ein Dieb, aber trotzdem hatte er einen gewissen Ehrenkodex. Ein Richter würde dies schwerlich erkennen, sie schon. Und sie respektierte diese Einstellung.

Er war nicht gefühllos, das hatte sie in seinen Augen gelesen, als er von Juan sprach. Eher ein Träumer, wie sie aus der Art und Weise schloß, in der er über den Schatz redete. Und ein Realist, das hörte man am Klang seiner Stimme, wenn die Sprache auf Dimitri kam. Ein Realist erkannte die Gefahr. Der Mann war schwer einzuordnen, und doch …

Er war der Liebhaber von Cassie Lawrence gewesen. Whitney wußte, daß diese Frau als äußerst anspruchsvoll in der Wahl ihrer Bettgenossen galt. Was hatte Cassie so angezogen? Daß er ein junger, kräftiger Mann mit muskulösem Körper war? Vielleicht hatte ihr das gereicht, obwohl Whitney daran zweifelte. Abgesehen davon – hatte sie an jenem Morgen in Washington nicht selbst entdeckt, daß Doug Lord sehr attraktiv war? Und sie war mehr als bereit gewesen. Nicht nur wegen seines Körpers, gab sie zu. Stil, das war es. Doug Lord hatte seinen eigenen Stil, der es ihm ihrer Meinung nach ermöglichte, die Schwelle der Villen von Beverly Hills oder Bel Air zu überschreiten.

Sie hatte geglaubt, ihn zu verstehen, bis ihre Bemerkung

über Cassie Lawrence ihn in Verlegenheit brachte. Verlegenheit und Verärgerung, wo Achselzucken und ein lässiger Spruch zu erwarten gewesen wären. Also hatte er Gefühle – und Werte, dachte Whitney. Das machte ihn noch interessanter – und liebenswerter, wenn man so wollte.

Liebenswert oder nicht, vor allem wollte sie mehr über diesen Schatz herausfinden, und zwar bald. Sie hatte zuviel Geld investiert, um weiterhin im dunkeln zu tappen. Aus einem Impuls heraus war sie mit ihm gegangen, die Umstände zwangen sie nun, bei ihm zu bleiben. Doch abgesehen davon war Whitney zu sehr Geschäftsfrau, um ihr Geld in windigen Aktien anzulegen. Sie würde sich davon überzeugen, daß die Sache Hand und Fuß hatte, und das so schnell wie möglich. Obwohl sie Doug mochte und in gewisser Hinsicht sogar verstand, traute sie ihm nicht über den Weg. Keinen Millimeter.

Doug, noch ein wenig schlaftrunken, kam zu ähnlichen Schlußfolgerungen – über Whitney. Er würde den Umschlag so lange am Leib tragen, bis er den Schatz in Händen hielt.

Als die Maschine zur Landung ansetzte, stellten beide ihre Rückenlehnen senkrecht, lächelten sich an und schmiedeten ihre eigenen Pläne.

Nachdem sie endlich ihr Gepäck erhalten und die Zollformalitäten erledigt hatten, verspürte Whitney nur noch einen einzigen Wunsch – sich auszuruhen.

»Hotel de Crillon«, wies Doug den Taxifahrer an, und Whitney seufzte.

»Entschuldigen Sie, daß ich jemals Ihren Geschmack angezweifelt habe.«

»Süße, ich habe einen ganz einfachen Geschmack: Immer nur das Beste.« Mehr aus Reflex als mit Absicht strich er ihr über das Haar. »Sie sehen müde aus.«

»Die letzten achtundvierzig Stunden waren nicht gerade zur Entspannung geeignet. Nicht, daß ich mich beklage«, fügte sie hinzu. »Aber es wäre wundervoll, die nächsten acht Stunden in der Horizontalen zu verbringen.«

Doug grunzte etwas Unverständliches und schaute angelegentlich aus dem Fenster. Dimitri war sicherlich nicht weit weg. Seine Informanten arbeiteten genauso rasch wie die von Interpol. Er konnte nur hoffen, daß die falschen Fährten, die er gelegt hatte, die Jagd etwas verlangsamten.

Mittlerweile hatte Whitney ein Gespräch mit dem Taxifahrer angefangen. Da die Unterhaltung auf französisch geführt wurde, konnte Doug ihr nicht folgen, doch der Tonfall von Whitneys Stimme klang leicht und freundlich. Seltsam, dachte er. Die meisten Frauen, die im Überfluß aufgewachsen waren, nahmen Bedienstete selten zur Kenntnis. Das war auch einer der Gründe, weshalb man sie so leicht bestehlen konnte. Die Reichen waren schon ein Volk für sich, doch im Gegensatz zu dem, was weniger Begüterte behaupteten, waren sie nicht unglücklich. Doug hatte sich oft genug in ihre Kreise eingeschlichen, um zu wissen, daß man mit Geld auch Glück kaufen konnte. Es wurde nur von Jahr zu Jahr teurer.

»So ein netter kleiner Mann.« Whitney stieg aus und sog den Duft von Paris ein. »Wissen Sie, was er gesagt hat? Ich wäre die schönste Frau, die er seit fünf Jahren in seinem Taxi befördert habe.«

Doug bemerkte, wie sie dem Portier ein paar Scheine zusteckte, ehe sie das Hotel betrat. »Ich wette, damit hat sich der Taxifahrer ein dickes Trinkgeld verdient«, brummte er. So, wie sie das Geld zum Fenster hinauswarf, würden sie wieder pleite sein, noch ehe sie einen Fuß auf den Boden von Madagaskar gesetzt hatten.

»Seien Sie nicht so ein Pfennigfuchser, Douglas.«

Ihre Bemerkung ignorierend, nahm er ihren Arm. »Lesen Sie Französisch genauso fließend, wie Sie es sprechen?«

»Soll ich Ihnen die Speisekarte übersetzen?« begann sie, brach dann aber ab. *»Tu ne parle pas français, mon cher?«* Als er sie schweigend musterte, lächelte sie leicht. »Faszinierend. Ich hätte sofort darauf kommen müssen, daß ein Teil Ihrer Papiere noch nicht übersetzt ist.«

»Ah, Mademoiselle MacAllister.«

»Georges.« Sie schenkte dem Mann an der Rezeption ein strahlendes Lächeln. »Ich mußte ganz einfach wiederkommen.«

»Es ist immer eine Freude, Sie hier zu haben.« Georges'

Augen wanderten zu Doug. »Monsieur Lord. Welch eine Überraschung.«

»Guten Tag, Georges.« Doug fing Whitneys forschenden Blick auf. »Mademoiselle MacAllister und ich reisen gemeinsam. Ich hoffe, Sie haben eine Suite frei.«

Georges witterte eine romantische Beziehung. Hätte er nicht ohnehin eine freie Suite zur Verfügung gehabt, wäre er in diesem Moment versucht gewesen, Abhilfe zu schaffen. »Natürlich, natürlich. Und Ihr Herr Papa, Mademoiselle, geht es ihm gut?«

»Sehr gut, danke, Georges.«

»Charles wird sich um Ihr Gepäck kümmern. Angenehmen Aufenthalt.«

Whitney steckte ihren Schlüssel unbesehen ein. Sie wußte, daß die Betten im Crillon weich und bequem waren und daß das Wasser auch wirklich heiß aus den Hähnen kam. Ein Bad, dann ein wenig Kaviar, und dann ins Bett. Und am nächsten Morgen würde sie sich ein paar Stunden im Schönheitssalon gönnen, ehe sie weiterreisten.

»Ich nehme an, Sie haben hier schon öfter gewohnt.« Whitney trat in den Fahrstuhl und lehnte sich an die Wand.

»Ab und zu, ja.«

»Ein einträglicher Ort, denke ich mir.«

Doug lächelte sie nur an. »Der Service ist hervorragend.«

»Soso.« O ja, sie konnte ihn sich gut in dieser Umgebung vorstellen, Champagner und Austern schlürfend. »Ein Glück, daß sich unsere Wege hier bisher noch nicht gekreuzt haben.« Die Türen öffneten sich, und Whitney trat auf den Flur. Doug nahm ihren Arm und dirigierte sie nach links. »In Ihrem Geschäft spielt vermutlich das richtige Ambiente eine große Rolle«, fügte sie hinzu.

Mit dem Daumen fuhr er sanft ihren Arm entlang. »Ich finde nun einmal Gefallen an den guten Dingen des Lebens.«

Ihr Lächeln besagte, daß er von ihr nur das erhalten würde, was sie bereit war zu geben.

Die Suite entsprach ganz ihren Erwartungen. Whitney gab dem Pagen, der hier und da noch Hand anlegte, ein Trinkgeld und schob ihn aus dem Zimmer. Dann ließ sie sich auf das

Sofa fallen und schleuderte ihre Schuhe von sich. »Geschafft. Wann müssen wir morgen früh los?«

Anstelle einer Antwort zog Doug ein Hemd aus seinem Koffer, knüllte es in der Hand zusammen und warf es dann lässig über einen Stuhl. Whitney sah ihm zu, wie er weitere Kleidungsstücke aus dem Koffer nahm und sie überall in der Suite verteilte.

»Hotelzimmer werden doch erst dann wohnlich, wenn man einige persönliche Dinge um sich hat, nicht wahr?«

Er brummte irgend etwas vor sich hin und ließ ein Paar Socken auf den Boden fallen. Erst als er sich mit ihrem Gepäck beschäftigte, erhob Whitney Einwände.

»Moment mal!«

»Illusion macht die Hälfte des Spiels aus«, erklärte er ihr und warf ein Paar hochhackige Schuhe in die Ecke. »Ich möchte den Eindruck erwecken, daß wir hierbleiben.«

Whitney entriß ihm eine Seidenbluse. »Wir bleiben doch hier!«

»Irrtum. Los, hängen Sie ein paar Sachen in den Schrank, während ich mich um das Badezimmer kümmere.«

Einen Augenblick lang stand sie, die Bluse in der Hand, wie versteinert da, dann folgte sie ihm. »Wovon sprechen Sie eigentlich?«

»Wenn Dimitris Muskelprotze hier anrücken, dann sollen sie glauben, daß wir uns noch hier aufhalten. Das bringt uns zwar nur ein paar Stunden Vorsprung ein, aber die werden reichen.« Systematisch arbeitete Doug sich durch das riesige Badezimmer, packte Seifenstücke aus und warf Handtücher in die Wanne. »Holen Sie etwas von Ihrem Gesichtskleister. Wir lassen einige Flaschen hier.«

»Ich denke ja gar nicht dran! Wie soll ich denn ohne Make-up zurechtkommen?«

»Wir gehen nicht auf einen Ball, Süße.« Doug ging in das große Schlafzimmer, wo er sich auf dem Bett wälzte. »Ein Bett wird reichen«, murmelte er. »Es wird ohnehin keiner glauben, daß wir getrennt schlafen.«

»Schmeicheln Sie Ihrem Ego, oder beleidigen Sie meines?«

Er zündete sich eine Zigarette an und blies den Rauch von

sich, ohne den Blick von ihr abzuwenden. Einen Moment lang, nur einen Moment fragte sich Whitney, wozu er wohl fähig wäre.

Und ob ihr das gefallen würde. Wortlos ging Doug in den angrenzenden Wohnraum zurück und begann, ihre Koffer zu durchsuchen.

»Verdammt, Doug, das sind meine Sachen!«

»Sie kriegen sie zurück.« Er griff sich aufs Geradewohl eine Handvoll Kosmetikartikel und wollte zum Bad gehen.

»Diese Lotion kostet fünfundsechzig Dollar pro Flasche!«

»So viel?« Interessiert drehte er die Flasche in der Hand. »Und ich habe Sie für eine praktisch veranlagte Frau gehalten.«

»Ohne die Flasche werde ich diesen Raum nicht verlassen.«

»Na schön.« Doug warf ihr die Flasche zu. »Das hier tut's auch.« Inzwischen hatte er die halb aufgerauchte Zigarette ausgedrückt und sich sofort eine neue angezündet. »So, jetzt reicht es«, entschied er und beugte sich hinunter, um Whitneys Koffer zu schließen, als sein Blick auf einen durchsichtigen, spitzenbesetzten Bikinislip fiel. Eingehend betrachtete er das Wäschestück. »Da passen Sie rein?« Wider besseres Wissen stellte er sich Whitney in diesem zarten Nichts vor. Der Gedanke war erregend.

Whitney widerstand dem Drang, ihm den Slip aus der Hand zu reißen, doch das Kribbeln in ihrem Magen konnte sie nicht so einfach unterdrücken. »Wenn Sie fertig damit sind, mit meiner Unterwäsche zu spielen, dann verraten Sie mir doch freundlicherweise, was hier eigentlich vorgeht.«

»Wir richten uns häuslich ein.« Nach kurzem Zögern ließ Doug den spitzenbesetzten Fetzen wieder in den Koffer fallen. »Dann nehmen wir unser Gepäck, fahren mit dem Lastenaufzug nach unten und machen uns auf den Weg zum Flughafen. Unsere Maschine geht in einer Stunde.«

»Hätten Sie mir das nicht vorher sagen können?«

Er ließ die Schlösser zuschnappen. »Hab' nicht dran gedacht.«

»Ich verstehe.« Whitney tigerte im Raum auf und ab, bis sie sich wieder in der Gewalt hatte. »Ich will Ihnen mal was sagen. Ich weiß nicht, wie Sie üblicherweise vorgehen, und es interessiert mich auch nicht sonderlich. Doch diesmal ...« Sie drehte sich um und sah ihn voll an, »... diesmal haben Sie einen Partner. Was immer Sie auch aushecken, ich will es wissen.«

»Wenn Sie meine Methoden nicht mögen, können Sie jederzeit aussteigen.«

»Sie schulden mir immerhin einiges.« Als er widersprechen wollte, trat sie auf ihn zu und nahm ihr Notizbuch aus der Tasche. »Soll ich Ihnen die Liste einmal vorlesen?«

»Stecken Sie sich Ihre Liste sonstwohin. Ein paar ziemlich miese Typen sind hinter mir her, da kann ich mir keine Gedanken über Ihre Buchführung machen.«

»Das sollten Sie aber.« Noch immer ganz ruhig, legte sie ihr Buch wieder weg. »Ohne mich gehen Sie mit leeren Taschen auf Schatzsuche.«

»Süße, ein paar Stunden in diesem Hotel, und ich habe genug Geld, um überall hinzukommen.«

Das bezweifelte sie nicht, doch wich sie seinem Blick nicht aus. »Unglücklicherweise haben Sie keine Zeit für ein kleines Gaunerstückchen, wie wir beide wissen. Entweder Partner, Douglas, oder Sie fliegen mit elf Dollar nach Madagaskar.«

Sollte sie doch der Teufel holen! Diese Hexe wußte genau, was er in der Tasche hatte, bis auf den letzten Penny. Wütend drückte Doug seine Zigarette aus, eher er seine eigene Tasche nahm. »Wir müssen ein Flugzeug erwischen. Partner.«

Langsam breitete sich ein Lächeln auf ihrem Gesicht aus, in dem eine solch tiefe Befriedigung lag, daß er beinahe gelacht hätte. Whitney schlüpfte in ihre Schuhe und griff nach einer Ledertasche. »Nehmen Sie bitte den Koffer, ja?« Ihm lag bei dieser Aufforderung eine böse Bemerkung auf der Zunge, doch sie ging bereits zur Tür. »Ich wünschte nur, ich hätte noch ein Bad nehmen können.«

Aus der Selbstverständlichkeit, mit der sie den Lastenaufzug benutzten und das Hotel verließen, schloß Whitney, daß er diesen Fluchtweg schon früher in Anspruch genommen hatte. Sie würde Georges in einigen Tagen schriftlich bitten, ihre Sachen solange aufzubewahren, bis sie sie abholen konnte. Schließlich hatte sie noch keine Gelegenheit gehabt, die Seidenbluse zu tragen. Dabei stand ihr die Farbe hervorragend.

Alles in allem erschien ihr der ganze Aufwand als reine Zeitverschwendung, doch sie war gewillt, Doug nachzugeben, im Moment jedenfalls. Außerdem war er in dieser Stimmung im Flugzeug eher zu ertragen als in einer Hotelsuite, und sie benötigte Zeit zum Nachdenken. Wenn die Papiere – oder zumindest ein Teil davon – in französischer Sprache verfaßt waren, dann konnte er sie offensichtlich nicht lesen. Sie dagegen konnte es. Whitney lächelte. Er wollte sie über den Leisten ziehen, sie war nicht so dumm, etwas anderes zu vermuten, doch sie hatte sich bislang als zu nützlich erwiesen. Jetzt mußte sie ihn nur davon überzeugen, daß es das Beste wäre, wenn er sie einen Teil des fraglichen Textes übersetzen ließe.

Doch sie selbst war auch nicht gerade strahlender Laune, als sie den Flughafen erreichten. Der Gedanke, schon wieder durch den Zoll zu müssen und dann erneut ein Flugzeug zu besteigen, genügte, daß sie Doug anfauchte:

»Wir hätten gut und gerne für ein paar Stunden in ein zweitklassiges Hotel gehen können.« Sie warf ihr Haar zurück und dachte erneut an ein heißes, belebendes Bad. »Langsam kommt es mir so vor, als ob Sie hinsichtlich dieses Dimitri unter Verfolgungswahn leiden. Sie tun so, als wäre er allmächtig.«

»Viele glauben das.«

Whitney blieb stehen und drehte sich um. Die Art, wie er das sagte, so, als ob er selbst halb überzeugt davon wäre, verursachte ihr eine Gänsehaut. »Machen Sie sich nicht lächerlich.«

»Ich bin nur vorsichtig.« Immer wieder schaute sich Doug suchend in der Abflughalle um. »Man soll keine schlafenden Hunde wecken.«

»Sie reden so, als wäre der Mann kein Mensch.«

»Er ist aus Fleisch und Blut«, murmelte Doug, »doch das macht ihn nicht unbedingt zu einem Menschen.«

Erneut rann es ihr eiskalt den Rücken hinunter. Als sie sich zu Doug umwandte, stieß sie mit einem Mann zusammen und ließ ihre Tasche fallen. Mit einem ungeduldigen Seufzer bückte sie sich danach. »Doug, es ist äußerst unwahrscheinlich, daß uns jetzt schon jemand auf der Spur ist.«

»Scheiße!« Doug packte ihren Arm, zog sie in einen Souvenirladen und schob sie hinter einen Berg T-Shirts.

»Wenn Sie ein Andenken wollen …«

»Schauen Sie sich mal um, Schätzchen. Entschuldigen können Sie sich später.« Er legte eine Hand auf ihren Nacken und drückte ihren Kopf nach links. Nach einem Augenblick erkannte Whitney den hochgewachsenen, dunklen Mann, der sie in Washington verfolgt hatte. Der Schnurrbart, der kleine weiße Verband auf seiner Wange. Man mußte ihr nicht mehr sagen, daß die beiden Männer in seiner Begleitung zu Dimitri gehörten. Und wo war Dimitri selber? Unbewußt duckte sie sich tiefer und schluckte.

»Ist das …?«

»Remo.« Doug flüsterte den Namen fast. »Sie sind schneller, als ich gedacht habe.« Leise fluchend rieb er sich mit der Hand über den Mund. Das Gefühl, daß sich das Blatt zu Dimitris Gunsten gewendet haben könne, behagte ihm gar nicht. Wären Whitney und er nur ein paar Meter weitergegangen, hätten sie Remo direkt vor sich gehabt. Doch in diesem Spiel mußte man oft einfach nur Glück haben, erinnerte er sich. Darin lag für ihn der größte Reiz. »Sie werden einige Zeit brauchen, um das Hotel ausfindig zu machen, und dann werden sie dasitzen und warten.« Grinsend nickte er. »Ja, sie werden auf uns warten.«

»Wie« wollte Whitney wissen, »wie um alles in der Welt konnten sie so schnell hier sein?«

»Wenn man es mit Dimitri zu tun hat, dann fragt man nicht nach dem Wie. Man schaut einfach über seine Schulter.«

»Er muß eine Kristallkugel besitzen.«

»Politik«, entgegnete Doug. »Was hat Ihr alter Herr Ihnen beigebracht? Beziehungen muß man haben. Wenn ein Freund von Ihnen beim CIA sitzt, brauchen Sie nur einen Anruf zu tätigen, und Sie wissen alles über Ihre Zielperson, ohne aus Ihrem Sessel aufstehen zu müssen. Ein Anruf bei der Behörde, einer bei der Botschaft, und Dimitri hat Zugriff auf Ihren Paß und Ihr Visum, noch ehe die Tinte darauf getrocknet ist.«

Whitney befeuchtete ihre Lippen. Ihre Kehle war trocken. »Heißt das, er weiß, wo wir hinwollen?«

»Darauf können Sie wetten. Wir müssen ihm nur einen Schritt voraus bleiben. Immer nur einen Schritt.«

Seufzend stellte Whitney fest, daß ihr Herz schneller schlug. Die Erregung hatte sich wieder eingestellt, und sie würde die Angst überwinden. »Scheint, daß Sie vielleicht doch wissen, was Sie tun.« Als er sie finster anblickte, gab sie ihm einen raschen, freundschaftlichen Kuß. »Sie sind nicht so dumm, wie Sie aussehen, Lord. Auf nach Madagaskar.«

Ehe sie aufstehen konnte, nahm er ihr Kinn in die Hand. »Wir werden ein paar Dinge klären, wenn wir dort sind. Ich lasse nie etwas unbeendet.«

Whitney hielt seinem Blick stand. Der Weg, der vor ihnen lag, war zu lang, als daß sie jetzt schon nachgegeben hätte. »Vielleicht«, erwiderte sie. »Aber erst einmal müssen wir dorthin gelangen. Also sehen wir besser zu, daß wir das Flugzeug erwischen.«

Remo hob einen leichten Seidenfetzen auf, den Whitney als Nachthemd bezeichnet hätte. Er zerknüllte ihn in der Faust. Noch vor Morgengrauen würde er Lord und die Frau in seiner Gewalt haben, und diesmal würden sie ihm nicht entwischen und ihn wie einen Idioten dastehen lassen. Sowie Doug Lord durch diese Tür kam, würde er ihm eine Kugel zwischen die Augen jagen. Und die Frau – um die Frau würde er sich danach kümmern. Diesmal … langsam riß er das Nachthemd entzwei. Als das Telefon klingelte, fuhr er hoch und bedeutete seinen Begleitern, sich an der Tür zu postieren. Mit den Fingerspitzen hob er den Hörer. Als er die Stimme erkannte, brach ihm der Schweiß aus.

»Du hast sie schon wieder verfehlt, Remo.«

»Mr. Dimitri.« Remo bemerkte, daß die anderen ihn beobachteten, und drehte ihnen den Rücken zu. Angst sollte man nie zeigen. »Wir haben sie gefunden. Sobald sie zurückkommen, werden wir …«

»Sie kommen nicht zurück.« Mit einem langen Seufzer stieß Dimitri am anderen Ende der Leitung Rauch aus. »Sie sind am Flughafen entdeckt worden, Remo, direkt unter deiner Nase. Zielflughafen ist Antananarivo. Deine Tickets liegen bereit. Beeil dich.«

4

Whitney stieß die hölzernen Fensterläden auf und schaute hinaus. Atananarivo ließ sich überhaupt nicht mit Afrika vergleichen, wie sie zunächst vermutet hatte. Sie war einmal für zwei Wochen in Kenia gewesen und erinnerte sich noch an den Duft gegrillten Fleisches, der die Morgenluft durchzogen hatte, an die sengende Hitze und die kosmopolitische Atmosphäre. Nur ein schmaler Wasserstreifen trennte sie von Afrika, doch von ihrem Fenster aus sah Whitney nichts, was dem Afrika ihrer Erinnerung ähnelte.

Eine tropische Insel hatte sie sich anders vorgestellt. Hier spürte sie nichts von der trägen Heiterkeit, die für sie mit Inseln und Inselbewohnern verknüpft war. Ihr kam es so vor – warum, konnte sie sich nicht erklärten –, als würde sie sich in einer in sich selbst ruhenden Welt befinden.

Dies war die Hauptstadt von Madagaskar, das Herz des Landes, die Stadt, in der traditionelle Märkte in friedlicher Nachbarschaft zu modernen Hochhäusern existierten, in der das Straßenbild von hölzernen Leiterwagen und glänzenden Straßenkreuzern beherrscht wurde. Doch statt des städtischen Getümmels, das sie erwartet hatte, fand sie eine eher verschlafene, friedvolle Atmosphäre vor.

Die kühle Morgenluft ließ sie erschauern, doch sie blieb stehen. Die Luft roch nicht so wie in Paris oder sonst einer europäischen Stadt, sondern irgendwie satter. Der Duft von Gewürzen vermischte sich mit den ersten Anzeichen von Hitze. Roch es nach Tieren? In kaum einer anderen Stadt nahm man in der Luft auch nur andeutungsweise Tiergeruch wahr. In Hongkong roch man den Hafen, in London fast ausschließlich den Verkehr. Atananarivo haftete der Geruch von etwas Älterem an, etwas, das noch nicht vollständig unter Beton und Stahl begraben lag.

Die aufsteigende Hitze trieb Dunstschleier über den kühlen Boden. Whitney konnte fühlen, daß die Temperatur anstieg,

Grad für Grad. In einer Stunde würde der Schweiß zu fließen beginnen und der Luft eine weitere Duftnote verleihen.

Die Stadt vermittelte den Eindruck, als wären die Häuser alle übereinander gebaut; im Morgenlicht leuchteten sie in strahlendem Pink und Lila. Das Gesamtbild erinnerte sie an ein Märchen: niedlich, jedoch mit verborgenen Fallen versehen.

Atananarivo bestand nur aus Hügeln, so steil und atemberaubend, daß man Stufen direkt in den Fels geschlagen hatte, um sie überwinden zu können. Sogar aus der Entfernung wirkten diese Steintreppen ausgetreten und unsicher. Der Steigungswinkel war mörderisch. Whitney beobachtete drei Kinder, die mit ihrem Hund unbekümmert hinunterrasten. Allein vom Zuschauen wurde ihr schwindlig.

Vom Fenster aus konnte sie den Alaotrasee sehen, den heiligen See Madagaskars, stahlblau und still, umgeben von Jacarandabäumen, die ihm die exotische Note verliehen, die sie sich erträumt hatte. Aufgrund der Entfernung vermochte sie sich den süßen, kräftigen Duft nur vorzustellen. Wie in so vielen anderen Städten gab es auch hier moderne Gebäude, Hotels, Apartmentanlagen und ein Krankenhaus, doch dazwischen lagen immer wieder alte, strohgedeckte Häuschen. Nur einen Steinwurf entfernt glänzten sattgrüne, vom Morgentau überzogene Reisfelder in der Sonne. Wenn sie zu dem höchsten Berg hinüberblickte, konnte sie die Paläste sehen, die sich stolz und arrogant über der Stadt erhoben, Anachronismen glanzvoller Zeiten. Von der breiten Straße unterhalb ihres Fensters drang das Geräusch vorbeifahrender Autos empor.

Nun waren sie glücklich angekommen, dachte Whitney und rekelte sich wohlig in der kühlen Luft. Der Flug war langweilig und ermüdend gewesen, doch er hatte ihr die Zeit gegeben, die sie brauchte, um die Ereignisse zu verarbeiten und einige Entscheidungen zu treffen. Wenn sie ganz ehrlich und selbstkritisch nachdachte, mußte sie sich eingestehen, daß sie ihren Entschluß eigentlich schon in der Minute gefaßt hatte, in der sie das Gaspedal durchgetreten und ihre wilde Verfolgungsjagd mit Doug begonnen hatte. Sicher, das war aus einem Impuls heraus geschehen, doch jetzt würde sie dabei bleiben. Spätestens seit dem Zwischenfall in Paris hatte sie erkannt, daß Doug sich zu helfen wußte. In dieser Hinsicht konnte sie sich auf ihn verlassen. Zwar war sie Tausende von Meilen von New York entfernt, doch das Abenteuer wartete auf sie.

An Juans Schicksal konnte sie nichts mehr ändern, aber sie konnte an Dimitri persönlich Rache nehmen, indem sie ihm den Schatz vor der Nase wegschnappte. Dazu jedoch brauchte sie Doug Lord und die Papiere, die sie noch nicht gesehen hatte. Doch das würde schon noch kommen. Es war nur eine Frage der Zeit, bis sie Doug überlisten konnte.

Doug Lord, grübelte Whitney und trat vom Fenster zurück, um sich anzukleiden. Wer und was war er? Wo kam er her, und wo wollte er eigentlich hin?

Ein Dieb. Ja, sie hielt ihn für einen Mann, der das Stehlen zu einem Beruf verfeinert hatte. Allerdings war er kein moderner Robin Hood. Er mochte zwar die Reichen bestehlen, aber die Vorstellung, er könne das Diebesgut an die Armen weitergeben, erschien ihr absurd. Was er – erwarb, das behielt er auch. Dennoch konnte sie ihn dafür nicht tadeln. Zum einen hatte er etwas an sich, das sie faszinierte, etwas, das sie von Anfang an gespürt hatte. Er wirkte unwiderstehlich. Verlockend. Zum anderen war sie schon immer der Auffassung gewesen, daß jeder seine Fähigkeiten nutzen sollte. Sie vermutete, daß er das, was er tat, auch gut tat.

Ein Schürzenjäger? Vermutlich, aber mit dieser Sorte Mann hatte sie schon früher zu tun gehabt, mit echten Profis, die drei Sprachen beherrschten und stets den besten Champagner bestellten. Doch Doug besaß eine Eigenschaft, die diesen Herren fehlte: Humor. Außerdem war er attraktiv, sehr anziehend, wenn er sich nicht gerade mit ihr stritt. Mit dem physischen Teil ihrer Beziehung konnte sie umgehen …

Trotzdem erinnerte sie sich nur zu gut daran, wie er neben ihr gelegen hatte, sein Mund ganz dicht über dem ihren. Diese überwältigende Erfahrung hätte sie gerne länger ausgekostet. Damals hatte sie sich gefragt, wie es wohl wäre, diesen arroganten Mund zu küssen.

Nicht, solange sie Geschäftspartner waren, ermahnte Whitney sich streng und schüttelte einen Rock aus. Sie würde die Situation nicht außer Kontrolle geraten lassen und Doug Lord auf Distanz halten, bis ihr der eigene Anteil am Gewinn sicher war. Was danach geschah, stand auf einem anderen Blatt. Lächelnd dachte sie über diese Möglichkeit nach.

»Zimmerservice!« Doug, ein Tablett in der Hand, betrat das Zimmer, schaute sich kurz um und ließ dann seine Augen über Whitney gleiten, die, nur mit einem glänzenden, hautfarbenen Teddy bekleidet, am Bett stand. Sie konnte einem Mann den Mund schon wäßrig machen. Klasse, dachte er wieder. Doch ein Mann wie er sollte seine Phantasien besser zügeln, wenn sie sich mit einer Frau ihrer Klasse beschäftigten. »Nettes Outfit«, meinte er leichthin.

Ohne erkennbare Reaktion schlüpfte Whitney in den Rock. »Soll das etwa das Frühstück sein?«

Eines Tages würde er diese kühle Fassade durchbrechen, schwor er sich. Wenn er den Zeitpunkt für gekommen hielt. »Kaffee und Brötchen. Wir haben noch einiges zu erledigen.«

Sie streifte eine himbeerfarbene Bluse über. »Als da wäre?«

»Ich hab' mir den Zugfahrplan angesehen.« Doug ließ sich in einen Sessel fallen, legte die Füße auf den Tisch und biß in ein Brötchen. »Um Viertel nach zwölf geht ein Zug Richtung Osten. In der Zwischenzeit müssen wir noch einiges besorgen.«

Whitney nahm ihre Kaffeetasse mit zur Frisierkommode. »Zum Beispiel?«

»Rucksäcke«, erwiderte er. Über der Stadt stieg langsam die Sonne empor. »Ich habe nicht die Absicht, dieses Ledermonstrum durch den Wald zu schleppen.«

Whitney nippte an ihrem Kaffee, ehe sie zu ihrer Bürste griff. Er war stark und zähflüssig wie Schlamm. »Wie die Wandervögel?«

»Sie haben's erfaßt, Süße. Wir brauchen ein Zelt, eines von diesen neuartigen, superleichten, die sich zu einem Nichts zusammenfalten lassen.«

Sie zog die Bürste mit kräftigen Strichen durch ihr Haar. »Haben Sie etwas gegen Hotels?«

Er sah sie nur grinsend an, sagte aber nichts. Im Morgenlicht flimmerte ihr Haar wie Goldstaub. Plötzlich fiel ihm das Schlucken schwer. Er stand auf und ging zum Fenster, weil er ihr so den Rücken zuwenden konnte. »Wir werden öffentliche Verkehrsmittel benutzen, solange ich sie für sicher halte. Ich möchte nicht, daß unsere kleine Expedition publik wird«, knurrte er. »Dimitri wird nicht lockerlassen.«

Whitney dachte an Paris. »Sie haben mich überzeugt.«

»Je weniger wir uns in den größeren Städten aufhalten oder die Hauptverkehrsstraßen benutzen, desto schwerer wird es ihm fallen, unsere Fährte zu verfolgen.«

»Klingt logisch.« Whitney flocht ihr Haar zu einem Zopf und wand ein Band um das Ende. »Wollen Sie mir verraten, wo die Reise hingeht?«

»Mit dem Zug bis Tamatave.« Er drehte sich um. Mit der Sonne im Rücken wirkte er fast ein wenig theatralisch. Sein dunkles, unordentliches Haar fiel ihm bis auf den Kragen, und seine Augen funkelten vor Abenteuerlust. »Dann wenden wir uns nach Norden.«

»Und wann bekomme ich das zu sehen, was uns nordwärts führen soll?«

»Das ist vorerst nicht nötig. Ich habe alles im Kopf.« Dennoch überlegte er bereits, wie er sie veranlassen könnte, einige Teile für ihn zu übersetzen, ohne daß sie zuviel erfuhr.

Whitney klopfte mit der Bürste nachdenklich auf ihre Hand. Wie lange es wohl dauern würde, bis sie einige der Papiere übersetzen und ihre eigenen Schlüsse daraus ziehen konnte? »Doug, würden Sie eine Katze im Sack kaufen?«

»Warum nicht?«

Unwillig lächelnd schüttelte sie den Kopf. »Kein Wunder, daß Sie ständig pleite sind. Sie müssen lernen, Ihr Geld zusammenzuhalten.«

»Ich bin sicher, Sie könnten mir da einige Tips geben.«

»Die Papiere, Douglas.«

Die klebten auf seiner Brust. Als erstes würde er sich einen Rucksack zulegen, in dem er sie sicher verstauen konnte. Seine Haut war von dem Klebeband schon ganz wund. Sicher hatte Whitney irgendeine teure, beruhigende Salbe im Gepäck. Und ebenso sicher würde sie den Preis dafür in ihrem kleinen Notizbuch verzeichnen.

»Später.« Als sie Einspruch erheben wollte, winkte er ab. »Ich habe ein paar Bücher dabei, die Sie vielleicht lesen möchten. Wir haben eine lange Reise vor uns und viel Zeit. Wir sprechen später darüber. Vertrauen Sie mir, okay?«

Einen Moment lang musterte sie ihn. Ihm trauen? So dumm war sie nun wirklich nicht. Doch solange sie den Daumen auf dem Portemonnaie hielt, bildeten sie ein Team. Zufrieden schwang sie ihre Handtasche über die Schulter. Wenn sie sich schon auf die Suche nach dem heiligen Gral begab, konnte sie sich genausogut von einem Ritter begleiten lassen. »Okay, gehen wir einkaufen.«

Doug führte sie die Treppe hinunter. Sie war offensichtlich guter Laune, das mußte er ausnutzen. Freundschaftlich legte er ihr einen Arm um die Schulter. »Haben Sie gut geschlafen?«

»Ja, danke.«

Auf dem Weg durch die Halle pflückte er eine kleine lila Blüte von einem Strauß ab und steckte sie ihr ins Haar. Passionsblumen paßten zu ihr, sie dufteten so süß, wie man es von tropischen Blumen erwartete. Obwohl Whitney der Geste mißtraute, fühlte sie sich angenehm berührt. »Zu schade, daß uns die Zeit fehlt, um Tourist zu spielen«, meinte Doug im Konversationston. »Der Königspalast ist sehenswert.«

»Sie haben eine Vorliebe für das Prunkvolle, nicht wahr?«

»Ich war schon immer der Meinung, daß es sich im Luxus leichter leben läßt.«

Lachend schüttelte sie den Kopf. »Ich ziehe ein Federbett einem goldenen vor.«

»Es heißt, daß Wissen Macht bedeutet. Früher habe ich auch so gedacht, aber inzwischen weiß ich, daß eigentlich Geld damit gemeint ist.«

Whitney blieb stehen und starrte ihn an. Ein Dieb, der Byron zitierte? »Sie verblüffen mich immer wieder.«

»Wenn man viel liest, bleibt einiges hängen.« Mit einem Achselzucken tat Doug das Zitat ab und wandte sich praktischen Dingen zu. »Whitney, wir sind übereingekommen, den Schatz zu teilen.«

»Abzüglich Ihrer Schulden, versteht sich.«

Er biß die Zähne zusammen. »Richtig. Da wir nun einmal Partner sind, scheint es mir nur richtig, daß wir auch unser Bargeld fifty-fifty teilen.«

Whitney wandte den Kopf und schenkte ihm ein freundliches Lächeln. »So, meinen Sie?«

»Es ist einfach praktischer«, hakte Doug nach. »Angenommen, wir werden getrennt.«

»Keine Chance.« Ihr Lächeln blieb unverändert, obwohl sie ihre Handtasche fester umklammerte. »Ich hänge an Ihnen wie eine Klette, bis alles vorüber ist, Douglas. Die Leute werden noch denken, wir wären verliebt.«

Er änderte seine Taktik. »Es ist auch eine Frage des Vertrauens.«

»Wer soll hier wem vertrauen?«

»Sie mir, Süße. Schließlich sind wir Partner, also müssen wir uns gegenseitig vertrauen.«

»Oh, ich traue Ihnen.« Sie legte ihm liebevoll den Arm um die Taille. Der Nebel war nun im Auflösen begriffen, und die Sonne stieg immer höher. »Solange ich das Geld verwalte – Süßer.«

Dougs Augen wurden schmal. Diese Hexe, dachte er grimmig. »Na gut, wie steht's mit einem Vorschuß?«

»Vergessen Sie's.«

Da er nahe daran war, sie zu erwürgen, atmete er ein paarmal tief durch. »Nennen Sie mir einen Grund, warum Sie das ganze Geld behalten.«

»Wollen Sie es gegen die Papiere eintauschen?«

Vor Zorn kochend wandte er sich ab und starrte die weißen Häuser hinter sich an. In den staubigen Nebenstraßen wucherten Blumen und Ranken in üppiger Fülle. Der Duft nach brodelndem Essen und überreifen Früchten stieg ihm in die Nase.

Es gab keine Möglichkeit, sie loszuwerden, solange er keinen Penny in der Tasche hatte. Genausowenig konnte er ihr das Geld entwenden und sie dann mittellos hier zurücklassen. Die einzige Alternative war, vorerst nichts zu unternehmen. Schlimmer noch, wahrscheinlich würde er sie noch brauchen. Früher oder später mußte ihm jemand den französischen Text ganz übersetzen, und zwar einzig und allein, um seine Neugier zu befriedigen. Jetzt noch nicht, dachte er. Noch fühlte er sich nicht sicher genug. »Verdammt, ich habe gerade mal acht Dollar in der Tasche.«

Wenn er mehr hätte, überlegte sie, dann würde er sie ohne mit der Wimper zu zucken fallenlassen. »Der Rest von den zwanzig, die ich Ihnen in Washington gegeben habe?«

Frustriert kletterte er eine steile Treppe hinunter. »Sie haben den Verstand eines gottverdammten Buchhalters.«

»Danke.« Whitney klammerte sich an das Holzgeländer und fragte sich, ob es noch andere Wege nach unten gab. Dann schaute sie sich um. »Oh, sehen Sie mal, ein Basar!« Sie beschleunigte ihren Schritt und zerrte Doug mit sich.

»Jeden Freitag«, grummelte er. »Ich habe Ihnen doch gesagt, Sie sollen die Reiseführer lesen.«

»Ich lasse mich lieber überraschen. Sehen wir uns das Ganze mal an.«

Da es einfacher und vielleicht sogar billiger war, einige notwendige Dinge auf dem Markt zu kaufen statt im Geschäft, ging er widerspruchslos mit. Ein Blick auf seine Uhr sagte ihm, daß bis zur Abfahrt des Zuges noch genug Zeit blieb. Also konnten sie sich genausogut amüsieren.

Der Markt bestand aus strohgedeckten Hütten und von großen weißen Sonnenschirmen überdachten Holzständen. Ein buntes Warengemisch erwartete die Käufer. Whitney, die sich nicht leicht täuschen ließ, stellte fest, daß das Angebot ein interessanter Mischmasch aus Qualität und Ramsch war. Doch man merkte, daß hier auch ernsthafte Geschäfte getätigt wurden. Der Markt war gut durchorganisiert, voll von Menschen, Geräuschen und Gerüchen. Mit Hühnern und Gemüse vollgeladene Ochsenwagen, geführt von Männern mit weißen Turbanen, zuckelten hindurch. Tiere gluckerten, muhten und schnaubten durcheinander, Fliegen summten, und viele Hunde streunten schnüffelnd durch die Gassen, wo sie mit Fußtritten verjagt oder einfach ignoriert wurden.

Whitney roch tierische Ausdünstungen, Gewürze und beißenden menschlichen Schweiß. Dabei waren die Straßen gepflastert, man hörte Verkehrslärm, und ganz in der Nähe glitzerten die Fenster eines First-Class-Hotels in der Sonne. Plötzlicher Lärm erschreckte eine Ziege, die daraufhin wild an ihrem Strick zu zerren begann. Ein Kind, dessen Gesicht von Mangosaft verschmiert war, zupfte seine Mutter am Rock und plapperte in einer Sprache, die Whitney noch nie zuvor gehört hatte. Ein Stand mit im Sonnenlicht funkelnden Amethysten und Granaten lockte sie, doch gerade als sie die Steine berühren wollte, zog Doug sie zu einer Auswahl fester Lederschuhe.

»Für Spielereien haben wir noch genug Zeit«, erklärte er und deutete auf ein Paar Wanderschuhe. »Sie brauchen etwas Solideres als diese Ballettschühchen.«

Achselzuckend begutachtete Whitney die Schuhe. Nun gut, sie waren weit entfernt von den Weltstädten, die sie gewohnt war, weit entfernt von den Spielplätzen der Reichen.

Sie erstand die Schuhe, dann griff sie nach einem handgeflochtenen Korb, wobei sie instinktiv in fließendem Französisch um den Preis feilschte.

Doug konnte ihr seine Bewunderung nicht versagen. Sie war der geborene Kaufmann. Außerdem schien das Handeln ihr Spaß zu machen. Er hatte das Gefühl, daß sie enttäuscht gewesen wäre, wenn die Feilscherei zu schnell gegangen oder der Preis zu drastisch gesenkt worden wäre. Da er sie nicht loswerden konnte, beschloß Doug philosophisch, das Beste aus ihrer Partnerschaft zu machen. Im Moment jedenfalls.

»Jetzt, wo Sie ihn haben«, meinte er, »verraten Sie mir auch, wer ihn tragen soll.«

»Er bleibt bei dem restlichen Gepäck. Wir brauchen einige Lebensmittel, oder etwa nicht? Sie haben doch sicher vor, auf dieser Expedition manchmal zu essen?« Mit leuchtenden Augen nahm sie eine Mango und hielt sie ihm unter die Nase.

Grinsend suchte er eine zweite aus und ließ sie in den Korb fallen. »Daß Sie mir ja nicht verlorengehen.«

Sie schlenderte an den Ständen vorbei, feilschte hier und da und zählte sorgfältig Francs ab. Eine Muschelkette prüfte sie so genau, als stünde sie bei Cartier. Mittlerweile wurden ihr auch die madagassischen Laute vertrauter, und sie antwortete, ja dachte in Französisch. Die Händler schienen zwar zu stolz, um die Käufer allzusehr zu bedrängen, doch Whitney erkannte bei einigen deutliche Zeichen der Armut.

Von woher mochten sie mit ihren Karren wohl gekommen sein? Erschöpft sahen sie jedenfalls nicht aus, dachte Whitney, die anfing, die Menschen genauso intensiv zu betrachten wie die Waren. Sie wirkten zufrieden, obgleich viele noch nicht einmal Schuhe besaßen. Die Kleidung war zwar staubig und häufig abgetragen, jedoch farbenfroh. Die Frauen trugen ihr Haar in Zöpfen geflochten oder aufgetürmt zu kunstvollen, komplizierten Frisuren. Offenbar war der Markt gleichzeitig ein gesellschaftliches Ereignis.

»Beeilen wir uns lieber ein bißchen.« Doug verspürte ein ungutes Gefühl im Magen. Als er sich zum dritten Mal dabei ertappte, wie er unbewußt über seine Schulter spähte, entschied er, daß es Zeit war, weiterzuziehen. »Wir haben heute noch sehr viel mehr zu tun.«

Whitney verstaute die Früchte, Gemüse und ein Säckchen Reis in ihrem Korb. Sollte sie auch zu Fuß gehen und in einem Zelt übernachten müssen, hungern wollte sie deshalb nicht.

Doug fragte sich, ob ihr bewußt war, wie fremdartig sie mit ihrem hellen Haar und der elfenbeinfarbenen Haut unter den dunklen Händlern und den Frauen mit ihren undurchdringlichen Gesichtern wirkte. Eine unverwechselbare Aura von Klasse umgab sie, sogar wenn sie um getrocknete Pfefferschoten feilschte. Eigentlich durchaus nicht sein Typ, sagte Doug sich. Wenn er da an die aufgedonnerten Frauen dachte, mit denen er sonst zu tun hatte … Doch sie war schwer zu übersehen.

Aus einem Impuls heraus nahm er einen weichen Baumwollturban und wand ihn um ihren Kopf. Als sie sich lachend umdrehte, erschien sie ihm so atemberaubend schön, daß es ihm den Atem verschlug. Weiße Seide, dachte er. Sie sollte weiße, kühle Seide tragen. Am liebsten hätte er sie von Kopf bis Fuß darin eingehüllt, um sie dann langsam zu entkleiden, bis nur noch ihre weiche, weiße Haut zu sehen wäre. Er bemerkte, wie sich ihre Augen verdunkelten, wie sie errötete, und er vergaß, daß sie nicht sein Typ war.

Whitney sah die Veränderung in seinem Gesichtsausdruck und spürte die plötzliche Spannung. Ihr Herz begann, schmerzhaft gegen ihre Rippen zu pochen. Hatte sie sich nicht gefragt, wie er als Liebhaber wäre? Stellte sie sich nicht jetzt, wo sie seine Begierde spürte, genau dieselbe Frage? Ein Dieb, ein Philosoph, ein Opportunist? Was auch immer er sein mochte, ihr Leben war mit seinem verknüpft, und es gab kein Zurück. Auf einem Markt voll exotischer Laute und Düfte vergaß sie, daß sie ihn auf Distanz halten wollte.

Doug erkannte, daß er mit dem Feuer spielte. Der Schatz lag fast in Reichweite, Dimitri saß ihm wie ein Bluthund im Nacken; er konnte es sich nicht leisten, die Frau in ihr zu sehen. Frauen – besonders solche mit großen Augen – waren schon immer sein Untergang gewesen.

Sie waren Partner. Er hatte die Papiere, sie das Geld, das allein war schon kompliziert genug.

»So langsam wird es Zeit«, mahnte er, so ruhig er konnte. »Wir müssen uns um die Campingausrüstung kümmern.«

Whitney atmete tief durch und erinnerte sich daran, daß er ihr bereits mehr als siebentausend Dollar schuldete. Es wäre klüger, das nicht zu vergessen. Trotzdem kaufte sie den Turban und redete sich ein, daß es sich lediglich um ein Andenken handelte.

Gegen Mittag warteten sie auf den Zug, beide mit Rucksäcken beladen, die mit Lebensmitteln und anderen Dingen vollgestopft waren. Doug brannte darauf, endlich voranzukommen. Er hatte wegen der Papiere auf seiner Brust sein Leben und seine Zukunft aufs Spiel gesetzt. Im Sommer würde er im Geld schwimmen, an irgendeinem Strand liegen und Rum schlürfen, während ihm eine dunkelhaarige, rehäugige Frau den Rücken einölte. Er würde genug Geld haben, um sicherzustellen, daß Dimitri ihn niemals finden konnte, und sollte er noch mal ein Ding drehen, dann nur zu seinem Vergnügen.

»Da kommt der Zug.« Doug spürte einen neuen Adrenalinstoß. Whitney, einen Schal um die Schultern, trug sorgfältig etwas in ihr Notizbuch ein. Sie wirkte kühl und gelassen, während ihm bereits das Hemd am Leibe klebte. »Hören Sie doch endlich auf, in dem Ding herumzukritzeln«, befahl er und nahm ihren Arm. »Sie sind ja schlimmer als ein Steuerfahnder.«

»Ich notiere nur den Preis Ihrer Fahrkarte, Partner.«

»Mein Gott! Wenn wir unser Ziel erreichen, dann können Sie im Gold baden, und Sie machen sich Gedanken um ein paar lumpige Franc.«

»Seltsam, wie sie sich zusammenläppern, nicht wahr?« Lächelnd steckte sie das Buch wieder ein. »Auf nach Tamatave.«

Ein Auto kam brummend zum Stehen, als Doug hinter Whitney den Zug bestieg.

»Da sind sie.« Remo bleckte die Zähne und tastete nach der Waffe unter seiner Jacke. Mit der anderen Hand strich er über den Verband auf seinem Gesicht. Inzwischen hatte er ein persönliches Interesse daran, Lord auszuschalten. Es würde ihm ein Vergnügen sein. Da legte sich eine kleine Hand mit verstümmeltem Finger wie eine Eisenklammer um seinen Arm. Die Manschetten waren blütenweiß, diesmal mit Ovalen aus gehämmertem Gold geschmückt. Die Berührung der zierlichen Hand, die trotz der Deformation irgendwie elegant wirkte, ließ die Muskeln unter Remos Haut zittern.

»Vorher hat er dich wieder reingelegt.« Die Stimme klang sehr leise und weich, wie die Stimme eines Barden.

»Diesmal ist er ein toter Mann.«

Ein befriedigtes Glucksen erklang, gefolgt von einer Wolke Zigarettenrauch. Remo vermochte sich weder zu entspannen, noch eine Entschuldigung hervorzubringen. Dimitris Launen waren trügerisch, und Remo hatte ihn zuvor schon lachen gehört. Dasselbe milde, zufriedene Lachen hatte er vernommen, als er die Fußsohlen eines seiner Opfer mit seinem Feuerzeug versengte. Weder bewegte Remo den Arm, noch öffnete er den Mund.

»Lord ist schon ein toter Mann, seitdem er mich bestohlen hat.« Ein widerwärtiger Unterton hatte sich in Dimitris Stimme geschlichen, kein Ärger, sondern eher eine kühle, leidenschaftslose Feststellung. Auch Schlangen versprühten ihr Gift leise. »Hol zurück, was mir gehört, dann mach mit ihm, was du willst. Bring mir seine Ohren.«

Remo bedeutete dem Mann auf dem Rücksitz, auszusteigen und Fahrkarten zu besorgen. »Und die Frau?«

Eine weitere Rauchwolke stieg auf, als Dimitri über dieses Problem nachdachte. Übereilte Entscheidungen rächten sich oft, das hatte er beizeiten gelernt. »Eine hübsche Frau, und clever genug, um Butrain die Kehle aufzuschlitzen. Behandele sie vorsichtig und bring sie mir. Ich will mit ihr reden.«

Zufrieden sank er zurück und beobachtete den Zug durch die getönte Windschutzscheibe. Die Angst, die von seinen Handlangern ausging, gefiel ihm. Angst zu verbreiten war und blieb die eleganteste Waffe. Mit seiner verstümmelten Hand winkte er leicht. »Ein ermüdendes Geschäft«, meinte er, als Remo die Autotür zuschlug. Seufzend hielt er sich ein parfümiertes Taschentuch vor die Nase. Der Geruch nach Staub und Tieren störte ihn. »Fahr zum Hotel zurück«, befahl er dem schweigenden Fahrer. »Ich will in die Sauna und mich dann massieren lassen.«

Whitney machte es sich am Fenster bequem, um Madagaskar an sich vorbeiziehen zu lassen. Wie am vergangenen Tag versteckte Doug sich hinter einem Reiseführer.

»Es gibt mindestens neununddreißig verschiedene Lemurenarten in Madagaskar. Und über achthundert Schmetterlingsarten.«

»Faszinierend. Ich wußte gar nicht, daß Sie so an Flora und Fauna interessiert sind.«

Er blinzelte über den Buchrand zu ihr hinüber. »Alle Schlangen sind harmlos«, fügte er hinzu. »Das sind Kleinigkeiten, auf die ich immer achte, wenn ich in einem Zelt schlafe. Ich informiere mich stets über meine Umgebung. Zum Beispiel wimmeln die Flüsse hier von Krokodilen.«

»Also kein Badespaß.«

»Wir werden wohl mit Eingeborenen zusammentreffen. Es gibt viele verschiedene Stämme, und laut diesem Buch gelten alle als friedlich.«

»Das ist mal eine gute Neuigkeit. Haben Sie eine Vorstellung davon, wie lange es dauern wird, bis wir am Punkt X ankommen?«

»Ein bis zwei Wochen.« Er lehnte sich zurück und zündete eine Zigarette an. »Was heißt Diamant auf Französisch?«

»*Diamant*.« Whitney musterte ihn mit schmalen Augen. »Hat dieser Dimitri in Frankreich irgendwie Diamanten gestohlen und hierher geschmuggelt?«

Doug lächelte sie an. Sie war nah dran. »Nein. Aber Dimitri hat etwas damit zu tun.«

»Also geht es wirklich um gestohlene Diamanten?«

Doug dachte an die Papiere. »Das kommt auf Ihren Standpunkt an.«

»War nur ein Gedanke.« Whitney nahm ihm die Zigarette aus der Hand und zog daran. »Haben Sie jemals darüber nachgedacht, was Sie tun werden, wenn kein Schatz mehr da ist?«

»Er ist da.« Langsam stieß er den Rauch aus und blickte sie mit seinen klaren grünen Augen an. »Er ist da.«

Wie immer stellte sie fest, daß sie ihm glaubte. Unmöglich, es nicht zu tun. »Was werden Sie mit Ihrem Anteil anfangen?«

Er streckte grinsend die Beine aus. »Mich darin wälzen.«

Whitney suchte in der Tasche nach einer Mango und warf sie ihm zu. »Was ist mit Dimitri?«

»Wenn ich den Schatz erst einmal habe, kann er von mir aus in der Hölle schmoren.«

»Sie sind ein mieser Hund, Doug.«

Er biß in die Mango. »Möglich. Aber bald bin ich ein reicher mieser Hund.«

Interessiert nahm sie ihm die Mango aus der Hand, um selbst hineinzubeißen. »Ist es Ihnen so wichtig, reich zu sein?«

»Allerdings.«

»Warum?«

Er warf ihr einen schrägen Blick zu. »Sie sprechen mit der Sicherheit von Tonnen von Eiskrem im Rücken.«

Whitney zuckte die Schultern. »Trotzdem bin ich an Ihrer Ansicht interessiert.«

»Wenn man reich ist und verliert beim Pferderennen, dann ist man nur sauer, weil man kein Glück hatte und nicht, weil man das Geld für die Miete in den Wind geschossen hat.«

»Und das ist für Sie der springende Punkt?«

»Schon mal nicht gewußt, wo Sie die Nacht verbringen können, Süße?«

Whitney biß noch einmal in die Mango, ehe sie ihm die Frucht zurückgab. Der ernste Klang seiner Stimme bewirkte, daß sie sich ziemlich naiv vorkam. »Nein.«

Eine Zeitlang schwieg sie, während der Zug weiterrumpelte und nur hier und da an kleinen Bahnhöfen hielt, um Leute ein- und aussteigen zu lassen. Im Inneren war es bereits unerträglich heiß; in der Luft hing ein schwerer Geruch nach Schweiß, Früchten, Staub und Ruß. Ein Mann in weißem Tropenanzug, der ein paar Sitze entfernt saß, wischte sich das hochrote Gesicht mit einem großen Taschentuch ab. Da Whitney glaubte, ihn auf dem Markt gesehen zu haben, lächelte sie ihn an, doch er steckte lediglich das Taschentuch wieder ein und vertiefte sich in seine Zeitung. Beiläufig registrierte sie, daß es sich um ein englisches Blatt handelte, ehe sie sich wieder der Betrachtung der Landschaft zuwandte.

Grasbewachsene Hügel, fast ohne Baumbewuchs, flogen vorbei. Hier und da sah man kleine Dörfer mit strohgedeckten Häusern und riesigen Scheunen, die allesamt nah am Fluß gebaut waren. Welcher Fluß? Doug würde ihr das sicherlich sagen können. Langsam begriff sie, daß er vermutlich in der Lage war, einen viertelstündigen Vortrag darüber zu halten.

Ihr fiel auf, daß das übliche Gewirr von Telefondrähten und -masten fehlte. Die Menschen, die in diesen endlosen, öden Gebieten lebten, mußten ein zähes, unabhängiges, genügsames Volk sein. Obwohl Whitney sie insgeheim bewunderte, hätte sie nicht mit ihnen tauschen mögen.

Zwar war sie ein typisches Kind der Großstadt, an Lärm, Menschenmassen und pulsierendes Leben gewöhnt, doch empfand sie die ruhige Weite dieser Region als angenehm, genau wie sie auch keinen Unterschied zwischen einer Feldblume und einem Chinchillamantel machte. Beides bereitete ihr Freude.

Der Zug war voller Geräusche, er ratterte und fauchte dahin, während die Passagiere unaufhörlich durcheinanderschnatterten. Kaum daß der Schweißgeruch durch den Luftzug gemildert wurde, der durch die offenen Fenster drang. Das letzte Mal, als Whitney mit dem Zug gefahren war, hatte sie ein klimatisiertes Abteil für sich gehabt, das nach Puder und Blumen duftete. Doch war diese Fahrt nicht halb so interessant wie ihre jetzige Reise gewesen.

Ihnen gegenüber saß eine Frau mit einem daumenlutschenden Säugling auf dem Schoß. Der Kleine starrte Whitney mit weit aufgerissenen Augen feierlich an, ehe er mit einem pummeligen Händchen nach ihrem Zopf grabschte. Verlegen hielt ihn seine Mutter zurück und redete auf Madagassisch auf ihn ein.

»Nein, nein, lassen sie ihn.« Lachend streichelte Whitney die Wange des Babys, dessen Fingerchen sich um ihre schlossen. Amüsiert bedeutete sie der Mutter, ihr den Kleinen zu reichen. Diese zögerte einen Moment, dann gab sie Whitney das Baby, die es sich auf den Schoß setzte. »Hallo, kleiner Mann.«

»Ich bin mir nicht sicher, ob man hier schon einmal von Pampers gehört hat«, gab Doug freundlich zu bedenken.

Whitney rümpfte leicht die Nase. »Mögen Sie keine Kinder?«

»Schon, aber nur, wenn sie nicht mehr auslaufen.«

Kichernd widmete sie sich wieder dem Baby. »Mal sehen, was wir da haben«, gluckste sie, wühlte in ihrer Tasche und förderte eine Puderdose zutage. »Wie wär's denn damit? Willst du ein Baby sehen?« Sie hielt dem Kleinen den Spiegel hin und freute sich über dessen gurgelndes Lachen. »Du bist ja ein ganz Süßer«, schmeichelte sie, sehr zufrieden mit sich. Das Baby, das genauso viel Freude an dem Spiel hatte, schob den Spiegel zu ihr hin.

»Wirklich, eine ganz Süße«, kommentierte Doug, was ihm ein Lachen seitens Whitneys einbrachte.

»Hier, nehmen Sie ihn mal.« Ehe er protestieren konnte, reichte sie ihm das Kind. »Babys sind gut für Sie.«

Wenn sie Ärger oder Verlegenheit erwartet hatte, lag sie

falsch. Doug schaukelte das Baby auf seinem Schoß und spielte mit ihm, als ob er sein Leben lang nichts anderes getan hätte.

Der Gauner hatte also auch Schwachstellen. Whitney lehnte sich zurück und beobachtete, wie Doug das Baby auf seinem Knie reiten ließ. »Schon mal daran gedacht, ein ehrliches Leben zu beginnen und vielleicht eine Kindertagesstätte zu eröffnen?«

Doug hob eine Augenbraue und riß ihr den Spiegel weg. »Schau mal«, sagte er zu dem Kleinen, wobei er mit dem Spiegel die Sonnenstrahlen einfing. Quietschend langte das Baby nach der Puderdose und schubste sie Doug fast ins Gesicht.

»Er möchte Ihnen einen Affen zeigen«, grinste Whitney.

»Biest!«

»Das haben Sie gesagt.«

Um das Baby bei Laune zu halten, schnitt Doug im Spiegel Grimassen. Vor Freude hüpfend stieß der Kleine an seine Hand und verdrehte den Spiegel ein wenig, so daß Doug hinter sich ins Abteil sehen konnte. Er zuckte zusammen, dann drehte er den Spiegel weiter und überprüfte den Rest des Waggons.

»Heilige Scheiße!«

»Wie bitte?«

Das Baby noch immer auf dem Arm, starrte er sie an. Schweiß brach ihm unter den Achselhöhlen aus und rann hinunter bis zur Taille. »Lächeln Sie, Süße, und schauen Sie ganz unbefangen. Dahinten sitzen Freunde von uns.«

Obwohl ihre Hände unbewußt die Armlehnen umklammerten, brachte sie es fertig, nach außen hin Ruhe zu bewahren. »Die Welt ist doch wirklich klein.«

»Nicht wahr?«

»Vorschläge?«

»Bin dabei.« Doug schätzte die Entfernung zur Tür ab. Wenn sie an der nächsten Station ausstiegen, würde Remo sie erwischen, noch ehe sie den Bahnsteig überquert hatten. Und wenn Remo hier war, dann war auch Dimitri nicht weit. Er hielt seine Männer gern an der kurzen Leine. Es dauerte eine Minute, bis Doug die aufsteigende Panik unterdrückt hatte. Was sie jetzt brauchten, war ein Ablenkungsmanöver und ein außerplanmäßiger Abgang

»Sie bleiben hinter mir«, befahl er leise. »Und wenn ich ›los‹ sage, dann nehmen Sie Ihren Rucksack und rennen zur Tür.«

Whitney sah sich prüfend um. Frauen, Kinder, Greise. Nicht gerade der geeignete Platz für eine gewalttätige Auseinandersetzung, entschied sie. »Habe ich eine andere Wahl?«

»Nein.«

»Dann renne ich.«

Der Zug verlangsamte seine Fahrt, Bremsen quietschten, die Lokomotive pfiff. Doug wartete, bis die Menge der ein- und aussteigenden Passagiere dicht genug war. »Tut mir leid, alter Junge«, flüsterte er dem Baby zu, dann kniff er es hart in das weiche Hinterteil. Der Kleine stieß einen gellenden Schrei aus, der die besorgte Mutter veranlaßte, von ihrem Platz aufzuspringen. Auch Doug fuhr hoch, bemüht, soviel Verwirrung wie möglich zu stiften.

Whitney, die seine Absicht begriff, stand gleichfalls auf und rempelte den Mann neben ihr so fest an, daß diesem sein Korb aus der Hand fiel. Pampelmusen rollten über den Boden.

Als sich der Zug wieder in Bewegung setzte, befanden sich sechs wild gestikulierende Männer zwischen Doug und Remo. Entschuldigend hob Doug die Arme und riß dabei eine Kiste mit Gemüse aus dem Gepäcknetz. Das Baby kreischte noch immer. Jetzt oder nie, dachte er und packte Whitneys Handgelenk. »Los!«

Zusammen kämpften sie sich zur Tür. Doug blickte sich um und sah, daß Remo aufsprang. Auch der weißgekleidete Mann warf seine Zeitung beiseite und wollte ihnen folgen, die Menge versperrte ihm jedoch den Weg. Eine Sekunde lang fragte sich Doug, wo er dieses Gesicht schon einmal gesehen hatte.

»Was nun?« schrie Whitney.

»Raus hier!« Ohne zu zögern stürzte sich Doug durch die

noch offene Tür und riß sie mit sich aus dem bereits anfahrenden Zug. Schützend preßte er sich an sie, als sie zusammen den Hang hinunterrollten. Erst als der Zug bereits ein gutes Stück entfernt war, rappelten sie sich auf.

»Herrgott noch mal!« explodierte Whitney. »Wir hätten uns den Hals brechen können!«

»Ja.« Zusammengekrümmt blieb er stehen. Seine Hände glitten über ihre Beine, ohne daß er es merkte. »Haben wir aber nicht.«

Unbeeindruckt funkelte sie ihn an. »Sind wir nicht richtige Glückspilze? Und was machen wir jetzt?« fragte sie böse und blies eine Haarsträhne aus dem Gesicht. »Wir befinden uns irgendwo im Niemandsland, meilenweit weg vom Ziel und ohne Transportmittel.«

»Sie haben zwei gesunde Füße«, gab Doug zurück.

»Die anderen auch«, murmelte sie grimmig. »Und am nächsten Bahnhof werden sie aussteigen und nach uns suchen. Sie haben Waffen, wir können nur mit Mangos werfen.«

»Je eher wir aufhören zu streiten und uns auf die Socken machen, desto besser.« Er schob sie vor sich her. »Ich habe Ihnen nie gesagt, daß diese Tour ein Picknick wird.«

»Sie haben auch nie erwähnt, daß Sie mich aus einem fahrenden Zug stoßen wollen.«

»Setzen Sie Ihren Arsch in Bewegung, Süße.«

Whitney rieb ihre schmerzende Hüfte. »Sie sind ein grobes, arrogantes Ekelpaket.«

»Bitte vielmals um Entschuldigung.« Doug machte eine spöttische Verbeugung. »Hätten Sie die Güte, sich von hier fortzubewegen, damit wir es vermeiden können, ein Kügelchen in den Kopf zu bekommen, Herzogin?«

Whitney schulterte ihren Rucksack, der ihr bei dem Aufprall aus der Hand gefallen war, und stürmte vorwärts. »Welche Richtung?«

Doug lud seinen eigenen Rucksack auf die Schulter. »Norden.«

5

Whitney hatte die Berge schon immer geliebt. Zu ihren liebsten Erinnerungen gehörte ein zweiwöchiger Skiurlaub in den Schweizer Alpen, wo sie morgens mit dem Sessellift auf die Piste gefahren war und die herrliche Aussicht genossen hatte. Abends säß man dann zum gemütlichen Après-Ski bei heißem Rum am knisternden Feuer.

Einmal verbrachte sie ein faules Wochenende in einer Villa in Griechenland, die hoch oben auf einem Berg lag und einen herrlichen Blick über die Ägäis bot – von einem bequemen Balkonliegestuhl aus.

Eine gute Bergsteigerin – und hier ging es um schweißtreibende, muskelkatererzeugende Kletterei – war sie jedoch nie gewesen. Die Schönheiten der Natur waren gleich weniger bewundernswert, wenn man zu Fuß unterwegs war.

Nach Norden, hatte er gesagt. Verbissen bemühte sich Whitney, sein Tempo mitzuhalten, bergauf, bergab. Sie würde es Doug schon noch zeigen, schwor sie sich, während ihr der Schweiß über den Rücken rieselte. Er hatte den Umschlag. Doch auch wenn sie mit ihm laufen, schwitzen und kampieren mußte, so brauchte sie deshalb noch lange nicht mit ihm zu sprechen.

Niemand, absolut niemand hatte ihr bislang ungestraft befohlen, ihren Arsch in Bewegung zu setzen.

Es konnte Tage oder auch Wochen dauern, aber dafür würde er büßen. Von ihrem Vater hatte sie eine grundlegende Geschäftsregel übernommen: Rache genoß man kalt.

Norden. Doug sah sich um. Zerklüftete, steile Berghänge umgaben sie von allen Seiten. Flächenweise bedeckte vom Wind zerzaustes Gras den Boden, unterbrochen von klaffenden roten Wunden dort, wo die Erosion die Oberhand gewonnen hatte. Und überall Steine, endloses, abweisendes Gestein. Weiter oben kauerten einige kümmerliche Bäumchen am Hang, doch Doug lockte der Schatten nicht. Seiner

Meinung nach bot diese Gegend genau den Schutz, den er suchte: keine Hütten, keine Häuser, keine Felder. Keine Menschen. Die absolute Einöde.

Letzte Nacht hatte er eingehend eine Karte von Madagaskar studiert, die er aus einem der gestohlenen Bücher herausgerissen hatte, obwohl er es schrecklich fand, ein Buch, gleich welcher Art, zu beschädigen. Bücher waren die Freunde seiner Kinderzeit gewesen, die ihm die Flucht in eine Phantasiewelt ermöglicht hatten. Bücher hatten ihn später durch viele einsame Nächte begleitet. Doch in diesem Fall konnte er es nicht vermeiden. Der herausgerissene Papierfetzen steckte nun in seiner Tasche, und das Buch im Rucksack. Die Region ließ sich in drei parallel verlaufende Gürtel unterteilen. Die Ebenen im Westen waren uninteressant, er hoffte, daß sie sich weit genug davon entfernt hatten. Sie würden sich an die Berge halten und alle Flüsse sowie offene, leicht einzusehende Gebiete so lange wie möglich meiden. Dimitri war näher, als Doug angenommen hatte. Er wollte sich nicht noch einmal verrechnen.

Die Hitze wurde langsam drückend, doch ihr Wasservorrat sollte eigentlich bis zum nächsten Morgen reichen. Sorgen über die Wiederauffüllung konnte er sich dann machen, wenn das Wasser zur Neige ging. Er wünschte nur, er wäre sich ganz sicher, wie lange sie Richtung Norden wandern mußten, ehe sie sich ungefährdet nach Osten, zur Küste hin, wenden konnten.

Vielleicht wartete Dimitri in Tamatave, bei einem Glas Wein und frischem Fisch. Diese Stadt wäre logischerweise ihr erster Zwischenstop gewesen, also mußten sie einen Aufenthalt dort ebenso logischerweise vermeiden. Vorerst einmal.

Doug war, wie er Whitney mehr als einmal erzählt hatte, eine Spielernatur. Je aussichtsloser die Sache, desto süßer der Gewinn. Doch Dimitri ... mit Dimitri verhielt es sich anders.

Er verlagerte seinen Rucksack auf der Schulter. Außerdem war er diesmal nicht nur für sich allein verantwortlich. Einer der Gründe, warum er sich so sehr gegen einen Partner gesträubt hatte. Er zog es vor, sich nur um seine Haut Sorgen machen zu müssen – um seine eigene. Doug warf Whitney, die seit Beginn ihres Marsches in eisiges Schweigen verfallen war, einen flüchtigen Blick zu.

Dämliches Frauenzimmer, dachte er erbost. Wenn sie meinte, ihr abweisendes Gehabe würde Eindruck auf ihn machen, dann irrte sie sich gewaltig. Ihre feingekleideten Großstadtbubis mochten um ein freundliches Wort betteln, er nicht. Ihm gefiel sie wesentlich besser, wenn sie den Mund hielt.

Da war sie doch tatsächlich beleidigt gewesen, weil er sie mit heilen Knochen aus dem Zug befördert hatte. Vielleicht hatte sie ein paar Kratzer davongetragen, aber sie atmete schließlich noch. Ihr Problem war, daß sie die Welt durch eine rosarote Brille sah. Dazu paßte auch ihr Nobelapartment – und das winzige Seidenhöschen, das sie unter ihrem Rock trug.

Doug schüttelte diesen speziellen Gedanken rasch ab und konzentrierte sich darauf, auf dem richtigen Weg zu bleiben.

Er würde noch eine Weile – zwei, drei Tage – in den Bergen bleiben. Die Berge boten Schutz, und sie kamen gut voran; schnell genug jedenfalls, um Remo und Dimitris Bluthunde hinter sich zu lassen, da war er sicher. Die waren daran gewöhnt, sich auf den Straßen der Großstädte herumzutreiben, nicht im bergigen Land. Diejenigen, die daran gewöhnt waren, verfolgt zu werden, konnten sich immer schneller an die Umstände anpassen.

Auf einem Hügelkamm hielt er an, holte sein Fernglas heraus und betrachtete lange die Umgebung. Unter ihnen, in westlicher Richtung, machte er eine kleine Siedlung aus. Rotgetünchte Häuschen und große Scheunen säumten die Felder. Dem satten Smaragdgrün nach zu urteilen handelte es sich um Reisfelder. Zum Glück waren keinerlei Strommasten zu erkennen. Je weiter sie sich von der Zivilisation entfernten, desto besser. Wenn die Informationen in seinem Reiseführer stimmten, dann mußte es sich bei der Siedlung um ein Merinadorf handeln. Direkt unter ihnen schlängelte sich ein schmaler Fluß durchs Land, ein Nebenarm des Betsiboka.

Während er dem Flußverlauf mit den Augen folgte, kam Doug eine Idee. Zwar floß der Fluß in nordwestlicher Richtung, aber die Vorstellung, per Boot weiterzureisen, hatte etwas für sich. Krokodile hin, Krokodile her, auf dem Fluß kämen sie schneller voran. Er würde sich kundig machen, welche Flüsse in Frage kamen und wie sich die Madagassen darauf fortbewegten. Dann würde er seine Entscheidung treffen.

Auf jeden Fall wollte er nach weiteren Ansiedlungen Ausschau halten. Früher oder später mußten sie sich mit Lebensmitteln versorgen – und wahrscheinlich darum feilschen. Vielleicht wurde Whitney dann umgänglicher.

Schlechtgelaunt und mit schmerzenden Knochen saß seine Partnerin auf dem Boden. Sie würde sich nicht von der Stelle rühren, ehe sie nicht eine Essenspause eingelegt hätten. Ohne auf Doug zu achten, wühlte sie in ihrem Rucksack. Zuerst einmal mußte sie ihre Schuhe wechseln.

Doug verstaute das Fernglas wieder und wandte sich zu ihr um. Die Sonne stand hoch am Himmel. Vor Einbruch der Dunkelheit konnten sie noch ein gutes Stück Weg zurücklegen. »Weiter geht's.«

Schweigend begann Whitney, eine Banane zu schälen. Sollte er ihr ruhig noch einmal sagen, sie müsse ihren Arsch in Bewegung setzen. Ohne ihn aus den Augen zu lassen, biß sie in die Frucht und kaute genüßlich.

Ihr Rock schob sich über ihre Knie, und die durchgeschwitzte Bluse klebte ihr am Körper. Der ordentlich geflochtene Zopf hatte sich gelöst, so daß seidige blonde Haarsträhnen ihre Wangen kitzelten, doch ihr Gesicht wirkte so kühl und elegant wie das einer Marmorstatue.

»Weiter«, drängte er. Das aufsteigende Verlangen machte ihn nervös. Er würde sie auf keinen Fall zu nah an sich heranlassen, schwor er sich. Jedesmal, wenn ihm eine Frau etwas bedeutet hatte, war er am Ende auf der Verliererstraße gelandet.

Und doch fragte er sich unwillkürlich, wie sich ihr Körper wohl unter ihm anfühlen mochte – nackt, erhitzt und verletzlich.

Whitney lehnte sich an den Fels und biß wieder in die Banane. Lässig kratzte sie ihr Knie. »Du kannst mich mal, Lord«, meinte sie in einem absolut damenhaften Tonfall.

O Gott, er wollte sie lieben, bis sie sich vor Wonne unter ihm wand. Er wollte sie umbringen. »Hören Sie, Süße, wir müssen heute noch eine beachtliche Strecke schaffen. Da wir zu Fuß unterwegs sind ...«

»Ihre Schuld«, erinnerte sie ihn.

Er beugte sich zu ihr, bis ihre Blicke sich trafen. »Durch meine Schuld sitzt Ihr Hohlkopf noch auf Ihren Schultern.« Voller Zorn packte er sie am Kinn. »Dimitri würde nur zu gerne seine fetten Händchen auf ein Klasseweib wie Sie legen. Und glauben Sie mir, seine Phantasie auf diesem Gebiet ist einzigartig.«

Ein kurzer Stoß der Angst durchfuhr sie, doch sie sah ihn unverwandt an. »Dimitri ist Ihr Buhmann, nicht meiner.«

»Er ist nicht wählerisch.«

»Und ich bin nicht ängstlich.«

»Tote haben selten Angst«, schoß er zurück. »Und genau das werden Sie bald sein, wenn Sie nicht tun, was ich sage.«

Whitney stieß seine Hand zurück, erhob sich anmutig und hob eine Augenbraue, als sie ihm die Bananenschale vor die Füße fallen ließ. »Ich tue nie, was man mir sagt, eher das Gegenteil davon. Merken Sie sich das für die Zukunft.«

»Nehmen Sie Vernunft an, sonst haben Sie keine Zukunft:«

Langsam klopfte sie den Staub von ihrem Rock. »Wollen wir gehen?«

Doug versuchte, sich selbst davon zu überzeugen, daß er eine zimperliche, angstschlotternde Frau vorziehen würde. »Sind Sie sicher, daß Sie jetzt soweit sind?«

»Ganz sicher.«

Er blickte auf seinen Kompaß. Norden. Sie würden sich noch eine Zeitlang nordwärts halten, egal ob die Sonne sie unbarmherzig verbrannte, ohne daß erlösender Schatten in Sicht war, egal ob der Untergrund zum Wandern geeignet war oder nicht. War es nun Instinkt oder eine Vorahnung, ihn prickelte etwas im Nacken. Vor Sonnenuntergang würden sie nicht mehr haltmachen.

»Wissen Sie, Herzogin, unter anderen Umständen würde ich Sie für Ihre Ruhe bewundern. Doch im Moment sind Sie nahe daran, sich zur Nervensäge zu entwickeln.«

Lange Beine und ein unbeugsamer Wille trieben sie voran. »Gute Erziehung«, korrigierte sie, »ist immer bewundernswert. Die meisten Leute beneiden mich darum.«

»Behalten Sie Ihre Erziehung, Schwester, und ich die meine.«

Lachend hakte sie ihn unter. »Das habe ich auch vor.«

Er schaute auf ihre gepflegte, manikürte Hand hinunter. Welche andere Frau auf der Welt brachte es fertig, ihm das Gefühl zu vermitteln, er begleite sie auf einen Ball, während sie sich in der späten Nachmittagssonne durch das Gebirge quälten. »Wieder friedlich?«

»Ich denke, statt zu schmollen warte ich lieber auf eine Gelegenheit, Ihnen das hier heimzuzahlen. In der Zwischenzeit – wie weit müssen wir noch laufen?«

»Die Zugfahrt hätte zwölf Stunden gedauert, und wir machen einen ziemlichen Umweg. Sie können sich's ja ausrechnen.«

»Kein Grund, bösartig zu werden«, entgegnete sie ruhig. »Können wir nicht in irgendeinem Dorf ein Auto mieten?«

»Lassen Sie es mich wissen, wenn Sie das erste Hertz-Schild sehen.«

»Sie sollten wirklich etwas essen, Douglas. Ein leerer Magen verursacht meistens schlechte Laune.« Sie hielt ihm ihren Rucksack hin. »Kommen Sie, nehmen Sie sich eine schöne Mango.«

Mühsam unterdrückte er ein Grinsen und kramte in ihrem Rucksack herum.

Sie liefen. Und liefen. Und liefen. Jede Stelle der Haut, die der Sonne ausgesetzt war, rieben sie mit Schutzmittel ein, mußten dann jedoch einsehen, daß ein Sonnenbrand unvermeidlich war. Fliegen summten um sie herum, vom Duft des Öls und des Schweißes angelockt, doch sie lernten, die Plagegeister zu ignorieren. Außer den Insekten hatten sie keine Gesellschaft.

Whitney spürte ihre Beine nicht mehr. Schweißtriefend

setzte sie stur einen Fuß vor den anderen. Verdammter Doug Lord! Wenn sie schwitzen wollte, dann nur in der Sauna. Wenn sie sich verausgaben wollte, dann höchstens beim Tennis.

Doug bemerkte, daß die Sonne tiefer sank. Langsam mußten sie sich nach einem Nachtlager umsehen. Die Schatten wurden länger, und im Westen färbte sich der Himmel bereits rötlich. Normalerweise fand er sich nachts genauso mühelos zurecht wie tagsüber, aber die Hochebene Madagaskars schien ihm nicht der ideale Ort, um sein Glück im Dunkeln zu versuchen.

Seit einiger Zeit wartete er darauf, daß Whitney sich beklagen, jammern oder Forderungen stellen würde – so wie er es unter diesen Bedingungen von einer Frau erwartet hätte. Andererseits war Whitneys Verhalten vom ersten Augenblick ihrer Bekanntschaft an ungewöhnlich gewesen. In Wirklichkeit wünschte er sich fast, daß sie murren oder Theater machen würde, dann könnte er sie mit Fug und Recht bei der erstbesten Gelegenheit sitzenlassen. Nachdem er sich großzügig an ihrem Geld bedient hatte, versteht sich. Würde sie meckern, er täte beides ohne Reue. Aber Tatsache war, daß sie ihn kein bißchen behinderte und sogar ihren Anteil am Gepäck klaglos selber trug. Es war ja auch der erste Tag, beruhigte er sich. Man mußte ihr Zeit lassen. Treibhauspflanzen welkten gewöhnlich schnell, wenn sie mit der Außenwelt in Berührung kamen.

»Sehen wir uns mal diese Höhle an.«

»Höhle?« Whitney legte eine Hand über die Augen und folgte seinem Blick. Sie sah einen winzigen Eingang, ähnlich einem schwarzen Loch. »Diese da?«

»Genau. Wenn sie nicht schon von einem unserer vierbeinigen Freunde bewohnt ist, dann gibt sie ein prima Hotel ab.«

Da drinnen? »Ich würde das Beverly Wilshire vorziehen.«

Doug achtete nicht auf sie. »Zuerst sollten wir mal nachsehen, ob noch etwas frei ist.«

Entsetzt beobachtete Whitney, wie er zu dem Loch hinüberging, seinen Rucksack absetzte und hineinkrabbelte. Es kostete sie einige Überwindung, ihn nicht zurückzurufen.

Jeder hat irgendeine Phobie, sagte sie sich. Und sie hatte nun einmal panische Angst vor engen, geschlossenen Räumen. Obwohl sie todmüde war, würde sie frohen Herzens noch zehn Kilometer marschieren, nur um nicht in dieses winzige Loch kriechen zu müssen.

»Es ist zwar nicht das Wilshire«, meinte Doug, als er wieder herauskroch, »aber es wird schon gehen. Ich habe gerade ein Zimmer reserviert.«

Whitney ließ sich auf einem Felsbrocken nieder und schaute sich lange um. Außer einem Felsenmeer und ein paar verkrüppelten Pinien war nichts zu sehen. »Ich erinnere mich dunkel daran, eine exorbitante Summe für ein Faltzelt ausgegeben zu haben«, erinnerte sie ihn. »Schon mal was von einem Bett unter freiem Himmel gehört?«

»Wenn mir jemand so dicht auf den Fersen ist, dann habe ich lieber eine Wand im Rücken. Ich denke, daß Dimitri uns weiter östlich vermutet, aber ich will kein Risiko eingehen. Außerdem wird es in den Bergen nachts sehr kalt«, fügte er hinzu. »Drinnen können wir es wagen, ein kleines Feuer zu machen.«

»Ein Lagerfeuer?« Whitney inspizierte ihre Nägel. Es war nicht zu leugnen, sie brauchte dringend eine Maniküre. »Wie romantisch. In diesem Loch können wir uns vermutlich selbst räuchern.«

Doug kramte ein kleines Beil aus seinem Rucksack. »Nach ein, zwei Metern kann man aufrecht stehen.« Er wählte eine trockene Pinie aus und begann, die Äste abzuhacken. »Haben Sie schon einmal Höhlenforschung betrieben?«

»Ich kann mir bessere Forschungsobjekte vorstellen.«

»Da haben Sie aber was verpaßt, Süße. Diese hier wird zwar nie eine Touristenattraktion werden, aber sie verfügt über einige sehenswerte Stalaktiten und Stalagmiten.«

»Wie aufregend«, erwiderte Whitney trocken. Allein beim Anblick des düsteren Eingangs brach ihr der kalte Schweiß aus.

Verärgert begann Doug, einen ansehnlichen Haufen Feuerholz zusammenzutragen. »Ich habe mir schon gedacht, daß eine Frau wie Sie sich nicht für Steine interessiert –

außer denen, die man um den Hals tragen kann.« Frauen in französischen Modellkleidern und italienischen Schuhen waren doch alle gleich. Deswegen suchte er sein Vergnügen auch lieber bei Nachtklubtänzerinnen oder Nutten. Die waren auf ihre Weise ehrlich und hatten wenigstens noch Rückgrat.

Whitney blickte ihn finster an. »Was soll das heißen, eine Frau wie ich?«

»Verwöhnt«, fauchte er und ließ das Beil heruntersausen. »Oberflächlich.«

»Oberflächlich?« Whitney sprang auf. Verwöhnt, ja, das mochte stimmen, aber oberflächlich? »Sie haben die Frechheit, mich als oberflächlich zu bezeichnen? Ich klaue mir jedenfalls nicht meinen Lebensunterhalt zusammen.«

»Das hatten Sie auch nie nötig.« Doug wandte den Kopf, so daß sich ihre Blicke trafen. »Und genau das unterscheidet uns, Herzogin. Sie sind mit einem silbernen Löffel im Mund zur Welt gekommen, ich nicht.« Er klemmte sich das Holz unter den Arm und ging zur Höhle zurück. »Wenn Sie essen wollen, Lady, dann bewegen Sie Ihren Hintern da rein. Der Zimmerkellner hat nämlich gerade Urlaub.« Schnell packte er die Riemen des Rucksacks, kroch durch das Loch und verschwand.

Wie konnte er es wagen! Die Hände in die Hüften gestemmt, starrte Whitney auf den Höhleneingang. Wie konnte er es wagen, so mit ihr zu reden, nachdem sie endlose Meilen marschiert war! Vom ersten Moment ihrer Bekanntschaft an war auf sie geschossen worden, man hatte sie bedroht, gejagt und aus einem Zug gestoßen. Wie konnte er es wagen, mit ihr zu sprechen, als wäre sie eine zimperliche, hohlköpfige Debütantin? Das würde er noch büßen müssen.

Flüchtig erwog sie, allein weiterzugehen und diesen schlechtgelaunten Bären in seiner Höhle zurückzulassen. O nein! Nein, das könnte ihm so passen! Dann wäre er sie los und könnte den Schatz für sich behalten. Diesen Triumph würde sie ihm nicht gönnen. Komme, was wolle, sie würde sich an ihn hängen, bis sie jeden Dollar eingetrieben hatte, den er ihr schuldete. Und mehr.

Sehr viel mehr, fügte sie in Gedanken hinzu, als sie sich auf Händen und Knien anschickte, in die Höhle zu kriechen.

Nackte Wut trieb sie das erste Stück voran. Dann brach ihr der kalte Angstschweiß aus, sie begann, keuchend zu atmen und vermochte sich weder vor- noch zurückzubewegen. Lautloses Dunkel umgab sie. Die schwarzen, feuchten Wände nahmen ihr fast den Atem. Whitney senkte den Kopf und kämpfte gegen ihre Hysterie an.

Nein, sie würde nicht aufgeben, niemals! Er war nur ein kurzes Stück vor ihr, konnte ihr ängstliches Wimmern hören. Ihr Stolz war genauso stark wie ihre Angst. Nach Luft japsend kroch sie vorwärts. Hatte er nicht gesagt, weiter hinten würde die Höhle größer? Vielleicht nur noch ein paar Meter, und sie könnte wieder atmen.

O Gott, sie brauchte Licht. Raum. Luft. Mühsam unterdrückte sie einen Schrei. Sie würde sich vor ihm nicht zum Narren machen, nicht seiner Belustigung dienen.

Während sie bewegungslos verharrte und den schwersten Kampf ihres Lebens kämpfte, bemerkte sie plötzlich ein schwaches Flackern. Aufatmend konzentrierte sie sich auf das Geräusch knisternden Holzes und den Geruch brennender Pinienäste. Er hatte Feuer gemacht. Es war nicht mehr dunkel. Nur noch ein kleines Stück …

Dieses Stück kostete sie mehr Kraft und Mut, als sie je bei sich vermutet hätte. Langsam arbeitete sie sich vorwärts, bis der Feuerschein auf ihr Gesicht fiel und die beengenden Wände sie freigaben. Ausgepumpt blieb sie liegen, tief durchatmend.

»Haben Sie sich entschlossen, mir doch noch Gesellschaft zu leisten?« Doug, der ihr den Rücken zukehrte, packte einen Topf und ein zusammenklappbares Gestell aus, um über dem Feuer Wasser zu erhitzen. Der Gedanke an heißen, starken Kaffee hatte ihn die letzte Stunde aufrecht gehalten. »Das Essen ist gleich fertig. Obst, Reis und Kaffee. Ich kümmere mich um letzteren, Sie sehen zu, was Sie mit dem Reis anfangen können.«

Am ganzen Leib zitternd, setzte Whitney sich auf. Es würde gleich vorübergehen, redete sie sich ein. In ein paar Minuten würden Übelkeit und Schwindelgefühl vorbei sein. Und dann würde sie ihn irgendwie dafür büßen lassen.

»Zu schade, daß wir nicht ein Fläschchen Weißwein dabeihaben, aber …« Er brach ab, als er sie ansah. Lag es am Licht, oder war ihr Gesicht tatsächlich aschfahl? Stirnrunzelnd setzte er Wasser auf, dann wandte er sich ihr wieder zu. Nein, keine optische Täuschung, stellte er fest. Sie wirkte, als würde sie gleich umkippen. Unsicher beugte er sich zu ihr. »Was ist los?«

Mit funkelnden Augen starrte sie ihn an. »Nichts.«

»Whitney.« Vorsichtig nahm er ihre Hand. »Mein Gott, Sie sind ja eiskalt. Kommen Sie ans Feuer.«

»Mir geht es gut.« Aufgebracht entriß sie ihm ihre Hand. »Lassen Sie mich in Ruhe!«

»Moment.« Ehe sie hochfahren konnte, faßte er sie um die Schultern und fühlte ihr Zittern. Warum wirkte sie nur so jung und schutzlos? »Trinken Sie einen Schluck«, murmelte er, öffnete die Feldflasche und hielt sie ihr hin. »Aber langsam.«

Whitney nippte. Das Wasser war warm und hatte einen metallischen Beigeschmack. »Ich bin ganz in Ordnung.« Ihre Stimme klang angespannt und mürrisch. Seine Freundlichkeit nahm ihr den Wind aus den Segeln.

»Ruhen Sie sich eine Minute aus. Wenn Ihnen schlecht ist …«

»Mir ist nicht schlecht.« Heftig drückte sie ihm die Flasche in die Hand. »Nun ja, ich neige ein wenig zur Klaustrophobie, okay? Aber jetzt bin ich ja drin, und gleich geht es wieder.«

Ein wenig? Ihre Hand war feuchtkalt, und sie zitterte am ganzen Körper. Plötzlich fühlte er sich schuldig. Er hatte ihr keine Pause gegönnt, seit sie aufgebrochen waren, weil er sie bis an die Grenzen ihres Leistungsvermögens treiben wollte. Und das war jetzt das Ergebnis.

»Whitney, das hätten Sie mir sagen sollen.«

»Ich komme mir wie ein Idiot vor.«

»Na und? Das stört mich überhaupt nicht.« Lächelnd strich er ihr das Haar aus dem Gesicht. Zum Glück fing sie nicht an zu weinen.

»Jedenfalls bin ich drin, auch wenn Sie mich vielleicht mit einer Winde hinausbefördern müssen.« Whitney blickte sich in ihrem Nachtquartier um. Schaudernd bemerkte sie eine halbvermoderte Schlangenhaut in einer Ecke.

Doug rieb mit zwei Fingern sanft über ihre Wange, und langsam kehrte die Farbe in ihr Gesicht zurück. »Wir haben ein Seil dabei. Notfalls ziehe ich Sie nach draußen.« Hinter ihm simmerte das Wasser. »Jetzt trinken wir erst einmal Kaffee.«

Seufzend streifte Whitney ihre Last ab. »Ich habe keine Ahnung, wie man Reis kocht.« Sie wühlte in ihrer Tasche und holte eine Tüte Obst heraus. Obwohl die meisten Früchte in der Hitze gelitten hatten und bereits überreif waren, kamen sie ihr so verlockend vor wie ein üppiges Menü.

»Aufgrund unserer beschränkten Möglichkeiten brauchen Sie nur Wasser heißzumachen und umzurühren. Das sollten Sie ja wohl hinkriegen.«

»Und wer erledigt den Abwasch?« erkundigte sie sich, während sie einen zweiten Topf mit Wasser füllte.

»Wir kochen gemeinsam, und wir waschen gemeinsam ab.« Vergnügt grinste Doug sie an. »Schließlich sind wir Partner.«

»Sind wir das?« Mit einem gequälten Lächeln setzte Whitney den Topf aufs Feuer und sog genüßlich den Kaffeeduft ein. Die feuchte, schmutzige Höhle wurde gleich wohnlicher. »Nun, Partner, wann bekomme ich denn die Papiere zu sehen?«

Doug reichte ihr einen Blechbecher voll Kaffee. »Wann bekomme ich denn die Hälfte unserer Barschaft?«

Über den Becherrand blinzelte sie ihn lachend an. »Der Kaffee ist ausgezeichnet, Doug. Sie haben vielfältige Talente.«

»Ich fühle mich geschmeichelt.« Doug stürzte die Hälfte seines Kaffees mit einem Schluck hinunter. »Jetzt überlasse ich Ihnen die Küche, während ich die Betten mache.«

Whitney suchte nach dem Sack mit Reis. »Diese Schlafsäcke sollten sich eigentlich wie Federbetten anfühlen, dem Preis nach zu urteilen.«

»Sie haben einen Dollartick, Süße.«

»Vor allem habe ich die Dollars.«

Doug brummte etwas und beschäftigte sich mit den Schlafsäcken. Grinsend warf Whitney Reis in den Topf. Eine Handvoll, zwei. Wenn der Hauptgang nur aus Reis bestand, dann sollte er wenigstens großzügig bemessen sein. Wieder wühlte sie in der Tasche.

Es dauerte einen Moment, ehe sie begriff, daß man das Campingbesteck auseinanderklappen mußte. Mittlerweile fing das Wasser zu kochen an. Sehr zufrieden mit sich begann Whitney mit dem Löffel zu rühren.

»Nehmen Sie die Gabel«, mahnte Doug, der die Schlafsäcke ausbreitete. »Damit geht's besser.«

»Auch noch Ansprüche stellen«, knurrte sie. »Woher wissen Sie eigentlich soviel über das Kochen?«

»Ich esse gerne und gut«, entgegnete er leichthin. »Leider kann ich es mir nicht oft leisten, dieser Vorliebe zu frönen.« Er rollte den zweiten Schlafsack auseinander und plazierte ihn neben den ersten. Nach einem Augenblick zog er ihn ein Stückchen beiseite. Etwas Distanz war angebracht. »Also habe ich kochen gelernt. Es macht mir Spaß.«

»Solange es jemand anders tut, natürlich.«

Er zuckte bloß die Schultern. »Ich koche wirklich gern. Phantasie und ein paar Gewürze, und Sie speisen wie Gott in Frankreich – sogar in einer miesen Absteige mit nur einer Kochplatte auf dem Herd. Und wenn es gar nicht anders geht, dann arbeite ich eine Zeitlang in einem Restaurant.«

»Ein ehrlicher Job? Rauben Sie mir nicht meine Illusionen.«

Er ließ den Sarkasmus durchgehen. »Das ist die einzige Art von Arbeit, die ich je akzeptiert habe. Außerdem bekommt man genug zu essen und hat die Möglichkeit, die Gäste unter die Lupe zu nehmen.«

»Um ein lohnendes Opfer zu finden.«

»Man soll keine Chance ungenutzt verstreichen lassen.« Lässig streckte er sich auf einem Schlafsack aus und zündete sich eine Zigarette an.

»Ist das ein Pfadfindermotto?«

»Wenn nicht, sollte man eins draus machen. Wie geht's dem Abendessen?«

Whitney rührte den Reis durch. »Bald fertig.« Soweit sie das beurteilen konnte. »Haben Sie einen Vorschlag, wie sich unser Wasservorrat ergänzen ließe?«

»Ich dachte, wir könnten am frühen Morgen dem Dorf unter uns einen Besuch abstatten.«

Whitney kreuzte die Beine und wählte eine weitere Frucht aus. »Halten Sie das für sicher?«

Achselzuckend trank er seinen Kaffee aus. Das war eine Frage der Notwendigkeit, nicht der Sicherheit. »Wir brauchen Wasser, und vielleicht können wir etwas Fleisch bekommen.«

»Bitte, mir knurrt schon der Magen.«

»So, wie ich die Sache sehe, weiß Dimitri, daß der Zug nach Tamatave geht, also wird er uns dort suchen. Bis wir aber da ankommen, hält er sich hoffentlich längst woanders auf.«

Sie biß in die Frucht. »Also hat er keine Ahnung, wo wir eigentlich hinwollen?«

»Nicht mehr als Sie, Süße.« Hoffte er jedenfalls. Doch das Prickeln zwischen seinen Schulterblättern strafte ihn Lügen. Nach einem letzten tiefen Zug warf Doug die Zigarettenkippe ins Feuer. »Soweit ich informiert bin, hat Dimitri die Papiere nie gesehen, oder zumindest nicht alle.«

»Wenn er sie nicht gesehen hat, wieso glaubt er dann, daß es einen Schatz gibt?«

»Er vertraut darauf, Süße, genau wie Sie.«

Der Seitenhieb saß. »Dieser Dimitri scheint mir kein Mann zu sein, der vertrauensvoll alles glaubt.«

»Nennen wir es Instinkt. Es gab da einen Typ namens Whitaker, der diese Papiere dem Meistbietenden verkaufen wollte, um so einen netten Batzen einzustreichen, ohne selbst auf die Suche gehen zu müssen. Die Idee eines verborgenen Schatzes, eines real existierenden Schatzes, hat Dimitri fasziniert.«

»Whitaker ...« Whitney überlegte, warum ihr der Name bekannt vorkam, und vergaß dabei das Rühren. »George Allan Whitaker?«

»Derselbe. Kennen Sie ihn?«

»Flüchtig. Ich bin mal mit einem seiner Neffen ausgegangen. Man sagt, daß er, neben anderen Dingen, dick im Waffenschmuggel drinhängt.«

»Der schmuggelt alles, was nicht niet- und nagelfest ist, besonders in den letzten zehn Jahren. Erinnern Sie sich an den Diebstahl der Geraldi-Saphire? Das muß 1976 gewesen sein.«

Stirnrunzelnd dachte sie nach. »Nein.«

»Sie sollten sich auf dem laufenden halten, Süße. Lesen Sie das Buch, das ich mir in Washington ausgeborgt habe.«

»*Verschwundene Juwelen im Lauf der Jahrhunderte*?« Whitney hob die Schultern. »Wenn ich lese, dann lieber Romane.«

»Erweitern Sie Ihren Horizont. Aus Büchern kann man fast alles lernen.«

»Tatsächlich?« Interessiert musterte sie ihn. »Sie lesen also gerne?«

»Neben Sex ist Lesen mein liebster Zeitvertreib. Doch zurück zu den Geraldi-Saphiren. Die schönsten Steine seit den Kronjuwelen.«

Beeindruckt hob Whitney eine Augenbraue. »Sie haben sie gestohlen?«

»Nein.« Doug lehnte sich an die Wand. »Sechsundsiebzig ging es mir nicht gerade gut. Mir fehlte das Geld, um nach Rom zu fahren. Aber ich hatte meine Verbindungen, genau wie Whitaker.«

»*Er* hat sie gestohlen?« Ihre Augen weiteten sich, als sie an den mageren alten Mann dachte.

»Er war der Drahtzieher«, berichtigte Doug. »Whitaker macht sich nicht gerne die Hände schmutzig. Lieber gibt er vor, ein Archäologieexperte zu sein. Haben Sie zufällig mal eine seiner Fernsehshows gesehen?«

Der Mann wußte wirklich auf den verschiedensten Gebieten Bescheid. »Nein, aber ich habe gehört, er wolle so eine Art zweiter Cousteau werden.«

»Dazu reicht es bei ihm nicht. Trotzdem brachte er es ein paar Jahre lang auf recht beachtliche Einschaltquoten. Er hat einigen großen Tieren eine Menge Geld für irgendwelche windigen Expeditionen abgeluchst und so seine Schäfchen ins Trockene gebracht.«

»Mein Vater hält ihn für einen Scheißkerl«, meinte Whitney ruhig.

»Ihr Vater hat nicht nur Eiskrem im Kopf. Jedenfalls fungierte Whitaker als Mittelsmann für Edelsteine und Kunstobjekte, die über ihn von der einen Seite des Atlantiks auf die andere gelangten. Ungefähr vor einem Jahr hat er irgendeiner Engländerin ein Bündel alter Dokumente und Briefe abgeschwatzt.«

Whitneys Interesse wuchs. »Unsere Papiere?«

Diesmal fiel ihm die Verwendung des Plurals gar nicht auf. »Die Dame betrachtete die Papiere als Dokumente der Geschichte – kulturelle Werte, verstehen Sie? Über dieses Thema hat sie einige Bücher geschrieben. Dann kam so ein General ins Spiel, mit dem sie sich beinahe einig geworden wäre, doch Whitaker verstand offenbar mehr vom Umgang mit älteren Damen. Dummerweise war er damals ziemlich abgebrannt und mußte jemanden auftreiben, der ihm die Expedition finanzierte.«

»Und da trat Dimitri auf den Plan?«

»Genau. Wie ich schon sagte, wollte Whitaker den Meistbietenden mit ins Geschäft nehmen. Als Partner«, fügte er leise lächelnd hinzu. »Doch Dimitri ist kein Freund der freien Marktwirtschaft und machte Whitaker einen anderen Vorschlag.« Doug pellte eine Banane ab. »Whitaker sollte ihm die Papiere aushändigen, und im Gegenzug wollte Dimitri ihn nicht seiner Finger und Zehen berauben.«

Whitney knabberte wieder an ihrer Frucht, doch das Schlucken fiel ihr schwer. »Scheint ja ein abgebrühter Geschäftsmann zu sein, dieser Dimitri.«

»Kann man wohl sagen. Doch unseligerweise war Dimitris Überredungskunst zuviel für Whitaker. Der Alte hatte wohl was am Herzen. Jedenfalls war er hinüber, ehe Dimitri die Papiere oder seinen – Spaß hatte, ich weiß nicht, worüber er mehr verstimmt war. Einen unglücklichen Unfall nannte er es, als er mich anwarb, um die Papiere zu stehlen. Er beschrieb mir in den lebhaftesten Details, wie er Whitaker überzeugt hatte – um mich zu warnen, was mir blühen könne, wenn ich Alleingänge versuchen sollte.« Doug erinnerte sich an die kleine blitzende Zange, mit der Dimitri während der Unterredung herumgespielt hatte.

»Das hat Sie nicht davon abgehalten, die Papiere an sich zu nehmen.«

»Erst nachdem er mich um meinen verdienten Lohn geprellt hat«, erklärte Doug mit vollem Mund. »Hätte er sich an die Abmachung gehalten, hätte ich ihm die Papiere übergeben, mein Geld kassiert und ein paar Wochen Urlaub in Cancun gemacht.«

»Doch jetzt haben Sie sie. Und man soll jede Möglichkeit nutzen.«

»Du sagst es, Schwester. Um Himmels willen!« Doug sprang auf und kam ans Feuer. Automatisch zog Whitney die Beine an den Leib, da sie erwartete, eine glitschige Schlange oder eine widerliche Spinne zu Gesicht zu bekommen. »Verdammt, Mädchen, wieviel Reis haben Sie da reingetan?«

»Ich ...« Sie brach ab und starrte auf den Topf. Der Reis quoll wie ein Lavastrom an den Seiten herab. »Ein paar Hände voll.« Sie mußte sich auf die Lippen beißen, um nicht zu lachen.

»Grundgütiger!«

»Na ja, vier.« Whitney preßte eine Hand vor den Mund, als er einen Teller suchte. »Oder fünf.«

»Vier oder fünf«, murmelte er, während er Reis auf den Teller schaufelte. »Warum muß ausgerechnet ich mit sowas in einer Höhle in Madagaskar landen?«

»Ich habe von Anfang an gesagt, daß ich nicht kochen kann«, erinnerte Whitney ihn und betrachtete die klebrige, bräunliche Masse auf ihrem Teller argwöhnisch. »Das habe ich jetzt bewiesen.«

»Allerdings.« Als er ihr gedämpftes Kichern hörte, funkelte er sie böse an. »Lachen Sie nur. Sie werden Ihre Portion bis auf den letzten Krümel aufessen!«

»Ich bin sicher, es schmeckt nicht schlecht.« Mit der gleichen Gabel, die sie zum Kochen verwendet hatte, nahm sie tapfer einen Bissen. Es schmeckte nicht allzu unangenehm. Achselzuckend aß Whitney weiter. Es hieß ja, daß Bettler nicht wählerisch sein dürfen, und bald schlang sie mit der

Begeisterung eines Kindes, das sich über einen Eisbecher hermacht, Bissen um Bissen hinunter. Ohne daß es ihr bewußt wurde, war sie zum ersten Mal in ihrem Leben ausgehungert.

Doug, der langsamer und mit weit weniger Genuß aß, beobachtete sie. Er hatte schon früher gehungert und würde vermutlich wieder hungern müssen. Aber sie ... Obwohl sie nun von einem Blechteller zu Abend aß und ihr Rock vor Schmutz starrte, erkannte man deutlich ihre Klasse. Wider Willen war er fasziniert. Diese Partnerschaft würde ihm wohl noch einige Überraschungen bescheren. Wenn sie noch lange dauerte.

»Doug, was geschah mit der Frau, die Whitaker die Papiere gab?«

»Was soll mit ihr sein?«

»Was geschah mit ihr?«

Er schluckte einen Happen Reis hinunter. »Butrain.«

Als sie aufblickte, sah er einen Anflug von Angst in ihren Augen. Gut so. Besser für sie beide, wenn sie verstand, welche Gefahr ihnen drohte. Doch ihre Hände zitterten nicht, als sie nach der Kaffeetasse griff.

»Verstehe. Also sind Sie der einzige, der diese Papiere gesehen hat und noch am Leben ist.«

»Richtig, Süße.«

»Er will Sie töten und mich dazu.«

»Auch richtig.«

»Aber ich hab' die Papiere doch gar nicht gelesen.«

»Wenn Dimitri Sie in die Finger kriegt, können Sie ja mal versuchen, ihm das klarzumachen.«

Whitney sah ihn eine Minute schweigend an. Dann sagte sie freundlich: »Sie sind ein Hundesohn erster Klasse, Doug.«

Er mußte grinsen, weil er einen Anflug von Respekt aus dieser Bemerkung herausgehört hatte. »Ich habe eine starke Vorliebe für alles Erstklassige, Whitney.«

Zwei Stunden später verfluchte er sie wieder heimlich. Das Feuer war bis auf die Glut heruntergebrannt und tauchte die Höhle in düsteres rotes Licht. Irgendwo weiter hinten tröpfelte Wasser langsam und monoton auf den Boden. Das

Ganze erinnerte ihn an ein teures kleines Bordell in New Orleans.

Beide waren sie erschöpft und todmüde von den Strapazen des Tages. Doug streifte seine Schuhe ab. Er zweifelte nicht daran, daß er schlafen würde wie ein Stein.

»Wissen Sie, wie man mit dem Ding umgeht?« fragte er, als er seinen Schlafsack öffnete.

»Ich denke, daß ich mit einem Reißverschluß fertig werden kann, vielen Dank.«

Dann machte er den Fehler, zu ihr hinüberzusehen – und nicht sofort wieder wegzuschauen.

Ohne falsche Scham zog Whitney ihre Bluse aus. Er erinnerte sich daran, wie dünn und durchsichtig ihr Teddy im Morgenlicht gewirkt hatte. Als sie jetzt auch den Rock zu Boden fallen ließ, wurde sein Mund trocken.

Whitney konnte sich kaum noch auf den Beinen halten und wäre auch nie auf den Gedanken gekommen, die Prüde spielen zu wollen. Ihrer Meinung nach war sie mit dem Teddy ausreichend bekleidet, und ihr einziger Wunsch im Moment war, in den Schlafsack zu kriechen, die Augen zu schließen und die Welt um sich herum zu vergessen. Ohne über die Wirkung nachzudenken, die sie auf Doug ausübte, schlüpfte sie in den Schlafsack und schloß den Reißverschluß, so daß nur noch eine Wolke blonden Haares sichtbar war.

Doug starrte an die Decke, mit einem Mal wieder hellwach. Und ihm taten nicht nur die Knochen weh.

6

Irgend etwas kitzelte sie am Handrücken. Schlaftrunken wedelte Whitney langsam mit der Hand und gähnte.

Sie hatte sich schon immer nach ihrer inneren Uhr gerichtet. Wenn sie bis Mittag schlafen wollte, dann tat sie das, konnte aber auch schon beim Morgengrauen aufstehen. Je nach Lust und Laune arbeitete sie achtzehn Stunden an einem Stück – oder schlief genauso lange.

Im Augenblick war sie noch ganz in dem angenehmen Traum gefangen, der sie nicht loslassen wollte, und als sie wieder das fedrige Kitzeln an ihrer Hand spürte, seufzte sie nur unwillig und schlug die Augen auf.

Auf ihrer Hand saß die dickste, fetteste Spinne, die sie je zu Gesicht bekommen hatte; riesig, schwarz und pelzig. Und dieses Ungetüm krabbelte direkt auf ihr Gesicht zu. Vom Schlaf noch ganz benommen, starrte Whitney das Tier fassungslos an.

Ihr Gesicht!

Schlagartig schaltete sich das Bewußtsein ein. Mit einem unterdrückten Schrei schleuderte Whitney die Spinne von sich, die mit einem hörbaren Laut auf den Boden klatschte und dann betäubt davonkrabbelte.

Eigentlich hatte ihr die Spinne gar keine Angst eingejagt. Sie war noch nicht einmal auf den Gedanken gekommen, das Tier könne giftig sein. Es war schlicht und einfach häßlich, und Whitney hegte eine tief verwurzelte Abneigung gegen alles Häßliche.

Sich schüttelnd vor Ekel setzte sie sich auf und kämmte ihr zerzaustes Haar mit den Fingern durch. Nun, wenn man in einer Höhle nächtigte, waren unangenehme Besucher nicht auszuschließen. Doch warum hatten die nicht lieber Doug mit ihrer Anwesenheit beglückt? Whitney sah keinen Grund, warum ihr Partner in Ruhe schlafen sollte, nachdem sie auf so rüde Art geweckt worden war. Sie drehte sich um, weil sie ihm einen harten Stoß versetzen wollte.

Er wart fort. Sein Schlafsack desgleichen.

Unbehaglich fröstelnd, doch nicht in Panik, sah sie sich um. Die Höhle, die mit ihren Steinformationen wie ein verlassenes, verwunschenes Schloß wirkte, war leer. Das Feuer glühte nur noch schwach, und die Luft roch süßlich. Einige der Früchte begannen bereits zu gären. Auch Dougs Rucksack war verschwunden.

Dieser elende, gottverdammte Dreckskerl. Er hatte sich mitsamt den Papieren aus dem Staub gemacht und sie in dieser miesen Höhle zurückgelassen, zusammen mit etwas Obst, einem Sack Reis und einer Spinne so groß wie eine Untertasse.

Vor Wut kochend stürmte sie durch die Höhle und kroch in den Tunnel. Obgleich ihr Atem keuchend ging, kämpfte sie sich vorwärts. Zur Hölle mit dieser Phobie! Niemand durfte sie für dumm verkaufen und ungestraft davonkommen. Um Doug zu erwischen, mußte sie aus der Höhle heraus. Und wenn sie ihn hatte …

Da war der Ausgang! Voller Rachedurst krabbelte Whitney hinaus ans Sonnenlicht, rappelte sich hoch, holte tief Atem und brüllte, so laut sie konnte: »Lord! Lord, Sie Mistkerl!« Das Echo trug ihren Schrei zurück, zwar nur halb so laut, dafür aber doppelt so wütend. Hilflos blickte Whitney sich um. Nur Steine und Berge. Woher sollte sie wissen, welchen Weg er eingeschlagen hatte?

Norden. Doch er hatte den Kompaß. Und die Karte. Whitney fletschte die Zähne, dann kreischte sie erneut: »Lord, Sie Hundesohn, das werden Sie mir büßen!«

»Was denn?«

Sie fuhr herum und prallte beinahe gegen ihn. »Wo zum Teufel waren Sie?« fauchte sie, packte in einer Mischung von Ärger und Erleichterung sein Hemd und schüttelte ihn. »Wo zum Teufel wollten Sie hin?«

»Ruhig, Süße.« Er gab ihr einen freundschaftlichen Klaps auf die Kehrseite. »Wenn ich gewußt hätte, daß Sie mir an die Wäsche wollen, dann wäre ich noch ein Weilchen geblieben.«

»Erwürgen könnte ich Sie!« Schnell ließ sie ihn los.

»Haben Sie gedacht, ich würde Sie im Stich lassen?«

»Bei der erstbesten Gelegenheit.«

Zugegeben, dumm war sie nicht. Er hatte tatsächlich mit diesem Gedanken gespielt, es dann aber nicht übers Herz gebracht, sie in einer Höhle mitten im Niemandsland zurückzulassen. Aber irgendwann einmal ...

Versöhnlich meinte er: »Whitney, wir sind Partner. Und Sie sind eine Frau. Was für ein Typ Mann wäre ich denn, wenn ich Sie an einem Ort wie diesem alleine ließe?«

Sie erwiderte sein aufmunterndes Lächeln. »Der Typ Mann, der dem Familienhund die Hütte über dem Kopf weg verkaufen würde, wenn der Preis stimmt. Also, wo waren Sie?«

Er hätte nicht nur die Hütte, sondern auch den Hund verkauft, wenn es nötig gewesen wäre. »Seien Sie nicht so streng mit mir. Sie haben geschlafen wie ein Baby.«

Und zwar die ganze Nacht lang, während er sich von einer Seite auf die andere gewälzt und mit erotischen Wunschvorstellungen herumgequält hatte. Irgendwann würde er ihr das heimzahlen. »Ich wollte mir die Gegend ansehen, ohne Sie zu wecken.«

Das klang einleuchtend, und er war ja wieder da. »Wenn Sie das nächste Mal auf Fährtensuche gehen, dann wecken Sie mich bitte.«

»Wie Sie wollen.«

Ein Vogel flog über sie hinweg. Whitney sah ihm nach, bis sie sich wieder beruhigt hatte. Der Himmel war klar, die Luft kühl und rein. Die Stille wirkte besänftigend auf sie.

»Nun, wenn Sie schon auf Erkundung waren, wie steht's mit einem Lagebericht?«

»Im Dorf ist alles ruhig.« Doug zündete sich eine Zigarette an, die Whitney ihm sofort aus der Hand nahm. »Ich bin nicht nahe genug herangekommen, um Einzelheiten zu erkennen, aber es scheint ein ganz gewöhnliches Dorf zu sein. Meiner Meinung nach ist jetzt eine gute Zeit, ihm einen Besuch abzustatten.«

Whitney blickte auf ihren schmutzverschmierten Teddy. »So wie ich aussehe?«

»Leider bin ich weder an einem Schönheitssalon noch an einer Boutique vorbeigekommen.«

»Sie mögen ja ungepflegt herumlaufen.« Whitneys Blick glitt an seinem Körper herunter. »Ich für meinen Teil beabsichtige, mich zu waschen und umzuziehen.«

»Bitte sehr. Vielleicht ist noch genug Wasser übrig, damit Sie sich den Dreck aus dem Gesicht wischen können.«

Als sie instinktiv über ihre Wange strich, grinste er. »Wo ist Ihr Gepäck?«

Sie drehte sich nach der Höhle um. »Noch drinnen.« Kampfbereit funkelte sie ihn an, doch ihre Stimme blieb fest. »Ich gehe da nicht noch mal rein.«

»Okay, ich hole Ihr Zeug. Aber verbringen Sie nicht den ganzen Morgen damit, sich anzupinseln. Ich will keine Zeit verlieren.«

Whitney hob hochmütig eine Braue. »Ich pinsele mich nie an«, entgegnete sie »Das ist nicht nötig.«

Mit einem unverständlichen Grunzen verschwand er. Nachdenklich kaute sie auf ihrer Lippe, sah zur Höhle hin und dann wieder auf seinen Rucksack, den er neben dem Eingang abgelegt hatte. Jetzt oder nie! Ohne Zögern bückte sie sich und begann, seine Sachen zu durchsuchen.

Sie fand Kochgeschirr, Kleidungsstücke und eine recht kostspielige Haarbürste. Wo die wohl herstammte? Sie kannte doch jedes einzelne Stück, das sie bezahlt hatte. Klebrige Finger, dachte sie und packte die Bürste weg.

Da war ein Umschlag. Vorsichtig zog sie ihn heraus. Das mußte er sein. Nach einem Blick auf die Höhle öffnete sie ihn, entnahm ihm einen vergilbten, in Plastik verschweißten Bogen und überflog ihn. Er war mit der sauberen, feinen Handschrift einer Frau bedeckt, in französischer Sprache. Ein Brief, dachte sie. Oder nein, der Teil eines Tagebuches. Und das Datum, mein Gott! Mit weit aufgerissenen Augen studierte sie die ordentliche, verblaßte Handschrift. 15. September 1793. Hier stand sie, auf einem verwitterten Felsen mitten in der Sonne, und hielt ein Stück Geschichte in der Hand.

Rasch versuchte sie, einzelne Sätze zu entziffern, die von Angst, Besorgnis und Hoffnung sprachen. Geschrieben von einem jungen Mädchen, das schloß sie aus der häufigen Erwähnung von ›Maman‹ und ›Papa‹. Eine junge Aristokratin, verwirrt, voller Furcht, was ihr und ihrer Familie zustoßen würde. Wußte Doug eigentlich, was er da mit sich herumtrug?

Jetzt war nicht der geeignete Zeitpunkt, um sich eingehender damit zu befassen. Später …

Sorgfältig schloß Whitney den Rucksack wieder und legte ihn an seinen alten Platz. Nachdenklich tippte sie mit dem Umschlag gegen ihre Hand. Es war doch zu schön, einen Mann mit seinen eigenen Waffen zu schlagen, dachte sie. Dann hörte sie Geräusche.

Den Umschlag noch in der Hand, sah sie an sich hinab. Wo zum Teufel sollte sie ihn verstecken? Mata Hari mußte mindestens einen Sarong getragen haben. Verzweifelt versuchte sie, ihn in den Ausschnitt des Teddys zu schieben, doch dann sah sie die Absurdität dieses Tuns ein. Ebensogut hätte sie ihn sich auf die Stirn kleben können. Entschlossen ließ sie ihn den Rücken hinuntergleiten und vertraute auf ihr Glück.

»Ihr Gepäck, Miss MacAllister.«

»Trinkgeld bekommen Sie später.«

»Das sagen sie alle.«

»Gute Arbeit lohnt sich immer.« Sie schenkte ihm ein Lächeln, das er prompt erwiderte. Whitney hatte ihm gerade den Rucksack aus der Hand genommen, als ihr ein Gedanke kam. Wenn sie den Umschlag so leicht hatte entwenden können, dann würde er … Sie öffnete den Rucksack und wühlte nach ihrer Brieftasche.

»Machen Sie voran, Süße. Wir sind schon spät dran.« Er wollte gerade ihren Arm nehmen, als sie ihm den Rucksack in den Magen stieß. Der zischende Laut, den er von sich gab, tat ihr sehr gut. »Meine Brieftasche, Douglas!« Sie nahm sie heraus, öffnete sie und stellte fest, daß er ihr großzügigerweise ganze zwanzig Dollar gelassen hatte. »Sieht so aus, als ob Sie Ihre Finger da drin hatten.«

»Was man findet, darf man behalten – Partner.« Obwohl er gehofft hatte, sie würde ihm nicht so rasch auf die Schliche kommen, zuckte er nur die Schultern. »Keine Angst, Sie kriegen ein Taschengeld.«

»Ach wirklich?«

»Sagen wir, ich bin ein konservativer Mensch.« Mit der neuen Situation sehr zufrieden, wollte Doug seinen Rucksack schultern. »Ich bin der Meinung, der Mann sollte das Geld verwalten.«

»Und ich bin der Meinung, daß Sie ein Idiot sind.«

»Wie auch immer, ab heute verwalte ich die Barschaft.«

»Schön.« Ihrem süßen Lächeln mißtraute er sofort. »Und ich verwalte den Umschlag.«

»Vergessen Sie's.« Er reichte ihr den Rucksack. »Jetzt seien Sie ein braves Mädchen und ziehen Sie sich um.«

Böse Worte lagen ihr auf der Zunge, doch Whitney hielt sich zurück. »Ich sagte, ich verwalte den Umschlag.«

»Und ich …« Der Ausdruck in ihrem Gesicht ließ ihn verstummen. Eine Frau, die man soeben bis aufs letzte Hemd ausgenommen hatte, sollte nicht so selbstgefällig aussehen. Doug musterte seinen Rucksack. Sie konnte doch nicht … O doch, sie konnte!

Er warf den Rucksack zu Boden und kramte darin herum. Mehr als einen Augenblick brauchte er nicht. »Okay, wo ist er?«

Whitney stand im vollen Sonnenlicht, die Hände erhoben. Der knappe Teddy verbarg nichts. »Es ist doch bestimmt nicht nötig, mich zu durchsuchen.«

Seine Augen wurden schmal. »Rücken Sie ihn raus, Whitney, oder Sie stehen in fünf Sekunden splitterfasernackt da.«

»Und Sie haben eine gebrochene Nase.«

Kampfbereit standen sie sich gegenüber, jeder fest entschlossen, aus dieser Auseinandersetzung als Sieger hervorzugehen. Und jeder hatte keine andere Wahl, als ein Unentschieden zu akzeptieren.

»Die Papiere«, befahl er, bemüht, männliche Kraft und Dominanz in seine Stimme zu legen.

»Das Geld«, gab sie zurück, auf ihre weiblichen Waffen vertrauend.

Fluchend griff Doug in seine Gesäßtasche und zog eine

Rolle Banknoten hervor. Als sie danach langte, hielt er sie hoch. »Die Papiere«, wiederholte er.

Whitney betrachtete ihn eingehend. Er hatte einen offenen, klaren Blick, dachte sie. Und er konnte lügen, ohne rot zu werden. Trotzdem, in einigen Punkten konnte man ihm trauen. »Ihr Ehrenwort«, forderte sie. »Falls das etwas gilt.«

Was sein Wort galt, bestimmte immer noch er. In ihrem Fall war es entschieden mehr wert. »Sie haben es.«

Nickend langte sie nach hinten, doch der Umschlag war zu tief nach unten gerutscht. »Es gibt viele Gründe, warum ich Ihnen nur äußerst ungern den Rücken zukehre. Aber ...« Achselzuckend wandte sie sich um. »Sie müssen ihn sich selber holen.«

Sein Blick wanderte über ihren glatten Rücken, über die sanft geschwungenen Hüften. Viel war an ihr nicht dran, dachte er, aber was sie zu bieten hatte, ließ nichts zu wünschen übrig. Langsam glitt seine Hand unter ihren Teddy und rutschte tiefer.

»Nur den Umschlag, Douglas. Keine Extratouren.« Whitney faltete die Arme unter den Brüsten und blickte starr geradeaus. Seine streichelnden Finger auf ihrer Haut elektrisierten jeden Nerv, und sie war es nicht gewohnt, so heftig zu reagieren.

»Ist offenbar ziemlich tief gerutscht«, murmelte er. »Kann eine Weile dauern, bis ich ihn finde.« Ihm kam der Gedanke, daß er sie innerhalb von Sekunden aus Ihrem Teddy geschält haben könnte. Was würde sie dann wohl machen? Sollte er sie neben sich auf den Boden zerren – und dann das tun, wovon er die halbe Nacht geträumt hatte?

Andererseits, dachte er, als seine Finger auf den Umschlag trafen, hätte sie dann mehr Macht über ihn, als er es sich leisten konnte. Denk an die Prioritäten, ermahnte er sich. Alles war eine Frage der Prioritäten.

Whitney mußte ihre ganze Willenskraft aufbieten, um stillzuhalten. »Douglas, ich gebe Ihnen zwei Sekunden, um ihn herauszuholen, oder Sie können Ihre rechte Hand eine Zeitlang nicht mehr gebrauchen.«

»Bißchen schreckhaft, wie?« Wenigstens war sie genauso

aufgewühlt wie er. Der heisere Unterton und das leichte Zittern in ihrer Stimme waren ihm nicht entgangen. Mit den Fingerspitzen zupfte er den Umschlag heraus.

Whitney, eine Hand ausgestreckt, drehte sich rasch um. Nun hatte er Karte, Umschlag und Geld. Außerdem war er vollständig bekleidet, sie dagegen halbnackt. Bestimmt konnte sie bis ins Dorf gelangen und dort irgendein Transportmittel auftreiben, das sie zur Hauptstadt zurückbrachte. Wenn er sie wirklich fallenlassen wollte, gab es keinen besseren Zeitpunkt.

Ihre Augen ruhten weiterhin unverwandt auf ihm. Zweifellos konnte sie ihm seine Gedanken vom Gesicht ablesen.

Obwohl er anfangs zögerte, brachte Doug es nicht fertig, sein Wort zu brechen. Er klatschte ihr die Scheine in die Hand. »Ganovenehre ...«

»... ist schon fast sprichwörtlich«, fuhr sie fort. Einen Augenblick lang war sie nicht sicher gewesen, wie das ausgehen würde. Erleichtert griff sie nach ihrem Rucksack und der Feldflasche und ging zu einer Pinie hinüber. »Sie sollten sich rasieren, Douglas!« rief sie ihm zu. »Ich hasse es, wenn meine Begleiter mit einem Dreitagebart herumlaufen.«

Doug fuhr sich mit der Hand über das Kinn, fest entschlossen, sich die nächsten Wochen überhaupt nicht mehr zu rasieren.

Whitney fiel das Laufen leichter, seit das Ziel in Sicht war.

In diesem Fall bestand das Ziel aus einer Ansammlung kleiner Häuschen, sattgrüner Felder und einem schmutzigbraunen Fluß, doch nach einem Tag Fußmarsch und einer Nacht in einer Höhle erschien es Whitney wie der Garten Eden.

Weiter entfernt arbeiteten Männer und Frauen auf den Reisfeldern. Man hatte einen Großteil des Waldes geopfert, um die Felder anzulegen, und die praktisch veranlagten Madagassen arbeiteten hart, um diese Entscheidung zu rechtfertigen. Von dem träge vor sich hinplätschernden üblichen Inselleben war hier nichts zu spüren. Whitney beobachtete die Menschen und fragte sich, wieviele von ihnen schon jemals das Meer gesehen hatten.

Rinder zottelten in ihrem Gehege umher und schlugen gelangweilt mit dem Schwanz nach Fliegen. Ein uralter Jeep, dem die Reifen fehlten, war auf Steinen aufgebockt. Von irgendwoher klang das monotone Dröhnen von Metall, das auf Metall traf.

Frauen hängten Wäsche auf eine Leine, helle, farbenfrohe Hemden, die sich deutlich von ihrer schlichten Arbeitskleidung abhoben. Männer in weiten, sackartigen Hosen gruben ein Gartenstück um. Einige sangen bei der Arbeit, aber wohl eher, um sich zu motivieren, als aus Freude am Gesang.

Als sie näherkamen, drehten sich die Menschen nach ihnen um und hielten in der Arbeit inne, doch außer einem mageren schwarzen Hund, der sie kläffend umkreiste, kam niemand auf sie zu.

Egal wo sie sich befand, Whitney erkannte Neugier und Mißtrauen, wenn sie damit konfrontiert wurde, und bedauerte heftig, nichts Hübscheres als nur eine schlichte Hose und ein Hemd zu tragen. Sie warf Doug einen kurzen Blick zu. Mit seinem unrasierten Gesicht und dem unordentlichen Haar sah er aus, als käme er gerade von einer Party – einer langen Party.

Jetzt waren sie so nah, daß Whitney Kindergeplapper hören konnte. Einige der Kleinsten wurden von Männern wie Frauen auf dem Rücken oder auf der Hüfte getragen. Essensdunst und der Geruch nach Tieren hing in der Luft. Whitney rieb sich den knurrenden Magen und stolperte hinter Doug her, der die Nase in den Reiseführer steckte.

»Muß das jetzt sein?« schimpfte sie. Als er nur grunzte, verdrehte sie die Augen. »Ihnen fehlt nur noch eine kleine Leselampe, dann können Sie sich auch noch nachts hinter Büchern vergraben.«

»Wir werden eine besorgen. Die Merina sind asiatischer Abstammung, sie gehören zu den angesehensten Stämmen der Insel, quasi die Oberschicht. Bestimmt fühlen Sie sich dort wohl, Lady.«

»Zweifellos.«

Ohne auf den Sarkasmus in ihrer Stimme einzugehen, las

Doug weiter. »Sie haben eine Art Kastensystem, das den Adel von der Mittelschicht trennt.«

»Sehr vernünftig.«

Als er ihr über den Buchrand hinweg einen bitterbösen Blick zuwarf, lächelte Whitney nur. »Vernünftigerweise«, gab er zurück, »wurde das Kastensystem gesetzlich verboten, nur richtet sich niemand danach.«

»Altüberlieferte Traditionen lassen sich nicht so einfach abschaffen.«

Doug sah hoch und blinzelte. Die Menschen drängten sich zusammen, wirkten allerdings kaum wie ein Empfangskomitee. Wenn man dem, was er gelesen hatte, Glauben schenken durfte, dann hatten die circa zwanzig verschiedenen Volksstämme Madagaskars ihre Speere und Bogen bereits vor Jahren eingemottet. Und doch ... Doug blickte in Dutzende schwarzer Augenpaare. Whitney und er mußten die Dinge auf sich zukommen lassen.

»Was glauben Sie, wie uneingeladene Gäste empfangen werden?« Whitney hakte sich bei ihm unter. Sie war nervöser, als sie zugeben wollte.

Doug hatte sich schon bei mehr Leuten uneingeladen eingeschlichen, als er zählen konnte. »Wir werden einfach unseren Charme einsetzen.« Meistens funktionierte das.

»Dann versuchen Sie mal Ihr Glück«, meinte sie und ging die letzten Meter neben ihm her.

Obwohl Whitney sich unbehaglich fühlte, zwang sie sich dazu, mit gestrafften Schultern weiterzugehen. Die Menge begann zu murmeln und teilte sich dann, um einem hochgewachsenen schlanken Mann, der einen schwarzen Umhang über einem gestärkten weißen Hemd trug, den Weg freizugeben. Er konnte der Häuptling, der Priester oder sonstwas sein, doch Whitney erfaßte mit einem Blick, daß der Mann bedeutend war ... und nicht sehr erfreut über die Eindringlinge.

Außerdem war er zwei Köpfe größer als sie. Whitney vergaß ihren Stolz und zog sich hinter Dougs Rücken zurück.

»Dann versprühen Sie mal Ihren Charme«, stichelte sie leise.

Doug musterte den großen Mann und die schweigende Menge hinter ihm und räusperte sich. »Kein Problem.« Er setzte ein gezwungenes Lächeln auf. »Morgen. Alles klar?«

Der große Mann neigte mißbilligend den Kopf und stieß einen Schwall madagassischer Laute aus.

»Wir sind mit Ihrer Sprache nicht sehr vertraut, Mr., äh …« Immer noch grinsend streckte Doug eine Hand aus, die zwar angestarrt, sonst jedoch ignoriert wurde. Mit einem eingefrorenen Lächeln nahm Doug den Arm Whitneys und schubste sie nach vorne. »Versuchen Sie's mit Französisch.«

»Aber Ihr Charme zeigt doch solche Wirkung.«

»Jetzt ist nicht der Moment zum Lästern, Süße.«

»Sie sagten, die Leute seien friedfertig.«

»Vielleicht haben sie den Reiseführer nicht gelesen.«

Whitney sah zu dem zerfurchten, wie versteinert wirkenden Gesicht hoch über ihr auf. Vielleicht hatte Doug recht. Also lächelte sie liebenswürdig, klimperte mit den Wimpern und versuchte ihr Glück mit einer förmlichen französischen Begrüßungsfloskel.

Der Mann im schwarzen Umhang sah sie einige Sekunden schweigend an, ehe er den Gruß erwiderte. Vor Erleichterung mußte sie beinahe kichern. »Okay, gut. Jetzt entschuldigen Sie sich«, ordnete Doug an.

»Wofür?«

»Dafür, daß wir hier hereingeschneit sind«, zischte er und drückte ihren Arm. »Sagen Sie ihm, wir sind auf dem Weg nach Tamatave, haben uns aber verirrt, und unsere Vorräte gehen zur Neige. Und lächeln Sie!«

»Das ist nicht schwer, wenn Sie grinsen wie ein Honigkuchenpferd.«

Leise fluchend sagte Doug in freundlichem Tonfall: »Machen Sie ein hilfloses Gesicht, so, als ob Sie an der Autobahn stehen und versuchen würden, einen Reifen zu wechseln.«

Mit hochgezogenen Brauen drehte Whitney sich zu ihm um. »Wie bitte?«

»Tun Sie's einfach, Whitney, um Himmels willen!«

»Ich werde es ihm sagen«, erwiderte Whitney überheblich, »aber ganz bestimmt werde ich nicht hilflos aussehen.« Als sie sich umwandte, lag ein freundliches Lächeln auf ihrem Gesicht. »Ich bitte vielmals um Entschuldigung, daß wir in Ihr Dorf eingedrungen sind«, begann sie auf französisch. »Aber wir wollen nach Tamatave, und mein Begleiter ...« sie deutete auf Doug, »... ist vom Weg abgekommen. Unsere Lebensmittel- und Wasservorräte werden knapp.«

»Nach Tamatave ist es sehr weit. Sie sind zu Fuß unterwegs?«

»Leider.«

Der Mann musterte Doug und Whitney mit einem langen, abschätzenden Blick. Gastfreundschaft war eine alte madagassische Tradition und ein fester Bestandteil ihrer Kultur. Allerdings war sie schon häufig schamlos ausgenutzt worden. Doch in den Augen der Fremden las er nur Nervosität, keinen bösen Willen. Nach einem Moment verbeugte er sich. »Wir freuen uns, Gäste empfangen zu dürfen. Sie sollen unser Essen und Trinken mit uns teilen. Ich heiße Louis Rabemananjara.«

»Freue mich sehr, Sie kennenzulernen«, Whitney reichte ihm die Hand, und diesmal wurde die Geste akzeptiert. »Ich bin Whitney MacAllister, und das ist Douglas Lord.«

Louis wandte sich zu der wartenden Menge und verkündete, daß dies ihre Gäste seien. »Meine Tochter Marie.« Bei diesen Worten trat eine zierliche junge Frau mit kaffeebrauner Haut und kohlschwarzen Augen vor. Whitney bewunderte im stillen die kompliziert geflochtene Frisur und fragte sich, ob ihr Coiffeur das wohl kopieren könnte.

»Marie wird sich um Sie kümmern. Nachdem Sie sich ausgeruht haben, werden Sie unser Mahl teilen.« Mit diesen Worten trat Louis in die Menge zurück.

Nach einem flüchtigen Blick auf Whitneys grünes Hemd und die engen Hosen schlug Marie die Augen nieder. Ihr Vater würde ihr nie gestatten, sich so aufreizend zu kleiden. »Sie sind uns willkommen. Wenn Sie mir bitte folgen wollen, dann zeige ich Ihnen, wo sie sich waschen können.«

»Danke, Marie.«

Sie folgten dem Mädchen durch die Menge. Eines der Kinder deutete auf Whitneys Haar und plapperte aufgeregt drauflos, ehe es von seiner Mutter zum Schweigen gebracht wurde. Ein Wort von Louis, und die Menschen wandten sich wieder ihrer Arbeit zu, noch ehe Marie ein kleines einstöckiges Haus erreicht hatte. Sie öffnete die Tür und ließ die Gäste eintreten.

Das Innere des Hauses blitzte vor Sauberkeit. Zwar waren die Möbel schlicht, doch lagen bunte Kissen auf den Stühlen, und am Fenster blühten in einem Tontopf gänseblümchenähnliche Blumen.

»Hier finden Sie Wasser und Seife.« Marie führte sie weiter ins Haus, wo es merklich kühler war. Aus einer kleinen Nische holte sie große Holzschüsseln, einen Wasserkrug und ein Stück braune Seife. »Bald gibt es Essen, und Sie sind unsere Gäste. Zu essen gibt es reichlich.« Zum ersten Mal lächelte das Mädchen. »Wir bereiten ein Essen wie bei einer *fadamihana* vor.«

Ehe Whitney sich bei Marie bedanken konnte, nahm Doug ihren Arm. Er konnte der französischen Unterhaltung zwar nicht folgen, hatte aber dieses eine Wort aufgeschnappt. »Sagen Sie ihr, daß auch wir die Vorfahren ehren werden.«

»Was?«

»Sagen Sie's einfach.«

Whitney tat, was Doug ihr sagte, und wurde von Marie mit einem strahlenden Lächeln belohnt. »Sie sind uns willkommen«, sagte sie noch einmal, ehe sie beide alleine ließ.

»Was sollte das?«

»Sie sagte etwas von *fadamihana*.«

»Ja, sie bereiten das vor, was immer es auch sein mag.«

»Ein Totenfest.«

Whitney hielt inne. »Wie bitte?«

»Ein alter Brauch. Zur madagassischen Religion gehört auch ein gewisser Ahnenkult. Wenn jemand stirbt, wird er immer im Familiengrab bestattet, und alle paar Jahre gräbt man die Toten wieder aus und gibt ein Fest für sie.«

»Man gräbt sie aus?« Whitney würgte es in der Kehle. »Wie ekelhaft.«

»Es ist ein Teil ihrer Religion, eine Respektsbezeugung.«

»Ich hoffe bloß, daß mich niemand auf diese Weise ehrt«,

begann sie, doch ihre Neugier war stärker. Als Doug Wasser in eine Schüssel goß, runzelte sie die Stirn. »Wozu dient das Ganze?«

»Wenn die Leichen aus den Gräbern geholt werden, bekommen sie einen Ehrenplatz bei dem Fest, saubere Tücher und Palmwein, und man erzählt ihnen alles, was so vorgefallen ist.« Er tauchte beide Hände in die Schüssel und spritzte sich Wasser ins Gesicht. »So ehren sie die Vergangenheit, denke ich; indem sie den Menschen, die nicht mehr unter ihnen weilen, Respekt erweisen. Ahnenkult ist in der madagassischen Religion tiefverwurzelt. Es gibt Musik und Tanz, so daß alle, die Lebenden wie die Toten, sich richtig wohl fühlen.«

Also wurden die Toten nicht betrauert, grübelte Whitney. Sie wurden miteinbezogen. Man feierte den Tod, oder vielleicht eher das Band zwischen Leben und Tod. Plötzlich verstand sie den Sinn dieser Zeremonie, und ihre Ablehnung schwand.

Sie nahm die Seife, die Doug ihr hinhielt, und lächelte. »Ich finde das schön.«

Doug rieb sich mit einem kleinen, rauhen Handtuch das Gesicht ab. »Schön?«

»Man wird nicht vergessen, selbst wenn man tot ist. Man wird quasi kurzfristig ins Leben zurückgeholt, bekommt einen Platz in der ersten Reihe, erfährt den neuesten Klatsch und es wird auf dein Wohl getrunken. Das Schlimmste am Tod ist, daß die Freude am Leben unwiderruflich zu Ende ist.«

»Das Schlimmste am Tod ist das Sterben«, konterte er.

»Sie sehen das zu nüchtern. Ich frage mich, ob man den Gedanken an den Tod leichter erträgt, wenn man weiß, daß man sich auch danach noch auf etwas freuen kann.«

Doug konnte sich nicht vorstellen, was ihm den Gedanken an den Tod versüßen könnte. Der Tod kam, wenn man nicht mehr in der Lage war, das Leben zu überlisten. »Sie sind eine interessante Frau, Whitney.«

»Selbstverständlich.« Lachend schnupperte sie an der Seife. Sie duftete nach verwelkten Blumen. »Außerdem habe ich einen Bärenhunger. Mal sehen, was auf der Speisekarte steht.«

Als Marie zurückkam, hatte Whitney einen knielangen bunten Rock angezogen. Draußen waren die Dorfbewohner eifrig damit beschäftigt, einen langen Tisch mit Essen und Getränken zu beladen. Whitney, die eine Handvoll Reis und einen Schluck Wasser erwartet hatte, wollte Marie erneut danken.

»Sie sind unsere Gäste.« Ernst und feierlich senkte das Mädchen den Blick. »Mein Vater hat gesagt, daß heute Ihnen zu Ehren ein Fest stattfindet.«

»Ich weiß nur, daß ich Hunger habe.« Whitney berührte die Hand des Mädchens. »Wir sind euch sehr dankbar.«

Am Tisch langte sie kräftig zu, obwohl sie außer Obst und Reis keine der Speisen kannte. Das Fleisch, auf dem offenen Feuer gegrillt, schmeckte köstlich, und der Wein war schwer und süß.

Musik setzte ein, Trommeln, Saiteninstrumente und Flöten; offenbar konnten die Felder noch einen Tag warten. Besucher waren selten und wurden, einmal akzeptiert, begeistert gefeiert.

Ein bißchen beschwipst, schloß sich Whitney einer Gruppe von Tänzern an.

Die Männer und Frauen nickten zustimmend, als sie versuchte, die Tanzschritte nachzuahmen. Whitney dachte an die verräucherten, überfüllten Clubs, die sie sonst aufzusuchen pflegte. Elektrische Musik, elektrisches Licht und Menschen, denen es nur darum ging, aufzufallen. Sie wirbelte herum und beugte sich über Doug.

»Tanzen Sie mit mir«, forderte sie ihn auf.

Lachend schüttelte er den Kopf. »Sie tanzen genug für uns beide.«

»Seien Sie kein Spielverderber.« Whitney piekte ihm einen Finger in die Brust. »Sie brauchen nur Ihre Füße zu bewegen.«

»Nur meine Füße?« Doug sprang auf und zog sie mit sich. »Dann zeigen Sie mal, was Sie können, Süße.«

Er wirbelte sie so schnell herum, daß sich alles um sie drehte. Dann preßte er sie an sich, bis sein Mund ganz nah an ihrem war.

Ein Schritt nur, eine leichte Kopfbewegung, und ihre Lippen würden sich treffen.

Sie mußten sich nur ein winziges Stück näherkommen. Und dann?

»Was zur Hölle ...?« knurrte Doug. Obwohl seine Hand sich fest um ihre Taille schloß, obwohl ihre Wimpern flatterten, hörte er das Brummen eines Motors. Sein Kopf fuhr herum, und sein Körper spannte sich an.

»Scheiße!« Whitney mit sich zerrend rannte er los und suchte nach Schutz. Da ihm nichts anderes übrigblieb, drückte er Whitney an eine Hauswand und preßte sich gegen sie.

»Was soll das denn? Ein einziger Tanz, und sie führen sich auf wie ein Verrückter.«

»Nicht bewegen!«

»Ich ...«, dann hörte sie das Geräusch ebenfalls, laut und deutlich über ihnen. »Was ist denn das?«

»Hubschrauber.« Er konnte nur hoffen, daß das überhängende Dach und der Schatten sie verdeckten.

Vorsichtig blinzelte sie über Dougs Schulter, konnte aber nichts erkennen. »Das kann sonstwer sein.«

»Kann, kann. Ich setze mein Leben nicht so ohne weiteres aufs Spiel. Dimitri verliert nicht gern Zeit.« Und wie zum Teufel hatte er sie in dieser Einöde gefunden? Aufmerksam sah er sich um. Wegrennen war unmöglich. »Dieser blonde Haarschopf leuchtet ja meilenweit.«

»Sogar in einer Zwangslage bleiben Sie ein Charmeur, Douglas.«

»Jetzt können wir nur hoffen, daß sie nicht landen, um sich genauer umzusehen.« Kaum hatte er diese Worte ausgesprochen, als der Motorenlärm lauter wurde und die Rotorblätter den Staub aufwirbelten.

»Sie haben ihn auf eine Idee gebracht.«

»Halten Sie mal eine Minute die Klappe, ja?« Doug schaute sich um und suchte nach einem Ausweg. Aber welchen? Sie waren richtiggehend in die Enge getrieben worden.

Ein Flüstern hinter ihm ließ ihn mit geballten Fäusten herumfahren. Marie hob eine Hand und bedeutete ihm, ihr zu folgen. Eng an die Wand gepreßt schob sie sich zur Tür hin. Obwohl er es haßte, sein Schicksal erneut in die Hände einer Frau zu legen, folgte ihr Doug mit Whitney.

Kaum befanden sie sich im Inneren des Hauses, signalisierte er den beiden Frauen, sich ruhig zu verhalten, schlich zum Fenster und spähte vorsichtig hinaus.

Der Hubschrauber war am Fuß des Berges gelandet, und Remo bewegte sich bereits auf die feiernde Menge zu.

»Dreckskerl«, murmelte Doug. Früher oder später würde er mit Remo abrechnen, er wollte nur sichergehen, daß er in diesem Fall den Heimvorteil hatte. Im Moment verfügte er nur über ein Taschenmesser, das als Waffe wenig nutzte. Und genau da fiel ihm ein, daß Whitney und er ihre Rucksäcke draußen, in der Nähe der Tische gelassen hatten.

»Ist das ...«

»Zurück«, befahl er, als Whitney sich hinter ihn schlich. »Es ist Remo, er hat zwei von Dimitris Zinnsoldaten dabei.« Irgendwann einmal würde er es mit Dimitri persönlich zu tun bekommen, und dann brauchte er eine gehörige Portion Glück. Seine Gedanken überschlugen sich, während er den Raum nach einer geeigneten Waffe absuchte. »Sagen Sie ihr, daß diese Männer uns suchen, und fragen Sie sie, was ihre Leute tun werden.«

Whitney blickte zu Marie hinüber, die gelassen an der Tür stand. Kurz und knapp übersetzte sie Dougs Instruktionen.

Marie faltete die Hände. »Sie sind unsere Gäste«, antwortete sie schlicht. »Die anderen nicht.«

Lächelnd sagte Whitney zu Doug: »Wir haben Asyl, das ist doch schon mal was.«

»Alles schön und gut, aber denken Sie daran, was mit Quasimodo passiert ist.«

Er beobachtete Remo, der auf Louis einredete. Der Dorfhäuptling stand stocksteif da, die Augen hart wie Stahl, und antwortete in abgehacktem Madagassisch. Wortfetzen drangen durch das geöffnete Fenster. Remo zog irgend etwas aus seiner Tasche.

»Fotos«, flüsterte Whitney. »Er zeigt ihm Fotos von uns.«

Ihm, stimmte Doug im stillen zu, und jedem anderen Dorfbewohner zwischen hier und Tamatave. Sollten sie heil hier herauskommen, würde es keine Parties mehr geben. Es war ein Fehler gewesen zu glauben, er könne sich eine Pause leisten, wenn Dimitri ihm im Nacken saß, das sah er nun ein.

Zusätzlich zu den Fotos wedelte Remo nun noch mit einigen Geldscheinen. Beides wurde nicht zur Kenntnis genommen.

Während Remo versuchte, Louis zu erweichen, schlenderte ein anderer Mann zu den Tischen und begann, das Essen zu probieren. Hilflos bemerkte Doug, wie er den Rucksäcken immer näher kam.

»Fragen Sie sie, ob sie hier ein Gewehr oder so was hat.«

»Ein Gewehr?« Whitney schluckte. Diesen Tonfall hatte sie bei ihm noch nie zuvor gehört. »Aber Louis wird doch nicht ...«

»Fragen Sie!« Remos Begleiter schenkte sich ein Glas Palmwein ein. Er mußte nur nach links schauen, dann würde es ihnen nichts mehr nützen, daß die Dorfbewohner auf ihrer Seite standen. Und sie waren unbewaffnet. »Verdammt, Whitney, fragen Sie sie!«

Marie nickte ausdruckslos, nachdem Whitney Dougs Worte übersetzt hatte. Sie verschwand im Nebenzimmer und kam mit einer langen, gefährlich aussehenden Flinte und Patronen zurück. Als Doug sie nahm, packte Whitney ihn am Arm.

»Doug, die haben garantiert auch Waffen. Da draußen sind Kinder!«

Grimmig entschlossen lud er das Gewehr. Jetzt mußte er schnell sein, verdammt schnell. »Ich unternehme nichts, solange ich nicht dazu gezwungen werde.« Er beugte sich hinunter, legte den Lauf auf das Fensterbrett und zielte. Sein Finger, der am Abzug lag, war feucht geworden.

Er haßte Schußwaffen, seit jeher, und es war ihm dabei egal, auf welcher Seite des Laufes er sich befand. Nur ungern erinnerte er sich daran, daß er bereits getötet hatte, in Vietnam zum Beispiel, wo er Dinge gelernt hatte, die er weder lernen noch anwenden wollte.

Er haßte Schußwaffen. Doch er hielt das Gewehr ruhig.

Einer von Whitneys Tanzpartnern stieß ein hohes, schrilles Lachen aus, hielt einen Weinkrug über seinen Kopf und stieß gegen den Mann neben den Rucksäcken; gleichzeitig gab er den Taschen einen Tritt, so daß sie unter dem Tisch verschwanden. Fluchend rieb sich der Ganove den Arm.

»Benimm dich nicht wie ein Idiot«, fauchte Remo seinen Partner an, ehe er weiter mit den Fotos vor Louis' Gesicht herumfuchtelte. Dessen Antwort bestand aus einem strafenden Blick und einem donnernden madagassischen Redeschwall.

Doug sah, daß Remo Fotos und Geld wieder in die Tasche stopfte und zu dem wartenden Hubschrauber zurückging, der dröhnend und staubaufwirbelnd abhob. Erst als er weit über dem Boden schwebte, entspannte Doug sich ein wenig.

Das Gefühl, ein Gewehr in der Hand zu halten, behagte ihm nicht, und nachdem der Lärm des sich entfernenden Hubschraubers langsam erstarb, entlud er das Ding.

»Sie hätten jemanden verletzen können«, murmelte Whitney vorwurfsvoll, als sie Marie das Gewehr reichte.

»Ja.«

Doch als er sich umdrehte, lag eine Entschlossenheit in seinen Augen, die sie noch nie zuvor an ihm bemerkt hatte, und ihr wurde klar, daß er auf seine Weise genauso hart und zäh war wie die Männer, die sie verfolgten. Whitney war sich nicht sicher, ob sie diesen neuen Charakterzug so leicht akzeptieren konnte.

Marie kam wieder ins Zimmer, und sein Gesichtsausdruck änderte sich schlagartig. Er nahm ihre Hand und zog sie an die Lippen. »Sagen Sie ihr, daß wir ihr unser Leben verdanken. Wir werden es nicht vergessen.«

Obwohl Whitney übersetzte, starrte Marie weiterhin Doug an. Als Frau verstand Whitney diesen Blick. Und Dougs Lächeln zeigte ihr, daß er diesen Blick gleichfalls richtig gedeutet hatte – und ihn genoß.

»Vielleicht wärt ihr zwei lieber allein«, sagte sie trocken, ging zur Tür und riß sie auf. »Schließlich sind drei einer zuviel.« Die Tür fiel mit einem lauteren Knall ins Schloß als notwendig.

»Nichts?« Hinter dem brokatbezogenen Lehnstuhl stieg eine Rauchwolke auf.

Remo scharrte mit den Füßen. Dimitri mochte keine schlechten Neuigkeiten. »Krentz, Weis und ich haben die ganze Gegend abgesucht, in jedem Dorf nachgefragt. Fünf Männer überwachen die Stadt. Kein Zeichen von unserem Wild.«

»Kein Zeichen.« Dimitris Stimme klang mild und wohltönend. Seine Mutter hatte – neben anderen Dingen – großen Wert auf eine gepflegte Ausdrucksweise gelegt. Die dreifingrige Hand spielte mit der Zigarette. »Wenn man die Augen offenhält, dann gibt es immer Zeichen, mein lieber Remo.«

»Wir werden sie finden, Mr. Dimitri. Wir brauchen nur noch etwas Zeit.«

»Ich mache mir ernsthaft Sorgen.« Vom Tisch zu seiner rechten nahm Dimitri ein geschliffenes, mit tiefrotem Wein gefülltes Kristallglas. An der gesunden Hand trug er einen klotzigen Goldring mit einem großen Diamanten. »Sie sind dir jetzt dreimal … nein, viermal entwischt. Dein Versagen wird langsam zur unangenehmen Gewohnheit.« Seine Stimme wurde zu einem sanften Schnurren; er zündete sein Feuerzeug an und hielt die Flamme so, daß sie Remos Gesicht beleuchtete. »Du weißt, was ich von Versagern halte.«

Remo schluckte. Er kannte Dimitri zu gut, um nach Entschuldigungen zu suchen. Dimitri haßte Ausreden. Langsam lief Schweiß seinen Nacken hinab.

»Remo, Remo.« Der Name klang wie ein Seufzer. »Du warst wie ein Sohn für mich.« Das Feuerzeug klickte, und erneut zog eine dünne Rauchwolke durch die Luft. Er sprach niemals schnell. Ein Gespräch, das bis zum letzten Wort ausgekostet wurde, wirkte furchteinflößender als offene Drohungen. »Ich bin ein geduldiger, großzügiger Mann.« Dimitri wartete auf Remos Kommentar und war hochzufrieden, als dieser ausblieb. »Aber ich erwarte Resultate. Ich will Ergebnisse sehen, Remo. Ein Arbeitgeber muß auf Disziplin achten.« Ein Lächeln, das nicht bis in seine Augen drang, umspielte seine Lippen. Die Augen blieben unberührt und leidenschaftslos. »Disziplin«, wiederholte er.

»Ich werde diesen Kerl finden, Mr. Dimitri. Und dann serviere ich ihn Ihnen auf einem Silbertablett.«

»Ein angenehmer Gedanke, kein Zweifel. Hol mir die Papiere.« Die Stimme wurde merklich kälter. »Und die Frau. Diese Frau fesselt mich mehr und mehr.«

Unbewußt tastete Remo nach der Narbe auf seiner Wange. »Ich werde auch die Frau erwischen.«

7

Eine Stunde vor Sonnenuntergang brachen sie auf. Zuvor hatten die Merina, die den Besuch offenbar genossen hatten, ihnen zeremoniell Wasser, Lebensmittel und Wein überreicht.

Mit einer Freigiebigkeit, die Doug zusammenzucken ließ, drückte Whitney einige Scheine in die Hand von Louis. Doch die Erleichterung, als dieser das Geld zurückwies, war nur von kurzer Dauer. Whitney beharrte darauf, das Geld sei als Gabe für das ganze Dorf gedacht, und fügte aus einer Eingebung heraus hinzu, daß sie außerdem auf diese Weise ihrer Hochachtung für die Vorfahren Ausdruck verleihen wollten.

Die Scheine verschwanden daraufhin in Louis' Hemd.

»Wieviel haben Sie ihm gegeben?« erkundigte sich Doug, der seinen wiederaufgefüllten Rucksack schulterte.

»Nur hundert Dollar.« Als er sie böse ansah, tätschelte sie seine Wange. »Seien Sie nicht so ein Geizkragen, Douglas. Das paßt gar nicht zu Ihnen.« Vor sich hinsummend, zog sie ihr Notizbuch aus der Tasche.

»O nein, Sie werfen mit dem Geld um sich, nicht ich.«

Whitney verzeichnete schwungvoll den Betrag in ihrem Buch. Dougs Schuldenberg wuchs an, es war nicht zu übersehen. »Mitgehangen, mitgefangen. Außerdem habe ich noch eine Überraschung für Sie.«

»Was denn, zehn Prozent Ermäßigung?«

»Unsinn.« Das Geräusch eines stotternden Motors kam näher. Whitney deutete in diese Richtung. »Ein Transportmittel.«

Der Jeep hatte schon entschieden bessere Tage gesehen. Zwar glänzte er frischgewaschen, doch der Motor spuckte und fauchte, als ein Merina mit buntem Stirnband die mit Schlaglöchern übersäte Straße entlangfuhr.

Als Fluchtauto war der genauso gut zu gebrauchen wie ein

blindes Maultier, dachte Doug. »Der schafft doch kaum noch dreißig Kilometer.«

»Das sind dreißig Kilometer, auf denen wir unsere Füße schonen können. Sagen Sie artig danke, Douglas, und spielen Sie nicht den Grobian. Pierre bringt uns in die Provinz Tamatave.«

Ein Blick auf Pierre bestätigte Doug, daß der Mann offenbar dem Palmwein allzu reichlich zugesprochen hatte. Sie konnten froh sein, wenn die Fahrt nicht in einem Reisfeld endete. »Na großartig.« Voll böser Vorahnungen und mit schmerzendem Kopf – vom übermäßigen Weingenuß – verabschiedete sich Doug formell von Louis.

Whitneys Abschied fiel entschieden herzlicher aus. Doug kletterte auf den Rücksitz des Jeeps und streckte die Beine aus. »Setzen Sie Ihren Arsch in Bewegung, Schätzchen. In einer Stunde wird es dunkel.«

»Du kannst mich mal, Lord.« Lächelnd stieg Whitney ein, verstaute den Rucksack im Fußraum und lehnte sich bequem zurück. »*Avant*, Pierre.«

Der Jeep machte einen Satz nach vorne, bockte und ratterte dann die Straße hinunter, wobei jedes Schlagloch in Dougs Kopf eine hämmernde Explosion auslöste. Er schloß die Augen und zwang sich zum Schlafen.

Whitney nahm die mörderische Fahrt gelassen hin. Sie hatte gegessen, getrunken und getanzt. Dasselbe tat sie in New York, wenn sie einen Club und anschließend eine Broadwayshow besuchte, doch dafür war dies hier ein einmaliges Erlebnis. Eine Droschkenfahrt durch den Central Park mochte wesentlich bequemer sein, aber andererseits konnte sich jeder mit zwanzig Dollar in der Tasche etwas derartiges leisten. Sie dagegen hoppelte in einem altersschwachen, von einem Eingeborenen gesteuerten Jeep durch Madagaskar, während hinter ihr ein Dieb leise vor sich hinschnarchte. Das war doch entschieden interessanter als eine ruhige Fahrt durch den Park.

Die Szenerie blieb größtenteils eintönig. Rote Berge, fast ohne Baumbewuchs, weite Täler mit rechteckig angeordneten Feldern. Jetzt, da die Sonne tief stand, kühlte es sich merklich ab, doch die Tageshitze hatte die Erde ausgedörrt. Staub bedeckte die Straßen, wirbelte unter den Reifen auf und legte sich wie ein Schleier über den frischgewaschenen Jeep. Obwohl sich die Landschaft kaum veränderte, schlug deren Weite Whitney in Bann.

Meilenweit nichts als weites Land und weiter Himmel, sann sie, nichts, was den Blick versperrte. Die Faszination, die diese karge Landschaft auf sie ausübte, konnte ein Städtbewohner wohl schwerlich nachempfinden.

In New York vermißte sie ab und an den freien Himmel. Wenn sie dieses Gefühl überkam, sprang sie gewöhnlich in das nächstbeste Flugzeug, flog an den ersten Ort, der ihr einfiel, und blieb solange, bis ihre Stimmung wieder umschlug. Ihre Freunde nahmen diese Launen hin, weil sie nichts daran ändern konnten, und ihre Eltern tolerierten sie, weil sie hofften, daß ihre Tochter eines Tages zur Ruhe kommen würde.

Vielleicht lag es an der beruhigenden Wirkung der Landschaft, vielleicht an ihrem vollen Magen; Whitney empfand ein merkwürdiges Gefühl der Zufriedenheit. Es würde nicht lange anhalten, sie kannte sich selbst zu gut, um etwas anderes zu vermuten. Sie war nicht der Typ, der über einen längeren Zeitraum hinweg ausgeglichen und zufrieden blieb, sondern eher ein Mensch, der dem Leben hinterherjagte, immer in Erwartung einer neuen Erfahrung.

Doch jetzt lehnte sie sich im Jeep zurück und genoß den Zustand der Gelassenheit.

Die Sonne ging in einem spektakulären Farbenmeer unter. Whitney drehte sich um und kniete sich auf den Sitz, um das Farbenspiel am Himmel besser beobachten zu können. Es gehörte zu ihrem Beruf, Farben harmonisch zusammenzustellen, und während sie zusah, wie die Sonne versank, überlegte sie, ob sie nicht einen Raum in diesen Farben einrichten sollte. Blutrot, sattes Gold, tiefes Saphirblau und dazu als aufhellenden Akzent eine Malvenfarbe. Eine ungewöhnliche, intensive Farbkombination. Ihr Blick blieb auf dem schlafenden Doug haften. Ein solcher Raum würde zu ihm passen, entschied sie. Leuchtende, kräftige Farben, die seinen Charakter widerspiegelten.

Die Zunge zwischen den Lippen blickte Whitney von ihm zum Boden. Der Rucksack – darin der Umschlag – stand zu seinen Füßen. Vorsichtig lehnte sie sich zurück, immer auf der Hut vor ersten Anzeichen des Erwachens. Der Rucksack befand sich außerhalb ihrer Reichweite. Der Jeep ruckelte, als sie sich langsam aufrichtete und über die Lehne reckte. Doug schnarchte ruhig weiter. Ihre Finger klammerten sich um den Trageriemen, und sie begann, den Rucksack behutsam anzuheben.

Ein lauter Knall ließ sie zusammenfahren. Noch ehe sie nach einem sicheren Halt suchen konnte, brach der Jeep aus und schleuderte sie auf den Rücksitz.

Doug erwachte von einem Stoß in die Magengrube, der ihm die Luft raubte. Als er die Augen öffnete, sah er Whitney quer über seiner Brust liegen. Sie roch nach Wein und Früchten. Gähnend fuhr er mit der Hand über ihre Hüfte. »Sie können einfach nicht die Finger von mir lassen, stimmt's?«

Whitney blies sich das Haar aus den Augen und blitzte ihn an. »Ich wollte mir vom Rücksitz aus den Sonnenuntergang ansehen.«

»So, so.« Seine Hand legte sich über ihre, die noch immer den Riemen seines Rucksacks festhielt. »Klebrige Finger, Whitney?« Er schnalzte leise mit der Zunge. »Ich bin sehr enttäuscht.«

»Ich weiß überhaupt nicht, wovon Sie reden.« Whitney rappelte sich auf und rief Pierre etwas zu. Obwohl der französische Wortschwall an ihm vorbeirauschte, brauchte Doug keinen Übersetzer, um zu verstehen, worum es sich handelte. Der Merina war nämlich ausgestiegen und trat wütend gegen den rechten Vorderreifen.

»Wir haben einen Platten.« Doug machte Anstalten, auszusteigen, dachte an seinen Rucksack und nahm ihn mit. Whitney tat es ihm nach, ehe sie ihm folgte. »Was haben Sie vor?« fragte Doug.

Sie inspizierte den Reservereifen, den Pierre aus dem Kofferraum geholt hatte. »Herumstehen und ein hilfloses Gesicht machen, was sonst? Außer Sie möchten, daß ich einen Abschleppdienst anrufe.«

Fluchend ließ sich Doug auf dem Boden nieder und begann, mit einem Schraubenschlüssel die Radmuttern zu lösen. »Der Reservereifen ist so glatt wie ein Kinderpopo. Sagen Sie unserem Fahrer, daß wir zu Fuß weitergehen. Er kann froh sein, wenn er bis zum Dorf zurückkommt.«

Eine Viertelstunde später standen sie mitten auf der Straße und sahen dem Jeep nach. Gutgelaunt hakte Whitney sich bei Doug unter. »Ein kleiner Verdauungsspaziergang, mein Bester?«

»So sehr ich es hasse, Ihnen etwas abzuschlagen, aber wir suchen uns einen sicheren Platz zum Zelten. In einer Stunde ist es so dunkel, daß wir nicht mehr die Hand vor den Augen sehen können. Da drüben«, beschloß er, auf eine Ansammlung von Felsen deutend. »Wir bauen das Zelt dahinter auf. Aus der Luft können sie uns sehen, das läßt sich nicht vermeiden, aber wir sind außer Sichtweite der Straße.«

»Also denken Sie, daß die Kerle zurückkommen?«

»Sie werden zurückkommen, aber dann sind wir nicht mehr da.«

Whitney hatte sich schon gefragt, ob es in Madagaskar überhaupt eine nennenswerte Anzahl Bäume gebe, daher war sie entzückt, als sie an einem Waldgebiet anlangten.

Doug sah den Wald als willkommenen Schutz an. Whitney hielt ihn für eine willkommene Abwechslung.

Die Luft war zwar mild, doch nach einer Stunde angestrengten Kletterns klebte Whitney am ganzen Körper. Es gab entschieden angenehmere Wege, um auf Schatzsuche zu gehen, da wir sie sicher. Ein klimatisierter Wagen wäre ihre erste Wahl.

Der Wald mochte nicht über eine Klimaanlage verfügen, doch er war kühl. Whitney trat zwischen einige hochaufgeschossene, fedrige Farnbäume. »Sehr hübsch«, meinte sie.

»Sie können Reisenden das Leben retten.« Doug brach ein Blatt am Stengel ab. Klares Wasser tropfte aus der Schnittstelle in seine Handfläche. »Nützliches Gewächs. Lesen Sie den Reiseführer.«

Whitney tauchte den Finger in die kleine Pfütze und steckte

ihn dann in den Mund. »Es baut Ihr Ego wohl ungemein auf, wenn Sie Ihr Wissen herauskehren können.« Hinter ihr raschelte es, sie sah sich um und erhaschte noch einen Blick auf ein pelziges weißes Etwas mit langem Schwanz, das im Unterholz verschwand. »Das gibt's doch nicht! Ein Hund!«

»Hmmm.« Doug packte ihren Arm, ehe sie hinterherrennen konnte. »Ein Sifaka. Sie haben soeben Ihren ersten Lemur gesehen. Da!«

Whitney folgte seinem Finger und sah einen schneeweißen, schwarzköpfigen Lemuren, der sich in der Baumkrone entlanghangelte. Lachend beobachtete sie das Tier. »Sind die niedlich! Und ich dachte schon, wir kriegen außer Bergen, Gras und Felsen in Madagaskar nichts zu sehen.«

Ihr Lachen gefiel ihm, außer daß es vielleicht ein bißchen zu häufig erklang. Frauen. Es war verdammt lange her, seit er das letzte Mal eine Frau gehabt hatte. »Das ist keine Rundreise«, sagte er kurz angebunden. »Wenn wir den Schatz gefunden haben, können Sie ja eine buchen. Aber jetzt müssen wir sehen, daß wir vorankommen.«

»Wozu diese Eile?« Whitney verlagerte ihren Rucksack und eilte an Dougs Seite. »Mir scheint, daß Dimitris Chancen, uns zu finden, sinken, je länger wir unterwegs sind.«

»Mir ist es ungemütlich, wenn ich nicht weiß, wo er ist. Vor uns, hinter uns, wer weiß.« Unwillkürlich mußte er an Vietnam denken, wo der Dschungel zuviel verbarg. Er zog die dunklen Straßen der Stadt vor.

Whitney blickte über ihre Schulter und verzog das Gesicht. Der Wald hatte sich bereits hinter ihnen geschlossen. Sie wollte den beruhigenden Effekt des dunklen Grüns, der Feuchtigkeit und der kühlen Luft genießen, doch dank Doug sah sie schon Gespenster. »Außer uns befindet sich niemand in diesem Wald. Bislang waren wir ihnen immer einen Schritt voraus.«

»Bislang, ja. Und so soll es auch bleiben.«

»Warum vertreiben wir uns die Zeit nicht mit einer Unterhaltung? Sie könnten mir von den Papieren erzählen.«

Er hatte bereits resigniert festgestellt, daß sie nicht lockerlassen würde. Besser, er gab ihr einige Informationen, damit sie endlich aufhörte, ihn zu bedrängen. »Was wissen Sie über die Französische Revolution?«

Whitney verlagerte beim Laufen den verhaßten Rucksack und beschloß, ihm vorerst nicht zu gestehen, daß sie bereits einen flüchtigen Blick auf die erste Seite geworfen hatte. Doug würde ihr mehr erzählen, wenn er dachte, sie wüßte von nichts.

»Genug, um auf dem College einen Kurs in französischer Geschichte erfolgreich zu absolvieren.«

»Wie sieht es mit Steinen aus?«

»Geologie war mein schlechtestes Fach.«

»Ich rede nicht von Kalkstein und Quarzen. Richtige Steine, Süße. Diamanten, Smaragde, Rubine so groß wie Ihre Faust. Dann nehmen Sie noch die Schreckensherrschaft und flüchtige Aristokraten, und wir kommen der Sache näher. Halsbänder, Ohrringe, ungefaßte Smaragde. Eine Menge wurde gestohlen.«

»Und noch mehr versteckt und außer Landes geschmuggelt.«

»Richtig. Wenn man darüber nachdenkt ... es sind mehr Steine verschwunden, als man jemals wiederfinden kann. Und wir werden uns einen kleinen Teil davon holen. Mehr will ich gar nicht.«

»Der Schatz ist zweihundert Jahre alt«, sagte Whitney ruhig und dachte wieder an das Papier, das sie überflogen hatte. »Ein Teil der französischen Geschichte.«

»Die Schätze des Königshauses«, murmelte Doug. Sie waren zum Greifen nah.

»Königshaus?« Das Wort ließ sie aufhorchen. Er blickte träumerisch ins Leere. »Der Schatz gehörte dem König von Frankreich?«

Genug damit, entschied Doug. Jetzt hatte er schon mehr verraten, als notwendig war. »Er gehörte dem Mann, der schlau genug war, ihn in die Finger zu bekommen. Und er wird mir gehören. Uns«, korrigierte er sich rasch. Doch Whitney schwieg.

»Wer war eigentlich die Frau, die Whitaker Papiere und Karte gegeben hat?« fragte sie nach einer Weile.

»Die Engländerin? Ach ja – Smythe-Wright. Genauer – Lady Smythe-Wright.«

Als dieser Name fiel, schlug eine kleine Glocke in Whitneys Kopf an. Lady Olivia Smythe-Wright gehörte zu den wenigen Angehörigen des Landadels, die diesen Titel zu Recht trugen. Sie widmete sich sowohl der Kunst als auch der Wohltätigkeit mit einer fast religiös zu nennenden Hingabe. Wie sie oft betonte, lag einer der Gründe für ihr Handeln darin, daß sie eine Nachfahrin Marie Antoinettes war. Königin, Kokotte, Opfer – eine Frau, die von einigen Historikern als egoistische Närrin, von anderen als Opfer der Umstände bezeichnet wurde. Whitney hatte einige von Lady Smythe-Wrights Vorträgen besucht und die Frau heimlich bewundert.

Marie Antoinette und verschwundene französische Juwelen … Eine Tagebuchseite mit dem Datum von 1793. Das ergab einen Sinn. Wenn Olivia die Papiere für historisch bedeutend gehalten hatte … Whitney erinnerte sich daran, ihre Todesanzeige in der *Times* gelesen zu haben. Ein grausamer Mord ohne ersichtliches Motiv. Die Behörden hatten die Ermittlungen noch nicht abgeschlossen.

Butrain, dachte Whitney. Er würde sich vor keinem irdischen Gericht mehr verantworten müssen; er war tot, genau wie Whitaker, Lady Smythe-Wright und ein junger Kellner namens Juan. Das Motiv für all diese Morde steckte in Dougs Tasche. Wieviele Menschen hatten wohl sonst noch ihr Leben für den Schatz einer Königin gegeben?

Nein, so durfte sie die Sache nicht sehen, jetzt nicht. Sonst müßte sie kehrtmachen und aufgeben. Ihr Vater hatte ihr vieles beigebracht, aber seine erste, wichtigste Regel lautete, das zu Ende zu bringen, was man angefangen hatte, egal um welchen Preis. So hatte sie schon immer gehandelt, und sie war stolz darauf.

Sie würde weitermachen, Doug helfen, den Schatz zu finden. Dann würde sie entscheiden, was damit geschehen sollte.

Doug sah sich bei jedem Rascheln aufmerksam um. Laut Reiseführer wimmelte der Wald von Tieren, aber keines davon wurde Menschen gefährlich, wenn er sich recht erinnerte. Außerdem fürchtete er die zweibeinigen Raubtiere entschieden mehr.

Mittlerweile würde Dimitri außerordentlich wütend sein. Und Doug waren einige Geschichten zu Ohren gekommen, wie Dimitri zu verfahren pflegte, wenn er wütend war. Er wollte es nicht am eigenen Leibe erfahren.

Mühsam versuchte er, sich zu entspannen. Zum Teufel mit Dimitri! Er war meilenweit entfernt und drehte sich vermutlich im Kreis. Noch nicht einmal er konnte sie in dem riesigen, unbewohnten Waldgebiet ausfindig machen. Das Prickeln in seinem Nacken kam vom Schweiß. Der Umschlag war sicher in seinem Rucksack verstaut, auf dem er letzte Nacht vorsichtshalber geschlafen hatte. Der Schatz am Ende des Regenbogens war ihm so nah wie noch nie.

»Schön hier«, meinte er, blickte hoch und sah ein paar fuchsgesichtige Lemuren in den Baumkronen herumturnen.

»Da bin ich aber froh, daß es Ihnen gefällt«, gab Whitney zurück. »Vielleicht können wir langsam eine Frühstückspause einlegen, da Sie es heute morgen ja so eilig hatten?«

»Bald. Holen wir uns erst noch etwas Appetit.«

Whitney preßte eine Hand auf ihren knurrenden Magen. »Sie machen wohl Witze.« Dann sah sie einen Schwarm von zwanzig oder dreißig großen Schmetterlingen auffliegen, eine tiefblaue, leuchtende Wolke, die in der Luft auf und ab tanzte. Die Intensität der Farben tat ihr beinahe in den Augen weh. »O Gott, für ein Kleid in dieser Farbe könnte ich sterben.«

»Den Einkaufsbummel machen wir später.«

Whitney beobachtete die Schmetterlinge, die von Blüte zu Blüte flatterten. Der Anblick half ihr, den stundenlangen Marsch zu ertragen. »Ein Königreich für ein Stück dieses seltsamen Fleisches und eine Banane!«

Doug ließ sich wie immer von ihrem Lächeln und dem verführerischen Augenaufschlag erweichen. »Wir veranstalten ein Picknick.«

»Herrlich!«

»Aber später.«

Er nahm sie bei der Hand und führte sie weiter. Der Wald hier duftet genauso angenehm wie eine Frau, dachte er. Und wie eine Frau hatte der Wald Schattenseiten und verborgene Fallen. Besser, man blieb auf dem Teppich und hielt die Augen offen. Hier war, dem Unterholz nach zu urteilen, noch niemand vor ihnen gewesen, und er konnte sich nur nach dem Kompaß richten.

»Ich verstehe nicht, warum Sie einen solchen Marathon veranstalten.«

»Weil uns jeder Schritt dem Topf voll Gold näherbringt, Süße. Wenn wir nach Hause kommen, können wir uns jeder ein Penthouse kaufen.«

»Aber Douglas.« Kopfschüttelnd bückte sie sich und pflückte eine blaßrosa, zartgefiederte Blüte ab, die sie sich lächelnd ins Haar steckte. »Sie sollten materiellen Werten keine solche Bedeutung beimessen.«

»Nein, wenn man alles hat, ist das nicht mehr wichtig.«

Achselzuckend pflückte sie eine weitere Blüte und wedelte damit vor seiner Nase. »Sie machen sich zuviele Gedanken um Geld.«

»Wie bitte?« Er blieb stehen und blitzte sie böse an. »Ich? Ich mache mir Gedanken um Geld? Wer von uns beiden vermerkt denn jeden einzelnen Cent in einem kleinen Büchlein? Wer schläft denn mit der Brieftasche unter dem Kopfkissen?«

»Das gehört zum Geschäft«, sagte Whitney leichthin. »Und ist somit ganz etwas anderes.«

»Blödsinn. Ich habe noch nie erlebt, daß jemand jeden einzelnen Cent abrechnet. Wenn ich mich verletzen würde, dann würden Sie noch einen Dollar für Pflaster berechnen.«

»Höchstens fünfzig Cent«, korrigierte sie. »Und es besteht absolut keine Notwendigkeit, so zu schreien.«

»Ich muß diesen Radau übertönen.«

Wie auf Kommando blieben beide stehen. Der Krach, den sie gerade erst bemerkt hatten, dröhnte wie Motorengeräusch. Nein, dachte Doug, kein Motor. Dazu war es zu gleichmäßig, zu grollend. Donner? Nein. Wieder nahm er Whitneys Hand.

»Kommen Sie, wir wollen mal sehen, was das ist.«

Das Geräusch wurde lauter, je mehr sie sich östlich hielten, und verlor alle Ähnlichkeit mit Motorlärm. »Wasser gegen Steine«, vermutete Whitney. Als sie auf eine Lichtung traten, zeigte sich, daß sie beinahe recht hatte. Wasser traf auf Wasser.

Der Wasserfall ergoß sich in eine klare, gurgelnde Lagune. Die weiße Gischt funkelte in der Sonne kristallklar und färbte sich am Ende des Falls tiefblau. Unbewußt lehnte Whitney den Kopf an Dougs Schulter.

»Wunderschön«, flüsterte sie. »Als ob der Platz für uns geschaffen wäre.«

Doug legte einen Arm um sie. »Hübsches Plätzchen für ein Picknick. Sind Sie nicht froh, daß wir gewartet haben?«

Sie erwiderte sein Lächeln. »Ein Picknick«, stimmte sie mit leuchtenden Augen zu. »Und ein Bad.«

»Ein Bad?«

»Ein wundervolles, kühles, erfrischendes Bad.« Zu seiner Überraschung gab sie ihm einen schallenden Kuß, dann rannte sie auf die Lagune zu. »Das lasse ich mir doch nicht entgehen, Douglas.« Sie ließ ihren Rucksack fallen, wühlte darin herum und holte ein Stück französischer Seife und eine kleine Flasche Shampoo heraus. »Allein der Gedanke, den Schmutz der letzten Tage abwaschen zu können, treibt mich zum Wahnsinn.«

Doug nahm die Seife und schnupperte daran. Sie roch wie Whitney – frisch und sehr weiblich. Kostspielig. »Teilen wir?«

»Okay. Und da ich heute in Spendierlaune bin, berechne ich Ihnen nichts dafür.«

Er grinste, als er ihr die Seife zuwarf. »Mit Kleidern können Sie aber nicht baden.«

Die Herausforderung, die in seinen Augen lag, entging ihr nicht. »Ich habe nicht die Absicht, etwas anzubehalten.« Langsam knöpfte sie ihre Bluse auf, während seine Augen ihr folgten. Eine leichte Brise zerrte an den Enden und kitzelte den Streifen nackter Haut. »Alles, was Sie zu tun haben«, sagte sie freundlich, »ist, sich umzudrehen.« Als er sie nur lächelnd anblickte, winkte sie mit dem Seifenstück. »Oder es gibt keine Seife.«

»Spielverderber«, murmelte er, drehte sich aber gehorsam um.

Innerhalb weniger Sekunden hatte Whitney ihre Kleider abgestreift, war ins Wasser gesprungen und planschte darin herum. »Jetzt sind Sie dran.« Vor lauter Freude, Wasser auf ihrer Haut zu spüren, legte sie den Kopf nach hinten, so daß ihre Haare auf dem Wasser trieben. »Vergessen Sie das Shampoo nicht.«

Das Wasser war so klar, daß er die verführerische Silhouette ihres Körpers erkennen konnte. Wasser umspielte ihre Brüste. Wieder verspürte er einen prickelnden, gefährlichen Anflug von Begierde und konzentrierte sich auf ihr Gesicht. Es half nichts.

Ihr Gesicht strahlte vor Freude, das aufwendige Make-up, das sie jeden Morgen auflegte, hatte das Wasser abgewaschen. Ihr glattes Haar, vor Nässe dunkel, umrahmte die hohen Wangenknochen, die ihre Schönheit so charakteristisch machten. Doug griff nach der kleinen Plastikflasche mit Shampoo und drehte sie in der Hand.

Unter diesen Umständen hielt er es für klüger, die Situation mit Humor zu nehmen. Er hatte einen Millionenschatz in greifbarer Nähe, einen zu allem entschlossenen und sehr gerissenen Feind im Nacken und war im Begriff, zusammen mit einer Eiskremprinzessin ein Bad unter freiem Himmel zu genießen.

Nachdem er sein Hemd über den Kopf gezogen hatte, fingerte er am Reißverschluß seiner Jeans herum. »Sie wollen sich wohl nicht umdrehen, was?«

Dieses herausfordernde Grinsen war zuviel für Whitney. Beiläufig begann sie einen Arm einzuseifen. Ihr war gar nicht bewußt geworden, wie sehr sie dieses kühle, erfrischende Gefühl vermißt hatte. »Angeben wollen Sie, wie, Douglas? Ich bin aber nicht leicht zu beeindrucken.«

Er setzte sich hin, um seine Schuhe auszuziehen. »Lassen Sie mir meinen Anteil an der Seife übrig.«

»Dann machen Sie voran.« Mit denselben langsamen, streichelnden Bewegungen seifte sie den anderen Arm ein, dann legte sie sich aufs Wasser und ließ sich treiben. Als er aufstand und seine Jeans fallenließ, musterte sie ihn kritisch mit ausdruckslosem Gesicht. Lange, muskulöse Beine, ein flacher Bauch und schmale, von einem knappen Slip bedeckte Hüften. Er hatte den Körperbau eines Läufers. Vermutlich war er auch einer.

»Na ja«, meinte sie nach einem Augenblick. »Da Sie sich offenbar gern zur Schau stellen, ist es um so bedauerlicher, daß ich meine Polaroid vergessen habe.«

Ungerührt streifte er den Slip ab. Einen Moment lang stand er nackt am Ufer der Lagune, ehe er ins Wasser sprang und in ihrer Nähe auftauchte. Was er unter Wasser zu Gesicht bekommen hatte, ließ seine Begierde steigen.

»Seife«, sagte er so kühl wie möglich und bot ihr das Shampoo zum Tausch an.

»Ohren waschen«, mahnte sie und verteilte eine großzügige Dosis Shampoo auf der Handfläche.

»Hey, die Hälfte gehört mir!«

»Sie kriegen schon noch was ab. Außerdem habe ich mehr Haar als Sie.«

Er fuchtelte mit der Seife herum, ehe er seine Brust einseifte. »Und ich habe mehr Körperfläche.«

Lachend tauchte Whitney unter. Als sie wieder an die Oberfläche kam, rief sie: »Es ist einfach herrlich! Wir sollten uns für das Wochenende hier einmieten.«

Die Sonne ließ die Wassertröpfchen in ihrem Haar wie Kristalle glitzern. »Nächstes Mal. Jetzt könnte ich das Shampoo gebrauchen.«

»Ach ja?« Er wirkte auf gefährliche Weise attraktiv. Whitney stellte fest, daß sie einen Hauch von Gefahr bei einem Mann zu schätzen begann. Der Begriff Langeweile, das einzige Wort, das sie am liebsten aus ihrem Vokabular verbannt hätte, ließ sich auf ihn beileibe nicht anwenden. Zweifellos steckte er voller Überraschungen.

Um ihn und vielleicht sich selbst auf die Probe zu stellen, paddelte sie langsam auf ihn zu, bis sich ihre Körper ganz nah waren. »Wir tauschen«, schlug sie vor und hielt ihm die Flasche hin.

Seine Finger schlossen sich um die glitschige Seife, so daß sie ihm beinahe aus der Hand flutschte. Worauf zum Teufel war sie aus, fragte er sich. Er war genug herumgekommen, um diesen Gesichtsausdruck bei einer Frau richtig zu deuten. Vielleicht, sollte das heißen. Und – bring mich doch soweit. Dummerweise war Whitney mit keiner anderen Frau, die er je gekannt hatte, zu vergleichen. Er wußte nicht recht, wie er sich verhalten sollte.

»Klar.« Er öffnete die Hand, damit sie sich das nasse Seifenstück nehmen konnte. Zum Dank warf sie die Flasche hoch in die Luft und lachte, als Doug sie auffing.

»Ich hoffe, Jasminduft stört sie nicht.« Langsam hob sie ein Bein aus dem Wasser und seifte die Wade ein.

»Ich kann's vertragen.« Er rieb sich Shampoo ins Haar, drehte die Flasche zu und warf sie ans Ufer. »Schon mal in einem öffentlichen japanischen Bad gewesen?«

»Nein.« Neugierig sah sie ihn an. »Sie etwa?«

»In Tokio, vor ein paar Jahren. Eine interessante Erfahrung.«

»Ich beschränke die Anzahl der Personen in meiner Badewanne lieber auf zwei. Gemütlich, aber nicht zu voll.«

»Jede Wette.« Er tauchte kurz unter, um das Shampoo abzuspülen.

»Außerdem sehr praktisch«, fügte Whitney hinzu, als er wieder auftauchte. »Besonders, wenn man den Rücken geschrubbt bekommen will.« Lächelnd hielt sie ihm die Seife wieder hin. »Würde es Ihnen etwas ausmachen?«

Also wollte sie Spielchen spielen. Nun, das konnte sie haben; er nahm ihr die Seife aus der Hand und rieb ihre Schultern damit ein. »Wunderbar«, meinte sie nach einem Moment. Obwohl ihr Magen sich zusammenzog, gelang es ihr, ihre Stimme unter Kontrolle zu halten. »Aber ich nehme an, ein Mann in Ihrem – Beruf muß eben geschickte Hände haben.«

Seine Hand glitt an ihrem Rückgrat hinab und langsam wieder nach oben. Whitney durchfuhr es wie ein elektrischer Schlag, und sie begann zu zittern. Doug grinste.

»Kalt?«

Was hatte sie da herausgefordert, fragte sie sich. »Das Wasser wird kühl, wenn man sich nicht bewegt.« Vorsichtig schwamm sie seitlich weg, wobei sie sich einredete, daß dies keinesfalls ein Rückzug war. So nicht, Süße, dachte Doug. Er warf die Seife dem Shampoo hinterher und packte sie schnell am Knöchel.

»Irgendwelche Probleme?«

Ohne Anstrengung zog er sie zu sich zurück. »Solange wir hier Spielchen spielen ...«

»Ich weiß gar nicht, wovon Sie reden ...«, begann Whitney, doch der Satz erstarb in einem keuchenden Atemzug, als ihre Körper sich trafen.

»Von wegen!«

Die Unsicherheit, der Ärger und die aufflackernde Erkenntnis in ihren Augen gefielen ihm. Absichtlich umklammerte er ihre Beine mit den seinen, so daß sie sich an seinen Schultern festhalten mußte, um nicht unterzugehen.

»Seien Sie vorsichtig, Lord«, warnte sie.

»Ich liebe Wasserspiele, Whitney.«

Seine Hand strich über ihre Brüste. »Sie nicht?«

Sie hatte es nicht anders gewollt, doch wurde sie kein bißchen zugänglicher. Zwar wollte sie ihre Spielchen mit ihm treiben, aber zu ihren Bedingungen und wann es ihr beliebte. Ihre Stimme wurde kühl, und die Augen blickten eisig.

»Sie glauben doch nicht wirklich, daß wir im selben Verein sind, oder?« Schon vor langer Zeit hatte sie herausgefunden, daß kalt und gelassen hervorgebrachte Beleidigungen die beste Verteidigung waren.

»Nein, aber ich habe noch nie viel auf Klassenunterschiede gegeben. Wenn Sie die Herzogin spielen wollen, nur zu.« Seine Daumen spielten mit ihren Brustwarzen, und er hörte, wie sie vernehmlich Atem holte. »Wenn ich mich recht entsinne, hatten sogar Königinnen eine Vorliebe dafür, sich gewöhnliche Bauern ins Bett zu holen.«

»Ich habe nicht die Absicht, Sie in mein Bett zu holen.«

»Sie wollen mich doch.«

»Schmeicheln Sie sich selbst?«

»Lügen Sie etwa?«

Whitney wollte aufbrausen, doch die angenehme Wärme in ihrem Inneren sprach dagegen. »Mir wird kalt, Douglas. Ich will aus dem Wasser raus.«

»Sie wollen, daß ich Sie küsse.«

»Eher würde ich eine Kröte küssen.«

Er grinste. Sie hatte ihn förmlich angezischt. »Zumindest habe ich keine Warzen.«

Kurz entschlossen preßte er seinen Mund auf ihren.

Whitney erstarrte. Niemand hatte je gewagt, sie ohne ihre Einwilligung zu küssen. Wer, zum Teufel, bildete er sich ein zu sein?

Und ihr Herz pochte gegen seines. Ihr Puls raste, der Kopf wurde leicht.

Es interessierte sie einen feuchten Kehricht, wer er war.

Leidenschaftlich erwiderte sie seinen Kuß und spielte mit seiner Zunge. Seine Zähne knabberten an ihrer Unterlippe, während sie die Arme um ihn schlang und ihn enger an sich zog. Welche Überraschung, dachte er und verlor selbst fast die Besinnung. Die Lady steckte voller Überraschungen.

Sie schmeckte kühl, frisch und anders als jede andere Frau. Die Leidenschaft drohte sie beide zu überwältigen. Sich umklammernd versanken sie im Wasser, kämpften sich, noch immer Mund an Mund, wieder an die Oberfläche.

Noch nie hatte sie einen Mann wie ihn gekannt. Er fragte nicht, sondern nahm. Seine Hände wanderten mit einer Intimität, die sie stets zu vermeiden gesucht hatte, über ihren Körper. Sie wählte ihre Liebhaber manchmal aus einem Impuls heraus, manchmal aus Berechnung aus, aber immer war *sie* es, die die Wahl traf. Diesmal war ihr keine Wahl geblieben. Diese Hilflosigkeit übertraf alles, was sie bisher erlebt hatte.

Wenn er sie schon mit einem Kuß so erregen konnte, würde er sie im Bett zum Wahnsinn treiben. Er würde mit ihr machen, was er wollte.

Und dann, dachte sie, würde er sich mit einem frechen

Grinsen verabschieden und in der Nacht verschwinden. Einmal ein Dieb, immer ein Dieb, ob es nun um Geld oder das Herz einer Frau ging. Nun, sie mochte den Anfang nicht bestimmt haben, aber das Ende würde nach ihren Vorstellungen verlaufen.

Sie wischte einen Anflug von Bedauern beiseite. Schmerzen mußten um jeden Preis vermieden werden, auch auf Kosten des Vergnügens.

Whitney machte sich ganz leicht, als ob sie sich ihm total hingeben wollte. Dann hob sie die Hände zu seinen Schultern und drückte Doug hart nach unten.

Ohne die Chance, vorher nach Luft zu schnappen, ging er unter.

Ehe er wieder an die Oberfläche kam, war Whitney am Ufer der Lagune angelangt und kletterte aus dem Wasser. »Spiel, Satz und Sieg.« Sie packte ihre Bluse und zog sie an, ohne sich die Mühe zu machen, sich vorher abzutrocknen.

Nackte Wut. Er hatte geglaubt, dieses Gefühl zu kennen. Frauen! Er hatte geglaubt, genau zu wissen, wie man sie behandeln mußte. Jetzt stellte Doug fest, daß er dazulernte. Er schwamm ans Ufer und stieg aus dem Wasser. Whitney schlüpfte gerade in ihre Hose.

»Ein netter Zeitvertreib«, meinte sie. Nun, da sie wieder vollständig bekleidet war, fühlte sie sich sicherer. »Sollten wir nicht endlich zum Picknick übergehen? Ich sterbe vor Hunger.«

»Lady ...« Ohne die Augen von ihr zu lassen, hob Doug seine Jeans auf. »Was ich im Sinn habe, hat mit Picknick überhaupt nichts zu tun.«

»Tatsächlich?« Whitney suchte in ihrem Rucksack herum und fand ihre Haarbürste. Langsam kämmte sie sich die blonde Mähne durch. »Sie sehen aus, als könnten Sie ein paar Bissen rohes Fleisch vertragen. Benutzen Sie diesen furchterregenden Blick, wenn Sie kleinen alten Damen ihre Handtaschen abnehmen?«

»Ich bin ein Dieb, kein Gewalttäter.« Doug zog seine Jeans hoch, strich sich das feuchte Haar aus dem Gesicht und kam drohend auf sie zu. »Aber in ihrem Fall könnte ich gut und gerne eine Ausnahme machen.«

»Tun Sie nichts, was Sie später bereuen«, riet Whitney ihm sanft.

Er biß die Zähne zusammen. »Ich werde jede Minute ohne Reue genießen.« Als er sie an den Schultern packte, blickte sie ernst zu ihm hoch.

»Sie sind einfach kein gewalttätiger Typ«, erwiderte sie. »Aber wie dem auch sei ...«

Ihre Faust traf blitzschnell hart in seine Magengrube. Keuchend krümmte er sich zusammen.

»Ich dagegen schon.« Whitney ließ die Bürste in ihren Rucksack fallen und hoffte nur, daß er zu benommen war, um zu merken, daß ihre Hand zitterte.

»Das war zuviel!« Er hielt sich den Magen und warf ihr einen Blick zu, der Dimitri veranlaßt hätte, sein Tun noch einmal zu überdenken.

»Douglas ...« Sie hob eine Hand, wie um einen bösartigen Straßenköter im Zaum zu halten. »Atmen Sie tief durch! Zählen Sie bis zehn!« Was sonst noch? überlegte sie verzweifelt. »Treten Sie auf der Stelle! Verlieren Sie nicht die Nerven!«

»Ich bin ganz ruhig«, knirschte er durch die Zähne, während er sich näher an sie heranpirschte. »Das werde ich Ihnen gleich beweisen.«

»Ein andermal. Trinken wir lieber ein Glas Wein. Wir können ...« Sie brach ab, als sich seine Hand um ihre Kehle schloß. »Doug!« Der Name kam nur als Quietschen heraus.

»Jetzt ...«, fing Doug an, dann blickte er zum Himmel. Motorengeräusch dröhnte über ihnen. »Hurensohn!«

Den Lärm eines Hubschraubers würde er kein zweites Mal verkennen. Er war beinahe über ihnen, und sie befanden sich im offenen Gelände. Gottverdammte Scheiße, dachte Doug wütend, gab Whitney frei und rannte los. »Bewegen Sie Ihren Arsch!« brüllte er. »Das Picknick ist vorbei.«

»Wenn Sie mir noch ein einziges Mal sagen, ich soll meinen Arsch bewegen ...«

»Tun Sie's einfach.« Er warf ihr den ersten Rucksack zu und lud sich den zweiten auf. »Jetzt benutzen Sie Ihre schönen langen Beine, Süße. Wir haben nicht mehr viel Zeit.« Er umklammerte ihre Hand und rannte, so schnell er konnte, zu den Bäumen. Whitneys Haar flog hinter ihr her.

Über ihnen in einer engen Hubschrauberkabine senkte Remo sein Fernglas. Zum ersten Mal seit Tagen erschien ein Grinsen unter dem Schnurrbart. Lässig strich er über die Narbe, die seine Wange verunstaltete. »Wir haben sie entdeckt. Funkt Mr. Dimitri an.«

8

»Glauben Sie, daß sie uns gesehen haben?«

Im vollen Lauf wandte Doug sich nach Osten, wo der Wald am dichtesten war. Wurzeln und Ranken behinderten ihn, ohne daß er deshalb sein Tempo verlangsamte. Er folgte seinem Instinkt durch einen Wald von Bambus und Eukalyptus, genau wie er es in Manhattan tat. Zweige schwangen hin und her, als sie sich hindurchkämpften. Normalerweise hätte sich Whitney bitter beklagt, wenn sie ihr ins Gesicht peitschten, doch sie war zu sehr damit beschäftigt, nach Luft zu schnappen.

»Ja, ich fürchte, sie haben uns gesehen.« Doug verschwendete keine Zeit an Wut, Frust oder Panik, obwohl ihn all das quälte. Jedesmal, wenn er meinte, Zeit gewonnen zu haben, stellte er fest, daß Dimitri ihnen wie ein guttrainierter Bluthund auf den Fersen war. Er mußte seine Strategie überdenken, und zwar beim Laufen. Erfahrung hatte ihn gelehrt, daß dies der beste Weg war. Wenn man zuviel Zeit zum Grübeln hatte, machte man sich zuviele Gedanken um die Konsequenzen. »Hier im Wald haben sie keine Landemöglichkeit.«

Das ergab einen Sinn. »Also bleiben wir im Wald?«

»Nein.« Er lief wie ein Marathonläufer, gleichmäßig und ohne außer Atem zu geraten. Whitney hätte ihn dafür erwürgen können, obwohl sie ihn heimlich bewunderte. Über ihnen schnatterten Lemuren aufgeregt durcheinander. »In einer Stunde kämmen Dimitris Männer das ganze Gebiet durch.«

Auch das ergab einen Sinn. »Dann verlassen wir den Wald?«

»Nein.«

Vom Laufen erschöpft, blieb Whitney stehen, lehnte sich gegen einen Baum und ließ sich dann auf den feuchten Boden gleiten. Arroganterweise hatte sie geglaubt, gut in Form zu sein. Alle Beinmuskeln schmerzten sie. »Was machen wir dann?« erkundigte sie sich. »Uns in Luft auflösen?«

Doug runzelte die Stirn, nicht ihretwegen, auch nicht wegen des unentwegten Zischens der Rotorblätter über ihnen. Er starrte blicklos in den Wald, während ein Plan in seinem Kopf Gestalt annahm.

Er war mit Risiken verbunden. Tatsächlich war er tollkühn bis an die Grenze zur Dummheit. Er blinzelte nach oben. Nur ein Blättermeer trennte sie von Remo und einer Maschinenpistole.

Aber es könnte funktionieren.

»Uns in Luft auflösen«, murmelte er. »Genau das werden wir tun.« Er beugte sich hinunter und öffnete seinen Rucksack.

»Suchen Sie Ihren Zauberstab?«

»Ich suche nach einer Möglichkeit, Ihre Alabasterhaut zu retten, Süße.« Doug zog den Turban hervor, den Whitney in Antananarivo erstanden hatte, rollte ihn auseinander und drapierte das Tuch um ihren Kopf, wobei er darauf achtete, soviel wie möglich zu verdecken. »Auf Wiedersehen, Whitney MacAllister – hallo, madagassische Bauersfrau.«

Whitney blies eine hellblonde Haarsträhne aus dem Gesicht. »Sie machen wohl Witze?«

»Haben Sie eine bessere Idee?«

Whitney blieb einen Moment still sitzen. Der Motorlärm beeinträchtigte die Ruhe des Waldes, der Schatten, die Bäume und der würzige Geruch versprachen nicht länger Schutz. Schweigend verknotete sie die Tuchenden unter ihrem Kinn. Eine schlechte Idee war besser als gar keine. Meistens.

»Okay, los geht's.« Er nahm ihre Hand und zog sie auf die Füße. »Wir haben noch einiges zu tun.«

Zehn Minuten später fand er, was er gesucht hatte.

Am Fuße eines steinigen, unebenen Hanges lag eine kleine Lichtung, auf der einige Bambushütten standen. Gras und Buschwerk hatte man abgebrannt, um Reisfelder anlegen zu können. In den gepflegten kleinen Gärten wucherten büschelige Bohnensträucher. Whitney konnte eine eingezäunte leere

Weide erkennen, daneben ein winziges Gehege, in dem Hühner nach Futter scharrten.

Das Gelände war so wellig, daß man die Häuser teilweise auf Pfählen errichtet hatte, um die Unebenheiten des Bodens auszugleichen. Sogar aus der Entfernung war ersichtlich, daß die Strohdächer dringend einer Reparatur bedurften. Grob in den Fels gehauene Stufen führten zu einem schmalen, ausgetretenen Pfad direkt unter ihnen. Der Pfad verlief in östlicher Richtung. Doug duckte sich hinter struppige Büsche und hielt nach Anzeichen von Leben Ausschau.

Whitney, die sich mit einer Hand an seiner Schulter festhielt, spähte über seinen Kopf. Die Häuschen wirkten irgendwie heimelig und erinnerten an das Merinadorf. Sie vermittelten ihr ein Gefühl der Sicherheit.

»Sollen wir uns da unten verstecken?«

»Uns zu verstecken, bringt uns auf Dauer nicht viel.« Doug holte sein Fernglas hervor, legte sich auf den Bauch und inspizierte die Häuser genauer. Kein Rauch stieg auf, nichts bewegte sich hinter den Fenstern. Absolute Ruhe. Kurz entschlossen reichte er Whitney das Glas. »Können Sie pfeifen?«

»Ob ich was kann?«

»Pfeifen.« Er gab einen langanhaltenden Ton von sich.

»Das kann ich entschieden besser«, schnüffelte sie beleidigt.

»Na wunderbar. Beobachten Sie das Dorf. Und wenn Sie irgendjemanden sehen, der sich den Hütten nähert, pfeifen Sie.«

»Wenn Sie glauben, ich lasse Sie dort alleine hinuntergehen, dann …«

»Ich lasse die Rucksäcke hier. Beide.«Doug griff um ihren Nacken und zog ihr Gesicht ganz nah zu sich heran. »Ich schätze, Ihnen liegt mehr daran, am Leben zu bleiben, als den Umschlag in die Finger zu bekommen.«

Sie nickte kühl. »Am Leben zu bleiben hat seit einiger Zeit absoluten Vorrang.«

Bei ihm hatte dies immer Vorrang. »Also tun Sie, was ich sage.«

»Warum möchten Sie da runter?«

»Wenn wir uns als madagassisches Pärchen ausgeben wollen, dann müssen wir uns einige notwendige Dinge besorgen.«

»Besorgen?« Sie hob eine Augenbraue. »Das heißt im Klartext, Sie wollen sie stehlen.«

»Korrekt, Süße, und Sie stehen Schmiere.«

Nach kurzer Überlegung befand Whitney, daß ihr die Idee, Schmiere zu stehen, zusagte. Zu einem anderen Zeitpunkt und an einem anderen Ort hätte sie empört abgelehnt, doch sie war schon immer der Meinung gewesen, daß man die Feste feiern sollte, wie sie fallen.

»Wenn ich jemanden zurückkommen sehe, dann pfeife ich.«

»Kluges Kind. Aber bleiben Sie in Deckung. Remo könnte mit dem Hubschrauber dieses Gebiet überfliegen.«

Die Sache fing an, ihr Spaß zu machen. Whitney rollte sich auf den Bauch und justierte das Fernglas. »Tun Sie Ihr Arbeit, Lord, und ich tue meine.«

Nach einem kurzen Blick zum Himmel kletterte Doug behutsam den steilen Abhang hinter den Hütten hinunter. Die Stufen, wenn man sie denn als solche bezeichnen wollte, wollte er lieber nicht benutzen, da er dort ungeschützt den Blicken von oben ausgesetzt war. Lose Steinchen kullerten vor ihm, und einmal gab der ausgewaschene Boden unter ihm nach, so daß er ein gutes Stück den Hang hinunterrutschte, ehe er wieder festen Halt fand. Dabei war er schon eifrig dabei, einen Alternativplan auszuarbeiten, für den Fall, daß er auf Menschen stieß. Er beherrschte die Landessprache nicht, und seine Dolmetscherin für Französisch stand für ihn Schmiere. Gott steh mir bei, dachte er inständig. Aber immerhin hatte er ein paar – wirklich nur ein paar – Dollar in der Tasche. Im Notfall konnte er das, was sie am dringendsten benötigten, auch kaufen.

Er hielt einen Moment lauschend inne, dann rannte er ins Freie, auf die Hütten zu.

Es wäre ihm lieber gewesen, ein komplizierteres Schloß vorzufinden. Doug hatte es immer entschieden befriedigender gefunden, eine raffinierte Sicherung zu überlisten – oder eine raffinierte Frau. Er blickte hoch und dann zu der wartenden Whitney. Mit ihr war er noch lange nicht fertig, aber hinsichtlich des Schlosses hatte er getan, was nötig war. Innerhalb von Sekunden stand er im Inneren.

Whitney, behaglich auf dem weichen Waldboden ausgestreckt, beobachtete ihn durch das Fernglas. Er bewegte sich flink und geschickt, stellte sie fest. Da sie von dem Moment ihrer ersten Begegnung an mit ihm auf der Flucht gewesen war, hatte sie bislang die Harmonie seiner Bewegungen nie bewußt wahrgenommen. Beeindruckend, dachte sie und leckte sich über die Lippe. Ihr fiel wieder ein, wie er sie im Wasser festgehalten hatte.

Und er war viel gefährlicher, mahnte sie sich, als sie anfangs vermutet hatte.

Als er in der Hütte verschwunden war, suchte Whitney langsam mit dem Fernglas ihre Umgebung ab. Zweimal schien sich etwas zu bewegen, doch es handelte sich nur um Tiere, die unter den Bäumen herumhuschten. Ein igelähnliches Tier watschelte ans Licht, hob schnuppernd den Kopf und verschwand dann wieder in den Büschen. Fliegen und andere Insekten summten in der Luft. Der Rotorenlärm des Hubschraubers war verstummt. Sie konzentrierte ihre Gedanken auf Doug und hoffte, er möge sich beeilen.

Obwohl das Dörfchen unter ihr armselig und schäbig wirkte, erschien ihr dieser Teil Madagaskars viel fruchtbarer und üppiger als der, durch den sie in den letzten zwei Tagen gekommen waren; grün, feucht und voller Leben. Sie wußte, daß das Rascheln in den Bäumen über ihr von Vögeln und anderen Tieren herrührte. Einmal meinte sie, durch das Glas ein fettes Rebhuhn ausgemacht zu haben.

Es roch nach Gras und den wilden Blumen, die im Schatten wuchsen. Whitney blieb ganz still liegen. Über dem Wald lag eine friedvolle Stille, ein Hauch jener geheimnisvollen Aura, die mit Madagaskar verbunden zu sein schien.

War es wirklich erst ein paar Tage her, grübelte sie, seit er in ihrem Apartment ungeduldig auf und ab getigert war und versucht hatte, ihr ein Darlehen zu entlocken? Schon jetzt erschien ihr alles, was vor jener Nacht geschehen war, wie eine weit entfernte, traumähnliche Erinnerung. Keine einzige interessante Einzelheit ihrer Parisreise fiel ihr ein. Aber seit Doug in Manhattan in ihr Auto gesprungen war, hatte sie sich keine Sekunde mehr gelangweilt.

Gedankenverloren sah Whitney durch das Fernglas. Sie war so in ihren Tagträumen versunken, daß sie beinahe vergessen hätte, den Osten zu überprüfen. Zusammenzuckend richtete sie das Glas nach rechts und stellte die Entfernung scharf ein.

Die Eltern kommen nach Hause, dachte sie. Und Klein-Doug würde mit den Fingern im Haferbrei erwischt werden.

Sie wollte gerade tief Luft holen, um zu pfeifen, als eine Stimme hinter ihr sie vor Schreck erstarren ließ.

»Entweder erledigen wir sie an Ort und Stelle, oder wir nehmen sie mit.« Blätter raschelten hinter und über ihr. »Egal, wie, aber Lords Glückssträhne geht zu Ende.« Der Sprecher hatte nicht vergessen, daß eine Whiskyflasche mit seinem Gesicht kollidiert war und berührte seine Nase, die Doug ihm in der Bar in Manhattan gebrochen hatte. »Ich will als erster mit Lord abrechnen.«

»Ich will mich als erster mit der Frau beschäftigen«, piepste eine hohe, weinerliche Stimme. Whitney kam es vor, als sei etwas Schleimiges, Widerliches über ihren Körper gekrochen.

»Pervers, wie?« brummte der erste Mann, der sich einen Weg durch den Wald bahnte. »Du kannst deine Spielchen mit ihr treiben, Barns, aber denk daran, daß Dimitri sie unversehrt geliefert bekommen möchte. Was Lord angeht, bei dem ist es egal, in wieviel Einzelteile du ihn zerlegst.«

Whitney blieb regungslos mit vor Angst geweiteten Augen und staubtrockenem Mund liegen. Irgendwo hatte sie einmal gelesen, daß wahre Angst alle Sinne vernebelt. Jetzt konnte sie diese Erfahrung am eigenen Leibe machen. Flüchtig kam ihr in den Sinn, daß es sich bei der Frau, über die hier so gleichgültig geredet wurde, um sie selber handelte. Jetzt mußten sie nur noch die Anhöhe absuchen, der sie sich näherten, und würden sie dort auf dem Boden liegen sehen wie einen Fisch auf dem Trockenen.

Verzweifelt blickte sie zu den Hütten hinunter. Doug würde ihr sicher eine große Hilfe sein, dachte sie grimmig. Jeden Moment konnte er ins Freie treten. Von ihrer Position auf der Anhöhe aus würden Dimitris Männer ihn packen wie ein Falke eine Maus. Blieb er aber noch länger in der Hütte, würden die Madagassen, die auf dem Heimweg waren, vermutlich leicht verärgert sein, wenn sie ihn dabei überraschten, wie er systematisch ihr Hab und Gut durchstöberte.

Eins nach dem anderen, beruhigte sich Whitney. Sie brauchte bessere Deckung, und zwar schnell. Nur den Kopf bewegend blinzelte sie zu jeder Seite. Den besten Schutz bot ein ausladender Baum mit bis zur Erde hängenden Ästen, der zwischen ihr und einigen Büschen stand. Ohne weiter darüber nachzudenken, griff Whitney nach beiden Rucksäcken, schlich zu dem Baum hin und drängte sich in das Geäst; dabei schürfte sie sich die Haut an der Rinde ab und rutschte aus.

»War da nicht was?«

Whitney hielt den Atem an und preßte sich gegen den Stamm. Jetzt konnte sie weder die Hütten noch Doug sehen, dafür aber eine Armee kleiner, rostfarbener Insekten, die sich in den halb abgestorbenen Stamm fraßen. Sie unterdrückte ihren Abscheu und blieb still stehen. Nun war Doug auf sich allein gestellt, dachte sie. Genau wie sie selbst.

Von oben erklang ein Rascheln, das wie Donner in ihrem Kopf widerhallte. Eine Welle panischer Angst überschwemmte sie. Wie zum Teufel sollte sie ihrem Vater erklären, daß sie im Wald von Madagaskar von einer Verbrecherbande gekidnappt worden war, während sie gemeinsam mit einem Dieb einem verlorenen Schatz nachjagte?

Sein Sinn für Humor war damit wohl überfordert.

Da sie die Wutausbrüche ihres Vaters kannte und Dimitri nicht, überwog die Angst vor ersterem die vor letzterem bei weitem. Whitney kroch förmlich in den Baum hinein.

Erneut raschelte es. Die Unterhaltung der Männer war

verstummt, die Suche wurde schweigend fortgesetzt. Whitney versuchte sich vorzustellen, daß die Männer auf sie zukamen, sie einkreisten, sie bald finden würden, doch die eisige Furcht lähmte ihre Gedanken. Schweißtropfen traten auf ihre Stirn.

Sie kniff die Augen fest zusammen, wie ein Kind, das glaubt, es könne nicht gesehen werden, solange es selbst nichts sieht. Es fiel ihr leicht, leise Atem zu holen, da ihr die nackte Angst die Lungen zusammenpreßte. Über ihr auf einem Ast bewegte sich etwas. Ergeben öffnete sie die Augen und sah einen schwarzgesichtigen Lemuren, der sie neugierig anstarrte.

Die Erleichterung war nur von kurzer Dauer. Sie konnte hören, daß die Männer sich vorsichtig näher heranpirschten und fragte sich, ob eine Treibjagd im Central Park ihr dieselbe eiskalte Angst einjagen würde. »Hau ab!« zischte sie dem Lemur zu. »Verschwinde!« Sie lag da und schnitt ihm Grimassen, da sie sich nicht zu rühren wagte. Offensichtlich eher belustigt als eingeschüchtert fing das Tier an, ihre Fratzen nachzuahmen. Seufzend schloß Whitney die Augen. Der Lemur stieß ein lautes Schnattern aus, das die Männer zur der Anhöhe lockte.

Sie hörte, wie ein Hahn gespannt wurde, ein Schuß dröhnte, und über ihr splitterte das Holz. Im selben Moment sprang der Lemur vom Ast und verschwand im Unterholz.

»Idiot!« Whitney vernahm das Klatschen einer Ohrfeige, und dann unglaublicherweise ein Kichern. Dieses Kichern, irr und bösartig, jagte ihr einen Schauer über den Rücken.

»Beinahe hätte ich ihn erwischt. Ein Stückchen höher, und ich hätte den kleinen Mistkerl abgeknallt.«

»Ja, und der Schuß hat Lord vermutlich aufgescheucht wie ein erschrecktes Kaninchen.«

»Ich schieße gern Kaninchen. Die kleinen Wichser zittern nur und starren dich direkt an, wenn du abdrückst.«

»Scheiße.« Whitney hörte Abscheu aus der Stimme des anderen Mannes heraus und empfand fast so etwas wie Sympathie. »Mach voran. Remo will, daß wir Richtung Norden weitersuchen.«

»Hätte fast einen Affen erwischt.« Das Kichern erklang von neuem. »Hab noch nie einen Affen kaltgemacht.«

»Perverser Hund!«

Die Worte und das darauffolgende Gelächter entfernten sich. Whitney blieb eine Weile stocksteif liegen. Die Insekten zeigten mittlerweile genausoviel Interesse für ihren Arm wie für den Baum, trotzdem rührte sie sich nicht. An diesem Ort könnte sie gut und gerne die nächsten Tage verbringen.

Als sich eine Hand über ihren Mund legte, fuhr sie zu Tode erschrocken hoch.

»Kleines Nachmittagsschläfchen?« flüsterte Doug ihr ins Ohr. Er blickte sie an und sah, wie die Überraschung in ihren Augen sich in Erleichterung und die Erleichterung sich in Wut verwandelte. Vorsichtshalber hielt er sie einen Moment länger fest. »Ruhig, Süße. So weit sind sie noch nicht weg.«

Sowie er ihren Arm freigab, legte sie los. »Beinahe wäre ich erschossen worden«, fauchte sie ihn an. »Und zwar von einem widerlichen kleinen Schleimer mit einer großen Kanone.«

Zwar bemerkte er das gesplitterte Holz oberhalb ihres Kopfes, doch zuckte er lediglich die Schultern. »Sie sehen aber ganz munter aus.«

»Das habe ich bestimmt nicht Ihnen zu verdanken.« Angeekelt wischte sie sich die Insekten von der Bluse. »Während Sie da unten Robin Hood spielten, kamen hier zwei Widerlinge mit genauso widerlichen Kanonen vorbei. Ihr Name wurde auch erwähnt.«

»Die Last des Ruhmes«, murmelte er. Das war knapp gewesen, wie das gesplitterte Holz bewies. Zu knapp. Egal, welche Ausweichmanöver er anwandte, egal, wie oft er seine Taktik änderte, Dimitri blieb am Ball. Doug kannte das Gefühl, in der Falle zu sitzen. Er wußte auch, wie das Wild sich vorkam, wenn der Jäger es in die Enge trieb. Doch er würde nicht verlieren. Doug blickte sich im Wald um und zwang sich, Ruhe zu bewahren. Er würde nicht verlieren, wenn der Sieg schon so nahe war.

»Übrigens sind Sie zum Schmierestehen nicht zu gebrauchen.«

»Ich bitte vielmals um Entschuldigung, aber ich war zu beschäftigt, um zu pfeifen.«

»Ich wäre beinahe in eine ziemlich knifflige Situation geraten.« Zurück zum Geschäft, mahnte er sich. Wenn Dimitri ihnen schon so dicht auf die Pelle gerückt war, dann sollten sie besser sehen, daß sie weiterkamen. »Jedenfalls habe ich einige Kleinigkeiten eingesackt, ehe es dort unten zu voll wurde.«

»Kann ich mir denken.« Es spielte keine Rolle, daß sie erleichtert war, ihn unversehrt wiederzusehen und daß sie sich freute, daß er wieder bei ihr war. Das würde sie ihn mit Sicherheit nicht merken lassen. »Das war dieser Lemur, und ...« Whitney brach ab, als sie sah, was er mitgebracht hatte. »Was«, begann sie in einem zugleich beleidigten und neugierigen Tonfall, »was in aller Welt ist das?«

»Ein Geschenk.« Doug hielt ihr den Strohhut hin. »Ich hatte leider keine Zeit, es einzupacken.«

»Er ist häßlich und absolut unmodern.«

»Dafür hat er eine breite Krempe«, gab Doug zu bedenken und setzte ihr den Hut auf den Kopf. »Da ich Ihnen keine Tüte über den Kopf ziehen kann, muß es so gehen.«

»Sehr schmeichelhaft.«

»Ich habe Ihnen auch ein passendes Kostüm beschafft.« Er warf ihr ein steifes, unförmiges Baumwollkleid zu, das von der Sonne ausgebleicht war.

»Also wirklich, Douglas.« Whitney rieb ein Stück Stoff zwischen Daumen und Zeigefinger. Der Widerwille, den sie dabei empfand, stand ihrem Ekel vor den Insekten in nichts nach. Häßlich blieb häßlich. »Das Ding möchte ich nicht mal als Totenhemd anziehen.«

»Genau das wollen wir vermeiden, Süße.«

Whitney erinnerte sich, wie die Kugel ein kleines Stück über ihrem Kopf eingeschlagen war. »Und wenn ich dieses reizende Modell trage, was machen Sie?«

Doug zog einen weiteren Strohhut, der eher einer Schirmmütze ähnelte, hervor.

»Hochelegant.« Sie verkniff sich ein Grinsen, als er ein langes, kariertes Hemd und weite Baumwollhosen hochhielt.

»Unserem Gastgeber scheint sein Reis geschmeckt zu haben«, kommentierte Doug, als er die enorme Bundweite der Hose sah. »Aber es wird schon gehen.«

»Ich bringe ja nur ungern den überwältigenden Erfolg Ihrer letzten Verkleidung zur Sprache, aber ...«

»Dann lassen Sie's sein.« Er rollte die Kleidungsstücke zusammen. »Morgen früh verwandeln wir beide uns in ein frischverliebtes madagassisches Pärchen auf dem Weg zum Markt.«

»Warum nicht in eine madagassische Frau, die mit ihrem schwachsinnigen Bruder auf dem Weg zur Stadt ist?«

»Treiben Sie's nicht zu weit.«

Whitney begutachtete ihre Hose, die sie sich an der rauhen Baumrinde zerrissen hatte. Das Loch am Knie ärgerte sie weit mehr als die Kugel, die an ihrem Kopf vorbeigepfiffen war. »Jetzt sehen Sie sich das mal an!« forderte sie. »Wenn das so weitergeht, habe ich bald kein anständiges Kleidungsstück mehr. Erst habe ich mir einen Rock und eine entzückende Bluse ruiniert, und jetzt das.« Sie konnte bequem drei Finger durch das Loch stecken. »Ich habe diese Hose gerade erst in D.C. gekauft.«

»Dafür steht Ihnen ja ein anderes Kleid zur Verfügung, oder nicht?«

Whitney blinzelte zu dem Knäuel aus Kleidungsstücken hinüber. »Sehr witzig.«

»Stänkern können Sie später«, schlug er vor. »Zuerst erzählen Sie mir mal, ob Sie etwas Wissenswertes mitbekommen haben.«

Sie warf ihm einen giftigen Blick zu, kramte in ihrem Rucksack und förderte ihr Notizbuch zutage. »Die Hose setze ich auf Ihre Rechnung, Douglas.«

»Wie alles.« Mit vorgerecktem Kopf schaute er zu, welche Summe sie notierte. »Fünfundachtzig Dollar? Wer zum Teufel bezahlt fünfundachtzig Dollar für eine simple Baumwollhose?«

»Sie«, erwiderte Whitney süß. »Freuen Sie sich, daß ich nicht die Mehrwertsteuer dazurechne. Und nun ...« Zufrieden ließ sie das Büchlein wieder in den Rucksack fallen. »Einer der Kerle war ein richtiger Widerling.«

»Nur einer?«

»Ich spreche von einem wirklich ekelhaften Typen mit öliger Stimme. Er kicherte.«

Für einen Augenblick vergaß Doug seine ständig wachsende Rechnung. »Barns?«

»Genau. Der andere Mann nannte ihn Barns. Er hat versucht, einen dieser goldigen Lemuren abzuschießen, und mir dabei fast die Nase abrasiert.« Nachträglich suchte sie im Rucksack nach ihrer Puderdose, um sich davon zu überzeugen, daß kein größerer Schaden entstanden war.

Wenn Dimitri seinen Lieblingsschoßhund von der Leine ließ, dann mußte er sehr zuversichtlich sein. Barns stand nicht wegen seiner geistigen Fähigkeiten auf der Lohnliste. Er tötete nicht um des Profits willen, sondern aus Spaß. »Was hat er gesagt? Was konnten Sie hören?«

Beruhigt tupfte sie Puder auf ihre Nase. »Es wurde ganz deutlich, daß der erste Mann mit Ihnen abrechnen wollte. Schien was Persönliches zu sein. Was Barns angeht …« Nervös langte sie in Dougs Tasche und suchte nach einer Zigarette. »Er zieht mich vor. Worin eine gewisse Diskriminierung liegt.«

Nackte Wut stieg so rasch in ihm hoch, daß es ihn in der Kehle würgte. Um sich zu beruhigen, nahm Doug eine Schachtel Streichhölzer heraus und zündete die Zigarette an. Da ihr Vorrat langsam knapp wurde, mußten Whitney und er sie teilen. Wortlos nahm er ihr die Zigarette aus der Hand und sog genüßlich den Rauch ein.

Er hatte Barns noch nie in Aktion erlebt, aber davon gehört. Und was er gehört hatte, klang äußerst abstoßend.

Barns hegte eine Vorliebe für Frauen; schmale, zierliche Dinger. Es grassierte eine besonders schauerliche Geschichte über das, was er einer kleinen Chicagoer Hure angetan hatte – und was danach noch von ihr übriggeblieben war.

Doug beobachtete Whitneys schlanke, elegante Finger, die mit der Zigarette spielten. Barns würde keine Gelegenheit bekommen, seine feuchten Hände auf sie zu legen. Eher würde er sie ihm am Handgelenk abhacken.

»Was noch?«

Diesen Tonfall hatte sie bei ihm erst ein- oder zweimal gehört – als er die Flinte in der Hand hielt und als sich seine Finger um ihren Hals schlossen. Mit ihm zu albern fiel ihr leichter, wenn Doug halb amüsiert, halb frustriert schien. Wurden seine Augen kalt und schmal, so wie jetzt, dann sah die Sache anders aus.

Whitney erinnerte sich an ein Hotelzimmer in Washington und einen jungen Kellner, auf dessen blütenweißer Jacke häßliche rote Flecken prangten.

»Doug, ist es das alles wert?«

Ungeduldig blickte er auf. »Was?«

»Ihr Ende des Regenbogens, Ihr Topf voll Gold. Diese Männer wollten Sie tot sehen – und Sie wollen mit Gold in Ihren Taschen klimpern.«

»Ich will nicht damit klimpern, ich will darin baden.«

»Während Sie baden, schießt man auf Sie.«

»Ja, aber es lohnt sich wenigstens.« Sein Blick blieb an ihr hängen. »Auf mich ist schon früher geschossen worden. Ich bin seit Jahren auf der Flucht.«

Whitney hielt seinem Blick stand. »Und wann gedenken Sie, damit aufzuhören?«

»Wenn ich bis an mein Lebensende ausgesorgt habe. Und diesmal werde ich es schaffen.« Doug blies Rauch in die Luft. Wie sollte er ihr verständlich machen, wie es war, am Morgen mit nichts als zwanzig Dollar und seinem Verstand aufzuwachen? Würde sie ihm glauben, wenn er ihr erzählte, daß er nach Höherem strebte als dem, was jeder Kleinganove erreichen konnte? Er hatte einen klugen Kopf und die notwendigen Fingerfertigkeiten. Alles, was er brauchte, war Kapital – ein großes Kapital. »Ja, das ist es wert.«

Whitney schwieg einen Moment. Sie wußte, daß sie den dringenden Wunsch nach Besitz nie verstehen würde. Dazu mußte man schon einmal vor dem Nichts gestanden haben. Habgier, ja, das hätte ihr eingeleuchtet. Doch Doug gelüstete es nicht allein nach Reichtum, er wollte außerdem seine Träume verwirklichen. Und ob sie immer noch ihrem ersten Impuls nachgab oder mittlerweile vielschichtigere Gefühle hegte – auf jeden Fall würde sie bei ihm bleiben.

»Sie wollten weiter nach Norden – der erste Mann sagte, Remo hätte es so befohlen. Sie haben auch die Frage erörtert, ob sie uns an Ort und Stelle beseitigen oder uns von hier fortschaffen sollen.«

»Logisch.« Sie reichten die Zigarette wie eine Kostbarkeit hin und her. »Also bleiben wir heute nacht hier.«

»Hier?«

»So nahe bei den Hütten, wie es uns möglich ist, ohne gesehen zu werden.« Bedauernd drückte er die bis auf den Filter verglühte Zigarette aus. »Kurz nach Morgengrauen brechen wir auf.«

Whitney nahm ihn am Arm. »Ich will mehr.«

Er warf ihr einen langen Blick zu, der sie an den Moment am Wasserfall erinnerte. »Mehr wovon?«

»Man hat mich gejagt und auf mich geschossen. Noch vor wenigen Minuten habe ich hinter diesem Baum gelegen und mich gefragt, wie lange ich wohl noch zu leben habe.« Sie mußte tief durchatmen, damit ihre Stimme nicht zitterte, aber ihre Augen wichen nicht von seinem Gesicht. »Ich habe genauso viel zu verlieren wie Sie, Doug. Deshalb will ich jetzt die Papiere sehen.«

Er hatte sich bereits gefragt, wann sie ihn wohl in die Enge treiben würde, und lediglich gehofft, sie würden vorher ihrem Ziel näher sein. Auf einmal wurde ihm bewußt, daß er nicht länger nach Möglichkeiten suchte, sie loszuwerden. Offenbar hatte er letztendlich doch einen Partner ins Geschäft genommen.

Aber das bedeutete noch lange nicht, daß sie in allen Punkten fifty-fifty teilen mußten. Er ging zu seinem Rucksack und blätterte die Papiere durch, bis er auf einen noch nicht übersetzten Brief stieß, den man vermutlich als zu unbedeutend angesehen hatte, um ihn ins Englische zu übertragen. Andererseits – er konnte ihn ja nicht lesen. Vielleicht stieß Whitney auf nützliche Informationen.

»Hier.« Er reichte ihr die Seite und setzte sich wieder auf den Boden.

Mißtrauisch musterten sie sich einen Augenblick lang, ehe Whitney ihre Aufmerksamkeit dem Bogen zuwandte. Er trug das Datum vom Oktober 1794.

»Meine liebe Louise«, las sie, »ich hoffe und bete, daß dieser Brief Dich bei guter Gesundheit antrifft. Sogar hier, soviele Meilen entfernt, kommen uns Nachrichten über Frankreich zu Ohren. Dieses Dorf ist sehr klein, und die Menschen gehen mit gesenktem Blick umher. Wir sind dem einen Krieg entkommen, nur damit uns der nächste bedroht. Wie es scheint, kann man politischen Intrigen nicht aus dem Weg gehen. Jeden Tag halten wir nach Anzeichen von französischen Truppen Ausschau, doch tief in meinem Herzen bin ich mir nicht sicher, ob ich sie willkommen heißen oder mich vor ihnen verstecken würde.

Dennoch liegt über dieser Landschaft eine eigenartige Schönheit. Das Meer ist nahe, und ich gehe morgens häufig mit Danielle Muscheln sammeln. Sie ist in den letzten Monaten zu schnell erwachsen geworden. Eine Mutter kann es nur schwer ertragen, wenn die Tochter so viel Leid mit ansehen muß. Gottlob schwindet der angstvolle Ausdruck in ihren Augen aber langsam. Oft pflückt sie Blumen – Blumen, wie ich sie noch nie zuvor gesehen habe. Obwohl Gerald immer noch um die Königin trauert, fühle ich, daß wir im Laufe der Zeit hier glücklich werden könnten.

Louise, ich flehe Dich an, denke darüber nach, zu uns zu kommen. Selbst in Dijon bist Du nicht mehr in Sicherheit. Ich höre schreckliche Geschichten von niedergebrannten und geplünderten Häusern, von Menschen, die ins Gefängnis geworfen oder getötet werden. Hier lebt ein junger Mann, der kürzlich die Nachricht erhalten hat, daß man seine Eltern aus ihrem Heim bei Versailles fortgebracht und gehängt hat. Des Nachts träume ich von Dir und fürchte um Dein Leben. Ich will meine Schwester bei mir haben, Louise, und in Sicherheit wissen. Gerald will einen Laden aufmachen, und Danielle und ich haben einen Garten angelegt. Unser Leben hier ist einfach, aber zumindest nicht von Guillotine und Schrecken bestimmt.

Schwester, es gibt Dinge, über die ich mit Dir reden muß;

Dinge, die ich in einem Brief nicht zu erwähnen wage. Ich darf Dir nur sagen, daß Gerald von der Königin einige Monate vor ihrem Tod eine Botschaft und einen Auftrag erhalten hat, die ihn sehr belasten. In einem schlichten Holzkästchen liegt ein Teil von Frankreich – und von Marie –, der ihn nicht losläßt. Ich bitte Dich, klammere Du Dich nicht an das, was sich gegen Dich gewendet hat. Hänge nicht, wie mein Mann, Dein Herz an unwiderruflich Vergangenes. Mache Dich frei von Frankreich und dem, was vorbei ist. Komm nach Diego-Suarez. Deine Dich liebende Schwester Magdaline.«

Langsam gab Whitney den Bogen an Doug zurück. »Wissen Sie, was das ist?«

»Ein Brief.« Da auch er nicht unberührt geblieben war, schob Doug das Blatt wieder in dem Umschlag. »Die Familie floh vor der Revolution nach Madagaskar. Laut anderer Dokumente war dieser Gerald eine Art Kammerdiener Marie Antoinettes.«

»Das ist wichtig«, murmelte sie.

»Verdammt richtig. Jedes dieser Papiere ist wichtig, weil jedes ein Teilchen des Puzzles bildet.«

Whitney sah zu, wie er den Umschlag im Rucksack verstaute. »Ist das alles?«

»Was denn noch?« Er warf ihr einen Blick zu. »Sicher tut mir die Dame leid, aber schließlich ist sie schon eine geraume Weile tot. Ich dagegen bin noch am Leben.« Vielsagend klopfte er auf seinen Rucksack. »Und dies hier wird mir dazu verhelfen, daß ich genauso leben kann, wie ich es immer gewollt habe.«

»Der Brief ist beinahe zweihundert Jahre alt.«

»Das ist richtig, und das einzige, was von dem darin erwähnten noch existiert, liegt in einem Holzkästchen. Es wird mir gehören.«

Whitney betrachtete ihn einen Moment lang, die leuchtenden Augen, den empfindsamen Mund. Seufzend schüttelte sie den Kopf. »Das Leben ist nicht leicht, nicht wahr?«

»Nein.« Da er den verlorenen Ausdruck aus ihrem Gesicht vertreiben wollte, lächelte er sie an. »Aber wer will das auch.«

Später würde sie über alles nachdenken, beschloß Whitney. Später würde sie verlangen, den Rest der Papiere durchsehen zu können. Jetzt wollte sie nur noch ausruhen, sie war sowohl körperlich als auch seelisch erschöpft. »Was nun?«

»Nun ...« Er prüfte die nähere Umgebung. »Wir machen es uns so bequem wie möglich.«

Also schlugen sie mitten im Wald ihr Lager auf, aßen Fleisch und tranken Palmwein. Feuer wurde keines gemacht. Nachts hielten sie abwechselnd Wache, und zum ersten Mal seit Beginn ihrer gemeinsamen Reise wurde kaum gesprochen.

Zwischen ihnen lag noch der kalte Hauch der Gefahr und die Erinnerung an einen wilden, leidenschaftlichen Moment unter einem Wasserfall.

Die Morgendämmerung tauchte den Wald in ein sattes, dunkles Grün, in dem goldene Strahlen glänzten. Die Luft roch wie in einem Treibhaus, dessen Türen sich gerade öffneten. Vögel zwitscherten fröhlich und begrüßten den neuen Tag. Tau lag auf dem Gras und den Blättern, die winzigen Tröpfchen wurden von den ersten Sonnenstrahlen in glitzernde Diamanten verwandelt. Es gab also doch noch vergessene Paradiese auf Erden.

Träge und zufrieden kuschelte sich Whitney enger an die Wärme neben ihr und seufzte, als eine Hand ihr Haar streichelte. Von angenehmen Gefühlen durchflutet, legte sie den Kopf an eine Männerschulter und schlief weiter.

Sie zu betrachten war ein angenehmerer Zeitvertreib, als Nachtwache zu schieben. Doug gönnte sich einen Moment des Vergnügens. Sie war wirklich eine Klassefrau, und im Schlaf umgab sie eine Weichheit, die tagsüber hinter ihrem scharfen Verstand verborgen lag. In ihrem Gesicht dominierten vor allem die Augen, doch nun, da sie diese geschlossen hatte, konnte man die Schönheit der Gesichtszüge und die reine Haut bewundern.

Eine Frau wie sie konnte einen Mann leicht zu Fall bringen. Obwohl Doug stets Vorsicht hatte walten lassen, war er selbst schon ein- oder zweimal gestolpert.

Zwar begehrte er sie, doch in seinem Leben hatte er schon viele Dinge begehrt. Eine seiner wichtigsten Maximen lautete, darauf zu achten, was man von dem, was man begehrte, auch bekommen konnte, ohne einen zu hohen Preis dafür zu bezahlen. Er begehrte Whitney und sah eine gute Chance, sie auch zu bekommen, doch sein Instinkt sagte ihm, daß der Preis zu hoch sein würde.

Eine Frau wie sie legte ihre Netze aus, um sie dann fest zuzuziehen, sobald sich ein Mann darin gefangen hatte. Doug beabsichtigte nicht, sich an die Kette legen zu lassen. Nimm das Geld und renn, ermahnte er sich. Whitney bewegte sich im Schlaf und seufzte leise. Doug tat es ihr nach.

Zeit, ein wenig auf Distanz zu gehen. Er streckte eine Hand aus und rüttelte sie an der Schulter. »Raus aus den Federn, Herzogin.«

»Hmm?« Wie eine wärmesuchende Katze schmiegte sich Whitney an ihn. Unwillkürlich sog Doug scharf die Luft ein.

»Whitney, setzen Sie Ihren Arsch in Bewegung.«

Dieser Satz vertrieb die letzten Nebel des Schlafes. Stirnrunzelnd schlug Whitney die Augen auf. »Ich bin mir nicht sicher, ob die Hälfte eines Topfes voll Gold es wert ist, Ihre bezaubernde Stimme jeden Morgen zu ertragen.«

»Wir wollen ja nicht zusammen alt werden. Wenn Sie aussteigen wollen, dann brauchen Sie's nur zu sagen.«

In diesem Augenblick fiel ihr auf, daß sie aneinandergepreßt dalagen wie Liebende nach einer Nacht voller Leidenschaft. Eine schmale, elegant geschwungene Augenbraue stieg in die Höhe. »Was glauben Sie eigentlich, was Sie da tun, Douglas?«

»Ich wecke Sie auf«, entgegnete er leichthin. »Sie sind diejenige, die auf mich draufgekrabbelt ist. Dabei wissen Sie doch, wie schwer es Ihnen fällt, meinem Körper zu widerstehen.«

»Ich weiß, wie schwer es mir fällt, nicht die Zähne hineinzuschlagen.« Sie schob ihn von sich, setzte sich auf, warf ihr Haar zurück und schaute nach oben. »O Gott!«

Er reagierte blitzschnell, warf sich mit aller Kraft über sie, so daß sie keine Luft mehr bekam. Und keiner von beiden hatte bemerkt, daß er eine der wenigen absolut selbstlosen Handlungen seines Lebens vollführte. Er schützte ihren Körper mit dem seinen, ohne einen einzigen Gedanken an seine eigene Sicherheit oder an möglichen Profit zu verschwenden. »Was ist?«

»Mann, müssen Sie mich denn ständig mißhandeln?« Mit einem gottergebenen Seufzer deutete Whitney nach oben. Vorsichtig folgte er ihrem ausgestreckten Zeigefinger.

Direkt über ihren Köpfen standen Dutzende von Lemuren in den Bäumen, die schlanken Körper hoch aufgerichtet, die langen, dünnen Arme zum Himmel erhoben. Sie glichen heidnischen Priestern, die eine rituelle Opferung durchführten.

Fluchend entspannte sich Doug wieder. »Von diesen kleinen Burschen werden Sie noch jede Menge zu Gesicht kriegen«, meinte er, als er sich zur Seite rollte. »Ich wäre Ihnen dankbar, wenn Sie nicht jedes Mal loskreischen würden.«

»Ich hab nicht gekreischt.« Whitney war von dem Schauspiel viel zu angetan, um verärgert zu sein. Sie zog die Knie an und schlang die Arme darum. »Sie sehen aus, als ob sie beten oder den Sonnenaufgang begrüßen.«

»So steht es auch in den alten Legenden«, stimmte Doug zu, der das Lager abzubauen begann. Früher oder später würden Dimitris Männer zurückkommen, und er wollte keinerlei Spuren ihrer Anwesenheit hinterlassen. »Aber eigentlich wärmen sie sich nur auf.«

»Ich bevorzuge die geheimnisvollere Version.«

»In Ihrem neuen Kleid werden Sie selbst geheimnisvoll genug aussehen.« Doug warf ihr den Fetzen zu. »Ziehen Sie es an, ich will von unten noch etwas holen.«

»Wenn Sie schon einkaufen gehen, dann schauen Sie doch bitte nach etwas Hübscherem. Ich mag Seide, darf auch Rohseide sein. Etwas in Blau, vielleicht mit Faltenrock.«

»Ziehen Sie es an«, befahl Doug und verschwand.

Widerwillig und weit davon entfernt, Freude zu empfinden, zog Whitney die teure – und ruinierte – Jeans und die

Bluse aus, die sie in Washington erstanden hatte, und streifte das formlose Gewand über den Kopf. Es fiel sackartig bis auf ihre Knie.

»Vielleicht mit einem schönen, breiten Ledergürtel«, murrte sie. »In Scharlachrot, mit einer riesigen Schnalle.« Sie strich mit der Hand über die rauhe Baumwolle und verzog das Gesicht.

Der Saum saß schief, und die Farbe war einfach schauderhaft. Whitney haßte es, schlampig herumzulaufen. Aber wenigstens konnte sie an ihrem Gesicht etwas tun. Sie setzte sich auf den Boden und wühlte ihr Schminktäschchen heraus.

Als Doug zurückkehrte, war sie eifrig damit beschäftigt, verschiedene Möglichkeiten auszuprobieren, wie man das Tuch um die Schultern drapieren konnte. »Nichts«, schimpfte sie voller Ekel, »absolut nichts kann diesen Sack verschönern. Da würde ich ja noch lieber Ihre Hose und das Hemd anziehen. Zumindest …« Abrupt brach sie ab. »Großer Gott, was ist denn das?«

»Ein Ferkel«, erwiderte er trocken, mit einem quietschenden Bündel kämpfend.

»Das sehe ich selber. Wozu soll das gut sein?

»Als Tarnung.« Doug befestigte das um den Hals des kleinen Schweins geschlungene Seil an einem Baum. Empört quiekend legte das Tier sich ins Gras. »Die Rucksäcke kommen in die Körbe, die ich geklaut habe, dann sieht es so aus, als ob wir Waren zum Markt tragen. Das Ferkel gibt uns noch mehr Sicherheit. Hier in dieser Region treiben viele Bauern lebendes Vieh zum Markt.« Beim Sprechen zog er bereits sein Hemd aus. »Wozu schmieren Sie sich das ganze Zeug ins Gesicht? Sinn und Zweck dieser Verkleidung ist es, so wenig aufzufallen wie möglich.«

»Ich mag ja gezwungen sein, dieses Leichenhemd zu tragen, aber ich weigere mich, wie eine Hexe auszusehen.«

»Eitelkeit ist offenbar Ihr größter Fehler«, meinte Doug, als er das neue Hemd anzog.

»Ich sehe Eitelkeit nicht als Fehler an«, konterte sie. »Nicht, wenn sie gerechtfertigt ist.«

»Schieben Sie Ihr Haar unter den Hut – alles.«

Sie gehorchte und drehte sich etwas zur Seite, als er aus seinen Jeans stieg und diese durch die Baumwollhose ersetzte. Da sie viel zu weit war, schlang er sich ein Stück Seil um die Taille. Als sie sich wieder umwandte, musterten sich beide wortlos.

Die Hose schlug Falten, bauschte sich über seinen Hüften und schleifte um die Knöchel am Boden. Um Schultern und Rücken hatte er ein Tuch geschlungen, das seine Statur verbergen sollte, und der Hut beschattete sein Gesicht und verbarg sein Haar fast vollständig.

Solange keiner genauer hinsah, konnte er damit durchkommen, entschied Whitney.

Das lange, weite Kleid verbarg sämtliche Rundungen ihres Körpers und ließ nur Füße und Knöchel unbedeckt. Viel zu elegante Knöchel, stellte Doug fest und beschloß, sie mit Staub und Straßenschmutz unkenntlich zu machen. Hände und Arme würden unter dem Tuch nicht auffallen.

Der Strohhut ließ sich keinesfalls mit dem weißen Filzhut vergleichen, den sie einst getragen hatte, doch abgesehen davon, daß er Kopf und Haar verdeckte, trat die klassische und sehr westliche Schönheit ihres Gesichts klar hervor.

»So kommen wir nicht weit«, murmelte er.

»Was meinen Sie?«

»Ihr Gesicht. Himmel, müssen Sie eigentlich aussehen, als wären Sie gerade der Titelseite von *Vogue* entstiegen?«

Ihre Lippen krümmten sich leicht. »Ja.«

Unzufrieden zog Doug das Tuch höher, so daß ihr Kinn in den Falten verschwand, dann drückte er den Hut tiefer auf ihren Kopf und knickte die Krempe herunter.

»Wie zum Henker soll ich so etwas sehen? Oder atmen?«

»Sie können die Krempe hochschlagen, wenn niemand in Sicht ist.« Die Hände in die Hüften gestemmt, trat er einen Schritt zurück, um sie einer kritischen Musterung zu unterziehen. In ihrer provisorischen Verkleidung wirkte sie unförmig und geschlechtslos … bis sie aufsah und ihm einen Blick zuwarf.

Diese Augen waren alles andere als geschlechtslos und erinnerten ihn daran, was unter all dieser Baumwolle verborgen lag. Er verstaute die Rucksäcke in den Körben und bedeckte sie mit den restlichen Früchten und Lebensmitteln. »Wenn wir auf offener Straße sind, dann halten Sie den Kopf gesenkt und gehen hinter mir her, wie es sich für eine gute Ehefrau gehört.«

»Das beweist, wieviel Sie von Ehefrauen verstehen.«

»Lassen Sie uns abhauen, ehe die anderen auf die Idee kommen, diesen Teil des Waldes noch einmal zu durchsuchen.« Er wuchtete sich einen Korb auf die Schulter, nahm den anderen in die Hand und wandte sich dem steilen, unebenen Pfad zu.

»Haben Sie nicht etwas vergessen?«

»Sie nehmen das Ferkel, Liebling.«

Da ihr keine andere Wahl blieb, löste Whitney das Seil vom Baum und zog das sich sträubende Tier hinter sich her. Doch schließlich fand sie es einfacher, es wie ein widerspenstiges Kind auf den Arm zu nehmen.

»Na komm, Klein-Douglas, Daddy geht mit uns auf den Markt.«

»Kratzbürste«, grollte Doug, konnte sich jedoch ein Grinsen nicht verkneifen.

»Es besteht sogar eine gewisse Ähnlichkeit«, kicherte Whitney. »Um den Rüssel herum.«

»Wir nehmen die Straße Richtung Osten«, sagte Doug, ohne auf sie zu achten. »Mit etwas Glück schaffen wir's vor Einbruch der Dunkelheit bis zur Küste.«

Whitney, das zappelnde Ferkel auf dem Arm, nahm die ausgetretenen, steilen Stufen in Angriff.

»Um Himmels willen, Whitney, setzen Sie das verdammte Schwein auf den Boden. Es kann selber laufen.«

»Bitte nicht vor dem Kind fluchen.« Liebevoll setzte sie das Tier zu Boden und zog an dem Seil, so daß das Ferkel neben ihnen herwatscheln konnte. Berge, Strauchwerk und die damit verbundene Deckung lagen nun hinter ihnen. Aus der Luft gesehen könnte man sie vielleicht tatsächlich für Bauern halten, dachte sie. Aber aus der Nähe betrachtet …

»Was, wenn wir unseren unfreiwilligen Gastgebern begegnen?« fragte sie mit einem Blick zurück zu den Hütten. »Sie könnten dieses Designermodell wiedererkennen.«

»Wir müssen es halt drauf ankommen lassen.« Doug, an der Straße angelangt, musterte Whitneys Füße. Nach einem Kilometer Marsch würden sie schmutzig genug sein. »Mit denen werden wir leichter fertig als mit Dimitris Gorillabande.«

Da die vor ihnen liegende Straße endlos schien und der Tag gerade erst begonnen hatte, ging Whitney nicht näher darauf ein.

9

Nach einer halben Stunde bekam Whitney unter dem Umschlagtuch kaum noch Luft. Es war einer jener Tag, an denen sie normalerweise so wenig wie möglich am Leibe trug und jede überflüssige Bewegung vermied. Statt dessen steckte sie in einem bodenlangen, langärmligen Sack, war in ein riesiges Tuch gehüllt und hatte vierzig Kilometer Fußmarsch vor sich.

Ein guter Titel für ihre Memoiren, beschloß sie. *Unterwegs mit meinem Schwein.*

Der kleine Kerl war ihr ans Herz gewachsen. Er watschelte hocherhobenen Hauptes vor ihnen her, als würde er eine Prozession anführen. Ob er wohl eine überreife Mango mochte?

»Wissen Sie, ich fange an, das Tierchen zu mögen.«

Doug blickte auf das Ferkel hinunter. »Gegrillt mag ich es noch lieber.«

»Sie sind ekelhaft.« Whitney warf ihm einen mißtrauischen Blick zu. »Das würden Sie doch nicht tun!«

Nein, das würde sein Magen nicht verkraften. Aber er sah keinen Grund, Whitney wissen zu lassen, daß er ein wenig empfindlich war. Er bevorzugte Schinken in abgehangenem und verpacktem Zustand.

»Ich kenne da ein Rezept für Schweinefleisch süß-sauer. Ist Gold wert.«

»Verleiben Sie's Ihrer Rezeptsammlung ein«, erwiderte sie forsch. »Dieses Schweinchen steht unter meinem Schutz.«

»Ich hab mal drei Wochen in einem Chinarestaurant in San Francisco gearbeitet. Als ich die Stadt verließ, hatte ich das schönste Rubincollier, das man sich denken kann, eine Krawattennadel mit einer schwarzen Perle, so groß wie ein Rotkehlchenei, und ein ganzes Buch voller Rezepte.« Geblieben waren ihm nur die Rezepte, aber die waren großartig. »Man legt das Schweinefleisch über Nacht ein. Es wird so zart, daß es einem auf der Zunge zergeht.«

»Verfressener Kerl!«

»Schweinswürstchen mit Kräutern. Frisch vom Grill.«

»Sie denken wohl nur mit dem Magen?«

Je weiter sie die Berge hinter sich ließen, desto breiter und ebener wurde die Straße. Die östliche Ebene war üppig, feucht und grün. Und für Dougs Geschmack viel zu frei einzusehen. Strommasten kamen in Sicht. Noch ein Nachteil. Dimitri konnte seine Befehle telefonisch weitergeben. Aber von wo aus? Folgte er der Spur, die Doug so dringend zu verwischen suchte? War er hinter ihnen und schloß auf?

Sie wurden verfolgt, soviel stand fest. Er kannte dieses Gefühl, das er seit ihrer Abreise aus New York nicht losgeworden war. Und doch ... Doug schob den Korb höher auf seine Schulter. Er konnte den Gedanken nicht abschütteln, daß Dimitri ihr Ziel kannte und geduldig wartete, bis die Falle zuschnappte. Wieder blickte er sich um. Er würde ruhiger schlafen, wenn er wüßte, aus welcher Richtung ihnen die Gefahr drohte.

Obwohl sie nicht riskieren konnten, das Fernglas zu benutzen, erkannten sie weitläufige, sauber angelegte Plantagen – mit viel freier Fläche, die einem Hubschrauber die Landung ermöglichte. Der Tag war klar, die Sicht ausgezeichnet. Um so leichter war es, zwei Menschen und ein Schwein, die die Straße nach Osten entlangwanderten, auszumachen. Doug behielt ein gleichmäßiges Tempo bei, in der Hoffnung, auf eine Gruppe Reisender zu stoßen, denen sie sich tarnungshalber anschließen konnten. Ein Blick auf Whitney zeigte ihm, daß ihr jetziges Vorgehen keine dauerhafte Lösung war.

»Müssen Sie so gehen, als würden Sie durch Bloomingdale's schlendern?«

»Wie bitte?« Whitney hatte sich gerade gefragt, ob ein Schwein wohl ein interessanteres Haustier als ein Hund abgeben würde.

»Sie gehen zu selbstbewußt. Versuchen Sie, etwas unterwürfiger auszusehen.«

Sie stieß einen resignierten Seufzer aus. »Douglas, ich bin schon gezwungen, dieses abstoßende Kleid zu tragen und ein

Schwein an der Leine zu führen, aber ich werde mich mit Sicherheit nicht unterwürfig verhalten. Und jetzt hören Sie auf zu meckern, Douglas, und genießen Sie den Spaziergang. Hier ist es wunderschön, alles grün, und die Luft riecht nach Vanille.«

»Das kommt von der Plantage da drüben. Vanille wird hier angebaut.« Auf einer Plantage gab es Fahrzeuge. Er fragte sich, wie riskant es wohl wäre, sich eines zu verschaffen.

»Wirklich?« Whitney blinzelte in die Sonne. Die Felder waren weit und leuchtend grün, hier und da sah man einen einzelnen Arbeiter. »Sie ähnelt Bohnengewächsen, nicht wahr? Ich liebe diese dünnen weißen Duftkerzen.«

Doug warf ihr einen nachsichtigen Blick zu. Weiße Kerzen, weiße Seide, das war so ihr Stil. Dann wandte er seine Aufmerksamkeit wieder den Feldern zu, an denen sie vorbeikamen. Zu viele Menschen arbeiteten dort, und das Gelände war viel zu übersichtlich, als daß er es im Moment wagen würde, ein Auto zu stehlen.

»Das Wetter nimmt ja tropische Formen an.« Schwitzend wischte sich Whitney mit der Hand über die Stirn.

»Der Passatwind bringt Feuchtigkeit mit sich. Bis ungefähr nächsten Monat bleibt es heiß und feucht, aber wir haben wenigstens die Zeit der Wirbelstürme verpaßt.«

»Es gibt doch noch gute Nachrichten«, murmelte sie. Ihr kam es so vor, als könne sie die Hitze in Wellen von der Straße aufsteigen sehen. Seltsamerweise kamen ihr nostalgische Erinnerungen an New Yorks heiße Sommertage in den Sinn, an denen die Bürgersteige vor Hitze förmlich glühten und wo man fast keine Luft mehr bekam.

Ein spätes Frühstück im Palm Court wäre jetzt schön – bei Erdbeeren mit Schlagsahne und einem riesigen Eiskaffee. Kopfschüttelnd zwang sie sich, an etwas anderes zu denken.

»An einem Tag wie heute wäre ich gerne auf Martinique.«

»Wer wäre das nicht gerne?«

Ohne auf den gereizten Unterton in seiner Stimme zu achten, fuhr sie fort: »Ein Freund von mir besitzt dort eine Villa.«

»Darauf möchte ich wetten.«

»Vielleicht haben Sie schon einmal von ihm gehört – Robert Madison. Er schreibt Spionagethriller.«

»Madison?« Überrascht horchte Doug auf. Der mit dem Roman »*Sternbild Fische?*«

Beeindruckt, daß er das ihrer Meinung nach beste Werk Madisons kannte, blickte sie ihn unter der Hutkrempe hervor an. »Genau. Haben Sie etwas von ihm gelesen?«

»Ja.« Doug hievte die Tasche höher auf die Schulter. »Ich habe ziemlich vielseitige Interessen.«

Das hatte sie bereits festgestellt. »Nun ja, ich bin ein großer Fan von ihm. Wir kennen uns seit Jahren. Bob ist nach Martinique gezogen, als die Steuerbehörde ihm in den Staaten das Leben sauer machte. Seine Villa bietet einen traumhaften Blick aufs Meer. Und jetzt würde ich gern auf der Poolterrasse sitzen, eine eisgekühlte Margarita schlürfen und halbnackte Menschen am Strand beobachten.«

Genau das war ihr Lebensstil, dachte er verärgert. Swimmingpool mit Terrasse, schwüle Luft und weißgekleidete Hausboys, die auf Silbertabletts Drinks servierten, während irgend so ein Wichser mit hübschem Gesicht und hohlem Kopf ihr den Rücken mit Sonnenöl einrieb. Beides, das Einreiben und das Servieren, hatte er zu seiner Zeit selbst schon getan. Solange die Kasse stimmte.

»Wenn Sie an einem Tag wie diesem nichts besonderes vorhätten, was würden Sie tun?«

Doug verscheuchte das Bild einer halbnackten Whitney aus seinen Gedanken. »Ich würde im Bett liegen. Mit einer großäugigen Rothaarigen mit großen ...«

»Ein ziemlich gewöhnlicher Wunsch«, unterbrach Whitney.

»Ich habe ziemlich gewöhnliche Bedürfnisse.«

Sie gab vor zu gähnen. »Wie unser Ferkel, dessen bin ich sicher. Sehen Sie«, fuhr sie fort, ehe er den Schlag parieren konnte, »da kommt etwas.«

Staubwolken stiegen von der Straße auf. Doug schaute wachsam nach rechts und links. Wenn nötig, konnten sie über die Felder flüchten, aber sehr weit würden sie nicht kommen.

Wenn ihre provisorische Verkleidung ihre Wirkung verfehlte, war in ein paar Minuten alles vorbei.

»Halten Sie den Kopf gesenkt«, befahl er Whitney. »Und egal wie sehr es Ihnen gegen den Strich geht, machen Sie einen demütigen, unterwürfigen Eindruck.«

Sie neigte den Kopf und schielte ihn unter der Hutkrempe hervor an. »Ich habe nicht die leiseste Idee, wie das geht.«

»Halten Sie den Kopf gesenkt und gehen Sie weiter.«

Der Motor des Lieferwagens hörte sich kraftvoll und gleichmäßig an. Obwohl das Fahrzeug schmutzverkrustet war, konnte Doug sehen, daß es fast neu wirkte. Er hatte gelesen, daß viele Plantagenbesitzer durch den Anbau von Vanille, Kaffee und Gewürznelken zu Wohlstand gelangt waren. Als der Lieferwagen sich näherte, verbarg er sein Gesicht so gut es ging hinter dem Korb auf seiner Schulter. Das Auto verlangsamte seine Fahrt kaum, als es sie überholte. Wie schnell wären sie an der Küste, wenn er so eines in die Finger bekommen könnte!

»Es hat geklappt!« Whitney hob grinsend den Kopf. »Er ist vorbeigefahren, ohne uns eines Blickes zu würdigen.«

»Die Leute sehen eben nur das, was sie sehen wollen oder zu sehen erwarten.«

»Welch tiefsinnige Bemerkung.«

»Die Natur des Menschen«, gab er zurück, im stillen bedauernd, daß nicht er hinter dem Steuer saß. »Ich bin in der Uniform eines Hoteldieners und mit einem trinkgeldheischenden Lächeln in unzählige Hotelzimmer reingekommen.«

»Sie haben die Hotels bei vollem Tageslicht ausgeraubt?«

»Zufällig sind die Leute meistens tagsüber nicht im Zimmer.«

»Waren Sie jemals im Gefängnis?«

»Nein. Eines der kleinen Vergnügen im Leben, das mir versagt geblieben ist.«

Sie nickte. Das bestätigte ihren Eindruck, daß er in seinem Job – gut war. »Was war das größte Ding, das Sie je gedreht haben?«

Obwohl ihm ein Schweißrinnsal über den Rücken rann,

mußte er lachen. »Wo haben Sie denn Ihr Vokabular her? Aus ›Starsky and Hutch‹-Serien?«

»Kommen Sie, Douglas, das nennt man Ablenkung.« Und wenn sie sich nicht ablenken konnte, würde sie mitten auf der Straße vor Erschöpfung zusammenbrechen. Als sie durch die Berge marschiert waren, hatte sie gedacht, dies sei das Anstrengendste überhaupt. Irrtum. »Sie müssen doch während Ihrer steilen Karriere einen großen Coup gelandet haben.«

Einen Moment schaute er schweigend die schnurgerade, endlose Straße entlang, nahm aber den Staub und die von der Mittagssonne verkürzten Schatten gar nicht wahr. »Einmal hatte ich einen faustgroßen Diamanten in der Hand.«

»Einen Diamanten?« Sie hatte nun einmal eine Vorliebe für diese eisglitzernden, ein wenig protzigen Steine.

»Ja, aber nicht irgendeinen, sondern den Großvater aller Diamanten. Den schönsten Klunker, den ich je gesehen habe. Den Sydney.«

»Den Sydney?« Whitney blieb, nach Luft schnappend, stehen. »Mein Gott, vierundachtzig und ein halbes Karat, absolut perfekt. Ich erinnere mich, er wurde vor drei, nein, vier Jahren in San Francisco ausgestellt. Dann wurde er gestohlen …« Sie brach verblüfft und tief beeindruckt ab. »Sie?«

»Richtig, Süße.« Er genoß den Ausdruck faszinierter Überraschung auf ihrem Gesicht. »Ich hatte diesen Burschen in der Hand. Ich schwöre, er hat regelrecht Hitze ausgestrahlt, und wenn man ihn ans Licht hielt, sah man hundert verschiedene Bilder darin. Es war, als hielte man eine nach außen hin kühle, aber innerlich heißblütige Blondine im Arm.«

Sie konnte die reine physische Erregung nachempfinden. Seit ihrer ersten Perlenkette hatte Whitney häufig Diamanten und andere Steine getragen. Das bereitete ihr Vergnügen. Doch die Vorstellung, den Sydney in der Hand zu halten, das pulsierende Leben in ihm zu spüren, mußte ungleich erregender sein.

»Wie lief das?«

»Melvin Feinstein. Der Wurm. Der kleine Mistkerl war mein Partner.«

An Dougs verkniffenem Mund konnte Whitney erkennen, daß diese Geschichte kein Happy-End haben würde. »Und?«

»Der Wurm machte seinem Namen in mehrerer Hinsicht alle Ehre. Er war so ungefähr einen Meter fünfzig groß. Ich schwöre, der konnte unter einem Türspalt hindurchkriechen. Er hatte die Baupläne des Museums, aber nicht genug Verstand, um die Alarmanlage auszuschalten. Da kam ich ins Spiel.«

»Sie haben die Alarmanlage überlistet?«

»Jeder hat so sein Spezialgebiet.« Doug dachte an die Zeit in San Francisco zurück, an die heißen Tage und kühlen Nähte. »Wir haben den Coup wochenlang geplant, jede Möglichkeit bedacht. Die Alarmanlage war die kniffligste, die mir je untergekommen ist.« Eine gute Erinnerung; die Herausforderung, durch logisches Denken die Elektronik zu überwinden.

»Alarmanlagen sind wie Frauen«, erzählte er weiter. »Sie locken Sie, zwinkern Ihnen zu. Mit etwas Charme und den richtigen Kenntnissen findet man heraus, was sie ticken läßt.« Geduld, dachte er. Faß sie richtig an, und du hast sie da, wo du sie haben willst.

»Ein faszinierende Analogie.« Whitney musterte ihn kühl. »Man könnte auch sagen, sie gehen hoch, wenn sie provoziert werden.«

»Aber nicht, wenn man einen Schritt vorausdenkt.«

»Erzählen Sie lieber die Geschichte zu Ende, Douglas, ehe Sie Ärger bekommen.«

»Wir sind durch die Luftschächte eingestiegen. Für den Wurm eine Kleinigkeit. Dann mußten wir ein Drahtseil spannen und uns daran entlanghangeln, da der Fußboden mit Infrarotstrahlen gesichert war. Weil der Wurm zwei linke Hände hatte und außerdem nicht an die Auslage heranreichte, mußte ich mich kopfüber hinunterhängen lassen. Sechseinhalb Minuten brauchte ich, um das Glas zu durchschneiden. Dann hatte ich ihn.«

Sie konnte förmlich sehen, wie ein schwarzgekleideter Doug mit dem Kopf nach unten über der Auslage hing, während der Diamant unter ihm glitzerte.

»Der Sydney ist nie wieder aufgetaucht.«

»Korrekt, Süße. Er ist auch in dem Buch in meinem Rucksack aufgeführt.« Es gab keine Worte, um die Freude und gleichzeitig den Frust zu beschreiben, den er empfunden hatte, als er die Eintragung las.

»Und warum leben Sie heute nicht in einer Villa auf Martinique?«

»Gute Frage.« Halb lächelnd, halb wütend schüttelte er den Kopf. »Eine verdammt gute Frage«, murmelte er halb zu sich selbst und zog den Hut tiefer ins Gesicht, da ihn die Sonne blendete. »Eine Minute lang war ich reich.«

»Was ist passiert?«

»Wir machten uns auf den Rückweg. Wie ich schon sagte – der Wurm konnte durch die Luftschächte gleiten wie eine Schnecke. Bis ich hinterherkam, war er verschwunden. Der kleine Scheißer hat mir den Stein aus der Tasche geklaut und sich dann in Luft aufgelöst. Um das Maß vollzumachen, rief er anonym bei der Polizei an. Als ich zurückkam, wimmelte das Hotel von Bullen. Ich bin mit nichts als einem Hemd am Leib auf einen Frachter gesprungen. Danach verbrachte ich dann einige Zeit in Tokio.«

»Was geschah mit dem Wurm?«

»Das letzte, was ich gehört habe, war, daß er sich eine Jacht zugelegt hat und ein Nobelkasino betreibt. Eines Tages…« Einen Moment lang malte er sich genüßlich aus, wie er Rache nehmen würde, dann zuckte er die Schultern. »Wie dem auch sei, das war das letzte Mal, daß ich mit einem Partner gearbeitet habe.«

»Bis jetzt«, erinnerte sie ihn.

Er blickte sie aus schmalen Augen an. Hier war die Realität, hier war Madagaskar. Und Whitney. »Bis jetzt.«

»Falls Sie irgendwelche Absichten hegen, es Ihrem Freund, dem Wurm, gleichzutun, dann muß ich Sie warnen, Douglas. Es gibt kein Loch, das tief genug ist, um sich vor mir zu verkriechen.«

»Süße …«, er kniff sie ins Kinn. »Vertrauen Sie mir.«

»Lieber nicht, danke.«

Eine Zeitlang wanderten sie wortlos weiter. Whitney lächelte gedankenverloren zwei Kindern zu, die auf dem Feld zu ihrer Linken spielten. Vielleicht arbeiteten deren Eltern auf der Plantage, vielleicht gehörten die Felder ihnen. Und trotzdem führten sie ein einfaches Leben. Interessant, wie erstrebenswert Einfachheit manchmal schien. Das Baumwollkleid kratzte sie an der Schulter. Andererseits hatte auch Luxus etwas für sich. Eine Menge sogar.

Beide fuhren sie zusammen, als erneut Motorengeräusch hinter ihnen ertönte. Sie drehten sich um, doch da war der Lkw fast bei ihnen angelangt. Wenn sie fliehen mußten, würden sie nicht weit kommen. Doug verfluchte sich und fluchte erneut, als der Fahrer sich aus dem Fenster lehnte und ihnen etwas zurief.

Der Lkw war weder so neu wie der Lieferwagen, der sie vorher überholt hatte, noch so ein Schrotthaufen wie der Marinajeep. Der Motor lief ruhig und gleichmäßig, und die Ladefläche war mit Waren wie Töpfen und Körben bis hin zu Holztischen und Stühlen vollgestopft.

Ein fahrender Händler offenbar. Whitney begutachtete bereits das Angebot und fragte sich, wieviel er wohl für den bunten Tontopf verlangen könne. Auf einem Tischchen würde er sich als Kakteenübertopf gut machen.

Der Fahrer muß ein Betsimiraka sein, überlegte Doug, wenigstens nach der Gegend hier und dem aus Europa stammenden Hut zu urteilen. Beim Lächeln zeigte er einen Mund voller gesunder weißer Zähne, als er ihnen bedeutete, näherzukommen.

»Und was nun?« zischelte Whitney.

»Ich schätze, wir haben eine Fahrgelegenheit, Süße, ob wir wollen oder nicht. Versuchen wir's nochmal mit Ihrem Französisch und meinem Charme.«

»Beschränken wir uns auf mein Französisch, ja?« Ohne darauf zu achten, unterwürfig zu wirken, ging sie zu dem Lkw hin und schenkte dem Fahrer ein strahlendes Lächeln, während sie sich eine plausible Geschichte ausdachte.

Sie und ihr Mann – das Wort wollte ihr nicht über die Lippen – waren auf dem Weg von ihrer Farm in den Bergen zur Küste, wo ihre Familie lebte. Ihre Mutter war krank, beschloß sie spontan. Die neugierigen dunklen Augen des Fahrers glitten über ihr blasses Gesicht unter dem Strohhut. Whitney rasselte rasch ihre Erklärung herunter, die ihn offenbar zufriedenstellte, denn er wies auf die Tür. Er fuhr zur Küste und würde sie gern mitnehmen.

Aufatmend nahm Whitney das Schwein auf den Arm. »Komm, Douglas, wir haben einen neuen Chauffeur.«

Doug verstaute die Körbe auf dem Rücksitz und kletterte neben sie. Das Glück war launisch, soviel wußte er, doch diesmal war er bereit zu glauben, daß es auf ihrer Seite stand.

Whitney legte sich das Schwein wie ein krankes Kind auf den Schoß. »Was haben Sie ihm erzählt?« erkundigte sich Doug und nickte dem Fahrer freundlich zu.

Whitney seufzte und genoß das Gefühl, gefahren zu werden. »Ich sagte, wir wollten zur Küste. Meine Mutter ist krank.«

»Das tut mir in der Seele weh!«

»Sie liegt auf dem Sterbebett, also machen Sie ein trauriges Gesicht.«

»Ihre Mutter konnte mich noch nie leiden.«

»Das steht außer Frage. Außerdem wollte sie, daß ich Tad heirate.«

Doug, der gerade dem Fahrer eine Zigarette anbot, hielt inne. »Tad wer?«

Der mißvergnügte Ausdruck auf seinem Gesicht gefiel ihr. »Tad Carlyse IV. Sei nicht eifersüchtig, Liebling. Ich habe mich ja für dich entschieden.«

»Ich Glücklicher«, brummte Doug. »Wie haben Sie denn die Klippe, daß wir keine Einheimischen sind, umschifft?«

»Ich bin Französin. Mein Vater, ein Seemann, hat sich hier an der Küste niedergelassen. Sie sind ein Lehrer, der hier Urlaub machte. Wir haben uns leidenschaftlich ineinander verliebt, gegen den Willen unserer Eltern geheiratet und bewirtschaften jetzt eine kleine Farm in den Bergen. Sie sind übrigens Brite.«

Doug überdachte die Geschichte und entschied, daß er es nicht hätte besser machen können. »Gut ausgedacht. Wie lange sind wir verheiratet?«

»Weiß nicht, warum?«

»Ich frage mich, ob ich mich liebevoll oder gelangweilt geben soll.«

Whitneys Augen verengten sich. »Sie können mich mal.«

»Sogar als Neuvermählte sollten wir uns vor anderen Leuten nicht mit solchen Zärtlichkeiten überschütten.«

Leise in sich hineinkichernd schloß Whitney die Augen und stellte sich vor, sie säße in einer Luxuslimousine. Innerhalb von wenigen Minuten lag ihr Kopf an Dougs Schulter, während das Schwein friedlich in ihrem Schoß schnarchte.

Dougs Stimme riß sie unsanft aus ihren Träumen. »Jetzt reicht's dann, Süße.«

»Lord, Sie Mistkerl!«

»Raus aus den Federn. Wir sind da.«

»Sie Wurm«, murmelte sie.

»So spricht man nicht mit seinem Ehemann.«

Sie öffnete die Augen und blickte in sein grinsendes Gesicht. »Sie verdamm …«

Er schnitt ihr das Wort ab, indem er sie langanhaltend küßte. Zu spät fiel ihr ein, die Lippen zusammenzukneifen. »Wir sollen ein Liebespaar darstellen, Süße. Unser liebenswürdiger Fahrer könnte einige dieser rüden englischen Ausdrücke verstehen.«

Benommen blinzelte sie ihn an. »Ich hatte geträumt.«

»Scheint so. Und ich bin offenbar nicht allzugut weggekommen.« Doug sprang aus dem Wagen, um die Körbe von der Ladefläche zu holen.

Whitney schüttelte sich, dann blickte sie durch die Windschutzscheibe. Eine Stadt! Zwar war sie klein, und in der Luft hing ein verdächtiger Geruch nach faulendem Fisch, doch Whitney war so begeistert, als wäre sie an einem Aprilmorgen in Paris erwacht. Rasch kletterte sie aus dem Lkw.

Eine Stadt bedeutete ein Hotel. Und ein Hotel bedeutete eine Badewanne, heißes Wasser und ein echtes Bett.

»Liebling, du bist großartig.« Das zwischen ihnen eingeklemmte Ferkel quiekte empört, als sie Doug umarmte.

»Mein Gott, Whitney, ich spüre nur noch Schwein.«

»Absolut großartig«, wiederholte sie und gab ihm einen Kuß.

»So, so.« Seine Hand legte sich auf ihre Hüfte. »Vor einer Minute war ich noch ein Wurm.«

»Vor einer Minute wußte ich noch nicht, wo wir sind.«

»Und jetzt wissen Sie's? Vielleicht klären Sie mich mal auf.«

»In einer Stadt.« Das Ferkel knuddelnd wirbelte sie herum. »Fließendes Wasser, heiß und kalt, Betten mit richtiger Matratze. Wo ist das Hotel?« Suchend sah sie sich um.

»Ich hatte eigentlich nicht vor, hierzubleiben ...«

»Da!« rief sie triumphierend.

Es war sauber und schmucklos, eher ein Gasthaus als ein Hotel. Die Stadt war von Seeleuten und Fischern bevölkert, der Indische Ozean lag direkt dahinter. Ein hoher Deich schützte sie vor den mit den Stürmen auftretenden Flutwellen. Netze lagen hier und da zum Trocknen in der Sonne ausgebreitet. Auf einem Telefonmast schlief eine Möwe. Die gerade Küstenlinie bildete zwar keinen direkten Hafen, doch das kleine Küstenstädtchen lebte offenbar nicht zuletzt vom Tourismus.

Whitney bedankte sich bereits beim Fahrer. Zu seiner eigenen Überraschung brachte Doug es nicht fertig, ihr zu sagen, daß sie nicht bleiben konnten, da er nur die Vorräte auffüllen und sich um ein Transportmittel kümmern wollte, ehe sie weiterzogen. Er sah, wie sie den Fahrer anlächelte.

Eine Nacht würde nicht schaden, beschloß er; dann konnten sie sich am Morgen ausgeruht auf den Weg machen. Und wenn Dimitri in der Nähe war, hatte Doug zumindest die nächsten Stunden eine Wand im Rücken. Dies und ein paar Stunden, um den nächsten Schritt zu planen. Er schwang sich einen Korb auf jede Schulter. »Geben Sie ihm das Ferkel und verabschieden Sie sich.«

Whitney lächelte dem Fahrer ein letztes Mal zu und ging dann über die Straße. Zertretene Muscheln knirschten unter ihren Füßen und vermischten sich mit Schmutz und scharfen kleinen Kieselsteinen. »Unseren Erstgeborenen einem fahrenden Händler überlassen? Wirklich, Douglas, genausogut könnten wir ihn an Zigeuner verkaufen.«

»Rührend. Stelle ich da eine gewisse Zuneigung fest?«

»Die würden Sie auch spüren, wenn Ihr Herz nicht in den Magen gerutscht wäre.«

»Aber was um alles in der Welt sollen wir mit dem Tier anfangen?«

»Wir suchen ihm ein gutes Zuhause.«

»Whitney.« Noch vor dem Gasthaus nahm er ihren Arm. »Das ist doch Unsinn.«

»Schschtt.« Sie drückte das Schwein beschützend an sich und betrat das Gasthaus.

Es war herrlich kühl. Große Deckenventilatoren zischten leise und erinnerten sie an Rick's Place aus *Casablanca*. Die Wände waren weißgetüncht, der Boden bestand aus dunklem, verwittertem, jedoch sauber geschrubbtem Holz. Irgendwer hatte als einzigen Schmuck handgewebte, ausgebleichte Matten an die Wände gehängt. Einige Leute saßen am Tisch, Gläser mit einer dunkelgoldenen Flüssigkeit vor sich. Whitney stieg ein undefinierbarer, köstlicher Geruch in die Nase. Er schien aus einer halb geöffneten Tür im hinteren Teil des Gebäudes zu kommen.

»Fischsuppe«, murmelte Doug, dem der Magen knurrte. »Irgend etwas Bouillabaisseähnliches, mit einem Hauch – Rosmarin«, sagte er, die Augen schließend. »Und ein wenig Knoblauch.«

Whitney mußte schlucken, da ihr das Wasser im Mund zusammenlief. »Klingt nach Mittagessen.«

Eine Frau, die sich die Hände an einer weißen Schürze abwischte, kam durch die Tür. Obwohl ihr Gesicht von tiefen Falten durchzogen war und die Hände sowohl Spuren der Arbeit als auch des Alters zeigten, trug sie ihre Haare wie ein junges Mädchen in einer Zöpfchenfrisur. Sie musterte Whitney und Doug, sah das Schwein einen Augenblick lang an und sprach sie dann in einem raschen Englisch mit ausgeprägtem Akzent an. Soviel zur Wirkung von Dougs Verkleidung.

»Wünschen Sie ein Zimmer?«

»Ja bitte.« Whitney lächelte, bemüht, nicht dauernd zur Tür, der die Essensdüfte entströmten, hinüberzublicken.

»Meine Frau und ich möchten ein Zimmer für die Nacht, ein Bad und etwas zu essen.«

»Für zwei?« fragte die Frau, dann sah sie wieder zu dem Schwein hin. »Oder für drei?«

»Ich habe das Schweinchen alleine auf der Straße gefunden«, improvisierte Whitney, »und wollte es nicht da sitzen lassen. Vielleicht wissen Sie jemanden, der sich darum kümmert?«

Die Frau beäugte das Ferkel in einer Weise, die Whitney veranlaßte, es fester an sich zu drücken. Dann lächelte sie. »Mein Enkel wird das übernehmen. Er ist zwar erst sechs, aber verantwortungsbewußt.« Sie streckte die Arme aus, und Whitney reichte ihr widerwillig ihr erstes und einziges Haustier. Das Schwein unter den Arm geklemmt suchte die Frau in der Schürzentasche nach Schlüsseln. »Das Zimmer ist fertig; die Treppe hoch, und dann die zweite Tür rechts. Herzlich willkommen.«

Whitney beobachtete, wie sie, das Schwein immer noch unter dem Arm, in die Küche zurückging.

»Aber, aber, Süße, jede Mutter muß ihr Kind eines Tages vom Schürzenzipfel lassen.«

Schnüffelnd wandte sich Whitney zur Treppe. »Wehe, es steht heute abend auf der Speisekarte.«

Das Zimmer war entschieden kleiner als die Höhle, in der sie übernachtet hatten, dafür hingen ein paar hübsche Seelandschaften an der Wand, und das Bett war mit einem buntgemusterten Überwurf bedeckt. Das durch eine Bambustür vom Schlafzimmer getrennte Bad war bestenfalls eine Nische.

»Himmlisch«, meinte Whitney nach dem ersten Blick und ließ sich bäuchlings auf das Bett fallen, das ganz leichten Fischgeruch verströmte.

»Ich habe keine Ahnung, wie man sich im Himmel fühlt« – Doug prüfte das Schloß und befand, es würde schon standhalten – »aber bevor wir dort ankommen, nehmen wir erst einmal hiermit vorlieb.«

»Ich krieche jetzt in die Wanne und verbringe da die nächsten Stunden.«

»Okay, Sie zuerst.« Achtlos ließ er die Körbe zu Boden

plumpsen. »Ich werde mich inzwischen mal umsehen und versuchen, ein Transportmittel aufzutreiben, das uns weiterbringt.«

»Am liebsten wäre mir ein schöner, bequemer Mercedes.« Seufzend bettete sie den Kopf zwischen die Hände. »Aber ich wäre auch mit einem Leiterwagen und einem dreibeinigen Pony davor zufrieden.«

»Vielleicht gibt es noch irgendwas dazwischen.« Vorsichtshalber nahm Doug den Umschlag aus seinem Rucksack und verstaute ihn sicher unter seinem Hemd. »Verbrauchen Sie nicht alles heiße Wasser, Süße. Ich bin bald zurück.«

»Sorgen Sie dafür, daß der Zimmerservice pünktlich ist. Ich hasse es, wenn das Essen zu spät auf dem Tisch steht.« Als die Tür ins Schloß fiel, streckte sie sich wohlig aus. So sehr sie auch vor allem den Wunsch nach Schlaf verspürte, lieber noch wollte sie zuvor baden.

Sie stand auf und ließ das lange Baumwollkleid zu Boden fallen. »Herzlichen Dank an den Vorbesitzer«, murmelte sie, dann schleuderte sie den Strohhut wie eine Frisbeescheibe durch den Raum. Das Haar fiel ihr golden glänzend über die nackten Schultern. Fröhlich ließ sie Wasser einlaufen und suchte in ihrem Rucksack nach Badelotion. Zehn Minuten später lag sie im schäumenden, wohlriechenden Wasser.

»Himmlisch«, wiederholte sie, die Augen schließend.

Draußen machte sich Doug rasch mit der Stadt vertraut. Es gab einige kleine Läden mit Kunsthandwerk im Schaufenster. Buntgeflochtene Hängematten baumelten an Verandageländern, die man mit Haifischzähnen verziert hatte. Offensichtlich waren die Menschen hier an Touristen und deren Vorliebe für unnützen Tinnef gewöhnt. Als er sich dem Kai näherte, wurde der Fischgeruch strenger. Dort angelangt bewunderte er die Boote, die aufgerollten Seile und die zum Trocknen ausgebreiteten Netze.

Er hatte sich bereits für den Wasserweg als den schnellsten und praktischsten entschieden. Der Karte im Reiseführer hatte er entnommen, daß sie auf dem Palangankanal bis Maroantsetra fahren konnten. Von dort mußten sie dann durch den Regenwald weiterreisen.

Inmitten der feuchten Hitze des Urwalds, der ihnen Deckung bot, würde er sich sicherer fühlen. Der Kanal war der beste Weg. Nun mußte er nur noch ein Boot und einen Führer auftreiben.

Gegenüber lag ein kleiner Laden. Da er seit Tagen keine Zeitung mehr gelesen hatte, beschloß er, hinüberzugehen und eine zu kaufen, auch wenn er sich auf Whitney als Übersetzerin verlassen mußte. Als er zum Türknauf griff, hielt er verwirrt inne. Aus dem Laden drang die unverwechselbare Stimme von Pat Benatar, die ihren neuesten Hit sang.

Hinter der Theke stand ein großer, schlaksiger Mann, dessen dunkle Haut vor Schweiß glänzte, während er sich zu der Musik, die aus einem kleinen, aber teuren tragbaren Stereorecorder dröhnte, rhythmisch bewegte. Dabei polierte er die Glasplatte der Theke und sang aus vollem Halse mit.

Als die Tür hinter Doug zufiel, blickte er auf. »Guten Tag.« Der Akzent war eindeutig französisch, obwohl sein verwaschenes T-Shirt die Aufschrift des City College of New York trug. Sein jugendfrisches Grinsen wirkte äußerst anziehend. Auf den Regalen hinter ihm stapelte sich allerlei Krimskrams, Wäsche, Dosen und Flaschen. Ein Kaufhaus in Nebraska hätte keine größere Auswahl bieten können.

»Kann ich Ihnen helfen?«

»Guter Song, wie?« fragte Doug, als er über den Holzfußboden schritt.

»Amerikaner!« Beinahe ehrfürchtig drehte der Mann die Musik leiser, ehe er Doug die Hand hinstreckte. »Sie kommen aus den Staaten?«

»Ja, aus New York.«

Der junge Mann sprang hoch wie von der Tarantel gestochen. »New York! Mein Bruder« – er zupfte an seinem T-Shirt – »besucht dort das College. Studentenaustausch. Anwalt wird er, yessir, ein ganz großes Tier.«

Es war unmöglich, nicht zu schmunzeln. Doug schüttelte die Hand, die der Mann ihm bot, freundlich. »Mein Name ist Doug Lord.«

»Jacques Tsirana. Amerika!« Widerwillig gab er Dougs

Hand frei. »Nächstes Jahr gehe ich selbst dorthin, zu Besuch. Kennen Sie sich in New York gut aus?

»Ja.« Und bis zu diesem Moment war ihm gar nicht bewußt geworden, wie sehr er es vermißte. »Ja, selbstverständlich.«

»Ich habe ein Foto.« Jacques suchte hinter der Theke herum und zeigte Doug einen zerknitterten Schnappschuß, auf dem ein mit Jeans bekleideter, hochgewachsener, gutgebauter Mann, der vor Tower Records stand, zu sehen war.

»Mein Bruder; er kauft die Platten und nimmt sie mir auf Band auf. Amerikanische Musik«, verkündete er. »Rock'n Roll. Wie gefällt Ihnen Pat Benatar?«

»Heiße Röhre«, meinte Doug und reichte den Schnappschuß zurück.

»Was tun Sie hier, wenn Sie in New York sein könnten?«

Doug schüttelte den Kopf. Dieselbe Frage hatte er sich auch schon gestellt. »Meine, äh, Freundin und ich reisen an die Küste.«

»Ferien?« Jacques musterte Dougs Kleidung flüchtig. Er war wie ein armseliger madagassischer Bauer gekleidet, doch in seinen Augen blitzte Autorität.

»So was ähnliches.« Wenn man von den bewaffneten Verfolgern einmal absah. »Ich dachte, sie würde vielleicht gern mal den Kanal entlangfahren. Eindrücke, verstehen Sie?«

»Schöne Landschaft«, stimmte Jacques zu. »Wie weit?«

»Bis hier.« Doug zog die Karte aus der Tasche und fuhr mit dem Zeigefinger die Route entlang. »Nach Maroantsetra.«

»Junge, Junge«, murmelte Jacques. »Zwei Tage, zwei lange Tage. An manchen Stellen ist der Kanal schwer zu befahren.« Seine Zähne leuchteten. »Krokodile.«

»Sie ist zäh«, behauptete Doug, der an die gepflegte samtweiche Haut denken mußte. »Der Typ, der auf Camping und Lagerfeuer steht. Wir brauchen nur einen Führer und ein stabiles Boot.«

»Sie zahlen mit amerikanischen Dollar?«

Dougs Augen wurden schmal. Sollte sich das Blatt tatsächlich zu ihren Gunsten gewendet haben? »Das läßt sich einrichten.«

Jacques piekte mit dem Finger an seinen T-Shirt-Aufdruck. »Dann bringe ich Sie hin.«

»Haben Sie ein Boot?«

»Das beste Boot in der Stadt. Selbstgebaut. Hundert Dollar.«

Doug blickte auf Jacques' Hände. Zuverlässig und kräftig. »Fünfzig jetzt gleich. Wir wollen morgen früh aufbrechen. Acht Uhr.«

»Bringen Sie Ihre Freundin um acht her. Wir werden ihr schon etwas bieten.«

Whitney, die von den ihr zugedachten Freuden nichts ahnte, döste in der Wanne vor sich hin. Jedesmal wenn das Wasser zu kühl wurde, ließ sie heißes nachlaufen. Was sie betraf, so konnte sie getrost die Nacht darin verbringen. Ihr Kopf lehnte am Wannenrand, ihr nasses, glänzendes Haar fiel nach hinten.

»Wollen Sie einen Weltrekord aufstellen?« fragte Doug hinter ihr.

Mit einem leisen Aufschrei fuhr sie hoch, so daß das Wasser bedenklich schwappte. »Sie haben nicht angeklopft«, beschwerte sie sich. »Und ich hatte die Tür abgeschlossen.«

»Geknackt«, sagte er leichthin. »Ich darf nicht aus der Übung kommen. Wie ist das Wasser?« Ohne ihre Antwort abzuwarten, tauchte er einen Finger hinein. »Riecht gut. Aber ihr Schaum schwindet dahin.«

»Er hält noch ein paar Minuten. Ziehen Sie doch diese lächerlichen Klamotten aus.«

Grinsend begann er, sein Hemd aufzuknöpfen. »Dachte schon, Sie würden nie fragen.«

»Auf der anderen Seite der Tür.« Lächelnd steckte sie einen Zeh aus dem Wasser und wackelte damit. »Ich gehe raus, dann sind Sie an der Reihe.«

»Eine Schande, all das heiße Wasser zu verschwenden.« Doug stützte sich auf den Wannenrand und lehnte sich über sie. »Da wir Partner sind, sollten wir auch teilen.«

»Meinen Sie?« Sein Mund war ihr ganz nah, und sie fühlte

sich vollkommen entspannt. Ein feuchter Finger fuhr über seine Wange. »Was haben Sie denn vor?«

»Etwas Unvollendetes – « er berührte zart ihre Lippen – »zu vollenden.«

»Ach so.« Lachend streichelte sie seinen Nacken. »Schon wieder ein Tauschhandel?« Aus einem Impuls heraus zog sie ihn so, wie er war, in die Wanne. Wasser schappte über. Kichernd wie ein Schulmädchen sah sie zu, wie er sich Schaum aus dem Gesicht wischte. »Douglas, Sie haben noch nie besser ausgesehen.«

Er bemühte sich, nicht unterzugehen. »Die Lady mag Spielchen.«

»Nun, Sie haben so verschwitzt ausgesehen.« Großzügig bot sie ihm die Seife an und mußte wieder lachen, als er sie auf seinem nassen Hemd verrieb.

Auf der Hut und doch belustigt, nahm sie ihm die Seife weg. »Warum ziehen Sie nicht …?«

Beide erstarrten, als es an der Tür klopfte.

»Nicht bewegen«, flüsterte Doug.

»Hatte ich nicht vor.«

Doug machte sich los und kletterte triefnaß aus der Wanne. Das Wasser schwappte in seinen Schuhen, als er zu seinem Rucksack ging und die Pistole herausholte. Seit ihrer Abreise aus Washington hatte er sie nicht mehr in der Hand gehabt, und sie gefiel ihm jetzt keinen Deut besser.

Wenn Dimitri sie aufgespürt hätte, dann wäre er bestimmt anders vorgegangen. Trotzdem – Doug blickte zum Fenster hinter ihnen. In Sekundenschnelle wäre er draußen und weg. Dann sah er zu der Bambustür. In der Badewanne saß Whitney, nackt und vollkommen schutzlos. Doug warf dem Fenster und somit der Fluchtmöglichkeit einen letzten bedauernden Blick zu.

»Scheiße.«

»Doug …«

»Ruhe.« Er umklammerte die Waffe und ging zur Tür. Es war an der Zeit, sein Glück erneut auf die Probe zu stellen. »Ja bitte?«

»Hier ist Captain Sambirano, Polizei. Zu Ihren Diensten.«

»Scheiße.« Doug sah sich rasch um und steckte dann die

Waffe hinten in den Bund seiner Hose. »Ihre Dienstmarke bitte, Captain.« Sprungbereit öffnete er die Tür einen Spalt und betrachtete erst die Marke, dann den Mann. Einen Cop roch er zehn Meilen gegen den Wind. Widerwillig machte er die Tür auf. »Was kann ich für Sie tun?«

Der kleine, rundliche, nach westlicher Art gekleidete Captain trat ein. »Offenbar störe ich.«

»Ich bade gerade.« Zu Dougs Füßen bildete sich eine kleine Pfütze. Rasch langte er nach einem Handtuch.

»Entschuldigung, Mr. ...«

»Wallace, Peter Wallace.«

»Mr. Wallace. Ich habe es mir zur Gewohnheit gemacht, jeden Gast in unserer Stadt persönlich zu begrüßen.« Vorsichtig zupfte der Captain am Kragen seiner Jacke. Doug bemerkte, daß seine Nägel kurzgefeilt und poliert waren. »Ab und an haben wir Gäste, die mit unseren Gesetzen und Sitten nicht vertraut sind.«

»Ich bin gerne bereit, die Polizei zu unterstützen.« Doug lächelte breit. »Aber leider reise ich morgen weiter.«

»Ein Jammer, daß Sie Ihren Aufenthalt nicht verlängern können. Sind Sie in Eile?«

»Peter...« Whitney steckte den Kopf und eine nackte Schulter zur Tür heraus. »Oh, Entschuldigung.« Bemüht, ein Erröten vorzutäuschen, schlug sie die Augen nieder.

Vielleicht funktionierte der Trick, jedenfalls nahm der Captain den Hut ab und verbeugte sich. »Madam ...«

»Meine Frau Cathy. Cath, das ist Captain Sambirano.«

»Sehr erfreut.«

»Ganz meinerseits.«

»Sie entschuldigen bitte, daß ich nicht herauskomme, aber Sie sehen ja ...« Lächelnd brach sie ab.

»Natürlich. Entschuldigen Sie bitte die Störung, Mrs. Wallace, Mr. Wallace. Wenn ich Ihnen während Ihres Aufenthalts behilflich sein kann, bitte zögern Sie nicht.«

»Wie reizend.«

Schon halb zur Tür hinaus, wandte sich der Captain noch einmal um. »Und wo wollen Sie hin, Mr. Wallace?«

»Ach, immer der Nase nach«, behauptete Doug. »Cathy

und ich sind Studenten, kurz vor dem Examen. Botanik. In dieser Hinsicht hat Ihr Land viel zu bieten.«

»Peter, das Wasser wird kalt.«

Doug schielte über seine Schulter, dann grinste er. »Wir sind auf Hochzeitsreise, Sie verstehen.«

»Selbstverständlich. Darf ich Ihnen zu Ihrem guten Geschmack gratulieren? Schönen Tag noch.«

»Ja, danke.«

Doug schloß die Tür und lehnte sich fluchend dagegen. »Das gefällt mir nicht.«

Whitney, in ein Handtuch gewickelt, kam hinter der Tür hervor. »Was hatte denn das zu bedeuten?«

»Ich wünschte, ich wüßte es. Aber eins ist sicher – wenn die Cops anfangen, herumzuschnüffeln, dann suche ich mir eine andere Unterkunft.«

Whitney blickte lange auf das einladende Bett. »Aber Doug!«

»Tut mir leid, Süße. Ziehen Sie sich an.« Er streifte bereits seine tropfnassen Sachen ab. »Wir nehmen das Boot, aber etwas früher als geplant.«

»Gibt es etwas Neues?« Dimitri spielte mit einer gläsernen Schachfigur, dann rückte er den Läufer vor.

»Wir glauben, daß sie auf dem Weg zur Küste sind.«

»Glauben?« Dimitri schnippte mit den Fingern, und ein schwarzgekleideter Mann gab ihm einen Kristallkelch in die Hand.

»In den Bergen gibt es eine kleine Siedlung.« Remo sah Dimitri trinken und schluckte. Seine Kehle war wie ausgedörrt. Seit einer Woche hatte er nicht mehr richtig geschlafen. »Als wir sie überprüft haben, war eine Familie ganz außer sich. Jemand hat sie bestohlen, während sie auf dem Feld arbeiteten.«

»Ich verstehe.« Der Wein war vorzüglich, aber natürlich hatte er seinen eigenen Vorrat mitgebracht. Dimitri liebte zwar das Reisen, wollte aber nicht auf seinen gewohnten Komfort verzichten. »Und was genau wurde diesen Leuten entwendet?«

»Zwei Hüte, Kleidung, Körbe ...« Er zögerte.

»Und?« drängte Dimitri beunruhigend sanft.

»Ein Ferkel.«

»Ein Ferkel«, wiederholte Dimitri glucksend. Remo entspannte sich ein wenig. »Genial. Ich fange an zu bedauern, daß wir Lord beseitigen müssen. Einen Mann wie ihn könnte ich gut brauchen. Fahr fort, Remo. Den Rest.«

»Ein paar Kinder haben beobachtet, wie ein Händler in einem Lkw am späten Morgen einen Mann, eine Frau und ein Ferkel mitgenommen hat. Sie fuhren Richtung Osten.«

Es gab eine lange Pause, die Remo um nichts in der Welt unterbrochen hätte. Dimitri betrachtete nachdenklich sein Weinglas, ehe er genüßlich daran nippte. Er konnte förmlich hören, daß Remos Nerven zum Zerreißen gespannt waren. Dann blickte er auf.

»Ich schlage vor, du begibst dich gleichfalls nach Osten, Remo. Ich dagegen habe andere Pläne.« Seine Finger strichen über eine weitere Schachfigur; er bewunderte die geschickte, detailgetreue Handarbeit. »Ich habe berechnet, in welchem Gebiet unser Wild auftauchen wird. Während du sie verfolgst, werde ich warten. Ich bin die ewigen Hotels leid, obwohl der Service hier nichts zu wünschen übrigläßt. Doch wenn ich mich mit unserem Gast befasse, wünsche ich eine privatere Atmosphäre.«

Er setzte das Weinglas ab und nahm den weißen König und die passende Königin in die Hand. »Ich freue mich schon darauf.« Mit einer raschen Bewegung schlug er die Figuren gegeneinander. Scherben rieselten leise klirrend auf den Tisch.

10

»Wir haben noch nicht gegessen.«

»Später.«

»Das sagen Sie immer. Und noch etwas«, schimpfte Whitney. »Ich verstehe immer noch nicht, warum wir auf diese Weise verschwinden müssen.« Sie schnitt dem Haufen ›geliehener‹ Kleider auf dem Boden eine Grimasse. Noch nie hatte sie jemanden sich so schnell bewegen sehen wie Doug in den letzten fünf Minuten.

»Schon mal was von vorbeugenden Maßnahmen gehört, Süße?«

»Interessiert mich nicht, wenn ich Hunger habe.« Whitney blickte stirnrunzelnd auf seine Fingerspitzen auf dem Fensterbrett. Eine Sekunde später waren sie verschwunden, und sie hielt den Atem an, als sie ihn zu Boden springen sah.

Dougs Beine schmerzten ein wenig. Außer einer fetten, räudigen Katze, die in der Sonne döste, schien niemand den Sprung beobachtet zu haben. Er sah hoch und machte Whitney ein Zeichen. »Werfen Sie die Rucksäcke herunter.« Das tat sie mit solcher Vehemenz, daß es ihn fast von den Füßen riß. »Ruhig«, zischte er durch die Zähne, schob die Taschen beiseite und stellte sich unter dem Fenster auf. »Jetzt Sie.«

»Ich?«

»Sonst ist nichts mehr da. Los schon, ich fange Sie auf.«

Nicht, daß sie an ihm zweifelte. Schließlich war sie so vorsichtig gewesen, die Brieftasche aus ihrem Rucksack zu nehmen – und sicherzustellen, daß er dies sah –, ehe er durch das Fenster geklettert war. Er hingegen hatte den Umschlag in den Bund seiner Jeans gesteckt. Vertrauen unter Dieben war wohl doch nur ein Mythos.

Doch seltsamerweise wirkte der Abstand zwischen Fensterbrett und Boden jetzt viel größer. Whitney sah Doug böse an.

»Eine MacAllister verläßt das Hotel immer durch den Vordereingang.«

»Wir haben keine Zeit für Familientraditionen. Um Himmels willen, machen Sie voran, ehe wir Publikum bekommen.«

Mit zusammengebissenen Zähnen schwang sie ein Bein über das Fensterbrett, hielt sich fest und ließ sich herab. Im selben Moment wurde ihr klar, daß es ihr ganz und gar nicht zusagte, am Fensterbrett eines madagassischen Gasthauses herumzuturnen. »Doug …«

»Loslassen«, befahl er.

»Ich bin nicht sicher, ob ich das kann.«

»Sie können, es sei denn, Sie wollen, daß ich mit Steinen werfe.«

Doug brachte das fertig. Whitney schloß die Augen, hielt den Atem an und ließ los.

Sie fiel vielleicht einen Herzschlag lang ins Nichts, ehe sich seine Arme um ihre Hüften schlossen. Der abrupte Zusammenprall verschlug ihr den Atem.

»Sehen Sie?« meinte er, als er sie sanft zu Boden stellte. »Kein Problem. Sie haben echtes Talent zum Fassadenkletterer.«

»Verdammter Mist!« Sie drehte sich um und inspizierte ihre Hände. »Ich hab mir einen Nagel abgebrochen. Was soll ich denn jetzt machen?«

»Das ist wirklich tragisch.« Doug bückte sich nach den Rucksäcken. »Ich könnte Ihnen den Gnadenschuß geben, um Sie von Ihrem Elend zu erlösen.«

Wütend riß sie ihm ihren Rucksack aus der Hand. »Sehr komisch. Ich hasse es, mit nur neun intakten Fingernägeln herumzulaufen.«

»Stecken Sie einfach die Hände in die Taschen«, schlug er vor und setzte sich in Bewegung.

»Und wo gehen wir jetzt hin?«

»Ich habe eine kleine Bootsfahrt arrangiert.« Doug schulterte seinen Rucksack. »Wir müssen nur noch das Boot finden. Möglichst unauffällig.«

Whitney folgte ihm, als er an den Rückfronten der Häuser,

abseits der Straße, vorbeischlich. »All das nur, weil ein dicker kleiner Polizist vorbeigeschaut hat, um Hallo zu sagen.«

»Fette kleine Polizisten machen mich nervös.«

»Er war sehr höflich.«

»Fette kleine höfliche Polizisten machen mich noch nervöser.«

»Wir waren zu der netten alten Dame, die unser Ferkel genommen hat, sehr unfreundlich.«

»Na und, Süße? Noch nie eine Rechnung nicht bezahlt?«

»Bestimmt nicht«, schniefte sie und rannte hinter ihm her, als er eine enge Seitenstraße überquerte. »Und ich habe auch nicht die Absicht, damit anzufangen. Ich habe ihr zwanzig Dollar dagelassen.«

»Zwanzig!« Doug hielt bei einem Baum neben Jacques' Laden an und packte sie. »Warum denn, zur Hölle? Wir haben doch nicht einmal das Bett benutzt.«

»Dafür aber das Bad«, erinnerte sie ihn. »Wir beide.«

»Und ich hab noch nicht einmal die Klamotten ausgezogen.« Resigniert betrachtete er das kleine Fachwerkhaus neben ihnen.

Während sie darauf wartete, daß Doug etwas unternahm, sah sich Whitney voller Bedauern nach dem Hotel um und wollte sich gerade beklagen, als ein Mann im weißen Anzug die Straße überquerte. Unbehaglich beobachtete sie ihn, bis ihr der Schweiß über den Rücken rieselte.

»Doug.« Eine unerklärliche Furcht hatte ihr die Kehle zugeschnürt. »Doug, der Mann dort. Sehen Sie.« Sie packte seine Hand und verdrehte sie leicht. »Ich schwöre, das ist derselbe, der mir auf dem Markt und dann wieder im Zug begegnet ist.«

»Sie sehen Gespenster«, murmelte Doug, blickte sich jedoch um.

»Nein.« Whitney zog ihn am Arm. »Ich habe ihn gesehen. Zweimal. Warum ist er wieder aufgetaucht? Warum ist er hier?«

»Whitney...« Doch er brach ab, als der Mann die Straße entlang auf den Captain zuging, der ebenfalls aufgetaucht war. Sich plötzlich erinnernd sah er einen Mann mitten in der größten Verwirrung im Zug von seinem Sitz aufspringen, eine Zeitung zu Boden fallen lassen und ihm direkt in die Augen blicken. Zufall? Doug schob Whitney hinter einen Baum. Er glaubte nicht an Zufälle.

»Ist das einer von Dimitris Männern?«

»Ich weiß es nicht.«

»Wer sollte es sonst sein?«

»Verdammt, ich weiß es nicht.« Frust nagte an ihm. Er spürte, daß er von allen Seiten verfolgt wurde, wußte es, konnte es aber nicht verstehen. »Wer auch immer das sein mag, wir verduften.« Er sah sich nach Jacques' Laden um. »Besser, wir gehen durch die Hintertür hinein. Er könnte Kundschaft haben, und je weniger Leute uns sehen, desto sicherer.«

Die Hintertür war verschlossen. Doug bückte sich, zückte sein Taschenmesser und ging ans Werk. Innerhalb von fünf Sekunden sprang das Schloß auf. Whitney hatte mitgezählt.

Beeindruckt sah sie zu, wie das Messer wieder in seiner Tasche verschwand. »Können Sie mir beibringen, wie das geht?«

»Eine Frau wie Sie muß keine Schlösser knacken. Man öffnet Ihnen freiwillig die Tür.« Während sie noch darüber nachdachte, schlüpfte er bereits ins Haus.

Es diente als Lagerraum, Schlafzimmer und Küche zugleich. Neben dem ordentlich gemachten Bett stapelte sich ein halbes Dutzend Kassetten, durch die aus mannshohen Regalen bestehende Wand hämmerte ein Song von Elton John. Neben einem weiteren Wandregal hing ein Poster von Tina Turner in Lebensgröße, daneben eine Werbetafel für Budweiser – dem König der Biere, ein Wimpel der New York Yankees und eine Nachtaufnahme des Empire State Buildings.

»Wieso komme ich mir so vor, als hätte ich soeben einen Raum in der Second Avenue betreten?« Und da dies so war, fühlte sie sich auf lächerliche Weise geborgen.

»Sein Bruder ist Austauschstudent in den USA.«

»Das erklärt alles. Wessen Bruder?«

»Schschtt.« Doug schlich wie eine Katze auf leisen Pfoten

zur Tür, die den Raum mit dem Laden verband, öffnete sie einen Spalt und spähte hindurch.

Jacques lehnte an der Theke, offensichtlich mitten in einer größeren Transaktion, die den detaillierten Austausch von Klatschgeschichten einschloß. Das knochige dunkeläugige Mädchen schien eher zum Flirten als zum Einkaufen gekommen zu sein. Kichernd stöberte sie zwischen bunten Garnspulen herum.

»Was geht da vor?« Whitney schielte unter Dougs Arm hindurch durch den Türspalt. »Aha, eine Romanze«, verkündete sie. »Ich frage mich, wo sie diese Bluse herhat. Sehen Sie sich doch nur die Stickereiarbeit an.«

»Die Modenschau kommt später.«

Das Mädchen kaufte zwei Garnspulen, kicherte noch ein wenig und ging. Doug schob die Tür etwas weiter auf und pfiff durch die Zähne. Er konnte aber mit Elton John nicht mithalten, Jacques fuhr fort, im Rhythmus der Musik die Hüften zu schwenken. Mit einem Blick zum zur Straße liegenden Fenster öffnete Doug die Tür noch weiter und rief Jacques' Namen.

Der schrak zusammen und warf dabei beinahe die Garnspulen um, die er arrangierte. »Mann, haben Sie mich erschreckt!« Doug krümmte einen Finger und bedeutete ihm, näherzukommen. »Warum verstecken Sie sich hier hinten?«

»Fahrplanänderung«, entgegnete Doug, nahm Jacques' Hand und zog ihn ins Zimmer, wobei ihm auffiel, daß dieser nach English Leather roch. »Wir wollen schon jetzt aufbrechen.«

»Jetzt?« Jacques' Augen verengten sich, als er Doug mißtrauisch musterte. Er mochte sein gesamtes Leben in einem kleinen Küstenstädtchen verbracht haben, aber er war kein Narr. Wenn ein Mann auf der Flucht war, konnte man das an seinen Augen ablesen. »Sie sind in Schwierigkeiten?«

»Hallo, Jacques.« Whitney trat vor und hielt ihm die Hand hin. »Ich bin Whitney MacAllister. Sie müssen es Doug nachsehen, daß er uns nicht vorgestellt hat. Er ist oft recht unhöflich.«

Jacques ergriff die schmale weiße Hand – und war verloren. Noch nie hatte er eine so schöne Frau gesehen. Sie übertraf Tina Turner, Pat Benatar und Linda Ronstadt bei weitem. Er brachte kein Wort heraus.

Whitney kannte diesen Blick. Bei den Managertypen der Fifth Avenue langweilte er sie, wenn sie ihn in einem schicken Club der West Side auffing, amüsierte er sie, doch bei Jacques fand sie ihn bezaubernd. »Wir müssen uns entschuldigen, daß wir einfach so eingedrungen sind.«

»Das ist …« Die Amerikanismen, die ihm sonst auf der Zunge lagen, wollten ihm nicht einfallen. »Okay«, stieß er hervor.

Ungeduldig legte Doug ihm eine Hand auf die Schulter. »Wir müssen los.« Sein Sinn für Fairness ließ nicht zu, daß er den jungen Mann blindlings mit ins Verderben zog, doch sein Überlebenswille hielt ihn davon ab, die Wahrheit zu sagen. »Die lokale Polizei hat uns einen Besuch abgestattet.«

Mühsam wandte Jacques den Blick von Whitney ab. »Sambirano?«

»Genau.«

»Dieses Arschloch!« rief Jacques voller Stolz, daß er das Wort so locker über die Lippen brachte. »Machen Sie sich wegen dem keine Sorgen. Der ist bloß neugierig wie ein altes Weib.«

»Mag sein, aber da gibt es ein paar Leute, die uns suchen. Und wir wollen nicht gefunden werden.«

Jacques schaute kurz vom einen zum anderen. Ein eifersüchtiger Ehemann, schoß es ihm durch den Kopf. Mehr bedurfte es nicht, um an seinen Sinn für Romantik zu appellieren. »Wir Madagassen machen uns keine Gedanken um die Zeit. Die Sonne geht auf, die Sonne geht unter. Sie wollen jetzt los, wir gehen jetzt.«

»Prima. Unsere Vorräte sind etwas knapp.«

»Kein Problem. Warten Sie hier.«

»Wo haben Sie ihn denn aufgetrieben?« wollte Whitney wissen, als Jacques wieder in den Laden ging. »Er ist wunderbar.«

»Klar, weil er Ihnen Plüschaugen macht.«

»Plüschaugen?« Grinsend ließ sie sich auf der Kante von

Jacques' Bett nieder. »Wirklich, Douglas, ich möchte mal wissen, wo Sie einige Ihrer blumigen Ausdrücke herhaben.«

»Die Augen fielen ihm ja fast aus dem Kopf.«

»Ja.« Sie fuhr sich mit der Hand durchs Haar. »Ist ja ein Ding.«

»Sie verleiben sich wohl jeden ein, was?« Verärgert lief er in dem kleinen Raum auf und ab und wünschte, er könnte etwas tun. Irgendwas. Der Ärger lag förmlich in der Luft, und er war nicht mehr so weit entfernt, wie er es gewünscht hätte. »Sie mögen es wohl, wenn Ihnen die Männer zu Füßen liegen?«

»Sie waren auch nicht gerade beleidigt, als die kleine Marie Ihnen beinahe die Füße küßte. Wenn ich mich recht entsinne, schwoll Ihnen der Kamm wie einem Gockel.«

»Sie hat unsere Haut gerettet. Das war reine Dankbarkeit.«

»Mit einem Hauch reinen Verlangens dabei.«

»Verlangen?« Er blieb direkt vor ihr stehen. »Sie kann nicht älter als sechzehn gewesen sein.«

»Was das Ganze noch abstoßender macht.«

»Na klar, unser alter Jacques hier hat bestimmt schon das reife Alter von zwanzig erreicht.«

»Tatata.« Whitney holte ihre Nagelfeile heraus und feilte den abgebrochenen Nagel rund. »Das hört sich aber reichlich eifersüchtig an.«

»Scheiße.« Er tigerte von einer Tür zur anderen. »Hier steht ein Mann, der sich wegen Ihnen nicht zum Narren macht, Herzogin. Ich habe Besseres zu tun.«

Lächelnd feilte Whitney weiter und summte im Takt mit Elton John.

Einige Augenblicke später herrschte Ruhe. Als Jacques wiederkam, war er mit einem großen Sack und seinem tragbaren Stereorecorder beladen. Grinsend packte er seine restlichen Kassetten ein. »Jetzt kann's losgehen. Rock'n Roll!«

»Wird sich denn niemand wundern, warum Sie so früh schließen?« Doug öffnete die Hintertür einen Spaltbreit und blinzelte hinaus.

»Früh schließen, spät schließen. Wen interessiert's?«

Nickend hielt Doug ihm die Tür auf. »Dann los.«

Sein Boot lag einen halben Kilometer entfernt vor Anker. Etwas Vergleichbares hatte Whitney noch nie gesehen. Es war sehr lang und schmal und erinnerte sie an ein Kanu, mit dem sie während eines Ferienlageraufenthalts einmal herumgepaddelt war. Leichtfüßig hüpfte Jacques hinein und begann, das Gepäck zu verstauen.

Sein Kanu war original madagassisch, sein Hut eine Fankappe der New York Yankees, und er ging barfuß. Whitney hielt ihn für eine seltsame, aber sympathische Kombination zweier Welten.

»Hübsches Boot«, brummte Doug und wünschte, irgendwo wäre ein Motor zu sehen.

»Selbstgebaut.« Mit einer Geste, die Whitney anrührend fand, hielt er ihr eine Hand hin. »Sie können sich hier hinsetzen«, sagte er und wies auf einen Platz in der Mitte. »Sehr bequem.«

»Danke, Jacques.«

Als er sah, daß Whitney sich ihm gegenüber niedergelassen hatte, reichte er Doug eine lange Stange. »Solange das Wasser seicht ist, staken wir.« Jacques nahm eine zweite Stange zur Hand und stakte das Boot vom Ufer weg. Wie ein auf einem See dahingleitender Schwan trieb es hinaus. Whitney entspannte sich und befand, daß eine Bootsfahrt durchaus Vorteile hatte – den Geruch des Wassers, die leise im Wind tanzenden Blätter, das sanfte Schaukeln des Bootes. Dann sah sie ganz in der Nähe einen häßlichen, ledrigen Kopf auf der Wasseroberfläche.

»Igitt«, war alles, was sie hervorbrachte.

»Allerdings.« Mit einem glucksenden Lachen stakte Jacques weiter. »Diese Krokos sind überall. Sie müssen aufpassen.« Er gab einen Laut von sich, der einem Mittelding zwischen Zischen und Brüllen glich. Wortlos holte Doug seine Pistole wieder aus dem Rucksack und schob sie in seinen Gürtel. Diesmal erhob Whitney keine Einwände.

Als das Wasser tief genug war, daß sie die Paddel benutzen konnten, schaltete Jacques seinen Stereorecorder ein, der Musik der Rolling Stones hinausschmetterte. Sie waren unterwegs.

Jacques paddelte unermüdlich, mit einer Energie und Begeisterung, die Whitney nur bewundern konnte. Dazu begleitete er die Stones mit seinem reinen Tenor und grinste, als sie einfiel.

Aus den Vorräten, die Jacques mitgebracht hatte, stellten sie sich eine improvisierte Mahlzeit zusammen, bestehend aus Kokosnuß, Beeren und kaltem Fisch. Whitney nahm einen langen Schluck aus der Feldflasche, die Jacques ihr reichte, da sie reines Wasser erwartete. Sie rollte die Flüssigkeit auf der Zunge. Es schmeckte nicht unangenehm, war aber keinesfalls Wasser.

»*Rano vola*«, erklärte Jacques. »Gut für die Reise.«

Dougs Paddel glitt gleichmäßig durch das Wasser. »Man läßt Reis am Topfboden anbrennen, gibt Wasser hinzu und rührt gut um.«

Whitney schluckte unauffällig. »Verstehe.« Schulterzuckend reichte sie die Flasche an Doug weiter.

»Sie kommen auch aus New York?«

»Ja.« Whitney steckte eine Beere in den Mund. »Doug sagte, Ihr Bruder geht dort aufs College?«

»Jura.« Die Buchstaben auf seinem T-Shirt zitterten förmlich vor Stolz. »Er wird mal ein ganz großes Tier. Bei Bloomingdale's war er auch schon.«

»Whitney lebt praktisch da«, sagte Doug im Flüsterton.

Ihn ignorierend, fragte Whitney weiter: »Haben Sie vor, auch einmal nach Amerika zu kommen?«

»Nächstes Jahr.« Er legte das Paddel quer über seinen Schoß. »Meinen Bruder besuchen. Wir werden uns die ganze Stadt ansehen. Times Square, Macy's, McDonalds.«

»Dann rufen Sie mich doch an.« Als säße sie in einem Nobelrestaurant, zog Whitney eine Visitenkarte aus ihrer Brieftasche und händigte sie ihm aus. Wie die Besitzerin war die Karte schmal, kostspielig und elegant. »Wir veranstalten eine Party.«

»Party?« Jacques' Augen leuchteten. »Eine New Yorker Party?« Visionen von laserbestrahlten Tanzflächen, wilden Farben und heißer Musik entstanden vor seinem inneren Auge.

»Ganz genau.«

»Mit soviel Eiskrem, wie Sie essen können.«

»Seien Sie nicht so gehässig, Douglas. Sie dürfen gerne auch kommen.«

Jacques schwieg einen Moment und genoß die faszinierende Idee einer Party in New York. Sein Bruder hatte ihm von Frauen berichtet, deren Röcke noch nicht einmal bis zum Knie reichten, und von Autos, so lang wie sein Kanu. Einmal hatte sein Bruder sogar im gleichen Restaurant wie Billy Joel gegessen.

New York, träumte Jacques. Vielleicht kannten seine neuen Freunde Billy Joel und würden ihn zu der Party einladen. Liebevoll strich er über die Karte, ehe er sie einsteckte.

»Sie beide sind...« Er war nicht sicher, ob der amerikanische Ausdruck, den er im Sinn hatte, zutraf.

»Geschäftspartner.« Whitney half ihm lächelnd aus der Klemme.

»O ja, rein geschäftlich.« Gereizt stieß Doug sein Paddel ins Wasser.

Jacques war zwar noch jung, aber beileibe nicht von gestern. »Geschäfte? Welcher Art?«

»Im Moment Reisebranche und Ausgrabungen.«

Whitney quittierte Dougs Terminologie mit einem spöttischen Anheben der Augenbraue. »Ich bin Innenarchitektin in New York. Und Doug ist ...«

»Freiberuflich tätig«, beendete er. »Ich arbeite auf eigene Rechnung.«

»Ist am besten«, stimmte Jacques zu. »Als Junge habe ich auf einer Kaffeeplantage gearbeitet. Tu dies, tu das.« Kopfschüttelnd lächelte er. »Jetzt habe ich meinen eigenen Laden. Ich sage zu mir, tu dies, tu das. Aber ich muß keine Befehle ausführen.«

Kichernd lehnte Whitney sich zurück. Die Musik erinnerte sie an zu Hause.

Als die Sonne unterging, meinte sie, sich in der Karibik zu befinden. Der Wald zu beiden Seiten des Kanals schien dichter, dunkler, irgendwie dschungelähnlicher geworden zu sein. Das Ufer war mit dünnem, bräunlichem Schilf bewachsen, das später von dichtem Laubwerk abgelöst wurde. Der Anblick des ersten Flamingos, zart pinkfarben gefiedert und langbeinig, entzückte sie. In den Büschen sah sie etwas irisierend Blaues aufblitzen und vernahm eine kurze, sich wiederholende Tonfolge, die Jacques als die eines Eisvogels identifizierte. Ein- oder zweimal meinte sie, einen gelenkigen, flinken Lemuren zu erblicken. Das Wasser, ab und an so seicht, daß sie die Stangen benutzen mußten, schimmerte rötlich. Tausende von Insekten tanzten darauf. Zwischen den Bäumen hindurch schien der Himmel wie bei einem Waldbrand zu leuchten. Whitney stellte fest, daß die Fahrt in einem offenen Kanu entschieden vergnüglicher war als eine Ausflugsfahrt auf einem Themsedampfer – von den gelegentlich auftauchenden Krokodilen einmal abgesehen.

Die Stille des Dschungels wurde nur von der Musik aus Jacques' Stereorecorder unterbrochen, der Hit um Hit hinausdröhnte. Whitney hätte stundenlang so auf dem Wasser treiben können.

»Wir sollten besser unser Lager aufschlagen.«

Sie riß sich vom Anblick des Sonnenuntergangs los und lächelte Doug zu, der sich schon vor einiger Zeit sein Hemd abgestreift hatte. Seine nackte Brust glänzte im Dämmerlicht vor Schweiß. »Jetzt schon?«

Doug verbiß sich eine giftige Antwort. Er wollte nicht unbedingt zugeben, daß seine Arme aus Gummi zu bestehen schienen und seine Handflächen wie Feuer brannten. Nicht, wenn der junge Jacques aussah, als könne er bis Mitternacht weiterpaddeln, ohne sein Tempo zu verlangsamen.

»Bald wird es dunkel«, meinte er daher nur.

»Okay.« Jacques' Muskeln spielten unter seiner Haut, als er sich reckte. »Wir suchen uns einen erstklassigen Campingplatz.« Mit seinem scheuen Lächeln wandte er sich an Whitney. »Sie müssen sich ausruhen. Es war ein langer Tag auf dem Wasser.«

Doug brummte etwas und paddelte zum Ufer.

Jacques gestattete ihr nicht, einen Rucksack zu tragen. Er lud sich ihren und seinen eigenen auf und vertraute ihr den Stereorecorder an. Sie wanderten ein Stückchen in den von rosa Licht erleuchteten Wald hinein. Unsichtbare Vögel zwitscherten, der Himmel wurde dunkler und ließ die Blätter in der allgegenwärtigen Feuchtigkeit tiefgrün schimmern. Ab und zu hielt Jacques an, um mit einer kleinen Sichel Ranken und Bambus abzuhacken. Die Luft war erfüllt vom Duft der Blumen, die unter Gestrüpp und Buschwerk wucherten. Nie zuvor hatte Whitney eine solche Farbenvielfalt gesehen. Insekten schwebten summend und brummend im Dämmerlicht umher, und mit einem lauten Rascheln brach ein Reiher aus dem Busch und flatterte Richtung Kanal. Der heiße, feuchte, dichte Urwald vereinigte alle Elemente des Exotischen in sich.

Zu der Musik von Bruce Springsteens *Born in the USA* bauten sie ihr Zelt auf.

Als das Feuer brannte und das Kaffeewasser brodelte, machte Doug eine erfreuliche Entdeckung. In Jacques' Sack fanden sich einige kleine Gewürzdosen, zwei Zitronen und der sorgfältig eingewickelte Rest des Fisches. Dazu zwei Päckchen Marlboro, die ihn im Moment jedoch weit weniger interessierten als die restliche Beute.

»Wenigstens etwas.« Er hielt sich einen nach süßlichem Basilikum riechenden Behälter vor die Nase. »Eine Mahlzeit mit Stil.« Auch wenn er auf dem Boden sitzen mußte, umgeben von dicken Ranken und Insekten, die sich zum Angriff formierten, so konnte er doch der Herausforderung nicht widerstehen, ein Menü zuzubereiten, das mit dem eines erstklassigen Restaurants mithalten konnte. Er suchte das Kochgeschirr zusammen, bereit, sich ins Vergnügen zu stürzen.

»Doug ist ein richtiger Gourmet«, erzählte Whitney Jacques. »Leider mußten wir bislang mit dem auskommen, was wir kriegen konnten. Es war nicht leicht für ihn.« Dann schnupperte sie genüßlich. Das Wasser lief ihr im Mund zusammen, als sie sich umdrehte und sah, wie Doug den Fisch über dem offenen Feuer sautierte. »Douglas.« Sein Name kam nur gepreßt über ihre Lippen. »Ich glaube, ich habe mich verliebt.«

»Ah ja?« Seine Hände blieben ganz ruhig, als er den Fisch mit Kennerblick betrachtete. »Das ist kein Wunder.«

Diese Nacht schliefen sie alle drei tief und fest, gesättigt von gutem Essen, Pflaumenwein und Rock'n Roll.

Der dunkle Sedan, der kurz nach Morgengrauen in dem kleinen Städtchen ankam, zog eine beträchtliche Menge Schaulustiger an. Ein nervöser, ungeduldiger Remo stieg aus und bahnte sich den Weg durch eine Gruppe von Kindern, die ihm mit dem sicheren Instinkt der Jungen und Hilflosen sofort Platz machten. Mit einer Kopfbewegung bedeutete er seinen beiden Begleitern, ihm zu folgen.

Selbst wenn die drei Männer auf Mauleseln und in einheimischer Tracht in die Stadt gekommen wären, hätten sie immer noch fehl am Platz gewirkt. Die Aura professioneller Verbrecher umgab sie wie ein Mantel.

Obwohl die Einwohner von Natur aus Fremden gegenüber eine gewisse Scheu an den Tag legten, folgten sie üblicherweise dem Gebot der Gastfreundschaft. Trotzdem näherte sich keiner von ihnen den Männern. Der madagassische Begriff für das Unantastbare, Verpönte lautete *fady*. Remo und seine Begleiter waren, obwohl sie maßgeschneiderte Anzüge und italienische Schuhe trugen, definitiv *fady*.

Remo entdeckte das Gasthaus, gab seinen Männern ein Zeichen, es zu umstellen, und ging hinein.

Die Wirtin trug nun eine saubere Schürze. Aus der Gaststube, in der nur zwei Tische besetzt waren, drangen Frühstücksdüfte. Ein Blick auf Remo genügte der Frau, um zu beschließen, kein Zimmer frei zu haben.

»Wir suchen diese Leute«, bellte Remo, obwohl er nicht erwartete, daß irgend jemand auf dieser gottverlassenen Insel Englisch sprach. So hielt er der Wirtin die Fotos von Doug und Whitney unter die Nase.

Sie zuckte mit keiner Wimper und gab kein Zeichen des Erkennens von sich. Die zwei mochten ja sehr plötzlich abgereist sein, aber auf dem Nachttisch hatte sie zwanzig amerikanische Dollar vorgefunden. Zudem erinnerte sie der lächelnde Remo stark an einen Hai, also schüttelte sie verneinend den Kopf.

Remo zupfte eine Zehndollarnote aus dem Packen, den er

bei sich trug. Die Frau hob lediglich die Schultern und gab ihm die Fotos zurück. Am Abend zuvor hatte ihr Enkel eine Stunde lang mit seinem kleinen Ferkel gespielt, dessen Geruch ihr wesentlich mehr zusagte als Remos Rasierwasser.

»Hör zu, Oma, wir wissen, daß sie von hier aus aufgebrochen sind. Mach uns allen die Sache nicht so schwer.« Ein weiterer Zehner wurde verlockend vor die Nase der Wirtin gehalten.

Sie sah ihn ausdruckslos an und zuckte erneut die Schultern. »Sie sind nicht hier«, sagte sie zu Remos Überraschung in einwandfreiem Englisch.

»Ich werde mich selbst davon überzeugen.« Remo wandte sich zur Treppe.

»Guten Morgen.«

Wie Doug konnte Remo einen Cop überall auf der Welt erkennen.

»Ich bin Captain Sambirano.« Steif und förmlich bot er Remo die Hand, bewunderte dessen Anzug, bemerkte die frische Narbe auf seiner Wange und die kalte Entschlossenheit, die in seinen Augen lag. Auch das dicke Bündel Banknoten entging ihm nicht. »Vielleicht kann ich Ihnen behilflich sein.«

Remo hatte nicht gern mit Cops zu tun, er hielt sie allesamt für wankelmütig. In einem Jahr konnte er das Dreifache vom Durchschnittsgehalt eines Polizeileutnants verdienen, für die gleiche Arbeit. Nur andersherum.

Doch keinesfalls wollte er mit leeren Händen zu Dimitri zurückkehren. »Ich suche meine Schwester.«

Doug hatte behauptet, Remo sei nicht dumm. Das stellte er nun unter Beweis.

»Sie ist mit diesem Kerl, diesem zweitklassigen Gauner durchgebrannt. Das Mädchen ist ihm völlig hörig, wenn Sie verstehen, was ich meine.«

Der Captain nickte höflich. »Natürlich.«

»Papa ist krank vor Sorge«, spann Remo den Faden weiter, bot dem Captain eine handgerollte kubanische Zigarre aus seinem goldenen Etui an und notierte befriedigt, wie dessen Augen beim Anblick des Edelmetalls aufleuchteten. Jetzt wußte er, welchen Köder er auswerfen mußte. »Ich konnte ihr bis hierher folgen, aber nun …« Er ließ den Satz ausklingen, bemüht, wie ein besorgter Bruder auszusehen. »Wir würden alles tun, um sie wiederzubekommen, Captain. Alles.«

Während er dies wirken ließ, zog Remo erneut die Fotos hervor. Dieselben Fotos, hielt der Captain bei sich fest, die ihm der andere Mann am Tag zuvor gezeigt und ihm dabei etwas von einem Vater, der seine Tochter suchte, erzählt hatte. Auch von ihm war ihm Geld angeboten worden.

»Mein Vater hat für jeden, der uns weiterhilft, eine Belohnung ausgesetzt. Es handelt sich schließlich um seine einzige Tochter. Das Nesthäkchen«, setzte er der Wirkung halber hinzu. Ohne große Zuneigung erinnerte er sich daran, wie seine jüngste Schwester verhätschelt worden war. »Er wird sich als sehr großzügig erweisen.«

Sambirano betrachtete die Fotos von Doug und Whitney eingehend. Das waren sie – die Jungvermählten, die ziemlich plötzlich aus der Stadt verschwunden waren. Dann blickte er zu der Wirtin hinüber, die ihre Lippen mißbilligend zusammenkniff. Die beim Frühstück sitzenden Gäste verstanden diesen Blick und widmeten sich wieder ihrer Mahlzeit.

Der Captain war von Remos Story nicht mehr beeindruckt als von der Dougs am Tag zuvor. Doch Whitney hatte Eindruck auf ihn gemacht. »Ein hübsche Frau.«

»Dann können Sie sich sicher vorstellen, Captain, was in meinem Vater vorgeht. Sie bei einem Mann wie ihm zu wissen! Abschaum!«

Remo spie das Wort förmlich aus, und der Captain merkte sofort, daß die Abneigung nicht vorgetäuscht war. Wenn diese Männer aufeinandertrafen, würde nur einer von ihnen die Begegnung überleben. Was ihn jedoch wenig interessierte, solang es nicht in seiner Stadt geschah. Sollte er den Mann im weißen Anzug erwähnen, der ihm ähnliche Fotos gezeigt hatte? Nein, besser nicht.

»Ein Bruder«, sagte er langsam, wobei er genüßlich an der Zigarre schnupperte, »ist für das Wohlergehen seiner Schwester verantwortlich.«

»Ja, ich kann nachts vor lauter Sorge kaum noch schlafen. Der Himmel weiß, was dieser Kerl tut, wenn ihr das Geld ausgeht oder er sie einfach leid wird. Wenn Sie irgendwie behilflich sein können … ich werde mich erkenntlich zeigen.«

Der Captain war Polizist geworden, da er nicht sehr ehrgeizig war und in der kleinen Stadt nicht viel geschah. Dieser Job lag ihm mehr, als auf den Feldern zu schwitzen oder sich die Hände an Fischernetzen schmutzig zu machen. Doch einem kleinen Nebengeschäft war er nie abgeneigt. Er reichte Remo die Fotos zurück. »Ich fühle mit Ihrer Familie. Wissen Sie, ich habe selbst eine Tochter. Kommen Sie doch bitte mit in mein Büro, dann können wir die Sache besprechen. Ich denke schon, daß ich Ihnen helfen kann.«

Als er zur Tür hinausging, tastete Remo nach der Narbe auf seiner Wange. Er konnte Dougs Blut beinahe schon riechen. Dimitri, dachte er erleichtert, würde erfreut sein. Hocherfreut.

11

Beim Frühstückskaffee setzte Whitney fünfzig Dollar Vorschuß für Jacques auf Dougs Rechnung und addierte die Endsumme. Eine Schatzsuche brachte doch beträchtliche Unkosten mit sich.

Während die anderen beiden geschlafen hatten, Doug neben ihr im Zelt, Jacques im Freien, hatte Whitney lange Zeit wachgelegen und über die Reise nachgedacht. In vieler Hinsicht war es ein interessanter, aufregender und ein wenig verrückter Urlaub geworden, komplett mit Andenken und einigen exotischen Mahlzeiten. Wenn sie den Schatz nicht fanden, könnte sie das Ganze einfach als eine neue Erfahrung abtun – bis auf die Erinnerung an einen jungen Kellner, der ihretwegen sterben mußte.

Einige Menschen kommen mit einer Art bequemer Naivität zur Welt, die sie nie ablegen, hauptsächlich deshalb, weil ihr Leben ohne Probleme verläuft. Geld kann Zynismus sowohl fördern als auch mildern.

Vielleicht hatte ihr materieller Wohlstand Whitney bis zu einem gewissen Grad abgeschirmt, doch naiv war sie noch nie gewesen. Sie achtete auf das Geld, nicht, weil sie mit dem Pfennig knauserte, sondern weil sie für ihr Geld einen entsprechenden Gegenwert erwartete. Komplimente nahm sie liebenswürdig, jedoch unter Vorbehalt entgegen. Und sie wußte, daß einigen Menschen ein Leben nichts galt.

Der Tod konnte gezielt eingesetzt werden, als Mittel der Rache, des persönlichen Vergnügens oder um des Profits willen, wobei letzterer von der Person abhing, der das Ende zugedacht war. Das Leben eines Politikers wurde auf dem freien Markt sicherlich höher gehandelt aus das eines Drogendealers in den Slums. Den einen konnte man zum Preis eines Schusses Heroin beseitigen lassen, für den anderen mußte man schon hunderttausend Schweizer Franken hinlegen.

Einige Profis betrieben das Geschäft mit dem Tod nach den Maßstäben einer durchorganisierten Firma. Diese Tatsache war Whitney durchaus bekannt gewesen, doch sie hatte sie mit dem selben Gleichmut hingenommen, mit dem man dem täglichen Elend der sozial im Abseits Stehenden begegnet. Nun allerdings war sie erstmals persönlich betroffen. Ein unschuldiger Mann hatte sein Leben verloren, und sie selbst höchstwahrscheinlich den Tod eines weiteren herbeigeführt. Darüber hinaus konnte sie nur vermuten, wieviele andere Leben wegen dieses Topfes voll Gold ausgelöscht worden waren.

Dollars und Cents, grübelte sie, als sie auf die ordentlich aufgelisteten Summen in ihrem Notizbuch blickte. Längst ging es ihr nicht mehr allein um Geld. Vielleicht hatte sie, wie so viele der Wohlhabenden dieser Welt, das Leben bislang nur oberflächlich betrachtet, ohne die Abgründe zu sehen, die sich vor den weniger Glücklichen ständig aufzutun drohten. Essen und ein Dach über dem Kopf hatte sie bis vor wenigen Wochen als selbstverständlich hingenommen. Whitneys Sinn für richtig und falsch wurde oft vom Grad ihrer persönlichen Betroffenheit beeinflußt, doch verfügte sie über einen ausgeprägten Sinn für Gut und Böse.

Doug Lord mochte ein Dieb sein, der in seinem Leben unzählige Dinge getan hatte, die nach Maßstäben der Gesellschaft falsch waren, doch Whitney pfiff auf die gesellschaftlichen Normen. Sie war überzeugt, daß er im Grunde seines Herzens ein guter Mensch war, genauso wie sie glaubte, daß Dimitri das abgrundtief Böse verkörperte.

Noch etwas hatte sie getan, während die anderen schliefen. Sie hatte endlich beschlossen, einen Blick in die Bücher zu werfen, die Doug aus der Bibliothek in Washington ›entliehen‹ hatte. Nur zum Zeitvertreib, redete sie sich ein, als sie die Taschenlampe einschaltete, doch als sie zu lesen begann, nahm die Geschichte der im Laufe der Jahrhunderte verschollenen Juwelen sie gefangen. Die Illustrationen imponierten ihr wenig; Diamanten und Rubine bevorzugte sie in dreidimensionaler Form. Doch sie regten ihr Denken an.

Nachdem sie sich in die Geschichte dieses verschwundenen Diamanthalsbandes vertieft hatte, konnte sie endlich verstehen, was Männer und Frauen bewogen hatte, dafür ihr Leben aufs Spiel zu setzen. Habgier, Verlangen, der Wunsch, es zu besitzen. Obwohl sie selbst nicht der Typ Mensch war, für eine Leidenschaft in den Tod zu gehen.

Doch wie stand es mit der Loyalität? Whitney rief sich Magdalines Brief ins Gedächtnis. Von der Trauer ihres Mannes über den Tod seiner Königin war die Rede gewesen, aber mehr noch von seiner Verpflichtung ihr gegenüber. Wieviel hatte dieser Gerald der Loyalität wegen geopfert, und für eine kleine Holzschachtel, die die Juwelen enthielt? Hatte er das Erbe einer Ära verborgen gehalten und einem Leben nachgetrauert, das nie wieder werden konnte wie früher?

Geld, Kunst oder Geschichte? Als Whitney das Buch zuklappte, war sie immer noch nicht sicher. Sie hatte Lady Smythe-Wright Respekt entgegengebracht, ihren Fanatismus jedoch nie ganz nachempfinden können. Nun war sie gestorben, nur um ihrer Überzeugung willen, daß die Geschichte der Menschheit, ob sie nun in verstaubten Büchern ruhte oder als glitzender Beweis in einem Holzkästchen, allen gehörte.

Antoinette hatte, wie hunderttausende mit ihr, ihr Leben unter dem Fallbeil der Guillotine beendet. Menschen waren aus ihren Heimen vertrieben, gejagt und hingerichtet worden. Andere verhungerten auf der Straße. Für ihre Ideale? Nein. Whitney hegte ihre Zweifel, daß viele Menschen für ihre Ideale in den Tod gingen, genausowenig wie sie aus voller Überzeugung dafür kämpften. Sie starben, weil sie in einen Sog gerieten, dem sie nicht mehr entkommen konnten. Eine Handvoll Juwelen konnte einer Frau doch nicht soviel bedeuten, daß sie deswegen die Guillotine in Kauf nahm.

Das ließ die Schatzsuche eigentlich sinnlos erscheinen, außer – ja, außer sie hatte doch einen tieferen Sinn. Vielleicht war es an der Zeit, daß Whitney diesen herausfand.

Deswegen, und wegen eines jungen Kellners namens Juan, war Whitney fest entschlossen, den Schatz zu finden und dadurch Dimitri dort zu treffen, wo es ihn am meisten schmerzte.

Sie sah dem Morgen zuversichtlich entgegen. Nein, naiv war sie nicht, und doch huldigte sie der Überzeugung, daß das Gute letztendlich das Böse besiegte – besonders wenn der Vertreter des Guten ausgesprochen clever war.

»Was machen Sie bloß, wenn die Batterien zu Ende gehen?«

Whitney lächelte Doug zu, ehe sie den kleinen Taschenrechner samt Notizbuch wieder in der Tasche verschwinden ließ. Was er wohl sagen würde, wenn er wüßte, daß sie einige Stunden damit verbracht hatte, ihn und ihr Tun zu analysieren. »Duracell«, entgegnete sie liebenswürdig. »Möchten Sie Kaffee?«

»Ja bitte.« Doug setzte sich, leicht argwöhnisch, da sie ihm so zuvorkommend Kaffee eingoß. Dann nahm er die Tasse entgegen und trank einen tiefen Schluck.

»Ein schönes Fleckchen«, meinte Whitney, zog die Knie an und schlang die Arme darum.

Er blickte sich um. Mit einem sanften Plip-Plop fielen Tropfen von den Blättern auf den feuchten, aufgeweichten Boden. Gereizt schlug er nach einer angriffslustigen Mücke und fragte sich, wie lange sein Mückenschutz wohl noch vorhalten würde. Kleine Nebelschwaden stiegen vom Boden auf, wie der Dampf in einem türkischen Bad. »Wenn Sie Saunen mögen ...?«

Whitney zwinkerte spöttisch. »Wohl mit dem linken Bein zuerst aufgestanden, wie?«

Seine Antwort bestand aus einem Grunzen. Er war mit diesem ruhelosen Gefühl aufgewacht, welches sich einstellt, wenn ein gesunder Mann die Nacht neben einer Frau verbrachte, ohne daß er dem Ruf der Natur Folge leisten konnte.

»Sehen Sie es mal so, Douglas. In Manhattan würden sich die Leute auf so einem Fleckchen Erde übereinanderstapeln.« Sie hob die Hände. Lautes Vogelgezwitscher erklang, ein Chamäleon kroch auf einen schiefergrauen Fels und verschmolz langsam damit. Die Blüten der Blumen öffneten sich, und die leuchtendgrünen Blätter und Farne, noch feucht vom Tau, verliehen dem Ganzen einen unwirklichen Reiz. »Wir haben es ganz für uns alleine.«

Er goß sich eine zweite Tasse Kaffee ein. »Ich dachte, eine Frau wie Sie würde die Menschenmenge vorziehen.«

»Alles zu seiner Zeit, Douglas«, murmelte sie. »Alles zu seiner Zeit.« Dann lächelte sie so liebevoll, daß ihm beinahe das Herz stehenblieb. »Ich bin gerne hier, zusammen mit Ihnen.«

Er hatte sich an dem heißen Kaffee die Zunge verbrannt, achtete aber nicht darauf, sondern schluckte und starrte sie an. Mit seinem rauhen, etwas spöttischen Charme, den er seit seiner Jugend kultivierte, hatte er bei Frauen noch nie Probleme gehabt. Doch nun, wo das Ziel seiner Wünsche so nahe schien, ließ ihn dieser im Stich. »Tatsächlich?« stieß er hervor.

Belustigt, daß er so leicht aus dem Gleichgewicht zu bringen war, nickte Whitney. »Ja. Ich habe darüber nachgedacht.« Sich über ihn beugend, gab sie ihm einen leichten Kuß. »Wie denken Sie darüber?«

Auch wenn er stolperte, jahrelange Erfahrung hatte ihn gelehrt, auf seinen Füßen zu landen. Er vergrub seine Hand in ihrem Haar. »Vielleicht sollten wir«, er knabberte an ihrer Lippe, »das ausdiskutieren.«

Sie liebte die Art, wie er sie küßte, wie er sie hielt. »Vielleicht sollten wir das.«

Ihre Lippen berührten sich spielerisch. Jeder von ihnen wollte die Führung übernehmen, die Kontrolle behalten. Den Kopf zu verlieren, das war der größte Fehler, sowohl in Belangen der Liebe als auch des Geldes, da waren sich beide einig. Und keiner von beiden wollte als erster Schwächen zeigen.

Doch je länger dieser Kuß andauerte, desto mehr verlagerten sich die Prioritäten.

Seine Hand krallte sich in ihr Haar, ihre an seinem Hemd fest. In diesem Moment begannen die Gefühle, Oberhand über den Verstand zu gewinnen. Und jeder gab ohne Zögern oder Bedauern nach.

Durch die dichten, feuchten Blätter drang die helle Stimme Cyndi Laupers.

Wie Kinder, die mit dem Finger in der Marmelade erwischt werden, fuhren Whitney und Doug auseinander. Jacques' reiner Tenor stimmte mit ein. Beide mußten sich erst einmal räuspern.

»Wir kriegen Gesellschaft«, kommentierte Doug und langte nach einer Zigarette.

»Ja.« Whitney erhob sich und klopfte ihre dünne, weite Hose ab. Sie war ein wenig feucht geworden, doch die Sonne trocknete den Boden bereits aus. Sonnenstrahlen fielen durch das Laub der Zypressen. »Wie ich schon sagte, ein solches Fleckchen Erde zieht die Menschen an. Nun, ich denke, ich ...« Überrascht brach sie ab, als sich seine Hand um ihren Knöchel schloß.

»Whitney.« Seine Augen wurden dunkel. »Eines Tages werden wir dies hier zu Ende führen.«

Whitney war nicht daran gewöhnt, daß man ihr sagte, was sie tun würde, und sie sah keinen Grund, jetzt damit anzufangen. Sie warf ihm einen langen, unpersönlichen Blick zu. »Vielleicht.«

»Bestimmt.«

Der unpersönliche Blick verwandelte sich in ein Lächeln. »Doug, Sie werden schon noch herausfinden, daß ich ziemlichen Oppositionsgeist entwickeln kann.«

»Und Sie werden noch herausfinden, daß ich mir nehme, was ich will.« Seine Stimme klang weich, und ihr Lächeln verblaßte. »Das ist mein Beruf.«

»Mannomann, wir haben Kokosnüsse!« Ein Netz schwenkend, kam Jacques durch das Buschwerk.

Whitney lachte, als er ihr eine zuwarf. »Hat jemand einen Korkenzieher?«

»Kein Problem.« Jacques schleuderte die Kokosnuß hart gegen den Fels. Das Chamäleon krabbelte lautlos davon. Grinsend brach er die Frucht entzwei und reichte Whitney beide Hälften.

»Gut ausgedacht.«

»Etwas Rum, und wir hätten Piña Colada.«

Mit hochgezogenen Brauen gab sie Doug eine Hälfte ab. »Nicht sauer werden, Liebling. Ich bin sicher, auch Sie hätten auf eine Palme klettern können.«

Mit einem kleinen Messer löste Jacques das Fruchtfleisch

von der Schale. »Es ist *fady*, an einem Mittwoch etwas Weißes zu essen«, sagte er mit einer Selbstverständlichkeit, die Whitney veranlaßte, ihn genauer zu mustern. Mit einem schuldbewußten Lächeln stopfte er sich die Kokosnuß in den Mund. »Aber es ist schlimmer, gar nichts zu essen.«

Whitney blickte auf die Baseballkappe, das T-Shirt, das tragbare Radio. Es fiel ihr schwer, sich daran zu erinnern, daß er ein Madagasse war. Im Gegensatz zu Louis vom Merinavolk sah Jacques aus, als könne man ihm auf dem Broadway begegnen.

»Sind Sie abergläubisch, Jacques?«

Er hob die Schultern. »Ich besänftige die Götter und Geister, das hält sie bei Laune.« Aus seiner Tasche zog er etwas, das wie eine kleine Muschel an einer Kette aussah.

»Ein *ody*«, erklärte Doug nachsichtig. Er selbst verließ sich nicht auf einen Talisman, sondern auf sich selbst. »So etwas wie ein Amulett.«

Whitney betrachtete es, verwirrt durch den Kontrast zwischen Jacques' amerikanischer Kleidung und seinem tiefverwurzelten Glauben an Tabus und Geister. »Bringt das Glück?« fragte sie ihn.

»Nur zur Sicherheit. Die Götter sind launisch.« Er rieb die Muschel zwischen den Fingern, dann hielt er sie Whitney hin. »Sie tragen es heute.«

»Gut.« Sie hängte sich die Kette um den Hals. Schließlich, dachte sie, war das gar nicht so seltsam. Ihr Vater trug eine babyblau gefärbte Hasenpfote mit sich herum. Das Amulett fiel in dieselbe Kategorie – oder vielleicht ähnelte es eher einer Christophorusmünze. »Zur Sicherheit.«

»Ihr zwei könnt euren kulturellen Austausch später fortsetzen. Wie wollen los.« Doug warf die Frucht zu Jacques hinüber.

Whitney zwinkerte diesem zu. »Ich sagte ja, er ist ziemlich ungehobelt.«

»Kein Problem«, meinte Jacques, dann griff er erneut in die Tasche und holte einen Blütenstengel heraus, den er Whitney reichte.

»Eine Orchidee!« Sie war von einem reinen, strahlenden

Weiß und so zart, daß Whitney meinte, sie würde in ihrer Handfläche schmelzen. »Wie schön!« Ehe sie den Stengel in ihrem Haar befestigte, rieb sie ihre Wange leicht an der Blüte. »Danke.« Als sie ihm einen Kuß gab, hörte sie ihn hart schlucken.

»Sieht hübsch aus.« Rasch sammelte er das Gepäck ein. »Viele Blumen hier in Madagaskar. Welche Sie auch suchen, hier wachsen sie.« Immer noch weiterschwatzend, packte er die Sachen ins Kanu.

»Wenn Sie eine Blume wollen«, knurrte Doug, »dann brauchen Sie sich nur zu bücken und eine zu pflücken.«

Whitney streichelte die Blütenblätter über ihrem Ohr. »Manche Männer haben eben noch Sinn für Romantik, und andere nicht.«

»Romantik«, grollte Doug, der mit den restlichen Taschen kämpfte. »Ich habe eine Meute von Bluthunden im Nacken, und sie will Romantik.« Vor sich hinschimpfend, trat er das Feuer aus. »Dabei hätte ich ihr dutzendweise Blumen pflücken können.« Als Whitneys helles Lachen erklang, blickte er über die Schulter. »Oh, Jacques, wie schön!« äffte er sie nach und überprüfte wutschnaubend seine Waffe, ehe er sie wieder in den Gürtel schob. »Und eine gottverdammte Kokosnuß kann ich auch öffnen!« Er versetzte dem Feuer einen letzten Tritt, ehe er sich das restliche Gepäck auflud und zum Kanu ging.

Als Remo mit der Spitze seines teuren Schuhs in die Feuerstelle tippte, war nur noch ein Haufen kalter Asche übrig. Die Sonne brannte erbarmungslos vom Himmel, noch nicht einmal der Schatten brachte Abkühlung. Remo hatte Anzugjacke und Krawatte abgelegt – etwas, das er sich vor Dimitri niemals erlaubt hätte. Sein handgenähtes Hemd klebte vor Schweiß. Langsam, aber sicher ging ihm Doug Lord auf die Nerven.

»Sieht aus, als hätten sie hier übernachtet.« Weis, ein hochgewachsener, wie ein Manager wirkender Mann, dem man die Nase mit einer Whiskyflasche gebrochen hatte, wischte sich den Schweiß von der Stirn. Eine Reihe von Insektenstichen im Nacken quälte ihn. »Schätzungsweise sind sie uns vier Stunden voraus.«

»Was bist du, ein halber Apatsche?« Wütend trat Remo in die Asche und drehte sich um. Sein Blick blieb an Barns haften, dessen rundes Mondgesicht Lachfalten zeigte. »Was hast du denn zu grinsen, du kleines Arschloch?«

Doch Barns grinste, seit Remo ihm befohlen hatte, sich um den madagassischen Captain zu kümmern. Er wußte, daß Barns diesen Befehl ausgeführt hatte, doch noch nicht einmal ein Mann von Remos Erfahrung mochte Einzelheiten hören. Es war allgemein bekannt, daß Dimitri Barns hätschelte wie einen Hund, der einem verstümmelte Hühner und zerfleischte Nagetiere zu Füßen legte. Er wußte auch, daß Barns von Dimitri oft dazu benutzt wurde, sich ehemaliger Angestellter zu entledigen. Dimitri hielt nichts von Arbeitslosenunterstützung.

»Weiter«, befahl er schroff. »Vor Sonnenuntergang haben wir sie.«

Whitney hatte es sich zwischen den Rucksäcken bequem gemacht. Ihr Gesicht wurde von Jacques' Schirmkappe beschattet, sie lag ausgestreckt im Kanu und hatte die Füße auf den Rand gelegt. Halb dösend hielt sie eine von Jacques gefertigte Angel in der Hand.

Mittlerweile hatte sie herausgefunden, was Huck Finn an einer Floßfahrt auf dem Mississippi so fasziniert haben mußte. Zum größten Teil wohl das pure Herumgammeln, vermischt mit einem Schuß Abenteuer. Eine, wie Whitney fand, sehr erfreuliche Kombination.

»Und was haben Sie vor, wenn ein Fisch in geistiger Umnachtung an dieser verbogenen Sicherheitsnadel anbeißt?«

Langsam und genüßlich räkelte Whitney sich. »Na, den werfe ich dann Ihnen in den Schoß, Douglas. Sie sind doch unser Fischexperte.«

»Sie kochen gut.« Jacques paddelte mit den kraftvollen, gleichmäßigen Schlägen, die das Herz eines jeden Wassersportfans höher schlagen lassen. Tina Turner half ihm, im

Takt zu bleiben. »Ich dagegen …« Er schüttelte den Kopf. »Sehr schlecht. Wenn ich einmal heirate, muß ich darauf achten, daß meine Frau gut kochen kann. Wie meine Mama.«

Whitney gab einen schnaubenden Laut von sich. Eine Fliege hatte sich auf ihrem Knie niedergelassen, doch es war ihr zu anstrengend, sie fortzuscheuchen. »Noch ein Mann, bei dem die Liebe durch den Magen geht.«

»Der Junge hat recht. Essen ist wichtig.«

»Für manche ist es schon fast eine Religion.« Whitney schob sich die Kappe aus dem Gesicht, damit sie Jacques besser sehen konnte. Jung, dachte sie, gutaussehend und gutgebaut. Er dürfte keine Schwierigkeiten haben, die Mädchen für sich zu interessieren. »Also setzen Sie Ihren Magen mit Ihrem Herzen gleich, Jacques. Was tun Sie denn, wenn Sie sich in ein Mädchen verlieben, das nicht kochen kann?«

Jacques überlegte. Er war gerade erst zwanzig. Sein Lächeln war so jung, unschuldig und frech zugleich, daß Whitney kicherte. »Ich bringe sie zu meiner Mutter, damit sie es lernt.«

»Sehr vernünftig«, stimmte Doug zu. Er unterbrach seinen Rhythmus, um sich ein Stück Kokosnuß in den Mund zu schieben.

»Vermutlich haben Sie auch nie daran gedacht, selbst kochen zu lernen.« Whitney konnte förmlich sehen, wie es in Jacques' Kopf arbeitete, während seine langen, kräftigen Arme das Paddel führten. Lächelnd strich sie mit dem Finger über die Muschel, die genau über ihren Brüsten lag.

»Eine madagassische Frau hat zu kochen.«

»Während sie sich so ganz nebenbei um Haus und Kinder kümmert und ein wenig auf dem Feld arbeitet, nehme ich an«, warf Whitney ein.

Jacques nickte grinsend. »Aber sie verwaltet auch das Geld.«

Whitneys Brieftasche steckte in ihrer Gesäßtasche. »*Das* nenne ich auch vernünftig«, stimmte sie zu, Doug anlächelnd. Der Umschlag war sicher in *seiner* Tasche verstaut. »Ich dachte mir, daß Ihnen das gefällt.«

»Jeder soll tun, wozu er am besten geeignet ist.« Sie wollte sich gerade wieder zurücksinken lassen, als es an der Angelschnur ruckte. »O Gott, ich glaube, ich hab einen!«

»Einen was?«

»Einen Fisch!« Die Rute fest umklammert haltend, beobachtete sie die tanzende Schnur. »Einen großen, fetten Fisch!«

Ein breites Grinsen erschien auf Dougs Gesicht, als er sah, wie sich die improvisierte Angelschnur spannte. »Da ist der Bursche. Jetzt ganz langsam«, ordnete er an, als sie sich auf die Knie niederließ und das Boot zu schaukeln begann. »Lassen Sie ihn nicht los. Das ist heute abend unser Hauptgericht.«

»Ich lasse ihn nicht los«, zischte sie durch die Zähne. Leider hatte sie keine Ahnung, was als nächstes zu tun war. Hilfesuchend drehte sie sich zu Jacques um. »Was nun?«

»Ziehen Sie ihn langsam ins Boot. Das ist ein großer Kerl.« Jacques zog das Paddel ins Boot und kam leichtfüßig auf sie zu, bemüht, das Boot im Gleichgewicht zu halten. »Yessir, wir essen dich heute abend. Er wird sich wehren.« Eine Hand auf ihre Schulter gelegt, blickte Jacques über den Bootsrand. »Er wittert die Bratpfanne.«

»Kommen Sie, Süße, Sie schaffen es.« Doug legte sein Ruder beiseite und kroch zur Bootsmitte. »Ziehen Sie ihn nur heraus.« Und er würde ihn filettieren, braten und in einem Reisbett servieren.

Aufgeregt biß sich Whitney auf die Zunge, bereit, denjenigen, der ihr die Angelrute aus der Hand nehmen wollte, anzufauchen. Armmuskeln aktivierend, die sie nur von gelegentlichen Tennismatches kannte, zog sie den Fisch aus dem Wasser.

Er zappelte am Ende der Leine. Die Abendsonne spiegelte sich in seinen glänzenden Schuppen, während er sich noch einmal verzweifelt aufbäumte. Silbern schimmernd hob er sich von dem dunkler werdenden Blau des Himmels ab. Whitney stieß einen Kriegsruf aus und stolperte nach hinten.

»Lassen Sie ihn jetzt ja nicht fallen!«

»Tut sie nicht.« Jacques erwischte die Leine mit Daumen und Zeigefinger und holte sie vorsichtig ein. Der Fisch flog hin und her wie eine Flagge im Wind. »Sie hat einen dicken, fetten Fisch gefangen.« Mit einer raschen Bewegung entfernte er den Haken und hielt ihn hoch. »Wie wär's damit? Als Glücksbringer? Strahlend stand er da, den Fisch in der Hand, während Tina Turner aus dem Recorder hinter ihm ihren neuesten Hit hinausplärrte.

Es geschah furchtbar schnell. Doch Whitney würde, solange sie lebte, diesen Augenblick nicht vergessen. Es war, als habe er sich unauslöschlich in ihr Hirn eingebrannt. Eine Sekunde lang stand Jacques noch triumphierend da. Ihr Lachen hing noch in der Luft. In der nächsten fiel er klatschend ins Wasser. Den Schuß hatte sie gar nicht wahrgenommen.

»Jacques?« Benommen rappelte sie sich hoch.

»Runter!« Doug drückte sie so fest nach unten, daß sie keuchend nach Atem rang; er hielt sie fest, während das Boot heftig schaukelte, und betete, daß sie nicht kentern würden.

»Doug?«

»Still liegenbleiben, verstanden?« Doch er blickte sie nicht an. Obwohl sein Kopf direkt über ihrem war, suchte er das Ufer zu beiden Seiten des Kanals ab. In dem dichten Gebüsch konnte sich eine ganze Armee verbergen. Wo zum Teufel waren sie? Langsam tastete er nach der Pistole in seinem Gürtel.

Als Whitney das sah, blickte sie sich suchend nach Jacques um. »Ist er über Bord gefallen? Mir kam es so vor, als hörte ich einen ...« Als sie die Antwort in Dougs Augen las, krümmte sie sich zusammen. »*Nein!*« Bei dem Versuch, sich aufzurichten, stieß sie Doug beinahe die Waffe aus der Hand. »Jacques! O Gott!«

»Unten bleiben.« Er zischte den Befehl durch die Zähne und schlang seine Beine um ihre. »Sie können jetzt nichts mehr für ihn tun.« Als sie sich weiterhin wehrte, grub er ihr seine Finger ins Fleisch. »Es ist tot, verdammt. Er war schon tot, als er ins Wasser fiel.«

Ihre weit aufgerissenen Augen schwammen in Tränen, als sie ihn anstarrte. Dann schloß sie sie und blieb wortlos liegen.

Mit Schuldgefühlen und Trauer mußte Doug später fertigwerden. Am Leben zu bleiben hatte wieder einmal Vorrang.

Außer dem leisen Plätschern der Wellen, die gegen das Boot schlugen, war nichts zu hören. Sie konnten überall sein, das wußte er. Was er hingegen nicht begriff, war, warum sie nicht einfach das Kanu in ein Sieb verwandelt hatten. Die dünne Außenhaut bot keinen Schutz vor Kugeln.

Sie hatten den Befehl, sie lebend zu Dimitri zu bringen. Doug blickte auf Whitney hinunter, die mit geschlossenen Augen regungslos dalag. Oder zumindest einen von ihnen.

Dimitri war bestimmt neugierig auf eine Frau wie Whitney MacAllister. Mittlerweile würde er auch alles Wissenswerte über sie in Erfahrung gebracht haben. Nein, er wollte sie bestimmt lebend, um sich eine Weile mit ihr zu beschäftigen und dann ein Lösegeld zu fordern. Sie würden das Kanu nicht unter Beschuß nehmen, sondern sie ganz einfach zur Übergabe auffordern. Doch zuerst galt es herauszufinden, wo sie steckten. Doug spürte, wie ihm der kalte Schweiß ausbrach.

»Bist du das, Remo? brüllte er. »Du benutzt immer noch viel zuviel von diesem scheußlichen Rasierwasser. Ich kann dich bis hierher riechen.« Er lauschte einen Moment. »Weiß Dimitri, daß du dich die ganze Zeit vergeblich bemüht hast?«

»Aber jetzt habe ich dich, Lord.«

Links. Er wußte zwar noch nicht, wie er es bewerkstelligen sollte, doch sie mußten an das entgegengesetzte Ufer gelangen.

»Ja, vielleicht sitze ich in der Falle.« Doug suchte fieberhaft nach einem Ausweg, während er weiterschrie. Die Vögel, die bei dem Schuß erschreckt aufgeflattert waren und lauthals gekreischt hatten, beruhigten sich wieder. Einige nahmen ihr Gezwitscher von neuem auf. Er bemerkte, daß Whitney die Augen wieder geöffnet hatte, sich jedoch nicht bewegte. »Vielleicht sollten wir ein Geschäft abschließen, Remo, du und ich. Mit dem, was ich hier habe, kannst du einen ganzen Swimmingpool mit diesem französischen Wässerchen füllen. Hast du mal daran gedacht, selbst einzusteigen, Remo? Du hast doch Köpfchen. Bist du es nicht leid, immer nur für andere die Drecksarbeit zu machen?«

»Du willst verhandeln, Lord? Dann paddel zu uns rüber. Wir halten eine nette kleine Konferenz ab.«

»Rüberpaddeln? Und du jagst mir eine Kugel in den Kopf,

Remo? Beleidige nicht meine Intelligenz.« Vielleicht, nur vielleicht konnte er die Stange herausfischen, um das Boot zu dirigieren. Wenn er es bis zur Dämmerung aushielt, hatten sie eventuell eine Chance.

»Was hast du anzubieten, Lord?«

»Ich hab die Papiere, Remo.« Langsam öffnete er seinen Rucksack und holte eine Patronenschachtel heraus. »Und ich hab mir eine Klassefrau geschnappt. Beide zusammen sind mehr Geld wert, als du je auf einem Haufen gesehen hast.« Er warf Whitney, die ihn aus leblosen Augen anstarrte, einen Blick zu. »Hat Dimitri dir erzählt, daß ich mir eine echte Erbin aufgetan habe, Remo? MacAllister. Du kennst doch MacAllisters Eiskrem? Weißt du, wieviele Millionen die schwer ist? Und kannst du dir vorstellen, wieviel ihr Alter springen läßt, um sie heil zurückzubekommen?«

Er schob die Munitionsschachtel in die Tasche. Whitney sah ihm dabei zu. »Spielen Sie mit, Süße«, forderte er sie auf, während er sich vergewisserte, daß die Waffe schußbereit war. »Wir könnten lebend hier rauskommen. Ich zähle ihm jetzt Ihre Vorzüge auf. Wenn ich das tue, möchte ich, daß Sie mich beschimpfen, das Boot zum Schwanken bringen, eine Szene hinlegen. Und während Sie das tun, greifen Sie nach der Stange. Okay?

Benommen nickte sie.

»Sie hat zwar nicht viel Fleisch auf den Rippen, aber sie heizt dir richtig ein, Remo. Und sie ist nicht allzu wählerisch, wem sie es besorgt, du verstehst? Ich bin gerne bereit, zu teilen.«

»Du verfluchter Hurensohn!« Mit einem Schrei, der einem Fischweib alle Ehre gemacht hätte, schoß Whitney hoch. Er hatte nicht damit gerechnet, daß sie so in Rage geraten würde und griff nach ihr. Wie rasend schlug sie nach seiner Hand. »Du bist absolut mies!« brüllte sie, hochaufgerichtet dastehend. »Da würde ich doch eher mit meinem Hund ins Bett gehen!«

Im schwindenden Licht wirkte sie atemberaubend, das Haar flog im Wind, die Augen blitzten. Zweifellos richtete sich Remos Aufmerksamkeit nur auf sie.

»Packen Sie die Stange, und werden Sie nicht so persönlich«, knurrte er.

»Glaubst du wirklich, du kannst so mit mir reden, du Mistkerl?« Whitney ergriff die Stange und schwang sie über den Kopf.

»Jetzt ist es genug ...« Er brach ab, als er den Ausdruck in ihrem Gesicht sah. Schon zuvor hatte er Rachedurst in den Augen einer Frau gesehen. Instinktiv hob er die Hand. »Hey, warten Sie eine Sekunde«, begann er, als die Stange herabsauste. Er rollte sich zur Seite und bemerkte gerade noch, daß Weis von einem kleinen Floß aus in ihr Boot taumelte. Wenn Whitney nicht das Gleichgewicht verloren und zur anderen Seite des Kanus gestürzt wäre, sie wären gekentert. »Herr im Himmel, runter!« Doch die Warnung erstarb auf seinen Lippen, als er mit Weis zu ringen begann.

Whitneys Hieb hatte den großen Mann an der Schulter getroffen und ihm die Waffe aus der Hand geschlagen, ihn jedoch nicht ernsthaft verletzt. Whitney holte erneut aus, doch Doug rollte sich auf seinen Gegner. Wasser schlug ins Boot. Flüchtig sah sie Jacques' Leiche im Wasser treiben, ehe sie alle Kraft zusammennahm. Jetzt mußte sie um ihr Leben kämpfen.

»Um Himmels willen, aus dem Weg!« schrie sie, dann taumelte sie nach hinten, als das Boot immer heftiger schaukelte.

Am Ufer stieß Remo Barns beiseite. »Lord gehört mir, du kleiner Bastard. Denk dran.« Er hob seine Pistole, zielte und wartete.

Es sah aus wie ein Spiel, dachte Whitney. Zwei große Jungen rangen in einem Boot. Jeden Augenblick würde einer aufgeben, sie würden sich den Staub abklopfen und zu anderen Vergnügungen übergehen.

Bei dem Versuch, aufzustehen, ging sie beinahe über Bord. Zwar hatte Doug noch immer seine Waffe in der Hand, der andere Mann wog jedoch bestimmt fünfzig Pfund mehr. Wieder packte sie die Stange. »Mann, Doug, wie soll ich ihm denn eins überziehen, wenn Sie auf ihm liegen? Weg da!«

»Klar.« Nach Luft japsend löste Doug die Hand von Weis,

die seinen Hals umklammerte. »Sekunde noch.« Dann flog sein Kopf nach hinten, als Weis ihn mit einem Schlag am Unterkiefer erwischte.

»Du hast mir die Nase gebrochen«, grunzte er, als er Doug auf die Füße zog.

»Ach, du warst das.«

Mit gespreizten Beinen standen sie sich einen Moment lang gegenüber, bis Weis die Hand Dougs, die die Waffe hielt, langsam drehte, bis dieser selbst in den Lauf blickte.

»Genau. Und jetzt puste ich dir deine weg.«

»Komm, nimm's doch nicht so persönlich.« Dougs linke Schulter schmerzte. Doch darum würde er sich später kümmern, wenn er nicht mehr in einen Pistolenlauf starrte.

Schweiß rieselte über seinen Körper, als er versuchte, Weis daran zu hindern, seinen Finger um den Abzug zu krümmen. Er sah dessen Lächeln und fürchtete, das könne das letzte sein, was er je erblicken würde. Doch plötzlich weiteten sich Weis' Augen erstaunt, und pfeifend entwich Luft seinen Lungen, als Whitney ihm die Stange in den Magen rammte.

Weis schwankte und hielt sich an Doug fest. Im nächsten Augenblick bäumte sich sein Körper auf. Remo hatte vom Ufer aus das Feuer eröffnet, und Weis hatte praktisch als Dougs Schutzschild gedient. Wie ein Stein prallte er gegen die Seitenwand des Kanus und fiel über Bord. Das nächste, was Whitney spürte, war, daß sie Wasser schluckte.

In der ersten Panik tauchte sie zappelnd und keuchend auf.

»Die Rucksäcke!« schrie Doug und schob sie zu ihr hin, während er neben dem umgekippten Kanu paddelte. Dicht neben seinem Kopf peitschten zwei Kugeln das Wasser auf. »Ach du Scheiße!« Er sah, wie sich zwei mächtige Kiefer um Weis' Leiche schlossen und hörte das übelkeitserregende Krachen der Knochen. Mit einem verzweifelten Griff packte er die Riemen eines Rucksacks. Der andere trieb außer Reichweite. »Los!« brüllte er. »Zum Ufer! Schnell!«

Auch Whitney sah, was mit Weis geschah und schwamm blindlings los. Ein feiner roter Film legte sich über das trübbraune Wasser des Kanals. Was sie dagegen erst bemerkte, als es kurz vor ihr auftauchte, war das zweite Krokodil.

»*Doug*!«

Er sah gerade noch die aufklaffenden Kiefer und feuerte fünfmal, ehe sie sich schlossen und in einem roten Strudel versanken.

Da waren noch mehr. Doug hob die Pistole, wohl wissend, daß er nicht alle erledigen konnte. Mit einem verzweifelten Schwimmstoß schob er sich zwischen Whitney und ein herannahendes Reptil, hob den Pistolenkolben und wartete auf die Berührung, den Schmerz. Doch der Kopf des Krokodils explodierte plötzlich, als es nur noch Armeslänge entfernt war. Ehe Doug reagieren konnte, gingen drei weitere Bestien in einem blutigen Sog unter.

Die Schüsse kamen nicht von Remo, sondern von weiter südlich. Entweder hatten sie einen Schutzengel, oder noch jemand war ihnen auf der Spur. Er erhaschte einen kurzen Blick auf einen weißen Anzug. Als Whitney hinter ihm auftauchte, hielt er sich nicht länger mit Grübeln auf.

»Los, verdammt!« Er packte sie am Arm und schob sie zum Ufer. Whitney drehte sich nicht um, sondern zwang sich lediglich, Arme und Beine zu bewegen.

Doug zog sie halb über das glitschige Schilf am Rande des Kanals und zerrte sie ins Gebüsch. Schnaufend ließ er sich gegen einen Baumstamm sinken.

»Ich hab die Papiere immer noch, du Scheißkerl!« brüllte er über den Kanal. »Ich hab sie immer noch! Schwimm doch rüber und hol sie dir!« Einen Augenblick lang schloß er die Augen und holte tief Atem. Neben ihm würgte Whitney Wasser aus. »Sag Dimitri, daß ich sie hab, und sag ihm auch, ich schulde ihm was.« Er wischte sich das Blut vom Mund und spuckte aus. »Hast du gehört, Remo? Das wird er mir büßen! Bei Gott, ich bin noch nicht fertig mit ihm.« Mit schmerzverzerrtem Gesicht rieb er seine Schulter, die er beim Handgemenge mit Weis verrenkt hatte. Seine Kleider klebten ihm naß, blutverschmiert und übelriechend am Körper. Im Kanal balgten sich die Krokodile noch immer um die Überreste ihrer Artgenossen. Doug hielt die leere Waffe in der Hand, nahm die Munitionsschachtel aus der Tasche und lud nach.

»Okay, Whitney, wir ...«

Sie hatte sich neben ihm zusammengerollt, den Kopf auf den Knien. Obwohl sie keinen Laut von sich gab, wußte er, daß sie weinte. Verlegen fuhr er sich mit der Hand durchs Haar. »Hey, Whitney, nicht doch.«

Weder rührte sie sich, noch reagierte sie. Doug blickte auf die Waffe in seiner Hand, dann schob er sie in den Gürtel zurück. »Komm schon, Herzchen, wir müssen weiter.« Er wollte sie in den Arm nehmen, doch sie fuhr zurück und sah ihn mit tränennassen, flammenden Augen an.

»Fassen Sie mich nicht an! Sie müssen weiter, Lord, dafür sind Sie gemacht. Immer auf der Flucht! Nehmen Sie doch diesen ach so wertvollen Umschlag und verschwinden Sie. Hier.« Sie zerrte die Brieftasche aus ihrer nassen Hose und warf sie ihm zu. »Nehmen Sie auch das. Das ist doch alles, was Sie interessiert, alles, woran Sie denken. Geld!« Sie machte sich nicht einmal die Mühe, ihre Tränen abzuwischen. »Es ist nicht viel Bargeld darin, ein paar hundert vielleicht, aber jede Menge Plastik. Nehmen Sie's.«

Das war es doch, worauf er die ganze Zeit hingearbeitet hatte, oder nicht? Das Geld, den Schatz und keinen Partner. Er war näher am Ziel als je zuvor, und alleine würde er es schneller schaffen und den Topf voller Gold für sich behalten können. Das war es doch, was er wollte.

Doug ließ die Brieftasche in ihren Schoß fallen und nahm ihre Hand. »Kommen Sie.«

»Ich komme nicht mit. Suchen Sie Ihren Schatz alleine, Douglas.« Übelkeit schüttelte sie, und sie schluckte hart. »Sehen Sie zu, wie Sie damit weiterleben!«

»Ich lasse Sie hier nicht alleine.«

»Warum nicht?« schoß sie zurück. »Sie haben Jacques ja auch alleine gelassen.« Zum Kanal hinüberschauend begann sie zu zittern. »Sie haben ihn im Stich gelassen, nun lassen Sie mich auch im Stich. Wo liegt da der Unterschied?«

Er packte sie so hart an den Schultern, daß sie zusammenzuckte. »Er war tot. Wir konnten nichts mehr tun.«

»Wir haben ihn umgebracht.«

Der Gedanke war ihm auch schon gekommen, vielleicht

verstärkte er deshalb seinen Griff. »Nein. Auch ohne das schleppe ich schon genug mit mir herum. Dimitri hat ihn getötet, genau wie er eine Fliege erschlagen würde, weil es ihm nichts bedeutet. Er hat Jacques getötet, ohne überhaupt zu wissen, wer er ist, einfach deshalb, weil Töten für ihn alltäglich ist. Er fragt sich ja noch nicht einmal, wann er selbst an der Reihe ist.«

»Jacques war noch so jung.« Ihre Stimme brach, als sie sich an seinem Hemd festklammerte. »Er wollte doch unbedingt nach New York. Jetzt wird er nie hinkommen.« Tränen quollen aus ihren Augen, und sie begann zu schluchzen. »Er wird nie mehr irgendwo hinkommen, und das alles wegen dieses Umschlags. Wieviele Menschen sind deswegen schon gestorben.« Sie tastete nach der Muschel, dem *ody* von Jacques – seinem Symbol für Sicherheit, für Glück, für Tradition, und weinte, bis ihre Kehle rauh wurde, doch der Schmerz wollte nicht nachlassen. »Er ist wegen dieser Papiere gestorben, dabei hat er noch nicht einmal gewußt, daß sie existieren.«

»Wir werden das durchstehen«, tröstete Doug und zog sie enger an sich. »Und wir werden gewinnen.«

»Warum zum Teufel ist das denn so wichtig?«

»Sie wollen Gründe wissen?« Er schob sie ein Stück von sich weg, und seine Augen wurden hart. »Es gibt viele. Weil Menschen deswegen ihr Leben gelassen haben. Weil Dimitri alles für sich haben will. Aber wir werden gewinnen, Whitney, weil wir Dimitri schlagen müssen. Weil dieser Junge tot ist und sein Tod nicht umsonst gewesen sein soll. Nicht allein wegen des Geldes. Verdammt – es ist nie allein wegen des Geldes, verstehen Sie? Es geht um den Sieg. Es geht darum, zu gewinnen, und wenn wir gewinnen, wird das Dimitri schwer treffen.«

Sie ließ zu, daß Doug sie umarmte. »Gewinnen?«

»Wenn man nicht mehr gewinnen will, ist man so gut wie tot.«

Das konnte sie verstehen, der Drang zu siegen steckte auch in ihr. »Kein *fadamihana* für Jacques«, murmelte sie. »Keine Feier für ihn.«

»Wir veranstalten eine.« Doug streichelte ihr Haar und erinnerte sich daran, wie Jacques ausgesehen hatte, als er den Fisch hochhielt. »Eine richtige New Yorker Party.«

Nickend vergrub sie kurz das Gesicht an seinem Hals. »Dimitri kommt uns nicht so davon, Doug. Nein, jetzt nicht mehr. Wir werden ihn schlagen.«

»Ja, wir werden ihn schlagen.« Er hob sie weg und reckte sich. Sein Rucksack trieb im Kanal, das hieß, sie hatten Zelt und Kochgeschirr verloren; Doug lud sich ihren auf den Rücken. Beide waren sie klatschnaß, erschöpft und voller Kummer. Er hielt ihr die Hand hin. »Setzen Sie Ihren Arsch in Bewegung, Süße.«

Schniefend erhob sie sich, steckte die Brieftasche wieder ein und blickte ihn matt an. »Du kannst mich mal, Lord.«

In der sinkenden Abendsonne wanderten sie nordwärts.

12

Sie waren Remo vorerst entkommen, doch wußten Sie, daß er ihnen dicht auf den Fersen war, daher legten sie keine Rast ein. Sie liefen bis die Sonne unterging und den Wald in ein Licht tauchte, das nur Maler und Dichter vollkommen zu würdigen wissen. Als die Dämmerung graues Licht auf sie warf und der Tau zu fallen begann, waren sie noch immer unterwegs. Der Himmel verdunkelte sich, und die majestätische bleiche Kugel des Mondes ging auf. Sterne glitzerten am Firmament wie Juwelen eines verlorenen Zeitalters.

Der Mond verwandelte den Wald in eine Märchenlandschaft, in der gespenstische Schatten auf und ab tanzten, die Blumen zum Schlaf ihre Blüten schlossen und Tiere erwachten, die nur die Nacht kannten. Schwingen flatterten im Wind, Blätter raschelten, etwas kreischte im Busch. Doug und Whitney liefen weiter.

Immer, wenn Whitney meinte, sie müsse vor Erschöpfung zusammenbrechen, dachte sie an Jacques, biß die Zähne zusammen und gab nicht auf.

»Erzählen Sie mir von Dimitri.«

Doug blieb kurz stehen, um den Kompaß aus der Tasche zu holen und die Richtung zu überprüfen. Zwar hatte er bemerkt, daß sie während des gesamten Marsches immer wieder die Muschel in die Hand nahm, doch waren ihm die Trostworte ausgegangen. »Das habe ich doch schon getan.«

»Nicht genug. Ich will alles wissen.«

Er erkannte den Unterton in ihrer Stimme. Sie wollte Rache. Und Rachedurst war eine gefährliche Sache, er konnte den Menschen blind machen für die elementaren Prioritäten – wie zum Beispiel am Leben zu bleiben. »Ich kann Ihnen versichern, daß Ihnen nicht viel an seiner Bekanntschaft liegen würde.«

»Da irren Sie sich.« Ihre Stimme klang fest, obwohl sie außer Atem war. Mit der Hand wischte sie sich Schweiß von der Stirn. »Erzählen Sie mir von diesem Dimitri.«

Doug hatte den Überblick verloren, wieviele Kilometer sie inzwischen zurückgelegt hatten. Er wußte nur zweierlei: sie hatten den Abstand zwischen Remo und sich vergrößert, und sie brauchten eine Pause. »Wir übernachten hier. Mittlerweile dürften wir tief genug im Heuhaufen stecken.«

»Heuhaufen?« Dankbar sank sie auf den weichen Boden, spürte die Erleichterung bis in die Beine.

»Wir sind die Nadel, dies ist der Heuhaufen. Haben Sie etwas dabei, das man essen kann?«

Whitney leerte ihren Rucksack. Make-up kam zum Vorschein, Spitzenunterwäsche, schmutzige, zerrissene Kleidung und die Reste der Tüte Obst, die sie in Antananarivo gekauft hatte. »Ein paar Mangos und eine matschige Banane.«

»Stellen Sie sich vor, es wäre eine Art Waldorfsalat«, riet Doug, der sich eine Mango nahm.

»Gut.« Whitney streckte die Beine aus. »Dimitri, Douglas. Erzählen Sie.«

Wenn er gehofft hatte, unauffällig das Thema wechseln zu können, so hätte er es besser wissen müssen. »Rumpelstilzchen im italienischen Maßanzug«, sagte er, in die Frucht beißend. »Verglichen mit Dimitri nimmt sich Nero wie ein Chorknabe aus. Er liebt Poesie und Pornos.«

»Erlesener Geschmack.«

»Sie sagen es. Außerdem sammelt er Antiquitäten, speziell Folterinstrumente. Daumenschrauben und so.«

In Whitneys rechtem Daumen begann es zu hämmern. »Faszinierend.«

»Nicht wahr? Dimitri hat eine Vorliebe für alles Schöne, Sanfte. Seine beiden Ehefrauen waren echte Traumfrauen.« Er musterte sie abschätzend. »Ihr Stil würde ihm gefallen.«

Whitney unterdrückte ein Schaudern. »Er ist also verheiratet?«

»Er war es zweimal«, erklärte Doug. »Und wurde zweimal auf tragische Weise zum Witwer. Alles klar?«

»Allerdings.« Nachdenklich biß sie in die Mango. »Was

macht ihn so ... erfolgreich?« Ein besserer Ausdruck wollte ihr nicht einfallen.

»Verstand und absolute Gefühlskälte. Ich habe gehört, er könne Chaucer zitieren, während er Bambussplitter unter Ihre Zehennägel spießt.«

Der Appetit war ihr vergangen. »Ist das sein Stil? Poesie und Folter?«

»Er mordet nicht einfach, er führt Hinrichtungen durch, und zwar sehr zeremoniell. Dafür steht ihm ein erstklassiges Studio zur Verfügung, wo er seine Opfer filmt, vorher und nachher.«

»O Gott.« Whitney sah Doug ins Gesicht, in der Hoffnung, er würde ihr ein Lügenmärchen erzählen. »Sie haben das doch nicht etwa erfunden?«

»Meine Phantasie reicht nicht so weit. Wie ich hörte, war seine Mutter Lehrerin. Bei der saßen ein paar Schrauben locker.« Abwesend wischte Doug Saft von seinem Kinn. »Es geht ein Gerücht um, daß sie ihm, als er irgendein Gedicht, Byron oder so, nicht aufsagen konnte, den kleinen Finger abgehackt hat.«

»Sie ...« Whitney verschluckte sich. »Seine Mutter hat ihm den Finger abgehackt, weil er kein Gedicht aufsagen konnte?«

»So erzählt man es. Sie scheint einer Art religiösen Wahn verfallen zu sein und hat Poesie und Theologie etwas durcheinandergebracht. Nahm an, daß es eine Sünde sei, Byron nicht zitieren zu können.«

Einen Augenblick lang vergaß sie die Grausamkeiten und die Morde, für die Dimitri verantwortlich war, und dachte an einen kleinen, hilflosen Jungen. »Furchtbar. Man hätte sie aus dem Verkehr ziehen sollen.«

Doug wollte ihr zwar die Rachegefühle austreiben, aber keinesfalls Mitleid erwecken. Das eine war so gefährlich wie das andere. »Dimitri hat dafür gesorgt, daß sie keinen Schaden mehr anrichten konnte. Als er fortging, um sein eigenes – Geschäft zu betreiben, hat er einen tödlichen Abgang inszeniert. Er brannte das ganze Haus nieder, in dem seine Mutter lebte.«

»Er tötete seine eigene Mutter?«

»Sie und noch zwanzig, dreißig weitere Menschen. Gegen die er gar nichts hatte, verstehen Sie? Sie waren nur zufällig da.«

»Rache, Lustgewinn oder Geld«, murmelte sie. Die Hauptmotive für das Morden.

»Das kommt ungefähr hin. Wenn es so etwas wie eine Seele gibt, Whitney, dann ist die Dimitris so schwarz wie die Nacht.«

»Wenn es so etwas wie eine Seele gibt«, wiederholte sie, »dann werden wir der seinen eine Freifahrkarte in die Hölle verschaffen.«

Er lachte nicht. Sie hatte viel zu ruhig gesprochen. Lange studierte er ihr blasses, erschöpftes Gesicht im Mondlicht. Sie meinte jedes Wort so, wie sie es sagte. Er war bereits indirekt für den Tod zweier Menschen verantwortlich, und in diesem Moment übernahm er die Verantwortung für Whitney. Eine weitere Premiere für Doug Lord.

»Süße.« Er rutschte neben sie. »Das Wichtigste, was wir zu tun haben, ist, am Leben zu bleiben. Und wir müssen den Schatz finden. Mehr braucht es nicht, um Dimitri büßen zu lassen.«

»Das ist nicht genug.«

»Sie sind neu im Geschäft. Man muß wissen, wann man austeilen kann, und wieviel. Man muß den wunden Punkt des Gegners kennen. Danach handelt man, so läuft der Hase.« Sie hörte gar nicht zu, und Doug traf eine Entscheidung. »Vielleicht ist es an der Zeit, daß Sie einen Blick auf die Papiere werfen.« Er brauchte ihr Gesicht gar nicht zu sehen, ihre Überraschung fühlte er daran, daß sich ihre Schulter gegen seine drückte.

»So, so«, schnurrte sie sanft. »Holen wir doch schon mal den Champagner raus.«

»Wenn Sie giftig werden, könnte ich versucht sein, meine Meinung zu ändern.« Erleichtert, als sie grinste, faßte er in seine Tasche und hielt ehrfürchtig den Umschlag hoch. »Das ist der Schlüssel«, sagte er. »Der gottverdammte Schlüssel. Und ich werde ihn benutzen, um ein Schloß zu öffnen, das ich ohne ihn nie knacken könnte.« Doug strich die Papiere Bogen für Bogen glatt.

»Fast alles ist in Französisch, wie der Brief«, murmelte er. »Aber irgendwer hat schon den größten Teil übersetzt.« Er zögerte einen Augenblick, dann reichte er ihr ein vergilbtes, in Plastik eingeschweißtes Blatt. »Sehen Sie sich die Unterschrift an.«

Whitney nahm den Bogen und überflog ihn. »Mein Gott!«

»Ein dicker Hund, was? Sieht aus, als hätte sie diese Botschaft ein paar Tage, ehe sie in Gefangenschaft geriet, losgeschickt. Hier ist die Übersetzung.«

Doch Whitney las bereits den Brief, der in der Handschrift der unglücklichen Königin verfaßt war. »Leopold hat mich im Stich gelassen«, flüsterte sie.

»Leopold II., Heiliger Römischer Kaiser. Maries Bruder.«

»Sie hob den Kopf. »Sie haben Ihre Hausaufgaben erledigt.«

»Ich kenne gerne alle Fakten, die meinen Job betreffen, also habe ich mich näher mit der Französischen Revolution befaßt. Marie wollte in das politische Geschehen eingreifen und gleichzeitig ihre Position festigen. Beides mißlang. Als sie dies schrieb, wußte sie bereits, daß sie beinahe am Ende war.«

Mit einem flüchtigen Nicken widmete sich Whitney wieder dem Brief: »Er ist mehr Kaiser denn Bruder. Ohne seine Hilfe habe ich nur noch wenige, denen ich trauen kann. Wie soll ich Dir, mein treuer Diener, die Demütigungen unserer erzwungenen Rückkehr aus Varennes beschreiben? Mein Gemahl, der König, als gewöhnlicher Knecht verkleidet, und ich selbst – es treibt mir die Schamröte in die Wangen. Festgenommen und wie gemeine Kriminelle unter Bewachung nach Paris gebracht zu werden! Das Schweigen des Todes lag bereits über uns, obwohl wir noch atmeten. Die Nationalversammlung hat erklärt, der König sei entführt worden, und hat auch bereits die Konstitution geändert. Diese List war der Anfang vom Ende.

Der König glaubte an eine Intervention seitens Leopolds und des preußischen Königs. Er teilte seinem Agenten Le Tonnelier mit, daß dies die Situation entschärfen würde. Ein

Krieg mit dem Ausland, Gerald, hätte doch das Feuer des Bürgerkriegs löschen müssen. Die girondistische Bourgeoisie hat sich als unfähig erwiesen, und das Volk fürchtet die Anhänger Robespierres, dieses Satans. Du weißt ja, daß sich unsere Erwartungen, obwohl Österreich der Krieg erklärt wurde, nicht erfüllt haben. Die Niederlagen unserer Armee im vergangenen Frühjahr haben bewiesen, daß die Girondisten nicht in der Lage sind, einen Krieg zu führen.

Jetzt ist von einer Gerichtsverhandlung die Rede – Dein König vor Gericht, und ich fürchte um sein Leben. Ich fürchte um unser aller Leben.

Doch nun muß ich Dich um Deine Hilfe bitten, auf Deine Loyalität und Freundschaft zählen. Ich kann nicht fliehen, also muß ich warten und hoffen. Ich bitte Dich, Gerald, bewahre das auf, was der Bote Dir übergibt. Jetzt, wo alles um mich herum zusammenbricht, muß ich an Deine Liebe und Treue appellieren. Wieder und wieder bin ich betrogen worden, doch manchmal kann sich Betrug als Vorteil erweisen.

Ich vertraue Dir das Wenige an, was mir, der Königin, gehört. Es wird vielleicht verwendet werden müssen, um das Leben meiner Kinder zu erkaufen. Nimm, was mein ist, Gerald Lebrun, und bewahre es für meine Kinder und Enkel. Die Zeit wird kommen, da wir wieder unseren rechtmäßigen Platz einnehmen können. Darauf mußt Du warten.«

Whitney sah auf die Zeilen hinunter, geschrieben von einer uneinsichtigen Frau, die durch ihre Intrigen ihren eigenen Tod herbeigeführt hatte. Und dennoch war sie eine Frau und Mutter gewesen. »Sie hatte nur noch ein paar Monate zu leben«, murmelte sie. »Ich frage mich, ob sie das geahnt hat.« Ihr kam in den Sinn, daß der Brief eigentlich in die Glasvitrine eines Museums gehörte. So hätte Lady Smythe-Wright es gesehen. Und deswegen war sie dumm genug gewesen, Whitaker die Papiere auszuhändigen. Nun waren beide tot.

»Doug, haben Sie eine Vorstellung davon, wie wertvoll das ist?«

»Das werden wir herausfinden, Süße«, brummte er.

»Denken Sie doch nicht immer in Dollars. Ich meine kulturell, historisch gesehen.«

»Ja, ich werde mir bald eine ganze Wagenladung Kultur zulegen.«

»Im Gegensatz zur Meinung der Leute kann man Kultur nicht kaufen. Doug, das gehört in ein Museum.«

»Wenn ich den Schatz habe, werde ich jedes einzelne Blatt einem Museum überlassen. Das kann ich dann von der Steuer absetzen.«

Kopfschüttelnd zuckte Whitney die Schultern. Alles zu seiner Zeit, dachte sie. »Was ist sonst noch da?«

»Auszüge aus einem Tagebuch, vermutlich von Geralds Tochter geschrieben.« Er hatte die Übersetzung gelesen, und ihn hatte geschaudert. Wortlos reichte er Whitney eine Seite mit dem Datum 17. Oktober 1793. Die jugendliche Handschrift und die schlichten Worte verrieten nackte Angst und Verwirrung. Die Schreiberin hatte die Hinrichtung ihrer Königin mitangesehen:

»Sie sah so blaß und mager aus, und so alt. Wie eine Dirne hat man sie in einem Karren durch die Straßen gefahren. Doch sie zeigte keinerlei Furcht, als sie die Stufen bestieg. Maman nannte sie eine Königin bis zuletzt. Die Menschen drängten sich auf dem Platz, Händler hielten ihre Waren feil; es glich einem Jahrmarkt. Auch andere Menschen wurden auf Karren durch die Straßen gezogen, unter ihnen Mademoiselle Fontainebleu. Letzten Winter hat sie noch mit Maman im Salon Kuchen gegessen.

Als das Fallbeil der Königin den Hals durchtrennte, jubelte die Menge. Papa weinte. Nie zuvor habe ich ihn weinen gesehen, so stand ich nur da und hielt seine Hand. Seine Tränen jagten mir mehr Angst ein als die Henkerskarren oder der Tod der Königin. Wenn Papa weint, was wird dann mit uns geschehen? In derselben Nacht verließen wir Paris. Vielleicht werde ich es nie wiedersehen, auch nicht mein hübsches Zimmer mit Blick auf den Garten. Mamans herrliche goldene Halskette mit den Saphiren wurde verkauft. Papa sagt, wir gingen auf eine lange Reise und müßten sehr tapfer sein.«

Whitney befaßte sich mit einem weiteren Bogen, drei Monate später datiert. »Ich war todkrank. Das Schiff schaukelte und schwankte, und der Gestank der schmutzigen Unterdecks drang durch jede Ritze. Auch Papa wurde krank. Eine Zeitlang fürchteten wir, er würde sterben und uns allein lassen. Maman betet häufig. Es ist schon so lange her, seit wir glücklich waren. Maman magert ab, und Papas schönes Haar wird von Tag zu Tag grauer.

Als er zu Bett lag, mußte ich ihm eine kleine hölzerne Kiste bringen. Sie sah so schlicht aus wie die Kästchen, in denen die Bauernmädchen ihren billigen Schmuck aufbewahren. Papa erklärte uns, daß die Königin ihm dieses Kästchen anvertraut habe und daß wir eines Tages nach Frankreich zurückkehren würden, um in ihrem Namen den Inhalt dem neuen König zu übergeben. Ich war krank und müde und wollte zu Bett gehen, doch Papa ließ Maman und mich schwören, seinen Eid nicht zu brechen. Dann öffnete er das Kästchen, das voller Schmuck war.

Ich sah die Königin solchen Schmuck tragen, wenn sie ihr Haar hochgesteckt trug und ihr Gesicht vor Freude strahlte. Die Smaragdkette lag einmal auf ihrer Brust; sie schien das Feuer der Kerzen im Saal einzufangen. Es gab auch einen Rubinring mit Diamanten sowie ein Smaragdarmband, das zu der Kette paßte. Ich bemerkte auch einige ungefaßte Steine.

Doch schöner als alles andere glänzte ein Diamanthalsband, das aus fünf einzelnen Strängen bestand. Jeder einzelne Stein davon war so groß, wie ich es noch nie zuvor gesehen habe, und er schien von Leben erfüllt. Maman erwähnte einmal den Skandal um Kardinal de Rohan und ein Diamanthalsband. Papa erzählte, man habe den Kardinal getäuscht, die Königin für eine Intrige benutzt, und das Halsband selbst sei verschwunden. Und so frage ich mich, wie die Königin es fertigbrachte, das Schmuckstück in ihren Besitz zu bringen.«

Mit zitternden Händen legte Whitney den Bogen fort. »Man hat angenommen, daß das Halsband zerlegt und verkauft worden sei.«

»Angenommen«, wiederholte Doug. »Doch der Kardinal wurde verbannt, und die Komtesse de la Motte ins Gefängnis geworfen, vor Gericht gestellt und verurteilt. Sie entkam nach England, doch ich habe niemals irgendwo gelesen, daß sie das Halsband mitnahm.«

»Nein.« Whitney studierte den Tagebuchauszug. Nach diesem Blatt Papier würde sich jeder Museumskurator die Finger lecken. Genau wie nach dem Schatz. »Dieses Halsband war einer der Auslöser der Revolution.«

»Dann muß es ja einen schönen Batzen wert sein.« Doug reichte ihr ein weiteres Blatt. »Was es wohl heutzutage einbringt?«

Unbezahlbar, dachte Whitney, obwohl sie wußte, daß er nicht verstand, was sie meinte. Das Blatt, das sie nun in der Hand hielt, listete detailliert alles auf, was die Königin Gerald anvertraut hatte. Juwelen wurden beschrieben und ihr Wert angegeben. Whitney hielt die Zahlen für genauso uninteressant wie die Abbildungen in Dougs Buch. Und doch hob sich eines von dem Rest ab: Ein Diamanthalsband im Wert von mehr als einer Million Livres. Das würde Doug verstehen, grübelte Whitney, legte das Blatt beiseite und griff wieder nach dem Tagebuch.

Einige Monate waren verstrichen, und Gerald samt Familie lebte nun an der Nordostküste Madagaskars. Das junge Mädchen berichtete von rauhen, langen Tagen.

»Ich sehne mich nach Frankreich, nach Paris, nach meinem Zimmer und den Gärten. Maman sagt, wir dürfen nicht klagen, und manchmal geht sie mit mir am Strand entlang. Dann sieht sie glücklich aus, doch wenn sie aufs Meer hinausblickt, weiß ich, auch sie sehnt sich nach Paris.

Der Wind bläst von der See her, und Schiffe treffen ein. Neuigkeiten von zu Hause betreffen nur den Tod. Die Schreckensherrschaft regiert. Die Händler berichten, daß Tausende im Gefängnis sitzen und viele unter die Guillotine kommen. Andere wurden gehängt oder gar verbrannt. Man spricht von der jakobinischen Tyrannei. Papa sagt, daß wegen ihnen Paris nicht mehr sicher ist, und wenn der Name Robespierre fällt, schweigt er. Obwohl ich mich nach Frankreich sehne, beginne ich zu verstehen, daß meine mir vertraute Heimat nicht mehr existiert.

Papa arbeitet schwer. Er hat einen Laden eröffnet und treibt mit anderen Siedlern Handel. Maman und ich haben einen Garten angelegt, aber wir pflanzen nur Gemüse. Die Fliegen quälen uns. Wir haben keine Dienstboten und müssen alles selber tun. Ich betrachte es als Abenteuer, doch Maman ermüdet leicht, nun, da sie ein Kind bekommt. Ich freue mich auf das Baby und frage mich, wann ich wohl selbst eines haben werde. Nachts nähen wir, doch uns bleibt kaum Geld für zusätzliche Kerzen. Papa baut eine Wiege. Wir sprechen nie von dem Kästchen unter dem Küchenfußboden.«

Whitney legte das Blatt beiseite. »Wie alt mag sie wohl gewesen sein?«

»Fünfzehn.« Doug berührte einen weiteren plastikverschweißten Bogen. »Ihre Geburtsurkunde und der Trauschein ihrer Eltern. Außerdem Totenscheine. Sie starb mit sechzehn.« Er hielt die letzte Seite hoch. »Das ist der Rest.«

»Für meinen Sohn«, begann Whitney und blickte zu Doug hoch. »Nun schläfst du in der Wiege, die ich dir gezimmert habe, und trägst das blaue Kleidchen, das deine Mutter und Schwester nähten. Sie sind beide von uns gegangen, deine Mutter starb bei deiner Geburt, und deine Schwester an einem Fieber, das so plötzlich auftrat, daß wir keinen Arzt mehr holen konnten. Ich fand das Tagebuch deiner Schwester und mußte weinen, als ich es las. Eines Tages wird es dir gehören. Ich habe getan, was ich tun mußte, für mein Land, meine Königin und meine Familie. Ich habe sie vor dem Schrecken bewahrt, nur um sie an diesem seltsamen Ort doch noch zu verlieren.

Ich will und kann nicht mehr. Die Nonnen werden für dich sorgen, besser als ich es vermag. Ich kann dir nur diese Andenken an deine Familie hinterlassen, zusammen mit dem, was die Königin mir anvertraute. Den Schwestern werde ich einen Brief mit der Anweisung hinterlassen, dir das Päckchen auszuhändigen, sobald du alt genug bist. Du erbst meine Verpflichtung und meinen Schwur der Königin gegenüber. Obwohl man das, was sie mir gab, mit mir begraben wird, wirst du es eines Tages dazu verwenden, für eine gute Sache zu kämpfen. Wenn die Zeit reif ist, komm zu meiner letzten Ruhestätte und suche nach dem Grabstein, auf dem Marie steht. Ich flehe dich an, versage nicht so, wie ich versagte.«

»Er hat sich umgebracht.« Seufzend legte Whitney den Brief nieder. »Er verlor sein Heim, seine Familie und sein Herz.« Sie konnte sie vor sich sehen, diese französischen Aristokraten, die politische Ränke in ein fremdes Land verschlagen hatten, wo sie sich ein neues Leben aufbauen mußten. Und Gerald unter ihnen, durch sein Wort unwiderruflich an die Königin gebunden. »Was geschah dann?«

»Soviel ich weiß, kam das Baby in ein Kloster. Er wurde adoptiert und emigrierte mit seiner Familie nach England. Sieht aus, als wären die Papiere weggeschlossen und vergessen worden, bis Lady Smythe-Wright sie ausgrub.«

»Und das Kästchen der Königin?«

»Begraben«, sagte Doug träumerisch. »Auf einem Friedhof in Diego-Suarez. Wir müssen es nur finden.«

»Und dann?«

»Dann machen wir uns ein schönes Leben.«

Whitney blickte auf die Papiere in ihrem Schoß, die von Menschen, deren Träumen und Hoffnungen – und von Treue erzählten. »Ist das alles?«

Reicht das denn nicht?«

»Dieser Mann hat seiner Königin ein Versprechen gegeben.«

»Und die ist tot«, bemerkte Doug. »Frankreich ist heute eine Demokratie, und ich glaube kaum, daß uns jemand unterstützt, wenn wir den Schatz dazu verwenden wollen, die Monarchie wieder einzuführen.«

Whitney wollte etwas entgegnen, war aber zu müde für eine Diskussion. Sie brauchte Zeit, um all das zu verarbeiten und ihre eigenen Maßstäbe zu definieren. Auf jeden Fall mußten sie den Schatz erst einmal finden. Doug hatte gesagt, nur der Sieg zähle. Wenn er gewonnen hatte, würde sie sich mit ihm über moralische Fragen streiten. »Meinen Sie wirklich, Sie brauchen bloß den Friedhof zu finden, hinzugehen und den Schatz einer Königin auszubuddeln?

»Genau.« Er schenkte ihr ein rasches, strahlendes Lächeln. Plötzlich glaubte sie ihm.

»Vielleicht ist er ja schon gefunden worden?«

»Nein.« Doug schüttelte den Kopf. »Eines der Schmuckstücke, die die Kleine beschrieben hat, der Rubinring, beweist das. In dem Buch aus der Bücherei stand ein ganzer Absatz darüber. Der Ring ist hunderte von Jahren im Besitz des Königshauses gewesen, bis er während der Französischen Revolution verlorenging. Wenn der Ring oder eines der anderen Stücke aufgetaucht wäre, ob nun in der Unterwelt oder sonstwo, dann hätte ich es erfahren. Es ist alles da, Whitney, und wartet auf uns.«

»Das klingt plausibel.«

»Quatsch, plausibel. Ich habe die Papiere.«

»Wir haben die Papiere«, berichtigte Whitney, die sich gegen einen Baum lehnte. »Jetzt müssen wir nur noch einen zweihundert Jahre alten Friedhof finden.« Sie schloß die Augen und schlief sofort ein.

Der Hunger weckte sie, ein nagender, grollender Hunger, den sie noch nie zuvor empfunden hatte. Stöhnend rollte sie sich herum und fand sich Nase an Nase mit Doug wieder.

»Morgen.«

Sie leckte sich die Lippen. »Für ein Croissant könnte ich sterben.«

»Ein mexikanisches Omelett«, meinte Doug versonnen. »Tiefgolden gebacken und mit reichlich Paprika und Zwiebeln.«

Die Realität sah trüber aus. »Wir haben eine braune Banane.«

»Um uns herum herrscht Selbstbedienung.« Doug rieb sich das Gesicht mit den Händen und setzte sich auf. Die Sonne hatte den Nebel bereits aufgelöst, und der Wald war von Geräuschen und dem Geruch des beginnenden Tages erfüllt. Er blickte zu den Baumkronen empor, in denen die Vögel zwitscherten. »Hier gibt es tonnenweise Früchte. Ich weiß zwar nicht, wie Lemurenfleisch schmeckt, aber ...«

»Nein.«

Grinsend erhob er sich. »War ja nur ein Gedanke. Wie wär's mit leichter Kost? Frischer Fruchtsalat?«

»Klingt köstlich.«

»Sie holen das Obst, ich die Kokosnüsse.«

Whitney langte zwischen die Zweige. »Diese hier sehen aus wie verkümmerte Bananen.«

»Madagaskarpflaumen.«

Whitney pflückte drei ab und schnitt eine Grimasse. »Was würde ich nicht für einen schönen Apfel geben, nur zur Abwechslung.«

»Biete ihr das schönste Frühstück – und sie meckert trotzdem.«

»Zumindest könnten Sie mir eine Bloody Mary spendieren«, begann sie, dann sah sie, wie er auf eine Palme kletterte. »Douglas«, meinte sie, vorsichtig näherkommend, »wissen Sie, was Sie da tun?«

»Ich klettere auf einen gottverdammten Baum«, stieß er hervor und zog sich vorsichtig hoch.

»Hoffentlich haben Sie nicht vor, herunterzufallen und sich den Hals zu brechen. Ich hasse es, alleine zu reisen.«

»Ein richtiges Herzchen«, brummte Doug. »Es ist nicht viel anders, als wenn man in ein Fenster im dritten Stock einsteigt.« Er machte sich lang und riß eine Kokosnuß ab. »Zurück, Süße. Ich könnte in Versuchung geraten, auf Sie zu zielen.«

Sie verzog die Lippen und gehorchte. Drei Kokosnüsse landeten nacheinander vor ihren Füßen. Sie hob eine auf und schmetterte sie gegen einen Baumstamm, bis sie zerplatzte. »Gut gemacht«, lobte sie Doug, als er zu Boden sprang. »Ich würde Ihnen gerne mal bei der Arbeit zusehen.«

Doug nahm die Kokosnuß entgegen, die sie ihm anbot, setzte sich auf den Boden und löste das Fruchtfleisch mit seinem Taschenmesser aus. Das erinnerte sie an Jacques, und Whitney berührte die Muschel, die sie noch immer trug; mühsam kämpfte sie gegen die aufsteigende Trauer an.

»Wissen Sie, die meisten Leute Ihrer Kreise wären gegenüber jemandem mit meinem Beruf nicht so – tolerant.«

»Ich glaube fest an das Unternehmertum.« Whitney ließ

sich neben ihn fallen. »Es ist auch eine Frage von Einnahmen und Ausgaben«, schloß sie mit vollem Mund.

»Wie bitte?«

»Nehmen wir mal an, Sie stehlen mir meine Smaragdohrringe.«

»Ich werde darauf zurückkommen.«

»Rein hypothetisch natürlich.« Sie warf das Haar aus dem Gesicht und dachte flüchtig daran, ihre Bürste hervorzuholen. Essen war wichtiger. »Nun, die Versicherung ersetzt mit den Schaden, schließlich habe ich ihnen horrende Prämien in den Rachen geworfen; obwohl ich die Smaragde nie getragen habe, weil sie mir zu protzig sind. Also, Sie klauen die Smaragde, jemand, dem sie gefallen, kauft sie Ihnen ab, und ich habe das Geld, um mir etwas zu kaufen, was mir besser gefällt. Und so ist jeder zufrieden. Man könnte es fast als Dienst an der Öffentlichkeit betrachten.«

Doug brach ein Stück Kokosfleisch ab und kaute. »So habe ich das noch nie gesehen.«

»Die Versicherungsgesellschaft ist natürlich nicht zufrieden«, fügte sie hinzu. »Und manche Leute sind sicher nicht begeistert, ein Schmuckstück oder das Familiensilber zu verlieren, selbst wenn es ihnen im Grunde genommen nicht gefällt. Denen tun Sie nicht unbedingt etwas Gutes, wenn Sie bei ihnen einsteigen.«

»Vermutlich nicht.«

»Aber ich habe mehr Respekt vor einem ehrlichen Einbruch als vor Wirtschaftskriminalität oder Computerbetrügereien«, fuhr sie fort. »Wie diese Gauner von Börsenmaklern, die mit Omas Sparstrumpf so lange spekulieren, bis sie den Profit in der Tasche haben und Oma nichts bleibt. Das ist niveauloser, als jemandem die Taschen zu leeren oder den Sydney-Diamanten zu klauen.«

»Davon will ich nichts mehr hören«, murmelte Doug.

»Einerseits beleben Leute wie Sie die Wirtschaft, andererseits ...« Sie hielt inne, um eine Frucht auszuwählen. »Ich glaube nicht, daß Diebe sehr gute Berufsaussichten haben. Ein interessantes Hobby, gewiß, aber die Aufstiegsmöglichkeiten sind begrenzt.«

»Ja, deshalb habe ich ja daran gedacht, in den Ruhestand zu treten – wenn ich das mit Stil tun kann.«

»Falls Sie jemals in die Staaten zurückkommen, was wollen Sie dann als erstes tun?«

»Ein Seidenhemd mit Monogramm, einen passenden italienischen Anzug und einen kleinen, schnieken Lamborghini kaufen, um mich präsentieren zu können.« Er schnitt eine Mango durch, wischte das Messer an seinen Jeans ab und bot ihr eine Hälfte an. »Und Sie?«

»Mich vollfuttern«, nuschelte Whitney mit vollem Mund. »Ich denke, ich beginne mit einem Hamburger, mit ganz viel Käse und Zwiebeln, dann gehe ich zu Hummerschwänzen über, leicht gegrillt und mit zerlassener Butter übergossen.«

»Für jemanden der eine solche Vorliebe fürs Essen hat, sind Sie aber reichlich mager.«

Whitney schluckte einen Bissen Mango hinunter. »Ich bin schlank, nicht mager. Mick Jagger ist mager.«

Grinsend stopfte sich Doug ein weiteres Fruchtstück in den Mund. »Sie vergessen, Süße, daß ich das Privileg hatte, Sie nackt zu sehen. Sie sind nicht gerade üppig gebaut.«

Mit hochgezogenen Brauen leckte sie Saft vom Finger. »Ich habe sehr zarte Knochen«, entgegnete sie, und als er fortfuhr zu grinsen, wanderte ihr Blick an ihm herunter. »Und, wie Sie sich vielleicht erinnern, hatte auch ich die faszinierende Möglichkeit, Sie gleichfalls ohne Kleider zu bewundern. Es könnte Ihnen nicht schaden, ein paar Hanteln zu stemmen, Douglas.«

»Muskelprotze halten selten, was sie versprechen.«

»So, so.«

Er warf ihr einen Blick zu, als er die Kokosnußschale fortwarf. »Sie mögen wohl diese Angeber im Muskelshirt, mit einem Bizeps so groß wie ein Hühnerei?«

»Männlichkeit«, erwiderte Whitney lässig, »kann sehr erregend wirken. Männer mit Selbstvertrauen haben es nicht nötig, jede überreife Frau, die ihr Spatzenhirn unter einem zu engen Pullover verbirgt, anzumachen.«

»Sie lassen sich nicht gerne anmachen, wie?«

»Allerdings nicht. Ich zeige lieber Stil als Dekolleté.«

»Recht so.«

»Kein Grund, beleidigend zu werden.«

»Ich bin bloß freundlich.« Nur zu gut erinnerte er sich daran, wie sie am Tag zuvor in seinen Armen geweint hatte und wie hilflos er sich vorgekommen war. Und nun wollte er sie erneut berühren, sie lächeln sehen, die weiche Haut streicheln. »Wie dem auch sei«, meinte er schließlich, »Sie sind vielleicht etwas zu mager, aber ich mag Ihr Gesicht.«

Ihre Lippen verzogen sich zu diesem kühlen, distanzierten Lächeln, das ihn um den Verstand brachte. »Tatsächlich? Warum denn?«

»Ihre Haut.« Doug gab seinen Gefühlen nach und strich mit dem Fingerknöchel über ihr Kinn. »Ich hab mal eine Alabasterkamee in die Finger bekommen. Groß war sie nicht«, erinnerte er sich, während er ihre Wangenknochen nachzeichnete. »Wahrscheinlich nur ein paar Hunderter wert. Aber das schönste Stück, das mir je untergekommen ist.« Lächelnd vergrub er seine Hände in ihrem Haar. »Bis ich Sie aufgegabelt habe.«

Sie wich nicht zurück, blickte ihm jedoch tief in die Augen, als sein Atem über ihre Haut strich. »Haben Sie das getan, Douglas? Mich aufgegabelt?«

»So könnte man es doch sehen, oder?« Er wußte, daß er im Begriff war, einen Fehler zu machen. Sogar als seine Lippen zart die ihren berührten, wußte er, daß er einen großen Fehler machte – wie schon einige Male zuvor. »Und seitdem«, murmelte er, »wußte ich nie so genau, was ich mit Ihnen anfangen sollte.«

»Ich bin keine Alabasterkamee«, flüsterte sie, als er seine Arme um sie legte. »Auch nicht der Sydney-Diamant oder ein Topf voll Gold.«

»Und ich bin weder Mitglied eines Nobelclubs, noch besitze ich eine Villa auf Martinique.«

»Man könnte sagen …« Sie folgte der Linie seines Mundes mit der Zunge, »wir haben sehr wenig gemeinsam.«

»Gar nichts gemeinsam«, berichtigte er, ihren Rücken streichelnd. »Menschen wie Sie und ich bereiten sich gegenseitig nur Kummer.«

»Richtig.« Sie lächelte, und die Augen unter den langen dichten Wimpern wurden dunkel. »Wann fangen wir damit an?«

»Das haben wir bereits.«

Als ihre Lippen sich trafen, waren sie nicht länger Dame und Dieb. Die Leidenschaft glich alle Unterschiede aus. Aneinandergepreßt rollten sie auf den weichen Waldboden.

Sie hatte nicht gewollt, was jetzt geschah, doch sie fühlte auch kein Bedauern. Von dem Moment an, wo er im Fahrstuhl seine Sonnenbrille abgenommen und sie mit seinen klaren, forschenden Augen angesehen hatte, war sie bereit gewesen, ihm zu vertrauen; und mit der Zeit war aus bloßer Sympathie etwas Tieferes, Unerklärliches geworden. Bereits damals hatte er etwas in ihr angerührt, und nun brachte er eine Saite in ihr zum Klingen, die sie selbst noch nicht kannte.

Ihr Mund reagierte heiß und fordernd auf seinen Kuß – wie sie es auch früher schon erlebt hatte. Ihr Puls raste – auch das keine neue Erfahrung. Ihr Körper streckte sich und bog sich unter der Berührung seiner Hände – wie schon so oft. Doch diesmal, zum ersten und einzigen Mal, unterlag ihr Verstand dem reinen, befreienden Gefühl der Liebe, und sie ließ sich vollkommen gehen.

Obgleich ihr bestes Schutzschild versagte, verhielt sie sich keinesfalls passiv. Ihr Verlangen stand dem seinen in nichts nach; eine elementare, primitive, überwältigende Begierde. Rasch und gierig befreiten sie sich gegenseitig von den störenden Hüllen.

Sie konnte von ihm nicht genug bekommen, erkundete seinen Körper, wie sie es noch nie zuvor bei einem Mann getan hatte, doch in diesem einen Augenblick erinnerte sie sich sowieso an niemand sonst. Er ergriff so vollständig von ihr Besitz, daß kein Raum für irgend etwas anderes blieb. Sie war eins mit ihm, und, nach dem ersten Anflug von Angst, akzeptierte sie das.

Doug hatte bereits früher Frauen begehrt. Oder es zumindest geglaubt. Doch bis jetzt hatte er das volle Ausmaß verzweifelten Verlangens nicht gekannt. Frauen bereitete man Freude oder ließ zu, daß sie Freude bereiteten, doch man gab sich ihnen nicht vollständig hin. Ein Mann, der ständig auf der Flucht war, konnte es sich nicht leisten, sich einer Frau vollkommen auszuliefern. Aber wie sollte er das verhindern? Er war bereits zu weit gegangen.

Seine geschickten, kräftigen Hände glitten unaufhörlich über ihre Haut, dennoch war sie es, die die Führung übernommen hatte. Doug war sich darüber im klaren, daß ein Mann in den Armen einer Frau am verwundbarsten war – trotzdem vergaß er alle seine Prinzipien. Nur noch der Wunsch, sie niemals loszulassen, existierte in ihm. Sie wurde ein Teil von ihm, ein gefährlich warmer, weicher Teil, und Doug erkannte und verfluchte die unausweichlichen Folgen.

Er vergrub sein Gesicht in ihrem Haar – und wußte, daß die Falle in diesem Moment zuschnappte. Es interessierte ihn nicht mehr.

Langsam, das Gefühl auskostend, bedeckte er ihr Gesicht mit Küssen, während ihre schlanken Finger sich in seine Hüften krallten. Beider Augen waren weit geöffnet, als er in sie eindrang.

Die weiche Hitze, die ihn umgab, entlockte ihm ein Stöhnen. Sonne und Schatten tanzten auf ihrer Haut, als sie ihn an sich zog.

Die Welt begann sich um sie herum zu drehen. Sein letzter klarer Gedanke in diesem einzigartigen Augenblick galt der Überlegung, daß er vielleicht das Ende des Regenbogens schon erreicht hatte.

Danach lagen sie schweigend nebeneinander. Beide waren keine unerfahrenen Kinder mehr, beide hatten Sex oft genug ausgekostet. Und beide ahnten tief in ihrem Inneren, daß ihnen etwas ganz besonderes widerfahren war.

Zärtlich streichelte Whitney seinen Rücken. Er sog den Duft ihres Haares ein.

»Ich schätze, wir wußten, daß dies einmal geschehen würde«, sagte sie schließlich.

»Ich schätze, das taten wir.«

Sie blickte hoch, zu den dichten Baumkronen und dem

tiefen Blau, das dazwischen hindurchschimmerte. »Was nun?«

Es war besser, nicht über das Hier und Jetzt hinauszudenken. Wenn ihre Frage der Zukunft galt, dann mußte Doug dem vorbeugen. Er küßte ihre Schulter. »Wir gehen in die nächstgelegene Stadt, leihen oder stehlen ein Transportmittel, und dann weiter nach Diego-Suarez.«

Whitney schloß kurz die Augen, öffnete sie jedoch sofort wieder. Schließlich war sie mit offenen Augen hier hereingeschlittert, und so wollte sie es auch weiterhin halten. »Der Schatz?«

»Wir werden ihn bekommen, Whitney. Es handelt sich nur noch um ein paar Tage.«

»Und dann?«

Wieder die Zukunft. Er stützte sich auf die Ellbogen und blickte auf sie herunter. »Alles, was du willst«, sagte er, da er nur daran denken konnte, wie schön sie war. »Martinique, Athen, Sansibar. Wir kaufen eine Farm in Irland und züchten Schafe.«

Sie lachte, da ihr alles so einfach schien. »Genausogut könnten wir in Nebraska Getreide anbauen.«

»Richtig. Aber eigentlich sollten wir hier in Madagaskar ein amerikanisches Restaurant eröffnen. Ich koche, und du führst die Bücher.«

Abrupt setzte er sich auf und zog sie mit sich hoch. Irgendwie, irgendwann hatte er sein Einzelgängertum aufgegeben, ohne es zu bemerken. Er wollte nicht mehr allein sein, obwohl er das bislang immer als den sichersten Weg betrachtet hatte. Er wollte sein Leben mit jemandem teilen, jemanden haben, der zu ihm gehörte. Das mochte zwar unvernünftig sein, aber es verhielt sich einfach so.

»Wir werden diesen Schatz finden, Whitney. Und danach kann uns nichts mehr aufhalten. Wir haben dann alles, was wir uns wünschen. Ich kann dich mit Diamanten überschütten.« Er streichelte ihr Haar und vergaß einen Augenblick lang, daß sie sich soviel Diamanten kaufen konnte, wie sie wollte.

Whitney fühlte einen Anflug von Bedauern und so etwas

wie Trauer. Er dachte nach wie vor nur an seinen Topf voll Gold, jetzt und vielleicht immer. Lächelnd strich sie über seine Wange. »Wir werden ihn finden.«

»Wir werden ihn finden«, stimmte er zu. »Und dann wird alles gut.«

Sie wanderten einen weiteren Tag bis zur Dämmerung, während Whitneys Magen knurrte und ihre Beine sich wie Gummi anfühlten. Wie Doug konzentrierte sie sich auf ihr Ziel. Diego-Suarez. Es half ihr, ihre Füße voreinander zu setzen und sich selbst nicht mit Fragen zu quälen. Sie waren dem Schatz schon so nahe gekommen. Was auch immer davor oder in der Zwischenzeit geschehen war, sie würden ihn finden. Danach konnte man über alles nachdenken.

Kopfschüttelnd lehnte sie die Frucht ab, die Doug ihr anbot. »Mein Magen dreht sich um, wenn ich ihm noch eine einzige Mango zumute.« Sie preßte die Hand auf ihren Bauch. »Ich war der Meinung, McDonalds hätte überall in der Welt Filialen. Ist dir klar, wie weit wir gelaufen sind, ohne einen einzigen goldenen Reklamebogen zu sehen?«

»Vergiß das Fastfood. Wenn alles vorüber ist, dann bereite ich dir ein Fünf-Gänge-Menü zu, daß du denkst, du wärst im siebten Himmel.«

»Für einen Hot Dog mit allem könnte ich einen Mord begehen.«

»Du hast den Stil einer Herzogin und den Magen eines Stallknechts.«

»Auch ein Stallknecht verspeist hin und wieder eine Rinderlende.«

»Hör zu, wir …« Plötzlich packte er sie am Arm und stieß sie in ein Gebüsch.

»Was ist los?«

»Ein Licht, da vorne. Siehst du es?«

Vorsichtig lugte sie über seine Schulter. Durch das Dämmerlicht und das dichte Blattwerk leuchtete etwas. Automatisch senkte sie ihre Stimme zu einem Flüstern. »Remo?«

»Ich weiß es nicht. Vielleicht.« Schweigend erwog und

verwarf er ein halbes Dutzend Möglichkeiten. »Besser, wir sind sehr vorsichtig.«

Sie benötigten eine Viertelstunde, um die kleine Ansiedlung zu erreichen. Mittlerweile war es stockdunkel. Durch das Fenster eines kleinen Ladens oder Handelspostens drang Licht. Handtellergroße Motten schwirrten klatschend gegen das Glas. Draußen parkte ein Jeep.

»Bitte, so wird dir gegeben werden«, spottete Doug leise. »Wir sehen uns das mal näher an.« Gebückt schlich er sich bis unter das Fenster. Was er sah, ließ ihn böse grinsen.

Remo, dessen maßgeschneidertes Hemd schmutzverschmiert am Körper klebte, saß am Tisch und starrte finster in ein Glas Bier. Im gegenüber flezte sich Barns, der einem Maulwurf ähnlicher denn je sah und ins Leere griente.

»Sieh mal einer an«, schnaufte Doug. »Scheint unser Glückstag zu sein.«

»Was tun sie hier?«

»Sie drehen sich im Kreis. Remo sieht aus, als könnte er eine Rasur und eine Massage vertragen.« Doug zählte drei weitere Männer in der Bar, die um die Amerikaner einen großen Bogen machten. Außerdem sah er zwei Terrinen mit dampfender Suppe, ein Sandwich und etwas, das aussah wie eine Tüte Kartoffelchips. Das Wasser lief ihm im Mund zusammen.

»Ein Jammer, daß wir uns nicht auch etwas bestellen können.«

Whitney hatte das Essen ebenfalls gesehen und mußte sich zurückhalten, um nicht die Nase gegen das Glas zu pressen. »Können wir nicht warten, bis sie weg sind, und dann hineingehen und etwas kaufen?«

»Wenn sie gehen, geht der Jeep mit ihnen. Okay, Süße, du stehst wieder Schmiere. Aber mach's diesmal besser.«

»Ich sagte dir doch, letztes Mal konnte ich nicht pfeifen, weil ich zu sehr damit beschäftigt war, am Leben zu bleiben.«

»Wir werden beide am Leben bleiben – und vor allem werden wir uns diesen fahrbaren Untersatz beschaffen. Komm.«

Rasch umkreiste er die Hütte. Flüsternd und mittels Handzeichen bedeutete er Whitney, neben dem vorderen Fenster Stellung zu beziehen, während er zum Jeep kroch und sich an die Arbeit machte.

Sie schrak zusammen, als Remo aufstand und im Raum umherwanderte. Mit großen Augen blickte sie zu dem Jeep hinüber. Doug war nur schattenhaft zu sehen. Sie biß die Zähne zusammen und preßte sich an die Wand, als Remo am Fenster vorbeikam.

»Mach schneller«, zischte sie Doug zu. »Er wird unruhig.«

»Hetz mich nicht«, brummte er, während er Drähte freilegte. »Das ist eine kitzlige Sache.«

Whitney spähte in den Raum, wo Remo gerade Barns hochzog. »Beeil dich, sonst wirst gleich du gekitzelt, Douglas. Sie kommen.«

Fluchend wischte er sich die schweißfeuchten Finger ab. Er brauchte nur noch eine Minute. »Hüpf rein, Süße, wir haben's gleich.« Als sie keine Antwort gab, schaute er hoch und bemerkte, daß die kleine Veranda vor der Hütte leer war. »Scheiße.« Mit den Drähten kämpfend, hielt er nach ihr Ausschau. »Whitney? Verdammt, das ist nicht die richtige Zeit für einen Spaziergang.«

Immer noch schimpfend suchte er mit den Augen die Umgebung ab. Nichts.

Als plötzlich ein Höllenlärm, ein wildes Kläffen und Quieken losbrach, fuhr er hoch, während der Motor dröhnend zum Leben erwachte. Gerade als er mit der Pistole in der Hand aus dem Jeep springen wollte, kam Whitney um die Ecke geschossen und war mit einem Satz im Wagen.

»Gib Gas, Süßer«, befahl sie. »Oder wir kriegen Gesellschaft.«

Sie hatte kaum zu Ende gesprochen, als der Jeep auch schon die enge, staubige Straße entlangraste. Ein tiefhängender Ast schlug gegen die Windschutzscheibe und brach mit einem Knall, der einem Pistolenschuß glich. Doug blickte über seine Schulter und sah Remo aus der Hütte rennen. Er drückte Whitneys Kopf nach unten und das Gaspedal ganz durch, ehe er erste von drei Schüssen krachte.

»Wo hast du gesteckt?« wollte er wissen, als die Lichter

der Siedlung langsam außer Sicht kamen. »Du hast ja phantastisch Wache gehalten!«

»Undank ist der Welt Lohn.« Sie setzte sich auf und schüttelte ihr Haar. »Wenn ich nicht für Ablenkung gesorgt hätte, dann wäre die Sache gründlich schiefgegangen.«

Er nahm nur soviel Gas weg, wie nötig war, um den Jeep unter Kontrolle zu halten. »Wo warst du eigentlich?«

»Als ich Remo zur Tür gehen sah, dachte ich, ich sollte ihn ablenken – wie im Film.«

»Toll.« Er fuhr um ein Schlagloch herum, holperte über einen Steinbrocken und gab wieder Gas.

»Also bin ich um die Hütte herumgerannt und habe den Hofhund in den Schweinestall gelassen.«

Whitney strich sich das Haar aus dem Gesicht und lächelte selbstgefällig. »Es war ein amüsantes Schauspiel. Leider konnte ich nicht bleiben und zusehen. Auf jeden Fall hat es perfekt funktioniert.«

»Du hast Glück gehabt, daß sie dir nicht den Schädel weggepustet haben«, grollte Doug.

»Ich sorge dafür, daß dein Kopf auf den Schultern bleibt, und du meckerst«, gab sie zurück. »Typisch Mann. Ich weiß wirklich nicht, warum ich ...« Sie brach ab und schnupperte. »Wonach riecht es hier?«

»Es riecht?«

»O ja.« Weder nach Gras noch nach Feuchtigkeit noch nach Tieren, an diese Gerüche war sie mittlerweile gewöhnt. Wieder schnüffelte sie, drehte sich dann um und kniete sich auf den Sitz. »Es riecht nach ...« Sie beugte sich tiefer, so daß Doug nur ihren wohlgeformten Po sah. »Hähnchen!« Triumphierend richtete Whitney sich auf, eine Hähnchenkeule in der Hand. »Grillhähnchen«, wiederholte sie, herzhaft in die Keule beißend. »Hier hinter liegen ein ganzes kaltes Hähnchen und einige Büchsen – mit Lebensmitteln. Oliven«, verkündete sie und wühlte weiter. »Große dicke griechische Oliven. Wo ist der Dosenöffner?«

Während sie, den Kopf gesenkt, weitersuchte, nahm Doug ihr die Hähnchenkeule aus der Hand. »Dimitri ißt gerne gut«, nuschelte er mit vollem Mund. Er hätte schwören können, daß er fühlte, wie der Bissen im Magen anlangte. »Und Remo ist schlau genug, die Speisekammer zu plündern, wenn er auswärtig zu tun hat.«

»In der Tat.« Mit leuchtenden Augen ließ sie sich in den Sitz zurückfallen, eine kleine Dose zwischen den Fingern. »Beluga-Kaviar. Und hier ist eine Flasche Pouilly-Fuissé, Jahrgang Neunundsiebzig.«

»Salz?«

»Natürlich.«

Grinsend reichte er ihr die halb abgenagte Hähnchenkeule. »Scheint so, daß wir mit Stil nach Diego-Suarez reisen, Süße.«

Whitney fischte die Weinflasche heraus und öffnete sie. »Mein Lieber«, meinte sie gedehnt, »ich reise immer mit Stil.«

13

Wie übermütige Teenager liebten sie sich im Jeep, vom Wein und der Erschöpfung enthemmt. Der bleiche Mond erleuchtete den Wald, während Nachtvögel, Insekten und Frösche ihr Lied sangen. Sie hatten den Jeep tief ins Gebüsch gefahren und genossen nun den Kaviar – und anderes. Whitney lachte, als sie sich auf dem schmalen, unbequemen Rücksitz des Jeeps räkelte. Nur noch halb bekleidet, leicht beschwipst und gesättigt, rollte sie sich grinsend über Doug. »Seit ich sechzehn war, habe ich nicht mehr so ein Date gehabt.«

»Ach nein?« Seine Hand glitt an ihrem Schenkel empor zu ihren Hüften. In ihren Augen las er Müdigkeit, Leidenschaft und die Wirkung des Weins zugleich, und er schwor sich, daß er sie genau so noch einmal erleben wollte – allerdings in einem gemütlichen Hotelzimmer am anderen Ende der Welt. »Also kann dich ein Typ mit etwas Wein und Kaviar auf den Rücksitz bekommen?«

»Tatsächlich handelte es sich um Cracker und Bier.« Sie leckte Beluga von ihrem Finger. »Und letztendlich habe ich ihm einen Hieb in den Magen versetzt.«

»Mit dir wird es nicht langweilig, Whitney.«

Sie trank den letzten Schluck Wein. Der Wald um sie herum war voller Insekten, die im Mondlicht zirpten. »Ich bin, und das war ich schon immer, wählerisch.«

»Wählerisch, hmmm?« Er zog sie näher, so daß sie quer über ihm lag, während er sich an der Tür abstützte. »Und warum zum Teufel bist du dann hier, mit mir?«

Diese Frage hatte sie sich bereits selber gestellt, und die Antwort darauf verursachte ihr Unbehagen. Sie wollte mit ihm zusammensein. Einen Moment schwieg sie, barg ihren Kopf an seiner Schulter und fühlte sich auf lächerliche Weise geborgen. »Vermutlich bin ich deinem Charme erlegen.«

»Das tun sie alle.«

Whitney neigte lächelnd den Kopf, dann grub sie ihre Zähne ziemlich unsanft in seine Unterlippe.

»Hey!« Er hielt ihre Arme fest. »Die Lady möchte die rauhe Tour?«

»Du jagst mir keine Angst ein, Lord.«

»Nein?« Genüßlich hielt er ihre Handgelenke mit einer Hand fest und legte die andere um ihren Hals. Sie zuckte mit keiner Wimper. »Vielleicht bin ich bislang zu sanft mit dir umgegangen.«

»Na dann«, forderte sie ihn heraus. »Zeig dich von deiner schlimmsten Seite.«

Sie sah mit ihrem ganz speziellen kühlen, leisen Lächeln zu ihm auf, ihre whiskyfarbenen Augen glänzten dunkel und schläfrig. Und Doug tat etwas, was er sein ganzes Leben lang peinlichst vermieden hatte, wovor er noch größere Angst hatte als vor Kleinstadtsheriffs und Großstadtcops: er verliebte sich.

»Du bist so schön.«

In seiner Stimme schwang ein seltsamer Unterton mit, doch ehe sie sich darüber und über den Ausdruck seiner Augen klarwerden konnte, lag sein Mund auf dem ihren.

Es war wie beim ersten Mal. Er hatte es nicht für möglich gehalten. Die Empfindungen, die ihn durchfluteten, waren ebenso intensiv, ebenso überwältigend. Er fühlte sich ebenso verloren.

Ihre Haut schien unter seinen Händen zum Leben zu erwachen, ihre Lippen begegneten den seinen mit demselben Hunger, der auch in ihm brannte. Die schläfrige Müdigkeit verwandelte sich in Leidenschaft. Mit ihr zusammen konnte er die Welt erobern.

Die Nacht war schwül, die Luft feucht und erfüllt vom Duft verblühter Blumen. Er wünschte sich Kerzenlicht für sie, ein weiches Federbett mit Seidenkissen darauf. Er wollte geben, ein völlig neues Gefühl für einen Mann, der, bei aller Großzügigkeit, immer zuerst an sich dachte.

Ihr schlanker, feingliedriger Körper fesselte ihn auf eine Weise wie nie ein Frauenkörper zuvor; die langen Beine, die weiche Haut, der man die sorgfältige Pflege anmerkte. Die

Zeit würde kommen, wo er sich den Luxus gönnen konnte, jeden Zentimeter von ihr zu erforschen – bis er sie so kannte wie kein anderer Mann je zuvor oder danach.

Etwas hatte ihn verändert. Nicht, daß er sich jetzt weniger leidenschaftlich zeigte, aber dennoch ...

Und für sie existierte außer Doug nichts mehr. Was sie fühlte, wurde von ihm ausgelöst. Sie schmeckte, aber es war sein Geschmack, der sie erfüllte, warm, männlich und erregend. Er flüsterte ihr etwas zu, und ihre eigene gemurmelte Antwort bildete das Echo. Bis zu diesem Augenblick hatte sie nicht gewußt, was es hieß, sich in einem anderen Menschen zu verlieren. Bis zu diesem Augenblick hatte sie das noch nie gewollt.

Von Anfang an waren sie zusammen einem Ziel gefolgt. Dies war nichts anderes. Eng aneinandergeschmiegt, jeder dem Herzschlag des anderen lauschend, überschritten sie jene Grenze, die alle Liebenden suchen.

Danach fielen sie in Schlaf, eine Stunde nur, aber es war ein Luxus, den sie gemeinsam genossen, aneinandergekuschelt auf dem Sitz des Jeeps. Der Mond stand nun tiefer, Doug bestimmte seine Position durch die Bäume hindurch, ehe er sie weckte.

»Wir müssen weiter.« Remo konnte noch immer nach einem Transportmittel suchen, er konnte aber auch schon auf der Straße sein, hinter ihnen her. Auf jeden Fall würde er nicht allzu gut gelaunt sein.

Seufzend streckte Whitney sich. »Wie weit noch?«

»Ich weiß nicht – noch hundertfünfzig, zweihundert Kilometer.«

»Okay.« Gähnend begann sie, sich anzuziehen. »Ich fahre.«

Schnaubend streifte er sich seine Jeans über. »Den Teufel wirst du tun. Ich bin schon einmal mit dir gefahren, erinnerst du dich?«

»Ganz genau.« Nach einer flüchtigen Inspektion stellte Whitney fest, daß ihre Kleider hoffnungslos zerknittert waren. Ob sie wohl irgendwo auf eine Heißmangel stoßen würden? »Genau wie ich mich daran erinnere, damals dein Leben gerettet zu haben.«

»Gerettet?« Doug drehte sich um und sah, wie sie nach ihrer Bürste suchte. »Du hast uns beinahe beide umgebracht.«

Whitney zog die Bürste durch ihr Haar. »Wie bitte? Durch meine Fahrkünste und meine Strategie habe ich nicht nur deinen Arsch gerettet, sondern auch noch Remo und seiner Bande eins ausgewischt.«

Doug startete den Motor. »Alles eine Frage der Perspektive. Jedenfalls fahre ich. Du hast zuviel getrunken.«

Whitney warf ihm einen langen, vernichtenden Blick zu. »Die MacAllisters behalten immer einen klaren Kopf.« Sie packte den Türgriff, als der Wagen durch das Gebüsch auf die Straße rumpelte.

»Das muß von der vielen Eiskrem kommen«, entschied Doug, der die Geschwindigkeit den Straßenverhältnissen anpaßte. »Sie hebt die Wirkung des Saufens auf.«

»Sehr komisch.« Sie ließ den Griff los, legte die Füße auf das Armaturenbrett und schaute in die Nacht. »Mir scheint, daß du meine Familiengeschichte in- und auswendig kennst. Wie steht's denn mit deiner?«

»Welche Version hättest du denn gerne?« fragte er leichthin. »Ich hab mehrere auf Lager, je nach Anlaß.«

»Alles vom armen Waisenkind bis hin zum verkannten Adligen, nehme ich an.« Whitney musterte sein Profil. Wer war er, fragte sie sich. Und warum interessierte sie das? Die Antwort auf die erste Frage hatte sie nicht, aber die Zeit, wo sie vorgeben konnte, die Antwort auf die zweite nicht zu wissen, war vorüber. »Wie wär's denn mit der Wahrheit, nur zur Abwechslung?«

Er könnte lügen. Es wäre ihm ein leichtes gewesen, eine rührselige Geschichte vom heimatlosen kleinen Jungen, der auf der Flucht vor seinem gewalttätigen Stiefvater auf der Straße schlafen mußte, zu erzählen. Und er konnte sehr glaubhaft lügen. Doug lehnte sich zurück und tat etwas bei ihm sehr seltenes. Er erzählte ihr die reine Wahrheit.

»Ich bin in Brooklyn aufgewachsen, in einem netten, ruhigen Vorort. Alteingesessene, gediegene Arbeitersiedlung. Meine Mutter führte den Haushalt, mein Vater verlegte Rohre. Meine beiden Schwestern waren Cheerleader, und wir hatten einen Hund namens Checkers.«

»Hört sich ganz alltäglich an.«

»Das war es auch.« Und manchmal dachte er etwas wehmütig daran zurück. »Mein Vater war Mitglied im Schützenverein, und meine Mutter machte den besten Blaubeerkuchen weit und breit. Tun sie beide heute noch.«

»Und was war mit dem jungen Douglas Lord?«

»Da ich, äh, geschickte Hände hatte, dachte mein Vater, ich würde einen guten Klempner abgeben. Ich dagegen hielt das für keine so gute Idee.«

»Der Stundenlohn eines gewerkschaftlich organisierten Klempners ist doch recht beeindruckend.«

»Mag sein, aber ich habe noch nie auf Stundenlohnbasis gearbeitet.«

»Also hast du beschlossen, statt dessen – wie hast du das genannt – freiberuflich tätig zu sein?«

»Man muß seine Talente nutzen. Ich hatte diesen Onkel, von dem die Familie nie sprach.«

»Das schwarze Schaf der Familie?« fragte sie interessiert.

»Du hättest ihn sicher nicht als blütenweiß bezeichnet. Er muß auch mal gesessen haben. Jedenfalls, um es kurz zu machen, er hat eine Zeitlang bei uns gelebt und für meinen Dad gearbeitet.« Doug lächelte sie jungenhaft an. »Auch er hatte sehr geschickte Hände.«

»Verstehe. Also bist du sozusagen auf ehrliche Weise zu deinem Beruf gekommen.«

»Jack war gut, wirklich. Nur hatte er leider eine Schwäche für die Flasche. Als er dieser Schwäche nachgab, wurde er nachlässig. Und wenn du nachlässig wirst, dann erwischt man dich eines Tages. Eines der ersten Dinge, die er mir beigebracht hat, war, niemals bei der Arbeit zu trinken.«

»Das bezog sich sicher nicht auf das Reinigen von Rohren.«

»Nein. Jack war zwar ein zweitklassiger Klempner, dafür aber ein erstklassiger Dieb. Ich war vierzehn, als er mich lehrte, wie man ein Schloß knackt. Warum er mich unter die Fittiche nahm, weiß ich gar nicht so genau. Vielleicht, weil er gerne las und gerne Geschichten hörte. Er war zwar kein

Freund davon, stundenlang mit einem Buch auf der Couch zu liegen, aber er konnte ewig dasitzen und zuhören, wenn man ihm die Geschichte vom Mann mit der eisernen Maske oder von Don Quijote erzählte.«

Whitney hatte von Anfang an einen scharfen Verstand, Intellekt und guten Geschmack bei ihm vermutet. »Also hat der kleine Douglas gerne gelesen?«

»Ja.« Doug hob die Schultern und schnitt eine Kurve. »Das erste, was ich je gestohlen habe, war ein Buch. Nicht, daß wir arm gewesen wären, aber wir konnten es uns nicht leisten, die Bibliothek anzulegen, die ich haben wollte.« Die ich brauchte, berichtigte er sich. Er brauchte die Bücher, die Flucht vom Alltag genauso dringend wie die Luft zum Atmen. Das hatte niemand verstanden.

»Also Jack hörte gerne Geschichten. Und ich erinnere mich an alles, was ich je gelesen habe.«

»Der Traumleser eines jeden Autors.«

»Nein, ich erinnere mich an jede einzelne Zeile. Das ist einfach so. Half mir durch die Schule.«

Sie dachte an die Leichtigkeit, mit der er Einzelheiten aus dem Reiseführer zitiert hatte. »Du meinst, du hast ein fotografisches Gedächtnis?«

»Ich sehe nichts bildlich vor mir, ich vergesse bloß nichts, das ist alles.« Er grinste nachdenklich. »Das hat mir zu einem Stipendium in Princeton verholfen.«

Whitney setzte sich auf. »Du warst in Princeton?«

Ihre Reaktion belustigte ihn. Bis zu diesem Moment hatte er sich nicht vorstellen können, daß Wahrheit interessanter als Erfindung war. »Nein, ich wollte, statt aufs College zu gehen, lieber eine praxisnahe Ausbildung absolvieren.«

»Du willst mir weismachen, daß du ein Stipendium für Princeton abgelehnt hast?«

»Genau. Ein Jurastudium erschien mir zu langweilig und zu trocken.«

»Jura«, murmelte sie und mußte lachen. »Also hättest du Anwalt werden können. An einem Elitecollege.«

»Ich hätte das genauso gehaßt, wie ich es haßte, verstopfte Klos zu reinigen. Da war Onkel Jack. Er sagte immer, er habe keine Kinder und wolle seine Fertigkeiten weitergeben.«

»Ein Traditionalist also.«

»Auf seine Weise, ja. Ich lernte schnell, und es machte mir entschieden mehr Spaß, ein Schloß zu knacken als Verben zu konjugieren, doch Jack hatte einen Bildungstick. Er wollte mich nicht zu einem großen Coup mitnehmen, ehe ich nicht einen High-School-Abschluß in der Tasche hatte. Und ein wenig Mathe und Physik ist ganz nützlich, wenn du es mit Sicherheitssystemen zu tun hast.«

Mit seinen Fähigkeiten hätte Doug ein hochbezahlter Ingenieur werden können, dachte sie, ging aber nicht näher darauf ein. »Sehr vernünftig.«

»Wir gingen auf Tour. Fünf Jahre lang sahnten wir richtig ab. Kleine, saubere Jobs, Hotels vor allem. Einmal, ich werde das nie vergessen, haben wir im Waldorf zehntausend ergattert.« Er lächelte verträumt. »Das meiste verpraßten wir in Vegas, aber es war eine tolle Zeit.«

»Leben und leben lassen, wie?«

»Geld ist dazu da, um unter die Leute gebracht zu werden.«

Whitney mußte lächeln. Ihr Vater war da ähnlicher Ansicht.

»Jack wollte dann unbedingt in dieses Juweliergeschäft einsteigen. Wir hätten auf Jahre ausgesorgt gehabt, mußten nur noch einige Details ausarbeiten.«

»Was ist geschehen?«

»Jack fing wieder an zu trinken. Er wollte den Job alleine erledigen, was vielleicht etwas egoistisch war. Doch ich wurde immer besser, während er abbaute. Ich schätze, das konnte er nicht verkraften. Jedenfalls wurde er nachlässig. Das wäre aber alles nicht so schlimm gewesen, wenn er nicht eine Grundregel gebrochen und eine Waffe mitgenommen hätte.« Doug legte kopfschüttelnd einen Arm auf die Rückenlehne. »Das kostete ihn zehn gute Jahre.«

»Also wurde Onkel Jack eingelocht. Und du?«

»Eingelocht«, murmelte er belustigt. »Ich machte weiter. Ich war dreiundzwanzig, ein richtiger Grünschnabel noch, aber ich lernte schnell.«

Er hatte ein Stipendium für Princeton aufgegeben, um sich als Fassadenkletterer zu betätigen. Dabei hätte das Studium ihm letztendlich einen Teil des Luxuslebens ermöglicht, nach dem er sich so zu sehnen schien. Und doch ... Whitney konnte sich nicht vorstellen, daß er ein geregeltes, gutbürgerliches Leben führen könnte.

»Was war mit deinen Eltern?«

»Sie erzählen den Nachbarn, daß ich bei General Motors arbeite. Meine Mutter hofft noch immer, daß ich eines Tages heirate und seßhaft werde. Eventuell als Schlosser tätig bin. Übrigens«, fügte er hinzu, als ihm ein Gedanke kam, »wer ist Tad Carlyse IV?«

»Tad?« Whitney bemerkte, daß der Himmel im Osten heller wurde. Ihre Lider fühlten sich so bleischwer an, daß sie sich am liebsten zurückgelehnt und geschlafen hätte. »Wir galten eine Zeitlang als verlobt.«

Augenblicklich verabscheute er Tad Carlyse IV von ganzem Herzen. »Ihr galtet als verlobt?«

»Nun, sagen wir, mein Vater und Tad betrachteten uns als verlobt. Ich hatte da meine Bedenken. Beide waren ziemlich verstimmt, als ich die Verlobung löste.«

»Tad.« Doug stellte sich einen blonden Mann mit fliehendem Kinn vor, der einen blauen Blazer und weiße Segeltuchschuhe ohne Socken trug. »Was macht er?«

»Was er macht?« Whitney klimperte mit den Wimpern. »Du würdest wohl sagen, Tad läßt arbeiten. Er ist der Erbe von Carlyse and Fitz, die stellen von Aspirin bis Raketentreibstoffen so ziemlich alles her.«

»Ich hab davon gehört.« Noch mehr Millionen, dachte er und gab wütend Gas. Die Art von Leuten, die den kleinen Mann zertraten, ohne es überhaupt zu merken. »Und warum bist du heute nicht Mrs. Tad Carlyse IV?«

»Vermutlich aus demselben Grund, warum du kein Klempner bist. Ich hielt es für keine gute Idee.« Sie schlug die Beine übereinander. »Laß gut sein, Doug. Konzentriere dich lieber auf die Straße.«

Es war bereits Morgen, als sie auf einer Anhöhe standen und auf Diego-Suarez hinunterblickten. Aus dieser Entfernung wirkte das Wasser in der Bucht leuchtendblau, doch die Piraten, die früher diese Gegend unsicher gemacht hatten, hätten das sicher nicht zu würdigen gewußt. Auf dem Wasser dümpelten stabil gebaute Motorschiffe. Keine schnittigen Segel bauschten sich im Wind, keine hölzernen Kähne schaukelten im Wellenschlag.

Die Bucht, früher einmal Traumziel der Piraten und Hoffnung der Einwanderer, war nun ein bedeutender französischer Marinestützpunkt. Das Städtchen, einst der Stolz der Freibeuter, hatte sich zu einer modernen Stadt gemausert, in der ungefähr fünfzigtausend Madagassen, Franzosen, Inder, Orientalen, Briten und Amerikaner lebten. Strohgedeckte Hütten waren Stahl und Beton gewichen.

»Schön, da wären wir also.« Whitney hakte sich bei Doug unter. »Wir könnten hinuntergehen, ein Hotelzimmer und dann ein heißes Bad nehmen.«

»Wir sind da«, murmelte er überwältigt. Fast meinte er, der Umschlag in seiner Tasche finge an zu brennen. »Erst gehen wir auf Suche.«

»Doug.« Whitney drehte sich um, so daß sie ihm ins Gesicht sehen konnte. »Ich weiß, wie wichtig dir das ist. Ich möchte es ja auch finden. Aber sieh uns doch mal an.« Sie blickte an sich hinunter. »Wir sind schmutzig und erschöpft. Selbst wenn dir das nichts ausmacht, den Leuten schon.«

»Wir wollen hier keine gesellschaftlichen Kontakte pflegen.« Doug schaute über Whitneys Kopf auf die unter ihnen liegende Stadt. Zum Ende des Regenbogens. »Wir fangen mit den Kirchen an.«

Er ging zum Jeep zurück. Resigniert folgte sie ihm.

Achtzig Kilometer hinter ihnen quälten sich Remo und Barns in einem altersschwachen Renault mit kaputtem Auspuff die Straße entlang. Da Remo nachdenken wollte, ließ er Barns fahren. Der kleine, maulwurfähnliche Mann umklammerte grinsend das Lenkrad mit beiden Händen. Er fuhr gerne, genauso wie er nach Möglichkeit jedes pelzige kleine Etwas überfuhr, das sich auf die Straße wagte.

»Wenn wir sie haben, krieg ich die Frau, ja?«

Remo warf Barns einen Blick voll milden Abscheus zu. Er hielt sich für einen anspruchsvollen Mann und Barns für einen Widerling. »Vergiß nicht, daß Dimitri sie haben will. Wenn du sie zu übel zurichtest, wird er stocksauer.«

»Ich passe schon auf.« Barns' Augen glänzten, als er an das Foto dachte. Sie war sehr hübsch. Und er liebte hübsche Dinge. Dann dachte er an Dimitri.

Im Gegensatz zu den anderen fürchtete er Dimitri nicht, sondern himmelte ihn nahezu an, auf eine schlichte, tierhafte Weise, so wie ein kleiner Köter seinen Herrn liebt, selbst wenn dieser ihm Fußtritte verpaßt. Das bißchen Verstand, mit dem Barns gesegnet war, hatte im Laufe der Jahre noch mehr gelitten. Wenn Dimitri die Frau wollte, dann würde er ihm die Frau bringen. Freundschaftlich lächelte er Remo an, denn auf seine Weise mochte er auch ihn.

»Dimitri will Lords Ohren«, kicherte er. »Soll ich sie für dich abschneiden, Remo?«

»Du sollst fahren!«

Dimitri wollte Lords Ohren, doch Remo war sich darüber im klaren, daß er sich auch mit einem Ersatz vorerst zufriedengeben würde. Wenn er nur die geringste Hoffnung hätte, heil davonzukommen, dann würde er sich aus dem Staub machen. Doch Dimitri würde ihn finden, denn für Dimitri blieb ein Angestellter ein Angestellter, bis zu dessen Tod, ob er nun auf natürliche oder unnatürliche Weise erfolgte. Remo konnte nur beten, daß er seine eigenen Ohren behalten durfte, nachdem er Dimitri in dessen vorläufigem Hauptquartier in Diego-Suarez Bericht erstattet hatte.

Fünf Kirchen in zwei Stunden, dachte Whitney, und ohne Erfolg. Das Glück hatte sie wohl im Stich gelassen. »Was nun?« wollte sie wissen, als sie vor einer weiteren Kirche standen. Diese war kleiner als die vorigen, und das Dach bedurfte einer Reparatur.

»Wir zollen ihr den gebührenden Respekt.«

Obwohl es noch recht früh am Morgen war, trieb die heiße, stickige Luft ihnen den Schweiß aus den Poren. Die Palmwedel über ihnen bewegten sich in dem leichten Wind kaum. Dougs lebhafte Phantasie gaukelte ihm das Bild der Stadt vor, wie sie früher gewesen sein mußte; einfach, rauh, von der einen Seite durch die Berge und von der anderen durch eine von Menschenhand errichtete Stadtmauer geschützt. Als er sich vom Jeep entfernte, lief Whitney ihm nach.

»Was glaubst du, wieviele Kirchen und Friedhöfe es hier gibt? Oder besser, wieviele es schon nicht mehr gibt.«

»Friedhöfe werden nicht eingeebnet und neu bebaut. Macht die Leute nervös.« Ihm gefiel, was er sah. Die Eingangstür der Kirche hing schief in den Angeln, was darauf schließen ließ, daß die Kirche nicht allzu regelmäßig besucht wurde. Daneben standen Gruppen von verwitterten, moosbewachsenen Grabsteinen. Doug mußte sich bücken, um die Inschriften lesen zu können.

»Doug, ich finde das gespenstisch.« Whitney rieb über die Gänsehaut auf ihren Armen und blickte über ihre Schulter.

»Ach was.« Doug inspizierte Grabstein für Grabstein. »Tot ist tot, Whitney.«

»Machst du dir eigentlich nie Gedanken, was danach kommt?«

Er warf ihr einen Blick zu. »Was ich auch denken mag, das, was hier unter der Erde liegt, kann nichts mehr spüren. Komm, hilf mir mal.«

Ihr Stolz befahl ihr, sich gleichfalls zu bücken und Ranken von den Grabsteinen zu entfernen. »Die Jahreszahlen klingen gut. Hier – 1790, 1793.«

»Französische Namen.« Das Kribbeln im Nacken sagte ihm, daß er nah dran war. »Wenn wir nur …«

»*Bonjour.*«

Fluchtbereit fuhr Whitney hoch, ehe sie den alten Priester zwischen den Bäumen hervorkommen sah. Lächelnd bemühte sie sich, kein schuldbewußtes Gesicht zu machen, und antwortete ihm auf französisch. »Guten Morgen, Vater.« Seine schwarze Soutane bildete einen starken Kontrast zu seinem weißen Haar, den hellen Augen und der blassen Haut. Seine gefalteten Hände waren mit Altersflecken gesprenkelt. »Ich hoffe, wir tun nichts Unerlaubtes.«

»Gottes Haus steht allen offen.« Er bemerkte ihr etwas heruntergekommenes Äußeres. »Sind Sie auf Reisen?«

»Ja, Vater.« Doug stand schweigend neben ihr. Whitney wußte, daß es an ihr war, ein Märchen zu erfinden, doch sie konnte unmöglich einen Mann in einer Soutane anlügen. »Wir sind von weit her gekommen, um das Grab einer Familie zu finden, die zur Zeit der Französischen Revolution hierher geflüchtet ist.«

»Das taten viele. Handelt es sich um Ihre Vorfahren?«

Sie blickte dem Priester in die ruhigen, hellen Augen und erinnerte sich an die Merina, die einen Ahnenkult betrieben. »Nein. Aber für uns ist es wichtig, das Familiengrab zu finden.«

»Zu finden, was dahingegangen ist?« Seine vom Alter geschwächten Muskeln zitterten schon bei der kleinen Anstrengung, die Hände ineinanderzulegen. »Viele suchen, aber nur wenige finden, was sie suchen. Sie haben einen langen Weg hinter sich?«

Sein Geist, dachte sie ungeduldig, war so eingerostet wie sein Körper. »Ja, Vater, einen sehr langen Weg. Wir glauben, daß die Familie, die wir suchen, hier begraben liegen könnte.«

Nach kurzem Zögern nahm der Priester dies hin. »Vielleicht kann ich Ihnen helfen. Wissen Sie den Namen?«

»Die Familie Lebrun. Gerald Lebrun.«

»Lebrun.« Das zerfurchte Gesicht des Priesters verzog sich zweifelnd. »In meiner Gemeinde gibt es keinen Lebrun.«

»Vor zweihundert Jahren emigrierte die Familie aus Frankreich. Sie starben hier.«

»Wir alle müssen dem Tod gegenübertreten, um das ewige Leben zu erlangen.«

Whitney biß die Zähne zusammen und nahm einen neuen Anlauf. »Ja, Vater, aber wir interessieren uns für die Lebruns. Geschichtlich«, fügte sie hinzu. Schließlich war das keine direkte Lüge.

»Sie kommen von weit her. Sie brauchen eine Erfrischung. Madame Dubrock macht Ihnen Tee.« Als wolle er sie den Pfad entlanggeleiten, legte er eine Hand auf Whitneys Arm. Erst wollte sie ablehnen, dann fühlte sie, daß sein Arm zitterte.

»Das wäre schön, Vater.«

»Was geht hier vor?«

»Wir trinken Tee«, erklärte Whitney Doug und lächelte dem Priester zu. »Vergiß nicht, wo du dich befindest.«

»O Gott!«

»Genau.« Whitney half dem alten Mann den schmalen Pfad zum Pfarrhaus hoch. Ehe sie zur Türklinke greifen konnte, wurde die Tür von einer Frau in einem baumwollenen Hauskleid geöffnet; ihr Gesicht war von Falten durchzogen. Im Pfarrhaus herrschte der typische, staubig-stockfleckige Geruch des Alters.

»Vater.« Madame Dubrock nahm seinen anderen Arm und half ihm hinein. »Haben Sie einen schönen Spaziergang gemacht?«

»Ich habe Reisende mitgebracht. Machen Sie bitte Tee?«

»Natürlich.« Die Frau führte den Priester durch eine schummrige kleine Halle in ein vollgestopftes Wohnzimmer. Eine schwarzgebundene Bibel mit vergilbten Seiten war beim Buch David aufgeschlagen. Fast heruntergebrannte Kerzen standen auf dem Tisch und auf einem alten Klavier, das aussah, als habe es schon bessere Tage gesehen. Eine angeschlagene, verblaßte Statue der Heiligen Jungfrau zierte das Fensterbrett. Madame Dubrock redete leise auf den Priester ein, der sich in einem Sessel niederließ.

Doug blickte auf das alte Kruzifix an der Wand und fuhr sich mit der Hand durchs Haar. In Kirchen fühlte er sich meist sehr unbehaglich, doch das hier war ungleich schlimmer. »Whitney, wir haben dafür keine Zeit.«

»Schschtt. Madame Dubrock ...«, begann sie.

»Nehmen Sie bitte Platz, ich bringe den Tee.«

Mit einer Mischung aus Mitleid und Ungeduld blickte Whitney zu dem Priester hin. »Vater ...«

»Sie sind jung.« Seufzend betastete er seinen Rosenkranz. »Ich habe länger in diesem Haus des Herrn die Messe gelesen, als Sie auf der Welt sind. Nur sehr wenige kommen noch.«

Wieder war Whitney von den hellen Augen und der müden Stimme angetan. »Nicht wieviele es sind zählt, nicht wahr, Vater?« Sie setzte sich neben ihn. »Einer ist schon genug.«

Lächelnd schloß er die Augen und döste ein.

»Armer alter Mann«, murmelte sie.

»Und ich möchte gerne genauso alt werden«, warf Doug ein. »Süße, während wir auf unseren Tee warten, ist Remo vielleicht schon in der Stadt. Er könnte etwas böse auf uns sein, weil wir ihm seinen Jeep gestohlen haben.«

»Was sollte ich denn machen? Ihm sagen, daß wir bezahlte Killer am Hals haben?« Mit flammenden Augen blitzte sie ihn an, wie immer, wenn etwas an ihr Herz rührte.

»Okay, okay.« Auch er hatte kleine Stiche des Mitleids verspürt, aber nicht darauf geachtet. »Wir haben unsere gute Tat getan, und jetzt hält er ein Nickerchen. Laß uns das tun, weswegen wir gekommen sind.«

Sie kreuzte die Arme vor der Brust und kam sich vor wie ein Leichenschänder. »Hör zu, vielleicht gibt es hier Aufzeichnungen oder Bücher, die wir durchsehen können, anstatt daß wir …« Sie brach ab und blickte zum Friedhof. »Du weißt schon.«

Er rieb seine Fingerknöchel an ihrer Wange. »Bleib du doch hier, und ich sehe mich allein um.«

Am liebsten hätte sie zugestimmt, doch das wäre Feigheit vor dem Feind. »Nein, wir stehen das gemeinsam durch. Wenn Gerald und Magdaline Lebrun dort draußen liegen, dann werden wir sie gemeinsam finden.«

»Es gab hier eine Magdaline Lebrun, die im Kindbett starb, und ihre Tochter Danielle, die das Fieber nicht überlebte.« Madame Dubrock kam mit einem Tablett mit Tee und Keksen ins Zimmer geschlurft.

»Ja?« Whitney drehte sich zu Doug um und nahm seine Hand. »Ja?«

Die alte Frau lächelte, als sie Dougs mißtrauischen Blick sah. »Ich verbringe abends viele Stunden alleine. Die Kirchenbücher sind mein Hobby. Die Kirche selbst ist dreihundert Jahre alt und hat Kriege und Wirbelstürme überstanden.«

»Sie haben von den Lebruns gelesen?«

»Ich bin alt.« Als Doug ihr das Tablett abnahm, seufzte sie erleichtert. »Aber mein Gedächtnis ist noch gut.« Sie warf dem schlummernden Priester einen Blick zu. »Auch er wird gehen.« In ihrer Stimme klang ein Anflug von Stolz mit; oder vielleicht, dachte Whitney, eher ein Anflug von Schicksalsergebenheit. »Viele sind vor der Revolution hierhergeflüchtet, viele starben. Ich erinnere mich, von den Lebruns gelesen zu haben.«

»Danke, Madame.« Whitney griff in ihre Brieftasche und entnahm ihr die Hälfte ihrer restlichen Barschaft. »Für Ihre Kirche.« Sie blickte zu dem Priester hinüber und fügte noch einige Scheine hinzu. »Eine Spende im Gedenken an die Familie Lebrun.«

Madame Dubrock nahm das Geld mit ruhiger Würde entgegen. »Wenn es Gottes Wille ist, werden Sie finden, was Sie suchen. Sollten Sie eine Erfrischung brauchen, dann kommen Sie zum Pfarrhaus. Sie sind herzlich willkommen.«

»Danke, Madame.« Plötzlich entschlossen ging Whitney auf sie zu. »Einige Männer suchen nach uns.«

Gelassen blickte die Frau Whitney an. »Ja, mein Kind?«

»Sie sind gefährlich.«

Der Priester rührte sich im Sessel und sah Doug an. Auch dieser Mann war einst gefährlich, dachte er, doch jetzt hatte er seinen Frieden wohl gefunden. Er nickte Whitney zu. »Gott wird euch schützen.« Wieder schloß er die Augen und nickte ein.

»Sie stellten keine Fragen«, murmelte Whitney, als sie hinausgingen.

Doug blickte über die Schulter. »Manche Menschen haben alle Antworten, die sie brauchen.« Er gehörte nicht dazu. »Laß uns suchen, weswegen wir gekommen sind.«

Wegen des Gestrüpps, der Ranken und der verwitterten Grabsteine benötigten sie eine Stunde, um die Hälfte des Friedhofs abzusuchen. Die Sonne stieg höher, die Schatten wurden kürzer. Sogar aus dieser Entfernung konnte Whitney das Meer riechen. Erschöpft und entmutigt setzte sie sich auf den Boden, um Doug bei der Arbeit zuzusehen.

»Wir sollten morgen wiederkommen und den Rest überprüfen. Im Moment kann ich mich kaum auf die Namen konzentrieren.«

»Heute.« Er sprach halb zu sich selbst, als er sich über einen weiteren Grabstein beugte. »Es muß heute sein, das fühle ich.«

»Ich fühle nur Rückenschmerzen.«

»Wir sind ganz nah dran, das weiß ich. Die Handflächen werden feucht, und du hast ein kribbelndes Gefühl im Magen. Das ist wie beim Safeknacken, das letzte Klicken mußt du gar nicht mehr hören, um zu wissen, daß du's geschafft hast. Es ist hier.« Er richtete sich auf und streckte sich. »Und ich finde es, selbst wenn es die nächsten zehn Jahre dauern sollte.«

Whitney sah zu ihm hinüber und rappelte sich seufzend hoch, stützte sich mit einer Hand an einem Grabstein ab und verfing sich in einer Ranke. Fluchend beugte sie sich vor, um sich loszumachen. Ihr Herz machte einen Sprung. Sie blickte erneut nach unten und las den eingemeißelten Namen. »So lange wird es nicht dauern.«

»Wie bitte?«

»So lange wird es nicht dauern.« Ihr strahlendes Lächeln ließ ihn innehalten. »Wir haben Danielle gefunden.« Mühsam hielt Whitney die Tränen zurück, als sie den Stein säuberte. »Danielle Lebrun«, las sie. »1779–1795. Armes Kind, so weit weg von zu Hause.«

»Auch ihre Mutter liegt hier.« Dougs Stimme klang sanft, ohne das aufgeregte Lispeln. Er ließ seine Hand in die Whitneys gleiten. »Sie starb jung.«

»Bestimmt hatte sie ihr Haar gepudert und mit Federn geschmückt. Und ihre Kleider waren tief ausgeschnitten, mit Schleppe.« Whitney legte ihren Kopf an seine Schulter. »Dann lernte sie, einen Garten anzulegen und das Geheimnis ihres Mannes zu bewahren.«

»Aber wo ist er?« Doug beugte sich wieder hinunter. »Warum ist er nicht neben ihr begraben?«

»Er sollte …« Ihr kam ein Gedanke, und sie wirbelte herum, einen Fluch verbeißend. »Er beging Selbstmord. Man durfte ihn nicht neben ihr begraben, denn das hier ist heiliger Boden. Doug, er liegt nicht auf dem Friedhof.«

Er starrte sie an. »Was?«

»Selbstmord.« Sie fuhr sich durchs Haar. »Er starb in Sünde, also konnte er nicht auf dem Kirchengelände bestattet werden.« Hilflos sah sie sich um. »Ich weiß nicht einmal, wo ich suchen sollte.«

»Irgendwo mußten sie ihn ja begraben.« Er begann, zwischen den Grabsteinen auf und ab zu gehen. »Was geschah mit denen, die man nicht auf dem Friedhof zur letzten Ruhe betten konnte?«

Whitney runzelte nachdenklich die Stirn. »Kommt drauf an, würde ich sagen. Wenn der Priester ein mitleidiger Mann war, dann wird das Grab hier in der Nähe sein.«

»Es ist hier«, murmelte Doug. »Und meine Handflächen sind immer noch feucht.« Er nahm sie bei der Hand und ging zu dem niedrigen Zaun, der den Friedhof umgab. »Wir fangen hier an.«

Eine weitere Stunde lang suchten sie das Gebüsch ab. Als Whitney die erste Schlange sah, wäre sie beinahe zum Jeep zurückgelaufen, doch Doug drückte ihr mitleidslos einen Stock in die Hand. Whitney straffte sich und suchte weiter. Als Doug stolperte und fluchte, schenkte sie ihm keine Beachtung.

»Du heilige Scheiße!«

Whitney hob ihren Stock, bereit, zuzuschlagen. »Schlangen?«

»Vergiß die Schlangen.« Er packte sie bei der Hand und zog sie herunter. »Ich habe ihn gefunden.«

Der schmucklose kleine Grabstein war fast schon in der Erde versunken. Er trug die schlichte Inschrift GERALD LEBRUN. Whitney legte eine Hand darauf und fragte sich, ob wohl irgend jemand hier um ihn getrauert hatte.

»Bingo!« Doug riß eine daumendicke Ranke mit trompetenförmigen Blüten von einem anderen Stein. MARIE stand darauf.

»Marie«, murmelte sie. »Ein weiterer Selbstmord?«

»Nein.« Er nahm Whitney bei den Schultern, und über die Steine hinweg sahen sie sich an. »Er hat den Schatz bewacht, so wie er es versprochen hatte. Sogar im Tod. Er muß ihn hier vergraben haben, ehe er den letzten Brief schrieb. Vermutlich bat er darum, hier beerdigt zu werden. Sie konnten ihn nicht neben seiner Familie zur Ruhe betten, doch nichts sprach dagegen, ihm seinen letzten Wunsch zu erfüllen und den Stein mit dem Namen Marie darauf neben den seinen zu setzen.«

»Gut, das klingt logisch.« Ihr Mund war wie ausgetrocknet. »Was nun?«

»Jetzt stehle ich einen Spaten.«

»Doug ...«

»Keine sentimentalen Anwandlungen, bitte.«

Wieder schluckte sie. »Gut, aber beeil dich.«

»Dauert nur eine Sekunde.« Er küßte sie rasch, ehe er sich davonmachte.

Whitney ließ sich mit weichen Knien und pochendem Herzen zwischen den zwei Steinen nieder. Waren sie wirklich so nah am Ziel? Sie blickte auf das verwilderte, vernachlässigte Fleckchen Erde nieder. Hatte Gerald, der Vertraute der Königin, den Schatz zweihundert Jahre lang an seiner Seite gehabt?

Und wenn sie ihn fanden? Whitney zupfte ein paar Grashalme ab. Für den Augenblick wollte sie nur daran denken, daß sie, wenn sie ihn fanden, Dimitri geschlagen hatten. Für den Augenblick mußte ihr das genügen.

Doug näherte sich ihr geräuschlos. Whitney hörte ihn erst, als er ihren Namen flüsterte. Fluchend rutschte sie auf den Knien nach vorn. »Mußte das sein?«

»Ich wollte unseren kleinen Nachmittagsjob möglichst ungestört durchführen.« Er hielt eine kurze, gezahnte Schaufel in der Hand. »Etwas Besseres konnte ich in der kurzen Zeit nicht auftreiben.«

Mit beinahe entrücktem Ausdruck starrte er auf den schmutzigen Boden unter seinen Füßen, kostete das Gefühl aus, auf dem Tor zur Sonnenseite des Lebens zu stehen.

Whitney konnte ihm die Gedanken vom Gesicht ablesen. Erneut kämpften Verständnis und Enttäuschung in ihr. Dann legte sie die Hand über seine und küßte ihn lange. »Viel Glück.«

Doug begann zu graben. Einige Minuten hörte man nichts außer dem monotonen Geräusch, mit dem Metall auf Erde traf. Von der See wehte kein Lüftchen herüber, so daß ihm der Schweiß in Strömen über das Gesicht lief. Die Hitze und die unheimliche Stille bedrückte sie beide. Als das Loch immer tiefer wurde, dachten sie an die einzelnen Stationen der Reise zurück, die sie hierhergeführt hatte.

Eine wahnsinnige Verfolgungsjagd durch die Straßen Manhattans, eine verzweifelte Flucht in Washington, D.C., der Sprung aus einem fahrenden Zug und ein endloser Marsch durch unwegsames, bergiges Gelände. Das Merinadorf. Die Musik von Cyndi Lauper während einer Kanalfahrt. Leidenschaft und Kaviar in einem gestohlenen Jeep. Tod und Liebe, beides unerwartet.

Doug fühlte, daß die Schaufel auf etwas Hartes traf. Der gedämpfte Ton hallte im Gebüsch wider, als seine Augen denen Whitneys begegneten. Auf den Knien liegend schaufelten sie die restliche Erde mit den Händen beiseite, und ohne daß sie zu atmen wagten, legten sie ihren Fund frei und hoben ihn heraus.

»O Gott«, flüsterte sie gepreßt. »Es ist alles wahr!«

Das Kästchen war klein, rechteckig, von Schmutz überzogen und mit von der Feuchtigkeit hervorgerufenem Schimmel bedeckt. Wie Danielle es beschrieben hatte, war es einfach und schmucklos. Doch trotzdem wußte Whitney, daß dieses kleine Kästchen in den Augen eines Sammlers oder eines Museumsdirektors ein Vermögen wert war. Die Jahrhunderte hatten die Messingbeschläge mit einer Patina überkrustet.

»Brich das Schloß nicht auf«, bat Whitney, als Doug daran herumzufingern begann.

Er zügelte seine Ungeduld und nahm sich eine Minute Zeit, um das Schloß so vorsichtig zu öffnen, als benutze er den passenden Schlüssel. Dann klappte er den Deckel auf und beide konnten nur regungslos dastehen und hineinstarren.

Whitney hätte nicht sagen können, was sie eigentlich erwartet hatte. Die Hälfte der Zeit hatte sie das gesamte Unternehmen als eine Marotte abgetan, auch wenn Dougs Begeisterung sie ansteckte. Doch in ihren kühnsten Träumen hätte sie es sich nicht ausmalen können, etwas Derartiges zu finden.

Diamanten glitzerten, Gold blendete ihre Augen. Atemlos tauchte sie die Hand hinein.

Das Diamanthalsband in ihrer Hand schimmerte hell, kühl und so erlesen wie Mondlicht im Winter.

Konnte es tatsächlich möglich sein? fragte sich Whitney. Hielt sie wirklich jenes berüchtigte Halsband in Händen, das in den letzten Tagen vor der Revolution Maries Untergang mit herbeigeführt hatte? Hatte die Frau es getragen, aus Trotz vielleicht, und beobachtet, wie die Steine auf ihrer Haut eisige Glut verströmten? War die junge Frau von ihrer Liebe zu schönen, kostbaren Dingen überwältigt worden, ein Opfer ihrer Gier nach Besitz und Macht, oder hatte sie schlicht und einfach die Augen vor all dem Leid außerhalb ihrer Palastwände verschlossen?

Diese Frage konnten nur Geschichtswissenschaftler beantworten, dachte Whitney, aber auf jeden Fall war Marie imstande gewesen, einige ihrer Untertanen zu Loyalität zu verpflichten. So hatte Gerald Lebrun die Juwelen seiner Königin bis zum Schluß beschützt und bewacht.

Doug hielt ein aus fünf Strängen bestehendes Smaragdkollier hoch, so schwer, daß es die Hand nach unten zog. Auch das war in dem Buch aufgeführt, unter einem Frauennamen. Maria, Louise, er wußte es nicht mehr genau. Doch wie Whitney schon einmal festgestellt hatte, wirkten Juwelen stärker, wenn man sie dreidimensional vor sich sah. Was da in seiner Hand glänzte, hatte seit zweihundert Jahren kein Sonnenlicht mehr gesehen.

Es gab noch mehr, genug, um Gier, Leidenschaft und Verlangen zu befriedigen. Das kleine Kästchen quoll vor Edelsteinen förmlich über. Behutsam griff Whitney hinein und nahm eine kleine Miniatur heraus.

Schon häufig hatte sie Portraits der Königin zu Gesicht bekommen, doch nun hielt sie zum ersten Mal ein künstlerisches Meisterwerk in der Hand. Marie Antoinette, frivol, unbesonnen und extravagant wie sie gewesen war, lächelte sie an, so, als ob sie noch immer auf ihrem Thron sitzen würde. Die winzige Miniatur war oval geformt und mit Gold gerahmt. Die Signatur des Künstlers konnte man nicht mehr erkennen, und das Portrait mußte dringend restauriert werden, doch Whitney erkannte dessen Wert. Und ihre moralische Verpflichtung.

»Doug …«

»Guter Gott!« Egal wie hochfliegend seine Träume auch gewesen sein mochten, mit einem solchen Ergebnis seiner Suche hatte er nicht gerechnet. Ein Vermögen lag in seiner Hand, der endgültige Erfolg war da. Er hatte das Spiel gewonnen, dachte er, als er einen lupenreinen, tränenförmigen Diamanten mit den Fingerspitzen hochhielt. Beinahe unbewußt ließ er ihn in die Tasche gleiten.

»Sieh dir das an, Whitney, jetzt liegt uns die Welt zu Füßen, die ganze gottverdammte Welt. Gott schütze die Königin!« Lachend legte er ihr eine Kette aus Diamanten und Smaragden um den Hals.

»Doug, schau mal.«

»Was ist denn?« Die glitzernden Steine, die leise im Kästchen klirrten, interessierten ihn entschieden mehr als ein kleines, unauffälliges Bild. »Der Rahmen ist nur ein paar Mäuse wert«, meinte er gelangweilt, während er ein schweres, reich verziertes und mit riesigen, rechteckig geschliffenen Saphiren besetztes Armband herausnahm.

»Das ist ein Portrait von Marie.«

»Wertvoll?«

»Unbezahlbar.«

»Tatsächlich?« Mit plötzlich erwachtem Interesse begutachtete er die Miniatur.

»Doug, diese Miniatur ist zweihundert Jahre alt. Kein lebender Mensch hat sie je zuvor gesehen. Niemand weiß, daß sie existiert.«

»Also wird sie einen guten Preis bringen.«

»Verstehst du denn nicht?« Ungeduldig nahm sie ihm das Portrait aus der Hand. »Das ist nichts, was du zu einem Hehler bringen kannst. Es ist ein Kunstgegenstand. Doug …« Sie hielt das Diamanthalsband in die Höhe. »Sieh dir das an. Das sind nicht einfach aneinandergereihte Steine, die dir einen ordentlichen Batzen einbringen. Achte auf die kunstvolle Handarbeit, den Stil. Hier geht es um Kunst, und um

Geschichte. Wenn dies wirklich das besagte Halsband ist, könnte es ein ganz neues Licht auf die bislang geltenden Theorien werfen.«

»Es ist die Eintrittskarte zu meinem neuen Leben«, korrigierte er und legte das Halsband zurück.

»Doug, dieser Schmuck gehörte einer Frau, die vor zweihundert Jahren gelebt hat. Du kannst ihr Halsband, ihr Armband und die anderen Stücke nicht einfach in ein Pfandhaus tragen oder die Steine herausbrechen und verkaufen. Das ist – das ist unmoralisch.«

»Über Moral unterhalten wir uns später.«

»Doug ...«

Ärgerlich warf er den Deckel zu und stand auf. »Schön, du willst die Miniatur und ein paar Steinchen einem Museum übergeben, okay. Da können wir drüber reden. Ich habe mein Leben für dieses Kästchen riskiert, und, verdammt nochmal, deins dazu. Ich verschenke doch nicht meine einzige Chance, aus all dem herauszukommen und endlich wer zu sein, nur damit die Leute die Steine in einem Museum anglotzen können.«

Als sie sich erhob, warf sie ihm einen Blick zu, den er nicht recht zu deuten wußte. »Denk daran, wer du eigentlich bist«, sagte sie weich.

Ihre Worte rührten etwas tief in ihm an, doch er schüttelte den Kopf. »Das ist nicht genug, Süße. Menschen wie ich sehnen uns nach etwas, was uns nicht in die Wiege gelegt worden ist. Ich habe dieses Leben satt, und dies ermöglicht mir den Ausstieg.«

»Doug ...«

»Sieh mal, was auch immer später mit dem Zeug geschieht, zuerst müssen wir es fortschaffen.«

Erst wollte sie die Diskussion fortführen, doch dann gab sie nach. »Gut. Aber das Thema ist noch nicht beendet.«

»Wie du meinst.« Er schenkte ihr dieses schelmische Lächeln, dem sie nie traute. »Wie wär's, wenn wir jetzt das Baby nach Hause bringen?«

Mit einem leichten Kopfschütteln erwiderte Whitney sein Lächeln. »Wir sind so weit gekommen ... Vielleicht schaffen wir es ja.«

Als Doug sich umdrehte, um sich einen Weg durch die Büsche zu bahnen, hielt sie ihn zurück, pflückte rasch einige Blüten von den Ranken und legte sie auf Geralds Grab nieder. »Du hast alles getan, was in deiner Macht stand.« Dann folgte sie Doug zum Jeep. Er blickte sich vorsichtig um, verstaute das Kästchen auf dem Rücksitz und wickelte eine Decke darum.

»Okay, und nun suchen wir uns ein Hotel.«

»Die beste Neuigkeit des Tages.«

Als er eines entdeckt hatte, das seinem Geschmack entsprach, hielt Doug am Bordstein an. »So, du nimmst dir jetzt ein Zimmer. Ich sehe zu, daß wir mit dem ersten Flieger morgen früh außer Landes kommen.«

»Was ist mit unserem Gepäck in Atananarivo?«

»Das lassen wir uns nachschicken. Wohin möchtest du denn?«

»Nach Paris«, antwortete sie prompt. »Ich hab so ein Gefühl, daß ich mich diesmal nicht langweilen werde.«

»Alles klar. Wenn du mir jetzt noch ein bißchen Bargeld gibst, kann ich mich um alles kümmern.«

»Natürlich.« Als ob sie ihm noch nie einen Cent verweigert hätte, zückte Whitney ihre Brieftasche. »Nimm lieber etwas Plastik«, riet sie ihm und zog eine Kreditkarte hervor. »Erste Klasse, wenn ich bitten darf.«

»Was sonst? Ordere das beste Zimmer im Haus, Süße. Heute nacht beginnt ein neues Leben.«

Sie lächelte, lehnte sich aber über den Rücksitz und griff nach dem in die Decke gewickelten Kästchen. »Das nehme ich besser mit.«

»Traust du mir nicht?«

»Das würde ich nicht sagen. Reine Vorsichtsmaßnahme.« Ihm eine Kußhand zuwerfend, sprang sie aus dem Wagen. In ihren schmutzstarrenden Hosen und der zerrissenen Bluse betrat sie das Hotel wie eine Prinzessin.

Doug beobachtete, wie drei Männer aufsprangen, um ihr die Tür aufzuhalten. Klasse, dachte er erneut. Sie verbreitet eine Aura von Klasse. Hatte sie ihn nicht einmal um ein blaues Seidenkleid gebeten? Grinsend fuhr er los. Nun, er würde ihr einige Überraschungen mitbringen.

Das Zimmer sagte ihr zu, und sie entlohnte den Pagen mit einem fürstlichen Trinkgeld. Als sie allein war, entfernte sie die Decke und öffnete das Kästchen.

Sie hatte sich nie für konservativ oder für einen Kunstfanatiker gehalten. Doch als sie auf den Schmuck und die Edelsteine herabblickte, Zeugen eines vergangenen Zeitalters, wurde ihr klar, daß sie niemals imstande sein würde, sie zu Geld zu machen. Für das, was sie in der Hand hielt, waren Menschen gestorben, einige aus Habgier, andere für ihre Prinzipien, wieder andere, weil sie nur zur falschen Zeit am falschen Ort gewesen waren. Wie Juan, und wie Jacques. Nein, das waren nicht einfach nur Juwelen.

Was hier in ihrer Hand lag, gehörte weder ihr noch Doug. Das Problem war, ihn davon zu überzeugen.

Whitney ließ den Deckel zufallen, ging ins Bad und drehte den Wasserhahn auf. Sofort kam die Erinnerung an das kleine Gasthaus an der Küste und an Jacques zurück.

Jacques war tot, aber vielleicht würde man ihn nicht vergessen, wenn sich die Miniatur und der Schatz an dem ihnen gebührenden Platz befanden. In einem New Yorker Museum, mit einem kleinen Schild darunter, das seinen Namen trug. Ja. Sie mußte lächeln. Jacques würde das zu schätzen wissen.

Das Wasser lief weiter, als sie zum Fenster schlenderte und die Aussicht bewunderte. Die Bucht und die geschäftige kleine Stadt darunter gefielen ihr. Gerne wäre sie die Promenade entlangspaziert, um den Eindruck des Hafens in sich aufzunehmen. Bestimmt boten die Läden eine Fülle von Dingen, die eine Innenarchitektin gebrauchen konnte. Zu schade, daß es ihr nicht möglich war, mit einigen Kisten voll typisch madagassischer Waren nach New York zurückzukehren.

Während sie ihren Gedanken nachhing, fiel ihr Blick auf eine Gestalt unten auf dem Bürgersteig, und sie schrak zusammen. Ein weißer Anzug. Lächerlich, mahnte sie sich. Viele Männer trugen bei diesen tropischen Temperaturen helle Anzüge. Es konnte einfach nicht sein … Und doch, als sie genauer hinsah, war sie fast sicher, daß es sich um denselben

Mann handelte. Atemlos wartete sie darauf, daß er sich umdrehte, damit sie Gewißheit hatte, doch er verschwand in einem Hauseingang, und sie schnaubte frustriert. Es lag an ihren Nerven. Wie konnte ihnen jemand kreuz und quer bis Diego-Suarez gefolgt sein? Hoffentlich kam Doug bald zurück. Sie wollte baden, sich umziehen, etwas essen und dann ein Flugzeug besteigen.

Paris, träumte sie mit geschlossenen Augen. Eine Woche Erholung pur. Liebe und Champagner. Nach alldem, was sie durchgemacht hatten, verdienten sie einen Urlaub. Nach Paris … Seufzend ging sie ins Bad zurück. Was danach kam, war eine andere Frage.

Sie drehte den Hahn zu, reckte sich und griff zum obersten Knopf ihrer Bluse. Da blickte sie Remo aus dem Spiegel über dem Waschbecken an.

»Miss MacAllister.« Lächelnd berührte er die Narbe auf seiner Wange. »Es ist mir ein Vergnügen.«

14

Sie dachte daran, zu schreien. Heiße, bittere Angst stieg ihr die Kehle hoch und bildete einen eisigen Klumpen in ihrem Magen. Doch der ruhige, abwartende Ausdruck in Remos Augen verriet ihr, daß er sie nur allzu gern zum Schweigen bringen würde. Sie schrie nicht.

In der nächsten Sekunde dachte sie an Flucht – daran, ihn einfach beiseite zu stoßen und zur Tür hinauszurennen. Es bestand immerhin eine Chance, daß sie es schaffte. Oder auch nicht.

Die Hand noch immer am obersten Knopf ihrer Bluse, wich sie zurück. In dem kleinen Badezimmer hallte ihr keuchender, abgehackter Atem wider. Der Laut entlockte Remo ein zufriedenes Lächeln, und als sie dies bemerkte, bemühte sich Whitney um Selbstkontrolle. Sie war so weit gekommen, hatte so hart gearbeitet, und nun saß sie in der Falle. Ihre Finger schlossen sich um den Porzellanrand des Waschbeckens. Sie würde weder jammern noch betteln, das war sie sich und ihrem Stolz schuldig.

Eine Bewegung hinter Remo ließ Whitney zusammenzucken. Sie blickte an ihm vorbei und direkt in Barns' leere, freundlich blickende Augen. In diesem Moment lernte sie, wie primitiv und urtümlich Angst sein konnte, etwa so wie die Panik, die eine Maus empfinden mochte, wenn die Katze spielerisch mit der Pfote nach ihr schlug. Ihr Instinkt sagte ihr, daß von dieser Kreatur eine sehr viel größere Gefahr drohte als von dem großen, dunkelhaarigen Mann, der eine Pistole auf sie gerichtet hielt. Es gab eine Zeit für Heldentum, eine Zeit für Angst und eine Zeit, die Würfel zu werfen. Whitney faltete ihre Finger und betete.

»Sie sind Remo, wie ich annehme. Nun, Sie arbeiten schnell.« Ihr Verstand und desgleichen die Gedanken überschlugen sich beinahe auf der Suche nach Auswegen und

Fluchtmöglichkeiten. Doug war erst zwanzig Minuten fort. Sie war allein.

Er hatte gehofft, sie würde schreien oder versuchen, die Flucht zu ergreifen, so daß er ihr mit Fug und Recht eine Lektion erteilen konnte. Seine Eitelkeit litt immer noch unter der Narbe auf seiner Wange. Doch Eitelkeit hin, Eitelkeit her, Remo fürchtete Dimitri zu sehr, um Whitney grundlos zusammenzuschlagen. Und Dimitri wünschte, daß Frauen unversehrt zu ihm gebracht wurden, egal in welchem Zustand sie sich befanden, wenn er mit ihnen fertig war. Doch sie einzuschüchtern, war eine andere Sache. Er preßte ihr den Lauf der Waffe so fest unter das Kinn, daß sich die Mündung in das weiche, verletzliche Fleisch des Halses drückte. Sein Lächeln wurde breiter, als sie erschauerte.

»Lord«, sagte er knapp. »Wo ist er?«

Sie zuckte die Schultern. Noch nie zuvor hatte sie solche Angst verspürt. Doch als sie antwortete, klang ihre Stimme bewußt kühl und ruhig, obwohl ihr Mund strohtrocken war. »Ich habe ihn getötet.«

Die Lüge kam ihr so glatt und leicht über die Lippen, daß es sie selbst erstaunte. Da dem so war, und da glatte Lügen oft glaubhaft klangen, spann sie den Faden weiter. Mit einem Finger schob sie den Lauf von ihrem Hals fort.

Remo starrte sie an. Seine Intelligenz reichte nicht aus, um hinter die Fassade zu blicken, so sah er zwar die Anmaßung in ihren Augen, ohne jedoch die Angst dahinter wahrzunehmen. Er packte sie am Arm, zerrte sie ins Schlafzimmer und stieß sie unsanft in einen Sessel. »Wo ist Lord?«

Whitney räkelte sich im Sessel, dann klopfte sie den ohnehin schon schmutzigen Ärmel ihrer Bluse ab. Sie durfte ihn auf keinen Fall merken lassen, daß ihre Finger zitterten. Es würde sie ihre ganze noch verbliebene Kraft kosten, die Komödie weiterzuspielen. »Wirklich, Remo, ich hätte von Ihnen schon mehr Stil erwartet als von einem zweitklassigen Dieb.«

Mit einer Kopfbewegung gab Remo Barns ein Zeichen. Immer noch grinsend näherte sich ihr dieser, einen kleinen, häßlichen Revolver in der Hand. »Hübsch«, sagte er fast hingebungsvoll. »Hübsch und weich.«

»Er schießt Leuten gern in so empfindliche Körperteile wie das Kniegelenk«, informierte Remo sie. »Also, wo ist Lord?«

Whitney zwang sich, die auf ihr linkes Knie gerichtete Waffe zu ignorieren. Wenn sie darüber nachdachte, würde sie zu einem flehenden Bündel Mensch zusammensinken. »Ich habe ihn getötet«, wiederholte sie. »Könnte ich eine Zigarette bekommen? Ich habe seit Tagen keine mehr geraucht.«

Ihr Ton klang so beiläufig, daß Remo schon nach seinen Zigaretten griff, ehe er sich dessen bewußt wurde. Frustriert zielte er genau zwischen ihre Augen. Hinter Whitneys Stirn begann eine Ader zu pochen. »Ich frage nur noch einmal höflich. Wo ist Lord?«

Sie stieß einen kurzen, ärgerlichen Seufzer aus. »Ich sagte es Ihnen doch schon. Er ist tot.« Sie war sich bewußt, daß Barns sie noch immer leise vor sich hinsummend anglotzte. Ihr Magen hob sich, ehe sie kritisch ihre Nägel betrachtete. »Vermutlich können Sie mir auch nicht sagen, wo man in diesem Kaff eine anständige Maniküre bekommt?«

»Wie haben Sie ihn umgebracht?«

Ihr Herz schlug schneller. Wenn er nach der Art und Weise fragte, dann war er nahe daran, ihr zu glauben. »Ich habe ihn natürlich erschossen.« Sie lächelte unbestimmt und schlug die Beine übereinander. Remo signalisierte Barns, die Waffe sinken zu lassen, und sie unterdrückte ein erleichtertes Seufzen. »Es schien mir der sicherste Weg.«

»Warum?«

»Warum?« Sie blinzelte ihn an. »Warum was? Ich brauchte ihn eben nicht mehr«, antwortete sie schlicht.

Barns trat vor und strich mit einer pummeligen Hand über ihr Haar, dabei gab er einen tierhaften Laut von sich, der Gefallen bekunden sollte. Sie beging den Fehler, sich umzudrehen und ihn anzusehen; was sie in seinen Augen las, ließ ihr das Blut in den Adern gefrieren. Whitney bemühte sich krampfhaft, nur ihren Ekel, nicht aber ihre Angst zu zeigen.

»Ist das Ihr Haustier, Remo?« fragte sie nachsichtig. »Hoffentlich gehorcht es.«

»Finger weg, Barns!«

Der streichelte weiter ihr Haar. »Will doch nur mal anfassen.«

»Finger weg!«

Whitney bemerkte den Ausdruck in Barns' Augen, als er sich zu Remo umdrehte. Alle Freundlichkeit war daraus gewichen, geblieben war nur schwarzer, hinterhältiger Schwachsinn. Sie schluckte, nicht sicher, ob er gehorchen oder Remo einfach über den Haufen schießen würde. Wenn sie es mit einem von beiden zu tun bekam, dann lieber nicht mit Barns.

»Meine Herren«, sagte sie so klar und bestimmt, daß sich beide Männer ihr zuwandten, »wenn das hier noch lange dauert, dann hätte ich doch gerne eine Zigarette. Es war ein anstrengender Morgen.«

Mit der linken Hand griff Remo in seine Tasche und bot ihr eine Zigarette an. Whitney nahm sie, hielt sie zwischen zwei Fingern und sah ihn erwartungsvoll an. Obgleich Remo ihr ohne Zögern ein Loch in den Kopf geschossen hätte, legte er doch Wert auf gute Manieren, also holte er sein Feuerzeug hervor und gab ihr Feuer.

Whitney sah ihn unverwandt an, wobei sie Rauchwolken in die Luft blies. »Danke.«

»Bitte. Sie erwarten doch wohl nicht im Ernst, daß ich Ihnen diese Geschichte abkaufe? Sie haben Lord erledigt? Er ist kein Dummkopf.«

Whitney lehnte sich zurück und führte die Zigarette erneut an die Lippen. »Da gehen unsere Ansichten auseinander. Lord war ein Dummkopf ersten Grades. Es ist schon fast beschämend, wie leicht man mit einem Mann fertig wird, dessen Verstand, nun, sagen wir mal, unterhalb der Gürtellinie sitzt.« Schweiß rann ihr den Rücken herab, und sie mußte alle Kraft aufbieten, um nicht ohnmächtig zu werden.

Remo betrachtete sie. Ihr Gesicht war ruhig, die Hände flatterten nicht. Entweder hatte sie mehr Mut, als er ihr zugetraut hatte, oder sie sagte die Wahrheit. Unter normalen

Umständen hätte es ihn nicht gestört, wenn ein anderer seine Arbeit erledigte, doch mit Doug hatte er eigenhändig abrechnen wollen. »Hör zu, Baby, du warst aus freien Stücken mit Lord zusammen. Du hast ihm die ganze Zeit geholfen.«

»Natürlich. Er hatte etwas, das ich haben wollte.« Sie zog an ihrer Zigarette, dankbar, daß sie nicht husten mußte. »Ich half ihm, unterstützte ihn sogar finanziell.« Behutsam streifte sie die Asche ab. Hinhaltetaktik würde hier nicht wirken, erkannte sie. Wenn Doug zurückkehrte, während sie hier waren, dann bedeutete das das sichere Ende. Für sie beide. »Ich muß gestehen, daß ich eine Zeitlang durchaus meinen Spaß hatte, auch wenn es Douglas an Stil mangelte. Von einem Mann wie ihm hat eine Frau schnell genug, Sie verstehen?« Ihr Blick wanderte durch den Rauch hindurch an Remo hinauf und hinunter. »Nun, jedenfalls sah ich keinen Grund, warum ich ihn länger ertragen oder den Schatz mit ihm teilen sollte.«

»Also töteten Sie ihn?«

Ihr fiel auf, daß er das Wort ohne eine Spur Abscheu oder Verachtung aussprach. Sie hörte nur ungläubiges Staunen aus seiner Stimme heraus. »Natürlich. Er wurde ziemlich lästig, nachdem wir Ihren Jeep gestohlen hatten. Es war sehr einfach, ihn dazu zu bringen, anzuhalten – etwas abseits der Straße.« Lässig spielte sie mit ihrem Blusenknopf und bemerkte, daß Remos Blick ihr folgte. »Ich hatte die Papiere und den Jeep, wozu brauchte ich ihn noch? Ich erschoß ihn, warf ihn ins Gebüsch und fuhr in die Stadt.«

»Sehr nachlässig von ihm, Sie so zu unterschätzen.«

»Er war …«, ihre Fingerspitze glitt tiefer, »beschäftigt.« Glaubte er ihre Geschichte? Sie zuckte die Schultern. »Sie können gerne Ihre Zeit damit verschwenden, nach ihm zu suchen. Doch ich denke, Ihnen ist nicht entgangen, daß ich mir dieses Zimmer allein genommen habe. Und da Sie Douglas offensichtlich kennen, sollten Sie auch nicht vergessen, daß sich der Schatz in meinem Besitz befindet. Denken Sie wirklich, er hätte ihn mir vertrauensvoll überlassen?«

Sie deutete mit einem schlanken Finger zum Nachttisch.

Remo ging hinüber und hob den Deckel an. Was er sah, ließ seine Augen leuchten.

»Beeindruckend, nicht wahr?« Whitney drückte lässig ihre Zigarette aus. »Viel zu beeindruckend, um es mit einem Mann von Lords Kaliber zu teilen. Jedenfalls …« Sie brach ab und wartete, bis Remo sie aufmerksam ansah. »Bei einem Mann mit einer gewissen Kultur und Bildung sieht die Sache allerdings etwas anders aus.«

Er geriet in Versuchung. Ihre Augen waren dunkel und verlockend. Fast meinte er, die Hitze zu fühlen, die von dem kleinen Kästchen ausging. Dann erinnerte er sich an Dimitri. »Sie bekommen jetzt ein neues Quartier.«

»In Ordnung.« Als ob sie das Ganze nichts anginge, erhob sich Whitney. Sie mußte die Männer hier herauslotsen, und zwar schnell. Mit ihnen zu gehen war einer Kugel ins Knie oder sonstwohin entschieden vorzuziehen.

Remo nahm das Kästchen. Dimitri würde zufrieden sein, sehr, sehr zufrieden. Er lächelte Whitney schwach an. »Barns begleitet Sie zum Auto. Ich würde keine Tricks versuchen – außer Sie hätten gerne alle Finger Ihrer rechten Hand gebrochen.«

Der Blick auf Barns' grinsendes Gesicht verursachte ihr eine Gänsehaut. »Es besteht kein Grund, grob zu werden, Remo.«

Doug brauchte nicht lange, um zwei Flüge nach Paris zu buchen, doch sein Einkaufsbummel nahm entschieden mehr Zeit in Anspruch. Es bereitete ihm großes Vergnügen, Whitney ein Sortiment duftiger Unterwäsche zu kaufen – auch wenn ihre Kreditkartennummer auf der Quittung stand. Sehr zur Freude der Verkäuferin verbrachte er fast eine Stunde damit, ein leuchtendblaues Seidenkleid mit gerafftem Oberteil und glattem, engem Rock auszusuchen.

Sich selbst gönnte er einen saloppen, doch eleganten Anzug. Genauso gedachte er von nun an zu leben, zumindest eine Zeitlang. Mit lässiger Eleganz.

Als er ins Hotel zurückkehrte, war er mit Paketen beladen

und pfiff fröhlich vor sich hin. Jetzt ging alles glatt. Am nächsten Abend würden sie im Maxim Champagner schlürfen und sich in einem Zimmer mit Blick auf die Seine lieben. Keine Sechserpacks und zweitklassigen Hotels mehr für Doug Lord. Erste Klasse, hatte Whitney gesagt. Er würde sich an diesen Lebensstil gewöhnen müssen.

Zu seiner Überraschung fand er die Tür nur angelehnt vor. Wußte Whitney denn immer noch nicht, daß er für etwas so simples wie eine Hotelzimmertür keinen Schlüssel benötigte?

»Hey, Liebling, bereit zur Party?« Er ließ die Päckchen aufs Bett fallen und schwenkte die Sektflasche, für die er sage und schreibe fünfundsiebzig Dollar hingeblättert hatte. Als er zum Badezimmer ging, löste er bereits den Korken. »Ist das Wasser noch heiß«

Das Wasser war kalt, die Wanne leer. Einen Moment lang stand Doug verwirrt mitten im Badezimmer und starrte das ruhige, klare Wasser an. Der Korken hielt dem Druck nicht mehr stand und flog mit einem lauten Knall aus der Flasche, doch er bemerkte kaum den überschäumenden Sekt, der ihm über die Finger rann. Mit wild klopfendem Herzen rannte er ins Schlafzimmer zurück.

Ihr Rucksack lag noch dort, wo sie ihn hingeworfen hatte. Aber er sah kein kleines Holzkästchen. Rasch und gründlich durchsuchte er das Zimmer. Das Kästchen samt Inhalt war verschwunden. Whitney ebenfalls.

Zuerst verspürte er nur rasende Wut. Von einer Frau mit whiskyfarbenen Augen und kühlem Lächeln hereingelegt zu werden war hundertmal schlimmer als von einem o-beinigen Zwerg. Der Winzling war wenigstens im selben Geschäft tätig gewesen. Fluchend knallte er die Flasche auf den Tisch.

Frauen! Seit der Pubertät hatten sie ihm nichts als Ärger beschert. Wann würde er endlich dazulernen? Sie lächelten, blickten einen schmachtend an, klimperten mit den Wimpern und zogen einem gleichzeitig den letzten Dollar aus der Tasche.

Wie konnte er nur so dämlich sein! Hatte er doch tatsächlich geglaubt, daß ihre Gefühle echt waren! So, wie sie ihn angesehen hatte, wenn sie sich liebten, wie sie ihm beigestanden, an seiner Seite gekämpft hatte. Wie ein dicker, fetter Karpfen war er ihr ins Netz gegangen, hatte sogar schon einige halbgare Zukunftspläne geschmiedet, und sie hatte ihm bei der ersten sich bietenden Gelegenheit einen Tritt versetzt.

Lange sah er auf ihren Rucksack hinab. Sie hatte ihn auf dem Rücken getragen, meilenweit – lachend, stänkernd, ihn neckend. Und dann … Ohne nachzudenken bückte sich Doug und hob ihn auf. Ihre Sachen waren noch darin – die Spitzenwäsche, eine Puderdose, eine Haarbürste. Er konnte ihren Duft riechen.

Nein. Er konnte es nicht glauben. Sie hatte ihn nicht aufs Kreuz gelegt. Sogar wenn er sich hinsichtlich ihrer Gefühle für ihn getäuscht hätte, besaß sie doch zuviel Klasse, um wortbrüchig zu werden.

Aber – wenn sie nicht fortgelaufen war, dann hatte man sie mitgenommen.

Er stand da, die Bürste in der Hand, während Angst in ihm aufstieg. Mitgenommen. Da wäre es ihm noch lieber gewesen, sie hätte ihn hereingelegt, säße bereits in einem Flugzeug nach Tahiti und lachte ihn aus.

Dimitri! Unter dem Druck seiner Hand zerbrach die Bürste in zwei Teile. Dimitri hatte seine Frau. Doug schleuderte die beiden Teile quer durch den Raum. Aber er würde sie nicht lange behalten.

Das Haus war überwältigend, doch Whitney wußte, daß sie von einem Mann mit Dimitris Ruf nichts anderes erwarten durfte. Von außen wirkte es elegant, beinahe feminin; weiß gestrichen, mit kleinen, von geschwungenen Eisengeländern umgebenen Balkonen, die einen herrlichen Blick über die Bucht boten. Die parkähnlichen Gärten schienen gut gepflegt, es gab tropische Blumen in Hülle und Fülle. Palmen spendeten den nötigen Schatten. Doch Whitney musterte ihre schöne Umgebung mit einer schleichenden, würgenden Furcht im Magen.

Remo hielt am Ende der mit weißem Kies bestreuten Auffahrt. Zwar war Whitneys Mut inzwischen etwas gesunken, doch sie bemühte sich um Gelassenheit. Ein Mann, der einen Besitz wie diesen erwarb, verfügte über eine gewisse Intelligenz. Und mit Intelligenz konnte man umgehen.

Es war Barns mit seinen gierigen schwarzen Augen und dem ewigen Grinsen, der ihr Sorgen bereitete.

»Nun, ich muß zugeben, dies sagt mir mehr zu als ein Hotel.« Wie jemand, der im Begriff ist, auf eine Party zu gehen, stieg Whitney anmutig aus, pflückte eine Hibiskusblüte und drehte sie zwischen den Fingern, als sie auf die Eingangstür zuging.

Auf Remos Klopfen hin wurde die Tür von einem anderen Mann im dunklen Anzug geöffnet. Dimitri bestand auf korrekt gekleideten Angestellten. Jedermann hatte neben einer Waffe auch eine Krawatte zu tragen. Als der Mann lächelte, zeigte er einen abgebrochenen Vorderzahn. Whitney hatte keine Ahnung, daß er sich den zugezogen hatte, als er seine Verfolgungsjagd in einem Schaufenster beendete.

»Also hast du sie erwischt.« Im Gegensatz zu Remo sah er den abgebrochenen Zahn als Mißgeschick an, mit dem man rechnen mußte. Vielmehr bewunderte er eine Frau, die wie der Teufel fahren konnte. Allerdings erstreckte sich diese Toleranz nicht auch auf Doug. »Wo ist Lord?«

Remo würdigte ihn keines Blickes. Er stand nur einem Mann Rede und Antwort. »Behalt sie im Auge«, ordnete er an und ging, um Dimitri Bericht zu erstatten. Da er den Schatz in der Tasche hatte, ging er hocherhobenen Hauptes. Das letzte Mal war er beinah gekrochen.

»Also was war los, Barns?« Der dunkelgekleidete Mann warf Whitney einen langen Blick zu. Hübsche Frau. Vermutlich hatte Dimitri einige interessante Pläne mit ihr. »Wo sind Lords Ohren für den Boss?«

Barns' Kichern jagte Whitney einen Schauder über den Rücken. »Sie hat ihn umgebracht«, quiekte er fröhlich.

»Ach ja?«

Whitney fing seinen interessierten Blick auf und strich ihr Haar zurück. »Das ist richtig. Ist es möglich, einen Drink zu bekommen?«

Ohne die Antwort abzuwarten, schlenderte sie durch die in Weiß gehaltene Halle in den nächsten Raum.

Er diente offenbar als Empfangssalon, und wer auch immer ihn eingerichtet haben mochte, tendierte zum Auffälligen, Protzigen. Whitney hätte eine unbeschwertere, heiterere Note gewählt.

Vor den Fenstern, die eine ganze Wand einnahmen, hingen scharlachrote Brokatvorhänge. Als Whitney durch den Raum wanderte, fragte sie sich, ob es ihr wohl gelingen würde, ein Fenster zu öffnen und zu verschwinden. Doug mußte inzwischen wieder im Hotel sein, überlegte sie, als sie mit der Fingerspitze die kunstvolle Schnitzerei eines Holztisches nachzeichnete. Sie konnte nicht darauf zählen, daß er wie der Weiße Ritter hier auftauchte und ihr zu Hilfe eilte. Welchen Zug sie jetzt auch machte, sie machte ihn allein.

Da sie wußte, daß beide Männer jeden ihrer Schritte beobachteten, griff sie nach einer Waterford-Karaffe und goß sich einen Drink ein. Ihre Finger waren feucht und wie taub. Eine kleine Stärkung konnte nichts schaden, besonders da sie nicht wußte, mit wem sie es zu tun hatte. Als habe sie alle Zeit der Welt, ließ sie sich in einen Queen-Anne-Sessel sinken und nippte an ihrem Wermut.

Ihr Vater pflegte zu sagen, mit jemandem, der eine gute Hausbar führe, könne man verhandeln. Hoffentlich hatte er recht.

Die Minuten verstrichen. Sie saß da und trank, wobei sie versuchte, die aufsteigende Panik zu unterdrücken.

Schließlich, wenn er sie einfach hätte töten wollen, so wäre das schon längst geschehen, nicht wahr? War es nicht viel wahrscheinlicher, daß er ein Lösegeld verlangen würde? Zwar behagte es ihr nicht sonderlich, gegen einige hunderttausend Dollar eingetauscht zu werden, aber immer noch besser, als mit einer Kugel im Kopf zu enden.

Doug hatte von der Folter wie von Dimitris Hobby gesprochen. Daumenschrauben und Lyrik. Whitney trank noch einen Schluck, wohl wissend, daß sie die Nerven verlieren würde, wenn sie zu sehr über den Mann nachgrübelte, der ihr Leben in den Händen hielt.

Doug war in Sicherheit. Darauf wollte sie sich konzentrieren.

Als Remo wiederkam, verkrampften sich all ihre Muskeln. Ruhe und Gleichmut vortäuschend, hob sie das Glas erneut an die Lippen.

»Es ist ausgesprochen unhöflich, einen Gast länger als zehn Minuten warten zu lassen«, sagte sie betont kühl.

Ihr entging nicht, daß Remo die Narbe auf seiner Wange berührte. »Mr. Dimitri wünscht, daß Sie ihm beim Lunch Gesellschaft leisten. Er dachte, Sie würden vorher gerne baden und sich umziehen.«

Ein Aufschub. »Sehr zuvorkommend.« Sie erhob sich und stellte ihr Glas ab. »Nun, leider habe ich mein Gepäck nicht dabei und somit rein gar nichts anzuziehen.«

»Mr. Dimitri hat dafür gesorgt.« Für ihren Geschmack nahm Remo ihren Arm ein wenig zu fest und führte sie durch die Halle zu einer Wendeltreppe. Nicht nur die Halle roch wie eine Leichenhalle, stellte sie fest, sondern das gesamte Haus. Er stieß eine Tür auf. »Sie haben eine Stunde Zeit. Beeilen Sie sich, er wartet nicht gerne.«

Whitney trat ein und hörte, wie sich der Schlüssel im Schloß drehte.

Einen Augenblick lang vergrub sie ihr Gesicht in den Händen, da sie am ganzen Leib zitterte. Dann begann sie, tief durchzuatmen. Eine Minute nur, befahl sie sich. Sie war am Leben, darauf galt es, sich zu konzentrieren. Langsam ließ sie die Hände sinken und blickte sich um.

Knauserig war Dimitri wirklich nicht. Die ihr zugewiesene Suite war ebenso elegant eingerichtet, wie es das Äußere des Hauses versprochen hatte. Das Wohnzimmer war geräumig, überall standen Porzellanvasen mit frischen Blumen. Feminine Farben herrschten vor, rosa- und graugemusterte Seidentapeten, ein orientalischer Teppich in den gleichen Farbtönen. Die Schlafcouch schimmerte dunkler und war mit handgearbeiteten Kissen bedeckt. Alles in allem, erkannte sie mit Kennerblick, eine gelungene Zusammenstellung. Dann riß sie die Fenster auf.

Ein Blick sagte ihr, daß an Flucht nicht zu denken war, der

Balkon lag viel zu hoch über dem Boden, so daß ein Abgang wie der in dem kleinen Gasthaus an der Küste unmöglich schien. Whitney schloß die Fenster wieder und suchte die Suite nach anderen Möglichkeiten ab.

Das Schlafzimmer war absolut bezaubernd, mit einem großen, schimmernden Chippendale-Bett und zarten chinesischen Lampen. Die Türen des Rosenholzschrankes standen offen und zeigten ihr eine Auswahl von Kleidern, die das Herz einer jeden Frau höher schlagen ließ. Whitney betastete einen Ärmel. Reine Seide. Es sah so aus, als ob Dimitri sich darauf eingerichtet hätte, sie längere Zeit zu beherbergen. Das konnte sie als gutes Zeichen deuten – oder sich deswegen Gedanken machen.

Ihr Ebenbild blickte sie aus einem großen Wandspiegel an. Whitney trat näher. Ihr Gesicht war blaß, die Kleider schmutzig und zerrissen. In ihren Augen las sie Furcht. Angewidert begann sie, ihre Bluse aufzuknöpfen.

Dimitri sollte beim Lunch keine zerlumpte, angstschlotternde Frau zu Gesicht bekommen, beschloß sie. Zumindest dafür konnte sie sorgen. Whitney MacAllister wußte, wie man sich dem Anlaß entsprechend zu kleiden hatte.

Sie überprüfte jede Tür ihrer Suite. Alle waren von außen verschlossen. Jedes Fenster, das sie öffnete, brachte sie zu der Erkenntnis, daß sie in der Falle saß. Im Moment jedenfalls.

Als nächsten logischen Schritt gönnte Whitney sich den Luxus eines Bades in der tiefen Marmorwanne, wobei sie mit den Badeessenzen, die Dimitri bereitgestellt hatte, nicht geizte. Auch Make-up war vorhanden, genau in den Farbtönen, die sie bevorzugte.

Ein gründlicher Mensch, dachte sie beim Schminken. Der perfekte Gastgeber. Eine Kristallflasche im Bad enthielt ihr Parfüm. Sie kämmte ihr frischgewaschenes Haar, dann steckte sie es mit zwei perlenbesetzten Kämmen zurück, gleichfalls ein Geschenk des Hauses.

Der Kleiderfrage widmete sie dieselbe Sorgfalt wie ein Soldat der Wahl seiner Waffen; in ihrer Situation hielt sie das für ebenso wichtig. Schließlich wählte sie ein mintgrünes

Kleid mit tiefem Rückenausschnitt und langem Rock, dem sie mit Hilfe eines um die Taille geknoteten roten Seidenschals eine auffällige Note verlieh.

Als sie nun in den mannshohen Spiegel blickte, nickte sie zufrieden. Sie war für alles gewappnet.

Das Klopfen an der Tür beantwortete sie mit einem herablassenden »Herein« und warf Remo den kühlen Eisprinzessinnenblick zu, den Doug so bewunderte.

»Mr. Dimitri läßt bitten.«

Wortlos rauschte sie an ihm vorbei. Ihre Handflächen waren feucht, doch sie widerstand dem Drang, die Fäuste zu ballen. Statt dessen strich sie mit den Fingern leicht über das Geländer, als sie die Treppe hinunterging. Wenn sie schon zu ihrer Hinrichtung ging, konnte sie es genausogut mit Stil tun. Mit leicht zusammengepreßten Lippen folgte sie Remo durch das Haus und auf eine geräumige, von Blumen umgebene Terrasse.

»Miss MacAllister, endlich.«

Sie war sich nicht sicher, was sie eigentlich erwartet hatte. Nach all den Horrorgeschichten, die sie gehört und durchlebt hatte, war sie auf eine Art zweibeiniges Monster gefaßt gewesen. Doch der Mann, der sich von dem Rauchglastisch erhob, war blaß, klein und wirkte unbedeutend. Er hatte ein rundes, fast sanft wirkendes Gesicht und dunkles, schütter werdendes Haar, das er aus der Stirn gekämmt trug. Seine Haut sah so wachsbleich aus, als habe sie noch nie die Sonne gesehen. Whitney überkam die surrealistische Vorstellung, daß er, wenn sie einen Finger in seine Wange stäche, wie ein Hefeteig in sich zusammenfallen würde. Die Augen waren beinahe farblos, von einem hellen, wäßrigen Blau unter dunklen Augenbrauen. Whitney konnte sein Alter nicht schätzen, er konnte alles zwischen vierzig und sechzig sein.

Der Mund war schmal, die Nase klein und die runden Wangen hatte er, wenn sie nicht alles täuschte, ganz leicht mit Rouge getönt.

Der weiße, adrette Anzug verbarg ein kleines Bäuchlein nicht ganz. Es lag nahe, ihn einfach als einen aufgeblasenen kleinen Gecken abzutun – doch dann bemerkte Whitney die neun leicht lackierten Nägel – und den Stumpf des kleinen Fingers.

Er hielt ihr zur Begrüßung die Hand hin, so daß sie erkennen konnte, wie dick und hart die Haut über dem Stumpf geworden war. Im Gegensatz zur Haut der Hand, die so weich und glatt wie die eines jungen Mädchens schien.

Die äußere Erscheinung täuschte. Besser, sie vergaß nicht, daß Dimitri so gefährlich und bösartig wie eine Muräne war. Seine Macht mochte nach außen hin nicht zu erkennen sein, doch er entließ den großen, kräftigen Remo mit nur einem einzigen Blick.

»Ich bin entzückt, daß Sie mir Gesellschaft leisten, meine Liebe. Es gibt doch nichts Deprimierenderes als eine einsame Mahlzeit. Ich habe da einen ausgezeichneten Campari.« Er hob eine andere Waterford-Karaffe hoch. »Darf ich Ihnen ein Glas anbieten?«

Sie öffnete den Mund, um ihm eine Antwort zu geben, doch es kam kein Ton heraus. Erst das zufriedene Glitzern in seinen Augen veranlaßte sie, vorzutreten. »Vielen Dank, gern.« Whitney schritt majestätisch auf den Tisch zu. Je näher sie kam, desto mehr Angst stieg in ihr hoch. Lächerlich, dachte sie. Er sah wie ein pompöser kleiner Dandy aus. Doch die Angst blieb. Seine Augen schienen niemals zu zwinkern, er starrte sie nur unentwegt an. Als sie nach dem Glas griff, mußte sie sich darauf konzentrieren, die Hand ruhig zu halten. »Ihr Haus, Mr. Dimitri, ist ein wahres Schmuckstück.«

»Von jemandem mit Ihrer beruflichen Erfahrung werte ich das als großes Kompliment. Ich hatte großes Glück, es in so kurzer Zeit zu finden.« Er nippte an seinem Glas, dann betupfte er sich den Mund mit einer zierlichen weißen Leinenserviette. »Die Eigentümer waren so – freundlich, es mir für einige Wochen zu überlassen. Die Gärten haben mir gefallen. Ein angenehmes Refugium in dieser schwülen Hitze.« Höflich rückte er ihr den Stuhl zurecht. Whitney kämpfte einen Anflug von Panik und Ekel nieder. »Sie sind nach der langen Reise sicher hungrig.«

Sie schaute über ihre Schulter und rang sich ein Lächeln

ab. »Um ehrlich zu sein, ich habe dank Ihrer Gastfreundschaft gestern abend hervorragend gegessen.«

Neugier zeichnete sich auf seinem Gesicht ab, als er zu seinem Platz ging. »Tatsächlich?«

»In dem Jeep, den Douglas und ich uns von Ihren – Angestellten ausgeliehen haben.« Auf sein Nicken hin fuhr sie fort: »Wir fanden eine gute Flasche Wein und eine ausgezeichnete Mahlzeit. Ich esse Beluga recht gerne.«

Auf dem Tisch wartete auf Eis gelegter Kaviar, schwarz und schimmernd. Whitney bediente sich.

»Ich verstehe.«

Sie war sich nicht sicher, ob ihre Erklärung ihn verstimmte oder belustigte. Lächelnd nahm sie einen Bissen. »Ich muß schon sagen, Ihre Speisekammer ist gut gefüllt.«

»Ich hoffe, meine Gastfreundschaft sagt Ihnen auch weiterhin zu. Sie müssen diese Hummercremesuppe versuchen, meine Liebe. Darf ich Ihnen etwas geben?« Mit eleganten Bewegungen, die sie an ihm nicht vermutet hätte, tauchte Dimitri eine silberne Kelle in die Suppenterrine. »Remo berichtete mir, daß Sie sich unseres Mr. Lord entledigt haben.«

»Danke. Es riecht köstlich.« Langsam löffelte Whitney ihre Suppe. »Nun, Douglas fing an, mir im Wege zu stehen.« Es war ein Spiel, mahnte sie sich. Und sie hatte gerade erst begonnen. Die kleine Muschel baumelte leicht an der Kette, als sie zu ihrem Glas griff. Sie spielte, um zu gewinnen. »Ich bin sicher, Sie werden das verstehen.«

»In der Tat.« Dimitri aß langsam und mit Genuß. »Mr. Lord bereitete auch mir seit einiger Zeit Scherereien.«

»Indem er Ihnen die Papiere unter der Nase weg gestohlen hat?« Sie bemerkte, daß die weißen, manikürten Finger sich um den Löffel krampften. Eine Schwachstelle, dachte sie. Er haßte es, sich zum Narren halten zu lassen. Sie widerstand dem Drang, heftig zu schlucken, und lächelte statt dessen. »Auf seine Art war Douglas recht clever«, meinte sie lässig. »Ein Jammer, daß er sich manchmal so schlecht benahm.«

»Man muß ihm tatsächlich eine gewisse Intelligenz zugestehen«, pflichtete Dimitri ihr bei. »Leider muß ich zugeben, daß sich mein eigenes Personal recht ungeschickt angestellt hat.«

»Vielleicht trifft beides zu.«

Mit einem leichten Nicken nahm er dies zur Kenntnis. »Und außerdem hatte er Sie, Whitney. Ich darf Sie doch Whitney nennen?«

»Selbstverständlich. Ich gebe zu, ich habe ihm geholfen. Wenn ich mich schon auf so etwas einlasse, überzeuge ich mich gerne persönlich, wie meine Karten fallen.«

»Sehr weise.«

»Es gab Zeiten, da ...« Sie brach ab und widmete sich wieder ihrer Suppe. »Ich rede ungern schlecht über Tote, Mr. Dimitri, doch Douglas handelte oft recht unbesonnen und unlogisch. Allerdings ließ er sich leicht lenken.«

Dimitri betrachtete sie beim Essen, bewunderte die schlanken Hände und die schimmernde Haut, die sich von dem grünen Kleid abhob; eine Schande, die zu verunzieren. Vielleicht konnte er eine andere Verwendung für sie finden, sie eventuell in seinem Haus in Connecticut unterbringen. Tagsüber als elegante Gesellschafterin, nachts als gehorsame, unterwürfige Sklavin. »Außerdem war er jung und recht attraktiv, nicht wahr?«

»Doch, durchaus.« Whitney lächelte gequält. »Eine Zeitlang bot er eine interessante Abwechslung. Auf längere Sicht ziehe ich aber einen Mann mit Stil vor. Etwas Kaviar, Mr. Dimitri?«

»Danke.« Als er den Teller entgegennahm, den sie ihm reichte, streifte er ganz leicht ihre Haut und fühlte, wie sie sich bei der Berührung der deformierten Hand versteifte. Dieses kleine Zeichen der Schwäche freute ihn. Er erinnerte sich daran, wie gerne er einmal einer Gottesanbeterin zugesehen hatte, wie sie eine Motte fing – die Art, wie dieses intelligente Insekt die verzweifelte Beute festhielt, geduldig wartete, bis dessen Gegenwehr erlahmte und dann den zarten, feinen Körper verschlang. Früher oder später gaben die Jungen, Schwachen und Zerbrechlichen immer auf. Wie die Gottesanbeterin verfügte Dimitri über Geduld, Stil und Grausamkeit.

»Ich muß sagen, es fällt mir schwer zu glauben, daß eine Frau mit Ihrem Feingefühl kaltblütig einen Mann erschießt. Dieser Salat ist ganz frisch. Er wird Ihnen schmecken.«

»Perfekt an einem heißen Nachmittag«, stimmte Whitney zu. »Feingefühl«, fuhr sie dann fort, die Flüssigkeit in ihrem Glas betrachtend, »unterliegt den Geboten der Notwendigkeit, nicht wahr, Mr. Dimitri? Ich bin vor allem Geschäftsfrau. Und wie ich schon sagte, Douglas wurde ein wenig lästig. Man muß die Möglichkeiten nutzen.« Sie hob ihr Glas und lächelte ihn über den Rand hinweg an. »Ich sah die Möglichkeit, mich von einem Störfaktor zu befreien und mir gleichzeitig die Papiere anzueignen. Und habe sie genutzt. Schließlich war er doch nur ein Dieb.«

»Genau.« Er begann sie zu bewundern. Obgleich er ihr das kühle Gehabe nicht ganz abkaufte, war ihre gute Erziehung nicht zu leugnen. Als illegitimer Sohn einer religiösen Fanatikerin und eines fahrenden Musikanten hegte Dimitri tiefen Respekt für Erziehung und Bildung. All die Jahre hatte er versucht, diesen Mangel durch Streben nach Macht zu kompensieren. »Also nahmen Sie die Papiere an sich und suchten den Schatz selber?«

»Es war sehr einfach. Die Papiere zeigten mir den Weg. Haben Sie sie gesehen?«

»Nein.« Wieder verkrampften sich seine Finger. »Nur einen kleinen Teil davon.«

»Nun ja, sie haben ihren Zweck jedenfalls erfüllt.« Whitney probierte ihren Salat.

»Ich habe immer noch nicht alle gesehen«, sagte er milde, die Augen fest auf sie geheftet.

Flüchtig dachte sie daran, daß die Papiere sicher im Jeep lagen, bei Doug. »Ich fürchte, das werden Sie auch niemals«, erwiderte sie. Die Wahrheit dieser Worte befriedigte sie zutiefst. »Als ich mein Vorhaben durchgeführt hatte, habe ich sie vernichtet. Ich halte nichts von unnützen Beweisstücken.«

»Sehr klug. Und was wollen Sie mit dem Schatz anfangen?«

»Anfangen?« Überrascht blickte Whitney auf. »Nun, mich an ihm freuen natürlich.«

»Sehr gut«, stimmte er zu. »Und jetzt habe ich ihn. Und Sie dazu.«

Einen Moment lang sah Whitney ihm direkt in die Augen. Der Salat blieb ihr beinah im Hals stecken. »Wenn man spielt, muß man damit rechnen, zu verlieren, egal wie unangenehm das auch sein mag.«

»Gut ausgedrückt.«

»Und nun bin ich von Ihrer Gastfreundschaft abhängig.«

»Sie machen sich nichts vor, Whitney. Das gefällt mir. Es gefällt mir auch, einer Schönheit so nahe zu sein.«

Das Essen lag ihr wie ein Stein im Magen. Sie hielt ihm ihr Glas hin und wartete, bis er es wieder gefüllt hatte. »Ich hoffe, Sie halten mich nicht für unhöflich, aber mich würde interessieren, wie lange Ihre Gastfreundschaft gelten soll.«

Er hob sein eigenes Glas und prostete ihr zu. »Durchaus nicht. Nur solange es mir beliebt.«

Wenn sie noch einen Bissen hinunterwürgen mußte, ihr Magen würde ihn nicht bei sich behalten. Sie strich mit den Fingerspitzen über den Rand des Glases. »Mir ist so durch den Kopf gegangen, daß Sie vielleicht von meinem Vater ein Lösegeld fordern wollen.«

»Ich bitte Sie, meine Liebe.« Er schenkte ihr ein leises, mißbilligendes Lächeln. »Ich halte diese Frage für kein geeignetes Thema beim Essen.«

»Nur ein Gedanke.«

»Oh, ich muß Sie bitten, sich um solche Dinge keine Gedanken zu machen. Es wäre mir lieber, Sie würden Ihren Aufenthalt genießen. Ich hoffe, die Räumlichkeiten sagen Ihnen zu?«

»Sehr hübsch.« Whitney verspürte den dringenden Wunsch, laut zu schreien. Seine hellen Augen wirkten wie die eines Fisches. Oder eines Leichnams. Kurz schlug sie die Augen nieder. »Ich habe Ihnen noch gar nicht für die Garderobe gedankt, die ich wirklich dringend benötigte.«

»Nichts zu danken. Vielleicht würden Sie gerne die Gärten besichtigen?« Er erhob sich, um ihren Stuhl zurechtzurücken. »Und danach möchten Sie sich sicher etwas hinlegen. Die Hitze am späten Nachmittag ist erdrückend.«

»Sehr aufmerksam von Ihnen.« Sie legte eine Hand auf seinen Arm, ohne sich ihren Widerwillen anmerken zu lassen.

»Sie sind mein Gast. Ein sehr willkommener Gast.«

»Ein Gast.« Ihr Lächeln wurde kühl, die Stimme klang ironisch. »Ist es Ihre Gewohnheit, Gäste in ihren Zimmern einzuschließen?«

»Es ist meine Gewohnheit«, entgegnete er, ihre Hand an seine Lippen ziehend, »einen Schatz gut aufzubewahren. Sollen wir gehen?«

Whitney warf ihr Haar zurück. Sie würde einen Ausweg finden. Falls nicht – sie fühlte noch immer die Berührung seiner Lippen auf ihrer Haut – wollte sie sterben. »Aber gerne.«

15

So weit, so gut. Das war zwar nicht unbedingt eine positive Aussage, aber mehr ließ sich zu diesem Zeitpunkt noch nicht sagen. Sie hatte den ersten Tag als Dimitris Gast ohne Probleme überstanden. Und ohne daß ihr eine zündende Idee gekommen wäre, wie sie fliehen könnte – mit heiler Haut.

Er hatte sich ihr gegenüber höflich und aufmerksam verhalten. Jeder Wunsch wurde ihr sofort erfüllt. Sie hatte ihn auf die Probe gestellt, indem sie Appetit auf ein Schokoladensoufflé äußerte. Am Ende eines ausgiebigen, aus sieben Gängen bestehenden ausgezeichneten Menüs war es ihr serviert worden.

Obwohl sie sich während der drei Stunden, die sie am Nachmittag in ihrem Zimmer eingeschlossen worden war, den Kopf zerbrochen hatte, war Whitney noch immer ratlos. Sie konnte weder die Tür aufbrechen noch aus dem Fenster springen, und das Telefon in ihrem Zimmer hatte lediglich einen Hausanschluß.

Vielleicht hätte sie erwogen, während ihres nachmittäglichen Gartenspaziergangs zu fliehen, doch während sie noch die Einzelheiten plante, hatte Dimitri ihr eine pinkfarbene Rosenknospe abgeschnitten und gleichzeitig sein Bedauern darüber ausgedrückt, daß er gezwungen wäre, seinen Besitz durch bewaffnete Wachposten zu schützen. Sicherheitsvorkehrungen, wie er es formulierte, waren das Kreuz, das der Erfolgreiche zu tragen hatte.

Als sie am Ende des Grundstückes anlangten, rief er beiläufig einen seiner Angestellten herbei. Der breitschultrige Mann trug einen schlichten dunklen Anzug, ein kleines Schnurrbärtchen und eine tödlich aussehende Maschinenpistole.

Daraufhin beschloß Whitney, nach einem geeigneteren Fluchtweg zu suchen, anstatt sich auf eine wilde Jagd durch das offene Gelände einzulassen.

Während ihrer nachmittäglichen Ruhepause überlegte sie hin und her. Früher oder später würde ihre lange Abwesenheit ihrem Vater Sorgen bereiten, doch das konnte noch einen Monat dauern.

Irgendwann einmal würde Dimitri die Insel verlassen wollen, wahrscheinlich schon bald, nun, da sich der Schatz in seinem Besitz befand. Ob er sie mitnahm – und ihr so weitere Fluchtmöglichkeiten bot – hing von seiner Stimmung ab. Und Whitney legte keinen Wert darauf, von den Launen eines Mannes abhängig zu sein, der Rouge benutzte und andere dafür bezahlte, für ihn zu töten.

So verbrachte sie den Nachmittag damit, in ihrer Suite auf und ab zu gehen und Pläne auszuarbeiten, seien es nun so einfache wie das Zusammenknoten von Bettlaken, um aus dem Fenster zu klettern, oder so komplizierte wie sich mit Hilfe eines Buttermessers durch die Wand zu graben. Und sie anschließend wieder zu verwerfen.

Schließlich kleidete sie sich in ein enganliegendes Seidenkleid, das jede Kurve ihres Körpers betonte und mit kleinen, glitzernden Perlen bestickt war.

Beinahe zwei Stunden lang saß sie Dimitri an einem langen, eleganten Mahagonitisch gegenüber, der im Licht der zwei Dutzend Kerzen matt glänzte. Die Mahlzeit, von Schnecken bis zum Soufflé und Dom Pérignon, war ausgezeichnet. Chopin plätscherte leise im Hintergrund, während sie über Kunst und Literatur redeten.

Whitney konnte nicht leugnen, daß Dimitri in solchen Dingen ein Kenner war und daß er sich in den elegantesten Clubs hätte behaupten können. Ehe das Essen vorüber war, hatten sie über ein Stück von Tennessee Williams diskutiert, das Für und Wider französischer Impressionisten erörtert und über die Feinheiten des Mikado debattiert.

Als das Soufflé in ihrem Mund schmolz, stellte Whitney fest, daß sie den klebrigen Reis und das Obst, das sie sich mit Doug in der Nacht in der Höhle geteilt hatte, bei weitem vorgezogen hätte.

Während sie mit Dimitri Konversation betrieb, dachte sie an all die Streitereien und Debatten mit Doug. Die Seide schmiegte sich kühl an ihre Schultern, doch hätte sie das fünfhundert Dollar teure Kleid frohen Herzens gegen den steifen Baumwollsack eingetauscht, den sie auf dem Weg zur Küste getragen hatte.

Unter diesen Umständen, wo ihr Leben auf dem Spiel stand, war es vielleicht etwas ungewöhnlich, zu behaupten, sie langweile sich. Doch sie tat es, und zwar schrecklich.

»Sie scheinen etwas abwesend, meine Liebe?«

»Oh?« Whitney riß sich zusammen. »Das Essen war köstlich, Mr. Dimitri.«

»Aber die Unterhaltung läßt vielleicht zu wünschen übrig. Eine junge Frau verlangt sicher nach etwas Aufregenderem.« Mit einem gütigen Lächeln drückte er auf einen Knopf, und fast im selben Augenblick erschien ein weißgekleideter Orientale. »Miss MacAllister und ich nehmen den Kaffee in der Bibliothek. Sie ist sehr geräumig«, fügte er hinzu, als der Diener den Raum verließ. »Ich freue mich, daß sie meine Liebe zum gedruckten Wort teilen.«

Zuerst wollte sie ablehnen, doch wenn sie mehr von dem Haus zu sehen bekäme, könnte sie eventuell einen Fluchtweg finden. Es konnte nichts schaden, die Möglichkeit zu nutzen, entschied sie und ließ lächelnd ihr Steakmesser in die bereits geöffnete Abendtasche gleiten, die sie neben ihrem Teller plaziert hatte.

»Es ist immer ein Vergnügen, den Abend mit einem Mann zu verbringen, der die besseren Dinge des Lebens zu schätzen weiß.« Whitney erhob sich, schloß unauffällig die Tasche, nahm seinen Arm und schwor sich, ihm bei der erstbesten Gelegenheit ohne Gewissensbisse das Messer ins Herz zu stoßen.

»Für einen Mann, der soviel reist wie ich«, begann er, »ist es wichtig, gewisse Dinge mitzuführen. Guten Wein, angenehme Musik und einige Bände wertvoller Literatur.« Er schritt leichtfüßig durch das Haus, wobei er einen leichten Duft nach Rasierwasser verbreitete. Das formelle weiße Dinnerjackett zeigte keine einzige Falte.

Dimitri befand sich in wohlwollender, großzügiger Stimmung. Zu viele Wochen waren verstrichen, seitdem ihm zum letzten Mal eine junge, attraktive Frau beim Dinner Gesellschaft geleistet hatte. Er öffnete die hohe Flügeltür der Bibliothek und komplimentierte Whitney hinein. »Schwelgen Sie, soviel Sie wollen, meine Liebe«, meinte er und deutete auf die gutgefüllten Bücherregale.

Der Raum führte zur Terrasse, wie sie sofort bemerkte. Wenn sie es schaffen sollte, nachts aus ihrem Zimmer herauszukommen, dann könnte diese Terrassentür ihr den Weg in die Freiheit ebnen. Allerdings mußte sie noch an den Wachposten vorbeigelangen. Und an den Maschinenpistolen.

Alles zu seiner Zeit, mahnte sich Whitney, als sie mit dem Finger über die ledergebundenen Bände fuhr.

»Mein Vater besitzt auch so eine Bibliothek«, kommentierte sie. »Ich fand es schon immer herrlich, dort einen gemütlichen Abend zu verbringen.«

»Noch gemütlicher mit Kaffee und Brandy.« Dimitri schenkte ihr den Brandy eigenhändig ein, als der Diener mit einem Silbertablett zurückkam. »Geben Sie Chan bitte das Messer, meine Liebe. Mit dem Abwasch ist er sehr eigen.« Whitney drehte sich um und bemerkte, daß Dimitri sie lächelnd beobachtete, mit Augen, die sie an die eines Reptils erinnerten – ausdruckslos, kalt und gefährlich geduldig.

Ohne ein Wort nahm sie das Messer heraus und reichte es dem Diener. Mühsam zügelte sie ihr Temperament und hielt die Verwünschungen zurück, die ihr auf der Zunge lagen. Wutausbrüche würden ihr hier kaum helfen.

»Brandy?« fragte Dimitri, als Chan sie alleine gelassen hatte.

»Danke, gerne.« Genauso gelassen wie er durchquerte Whitney den Raum und streckte die Hand aus.

»Wollten Sie wirklich versuchen, mich mit einem Steakmesser zu erstechen, meine Liebe?«

Achselzuckend trank sie von dem Brandy, der angenehme Wärme in ihrem Inneren verbreitete. »Es war nur ein Gedanke.«

Er gab ein rumpelndes Lachen von sich, das ausgesprochen

unangenehm wirkte. Wieder dachte er an die Gottesanbeterin und den Kampf der Motte. »Ich bewundere Sie, Whitney, wirklich.« Er stieß mit ihr an, schwenkte den Brandy im Glas und trank. »Ich dachte, Sie würden sich vielleicht gerne den Schatz näher ansehen. Schließlich blieb Ihnen heute dafür kaum Zeit, nicht wahr?«

»Nein, Remo war ziemlich in Eile.«

»Mein Fehler, meine Liebe, ganz allein mein Fehler.« Er legte ihr leicht die Hand auf die Schulter. »Ich konnte es kaum erwarten, Sie kennenzulernen. Doch um Abbitte zu leisten, werde ich Ihnen jetzt soviel Zeit einräumen, wie Sie wünschen.«

Er ging zu dem Wandregal an der Ostseite und schob einige Bücher beiseite. Ohne große Überraschung blickte sie auf den Safe; die Tarnung war nicht sehr erfinderisch. Sie fragte sich nur, mit welchen Mitteln er die Vorbesitzer dazu gebracht hatte, ihm das Versteck zu verraten. Dann nippte sie wieder an ihrem Brandy. Sicherlich war er von den Vorbesitzern mit allen Bereichen des Hauses vertraut gemacht worden, ehe sie es ihm – überlassen hatten.

Dimitri machte keinen Versuch, die Kombination vor ihr geheimzuhalten. Verdammt selbstsicher, dachte Whitney, die sich die Zahlenfolge einprägte. Ein Mann wie er verdiente einen ordentlichen Tritt in den Hintern.

»Ah.« Es klang wie ein Seufzer, den man beim Anblick guten Essens ausstößt. Vorsichtig nahm er das alte Kästchen heraus, das er bereits hatte reinigen lassen, so daß das Holz dunkel schimmerte. »Ein wirkliches Sammlerstück.«

»Ja.« Whitney ließ den Brandy im Glas kreisen. Er war mild und hatte genau die richtige Temperatur. Am liebsten hätte sie ihn ihrem Gegenüber ins Gesicht geschüttet. »Das habe ich auch schon gedacht.«

Dimitri hielt das Kästchen so vorsichtig wie ein Vater sein Neugeborenes. »Ich kann mir nur schwer vorstellen, wie jemand mit so zarten Händen in der Erde wühlt – selbst nicht für einen Schatz wie diesen.«

Lächelnd dachte Whitney daran, was ihre zarten Hände im Laufe der letzten Woche alles hatten durchmachen müssen. »Ich bin zwar kein großer Freund davon, mit den Händen zu arbeiten, aber es mußte sein.« Kritisch musterte sie ihre Hand. »Zugegeben, ich plante eine Maniküre, als Remo mir Ihre – Einladung überbrachte. Dieses Unternehmen war Gift für meine Hände.«

»Wir werden im Hinblick darauf etwas arrangieren. Inzwischen«, er setzte das Kästchen auf den großen Tisch der Bibliothek, »genießen Sie den Anblick.«

Ihn beim Wort nehmend, ging Whitney zum Tisch und klappte den Deckel auf. Die Juwelen wirkten jetzt nicht weniger beeindruckend als am Morgen. Sie griff hinein und nahm das Diamant- und Saphirkollier heraus, welches Doug so bewundert hatte. Nein, welches ihn in Verzückung versetzt hatte. Vielleicht konnte sie auf dieser Basis operieren?

»Phantastisch«, murmelte sie. »Absolut überwältigend. Man wird diese netten kleinen Perlenschnüre so leid.«

»Sie halten vermutlich eine Viertelmillion Dollar in der Hand.«

Sie schob die Unterlippe vor. »Ein angenehmer Gedanke.«

Sein Herz begann schneller zu schlagen, als er beobachtete, wie sie die Juwelen in der Hand hielt, so, wie es die Königin selbst vor ihrem Fall und ihrem Tod getan haben mochte. »Dies Steine gehören auf die Haut einer Frau.«

»O ja.« Lachend hielt sie sich die Steine vor die Brust. Die Saphire leuchteten wie dunkle, funkelnde Augen, die Diamanten glitzerten. »Es ist schön, und zweifellos sehr wertvoll, doch dies hier …« Sie ließ die Kette in das Kästchen zurückfallen und griff nach dem schweren Diamanthalsband. »Dies hat eine Bedeutung. Was meinen Sie – wie hat Marie es wohl fertiggebracht, es von der Komtesse zu bekommen?«

»Sie denken, daß es sich um das berüchtigte Halsband dieser Diamantenaffäre handelt?« Dimitri war entzückt.

»Ich setze es einfach voraus.« Whitney ließ das Halsband durch die Finger gleiten, wobei es das Licht auffing. Wie Doug es einst von dem Sydney-Diamanten behauptet hatte, schienen die Steine eisig zu glühen. »Ich schätze, Marie war klug genug, den Spieß umzudrehen und die Leute zu benutzen, die sie ausnutzen wollten.« Sie probierte ein Rubinarmband an. »Gerald Lebrun lebte wie ein Bettler, mit dem Schatz einer Königin unter dem Küchenfußboden. Seltsam, finden Sie nicht?«

»Loyalität ist immer seltsam, außer wenn sie durch Angst hervorgerufen wird.« Er nahm ihr das Halsband aus der Hand und untersuchte es. Zum ersten Mal sah Whitney die nackte Gier hinter der glatten Fassade. Seine Augen glänzten wie die von Barns, als er mit dem Revolver auf ihre Kniescheibe gezielt hatte, und seine Zunge wurde schwer. Als er wieder zu sprechen begann, klang seine Stimme so feurig und fanatisch wie die eines Erweckungspredigers. »Die Revolution selbst war eine faszinierende Zeit des Aufruhrs, des Todes und der Vergeltung. Fühlen Sie nicht Blut, Verzweiflung, Verlangen und Macht, wenn Sie es in der Hand halten? Bauern und Politiker, die eine jahrhundertealte Monarchie stürzen? Und wodurch?« Er lächelte sie an, die Diamanten glitzerten in seiner Hand, und in seinen Augen loderte es. »Durch Angst. Nur durch Angst. Ein sehr angemessener Name, die Schreckensherrschaft. Und die Überreste hier? Das Symbol der Eitelkeit einer toten Königin.«

Er genoß das alles, Whitney konnte es in seinen Augen lesen. Ihn gelüstete es nicht allein nach den Juwelen, sondern ihn erregte das Blut, das daran klebte. Ihre Angst vor ihm wich Ekel. Doug hatte recht, dachte sie. Nur der Sieg zählte. Und noch hatte sie nicht verloren.

»Ein Mann wie Lord hätte all das für einen Bruchteil seines Wertes verhökert. Was für ein Bauer!« Sie hob ihren Cognacschwenker. »Ein Mann wie Sie hat sicherlich andere Pläne.«

»Sie sind nicht nur schön, sondern auch klug.« Dimitri hatte seine zweite Frau geheiratet, weil ihre Haut ihn an reine Sahne erinnerte. Er hatte sich ihrer entledigt, weil ihr Hirn aus einer genauso weichen Masse bestand. Whitney fesselte ihn immer mehr. Etwas ruhiger ließ er das Halsband durch seine Hände gleiten. »Ich will mich an dem Schatz freuen. Der materielle Wert bedeutet mit wenig, ich bin ein sehr reicher Mann.« Er sagte dies nicht etwa lässig dahin, sondern mit einem gewissen Stolz. Reichtum war ihm genauso wichtig wie Männlichkeit und Intellekt. Vielleicht noch wichtiger, dachte er, da Geld den Mangel an anderen Vorzügen kaschierte.

»Das Sammeln« – er strich mit dem Finger über das Armband an ihrem Handgelenk – »von schönen Dingen ist zu meinem Hobby geworden. Manchmal schon zu einer Besessenheit.«

Ein Hobby, so konnte man es auch nennen. Für den Inhalt dieses Kästchens hatte er wieder und wieder getötet, und doch bedeutete er ihm nicht mehr als einige bunte Murmeln einem kleinen Jungen. Whitney unterdrückte den Abscheu auf ihrem Gesicht und den anklagenden Ton in ihrer Stimme.

»Würden Sie mich für eine schlechte Verliererin halten, wenn ich mir wünschte, sie würden dieses spezielle Hobby mit etwas weniger Erfolg betreiben?« Seufzend strich sie über die glitzernden Steine. »Ich hatte mich schon an die Vorstellung gewöhnt, all dies zu besitzen.«

»Im Gegenteil, ich bewundere Ihre Aufrichtigkeit.« Dimitri ging zum Tisch, um Kaffee einzuschenken. »Und ich weiß, wie hart Sie für Maries Schatz gearbeitet haben.«

»Ja, ich ...« Whitney brach ab. »Aber jetzt bin ich neugierig, Mr. Dimitri. Wie haben Sie von dem Schatz erfahren?«

»Geschäfte. Sahne, meine Liebe?«

»Nein, danke. Schwarz.« Whitney zügelte ihre Ungeduld und ging zu ihm hinüber.

»Hat Lord Ihnen nicht von Whitaker erzählt?« fragte ihr Gastgeber.

Whitney nahm den Kaffee entgegen und zwang sich, gelassen Platz zu nehmen. »Nur daß er sich die Papiere beschafft hat und dann beschloß, sie zu veräußern.«

»Whitaker war zwar ein Narr, aber manchmal nicht so dumm, wie er aussah. Er war eine Zeitlang Geschäftspartner von Harold R. Bennett. Der Name sagt Ihnen etwas?«

»Natürlich.« Sie sagte dies leichthin, doch ihr Verstand arbeitete auf Hochtouren. Hatte Doug nicht einmal einen General erwähnt? Ja, irgendein General hatte mit Lady Smythe-Wright wegen der Papiere verhandelt. »Bennett ist ein hochdekorierter General im Ruhestand und nebenbei ein ganz guter Geschäftsmann. Er hatte manchmal geschäftlich mit meinem Vater zu tun – und manchmal auf dem Golfplatz, was auf dasselbe hinauskommt.«

»Ich habe Schach dem Golfspiel immer vorgezogen«, bemerkte Dimitri. Gekleidet in elfenbeinfarbene Seide schimmerte sie im matten Licht wie die zersplitterte Glaskönigin des Schachspiels. Er erinnerte sich, wie gut sie in seine Hand gepaßt hatte. »Also kennen Sie General Bennetts Ruf?«

»Er ist als Kunstmäzen und Sammler erfolgreich. Vor einigen Jahren hat er eine Karibikexpedition geleitet und eine gesunkene spanische Galeone entdeckt. Fünfeinhalb Millionen in Münzen, Edelsteinen und Kunstgegenständen. Was Whitaker zu tun vorgab, führte Bennett durch. Und sehr erfolgreich.«

»Sie sind gut informiert. Das gefällt mir.« Er gab Sahne und zwei gehäufte Teelöffel Zucker in seinen Kaffee. »Bennett liebt sozusagen die Jagd. Er hat in Ägypten, Neuseeland und dem Kongo das Unbezahlbare gesucht und gefunden. Laut Whitaker stand er am Anfang der Verhandlungen mit Lady Smythe-Wright hinsichtlich der Papiere, die sie geerbt hatte. Whitaker verfügte über Beziehungen und einen gewissen Charme, wenn es um Frauen ging. Er hat Bennett das Geschäft vor der Nase weggeschnappt. Doch unglücklicherweise war er ein Amateur.«

Leicht entmutigt mußte Whitney dem zustimmen. »Also erfuhren Sie von ihm, wo die Papier aufbewahrt wurden, und heuerten Douglas an, um sie zu stehlen.«

»Sie mir zu verschaffen«, berichtigte Dimitri sanft. »Whitaker weigerte sich sogar unter – Druck, mir den Inhalt aller Papiere zu verraten, doch er teilte mir mit, daß Bennetts Interesse hauptsächlich dem kulturellen und geschichtlichen Wert des Schatzes galt. Natürlich war der Gedanke, einen Schatz zu erwerben, der einst Marie Antoinette gehörte, die ich sehr bewundere, äußerst verlockend.«

»Natürlich. Wenn Sie den Inhalt dieses Kästchens nicht verkaufen wollen, Mr. Dimitri, was haben Sie dann damit vor?«

»Nun, ihn zu behalten, Whitney.« Er lächelte sie an. »Ihn ansehen, ihn berühren. Ihn besitzen.«

Dougs Einstellung frustrierte sie zwar, doch zumindest verstand sie ihn. Er sah den Schatz als Mittel zum Zweck an. Dimitri betrachtete ihn als seinen persönlichen Besitz. Dutzende von Argumenten lagen ihr auf der Zunge, doch sie beherrschte sich. »Ich bin sicher, Marie hätte das zu würdigen gewußt.«

Nachdenklich schaute Dimitri zur Decke. »Das würde sie wohl, ja. Habgier gilt im allgemeinen als Todsünde, doch nur wenige verstehen das tiefe Vergnügen, das die Befriedigung der Gier mit sich bringt.« Ehe er aufstand, wischte er sich den Mund mit einer Leinenserviette. »Ich hoffe, Sie verzeihen mir, meine Liebe, aber ich bin gewöhnt, mich früh zu Bett zu begeben.« Er drückte eine in der Lehne verborgene Klingel. »Vielleicht möchten Sie sich noch ein Buch aussuchen, ehe Sie nach oben gehen?«

»Bitte, bemühen Sie sich nicht, Mr. Dimitri. Ich kann mich auch gut selbst beschäftigen.«

Lächelnd tätschelte er ihre Hand. »Auf bald, Whitney. Ich bin sicher, nach den Strapazen der letzten Wochen brauchen Sie etwas Ruhe.« An der Tür wurde diskret geklopft. »Remo wird Sie zu Ihrem Zimmer begleiten. Schlafen Sie gut.«

»Danke.« Sie setzte ihre Kaffeetasse ab und erhob sich, doch kaum hatte sie zwei Schritte getan, da schloß sich Dimitris Hand um ihr Handgelenk. Sie blickte auf die polierten Nägel und den Stumpf hinab. »Das Armband, meine Liebe.« Seine Finger gruben sich fast bis auf die Knochen, doch Whitney zuckte nicht zusammen.«

»Entschuldigung«, sagte sie, ihm die Hand hinhaltend.

Dimitri löste das Rubinarmband von ihrem Handgelenk. »Wir sehen uns beim Frühstück, hoffe ich.«

»Selbstverständlich.« Whitney rauschte zur Tür und wartete, bis Dimitri sie öffnete. Sie stand eingekeilt zwischen ihm und Remo. »Gute Nacht.«

»Gute Nacht, Whitney.«

Sie bewahrte die Fassung, bis sich die Tür ihres Wohnzimmers hinter ihr schloß. »Scheißkerl!« Angewidert zog sie die eleganten italienischen Pumps aus, die er für sie bereitgestellt hatte, und warf sie an die Wand.

In der Falle, dachte sie. So sicher weggeschlossen wie das Schatzkästchen – um angeschaut und betastet zu werden. »So ein Schweinekerl«, fauchte sie laut und wünschte, sie könnte weinen, schreien und mit der Faust gegen die verschlossene Tür hämmern. Statt dessen streifte sie die elfenbeinfarbene Seide ab und ließ sie in einem unordentlichen Haufen zu Boden fallen, ehe sie ins Schlafzimmer ging.

Sie würde einen Weg finden, schwor sie sich. Sie würde einen Ausweg finden, und dann sollte Dimitri für jede Minute bezahlen, die sie in seiner Gefangenschaft verbracht hatte.

Einen Moment lang lehnte sie den Kopf gegen den Schrank, da der Drang zu weinen beinahe übermächtig wurde. Als sie sich wieder in der Gewalt hatte, nahm sie einen zartblauen Kimono heraus. Sie mußte nachdenken, das war alles. Der Duft der Blumen hing betäubend stark im Zimmer. Frischluft, entschied sie und ging zu der Glastür, die zu dem kleinen Schlafzimmerbalkon führte.

Mit zusammengebissenen Zähnen riß sie sie auf. Es würde bald regnen, dachte sie. Gut, Regen und Wind würden ihr helfen, einen klaren Kopf zu bekommen. Die Hände auf das Geländer gestützt, lehnte sie sich vor und schaute auf die Bucht.

Wie war sie bloß in diesen Schlamassel geraten? fragte sie sich. Die Antwort bestand aus zwei Worten: Doug Lord.

Früher hatte sie sich ausschließlich um ihre eigenen Angelegenheiten gekümmert; bis er in ihr Leben geschneit war und sie in eine Schatzsuche, Killer und Diebe inklusive, verstrickt hatte. In diesem Augenblick könnte sie, statt wie Rapunzel in einem Turm eingesperrt zu sein, in einem netten verräucherten Club sitzen und Leute beobachten, die ihre neuen Kleider oder ihre neuen Frisuren ausführten.

Statt dessen wurde sie von einem lächelnden, alternden Killer und seinem Gefolge in einem Haus in Madagaskar festgehalten. In New York hatte *sie* ein Gefolge, und niemand hätte gewagt, die Tür hinter ihr abzuschließen.

»Doug Lord«, knurrte sie laut, dann schaute sie benommen

auf ihre Hand am Geländer, über die sich eine andere gelegt hatte. Sie holte schon tief Atem, um zu schreien, als der Kopf erschien.

»Höchstpersönlich«, zischte Doug durch die Zähne. »Und jetzt hilf mir rein, zum Teufel.«

Sie vergaß, wie sie eben noch über ihn gedacht hatte, und beugte sich vor, um sein Gesicht mit Küssen zu bedecken. Wer sagte denn, daß es keinen Weißen Ritter mehr gab?

»Süße, die Begrüßung ist ja sehr nett, aber ich verliere langsam den Halt. Gib mir deine Hand.«

»Wie hast du mich gefunden?« wollte sie wissen, als sie ihm über das Geländer half. »Ich hätte nie geglaubt, daß du jemals hierherkommst. Draußen laufen Wachposten mit fiesen kleinen Maschinenpistolen durch die Gegend, alle meine Türen sind von außen abgeschlossen, und ...«

»Wenn ich daran gedacht hätte, wieviel du redest, dann hätte ich mir die Sache noch einmal überlegt.« Sicher landete er auf seinen Füßen.

»Douglas.« Wieder kamen ihr die Tränen, doch sie hielt sie zurück. »Nett von dir, einfach so vorbeizukommen.«

»Ach ja?« Er trat durch die Glastür in das üppig ausgestattete Schlafzimmer. »Nun, ich war mir nicht sicher, ob dir nach Gesellschaft zumute ist – besonders nicht nach diesem gemütlichen kleinen Dinner mit Dimitri.«

»Hast du uns gesehen?«

»Ich war in der Nähe.« Er drehte sich um und betastete die schwere Seide ihres Ärmels. »Hat er dir das gegeben?«

Bei seinem Tonfall verengten sich ihre Augen, und ihr Kinn hob sich. »Was willst du mir damit unterstellen?«

»Nette Bude.« Er schlenderte zu ihrem Nachttisch und zog den Stöpsel aus der kristallenen Parfümflasche. »Ganz wie zu Hause, was?«

»Ich hasse es, diese Tatsache auszusprechen, aber du bist ein Arschloch.«

»Und du?« Unwirsch verstöpselte er die Flasche wieder. »Läufst hier in Seidenkleidern herum, die er bezahlt hat, trinkst Champagner mit ihm, läßt zu, daß er dich betatscht.«

»Mich betatscht?« Sie sprach langsam, ließ die Worte wirken.

Dougs Blick wanderte von ihren bloßen Beinen bis zur weißen Haut ihres Halses. »Du weißt, wie man einen Mann einwickelt, was, Süße? Machst deinen eigenen Schnitt, wie?«

Gemessen schritt Whitney auf ihn zu, holte aus und gab ihm eine schallende Ohrfeige. Einen Moment hörte man nur ihrer beider Atem und den Wind, der durch die offenen Fenster pfiff.

»Diesmal lasse ich dir das durchgehen«, sagte Doug gefährlich sanft, als er seine Wange rieb. »Mach das ja nicht nochmal. Ich bin kein Gentleman wie dein Dimitri.«

»Verschwinde«, flüsterte Whitney. »Mach bloß, daß du rauskommst. Ich brauche dich nicht.«

In seinem Inneren bohrte ein Schmerz, der das Brennen seiner Wange bei weitem übertraf. »Denkst du, ich begreife das nicht?«

»Du begreifst gar nichts.«

»Ich werde dir sagen, was ich gesehen habe, Süße. Ein leeres Hotelzimmer. Du und das Kästchen wart verschwunden. Und dann sah ich dich hier, eifrig dabei, mit Dimitri zu flirten.«

»Dir wäre es lieber gewesen, mich an einen Bettpfosten gefesselt vorzufinden, mit Bambussplittern unter den Nägeln.« Sie wandte sich ab. »Tut mir leid, dich enttäuschen zu müssen.«

»Dann erklär mir doch bitte, was hier vorgeht.«

»Warum sollte ich?« Kochend vor Zorn wischte sie sich eine Träne ab. Sie haßte es, zu weinen, schon gar nicht wegen eines Mannes. »Du mit deinem beengten Horizont hast dir doch schon eine Meinung gebildet.«

Doug fuhr sich mit der Hand durchs Haar und sehnte sich nach einem Drink. »Hör zu, ich bin seit einigen Stunden völlig außer mir. Fast den ganzen Nachmittag habe ich gebraucht, um dieses Haus zu finden, und dann mußte ich noch an den Wachposten vorbei.« Wohlweislich verschwieg er, daß einer von ihnen mit aufgeschlitzter Kehle im Gebüsch lag. »Als ich hier ankam, saßt du wie eine Prinzessin gekleidet mit Dimitri am Tisch, als ob ihr die besten Freunde wärt.«

»Was zum Teufel sollte ich denn machen? Nackt herumlaufen, ihm ins Gesicht spucken? Verdammt, mein Leben stand auf dem Spiel. Wenn ich das Spiel durchziehen muß, bis ich einen Ausweg finde, dann spiele ich mit. Du kannst mich einen Feigling nennen, wenn du willst. Aber ich bin keine Hure.« Sie drehte sich um, ihre Augen waren dunkel, feucht und wütend. »Keine Hure, verstehst du?«

Er fühlte sich, als habe er etwas sehr Kleines, Weiches und Schutzloses verletzt. Vor kurzem noch war er sich nicht sicher gewesen, ob er sie noch lebend vorfinden würde, und dann hatte sie so kühl und schön ausgesehen wie immer. Schlimmer noch, sie hatte sich vollkommen in der Gewalt gehabt. Aber hätte er sie nicht mittlerweile kennen müssen?

»Ich hab's nicht so gemeint. Tut mir leid.« Unruhig begann er, im Raum auf und ab zu gehen, zupfte eine Rose aus der Vase und brach den Stengel durch. »Ich weiß schon gar nicht mehr, was ich sage. Als ich ins Hotel zurückkam und du nicht mehr da warst, da bin ich durchgedreht. Ich habe mir alles mögliche ausgemalt – vor allen Dingen, daß ich vielleicht zu spät kommen könnte, um dir zu helfen.«

Unglücklich blickte er auf einen kleinen Blutstropfen auf seinem Finger, wo ein Dorn in die Haut gedrungen war. Er mußte tief Atem holen, um das, was er zu sagen hatte, ruhig vorzubringen. »Verdammt, Whitney, ich – ich hab mir Sorgen um dich gemacht. Ich wußte ja nicht, was ich hier vorfinden würde.«

Schniefend wischte sie sich noch eine Träne ab. »Du hattest Angst um mich?«

»Ja.« Achselzuckend warf er die mißhandelte Rose auf den Boden. Wie sollte er ihr die nagende Angst, die Schuldgefühle und den Kummer beschreiben, die ihn in diesen endlosen Stunden gequält hatten? Er verstand es ja selber kaum. »Ich wollte dich nicht so anblaffen.«

»Soll das eine Entschuldigung sein?«

»Ja, verdammt.« Er fuhr herum, auf seinem Gesicht malten

sich Frust und Ärger ab. »Erwartest du, daß ich vor dir krieche?«

»Vielleicht.« Lächelnd ging sie auf ihn zu. »Vielleicht später.«

»O Gott!« Seine Hände waren nicht ganz ruhig, als er ihr Gesicht umfaßte, doch sein Mund war warm und er schien verzweifelt. »Ich dachte, ich würde dich nie wiedersehen.«

»Ich weiß.« Voll wilder Erleichterung preßte sie sich an ihn. »Halt mich fest.«

»Wenn wir hier heraus sind, dann halte ich dich so lange fest, wie du willst.« Er nahm sie bei den Schultern und schob sie von sich. »Du mußt mir erzählen, was passiert ist und was das Ganze hier zu bedeuten hat.«

Sie nickte, dann sank sie auf die Bettkante. Warum gaben ihre Knie jetzt, wo Hoffnung bestand, plötzlich nach? »Remo und diese Barns-Kreatur kamen.« Er bemerkte, daß sie hart schluckte und verfluchte sich erneut.

»Haben sie dir was getan?«

»Nein. Du warst noch nicht lange weg. Ich wollte mir gerade ein Bad einlassen.«

»Warum haben sie dich nicht festgehalten, bis ich wiederkam?«

Whitney hob einen Fuß und betrachtete ihre Zehen. »Weil ich ihnen weisgemacht habe, ich hätte dich umgebracht.«

Einen Moment lang zeichnete sich schiere Fassungslosigkeit auf seinem Gesicht ab. »Was?«

»Nun, es war nicht schwer, sie davon zu überzeugen, daß ich um einiges klüger war als du und dir eine Kugel in den Kopf gejagt habe, um den Schatz für mich zu behalten. Schließlich hätten sie selbst nicht anders gehandelt, und ich war sehr überzeugend.«

»Klüger als ich?«

»Nicht beleidigt sein, Liebling.«

»Das haben sie dir abgekauft?« Leicht verstimmt schob er die Hände in die Hosentaschen. »Sie haben geglaubt, daß ein kleines Frauenzimmer wie du mich um die Ecke gebracht hat? Ich bin ein Profi.«

»Ich haßte es, deinen Ruf ankratzen zu müssen, aber zu diesem Zeitpunkt schien es mir eine gute Idee.«

»Dimitri hat das auch gefressen?«

»Wie es aussieht. Ich versuchte, ein berechnendes, herzloses Biest zu spielen, das jede Chance nutzt. Und ich glaube, er ist recht angetan von mir.«

»Darauf möchte ich wetten.«

»Ich wollte ihm am liebsten ins Gesicht spucken«, schnaubte sie so heftig, daß Doug spöttisch eine Augenbraue hob. »Das möchte ich übrigens immer noch. Ich halte ihn nicht einmal für ein menschliches Wesen, er schleicht von Ort zu Ort und hinterläßt eine Spur aus Leichen, dann tönt er herum, wie sehr er die schönen Dinge des Lebens liebt. Er möchte den Schatz horten wie ein kleiner Junge Schokoriegel, will das Kästchen öffnen können, wann es ihm beliebt, um den Schmuck anzusehen, anzufassen und dabei an die Schreie der Menschen unter der Guillotine zu denken. Er möchte deren Angst durchleben, das Blut vor sich sehen. Die Menschenleben, die er ausgelöscht hat, bedeuten ihm nichts.« Ihre Finger schlossen sich um Jacques' Muschel. »Sie bedeuten ihm überhaupt nichts.«

Doug kniete sich vor sie. »Wir werden ihm mitten ins Gesicht spucken.« Zum ersten Mal legte er seine Hand auf ihre, in dem Moment, wo sie die Muschel festhielt. »Das verspreche ich dir. Weißt du, wo er ihn aufbewahrt?«

»Den Schatz?« Ein kaltes Lächeln erschien auf ihrem Gesicht. »Allerdings. Es hat ihm ein großes Vergnügen bereitet, mir seine Beute zu zeigen. Er ist sich seiner selbst so sicher. Er denkt, er hat mich festgenagelt.«

Doug zog sie auf die Füße. »Komm, wir holen ihn, Süße.«

Er brauchte keine zwei Minuten, um das Schloß zu knacken, öffnete die Tür einen Spalt und spähte hinaus, um nach den Wächtern in der Diele zu suchen.

»Okay, und jetzt schnell und leise.«

Whitney ließ ihre Hand in seine gleiten und schlüpfte in die Diele.

Das Haus war totenstill. Offensichtlich gingen, wenn Dimitri sich zurückgezogen hatte, auch alle anderen zu Bett. Im Dunkeln schlichen sie die Treppe hinunter ins Erdgeschoß. Der Leichenhallengeruch, nach Blumen und Wachspolitur, wurde regelrecht erdrückend. Whitney bedeutete Doug mit Handzeichen, wo es langging. Eng an die Wand gedrückt, näherten sie sich der Bibliothek.

Dimitri hatte sich nicht die Mühe gemacht, die Tür abzuschließen. Doug war etwas enttäuscht und leicht beunruhigt, da alles so leicht schien. Sie schlüpften hinein, während Regen an die Fensterscheiben schlug. Whitney ging schnurstracks zum Regal an der Ostseite und schob eine Reihe Bücher beiseite.

»Hier drin«, flüsterte sie. »Die Kombination ist fünf-zwei nach rechts und drei-sechs nach links.«

»Woher kennst du sie?«

»Ich sah, wie er ihn öffnete.«

Wieder beschlich Doug ein leises Unbehagen, als er nach dem Drehknopf griff. »Warum, zum Teufel, verwischt er nicht seine Spuren?« brummte er und begann zu drehen. »Okay, und jetzt?«

»Wieder fünf nach links, dann zwölf nach rechts.« Whitney hielt den Atem an, als sich der Safe lautlos öffnete.

»Komm zu Papi«, murmelte Doug, als er das Kästchen herausnahm, das Gewicht prüfte und Whitney angrinste. Am liebsten hätte er es geöffnet, nur um noch einmal hineinzusehen. Später. »Laß uns hier verschwinden.«

»Prima Idee.« Sie schob eine Hand unter seinen Arm und wandte sich zu der Terrassentür. »Sollen wir hier hinausgehen, damit wir unseren Gastgeber nicht stören?«

»Scheint mir ein angemessener Abgang.« Doch als er zur Klinke griff, flog die Tür auf, und sie standen drei bewaffneten Männern gegenüber, in der Mitte ein grinsender Remo. »Mr. Dimitri möchte, daß Sie noch einen Drink mit ihm nehmen.«

»Ganz recht.« Die Flügeltür schwang auf, und Dimitri, noch immer in seinem weißen Dinnerjackett, trat ein. »Ich kann meine Gäste doch nicht in den Regen hinausjagen. Kommen Sie zurück und setzen Sie sich.« Ganz der aufmerksame Gastgeber, ging er zur Bar und schenkte Brandy ein. »Meine Liebe, diese Farbe steht Ihnen ganz ausgezeichnet.«

Doug fühlte den Druck von Remos Waffe an seinem Rückgrat. »Ich möchte mich wirklich nicht aufdrängen.«

»Unsinn.« Dimitri ließ den Brandy im Glas kreisen. Der Raum wurde plötzlich hell erleuchtet. Whitney hätte schwören können, daß seine Augen in diesem Moment völlig farblos waren. »Setzen Sie sich.« Der leise Befehl glich dem Zischen einer Schlange.

Der Druck der Waffe veranlaßte Doug, vorwärts zu gehen, die Schatzkiste in der einen Hand und Whitneys Hand in der anderen. »Es geht doch nichts über einen Brandy an einem verregneten Abend.«

»Genau.« Anmutig reichte er ihnen zwei Cognacschwenker. »Whitney ...« Ihre Name kam wie ein Seufzer von seinen Lippen, als er auf einen Stuhl deutete. »Sie enttäuschen mich.«

»Ich habe ihr keine Wahl gelassen.« Doug warf Dimitri einen arroganten Blick zu. »Eine Frau wie sie fürchtet um ihre Haut.«

»Ich hege große Bewunderung für Ritterlichkeit, besonders von einer so unerwarteten Seite.« Dimitri tippte leicht an Dougs Glas, ehe er trank. »Allerdings war ich mir über Whitneys unselige Neigung zu Ihnen von vorneherein klar. Meine Liebe, dachten Sie wirklich, ich hätte geglaubt, daß Sie unseren Mr. Lord erschossen haben?«

Sie zuckte die Schultern und trank einen Schluck, obwohl ihre Finger feucht wurden. »Vermutlich muß ich an meinen Fähigkeiten als Lügnerin noch arbeiten.«

»In der Tat, Sie haben sehr ausdrucksvolle, sprechende Augen. ›Sogar im Spiegel deiner Augen sehe ich dein bekümmertes Herz‹«, zitierte er mit seiner weichen, melodischen Stimme Richard II. »Jedenfalls habe ich unseren gemeinsamen Abend sehr genossen.«

Whitney strich mit der Hand über ihren kurzen Kimono. »Ich fürchte, ich habe mich etwas gelangweilt.«

Seine Lippen verzogen sich. Jeder im Raum wußte, daß es ihn nur ein Wort kostete, ein einziges Wort, und sie wäre tot.

Doch statt dessen lachte er glucksend. »Frauen sind doch unbeständige Wesen, finden Sie nicht, Mr. Lord?«

»Einige zeigen bemerkenswert guten Geschmack.«

»Es erstaunt mich, daß jemand mit Miss MacAllisters Bildung und sozialem Hintergrund auf jemand Ihrer Klasse hereinfällt. Aber«, er hob die Schultern, »wo die Liebe hinfällt. Remo, nimm Mr. Lord bitte das Kästchen ab. Und seine Pistole. Leg alles erst einmal auf den Tisch.« Während seine Befehle ausgeführt wurden, nippte Dimitri gedankenverloren an seinem Brandy. »Ich habe vorausgesetzt, daß Sie sich sowohl Miss MacAllister als auch den Schatz wiederholen wollten. Aber nach all dieser Zeit, nach diesem faszinierenden Schachspiel zwischen uns beiden muß ich sagen, daß ich enttäuscht bin, Sie so leicht mattgesetzt zu haben. Ich hatte mir eine spannendere Endphase erhofft.«

»Schicken Sie Ihre Jungs weg, und ich will sehen, was ich tun kann.«

Wieder lachte Dimitri sein eiskaltes Lachen. »Ich fürchte, die Zeit, wo ich mich auf körperliche Auseinandersetzungen eingelassen habe, sind vorbei. Heutzutage bevorzuge ich subtilere Methoden.«

»Ein Messer in den Rücken?«

Auf Whitneys Frage hin hob Dimitri kaum merklich eine Augenbraue. »Ich muß gestehen, daß Sie mir beim Kampf Mann gegen Mann weit überlegen wären, Mr. Lord. Schließlich sind Sie jung und in guter körperlicher Verfassung. Ich habe für derartige Dinge mein Personal. Nun ...« Er legte einen Finger an die Lippe. »Wie verfahren wir in einer solchen Situation?«

Oh, er genießt das, dachte Whitney grimmig. So wie eine Spinne eine Fliege einspinnt, um ihr in aller Ruhe das Blut aussaugen zu können. Er wollte sie schmoren lassen.

Da sie keinen Ausweg sah, ließ sie ihre Hand in Dougs gleiten und drückte sie. Sie würden nicht zu Kreuze kriechen. Und, bei Gott, sie würden nicht um Gnade bitten.

»So, wie ich es sehe, Mr. Lord, ist Ihr Schicksal bereits besiegelt. Schließlich sind Sie schon seit Wochen ein toter Mann. Es ist nur noch eine Frage der Methode.«

Doug schluckte seinen Brandy und grinste. »Ich möchte Sie nicht drängen.«

»Nein, nein, ich habe lange über die Angelegenheit nachgedacht. Sehr lange. Unglücklicherweise verfüge ich hier nicht über die Möglichkeiten, die Sache stilgemäß durchzuführen. Aber ich glaube, Remo hegt den dringenden Wunsch, sich Ihrer anzunehmen. Obgleich er anfangs mit seiner Aufgabe etwas überfordert war, denke ich, daß der letztendliche Erfolg eine Belohnung verdient.« Dimitri zog eine seiner duftenden schwarzen Zigaretten hervor. »Ich werde dir Mr. Lord überlassen, Remo. Töte ihn langsam.«

Doug fühlte den kalten Lauf hinter seinem linken Ohr. »Dürfte ich zuerst meinen Brandy austrinken?«

»Aber natürlich.« Mit einem gütigen Nicken wandte Dimitri sich zu Whitney. »Was Sie betrifft, meine Liebe, so hätte ich gerne Ihre Gesellschaft noch ein paar Tage genossen. Ich dachte, wir hätten vielleicht gemeinsame Interessen. Jedoch ...« Er schnippte die Asche in einen sauberen Kristallaschenbecher. »Unter diesen Umständen würde das die Angelegenheit noch komplizierter gestalter. Einer meiner Angestellten hat Sie bewundert, seit er Ihr Foto sah. Eine Art Liebe auf den ersten Blick.« Er strich sein schütteres Haar zurück. »Barns, nimm sie mit meinem Segen. Aber mach es sauber und ordentlich.«

»Nein!« Doug sprang von seinem Stuhl auf. Im selben Moment wurden seine Arme nach hinten gerissen, und ein Messer an seinen Hals gehalten. Als er Barns kichern hörte, setzte er sich verzweifelt zur Wehr. »Sie ist viel mehr wert!« rief er. »Ihr Vater zahlt Ihnen eine, nein, zwei Millionen, um sie zurückzubekommen. Wenn Sie sie diesem kleinen Schleicher überlassen, bringt sie Ihnen gar nichts mehr.«

»Wir denken nicht alle nur an Geld, Mr. Lord«, entgegnete Dimitri ruhig. »Es ist eine Frage des Risikoprinzips; außerdem halte ich sehr viel von Belohnungen, ebenso wie von Diziplin.« Sein Blick blieb an seiner verstümmelten Hand hängen. »Ja, ebensoviel wie von Disziplin. Bring ihn fort, Remo, er bereitet zuviel Ärger.«

»Nimm deine Pfoten weg!« Whitney sprang hoch und

schüttete den Inhalt ihres Cognacschwenkers Barns mitten ins Gesicht. Von rasender Wut getrieben ballte sie die Faust und versetzte ihm einen Hieb auf die Nase. Sein Aufquieken und das heraussprudelnde Blut bereitete ihr eine momentane Genugtuung.

Ihrem Beispiel folgend, warf sich Doug gegen den hinter ihm stehenden Mann, sprang sofort zurück und trat dem ihm gegenüberstehenden Gegner mit aller Kraft unter das Kinn. Hätte Dimitri seinen Männern nicht ein Zeichen gegeben, sie wären beide im selben Moment niedergemäht worden. Doch Dimitri genoß den verzweifelten Kampf. Gelassen zog er einen Revolver aus der Innentasche seines Jacketts und feuerte in die gewölbte Decke.

»Das reicht jetzt«, befahl er in einem Ton, mit dem man außer Rand und Band geratene Jugendliche zur Ordnung ruft. Gönnerhaft sah er zu, wie Doug Whitney an seine Seite riß. Er hegte eine große Vorliebe für die Tragödien Shakespeares, die von unglücklicher Liebe handelten – nicht nur wegen der Schönheit der Sprache, sondern vor allem wegen der Hoffnungslosigkeit. »Ich bin ein verständnisvoller Mann und im Grunde meines Herzens ein Romantiker. Um Ihnen ein bißchen mehr gemeinsame Zeit zu lassen, werde ich Miss MacAllister gestatten, der Hinrichtung beizuwohnen.«

»Hinrichtung«, fauchte Whitney so giftig, wie es nur eine an ihre Grenzen getriebene Frau fertigbringt. »Mord, Dimitri, hat einen faulen Beigeschmack. Sie schmeicheln sich, ein kultivierter, gebildeter Mann zu sein. Glauben Sie wirklich, ein seidenes Dinnerjackett verbirgt Ihre wahre Natur? Sie sind nichts weiter als eine aasfressende Krähe. Sie töten ja noch nicht einmal selbst.«

»Normalerweise nicht.« Seine Stimme klang eisig, und diejenigen seiner Männer, die diesen Ton schon einmal gehört hatten, erstarrten. »Aber vielleicht sollte ich in diesem Fall eine Ausnahme machen.« Langsam hob er den Revolver wieder …

Splitternd barsten die Terrassentüren. »Hände hoch!« Der gebieterische Befehl wurde in Englisch mit starkem französischem Akzent gegeben. Doug wartete den Ausgang der Aktion nicht erst ab, sondern stieß Whitney hinter einen Stuhl. Er sah, daß Barns nach seiner Waffe langte; das Grinsen in seinem Gesicht war wie weggeblasen.

»Das Haus ist umstellt!« Zehn uniformierte Männer, das Gewehr im Anschlag, stürmten in die Bibliothek. »Franco Dimitri, Sie sind festgenommen wegen Mordes, Anstiftung zum Mord, Freiheitsberaubung …«

»Heilige Scheiße«, murmelte Whitney, als die Liste immer länger wurde. »Und da kommt eine ganze Armee!«

»Ja.« Doug stieß einen erleichterten Seufzer aus. Leider auch noch die Polizei, stellte er fest. Er würde selbst nicht ganz ungeschoren aus dieser Sache herauskommen.

Mit einer Ergebenheit, mit der man das Unvermeidliche akzeptiert, sah er den Mann im weißen Anzug durch die Tür kommen. »Ich hätte einen Cop eigentlich riechen müssen«, brummte er. Ein weiterer Mann mit dichtem weißem Haarschopf, der ausgesprochen ungeduldig wirkte, folgte ihm.

»Okay, wo ist das Mädchen?«

Doug sah, wie Whitneys Augen immer größer wurden, bis sie das ganze Gesicht zu überstrahlen schienen. Dann richtete sie sich mit einem ungläubigen Lachen auf. »Daddy!«

16

Es kostete die madagassische Polizei nicht viel Zeit, Ordnung zu schaffen. Zufrieden sah Whitney zu, wie sich Handschellen um Dimitris Handgelenk schlossen, direkt unter den protzigen Smaragdmanschettenknöpfen.

»Whitney, Mr. Lord.« Dimitris Stimme blieb ruhig und kultiviert. Ein Mann in seiner Position mußte mit gelegentlichen Rückschlägen rechnen. Doch seine Augen, die auf ihnen haften blieben, waren so bösartig wie die eines Reptils. »Ich bin sicher, ja, ganz sicher, daß wir uns wiedersehen werden.«

»In den Elf-Uhr-Nachrichten«, erwiderte Doug.

»Ich schulde Ihnen etwas«, nickte Dimitri. »Und ich pflege meine Schulden zu bezahlen.«

Whitney blickte ihn kurz an und lächelte. Wieder einmal griff sie nach der Muschel an ihrem Hals.

»Für Jacques«, sagte sie weich. »Es gibt gar kein Loch, das dunkel genug ist für Sie.« Dann vergrub sie den Kopf an dem sauberen Jackett ihres Vaters. »Ich bin ja so froh, dich zu sehen.«

»Eine Erklärung.« Doch auch MacAllister preßte sie einen langen Moment an sich. »Raus mit der Sprache, Whitney.«

Mit lachenden Augen machte sie sich los. »Was erklären?«

Er verkniff sich ein Grinsen und hüstelte statt dessen. »Du änderst dich wohl nie.«

»Wie geht es Mutter? Hoffentlich hast du ihr nicht erzählt, daß du hinter mir her warst.«

»Es geht ihr gut. Sie denkt, ich bin geschäftlich in Rom. Wenn ich ihr gesagt hätte, daß ich unsere einzige Tochter quer durch Madagaskar verfolge, dann wäre sie wochenlang nicht imstande gewesen, Bridge zu spielen.«

»Du bist so klug.« Sie gab ihm einen Kuß. »Woher wußtest du, wo ich bin?«

»Du kennst doch General Bennett?«

Whitney drehte sich um und stand einem hochgewachsenen, schlanken Mann mit strengem Blick gegenüber. »Selbstverständlich.« Wie auf einer formellen Cocktailparty hielt sie ihm die Hand hin. »Bei den Stevensons, vorletztes Jahr. Wie geht es Ihnen, General? Oh, ich denke, Sie kennen Douglas noch nicht. Doug ...« Whitney machte ihm quer durch den Raum ein Zeichen. Er stand mit einigen madagassischen Polizeibeamten zusammen und quälte sich eine zusammengestoppelte Aussage ab. Dankbar für den Aufschub kam er zu ihr. »Daddy, General Bennett – das ist Douglas Lord. Doug ist derjenige, der die Papiere an sich genommen hat, General.«

Mit einem gequälten Lächeln blickte der General Doug an. »Erfreut, Sie kennenzulernen.«

»Sie schulden Douglas einiges«, informierte Whitney den General und suchte in der Tasche ihres Vaters nach einer Zigarette.

»Schulden?« polterte der General. »Dieser Ganove ...«

»Hat die Papiere in Sicherheit gebracht, sie vor Dimitri gerettet und dabei sein Leben aufs Spiel gesetzt«, führte sie den Satz fort und hielt Doug ihre Zigarette hin. Gehorsam gab dieser ihr Feuer und entschied, ihr die Erklärungen zu überlassen. Sie stieß den Rauch aus und zwinkerte ihm zu. »Sehen Sie, alles begann damit, daß Dimitri Doug anheuerte, um die Papiere zu stehlen. Natürlich wurde Doug sofort klar, daß diese unbezahlbar waren und nicht in die falschen Hände gelangen durften.« Sie inhalierte tief und wedelte beredt mit der Zigarette. »Er hat buchstäblich sein Leben riskiert, um sie in Sicherheit zu bringen. Ich kann Ihnen gar nicht sagen, wie oft er mir vorschwärmte, daß wir, sollten wir den Schatz finden, der Gesellschaft einen unschätzbaren Dienst erweisen würden. Ist es nicht so, Doug?«

»Nun, ich ...«

»Er ist so bescheiden. Wirklich, Liebling, du mußt lernen, Anerkennung zu akzeptieren, wenn sie gerechtfertigt ist. Schließlich hat es dich fast das Leben gekostet, den Schatz für General Bennetts Stiftung zu retten.«

»Nicht der Rede wert«, murmelte Doug. Er konnte sehen, wie der Regenbogen zu verblassen begann.

»Nicht der Rede wert?« Whitney schüttelte den Kopf. »General, Sie als Mann der Tat können sicher verstehen, was Doug durchmachen mußte, um Dimitri daran zu hindern, den Schatz an sich zu reißen. Er wollte ihn besitzen«, betonte sie. »Ihn für sich allein haben. Obwohl«, fügte sie mit einem schiefen Blick zu Doug hinzu, »wir uns alle einig sind, daß er als unersetzliches Kulturgut allen zugänglich sein sollte.

»Ja, aber …«

»Ehe Sie Ihre Dankbarkeit ausdrücken, General«, unterbrach sie, »wäre ich Ihnen dankbar, wenn Sie mir erzählen würden, wie Sie es geschafft haben, rechtzeitig hier zu sein. Wir verdanken Ihnen unser Leben.«

Geschmeichelt und verwirrt sprudelte der General eine Erklärung hervor.

Whitakers Neffe, von dem schrecklichen Schicksal seines Onkels geschockt, war zu dem General gegangen und hatte alles gestanden, was er wußte, und das war nicht wenig. Der General hatte das Ausmaß der Geschichte sofort erkannt und nicht gezögert. Die Behörden waren Dimitri schon auf der Spur, lange bevor Whitney und Doug in Antananarivo aus dem Flugzeug gestiegen waren.

Dimitris Spur führte zu Doug, und Dougs Fährte, aufgrund der Ereignisse in New York und Washington, zu Whitney. Die hatte allen Grund, den übereifrigen Paparazzi für die Fotos dankbar zu sein, die in den Heftchen erschienen, die die Sekretärin ihres Vaters so eifrig verschlang.

Nach einem kurzen Gespräch mit Onkel Max in Washington heuerten der General und MacAllister einen Detektiv an. Der Mann im weißen Anzug hatte sich auf ihre Fährte geheftet, genau wie Dimitri. Als sie aus dem Zug nach Tamatave sprangen, befanden sich sowohl der General als auch MacAllister im Flugzeug nach Madagaskar. Die örtlichen Behörden waren mit Freuden zur Kooperation bereit, da es galt, einen international gesuchten Verbrecher dingfest zu machen.

»Faszinierend«, unterbrach Whitney, als der Monolog des Generals auszuufern drohte. »Einfach faszinierend. Jetzt ist mir klar, daß Sie Ihre Orden zu recht tragen.« Lächelnd hakte sie sich bei ihm ein. »Sie haben mir das Leben gerettet, General. Ich hoffe, Sie machen mir die Freude, Ihnen den Schatz zeigen zu dürfen.«

Doug schelmisch zuzwinkernd, führte sie ihn fort.

MacAllister zog sein Zigarettenetui hervor, klappte es auf und bot Doug eine Zigarette an. »Niemand schmiert den Leuten so gut Honig ums Maul wie Whitney«, meinte er leichthin. »Ich glaube, Sie kennen Brickman noch nicht?« Er deutete auf den Mann im weißen Anzug. »Er hat schon früher für mich gearbeitet, gehört zu den Besten seines Fachs. Dasselbe sagte er übrigens von Ihnen.«

Doug musterte den Detektiv. Und jeder der beiden Männer erkannte, wen er vor sich hatte. »Sie waren doch auch am Kanal, nicht weit von Remo, wie? Besten Dank.«

Brickman erinnerte sich lächelnd an die Krokodile. »Gern geschehen.«

»So.« MacAllister blickte von einem Mann zum anderen. Er wäre geschäftlich nicht so erfolgreich gewesen, wenn er es nicht verstanden hätte, in den Gesichtern der Menschen zu lesen. »Ich schlage vor, wir genehmigen uns einen Drink, und Sie erzählen mir, was wirklich geschehen ist.«

Doug ließ sein Feuerzeug aufschnappen und sah MacAllister direkt ins Gesicht. Es war sonnengebräunt und glatt, ein sicheres Zeichen von Wohlstand. Die Stimme klang befehlsgewohnt, und die Augen, die ihn anblickten, waren so dunkel wie alter Whisky und so spöttisch wie die Whitneys. Dougs Lippen kräuselten sich.

»Dimitri ist zwar ein Schwein, doch seine Hausbar ist erstklassig. Scotch?«

Der Morgen graute bereits, als Doug auf die nackte, unter der dünnen Decke zusammengerollte Whitney herabblickte. Ein leises Lächeln umspielte ihre Lippen, so als träume sie von der vergangenen Nacht, in der sie sich wieder und wieder geliebt hatten. Ihr Atem ging ruhig und gleichmäßig.

Er wollte sie berühren, doch er tat es nicht. Er dachte daran, ihr eine Nachricht zu hinterlassen, doch er tat es nicht.

Er wußte, wer und was er war. Ein Dieb, ein Zigeuner, ein Einzelgänger.

Zum zweiten Mal in seinem Leben hatte er das große Los gezogen, und zum zweiten Mal stand er am Ende mit leeren Händen da. Vielleicht konnte er sich nach einiger Zeit einreden, daß er noch einmal die Chance bekommen würde, ans Ende des Regenbogens zu gelangen ... Vielleicht konnte er sich auch, nach einer noch längeren Zeit, einreden, daß Whitney und ihn nur eine flüchtige Affäre verbunden hatte. Nichts Ernsthaftes. Er mußte sich selbst davon überzeugen, da sich das Netz immer enger um ihn zog. Wenn er es jetzt nicht sprengte, würde ihm das niemals gelingen.

Noch immer besaß er das Ticket nach Paris sowie einen Scheck über fünftausend Dollar, den ihm der General ausgestellt hatte, nachdem Whitney den alten Soldaten dazu gebracht hatte, vor Dankbarkeit förmlich überzuströmen.

Doch der Ausdruck in den Augen der Beamten und vor allem des Detektivs, der einen Betrüger und Dieb auf den ersten Blick erkannte, sprach eine andere Sprache. Zwar hatte er sich eine Frist verdient, doch die nächste dunkle Straße wartete schon auf ihn.

Doug schaute auf Whitneys Rucksack und dachte an ihr Notizbuch. Er wußte, daß seine Rechnung die fünftausend, die ihm zur Verfügung standen, bei weitem überstieg. Schließlich durchstöberte er den Rucksack, bis er das Buch und einen Stift gefunden hatte.

Nachdem er die Endsumme ausgerechnet hatte, die ihm ein Schmunzeln entlockte, kritzelte er zwei Worte darunter:

SCHULDSCHEIN, Süße

Daraufhin steckte er beides wieder an seinen Platz und sah sie noch einmal lange an, ehe er lautlos verschwand; lautlos wie ein Dieb, der er war.

In dem Moment, in dem sie erwachte, wußte sie, daß er fort war. Nicht nur weil das Bett neben ihr leer war. Eine andere Frau hätte vielleicht angenommen, er sei einen Kaffee trinken gegangen oder mache einen kleinen Spaziergang. Eine andere Frau hätte vielleicht mit heiserer, schläfriger Stimme seinen Namen gemurmelt.

Sie wußte, daß er fort war.

Es lag in ihrer Natur, die Dinge beim rechten Namen zu nennen, wenn ihr keine andere Wahl blieb. Whitney stand auf, stieß die Fensterläden zurück und begann zu packen. Da die Stille unerträglich wurde, schaltete sie das Radio ein, ohne sich die Mühe zu machen, einen Sender einzustellen.

Dann bemerkte sie die auf dem Boden verstreuten Pakete. Entschlossen, sich zu beschäftigen, öffnete sie sie.

Ihre Finger strichen über die duftige Wäsche, die Doug ihr ausgesucht hatte. Sie lächelte gequält, als sie ihre Kreditkartenquittungen entdeckte. Zynismus war der beste Schutz, entschied sie und schlüpfte in den zartblauen Teddy. Schließlich hatte sie ihn bezahlt.

Sie stieß die leere Schachtel beiseite und öffnete die nächste. Das Kleid schimmerte tiefblau und leuchtete in derselben Farbe wie die Schmetterlinge, die sie einst bewundert hatte. Und der Zynismus sowie alle anderen Schutzmechanismen schmolzen dahin. Mit den Tränen kämpfend, legte sie das Kleid zurück. Es war für die Reise ungeeignet, redete sie sich ein und wühlte eine zerknitterte Hose aus dem Rucksack hervor.

In ein paar Stunden würde sie wieder in New York sein, in ihrer gewohnten Umgebung, bei ihren eigenen Freunden. Doug Lord wäre dann nur noch eine nebelhafte – und kostspielige – Erinnerung, das war alles. Fertig angekleidet, die Koffer gepackt und betont gelassen ging sie zur Rezeption, verlangte ihre Rechnung und winkte ihrem Vater zu.

Der wartete bereits ungeduldig auf und ab gehend in der Halle. Das Geschäft rief, und den Letzten bissen die Hunde. »Wo ist dein Freund?« wollte er wissen.

»Also wirklich, Daddy.« Whitney unterzeichnete schwungvoll ihre Rechnung, ohne daß ihre Hand zitterte. »Eine Frau hat keine Freunde, sondern Liebhaber.« Sie lächelte dem Pagen zu und folgte ihrem Vater zu dem wartenden Auto.

Er hüstelte. Ihre Ausdrucksweise behagte ihm nicht. »Also, wo ist er?«

»Doug?« Whitney warf ihrem Vater einen unbeteiligten

Blick zu, als sie sich auf die Rücksitzbank der Limousine warf. »Woher soll ich das wissen? Vielleicht in Paris – er hat ein Ticket.«

Stirnrunzelnd ließ sich MacAllister in den Sitz sinken. »Was zum Teufel wird hier gespielt, Whitney?«

»Ich habe daran gedacht, ein paar Tage auf Long Island zu verbringen, sobald ich zurück bin. Ich kann dir sagen, dieses Herumreisen ist äußerst anstrengend.«

»Whitney.« Er hielt ihre Hand fest und schlug den Tonfall an, den er angewandt hatte, seit sie zwei Jahre alt war. Allzu erfolgreich war er damit nicht gewesen. »Warum ist er fortgegangen?«

Whitney griff ihrem Vater in die Tasche, zog sein Zigarettenetui heraus und bediente sich. Blicklos vor sich hinstarrend, klopfte sie auf den mattgoldenen Deckel. »Das ist so seine Art. Sich mitten in der Nacht davonzuschleichen, ohne einen Laut, ohne ein Wort. Er ist ein Dieb, weißt du?«

»Das sagte er mir letzte Nacht, während du damit beschäftigt warst, Bennett Honig ums Maul zu schmieren. Verdammt, Whitney, als er mit seiner Geschichte fertig war, standen mir buchstäblich die Haare zu Berge. Das war schlimmer, als den Bericht des Detektivs zu lesen. Ihr zwei habt euch ein dutzendmal in Lebensgefahr gebracht.«

»Das hat uns zeitweise auch Sorgen bereitet«, murmelte sie.

»Du würdest meinem Magengeschwür einen großen Gefallen tun, wenn du diesen hohlköpfigen Schwächling Carlyse heiraten könntest.«

»Tut mir leid, dann bekomme ich eines.«

Er betrachtete ihre noch nicht angezündete Zigarette. »Ich habe den Eindruck gewonnen, daß du diesem jungen Dieb, den du dir aufgegabelt hast, sehr – zugetan bist.«

»Zugetan?« Die Zigarette wurde fast zerquetscht. »Nein, das war rein geschäftlich.« Tränen stiegen ihr in die Augen und rannen ihr über das Gesicht, doch sie sprach ruhig weiter. »Ich langweilte mich, und er versprach Unterhaltung.«

»Unterhaltung?«

»Ziemlich teure Unterhaltung«, fügte sie hinzu. »Der Mistkerl hat sich davongemacht, obwohl er mir zwölftausenddreihundertfünfundachtzig Dollar und siebenundvierzig Cents schuldet.«

MacAllister trocknete ihr mit seinem Taschentuch die Wange. »Nichts bringt einen so leicht zum Heulen wie ein paar tausend eingebüßte Dollar«, murmelte er. »Geht mir auch oft so.«

»Er hat sich noch nicht einmal verabschiedet«, flüsterte sie, und da sie nicht mehr weiterwußte, kuschelte sie sich schluchzend an ihren Vater.

New York im August kann unerträglich sein. Die Hitze hängt drückend über der Stadt, und wenn dann noch ein Streik der Müllabfuhr mit einer Hitzewelle zusammenfällt, brodeln die Gemüter wie der gärende Abfall. Sogar die Glücklichen, die kühle Häuser und klimatisierte Limousinen ihr eigen nennen, neigen nach zwei Wochen Treibhaustemperaturen zu schlechter Laune. Es ist eine Zeit, in der jeder, dem dies irgendwie möglich ist, fluchtartig die Stadt verläßt und sich in kühlere Gefilde zurückzieht.

Whitney war das Reisen leid.

Sie blieb in Manhattan, obwohl die meisten ihrer Freunde und Bekannten das nächstbeste Schiff bestiegen, lehnte Angebote für eine Kreuzfahrt in der Ägäis, eine Woche an der italienischen Riviera und eine einmonatige Hochzeitsreise in ein Land ihrer Wahl ab.

Um die Hitze ignorieren zu können, arbeitete sie, und erwog außerdem, eine Orientreise zu machen, aber – nur aus Trotz – im September, wenn alle anderen langsam aber sicher nach New York zurückkehren würden.

Nach ihrer Rückkehr aus Madagaskar stürzte sie sich in einen regelrechten Kaufrausch. Die Hälfte ihrer Neuerwerbungen hing ungetragen in ihrem ohnehin überfüllten Kleiderschrank. Über zwei Wochen lang hetzte sie Nacht für Nacht von einem Club zum anderen, um bei Morgengrauen erschöpft ins Bett zu fallen.

Als ihr Interesse an solchen Vergnügungen erlosch, widmete sie sich mit solchem Elan ihrer Arbeit, daß ihre Freunde verständnislos den Kopf schüttelten.

Sich auf zahllosen Parties zu verausgaben, war eine Sache. Bis zur Erschöpfung zu arbeiten, etwas ganz anderes. Whitney tat das, was sie am besten konnte: sie ignorierte alle.

»Tad, mach dich doch nicht schon wieder zum Narren. Ich kann das einfach nicht ertragen.« Ihre Stimme klang gleichgültig, jedoch nicht ohne eine gewisse Sympathie. In den vergangenen Wochen hatte er sie beinahe davon überzeugt, daß sie ihm genauso wichtig war wie seine Sammlung von Seidenkrawatten.

»Whitney ...« Blond, elegant gekleidet und leicht beschwipst stand er in der Tür ihres Apartments und suchte nach der besten Möglichkeit, hineinzukommen. Ohne Mühe verstellte sie ihm den Weg. »Wir würden gut zusammenpassen. Es interessiert mich nicht, daß meine Mutter dich für flatterhaft hält.«

Flatterhaft. Whitney verdrehte die Augen. »Hör auf deine Mutter, Tad. Ich würde eine furchtbare Ehefrau abgeben. Und jetzt geh und laß dich von deinem Fahrer nach Hause bringen. Du weißt doch, daß du nach zwei Martinis schon nicht mehr klar denken kannst.«

»Whitney.« Er zog sie an sich und küßte sie leidenschaftlich. »Ich schicke Charles nach Hause und bleibe über Nacht hier.«

»Deine Mutter würde die Nationalgarde alarmieren«, mahnte sie und machte sich los. »Jetzt geh nach Hause und schlaf dich aus. Morgen bist du wieder ganz der alte.«

»Du nimmst mich nicht ernst.«

»Ich nehme *mich* nicht ernst«, korrigierte sie, seine Wange tätschelnd. »Jetzt lauf und hör auf deine Mutter.« Sie schlug ihm die Tür vor der Nase zu. »Diese alte Gewitterziege!«

Aufatmend ging sie zur Bar. Nach einem Abend mit Tad verdiente sie einen Schlummertrunk. Wenn sie nicht so – unruhig gewesen wäre, dann hätte er sie nie davon überzeugen können, daß sie einen Opernbesuch und seine Gesellschaft brauchte. Oper stand auf der Liste ihrer Vergnügungen ganz unten, und Tad war wirklich nicht der ideale Gesellschafter für sie.

Sie schenkte sich einen großzügig bemessenen Drink ein.

»Bitte gleich zwei, Süße.«

Ihre Finger krampften sich um das Glas, das Herz schlug ihr bis zum Hals, doch Whitney zuckte weder zusammen noch drehte sie sich um. Gelassen goß sie einen zweiten Drink ein. »Schlüpfst du noch immer durch Schlüssellöcher, Douglas?«

Sie trug das Kleid, das er ihr in Diego-Suarez gekauft hatte. Hundertmal hatte er sie sich darin vorgestellt. Er konnte ja nicht wissen, daß sie es zum ersten Mal trug, und zwar aus reinem Trotz, genausowenig wie er wissen konnte, daß sie deshalb den ganzen Abend an ihn gedacht hatte.

»Ziemlich spät unterwegs, was?«

Sie war stark genug, um damit fertig zu werden, redete sie sich ein. Schließlich hatte sie genügend Zeit gehabt, um über ihn hinwegzukommen. Mit spöttisch hochgezogenen Brauen drehte sie sich um.

Er war ganz in Schwarz gekleidet, und die Farbe stand ihm ausgezeichnet. Schlichtes schwarzes T-Shirt, enge schwarze Jeans. Sein Arbeitsanzug, dachte sie, als sie ihm sein Glas reichte. Ihr kam es so vor, als sei sein Gesicht schmaler geworden und als würden seine Augen intensiver leuchten, doch sie verbot sich jeden weiteren Gedanken in dieser Richtung.

»Wie war Paris?«

»Okay.« Er nahm das Glas und widerstand dem Drang, ihre Hand zu berühren. »Wie ist es dir so ergangen?«

»Wie sehe ich denn aus?« Es war eine direkte Herausforderung. Sieh mich an, sollte das heißen. Sieh mich ganz genau an. Was er auch tat.

Ihr Haar floß ihr, von einer Diamantspange gehalten, über die Schulter. Ihr Gesicht war so, wie er es in Erinnerung hatte: blaß, kühl und elegant, und die Augen, die ihn über den Rand des Glases hinweg musterten, blickten dunkel und arrogant.

»Du siehst wunderbar aus«, sagte er leise.

»Danke. Nun, was verschafft mir dieses unerwartete Vergnügen?«

In der letzten Woche hatte er sich das, was er sagen wollte, immer wieder zurechtgelegt. So lange hielt er sich schon in New York auf und schwankte zwischen dem Wunsch, sie zu sehen, und dem Gedanken, sich besser von ihr fernzuhalten. »Ich dachte, ich schau mal, wie's dir geht«, murmelte er in sein Glas.

»Nett vor dir.«

»Schau mal, ich weiß, daß du denken mußtest, ich wäre einfach so abgehauen ...«

»Mit Schulden in Höhe von zwölftausenddreihundertfünfundachtzig Dollar und siebenundvierzig Cents.«

Er gab einen Laut von sich, der einem Lachen nahekam. »Nichts ändert sich.«

»Bist du gekommen, um den Schuldschein einzulösen, den du mir hinterlassen hast?«

»Ich bin gekommen, weil ich nicht anders konnte, verdammt.«

»Ach ja?« Ungerührt kippte sie ihren Drink und unterdrückte das dringende Bedürfnis, das Glas an die Wand zu werfen. »Hast du ein neues Unternehmen im Sinn, das etwas Kapital erfordert?«

»Du willst ein paar Pfeile abschießen, tu das ruhig.« Mit einem vernehmlichen Knall setzte er sein Glas ab.

Sie starrte ihn einen Moment an, dann schüttelte sie den Kopf, wandte sich ab, stellte ihr Glas beiseite und stützte sich mit den Händen auf den Tisch. Zum ersten Mal, seit er sie kannte, ließ sie die Schultern hängen und sprach mit trauriger Stimme: »Nein, ich will keine Spitzen anbringen, Doug. Ich bin einfach nur müde. Du hast gesehen, daß es mir gut geht. Also – warum verschwindest du nicht auf demselben Weg, den du gekommen bist?«

»Whitney ...«

»Faß mich nicht an«, murmelte sie, kaum daß er zwei Schritte auf sie zugetan hatte. Doch aus der beherrschten, ruhigen Stimme war deutlich ein Unterton von Verzweiflung herauszuhören.

Er hob die Hände, dann ließ er sie ergeben wieder sinken. »Okay.« Er ging im Zimmer umher und versuchte, zu seinem ursprünglichen Plan zurückzufinden. »Weißt du, ich hatte ziemliches Glück in Paris. Konnte im Hotel de Crillon fünf Zimmer ausräumen.«

»Herzlichen Glückwunsch.«

»Ich war gut drauf, hätte wahrscheinlich die nächsten sechs Monate damit verbringen können, Touristen um ihre Barschaft zu erleichtern.« Er hakte die Daumen in die Hosentaschen.

»Und warum hast du das nicht getan?«

»Hat keinen Spaß mehr gemacht. Und wenn dir deine Arbeit keinen Spaß mehr macht, dann gerätst du in Schwierigkeiten.«

Whitney drehte sich zu ihm um, da sie es für feige hielt, dem Gegner nicht in die Augen zu schauen. »Vermutlich. Also bist du in die Staaten zurückgekehrt, um die Szene zu wechseln.«

»Ich bin zurückgekommen, weil ich mich nicht länger von dir fernhalten konnte.«

Ihr Gesichtsausdruck blieb unverändert, doch er sah, wie sie die Finger knetete, das erste Zeichen von Nervosität, das er je bei ihr bemerkt hatte. »So?« entgegnete sie schlicht. »Das kommt mir aber seltsam vor. Ich war nicht derjenige, der sich aus einem Hotelzimmer in Diego-Suarez davongestohlen hat.«

»Nein.« Sein Blick wanderte über ihr Gesicht, als suche er etwas darin. »Du nicht.«

»Warum bist du dann gegangen?«

»Weil ich, wenn ich geblieben wäre, das getan hätte, was ich vermutlich jetzt tun werde.

»Meine Handtasche stehlen?« fragte sie, den Kopf leicht zurückwerfend.

»Dich fragen, ob du mich heiraten willst.«

Es war das erste und einzige Mal, daß ihr Mund vor Verblüffung offenstand. Sie sah aus, als wäre ihr soeben jemand auf den Fuß getreten. Eigentlich hatte er sich eine stärkere Gefühlsäußerung erhofft.

»Ich schätze, das hat dir die Sprache verschlagen.« Er ging zur Bar und bediente sich. »Schon komisch, wenn ein Typ wie ich einer Frau wie dir einen Heiratsantrag macht. Ich weiß nicht, vielleicht lag es an der Luft, aber mir kamen in Paris einige seltsame Ideen … Eine Familie gründen, seßhaft werden. Kinder.«

Whitney zwang sich, den Mund wieder zu schließen. »Tatsächlich?« Wie Doug war sie der Meinung, einen weiteren Drink zu benötigen. »Du redest von Heirat? Bis daß der Tod uns scheidet? Gemeinsame Steuererklärung und so?«

»Ja. Ich habe festgestellt, daß ich ein konservativer Mensch bin. Was ich hiermit beweise.« Wenn er etwas tat, tat er es gründlich. Er griff in die Tasche und holte einen Ring hervor.

Der Diamant fing die Lichtstrahlen auf und gab sie tausendfach wieder. Whitney machte alle Anstrengungen, um zu verhindern, daß ihre Kinnlade erneut herunterklappte.

»Wo hast du …«

»Ich habe ihn nicht gestohlen«, fauchte er, warf den Ring in die Luft und fing ihn wieder auf. »Um genau zu sein, der Ring stammt aus Maries Schatz. Ich hab ihn eingesteckt - aus Reflex sozusagen. Erst wollte ich ihn versetzen, doch dann …« Er öffnete die Hand wieder und sah den Stein an. »Ich hab ihn in Paris fassen lassen.«

»Verstehe.«

»Hör zu, ich weiß, daß du den Schatz einem Museum übergeben wolltest, und der größte Teil ist ja auch dort angelangt.« Diese Tatsache schmerzte immer noch. »Die Pariser Zeitungen machten einen Riesenwirbel darum. ›Bennett-Stiftung entdeckt Schatz der tragischen Königin, neue Erkenntnisse hinsichtlich des Diamanthalsbandes‹ und so weiter.«

Er zuckte die Schultern. Bloß nicht an all die schönen glitzernden Steine denken. »Ich habe beschlossen, mich mit diesem einen Stein zufriedenzugeben, auch wenn eine Handvoll davon mir ein angenehmes Leben ermöglicht hätte.« Wieder hielt er den Ring an seinem schmalen Goldreif hoch. »Aber wenn es dein Gewissen beruhigt, dann breche ich den verdammten Stein heraus und schicke ihn an Bennett.«

»Jetzt werd mal nicht beleidigend.« Rasch riß sie ihm den

Ring aus der Hand. »Mein Verlobungsring wandert in kein Museum. Außerdem« – sie lächelte ihn strahlend an – »bin auch ich der Meinung, daß einzelne Kulturgüter bestimmten Menschen gehören sollten. Geschichte zum Anfassen sozusagen. Bist du konservativ genug, um auf die Knie zu fallen?«

»Noch nicht einmal für dich, Süße.« Er packte ihr linkes Handgelenk, nahm ihr den Ring ab und schob ihn über den dritten Finger, dann sah er sie lange an. »Abgemacht?«

»Abgemacht«, stimmte sie zu, dann warf sie sich lachend in seine Arme. »Der Teufel soll dich holen, Douglas. Seit zwei Wochen fühle ich mich hundeelend.«

»Ach ja?« Die Vorstellung gefiel ihm ebenso gut wie der Gedanke, sie noch einmal zu küssen. »Ich sehe, das Kleid, das ich dir gekauft habe, gefällt dir.«

»Du hast einen ausgezeichneten Geschmack.« Hinter seinem Rücken drehte sie die Hand hin und her, so daß der Ring das Licht zurückwarf. »Heirat«, wiederholte sie, das Wort auskostend. »Du sprachst davon, seßhaft zu werden. Heißt das, daß du dich aus dem Geschäft zurückziehen willst?«

»Ich habe daran gedacht. Weißt du …«, er schmiegte sein Gesicht an ihren Hals, um den Duft einzusaugen, der ihn in Paris ständig verfolgt hatte. »Ich hab noch nie dein Schlafzimmer gesehen.«

»Wirklich? Ich muß dich mal herumführen. Aber du bist ein wenig jung für den Ruhestand«, fügte sie hinzu, sich von ihm losmachend. »Was willst du mit deiner freien Zeit anfangen?«

»Nun, wenn ich nicht gerade damit beschäftigt bin, dich zu lieben, dann könnte ich ein Geschäft betreiben.«

»Eine Pfandleihe?«

Er knabberte an ihrer Lippe. »Ein Restaurant«, korrigierte er.

»Natürlich.« Sie nickte. Die Idee gefiel ihr. »Hier in New York?«

»Ein guter Platz für den Anfang.« Er gab sie frei, um sein Glas zu nehmen. »Ich fange hier an, dann expandiere ich.

Chicago vielleicht, oder San Francisco. Das Problem ist, ich brauche einen Geldgeber.«

Sie fuhr sich mit der Zunge über die Lippen. »Klar. Irgendwelche Vorschläge?«

Er warf ihr sein charmantes, nicht gerade vertrauenswürdiges Lächeln zu. »Ich dachte an einen Familienbetrieb.«

»Onkel Jack?«

»Komm schon, Whitney, du weißt, ich schaffe es. Vierzigtausend, nein, sagen wir fünfzig, und ich eröffne das schickste Restaurant der West Side.«

»Fünfzigtausend?« Nachdenklich ging sie zu ihrem Schreibtisch.

»Die sind gut investiert. Ich stelle die Speisekarte selbst zusammen, überwache die Küche. Ich ... Was machst du da?«

»Das wären dann insgesamt zweiundsechzigtausenddreihundertfünfundachtzig Dollar und siebenundvierzig Cents.« Mit einem knappen Nicken unterstrich sie die Gesamtsumme. »Zu zwölfeinhalb Prozent Zinsen.«

Er blickte finster auf die Zahlen. »Zinsen? Zwölfeinhalb Prozent?«

»Ein mehr als humaner Zinssatz, ich weiß – aber ich bin gutmütig.«

»Hör zu, wir werden heiraten, stimmt's?«

»Allerdings.«

»Eine Frau berechnet ihrem Mann keine Zinsen, verdammt noch mal.«

»Diese schon«, murmelte sie und fuhr fort, Zahlen hinzukritzeln. »Ich kann die monatlichen Raten sofort ausrechnen. Mal sehen ... über einen Zeitraum von fünfzehn Jahren hinweg, einverstanden?«

Er betrachtete die schlanken Hände, die Zahlen auflisteten. Der Diamant schien ihm zuzublinzeln. »Na klar, warum nicht?«

»Gut, weiter. Wie steht's mit Bürgen?«

Er verbiß sich einen Fluch, doch dann mußte er lachen. »Wie wäre es mit unserem erstgeborenen Sohn?«

»Interessante Idee.« Sie tippte auf ihr Notizbuch. »Ja, damit könnte ich mich einverstanden erklären – nur, wir haben noch keine Kinder.«

Er ging zu ihr hin, nahm ihr das Notizbuch aus der Hand und warf es über seine Schulter. »Dann wollen wir uns darum kümmern, Süße. Ich brauche das Darlehen.«

Whitney registrierte befriedigt, daß das Buch mit der aufgeschlagenen Seite nach oben zu Boden gefallen war. »Gut so – da zeigt sich der wahre Unternehmergeist.«

QUELLENNACHWEIS

Aus dem Amerikanischen von Nina Heyer
Dieses Werk wurde vermittelt durch die Literarische Agentur
Thomas Schlück GmbH, 30827 Garbsen
(Der Titel erschien bereits in der Allgemeinen Reihe
mit der Band-Nr. 01/9872.)

Aus dem Amerikanischen von Nina Bader
(Der Titel erschien bereits in der Allgemeinen Reihe
mit der Band-Nr. 01/10013.)

In der Reihe TIPP DES MONATS liegen auch als Heyne -Taschenbücher vor:

Jane Austen Band 23/138
Annegrit Arens Band 23/186
Philippa Carr Band 23/159
Friederike Costa Band 23/161
Catherine Coulter BAND 23/147
Catherine Coulter Band 23/162
Catherine Coulter Band 23/168
Colin Forbes Band 23/169
Olivia Goldsmith Band 23/148
Celia L. Grace Band 23/158
John Grisham Band 23/151
Mary Higgins Clark Band 23/132
Mary Higgins Clark Band 23/154
Mary Higgins Clark Band 23/164
Dean Koontz Band 23/119
Dean Koontz Band 23/123
Dean Koontz Band 23/143
Dean Koontz Band 23/155
Dean Koontz Band 23/167
John T. Lescroart Band 23/149
Johanna Lindsey Band 23/144
Johanna Lindsey Band 23/156
Eric Van Lustbader Band 23/183
Brad Meltzer Band 23/187
Kai Meyer Band 23/184
Anne Perry Band 23/139
Ellis Peters Band 23/104
Ellis Peters Band 23/110
Ellis Peters Band 23/114
Ellis Peters Band 23/121
Ellis Peters Band 23/131
Ellis Peters Band 23/146
Terry Pratchett Band 23/117
Terry Pratchett Band 23/129
Terry Pratchett Band 23/141
Terry Pratchett Band 23/165
Nora Roberts Band 23/150
Patrick Robinson Band 23/185
Mary Ryan Band 23/182
Evelyn Sanders Band 23/66
Evelyn Sanders Band 23/166
Marion Zimmer Bradley
Band 23/163